新一代信息科学与技术丛书

新一代互联网原理、技术及应用

XINYIDAI HULIANWANG
YUANLI、JISHU JI YINGYONG

王兴伟　主编
郭　磊　易秀双　蒋定德　副主编
常桂然　主审

U0127816

高等教育出版社·北京
HIGHER EDUCATION PRESS　BEIJING

内容提要

本书是关于新一代互联网(NGI)的一本集学术研究与教学实践于一体的科研论著。 本书详细地讨论了 NGI 的发展变化,阐述了 NGI 的体系结构,介绍了相关的国际标准。 在此基础上,本书详细讨论了 NGI 的共性关键技术,包括 QoS 控制模型、资源预留、QoS 路由、组播树构建、组播质量控制和组播树维护等;系统阐述了 NGI 的单元关键技术,包括光网络路由、光网络波长分配、光网络业务疏导、光网络生存机制、移动互联网、无线局域网、移动自组织网络、无线网状网、工业无线网络、无线传感器网络、物联网、临近空间网络、卫星网络、太空网络、容迟/容断网络、可信网络模型、可信网络网元技术、认知网络协议设计、认知网络知识学习技术、认知网络决策技术等,详细论述了各种关键技术的体系结构、组成部分和工作原理,最后详细介绍了 NGI 的应用实践。

本书可作为高等学校研究生或本科高年级学生的教材,也可供科研和工程技术人员学习参考。

图书在版编目(CIP)数据

新一代互联网原理、技术及应用/王兴伟主编.—北京:高等教育出版社,2011.6

ISBN 978 - 7 - 04 - 031897 - 5

Ⅰ.①新… Ⅱ.①王… Ⅲ.①互联网络 Ⅳ.①TP393.4

中国版本图书馆 CIP 数据核字(2011)第 081435 号

策划编辑 刘建元　　责任编辑 陈红英　　封面设计 李卫青　　责任印制 尤 静

出版发行	高等教育出版社	咨询电话	400-810-0598
社　　址	北京市西城区德外大街 4 号	网　址	http://www.hep.edu.cn
邮政编码	100120		http://www.hep.com.cn
印　　刷	北京宏信印刷厂	网上订购	http://www.landraco.com
开　　本	787 × 1092　1/16		http://www.landraco.com.cn
印　　张	44	版　次	2011 年 6 月第 1 版
字　　数	950 000	印　次	2011 年 6 月第 1 次印刷
购书热线	010-58581118	定　价	69.00 元

前　言

随着移动技术宽带化以及宽带技术移动化等信息技术的快速发展,新一代互联网(New Generation Internet,NGI)已经成为信息承载和交互的大趋势。在过去短短的十多年里,互联网已经发展为复杂的、异构的网络体系结构,涉及众多的概念、原理、协议和技术,这些内容彼此交织、错综复杂。NGI作为互联网发展的新方向,是新一代新型互联网络,相对于传统的网络体系结构、网络互联、局域网、城域网、广域网、IP协议、网络管理、网络安全等必然存在本质上的差异。NGI摒弃现有网络的缺陷,力求提供快速、实时、安全、可控可管的信息传输服务。为此,国内外的很多研究机构都把对NGI技术的研究作为学术研究和技术攻关的一个制高点,投入了大量的人力和物力,在一系列关键技术领域取得了重大突破。同时,NGI关键技术的产业化也取得了巨大的进展。

早在1990年代,我国计算机网络与通信领域的工作者就敏锐地认识到NGI技术的研究价值及其产业化的重大意义,并为此开展了研究与开发工作。作为这些研究与开发工作的重要组成部分,东北大学在国家自然科学基金、国家863高技术发展计划、国家科技支撑计划、教育部重点项目等的资助下,开展了NGI技术及其方法学的研究工作,在服务质量、大规模组播通信、光网络生存机制、工业无线网络、传感器网络、可信网络等方面取得了一系列的研究成果,并且一些成果已经实现了产业化,转化为现实生产力。本书就是在总结国内外的研究成果和经验的基础之上,结合我们自己的研究与开发经验,从前沿性、新颖性以及理论与实践相结合等方面,编写的一本全面系统的以NGI关键技术为核心的课程教材。本书紧密围绕NGI共性关键技术、单元关键技术和实际案例三个方面,系统阐述NGI的体系结构、组成部分、单元技术和应用实践,以期引导读者从基本原理、关键技术和实际应用三个方面出发全面了解NGI的研发现状和发展趋势。

本书共分10章。第1章绪论,主要介绍NGI的由来、NGI与NGN的区别、NGI体系结构、相关国际标准等。第2章服务质量,包括QoS控制模型、资源预留、QoS路由等。第3章组播,包括组播树构建、组播质量控制、组播树维护等。第4章光网络,主要阐述智能光网络控制平面和结构、选路与波长分配、业务量疏导、光网络生存性机制等。第5章移动与无线网络,主要阐述移动互联网、无线局域网、移动自组织网、无线网状网、工业无线网络等。第6章无线传感器网络与物联网,主要讨论无线传感器网络及物联网。第7章空间网络,包括临近空间网络、卫星网络、太空网络、容迟/容断网络。第8章可信网络,包括可信网络模型、可信网元技术、可信网络实例等。第9章认知网络,包括认知网络的概况、认知网络中的跨层设计技术、认知网络的知识学习技术、认知网络应用案例。第10章应用实践,介绍 NGI 的典型应用,主要包括主干网、园区网、网格计算与云计算、典型应用等内容。

本书由王兴伟主编,第1章由王兴伟、郭磊、贾杰编写,第2章、第3章由张登科、王军伟编写,第4章由郭磊编写,第5.1~5.5节、第6章、第7.1~7.4节由贾杰编写,第7.5节、第9章由李婕编写,第8章由谭振华编写,第5.6节、第10章由易秀双、王宇编写。全书由王兴伟、蒋定德统稿。

本书由常桂然教授主审,朱家铿教授、赵林亮教授审阅,他们认真审阅了全部书稿,并逐章提出了宝贵的修改意见,使我们受益匪浅,并对书稿做了最后的修改。在此,向他们表示诚挚的谢意。

作者十分感谢高等教育出版社对本书编辑和出版所给予的关心和支持。感谢编审委员会的专家,他们认真严谨的态度和客观诚恳的建议保证了本书的质量。感谢所有为本书付出劳动的老师和研究生。中国科技大学杨寿保教授、华中科技大学李之棠教授和北京邮电大学马严教授对本书主要内容的组织和章节编排提出了宝贵的意见和建议,作者在此表示深深的谢意。

作者力图使本书反映 NGI 关键技术的前沿性、新颖性,力求知识体系结构的合理性、系统性和完整性,但由于作者水平有限,在基本原理的表达和对知识内容的取舍、安排等方面难免存在不妥与错误之处,恳请读者批评指正,以便在本书再版时修改和充实。

作　　者

2011 年 3 月于东北大学

目　录

第 1 章 绪 论

1.1 新一代互联网的由来和现状

1.1.1 Internet 的出现和发展

互联网(Internet)是指全球信息系统,是由基于互联网协议(Internet Protocol,IP)或它的后续扩展/发展之上的全球唯一地址空间逻辑地连接起来的网络;它能通过传输控制协议/互联网协议(Transsmission Control Protocol/IP,TCP/IP)或它的扩展以及其他与互联网协议兼容的协议进行通信;它能提供、应用或开发公众或是私人可以获取的、架构在此处所描述的通信及相关基础结构之上的高级服务[1]。

互联网的出现可追溯到 1961 年 7 月,当时在麻省理工学院从事研究的 L. Kleinrock 发表了名为"Information Flow in Large Communication Nets"的关于"包交换"的第一篇论文。

1965 年,L. Robert 和 T. Merrill 将麻省理工学院林肯实验室的 TX-2 计算机与位于加州圣莫尼卡的系统开发公司的 Q-32 计算机通过 1200 bps 的电话专线直连,从而形成了第一个很小的广域计算机网络。在实验中他们发现,基于电路(circuit)交换的电话系统性能十分不完善,从而坚定了"包交换"的必要性。

1966 年底,L. Robert 进入美国国防部高级研究计划局(Defense Advanced Research Projects Agency,DARPA)工作,进一步完善他的计算机网络的思想,并在 DARPA 的资助下很快启动了"ARPANET"计划,并于 1967 年发表了这一计划。该计划旨在设计一种由分散的指挥点组成的指挥系统,当部分指挥点被摧毁后,其他指挥点仍能正常工作,并且这些仍能正常工作的指挥点之间能绕过那些已被摧毁的指挥点而继续保持联系。

1968 年 8 月,L. Robert 和 DARPA 资助的研究团体将 ARPANET 的整体结构进行修整,对其中一个关键部件,即界面消息处理器(Interface Message Processor,IMP)的包交换开发进行了说明。同时,L. Robert 和 H. Frank 及其在网络分析公司的研究小组对网络拓扑结构及经济性进行了优化设计,而已到加州大学洛杉矶分校(University of California, Los Angeles)工作的 L. Kleinrock 及其研究小组开发了网络测试系统。

1969 年 9 月,美国雷神公司将第一个 IMP 安装到了加州大学洛杉矶分校,这样第一台主机被连起来。1969 年底,加州大学洛杉矶分校、斯坦福大学研究院、加州大学圣巴巴拉分校和犹他州大学的四台主机均连上了网,这就是 Internet 的前身。

此后,越来越多的大学、研究机构和公司纷纷加入到 ARPANET 中。20 世纪 70 年代的ARPANET 已经包括了几十个网络,但仅限于每个网络内部的计算机之间能够相互通信,不同网络的计算机之间仍然不能相互通信。为此,DARPA 设立了一项新的研究课题来支持学术界和工业界进行研究,其主要内容是通过一种新的方法将不同的计算机网络互联,形成"互联网",即"Internet",这个名词一直沿用到现在。

在 Internet 的研究过程中,软件起到了非常重要的作用。1970 年,S. Crocker 的网络工作小组(Network Working Group,NWG)完成了最早的 ARPANET 上主机到主机的网络控制协议(Network Control Protocol,NCP)。在随后的两年间,ARPANET 上的节点可以完全地执行这些协议。此时,网络用户可以开发相应的应用软件了。

1972 年 10 月,B. Kahn 在国际计算机通信会议(International Computer Communication Conference,ICCC)上进行了一次成功的 ARPANET 演示,这使得公众第一次知道了这种全新的网络技术。同年,美国雷神公司的 R. Tomlinson 开发了基本的电子邮件发送和阅读程序。之后,L. Robert 又开发出了第一个电子邮件应用程序,可对邮件进行列表、选择阅读、归档、转发及作出反应等操作。在此之后的 10 年内,电子邮件成了网络上最重要的应用之一。

到 1974 年,已经出现了连接分组网络的协议,其中包括著名的 TCP/IP。这两个协议相互合作共同工作,其中 IP 是基本的通信协议,而 TCP 可以帮助 IP 实现可靠的传输。TCP/IP 的一个重要特点是具有开放特性。由于 TCP/IP 的规范和 Internet 技术都是公开化的,这就使得所有厂家生产的计算机之间都能够相互通信,从而使 Internet 成为一个开放的系统,这正是后来 Internet 得到飞速发展的重要原因之一。

到 1982 年,DARPA 接受并认可了 TCP/IP,并在众多候选方案中选定 Internet 作为主要的计算机通信系统,规定其余的军用计算机网络由先前的通信方式全部转为使用 TCP/IP 进行通信。到 1983 年,ARPANET 被划分成两部分:军用部分称为 MILNET,民用部分仍然称为 ARPANET。到 1984 年,美国国防部将 TCP/IP 作为所有计算机网络的标准。

到 1986 年,美国已有若干个服务于科研教育的超级计算机中心,美国国家科学基金(National Science Foundation,NSF)将分布在不同地区的 5 个超级计算机中心互联起来,形成 NSFNET。到 1988 年,NSFNET 取代 ARPANET 成为 Internet 的主干网,并使用 TCP/IP协议。政府、各大学和私人科研机构的网络均允许加入其中。到 1990 年,ARPANET 的最后一个站点被撤销,由 NSFNET 取而代之。从此,Internet 正式从军用转为民用。

Internet 的发展及其所取得的巨大成功,引起了业界的广泛关注。美国 IBM、MCI、MERIT 三家公司在 1992 年联合组建了一家高级网络服务(Advanced Network Service,ANS)公司,并建立了一个新的网络"ANSNET",该网络随后成为 Internet 的另一个主干网。与 NSFNET 所不同的是,ANSNET 是由商家出资实现的,而 NSFNET 是由国家出资建立的,这是 Internet 开始向商业化发展的一大跨越。NSFNET 在 1995 年 4 月正式宣布停止运作。此时,Internet 的骨干网络已经覆盖了全球 91 个国家,其主机已超过 400 万台。

纵观 Internet 的出现和发展历程,它之所以会取得如此巨大的成功,最重要的原因之一是其设计理念,即端到端透明、用户自律、公平平等、简单开放的四大原则。到 1996 年,Internet 规模已十分庞大,共有 60000 多个网络被连接在内,大约 480 多万台主机通过网络被连接在一起。到 2010 年,全球 Internet 用户已经达到 18 亿,其中中国用户已接近 4 亿。当前,Internet 的各种应用涵盖各个产业和领域,从学术研究到股票交易,从接受远程职业培训到为孩子选择学校,从游戏娱乐到在线居家购物等,都有十分广泛的应用。

1.1.2 新一代互联网的提出

目前,Internet 的影响力已经渗透到社会的各个方面,并为各国现代化和信息化建设奠定了坚实的基础。现有的 Internet 大体上以 IPv4 协议为主,这虽然在 Internet 的迅速发展中起到了促进作用,但随着用户数量的不断增长以及用户应用需求的不断提高,IPv4 的不足已经逐渐显现出来。此外,随着网络上多媒体信息和实时业务的与日俱增,用户在服务质量(Quality of Service,QoS)、网络的移动性以及安全性等方面都提出了更高的需求,但目前的 Internet 存在安全性差、可扩展困难、不易管理和控制等诸多问题,这促使人们展开对新一代 Internet(New Generation Internet,NGI)的深入研究。

美国克林顿政府于 1996 年提出的“下一代 Internet 计划”标志着 NGI 的开始[2],该计划的目标是将网络的连接速率提高至当时(1996 年)Internet 速率的 100 倍甚至 1000 倍,并突破网络瓶颈的限制,使得交换机、路由器和局域网络之间的兼容问题得到有效的解决。此后,许多国家都启动了大型的研究计划和项目,对 NGI 展开了积极和卓有成效的研究。到目前为止,NGI 已在很多方面取得了长足的进展,例如无损失或低损失数据压缩 MP3 与 MP4 技术降低了音频和视频信息传输对网络带宽的需求,从而使得网页(Web)视频成为各类新型应用系统以及操作系统常备应用组件之一。与其密切相关的 IPv6 等协议也成为 NGI 发展的重要基础。现在,NGI 已在许多国家和地区得到了不同程度的应用,可以相信,不久以后 NGI 会在世界范围内获得更大规模的推广和应用。

从美国克林顿政府提出 NGI 的研究计划到现在,已经过了近 15 年的时间。国际和国内学术界和产业界关于“什么是 NGI?”“NGI 和目前 Internet 的主要区别是什么?”等问题和观点,始终没有形成统一和确切的定义。但是,人们面对目前 Internet 存在的主要技术难题,对 NGI 的需求和基本特征已有了一些基本共识:NGI 既能保持现有 Internet 的优势,又能解决 Internet 面临的挑战与问题;NGI 不是现有 Internet 的修修补补,两者之间应该是个升级换代的关系。因此,与现有 Internet 相比,NGI 应该“更大、更快、更安全、更及时、更方便、更有效益”[3]。

- 更大:是指 NGI 将逐渐弃用 IPv4 协议而启用 IPv6 协议。这样,网络地址空间将从 2^{32} 增加到 2^{128},几乎可以为地球上每一个物体分配一个独立的 IP 地址。

- 更快:是指 NGI 将比现有的网络传输速率更高。
- 更安全:是指 NGI 充分考虑了网络安全问题,能避免现有 Internet 中的大量安全隐患。
- 更及时:是指 NGI 能随时为用户提供实时的服务,支持组播和 QoS 传输等功能。
- 更方便:是指 NGI 能支持终端更方便和快捷地进行无线接入,实现移动通信等。
- 更有效益:是指 NGI 在网络管理方面将更有效。

从另一方面来说,"更大、更快、更安全、更及时、更方便、更有效益",也可以说成是解决目前 Internet 在"扩展性、高性能、安全性、实时性、移动性、易管理和经济性"等方面存在的重大技术问题,可分别定义如下[4]:

- 扩展性:是指 NGI 应该从目前 Internet 主要连接计算机系统的状况,经过扩展达到有能力连接全部可以连接的电子设备的程度。由于接入终端设备的种类和数量更多,这就需要网络的规模更大,应用更广泛。
- 高性能:是指 NGI 应该提供更高的传输速率,特别是端到端的传输速率应该达到 100 Mbps 以上,以支持更高性能的 Internet 应用。
- 安全性:是指 NGI 应该保证开放、简单和共享三方面的技术宗旨,并在此基础上建立一套完备的安全保障体系,从而从网络体系结构上保证信息的真实性和可追溯性,进而提高网络的安全性和可信性。
- 实时性:是指 NGI 的网络 QoS 应该具有控制能力强和有保障等特点,并且支持组播、实时交互和大规模视频等新的 Internet 应用,而不是当前 Internet "尽力而为(best effort)"的网络 QoS 控制策略。
- 移动性:是指 NGI 应该着力实现一种"无处不在、无时不在"的移动 Internet 网络,并采用先进的无线移动通信技术,提供给人们一个随时、随处可用的生活、工作和学习环境,从而使"移动"得以真正实现。
- 易管理:是指 NGI 应该在网络体系结构中布置更加严密的网络管理元素和手段,克服目前 Internet 难以精细管理的缺点,实现可靠的网络、业务和用户综合管理能力。
- 经济性:是指 NGI 应该彻底改变当前不合理的经济模式,即基础网络运营商投入巨额资金建设了 Internet 却面临着亏损的困境,与此相反,提供网络服务的网络信息内容提供商却享受着相对高额的利润。NGI 急需创建一种公平、合理和和谐的多方赢利模式,以便保证其良性和可持续发展。

可见,未来的 NGI 将能够更加有效及时地使人们可以不受时间和空间的束缚,采用任何一种方式高速上网,任何可以想象到的东西几乎都会成为网络化生活的一部分,从而为人们创造一个数字化的生活环境。

1.1.3 国外 NGI 的研究进展

从 1992 年开始提出"信息高速公路"之后,美国的 Internet 技术得到了飞速发展,并在商业化方面获得了巨大的成功。美国 NGI 的主干网和欧洲 NGI 的主干网,在带宽方面不断升级,并且提出了向新一代 Internet 协议 IPv6 发展的政策,现已开始大力开展技术试验和应用试验。美国的 Internet 2 和欧洲的 GÉANT 在 2002 年已完成了 5 Gbps 的高速互联,Internet 2、GÉANT 以及亚太地区的 APAN 还一起联合启动了"全球吉比特研究网络(Global Terabit Research Network,GTRN)"计划,这些活动都极大地推动了全球 NGI 的研究与发展。

2005 年,美国 NSF 启动了两项 NGI 研究计划,分别是未来 Internet 设计(Future Internet Network Design,FIND)和全球网络创新环境(Global Environment for Network Innovations,GENI)[5]。其中,FIND 计划的宗旨是设计一个可以满足未来 15 年社会需求的新型网络,在设计过程中鼓励研究人员充分发挥自己的创新与能动性。该计划的最大特点是从根本上探讨所需的网络结构及其设计,而非逐步改进现有网络。因此 FIND 计划要求尽量做到无论在关于网络体系结构各个方面的研究,还是在设计中,都要摆脱先前研究思维的不良影响和束缚。GENI 计划的目的是构建一个崭新的、高安全性的、能够连接一切设备的 Internet,以此来带动 Internet 的发展和经济增长。创造性和革命性是发展 GENI 的重要因素和动力,因此 GENI 的目标是发现和评估具有以上两个重要因素的概念、示范和技术,以此作为未来 Internet 发展的基础,创造出大量优质的研究平台,实现实验环境的改造,使其为未来 Internet 体系结构、服务和过渡的研究服务。2009 年,Verizon 在移动通信世界大会上宣布了构建美国首个新一代长期演进网络的计划。

2007 年初欧盟在第七框架(Framework Programme 7,FP7)中设立了"未来 Internet 研究和试验(Future Internet Research and Experimentation,FIRE)"项目[6]。FIRE 计划涉及很多方面,其中包括有关未来 Internet 的一些概念、协议和体系结构以及相关的技术,同时也涉及一部分社会经济学和工业发展等方面的研究,这是一项需要长期投入的原创性研究,需要试验来驱动其发展。2010 年,英国的几家主流电视台联合电信服务商共谋下一代广播电视服务蓝图——"画布"计划。旨在通过电视网与互联网的融合,实现电视服务平台向网络和数字高清时代的战略转移。

在亚洲,2002 年底日本与韩国的 NGI 试验网开通了 1 Gbps 的直通互联。2006 年,日本的 NICT(National Institute of Information and Communications Technology)启动了新的研究项目,其目标是在 2015 年前研究一个全新的 NGI 架构,并完成基于此网络架构的设计。2008 年,日本的 NICT 又制订了新的 3 年计划项目"日本第二代互联网(Japan 2nd Genration Internet,JGN2 +)",该项目通过研究虚拟技术和重叠网,进行试验床建设,并建立了服务平台架构研究中心(Service Platform Architecture Research Center,SPARC)以便其更高效地开展研究。

国外学术界近年来对 NGI 也进行了大量研究。在 NGI 体系结构方面,虽然现有研究还没有达成统一的认识,但均认为 NGI 应该是功能更强大、更通用、更自适应和更健壮的网络[7],并且具有可扩展性、可交互性、可用性、可计费性、安全性、匿名性等特性[8]。现有研究指出,传统 Internet 体系结构的缺陷导致了很多问题,比如域名解析系统(Domain Name System,DNS)中路由器将 IP 地址转换成主机标识会造成很多中毒和网络攻击事件,为此美国印地安娜大学的 Shue 等认为 NGI 中可以不采用 IP 地址而采用主机名作为标识的数据传输机制[9]。基于这种思路,巴西金边大学的 Wong 等提出了通过在网络层和传输层之间增加一个识别层的网络体系结构[10,11],为每个终端用户提供一个标识符,可以克服 IP 语义多样化问题,从而为终端用户提供更好的移动性,解决多宿主问题和安全问题。同时,美国华盛顿大学的 Pan 等还设计了支持移动和多宿主的标识位置分离体系结构[12],提出了一种兼容核心边分离(core-edge separation)和标识位置分离(ID locator separation)的混合地址转换机制。在此基础上,进一步提出考虑安全和逻辑驱动的,包括三个层次的混合标识系统[13]。此外,为支持部分节点和整个域的移动问题,巴西金边大学的 Pasquini 等还提出了一种 NGI 中的域标识(domain ID)思路[14],并通过原型系统验证了该方案的有效性。

在 NGI 协议和算法研究方面,普遍认为高质量服务是 NGI 中的关键问题之一,并且随着 IP 电视(IP Television,IPTV)等业务的发展,NGI 中 QoS 保障等诸多问题越发迫切[15,16]。为此,韩国庆熙大学的 Kim 设计了质量屋(House of Quality,HoQ)模型来提高 QoS[17]。同时,随着网络多媒体业务的迅速发展,组播也是 NGI 中的关键问题之一。为此,美国伊利诺伊理工学院的 Tian 等提出了 NGI 中可扩展且高效的基于目的的组播协议,该协议中每个数据包承载了显示目的信息而不是隐式的组播地址,这样更有利于组播数据包的传输[18]。在安全性方面,德国布伦瑞克工业大学的 Polito 等提出了在多协议标签交换(MultiProtocol Label Switching,MPLS)模型下基于连接的、且考虑安全问题的信令协议来构建标签交换路径,该协议具有通用性,可支持多种现有的传输和安全协议[19]。在可靠性方面,巴西乌贝兰迪亚大学的 Pereira 等设计了在 NGI 中保障数据传输的协议,该协议与网络第二层通信而不需要传统的 IP、TCP 和用户数据报(User Datagram Protocol,UDP)协议的参与[20]。此外,突尼斯通信研究中心的 El Asghar 等研究了 NGI 中的路由器可编程抽象(programming abstractions)机制[21]、逻辑拓扑设计、逻辑协议和物理协议映射机制、分布服务放置问题、数据高速传输在线检测的硬件实现方案等,提出了可行的解决方法,促进了 NGI 的研究和发展。

1.1.4　国内 NGI 的研究进展

从 20 世纪 90 年代后期开始,国内先后启动了一系列与 NGI 研究相关的计划[4,6,22]。

1998 年,教育部建设了中国教育和科研计算机网(China Education and Research Network,CERNET)-IPv6 试验网;国家自然科学基金委员会资助建设了“中国高速互联研究试验网络(National Natural Science Foundation of China Network,NSFCNET)”;863 计划在“十五”期间重点支持了 IPv6 核心技术研发、IPv6 综合试验环境、高性能宽带信息网(Tbps transmission,Tbps routing,and Tbps switching Network,3TNet)示范等重大专项;中科院开展了"IPv6 关键技术以及城域示范网"的建设和示范工作。

2002 年,在国家计委的组织下启动了"下一代 Internet 中日 IPv6 合作项目"等。

2003 年,中国 NGI 示范项目中国下一代互联网(China Next Generation Internet,CNGI)正式启动。CNGI 的研究内容主要包括以下三个部分:推广应用核心设备和开发软件,包括关键网络设备产业化以及重大应用产业化;建设 NGI 示范网络,包括核心网建设、驻地网建设以及国际联网和交换中心建设;开发试验网络技术和对重要应用的示范。

CNGI 由 6 个主干网组成,它们之间的数据交换由建在北京和上海的 2 个交换中心负责完成,这 2 个交换中心同时还作为整个 CNGI 的国际出口,负责连接国际 NGI。每个 CNGI 主干网由若干千兆级汇集点(Gigabit Point of Presence,GIGAPOP)组成,提供高达 1 Gbps 的高速宽带接入。

CNGI-CERNET2 即第 2 代中国教育和科研计算机网(2nd China Education and Research Network,CERNET2),是中国 NGI 示范工程 CNGI 中唯一的学术网,也是其中规模最大的主干网,是目前世界上规模排在前列的以纯 IPv6 技术为核心的 NGI 主干网。2004 年 3 月 CERNET2 试验网在北京正式开通并提供服务,这也标志着中国 NGI 建设全面启动。CERNET2 主干网连接北京、上海、广州等 20 个主要城市核心节点,传输速率达 2.5 ~ 10 Gbps,并且与北美、欧洲、亚太等地的国际 NGI 实现互联,连接速率达 45 Mbps。同时,CERNET2 部分采用了我国自主研制具有自主知识产权的世界先进的 IPv6 核心路由器。

我国在第一代网络的研究过程以及关键技术研究方面的世界性角色是"跟随者",而在 CNGI 项目中我国走到了世界前列,角色转变为世界 NGI 研究与建设的重要"参与者",因而在 NGI 标准及关键技术上开始逐渐享有话语权。

在 CERNET2 项目建设上这一角色转变体现尤为明显。2006 年 9 月,CNGI-CERNET2/6IX 通过国家鉴定验收,经过两院院士评估被评为"2006 年中国十大科技进展"第一名,并获得 2007 年度国家科技进步二等奖。作为 CNGI 示范网中规模最大的主干网,多项重大创新应用在 CERNET2 项目中,总体达到世界领先水平,特别是"建设纯 IPv6 大型 Internet 核心网"、"基于真实 IPv6 源地址的网络寻址体系结构"和"IPv4 over IPv6 网状体系结构过渡技术"均属国际首创。

互联网工程任务组(Internet Engineering Task Force,IETF)分别于 2007 年 7 月和 2008 年 7 月宣布了由 CNGI-CERNET2 提交的两个标准:请求注解(Request For Comment,RFC)4925 和 RFC 5210,这也是中国大陆首个非中文的相关 Internet 核心技术的标准,从而在国际 Internet 主流技术上我国享有了一定的发言权。此外,中国大陆学者主导推动了第一个适用于各种文字的工作组——基于真实 IPv6 源地址验证体系结构(Source Address Validation Architecture,SAVA)研究小组,它是由 CNGI-CERNET2 发起成立的。

此外,在 CNGI 项目的带领下,在网络服务、接入和体系结构等方面,中国电信、中国移动等单位也取得了诸多成果,已经申请或已经授权了多项专利和软件著作权。如,基于无状态映射的 IPv4 和 IPv6 网互通的方法、互联网面向用户的跨域端到端网络路由选择方法、互联网准最小状态流量控制方法、基于自治系统互联关系的真实 IPv6 源地址验证方法等发明专利,及 IPv6 实名地址公私钥生成系统、IPv6 网络地址转换系统等软件著作权。

2009 年,北京交通大学承担的"一体化标识网络系统"的 NGI 项目通过了教育部组织的成果鉴定。该科研项目得到了国家 973 计划、863 计划和国家自然科学基金的支持。目前,该系统已在国内多家企业和高校部署,进行应用验证。

中国台湾地区的 NGI 主干网台湾学术网(Taiwan Academic Network,TANET)于 2002 年先后开通了与美国、日本、韩国、中国香港等国家和地区的 155 Mbps 的高速互联线路,并在 2008 年全面实现 IPv6 协议。中国香港地区的 NGI 主干网、香港学术和研究网(Hong Kong Academic and Research Network,HARNET)于 2001 年开通了与美国的 45 Mbps 线路。

国内学术界近年来对 NGI 也进行了大量研究。在 NGI 体系结构研究方面,清华大学林闯等从应用需求的角度出发,归纳了 NGI 应该具备的基本特性,即可控性、可信性、可扩展性[3],认为 NGI 体系结构要解决互联网体系结构的扩展性和演进性问题、大规模路由的可信和收敛问题、海量数据的高效网络传送问题、非连接网络的实时传送问题、用户跨域访问的复杂自治网络管理问题[4]。与国外研究思路类似,林闯等也认为 NGI 体系结构中主机的名称与主机的位置信息应该分离[23],主机上资源的名称与主机名称应该分离,需要考虑网络安全与 QoS 作为与数据传送相并列的网络内在要求,需要考虑集中与分布式控制相结合的网络管理方式,以增强网络的可控性。在 NGI 体系结构的可扩展性方面,清华大学吴建平等认为发展 NGI 过程中要尽可能继承和发扬目前 Internet 体系结构的精髓,让 Internet 体系结构继续在 NGI 中发挥核心作用[6]。为此,清华大学金德鹏等提出了基于虚拟化技术的体系结构思路[24],能认知地解决网络管理、控制和测量等问题,通过可扩展性设计能很好地部署在网络中。在可信性和安全性方面,清华大学吴建平等还提出了基于真实 IPv6 源地址验证体系结构(SAVA),用以验证转发的每一个分组的 IP 地址的真实性,提高网络的可信性和安全性[25]。

在 NGI 协议和算法研究方面,针对可扩展性问题,当前网络提供商的安全和业务管理等方案不能直接移植到 NGI 中。为此,清华大学李子木等提出了基于 IPv6 的多地址配置方案,在保证 QoS 的前提下使当前网络提供商的方案能更容易地移植到 NGI 中[26]。在可信性和安全性方面,中南大学刘拥民等在分析传统 Internet 数据传输和通信协议的基础上,分别提出了基于时间沙漏模型的数据传输协议和可信网络模型[27];北京交通大学王宏超等提出了基于主机标识的、采用安全和双向认证的接入控制机制[28];东北大学王兴伟等提出了基于 SAVA 的可信路由机制,在网络中只有部分可信节点配置的前提下,实现可信路由并支持负载均衡[29]。在网络分层方面,根据跨层设计的思路,东北大学韩来权等提出了基于基础互联结构同质(Fundamental Interconnecting Structure Homogeneous,FISH)网络的旁路分流算法,采用镜面加工机来分析流的特点,能很好配置到 NGI 中[30];清华大学王旸旸等研究了 Internet 中网络层和传输层的覆盖路由的结构和方法,提出支持 NGI 的覆盖路由的新思路[31]；北京交通大学杨冬等分析了传输层在 NGI 中的重要地位,以提供普适的服务为目标,给出符合 NGI 要求的传输层架构,通过理论分析和原型实现证明了新架构的正确性和可行性[32],他们还提出了适合 NGI 的网络分层优先映射理论,对层信息进行统一描述和优先区分,再通过映射机制建立联系,协同高效地完成网络服务,提高网络QoS[33]。在此基础上,北京交通大学李世勇等进一步提出了基于网络效用最大化的、从服务到连接和从连接到路径的多对多映射的数学模型,给出了映射模型的一般形式,确保了非弹性服务能获得一定的 QoS[34]。在移动性方面,北京交通大学翟羽佳等阐述了移动管理层作为移动性及其管理的概念,提出了描述移动性管理机制的索引结构模型,并设计了一体化网络的移动性管理方案[35]。在其他方面,学者们还提出了基于分布式 Hash 表的标识地址映射机制[36]、针对对等网络(Peer-to-Peer,P2P)系统的负载均衡方案[37]、基于博弈论的支持总最佳连接(Always Best Connected,ABC)的 QoS 路由机制[38]等,促进了 NGI 的研究和发展。

1.2　NGI 与 NGN

1.2.1　NGN 的提出

在电信业的发展历程中,从降低网络建设和运维成本、加强网络管理、保障网络安全及提供方便快捷的业务等角度出发,研究者们一直在探索一个问题,即由一个统一的网络提供所有的电信业务。综合业务数字网(Integrated Services Digital Network,ISDN)、宽带综合业务数字网(Broadband Integrated Service Digital Network,B-ISDN)等就是这一探索历程的产物。然而,由于技术、成本等种种原因,这些网络都没有取得成功。20 世纪 90 年代,基于 IP 技术的 Internet 试图解决这些问题,但仍未达到预期目标。尽管如此,人们始终没有放弃对网络融合这一目标的追求,而是以更加审慎的态度来迎接整个电信行业的机遇和挑战,促使下一代网络(Next Generation Network,NGN)在这样的背景下诞生,并引起了全球范围的广泛关注。

广义上的 NGN 是一个宽泛的概念,它描述了电信网在核心网和接入网领域的主要架构及技术革新。国际电信联盟电信标准局 (International Telecommunication Union Telecommunication Standardization Sector,ITU-T)是电信界权威的标准化组织,2004 年 2 月举办的 ITU-T SG13 会议给出了 NGN 的基本定义:NGN 是基于分组技术的网络,能够提供包括电信业务在内的多种业务;利用多种带宽和具有 QoS 支持能力的传送技术,能够实现业务功能与底层传送技术的相互独立;用户可以自由接入到不同的业务提供商,并能够支持广泛移动性,从而为用户提供一致的、无处不在的业务。

NGN 几乎涵盖了当今电信领域中所有的新技术和新思想,如接入层上的宽带有线与无线接入网、基础传送层上的智能光网络、承载层上的安全分组网络、网络控制层上的软交换、业务角度上的开放的智能化综合业务平台、移动通信角度上的 3G 与 4G 技术等。

　　NGN 的出现表明电信网络从以电路交换为主的传统公共交换电话网(Public Switched Telephone Network,PSTN)向着固网智能化、软交换、IMS(IP Multimedia Subsystem)的方向逐步演化,最终构建一种基于数据分组交换的"全 IP"网络。这种新的分组交换网络承载了原有 PSTN 的所有业务,大量的数据通过 IP 承载网进行传输以减轻 PSTN 的重荷。同时,IP 技术的新特性又为电信网络增加了许多新业务。NGN 的产生是电信网络发展历程上的里程碑,预示着新一代电信网的到来。

1.2.2　NGN 的体系结构

　　ITU-T 的标准指出,NGN 是业务层和传输层相分离的网络。而欧洲通信标准研究所(European Telecom Standards Institute,ETSI)的电信和互联网融合业务及高级网络协议研究组(Telecommunications and Internet Converged Services and Protocols for Advanced Networking,TISPAN)则具体化了这种分离的思想。从完成用户业务功能的角度,将 NGN 划分为 4 个相对独立的层次,由下至上依次为数据接入层、核心传输层、媒体控制层和业务层。NGN 的体系结构如图 1.1 所示。

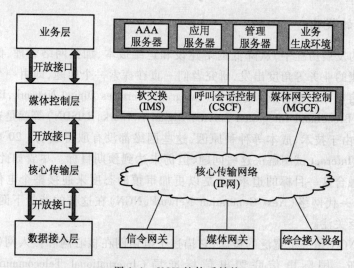

图 1.1　NGN 的体系结构

1. 数据接入层

　　NGN 的核心网络是与接入技术无关的,相对基于 IP 技术的核心传输网而言,各种电路交换网络都属于边缘网络,如 PSTN、公共陆地移动电话网(Public Land Mobile Network,PLMN)等,需要通过接入层提供的各种接入方式和手段来接入核心网。数据接入层的主要功能就是为各种网络和设备接入到核心骨干网提供支持。接入层的主要组成部分包括信令网关、媒体网关和综合接入设备等。

2. 核心传输层

核心传输层主要负责提供各种信令流和媒体流的传输通道。毋庸置疑,基于分组技术传输是 NGN 的必然选择,NGN 的核心承载网将是以光网络为介质的分组交换网。虽然 Internet 的快速发展与巨大成功很大程度上得益于 IP 技术的开放性和低成本,但是,其尽力而为的服务模式却无法满足电信业务对 QoS 的强烈需求。IETF 的第三代合作伙伴计划(3rd Generation Partnership Project,3GPP)提出了端到端的 QoS 概念。ETSI TISPAN 又在3GPP 的基础上,提出了网络附着子系统(Network Attachment Subsystem,NASS)与资源接纳控制子系统(Resource Admittance Control Subsystem,RACS),使得基于分组技术的 NGN 能够提供具有 QoS 保证的业务,这势必极大地吸引用户的眼球,具有更强的业务竞争力。

3. 媒体控制层

媒体控制层主要负责提供呼叫控制、链接控制、协议处理等能力,并为业务层访问底层各种网络资源提供开放接口。该层的主要组成部分包括软交换设备、媒体服务器等。软交换是 NGN 的核心控制实体,用来提供呼叫控制和连接控制功能,对上为多种业务提供接口,对下支持各种网络协议。其基本特征是:业务提供与呼叫控制相分离、呼叫控制与承载链接相分离,对于分离接口采用标准协议或应用程序编程接口(Application Programming Interface,API),真正实现业务独立于网络。

4. 业务层

业务层主要负责为用户提供丰富的网络业务,以及网络运营所需的管理、维护和计费等功能。该层的主要组成部分包括 AAA(Authentication、Authorization、Accounting,认证/授权/计费)服务器、应用服务器、网管服务器等支撑设备。AAA 服务器是运营商控制和管理用户的重要环节,主要功能包括辨别哪些用户可以访问网络服务器,对具有访问权的用户提供哪些服务,如何对使用网络资源的用户进行计费。应用服务器是业务层最主要的功能实体,它是 NGN 中业务的执行场所,负责业务逻辑的生成和管理。网管服务器用于对用户和网络资源进行集中式管理。

1.2.3　NGN 的技术特点

NGN 以软交换为核心,采用开放、标准的体系结构,并与现有诸多技术进行集成,在降低全网复杂度的基础上,提供话音、视频、数据等多媒体综合业务。NGN 饱含着人们对未来网络的各种理想期待,其技术特点主要包括以下几点。

1. 基于分组交换技术

传统电信网络基于电路交换技术,采用集中式的业务处理方式。基于电路交换的电信网络为每一对通信用户建立了一条被双方独占的物理通路,因此 QoS 能够得到很好的保证。然而,由于用户业务需求千差万别,行业内业务需求飞速增长,这种集中式的处理模式不仅难以满足个性化的业务需求,而且由于运营商网络的升级过程非常复杂,集中式的处理模式成为制约电信网性能的主要因素。在 NGN 中,端到端的数据传输基于分组交换技术,能够快速提供增值业务。而且,基于分组交换技术的核心网更方便融合多种接入网,可以更加灵活地提供多媒体业务。

但是,鉴于 Internet 只是提供尽力而为的服务,基于分组交换的 NGN 若要传输视频及其他多媒体业务,则必须考虑安全以及 QoS 问题。

2. 采用开放且分层的网络架构体系

网络开放性是 NGN 重点强调的内容,主要包括开放式的网络架构与网络设备以及标准化的信令和协议。开放式的网络架构和网络设备能够支持众多的服务运营商、设备制造商以及服务提供商方便地进入市场参与竞争,并且有利于服务的产生和后续运营管理。分离的各个部件之间的协议接口对外开放,并通过标准化的信令和协议可以有效地实现各种异构网络的互联互通,使得网络系统从封闭式结构转向开放式结构。

为了适应网络规模快速扩大的发展态势,满足实际运营的需求,NGN 引入了分层结构的组网模式。主要采用两种分层方法:软交换设备分层组网和位置服务器分层组网。前者主要通过划分端局软交换、汇接软交换及顶级软交换等机制,使得各级软交换能够分别维护不同的用户数量和路由信息。而后者则通过增加位置服务器来存储用户路由信息,为位置服务器之间、位置服务器和软交换设备之间设计专门的通信协议。这种分层组网的设计方式,使得运营商可以根据业务发展的实际情况部署接入点,而无须过多地考虑网络规划。

上述特点使得 NGN 在网络容量、运营管理的方便程度、组网效率等方面,都要远远好于 PSTN。

3. 业务独立于网络

虽然传统智能网定义了智能网应用协议(Intelligent Network Application Protocol, INAP)以及业务独立构件(Service Independent Block,SIB)等用于业务开发接口,但是由于这些接口和开发方法并不公开,导致传统智能网中的业务并没有真正地独立于网络,结果新业务很难开展,运营商能够提供的业务数量和类型都是有限的。对于这种传统的流量型驱动网络,带宽是运营商成功与否的关键。为了吸引更多的用户,运营商只能靠增加带宽或者打"价格战",别无他法。

NGN 是业务独立于承载的网络,通过采用标准的业务接口对网络能力进行抽象,以供独立的业务开发商使用。而且,其业务与呼叫控制分离以及呼叫控制与承载分离的机制,使得运营商能够提供灵活有效的业务创建、业务应用和业务管理功能,满足各种实时的、非实时的、不同带宽多媒体业务需求,而不必再关注于承载网的形式,真正实现"业务独立于网络"。运营商之间的竞争不再是带宽这一根"稻草",而是通过提供各种各样、独具特色的业务,来满足用户不断发展的业务需求,从而获取更大的利润。

可见,NGN 以业务为驱动的理念不仅增强了网络的竞争力,更能够确保网络的可持续发展。

4. 用户灵活接入

NGN 基于分组传送，能够承载话音、多媒体、数据和视频等多种业务。运营商可以根据不同的业务需求与传输特性，提供实时与非实时、不同的数据传输速率、各种 QoS 等级、点到点、多播、广播、会话、会议等多样化及个性化的业务模式，最终实现按质论价。普通用户可以通过多媒体终端等接入媒体网关与综合接入设备，来获取语音、数据和视频等丰富多彩的业务。

5. 与现有网络的互联互通

在 NGN 体系结构的设计中，通过媒体接入网关、中继媒体网关和信令网关等结构单元，能够有效地实现与 PSTN、PLMN 及 Internet 等的互联互通。同时，NGN 采用后向兼容性的设计思想，能够在保护已有投资的基础上不断挖掘现有网络设施的投资潜力，完成全网基础设备的平滑演进。另外，NGN 也能够支持传真机、模拟电话、移动电话、智能手机等传统终端和智能终端。

6. 提供移动性支持能力

近年来，移动用户数量的持续上升，移动互联网、移动自组织网络、无线传感器网络等新型网络的产生和发展，充分表明了人类对移动性服务的广泛需求。NGN 作为一种多元化、综合化的宽带网络，其部件化设计的特点为支持广泛移动性提供了有力保证。用户可以应用各种接入技术，通过任何接入点接入网络，允许用户跨越当前网络边界来使用和管理业务。

另外，在 NGN 中，业务处理部分的实现需要由电信级硬件平台提供支撑。硬件平台处理能力越强，相应的业务处理速度则越快。从这个意义而言，NGN 产业的发展将遵循摩尔定律，硬件处理速度的持续高速增长将使业务的实现更为方便和快捷，最终促使整个通信产业链获益。

1.2.4 国外 NGN 的相关研究

近 10 年来，NGN 成为业界普遍关注的焦点。世界各国和不同组织都对 NGN 的发展寄予了厚望，斥资开展 NGN 的研究工作。世界各大通信公司相继启动了 NGN 的战略规划，纷纷升级改造网络以适应不断变化的环境，NGN 已在全球范围内得到了广泛实施。

早在 TISPAN 标准问世之前，美国各大通信公司就已积极引入 IMS 系统，开展固定电话业务与移动电话业务的融合。从 2003 年开始，美国各大通信公司相继考虑如何构建 NGN。由于美国市场中 VoIP（Voice over Internet Protocol）、IPTV（Internet Protocol Television）与宽带接入竞争非常激烈，美国 NGN 的发展策略是，IPTV 以独立标准引入，基于 IMS 推进移动电话网向 NGN 演进，近年来取得了很多积极的成果，如：Verizon 与 AT&T 公司于 2004 年前后分别推出了 FiOSTV 和 Uverse TV 系统；针对 IMS 标准互换性差与非 SIP（Session Initiation Protocol）应用适配性弱的缺憾，Verizon 公司提出了改进的 IP 多媒体子系统（Advances-to IMS，A-IMS）；2009 年 AT&T 基于 IMS 实现了由单一的移动业务迈向

IPTV 预约服务等。根据全球知名的技术调研公司 Gartner 预测,单就北美地区的 NGN 业务市场,到 2015 年就能达到 140 亿美元。

在英国,早在 1999 年,THUS 公司就启动了 NGN 的研究项目,该项目计划在全英境内铺设 10 600 km 光纤,连接高达 190 个接入点。为了提高网络的传输速率和可扩展性,其核心光纤网络采用了密集波分复用(Dense Wavelength Division Multiplexing,DWDM)技术。同时,核心网中还使用了 MPLS 技术,以进一步提升网络性能。另外,该项目采用了服务等级协定(Service Level Agreement,SLA)技术,用来解决用户和服务提供商之间有关 QoS 保证的问题。为了支持乡村以及偏远地区的 NGN 建设,2010 年英国政府启动了 NGN 资金的筹集方案,计划投入 10 亿英镑重点用于确保通信基础设施的升级。据预测,到 2017 年英国高达 90% 的地区都能接入 NGN。

在保加利亚,该国最大的固网运营商保加利亚电信公司(Bulgarian Telecommunications Company,BTC)为了在市场竞争中立于不败之地,踏上了网络改造的探索之路。经过大量的研究和调查,BTC 的高层领导和技术部门共同敲定了 NGN 与综合业务接入网(Multi-Service Access Network,MSAN)联合的网络改造方案,以期建立统一的网络,降低运维成本并快速发展业务。2005 年,BTC 在为期 8 个月寻找合作伙伴的紧张又严密的测试和考核中,中国华为公司以大容量、高带宽、高性能的 NGN 及 MSAN 设备赢得了 BTC 的青睐,以领先的综合优势获得了 BTC 网络改造项目的全部份额。华为提供的电信级、端到端的解决方案能够实现无缝继承原有业务,丰富宽带接口业务并向未来平滑演进,将使得 BTC 从原有的模拟网顺利跨入到 NGN。

2006 年,荷兰皇家电信公司 KPN 启动了"全 IP"的 NGN 计划,该计划是 KPN 提供"三合一"服务和多媒体服务的基础,其目标是将 NGN 覆盖荷兰全境,并降低网络的运营成本。KPN 拥有最大的泛欧光纤网络,不仅是荷兰最大的全业务运营商,也是欧洲领先的电信运营商之一。值得一提的是,光纤入户(Fiber To The Home,FTTH)作为 NGN 接入的首选技术,目前已在荷兰收获了可喜的成果。2010 年 4 月,TelecomPaper 对荷兰电信市场的最新研究报告指出,预计到 2014 年,荷兰 19% 的家庭将完成 FTTH 接入。

2010 年,爱尔兰电信软件和系统集团(Telecommunications Software & Systems Group,TSSG)正式宣布启用爱尔兰首个国家级学术型 NGN 测试中心。整个欧洲仅有六家这种学术型的 NGN 测试中心。与商用级通信网络相同,该测试中心提供了原型开发环境,能够测试其功能、标准、性能和互操作性等,研究者们可以在此检测并改良他们的产品。

为了重振日本运营商雄风,主导世界网络革命,日本最大的电信公司 NTT 投资超过 10 亿美元展开了 NGN 的研究工作。NTT 遵循控制和传送分离的设计思想,以用户光纤和无线宽带接入为主要手段,采用基于策略的 QoS 管理机制,全力建设能够满足各种业务发展的 NGN。2008 年 4 月初,NGN 正式投入运营。目前,由 NTT 研究的 NGN 能够支持高速宽带移动通信,可以为广大用户提供高速上网、IP 电话和网络电视三合一的业务,具有较好的稳定性和安全性品质。但其用户数目发展并不理想,原计划首年实现 80 万用户,但根据 2009 年 4 月数据统计,用户数只有 37 万,不及预期的一半,可谓开局不利。

韩国信息通讯部于 2004 年启动了宽带融合网络(Broadband Convergence Network,BCN)的 NGN 建设计划。BCN 计划在 2004 年—2005 年实现话音与数据业务的融合,2006 年—2007 年实现有线通信网络与无线通信网络的融合,2008 年—2010 年实现传输速度为 50~100 Mbps 的综合性宽带融合网络。近年来,韩国的高速宽带网用户数量稳步增加,由 2004 年的 1 192.1 万用户数,增加到 2008 年的 1 547.5 万户。截至 2010 年,用户总数更是突破了 1 600 万户大关。其中,超过 300 万用户通过有线电视运营商接入互联网。美国电信工会的调查报告指出,韩国的宽带网络的平均传送速率已达到 20.4 Mbps,家庭宽带覆盖量为 95%。

1.2.5　国内 NGN 的相关研究

在 20 世纪 90 年代,中国正式启动了 NGN 的相关研究工作,如:原信息产业部电信研究院开展了"新时期电信网发展战略的总体思路"研究课题,结合我国国情对电信网的发展进行了战略部署。2002 年,国家 863 计划通信技术主体组开展了"新一代信息网络 NGN 发展战略研究"的课题,在深入分析国内外 NGN 研究成果的基础上,立足国情,提出了中国 NGN 的发展思路;2005 年,国家发改委从设备和软件开发、关键技术研究、业务与应用试验、谋求建立国际标准等四个方面出发,正式对 NGN 的发展作出了研究规划。上述战略性规划课题有力地推进了我国 NGN 的产业化发展进程。

原中国电信于 2000 年开始了我国最早的 NGN 试验工程,该工程于 2003 年完成了全部的现场技术试验和 NGN 软交换业务试验,并于 2004 年在广东省试商用。2005 年 5 月,原中国电信"长途汇接局 NGN 项目"正式启动,表明中国 NGN 开始进入大规模商用阶段,业界称之为"固网运营商网络演进进入实质性阶段的标志"。

2005 年 10 月,原中国网通启动了面向 NGN 的全网升级计划,通过大规模建设长途骨干 NGN、智能化改造省内汇接局 NGN 以及改造省内本地网端局的综合接入,使最终升级后的网络容量达到了千万级端口,能够提供 IPTV 和 VoIP 等业务,并为 3G 网络提供支持。

2005 年 NGN 产业的另一大亮点是,中国移动也加入了 NGN 的研究队伍,中国移动主要针对 NGN 与 3G 业务的融合性问题进行研究。

2005 年可以称为是 NGN 历史性的一年。我国电信运营商全面加快了 NGN 的启动和推广工作,获得了可喜的进展。运营商的强烈需求也促使如华为、大唐电信、中兴通讯、UT 斯达康等国内设备制造商,纷纷提出了相应的 NGN 解决方案。

我国在致力于研究相关行业解决方案的同时,还积极自主研究相关技术和标准。在 NGN 的相关标准化工作进程中,我国已经开始逐步享有话语权,涉及领域主要包括 QoS 设计、PSTN/ISDN 仿真子系统、固定移动融合网络及未来分组承载网等;主导了多个标准的形成,如"PSTN/ISDN 仿真体系架构"、"基于呼叫服务器的 PSTN/ISDN 仿真实现"、"NGN 功能要求和体系架构"、"NGN 中资源和接纳控制的要求和体系架构"、"虚拟专网(Virtual

Private Network,VPN)业务的 QoS 支持的框架和特征"等,还有一些则被吸收为建议草案。需要特别指出的是,未来分组承载网(Future Packet-Based Network,FPBN)领域的相关标准化工作主要由我国发起,如"未来分组网络的基本特点和需求"(标准号 Y.2601)、"未来分组承载网络高级架构"(标准号 Y.2611)等都是由我国的科研工作者提出的。

　　2008 年 5 月,ITU-T NGN GSI(Global Standard Initiative)会议首次在中国召开。这次会议由中国通信标准化协会(China Communications Standards Association,CCSA)与信息产业部电信研究院共同承办,得到了我国电信运营商以及华为、中兴、贝尔等公司的大力支持。国内外业界高度重视此次会议,来自北美、欧洲和东南亚等国家的 218 位代表出席了会议,分别就 NGN 的安全、架构、业务、家庭网络等问题进行了充分的交流与讨论,取得了一系列丰硕的成果。这次会议的成功举办是我国 NGN 发展史上的里程碑事件,不仅进一步促进了 NGN 技术研究和标准的制定工作,也为我国参与 NGN 国际标准化活动提供了一个很好的机会,是对我国 NGN 研究工作的高度肯定,对促进我国 NGN 的开展有着十分重要的意义。

　　随着 NGN 研发水平的不断深入,中国必将在未来 NGN 的研究工作中做出更大的贡献,也必将在 NGN 的全球商机中分得"一块蛋糕"。

1.2.6　NGN 与 NGI 的异同

　　NGN 是电信界眼中的 NGI,代表着电信网络的未来。NGN 在追求一个完美的目标,希望通过融合现存的所有网络和技术,最终成为提供包括电信业务在内的多种业务的综合业务网,为此 NGN 中采用了多种技术来保证业务传输的带宽及 QoS 需求。

　　NGI 则产生于 Internet 研究部门和计算机界标准化组织中,NGI 的目标是希望通过发展现有的 Internet,在不断优化数据业务的同时,尽力满足包括语音、视频等实时业务的QoS 需求,最终成为一个比目前 Internet"更大、更快、更及时、更方便、更安全、更易管理、更有效益"的全业务网。

　　可见,NGN 和 NGI 虽然具有不同的出发点,但二者都朝着一个几乎相同的目标前进,都希望成为全业务网络。由于 NGN 与 NGI 都是以 IP 技术为本源,因此二者在许多方面都具有相似之处。

1. 基于 IPv6

　　由于 IPv6 协议在地址空间、安全性和移动性等方面具有强劲的优势,有利于多种业务的开展,业界对 IPv6 寄予了很高的期望。IPv6 技术为 NGI 与 NGN 的发展奠定了坚实的基础。

2. 基础网络平台

　　无论是 NGN 还是 NGI,都是为了提供更快的速度和更宽的带宽,虽然高速的网络还要依赖传输技术的发展和进步,但是 NGN 与 NGI 的基础网络平台必须是光网络。

3. 宽带与无线接入

NGN 与 NGI 都以实现"在任何地方、通过任何设备、以任何速率接入网络"为目标，真正实现通信的"无所不在"。这就要求 NGN 与 NGI 必须有宽带无线接入技术的支持。

但是，NGN 的起源是 PSTN，NGI 的起源是 Internet，由于 PSTN 与 Internet 在设计目标与设计思想上存在差异，这些差异导致 NGN 与 NGI 在演进的道路上所追求的侧重点存在差异。NGN 与 NGI 的区别主要体现在以下几方面。

（1）网络管理与控制

由于 Internet 无连接、尽力而为、分散自治的设计理念，NGI 的网络管理和控制能力很弱，NGI 依赖终端智能化，强调分散与自治。NGN 起源于电信界，其传送面与控制面相分离，着重强调加强网络集中控制与管理。在 NGI 中，传送面与控制面合二为一。虽然 NGI 已经开始加强对网络的管理和控制，但进展并不理想。另外，在 NGN 中特别强调使用信令，NGN 明确要求使用会话初始协议（Session Initiation Protocol，SIP）作为其主要信令协议。

（2）智能终端和智能网络

NGI 强调智能在终端的设计思想，网络不需要也不了解用户业务的 QoS 要求。NGN 虽然采用 Internet 中的 IP 技术，但在资源分配和业务传递方面，NGN 认为网络是智能的，不再把复杂功能推给终端。相反，NGN 还可以通过智能终端和智能网络的相互配合来提供更多特色业务。

（3）计费问题与商业模式

NGN 更关注业务、计费与商业模式，有关 NGN 的实验几乎都是由运营商来组织的，电信界对 NGN 的发展目标是建成一个商业网络，继而从中获取利润。有关 NGI 的实验基本上都是由非营利性机构来组织的，业务开发的独立性是 NGI 的显著特点，也是与 NGN 的根本区别，NGI 对计费问题关注甚少。

（4）QoS 需求

NGN 的总体网络结构以电信业务为主，当采用分组网络作为其传送网时，如何解决多业务承载的 QoS 问题成为 NGN 研究的重点。NGI 是以 Internet 为基础的 NGI，由于 IP 固有的无连接特征（分组丢失、时延抖动等），使得维持端到端的 QoS 保证面临着严重的挑战，需要通过未来不断发展的新技术，为不同类型的业务提供不同等级的 QoS 保证。

（5）多业务综合

NGN 的理想目标是集电信网和 Internet 优点于一身，构造一个全业务综合网。但在实际发展过程中，由于电信网和 Internet 机理不同甚至相反，导致多业务融合存在困难。因此，ITU 并不排斥多个网络联合实现 NGN 的方式。为了加速完成现有多个网络的互联互通，在 NGN 的建设初期，对于电信网络原有的赢利主体即话音业务，原 PSTN 的运营商可以通过部署 VoIP 的媒体网关或者软交换设备，完成话音业务的运营。而数据业务则可以通过 NGI 来承载。因此，NGN 与 NGI 正呈现一种既相互竞争又彼此促进的态势，表现为技术上互为补充和借鉴,同时彼此又不能完全包容和替代。

1.2.7 三网融合

随着信息技术的飞速发展,人们的信息需求日益丰富。但是,人们并不能从建设之初面向特定业务的电信网、广播电视网和互联网中直接获取综合的信息服务。为了给用户带来更方便与快捷的业务体验,需要对这三网进行业务扩展,然而,这面临着重复建设、资源浪费等问题。三网融合已成为解决上述问题的必经之路,并迅速成为业界关注的热点。

所谓三网融合,是指打破目前电信网、广播电视网和互联网的界限,最终形成一个具有统一控制机制、IP承载的、包含多种接入手段及终端的、开放业务平台的综合网络系统。这种融合不是将三网简单地物理合一,而是将三网的传输、接收和处理技术进行有效整合。通过融合的高层业务应用,使原本独立的三网在技术上趋于一致,在协议上互联互通,在业务层上相互渗透与交叉,在行业管制和政策方面趋于统一,最终有效提升我国信息产业的整体水平。

在美国,1996年以前联邦电信委员会曾经禁止电信公司经营有线电视业务。随着有线电视的整合,为了促进电视节目的多样化,美国政府于1996年颁布了《电信法》。该法律中取消了对各种电信业务市场的限制,允许长话、市话、广播、有线电视、影视服务等业务互相渗透,也允许各类电信运营商互相参股。《电信法》的建立使得各类电信运营商获得了前所未有的竞争许可,并通过产业升级与兼并等方式,纷纷拓展网络与电视业务。在2001年—2003年间,美国各大电信运营商纷纷试水IPTV业务,广电公司则凭借其已有的电缆和光纤传输优势,纷纷进入电话与网络市场。据最新报道显示,宽带接入及语音传输的业务收入已经占美国有线电视运营商收入的40%以上。网络融合使得以前分属于不同领域内企业所提供服务的差异越来越小,并为用户带来了更方便、更优惠的服务体验。

在英国,网络融合主要包括三个阶段,第一阶段是产业标准建立阶段,第二阶段是对网络基础设施进行融合,第三阶段是对各种通信服务延伸与拓展。实际上,英国政府早在1984年就立法废除电信公司的经营垄断权,允许有线电视进入电话业务。但一直到2000年以后,英国政府才将音频、视频、电子邮件与即时消息等业务集成到一个终端中。为了适应融合环境下的管理与引导,英国政府于2003年颁布了新《通信法》,并成立了新的通信监管机构Ofcom,来取代原有电信、电视、广播、无线通信等多个管理机构,全面负责对英国电信、电视和无线电的监管。Ofcom在成立和组建过程中,高度重视新机构的整体性,彻底打破了信息领域中存在的各种壁垒,使技术和业务进一步融合。目前,英国电信公司同时提供互联网、电话与网络电视等多种业务。而英国广播公司也于2009年推出在线电视业务,吸引了大批网络用户。

在日本,面对电信、广电与互联网分离的情况,日本政府积极开展NGI计划,期望以Internet为基础来实现各种业务的融合。对三网融合中遇到的法律问题,2009年日本政府将原来相关的十部法律法规合并为三部,分别是信息内容法、传输业务法、传输设备法。其中,信息内容法主要基于原广播法进行调整,传输业务法则将有关的电信法案汇总在一起,传输设备法主要基于电信法进行修改。这些法律的调整最终有望创造一个通信、广电相关企业都能自由参与竞争的环境。新法律制订后,网络通信的基础设施可同时被地方电视台等广播通信单位共享,电视节目可以通过移动通信网进行传送,信息家电可以与现有的通信技术进行结合。这些举措能够有效减少设备投资,并将促使用户终端的功能变得更丰富。

中国在"十五"规划、"十一五"规划、2008 年国务院 1 号文件及 2009 年政府工作报告中,均对推进三网融合做出过明确指示,但总体收效并不明显。2010 年 1 月 13 日,国务院常务会议决定加快推进电信网、广播电视网、互联网三网融合,并审议通过了推进三网融合的总体方案,这也标志着三网融合在我国正式进入到实质性推进阶段。根据这次会议指示,我国的三网融合将分两步走,在 2010 年—2012 年重点开展广电和电信业务双向进入试点,探索保障三网融合规范有序开展的政策体系和体制机制。在此基础上,总结推广试点经验,最终于 2015 年建立适应三网融合的体制机制和新型监管体系,全面实现三网融合。目前,在电信与广电的融合方面,我国已经取得很多成功的案例,如上海电信与上海文广合作的 IPTV"百事通"业务、东方有线推出的有线电视和家庭宽带捆绑销售业务、重庆华信高技术公司开发的"三网合一"的用户接入系统。

通过三网融合,能够提供包括语音、数据、图像等综合的多媒体通信业务,用户打电话、看电视、上网等几乎所有的日常信息处理只要在一个网络上就可以完成。这就要求三网在技术上趋向一致,必须具备 QoS 控制、统一的信息表示方式以及传输、交换、接入的宽带化支持,可以实现互联互通,能够达到无缝覆盖。三网融合的技术难点主要包括以下几点。

1. 宽带支持

在宽带传输方面,目前以密集波分复用(DWDM)为基础的光通信网络已经在骨干网中占据主导地位,三网将在此基础上进一步融合。但网络中存在海量的视频、数据等信息,尤其是实时性很高的视频信息,为了保证信息传输的高效性,同时保证较好的 QoS,还有许多问题需要解决。

在宽带交换方面,现有的交换机在交换速度、网络吞吐量、QoS 等方面都远不能达到三网融合需要的性能指标。三网融合后的数据传输量将更大,QoS 要求将更高,这些都对宽带交换机提出了更高的要求。

在宽带接入方面,接入网问题是三网融合的难点问题。接入网直接关系到终端用户的"最后一公里"的服务接入水平。如何维持接入网中各业务的 QoS 水平已成为三网融合的重要内容。

2. 信息安全

从三种网络的发展历程来看,传统三网的管控模式存在差异:电信网络强调通信的安全性,强调具有可回溯的信息回传功能;广电网络从建设之初就强调"可管可控",在各级广电机构中,网络信息安全始终处于被高度重视和反复强调的地位;相对而言,互联网环境的自由开放程度很高,信息安全的管控措施基本处于缺位状态。

三网融合后,将催生出融合各种业务的综合宽带网络体系,从通信内容到传媒内容,再到各类信息应用行业,原本运行在单一网络平台的业务将汇聚到统一的网络平台。如何保证业务传输的有效管控,将成为三网融合的关键性问题。

加速三网融合已成为全世界的战略性目标,并将成为未来 5~10 年网络发展的主要趋势。但是,实现真正的三网融合还需要突破很多技术难点。更为关键的是,还需要国家的统一规划部署,各部门与运营商之间的积极主动配合,在运营、竞争、监管机制等方面取得创新,最终更好地服务于大众。

1.3　新一代互联网体系结构

Internet 体系结构包括 Internet 的组成要素、通信协议、网络功能、网络管理、运营方式等内容,是指导 Internet 设计的、一系列的、抽象的原则。合理的 Internet 体系结构,对网络的性能、QoS、持续发展、演进等方面有决定性的影响。由于 Internet 体系结构的简洁性和高效性,使得在过去的几十年中 Internet 获得了巨大成功。

随着 Internet 应用的不断创新和快速增长,人们对 Internet 规模和性能等方面的需求越来越高,因此以 IPv4 协议为核心的传统 Internet 将面临着更加严重的挑战。为此,美国等一些发达国家先后从 20 世纪 90 年代中期就开始了对 NGI 的研究。我国以清华大学、中国人民解放军信息工程大学、国防科技大学、北京邮电大学、北京交通大学等为代表的科研机构和以华为、中兴等为代表的厂商从 20 世纪 90 年代后期也开始展开对 NGI 的研究。

目前,基于 IPv6 协议的 NGI 框架已逐渐清晰,很多设备商已能供应成熟的 IPv6 互联设备,且大规模 IPv6 网络正在建设中。但 IPv6 网络的应用仍然不能使 Internet 面临的基础理论问题得以解决。相反,由于信息社会的快速发展和全球化进程日益加快,对 Internet 不断提出新要求,这就需要进行新的研究以改进当前 Internet 体系结构的基础理论[23]。

一般来说,对网络的研究可分为三部分,即体系结构、协议标准和机制算法的研究。对体系结构的研究通常是在总结实践经验的基础上,寻求公理性的认识。例如,Internet 诞生于 20 世纪 60 年代,在其发展初期,主要面临着网络连通性差、设备的异构以及管理的分布性等众多难题,经过反复试验验证,直到 20 世纪 70 年代才最终确定了 Internet 无连接的分组交换结构、存储转发的路由机制及"尽力而为"的服务模式,高层的功能置于网络边缘。Internet 创始人之一 D. Clark 将"高层功能置于网络边缘"归纳为"边缘论"的思想,即一种应用功能只有置于通信网络的边缘时,才能完全并正确地执行,而通信网络本身并不具备这样的性质。D. Clark 之所以提出这种观点,是因为网络是不可靠的,只有应用层才能确定最终功能是否被正确执行,而网络核心部分功能是进行数据传输而不是实现特殊的应用[3]。

在研究 NGI 时,要客观地认识"边缘论"思想。一方面,当前网络应用环境已发生了很大的变化,随着网络用户数量的大幅度增加,由于他们之间互不了解,Internet 出现了网络安全漏洞多、可信任度低等一系列问题,因此完善网络核心部分的认证、授权等控制机制是当前亟待解决的问题,只有这样才能实现网络可控性和可信性。增加网络中间节点的性能以及维护其相应的状态信息,并没完全违背"边缘论"的观点,因为网络中间节点并没有相对独立的应用功能。另一方面,在寻求建立新的网络体系结构过程中,大量事实已经证明了"边缘论"所追求的灵活性和开放性依然是设计网络体系结构时必须遵循的"公理"[3]。

目前,国内外对 NGI 体系结构还没有形成统一标准,但大致可概括为两种基本思路[39]:一是基于现有的 Internet 体系结构,对其进行渐进式改进或修补,以解决所面临的重大技术挑战;另一种思路是抛弃现有的 Internet 体系结构,革命式地重新设计一种全新的 Internet 体系结构,从根本上解决现有 Internet 所面临的问题。

1.3.1 渐进式体系结构的研究思路

采用渐进的思路设计 NGI 体系结构,即继续采用传统的 Internet 体系结构,在此基础上更新和完善一些原有的协议和机制,提出新的协议,并增加新的功能(如在传统 Internet 体系结构中添加支持可信、移动等功能的组件),解决目前所面临的问题,从而逐步改进和发展现有的 Internet,以满足 NGI 的需求。这种渐进的方法容易部署和实施,并且使得现有 Internet 建设中的投入可以有效沿用,从而解决传统 Internet 体系结构中的若干问题,如路由可扩展性、端到端问题、安全和可信性、QoS、组播等问题。

在路由可扩展性方面,学术界提出了基于覆盖(Overlay-based)的 Internet 间接访问基础架构(Internet Indirection Infrastructure,I3)体系结构[40]。之后又出现了多种基于身份标识和位置标识分离思路的改进方案,如 Internet 分层命名结构(Layered Naming Architecture for the Internet,LNAI)[41]、扁平标签路由(Routing on Flat Labels,ROFL)[42]等。在工业界,Cisco 也提出了身份标识和位置标识分离的协议(Locator/ID Separation Protocol,LISP)。在主机标识协议(Host Identity Protocol,HIP)基础上,爱立信成立了 IETF HIP 工作组和互联网研究任务组(Internet Research Task Force,IRTF)HIP 研究组,对 HIP 及标准化工作进行深入研究。

在端到端方面,需要解决的问题之一是 Internet 中的主机容易被入侵的问题。虽然网络地址转换(Network Address Translation,NAT)和防火墙有一定的入侵防御作用,但通常只应用在目的节点所在网络的边缘路由器上,不能解决网络中间节点的入侵防御问题。为此,人们提出了一种替代"端到端"模型的"默认不可达"模型,即在目的节点未允许的情况下,所有网络节点均被默认为不可达。

在安全和可信性方面,目前主要包括三类解决方法:一是通过在协议栈中增加一个独立的"安全层"来解决安全和可信问题;二是分别为协议栈中的各层设计独立的安全机制,如 IP 安全机制(IP Security,IPSec);三是通过可信计算等技术,打造可信的网络体系结构,这样可以从根本上解决 Internet 的安全和可信问题。

在 QoS 方面,需要对传统 Internet 中的"尽力而为"传输方式进行改进,目前的主要技术有集成服务(Integrated Services,IntServ)模型、区分服务(Differentiated Services,DiffServ)模型、QoS 路由等。综合服务模型在传输数据之前,根据用户的需求来预留资源以保证 QoS。区分服务模型将数据按 QoS 需求划分等级,拥塞时高级别数据在竞争资源时优先。QoS 路由包括最优路由和约束路由,前者是寻找网络中对应 QoS 度量的最优路径,后者则是寻找大于或小于对应 QoS 度量的路径,该路径不一定最优。

在组播方面,传统的 IP 组播无法很好地支持所有组播应用,为此出现了采用单源组播业务模型支持单源组播应用的思路,如 IETF 的专用源组播(Source Specified Multicast,SSM)。进而,人们又提出了应用层组播,它主要通过端系统来实现组播功能,从而保持了 Internet 的"单播、尽力而为"的特点。应用层组播的研究还在起步阶段,而其他相关技术,如 P2P 技术、媒体编码技术等的发展和完善,对应用层组播也有很大的促进作用。

综上所述,渐进的 NGI 体系结构中的新协议、机制和功能等,往往只能解决传统 Internet 体系结构中的某个或某几个问题,如只能分别解决路由可扩展性、端到端保证、安全和可信性、QoS、组播等,而传统 Internet 体系结构中的其他一些固有问题难以得到根本性的解决。

1.3.2 革命式体系结构的研究思路

采用革命式的思路构建 NGI 体系结构,即对 NGI 体系结构进行全新的"白纸"设计,从根本上解决传统 Internet 所面临的各种问题,从而适应 NGI 的需要。

近年来,针对全新的 NGI 体系结构,美国先后启动了未来互联网体系结构(Future-Generation Internet Architecture,NewArch)、全球网络创新环境 GENI、未来互联网设计 FIND 等项目。欧盟先后启动了自治网络体系架构(Autonomic Network Architecture,ANA)、生物学启发的自治网络和服务(Bio-Inspired Networks,BIONETS)、机会主义网络(Opportunistic Networking,HAGGLE)等项目。中国也先后启动了新一代互联网体系结构研究、新型网络架构及协议体系等重大项目。

在各国的研究中,自治性及跨层设计是全新 NGI 体系结构研究中的主要研究方向之一。其中,自治性是指 NGI 体系结构应该使网络具有良好的处理任务、负载、拓扑等未知变化的能力,能优化资源和降低管理复杂度,具备自组织、自优化、自保护等自属性,能支持目前已有的及将来会出现的各种技术和业务;跨层设计是对传统 Internet 体系结构中分层思路的改进,允许不相邻层间的交互,从而使得层间信息与功能的访问更加灵活。

在自治性 NGI 体系结构研究中,一类是设计全新的、通用的网络体系结构,以适合将来多种新型技术和业务,如可以不必基于 IP 的 ANA 体系结构。另一类是设计专用的网络体系结构,以适合某一特定环境或目标的情况,如适合移动智能终端等异构网络设备的 BIONETS 体系结构、适合间歇性连接和通信的 HAGGLE 体系结构等。

跨层设计的研究者认为,传统的 Internet 分层体系结构中只有相邻层可以交换有限的信息,这使得网络性能的最优化无法很好地实现,如无线网络环境中主机移动引起的连接中断被 TCP 误认为出现了拥塞,在采用拥塞控制后使得网络性能下降。在采用跨层设计后,链路层和传输层能交互信息,则能解决这个问题。因此,NGI 体系结构需要考虑引入跨层设计思路。研究人员提出了"知识平面"来存储各层信息和网络状况[43],并为每层设计了一个专用接口,用以各层与"知识平面"之间的通信。同时,研究人员也指出了跨层体系结构需要考虑全局优化目标,不能完全放弃分层结构,要保留层的概念以提高系统稳定性,并且层间的交互必须是可控的。

支持全新的 NGI 体系结构的人认为,新的体系结构能使传统 Internet 体系结构中的固有问题迎刃而解,包括 QoS、组播等问题。如,新的体系结构的自治性能使网络具有良好的处理任务、负载、拓扑等未知变化的能力,而跨层设计能为信息交互提供灵活性和准确性,这都为 QoS、组播等提供了更好的支持。再如,采用一种全新的一体化网络体系结构之后[35],通过在网络两个子层之间的映射及解析机制,不仅能将传统 IP 地址的双重作用(用户身份、地理位置)拆分,还能将数据包的控制和承载分离,从而实现可控、可管的组播 QoS。

目前,全新的 NGI 体系结构的研究仍然处在起步阶段,还有较多问题需要解决。随着研究的深入,相信会取得较多的研究成果,从而推动全新的 NGI 体系结构研究的进展。

综上所述可见,无论是采用渐进式思路还是革命式思路,都必须承认现有 Internet 的技术精髓和成功经验,如无连接分组交换、可扩展的路由寻址、分层分布式体系结构等,它们都是 Internet 自出现以来不断发展壮大的根源。这些技术和经验是在长期大规模技术试验的基础上逐步形成的。主动网络和可编程网络的兴起和快速消沉就说明了这一点,因为它们有悖于"边缘论"的思想,经过实践证明是不实用的,或者说只是理想化的技术路线。由此可见,在研究 NGI 体系结构的过程中,只有通过反复的论证、实践和修正,最终凝练出 NGI 体系结构中"公理性"的指导意见[3]。

1.3.3 体系结构案例

目前,NGI 体系结构的研究尚处于探索阶段。在这种情况下,对 NGI 体系结构的研究可以让我国紧跟国际最新动态,促进我国信息化社会的发展,提高我国在国际互联网研究领域的地位。下面结合实际案例,分别介绍一种渐进式 NGI 体系结构和一种革命式 NGI 体系结构。

1.3.3.1 渐进式案例:多维可扩展的 NGI 体系结构

渐进式体系结构的一个典型实例是一种"多维可扩展的 NGI 体系结构"[4,6,25],它采用 IPv6 协议及互联网的层次结构体系,并在规模、性能、服务、安全、功能等方面进行了扩展。下面对这种"多维可扩展的 NGI 体系结构"应该解决的相关问题进行阐述。

1. 基本科学问题及其内在联系

多维可扩展的 NGI 体系结构包含 4 个基本科学问题,即多维可扩展性问题、网络动态行为及其可控性问题、脆弱复杂巨系统的可信性问题以及稳定网络体系结构的服务多样性问题。其内在联系如图 1.2 所示。

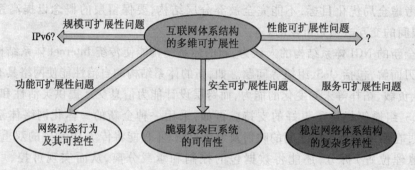

图 1.2 NGI 体系结构的基本科学问题和内在联系

传统的互联网体系结构只是静态地描述了其应该提供的功能、功能划分及各功能模块之间的关系。多维可扩展的 NGI 体系结构则需要解决多方面的问题,包括在服务、安全、控制等多个维度设计出扩展性良好的体系结构等,从而极大地改善相对稳定的网络体系结构和不断变化的服务需求之间相互冲突的现状,使 NGI 可以提供更优质、更令人满意的服务。

2. 多维可扩展性和基本要素

传统互联网体系结构的可扩展性较差,这与复杂多样化的功能之间是矛盾的,这也是 NGI 研究中首要解决的一个基本问题。为此,"多维可扩展的 NGI 体系结构"定义了五项基本要素[4],包括:

- **规模可扩展**:是指网络及端到端性能随着节点或链路数量的增加能够得到相应改善。
- **性能可扩展**:是指网络及端到端性能随着网络资源能力的提高能够得到相应改善。
- **服务可扩展**:是指网络中服务的可部署性能随着总体服务规模的扩大而得到相应改善。
- **安全可扩展**:是指网络中安全机制性能和效用能随着其部署规模扩大而得到相应改善。

- **功能可扩展**:是指网络中的各种功能能在统一的体系结构下进行扩展。

这种多维可扩展性也可以概括为:网络的特性(如性能、部署代价等)在各种与网络相关的可变约束条件(如发送速率、规模、服务类型等)下能够得到相应改善的性质。

除多维可扩展性的定义之外,"多维可扩展的 NGI 体系结构"还包含五项基本要素,如图 1.3 所示。可分别定义如下:

- **IPv6 协议**:已成为 NGI 网络层标准,能解决 IPv4 地址空间不足,有助于安全和性能扩展。

- **真实地址访问**:现有的互联网大量安全问题均是由于缺乏对用户的源地址验证而造成的。因此在 NGI 中的首要问题就是实现用户的真实地址访问,这将有助于安全和服务的扩展。

- **可扩展的网络节点能力**:随着用户需求容量的不断增加,NGI 中的核心交换节点必须具有可扩展性,这将有助于规模和性能的扩展。

- **无连接的网络 QoS 控制**:在保证现有互联网逐跳(Hop-by-Hop)路由的无连接特性的同时,实现对 QoS 的控制是 NGI 的研究目标之一,这将有助于性能和服务的扩展。

- **网络过渡策略**:NGI 必须能和现有的互联网相互协调工作,从而为用户提供服务。但目前的网络过渡策略均只能用于小规模的 IPv6 网络,无法满足 NGI 的发展要求。因此,需要进一步研究以 IPv6 为核心的 NGI 过渡策略,这将有助于规模和服务的扩展。

以上五项基本要素可以支持 NGI 在规模、功能、性能、安全和服务方面的扩展。

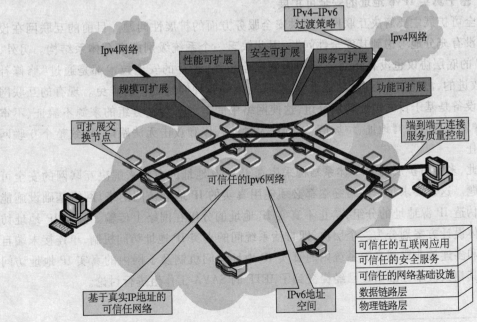

图 1.3 多维可扩展的 NGI 体系结构

3. 基于 IPv6 的规模可扩展

为了能够更好地满足越来越多的互联网使用者,必须要实现互联网能够在空间规模上进行扩展。同时,规模可扩展性也是多维可扩展的 NGI 体系结构中的基础要素之一。

当前互联网的网络层普遍采用 IPv4 协议时,虽然引入了网络地址转换 NAT、地址聚类等技术,但 IPv4 在本质上已经不能满足互联网规模的扩展需求。因此,NGI 的网络层协议将使用新一代的 IPv6 协议,从而极大地提升地址空间,解决 IPv4 地址空间短缺问题,实现互联网在空间上的规模可扩展性。与 IPv4 相比,IPv6 的优势有:地址容量极大扩展、地址结构层次化、网络层的认证与加密、对移动通信更好的支持等。

4. 基于可扩展交换节点的性能可扩展

除了要实现网络能够在空间规模上进行扩展,互联网在处理时间性能方面的可扩展性是网络体系结构的另一个基础性要素。网络节点的处理时间是影响互联网性能的关键因素。一个好的可扩展的拓扑结构应该具备以下特征:两个节点之间的路径应该尽可能多;所有的路径应该尽可能短;网络直径*应该尽可能小;度值尽量低花费尽量小(但冗余度小),度值尽量高花费尽量高(冗余度也相应地高);互联规模应该尽量大,以保证整个网络可靠;增量应该尽可能小,降低花费;复杂度尽可能低,以降低费用。

为此,多维可扩展的 NGI 体系结构采用了一种基于"蜂巢"结构的可扩展交换节点来实现互联网性能的可扩展性。实验表明,采用这种"蜂巢"结构可以有效地解决网络交换节点的性能可扩展问题。

5. 基于真实 IPv6 地址的安全可扩展

安全可扩展主要解决互联网在提供安全服务方面的扩展性问题。目前的互联网在设计初期没有充分地考虑到其安全性问题,因此缺乏一个系统级别的安全体系结构。另外,TCP/IP 的底层协议也没有相对完善的内置安全机制,现存的安全技术都是通过"修修补补"来改进的,出现安全漏洞、功能重叠、实现复杂等各种问题也在所难免。现有的互联网中路由设备是基于目的地址转发分组,这使网络中间节点对传输分组的来源不验证、不审计,这样就会导致假冒地址、垃圾信息泛滥,大量的入侵和攻击无法跟踪,导致整个互联网不可信任。

为此,多维可扩展的 NGI 体系结构采用真实 IPv6 地址的方法来解决互联网的安全可扩展问题。这就要求每个网络终端都必须使用真实的 IP 地址访问网络,网络基础设施能够识别伪造 IP 源地址的分组,禁止不真实 IP 地址的分组在网络上传输。真实 IP 地址访问的整体设计方案划分为三个层次,即自治系统间的真实 IP 地址访问机制、单连接末端自治系统和多连接非穿越自治系统内的真实 IP 地址访问机制及子网内的真实 IP 地址访问机制。其相关技术标准草案已经提交到了 IETF 的 SAVA 工作组进行讨论。

---

* 网络直径(Network Diameter)是指网络中任意两节点间的最长距离,一般用链路数来度量。

6. 基于端到端无连接 QoS 控制的服务可扩展

目前的互联网是基于"尽力而为"的分组交换,仅能够提供单一的发送服务,很难满足不断增长的多种异构业务的需求。随着 NGI 和 IPv6 的发展,如何为不同等级的应用提供相应的 QoS 控制成为制约互联网进一步向前发展的瓶颈,也是 NGI 面临的一个重大课题。

经过研究,"多维可扩展的 NGI 体系结构"提出了跨越多个自治系统的分布式层次化 QoS 路由框架来解决 NGI 的服务可扩展性问题,该框架能够满足网络扩展性要求,同时支持多种 QoS 参数和约束条件,支持多路由协议也能兼顾到对不同 QoS 请求和分组到达速率的适应。

1.3.3.2 革命式案例:一体化可信网络与普适服务体系结构

革命式体系结构的一个典型实例是"一体化可信网络与普适服务体系结构"[32-35],它摒弃了传统互联网的四层体系结构,设计了全新的两层体系结构,并革命性地把传统 IP 地址的双重功能进行分离,即用交换路由标识作为主机的位置标识,用连接标识作为主机的身份及一次服务连接的标识。该体系结构及其关键技术已经形成了一系列专利和标准草案。

1. 一体化可信网络与普适服务的关键问题

现有的互联网体系结构存在固有的缺陷,带来了安全性、可信性、可靠性等方面的严重问题,阻碍了 NGI 的高速发展,因此急需设计新的、适合于 NGI 的体系结构。由于用户对服务的多样化、个性化等需求,NGI 需要为用户提供普适的服务。现有互联网的连通方式是以固定、有线为主,不能很好地适应 NGI 中移动互联网、传感网络等方面的要求。为此,必须构建全新的 NGI 体系结构以彻底解决互联网的固有问题,并在同一网络中提供普适的服务。因此,有如下四方面的关键问题需要考虑和解决。

一是体系结构的问题。摒弃传统互联网的四层体系结构,革命性地创建全新的、只包括"网通层"和"服务层"两层的一体化可信网络与普适服务的体系结构。其中,"网通层"的主要功能是实现网络的一体化,而"服务层"的主要功能是支持服务的普适化。与传统互联网的四层体系结构相比,全新的两层体系结构更简洁和高效。

二是一体化的问题。在全新的两层体系结构中,"网通层"通过构建多元化接入标识和交换路由标识的分离聚合映射机制,形成广义交换路由理论,可为用户提供多元化的接入功能,保证信息交互的移动性、可信性等,从而支持普适服务。

三是普适服务的问题。在全新的两层体系结构中,"服务层"集成了虚拟服务子层、虚拟连接子层、服务标识解析映射和连接标识解析映射,可以实现服务的普适化。虚拟服务子层和虚拟连接子层分别完成为多业务服务和为每个业务提供多连接的功能。服务标识解析映射完成把每个服务映射到多服务连接的功能,而连接标识解析映射完成把服务连接映射到"网通层"中的多个交换路由标识。这样,每个服务可以有多个连接和多种路径,从而提高了服务可靠性。

　　四是可信与移动的问题。在全新的两层体系结构中,可信与移动性可以通过基于连接标识的接入标识与交换路由标识的分离聚合映射机制来实现,并且还能提供一定的 QoS 保证。

2. 一体化可信网络与普适服务的体系结构

　　如图 1.4 所示,一体化可信网络与普适服务体系结构主要包括"网通层"和"服务层"。

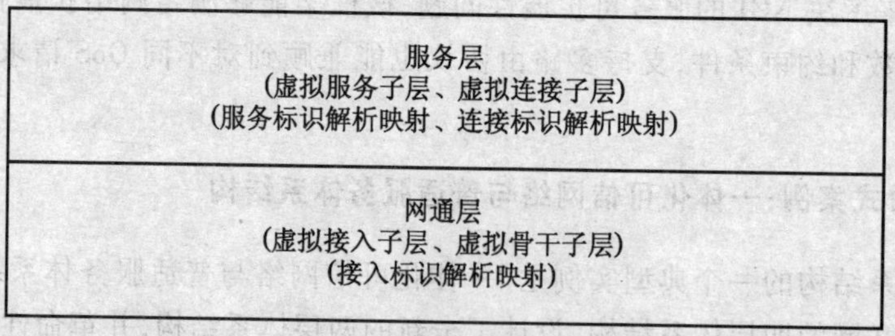

图 1.4　一体化可信网络与普适服务体系结构

　　网通层可以进一步细分为两个子层:虚拟接入子层和虚拟骨干子层。网通层中采用"间接通信"方式,业务在"网通层"中传输时与传统互联网分组传输不同,而采用统一的"特定"数据分组进行。虚拟接入子层根据接入标识来转发数据;虚拟骨干子层将接入标识替换为内部的交换路由标识后再转发数据,在对端路由器处,再用原来的接入标识代替交换路由标识。可见,虚拟接入子层主要完成通信终端的接入,而虚拟骨干子层为位置管理和交换路由提供支持。

　　服务层主要完成对各种业务的控制、会话、管理等功能。在服务层中,不同的用户、业务、资源等都采用唯一的标识符。为了支持普适服务,每个应用都需要绑定相应的服务标识符;在解析过程中,需要从服务标识符解析到连接标识符,再从连接标识符解析到交换路由标识符。这样,可以通过网络向不同用户提供可靠的个性化服务。此外,服务层还包括诸如计费、多媒体、虚拟归属环境等多种服务组件及 QoS 管理、资源管理、可信管理、移动管理等多种管理组件。

　　与传统的互联网四层体系结构不同,全新的一体化可信网络与普适服务体系结构把业务、用户及网络资源有机结合,从而在安全可靠的前提下实现网络的一体化和服务的普适化。

3. 网通层模型

　　如图 1.5 所示,网通层包括虚拟接入子层、虚拟骨干子层及接入标识解析映射机制。

　　在虚拟接入子层中,为实现对各种传感网、固定网、移动网等的统一接入支持,采用了接入标识的机制。在虚拟骨干子层中,为支持各种接入网数据在核心网中的广义交换路由功能,采用了交换路由标识。接入标识解析映射可实现多个交换路由标识到多个接入标识的映射,这种映射的作用主要包括如下四方面的内容。

　　一是保障了可控可管性。在申请接入标识时,管理中心根据用户信息对各种类型接入网进行审核,判断是否接受其申请,并分配相应的 QoS 等级。

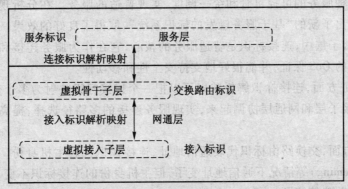

图 1.5　网通层模型

二是支持用户和接入网的移动性。当移动到外地后,虽然接入网和用户的接入标识变了,但交换路由标识没有变。在改变接入标识和交换路由标识映射后,用户在不需要中断核心网的连接的前提下可以继续享受各种服务。

三是实现了诸如 Internet 中的移动网、固定网、传感网等多种类型的接入网与终端在网通层的统一接入,丰富了 NGI 的服务范围。

四是支持安全性和保密性。在网通层中,接入标识仅表示接入网身份,而核心网中的路由是通过内部的交换路由标识进行。两种标识分离后,核心网中不会传播接入标识,这样即使黑客获得了核心网的数据也很难获得用户身份,从而实现了保密性;反之,即使黑客获得了用户身份也很难在核心网中截获用户数据,从而保证了安全性。

4. 服务层模型

如图 1.6 所示,服务层包括虚拟服务子层、虚拟连接子层、服务标识及连接标识解析映射机制。

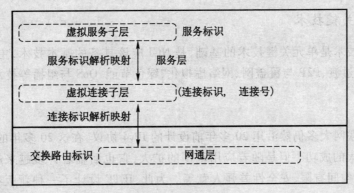

图 1.6　服务层模型

在虚拟服务子层中,通过服务标识可以对网络支持的各种类型的服务统一分类和定位,从而提供多种服务的可控可管和统一调度,实现普适的服务。在分析现有资源标识系统的基础上,提出了新的"基于服务触发的标识系统",取得了良好的效果。

在虚拟连接子层中,连接标识是普适服务的核心,它在作为服务连接和终端身份标识后,能提供一定的 QoS 保证,并能很好地支持安全性和移动性。

在 QoS 保证方面,连接标识解析映射可以把一个连接标识映射为多个交换路由标识,从而将虚拟连接子层和网通层协调起来,实现服务连接的多路径选择,提高数据传输的可靠性。

在安全性方面,交换路由标识代表通信地址,连接标识代表主机身份。在移动、切换、多家乡(multi-homing)等情况下通信地址变了,但主机身份的连接标识不变,因此可以从根本上解决冒充、欺骗等问题。

在移动性方面,采用连接标识和服务标识向连接标识的映射,可以把传统 IP 地址的双重功能分开,即把主机身份和位置分离来解决移动性问题:主机位置用交换路由标识表示,主机身份及一次服务连接标识用连接标识表示。这样,移动后只需要改变交换路由标识,而连接标识不变,这样就可以避免连接的中断。

综上所述,全新的一体化可信网络与普适服务的体系结构可以克服传统互联网体系结构缺乏统一的服务标识、缺乏服务标识到服务连接映射、难以普适化服务的缺陷,实现服务的可控可管,支持移动环境下连接的稳定性,及防止欺骗和冒充等网络安全问题。

1.4　新一代互联网关键技术

虽然在 NGI 体系结构研究上存在着渐进式体系结构和革命式体系结构两种思路,但二者所涉及的 NGI 关键技术是一致的,即共性关键技术和单元关键技术,下面分别加以介绍。

1.4.1　共性关键技术

共性关键技术是单元关键技术的基础,是 NGI 应该具备的基本技术,主要涉及 IPv6、IPv4 和 IPv6 间过渡、P2P 与覆盖网、网络虚拟化、绿色节能、QoS 与组播等技术。

1.4.1.1　IPv6

目前的互联网大多仍然沿用 20 多年前设计的 IPv4 协议,在这 20 多年的应用过程中,IPv4 获得了巨大的成功。但是随着应用范围的扩大,它也面临着许多越来越不容忽视的问题,例如地址空间有限、安全性差强人意等。为此,IETF 设计了一种新版本的协议 IPv6 用来取代 IPv4。与 IPv4 相比,IPv6 在许多方面进行了改进,例如在路由以及自动配置方面的改进。经过一个较长的共存时期,最终 IPv6 会完全取代 IPv4,从而确立其在互联网上的统治地位。IPv6 主要有如下特点:报头简化和扩展灵活,地址结构层次化,联网方式即插即用,对网络层进行认证与加密,可满足 QoS 的要求,体现出对移动通信更好的支持,等等。

1. 简化的报头和灵活的扩展

为减少处理器开销并节省网络带宽,IPv6 对数据报头作了简化处理。IPv6 的报头由一个基本报头和多个扩展报头构成,固定长度为 40 字节,用于放置所有路由器需要处理的信息。由于路由器只是简单转发互联网上绝大部分的数据包,因此报头长度固定有益于加快路由转发的速度。比如,IPv4 的报头长度有 15 个域,而 IPv6 的报头有 8 个域,这就使得路由器在处理 IPv6 报头时可以获得更高的速度和效率。此外 IPv6 还定义了多种扩展报头,因此变得更加灵活,可以为更多的新应用提供支持。

2. 层次化的地址结构

IPv6 的地址总数大约有 3.4×10^{38} 个,地球表面每平方米就有 6.5×10^{23} 个地址,从而可以支持更大数量的网络设备。IPv6 的地址空间按照不同的地址前缀来划分,并且采用了层次化的结构,这更有利于路由器快速转发数据包。IPv6 定义了三种地址类型:单播(unicast)地址、组播(multicast)地址、任意播(anycast)地址。由于一个单播地址被赋给某一个接口,而一个接口又只能属于某一个特定的节点,因此一个单播地址可以用来标注该节点。

3. 即插即用的联网方式

在 IPv6 中,只要一台机器连接上网络便可自动设定地址。这样的优点有:一是终端用户不用花费精力就可以进行地址的设定;二是可以大大缓减网络管理员的负担。IPv6 具有"全状态自动设定"和"无状态自动设定"两种自动设定功能。IPv6 继承了 IPv4 中动态主机配置协议(Dynamic Host Configuration Protocol,DHCP)的自动配置服务功能,并将其称为全状态自动配置。而在无状态自动配置中,主机通过从路由器获得的全球地址前缀加上自己的接口号来实现自动配置全球地址,这样就能与网络上的其他主机进行通信。因此使用无状态自动配置,不需要手动干预就能够自动地改变网络中所有主机的 IP 地址。

4. 网络层的认证与加密

在 IP 协议设计之初没有考虑网络的安全问题,因而早期的 Internet 经常发生机构或企业网络遭到不明攻击、机密数据被窃取等安全事件。为加强 Internet 的安全性,IETF 制定了一套用于保护 IP 通信的 IPSec 协议。IPSec 在网络层对数据分组实施加密和鉴别等安全机制,主要提供认证和加密两种安全机制。认证机制使数据接收方能够确认数据发送方的真实身份以及数据在传输过程中是否被篡改。加密机制通过对数据进行编码以确保其机密性,防止数据在传输过程中泄露。IPSec 的认证报头(Authentication Header,AH)协议定义了认证的应用方法,安全负载封装(Encapsulating Security Payload,ESP)协议定义了加密和可选认证的应用方法,而在实际的应用当中可以根据具体的情况来进行协议的选择。

5. QoS 保证

基于 IPv4 的 Internet 采用"尽力而为"的传输方式,不提供 QoS 保证。但是随着电视会议、视频点播(Video on Demand,VoD)、IP 电话等多媒体应用的增加,对传输延时和延时抖动都提出了严格要求。IPv6 分组包含一个 8 位的业务流类别(class)字段和一个 20 位的流标签(flow label)字段。起初在 RFC 1883 中定义的 4 位优先级字段可区分 16 个优先级,后来在 RFC 2460 中改为 8 位的类别字段。其数值及如何使用还没有定义,其目标是实现源节点和路由器在数据包上加标记,并进行除默认之外的处理。通常可根据所选链路开销、带宽、延时或其他特性对数据包进行特殊处理。

6. 对移动通信更好的支持

移动通信与 Internet 的结合是未来网络发展趋势之一。移动 IPv6 的设计过程中充分吸取了移动 IPv4 的经验,同时也利用了 IPv6 的新特征,从而能提供比以往更加优质的服务。移动 IPv6 通过家乡地址来寻址,且对 IP 层以上的协议层完全透明。这样,即使节点在不同子网之间移动,也不需要修改或配置该节点上运行的应用程序。与移动 IPv4 相比,移动 IPv6 有诸多优点。首先,IPv6 有足够多的地址空间,因此能实现移动情况下的地址自动配置。其次,移动节点可以根据路由器定期广播的前缀信息快速地判断自己是否发生了移动。此外,移动 IPv6 中的移动检测机制可进行黑洞检测。同时,移动 IPV6 还定义了"anycast"地址组,从而为动态家乡代理地址发现机制提供支持。

1.4.1.2 IPv4 和 IPv6 间过渡

采用纯 IPv6 协议的 NGI 主干网(如 CNGI-CERNET2)建成之后,在一定时期内还要继续支持现有的 IPv4 应用,因此需要 IPv4 到 IPv6 的过渡技术。如何完成这个过渡,是 IPv6 发展急需解决的首要问题。由于几乎每个现有的网络及其连接设备都支持 IPv4,要想在很短的时间内就完成从 IPv4 到 IPv6 的转换是不切实际的,这个转换需要相当长的时间。此外,在过渡过程中 IPv6 要能够支持和处理 IPv4 的遗留问题。目前,IETF 成立了专门的工作组研究从 IPv4 到 IPv6 的转换问题,已提出的方案主要包括以下几个。

1. 双协议栈技术

作为网络层协议,IPv4 和 IPv6 的功能是相近的,加载其上的传输层协议完全相同。双协议栈技术的工作机理是:若一台主机同时支持 IPv4 和 IPv6,那么该主机不仅能与支持 IPv4 协议的主机通信,还能与支持 IPv6 协议的主机通信。

采用双协议栈技术,IPv4 和 IPv6 可以在一台主机上同时运行。对主机来说,若应用程序使用的目的地址是 IPv4 地址,则采用 IPv4 协议;若使用的目的地址是 IPv4 兼容的 IPv6 地址,则将 IPv6 封装在 IPv4 中,并使用 IPv4 协议;若使用的目的地址是非 IPv4 兼容的 IPv6 目的地址,则可能要结合隧道技术并采用 IPv6 协议;若使用域名,则在解析得到相应 IP 地址后再根据上述分类进行处理。

2. 隧道技术

随着 IPv6 的发展,逐渐涌现出了较多局部 IPv6 网络,它们需要通过 IPv4 与骨干网络相连。而要把这些孤立的"IPv6 网络"相互连接起来,就需要使用隧道技术。隧道技术可以将多个局部的 IPv6 网络通过现有的运行 IPv4 协议的 Internet 骨干网络(即隧道)连接起来,实现 IPv6 网络间的通信。

在隧道入口处,路由器把 IPv6 分组封装到 IPv4,IPv4 分组的目的地址和源地址分别是隧道出口和入口的 IPv4 地址。在隧道出口处,再将 IPv6 分组从 IPv4 中取出转发给目的站点。可见,隧道技术只要求在隧道的出口和入口处进行修改,实现起来比较容易,因而它是 IPv4 向 IPv6 过渡初期最易于采用的技术。但它的缺点是不能实现 IPv4 主机与 IPv6 主机的直接通信。

3. 网络地址转换/协议转换技术

通过与无状态 IP/互联网控制消息协议(Internet Control Messages Protocol,ICMP)转换(Stateless IP/ICMP,SIIT)转换、传统 IPv4 网络地址转换(NAT)以及适当的应用层网关(Application Layer Gateway,ALG)相结合,可实现 IPv6 和 IPv4 大部分应用的相互通信,称之为网络地址转换/协议转换(Network Address Translation-Protocol Translation,NAT-PT)技术。这在很大程度上依赖于 IPv4 到 IPv6 的转换,实现 IPv4 和 IPv6 的相互兼容。当前,较为流行的实现手段之一是 6to4 机制。

在 6to4 中,当用户对网络服务提供商所提供的基于 IPv6 协议的服务无法做出合理选择时,需要考虑怎样激活 IPv6 路由域之间的连通性。如果缺少本地 IPv6 服务,则可以将 IPv6 分组封装到 IPv4 分组中(即隧道技术)来进行处理。

6to4 的工作原理是,通过采用 IPv6 地址,6to4 可以使大范围 IPv4 下的局部 IPv6 网络相互连接。6to4 的基本使用方法是,在缺少本地 IPv6 的互联网络服务提供商(Internet Service Provider,ISP)服务时,如果有几个 IPv4 站点需要使用 IPv6 进行通信时,每一站点都需要使用一个特定的路由来运行双层协议栈(即 4 和 6 兼容)和 6to4 隧道,运用 6to4 机制可以确保该路由有全球范围的路由地址(非专用 IPv4 地址空间)。

在路由器的发送接收规则上,当请求方的 6to4 路由器要发送分组到不在一个子网或一个用户网络中的另一站点时,同时下一个目的地址的前缀包含特殊的 6to4 TLA 值 2002::/16,这时需要使用 41 类型的 IPv4 协议将 IPv6 分组封装到 IPv4 分组内。在返回路径和源地址的选择上,由于可以双向传送的信息分组才是有效的,因此当与具有 6to4 前缀的站点交互通信时,必须在发送的信息分组内使用一个 6to4 前缀作为源地址。

在 6to4 转播方面,仅有 6to4 连通性的站点和仅有 IPv6 连通性的站点进行交互通信是最复杂的情况,这就需要通过同时支持 6to4 和 IPv6 连通性的 6to4 转播来实现。6to4 转播可以看成是一个 IPv4/IPv6 双层栈路由器,它附带了 2002::/16 结构,这样 IPv6 网络必须过滤并且丢弃任何超过 16 位的 6to4 前缀。另外,还必须加载本地 IPv6 路由策略允许的 6to4 连接来实现 6to4 转播。因此,当一个站点只支持 6to4 转播并要发送信息给另一个只支持

IPv6 的站点时,则它会发送一个封装的 IPv6 信息分组给 6to4 转播,而 6to4 转播则会删去 IPv4 头,并把信息分组传给那个只支持 IPv6 的站点。

可见,IPv6 解决了路由表爆炸和地址空间耗尽等问题,使得支持主机移动、安全以及多媒体等成为 IP 协议的有机组成部分,也使得路由器的扩展性更好。

1.4.1.3　P2P 与覆盖网

P2P(Peer-to-Peer) 又被称为"对等网络"、"点对点",目前多被应用于网络即时通信、文件交换、分布式计算等方面。P2P 对等网络系统是传统分布式系统和计算机网络的结合,关于对等网络的定义较多,其中较为经典的是下面两种:

- INTEL 公司将其定义为"通过系统间直接交换达成计算机资源与服务共享的系统,其中包括信息交换、处理器时钟、缓存和磁盘空间等"。

- IBM 公司将其更加广泛地定义为由若干互联协作的计算机构成的系统,该系统具备如下特征:系统依存于非中央服务器设备的主动协作,设备之间直接交互不需要服务器的参与;系统中的成员既是服务器又是客户端;系统中用户彼此可见并构成一个虚拟或实际的群体。

事实上,P2P 最大的特点在于在 P2P 网络内,不同的 PC 之间可以直接交换数据,而不再需要通过服务器。在 P2P 网络中每个节点都是自由的,节点之间是平等互联的关系,每个节点都扮演着服务器和客户端的双重身份,彼此自由互联组成一个整体的网络。由于没有中央服务器的存在,使得 P2P 网络可以突破服务器的瓶颈,极大地提高网络传输效率。

P2P 网络应用广泛,其常见的应用包括以下几个方面:

1. 信息交换

P2P 网络中的每个节点在信息的上传与共享中享有同等的地位,都扮演服务器和客户端的双重角色,都可以为其他节点提供信息,也可以下载其他节点提供的信息。这样的特性使得 P2P 网络拥有非常大的信息容量。

2. 数据存储

对等网络允许新节点随时加入,每个节点都可以存储数据,大量节点相互协作不仅可以实现数据的海量存储和访问,也避免了由于个别节点损坏给系统带来的风险。

3. 工作协作

随着网络规模的日益扩大和日常工作中涉及的信息量日益增加,传统的中央服务器式的局域网已经无法完美地支持现代化商业组织的庞大机构及其对网络化工作和交流的需求,同时内部协作和交流也面临风险增高和负担加重。P2P 网络的应用可以有效地分散网络中的负载瓶颈,解决原本服务器中心式的网络中由核心服务器负载过重带来的性能瓶颈,使任意的服务器之间实现交流协作,改善网络的扩展性和安全性。

4. 在线通信

通过 P2P 方式直接在节点间进行即时通信,无须通过中心服务器来进行用户身份验证。

5. 应用层广播与组播

无须网络层支持,直接通过 P2P 网络在应用层实现广播与组播功能。

6. 分布式计算

使用 P2P 网络技术,可以将原本只能由大型机来完成的高计算量的复杂计算任务分割成小的任务包,分配给网络中的各个空闲节点来完成。

覆盖网(overlay network)是应用系统在应用层建立的网络,通过虚拟链路或者逻辑链路连接网络中的节点,为应用提供与底层网络透明的网络访问接口。覆盖网最重要的应用就是在 P2P 应用中把 P2P 系统中的离散节点通过覆盖网连接起来,每个节点各自存储与覆盖网中部分节点之间的路由信息,通过节点之间的合作转化实现覆盖网中的消息路由,并以此为基础提供丰富多样的网络服务。

覆盖网的存在使人们可以屏蔽底层细节,使呈现在人们面前的物理计算机变为节点 ID 和已经绑定通信方式的通信管道。人们可以在覆盖网络上根据一定的规则来发现节点,在任意节点之间发送信息,例如 Gnutella、Chord 等都是以不同方式来构建的覆盖网。

P2P 覆盖网是各类 P2P 应用的载体,P2P 覆盖网中节点之间互联构成了 P2P 系统的拓扑结构,这是 P2P 系统的重要特征,针对 P2P 的研究也一直随着其覆盖网的拓扑结构的变化而发展。

通过对常见的 P2P 系统进行分析可知 P2P 覆盖网拓扑的特征和节点的行为规律,并由此得到 P2P 覆盖网的一些特性:

1. 小世界网络特性

在数学、物理学和社会学中,小世界网络(small-world networks)是数学理论中图的一种类型,在这种图中大部分的节点彼此不邻接,但大部分节点可从任一其他节点经少数几步就可到达。如果将一个小世界网络中的节点代表一个人,而节点间的连线代表人与人相识,则这小世界网络可以反映陌生人由彼此共同相识的人而连接的小世界现象。P2P 覆盖网中存在大量的高连通节点,节点之间普遍存在"短链"情况,所以 P2P 覆盖网具有一定的小世界(small-world)特性。

2. 无尺度网络特性

很多网络都是由少数具有多连接的节点所支配的,而 P2P 覆盖网则不是,这样的网络被称为"无尺度"(scale free)网络,其中拥有远超普通节点的大量连接的节点被称为"集散节点"。P2P 覆盖网是通过新的 P2P 节点不断加入形成的,而新节点必须通过与网络中的"集散节点"互联才能加入网络。

P2P 覆盖网的拓扑结构就是覆盖网中节点之间物理或者逻辑上的互联关系,是影响 P2P 应用 QoS 最重要的因素之一。P2P 覆盖网的拓扑结构根据其对中央服务器的依赖程度可分为集中式拓扑、全分式拓扑、部分分布式拓扑,如图 1.7 所示。

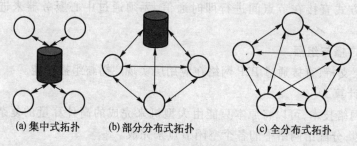

(a)集中式拓扑　　　(b)部分分布式拓扑　　　(c)全分布式拓扑

图 1.7　　P2P 覆盖网的拓扑结构

1. 集中式拓扑

集中式拓扑最大的优点是维护方便,系统效率高。但是这种拓扑结构也存在一定的缺陷,主要是对中央服务器依赖过强,安全性和扩展性较差,维护和更新成本过高。因此,集中式拓扑不适用于大型 P2P 覆盖网。

2. 全分布式拓扑

全分布式拓扑具有较好的容错能力和可用性,支持复杂的查询。但这种结构无法保证资源的发现效率,随着整个网络的扩大将造成网络流量的急剧增加,从而导致部分低带宽节点过载失效。

3. 部分分布式拓扑

部分分布式拓扑吸取了集中式和全分布式拓扑结构的优点,选择高性能节点作为高联通节点,在这些节点上存储部分节点的信息,形成一个层次结构,提高了发现和查询的效率,同时保留了良好的扩展性。但这种结构同集中式拓扑一样对高性能节点的依赖较大,容易受到恶意攻击。

另外,根据覆盖网中节点之间的随机性 P2P 覆盖网的拓扑结构可分为以下两种:

1. 非结构化拓扑

节点之间的逻辑关系较为松散,随机性较大,其组织结构较为松散,构建和维护相对简单,扩展性较强。但其运行效率和通信准确率较低,网络开销较大。

2. 结构化拓扑

节点之间的关系通过固定的算法控制,典型的结构化覆盖网有 Chord、Pastry、CAN 等。

每种 P2P 覆盖网的拓扑结构都有各自的优势和劣势,所以必须根据应用的需求和特点来调整和优化覆盖网的拓扑结构,才能有效提高其应用性能。然而,P2P 系统规模大、动态性强等特点也给 P2P 覆盖网的结构调整和优化带来了巨大的挑战。

1.4.1.4　网络虚拟化

虚拟化技术是近年来在互联网研究领域出现的新技术。通常理解的虚拟化技术就是把操作系统和硬件分离,实现在一个硬件平台上同时运行多个操作系统。其实这只是虚拟化技术中很小的一部分,也是很初级的阶段。

虚拟化技术可以看做所有将不同的资源和逻辑单元剥离、形成松耦合关系的技术集合。对于虚拟化技术的分类有很多种说法,就现行的虚拟化技术而言,可以分为存储虚拟化、系统虚拟化和网络虚拟化三类。

网络虚拟化(network virtualization)的基本思想是通过对高层网络的抽象,屏蔽底层物理网络的实现细节,实现网络管理控制与转发交换的分离。

IT 网络环境中,并存着服务网络、科研网络、办公网络、生产网络等多个网络,这些网络常存在于同一个物理网络环境中,这就需要在保持网络的高可用性、易管理性、安全性和可扩展性的前提下,尽可能实现网络服务和安全策略的集中。

通过虚拟局域网(Virtual Local Area Network,VLAN)、VPN、MPLS VPN 等网络虚拟化技术,可以满足对网络的访问控制、路径隔离、集中管理等要求,确保合法的用户和设备访问各自合理的网络服务,并集中实施网络访问策略,降低网络管理成本。

网络虚拟化不但对互联网体系结构有积极作用,也有助于提高网络单元的故障冗余及持续服务能力,而硬件性能的提高特别是网络处理器、FPGA 等对可编程和可重构的支持日益完善都给网络虚拟化的发展提供了良好的条件。

网络虚拟化可分为网络节点虚拟化和网络平台虚拟化:

1. 网络节点虚拟化

网络节点虚拟化起源于 20 世纪 90 年代后期的异步传输模式(Asynchronous Transfer Mode,ATM)交换机思想,即通过划分硬件交换平台资源,在一个物理交换机上虚拟出多个虚拟的逻辑交换机,实现在一个物理网络中构建多个虚拟网络。这项技术直到近年来可编程硬件在网络节点设备中得到广泛应用后才得到进一步的关注。

网络节点虚拟化中最主要的应用是路由器层面的虚拟化应用。路由器虚拟化实现的基础是控制平面和数据平面的分离。路由器控制平面与数据平面相互屏蔽各自实现细节,并通过标准管控接口通信。通过路由器虚拟化可以获得更好的故障冗余,提高管控能力。

在数据端的虚拟化中,路由器节点上有多个物理数据平面,但是只向控制平面输送一个虚拟化的数据平面。而控制端的虚拟化则相反,路由器上同时运行多个控制平面,而通过虚拟化只有一个控制平面负责管理数据。

目前的网络节点虚拟化研究方向主要是增强网络服务的持续提供能力,一般是通过不同虚拟平面间的动态切换来实现的。虚拟数据平面或控制平面的切换对网络的影响,与通常的双机备份相比基本可以忽略不计。

2. 网络平台虚拟化

网络平台虚拟化源于 21 世纪初人们对网络体系结构的研究。建立在原有互联网体系之上的试验平台无法开展新型互联网体系的研究,而网络平台虚拟化是在一个公共的物理网络上通过对资源的抽象、分配和隔离,通过叠加(overlay)机制在物理网络上部署与目前 IP 协议体系并行的各种新型体系结构。网络平台虚拟化不仅可以作为研究新型互联网体系结构的有效手段,而且可以作为新一代互联网体系结构的基本属性,即在新一代互联网中 IP 协议可能只是众多网络协议中的一种。

互联网的网络体系结构不是一成不变的,目前的体系结构只是当前所有存在的网络与协议的组合,因此虚拟化成为互联网发展的关键。而物理网络资源的虚拟化、横向整合与纵向分割有可能取代 IP 协议成为互联网体系结构的核心。

1.4.1.5 绿色节能

随着 NGI 中用户数量的急剧增加,以及高带宽服务的广泛需求,网络中的业务量呈现指数增长[44],促使路由这些业务的设备数量、规模以及能耗都大大增加。因此,支持高容量传输和交换设备的过度耗能不利于 NGI 的发展。为此,NGI 需要引入绿色节能技术。

针对绿色节能问题,Gupta 等人于 2003 年[45]、Christensen 等人于 2004 年[46]相继提出了绿色互联网(green Internet)的思路,旨在解决 NGI 中的能耗问题,促进 NGI 的建设和发展。但直到 2009 年,随着全球能源危机和温室效应的不断加重,节能减排已成为全世界关注的焦点后,国内外研究人员、运营商和设备商才开始关注这个问题,并投入了大量研发资金。由于 NGI 中绿色节能技术的研究尚处于起步阶段,目前的研究成果大多还是零散的技术和解决方案,且受限于特定的网络环境和协议,还缺乏相应的标准化方法。

纵观国内外的研究现状,目前网络绿色节能的实现主要基于节能和功率管理思路,一般可分为三类机制,即重新设计(re-engineering)机制、动态自适应(dynamic adaptation)机制及睡眠/备用(sleep/standby)机制。

"重新设计"机制致力于为现有的网络设备设计和引入更多的节能元件,通过合理优化其内部结构,减少其复杂度,从而实现节能。

"动态自适应"机制通过动态调整分组处理引擎(Packet Processing Engines,PPE)和网络接口的容量配置,满足实际业务需求,从而节省不必要的能耗。这可以通过动态电压调整和空闲逻辑(idle logic)两种功率感知(power-aware)方法来实现,这两种方法均可以实现分组业务性能和能耗之间的动态折中问题。

"睡眠/备用"机制是有选择性地将网络或设备中未被使用的部分设置为非激活模式,并只在需要的时候再将它们激活,从而实现节能。由于当今的网络和设备需要 24 小时连续工作为用户提供服务,因此非激活模式必须要有特殊的代理技术支持,而这种代理技术需要有维护处于非激活状态的节点或元件的网络存在(network presence)能力。

下面分别对这三类节能机制进行阐述。

1. 重新设计机制

如前所述,该机制将更多的新型节能技术有效地应用在网络设备和元件结构中,主要包括:一是用于分组处理引擎 PPE 的新型硅片(如专用集成电路(Application-Specific

Integrated Circuit, ASIC)、现场可编程门阵列(Field-Programmable Gate Array, FPGA)、网络/分组处理器等)和存储技术(如三态内容可寻址存储器(Ternary Content-Addressable Memory, TCAM))等;二是用于网络链路的新型介质/接口技术(如光纤信道的节能激光器等)。在这方面,被认为最佳的解决方案是在网络设备中采用全光交换结构[47]以取代电交换结构。全光交换设备不仅能提供 T 比特的带宽,而且比电交换设备消耗更少的电能。但全光交换结构的大规模应用还需要一段时间,目前的技术困难主要在于如何增加其有限的端口数(往往小于 100 个端口约束),如何对光信号进行合理缓存等。

对于分组处理引擎 PPE,半导体尺寸缩小技术促进了其性能的改善,从而能实现更高的时钟频率、更好的并行性处理能力等。分组处理引擎也考虑到了降低电压的问题,依据 Dennard 提出的等比例伸缩定律(scaling law),这种电压的降低可使得传输每字节数据所消耗的平均功率每两年减少一半[48],从而实现节能的目的。

对于硅片技术,能量损耗主要取决于转发设备中门电路的数量。由于电池、模块、门电路等都需要功率支持,因此需要对转发电路的结构进行优化。门电路的数量与硬件引擎(HW Engines)的灵活性及可编程性级别成正比。快速且简单的分组转发硅片消耗的电能更少[49]。在这方面,通用型 CPU 通常表现出很好的灵活性,但能耗很高。全定制的分组转发硅片能提供更好的能量效率,但其灵活性和可编程性比较低。目前,在通用型 CPU 和全定制硅片之间,存在多种折中的解决方案,包括分组优化网络处理器和完全可配置 CPU 阵列。在这些方案中,指令可以灵活地增加或删除。

最近,研究人员开始致力于降低网络设备(尤其是 IP 路由器)结构复杂度的研究,为 NGI 提出了新的“重新开始”解决方案和网络结构[50,51]的解决方案。其主要想法是通过简化核心及传送网中设备的功能,从而减少制造高端路由器和交换机所需的门电路数量来节能。在这方面,Robert 提出允许下一代路由器在流级别上转发业务的思路[50]。与现有的在分组级别上转发业务相比,能降低网络设备的结构复杂度,具有更好的可扩展性和节能效果。

相关的研究还有 Baldi 和 Ofek 提出的基于时间的同步 IP 交换方法。该方法允许路由器的同步运行,并可以提前调度业务,能减少数据报头处理时间和缓存长度,降低交换结构加速设备和存储器访问带宽加速设备的复杂度,从而实现节能的目的。

2. 动态自适应机制

如前所述,该机制根据当前网络中的业务负载和需求等信息,自适应地调整网络设备资源(如链路带宽、分组处理引擎 PPE 等)的容量。该机制通常包括两种基于硬件级的功率管理能力,即功率缩放(power scaling)和空闲逻辑(idle logic)。

具体来说,功率缩放允许动态地减小处理引擎(processing engine)或链路接口的工作速率,通常需要通过调整时钟频率、处理器电压、CPU 时钟等来实现。例如,一个基于互补性氧化金属半导体(Complementary Metal-Oxide Semiconductor, CMOS)的硅片功率消耗可估算为 $P = CV^2 f$,其中,P 是功耗,C 是 CMOS 的电容,V 是工作电压,f 是工作频率。可见,减小工作频率和处理器电压或调整时钟都可减小功率损耗和热耗散,但要以降低性能为代价。

与功率缩放不同,空闲逻辑通过快速关闭系统处于无活动状态的子模块来减小功率损耗,并在出现新的活动时将这些子模块"唤醒"。具体来说,"唤醒"操作可以被外部事件以优先级方式触发,如"分组唤醒"(wake-on-packet);也可以被系统内部的调度进程触发,如系统周期性地将子模块唤醒,并有新活动出现时保持这种唤醒状态。

通常认为,空闲逻辑和功率缩放这两种具有能量感知能力(energy-aware capability)的方法需要结合起来应用,实现能耗和网络性能之间的折中。例如,空闲逻辑减小了子模块空闲时的能耗,但需要更多的时间唤醒子模块,因此可通过有选择性的关闭数量逐渐增加的子模块来设计不同的空闲状态。类似地,可通过预选取一组工作时钟频率来实现功率缩放的硬件支持,在这组工作时钟频率中,最大频率值将是其他频率值的整数倍,从而保证了硅片的稳定性。

现有研究表明[52,53],空闲逻辑和功率缩放对业务突发性产生了相反的作用。空闲逻辑中的唤醒时间倾向于将分组聚合起来,从而增加了对业务突发性的支持。相反,功率缩放因为延长了服务时间,将突发性分散开,所以业务分布相对平滑。因此,这方面的研究认为二者的结合没有表现出很突出的能量增益,因为功率缩放延长了分组服务时间,缩短了空闲周期。尽管如此,在评价功率缩放、空闲逻辑及二者结合的有效性时,需考虑硬件设备、业务特点和需求等因素。例如,当业务突发性较高时,空闲逻辑可以提供很好的能量和网络性能。

3. 睡眠/备用机制

如前所述,该机制以功率管理实体为基础,允许设备将自己部分或完全关闭,进入低能耗状态,而设备相应的功能将被冻结。因此,睡眠/备用状态也可被看成是深度空闲状态,能够节省更多的能耗,但同时也延长了唤醒时间。

由于当今网络和设备的设计目标是随时可用并提供相应服务,这通常会阻碍这种具有能量感知能力的节能方法的使用效果。具体来说,当一台设备或该设备的一部分进入睡眠状态后,它的功能、运行的应用程序等将停止工作,从而不能继续维护网络连接,无法应答消息,所以睡眠状态下的网络设备失去了它的网络存在性。当设备被唤醒过程中,它必须通过一定的信息交换重新初始化应用程序并开启功能,而这部分信息量及其能耗也是不可忽略的。

虽然 PC 结构中已包含了这种功率管理能量,即允许台式机或服务器快速地进入睡眠和低能耗模式,但网络功能和应用程序经常会阻碍睡眠和低能耗模式的有效性。例如,当前的 PC 进入睡眠模式后仍开启 TCP 连接、局域网广播等功能,这样即使在大部分的时间内没有用户向它们请求资源,这些设备也将持续保持完全功率状态,从而阻碍了节能目标的实现。

为此,研究人员提出了一种用于维护网络持续存在性的解决方案,即当设备进入睡眠模式时,需要向一个网络连接代理(Network Connection Proxy,NCP)传送网络的存在性信息[54,55]。NCP 可以为网络设备处理地址解析协议(Address Resolution Protocol,ARP)、ICMP、DHCP 和其他的低级别的网络存在性任务,同时还需要维护 TCP 连接和 UDP 数据流,并对应用程序消息做出响应。因此,NCP 的主要任务是在设备处于睡眠状态时,对常规的网络业务及功能做出响应,并在必要时将设备唤醒。这样,处于睡眠模式的设备不再需要保持完全功率状态,从而实现节能。

以上阐述的三类网络中的绿色节能机制并不是互斥的,它们可以相互结合,从而取长补短,进一步促进 NGI 中绿色节能目标的实现。

1.4.1.6　QoS 和组播

1. QoS

传统的 Internet 采用"尽力而为"的传输方式,面向非实时的数据通信。而 NGI 中的网络化多媒体应用(如视频会议、视频点播等)不仅包括文本数据信息,还包括语音、图形、图像、视频、动画等多媒体信息。这些业务除了有很高的带宽需求,还要求信息传输的低延迟和低抖动。另外,它们几乎都能容忍一定程度的信息丢失和错误。这些都使得提供端到端的 QoS 控制和保证变得十分必要。

QoS 是指传输数据流时要求网络满足的一系列质量要求,具体可量化为带宽、延迟、延迟抖动和丢失率、吞吐量等性能指标。目前,QoS 技术主要包括综合服务 IntServ 模型、区分服务 DiffServ 模型和 QoS 路由等。

(1) IntServ

IntServ 在传送数据流之前根据用户的 QoS 需求来预留资源,以保证端到端 QoS。IntServ 处理单个数据流,即一组目的地址、端口号和传输协议都相同的数据包。IntServ 包括 3 个主要部分:资源预约协议、接入控制和数据包转发机制。

资源预留协议(Resource Reservation Protocol,RSVP)是 IntServ 的核心,用来通知节点预留资源,主要包括 Path 消息、Resv 消息。RSVP 向路径上的节点发布 QoS 请求以建立和保持资源预留状态。如果预留失败,则 RSVP 协议向主机发送拒绝报文。

IntServ 对路由器的要求很高,当数据流量很大时,路由器的存储和转发能力会遇到很大的考验。因此,IntServ 可扩展性差,很难在 Internet 核心网络实施,因而目前业界普遍认为 IntServ 只能应用于网络的边缘。

(2) DiffServ

DiffServ 将数据流根据 QoS 需求划分等级,当业务拥塞时,高级别数据流在竞争资源时拥有较高的优先级。DiffServ 对用户承诺相对而并非具体的 QoS 指标。在该机制下,用户和 ISP 之间需要预先商定服务等级协定(SLA)。根据 SLA 的相关规则,用户的数据流被授予一个特定的优先等级,当数据流通过网络时,路由器采用与其优先级相应的方式[称为每跳行为(Per-hop Behavior,PHB)]来处理分组。DiffServ 包含的业务等级和状态信息数量有限,因此执行起来简单,可扩展性较好,但它不提供基于流的端到端的 QoS 保证。DiffServ 是普遍认同的 IP 骨干网 QoS 解决方案,但由于标准不够详尽,还存在不同运营商的 DiffServ 网络之间的互联互通困难。

(3) QoS 路由

QoS 主要体现为 IP 报文在传输过程中所呈现出的各种性能,即是对各种性能参数的具体描述。在 QoS 路由时,路径由网络中的可用资源和业务流的 QoS 需求所决定,QoS 路由主要有单播路由和组播路由两种。

QoS 路由包括两类基本问题:最优化问题和性能约束问题。最优化问题是指寻找网络中对应 QoS 度量的最优路径(或组播树);而性能约束问题则是寻找满足 QoS 度量(如带宽、时延等)的一条路径(或组播树),即在满足性能要求的集合中选一个满足约束的解。设计一个性能良好的 QoS 路由算法,除了要顾及路由优化方面以外,还应考虑其他问题,例如整个网络的性能、路由表信息失效的可能性大小、链路参数的变化频率以及信道建立期间的资源预留等。

为提供端到端的 QoS 保证,数据传输之前通常需要从源到目的地沿着计算好的路径传输一个控制消息,用来通知路径上的其他节点为该 QoS 业务请求预留相应的资源(如带宽、缓存等),数据流则沿着这条已经预留资源的路径进行传输。因此,QoS 路由一般具有面向连接的特性。目前,面向无连接网络的 QoS 路由问题也引起了一些学者的注意。

根据计算可行路径的先后顺序,QoS 路由分为预计算和在线计算两种。预计算是由一个后台进程根据当前网络状态信息预先构造路由表,当业务 QoS 请求到达时,可通过快速查找路由表确定可行路径[24]。而在线计算不需要事先构造路由表,当 QoS 连接请求到达时,根据网络状态信息实时计算可行路径。这种方法虽然可缓解系统的开销,却延长了业务连接建立的时间。QoS 路由可满足用户的 QoS 需求,同时提高网络的资源利用率。但是其计算比较复杂,且增加了一定的网络开销。

2. 组播

随着网络的迅速发展,不同类型的业务如网络视频会议、音频/视频广播、股市行情发布、远程教育等多媒体应用层出不穷。这些业务往往信息量很大,对带宽需求急剧增长并会引起网络拥塞问题。为此人们提出许多解决办法,其中组播技术就是一种行之有效的方案。

传统的单播通信需要在发送方和接收方之间占用单独的数据通道,源主机向目标主机发送 IP 分组,分组的目标 IP 地址是唯一的,即一对一的通信。与单播通信不同,广播通信是源主机向网段内的所有其他主机发送 IP 分组,网络主机(包括路由器)都能识别目的地址为 IP 广播地址的分组,所有 IP 主机都能接收网段内广播的分组。但对于某些特殊应用,发送方只希望网络中部分主机接收信息,这种单源、多目的地的通信方式称为多点通信,又称为组播。

在单播传输中,一台主机可以同时对多个接收者传输数据,但是当接收端数量较大时却很难实现,因为这样做会导致发送端负载过重、延迟变长、网络拥塞等问题,而且为保证 QoS 需要增加硬件和带宽。在广播传输中,源主机向子网内部的其他所有主机都发送一份数据分组,而不管这些主机是否接收该数据分组。广播的使用范围很小,路由器会隔离广播通信,因而广播只发生在路由器所在的子网内。

考虑到单播与广播的上述缺陷,人们提出了组播技术。采用组播方式,源主机可以一次将报文复制到多个通道上。发送方只需发送一个报文,所有目的地同时收到同一报文,因而减少了网络上传输的信息总量,降低了成本并提高了网络资源利用率。

组播通信介于单播和广播通信之间,能使源主机发送分组到 IP 网络中任一组特定的目的主机上。这些目的主机具有特定的 IP 地址,称为 IP 组播组地址(组播使用 D 类 IP 地址)。组播路由器将 IP 组播分组转发到所有具有该组播地址主机的接口上。组播组中的主机可以在同一个物理网络中,也可以来自不同的物理网络(如果有组播路由器的支持)。

要实现 IP 组播传输,主机之间的下层网络都必须提供对组播能力的支持。这包括以下几个方面:主机的 TCP/IP 协议能发送和接收 IP 组播数据报文;主机的网络接口支持组播;需有用于加入、离开和查询的组管理协议,即 Internet 组管理协议(Internet Group Management Protocol,IGMP);需有 IP 组播地址分配策略,并能够实现第三层 IP 组播地址到第二层介质访问控制(Media Access Control,MAC)地址的映射;需有支持 IP 组播的应用程序;所有连接组播源和目的主机的路由器、交换机等网络互联设备以及防火墙均需支持组播能力。

通过 IGMP 网络可以获知主机属于哪一组播组的成员。首先,主机使用 IGMP 向组播路由器发送消息,请求加入组播组;然后组播路由器使用 IGMP 查询子网中是否存在属于该组播组的主机。主机加入和退出组播组的过程如下。

加入组播组:当主机请求加入某一个组播组时,向子网组播路由器发送"成员资格报告"的报文,同时主机内部的 IP 模块准备接收该组播组传来的数据。如果该主机是第一台加入该子网组播组的主机,通过交换路由信息,将组播路由器加入组播树。

退出组播组:在 IGMP v1 中,网络主机可以自动退出组播组。组播路由器定期向 IP 子网中的所有主机的组地址(224.0.0.1)发送"成员资格查询"报文进行查询。如果某一组播组在 IP 子网中已经没有任何成员并经过组播路由器确认后,将不再在子网中转发该组播组的数据。同时,通过路由信息交换,从特定的组播组分布树中删除相应的组播路由器。这种退出组播组的方法不通知任何组播组成员和路由器,使得组播路由器需要延迟一段时间才能知道 IP 子网中是否已经没有任何成员。为减少系统处理停止组播的延时,IGMP v2.0 对 IGMP v1 进行了扩展,当一个主机离开某一个组播组时,需要发送报告来通知子网中的组播路由器,组播路由器则立即询问 IP 子网中的所有组播组。

IP 组播通信的最主要优势在于可以减轻网络负载,从而提高网络性能。传送数据时只需从源地址发送一个数据分组,该分组在组播树的分叉节点处被复制并沿着组播树的下游转发。IP 组播技术有着广泛的应用,比如信息发布、视频会议、远程学习等。

但是,IP 组播仍然是一项崭新的技术,有其自身的局限性和缺陷,因此在组播领域还需要进行大量的研究以及实际的验证。随着高带宽多媒体应用对组播技术的迫切需求、ISP 和互联网内容提供商(Internet Content Provider,ICP)对 IP 组播网络的支持、设备提供商的投入以及各种专业组织的介入,IP 组播技术必然有着广阔的发展前景。

1.4.2 单元关键技术

与共享关键技术相比,NGI 中的单元关键技术具有相对独立的个性特点,分别涉及光网络、移动与无线网络、空间网络、可信网络、认知网络等关键技术,下面分别加以介绍。

1.4.2.1 光网络

NGI 具有快速、规模大、通信及时、安全性高、更易管理和更有效益等特点,因此提高网络带宽满足业务增长的需求成为关注的焦点。目前,波分复用(Wavelength Division Multiplexing,WDM)技术已被公认是一种最佳的网络扩容方式,以 WDM 为核心的光网络在骨干网中已经占据主导地位。随着互联网技术和光子技术的快速发展,光网络的规模迅速壮大,其目标已经开始从提供大容量的传输带宽逐渐转变为能提供端到端的服务连接。

在高速光通信上,2003 年实现了 10 Gbps 商用技术;2009 年实现了 40 Gbps 商用技术;2010 年,100 Gbps 技术被提上日程,预计将在 2 年至 3 年实现商用。10 Gbps 技术兼容了局域网技术,并将其扩展到广域网,可以降低费用,提供快速的数据业务服务。因此 10 Gbps 技术是一种融合局域网、城域网和广域网的"光以太网技术"。40 Gbps 技术在 2009 年商用,它采用色度色散补偿和极化模补偿技术,使色散和极化模容限比 10 Gbps 技术降低 16 倍,光信噪比要求比 10 Gbps 技术提高 6 dB。由于运营商不可能一步到位把 10 Gbps 全部升级到 40 Gbps,目前仍然是混合使用 10 Gbps 和 40 Gbps。2010 年 4 月,阿尔卡特朗讯(Alcatel-Lucent)宣布年内推出 100 Gbps 产品,预示 100 Gbps 时代即将来临。作为高速传输的核心技术,100 Gbps 技术可实现单信道 112 Gbps 传输,将 10 Gbps 技术的速率提高了 10 倍。

在智能组网上,以光网络为基础的自动交换传送网(Automatic Switched Transport Networks,ASTN),即自动交换光网络(Automatic Switched Optical Network,ASON)发展迅速。与传统的光网络相比,ASON 具有高度灵活性、高可扩展性等特点。在通用多协议标签交换(Generalized MultiProtocol Label Switching,GMPLS)控制平面下,ASON 能将业务层的功能移植到光层来实现,能提供 IP 粒度、波长粒度、波带粒度甚至光纤粒度的多粒度交换。这样,ASON 能将 IP 的灵活和效率、同步光网络/同步数字系列(Synchronous Optical Network/Synchronous Digital Hierarchy,SONET/SDH)的保护能力及 WDM 的大容量,通过 GMPLS 控制平面和分布式网管的共同作用,最终形成能按照网络和用户的需求在光层提供服务的新一代光网络。

1.4.2.2 移动与无线网络

近年来,移动通信与无线网络技术已经成为信息通信领域中发展最快、应用最广的技术之一,并展示出广阔的市场前景。技术的进步强烈刺激着人们的信息需求,人们迫切希望利用不断发展的无线技术,实现在任何时间、任何地点与任何人进行话音、数据、视频等任何种类的业务通信。因此,利用先进的移动与无线网络技术来提供随时、随处可用的高速 Internet 服务成为 NGI 研究的热点内容。

移动互联网技术是一种在 Internet 上提供移动功能的网络层解决方案,期望在满足随时随地接入 Internet 需求的基础上,保证和维持终端和子网在移动过程中的 QoS。但是,由于受到终端设备的电池寿命、无线连接的费用、无线通信质量等多种因素的限制,对移动互联网的 QoS 控制机制提出了更高的要求。因此,需要着重对移动 IP 技术、切换技术、组播及安全技术、QoS 控制机制等进行深入而系统的研究。

移动 IP 技术是网络层移动性管理的核心技术,可以看作是移动通信与 IP 技术的深层融合,主要包括移动 IPv4 和移动 IPv6 技术。移动 IP 对上层屏蔽其主机移动的细节,对下层的接入协议和物理传输媒体则不做任何要求,能够在无须改动互联网上层协议和应用的基础上,为互联网的移动性提供支持。

移动切换发生于节点从一个子网移动到另一个子网的过程中。在移动节点与通信对端重新绑定的过程中,网络层之上的消息传输和协议处理将导致通信延时。另外,移动切换还可能受无线链路高误码率等影响,导致通信中断。因而,尽可能减轻移动切换过程对网络 QoS 的影响,保证实时应用的通信连续性,是切换技术研究中需要关注的重点问题。

在移动互联网中使用组播技术,可以有效节省无线网络带宽、提高资源利用率、减轻网络负载,为用户提供更好的业务 QoS。但是,由于节点的移动性将导致其频繁地加入和退出组播组,增加了移动互联网中组播的实施难度,对支持移动性组播协议的研究成为广泛关注的热点。

网络安全是 Internet 领域的重要问题,而移动互联网中节点的移动性、无线链路的广播特性等决定了在其之上的安全威胁要远高于传统的 Internet。这些新型的安全威胁将对用户、运营商、终端厂商等造成严重的损失,如何保障移动互联网的信息安全成为其走向实际应用必须解决的关键性问题。

相应地,在承载层之上,需要利用各种日新月异的无线网络技术为用户随时随地地在线需求提供支持。在数据通信领域,基于 IEEE 802.11 技术的无线局域网(Wireless Local Area Network,WLAN)是无线接入网络的主要代表。WLAN 是计算机网络与无线通信技术相结合的产物,能够使用户实现随时、随地接入宽带网络。作为有线接入方式以及低速无线接入方式的良好补充,WLAN 受到了国内外计算机和通信行业的高度重视。近几年,国内各大运营商都在积极进行 WLAN 的建设,WLAN 将逐步实现和宽带固定网络的有机融合。

移动自组织网络(Mobile Ad Hoc Network,MANET)是一种分布式控制网络,具有无中心、自组织、多跳传输、快速部署等与众不同的特点,被视为一种稳健而有效的无线移动网络。MANET 已经广泛应用于军事和民用环境。由于 MANET 在组网与工作方式上与现有无线通信网络存在较大差异,亟须对 MANET 的 MAC 协议、路由协议、能源开销、QoS 支持及安全等关键技术展开研究。

在采用电池供电的 MANET 中,为了延长网络寿命,必须合理有效地利用能源。因此,需要在物理层、数据链路层、网络层、传输层及应用层中研究高效的节能机制。MANET 中的 MAC 协议需要着重对分布式数据调度、隐藏与暴露终端、不可靠信道上的多跳通信及节点能量有限等关键问题展开深入研究。MANET 中的路由协议需要着重对节点的移动性、能源有限、拓扑变化频繁等关键问题展开研究。MANET 具有竞争信道访问、资源使用受限、隐藏与暴露终端、多跳通信、无中心、自组织以及拓扑动态变化等一系列影响 QoS 的因素,在网络业务种类增加的情况下,如何提供分级别的 QoS 保证机制,是 MANET 面临的重要挑战。受节点随意移动、网络拓扑频繁变化、缺乏专用路由器等集中式设备支持等影响,在 MANET 中实现服务可用性、机密性、完整性、安全认证和抗抵赖性等安全目标,面临诸多挑战,需要对 MANET 的密钥管理、安全路由、入侵检测等安全机制展开深入研究。

受到覆盖范围、传输速率的限制,传统 WLAN 并不能满足人们日益增长的信息需求。作为 WLAN 与 MANET 的有机融合,无线网状网(Wireless Mesh Network,WMN)能够以更加低廉的价格将 Internet 覆盖范围扩展到热点区域,从而实现真正意义上的无线互联。根据节点功能的差异,WMN 可以分为三种结构:基础设施 WMN、客户端 WMN、混合 WMN。与传统无线网络相比,WMN 安装与部署更方便、覆盖范围更大、可靠性更强、可扩展性更好、投资成本更低,必将成为下一代无线网络的研究热点。

1.4.2.3　无线传感器网络与物联网

无线传感器网络(Wireless Sensor Network,WSN)由大量微型、廉价、低功耗的传感器节点组成,综合了微电子、嵌入式计算、无线通信、分布式信息处理等先进技术,能够协同监测、感知和处理网络覆盖区域中的各种环境信息,并通过自组织多跳的无线通信方式发送给观察者。WSN 的研究起步于 20 世纪 90 年代末期,进入 21 世纪,WSN 的巨大应用价值引起了军事界、学术界以及工业界的极大关注。WSN 涉及学科广泛,有很多的关键技术有待挖掘和研究,主要包括物理层技术、MAC 协议、路由协议以及同步管理、覆盖控制、定位、安全等服务支撑技术。

受到传感器节点小型化、低成本、低功耗的约束,需要设计和开发简单的物理层协议和算法,从而降低对传感器节点硬件的要求。面对成千上万节点高密度分布环境,MAC 协议需要满足能量效率、实时性、可扩展性、低实施复杂度等多种需求,设计高效合理的 MAC 协议已成为 WSN 研究中最具挑战性的部分。同样,在 WSN 路由协议设计中,也需要着重考虑节能与扩展性,如何对路由做全局优化成为设计的难点问题。

WSN 属于分布式系统的一种,但是由于受到链路不稳定等因素影响,传统的网络时间协议(network time protocol, NTP)、全球定位系统(Global Positioning System, GPS)等技术并不能满足需求,亟须研究适应于 WSN 的同步协议。为了增强网络的监测质量,一般需要在监测区域内高密度部署节点以消除覆盖盲区,但这通常会导致大量覆盖冗余,如何通过覆盖控制策略来改善网络的性能成为 WSN 研究中的关键问题。传感器节点所采集的数据必须和位置相关才有意义,如何利用多种测距手段实现分布式协同定位,并满足能量高效性、自组织性和鲁棒性等需求成为研究的难点。受计算与存储资源的限制,传统的数字签名和公钥私钥体系不再适用于 WSN,能量高效的安全机制也是 WSN 研究中需要关注的难点问题。

可以想象,在未来的 NGI 中,人们将身处于一个完全数字化的世界中,人们之间进行网络互联时将不再受到时间和空间的束缚,任何可以想象的东西都将成为网络的一部分。具有自组织特性的物联网(the Internet of things)将在未来普遍互联的 NGI 中占据极其重要的地位。

物联网是指通过射频识别(Radio Frequency Identification, RFID)、红外感应器、全球定位系统、激光扫描器等信息传感设备,按照某种协议,把任何物品与互联网连接起来,以实现智能化识别、定位、跟踪、监控和管理。作为一场技术革命,物联网可看作是对互联网的延伸与扩展,其规模将是现有互联网的数十倍。物联网的发展依赖于一些关键技术的创新,主要包括 RFID 技术、通信与组网技术及中间件技术,这些技术也代表了未来物联网发展的趋势与研究特点。

RFID 是一种利用射频信号空间耦合完成无接触方式的信息传输与自动识别的技术。与传统的条码技术相比,RFID 标签条码具有读取速度快、存储空间大、工作距离远、穿透性强、外形多样和可重复使用等多种优势,受到业界的高度重视,是物联网发展中最为关键的一项技术,也是本世纪最有发展前途的信息技术之一。

通信与组网技术是物联网发展的基础,物联网利用通信与组网技术实现感知信息的传递。在近距离通信方面,以 IEEE 802.15.4 为代表的近距离通信技术是目前的主流技术,该技术所支持的低功耗、低速率和短距离传输等特点非常适于计算和存储能力有限的简单器件。物联网可以使用现有成熟的组网技术,也可以开发自定义的通信协议。移动互联网、卫星通信技术等已经实现了信息的远程传输,特别是以 IPv6 为核心的 NGI 的发展,将为每个物体分配独立的 IP 地址创造可能,也为物联网的发展创造了良好的条件。

中间件技术对高效管理与控制大规模物联网起着至关重要的作用。受网络节点能量有限、网络拓扑多变、通信协议不确定、节点信息采集模式差别等影响,物联网上层应用的开发面临较大的挑战。开发者不仅要关注系统的应用需求,还要掌握组网、通信、信息获取、时钟同步、冗余控制、网络管理、网络安全等众多底层技术,这大大增加了物联网应用系统的实现难度,不利于物联网的大规模商用开发。如何针对物联网的特点设计中间件平台,屏蔽底层设备在通信协议、数据格式等方面的差异,为上层应用开发提供统一的数据调度、网络监控以及任务调度接口,已经成为物联网应用研究中面临的关键技术问题。

1.4.2.4 空间网络

NGI 以 IPv6 技术为基础,具有"更大、更快、更安全、更及时、更方便、更可管理和更有效"等特征,随着空间通信技术与互联网技术的进一步发展,NGI 将走出地球,奔向更广阔的星际空间。空间信息资源对于维护国家安全、促进经济发展具有重要意义。现如今,空间信息优势已成为一个国家和民族强大的关键因素。基于各空间实体所处位置的不同,空间网络可以分为临近空间网络、卫星网络、太空网络。另外,受空间网络中高延迟、连通性不稳定等独有特点,容迟/容断网络中同样提出了若干适用于空间网络互联的模型与算法。

临近空间网络是由位于地球表面 20 ~ 100 km 空域的临近空间飞行器按照自组织方式形成的综合信息网络。这种网络在环境监测、气象观察、资源普查、城市规划、农业统计、地形测量、导航定位以及搜索救援等方面具有重要意义,已引起国内外广泛的重视。由于受临近空间自由传播损耗、多径衰落、冰晶降雨层、地球大气、电离层、多普勒频移、天线接收、太阳活动等多种因素的影响,临近空间网络的链路误码率较高,且通信链路容易中断。对临近空间网络而言,仅凭网络通信协议及当前的网管技术很难保证其可靠高效运行,必须从网元节点及运行态势等多个方面入手,设计灵活的、可扩展的、高效的网络管理体系,来保证系统的稳定性与可用性。另外,在路由协议设计上,不同高度的节点具有不同的传输距离,因而在空间上表现为一种分层次的网络拓扑结构,这就要求设计的网络协议不仅能够适应临近空间网络的独有特征,如上层节点稀疏、链路连通性不稳定、传输延迟较长等,还应该尽可能利用网络中节点分级的特点,满足数据传输的需求。

任何人(whoever)在任何地方(wherever)于任何时间(whenever)都能与任何人(whomever)以任何方式(whatever)进行通信,这个"5W"通信目标在 20 世纪似乎还遥不可及,而卫星网络却能够将这个梦想真切地实现。相比地面网络而言,卫星网络的工作环境恶劣,面临着信道误码率高、传输延时大、链路非对称及接入成本等多种因素限制,为此,需要对卫星网络中的 MAC 接入技术、路由技术及传输层技术进行深入研究。在 MAC 接入技术中,需要着重关注于如何分配有限的带宽资源,从而在满足用户 QoS 需求的基础上,提高系统接入量。在路由协议的研究中,则需要重点关注如何处理卫星节点的高速移动性、网络资源有限性及运动可预测性等多种因素。另外,在传输层协议的设计中,需要重点关注如何降低传输延时、误码率、不对称信道等因素对 TCP 的影响。

对外太空及更远星系的探索一直是人类的梦想,对这些超远星体的研究将产生大量的科研数据,而如何安全可靠地传输这些科研数据则需要借助于太空网络。对太空网络而言,面临的首要挑战是了解外太空各个监测星体之间的关系,了解它们与传统地面网络所不同的信道特征与组网方式,从而构建最优的太空网络架构。另外,还需要参考国际太空数据系统咨询委员会(Consultative Committee for Space Data Systems,CCSDS)发布的协议栈等多种模型,并针对太空星体互联的特点,考虑太空通信环境的差异性,研究合适的协议模型。

容迟/容断网络(Delay/Disruption-Tolerant Network,DTN)具有间歇连通的特性,其采用面向异步消息的覆盖层网络体系结构,保证网络在高延迟、高中断率和资源受限等情况下完成数据传输服务。DTN 协议架构的设计思想不同于传统的 Internet,其采用异步消息交换替代分组交换保管传递机制实现可靠传输,局部连接网络替代全连通网络。DTN 的研究对空间探索、军事安全、应急抢险、灾难恢复、智能交通和信息共享等领域提供有力的技术支持,推动星际网络、车载网络、水下网络、乡村网络和无线传感器网络的进一步普及和应用,推动未来网络泛在化、智能化和协同化的发展。

1.4.2.5 可信网络

互联网的快速发展,给人们的生活带来了极大的便利,但同时也产生了大量的网络安全问题。近 10 年来,让硬盘资源受损的 CIH 病毒,通过邮件感染和迅速传播的 Melissa 病毒,尼姆达、冲击波、震荡波等利用系统漏洞不停地进行网络攻击,还有熊猫烧香、扫荡波、Conficker 近年来通过网络使得系统资源难以使用,而盗号器、挂马工具、暴力密码破解等木马工具更是形成了黑色产业链,使得人们受到了经济上的严重影响,破坏了互联网的信任系统。如何改善互联网的信任体系,从网络拓扑、协议、防护手段以及保密技术等方面来提高计算机网络中的软硬件安全性,已经成为研究的热点和难点,也是 NGI 的研究重点之一。

可信网络是在可信计算的基础上发展而来的。对可信计算的研究形成了一系列的可信理论,设计了从硬件体系结构到软件体系结构的可信系统,包括了一系列的关键技术,如签注密钥、安全输入输出、内存屏蔽、密封存储、远程证明、可信第三方等技术。可信计算的基本思想是在可信根的基础上对信任链进行完整传递,以保证每个节点都是可信的。在这种思想的影响下,可信网络得以产生和发展。

对可信网络的研究目前还处于初级阶段,学者们从可信网络的概念、体系结构、模型等方面进行了大量研究,对可信网络中的一些关键技术进行了探索和实践。这些技术有的是全新的适合下一代互联网的,有的是从目前的技术进行革新形成的。可信网络要求参与计算的终端节点符合可信计算的相关规范,能抵御恶意行为,同时在网络传输过程中,数据具有高度安全性,能抵御中间劫持。可信网络中的任何节点地址真实可追踪,任何用户行为都具有可监测、可预测和可管理。在网络拓扑上,可信网络支持异构性。

与传统网络体系结构一样,目前的可信网络体系结构仍然是分层结构,一般包括可信基础设施层、可信评估层以及可信应用层,从基础设施到应用进行可信部署。大批的国内外学者和组织就信任计算、网络保护、准入控制、认证技术、密钥技术等可信网元技术进行了大量的研究,对可信网络的发展起着极其重要的、积极的推动作用。很多知名的 IT 企业和研究组织开展了对可信网络的研究和发展部署,产生了一批优秀的可信网络模型(在第 8 章将有介绍),为可信网络的研究和发展奠定了理论和应用基础。

1.4.2.6 认知网络等通信技术

目前 Internet 的功能和业务日益复杂化、多样化,网络需要具有灵活性、自适应性和健壮性,能够提供完善的网络管理机制和安全机制。鉴于此,要求网络能够依据用户的需求和当前的网络状况做出智能的判决,合理利用网络资源,进行优化配置,完善网络的资源管理、网络的 QoS、网络安全和接入控制等技术,实现端到端的网络目标。为了实现上述要求,近年来在网络和通信技术中应用了"认知"和"智能"技术,并且结合网络协议的跨层设计机制使得网络元素能够感知其他网络元素的状态信息,自适应地进行状态变化,充分利用网络资源。认知网络成为未来信息技术和通信网络的重要发展方向。与非认知网络相比较,认知网络具有两个重要特征:以端到端的目标驱动整个网络系统的行为;网络具有智能感知和自适应能力。

认知网络是在认知无线电和跨层设计基础上发展而来的,认知网络和认知无线电都具有认知决策能力、软件可调制平台、可配置参数以及跨层功能。但是认知网络的研究目标是端到端,以整个网络系统的行为作为驱动目标,而认知无线电研究的目标是区域性的;认知网络的各个元素之间需要协同工作以实现高层目标,而认知无线电仅考虑本地因素;认知网络由于研究目标具有异构性,其设计对象包括有线网络、无线网络、Ad Hoc 网络、基础无线网络和异构网络,而认知无线电仅应用在无线网络中。认知网络和跨层设计都可以操纵不同协议栈,以多层优化为研究目标。但是跨层设计只研究单一目标,研究范围较小,并且不具备认知能力。

认知网络需要感知周围环境的电磁变化特征,并依据特征参数进行学习,做出智能判决,自动调整设备参数,合理配置网络资源。其所要研究的关键技术包括环境感知技术、信息挖掘技术、智能决策技术、网络重配置等。认知网络具有 3 个核心的研究要点:具有网络状态的实时监测能力,具有认知处理的核心,具有可软件配置的网络单元结构。网络状态的实时监测是认知网络的基础,必须具有足够的网络状态信息,并能够在网络的认知节点之间交换各自的信息,才能够为认知决策提供基础。认知处理核心是知识的学习和积累以及决策的中心,根据网络的当前状态以及以往的知识,预测网络未来的行为,根据一定的优化目标,制定相关的网络节点的配置优化策略。可软件配置的网络单元结构是认知网络实现的基础,只有网络单元结构具有可编程的接口,认知处理核心的相关决策才可以实施,认知网络的最终行为才能够实现。

认知网络技术有很多应用,例如异构网络连接、智能通信系统、QoS 和网络安全等。由于认知网络具有从环境中进行学习的能力,所以它可以有效地消除节点之间的冲突,优化网络连接,为采用不同协议和物理接口的复杂异构环境提供创造秩序的机制。认知网络也借助测量与感知技术进行网络状态监测,同时采用学习推理和自适应控制等技术实现网络资源的调配与利用,实现网络各层参数的协同管理,实现认知网络全网分布式主动监测、管理与控制,保证网络业务流端到端的 QoS。同时,认知网络技术也运用于访问控制和入侵检测等网络安全技术中,通过分析网络各层的反馈,认知网络可以发现风险并且得出相当的应对方法。

1.5 相关国际标准化工作

当前,NGI 的研究工作主要在电信界和计算机界展开,上述两大阵营都试图从各自已有的网络向 NGI 过渡。

1.5.1 IETF

作为计算机界国际标准化组织的代表之一,互联网工程任务组 IETF 对 NGI 的研究及标准化的进展起到了积极的推动作用。IETF 认为,在传输层只要能提供高带宽即可,此外没有其他的特殊要求。而对业务承载层及业务层的研究是 IETF 的工作重点。在业务承载层,IPv6 协议是 IETF 的标准。在 IPv6 协议的制定上,IETF 主要有两个工作组,即下一代 IP(IP next generation,IPng)协议工作组和 NGI 过渡(Next Generation transition,NGtrans)工作组,它们的工作重点不同,前者主要负责制定与 IPv6 有关的基础协议,而后者主要负责制定与 NGN 演进有关的标准。

IPng 工作组在 1992 年成立,3 年后该工作组制定了正式的 IPv6 基础协议。作为 IETF 中活跃的工作组之一,很多标准草案在 IPng 工作组的每次会议中都会被讨论。截至 2010 年中旬,IPng 工作组制定的 RFC 标准和标准草案已经达到了 50 多项。

与 IPng 工作组不同,NGtrans 工作组主要负责对试验地址进行分配,对 IPv6 演进的方法和工具进行规范,对 IPv6 演进的相关标准文档进行编制,对其他组织的 IPv6 工作进行协调,对 6Bone(IPv6 Testing Address Allocation)实验床进行协调等。

作为国际上 IPv6 标准化的主体,IETF 的标准规范主要以 RFC 发表。从 1995 年开始到 2010 年,IETF 制定的 IPv6 相关的 RFC 标准已经有 200 多项,核心标准已经完成,因此从 IPv4 到 IPv6 的过渡及完善现有的 IPv6 标准是目前的主要工作。

在域名标准方面,IETF 已发布了 IPv6 和 NAT 扩展文件传输协议(File Transfer Protocol,FTP)的 RFC 2428、DNS 安全扩展协议修正的 RFC 4035 等 10 多个 RFC,相关标准已基本完善,因此对原有标准的维护及完善是目前 IETF 的工作重点之一。

在编址标准方面,IETF 已发布了诸如 IPv6 基本协议 RFC 3513、地址结构 RFC3587、IPv6 邻居发现机制 RFC 3122、IPv6 可聚合全球单播地址格式 RFC 2374、IPv6 单播地址分配体系结构 RFC 1887、IPv6 组播地址分配 RFC2375、唯一的局部 IPv6 单播地址 RFC4193 等 100 多个相关的 RFC。这些标准已基本完善,因此对原有标准的维护及完善是目前的工作重点之一。

在路由标准方面,IETF 已发布了包括关于路由信息协议(Routing Information Protocol,RIP)的 RFC 2080、关于开放最短路径优先(Open Shortest Path First,OSPF)的 RFC 2740、关

于边界网关协议(Border Gateway Protocol,BGP)的 RFC 2545、关于中间系统到中间系统(Intermediate System To Intermediate System,IS-IS)的 RFC 3784 等路由协议、关于多宿(multi-homing)技术的 RFC 3178、关于 IPv6 MPLS VPN(Virtual Private Network)的 RFC 4659 等 20 多个标准,已基本完成了 IPv6 路由协议相关标准的工作,使现有的 IPv4 应用的路由协议与大多已有 IPv6 应用的路由协议相对应。目前,IETF 正在制定针对 IP 版本兼容性的、能直接应用在 IPv6 网络中的下一代路由协议标准。

在安全类标准方面,原有的应用于 IPv4 协议的 IPSec 的标准基本可用于 IPv6 协议,因此二者的安全机制与安全标准体系并没有明显的变化。在国内,以清华大学为代表的研究机构成立了基于源地址验证体系结构 SAVA 的工作组来制定适用于 IPv4 和 IPv6 的网络安全机制,已发布了源地址认证体系架构测试床和部署经验的 RFC 5210 标准,并且还提交了多个标准草案进行讨论。

在过渡类标准方面,IETF 主要有双栈技术、隧道技术及翻译技术用于支持 IPv4 到 IPv6 的过渡。在双栈技术中,设备或终端只需要分别遵循相应的标准、分别支持 IPv4 和 IPv6 协议栈即可。在隧道技术中,IETF 已发布了 6to4 隧道 RFC 3056、一般路由封装隧道 RFC 2473、手工隧道 RFC 2893、6over4 隧道 RFC 2529、隧道代理 RFC3053、蛀船虫(TEREDO)隧道 RFC4380、内部站点自动隧道寻址协议隧道 RFC 4214 等标准。目前,Softwire 工作组中软线技术的标准化是 IETF 的研究重点所在。在国内,以清华大学为代表的研究机构已发布了 Softwire 网状框架 RFC5565、使用 IP 封装和 MP-BGP 扩展的 4over6 传输解决方案 RFC5747 等标准,并向 Softwire 工作组提交了多个草案。

在翻译技术中,支持 IPv6 的翻译技术和大规模 NAT 技术是 IETF 当前的工作重点之一。虽然已有诸如运营级 NAT 技术、车载信息娱乐系统(In-Vehicle Infotainment,IVI)技术等多种备选,但由于还没有经过大规模网络应用的验证,还不成熟。宽带论坛(Broadband Forum,BBF)正在制定 TR-101 框架下 IPv4 到 IPv6 的演进及 IPv6 业务实现的 WT-177(Migration to IPv6 in the Context of TR-101)标准,是目前关于 IPv6 比较完整的接入网部署标准。它主要涉及用户接入的流程、安全、地址分配、设备规范等,已完成了 70% 左右,预计在 2011 年上半年可完成。

在移动 IPv6 标准方面,IETF 已发布了移动 IPv6 体系架构、协议、快速切换的 RFC 3775、RFC 4285、RFC 4068 等 30 多个相关的标准,使得该类标准已基本完善,因此对移动 IPv6 的优化设计是目前 IETF 的工作重点之一。

在移动互联网标准方面,IETF 的第三代合作伙伴计划(3GPP)IPv6 工作组针对 IPv6 在 3G 环境下的寻址方式、标准执行,对手机、路由器和代理服务器等移动设备的支持,移动 IPv6、最大传输单元(Maximum Transmission Unit,MTU)、DNS、安全性、远程管理等,已发布了 3GPP-IETF 标准化协作 RFC 3113、3GPP 演进分组系统的直径指令码注册 RFC5516 等标准协议。

在物联网标准方面,IETF 成立了 3 个工作组进行相关标准的制定工作,即 6loWPAN

（IPv6 over Low power WPAN）工作组，Roll（Search Results Routing Over Low power and Lossy networks）工作组及 Core（Constrained RESTful Environments）工作组。IETF 已发布了 3 个关于场景描述、需求及承载方式等的 RFC，即在 IEEE 802.15.4 上传输 IPv6 报文的 RFC 4944、城市低功耗和损耗网络路由要求的 RFC5548 及 IPv6 低功率无线个人区域网络的 RFC4919。2008 年 9 月成立的 IP 智能对象（IP Smart Object，IPSO）联盟基于 IETF 的 6lowPAN 工作组及 Roll 工作组的研究成果，探索在智能物体联网时应用 IPv6。目前，该联盟已发布了 4 个关于地址、框架、协议栈需求、邻居发现等方面的白皮书。虽然与 IPv6 相关的物联网标准研究刚起步，但由于其重要的应用价值，促使相关的标准化组织和产业联盟很活跃，发展很快。

1.5.2　ITU

NGN 的建设目标是一个融合现存所有网络和技术的多业务综合网，研究范围包括基础传送层、承载层、接入层、网络控制层、业务传输层等方面，通过各种技术来最终保证业务传输的带宽和 QoS 需求。

在电信界的眼中，NGN 代表着电信网络的未来。电信界从事 NGN 标准化的研究组织主要集中在 ITU-T、ETSI TISPAN、3GPP 等组织中。

为了加快 NGN 的研究速度，2004 年 6 月，ITU-T 成立了 NGN 焦点工作组（Focus Group on Next Generation Network，FGNGN）。根据研究内容侧重点的不同，FGNGN 又细分为 7 个研究组。2005 年 11 月 18 日，FGNGN 发布了 NGN 的标准版本 1，该版本分别在业务需求、体系架构、QoS、控制和信令、安全能力、网络演进、未来分组网等 7 个方面做出一些规定，尤其在业务需求、体系架构、QoS 和安全能力等方面做了比较多的工作。

第一研究组主要负责制定 NGN Release 1 中的研究范围和业务需求。"NGN Release 1 研究范围"和"NGN Release 1 业务需求"这两项课题已于 2005 年第二季度结束，其中，前者主要规定了 NGN Release 1 需要支持的业务和网络能力，后者则根据"NGN Release 1 研究范围"的内容对业务需求和网络能力的要求进行细化。NGN Release 1 能够提供的业务包括多媒体业务、PSTN/ISDN Emulation 业务、PSTN/ISDN Simulation 业务和 Internet 接入等。

第二研究组主要负责 NGN 体系架构的研究工作，研究课题主要包括四项，分别为"NGN 功能需求和体系架构"、"NGN 移动性功能需求"、"IMS 在 NGN 中的应用"以及"用户可管理的 IP 网络架构"。这四项研究课题都已于 2005 年结束。其中，第一项研究课题"NGN 功能需求和体系架构"是该研究组的研究重点，FGNGN 对 IMS 的体系结构进行了扩展和增强，将 NGN 分为业务层和传送层，并定义了相应的功能实体。但是，FGNGN 并没有针对不同的业务系统分别制定各自的体系结构，而是采用一种通用的体系结构来适配各种业务系统，导致该体系结构非常复杂，不具备良好的可操作性。为此，NGN 体系架构在后期不断地扩充和完善。第二项研究课题"NGN 移动性的功能需求"提出了 NGN 中的移动性管理需求,并将 NGN 的移动性分为业务移动、网间移动、广域网内移动、本地网内移动、无线接入网内移动和用户层面移动。第三项研究课题"IMS 在 NGN 中的应用"描述了 3GPP 功能实体的映射关系。第四项研究课题"用户可管理的 IP 网络架构"主要立足于用户角度,对可管理 IP 网络的业务定义、业务需求、参考模型和功能要求进行研究。

第三研究组和第四研究组的研究内容关联甚为紧密,其中,第三研究组的研究重点是 NGN QoS,第四研究组的研究重点是信令需求。这两个研究组的研究课题主要包括"基于以太网的 IP 接入网的 QoS 需求体系架构"、"NGN 的资源控制和接纳控制需求与功能架构"、"NGN 的网络性能与 QoS 需求架构"、"端到端 QoS 的需求架构"、"以太网 QoS 的需求架构"、"NGN 异构网络的性能"等。

第五研究组负责研究 NGN 中的安全问题,主要包括两项研究课题:"NGN Release 1 安全需求"和"NGN 安全指导"。这两项课题在 NGN Release 1 安全要求的基础上,从业务、组网和链路等几个角度出发,提出了 NGN 的安全模型。

第六研究组负责研究网络演进技术,主要包括三项研究课题:"网络演进的规范与目标"、"PSTN/ISDN 向 NGN 的演进技术"、"PSTN/ISDN 的模拟与应用"。第一项课题主要负责制定网络演进的规则;第二项课题主要负责研究 PSTN/ISDN 网络,包括核心网、信令网和业务层演进的各种场景以及演进过程中涉及的计费、路由和编址等问题;第三项课题主要负责研究不同的应用场景问题。但是,这 3 个课题只是简单地列举了可能出现的演进场景,并不具有针对性。

第七研究组负责研究 NGN 的承载网技术,主要包括两项研究课题:"未来分组网 FPBN 的业务需求"和"未来分组网 FPBN 的顶层架构"。第一项课题主要研究 NGN 承载网的要求,第二项课题主要研究 NGN 承载网的体系结构、参考点以及编号方式等。

2005 年 11 月 18 日,FGNGN 结束了最后一次会议。FGNGN 组织的成立,大大加快了 NGN 的研究进程。据统计,从成立到结束的一年半时间里,FGNGN 共举行了 9 次会议,收到 1206 篇文稿,参会总人数为 1166 人。针对一些重要领域,FGNGN 的 7 个研究组经过充分、激烈的讨论,完成了版本 1 的标准制定工作,总计制定 30 份文件,其中,NGN 版本 1 的研究范围(NGN Release1 Scope)和 NGN 的功能需求和架构(Functional Requirements and Architecture of the NGN)是最重要的两份文件,堪称其他 28 份文件的基础。

在完成第一阶段的工作以后,ITU-T 成立了 NGN-GSI(Global Standard Initiative)继续研究 NGN 的相关内容,制定部署 NGN 所需的详细标准,通过与其他机构的协同努力,在全球协调有关 NGN 体系结构的不同方式和方法,以便服务提供商为用户提供丰富多样的 NGN 业务。这其中涉及的小组包括 ITU-T SG13 小组(NGN 领导小组)、SG11 小组(信令领导小组)、SG19 小组(移动领导小组)以及 SG19(安全领导小组)。受现阶段泛在网络、"无处不在"的网络技术等影响,NGN 也开始积极地从服务于电信行业向着服务于信息社会进行战略转型,例如目前广受关注的点对点技术(Peer-to-Peer,P2P)、网络移动性、异构性、内容感知、以数据为中心等都已成为 NGN 的研究重点。

ITU-T 针对 NGN 的研究主要集中在以下技术领域。

1. 网络功能体系和协议

NGN 网络功能体系和协议的研究具有广泛的内涵,该领域主要研究内容包括 NGN 的通信流程、与承载无关的呼叫控制协议(Bearer Independent Call Control protocol,BICC)、对跨越异构网络提供支持、定义与传统终端保持互通所需的功能、制定 NGN 终端升级机制以及管理的功能要求等。目前,有关这方面的 ITU 建议有:Y.2001(NGN 概览)、Y.2011(NGN 总体原则与参考模型)、Y.2201(NGN Release 1 需求)、Y.2211(基于 IMS 的多媒体会话服务)、Y.2091(NGN 术语及定义)、Y.2012(NGN 功能需求与架构)、Y.2021(IMS 功能架构)、Y.2031(PSTN/ISDN 仿真架构)、Y.2013(融合服务框架:功能需求与架构)等。

2. QoS

随着网络规模的不断扩大、新兴业务的逐步涌现,用户对网络 QoS 的要求越来越高,如何提供端到端的 QoS 是 NGN 的核心问题之一。NGN 的 QoS 研究内容包括制定端到端业务的 QoS 等级要求、QoS 的端用户规则、端到端 QoS 框架的要求和架构等。目前,有关这方面的 ITU 建议有:Y.2111(NGN 中的资源和管理控制功能)、Y.2112(面向 IP 接入网的 QoS 控制架构)、Y.2171(NGN 中接入控制优先级标准)、Y.2172(NGN 中服务修复优先级标准)等。

3. 业务平台

NGN 能够提供多媒体业务、PSTN/ISDN 仿真业务、Internet 接入服务、公共业务等。为了支持 NGN 实现以上这些业务,业务平台的主要研究内容包括业务要求和业务控制体系、多网络的业务互联和用户漫游所需的业务支撑机制、移动性业务平台的影响等。目前,有关这方面的 ITU 建议有:Y.2261(PSTN/ISDN 向 NGN 的演化)、Y.2262(PSTN/ISDN 业务仿真)、Y.2232(基于 Web 的 NGN 融合业务)等。

4. 网络管理

NGN 由异构网络组成,不仅网络结构复杂,而且基于开放式接口的 NGN 允许不同种类业务进入一个网络,多厂商和多业务的环境使得 NGN 的网络管理面临严峻的挑战,需要完善和增强 NGN 网络管理体系。网络管理的研究内容主要包括研究新型网络管理技术、定义适用于 NGN 网管要求的基本业务和接口。目前,有关这方面的 ITU 建议有 Y.2401/M.3060(NGN 的管理原理)。

5. 网络安全

安全是 NGN 研究中的一个非常重要的问题,由于 NGN 的开放式接口增多,使其面临较大的安全性风险。ITU-T 一直在对 NGN 的安全性进行研究,主要研究内容包括 NGN 的安全体系和原则、制定开发 NGN 所需的安全协议和 API 接口等。目前,有关这方面的 ITU 建议有 Y.2701(NGN Release1 安全性导则)等。

6. 广泛移动性

广泛移动性允许用户跨越现有网络边界使用和管理业务。该领域的主要研究内容包括:制定网络的识别和认证机制、接入控制和授权功能、用户位置管理、对个人移动性和终端移动性的支持等。目前,有关这方面的 ITU 建议有 Y. 2801/Q. 1706(NGN 移动管理需求)、Y. 2802/Q. 1762(固定移动融合网络通用需求)等。

7. 未来分组网

NGN 是一个基于分组的网络,要求未来分组网具有高可靠性、高强壮性和可扩展性,能够满足运营网的要求;还要求其具备安全、可信等特点,能够保证用户的安全和私密要求。目前,有关这方面的 ITU 建议有 Y. 2601(未来分组网络的基本特点和需求)、Y. 2611(未来分组承载网络高级架构)等。

TISPAN 是 ETSI 旗下从事 NGN 标准化研究的主要机构,TISPAN 对 NGN 的研究分成 8 个方面,分别包括:业务、体系、协议、号码与路由、QoS、测试、安全和网络管理。2004 年,ETSI 完成了全部的 NGN R1 项目,并发布了 NGN Release 1 版本。R1 版本中定义的 NGN 包含 PSTN Emulation、IMS、流媒体、业务子系统,以及网络附着子系统(NASS)和资源控制与接纳(RACS)子系统,能够支持 PSTN Emulation 业务、PSTN Simulation 业务、多媒体业务、数据业务等多种业务。NGN R2 项目于 2006 启动,研究内容主要包括 IPTV、RACS、固定与移动融合(Fixed Mobile Convergence,FMC)、家庭网络等。发布的标准主要有 ETSIES282007(IMS 功能架构)、ETSIES282006(IP 多媒体子系统)、ETSITS182012(基于 IMS 的 PSTN/ISDN 仿真子系统功能架构)。

3GPP 国际组织是由欧洲的 ETSI、日本无线工业及商贸联合会(Association of Radio Industries and Businesses)和日本电信技术委员会(Telecommunication Technology Committee,TTC)、韩国电信标准化组织(Telecommunication Technology Association,TTA)以及美国 T1 电信标准委员会于 1998 年发起成立的,旨在研究制定移动通信网络向 NGN 的演进标准。目前,发布的版本主要包括 R99、R4、R5、R6、R7 等。其中,对 IMS 的定义主要由 R5 版本完成。为避免重复制定某项标准并考虑与固定网标准的统一,3GPP 中有关 IMS 的部分标准直接采用 IETF 和 ITU-T 的标准。3GPP R6 版本的主要研究内容包括策略控制、WLAN 接入、IMS 到 CS 域及 PS 域的互通等,并在 IETF SIP 协议的基础上进行了扩展。3GPP R7 版本的主要研究内容包括通过 CS 域承载 IMS 话音、通过 PS 域提供紧急服务、基于 WLAN 的 IMS 话音与全球移动通信系统(Global System for Mobile Communications,GSM)的互通、提供各种类型数字用户线路(Digital Subscribe Line,xDSL)的固定接入方式。由于 TISPAN 的标准推进速度较快,可操作性较强,TISPAN 和 3GPP 的合作较为紧密,以共同推进 NGN 的研究工作。为了与 3GPP 保持一致,TISPAN 以 3GPP R6 版本中的 IMS 作为 IP 多媒体子系统的核心结构。

1.5.3 IEC

作为世界上成立最早的非政府国际电工标准化机构——国际电工委员会(International Electrotechnical Commission, IEC)同样颁布了若干有关 NGI 的国际标准。

　　IEC 成立于 1906 年，是世界上成立最早的标准化国际机构。IEC 通过设立不同的技术委员会（Technical Committees，TC）进行相关技术标准的制定和修订，每个技术委员会下设分委会（Sub-Committees，SC）或者工作组（Work Group，WG）。截至 2010 年 12 月底国际电工委员会共成立技术委员会 94 个、分委会 80 个、工作组 427 个。国际电工委员会目前拥有正式成员国 60 个，准成员国 21 个，拥有技术专家近万名。IEC 还和国际标准化组织（International Standard Organization，ISO）成立了一个联合技术委员会（Joint Technical Committee，JTC1），联合技术委员会目前下辖 18 个分委会。

　　IEC 有若干个技术委员会从事与 NGI 相关的工作，主要对光纤技术、工业无线网络、组播技术、物联网技术等方面进行研究和标准制定。在未来网络（future network）方面国际电工委员会也设立了相应的技术分委会。

　　在光纤技术方面，IEC 设立了第 86 技术委员会（IEC TC86），负责光纤通信系统、光纤通信设备和模块、纤维光学元器件标准的制定和修订。该委员会对光纤通信领域中涉及的测量方法、功能接口、光学传输特性、环境适应性、机械性能要求等进行了研究和标准制定。该委员会的研究为 NGI 的大容量光纤传输技术的实现提供了基础性的支持。

　　在工业无线网络技术方面，国际电工委员会设立了第 65 技术委员会第三分委会（IEC TC65 SC/65C），负责工业领域的无线网络技术标准的制定工作。该委员会通过投票接纳了两个标准提议为其公共可用规范。这两个公共可用规范分别是 IEC/PAS 62591 和 IEC/PAS 62601。IEC/PAS 62591 即"可寻址远程传感器高速通道的开放无线通信"规范（Wireless Highway Addressable Remote Transducer，"Wireless HART"），由国际 HART 基金会提出。该基金会的主要成员单位包括爱默生（Emerson）、阿西布朗勃法瑞（ABB）、霍尼韦尔（Honeywell）、西门子（Siemens）等国际知名公司。"Wireless HART"规范采用直接序列扩频（Direct Sequence Spread Spectrum，DSSS）、信道跳频（channel hopping）、时分多址（Time Division Multiple Access，TDMA）同步、延迟控制通信（latency-controlled communications）等技术来实现工业现场环境下的无线通信，满足工业应用中对可靠、稳定和安全的通信需求。IEC/PAS 62601 即"用于工业过程自动化的无线网络"（Wireless Networks for Industrial Automation-Process Automation，WIA-PA）规范，由中国工业无线联盟研发。该联盟由中科院沈阳自动化研究所主持，联盟初始成员单位还包括浙江大学、机械工业仪器仪表综合技术研究所、重庆邮电大学、上海工业自动化仪表研究所和东北大学等十余家。我国自主研发的 WIA-PA 规范具有明确的自身特点：采用分层的组织模式（网状结构 + 星形结构），网络拓扑维护更加灵活快速；采用自适应的跳频模式与自动重传机制，保障通信的可靠性；支持网内报文聚合，降低了网络开销；兼容 IEEE 802.15.4 标准，可以使用现有商用器件，易于实现。

　　在组播技术方面，国际电工委员会设立的联合技术委员会第 6 分委会（ISO/IEC JTC1/SC6）开展了相应的研究工作。该分委会研究对象是网络层和传输层的服务和协议标准。该分委会一直致力于增强型传输层协议（Enhanced Communications Transport Protocol，

ECTP)标准的制定。该分委会下辖的第 7 工作组(ISO/IEC JTC1/SC6/WG7)的工作重点是组播技术标准的制定工作,其最新进展是在 2010 年 4 月制定了"IEC 24792"标准。该标准给出了一个组播会话管理协议(Multicast Session Management Protocol, MSMP),它是一个管理组通信 QoS 的应用层控制协议,可运行于传统的传输层协议(TCP 或 UDP)之上,也可以运行于增强型传输层协议(ETCP)之上。协议的主要内容包括会话管理(Session Management, SM)和 QoS 管理(QoS Management, QM)两个部分。

在物联网技术方面,联合技术委员会第 17 分委会(ISO/IEC JTC1/SC17)的研究对象是"卡和身份识别",负责研究并制定非接触(紧耦合、接近式、临近式)集成电路卡标准;联合技术委员会第 31 分委会(ISO/IEC JTC1/SC31)的研究对象是"自动识别和数据采集",负责研究并制定多频段的射频识别标准、测试标准、数据协议和软件系统标准;联合技术委员会第 6 分委会开展了相关工作,研究并制定了近距离无线通信(Near Field Communication, NFC)标准,该标准的工作频段是 13.56 MHz。

联合技术委员会于 2007 年启动了未来网络方面研究和标准制定工作。该分委讨论了相关的技术提案,研讨未来网络的定义,未来网络与未来因特网(future Internet)的异同等问题;讨论了未来网络架构的若干种新的实现方法,包括自组织网络、重叠网、主动网络、上下文感知网络等。该分委会没有发布相应的标准文件,公布的文档都还处于新提案的研讨阶段。

本 章 小 结

当前的 Internet 正朝着更大、更快、更安全、更及时、更方便、更有效益的 NGI 的方向发展,将使未来社会进入一个网络无所不在、信息无处不在、智能无处不及的新时代。本章在介绍 NGI 的由来和现状的基础上,描述了 NGI 和 NGN 的联系和区别,详细分析了 NGI 的渐进式体系结构和革命式体系结构的研究思路和案例,阐述了 NGI 中包括 IPv6、IPv4 和 IPv6 间过渡、P2P 与覆盖网、网络虚拟化、绿色节能、QoS 和组播等共性关键技术,以及包括光网络、移动与无线网络、无线传感器网络与物联网、空间网络、可信网络、认知网络等单元关键技术,并介绍了 IETF、ITU 和 IEC 等国际标准化组织的相关工作。对这些问题进行深入探索和解决,将有利于进一步促进 NGI 的建设和发展。

习　　题

1. 什么是互联网?
2. 与现有互联网相比,NGI 主要有哪些优点?
3. 简述渐进式 NGI 体系结构的设计思路。
4. 简述革命式 NGI 体系结构的设计思路。

5. 多维可扩展的 NGI 体系结构中的"多维可扩展"主要体现在哪几个方面？

6. 简述"一体化可信网络及普适服务体系结构"的主要特点。

7. IPv6 的主要优点有哪些？

8. 简述 P2P 与覆盖网的特点。

9. 什么是网络虚拟化？

10. 简述网络绿色节能的主要实现机制。

11. 从完成用户业务功能的角度，可以将 NGN 体系结构分为哪几层，各层主要负责什么功能？

12. NGN 与 NGI 的相同之处体现在哪些方面？

13. NGN 与 NGI 的区别之处体现在哪些方面？

14. 什么是三网融合？

15. 电信界从事 NGN 标准化的组织有哪些？请针对某个组织阐述其主要研究领域？

参 考 文 献

[1] BARRY M, CERF V, CLARK D, et al. A brief history of the Internet[J]. ACM SIGCOMM Computer Communication Review, 2009, 39(5): 22 – 31.

[2] 克林顿政府推出下一代互联网计划[N/OL]. 中国信息导报, 1996 – 12. http://www.cssti.org.cn.

[3] 林闯, 任丰原. 可控可信可扩展的新一代互联网[J]. 软件学报, 2004, 15 (12): 1815 – 1821.

[4] 吴建平, 刘莹, 吴茜. 新一代互联网体系结构理论研究进展[J]. 中国科学: E 辑, 2008, 38(10): 1540 – 1564.

[5] GENI[EB/OL]. http://www.geni.net.

[6] 吴建平, 吴茜, 徐恪. 下一代互联网体系结构基础研究及探索[J]. 计算机学报, 2008, 31 (9): 1536 – 1548.

[7] BRADEN R, CLARK D, SHENKER S, et al. Developing a next-generation Internet architecture[EB/OL]. [2000 – 07 – 15]. http://groups.csail.mit.edu/ana/Publications.

[8] TALUKDER A, PRAHALAD H. Security and scalability architecture for next generation internet services [M]//DAS D. Proceedings of the International Conference on Internet Multimedia Systems Architecture and Applications, Vol. I. Bangalore, India, December 9 – 11, 2009. New York: IEEE, 2009: 331 – 334.

[9] SHUE C, GUPTA M. An internet without the Internet protocol[J]. Computer Networks, 2010, 54(18): 3232 – 3245.

[10] WONG W, VERDI F, MAGALHAES M. A next generation Internet architecture for mobility and multi-homing support[M]//KUROSE J. Proceedings of the International Conference on emerging Networking Experiments and Technologies, Vol. I. New York, USA, December 10 – 13, 2007. New York: ACM, 2007: 1 – 2.

[11] WONG W, GIRALDI M, MAGALHAES M, et al. An identifier-based architecture for native vertical handover support [M]//OBAIDAT M. Proceedings of the International Conference on Advanced Information Networking and Applications, Vol. I. Perth, Austrila, April 20 – 23, 2010. New York:

IEEE, 2010: 252 – 259.

[12] PAN J, PAUL S, JAIN R, et al. Hybrid transition mechanism for MILSA architecture for the next generation Internet [M]//ZUCKERMAN D. Proceedings of the Global Communications Conference, Vol. I. Honolulu, USA, November 30-December 4, 2009. New York: IEEE, 2009: 1 – 6.

[13] PAN J, JAIN R, PAUL S, et al. Enhanced MILSA architecture for naming, addressing, routing and security issues in the next generation Internet [M]//AKHAVAN H. Proceedings of the International Conferecen on Communications, Vol. I. Dresden, Germany, June 14 – 18, 2009. New York: IEEE, 2009: 2168 – 2173.

[14] PASQUINI R, PAULA L, VERDI F, et al. Domain identifiers in a next generation Internet architecture [M]// HANZO L. Proceedings of Wireless Communications and Networking Conference, Vol. I. Budapest, Hungary, April 5 – 8, 2009. New York: IEEE, 2009: 2350 – 2355.

[15] XIAO Y, DU X, ZHANG J, et al. Internet protocol television (IPTV): the killer application for the next-generation Internet[J]. IEEE Communications Magazine, 2007, 45(11): 126 – 134.

[16] THOMPSON G, CHEN Y. IPTV: reinventing television in the Internet age [J]. IEEE Internet Computing, 2009, 13(3): 11 – 14.

[17] KIM D. Application of the HoQ framework to improving QoE of broadband internet services[J]. IEEE Network, 2010, 24(2): 20 – 26.

[18] TIAN X, CHENG Y, SHEN X. DOM: a scalable multicast protocol for next-generation internet[J]. IEEE Network, 2010, 24(4): 45 – 51.

[19] POLITO S, GEBBERS D, CHAMANIA M, et al. A new NSIS application for LSP setup with security features[M]//PANDOR M. Proceedings of the International Conference on Communications, Vol. I. Cape Town, South Africa, May 23 – 27, 2010. New York: IEEE, 2010: 1 – 6.

[20] PEREIRA F, SANTOS E, PEREIRA J, et al. FINLAN packet delivery proposal in a next generation Internet[M]//KANT L. Proceedings of the International Conference on Networking and Services, Vol. I. Cancun, Mexico, March 7 – 13, 2010. New York: IEEE, 2010: 32 – 35.

[21] WU Q, WOLF T. Support for dynamic adaptation in next generation packet processing systems[M]// AKHAVAN H. Proceedings of the International Conferecen on Communications, Vol. I. Dresden, Germany, June 14 – 18, 2009. New York: IEEE, 2009: 2330 – 2335.

[22] 余翔, 余道衡. 下一代互联网的发展与展望[J]. 世界科技研究与发展, 2004, 26 (1): 13 – 16.

[23] 林闯, 雷蕾. 下一代互联网体系结构研究[J]. 计算机学报, 2007, 30 (5): 693 – 711.

[24] JIN D, LI. Y, ZHOU Y, et al. A virtualization-based network architecture for next generation internet [M]// LUK K. Proceedings of the International Conference on Anti-counterfeiting, Security, and Identification in Communication, Vol. I. Hong Kong, China, 2009. New York: IEEE, 2009: 58 – 62.

[25] 吴建平, 任罡, 李星. 构建基于真实 IPv6 源地址验证体系结构的下一代互联网[J]. 中国科学: E 辑, 2008 , 38 (10): 1583 – 1593.

[26] LI Z, WANG J, LI X, et al. An ISP-friendly multiple IPv6 addresses configuration scheme[M]//WU H. Proceedings of the International Conference on Future Information Networks, Vol. I. Beijing, China, October 14 – 17, 2009. New York: IEEE, 2009: 194 – 196.

[27] LIU Y, NIAN X. A new possible protocol model for next generation Internet based on trustworthiness [M]// WANG C. Proceedings of the International Workshop on Intelligent Systems and Applications, Vol. I. Wuhuan, China, 2009. New York: IEEE, 2009: 1 – 4.

[28] WANG H, ZHANG H, CHANG C, et al. A universal access control method based on host identifiers for future Internet[J]. Computers and Mathematics with Applications, 2010, 60 (2): 176 – 186.

[29] WANG X, GUO L, YANG T, et al. New routing algorithms in trustworthy Internet[J]. Computer Communications, 2008, 31 (14): 3533 – 3536.

[30] HAN L, WANG J, WANG X, et al. Bypass flow-splitting forwarding in FISH networks[J/OL]. IEEE Transactions on Industrial Electronics, 2010, http://dx. doi. org/10.1109/TIE. 2010. 2046572.

[31] 王旸旸, 毕军, 吴建平. 互联网覆盖路由技术研究[J]. 软件学报, 2009, 20 (11): 2988 – 3000.

[32] 杨冬, 李世勇, 王博等. 支持普适服务的新一代网络传输层构架[J]. 计算机学报, 2009, 32 (3): 359 – 370.

[33] 杨冬, 张宏科, 宋飞, 等. 网络分层优先映射理论[J]. 中国科学:信息科学, 2010, 40 (5): 653 – 667.

[34] 李世勇, 秦雅娟, 张宏科, 等. 基于网络效用最大化的一体化网络服务层映射模型[J]. 电子学报, 2010, 38 (2): 282 – 289.

[35] 翟羽佳, 王铖, 袁坚等. 一体化网络下移动性管理的索引结构模型[J]. 电子学报, 2009, 37 (4): 706 – 712.

[36] LUO H, QIN Y, ZHANG H. A DHT-based identifier-to-locator mapping approach for a scalable Internet [J]. IEEE Transactions on Parallel and Distributed Systems, 2009, 20 (2): 1790 – 1802.

[37] CHEN C, TSAI K. The server reassignment problem for load balancing in structured P2P systems[J]. IEEE Transactions on Parallel and Distributed Systems, 2008, 19 (2): 234 – 246.

[38] 王兴伟, 秦培玉, 黄敏. 基于人工鱼群的 ABC 支持型 QoS 单播路由机制[J]. 计算机学报, 2010, 33 (4): 718 – 725.

[39] 陆璇, 龚向阳, 程时端. 新一代互联网体系结构[J/OL]. 中兴通信技术, 2009, http://d. wanfangdata. com. cn/Periodical_zxtxjs200904015. aspx.

[40] STOICA I, ADKINS D, ZHUANG S, et al. Internet Indirection Infrastructure [J]. IEEE/ACM Transactions on Networking, 2004, 12 (2): 2050 – 218.

[41] BALAKRISHNAN H, LAKSHMINARAYANAN K, RATNASAMY S, et al. A layered naming architecture for the Internet[M]//YAVATKAR R. Proceedings of the Special Interest Group on Data Communication, Vol. I. Portland, USA, August 30-September 3, 2004. New York: ACM, 2004: 343 – 352.

[42] CAESAR M, CONDIE T, KANNAN J, et al. ROFL: routing on flat labels[M]//Rizzo L. Proceedings of the Special Interest Group on Data Communication, Vol. I. Plsa, Italy, September 11 – 15, 2006. New York: ACM, 2006: 363 – 374.

[43] RAZZAQUE M, DOBSON S, NIXON P. Cross-Layer architectures for autonomic communications[J]. Journal of Network and Systems Management, 2007, 15 (1): 13 – 27.

[44] Global IP traffic forecast and methodology, 2006 – 2011[EB/OL]. [2008 – 01 – 14], http://www.

hbtf. org/files/ cisco_IPforecast. pdf.

[45] GUPTA M, SINGH S. Greening of the Internet [M]//FELDMANN A. Proceedings of the Special Interest Group on Data Communication, Vol. I. Karlsruhe, Germany, August 25 – 29, 2003. New York: ACM, 2003: 19 – 26.

[46] CHRISTENSEN K, NORDMAN B, BROWN R. Power management in networked devices[J]. IEEE Computer, 2004, 37 (8): 91 – 93.

[47] BALIGA J, AYRE R, HINTON K, et al. Photonic switching and the energy bottleneck [M]// BLODGETT S. Proceedsings of the International Conference on Photonics in Switching, Vol. I. San Francisco, USA, August 19 – 22, 2007: 125 – 126.

[48] Bohr M. A 30 year retrospective on dennard's MOSFET scaling paper[J], IEEE SSCS Newsletter, 2007, 12 (1): 11 – 13.

[49] CEUPPENS L, SARDELLA A, KHARITONOV D. Power saving strategies and technologies in network equipment opportunities and challenges, risk and rewards[M]//Yamazaki K. Proc. SAINT, Vol. I, Turku, Finland, July 28 – August 1, 2008: 381 – 384.

[50] ROBERTS L. A radical new router[J]. IEEE Spectrum, 46 (7): 34 – 39.

[51] BALDI M, OFEK Y. Time for a "greener" Internet [M]//AKHAVAN H. Proceedings of the International Workshop on Green Communications, Vol. I. Dresden, Germany, June 18, 2009. New York: IEEE, 2009: 391 – 396.

[52] BOLLA R, BRUSCHI R, DAVOLI F, et al. Performance constrained power consumption optimization in distributed network equipment[M]//AKHAVAN H. Proceedings of the International Workshop on Green Communications, Vol. I. Dresden, Germany, June 18, 2009. New York: IEEE, 2009: 397 – 402.

[53] WIERMAN A, ANDREW L, TANG A. Power-aware speed scaling in processor sharing systems[M]// MARCA J. Proceedings of the International Conference on Computer Communications, Vol. I. Rio de Janeiro, Brazil, April 19 – 25, 2009. New York: IEEE, 2009: 2007 – 2015.

[54] ALLMAN M, CHRISTENSEN K, NORDMAN B, et al. Enabling an energy-efficient future Internet through selectively connected end systems[M]//MURAI J. Proceedings of International Workshop on Hot Topics in Networks, Vol. I. Atlanta, USA, November 14 – 15, 2007. New York: IEEE, 2007: 1 – 7.

[55] JIMENO M, CHRISTENSEN K, NORDMAN B. A network connection proxy to enable hosts to sleep and save energy[M]//ZNATI T. Proceedings of International Performance Computing and Communications Conference, Vol. I. Austin, USA, December 7 – 9, 2008. New York: IEEE, 2008: 101 – 110.

第 2 章 服务质量

服务质量的概念与人们的生活息息相关,尤其是在服务行业中显得更为重要,它主要反映了消费者对于服务提供者所提供服务的满意程度,是对服务者服务水平的一种度量和评价。在计算机网络领域中,服务质量(QoS)是指发送和接收信息的用户之间以及用户与传输信息的综合服务网络之间关于信息传输的质量约定,该约定可以被理解为服务提供者与用户之间的一份服务契约。QoS 本身在实现过程中往往是用一组参数来衡量一个服务的满意程度,通常情况下,不同的网络应用对 QoS 各项指标的要求是不相同的。QoS 作为一种控制机制可以为不同用户或者不同数据流提供相应的不同优先级保证,或者根据应用程序要求,为其数据流提供指定水准的性能保证[1]。

事实上,从计算机系统诞生伊始,人们就一直致力于提高系统的服务性能和 QoS。国家信息产业科技发展"十一五"规划和 2020 年中长期规划纲要中重大项目"NGI"的主要研究内容包括"以 IMS(IP Multimedia Subsystem)为核心的多媒体业务网技术、高性能多业务承载网技术和端到端网络 QoS 保障技术,初步解决 NGI 的体系架构及核心网 QoS 与安全保障问题。"同时,国家信息产业科技发展"十二五"规划中指出"在对 QoS、网络安全、可运营可管理等方面的需求不断迫切的情况下,传统互联网结构越来越高的复杂性给网络运营、管理、扩展、新业务的部署带来很大问题,在很多方面限制网络技术的发展"。

由此可见,新一代互联网对 QoS 保障提出了更高的要求,QoS 是 NGI 的重要研究内容,具备 QoS 保障能力将是 NGI 的重要特征之一。QoS 的研究对网络技术的应用和发展具有重要的现实意义[2]。

2.1 基本概念

2.1.1 概述

传统 Internet 的技术基础是分组交换[3],即通过多个网络节点逐段转发数据报文。理论上讲,网络中参与分组交换的各个应用系统都应有适应 IP 网络在报文传输时发生的异常变化并从中恢复的能力。然而,许多早期的应用(如电子邮件等)对报文的丢失十分敏感,但对报文传输时间上的要求比较宽松。针对这些应用,过分强调网络内部的"智能化"

会导致大量的冗余设计和实现上的复杂性。因此,以 Internet 为代表的 IP 网络的基本原则
之一就是"网络应该尽可能简单",网络只需为相对"智能化"的边缘设备之间的通信提供
最小的功能集。如果通路存在,报文就可以从源端传送到目的端,但不能保证任何发送的
报文最终都能到达目的地。但是,作为终端的主机可通过一定的协议对这种情况进行处
理(如重发丢失包机制),这就是"尽力而为"网络的含义[4]。

　　"尽力而为"服务不加区别地为每个应用提供数据传输服务,这是因为最初的主要设
计目标是简单而有效地实现网络互联,因此采用面向无连接的机制,在网络节点中不保留
资源的状态信息。这种服务方式把复杂性留在端节点上,网络内部则保持相对简单,扩展
性良好是这种方式的特点。但是,这种服务缺乏对网络资源有效的分配和管理,当网络负
载较轻时,各个应用能得到足够的资源,传输 QoS 尚可;但随着网络负载的增加,各种应用
的行为将表现为无序地竞争网络资源,造成网络资源的不合理占用,导致 QoS 不断恶
化[5];另外,"尽力而为"服务对 QoS 没有严格的保证,表现为端到端延迟、出错率等随着网
络负载的变化而波动。

　　在 Internet 创建初期,没有意识到在网络中后续出现的多种业务对 QoS 应用的需求,
因此整个 Internet 运作就是一个"尽力而为"的系统。尽管在 IP 数据报文的帧格式中设定
了 4 个"服务类别"位(type of service)和 3 个"优先级"位(precedence),但是到目前为止,
在实际传输过程中,这些信息由于缺乏灵活性而很少被使用。在 Internet 上,数据报文在
数据传输过程中可能会产生如下问题。

1. 丢失数据报文

　　数据报文在网络中传输是依靠路由器进行转发的,当数据报文到达一个缓冲区已满
的路由器时,则此次的发送失败,通常情况下,路由器会丢弃此数据报文。在这种情况下,
除了造成网络资源浪费之外,同时重传机制可能造成总体传输的延迟增加。

2. 数据传递过程中存在延迟

　　数据报文到达路由器后进入其缓冲区排队等候处理,可能会被路由器缓冲区中漫长
的等候队列所迟滞,产生排队延迟;路由器对每个数据报文的处理时间由其计算能力所决
定,此时会产生处理延迟;信号通过物理传输介质到达目的地会存在传播延迟。在 Internet
中,尽管在有些情况下能找到快速、直接的路由,但更多的时候需要运用间接路由转发,因
此也许需要很长时间才能将数据报文传送到终点。总之,网络中从源节点到目的节点的
数据报文的传送延迟非常难以预料。

3. 传输顺序出错

　　数据在 Internet 上是以封装成 IP 报文的形式传输的,由于 IP 协议报文长度的限制,较
大的文件会被封装在多个 IP 报文内。当这些相关的数据报文在 Internet 上传输时,不同的
数据报文可能选择不同的路由器,这会导致每个数据报文有不同的延迟时间。最后数据
报文到达目的地的顺序会与数据报文从发送端发送出去的顺序不一致,这时必须使用传
输协议(TCP、UDP 等)负责重新整理失序的数据报文。传输顺序出错给网络传输增加了

负担,同时也给网络应用程序和传输协议的设计增加了复杂度。

4. 数据报文出错

在某些情况下,数据报文在传输过程中由于网络基础设施的原因可能会发生跑错路径进而由于生存周期(Time to Live,TTL)的原因而不能到达目的端,也可能产生由于干扰或路由器的运算错误致使数据报文毁坏的情况,这时接收端必须要能侦测出这些情况,并将它们全部判别为已遗失的数据报文,需要发送端对同样的数据报文进行重传。

除了以上描述的数据报文传输过程中可能产生的意外结果之外,随着高速网络技术和多媒体技术的飞速发展,人们越来越多地提出了包含多媒体通信在内的综合服务要求(如视频会议、视频点播、IP可视电话、远程教育和计算机支持的协同工作等),这些综合服务不仅需要网络提供很高的带宽,而且对网络传输的延迟、延迟抖动和出错率等也都提出了较高的要求。因此,为了有效地解决传统 Internet 的局限性,以提供更快、更安全、更及时、更方便、更满意的服务,QoS 控制技术就应运而生了。

目前,在高速网络中按照用户的要求提供 QoS 服务是一种普遍的要求,也是 Internet 发展的重要挑战。多媒体信息传输与管理的 QoS 控制技术作为 NGI 的核心技术之一,是当前计算机网络中研究与开发的热点问题[6-8]。

2.1.2 QoS 定义

学术界对 QoS 的定义有狭义和广义之分。狭义的 QoS 指面向网络层的技术指标,包括带宽、延迟、延迟抖动和吞吐量等。广义的 QoS 指面向运营流程和用户感知的服务保障,包括资源调配、资源利用以及各个层次之间的协调[9]。不同的标准组织对 QoS 的定义也不尽相同。

2.1.2.1 ISO 的 QoS 定义

国际标准化组织(International Standard Organization,ISO)最早开始 QoS 问题研究。针对 OSI 七层参考模型的七层协议,ISO 组织要求每层都在向高层提供相应服务的同时,提供如表 2.1 所示的 QoS[10]。ISO 的 QoS 定义是狭义的。

表 2.1 OSI 参考模型中的 QoS 定义

参　数	含　义
吞吐量	单位时间内在一个连接上传递的最大字节数
传输延迟	从数据传输请求开始到确认数据传输完成为止的时间间隔
出错率	数据单元错传、丢失或重传的概率
建立连接延迟	从请求建立连接开始到确认建立连接为止的时间间隔
连接失败率	建立连接失败的概率

续表

参　　数	含　　义
传输失败率	传输失败的概率
重置率	在给定时间内服务提供者重新传输的概率
释放延迟	从释放请求开始到确认释放为止的时间延迟
释放失败率	释放连接时失败的概率

2.1.2.2　ITU 的 QoS 定义

国际电信联盟电信标准化部(International Telecommunication Union Telecommunication Standardization Sector,ITU-T)建议 E.800 中把 QoS 定义为"决定用户满意程度的服务性能的综合效果"。E.800 考虑到了服务性能所有部分的支持能力、操作能力、业务能力和安全性,是对 QoS 的综合定义。ITU-T 建议 G.1000 对 E.800 进行了扩展,把 QoS 分成了不同的功能部分,并将它们与相应的网络性能联系起来。G.1010 对 G.1000 作了补充,提出了一种可满足以端用户为中心的应用要求(如交互性、容错能力)的结构框架[11]。

ITU 将 QoS 分为呼叫控制、连接以及数据单元的传输控制 3 个不同的层次。呼叫控制级的 QoS 包括呼叫次数、失败率等;连接级的 QoS 包括连接延迟、连接失败率、释放延迟和释放延迟率等参数;数据单元控制级的 QoS 包括报文的峰值到达率、峰值持续时间、报文平均到达率、报文丢失率、报文插入率以及比特出错率等。

这些 QoS 定义包括了服务提供者所能为用户提供的不同性能要求,但提供用户角度的 QoS 要求方面不足。

ITU 对 QoS 的定义是广义的。

2.1.2.3　IETF 的 QoS 定义

IETF 在其 RFC2216 中把 QoS 定义为:用带宽、报文延迟和报文丢失率等参数描述的关于报文传输的质量。IETF 对 QoS 的定义是狭义的。

为进一步描述 QoS,RFC 2216 还定义了如下术语:

(1) 端到端 QoS 服务水平:指网络对带宽、抖动、时延和丢包率的一定程度的控制。

(2) 网络元素(network element):任何一个可在 Internet 中处理报文的设备,它具有在报文通过时控制报文的能力,包括路由器、交换机、主机等。

(3) 拥塞避免:网络为避免拥塞发生采取的行动。

(4) 端到端的行为(behavior):与 QoS 相关的端到端的性能。

(5) 通信量(traffic):指具有相同 QoS 要求、遵守同一 QoS 控制方法的通过某一个网络元素的报文集合。

（6）通信量规范（Traffic Specification，TSpec）：实际上是一份数据流和网络元素提供的服务之间的合同。

（7）服务要求规范（Service Request Specification，RSpec）：用户对网络元素的 QoS 要求。

除了以上基本内容之外，IETF 还定义了与 QoS 控制有关的其他术语，进而描述出 QoS 控制过程和服务模型与实现框架[12]。

2.1.2.4 ATM 的 QoS 定义

异步传输模型（ATM）论坛为 ATM 交换机定义了一套自己的 QoS 参数。ATM 网络的 QoS 应用在 3 个不同的层面上。呼叫控制和连接层主要考虑呼叫的建立、释放，路径上 ATM 节点的资源分配。信元控制层主要涉及媒体传输阶段。表 2.2 是 ATM 论坛定义的 QoS 参数。

表 2.2 ATM 论坛的 QoS 参数

参　　数	含　　义
信元峰值速率	用户传输时的最大瞬时速率
信元持续速率	长时间间隔内的平均速率
信元丢失率	由于拥塞或错误在网络中丢失的信元比例
信元传输延迟	从信元进入到离开网络的时间间隔，这包括在不同交换节点上的传播延迟、排队延迟等
信元延迟方差	信元传输延迟的方差，方差高意味着较大的缓冲
突发容忍	在峰值速率时，发送的最大突发流量
最小信元速率	应用希望的信元最小速率

从服务的角度上讲，ATM 论坛把 ATM 网络的服务定义为 5 类，即恒定比特率（constant bit rate）服务、实时可变比特率服务（real-time Variable Bit Rate，rt-VBR）、非实时可变比特率服务（non real-time VBR，nrt-VBR）、可用比特率服务（available bit rate）和未指定比特率服务（unspecified bit rate）[13]。

由于 ATM 用面向连接方式交换信元，因此一旦虚电路（virtual circuit）被建立起来之后，在数据传输完成之前将不会被切断。从而，ATM UNI（User Network Interface，用户网络接口）方面的 QoS 要求主要以服务类型为主。ATM 交换机把 UNI 提交的服务类型映射到相应的 QoS 参数上去。

从控制的角度上讲，ATM 论坛也定义了相应的呼叫准入控制（Call Admissinn Control，CAC），以检查用户连接请求的服务类型并根据 ATM 交换机中的资源空闲状况决定接受或拒绝用户的连接请求。

ATM 的 QoS 定义是狭义的。

QoS 是指发送和接收信息的互联网用户之间以及用户与网络服务提供商之间关于信息传输的质量约定,包括用户要求和网络服务提供者行为两个方面。用户要求指用户在使用网络时所要求的服务类型以及相应的传输性能和质量,用户要求体现为由出错率、传输延迟、延迟抖动、网络带宽等参数描述的报文传输特性。网络要满足用户的质量要求,就必须满足用户要求的 QoS 参数。为了统一描述,本书采用 IETF 关于 QoS 定义的术语。

2.1.3　QoS 度量参数

QoS 本身通常用一组参数来衡量一个服务的满意程度,是一个综合指标,在实际应用中可以用若干个参数来表示。同时,QoS 路由中算法的复杂度关系到 QoS 路由算法的可实现性,度量参数的选取直接关系到算法的复杂度问题,合理选取 QoS 度量参数,在设计低复杂度的 QoS 路由算法中占有重要的地位。另外,网络支持的度量参数反映并影响路由选择算法的性能,支持的度量参数越多,越能有效保证提供给接入业务的 QoS,但是路由选择算法复杂度增大,存在完全满足参数限制的路由的概率减小,业务接入率降低。

2.1.3.1　QoS 的主要度量参数

针对不同的应用,研究者提出了各式各样的 QoS 参数,其中在 Internet 服务中常用的 QoS 参数主要包括以下几种。

1. 带宽(bandwidth)

带宽是指线路可用的通信容量,主要用来描述给定介质、协议或连接发送数据报文的速率,实际上是指应用程序在网络通信时所需要的管道大小,主要衡量用户从网络取得业务数据的能力,可用平均速率或峰值速率表示。多媒体业务的数据传输量往往较大,为了保证信息传输的 QoS,需要网络为其分配一定的带宽。

2. 延迟(delay)

延迟是指数据报文在网络中从发送端到接收端之间的时间间隔。延迟取决于多种因素,包括转发网络连接的带宽、路径上各路由器端口的包队列、转发网络的拥塞以及传输的物理距离等。延迟包括报文流过链路的传播延迟(propagational delay)、路由器响应请求的处理延迟(processing delay)以及报文在队列中等待的排队延迟(queue delay)等。这些延迟中,只有排队延迟是可以控制的,而其他延迟是网络的物理特性决定的。

3. 延迟抖动(delay jitter)

延迟抖动即延迟变化,指沿同一路径传输的一个数据流中,不同报文传输时延的变化。当 IP 报文到达交换设备时,如果等待队列中没有别的 IP 报文,则它将以固定延时被转发出去。但是,如果等待队列中还有别的包,则它可能就需要等待,这时 IP 报文的交换延迟就等于固定延迟加上在队列中等待的时间。以上两种情况下延迟的变化程度就是延迟抖动。

4. 出错率(error rate)

出错率是指特定的时间段出现错误而丢弃的数据报文占传输包的总数的比例。丢包主要是由于网络拥塞或节点处理错误引起的。数据报文在 Internet 上传输的过程中会进入路由器的缓冲区等待转发,如果路由器的缓冲区已满,路由器会丢弃一部分数据报文,这就是一种包丢失。丢包率等于某一时间间隔内丢失包的字节数除以某一时间间隔内传输的字节数。

其他 QoS 参数还有路径跳数、缓冲区资源和费用等。

同时,对于不同的应用,所需要考虑的 QoS 参数不尽相同。例如,在无线传感器网络中,除了要考虑传统网络中的可用带宽、传输延迟、延迟抖动、出错率等常规 QoS 参数外,还应该考虑链路的可用性、事件检测/报告率、事件分类误差和事件检测延迟等特殊的 QoS 参数。

2.1.3.2 QoS 约束条件的分类

当选定 QoS 主要度量参数后,在实际路由选择过程中,根据用户对 QoS 的要求,确定路径的 QoS 约束条件。定义合适的链路和节点度量参数是 QoS 路由中的一个重要内容。QoS 路由的度量参数选择一般需要考虑以下两个要点:

- 度量参数要能代表网络的基本属性,这些度量包括可用带宽、延迟、抖动和出错率等。由于 QoS 请求提出的是 IP 报文经过的路径的 QoS 保证,所以度量参数必须是网络能够支持的类型。换句话说,QoS 路由不能支持那些不能与网络路径度量参数对应的 QoS 请求。

- 针对一个或多个度量参数的路径计算不能太过复杂,否则不具备现实意义。因此,在度量以及度量参数组合的选择上,不仅要考虑 IP 报文对 QoS 的要求,也要考虑路径计算的复杂性,一种常用的策略是选取主度量参数方法。根据业务对不同参数要求的不同,从多个参数中选择出一个主要的参数,首先根据此参数进行路由选择。当有多条路径满足约束时,再按照一定规则根据其余参数值从这些路径中选择出满足次主要的度量参数约束的路径,直至只剩一条路径为止。这是一种近似算法,它在路径 QoS 最优与算法的复杂性之间做了一个折中。

经过数学抽象,QoS 约束条件分为以下三种基本种类:凹性约束、加性约束和乘性约束。但本质上只有两种约束,链路乘性约束可以通过取负倒数转化为加性约束。

对于含有 n 段链路的路径 $P = \{l_1, l_2, \cdots, l_n\}$,用 $f(l_i)$ 表示对应链路 i 的参数值;$f(P)$ 代表路径 P 的参数值;QoS 度量参数分类如下:

- 凹性度量参数:$f(P) = \min\limits_{i=1,2,\cdots,n} f(l_i)$

如果链路参数满足凹性约束,那么路径的 QoS 度量由传输通道中的瓶颈决定,即此度量仅与路径上的某个瓶颈链路的 QoS 度量有关,如剩余带宽、剩余缓存空间、链路速度等。

- 加性度量参数：$f(P) = \sum\limits_{i=1}^{n} f(l_i)$

如果链路参数满足加性约束,那么路径的 QoS 度量由传输通道中所有链路参数之和决定,如延迟、延迟抖动、费用等。

- 乘性度量参数：$f(P) = \prod\limits_{i=1}^{n} f(l_i)$

如果链路参数满足乘性约束,那么路径的 QoS 度量由传输通道中所有链路参数的乘积决定,如出错率。

2.1.4 QoS 体系结构

在电信领域,国际电信联盟远程通信标准化组织(ITU-T)于 2002 年启动了规范 QoS 体系结构的研究,以便系统地解决报文网业务的 QoS 问题,并于 2004 年 5 月提出了一个被学术界广泛认可的 QoS 架构[14],如图 2.1 所示。

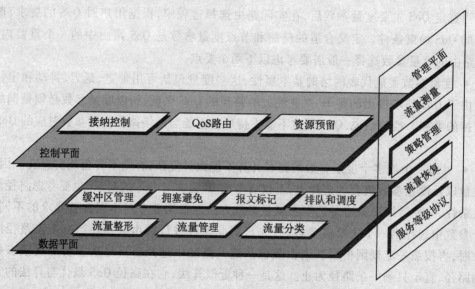

图 2.1　ITU-T 提出的分组网络中的 QoS 架构

该架构由控制平面、数据平面和管理平面 3 个相互独立又有关联的平面组成。QoS 控制平面包括与用户流量传输路径相关的控制技术,主要有接纳控制、QoS 路由、资源预留,这些领域依然是新一代互联网的研究重点。数据平面包括直接与用户流量有关的技术,主要有缓冲区管理、拥塞避免、报文标记、排队和调度、流量整形、流量管理和流量分类,这些技术已经较为成熟。管理平面包括与网络运维相关的技术,主要有流量测量、策略管理、流量恢复和服务等级协定(SLA),这些技术也已较为成熟。

ITU-T 提出的这一 QoS 体系较完善地体现了 QoS 领域研究内容的全貌。

在计算机网络领域,IETF 也一直致力于 QoS 体系结构的研究,提出了经典的集成服务(IntServ)模型和区分服务(DiffServ)模型。而随着网络技术和网络应用的发展,集成服务模型和区分服务模型均不再适用。因此,IETF 又提出一种新的以 MPLS-TP(MPLS-Transport Profile)为中心的端到端 QoS 保证模型,它结合了 MPLS 流量工程(Traffic Engineering,TE)和区分服务模型,采用分层结构,可在每层进行流量管理和调度。以 MPLS-TP 为中心的 QoS 模型有望成为一个全面的 QoS 保障体系。

本章后续内容首先介绍 QoS 控制模型及其最新进展,即以 MPLS-TP 为中心的模型,然后对新一代互联网 QoS 研究中受关注的 QoS 信令协议和 QoS 路由进行介绍。

2.2 QoS 控制模型

随着网络技术研究的不断深化,Internet 已由单一的数据传送网向数据、语音、图像和视频等多媒体信息的综合传输网演化。通常,多媒体应用不但对网络有很高的带宽要求,而且要求信息传输的低延迟和低抖动等。另外,这些应用大多能够容忍一定程度的信息丢失和错误。可见,多媒体应用对网络提出了不同于数据应用的 QoS 控制要求。但是,当前 Internet 中的传输模式仍为单一的"尽力而为"型服务,无法满足多媒体应用和用户对网络传输质量的不同要求。在这种情况下,以提高网络资源的利用率、为用户提供更高 QoS 为目标的 QoS 控制技术应运而生,并且成为 NGI 的核心技术之一。当前 QoS 控制模型主要分为以下三种:

1. 基于资源预留

在该机制中,网络资源按照某个业务的 QoS 要求进行分配,制定资源管理策略。IETF 提出的集成服务模型就是基于这种策略的,资源预留协议(Resource Reservation Protocol,RSVP)是该体系结构的核心技术。

2. 基于优先级

在这种机制中,网络边界节点对业务流进行分类、整形、标记。核心节点按资源管理策略分配资源,对 QoS 要求高的业务给予优先处理。IETF 提出的区分服务模型就是基于此策略的。

3. 基于流量工程

流量工程是一种间接实现 QoS 的技术,它从优化整体网络性能的角度提供对 QoS 的支持。通过对资源的合理配置,尤其是在各层流量进行管理和调度,实现对路由过程的有效控制,使网络资源得到最佳的利用。目前,IETF 和 ITU-T 联合提出的 MPLS-TP 就是基于此策略的。

以上三种 QoS 控制模型的目的都是通过更加有效地管理有限带宽来提高网络传输中的 QoS。

2.2.1　集成服务模型

IETF 在其 RFC1633 中定义了 Internet IntServ 的服务框架,并将其划分为集成服务模型(integrated services model)和参考实现框架(reference implementation framework)两大部分[15]。在服务的层次上,在 IntServ 流中定义了三种类型的服务:质量保证型服务、可控负载型服务和尽力而为型服务。

质量保证型服务(quality guaranted service)对网络的带宽、时延、报文丢失率等提供定量的质量保证[16]。在 RFC2212 中定义了 IntServ 的质量保证型服务,它将延迟分为两部分:固定延迟(fixed delay)和排队延迟(queue delay)。固定延迟,比如传输延迟,是固定的,是路径的特性,它不是由保证型服务决定的,而是由路径建立机制决定的。只有排队延迟是由保证型服务决定的。排队延迟指数据报文在交换设备、路由器等网络元素的缓冲区中排队等待的时间,它是由缓冲区的长度,即队列长度,和报文处理速度决定的。IETF 讨论的 QoS 控制主要集中在如何处理排队延迟上。

质量保证型服务给出了端到端数据报文的排队延迟的严格边界,它使得为应用同时提供延迟和带宽保证成为可能。在保证型服务中,为保证延迟的上界,一个服务元素(子网、路由器等)必须计算各种参数以描述服务元素如何控制数据流的传输。然后,将路径上服务元素的参数组合,才能计算出数据报经过路径时可能经历的最大延迟。

质量保证型服务有以下三个特点:

- 用户必须清楚地描述需求,而不是服务保证的建立机制和实现方法;
- 为满足延迟的约束,传输数据的路径上的每个网络元素都必须支持保证型服务;
- 延迟边界只是服务元素产生的结果,而不是目标,所以它不能保证所有的延迟保证都能满足。

可控负载型服务(controlled-load service)给用户提供一种类似在网络过载情况下的服务,它是一种定性的指标[17]。

在 RFC2211 中提到,可控负载型服务能够在网络元素负载过高的情况下,通过容量控制,提供给用户的 QoS 近似接近于网络设备无负载条件下的 QoS。它让用户无论在网络负载很高还是很低时,感受的 QoS 差不多。具体来说就是:很高比例的数据报文被网络成功地传递到目的节点,不能成功传输的数据报文的比例接近于传输介质的错误率;绝大部分数据报文的延迟与最小的数据报文延迟相差不大。

实际上,上述定义是不明确的。可控负载型服务把定量描述交给用户以支持大范围的应用。

尽力而为型服务(best-effort service)类似于目前 Internet 网上提供的服务,是一种尽力而为的工作方式,基本上无任何质量保证。

在实现的层次上,IntServ 模型需要在控制路径上的所有路由器处理每个数据报文,维护每个数据报文的路径状态和资源预留状态,并且在路径上执行基于数据报文的分类、调度和缓冲区管理。

在技术层次上,IntServ 依靠 RSVP 提供 QoS 协商机制,逐点建立或拆除每个数据流的路径状态和资源预留软状态(soft state);依靠接纳控制策略判断链路或网络节点是否有足够的资源满足用户的资源预留请求;依靠流量控制(traffic control)首先将 IP 报文分类成不同的传输流,然后根据每个流的状态对报文的传输实施 QoS 路由(routing)、传输调度(scheduling)等控制策略。

资源预留、接纳控制和传输控制是实现 IntServ 的三个重要组成部分。在 IntServ 模型下,在传输数据前必须首先建立通道和预留资源。IntServ 使用一种类似 ATM 的交换虚电路(switch virtual circuit)的方法,它在发送方和接收方之间使用 RSVP 作为每个流的信令。通过 RSVP,用户可以给每个业务流(或连接)申请资源预留。这种预留在路径上的每一跳都进行。链路沿途的各路由器必须为 RSVP 数据流维护一种软状态。所谓的"软状态"就是一种被定期的 RSVP 信息更新的临时性状态,由资源预留定期失效来控制,无须申请拆除显式路径。通过 RSVP 信息的传递,各路由器根据接入控制策略判断是否有足够的资源可以预留。只有所有的路由器都给 RSVP 提供了足够的资源,这一条传输"路径"方可建立;否则,将返回拒绝信息。

为了实现上面的服务,IntServ 模型中定义了如下机制,网络中的每个路由器均需实现这些功能:

(1) RSVP

RSVP 是 Internet 上的信令协议。通过 RSVP,用户可以给每个业务流(或连接)申请包括诸如缓冲区和带宽的大小等资源预留。这种预留在传输路径上的每一跳都进行,传输路径上沿途的各路由器必须为 RSVP 数据流维护软状态。RSVP 是单向的预留,适用于点到点以及点到多点的通信环境。

(2) 接纳控制

接纳控制是基于用户和网络达成的服务协议,它根据当前网络资源的剩余情况对用户的服务请求进行判断,以决定网络是否对用户的服务请求提供支持。接纳控制对用户的访问进行一定的监视和控制,有利于保证用户和网络提供方的共同利益。

(3) 分类器(classifier)

根据预置的一些规则,通过查看 IP 报文里的某些部分:IP 源地址、IP 目的地址、上层协议类型、源端口号、目的端口号,分类器对进入路由器的每一个报文进行分类,报文经过分类以后被放到不同的队列中等待路由器的转发服务。

(4) 队列调度器(scheduler)

队列调度器主要是基于一定的调度算法对分类后的报文队列进行调度服务。

IntServ 模型实质上是一个从端到端行为开始,到网络中各元素如何控制和实现这些行为,为用户提供满意的 QoS 的总称。IntServ 模型的提出,为在网络中实现端到端的 QoS 保证提供了合理的解决方案。然而,随着对 IntServ 的不断深入研究,其所存在的问题也逐渐凸显出来[18,19]：

- IntServ 是基于流的(per-flow)、状态相关(stateful)的体系结构,依赖每个流的状态对其进行管理。虽然基于流的 RSVP、报文调度处理以及缓冲区管理等有利于提供 QoS 保证,但使系统的开销过高,对大型网络存在着可扩展性问题和健壮性问题,导致 IntServ 实现复杂,难于应用。

- 在 IntServ 体系结构中,RSVP 信令协议提供 QoS 协商机制;建立 RSVP 服务的路径上的各个网络节点都需要建立和维护预留信息以及所需要的各类数据库,并根据自身的资源状况对用户的预留请求进行接纳控制;数据传输时各网络节点监控传输流,并提供相应服务。这种完全分布式的控制需要路径上的各个节点共同参与完成,对系统的实际实现造成了极大的复杂性。

- IntServ 借助于 RSVP 实现资源预留,但当前网络中存在着大量的主机及路由器并不能产生 RSVP 信令,进而不能完全支持资源预留服务,部署 IntServ 需要在遍布世界范围的网络中引入繁重的软件和硬件修改,严重地阻碍了 IntServ 的发展。

- 许多应用需要某种形式的 QoS,但却无法精确使用 IntServ 模型来表达 QoS 请求。

综上所述,研究者认为,单纯的 IntServ 模型以其现有的形式将不会在 Internet 中得到广泛应用。在实际应用中,IntServ 模型经常和区分服务模型、多协议标签交换等 QoS 控制模型相结合,达到实现端到端的 QoS 保证的目的。

2.2.2 区分服务模型

前已述及,IntServ 模型是基于流的、状态相关的,其高复杂性导致可扩展性差、健壮性差、实现难度大,因而发展受阻。IETF 在 RFC2475 中提出的 DiffServ 模型,是其在 QoS 领域所做的新的尝试,以解决 IntServ 模型复杂度高、可扩展性差的缺点[20]。

DiffServ 模型是由 IntServ 模型发展而来的,它采用了 IETF 的基于 RSVP 的服务分类标准,抛弃了报文流沿路节点上的资源预留。DiffServ 模型的目标在于简单有效,与 IntServ 模型相比,DiffServ 模型主要从以下两个方面对系统进行简化:第一,简化网络内部节点的服务机制。在 DiffServ 模型中,内部节点只进行简单的调度转发,而流状态信息的保存与流监控机制的实现等只在边界点进行。第二,简化网络内部节点的服务对象。采用聚集传输控制,服务对象是流聚集而非单流,单流信息只在网络边界保存和处理。

IntServ 模型中是针对每个数据流进行资源预留,进而提供数据传输服务的,而 DiffServ 模型简化了信令,对业务流的分类颗粒度更粗。在 DiffServ 模型中,提出了汇聚(aggregating)的概念,即路由器可以把 QoS 需求相近的各业务流看成一个大类,提供相同的服务以减少调度算法所处理的队列数;同时提出了每跳行为(Per Hop Behavior,PHB)的服务方式,每个 PHB 对应一种转发方式或 QoS 要求。DiffServ 正是通过汇聚和 PHB 来提供一定程度上的 QoS 保证。

DiffServ 体系模型的核心思想是:在网络边界按 QoS 要求将数据流进行汇聚处理,产生不同的数据流分类,不同类别的数据流分类在内部节点的每次转发中依照 PHB 实现不同的转发特性。DiffServ 体系使得互联网服务提供商(Internet Service Provider,ISP)能够提供给每个用户不同等级的 QoS 服务。用户(或网络边界节点)通过设置每个数据报文的 DS(Differentiated Services)字段(IPv4 首标中的服务类型(Type of Service,ToS)字段或 IPv6 首标中的通信类(traffic class)字段)的值要求特定的服务等级。其中,被设置的 DS 字段被称为区分服务码点(diffServ code point)。在每个支持 DiffServ 的网络节点中,这个 DS 值将数据报文映射到一类转发行为 PHB 中去,从而在转发中区别对待。同时,用户和 ISP 之间可以有一个协定,此协定规定了该用户在每个服务等级上所能发送的最大数据率。超过此最大速率的数据报文或被丢弃,或无法享受到它所要求的服务。

因此,除简化 IntServ 模型外,DiffServ 模型还具有以下特点[2]:

1. 层次化结构

DiffServ 模型引入了 DS 区域和 DS 区的概念,一个 DS 区可以包含多个 DS 区域。在 DS 区域内,具有相同的服务提供策略,但 DS 区内的各 DS 区域可以支持不同的 PHB、有不同的服务提供策略,它们之间通过服务等级协定(SLA)与传输调节协议(Traffic Conditioning Agreement,TCA)协调以提供跨区域服务。这种结构适应了 Internet 中由各 ISP 提供接入服务的商业模式。

2. 总体控制策略

网络资源的分配由总体服务提供策略(service provisioning policies)决定,包括在边界如何分类汇聚流,以及汇聚流在 DS 域内如何进行转发等。

3. 利用面向对象的模块化思想与封装思想,增强了灵活性与通用性

各逻辑模块相对独立,并有多种组合。少量模块可组合实现多种服务,并在发展过程中保持模块的可重用性。例如,服务类型与边界调节器和内部 PHB 相对独立,使得较少种类的边界调节器和内部 PHB 可进行各种不同的组合,以实现多种服务类型;而且随着进一步研究发展可能有更多服务类型出现但仍可以重用已有模块构造。再如,PHB 与 PHB 的具体实现机制相分离,使 PHB 可以在发展中保持相对的稳定。

4. 不影响路由

与以虚电路方式实现 QoS 的方案(如 ATM)和以服务类型标记实现 QoS 的方案(如 MPLS)不同,DiffServ 节点处提供服务的手段仅限于队列调度与缓冲管理,不涉及路由选择机制。

5. 可扩展性

DiffServ 模型将许多复杂的控制由网络的边界路由器来完成,使内部节点能对汇聚之后的数据流进行处理,而不必对每个数据流分别处理,从而大大减少了网络内部应该记录的状态,简化了网络内部节点的操作。

DiffServ 模型的引入使网络有较好的伸缩性且便于实现。DS 字段只是规定了有限数量的业务级别,状态信息的数量正比于业务级别而不是业务流的数量。只在网络的边界上才需要复杂的分类、标记、管制和整形操作。ISP 核心路由器只需要实现行为聚集的分类，因此实现和部署区分型业务都比较容易。但是 DiffServ 模型没有办法完全依靠自己来提供端到端的 QoS 结构，需要大量网络单元的协同动作，才能向用户提供端到端的 QoS。鉴于这些单元高度分散的特点和对它们进行集中管理的需要，必须有一个全局的带宽管理机制对全局资源进行动态管理。为了解决全局策略管理器实现的复杂性问题，可以利用多协议标签交换（MPLS）将第三层的 QoS 转换为第二层的 QoS，通过运营网中第二层的交换机来实现端到端的 QoS 保证。

2.2.3　以 MPLS-TP 为中心的模型

2.2.3.1　MPLS

MPLS-TP 以多协议标签交换 MPLS 为基础。MPLS 是 IETF 于 1999 年提出的。MPLS 的初衷是要将第三层 IP 路由和高速的第二层交换结合起来，用以弥补传统 IP 网络的许多缺点。基于标记的交换方法使路由器能够在一个简单的标记的基础上做出转发决定，而不是基于目标 IP 地址进行复杂的路由查找。目前基于 ASIC 等硬件实现的路由器已经能够以足够快的速度进行路由查找来支持高速的网络接口。然而，MPLS 为基于 IP 的网络带来了其他好处，主要包括[21]：

● 流量工程（Traffic Engineering，TE）。流量工程能够设置流量通过网络时的路径，并且能够使某类流量满足其性能要求。

● 虚拟私有网络 VPN。使用 MPLS，网路提供商能够在他们的网络中提供 IP 隧道，而不需要加密或者端用户的应用程序支持。

● 第二层传输（Layer 2 Transport）。IETF 的工作组"边缘到边缘的伪线仿真（PWE3）"和"提供商提供的虚拟专网（PPVPN）"定义的新标准使服务提供商能够在一个 MPLS 核心上运行包括以太网、帧中继和 ATM 等第二层网络服务。

● 消除多层（Elimination of Multiple Layers）。大部分典型的承载网络采用层次覆盖的模型，其中同步光网络/同步数字序列（SONET/SDH）配置在第一层，ATM 配置在第二层，IP 用在第三层。使用 MPLS，可以把 SONET/SDH 和 ATM 控制层面的功能转移到第三层来实现，从而简化了网络管理和网络的复杂性。最后，承载网络甚至可以和 SONET/SDH 以及 ATM 完全脱离，这样就消除了 ATM 承载 IP 流量时固有的信元头部开销情况。

传统的 IP 网络是一个无连接的网络，网络层协议报文从一个路由器传输到下一个路由器时，每个路由器都会为该报文做一个独立的转发决定。也就是说，每个路由器都会分析该报文的报头并根据路由器中的路由表独立地为报文选择下一跳。

在 MPLS 中，报文报头包含了较多的信息，因此选择下一跳可被看成下面两部分功能的合成。第一种功能是将报文划分成一组"转发等价类"（forwarding equivalent class）。第二种功能将每个转发等价类映射到一个下一跳上。就转发决定而言，映射到同一转发等价类上的不同报文是无法区分的。属于某个特定转发等价类且从某个特定节点流出的所有报文具有相同的路径(或者如果使用了某种多路径路由,则这些报文都会沿着与转发等价类相关联的一组路径来传播)。

在 MPLS 中,当一个特定的报文进入网络时,把它划分到一个特定的转发等价类的操作只进行一次。报文所属的转发等价类将用一个短的固定长度的值来进行编码,即所谓的"标签"(label)。当报文被转发到下一跳时,标记也随它一起向前传送;也就是说,报文在被下一跳转发之前就已经被标记了。在随后的各跳中,将不再分析报文的网路层报头,而是将报文的标记作为包括下一跳和新标记的表的索引,旧标记将被新标记所取代,同时报文被转发到下一跳[22]。

在 MPLS 的转发机制中,一旦报文被指定到一个转发等价类上,那么在后面的路由器中将不再对报头进行分析;所有的转发都是由标记来驱动,这与传统的网络层转发相比有很多优点:

● MPLS 转发能通过具有标记查找和替换能力的交换机来实现,而这些交换机可能有的不能分析网络层报头,有的不能以足够的速率来分析网络层报头。

● 由于报文进入网络时就被指定到一个转发等价类上,因此,入口路由器可以使用它所具有的报文的任意信息来决定对报文转发路径的指定,即使信息不能从网络层报头来收集。例如,到达不同端口的报文可以被指定到不同的转发等价类上。而另一方面,传统的转发只能考虑那些在报文报头中随着报文进行传播的信息。

● 对于报文如何指定到一个转发等价类中的考虑变得越来越复杂,但这不会对那些仅仅用来转发被标记后的报文的路由器造成任何影响。

● 需要报文经由某个特定路径来传播,而该路由是在报文进入网络时或报文进入网络之前就已经选择好了,而不是当报文在网络中传播时通过动态路由算法来选择。在 MPLS 中,标记可以用来代替路由,这样显式路由的标识就不需要通过报文来承载了。

路由器分析报文的网络层报头的目的不仅仅是为了选择下一跳,而且还要决定报文的"优先级"和"服务种类",随后路由器就可以对不同的报文应用不同的丢弃阈值或者调度策略。MPLS 的优先级或者服务种类可以通过标记全部或者部分地推断出来,在这种情况下,可以说标记代表了转发等价类和优先级或服务种类的组合。

支持 MPLS 的路由器被称为"标签交换路由器"(Label Switching Routing,LSR)。

MPLS 在某些方面类似于 DiffServ,它也是在网络的进入边界对报文加标记,在输出点除去标记。但是,不同于 DiffServ 在路由器内用标记来决定优先级,MPLS 标记主要用来决定下一跳路由。MPLS 标记长 32 位,由 4 个字段组成,如图 2.2 所示。

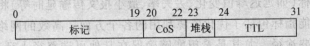

图 2.2 MPLS 标记格式

20 位标记字段包含实际的 MPLS 标记值,用来传输路径信息。服务等级(Class of Service,CoS)字段允许数据报文在网络中通过每个路由器时可以被放入 8 个类别中的 1 个,这将影响到应用数据报文的排队和丢弃算法。堆栈字段用来指示层次标记堆栈,也称作标记堆栈。这意味着一个数据报文可能会有多条路径,由标记堆栈识别出一条将要使用的路径。TTL 字段由 8 位组成,为 MPLS 报头提供 TTL(允许跨越网络节点或网关的数目)的功能。

MPLS 的工作过程如下:MPLS 的入口边缘路由器首先根据报文报头判断进入的 IP 数据报文的转发等价类,然后根据不同的类别绑定不同的标记。位于 MPLS 网络中的标记交换路由器只需要简单地查看数据报文的标记,将标记值作为索引在映射表中查找到下一跳的地址和新的标记。标记交换路由器将标记加到数据报文上,并将数据报文转发到下一跳。当数据报文到达出口的边缘路由器时,边缘路由器去除数据报文的标记,然后进行第三层路由选择并转发。

2.2.3.2　MPLS 流量工程

根据 IETF 流量工程工作组的定义,Internet 流量工程关注运行网络的性能优化。它根据商业目标,基于科学和技术的原则对 Internet 流量进行测量、建模、描述和控制;并且通过这些知识和技术去达到特定的性能目标,包括让流量在网络中迅速可靠地传输,提高网络资源的有效利用率并对网络容量进行合理规划[23]。

流量工程实际上是一套工具和方法,无论是在网络设备和传输线路正常还是失效的情况下,它都能从给定的基础设施中选取最佳的服务,也就是说它要对已安装的资源进行优化。事实上,它是对网络工程和网络规划的一种补充和完善措施,试图让网络的业务量以一种最优的方式存在于实际的物理网络中。流量工程的一个主要目的就是在促进有效、可靠的网络操作的同时,优化网络资源的利用率和网络的吞吐量。由于网络资源的有限性和 Internet 激烈的商业竞争的本质,流量工程已经成为大型自治系统中一个不可缺少的功能。

流量工程的主要性能指标可以分为两类:面向流量的性能指标和面向资源的性能指标。

面向流量的性能指标包括了增强流量 QoS 功能的各个方面。在单一等级,尽力而为的 Internet 服务模型中,面向流量的性能指标包括:报文丢失率、延迟的最小化、吞吐量的最大化以及服务等级协定的增强等。在传统的数据传输服务中,使报文丢失率最小化是最重要的性能指标之一。而在未来的支持 DiffServ 的 Internet 中,一些与统计数据有关的面向流量的性能指标(如延迟峰值变化、丢失率、最小报文传输延时等)将会越来越重要。

面向资源的性能指标包括了优化资源利用的各个方面。高效的网络管理是提高面向资源性能指标的重要途径。尤其是希望能够确保在其他可选路径上还有可用资源时,一条路径上的网络资源不会被过度地使用。带宽是当前网络上的一种非常重要的资源,因此,流量工程的一项中心任务就是对带宽资源进行有效的管理。

尽可能地避免拥塞的产生是流量工程主要解决的问题。这里所关心的拥塞主要是长时间的拥塞,而不是由突发的流量所造成的瞬时拥塞。发生拥塞的情况主要有以下两种:

- 网络资源不足以满足负载的要求。
- 业务流量与可用资源之间的映射效率不高,导致一部分网络资源被过度使用,而另一部分网络资源却未被充分利用。

第一类拥塞可以用以下方式解决:对网络进行扩充,或应用经典的拥塞控制技术,或同时使用以上两种方法。经典的拥塞控制技术是试图对业务请求进行控制,从而保证业务能够和可使用的资源相匹配。用于拥塞控制的经典技术包括速率控制、窗口控制、路由队列管理、流程控制以及一些其他的技术。

第二种类型的拥塞,即由于资源的不合理分配而引起的拥塞,通常可以用流量工程来解决。一般来说,不合理的资源分配所造成的拥塞都可以通过负载均衡来缓解。这类策略是通过有效的资源分配,减轻拥塞或者是减少资源使用。当拥塞最小化时,报文丢失减少,传输延时缩短,同时吞吐量将增大。这样,终端用户所感觉到的 QoS 将会有显著提升。

显然,负载均衡是优化网络性能的重要策略。然而,提供给流量工程的策略必须是足够灵活的,以便网络管理员可以实现兼顾成本结构和效用、税收模型等其他策略。

MPLS 流量工程可以提供对 QoS 的支持,它可以针对不同的服务(包括多媒体服务)提供不同的可控的网络服务。MPLS 流量工程为每个标记交换路由器分配特定的缓冲区和调度优先级,且针对所选的标记交换路径预留相关的网络资源。MPLS 流量工程把特定的数据流量映射到已经建立的标记交换路径上,而不是映射到最佳或最短路径一部分的数据链路上,因此 MPLS 流量工程的一个重要问题是确定哪些流量将映射到哪些标记交换路径上。实现这一过程的步骤通常如下。

1. 网络信息获取

实施 MPLS 流量工程的网络中的每台设备需要获取整个网络的链路状态信息,包括最大链路带宽、最大可保留带宽、当前可用带宽和流量工程度量值等。这需要通过基于链路状态的路由协议完成,已有的研究通过扩展开放最短路径优先协议(OSPF)或中间系统到中间系统协议(Intermediate System-Intermediate System,IS-IS)来实现 MPLS 流量工程所需的网络信息获取。在 OSPF-TE[24] 中定义了一种新的 LSA 类型——流量工程 LSA,这个 LSA 可以描述路由器、点到点链路。在 IS-IS-TE[25] 中定义了一种 TLV 类型为 22 的报文格式,用于承载流量工程所需信息。

2. 标记交换路径选择

选择的方式通常有两种,一是通过动态路由算法计算得到的。MPLS 流量工程选择路径的一个典型的算法是在最短路算法(Shortest Path First,SPF)基础上扩展而来的带约束的最短路算法(Constraint SPF,CSPF)。标准的 SPF 算法只根据链路的 Cost 值进行计算,而 CSPF 不仅依据链路的 Cost 值,可用带宽、预留带宽等都可以作为计算的约束,最后得到一条满足约束的路径。第二种方式是通过手工指定一条路径作为选中的标记交换路径,指定方式有严格(strict)和松散(loose)两种方式。严格指定方式要求下一跳必须与本节点直连,松散指定方式中下一跳可以不与本节点直连。

3. 通路建立

已经研究出了多种 MPLS 流量工程通路建立协议,包括 RSVP-TE、CR-LDP、CR-LSP 等。

4. 流量转发

MPSL 流量工程通过隧道(TE tunnel)进行流量转发。流量工程隧道可以通过静态路由、策略路由或者自动路由等三种方式实现。其中自动路由(auto route)是用来避免静态路由转发中手工配置带来的不便,将隧道或隧道标签转发路径路由计算。自动路由转发的方式有两种,分别是转发捷径(shortcut)或者转发邻接(forwarding adjacency)。转发捷径方式把隧道作为一个直连的链路参与路由,转发邻接方式把隧道作为虚连接在内部网关协议(Interior Gateway Protocol,IGP)、路由协议的区域内进行通告,所有路由器都将知道该隧道的存在。

显然,单纯地依靠 MPLS 流量工程支撑所有业务,在网络管理上会相当复杂,因此基于MPLS 流量工程和区分服务两种机制相结合的 MPLS-TP 体系被提出,以满足端到端 QoS 需求。

2.2.3.3　MPLS-TP

2007 年 IETF 和 ITU-T 成立联合工作组开发基于多协议标签交换(MPLS)技术的名为"MPLS-TP"(Transport Profile for MPLS)的分组传送网络(Packet Transport Networks,PTN)技术体系。MPLS-TP 标准体系的设计目标之一是实现面向业务的端到端的 QoS 保障能力[26]。

MPLS-TP 标准的制定备受学术界和工业界(思科、华为、中兴通讯等)的关注,在各方的积极参与和努力下标准制定进展较快。2008 年 7 月的 IETF 第 73 次会议上第一批关于 MPLS-TP 的草案发布,共 10 篇,主要涉及功能需求和技术框架。2008 年 11 月的 IETF 第 74 次会议上有 4 篇 MPLS-TP 草案成为工作组草案。2009 年 2 月,第一篇 MPLS-TP RFC 发布[27]。截至 2010 年 12 月,MPLS-TP 相关的 RFC 已经累计发布了 10 篇,接受草案超过 30 篇[28],其中和 QoS 控制相关的 RFC 有 3 篇[29-31]。该标准体系有望在 2011 年年底完成,目前仍在研究和修订中。

IETF 的 MPLS-TP 技术体系只保留 MPLS 转发行为的一个子集,仅支持面向连接的传输,舍弃了对面向无连接传输方式的支持。MPLS-TP 技术体系中的已被确认的 QoS 需求定义如下:

- 支持区分服务和 MPLS 流量工程,实现对网络资源的可控性;
- 能够提供服务等级规范(Service Level Specifications,SLS)保证,并支持确定型端到端带宽保证；

- 支持延迟敏感型服务,支持延迟抖动敏感型服务；
- 支持带优先级的资源共享机制,支持访问公平性保证；
- 支持在带内(in-band)或管理平面进行流量资源控制,不在数据平面进行流量资源控制；
- 支持有效率的服务需求满足,必须支持弹性带宽分配。

IETF RFC5654 中定义了 MPLS-TP 的分层结构,包括段层、传送业务层和传送通道层。段层用于在两个相邻 MPLS-TP 节点之间汇聚传送业务层或传送通道层的信息。传送业务层可以是伪线(Pseudo Wire,PW)或业务标签交换路径(Label Switched Path,LSP),伪线用于提供以太网、时分复用传送模式(Time-Division Multiplexing,TDM)和异步传输模式(ATM)等仿真业务；业务标记交换路径用于提供对 IP 和 MPLS 等网络层业务的支持。

通过上述对区分服务和 MPLS 流量工程支持的机制,MPLS-TP 可以实现面向业务的端到端的 QoS 保障能力,通过 MPLS 流量工程实现对路由和带宽的可控性的保证,避免拥塞问题；而当突发网络流量或网络保护引起网络拥塞时,再通过区分服务机制实现对承诺带宽的保障。

2.3　QoS 信令协议

本节介绍 IETF 提出的两个 QoS 信令协议:资源预留协议(RSVP)和下一代信令(Next Step In Signaling,NSIS)。

2.3.1　RSVP

2.3.1.1　资源预留和 RSVP

对某个网络应用要提供 QoS 服务,最基本的条件就是要对这个应用所需要的网络资源提供有效的保证[32]。有关数据传输中所要求的资源分为以下三种:

- 链路带宽资源。在从源端系统到目的端系统的所有链路上都预留所需的带宽资源是保证可靠网络通信的首要条件。如果没有保留必要的带宽,网络的某些瓶颈链路势必会导致拥塞状况,从而导致一些报文的延迟或者丢失。因此,在 QoS 管理中预留资源主要是指带宽资源。
- 节点缓冲区资源。无论是端系统还是核心系统的节点,需要提供或者预留足够的缓冲区,以降低拥塞时报文的丢失率。一般缓冲区资源并不是直接提出需要预留的数量,而是提出 QoS 的服务参数,如传输延迟、出错率等,节点根据这些指标采用一定的队列管理机制来安排报文的缓冲区。
- 节点处理器资源。处理器资源是在网络节点中处理器对报文的处理能力。通常在一个节点中会有很多不同类型的、不同网络应用的报文等待处理器处理,需要对计算要求高的应用报文给予更多的处理器时间,以便让其数据流可以快速通过这个节点,减少延迟。对处理器资源的申请,也是通过 QoS 的一些服务参数来的,如传输延迟、吞吐量等。节点根据这些 QoS 指标采用一定的调度机制来获得处理器资源。

上述三类资源,带宽资源是可以直接指定的,而第二和第三类资源只能通过一些间接的 QoS 参数,让网络中的节点根据自己的 QoS 管理控制策略去分配使用缓冲区和处理器资源。

资源预留协议 RSVP 是一个传输层协议,由它来申请网络资源。RSVP 是 IETF 发布的第一个 QoS 信令协议。由于它基于互联网标准协议 TCP/IP,所以能很好地同原有的应用和系统兼容,可以最快最有效地把 QoS 引入到网络中来[33]。

RSVP 协议是非路由协议,它同路由协议协同工作,建立与路由协议计算出的路由等价的动态访问列表,通过 RSVP 协议,主机端可以向网络申请特定的 QoS,为特定的应用程序提供有保障的数据流服务。同时 RSVP 在数据流经过的各个路由器节点上对资源进行预留,并维持该状态直到应用程序释放这些资源。

RSVP 对资源的申请是单向的,所以 RSVP 在申请资源的过程中发送端和接收端是逻辑上完全不同的两个部分(虽然发送端和接收端可以运行在同一个进程下)。RSVP 工作在 IPv4 或 IPv6 上,处于 OSI 七层协议中的传输层,但是,RSVP 并不处理传输层的数据,从本质上看,RSVP 更像是网络控制协议,如 ICMP、IGMP(Internet Group Management Protocol)或路由协议。和路由协议及管理协议的实现相同,RSVP 的实现通常在后台执行,而不是出现在数据传送的路径上,主机和路由器中 RSVP 通信模型如图 2.3 所示。

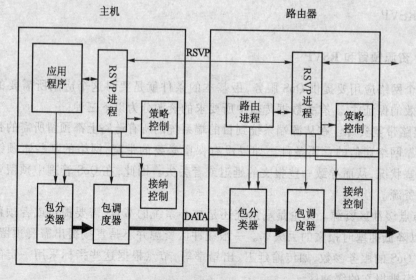

图 2.3　主机和路由器间 RSVP 通信模型

　　QoS 是由一组特定的称为流量控制的机制来实现的,这些机制包含了包分类器、接纳控制、包调度器以及其他与链路层相关的机制。其中包分类器决定每个包的 QoS 的分类;包调度器或其他和链路层相关的机制用来获取所请求的 QoS。

　　在资源申请建立的过程中,RSVP 请求被传送到两个本地模块:接纳控制模块和策略控制模块。由接纳控制模块决定该节点是否有足够的资源可以满足该 RSVP 请求。策略控制机制决定用户是否有权限申请这类服务。如果通过了这两个模块的检测,那么 RSVP 请求的 QoS 参数就会输入到包分类器中,再由链路层接口(如包调度器)来获得申请的 QoS。如果任一模块的检测没有通过,那么提出该 RSVP 请求的应用程序进程将会返回一个出错信息。

　　由于在通信过程中源节点或目的节点(组播通信中为目的节点集)的动态变化,RSVP 假设在流经的路由器和主机也能够动态调节 RSVP 状态和流量控制的状态。为了实现这个假设,由 RSVP 在路由器或主机端建立了一种称为“软状态”的状态,它的工作原理是在单位时间内由 RSVP 驻留进程沿资源申请路径发出刷新消息维持路由器或主机中的资源保留状态,而一定的时间内没有收到刷新消息的路由器就认为原有的资源保留状态“过期”。

　　RSVP 用于点对点通信和点对多点通信的 Internet 网络环境中多媒体用户对网络资源的预留。RSVP 的资源预留必须是由接收端到发送端的端到端的过程。它具有如下特点:

- RSVP 可以在点对点传播和多点组播的网络通信应用中进行预留资源的申请,它可以动态调节资源的分配,以满足多点组播中组内成员的动态改变和路由状态改变的特殊需求。
- RSVP 采用单方向预留方式,即由数据流的接收端向数据源沿路径进行预留。这里,数据流是指从数据传输源到所有目的地的有方向的树状路线,其中,接收数据流的接收端称为数据流的下游,发送数据流的源端称为上游。
- RSVP 是面向接收端的,由数据流的接收端进行资源申请并负责维护该数据流所申请的资源。
- RSVP 在路由器等网络元素上设置和维护记录路由和资源预留信息的软状态表,并能根据路由和预留信息的变化进行自动更新和调整,解决了组群内成员的动态改变和路由的动态改变所带来的问题。
- RSVP 能够根据用户对数据源的访问需要提供不同的预留方式,但它并不是一种路由协议。
- RSVP 本身并不处理流量控制和策略控制的参数,而仅把它们送往流量控制和策略控制模块。
- RSVP 对不支持它的路由器提供透明的操作。
- RSVP 既支持 IPv4 协议,也支持 IPv6 协议。

2.3.1.2 RSVP 的工作原理

1. RSVP 协议的构成

RSVP 的主要构成元素是控制报文、控制报文参数及其有关格式(在 RSVP 中称为对象)、控制状态和预留模式等。

RSVP 包括两类最基本的控制报文:控制(PATH)类报文和预留(RESV)类报文。控制类报文由数据发送端发出,预留类报文则由数据接收端作为对控制路径中各网络元素的资源预留要求沿控制报文设置的路径返回到数据发送端。如果接收端不需要资源预留,则不返回预留报文,而直接沿相应的路径接收来自源端的信息。

RSVP 把一次"会话"定义为在特定的目标地址和传送协议上的数据流。RSVP 的每次会话都是独立的。一次 RSVP 会话可以由一个三元组(目的地址,协议号,[协议端口])来表示。这里的目的地址,也就是 IP 目的地址,既可以是多点组播地址,也可以是单点单播地址。协议号就是 IP 协议定义的协议号。可选的协议端口就是目的地址的端口号(例如一些协议上所定义的多路复用点),它可以直接利用 UDP 或 TCP 的端口,或是其他协议中类似的字段,甚至是应用层信息来定义。

RSVP 协议通过相应的 PATH 类报文和 RESV 类报文,沿着数据流路径的所有节点传递 QoS 控制参数和要求,并在路由器等网络元素上建立和维护 QoS 控制服务用的"软状态"。软状态实际上是一种无连接的方式,它定期刷新存储在网络元素相应表格中的路径状态和预留状态信息。而且,预留报文和路径报文设置的软状态还可以被"拆除"报文来删除。

2. 资源预留模式

基本的 RSVP 资源保留请求中包含一对字段:"流规格字段"和"筛选规格字段"。这一对字段也被称为"流描述"。其中流规格字段用来指定资源请求中的 QoS 请求,筛选规格字段同对话的规格说明一起定义了数据报是否能够接受流规格指定的 QoS。流规格用来设定节点中的包调度器或是其他链路层相应机制中的一系列参数。如果一个对话中的数据报不符合筛选规格,那么它就不能以 QoS 的模式进行传送,而是由网络以"尽力而为"模式传送。

在资源申请中的流规格说明中通常包含着服务等级和两个数字化的参量:Tspec 和 Rspec。Rspec 用来定义需要保留的 QoS;Tspec 用来描述数据流。Tspec 和 Rspec 参数的具体内容由集成服务工作组(Integrated Services Working Group,ISWG)进行规格定义[34],RSVP 对这些内容不做任何处理。

筛选规格字段的具体格式与 TCP/IP 的版本有关(IPv4 或 IPv6)。通常情况下,筛选规格用来选择会话中的数据报的一个子集,选择方式可以是通过发送端的一些特征常量:如发送端 IP 地址、源端口等,当然原则上可以选择任何协议的任何字段来进行筛选。例如,可以用应用层协议中的字段来区分不同的视频压缩流的不同压缩层面。不过,出于简单化的目的,目前 RSVP 中筛选格式的定义仅仅局限于发送端的 IP 域和可选的 TCP/UDP 端口号。

在每一个中间节点,一个资源申请请求将会导致以下两个操作:

(1) 在连接点上进行资源的保留

RSVP 进程将请求传送给接纳控制和策略控制,如果有一个控制进程返回错误,那么请求将被拒绝,错误信息被送到提出该申请的 RSVP 进程中。如果两个控制进程都返回正确的消息,就在包分类器中设置参数用以定义能够使用该 QoS 的数据报筛选规格,并由它来和链路层进行通信以便获取流规格所定义的 QoS。

具体的 RSVP 请求细节和链路层协议有着密切的关系。IETF 的链路层集成服务工作组(Integrated Services over Specific Link Layers,ISSLL)正在制定标准化的规范来把 QoS 请求映射到链路层协议中去。对于简单的专线上的数据传送,QoS 的获取是由链路层的包调度器实现的。如果链路层协议有自己特定的 QoS 的管理机制,那么 RSVP 进程必须和它进行协商来获取所需的 QoS。注意:虽然 QoS 的请求发生在“下行”的接收端处,它的实现却是在进入链路层的界面上,例如“上行”终点处的逻辑层或物理层。

(2) “上行”传递 QoS 的请求

QoS 的请求由接收端进行传播,最终送往相应的发送端。从发送端到接收端的整个传播路径称为该 QoS 请求的“范围”。

“上行”的 QoS 请求和“下行”的由发送端送往接收端的请求不完全相同,有两个原因:

- 流量控制机制可能已经更改了部分信息;
- 更为重要的是,不同“广播树”中的“下行”分支节点中的资源预留信息在“上行”过程中会进行合并。

当接收端进行 QoS 请求的同时,它也可以要求返回一个确认信息来了解是否该请求已经在网络上被接受了。一个已接受的请求就是在上行的某节点所拥有的预留资源容量大于或等于该请求所需的资源容量。在那个节点上,该请求就被合并入该节点中而不必再向前传递,这时,节点就可以发送资源预留确认信息返回接收端。注意:这个收到的确认只是表示很大的可能性,而不是保证。

基本的 RSVP 请求是“单向”的:接收端发出“上行”资源预留请求,每个中间节点或是接受该请求或是拒绝,这样的方式使得接收端无法了解最终端到端系统的情况。所以,RSVP 提供一种增强的“单向”服务 OPWA(One Pass With Advertisements)。通过 OPWA,RSVP 控制报文沿着数据路径“下行”搜集那些端到端相关信息,然后把搜集到的信息交给接收端或是接收端的应用程序。这些信息将被用来构建或动态调整 QoS 请求。

3. 软状态

RSVP 使用一种名为“软状态”的方式来管理和维护路由器和主机中的资源保留状态和路径状态。“软状态”是由保留信息和路径信息定期创建和刷新,如果在清除时间到期前没有合适的刷新信息到达,那么"软状态"信息就将被删除。这个状态还可以由"卸载"命令直接删除。每次过期情况发生或是状态改变后,RSVP 将重新建立它的资源保留状态和路径状态并将它发往后继节点。

　　路径和保留状态是相互关联的。当路由发生变化时,新路径会建立新的路由的路径状态。原来路径上的信息会由于超时而被删除。因此一个节点的信息是否需要刷新是由各自节点依据本身情况决定的。RSVP 的信息是由无连接的数据报来发送的,周期性的刷新数据可能会在传送过程中丢失。如果超时时间设置为刷新周期的 K 倍,那么可以承受连续 $K-1$ 次的传送错误而不会错误删除有用的信息。

　　由 RSVP 维护的"软状态"信息是动态变化的。改变某一个发送端 QoS 请求,主机端仅仅送出一个修改过的路径信息和保留信息,然后这个信息会沿着网络传送到所有相关节点,更新这些节点中的相应信息,而那些无用的状态或是被显式删除或是由于超时而删除。

　　在实际网络环境下,状态刷新信息沿着传送路径一个接一个进行合并,当节点接收到的刷新信息和节点中存有的信息不同时,就将节点中存有的信息更新。如果更新同时需要改变后续节点的信息时,路由器会立即产生刷新信息并向下传送。当刷新信息对该节点后续节点的刷新信息不产生影响时,该刷新信息的传送就可以终止了。这可以减少组群改变时刷新信息对网络产生的影响,对庞大的组群尤其有用。

4. RSVP 的实现步骤

　　基于上述对 RSVP 的介绍,RSVP 协议借助于 PATH 报文和 RESV 报文在数据流的发送者和接收者之间实现端到端的资源预留。其具体实现步骤如下:

　　(1) 发送数据的源端确定发送数据流所需的带宽、延迟和延迟抖动等性能指标(即 TSpec 参数),并将其包含在 PATH 报文中发给接收端。

　　(2) 当网络中的某一路由器接收到 PATH 报文时,它将 PATH 报文中的路径状态信息存储起来,该路径状态信息描述了 PATH 报文的上一级源地址(即发来该报文的上一跳路由器地址)。

　　(3) 当接收端收到 PATH 报文后,它沿着 PATH 报文获取路径的相反方向发送一个 RESV 报文,该 RESV 报文包含为数据流进行资源预留所需要描述的流量和性能期望等 QoS 信息。

　　(4) 当某一路由器接收到一个 RESV 报文时,它通过接纳控制来决定是否有足够的资源满足 QoS 请求。如果有,就进行带宽和缓冲区空间的预留,并且存储一些与数据流相关的特定信息,然后将 RESV 报文发给下一个路由器;如果路由器拒绝该请求,则它返回给接收端一个错误信息。

　　(5) 如果源端接收到 RESV 报文,则表明数据流的资源预留已经成功,可以开始向接收端发送数据。

　　(6) 当数据发送完毕,路由器可以释放先前设置的预留资源。

5. RSVP 协议的局限性

RSVP 在源和目的间可以使用现有的路由协议决定数据通路。RSVP 使用 IP 报文承载,使用"软状态"的概念,通过周期性地重传 PATH 和 RESV 消息,协议能够对网络拓扑的变化做出反应。正如 PATH 和 RESV 刷新用来更改该预留的流的通路那样,收不到这些消息时,RSVP 协议释放与之关联的资源。但是,也应该看到 RSVP 协议也存在着一定的局限性,其具体表现如下:

(1) 基于流的 RSVP 资源预留、调度管理和缓冲区管理,虽然有利于提供 QoS 保证,但使系统开销过大,对于大型网络存在可扩展性问题。

(2) RSVP 的有效实施必须依赖于报文所经过的路径上的每个路由器,目前,网络中存在着部分主机或路由器无法产生 RSVP 信令;在骨干网上,业务流的数目可能会很大,它还要求路由器的转发速率很高,这都给 RSVP 的实施带来了困难。

(3) 网络中也存在着许多应用从不产生 RSVP 信令,在 RSVP 的实现上修改应用程序的阻力较大。

2.3.2　NSIS

2.3.2.1　NSIS 简介

RSVP 作为 IETF 制定的第一个 QoS 信令协议设计较复杂。虽然集成服务通过 RSVP 能够实现对每个流进行接纳控制和资源预留,但基于流的操作带来了扩展性问题,难以适应骨干网规模的快速增长,因此 RSVP 未被广泛采用。为了能够在新一代互联网中提供 QoS 信令协议的支持,IETF 成立了下一代信令工作组[35](Next Step In Signaling,NSIS),致力于研究 NGI 对信令协议的新需求,以便提出下一代信令体系结构。该工作组目前非常活跃,已经逐步地向提出通用的 IP 层信令架构发展。QoS 信令协议是 NSIS 工作组的重要研究内容。本小节主要介绍 NSIS 针对 QoS 的研究工作。

IETF NSIS 工作组对 QoS 信令协议的主要研究内容是信令实体间信息传递的协议和语法,信令实体包括信令发起方(initial)、信令转发方(forwarder)和信令响应方(responder)。信令发起方请求在网络中建立状态信息,它可以位于端系统,也可以位于网络的其他部分,将应用层的资源请求进行映射;信令转发方协助管理状态信息,使之沿着信令通道进行转发,和信令发起方、信令响应方或者几个信令转发方进行交互,但不与高层的应用进行交互;信令响应方完成建立 NSIS 信令通道,在信令通道的终点对请求进行响应。

NSIS 将信息传输和信令应用分离,将信息协议分为了两层:NSIS 信令传输层(NSIS Transport Layer Protocol,NTLP)和 NSIS 信令应用层(NSIS Signaling Layer Protocol,NSLP)。

2.3.2.2 信令传输层

信令传输层的主要任务是把信令从信令发起方传输到信令响应方,可以经由信令转发方转发,这一过程支持通过代理实现,以实现在不支持 NSIS 的终端系统中的传输。

NSIS 工作组在通用因特网信令传输协议(General Internet Signaling Transport,GIST)中定义了信令传输层的消息格式。由于网络节点中的控制状态必须不断更新,因此 GIST 被设成了一种软状态协议,它可运行于标准的传输和控制协议(TCP、UDP、SCTP 等)之上。GIST 协议已经通用化,不仅仅用于对 QoS-NSLP 的支持,最新的 GIST 协议标准于 2011 年1 月被 IETF NSIS 工作作为 RFC6084 发布。

GIST 定义了 6 种基本消息类型:查询消息、响应消息、确认消息、数据传输消息、错误指示消息和关联保持消息。GIST 定义了两种状态:消息路由状态和消息关联状态。具体定义细节请参考文献[36~38]。

GIST 定义了两类操作模型:数据报模式和面向连接的模式。数据报文模式下信令实体使用 UDP 协议封装消息,不需要安全保护。面向连接的模式下信令实体使用 TCP 协议封装消息,在已建立的端到端消息关联上发送消息。GIST 信令传输通常混合使用上述两种模式,在网络边缘使用数据报模式,而在网络的核心使用面向连接的模式。

2.3.2.3 信令应用层

针对不同的应用和服务需求,NSIS 工作组发布了不同的 NSLP。比如,对于网络地址转换(Network Address Translation,NAT)和防火墙(firewall),NSIS 工作组发布了 NAT/Firewall NSLP。对于 QoS,NSIS 工作组于 2010 年 10 月已经发布了对应于信令应用层的QoS 信令标准[39],即 RFC5964,它是专门的用于 QoS 的信令应用层协议,以下简称 QoS-NSLP。

QoS-NSLP 定义了与 QoS 相关的信息格式、顺序等,定义了用于预留资源的消息,定义用于分配资源的功能称为资源管理功能(Resource Management Function,RMF),并利用RMF 完成资源管理和进行接纳控制。QoS-NSLP 协议的目标是提升从网络配置资源中预留资源的能力。

QoS-NSLP 定义的消息类型有四种:预留消息、查询消息、响应消息和通告消息。预留消息用来关联预留状态,支持创建、更新、修改和删除等四种状态操作。查询消息用来发送路径请求,不改变已存在的预留状态。响应消息用来对预留消息的确认或错误反馈,不会引起已经存在的预留状态的变化。通告消息用来将消息传递给 QoS-NSLP 的中间节点,与响应消息的区别是通告消息是异步发送的,不需要依赖特定的状态或者任何先前收到的消息。

QoS-NSLP 支持发起方发起的预留和接收方发起的预留,也支持双向预留。QoS-NSLP协议基本操作如图 2.4~图 2.6 所示。上述内容表明,QoS-NSLP 相对于 RSVP 增强了资源预留的灵活性和可扩展性,可以用来替代 RSVP。

QoS-NSLP发起方 Qos-NSLP中间节点 QoS-NSLP中间节点 QoS-NSLP接收方

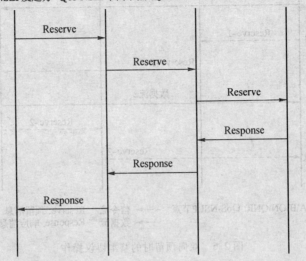

Reserve: 预留消息
Response: 响应消息

图 2.4 发起方发起预留时的基本协议操作

QoS-NSLP发起方 Qos-NSLP中间节点 QoS-NSLP中间节点 QoS-NSLP接收方

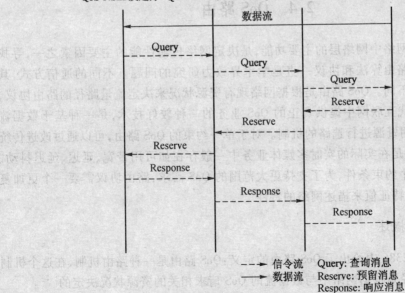

信令流 Query: 查询消息
数据流 Reserve: 预留消息
Response: 响应消息

图 2.5 接收方发起预留时的基本协议操作

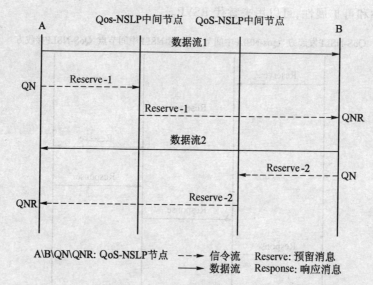

图 2.6   双向预留时的基本协议操作

NSIS 协议实现方面,NSIS 工作组已经开发出了支持 NSIS 协议的软件平台,该平台基于 Linux 系统实现,目前版本是 NSIS_0.3。葡萄牙科英布拉大学的 Gabriela 等为著名的网络仿真器 NS2 开发了 NSIS 插件[40]。

2.4   QoS 路由

路由是计算机网络中网络层的主要功能,是决定网络传输性能的主要因素之一,寻找简单、高效、健壮的路由算法和协议一直是学术界致力研究的问题。不同的通信方式,其确定路由的方式也不同。QoS 路由是根据网络现有资源状况来决定流量路径的路由协议,它被认为是在下一代互联网中提供真正的 QoS 业务的一种较好技术,是一种基于数据流 QoS 请求和网络可用资源进行选路的机制。对于单一约束的 QoS 路由,可以通过改进传统的路由算法实现,但是在实际的实时多媒体业务中一般存在如可用带宽、延迟、延迟抖动、出错率和代价等多个约束条件,为了支持更大范围的 QoS 需求,路由协议需要一个更加复杂的模型,采用多个特征值来描述网络的特性[41]。

2.4.1   QoS 路由概述

IETF 在其 RFC2386 中给出了 QoS 路由的定义:QoS 路由是一种路由机制,在这个机制下数据流的传输路径是根据网络中与数据流的 QoS 请求相关的资源状况决定的[42]。

QoS 路由的主要目标是为接入业务选择满足其 QoS 要求的传输路径,同时保证网络资源的有效利用。目前网络主要通过两个途径提高 QoS,一个是节点控制,另一个是整网或局部网络控制。节点控制主要在单个节点或单条链路上完成,主要控制业务对单节点共享资源的占用,包括共享的链路、缓存区、处理器资源。节点控制的主要策略包括业务流整形、业务调度、节点缓冲区管理。整网或局部网络控制通常通过对路由与信令的控制达到对业务流或业务连接在网络中传输的直接控制,路由直接关系到网络性能。QoS 路由成为解决 QoS 问题的一项关键技术,它根据给定的 QoS 参数,选择有足够网络资源的链路来传送数据,它着重从网络整体的性能和应用的 QoS 保证方面考虑问题,能够满足业务的QoS 要求,同时提高网络的资源利用率。

QoS 路由根据网络上可利用的资源和数据报文的 QoS 需求决定数据报文选路机制,主要包括两种基本功能,即搜集网络的状态信息并不断更新和根据所搜集的信息计算可行路径。QoS 路由的基本任务是寻找一条有足够资源、能满足 QoS 要求的可行路径。QoS 路由不同于尽力而为的路由,因为 QoS 路由通常是面向连接、有资源预留功能并且能够提供有质量保证的服务。

QoS 路由计算过程中需要考虑两方面的问题:度量参数选择问题和寻路问题。度量参数选择问题指依据哪些度量参数作为寻路标准。寻路问题指在寻路标准设定后,如何找到满足业务需求的路径。路由信息交互过程中,由于链路传输延迟的存在,每个节点获得的其他节点的状态信息总是具有一定的不精确性,这些不精确性将在一定程度上影响 QoS路由算法的有效性。因此,路由信息不精确的问题,也是 QoS 路由中的一个主要问题。度量参数选择问题、寻路问题和路由信息不精确问题是必须解决的基本问题,也是 QoS 路由中的研究重点。

在路由过程中,QoS 体现为 IP 报文在一个或多个网络传输过程中所表现的各种性能,它是对各种性能参数的具体描述。在 QoS 路由下,IP 报文所经过的路径将被网络中的资源可用性和流的 QoS 需求所决定,QoS 路由主要包括单播路由与组播路由两种。

对于一个在实际中运行效果良好的 QoS 路由算法,除了考虑路由的优化方面以外,还要考虑其他问题,如整个网络的性能、路由表信息过时的可能性、链路参数的频繁变化以及信道建立期间的资源预留。

为了提供 QoS 保证,数据传输前通常需要沿着计算好的路径,从源到目的地传输一个消息,用来通知路径上的所有节点为这个 QoS 业务保留相应的资源(如带宽、缓存等),而后续的数据传输则沿着这条已经预留了资源的路径进行。因此一般来说,QoS 路由具有面向连接的特性,而面向无连接网络的 QoS 路由的研究也已经引起了研究人员的注意。

一般认为,QoS 路由算法在用于广域网实时路径建立的路由选择时,必须具备以下特征[43]:

- 算法在占用很少的网络资源的前提下,使整个网络性能最优化;
- 算法在实现路由策略时必须设计成能够保证资源预留;
- 算法必须适应链路状态(如链路延迟和可用带宽)的变化;
- 算法必须能够满足所需的多个约束条件。

QoS 路由选择有两个基本目标[2]：

• 所选择的路径必须是满足 QoS 约束的可行路径；

• 所选择的路径必须尽可能有效地使用网络资源并使网络资源利用率最大化。

与传统尽力而为的路由过程相比，QoS 路由具有以下几大优势：

• 传统的路由过程多是基于最短路径的路由，在路由过程中所考虑的 QoS 参数较少，或者根本没有考虑 QoS 参数。QoS 路由能动态地从所有可能的选择中挑出一条满足流的 QoS 需求的路径，这个路径是由一些度量值决定的，如链路代价、带宽、延迟等。

• 传统的路由不考虑网络资源的实际状态，容易导致网络拥塞。但是，使用 QoS 路由能从整体上提高网络资源的有效利用率。

• 传统的路由过程不提供任何资源预留保证，所有数据报文公平地共享路由器转发队列，没有优先级保证。QoS 路由可以在资源预留的支持下对数据流提供端到端保证（延迟和延迟抖动等），在确定了报文流的 QoS 路径后，要对该路径上所需要的资源进行预留。

根据计算可行路径的时刻，QoS 路由可以分为预计算（pre-computation）和在线计算（online-computation）两种。预计算是由一个后台进程根据网络状态信息预先构造路由表，而在 QoS 请求到达时，通过快速查找路由表确定可行路径的方式。在典型网络设置中，QoS 连接请求的到达速率远远大于网络的变化速度，因此可以使用预计算模式。由于 QoS 业务的多样性，因此路由表为了包含每个可能的 QoS 业务，其规模可能会相当庞大，这会增大系统开销并降低系统的可扩展性。在线计算是 QoS 请求到达时，根据状态信息实时计算可行路径的方式，因而不需要事先构造路由表。

QoS 路由能够满足业务的 QoS 要求，同时提高网络的资源利用率。但是，QoS 路由的计算十分复杂，增加了网络的开销。目前，在实际有线网络中应用的 QoS 路由算法还不多见。

QoS 路由中需要解决的**主要难点**包括：

1. 计算的复杂度

QoS 路由与传统路由相比，根本特点是由用户业务提出 QoS 要求，网络提供满足 QoS 要求的路径。这些业务要求在多个约束目标下选择优化路径。已经证明，这种多约束路径的求解无法在多项式时间内完成，其计算复杂度为 NP 完全的或 NP 难的。

2. 多业务并存

当 Internet 同时承载多种 QoS 要求不同的流量时，使得网络性能优化困难，扩展困难。在 QoS 路由选择问题中，QoS 流量与"尽力而为"流量之间的影响，以及 QoS 流量之间的影响是 QoS 路由研究领域的难点问题。今后的网络应该是 QoS 流与"尽力而为"流相结合并存的网络。网络的路由目标是最大化资源效用，这包括尽可能接入更多的 QoS 流，并保证它们的 QoS 要求，同时尽可能地接纳更多的"尽力而为"流，同时保证"尽力而为"流的吞吐量。但由于网络资源有限，以及资源预留机制的不完善，同时做到以上两点十分困难，尤其是 QoS 流量和"尽力而为"流量共存时，很难确定最优的操作点。近来有一些学者对

QoS 流量相互影响及 QoS 流量与"尽力而为"流量的影响进行了研究,但仍十分不够。

3. 信息的陈旧性

实际网络中获得的状态信息都是历史上已经发生的,其陈旧性是不可避免的,这将会对 QoS 路由算法的性能和有效性造成较大影响,可能增大连接失败率、产生路由回路。对状态信息陈旧性的分析涉及复杂的数学模型,已有的研究大都基于仿真实验,缺乏对理论依据的分析。因此,目前大多数 QoS 路由算法都没有考虑陈旧信息的影响。

4. 算法的扩展性

Intenet 规模日益扩大,一个节点不可能获得所有链路和节点的信息,更不可能依据这些信息计算可行路径,因此可扩展性更强的分布式 QoS 路由是 QoS 路由研究中一个重要内容。

QoS 路由的研究主要包括两个组成部分:QoS 路由协议和 QoS 路由算法,前者用于网络信息和网络节点之间的信息交互,后者用于计算满足 QoS 约束的路径集合。

2.4.2 QoS 路由协议

根据 Internet 具有的结构特征,可按照路由协议的作用范围将其分为两大类:内部网关协议和外部网关协议。内部网关协议主要解决域内数据报文的路由问题,外部网关协议主要解决域间数据交换问题。

2.4.2.1 内部网关协议

从支持 QoS 的角度出发,内部网关协议主要包括 OSPF、内部网关路由协议(Interior Gateway Routing Protocol,IGRP)和 IS-IS 等。

OSPF 协议是目前在 Internet 上最广泛使用的核心路由协议。它将一个网络或一系列相邻的网络作为区域进行编号,一个区域内的拓扑结构对自治系统其余部分是不可见的。由此实现了域内路由信息的有效隐藏,带来了显著的路由信息量降低,从而降低路由器地址表过大带来的处理复杂性。域内路由仅由域自身拓扑结构决定,不受域外错误信息的影响。

OSPF 定义了一个特殊的区域,称为主干(backbone),其区域编号为 0。所有区域均与主干相连,主干负责向所有的非主干区域分发路由信息。由于区域概念的引入,OSPF 要区分四种路由器:域内路由器——与该路由器相连的所有网络均属于同一个域,该路由器只运行一套基本的路由算法;域间路由器——连接两个或多个区域的区域边界路由器,域间路由器运行多种基本的路由算法,每种算法对应于与它相连的一个区域,域间路由器将与它们相连的域的拓扑结构信息发送至主干,由主干将信息发送至各个域;主干路由器——与主干有接口的路由器,包括所有的域边界路由器;自治系统边界路由器——与其他自治系统交换路由信息的路由器,这些路由器向整个自治系统广播自治系统以外的路由信息。实际上,OSPF 协议是路由信息协议(RIP)应用于 Internet 上的一种扩展,两者都是以路由器(或网关)之间的距离(路径跳数)为主要 QoS 参数进行路由计算的,通过计算两个相邻路由器之间的其他 QoS 参数(如延迟、延迟抖动和出错率等),进而用这些参数取代协议中的距离参数,可以使协议本身支持更广泛的 QoS 参数。

IGRP 协议是由 Cisco 公司在 20 世纪 80 年代中期开发的,90 年代开发了增强版来提高 IGRP 协议的可操作性。IGRP 采用使用复合型路径开销算法,对网络延迟、网络带宽、网络可靠性和网络负载均衡都有考虑,网络管理人员可为每种度量方法设置不同的权值,通常 IGRP 使用设定的或缺省的权值来计算最佳路由。IGRP 为每种度量方法提供很宽的取值范围,例如网络可靠性和网络负载可以取 1 ~ 255 之间的任意值,网络带宽可取 1200 bps ~ 10 Gbps 之间的任意值,这种较宽的度量可以反映网络性能的微小变化。EIGRP(Enhanced IGRP)是 Cisco 开发的增强型版本的 IGRP 路由协议,开发 EIGRP 的目的就是解决 IGRP 所面临的可扩展性问题,其对 QoS 的支持和 IGRP 相同。

IS-IS 协议是用于中间系统到中间系统间的路由协议,它是在 ISO10589 中定义的,仅支持对无连接网络协议(ConnectionLess Network Protocol, CLNP)路由,而 IETF 在其 RFC 1195 中定义的集成化的 IS-IS 是扩展版本的 IS-IS 协议,用于 ISO CLNP 和 IP 混合的环境中,既可用于单纯为 IP 路由,又可用于单纯为 ISO CLNP 路由,还可用于为两者混合路由。IS-IS 属于链路状态路由协议,使用链路状态信息来刷新整个网络,从而建立一个完整的网络拓扑图。每个中间系统发送刷新信息给与之相邻的中间系统或终端系统,链路状态刷新消息中含有度量信息。相邻的系统收到刷新信息后向其相邻节点转发,直到遍布全网为止。

IS-IS 计算某条路径的开销时可以选择的 QoS 参数包括:延迟、开销(expense)和出错率(error)等,根据这些参数进行路由计算,达到支持 QoS 的目的。值得注意的是,IS-IS 并不使用链路速率或带宽作为其链路开销。

2.4.2.2 外部网关协议

外部网关协议(Exterior Gataway Protocol, EGP)或边界网关协议(BGP)是用于自治系统之间的路由协议,它们的主要功能是在各个已实现 BGP 协议的系统之间交换网络可达性信息。这些信息包括一个路由所穿越的自治系统的列表,用来建立一个表示连接状态的图。外部网关协议与内部网关协议的目的不同,所有内部网关协议的内容均是将报文尽量高效地从源端发送到目的端,不必考虑策略。但外部网关协议必须考虑很多策略问题,典型的策略问题涉及政治、安全和经济方面的考虑。

BGP 路由器既保证提供可靠性通信,又隐藏所有网络的细节。BGP 基本上属于距离矢量路由协议,但与其他此类协议(如 RIP)有所不同,因为每个 BGP 路由器记录的是使用的确切路由,而不是到每个目的地的开销。另外,每个 BGP 路由器并不是周期地向它的每个邻居提供到每个可能目的地的信息,而是向邻居说明正在使用的确切路由,并且 BGP 很容易解决困扰其他距离矢量算法的无穷计算问题。

　　目前的路由协议大多是为每一个目的地址寻找一条最短路径,当数据报文到达路由器时,路由器根据其包头的目的地址,将其沿路由表中给出的路径发送。在这种情况下,路由器实际上只是一个中转站,当最短路径阻塞或发生故障时,路由器只能缓存数据报文,以等待线路畅通;或者若路由表中给出另一条路径,它将数据报文沿此替代路径发送。

2.4.2.3　支持 QoS 的路由协议举例

　　通过对主要网关协议分析发现,现存的完全支持 QoS 参数的网关协议还不多见,能够真正支持多 QoS 参数并稳定运行的就更少了,IPv6 中的内部网关协议 RIPng、OSPFv3 和外部网关协议 BGP4 + 等仅考虑了如何扩展已有的 IPv4 上的路由协议,使其支持 IPv6,而在这些路由协议中如何支持 QoS 还未被过多考虑。因此,支持多 QoS 参数的网关协议还有很大的探索空间。为此文献[44]在面向自组织网络 SON(Self-Organizing Networks)的环境下,基于 OSPFv3/BGP4 +,设计了支持 QoS 的自治域内和自治域间路由单播协议。协议主要包括报文格式与功能、链路状态描述结构、邻居信息表、单播路由表和协议工作流程等。基于 Quagga 软件路由器对协议进行了实现,并且基于网络实验平台使用 Iperf 工具对其进行了性能评测。结果表明,该协议是有效的,具有较好的性能。

1.　自组织网络模型

　　在设计环境下,SON 的路由器仅具有局部视图,支持如下生物行为:诞生(即初始化路由器),感知环境(即路由器感知相连边和邻居路由器),关系建立/消除(即建立/消除路由器之间的邻接关系),负载迁移(即在相邻路由器之间分担负载),克隆(即通过复制本路由器而产生新路由器,新产生的路由器可以顶替被克隆路由器工作,也可以分担被克隆路由器负载),繁殖(即由两个或多个路由器共同产生一个新路由器,新产生的路由器可以顶替父路由器工作,也可以分担父路由器负载),休眠(即路由器因长时间无工作负载而进入节能休眠状态),昏迷(即路由器因非致命故障而暂停工作),苏醒(即休眠路由器因自醒或昏迷路由器因自愈而恢复正常工作),唤醒(即休眠路由器因外界干预而被叫醒且恢复正常工作),救醒(即昏迷路由器因外界干预而被治愈且恢复正常工作),死亡(即路由器因致命故障而永久不能工作)。

　　基于 DiffServ 模型,设 SON 中有 K 种不同业务类型,每类业务都对应一组 QoS 需求,主要考虑带宽、延迟、延迟抖动和报文出错率。

　　路由协议需要在路由器之间交换链路参数,以支持业务 QoS 需求。这对路由器诞生、感知环境、关系建立/消除、克隆以及繁殖等生物行为的产生与执行也是必需的。路由器负载迁移、休眠、昏迷、苏醒、唤醒、救醒以及死亡等生物行为同路由器自身及其邻居的负载情况密切相关,负载过重或过轻都可能导致相应行为的发生与执行,因此需要在路由器之间交换负载情况。该路由协议引入路由器稳定度,从 CPU 和缓冲区两个方面考虑路由器负载。

　　定义路由器 i 的 CPU 可用率 RC_i 和缓冲区可用率 RB_i 分别如下:

$$RC_i = \frac{AC_i}{TC_i} \tag{2-1}$$

$$RB_i = \frac{AF_i}{TF_i} \tag{2-2}$$

其中,TC_i、AC_i、TF_i 和 AF_i 分别代表路由器 i 的单位时间 CPU 总周期数、可用周期数、缓冲区总量和当前可用量。定义路由器 i 负载描述子 LD_i 如下:

$$LD_i = 1 - \frac{1}{\lambda_C \cdot \dfrac{1}{RC_i} + \lambda_B \cdot \dfrac{1}{RB_i}} \tag{2-3}$$

其中,λ_C 和 λ_B 反映 CPU 和缓冲区占用情况对路由器负载影响的相对严重程度,$\lambda_C, \lambda_B > 0, \lambda_C + \lambda_B = 1$。显然,$0 \leqslant LD_i \leqslant 1$,$LD_i$ 越小,路由器负载越轻。定义路由器 i 稳定度 SD_i 如下:

$$SD_i = \alpha \cdot LD_{nb} + \beta \cdot \left(1 - 2 \cdot \left| \frac{1}{2} - LD_i \right| \right) \tag{2-4}$$

其中,α 和 β 反映邻居路由器负载和路由器自身负载对路由器稳定度影响的相对严重程度,$\alpha, \beta > 0, \alpha + \beta = 1$。若路由器有多个邻居,则 LD_{nb} 取负载最重的邻居路由器的负载。显然,$0 \leqslant SD_i \leqslant 1$。

2. 协议设计

(1) 协议报文

对 OSPFv3 和 BGP4 + 进行扩展,使之支持 QoS 参数和路由器稳定度,分别实现自治域内和自治域间路由。

OSPFv3 是链路状态路由协议,有呼叫、数据库描述、链路状态请求、链路状态更新和链路状态应答报文,类型编号 1 – 5。BGP4 + 是基于策略的路由协议,有打开、更新、通知和保持报文,类型编号 1 – 4。在 OSPFv3 中增加类型编号为 9、10 的自治域内 QoS 状态及其应答报文,在 BGP4 + 中增加类型编号为 7、8 的自治域间 QoS 状态及其应答报文。

① 自治域内 QoS 状态报文

自治域内 QoS 状态报文格式如图 2.7 所示。

0	15	23	31
版本	报文类型	报文长度	
路由器标识			
区域标识			
检验和	实例标识	保留	
组序号	报文序号	报文间隔时间	
可用带宽	分组丢失率		
稳定度	保留		

图 2.7   自治域内 QoS 状态报文格式

各字段定义如下：

- 版本：1 个字节，版本号设置为 3。
- 报文类型：1 个字节，设置为 9，表示该报文是为 OSPFv3 增加的自治域内 QoS 状态报文。
- 报文长度：2 个字节。
- 路由器标识：4 个字节，发送路由器标识。
- 区域标识：4 个字节，该报文所属的 OSPFv3 区域标识。
- 校验和：2 个字节。
- 实例标识：1 个字节，发送路由器上运行 OSPFv3 的实例标识。
- 保留：1 个字节，必须设置为 0。
- 组序号：2 个字节，标识自治域内 QoS 状态报文组。组序号相同的报文必须由接收路由器统一处理，以获得 QoS 参数的平均值。
- 报文序号：1 个字节，标识报文在组中的顺序。
- 报文间隔时间：1 个字节，本组相邻两个报文发送的时间间隔，单位为 ms。接收路由器根据该字段值设置定时器，若定时器超时，则认为报文丢失。
- 可用带宽：2 个字节，报文发送接口的可用带宽，由发送路由器根据接口记录值填写。
- 报文丢失率：2 个字节，报文发送接口的报文丢失率，由发送路由器根据接口记录值填写。
- 稳定度：2 个字节，发送路由器的稳定度。
- 保留：2 个字节，必须设置为 0。

② 自治域内 QoS 状态应答报文

自治域内 QoS 状态应答报文格式如图 2.8 所示。

0	15	23	31
版本	报文类型	报文长度	
路由器标识			
区域标识			
检验和	实例标识	保留	
组序号	报文序号	保留	
报文接收时间			
报文发送时间			

图 2.8　自治域内 QoS 状态应答报文格式

版本、报文长度、路由器标识、区域标识、校验和、实例标识和保留字段的定义与自治域内 QoS 状态报文类似，其他字段定义如下。

- 报文类型：1 个字节，值为 10，表示该报文为 OSPFv3 增加的自治域内 QoS 状态应答报文。

- 组序号和报文序号:分别为 2 个和 1 个字节,分别表示收到的自治域内 QoS 状态报文的组序号和报文序号,指明由该报文确认的自治域内 QoS 状态报文。

报文接收时间和报文发送时间:均为 4 个字节,分别表示收到自治域内 QoS 状态报文和发送自治域内 QoS 状态应答报文时的路由器时间,以格林威治时间 1970 年 1 月 1 日 0 时 0 分 0 秒为基准,单位 ms。

③ 自治域间 QoS 状态报文

自治域间 QoS 状态报文格式如图 2.9 所示。报文长度、可用带宽、报文丢失率、稳定度、报文间隔时间以及检验和字段的定义与自治域内 QoS 状态报文类似,其他字段定义如下:

- 标记:16 个字节,用于安全检测和同步检测。
- 报文类型:1 个字节,设置为 7,表示该报文是为 BGP4 + 增加的自治域间 QoS 状态报文。

0 　　　　 7 　　　　 15 　　　　 23 　　　　 31			
标记			
标记			
标记			
标记			
报文长度		报文类型	预留
可用带宽		分组丢失率	
稳定度		报文间隔时间	
检验和		预留	

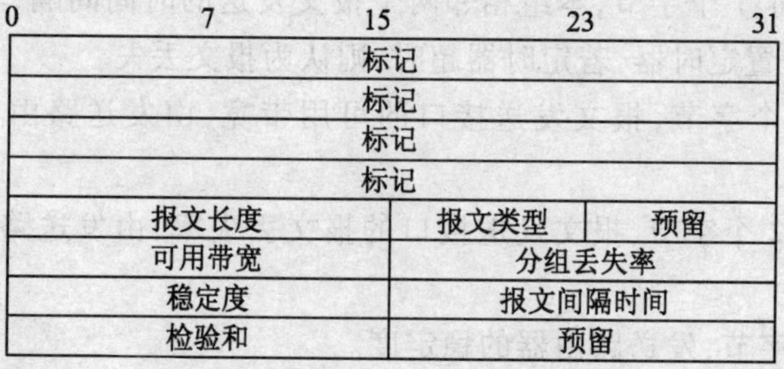

图 2.9　自治域间 QoS 状态报文格式

④ 自治域间 QoS 状态应答报文

自治域间 QoS 状态应答报文格式如图 2.10 所示。标记、报文长度、校验和字段的定义与自治域间 QoS 状态报文类似,报文接收时间和报文发送时间字段的定义与自治域内 QoS 状态应答报文类似。其他字段定义如下。

0 　　　　 7 　　　　 15 　　　　 23 　　　　 31			
标记			
标记			
标记			
标记			
报文长度		报文类型	预留
报文接收时间			
报文发送时间			
检验和		预留	

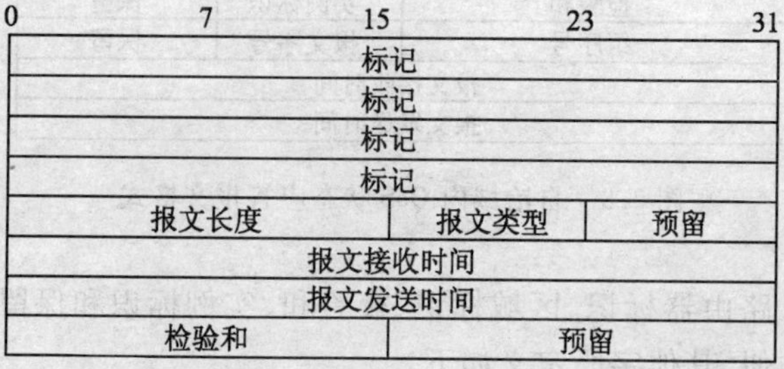

图 2.10　自治域间 QoS 状态应答报文格式

　　报文类型:1 个字节,设置为 8,表示该报文是为 BGP4 + 增加的自治域间 QoS 状态应答报文。

　　无论是收到自治域内还是自治域间 QoS 状态报文,路由器都可以通过直接读取相应字段值而获得链路可用带宽、链路报文丢失率和路由器稳定度,根据公式(2 - 5)计算链路延迟:

$$dl = \frac{T_{ar} - T_{ss} - (T_{as} - T_{sr})}{2} \qquad (2-5)$$

其中,T_{ss} 为路由器发送 QoS 状态报文的时间;T_{ar} 为路由器收到对应的 QoS 状态应答报文的时间;T_{as} 和 T_{sr} 分别是 QoS 状态应答报文中报文发送时间字段和报文接收时间字段的值。延迟抖动通过连续两次延迟做差得到。

　　若路由器不支持 QoS 状态报文,则因报文类型未知而不做任何处理。

　　(2)链路状态描述结构

　　OSPFv3 的链路状态数据库使用三元组 < 源,目的地,权值 > 来描述链路状态,自治域内路由协议在 OSPFv3 链路状态描述结构上通过扩展,以满足 QoS 和路由器生物行为的需要。

　　标志位 F 和 QoS 状态描述指针 Q。当 F 取值为 0 时,表示标准 OSPFv3 链路状态描述结构,Q 为空指针;当 F 取值为 1 时,表示自治域内路由协议链路状态描述结构,Q 指向 QoS 描述。这样,自治域内路由协议链路状态描述结构为 < 源,目的地,权值,F,Q > ,QoS 描述为 < 可用带宽,延迟,延迟抖动,报文丢失率,稳定度 > 。自治域间路由协议对 BGP4 + 邻域对等体存储结构做与上类似的扩展。这样就使得单播路由协议拥有支持 QoS 和路由器生物行为的信息。

　　(3)邻居信息表和单播路由表

　　每个路由器内部设置并维护邻居信息表,包含与该路由器相连的所有邻居路由器的 IP 地址、接口名称、MAC 地址、链路可用带宽、延迟、延迟抖动、报文丢失率。每个路由器内部设置并维护单播路由表,如图 2.11 所示。

　　图中各项定义如下:

　　• 目的 IP 地址:128 位,IPv6 地址,可以是主机地址,也可以是子网地址,由标志字段指定。

　　• 标志:4 位,取值为 0 时指明目的 IP 地址字段是子网地址,取值为 1 时指明是主机地址。

　　• 业务类型数量:8 位,表示该路由表支持的业务类型数,如果目的 IP 地址是链路本地地址,则业务类型数量为 0。

　　• 标准:8 位,为 1 时表示下一跳路由器地址(标准)是 OSPFv3 生成的下一跳路由器地址。

目的IP地址		标志	业务类型数量	
标准	下一跳路由器地址 (标准)			接口名称
业务码	下一跳路由器地址 (业务1)			接口名称
可用带宽 (业务1)			延迟 (业务1)	
延迟抖动 (业务1)			分组丢失率 (业务1)	
稳定度 (业务1)				
⋮				
业务码	下一跳路由器地址 (业务n)			接口名称
可用带宽 (业务n)			延迟 (业务n)	
延迟抖动 (业务n)			分组丢失率 (业务n)	
稳定度 (业务n)				

图 2.11　QoS 单播路由表

- 下一跳路由器地址:128 位。直接转发时(目的 IP 地址是链路本地地址)该字段是回环地址;间接转发时(目的 IP 地址非链路本地地址)该字段是报文转发下一跳路由器的接口地址。
- 接口名称:8 位,表示路由器报文转发接口名称。
- 业务码:8 位,表示业务类型。
- 下一跳路由器地址(业务):128 位,不同类型业务的报文前往目的 IP 地址的最优路径上的下一跳路由器的接口地址。
- 可用带宽、延迟、延迟抖动、报文丢失率、稳定度:均是 16 位,分别表示到目的 IP 地址的可用带宽、延迟、延迟抖动、报文丢失率、下一跳路由器的稳定度。其中,带宽单位是 kbps,延迟和延迟抖动单位是 ms。

(4) 协议工作流程

自治域内每个路由器及其邻居路由器周期性交换 QoS 状态报文和应答报文,每个路由器根据收到的每对 QoS 状态报文及其应答报文可以得到路由器稳定度等参数值。

自治域内每个路由器收到一组 QoS 状态报文和应答报文后得到链路可用带宽、延迟、延迟抖动、报文丢失率和路由器稳定度等参数的均值,更新链路状态数据库和邻居信息表。

若直连链路状态发生变化,则自治域内每个路由器更新链路状态数据库和邻居信息表,并通过链路状态更新报文向指定路由器发送链路状态宣告。

自治域间网关路由器交换 QoS 状态报文及其应答报文。

每个网关路由器根据收到的每对 QoS 状态报文及其应答报文可以得到域间互联链路可用带宽、延迟、延迟抖动、报文丢失率和路由器稳定度等参数值,更新邻居信息表。

若邻域内链路状态发生变化,则自治域间网关路由器能接收到邻域发送的更新报文,据此生成本自治域外部链路状态更新报文,向本自治域内路由器发送链路状态宣告,并更新路由表。

3. 协议实现与性能评价

基于 Quagga 软件路由器[45]实现了上述单播路由协议。参照 CERNET2 拓扑,构建了由 20 台自行开发的原型路由器系统组成的划分成 3 个自治域的网络实验平台,如图 2.12 所示。在该平台上使用 Iperf 工具测试协议的性能,图 2.13 是以 OSPFv3/BGP4 + 作为对比基准的测试结果。

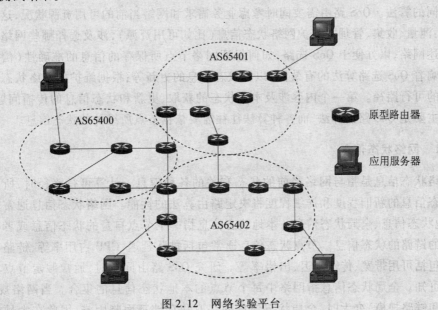

图 2.12 网络实验平台

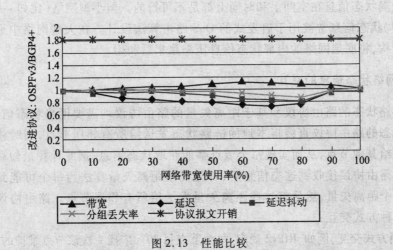

图 2.13 性能比较

可以看出,所设计的协议的 QoS 指标优于 OSPFv3/BGP4 +,但报文开销高于 OSPFv3/BGP4 +,因为协议需在路由器间交换 QoS 状态报文及其应答报文。同时,协议与面向 SON

的自组织行为管理协议协同工作可以较好地支持路由器生物行为。

2.4.3 QoS 路由算法

路由算法是路由的建立过程,指明经过什么样的操作步骤使路由器建立起转发表,而协议则是为实现算法所规定的相关数据结构以及交换这些数据的规程。不同的协议通常使用不同的算法。QoS 路由需要同时考虑业务需求和网络当前的可用资源状况,这包括两个方面:测量、收集、管理并维护网络状态信息(比如可用资源),涉及选择哪些网络状态信息来描述网络,以方便于 QoS 选路,如何保证网络节点所保存的信息的准确性(信息的准确性影响着 QoS 选路算法的有效性)以及状态信息的更新等;根据维护的网络状态信息计算优化的可行路径。第一个内容涉及本地状态的获取、更新和状态信息的传播问题;第二个内容主要是 QoS 路由算法,而各种算法往往需要依据节点所维护的状态信息。

2.4.3.1 网络状态信息

网络状态信息是指与网络当前的状态有关的各种信息。计算可行路径时,所获得的网络状态信息的新旧程度和详细程度将决定路由算法的性能。网络状态信息通常分为两类:本地状态信息、全局状态信息。本地状态信息指一个节点自身的状态信息或者与该节点直连的链路的状态信息。节点状态信息通常包括排队延迟、CPU 占用率等,链路状态信息通常包括可用带宽、传输延迟、出错率等。研究 QoS 路由问题时,通常假定节点本地状态信息可知。全局状态信息指网络中每个节点的本地状态信息的集合。当网络规模(节点规模和链路规模)变大时,全局状态信息的获取和存储都面临困难,因此在大规模的网络中获取全局状态信息在空间上和时间上都是不可行的。但小型网络(比如一个 OSPF 区域内)的全局状态信息常被用于启发式的 QoS 路由算法设计。在大型网络中通常采用分层的网络结构,将底层网络的内部状态信息压缩聚集后利用。

2.4.3.2 网络状态信息的交互

基于链路状态的路由协议和基于距离矢量的路由协议均需要网络状态信息的交互。基于链路状态的路由协议直接将本地的链路状态发送给所有邻居节点,同时将收到的这类信息扩散给其他节点,从而实现每个节点都能获取状态信息,据此计算最短路径。基于距离矢量的路由协议接收到这类信息后,首先使用距离矢量算法为每个可能到达的目的网络计算一个距离矢量,然后将这些距离矢量发送给所有邻居节点。路由协议的网络状态信息有三种方式交互:

- 周期方式交互,例如,RIPv2 规定,每个节点每 30 s 广播一次该节点维护的全局状态;
- 触发方式交互,例如链路可用带宽的变化超过某个阈值时,触发新的一次状态信息广播;
- 触发和周期结合的方式交互,在指定周期内进行协议交互之外,当网络状态变化达到某个阈值时,也进行网络状态信息交互。

2.4.3.3 QoS 路由算法分类

通过路由协议交互,每个节点收集到适当的网络状态信息后,需要据此采用一种相应的路由算法来实现路由。QoS 单播路由算法主要解决一定的 QoS 约束条件下在源节点和目的节点之间建立合理可靠的数据报文传输路径问题,而下一章要讨论的 QoS 组播路由算法主要解决在一定的 QoS 约束条件下建立覆盖源节点和目的节点集的合理可靠的组播树问题,它们实际上属于 NP 完全问题,因此研究人员站在不同观点、强调不同需求,提出了多种单播(组播)路由算法。

1. 根据网络中每个节点所维护的信息种类和进行路由的具体位置,QoS 路由算法大致可以分为源路由算法,分布式路由算法和分层路由算法三类

源路由算法要求网络中每个节点通过链路状态协议或距离矢量协议保存全网信息并通过这些协议交换节点状态信息。链路状态协议对网络所有其他节点广播本节点的状态信息,使得每个节点都知道网络的拓扑结构变化以及链路信息变化。距离矢量协议周期性地在邻近节点中交换距离矢量,每个距离矢量包括到每个可能目标节点的最优路径的相关信息。通过路由协议的交互,每个源节点得到全网的状态信息并维护全网的状态信息。源节点根据全网的状态信息,计算从源节点到目的节点的可行路径,然后通过路由协议通知其他节点。

在源路由算法中,每个源节点收集和维护完整的全局状态,只在发送数据的源节点计算从源节点到目的节点的完整的可行路径,为建立连接,源节点通过控制信息通知这条路径上的其他节点。

源路由的概念和算法很简单,而且实现简便。源路由的集中计算路由能避免路由回路,使用的控制信息也很少。但每个可能的源节点都需要收集和维护完整的全局状态。因此,源路由带来以下几个问题:

(1) 由于源路由需要通过链路状态交互,因而维护全局状态的开销很大;

(2) 源节点根据全局状态计算可行路径,时间和空间开销都很大;

(3) 源节点所维护的全局状态,其陈旧性对路由的性能影响很大。

总之,源路由算法的状态信息的交互、维护、更新给源节点和整个网络带来了巨大的负担,随着网络规模的不断扩大,各种 QoS 要求的增多,这种负担会指数般地增加,所以源路由策略的可扩展性比较差。

每个节点收集和维护一定的网络状态信息,网络中的多个不同节点基于这些信息进行独立的分布式计算,从而获得可行路径的路由策略称为分布式路由。分布式路由算法要求网络中每个节点保存与其相邻的节点以及链路的信息,同样通过链路状态协议或距离矢量协议向邻近节点传递本节点的相关网络信息。

在分布式路由中,路径的计算在源节点和目的节点之间的中间节点进行,因此路由的响应时间和算法的扩展性更好。它能够沿多条路径平行搜索,因此搜索的成功率更大。分布式路由不需要维护全局状态信息,而是仅仅进行邻近节点状态信息的获取、更新与维护,因此维护信息量小,路由计算简化,算法有更好的适用性和扩展性。但是由于各个节点依靠本地维护的状态信息进行路由,因此由于信息的不一致可能造成回路,需要进行回路检测。

分层路由算法一般针对大型网络,通过某种网络信息的集中而达到缩减网络规模的目的[46]。首先将大型网络分成若干个组(group),每个组由若干在距离上比较接近的节点构成,有链路与两个以上组相连的节点成为边界点,每组选出一个节点作为该组的代表并称为逻辑节点,组中其余节点称为该逻辑节点的子节点,而该逻辑节点称为父节点,每个组还可以继续分层,每个逻辑节点保存该层的网络信息,这样网络的规模得到缩减。在每一层运用源路由算法求解最优路径并通过边界点形成最终路径。

物理节点聚合为组,而组又反复不断地进一步聚合为更高一层的组,从而形成一种多层次结构。每个物理节点保存有经过聚合的全局信息,此信息包括此物理节点所在组的详细状态信息和其他组的聚合信息,使用源路由算法来进行路由选择。然后,沿着计算出的路径传输控制消息,从而建立连接。当代表逻辑组的物理节点收到此消息时,它将把对应这个逻辑组的链路部分进行扩展,即用物理链路代替其对应的逻辑链路。

分层路由思想是为了解决源路由算法的可扩展性问题而提出的,其主要优点是模仿了公司的组织形式。多数网络通信产生于小工作组内部,组内路由器只需知道组内部的其他路由器。在分层路由中,节点状态信息不准确性依然存在,并且将节点汇聚成组后,逻辑节点状态并不能够精确地表达被"浓缩"的网络节点的状态信息,这样,组外节点便无法完全获得组内节点的状态信息,更加重了信息的不准确性,因此在有 QoS 请求的情况下使用分层路由可能导致选路失败。目前,如何聚集状态信息还是一个有待进一步研究的问题。三种路由算法的比较如表 2.3 所示。

表 2.3　三种路由算法的比较

路由算法	优 点	缺 点
源路由	集中处理,简单,不产生回路	保存全局状态信息,在大型网络中有很大的传输开销,计算开销较大,扩展性差
分布式路由	可扩展性好,误差小	必须引入环路控制机制和解决分布式计算的终止问题,通信开销大
分层路由	可扩展性好,抑制环路产生	各种 QoS 度量参数的聚合问题

2. 根据寻路(组播树)的节点所采用的计算方法,QoS 路由算法可以分为:确定性路由算法、启发式路由算法和智能优化路由算法

确定性路由算法(exact routing algorithm)是指在一定条件下以确定的计算步骤求解问题的算法。确定性路由算法的优点是简单,但不提供回溯能力。确定性路由算法具有较高的多项式时间复杂度，由于 QoS 路由问题经常是 NP-Complete 问题，很少有采用确定性算法的路由方法。

启发式路由算法（heuristic routing algorithm）采用某个启发式函数或启发式规则对计算步骤进行限制，它不保证一定能够找到最优解，但是一个设计较好的启发式算法，往往能够得到（或接近）最优的解，同时具有相对低的时间复杂度，因此研究者提出了许多启发式路由算法。

智能优化路由算法（intelligent optimization routing algorithm）是将现存的智能优化算法应用于路由计算中产生的路由算法，主要是应用人工生命、群集智能算法（遗传算法（Genetic Algorithm，GA）、神经网络、蚂蚁算法等）来解决多约束 QoS 路由问题。

尽管目前关于基于人工生命及群集智能算法的多约束 QoS 路由算法的可借鉴成果较多，但是，对于目前这些算法的应用大多存在着收敛速度慢、易陷入局部最优等缺点。

3. 根据寻路（组播树）的节点所依靠的信息的精确程度，QoS 路由算法可以分为：刚性路由算法和柔性路由算法

刚性路由算法（rigid routing algorithm）是指完全获得网络节点的状态信息和用户 QoS 需求的路由算法。

柔性路由算法（flexible routing algorithm）是指网络节点状态信息不精确和用户 QoS 需求模糊情况下的路由算法。柔性包含两个方面的含义：其一，路由算法对网络节点状态信息的柔性，即在网络状态信息难以精确和完全表达的情况下，算法依然能够找到最优（或近优）路径（组播树）；其二，用户 QoS 需求的柔性，即用户的 QoS 需求往往是弹性的，QoS 参数属于某个区间即能满足用户要求。

近几年来，国际上针对 QoS 路由提出的大多数的算法大都是基于精确的网络状态信息，在 NGI 环境下，由于网络的动态性、难以获得的参数、不精确的计算、过时的信息、网络的信息聚合、异构网络中部分网络的信息隐蔽等[47,48]都将导致不精确信息的产生，使得 NGI 的网络状态难以精确表达。造成网络信息不精确的原因主要有以下几个方面：

（1）网络动态性

网络是动态的，不断有新的数据流产生，也不断有新的数据流终止；偶然产生的局部突发事件以及主机和网络的移动等都将带来网络状态信息的不断变化。

（2）难以得到的参数

网络的拓扑和资源的信息是通过一些广播链路状态信息的路由协议来收集得到的。但收集信息所使用的路由协议，如 OSPF，节点并不广播用于路由决策相关的全部信息，更多信息是通过网络管理系统如简单网络管理协议（Simple Network Management Protocol，SNMP）来收集，但这些机制只能起到有限的作用。而且，目前缺少实际的工具来提供 QoS 信息，如延迟、抖动等。

（3）不精确计算

计算链路状态参数主要是基于流量的方法和预测，得到的值通常为平均数或是范围，这必将产生不精确信息。例如,当前用来测量与相邻节点间的延迟的最直接的方法是向邻居节点发送一个 echo 报文,邻居节点收到后立即回传,得到一个消息的往返时间,再除以 2 就得到了两个节点间的延迟,但这仅是一个估计值,如果进行多次估计,那么将产生不同的结果。

（4）过时的信息

动态的参数,如延迟或链路利用率,受网络的影响很大。理想状态下,每个路由设备应该保留链路和节点的最新状态信息,以便用于路由决策。这又需要频繁地进行信息更新,但这是不现实的。在网络节点和链路的 QoS 参数值高度动态变化的环境下,最新参数值无法在指定的时间内发布到全网。实际上,网络的应用是对频繁更新和精确信息的一个折中。

（5）网络的信息聚合

在 NGI 下,为了减少资源消耗,简化节点的处理开销,也要使用信息聚合的概念,信息聚合程度越高,资源消耗就越少,但同时状态信息也就越不精确。

（6）异构网络中部分网络的信息隐蔽

当所有的路由设备在同一个网络下操作时,路由信息可以在节点间正常地交换。当不同的网络和私有网络互联时,出于保密或是协议不同的原因,它们并不广播所有的信息,而只公布其中的一部分。

基于以上因素,在 NGI 下,基于不精确状态信息的 QoS 路由显得格外重要。现存的大部分路由算法都属于刚性路由算法,随着网络规模的扩大化以及网络功能的复杂化,柔性路由算法必将拥有更为广阔的应用前景。

4. 根据寻路（组播树）的节点在计算过程中是否引入经济学模型,QoS 路由算法可以分为：经济学路由算法和非经济学路由算法

前面描述的大部分 QoS 组播路由算法仅仅是从寻找最优（或近优）路径（组播树）的角度出发进行路由计算的,很少或者根本没有考虑计算结果的公平性、经济性以及用户及网络提供方的效率等,所以它们都属于非经济学路由算法（no-economic routing algorithm）。

经济学路由算法（economic routing algorithm）是以在路由算法中引入经济学理论而进行路径（组播树）计算的。例如在算法设计过程中把微观经济学的相关理论应用于算法的求解中;应用博弈论的相关内容考虑各用户及网络提供方效用等。从考虑用户之间的公平性以及用户与网络提供方的公平性这两方面出发,引入经济学的相关知识来设计 QoS路由算法,所构建的路径（组播树）更趋于合理和适用。经济学路由算法是一个较新的研究方向。

2.4.3.4　QoS 单播路由算法

1. 源路由算法

文献[49]首先在网络拓扑中剪掉带宽不满足要求的链路,然后以延迟为权使用最短路径算法计算满足带宽约束且具有最短延迟的路径；文献[50]在路由算法中融入加权公平排队，使得带宽、延迟、延迟抖动、报文丢失率等不再彼此独立，进而将多目标优化的 QoS 路由问题转化为单一目标优化问题；在文献[51]中，提出了一种可在逐跳路由协议中使用的 K 近似算法，用来寻找多加性 QoS 参数约束路径。在文献[52]中，通过引入单一混成指标，将多个 QoS 约束条件进行有机融合，进而进行 QoS 路由问题求解。

2. 分布式路由算法

文献[53]提出了分布式延迟受限单播路由算法，主要考虑链路延迟和代价两个因素，通过构造延迟和代价向量，完成路由计算；文献[54]提出了一种混合分布式延迟受限单播路由算法，通过将局部链路状态信息和全局二元连通性信息融合在一起，借助于文中提出的路径可行性预测不平等模型对路径的可行性进行预测，利用回溯机制得到可行性路径；文献[55]提出了基于探测（Probing）的分布式路由算法。这种算法的基本思想是沿多条路径为业务发送寻路探测包，接收到探测包的节点，向多个节点转发该探测包，每个探测包负责搜集所经路径的状态信息。目的节点收到探测包后，沿选定路由反向发送确认包，选定路径上每个节点通过收到的确认包获知该节点在所选路径上的下一跳节点。算法不需要每个节点都保存全网状态信息，计算开销小。

3. 分层路由算法

文献[56]提出了一种在下一代光网络环境下的域内分层路由算法，在考虑两种可加度量参数（信噪比损耗和路径代价）的基础上，确定了网络路径对 QoS 参数的支持情况，在连接请求到来的情况下，寻找满足 QoS 约束的路径，同时追求所需波长转换器个数最少。针对无线传感器网络拓扑动态、能量受限等具体特点，文献[57]在考虑了节点的剩余能量、数据聚合度和节点覆盖的监测范围的基础上，提出了一种 k 级可扩展的低能耗本地化聚簇层次路由算法，用以延长无线传感器网络节点的生存时间。文献[58]基于专用网间接口（Private Network-to-Network Interface，PNNI）协议，提出了一种智能计算方法——增强学习算法，用于解决分层 ATM 网络路由优化问题，算法在保证每个连接的 QoS 约束的前提下，追求网络收益的最大化。

4. 确定性路由算法

前已述及，由于 QoS 路由问题经常是 NP-Complete 问题，所以很少有采用确定性算法进行路由求解。应用穷举搜索（exhaust search）进行路由计算的算法属于确定性路由算法。

5. 启发式路由算法

文献[59]提出了粒度受限启发式算法，限制最优路径数目，对于 α 约束问题，将（$\alpha -1$）种度量映射到（$\alpha -1$）个有限集，降低算法复杂度。文献[60]将 QoS 度量定义成与路径有关的随机非负变量，分为敏感型和非敏感型两种，简化路由寻优计算。在文献[61]中，把 QoS 指标平均和广度优先搜索相结合来求解多 QoS 约束路由。文献[62]提出了基于双向搜索的分层路由启发式算法，算法首先分别建立了从源节点和目的节点到各个中间节点的可达路径集,然后对路径进行过滤,进而通过邻接矩阵变换得到从源节点至目的节点的可达路径集,最后根据文献中提出的非线性启发式优化选择函数从可选路径集中选择最优路径。

6. 智能优化路由算法

在文献[63－66]中,分别把遗传算法、蚁群算法、模拟退火算法和粒子群优化算法等智能优化算法用于 QoS 路由求解,寻找最优(近优)路由。

7. 刚性路由算法

当路由计算过程中没有考虑网络的柔性(网络状态信息难以精确和完全表达,进而导致链路所能够提供的 QoS 支持的柔性)以及用户 QoS 需求的柔性等方面因素的情况下,所设计的路由算法属于刚性路由算法,文献[49－64]所设计的路由算法均属于刚性路由算法。

8. 柔性路由算法

文献[67]在考虑 IP 网络大量不精确信息存在的情况下,通过计算从源节点到目的节点满足延迟约束的最小概率和满足带宽约束的最小概率,分别设计出延迟优先带宽满足和带宽优先延迟满足算法,在保证给定时间复杂度的前提下追求路径选择成功率最高。文献[68]在考虑不精确网络状态信息和模糊 QoS 约束的前提下,设计了通用模糊约束模型,改进了经典的 Ford-Moore-Bellman 算法,进而寻求单播最优路径。在文献[69]中,针对不精确信息下多加性 QoS 约束路径问题,采用模糊逻辑从一组候选路径中选择符合要求的 QoS 路由。

9. 非经济学路由算法

文献[49－65]所设计的路由算法均没有考虑计算结果公平性、经济性以及用户及网络提供方的效率等,因此,它们都属于非经济学路由算法。

10. 经济学路由算法

文献[70]实现了一种基于博弈论方法的模糊 QoS 单播路由机制。该机制由边评判、博弈分析和选路组成,通过适合隶属度函数对边做出模糊综合评判,通过博弈分析确定网络提供方与用户在边上的效用能否达到 Nash 均衡态,通过启发式选路算法使得在找到的路径上不仅用户的 QoS 需求得到满足,而且双方的端到端效用达到或接近 Nash 均衡下的Pareto 最优。文献[71]设计了一种 ABC(Always Best Connected)支持型 QoS 单播路由机制。采用区间描述用户柔性 QoS 需求,使用边适合隶属函数适应链路状态不精确,引入边带宽定价、边评判和路径评价,基于蜂群算法,寻找使用户与网络提供方效用达到或接近Nash 均衡下 Pareto 最优的 QoS 单播路径。

2.4.3.5　QoS 单播路由算法实例

随着网络技术的飞速发展,NGI 很可能发展成为地面网与空天网、固定网与移动网等异构多段多提供方网络融合而成的一体化网络,出现主干和接入链路多样化的局面。在通信端到端路径上,每一跳都可能存在多种不同类型链路供用户选择,从而使得在通信开始时和进行期间支持用户对 NGI 的总最佳连接 ABC 成为可能,实现 QoS 全局无缝漫游。

ABC 意味着用户在任何时间和任何地点都可以获得当前最佳可用连接,通过当前最佳方式使用 NGI,而且每当有更好的连接方式出现时就可以自适应透明切换。然而,"最佳"本身就是一个模糊概念,依赖很多因素(如用户 QoS 需求、愿付费用、偏爱、终端能力、接入点可用情况等)。在网络运营日益商业化的环境下,ABC 也不是用户一厢情愿的事,需要兼顾用户和网络提供方利益,支持双方效用共赢。此外,NGI 组成部分的异构与动态、终端乃至网络移动等的影响和信息传递不可避免的时延及其不确定性等,都导致路由所依赖的链路状态信息难以精确测量。另一方面,用户 QoS 需求受主观因素影响较大,难以准确表达,需要体现一定柔性。这些都使 ABC 支持型 QoS 路由变得非常复杂。

为此,引入模糊数学、概率论和博弈论知识,文献[72]给出了一种 ABC 支持型 QoS 单播路由机制。该机制采用区间形式描述用户 QoS 需求和边(链路)参数,引入用户满意度和边评价,通过博弈分析,基于人工鱼群算法,寻找使用户和网络提供方效用达到或接近 Nash 均衡下 Pareto 最优的 QoS 单播路径。

1. 问题描述

(1) 网络模型与路由请求

网络建模为图 $G(V,E)$,V 是节点集,E 是边集。$\forall v_i,v_j \in V(i,j=1,2,3,\cdots,|V|)$,其间可能存在多条边。为简单起见,把节点参数归并到边参数中。$\forall e_l \in E$,考虑如下参数:网络提供方编号 N_{l_p}、可用带宽 $[Bw_{l_L},Bw_{l_H}]$、延迟 $[Dl_{l_L},Dl_{l_H}]$、出错率 $[Ls_{l_L},Ls_{l_H}]$、带宽单位成本 ct_l。用户 QoS 单播路由请求表示为 $<v_s,v_d,[bw\_rq_L,bw\_rq_H],[dl\_rq_L,dl\_rq_H],[ls\_rq_L,ls\_rq_H],P_u>$,其元素依次代表源节点、目的节点、带宽、延迟、出错率需求区间和愿付费用上限。采用区间形式表示带宽、延迟和出错率是为了适应边(链路)参数值的难以精确测量和用户 QoS 需求的难以准确表达。

(2) 边参数概率与用户满意度

e_l 向用户提供带宽 bw_l 的概率 G_{B_l} 与用户对在 e_l 上实际得到带宽 bw_l 的满意度 S_{B_l} 分别定义如下:

$$G_{B_l} = \begin{cases} 1, & bw_l \leqslant Bw_{l_L} \\ \left(\dfrac{Bw_{l_H} - bw_l}{Bw_{l_H} - Bw_{l_L}}\right)^k, & Bw_{l_L} < bw_l < Bw_{l_H} \\ \varepsilon, & bw_l = Bw_{l_H} \\ 0, & bw_l > Bw_{l_H} \end{cases} \qquad (2-6)$$

$$S_{B_l} = \begin{cases} 1 & bw_l \geqslant bw\_rq_H \\ e^{-\left(\frac{bw\_rq_H - bw_l}{bw_l - bw\_rq_L}\right)^2} & bw\_rq_L < bw_l < bw\_rq_H \\ \varepsilon & bw_l = bw\_rq_L \\ 0 & bw_l < bw\_rq_L \end{cases} \qquad (2-7)$$

G_{B_l} 的定义表明,越接近边可用带宽区间下限,则边越可能向用户提供此带宽;S_{B_l} 的定义表明,越接近用户带宽需求区间上限,则用户对从边实际得到的带宽越满意。

设延迟取值在 $[Dl_{l_L}, Dl_{l_H}]$ 上均匀分布,则 e_l 的延迟等于 dl_l 的概率 G_{D_l} 和用户对在 e_l 上实际经历延迟 dl_l 的满意度 S_{D_l} 分别定义如下:

$$G_{D_l} = \begin{cases} \dfrac{1}{Dl_{l_H} - Dl_{l_L}} & Dl_{l_L} \leqslant dl_l \leqslant Dl_{l_H} \\ 0 & \text{其他} \end{cases} \qquad (2-8)$$

$$S_{D_l} = \begin{cases} 1 - e^{-\left(\frac{dl\_rq_H - dl_l}{dl_l}\right)^2} & dl_l < dl\_rq_H \\ \varepsilon & dl_l = dl\_rq_H \\ 0 & dl_l > dl\_rq_H \end{cases} \qquad (2-9)$$

设出错率取值在 $[Ls_{l_L}, Ls_{l_H}]$ 上均匀分布,则 e_l 的出错率等于 ls_l 的概率 G_{L_l} 和用户对在 e_l 上实际经历出错率 ls_l 的满意度 S_{L_l} 分别定义如下:

$$G_{L_l} = \begin{cases} \dfrac{1}{Ls_{l_H} - Ls_{l_L}} & Ls_{l_L} \leqslant ls_l \leqslant Ls_{l_H} \\ 0 & \text{其他} \end{cases} \qquad (2-10)$$

$$S_{L_l} = \begin{cases} 1 - e^{-\left(\frac{ls\_rq_H - ls_l}{ls_l}\right)^2} & ls_l < ls\_rq_H \\ \varepsilon & ls_l = ls\_rq_H \\ 0 & ls_l > ls\_rq_H \end{cases} \qquad (2-11)$$

G_{D_l} 和 G_{L_l} 的定义表明,边在延迟区间和出错率区间各点取值机会均等;S_{D_l} 和 S_{L_l} 的定义表明,越接近用户延迟和出错率需求区间的下限,则用户对在边实际经历的延迟和出错率越满意。

在上述定义中,$k > 0$,ε 是远小于 1 的正纯小数。

(3) 边评价

边评价函数表征边对用户 QoS 需求的适合隶属度。设用户在 e_l 上实际占用带宽、实际经历延迟和实际经历出错率分别为 bw_l、dl_l 和 ls_l,则定义 bw_l、dl_l 和 ls_l 对用户带宽、延迟和出错率需求的适合隶属度函数即边带宽、延迟和出错率评价函数 E_{B_l}、E_{D_l} 和 E_{L_l} 如下:

$$E_{B_l} = S_{B_l} \cdot G_{B_l} \qquad (2-12)$$

$$E_{D_l} = S_{D_l} \cdot G_{D_l} \qquad (2-13)$$

$$E_{L_l} = S_{L_l} \cdot G_{L_l} \tag{2-14}$$

上述定义表明,带宽、延迟和延迟抖动在一条边上实际取某值的概率越高,用户对在该边上取该值的满意度越大,则该边越满足用户的 QoS 需求。

定义边质量综合评价函数 E_{C_l} 如下:

$$E_{C_l} = \alpha_B \cdot E_{B_l} + \alpha_D \cdot E_{D_l} + \alpha_L \cdot E_{L_l} \tag{2-15}$$

其中,α_B、α_D 和 α_L 分别代表带宽、延迟和出错率对用户 QoS 需求的相对重要性,$0 \leqslant \alpha_B, \alpha_D,$ $\alpha_L \leqslant 1$,$\alpha_B + \alpha_D + \alpha_L = 1$。$E_{C_l}$ 反映了用户对 e_l 提供的 QoS 的满意度。

(4) 博弈分析

带宽定价由基价和浮动价组成,前者根据边的网络提供方确定,不参加博弈;后者根据边的延迟和出错率通过用户和网络提供方博弈确定。表 2.4 是边延迟与出错率同带宽浮动价之间的对照关系。例如,若 e_l 的延迟与出错率分别位于 $[Dl_1, Dl_2]$ 和 $[Ls_1, Ls_2]$,则 $<PF_{l1}^{11}, PF_{l2}^{11}, \cdots, PF_{lm}^{11}>$ 是与之对应的 m 组带宽浮动价。

用户有 n 种策略,表示为 $<bw_{l1}, bw_{l2}, \cdots, bw_{ln}>$,$bw_{lx}$ 表示用户在第 x 种策略下在 e_l 上实际占用的带宽。网络提供方有 m 种策略,表示为 $<PB_l + PF_{l1}^{11}, PB_l + PF_{l2}^{11}, \cdots, PB_l + PF_{lm}^{11}>$,对应在 e_l 上不同质量下的 m 套带宽定价,其中,PB_l 是网络提供方在 e_l 上的带宽基价。

在策略对 $<bw_{lx}, PB_l + PF_{ly}^{ij}>$ 下,用户因使用 e_l 的带宽而支付的费用 EP_{xy}^l 和网络提供方因向用户提供带宽而承担的成本 CT_{xy}^l 分别计算如下:

$$EP_{xy}^l = (PB_l + PF_{ly}^{ij}) \cdot bw_{lx} \tag{2-16}$$

表 2.4　边的延迟与出错率同带宽浮动价对照关系

出错率 ＼ 延迟	$[Dl_1, Dl_2]$	$[Dl_2, Dl_3]$	...	$[Dl_r, Dl_{r+1}]$
$[Ls_1, Ls_2]$	$<PF_{l1}^{11}, PF_{l2}^{11}, \cdots, PF_{lm}^{11}>$	$<PF_{l1}^{12}, PF_{l2}^{12}, \cdots, PF_{lm}^{12}>$	...	$<PF_{l1}^{1r}, PF_{l2}^{1r}, \cdots, PF_{lm}^{1r}>$
$[Ls_2, Ls_3]$	$<PF_{l1}^{21}, PF_{l2}^{21}, \cdots, PF_{lm}^{21}>$	$<PF_{l1}^{22}, PF_{l2}^{22}, \cdots, PF_{lm}^{22}>$	...	$<PF_{l1}^{2r}, PF_{l2}^{2r}, \cdots, PF_{lm}^{2r}>$
...	...	...	...	...
$[Ls_r, Ls_{r+1}]$	$<PF_{l1}^{r1}, PF_{l2}^{r1}, \cdots, PF_{lm}^{r1}>$	$<PF_{l1}^{r2}, PF_{l2}^{r2}, \cdots, PF_{lm}^{r2}>$	...	$<PF_{l1}^{rr}, PF_{l2}^{rr}, \cdots, PF_{lm}^{rr}>$

$$CT_{xy}^l = bw_{lx} \cdot ct_l \tag{2-17}$$

定义用户和网络提供方在 e_l 上的效用矩阵为 $[<uu_{xy}^l, nu_{xy}^l>]_{n \times m}$,矩阵的 n 行与 m 列分别对应用户和网络提供方的 n 种与 m 种博弈策略,则在 $<bw_{lx}, PB_l + PF_{ly}^{ij}>$ 下用户和网络提供方在 e_l 上的效用 uu_{xy}^l 和 nu_{xy}^l 分别计算如下:

$$uu_{xy}^{l} = \frac{CT_{xy}^{l} \cdot E_{C_l}}{EP_{xy}^{l}} \tag{2-18}$$

$$nu_{xy}^{l} = \frac{EP_{xy}^{l} - CT_{xy}^{l}}{CT_{xy}^{l}} \tag{2-19}$$

上述定义表明,用户对所用边的质量的综合评价越高,用户因使用该边而实际付出的费用越接近网络提供方因提供该边而实际承担的成本(即用户被网络提供方实际赚取的利润越低),则用户效用越高;网络提供方因提供该边而实际从用户赚取的利润越高,实际承担的成本越低,则网络提供方效用越高。

假设图中的边(即网络中的链路)是由 Q 个网络提供方提供的,则用户和第 h 个网络提供方在路径 P 上的效用分别计算如下:

$$UU_P = \sum_{e_l \in P} uu_{xy}^{l} \tag{2-20}$$

$$NU_P^h = \sum_{e_l \in P \wedge N_{l_p} = h} nu_{xy}^{l} \tag{2-21}$$

效用对 $< uu_{xy}^{l}, nu_{xy}^{l} >$ 在 e_l 上的 Pareto 优势定义如下:

$$PD_{xy}^{l} = \beta_u \cdot \frac{1}{uu_{xy}^{l}} + \beta_n \cdot \frac{1}{nu_{xy}^{l}} \tag{2-22}$$

在式(2-22)中,β_u 和 β_n 分别代表对用户和网络提供方效用的倾斜权值,$0 \leqslant \beta_u, \beta_n \leqslant 1$,$\beta_u + \beta_n = 1$。$PD_{xy}^{l}$ 值越小,双方效用越大且越均衡,对应的策略对越能使双方效用 Pareto 最优。

在边上博弈的目的是通过确定最佳策略对使双方效用达到或接近 Nash 均衡下的 Pareto 最优。在 $[< uu_{xy}^{l}, nu_{xy}^{l} >]_{n \times m}$ 中达到 Nash 均衡的 $< uu_{x^* y^*}^{l}, nu_{x^* y^*}^{l} >$ 应该满足:

$$\begin{cases} uu_{x^* y^*}^{l} \geqslant uu_{xy^*}^{l} & x = 1, 2, \cdots, n \\ nu_{x^* y^*}^{l} \geqslant nu_{x^* y}^{l} & y = 1, 2, \cdots, m \end{cases} \tag{2-23}$$

在 $[< uu_{xy}^{l}, nu_{xy}^{l} >]_{n \times m}$ 中,若只有一个这样的 $< uu_{x^* y^*}^{l}, nu_{x^* y^*}^{l} >$ 存在,则把其作为用户和网络提供方最佳策略对。若存在多个这样的 $< uu_{x^* y^*}^{l}, nu_{x^* y^*}^{l} >$ 或不存在这样的 $< uu_{x^* y^*}^{l}, nu_{x^* y^*}^{l} >$,则进一步比较 Pareto 优势,选择与 PD_{xy}^{l} 最小值对应的策略对作为最佳策略对(若有多对,则任选其一)。

(5) 数学模型

本文模式的目标是在满足用户 QoS 需求的前提下使双方效用在所选路径上达到或接近 Nash 均衡下的 Pareto 最优,数学描述如下:

$$\max\{UU_P\}, \tag{2-24}$$

$$\max\{NU_P^h\}, \tag{2-25}$$

$$\max\left\{ UU_P + \sum_h NU_P^h \right\}, \tag{2-26}$$

得到
$$Bw_P \geqslant bw\_rq_L, \qquad (2-27)$$
$$Dl_P \leqslant dl\_rq_H, \qquad (2-28)$$
$$Ls_P \leqslant ls\_rq_H, \qquad (2-29)$$
$$EP_P \leqslant P_u \qquad (2-30)$$

这里,路径 P 的可用带宽 Bw_P、延迟 Dl_P、出错率 Ls_P 和用户支付的费用 EP_P 分别计算如下:

$$Bw_P = \min\{bw_l \mid e_l \in P\} \qquad (2-31)$$

$$Dl_P = \sum_{e_l \in P} dl_l \qquad (2-32)$$

$$Ls_P = 1 - \prod_{e_l \in P}(1 - ls_l) \qquad (2-33)$$

$$EP_P = \sum_{e_l \in P} EP_{xy}^l \qquad (2-34)$$

2. 算法设计

人工鱼群算法是一种模拟鱼群行为的群体智能方法。它主要模拟鱼的觅食、聚群和追尾行为,通过人工鱼个体局部寻优,达到在人工鱼群中突现全局最优。基于人工鱼群的 QoS 单播路由算法描述如下。

(1) 解的表达、生成和适值函数

算法设计中,人工鱼对应问题解即 QoS 单播路径,采用向量表示形式,组成路径的边按从源到目的地的方向依次作为向量元素。采用如下随机路径算法生成初始解。

步骤 1:当前访问节点 $N_c = v_s$,上次访问节点 $N_p = \text{Null}$,将 N_p 压栈;标记图中所有节点状态均为"未访问"。

步骤 2:若 $N_c = \text{Null}$,则失败结束;若 $N_c \neq v_d$,则转步骤 3,否则转步骤 5。

步骤 3:置 N_c 状态为"已访问"。若 N_c 的所有相邻节点都处于"已访问"状态,则弹出栈顶元素给 N_p,$N_c = N_p$,转步骤 2。

步骤 4:从 N_c 的相邻节点中任选一处于"未访问"状态的节点 N_n;从 N_c 与 N_n 之间的边中任选一条作为从 v_s 到 v_d 路径的组成边;将 N_c 压栈,$N_c = N_n$,转步骤 2。

步骤 5:若路径满足式(2-27)-式(2-30),则把其作为初始解,成功结束;否则,失败结束。

与人工鱼 f_k 对应的解的适值函数定义如下:

$$FT(f_k) = \sum_{e_l \in P} PD_{xy}^l \qquad (2-35)$$

显然,适值越小,解越优。

(2) 人工鱼距离、行为及其选择

两条人工鱼 f_k 和 f_v 间的距离定义如下:

$$d(k,v) = \| f_k - f_v \| \qquad\qquad (2-36)$$

式 $(2-36)$ 表示在与 f_k 和 f_v 对应的向量中有 $d(k,v)$ 对分量不相同。将 f_k 中这样的分量即边的集合记为 $D_k(k,v)$。

设 VD_k 表示 f_k 的感知距离,则满足 $d(k,v) < VD_k$ 的所有 f_v 构成 f_k 的邻域。S_p 表示人工鱼移动步长,θ 表示拥挤度因子。f_k 觅食行为描述如下:

步骤 1:设定 CN,$C_n = 0$。

步骤 2:对 f_k,在其邻域内任选一 f_v。

步骤 3:若 $FT(f_v) \geqslant FT(f_k)$,则转步骤 4,否则 f_k 向 f_v 方向移动一步:随机产生整数 $s(1 \leqslant s \leqslant S_p)$,若 $s > d(k,v)$,则 $s = d(k,v)$;在 $D_k(k,v)$ 中任选 s 条边进行变换,使其与 f_v 中的对应边相同,觅食行为结束。

步骤 4:$C_n = C_n + 1$。若 $C_n < CN$,则转步骤 2;否则,f_k 随机移动一步:随机产生整数 $s(1 \leqslant s \leqslant S_p)$,在 f_k 中任选 s 条边进行随机变换,觅食行为结束。

f_k 聚群行为描述如下。

步骤 1:确定 f_k 邻域内所有人工鱼组成的集合 R_k。

步骤 2:确定 R_k 的中心位置 $f_c = (e_1^c, e_2^c, \cdots, e_n^c)$,其中,$e_x^c$ 是 R_k 中的人工鱼在第 x 个分量上使用最多的边(若有多条这样的边,则任选其一)。

步骤 3:若 $(FT(f_c) / | R_k |) < FT(f_k) \cdot \theta$,则 f_k 向 f_c 方向移动一步,方法同觅食行为步骤 3;否则,执行觅食行为。聚群行为结束。

f_k 追尾行为描述如下。

步骤 1:从 R_k 中选出适值最小的 f_v(若有多个,则任选其一),$f_{min} = f_v$,$FT_{min} = FT(f_v)$。

步骤 2:确定与 f_{min} 对应的 R_{min}。若 $(FT_{min} / | R_{min} |) < FT(f_k) \cdot \theta$,则 f_k 向 f_{min} 方向移动一步,方法同觅食行为步骤 3;否则,执行觅食行为。追尾行为结束。

行为选择采用试探法,即对 f_k 分别模拟执行觅食、聚群和追尾行为,得到 f_{k_p}、f_{k_s} 和 f_{k_f}:若 f_{k_p}、f_{k_s} 或 f_{k_f} 对应的路径不连通,则 $FT(f_{k_p})$、$FT(f_{k_s})$ 或 $FT(f_{k_f})$ 置为正无穷大;若 f_{k_p}、f_{k_s} 或 f_{k_f} 对应的路径存在环路,则去环;若 f_{k_p}、f_{k_s} 或 f_{k_f} 对应的路径不满足式 $(2-27)$ ~ 式 $(2-30)$,则 $FT(f_{k_p})$、$FT(f_{k_s})$ 或 $FT(f_{k_f})$ 置为正无穷大;若 $FT(f_{k_p})$、$FT(f_{k_s})$ 和 $FT(f_{k_f})$ 三者不全为正无穷大,则选择执行与最小适值对应的行为。

(3)算法流程

步骤 1:设定人工鱼群规模 N,根据上面(1)中描述生成 N 条人工鱼。对每条 f_k,设定 VD_k、S_p 和 θ。

步骤 2:对每条 f_k,根据式 $(2-35)$ 计算 $FT(f_k)$,记当前适值最小的 f_k 为 f_k^*。

步骤 3:设定迭代次数 I,$j = 1$。

步骤 4:对每条 f_k,根据上面(2)中描述执行选定的行为,若 $FT(f_k) < FT(f_k^*)$,则 $k^* = k$。

步骤 5：若 $j = I$，则把 f_k^* 作为问题解，结束；否则，$j = j + 1$，转步骤 4。

3. 仿真实现与性能评价

基于 NS2（Network Simulator 2）仿真实现了上述路由机制。仿真时，在路径每一跳上都有卫星、蜂窝和固网 3 个不同网络提供方提供的链路供选择，在多个实际和虚拟网络拓扑上仿真运行本文机制、基于博弈论方法的模糊 QoS 单播路由机制[57]（同本机制相比，该机制考虑了链路状态不精确和效用双赢，但未考虑不精确用户 QoS 需求，也未考虑对 ABC 的支持）以及基于 Dijkstra 算法的单播路由机制（以下分别简称 A 机制、G 机制和 D 机制）。仿真时主要参数取值如下：$k = 2$，$\varepsilon = 0.001$；$\alpha_B = \alpha_D = \alpha_L = 0.333$，表示带宽、延迟和出错率在用户 QoS 需求中同等重要；$\beta_u = \beta_n = 0.5$，表示在选路时既不向网络提供方效用倾斜也不向用户效用倾斜；$VD_k = 5$，$S_p = 3$，$\theta = 0.618$。

表 2.5 是三种机制在 CERNET2 拓扑（拓扑 1）、CERNET 拓扑（拓扑 2）、GÉANT 拓扑（拓扑 3）和使用 Waxman2 模型生成的平均节点度数为 3.5 的拓扑（拓扑 4）上的性能比较结果。

表 2.5　性能比较

指标 ＼ 拓扑	拓扑 1 A∶G∶D	拓扑 2 A∶G∶D	拓扑 3 A∶G∶D	拓扑 4 A∶G∶D
QoS 路由请求成功率	0.950∶0.801∶0.720	0.900∶0.742∶0.684	0.928∶0.803∶0.714	0.912∶0.820∶0.701
用户效用	0.347∶0.312∶0.299	0.353∶0.330∶0.301	0.362∶0.335∶0.304	0.382∶0.357∶0.321
卫星提供方效用	0.158∶0.152∶0.146	0.162∶0.154∶0.148	0.160∶0.152∶0.146	0.163∶0.154∶0.145
蜂窝提供方效用	0.175∶0.165∶0.157	0.186∶0.176∶0.154	0.194∶0.178∶0.157	0.200∶0.184∶0.158
固网提供方效用	0.170∶0.158∶0.154	0.184∶0.169∶0.158	0.186∶0.171∶0.155	0.189∶0.176∶0.156
网络提供方总效用	0.503∶0.475∶0.457	0.532∶0.499∶0.460	0.540∶0.501∶0.458	0.552∶0.514∶0.457
综合效用	0.850∶0.787∶0.756	0.885∶0.829∶0.761	0.902∶0.836∶0.762	0.934∶0.871∶0.778
Nash 均衡下 Pareto 最优比	0.912∶0.628∶0.171	09221∶0.743∶0.199	0.938∶0.725∶0.183	0.954∶0.750∶0.176

这里，QoS 路由请求成功率系指成功完成 QoS 路由的请求数占 QoS 路由请求总数的百分比，Nash 均衡下 Pareto 最优比系指达到 Nash 均衡下 Pareto 最优的解占找到的解总数的百分比。从表 2.5 可以看出，该机制的性能更好。此外，G 机制和 D 机制的时间复杂度均为 $O(n^2)$，n 为图上节点个数；该机制基于人工鱼群这一群体智能优化算法，仿真实验时最多经过 25 次迭代即可收敛到最优解，因此，在网络规模较大即 n 较大时，该机制有一定优势。

本 章 小 结

　　QoS 是 NGI 中的共性基础技术之一。本章涵盖了 QoS 基本概念和 QoS 体系结构中的大部分内容,包括三种 QoS 控制模型和两种 QoS 信令协议。

　　本章随后讲述了 QoS 路由的知识,包括 QoS 路由协议和 QoS 路由算法。在讲述基础知识的基础上,本章还分别给出了一个支持 QoS 的路由协议和一个支持 QoS 的路由算法的具体设计,意在用实例加深读者对 QoS 知识的理解。

　　下一章将对 NGI 中的另一个共性基础技术——组播的知识进行介绍。

习　　题

1. 什么是 QoS?

2. 传统的 Internet 上数据报文传输中存在哪些问题?

3. QoS 的度量参数有哪些?

4. 请给出具备下述性质的 QoS 度量参数的形式化公式描述:凹性度量参数、加性度量参数、乘性度量参数。

5. QoS 控制模型有哪三种?

6. IntServ 流中定义了三种类型的服务,是哪三种? 请分别给出其含义。

7. DiffServ 体系模型的核心思想是什么?

8. 什么是 Internet 流量工程?

9. MPLS 流量工程实现的步骤是什么?

10. 请给出两种 QoS 信息协议。

11. 什么是 QoS 路由? QoS 路由的两个基本目标是什么?

12. NGI 中 QoS 路由需要解决的难点有哪些?

13. QoS 路由协议分为哪两类? 分别包括哪些协议?

14. ITU 给出的 QoS 体系结构由哪些功能组成?

15. 请论述 QoS 的“端到端”特性。

参 考 文 献

[1] http://en.wikipedia.org/wiki/Qos.

[2] 林闯,单志广,任丰原. 计算机网络的服务质量(QoS)[M]. 北京:清华大学出版社,2004.

[3] MATHY L, EDWARDS C. The Internet: a global telecommunications solution [J]. IEEE Network, 2000, 14(4):46-57.

[4] CHAKRABARTI A, MANIMARAN G. Reliability constrained routing in QoS networks[J]. IEEE/ACM Transactions on Networking, 2005, 13(3): 662-674.

［5］ 徐恪，吴建平，徐明伟. 高等计算机网络：体系结构、协议机制、算法设计与路由器技术［M］. 北京：机械工业出版社，2008.

［6］ 刘韵洁，张云勇，张智江. 下一代网络服务质量技术［M］. 北京：电子工业出版社，2005.

［7］ WANG X W, ZHAO H, ZHU J K. Development and implementation of group remote procedure call mechanism［C］. Proceedings of 3th ICYCS, 1993：755 – 758.

［8］ COCHENNEC Y. Activities on next-generation networks under global information infrastructure in ITU-T［C］. IEEE Communications Magazine, 2002, 40（7）：98 – 101.

［9］ 周文安，冯瑞军，刘露等. 异构/融合网络的 QoS 管理与控制技术［M］. 北京：电子工业出版社，2009.11.

［10］ HENSHALL J, SHAW S. OSI explained：end-to-end computer communication standards［S］. Ellis Horwood, 1998.

［11］ 郎为民. 下一代网络技术原理与应用［M］. 北京：机械工业出版社，2006.

［12］ SHENKER S, WROCLAWSKI J, XEROX P. Network element service specification template［S］. IETF RFC 2216, 1997.

［13］ http://www. atmforum. com/.

［14］ ITU-T Y. 1291. An architectural framework for support of Quality of Service（QoS）in packet networks ［S］. 2004.5.

［15］ BARDEN R, CLARK D, SHENKER S. Intergrated services in the Internet architecture：An overview ［S］. IETF RFC 1633, 1994.6.

［16］ SHENKER S, PARTRIDGE C, GUERIN R. Specification of guaranteed quality of service［S］. IETF RFC 2212, 1997.9.

［17］ WROCLAWSKI J. Specification of the controlled-load network element service［S］. IETF RFC 2211, 1997.9.

［18］ FRED B, CAROL I, FRANCOIS F, et al. Aggregation of RSVP for IPv4 and IPv6 reservations［S］. IETF Internet Draft, 1999.6.

［19］ BERNET Y, YAVATKAR R, FORD P, et al. A framework for use of RSVP with diff-serv networks ［S］. IETF Internet Draft, 1998.11.

［20］ CARLSON M, WEISS W, BLAKE S, et al. An architecture for differentiated services［S］. IETF RFC 2475, 1998.12.

［21］ ROSEN E, VISWANATHAN A, CALLON R. Multiprotocol label switching architecture［S］. IETF RFC 3031, 2001.1.

［22］ IRWIN L. The MPLS FAQ, http://www. mplsrc. com/mplsfaq. shtml.

［23］ AWDUCHE D, MALCOLM J, AGOGBUA M, et al. Requirement for traffic engineering over MPLS ［S］. IETF RFC 2702, 1999.9.

［24］ K. ISHIGURO, V. MANRAL. Traffic Engineering Extensions to OSPF Version 3［S］. IETF RFC 5329, 2008.9.

［25］ T. LI, H. SMIT. IS-IS Extensions for Traffic Engineering［S］. IETF RFC 5305, 2008.9.

［26］ 荆瑞泉. 分组传送网技术发展中的若干问题［J］. 中兴通讯技术，2010.3.

[27] BRYANT S, ANDERSSON L. Joint Working Team (JWT) Report on MPLS Architectural Considerations for a Transport Profile[S]. IETF RFC5317, 2009.2.

[28] IETF MPLS Workgroup. http://datatracker.ietf.org/wg/mpls/. 2010.12.

[29] NIVEN-JENKINS B, BRUNGARD D, BETTS M, et al. Ueno. Requirements of an MPLS Transport Profile [S]. IETF RFC5654. 2009.09.

[30] VIGOUREUX M, WARD D, BETTS M. Requirements for Operations, Administration, and Maintenance (OAM) in MPLS Transport Networks [S]. IETF RFC5860. 2010.05.

[31] BOCCI M, BRYANT S, LEVRAU L. A framework for MPLS in transport networks [S]. IETF RFC5921. 2010.07.

[32] YAU Y, LAM S. Migrating Sockets-End System Support for Networking with Quality of Service Guarantees[J]. IEEE Transactions on Networking, 1998, 6(6): 700 – 716.

[33] BRADEN R, ZHANG L, BERSON S, et al. Recource ReSerVation Protocol function specification[S]. IETF RFC 2205, 1997.9.

[34] WROCLAWSKI J. The Use of RSVP with IETF Integrated Services[S]. IETF RFC 2210, 1997.9.

[35] IETF NSIS Workgroup. http://datatracker.ietf.org/wg/mpls/. 2011.01.

[36] Schulzrinne H, Hancock R. GIST: General Internet Signalling Transport [S]. IETF RFC5971. 2010.10.

[37] TSENOV T, TSCHOFENIG H, FU X, et al. General Internet Signaling Transport (GIST) State Machine[S]. IETF RFC5972. 2010.10.

[38] FU X, DICKMANN C, CROWCROFT J. General Internet Signaling Transport (GIST) over Stream Control Transmission Protocol (SCTP) and Datagram Transport Layer Security (DTLS) [S]. IETF RFC6084. 2011.2.

[39] MANNER J, KARAGIANNIS G, MCDONALD A. NSIS Signaling Layer Protocol (NSLP) for Quality-of-Service Signaling[S]. IETF RFC5974. 2010.10.

[40] GABRIELA. NSIS for NS2. http://eden.dei.uc.pt/~gabriela/modules_announce/nsis-sim.pdf.

[41] 刘积仁, 王兴伟, 张应辉. 分布式多媒体系统通信平台及若干相关技术问题的探讨[J]. 电子学报, 1997, 25(11): 54 – 59.

[42] CRAWLEY E, NAIR R, SANDICK, H. A framework for QoS-based routing in the Internet[S]. IETF RFC 2386, 1998.8.

[43] MURTHY R, MANIMARAN G. Resource management in real-time systems and network [M]. Cambridge, MA: MIT Press, 2001.

[44] 王兴伟, 李雪娇, 黄敏等. 一种面向 SON 的单播路由协议[J]. 东北大学学报(自然科学版), 2010, 31(4): 498 – 502.

[45] LISTANTI M, CIANFRANI A. Switching time measurement and optimization issues in GNU quagga routing software[J]. IEEE Global Telecommunications Conference, 2005, 2(1): 727 – 732.

[46] YANNUZZI M, MASIP-BRUIN X, BONAVENTURE O. Open issues in interdomain routing: A survey [J]. IEEE Network, 2005: 49 – 56.

[47] LORENZ H, ORDA A. QoS routing in networks with uncertain parameters [J]. IEEE/ACM

Transactions on Networking, 1998, 6(6): 768 – 778.

[48] AKIKI T, TETSUO K. A design and operation model for agent-based flexible distributed system[C]. Proceedings of the IEEE/WIC/ACM International Conference on Intelligent Agent Technology (IAT′06), 2006:57 – 65.

[49] WANG Z, CROWCROFT J. QoS routing for supporting resource reservation[J]. IEEE Journal on Selected Areas in Communications, 1996, 14(7): 1228 – 1234.

[50] 赵键, 吴介一, 顾冠群. 一类基于网络服务品质要求的单播路由算法[J]. 通信学报, 2001, 22 (11): 30 ~ 41.

[51] GUOLIANG XUE, ARUNABHA SEN, SEN A, et al. Finding a Path Subject to Many Additive QoS Constraints[J]. IEEE/ACM Transactions on Networking, 2007,15(1):201 – 211.

[52] KHADIVI P, SAMAVI S, TODD T, SAIDI H. Multi-constraint QoS routing using a new single mixed metrics[C]. 2004 IEEE International Conference on Communications, Paris, 2004: 2042 – 2046.

[53] SALAMA F, REEVES S, VINIOTIS Y. A distributed algorithm for delay-constrained unicast routing [J]. IEEE/ACM Transactions on Networking, 2000, 8(2): 239 – 250.

[54] SHARIFF M, WOODWARD E. A distributed algorithm for unicast QoS-routing using path feasibility prediction[C]. 2006 Workshop on High Performance Switching and Routing, 2006, 235 – 240.

[55] CHEN S, NAHRSTEDT K. Distributed QoS routing with imprecise state information[C]. Proceedings of IEEE International Conference on Computer Communications and Networks. Lafayette, L. A., USA: IEEE ,1998, 80 – 87.

[56] HOU H, LUI S, BAKER F, et al. Hierarchical QoS routing in next generation optical networks[J]. Jonrnal of Lightwave Technology. 2010, 28(15): 2129 – 2138.

[57] ALIPPI C, CAMPLANI R, ROVERI M. An adaptive LLC-based and hierarchical power-aware routing algorithm[J]. IEEE Transactions on Instrumentation and Measurement, 2009, 58(9): 3347 – 3357.

[58] VASILAKOS A, SALTOUROS P, ATLASSIS F, et al. Optimizing QoS routing in hierarchical ATM networks using computational intelligence techniques[J]. IEEE Transactions on Systems, Man, and Cybernetics, Part C: Applications and Reviews, 2003, 33(3): 297 – 312.

[59] YUAN X, LIU X. Heuristic algorithm for multi-constrained quality of service routing problem[C]. In: IEEE INFOCOM′01, Alaska, 2001, 844 – 853.

[60] GELENBE E. An approach to quality of service[C]. 19th International Symposium of Computer and Information Sciences—ISCIS′04, Turkey, 2004, 1 – 10.

[61] WANG Y, LI L M, XU D. A Multi-constrained Quality of Service Routing Based on Metrics Transform [C]. 2007 IEEE International Conference on Networking Sensing and Control, London, 2007: 525 – 529.

[62] DAI S, SHAO H. The heuristic route algorithm of multiple restrictions based on quality of service[C]. International Conference on Intelligent Information Hiding and Multimedia Signal Processing, 2008: 1441 – 1445.

[63] LEONARD B, AKIO K. A genetic algorithm based routing method using two QoS parameters[C]. 13th International Workshop on Database and Expert Systems Applications, Aix-en-Provence France, 2002,

London: Springer-Verlag, 2002: 7 - 11.

[64] MARCO D. Ant algorithms solve difficult optimization problems [C]. 6th European Conference on Advances in Artificial Life, Prague Czech Republic, 2001, London: Springer-Verlag, 2001: 11 - 22.

[65] 崔勇, 吴建平, 徐恪. 基于模拟退火的服务质量路由算法[J]. 软件学报, 2003, 14 (5): 877 - 884.

[66] WANG X W, YANG H Q, HUANG M, et al. ABC supporting QoS unicast routing scheme with particle swarm optimization[C]. First Asian Conference on Intelligent Information and Database System, 2009: 426 - 429.

[67] HU Z H, ZHOU L C, GUI Z B. Delay-Bandwidth Constrained QoS Unicast Routing Algorithms Considering Uncertain Information [C]. IEEE International Conference on Communications, 2005: 229 - 232.

[68] RAULISON A R, ANTONIO C, LAVELHA, et al. A Fuzzy Algorithm to Solve the Problem of QoS Unicast Routing in IP Networks [C]. 2006 International Telecommunications Symposium, 2006: 856 - 861.

[69] COHEN A, KORACH E, LAST M, et al. A Fuzzy-based path ordering algorithm for QoS routing in non-deterministic communication networks[J]. Fuzzy sets and systems, 2005(150): 401 - 417.

[70] 王兴伟, 侯美佳, 黄敏等. 一种基于博弈论方法的模糊 QoS 单播路由机制[J]. 计算机学报, 2007, 30(1): 10 - 17.

[71] 王兴伟, 邹荣珠, 黄敏. 基于蜂群的 ABC 支持型 QoS 单播路由机制[J]. 小型微型计算机系统, 2009, 30(12): 2305 - 2310.

[72] 王兴伟, 秦培玉, 黄敏. 基于人工鱼群的 ABC 支持型 QoS 单播路由机制[J]. 计算机学报, 2010, 33(4): 718 - 725.

第 3 章　组　　播

　　网络多媒体业务,如远程网络会议、视频直播/点播、远程教育、协同工作等,将成为
NGI 的主流业务。这些业务与以往的传统网络业务相比,有着数据传输量大、延迟要求高、
持续时间长等特点。因此,需要解决这些应用所要求的传输带宽大、实时性强等问题,而
且这些业务的共同特点就是都需要从一个源节点将信息传输到多个目的节点,采用单播
(unicast)和广播(broadcast)数据通信方式会造成主机与网络资源的过度浪费,带来了带宽
的急剧消耗和网络拥塞问题,已经不能满足这类新型网络应用的需求。组播(multicast)技
术正是解决这一问题的理想方案。自 Deering 博士于 1988 年首先提出 IP 组播的网络体系
结构(RFC966(Host group:A multicast extension to the Internet Protocol)和 RFC988(Host
extensions for IP Multicasting))以来,组播越来越得到学术界和产业界的广泛重视。NGI 的
一个主要目标就是为多媒体应用提供有效支持,组播技术已经成为 NGI 中不可缺少的关
键技术之一。

　　本章从一些基本概念开始介绍组播,包括组播树、组播数据转发、组播拥塞控制等,随
后介绍组播管理协议,包括组成员管理协议、组播可靠性保证协议和组播路由协议,最后
介绍组播路由算法,包括组播路由算法的设计原则、网络模型和 QoS 组播路由算法等。

3.1　基　本　概　念

　　组播是一种允许一个或多个发送者(组播源)发送单一的数据报文到多个接收者(一
次的,同时的)的网络技术[1]。组播源把数据报文发送到特定组播组,而只有属于该组播
组的地址才能接收到数据报文。组播可以大大地节省网络带宽,因为无论有多少个目标
地址,在整个网络的任何一条链路上只传送单一的数据报文。

3.1.1　组播产生的原因

　　如果采用单播技术来实现组播,给 n 个需要相同信息的接收端发送信息,那么就要从
发送端发送 n 份相同的数据的拷贝。这样不仅增加了发送端的负载,同时也增加了网络
的复杂性,浪费了网络带宽。如果采用广播技术来实现组播,那么就要在 IP 子网内广播数
据报文,所有在子网内部的主机都将收到这些数据报文。广播意味着网络向所有子网主

机都投递一份数据报文,不论这些主机是否需要该数据报文。

因此,与单播、广播相比,组播具有以下优点[2]:

第一,节约带宽。运用组播技术发送数据常常能从根本上减少整个网络的带宽需求。当多个用户要求同一服务器提供相同信息时,在共用链路上只传递信息的一份拷贝,因此在主干网络上,带宽的需求不会随用户数量的增加而增加。

第二,减轻服务器负载。对于网络上的许多应用,常常有一定数量的用户在接收完全相同的数据流。如果采用单播技术来为这些用户服务,需要发送者为每个用户单独建立一个数据流,由于这些数据流重复地发送完全相同的数据,所以将大大加重发送主机的负载。同时也难以保证对不同接收者的公平性。

第三,减轻网络负载。在减轻服务器负载的同时,由于在网络中需要传输的数据流大大减少,所以也减轻了网络负载,如转发路由器的 CPU 占用率及缓冲区使用可以大大减少,使网络资源的应用更趋于合理和有效。

3.1.2　组播需解决的问题

组播应用可以以更高的效率完成 NGI 中新兴的大量多媒体业务,因而具有更广泛的适用性,但引入组播服务还面临以下问题。

1. 组播树的建立

组播应用是以组播树为基础的,如何在现存的网络环境中建立合理可靠的组播树是亟待解决的问题。现存的网络环境中子网的异构性、拓扑的聚集性和节点的移动性等都使建立合理可靠的组播树很困难;新兴多媒体应用的可扩展性需求也给组播树维护也带来了大的挑战;已经证明多约束条件下的 QoS 组播路由问题是 NP 完全问题,无法在多项式时间内得到精确解。凡此种种,都为合理可靠的组播树的建立设置了障碍。

2. 组播拥塞控制

组播传输目前缺乏有效的拥塞控制机制。组播数据是基于 UDP 这种没有拥塞控制机制的协议进行传输的,如果组播本身不采用拥塞控制机制,那么组播数据流就很可能占满网络带宽,使网络中的 TCP 流量难以得到保证,造成对 TCP 流的不公平。组播拥塞控制机制是目前组播研究中的一个难点问题,组播拥塞控制有两个重要的目标:可扩展性和 TCP 友好(TCP-friendly)[2]。可扩展性是指随着组播规模的增大,拥塞控制协议不会造成组播性能下降。TCP 友好则要求组播和已有 TCP 流量公平地竞争网络带宽。

3. 组播管理机制

传统的组播缺乏有效的管理手段去控制组播信息在网上传播的范围和方向,对组播业务过程中的成员加入和退出也没有动态管理机制。需要组播管理协议来实现对组成员的信息的动态管理和组播数据的转发控制。组播管理机制中的可靠传输保证也面临挑战。组播是一对多的传输方式,无法直接使用面向单播的可靠传输协议 TCP 来保证数据的可靠传输和流量控制。现有的组播应用传输组播数据时通常采用 UDP 协议,在传输过程中数据可能会发生丢失、乱序等情况。因此,需要在 UDP 之上的组播可靠性保证协议来实现组播的可靠传输。

4. QoS 保证

不同的组播应用要满足不同的 QoS 需求,比如视频会议系统等实时交互性组播应用,对端到端传输延迟和网络抖动的要求很高。组播问题中的 QoS 保证需要满足两类的约束。一是链路约束,指在组播路由选择时对链路的一些限制条件。例如,要求某条链路的带宽大于等于某个预设值或者链路的出错率小于等于某个业务的最大出错率。二是树约束,包括沿着组播树中从源到接收者路径的限制条件(例如,从源到所有接受者的路径的端到端的延迟上界)和从相同的源到任意两个不同的接收者的路径之间的区别的限制条件(例如,两个不同接收者从同一个源接收时端到端延迟之间的抖动)。组播最终构建的组播树不仅要保证发送端和接收端之间的可达性,还必须保证找到的路由能够满足 QoS约束。

除上述问题之外,组播的引入还面临认证、计费和安全等问题,本书不对这些内容做进一步介绍,请读者参考相关书籍文献。

3.1.3 IP 组播及其模型

1988 年 Deering 博士提出了将组播的功能机制增加到 IP 层的组播实现体系结构,这种体系结构被称为 IP 组播(IP multicast)。IP 组播在网络层实现组播功能,使用组播地址标识一组主机,数据报文采用无连接的方式,以"尽力而为"的方式传输。IP 组播的路由和转发控制由路由器完成。

IETF 在 RFC1112 对 IP 组播的标准模型进行了描述和定义,该模型被称为任意源组播模型(Any-Source Multicast,ASM)。在 ASM 模型中,任何节点都可以创建组播组,可以向组播组发送数据,节点可以加入任何感兴趣的组播组,接收其组播数据。发送节点不知道具体的单个接收节点,接收节点也不需要知道发送数据的节点。

ASM 模型对接入控制、组管理等支持欠佳,研究成员继承并发展 ASM 模型形成了源过滤组播模型(Source-Filtered Multicast,SFM)。

在 SFM 模型中,组播接收者对收到的组播数据报文的源地址进行检查,允许或禁止来自特定组播源的报文通过。从接收者的角度来看,组播源均被识别且可进行过滤。

SFM 模型中组播接收者依然接收全部的组播源信息才可以加以过滤,未能解决用户的自主选择源节点问题,而网络中存在大量的源节点确定的组播应用,由此 IETF 在RFC3569 中描述了特定源组播模型(Source Specified Multicast,SSM)。

在 SSM 模型中,组播接收者可以指定组播源的传输服务。组播接入限制机制被引入,定义了通道的概念,通道(组播源地址,组播组地址)是二元组,组播源地址是唯一可以发送组播数据报文的源主机 IP 地址,组播组地址是一个 SSM 组播地址,标识一个指定的组播业务。

　　与 ASM、SFM 模型相比较,SSM 模型中用户预知组播源,即组播源节点确定,直接在组播接收者与其指定的组播源之间建立专用的组播转发路径,组播组的管理由源节点管理和协调,简化了组播路由协议设计和实现。SSM 模型使用与 ASM/SFM 模型不同的组播地址范围。

3.1.4   应用层组播

　　1997 年,IP 组播提出近 10 年后,Francis 等学者提出了在应用层实现组播功能,将复杂的网络组播功能放在端系统实现的思想。端系统实现组播业务的思想是将组播作为现有网络的一种叠加行为,即一种覆盖网,实现为应用层上的服务,因此,端系统组播又称为应用层组播(Applicationg Layer Multicast,ALM)。

　　应用层组播网络的节点是参与组播数据收发的主机,路由、数据复制和数据转发功能均由主机完成。成员主机之间建立一个覆盖在 IP 网络之上的、实现组播服务的功能性网络,通过路由器支持的单播服务来实现组播数据发送。主机基于自组织算法建立和维护这一覆盖网络,自组织算法的主要功能包括:周期性地交换节点状态信息,交换组成员状态,周期性地收集网络逻辑链路的带宽、时延等参数,动态地调整叠加网拓扑。应用层组播的数据报文沿着逻辑链路进行转发,而 IP 组播的数据沿着物理链路进行复制和转发。

　　应用层组播不需要专门的组播路由器支持,可以方便、灵活地部署。由于数据是通过单播传输的,所以可以通过单播的流控制、拥塞控制、可靠传输服务来实现应用层组播的流控制、拥塞控制和可靠传输。

　　相对 IP 组播而言,应用层组播在节点的稳定性、传输效率等方面面临严峻的挑战。由于构建者是普通的网络主机,这些主机彼此不知在拓扑中的相互位置关系,须自己获得一个拓扑,并且在上面构建转发树。影响应用层组播传输效率高的主要因素有以下几点:

- 负责数据处理任务的普通终端主机的性能不高。
- 组成员管理、报文复制和数据转发工作在应用层通过软件实现。
- 通过主机自己测试产生的拓扑可能会导致构建出一个无法充分利用底层网络设施的转发树。
- 应用层组播采用的安全可靠之类的服务,进一步消耗主机的资源。

　　应用层组播虽然存在上述传输问题,但依然有不少应用层组播系统已得到成功应用,例如 PPLive、PPStream 和 Sopcast 等。

3.1.5   组播体系结构

　　组播以组播树为核心,由组播拥塞控制、组播管理协议和组播路由算法 3 个要素构成。

　　组播树包括组播树构建和维护。组播拥塞控制由拥塞确定、拥塞状态跟踪和公平性保证组成。组播管理协议包括组成员管理协议、组播可靠性保证协议和组播路由协议等。

组播路由协议根据组播源、组播接收者和网络拓扑等信息使用一定的组播路由算法来构造组播树。

3.2 组播树和组播数据转发

组播源到多个组播接收者的数据流在网络中形成了一个树形结构,这棵树的每一个分支上传送一个组播数据流,在树的分叉处进行复制,我们称这棵树为组播树。组播树的构建是组播中的核心问题,组播路由的关键是为每一个组播组建立相应的组播树,组播路由协议中数据报文复制和分发的依据也是组播树。

组播数据转发不同于单播数据转发,组播模型必须将组播数据报文转发到多个外部接口上,以便能传送到所有接收者主机,因此组播转发过程比单播转发过程更加复杂。为了保证组播数据报文都是通过最短路径到达路由器,组播必须依靠单播路由表或者单独提供给组播使用的单播路由表对接收接口进行一定的检查,这种检查机制被称为逆向路径转发检查(Reverse Path Forwarding,RPF),它是多数组播路由协议进行组播数据转发的基础。

3.2.1 密集模式树和稀疏模式树

组播树的形成可根据组播协议的不同而不同,通常存在密集模式树(dense-mode tree)和稀疏模式树(sparse-mode tree)两种方式。

密集模式树的本质是"基于源的树",它从一个组播源开始,对每个组播接收者总有一棵最短路径树与之对应,即该树由组播源到接收者间的最短路径构成,因此密集模式树也被称为最短路径树(shortest path tree)。由于树上从组播源到各个组播接收者的转发路径都是最短路径,所以密集模式树的优点是端到端时延保证较好,对流量大、延迟敏感的实时多媒体应用较为适用,其缺点也较明显,构建开销较大,并且当有用户加入或者退出都会引发组播树的重构,所以可扩展性较差。

稀疏模式树的本质是"共享树",它只选择相对的最短路径,而不是寻找到接收端的全部最短路径。"共享树"以网络上某特定节点为公用根,该特定节点也被称为汇聚点(Rendezvous Point,RP),汇聚点到所有组播接收者的最短路径结合起来构成树。使用"共享树"技术时,对应一个组播源,网络中只有一棵树,组播源和所有接收者都使用这棵树来收发报文,组播源首先向汇聚点发送数据报文,然后从汇聚点向下转发到所有组播接收者。稀疏模式树的优点是使用一个汇聚点来协调源到接收者的数据报文转发,有效防止了初始化泛洪,其缺点是所有数据报文要先经过汇聚点,再到达接收者,经过的路径通常并非最短,而且对汇聚点的可靠性和处理能力要求较高。

3.2.2 组播树的维护

在现有的组播转发机制中,组播树维护一般包含两个方面的含义。

第一:组播树上的每个节点都需要维护使用这棵树所有组播组的路由转发状态信息。这属于组播节点对本地路由表的维护操作,通过状态信息交互协议完成对路由表的维护。

第二:对于整棵组播树来说,组播树的维护包括节点的加入、退出和"失效"节点的检测。节点的加入指新的节点发现组播组的存在、加入到组播组中。目前大部分算法都假设存在汇聚点,通过汇聚点完成加入,汇聚点很容易成为系统的瓶颈。节点退出时需要发出退出组播组的通知,有些算法要对节点的组织进行调整。"失效"指节点没有发出退出组播组的通知但已无法正常工作。一般通过定期发送"存活保持"报文实现"失效"节点的检测。

3.2.2.1 节点的加入与退出

组播成员可以随时加入或者离开一个组播组。这种组成员的动态变化不应该影响组播树中的其他成员。每次发生成员加入或者离开组播树的情况时,组播树都要重新构造,将导致组播数据报文的丢失、延时、复制和无序传送。因此,节点加入、退出需要对组播树进行增量改变的机制。节点加入、退出的管理目标是:当一个新成员加入组播树时,从树中找一个离它最近的节点去连接;当有成员离开组播树时,该机制只删除与它相关的树分支。

节点的加入、退出算法一般是在原有的组播路由算法的基础上,基于资源共享原则,设计合理的组成员动态加入与退出多媒体组通信的算法,一般以增加的使用费用最小为目标,在满足 QoS 约束的条件下完成目的节点加入,在不影响多媒体组通信 QoS 的前提下,在完成目的节点退出的同时最大限度地释放已占用资源。

文献[3]提出了一种基于 QoS 的多媒体组通信目的节点加入与退出算法。目的节点加入过程是以增加使用费用最小为优化目标,核心思想是尽量保证资源共享,从源节点开始,以增加使用费用最小为目标,在满足约束的条件下,寻找通往新增目的节点的一条路径。目的节点退出算法的基本思想是从要退出组播组的目的节点开始,向该组播组的源节点沿树回溯,在回溯的路上,每经过一个节点或一条边,如果经过该节点或边通信的节点只有目的节点一个,则直接释放该节点或边上所分配的资源;如果经过该节点或边通信的节点有多个,则释放目的节点与其他流经该节点或边的节点所占用的资源的增量。

文献[4]提出了一种 Greedy 算法,也叫贪婪算法。这种算法的基本思想是:当有组播成员节点要求加入时,请求加入的节点选择距离它最近的已形成的树中的节点,二者用最短路径连接;对于节点的离开,如果离开的节点在原树中为叶子节点,则将此节点和与之关联的边一同删除;否则,不进行任何操作。文献中已经证明了算法在最坏情况下的性能比为最优解的一半。该算法的优点在于简单可行,并且算法对于原树的结构的影响非常小,但在经过多次组成员变化后,树的性能会有明显的下降。

文献[5]提出的 VTDM(Virtual Trunk Dynamic Multicast)算法的基本思想是:如果对每次节点变化都采用静态算法重新构造一棵组播树,那么有些边和节点会被经常用到,而这些边和节点就是组播树的关键部分。为了找出这些边和节点,给每个节点设置一个权值,表示所有节点之间的最短路径通过这个节点的次数,然后求出原图的一棵 Steiner 树,称其为虚拟树干(virtual trunk)。当有节点要加入时,新加入的节点通过最短路径与虚拟树干相连,而节点退出的算法类似于贪婪算法。此算法的特点是运用了虚拟树干的思想尽量降低节点变化给树带来的性能下降。

文献[6]提出的 LRA(Lagrangean Relaxation base Aglorithm)算法是一种基于拉格朗日松弛法的动态算法。对节点加入的做法是:通过拉格朗日松弛技术适当变换原问题,使原问题变为求从加入节点到源节点的满足延迟约束的代价最短路径,然后将目的节点通过求解得到的最短路径与树相连。同样,节点退出算法也是采用了贪婪算法的思想。

上述的节点加入与退出算法一般在节点退出后,如果离开节点是一个非叶子节点,那么就不进行任何操作。尽管文献[3]中提出的算法会释放目的节点与其他流经该节点或边的节点所占用的资源的增量,但在频繁的节点加入与退出后,树的性能也会逐渐下降,为此有必要在一定的时候,对树结构进行重新优化,这就涉及了组播树重构算法。

3.2.2.2　组播树重构

在动态环境中所产生的组播树不可能总是最优的,在某一特定时间内可能是最优的,但经过一段时间后,可能就不再是最优而是次优的。在动态组播路由算法中,随着节点加入或离开操作的次数增加,其性能会迅速下降,因此需要通过重构路由来解决,这就是常说的组播树重构。

组播树重构有两种触发方式:周期性重构和阈值触发重构。在周期性重构方式中,在一定时间间隔内组播树会进行重构,而不考虑当前组播树的性能。该方法实现简单,但重构周期难以确定。阈值触发重构是指当组播树的性能下降到某一阈值的情况下,进行组播树重新建立。相比较而言,阈值触发重构更注重组播树的性能,因而具有更为广泛的适用性,但实现起来较为复杂。

根据组播树的重构程度,组播树重构算法可以分为全面重构和部分重构两种。

全面重构是在当前的组播源节点和目的节点集之间,利用组播路由建立算法重新构建组播树。全面重构需要利用组播树建立算法重新计算组播树,而组播树的计算结束后需要所有参与组播操作的主机进行更新路由表操作,因此需要较多的时间完成,从而会使组播服务暂时性中断,从而影响组播服务正常进行。所以在实际应用中,全面重构一般应用较少。

部分重构主要根据节点的加入和退出对组播树局部范围内的损伤来决定是否对该部分进行重构。应当指出的是,部分重构也会增加算法的复杂性,同时对实时性能有一定影响。

组播树重构有两种策略:前向式策略和后向式策略。

后向式策略是指在节点失效后,再进行树的重构。这种事后补救的方法会花去不少时间,用于在多个节点间选择一个合适的加入点,来重新构造转发树。这会使受到影响的节点有一个比较长的服务中断。ARIES 算法(A Rearrangeable Inexpensive Edge-based on-line Steiner algorithm)[7]是一种在大范围点到点通信网络内组播树重构的启发式算法,它是较早提出的后向式组播树重构算法。其基本思想是在组播树的局部区域内监测由于节点的加入和退出对组播树造成的性能的影响,当组播树性能下降到某一预设的阈值后触发组播树重构算法,节点以最短路径加入组播树。文献[8]为了确定组播树重构的关键点,引入了质量因子(quality factor)的概念,表示在组播进程中,失效节点占总的组播节点的比率,在考虑延迟约束的前提下,当质量因子超过某一设定范围后,触发组播树重构算法。与 ARIES 算法相比,该算法具有更好的性能。文献[9]提出了基于克隆策略的重构动态组播路由,其基本思想是根据组播成员加入或退出网络而造成对树局部范围的损伤程度来决定是否对该部分进行重构,重构是通过先删除重构区域内的所有链路和节点,然后用克隆算法对该区域重新选择路由。该算法的性能较好,但实现起来的负载度较高。

前向式策略的特点是在节点失效之前预先计算好节点的新的父节点,一旦该节点的父节点退出,就可以根据预先计算的结果快速地找到新父节点,避免花太多的时间用于寻找新加入点,从而减少了服务的中断时间。PRM(Probabilistic Resilient Multicast)算法[10]提出了一种随机推进的方法,每个节点随机选择固定数目的其他节点,以小概率给每个选择的节点转发数据。在节点失效的情况下,该算法可以达到较高转发率。另外,PRM 算法是一种数据层面的重构策略,它只是随机向前推进数据,没有其他什么限制。由于 PRM 算法在数据层面上随机转发数据,因而会有一定的重复数据报文,浪费一定的带宽。ROT (Reconstructing Overlay multicast Tree)算法[11]中每一个非叶节点必须为它的所有孩子节点找到一个备用父节点。一旦该节点失效,它的孩子节点能够准确知道谁是它的新父节点。因此,当父节点失效后,对于每一个孩子节点来说能够迅速地连接到它的备用父节点,能够迅速地从失效中重新恢复中断的服务。

3.2.3   组播数据转发

组播源是向组播组所有成员发送数据报文,而非单播模型中的具体目标主机,因此组播路由器不能采用传统路由器的数据转发方式,即只依赖 IP 数据报文中的目的地址来决定如何转发数据报文。组播路由器需要将组播数据报文转发到多个外部接口上,以便同一组播组的成员都能接收到数据报文。当前广泛使用的组播数据转发机制是逆向路径转发。

逆向路径转发是指组播路由器收到组播数据报文后,只有确认这个数据报文是从自己到组播源的接口上到来的,才进行转发。逆向路径转发检查示意图如图 3.1 所示。

逆向路径转发检查过程如下:组播路由器在单播路由表中查找组播源或汇聚点对应的逆向转发接口,即指从路由器向该地址发送单播报文时的出接口。当使用最短路径树

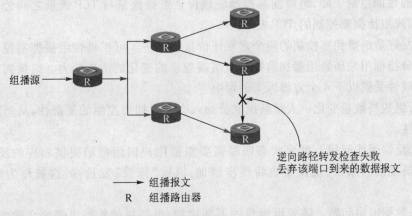

逆向路径转发检查失败
丢弃该端口到来的数据报文

———→ 组播报文
R   组播路由器

图 3.1 逆向路径转发检查示意图

时,查找组播源对应的接口。如果组播报文是从逆向转发接口到达的,则逆向路径转发检查通过,报文转发。否则,组播路由器将丢弃该报文。

逆向路径转发检查过程中会用到组播路由器已有的单播路由表,以确定其邻接节点。逆向路径转发检查还能避免由于各种原因造成的组播环路,可以保证同一个组播数据报文不在同一个网络上出现两次,环路避免在组播路由中是一个非常重要的问题。

可以看出逆向路径转发检查机制本质是依据"从哪儿来(即数据的来源端口)"进行转发,而传统单播数据转发的本质是依据数据要"到哪儿去(即目的地址)"进行转发。

3.3 组播拥塞控制

组播的组成员分布不确定且动态变化,转发树各部分的拥塞程度存在差别,组播源无法直接获取接收端信息,这些特性使组播拥塞控制设计极具挑战性。因此,组播拥塞控制是组播研究的难点问题之一。

3.3.1 组播拥塞控制概述

组播拥塞控制需要解决 3 个基本问题:**拥塞确定、拥塞状态跟踪和公平性保证**。

拥塞确定可以在网络设备(组播路由器、组播交换机)或者主机和网络边缘设备上进行。

拥塞状态跟踪用来提供所需的基本信息,包括往返时间(Round Trip Time,RTT)、丢包率等。

组播拥塞控制中的公平性保证主要包括协议内公平和协议间公平,协议内公平是指组播拥塞控制要满足网络异构性需要,可以容忍链路可用带宽不同、组成员处理能力不同。协议间公平指组播流和 TCP 流共存时,避免过量的组播流量导致 TCP 由于可用资源过少带来的性能急剧下降,组播拥塞控制应该保证组播流量与 TCP 流量之间公平的竞争资源,即实现组播拥塞控制的 TCP 友好。

TCP 友好是组播拥塞控制的两个重要评价指标之一。可扩展性组播拥塞控制的另一个主要评价指标用来衡量组播拥塞控制对组播规模的变化的适应能力。组播拥塞控制协议的可扩展性受到以下 4 个方面因素的影响[12]。

第一,组成员数量变化。大量新组成员加入会加大拥塞控制的复杂性,从而限制协议的可扩展性。

第二,反馈爆炸问题。拥塞状态跟踪需要组播用户向组播端提供相应的反馈信息。随着组成员规模的增加,反馈量也将逐步增加,以致"淹没"发送端,这被称为反馈爆炸问题。

第三,数据出错问题。随着组规模的不断增加,组播树的数据出错率会随之增加,如果组播源对每一次出错都做出响应,组播吞吐量可能会下降为零,进而影响扩展性。

第四,随机延迟问题。组播路由器的处理能力和端口数是受物理限制的,其排队延迟会随着组播规模的增加而增大,这对可扩展性造成很大影响。

3.3.2　组播拥塞控制算法

组播拥塞控制算法有三类:基于速率的拥塞控制算法、基于窗口的拥塞控制算法和分层拥塞控制算法。

基于速率的拥塞控制算法根据网络拥塞程度动态调整发送端的数据发送速率。这类控制算法首先通过每个接收者分别测量,计算相应路径的往返延迟、丢包率等,根据响应函数计算吞吐量,然后依据设定的反馈机制将结果反馈给组播源,由组播源最终确定调节后的速率。由于吞吐量计算存在时间延迟,组播源依据反馈结果调节得到的速率可能带来速度震荡,类似 TCP 拥塞控制中的"和式增加积式减少(Additive Increase Multiplicative Decrease,AIMD)窗口"控制算法带来的速率锯齿形变化。因此,基于速率的拥塞控制算法需要在拥塞反应速度和速率振荡之间做出权衡。根据发送速率的不同,基于速率的拥塞控制算法又可以分为单速率拥塞控制算法和多速率拥塞控制算法。单速率算法中组播源采用单一速率发送组播数据,所有组播用户接收数据报文的速率都相同,这类算法的缺点较明显,组播组的吞吐量受拥塞最严重的组播用户的限制。多速率算法中允许组播源针对不同的组播用户采用不同的发送速率发送数据,可以实现更灵活的带宽分配,保证每个组播用户都能达到其最大的吞吐量。

基于窗口的拥塞控制算法采用类似 TCP 滑动窗口机制的速率调节算法,设定并维护一个拥塞窗口,通过拥塞窗口来控制未应答报文的数量。无拥塞时将在每个往返延迟内增加接收窗口大小,当出现拥塞时算法立即缩小接收窗口。

分层拥塞控制算法中组播源将数据分为多个层,使用不同的组播组发送,组播用户根据自身情况加入或退出不同的组播组,进而接收适当的层来实现拥塞控制。接收的层越多,组播数据质量越高。接收驱动的分层组播(Receiver-driven Layered Multicast,RLM)是分层拥塞控制的基本方法,它运行在组播用户端,周期性地加入下一层。如果发生报文丢失,用户取消最新接收的层。

前述可知,基于速率的拥塞控制算法相对简单,易于实现,但对拥塞响应比较慢,不能体现公平性。基于窗口的拥塞控制算法较容易地实现了 TCP 友好,体现了公平性。分层拥塞控制算法可扩展性较好,但设计相对复杂,组的数量增大会带来复杂的管理问题,实现起来较难。

3.4　组播管理协议

组播管理协议主要包括组成员管理协议、组播可靠性保证协议和组播路由协议。主要完成三个功能,一是实现路由器上组成员信息的维护更新,二是实现组播的可靠性传输,三是结合组播路由算法实现路由器对组播数据报文的转发。

组播组成员管理协议负责维护边缘路由器上的组成员管理,包括用于 IPv4 网络的 Internet 组管理协议(Internet Group Multicast Protocol,IGMP)和用于 IPv6 网络的组播侦听发现协议(Multicast Listener Discover,MLD)。

组播的可靠性保证要求每个组播用户,即接收者,能正确接收到所有的组播数据报文,要求组播数据报文按序到达,无丢失,无重复。由于组播采用的是不可靠的无连接的方式,为了达到组播可靠性的要求,研究人员设计了多种组播可靠性保证协议。这些协议大都用到自动重发请求(Automatic Repeat reQuest,ARQ)和前向纠错(Forward Error Correction,FEC)两种机制相结合的方式。典型的组播可靠性保证协议包括可靠组播传输协议(Reliable Multicast Transport Protocol,RMTP)、可扩展可靠组播(Scalable Reliable Multicast,SRM)和可靠组播协议(Reliable Multicast Protocol,RMP)等。

组播路由协议分为域内组播路由协议和域间组播路由协议。域内组播路由协议负责根据组播成员关系信息以及组播路由算法进行组播数据转发,主要包括距离矢量组播路由协议(Distance Vetor Multicast Routing Protocol,DVMRP)和协议独立组播(Protocol-Independent Multicast,PIM),其中协议独立组播又分为密集模式和稀疏模式两种,即 PIM-DM 和 PIM-SM。域间路由协议负责在各个自治域间发布具有组播能力的路由信息,发布不同自治域内的组播源信息,以使得组播数据可以在域间进行转发,主要包括多协议边界网关协议(Multiprotocol Border Gateway Protocol,MBGP)、组播源发现协议(Multicast Source Discovery Protocol,MSDP)。

3.4.1　组成员管理协议

组成员管理协议用于主机和其所在子网的组播路由器之间交换控制报文,实现两个功能:主机如何通知组播路由器它希望加入/退出某个组播组以及组播路由器如何知道某个主机位于或者希望加入\退出哪个组播组。

当某个主机加入某一个组播组时,它通过"成员资格报告"消息通知它所在子网的组播路由器,并准备接收来自该组播组传来的数据。

当主机离开某一个组播组时,它将自行退出。若主机通知所在子网的组播路由器其退出行为,组播路由器立即向子网中的所有组播组询问,如果某一组播组在子网已经没有任何成员,那么组播路由器确认后,将不再转发该组的组播数据到该子网。通过路由信息交换,从特定的组播树中删除相应的组播路由器。若主机不通知所在子网的组播路由器的退出行为,组播路由器定时(如 120 s)使用"成员资格查询"消息对子网中所有主机进行组地址查询。

在 IPv4 网络中被应用的组成员管理协议是 IETF 发布的 Internet 组管理协议。IETF 在 RFC3376 和 RFC5790 中定义了 IGMP 的最新版本,即 IGMPv3[13,14],其报文格式如图 3.2 所示。

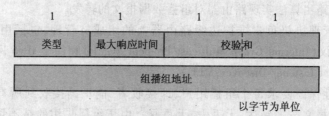

图 3.2　IGMPv3 报文格式

组播路由器通过 IGMPv3 协议为其每个端口都维护一张主机组成员表,并定期地探询表中的主机组的成员,并确定该主机组是否仍然存在。

IGMPv3 中定义了 5 种消息类型:成员询问、IGMPv1 成员报告、IGMPv2 成员报告、IGMPv3 成员报告和退出主机组,向前兼容 IGMPv1 和 IGMPv2 的消息。成员主机通过发送"成员报告"消息,申请加入一个组;路由器周期性发出"成员询问"消息,检查是否有组员存在,如果在连续 3 次查询时间间隔里没有收到回复,则路由器认为这个子网中没有组员。当一个主机决定离开时,如果它是对最近一条成员查询消息做出响应的主机,那么它就会发送一条"退出主机组"的消息。具体消息格式的定义请参考文献[13]。

IGMPv3 支持主机过滤。IGMPv3 还支持两种组播模型,即 ASM 模型和 SSM 模型。特定源组播模型中,IGMPv3 允许主机指定组播组和组播源,增强了主机的控制能力。

在运行 IPv6 的网络里,MLD 协议取代了在 IPv4 网络中使用的 IGMP 协议。MLD 协议由 IETF 制定和维护,目前的版本是 v2。MLD v2 也支持 SSM 模型。MLD 的报文定义请参阅 IETF 的 RFC2710 和 RFC5790。

3.4.2　组播可靠性保证协议

组播可靠性保证协议支持组播数据报文差错恢复,保证所有组播接收者收到的报文数量一致、顺序一致,保证接收报文的实时性。

可靠组播传输协议 RMTP 是由组播用户发起的,基于树状拓扑结构,使用选择性重传,使用代表路由器来聚合 ACK 和完成本地恢复,提供了流控机制来调节发送者的传输速率以处理接收者失效或网络堵塞的情况。其扩展性较好,其改进协议 RMTP_II 增强了实时性保证。

可扩展可靠组播 SRM 是由组播用户发起的,基于环状拓扑结构,允许多个组播源同时进行组播数据发送且不对数据到达顺序进行约束,使用随机定时器来抑制 NACK 和重传。SRM 本地重传范围的确定较复杂,且 SRM 规定接收者必须监听组内其他接收者的消息,这样虽然抑制了 NACK,但影响了其可扩展性和实时性。

可靠组播协议 RMP 适用于广域网中的组播环境,由所有的组播用户构成一个逻辑环,位置相对固定。任何时刻逻辑环中只有一个令牌,只有拥有令牌的进程才可以接收消息。RMP 可以实现全序组播,其缺点是控制机制单一,造成网络资源利用不充分。

3.4.3　域内组播路由协议

根据 IGMP 等组成员管理协议维护的成员关系信息,域内路由协议采用组播路由算法构造组播树,并在组播路由器中建立和维护组播路由状态,组播路由器根据这些状态进行组播数据报文转发。

DVMRP,即距离向量组播路由协议,为每个组播源构建不同的组播树。每个组播树都是一个以组播源作为根,以接收主机作为叶的最短路径树,以“跳数”为最短路径的量度。DVMRP 利用类似 RIP 的方式实现单播路由,并采用逆向路径转发机制选择性发送组播数据报文。DVMRP 使用泛洪和剪枝机制维护组播树,首先在整个网络泛播组播数据报文,然后剪除不包含成员主机的网络分枝。该协议适用于单个自治系统的内部网关协议。对子网中用户密集分布的组播来说,DVMRP 能够很好地运作,但不支持大型网络中稀疏分散的组播。由于 DVMRP 采用了距离向量算法,所以存在慢收敛和无穷计算的问题,且每个路由器存储了大量的路由信息,导致其伸缩性差,需要周期性的泛洪来重新构造组播树。

PIM,即独立组播协议,指不依赖于任何特定的单播路由协议,可以使用由任意路由协议产生的路由信息,包括单播协议,如路由信息协议(RIP)和开放最短路径优先(OSPF)等;还包括可产生路由表的组播协议,如距离矢量组播路由协议等。PIM 通过这些具备路由表的路由协议掌握的拓扑信息完成组播源发现和组播树的构建。PIM 协议依据 IGMP 获取组播接收者信息。PIM 采用泛洪和剪枝机制维护组播树,首先使用单播路由表进行逆向路径转发检查,以数据驱动的方式由组播源向下进行组播报文分发,然后从组播树上剪掉不存在组成员的分支。依据构建组播转发路径的方式不同,PIM 分为两种:密集模式独立组播协议(PIM-DM)和稀疏模式独立组播协议(PIM-SM)。

PIM-DM 协议假设组播接收者在网络中密集分布。除了支持泛洪和剪枝机制外,PIM-

DM 协议还引入了断言机制来选举唯一的转发者,以防向同一网段重复转发组播数据包,它构建的组播树属于基于源的树。PIM-DM 适用于用户分布密集、组播流量大且持续的网络。

PIM-SM 协议假设组播接收者在网络中稀疏分布。PIM-SM 协议实现构造和维护一棵单向共享树,PIM-SM 组播数据报文通过汇聚点向接收者转发。引入汇聚点进行组播转发,减少了数据报文和控制报文占用的网络带宽,降低了组播路由器的处理开销。组播接收者向该组播组对应的汇聚点发送组加入消息,通过汇聚点查找组播源。组播源通过汇聚点转发组播流量。运行 PIM-SM 协议的组播路由器可发现邻接的组播路由器。此外,PIM-SM 协议也引入了断言机制来选举唯一的转发者。PIM-SM 适用于主要用于组成员分布相对分散、范围较广、大规模的网络。

3.4.4 域间组播路由协议

域间组播路由协议在根据域间组播路由策略,在各自治域间发布具备组播能力的路由信息,发布各自治域中的组播源信息,使组播数据报文能在域间进行转发。

MBGP,即多协议边界网关协议,用于在自治域间交换组播路由信息。在 Internet 上使用最多的域间单播路由协议是 BGP-4。IETF 在 RFC2858 中规定了对 BGP 进行多协议扩展的方法,扩展后的协议被称为 BGP-4 +。BGP-4 + 不能实现 IPv4 单播路由信息的传递,也能携带组播路由信息。携带组播路由信息的 BGP 扩展协议即为 MBGP。MBGP 协议能够在 BGP 自治域内或自治域之间进行组播拓扑连接。

MSDP,即组播源发现协议,用于交换组播源信息。MDSP 协议它描述了一种连接多 PIM-SM 域的机制,该机制中 PIM-SM 域内的 MSDP 设备与其他域内的 MSDP 设备之间通过 TCP 连接,实现控制信息的交换。每个 PIM-SM 域都有一个或多个连接到这个虚拟拓扑结构。MSDP 的消息格式如图 3.3 所示,定义了 7 种消息类型(如表 3.1 所示)。

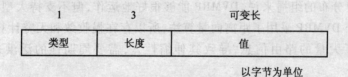

以字节为单位

图 3.3   MSDP 消息格式

表 3.1   MSDP 消息类型

序 号	名 称
1	IPv4 源活动消息
2	IPv4 源活动查询
3	IPv4 源活动响应
4	保持在线

续表

序　号	名　称
5	预留(上一版本:指示消息)
6	路由跟踪启动
7	路由跟踪返回

3.5　组播路由算法

在组播中,最理想的情况是发送端每个报文只发送一次而每条物理链路上也最多只有一个报文通过,每台路由器在输出接口复制数据报文。这为组播路由算法提出了极大的挑战。

3.5.1　组播路由算法的设计原则

组播路由是比较复杂的问题。首先,组播通信组地址不具有层次性,不含有组成员位置或标识的任何信息。在多个节点之间计算路由,本身也增加了计算的复杂性。另外参加组播通信的用户可以动态改变,组成员的更新和网络拓扑的变化等给组播路由的建立和维护带来了困难。因此,在设计组播路由算法和协议时,要尽可能遵循以下原则[15]:

- 最优化原则:组播路由算法应该具有选择最优组播树的能力。不同的优化目标及其权值大小决定了选择不同的最优组播树。
- 简单性原则:组播路由算法应被设计成尽可能简单,即必须以最小的开销和使用费用获得高效的性能。当路由算法由软件实现,并在物理资源受限制的计算机上运行时,效率显得特别重要。
- 公平性原则:公平性不仅需要体现在组播组成员之间,在用户和网络服务提供方之间同样需要公平。网络服务提供方追求的是利润最大化,用户则希望花最少的费用获得最满意的服务,网络服务提供方和用户之间存在利益冲突,需要公平对待。
- 快速性原则:组播路由算法必须在短时间内收敛。收敛是指路由器经过必要的计算过程最终获得最优组播树的过程,路由算法收敛过慢会产生路由环路或网络损耗。
- 健壮性原则:组播路由算法必须是健壮的。在异常的或者无法预料的情况下,要求算法仍能正确运行。

3.5.2　组播路由问题的网络模型

定义1(组播)　在组播通信问题中,计算机网络表示为有向赋权图 $G(V,E)$,其中 $V = (v_1, v_2, \cdots, v_n)$ 是图 G 中节点的集合,表示网络中的主机或路由器;$E = (e_1, e_2, \cdots, e_l)$ 是边的集合,每条边为连接两个网络节点的通信链路。一个组播任务可以用四元组 $S = (M, Q,$ $O, T)$ 来表示,其中 M 表示参与通信的组播组(组播节点集合), Q 是组播任务的 QoS 要求,即 QoS 参数约束,包括路径跳数约束、延迟约束、延迟抖动约束、带宽约束和出错率约束等, O 是一组对组播树 T 进行优化的目标函数,例如:使 T 的代价最小等。 T 是完成组播任务 S 需要建立的组播树。 $S' = (M, O, T)$ 可以看作是组播任务 S 在没有 QoS 约束条件下的一个特例。

组播路由问题的核心是构建组播任务 S 所需要的组播树 T,因此给出组播路由的定义如下:

定义 2(组播路由)　给定通信网络 $G(V, E)$ 和组播任务 $S = (M, Q, O, T)$,组播路由问题是指通过设计某种组播路由算法,来构造一个可以完成组播任务 S 的组播树 $T = (V_T,$ $E_T)$,其中, $V_T \subseteq V, E_T \subseteq E, T \subseteq G$,且 $M \subseteq T$。

定义 3(QoS 组播路由)　给定通信网络 $G(V, E)$, E 上每条连接节点 i 和节点 j 的边都定义了多个正实数加权值 $(w_1^{ij}, w_2^{ij}, \cdots, w_m^{ij})$,分别用来反映从节点 i 到节点 j 传送信息时附加的 QoS 参数信息,如:占用带宽情况、两节点之间的延迟、延迟抖动和出错率等信息。为了简化问题,这里假设节点 i 到节点 j 的边和节点 j 到节点 i 的边上的权值相等,即: $w_k^{ij} =$ w_k^{ji}。

考虑到一个源节点到多个目的节点的组播问题,假设信息由一个源节点 $v_s \in V$ 传送到一组目的节点集合 $D \subseteq V - \{s\}$。组播树 $T = (V_T, E_T)$,其中, $V_T \subseteq V, E_T \subseteq E, T$ 中存在由源节点 s 到每个目的节点 $d \in D$ 的通路 $P_T(s, d)$。组播树代价定义如下:

$$C(T) = \sum_{e \in E_T(s, d)} C(e) \qquad (3-1)$$

QoS 约束定义如下:

对于凹性度量参数约束,如可用带宽、缓冲区资源等,可以表达为(以可用带宽为例):

$$Bw(T) = \min_{e \in P_T(s, d)}(Bw(e), d \in D) \qquad (3-2)$$

对于加性度量参数约束,如路径延迟、延迟抖动等,可以表达为(以路径延迟为例):

$$Del(T) = \max(\sum_{e \in P_T(s, d)} Del(e), d \in D) \qquad (3-3)$$

对于乘性度量参数约束,如出错率等,可以表达为:

$$Ls(T) = \max((1 - \prod_{e \in P_T(s, d)}(1 - Ls(e)), d \in D) \qquad (3-4)$$

一般来说,组播路由算法的目的是寻找代价最小的组播树,同时满足用户要求的凹性度量参数值不大于组播树的凹性度量参数约束,用户要求的加性度量参数值和乘性度量参数值分别不小于组播树的加性度量参数约束和乘性度量参数约束。

3.5.3　经典组播路由算法

经典组播路由算法包括基于最短路径树的算法、基于最小生成树的算法、基于中心树

(Core-Based Tree,CBT)的算法和基于 Steiner 树的算法。

基于最短路径树的组播路由算法使用组播源作为根,各个枝干形成一棵覆盖网络中所有组播组成员的树,树上从根节点到各个组成员的路径都是最短路径。最短路径树是从组播源到每个接收者的路径都是两者之间最短路径的组播树。该算法时延性能好,但构造最短路径树的开销较大。

基于最小生成树的算法采用的组播树是连接网络中的所有节点并且树的全部链路权重之和最小的树。普里姆(Prim)算法是解决最小生成树问题的集中式算法。该算法得到的组播树具有最小的全局代价。最小生成树算法经常被用来解决树优化问题。最小生成树算法主要以组播树全局代价最小为优化目标,此时的代价可以是组播树费用、路径跳数、网络延迟等各种 QoS 参数,因此,最小生成树算法比最短路径树算法具有更为广泛的适用性。当然,最小生成树也存在着诸如可扩展性较差、树构造开销较大等不足。当以路径跳数为代价时,最小生成树就转化为最短路径树。

基于中心树算法的基本思想是以选定中心为根,其他组成员按照最短路径原则与中心建立连接,构造成为一棵由所有发送节点共享的树。CBT 不具备广播特性,即数据只发向明确发出加入组请求的节点,避免了无效报文的产生和扩散。树的构造结果的优劣与在组播组中根的选取有很大的关系。中心树算法在路由器所需存储的状态信息的数量和路由树的总代价两个方面具有较好的性能。中心树算法适用于组规模较大,而每个成员的数据发送率较低的场合。但当通信量较大时,使用中心树将导致流量集中在组播组中心上,进而可能会影响到组播通信的性能。

基于 Steiner 树的算法和基于最小生成树的算法的区别在于,最小生成树必须包括网络中的全部节点,而 Steiner 树问题只需要求出连接网络中部分节点(组成员)的代价最小的组播树。一般情况下的 Steiner 树问题是 NPC 问题,需要近似算法解决基于 Steiner 树的组播路由问题。

3.5.4 QoS 组播路由算法分类

QoS 组播路由算法一直是组播领域最活跃的研究内容之一,有很多研究进展[12]。本小节将按照本书第 2.5.3 介绍的分类逐一介绍这些组播路由算法研究进展。

3.5.4.1 源路由算法

KPP(Kompella,Pasquale and Polyzos)算法是一种源路由算法,它是对 Prim 算法的扩展。对于给定的源 S 和群组 M,KPP 首先采用动态规划方法计算 $\{S\} \cup M$ 上的延时受限闭图 G',然后使用 Prim 算法计算 G' 上的最小生成树,从源开始,找到从在树节点 u 到非在树节点 v 的延时受限的最小代价路径,每次添加一个非在树节点,直到所有接收者全部被包括进组播树。在文献[16]中,提出了一种异构网络中的快速有效组播算法,可以构造一棵以组播源为根的覆盖组通信涉及的所有网关节点的、延迟与延迟抖动有关的组播路由树。

另外，文献[17,18]等中设计的算法也都属于源路由算法。

3.5.4.2　分布式路由算法

文献[19]提出了一种约束最小生成树的分布式组播路由算法，通过对平均距离启发式（Average Distance Heuristic，ADH）[20]算法的扩展，在网络节点间使用对等协议，进而将 ADH 算法扩展到整个网络。文献[21]提出了一种基于探测的分布式路由算法。这种算法的基本思想是沿多条路径为业务发送寻路探测包，接收到探测包的节点，向多个节点转发该探测包，每个探测包负责搜集所经路径的状态信息。目的节点收到探测包后，沿选定路径反向发送确认包，选定路径上每个节点通过收到的确认包获知该节点在所选路径上的下一跳节点。算法中每个节点只需保存部分网络状态信息，计算开销小。

3.5.4.3　分层路由算法

文献[22]提出了一种支持 QoS 的层次组播路由算法框架，在分层组播路由层次划分的基础上，算法对网络的拓扑结构、带宽和组播树分布信息三者的聚集方法进行了定义，并设计了适用于层次网络的支持 QoS 的组播路由算法。减少路由器维护的信息以及路由器之间交换的协议报文，具有良好的可扩展性。文献[23]提出了移动自组网中的分层组播路由协议，其核心算法中每个节点只需维护局部组播路由信息或汇聚信息，提出的 QoS 敏感型路由算法具有良好的扩展性和柔性，减小了计算多约束 QoS 组播树建立时的计算负载。文献[24]给出了一个基于区分服务的分层组播模型，提出了一种基于区分服务的分层组播拥塞控制算法，在边缘路由器上引入了基于概率的区分优先级的报文标记算法，在核心路由器上采用区分优先级的报文丢弃算法，算法具有较快的拥塞响应速度、较好的稳定性和公平性。文献[25]基于主机组模型和拓扑感知，提出了一种分层覆盖组播路由算法，与现有算法相比，在可扩展性、鲁棒性上有很大的提高。文献[26]对于分层组播路由，提出了一种新的全局组播路由协议，其核心算法以最小化信号流量、优化带宽利用率为目标，保证了组成员的动态加入与退出对其他成员的影响较小。实验结果表明，算法的性能优于分层距离矢量组播路由协议（Hierarchical Distance Vector Multicast Routing Protocol，HDVMRP）。

3.5.4.4　启发式路由算法

KMB 算法[27]属于启发式路由算法。算法首先从网络拓扑图 G 生成一个完全距离图 H，然后寻找一个 H 的最小生成树 U，接着通过将 U 的每个节点转换成它的等价最短路径，得到一个连通子图 V，之后对 V 运用最小生成树算法求得一个生成树 T，最后对 T 剪枝直到它不含任何非组播节点为止。文献[28]给出了一种延迟约束下的组播路由启发式算法，首先生成一棵最小延迟路径树，然后在不违背延迟约束的前提下，逐步用低费用链路代替高费用链路，由此得出优化路由。文献[29]首先设定链路和目的节点的 QoS 级别，把链路费用定义为 QoS 级别的线性函数,然后用启发式算法得到费用最小的组播树。文献[30]提出了无线接入网中 QoS 敏感型组播路由算法,主要包括多组播组、快速加入与退出、代价优化、剪枝和分布式执行等步骤,设计了两种不同的模型,并分别进行了仿真实验和性能分析,算法的性能较好。文献[31]设计了一种 QoS 感知型算法,通过并行多路径搜索构造约束向量,完成组播路由树构建,算法开销较低。文献[32]提出了一种启发式 QoS 组播路由算法,通过分布式计算与路径标记,降低了算法的时间复杂度。文献[33]通过扩展 Bellman-Ford 最短路径算法解决通用 k 约束路径选择问题,提出了粒度受限和路径受限两种启发式算法。另外,文献[34]所提供的算法也属于启发式路由算法。

3.5.4.5　智能优化路由算法(intelligent optimization routing algorithm)

已有很多智能优化算法,包括遗传算法(Genetic Algorithm,GA)、禁忌搜索算法(Tabu search)、蚁群算法(Ant Colony Optimization,ACO)等被引入解决 QoS 组播路由问题。

文献[35]提出了一种基于 Tabu 搜索的 QoS 约束的组播路由优化算法,以带宽和延迟约束的组播应用为例对算法进行了详细的描述和分析。算法通过"添加"和"删除"中继节点来生成邻域解集,并使用 Prim 算法来保证结果是一棵满足带宽和延迟约束的组播树。文献[36]从多目标优化的角度运用 GA 来处理组播 QoS 路由问题。将要求满足不同约束条件的组播路由选择转化为一个多目标优化问题,采用了一种基于多目标 GA 的组播树计算方法,产生一组最优非劣解集,克服了单目标路由优化的不足。为保持群体的多样性,使用基于 Shannon 的信息熵理论的方法,具有很好的搜索性能。

文献[37]提出了一种基于蚁群算法的 QoS 组播路由算法,分别考虑了可用带宽、延迟、延迟抖动和丢包率等多个 QoS 参数,根据蚂蚁的寻优过程寻找最优组播树。该算法能根据组播应用对延迟及延迟抖动的限制要求,快速、有效地构造最优组播树。

文献[38]提出了一种免疫组播路由选择算法。用于解决带宽延时受限、费用最少的 QoS 组播路由问题。根据 QoS 组播路由问题,基于组播路由的特点,即最优路径选取中,必然包括而且在很大程度上包括信源到某个信宿的费用最小的路径,给出了免疫疫苗选取与免疫算子构造的具体方法。通过在基于 GA 的组播路由选择的基础上引入免疫算子来实现免疫算法在组播路由选择上的应用。

文献[39]提出了一种基于量子 GA 的多约束 QoS 组播路由算法,把量子计算的思想融入 GA 中,通过量子分解、量子旋转和量子变异进行组播树寻优。

文献[40]提出了基于克隆策略的重构动态组播路由,其基本思想是根据组播成员加入或离开网络而造成对树局部范围的损伤程度来决定是否对该部分进行重构。先删除重构区域内的所有链路和节点,然后用克隆算法对该区域重新选择路由。其他的属于智能优化路由算法的文献还有[41 – 43]等。

3.5.4.6 刚性路由算法

刚性路由算法采用精确值计算以完全满足 QoS 约束。文献[44]对网络组播服务提出了一种通用的模型结构,设计了无环路径选择协议,并提出一种可扩展的分布式路径计算算法,具有和链路状态协议相同的性能,且运行开销更小。文献[45]在引入分级树概念的基础上,设计了一种可扩展的组播路由算法来解决在延迟和延迟抖动约束下寻求最优组播树问题,算法减小了组播延迟抖动,提高了带宽利用率。文献[46-48]等也都属于刚性路由算法。

3.5.4.7 柔性路由算法

文献[49]提出了多媒体控制组件的柔性 QoS 控制策略并设计了柔性分布式系统(Flexible Distributed System, FDS)模型和它的行为特征模型(behavioral characteristics model),借助于这两个模型,设计具有柔性 QoS 控制能力的多代理系统来处理系统路由并保证用户 QoS 需求。文献[50]提出了一种非精确信息下多 QoS 约束组播路由算法,采用改进的 Bellman-Ford 算法作为路径搜索算法,实现了非精确状态下的组播路由。文献[51]提出了一种基于多约束不精确环境下的 QoS 组播路由算法。在多种 QoS 约束:带宽、延迟、延迟抖动和丢失率前提下,找到一棵最可能满足带宽和延迟约束的组播树。算法假设链路的延迟服从相同的指数分布、带宽服从泊松分布,再利用相关的分布性质即可求出整条路径上的延迟、带宽的概率分布,从而将问题转化为传统的多目标优化问题,进而应用 GA 求解。文献[52]提出了一种基于神经网络的 QoS 路由算法解决不精确信息情况下的最大可能路径选择 MLPS 路由问题。算法主要解决路径延迟不精确情况下,跳数受限的路由问题。通过有限跳数的前提假设,将 MLPS 转化为一个传统的二次优化问题,基于神经网络算法设计了解决方案。该算法可以通过修改费用函数来解决多个不精确参数下的MLPS 问题,具有很好的可扩展性。还有文献[53,54]采用了柔性路由算法。

3.5.4.8 经济学路由算法

有研究人员将经济学中博弈论的思想引入 QoS 组播路由算法的设计,用于优化用户和网络提供方之间的公平性、双方效用和定价等问题。

文献[55]提出一种公平智能 QoS 组播路由机制。通过将 QoS 需求表示为区间支持柔性与异构 QoS。基于 Kelly/PSP 模型的定价策略对波长进行定价,有利于实现波长资源分配的 Pareto 最优以及网络运营商与用户间的 Nash 均衡,体现组间的公平性;使用下游链路均分方法在组成员之间分摊费用,体现组内公平性;最后基于点火耦合神经网络,建立智能 QoS 组播路由算法。

文献[56]主要考虑了组播用户的用户效用和网络提供方效用的公平性,通过引入Pareto 最优的概念,寻求两个效用同时最大化的最优组播树。

文献[57]提出,当组播目的节点超过一定的比例时,网络提供方采用广播方式传送数据比组播更有利,但广播方式又阻碍了用户的合理付费,如何设置合理的组播转换为广播阈值以使网络提供方效用最大化是一个经济博弈问题。文章中设计了合理的数学模型寻找网络方的最优策略,同时兼顾了用户的效用最大化。

文献[58]提出了一种基于合作博弈论的 Internet 定价机制。通过一个简单的 QoS 模型,表明主从博弈可能导致不公平,而合作博弈可以得到较好的解。由于在服务提供商和用户之间进行合作博弈难度较大,文章提出一些相应的规则来得到一个公平、有效的博弈解。文章还通过 QoS 模型研究了两个服务提供商之间的竞争,研究结果表明两个服务提供商在达到 Nash 均衡后,若不进行合作他们将不能改变均衡状态。

3.5.5 QoS 组播路由算法举例

QoS 组播路由算法主要讨论在一定的 QoS 约束条件下建立合理可靠的组播树算法,它实际上属于约束 Steiner 树问题。由于 QoS 组播路由是一个权衡各种因素以寻找最优解的过程,因此研究人员站根据不同观点、强调不同需求,提出了多种组播路由算法。

文献[59]中设计了一种基于模糊积分和博弈论的 QoS 组播路由机制。该机制由边评判、博弈分析和组播路由树建立算法组成,基于模糊积分和适合隶属度函数对边进行模糊综合评判,通过博弈分析确定网络提供方与用户在边上的效用能否达到 Nash 均衡,通过组播路由树建立算法使得在建立的组播路由树上不仅用户 QoS 要求得到满足,而且网络提供方效用与用户效用达到或接近 Nash 均衡下的 Pareto 最优。仿真结果表明该机制具有较好的性能。

3.5.5.1 问题描述

网络模型表示为一连通图 $G(V,E)$,V 是节点集,E 是边集。$\forall v_j \in V(j=1,2,\cdots,|V|)$,考虑如下参数:延迟、延迟抖动和出错率。$\forall e_{ij} \in E(i,j=1,2,\cdots,|V|)$,考虑如下参数:可用带宽、延迟和出错率。为简单起见,把节点参数归并到边参数中。这样,e_{ij} 上的参数变为:可用带宽 bw_{ij}、延迟 dl_{ij}、延迟抖动 jt_{ij} 和出错率 ls_{ij}。

现指定源节点 $\forall V_s \in V$,目的节点集合 $M \subseteq V$,建立一棵树 $T(W,F)$,$M \subseteq W \subseteq V$,$F \subseteq E$,要求网络提供方和用户在 T 上的效用 TW 和 TU 同时达到或尽可能接近 Nash 均衡下的 Pareto 最优,且在 l_{st}(表示在 T 上从 V_s 到 V_t 的路径,V_t,$t=1,2,\cdots,|M|$)上满足 V_t 的 QoS 约束:l_{st} 的可用带宽不小于 V_t 的带宽要求 bw_rqt;l_{st} 的延迟不大于 V_t 的延迟要求 dl_rqt;l_{st} 的延迟抖动不大于 V_t 的延迟抖动要求 jt_rqt;l_{st} 的出错率不大于 V_t 的出错率要求 ls_rqt。

数学模型描述如下:

$$TW \rightarrow \max\{TW\} \qquad (3-5)$$

$$TU \rightarrow \max\{TU\} \qquad (3-6)$$

$$TW + TU \rightarrow \max\{TW + TU\} \qquad (3-7)$$

得到

$$\min_{e_{ij} \in el_{st}} \{ bw_{ij} \} \geq bw\_rq_i, \forall v_i \in M \tag{3 - 8}$$

$$\sum_{e_{ij} \in el_{st}} dl_{ij} \leq dl\_rq_i, \forall v_i \in M \tag{3 - 9}$$

$$\sum_{e_{ij} \in el_{st}} jt_{ij} \leq jt\_rq_i, \forall v_i \in M \tag{3 - 10}$$

$$1 - \prod_{e_{ij} \in el_{st}} (1 - ls_{ij}) \leq ls\_rq_i, \forall v_i \in M \tag{3 - 11}$$

TW 和 TU 分别计算如下：

$$TW = \sum_{l_{st} \in T} \sum_{e_{ij} \in l_{st}} ws_{ij}^t \tag{3 - 12}$$

$$TU = \sum_{l_{st} \in T} \sum_{e_{ij} \in l_{st}} us_{ij}^t \tag{3 - 13}$$

其中，ws_{ij}^t 和 us_{ij}^t 分别表示网络提供方和用户对 v_t 而言在 e_{ij} 上的效用。

3.5.5.2　路由机制描述

路由机制由边评判、博弈分析和组播路由树建立算法三部分组成。

1. 边评判

由于网络状态难以精确描述，因此引入适合隶属度函数来描述边对用户 QoS 要求的适合程度。边带宽适合隶属度函数定义如下：

$$g_{1t}(bw_{ij}, bw\_rq_t) = \begin{cases} 0, & bw_{ij} < bw\_rq_t \\ \left(\dfrac{bw_{ij} - bw\_rq_t}{b - bw\_rq_t} \right)^k + f_{1t}(bw_{ij}, bw\_rq_t), & bw\_rq_t \leq bw_{ij} < b \\ 1, & bw_{ij} \geq b \end{cases}$$

$$\tag{3 - 14}$$

其中：

$$f_{1t}(bw_{ij}, bw\_rq_t) = \begin{cases} \varepsilon, & bw_{ij} = bw\_rq_t \\ 0, & \text{其他} \end{cases} \tag{3 - 15}$$

边延迟适合隶属度函数定义如下：

$$g_{2t}(Jp, dl_{ij}, dl\_rq_t) = \begin{cases} 0, & dl_{ij} > dl\_rq_t \\ 1 - e^{-\left(\frac{dl\_rq_t - dl_{ij}}{\sigma_1} \right)^2} + f_{2t}(Jp, dl_{ij}, dl\_rq_t), & dl_{ij} \leq dl\_rq_t \end{cases} \tag{3 - 16}$$

其中：

$$f_{2t}(Jp, dl_{ij}, dl\_rq_t) = \begin{cases} \varepsilon, & Jp = 1 \wedge dl_{ij} = dl\_rq_t \\ 0, & \text{其他} \end{cases} \tag{3 - 17}$$

边延迟抖动适合隶属度函数定义如下：

$$g_{3t}(Jp, jt_{ij}, jt\_rq_t) = \begin{cases} 0, & jt_{ij} > jt\_rq_t \\ 1 - e^{-\left(\frac{jt\_rq_t - jt_{ij}}{\sigma_2}\right)^2} + f_{3t}(Jp, jt_{ij}, jt\_rq_t), & jt_{ij} \leq jt\_rq_t \end{cases} \quad (3-18)$$

其中：

$$f_{3t}(Jp, jt_{ij}, jt\_rq_t) = \begin{cases} \varepsilon, & Jp = 1 \land jt_{ij} = jt\_rq_t \\ 0, & 其他 \end{cases} \quad (3-19)$$

边出错率适合隶属度函数定义如下：

$$g_{4t}(Jp, ls_{ij}, ls\_rq_t) = \begin{cases} 0, & ls_{ij} > ls\_rq_t \\ 1 - e^{-\left(\frac{ls\_rq_t - ls_{ij}}{\sigma_3}\right)^2} + f_{4t}(Jp, ls_{ij}, ls\_rq_t), & ls_{ij} \leq ls\_rq_t \end{cases} \quad (3-20)$$

其中：

$$f_{4t}(Jp, ls_{ij}, ls\_rq_t) = \begin{cases} \varepsilon, & Jp = 1 \land ls_{ij} = ls\_rq_t \\ 0, & 其他 \end{cases} \quad (3-21)$$

式(3-10)、式(3-12)、式(3-14)和式(3-16)属高斯型隶属度函数,过渡光滑平稳。$f_{it}(i = 1, 2, 3, 4)$ 为修正函数,用来处理特殊情况;Jp 为一正整数,表示端到端路径跳数;ε 是一个远小于1的正纯小数;k, b, σ_1, σ_2 和 σ_3 为正系数且 $k > 1$。

在已有的很多路由算法中,综合评价多个 QoS 参数主要是基于加权求和方法,根据不同应用类型,给定不同权重矩阵。但是,加权求和方法也存在一些不足,它假设各评价因素间相互独立,导致在评价过程中忽视了多个 QoS 参数间的相互联系,而且其变化是线性的,不符合综合评价的特点。为此,设计了一种基于模糊积分的多 QoS 参数综合评价方法,可以更贴切地反映边的当前状况。

采用模糊积分进行综合评判的关键是模糊测度的定义,采用 gg_λ 测度。设论域 $X = \{x_1, x_2, x_3, x_4\}$,其中,$x_1 = $ 带宽,$x_2 = $ 延迟,$x_3 = $ 延迟抖动,$x_4 = $ 出错率,它们是4个评价因素。$x_i(i = 1, 2, 3, 4)$ 的适合隶属度根据式(3-10)~式(3-17)求得,记作 $hh = \{hh_1, hh_2, hh_3, hh_4\}$；根据 hh_i 的大小,对 $x_i(i = 1, 2, 3, 4)$ 排序,按从大到小的排序位置记为 u_1, u_2, u_3, u_4；$x_i(i = 1, 2, 3, 4)$ 对应用的相对重要性记作 $gg\{x_1, x_2, x_3, x_4\} = \{qq_1, qq_2, qq_3, qq_4\}$。对论域 X 的综合评价为：

$$\omega = \int_A hh(x) \circ gg(x) = \bigvee_{i=1}^{4} (hh(u_i) \land HH(u_i)) \quad (3-22)$$

$hh(u_i)$ 为 $hh_i(i = 1, 2, 3, 4)$,$HH(u_i)$ 为 $gg(u_i)$ 的分布,则

$$HH(u_1) = gg(u_1) \quad (3-23)$$

$$HH(u_i) = gg(u_i) + HH(u_{i-1}) \quad (3-24)$$

v_t 根据式(3-10)~式(3-20)对当前边的状况进行模糊综合评价,得到评价值 ω_t。该值越大,当前边越适合 v_t 的 QoS 要求。

2. 博弈分析

假设共有 n_u 个用户,分为两类:高端用户和低端用户。前者的 QoS 要求较高,愿出高

价,有 s_u 个;后者的 QoS 要求较低,只愿出低价,有 $n_u - s_u$ 个。k_u 为网络当前可接纳用户数(包括高端与低端用户)。显然,$n_u > s_u > k_u$。图 3.4 是网络资源紧张时的阶梯状需求曲线,Y 轴代表网络提供方为用户传送数据的单价,X 轴代表网络提供方为用户传送的数据量,c 为网络提供方成本。网络提供方剩余 P_s 和用户剩余 C_s 的计算公式如下:

$$P_s = (a_2 + a_1) \cdot s_u + a_3 \cdot (k_u - s_u) \tag{3-25}$$

$$C_s = a_1 \cdot s_u + a_2 \cdot \frac{k_u - s_u}{n_u - s_u}(n_u - s_u) \tag{3-26}$$

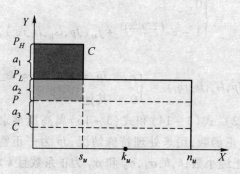

图 3.4 需求曲线

对于 v_t,根据式(3-10)得到边带宽适合隶属度 g_{1t},据此判断边带宽相对其要求而言是否丰富:若 $g_{1t} < h_{1t}$(h_{1t} 为一常数,且 $0 < h_{1t} < 1$),则说明当前带宽供不应求,网络提供方可适当提高价格来平抑需求;若 $h_{1t} < g_{1t} < h_{2t}$(h_{2t} 为一常数,且 $0 < h_{1t} < h_{2t} < 1$),则说明当前带宽供求平衡;若 $g_{1t} > h_{2t}$,则说明当前带宽供大于求,网络提供方可适当降低价格来吸引更多用户。因此,按照式(3-27)增加价格调节系数 ρ_t。

$$\rho_t = \begin{cases} \rho_{1t}, & g_{1t} < h_{1t} \\ 1, & h_{1t} < g_{1t} < h_{2t} \\ \rho_{2t}, & g_{1t} > h_{2t} \end{cases} \tag{3-27}$$

其中,$\rho_{1t} > 1, 0 < \rho_{2t} < 1$,均取经验值。

网络提供方实际为 v_t 分配的带宽 f_{ut} 计算如下:

$$f_{ut} = \frac{u_{ct}}{\rho_t P} \tag{3-28}$$

其中,u_{ct} 为 v_t 所付费用,P 为带宽基价。

使用二人博弈。网络提供方有两种策略 s_1 和 s_2,分别表示愿意和不愿意把当前边提供给用户。用户有两种策略 t_1 和 t_2,分别表示愿意和不愿意选择当前边。设网络提供方效用矩阵 U_1 和用户效用矩阵 U_2 分别如下:

$$U_1 = \begin{bmatrix} a_{11} & a_{12} \\ a_{21} & a_{22} \end{bmatrix} \tag{3-29}$$

$$U_2 = \begin{bmatrix} b_{11} & b_{12} \\ b_{21} & b_{22} \end{bmatrix} \tag{3-30}$$

U_1 和 U_2 中的上下两个行向量分别对应策略 s_1 和 s_2，左右两个列向量分别对应策略 t_1 和 t_2。U_1 的元素 a_{cd} 和 U_2 的元素 b_{cd} 分别表示在策略对 $\langle s_c, t_d \rangle$ 下网络提供方和用户在边上的相对效用，$c,d=1,2$。

通过前述的边评判，得到 ω_t。设经验值为 ω_{t0}，如果 $\omega_t > \omega_{t0}$，则认为当前边的状况超过用户期望；如果 $\omega_t = \omega_{t0}$，则认为当前边的状况符合用户期望；如果 $\omega_t < \omega_{t0}$，则认为当前边的状况低于用户期望。由此，给出网络提供方和用户对 v_t 而言的效用矩阵具体取值如下：

$$U_{1t} = \begin{bmatrix} \dfrac{\left(P_s \dfrac{\omega_t}{\omega_{t0}} - P_s \right)}{f_{ut}} & \dfrac{\left(P_s \dfrac{\omega_t}{\omega_{t0}} - p_s \right)}{f_{ut}} \\[4mm] -\mu \dfrac{\left(P_s \dfrac{\omega_t}{\omega_{t0}} - P_s \right)}{f_{ut}} & -\dfrac{\left(P_s \dfrac{\omega_t}{\omega_{t0}} - p_s \right)}{f_{ut}} \end{bmatrix} \tag{3-31}$$

$$U_{2t} = \begin{bmatrix} \dfrac{\left(C_s \dfrac{\omega_t}{\omega_{t0}} - C_s \right)}{u_{ct}} & -\mu \dfrac{\left(C_s \dfrac{\omega_t}{\omega_{t0}} - C_s \right)}{u_{ct}} \\[4mm] \dfrac{\left(C_s \dfrac{\omega_t}{\omega_{t0}} - C_s \right)}{u_{ct}} & -\dfrac{\left(C_s \dfrac{\omega_t}{\omega_{t0}} - C_s \right)}{u_{ct}} \end{bmatrix} \tag{3-32}$$

在 U_{1t} 中，$(\omega_t P_s)/(\omega_{t0} f_{ut})$ 表示网络提供方实际所得效用，P_s/f_{ut} 表示依理论计算其所得效用，二者之差作为其相对效用，表示其所得效用是否超出预期及其程度。U_{1t} 的第 2 行元素之所以添加负号，是因为如果网络提供方拒绝用户请求，则其会失去将要获得的效用。μ 是一个惩罚因子，表示拒绝一个愿意使用其提供带宽的用户会对用户今后是否愿意使用其带宽造成负面影响，取大于 1 的值。同样，在 U_{2t} 中，$\omega_t C_s/\omega_{t0} u_{ct}$ 表示用户实际所得效用，C_s/u_{ct} 表示依理论计算其所得效用，二者之差作为其相对效用，表示其所得效用是否超出预期及其程度。U_{2t} 元素中负号和 μ 的含义与 U_{1t} 中的类似。显然，在 U_{1t} 和 U_{2t} 中，如果元素为负值，则表示网络提供方和（或）用户不满意相应的策略对。如果下列不等式成立：

$$\begin{cases} a_{c^* d^*} \geqslant a_{cd^*} \\ b_{c^* d^*} \geqslant b_{c^* d} \end{cases} \tag{3-33}$$

则策略对 $\langle s_{c^*}, t_{d^*} \rangle$ 组成 Nash 均衡解，c^* 和 d^* 代表某一 c 和 d。

3. 组播路由树建立

对 v_t，把网络提供方和用户在 e_{ij} 上的博弈结果转换成一权值，用 Ω_{ij}^t 表示，定义如下：

$$\Omega_{ij}^{t} = \begin{cases} 1, & \text{Nash 均衡} \\ > 1, & \text{非 Nash 均衡} \end{cases} \tag{3-34}$$

对 v_t, e_{ij} 的启发式费用 $Tf_{ij}^{t}(\Omega_{ij}^{t}, ws_{ij}^{t}, us_{ij}^{t})$ 定义如下：

$$Tf_{ij}^{t}(\Omega_{ij}^{t}, ws_{ij}^{t}, us_{ij}^{t}) = \Omega_{ij}^{t}\left(q_1 \frac{1}{ws_{ij}^{t}} + q_2 \frac{1}{us_{ij}^{t}}\right) \tag{3-35}$$

在式(3-34)中，Ω_{ij}^{t} 反映是否达到 Nash 均衡对路由的影响；q_1 和 q_2 分别为网络提供方倾斜权值和用户倾斜权值，反映路由时是否需要向网络提供方或用户效用倾斜。ws_{ij}^{t} 和 us_{ij}^{t} 分别为对 v_t 而言网络提供方和用户在 e_{ij} 上实际所得效用。

在建立组播路由树时，在满足式(3-8)~式(3-11)代表的约束的前提下，通过式(3-35)使网络提供方与用户在建立的组播路由树上的效用达到或尽可能接近 Nash 均衡下的 Pareto 最优，即达到或接近式(3-5)~式(3-7)规定的目标：

$$\min \sum_{l_{st} \in T} \sum_{e_{ij} \in l_{st}} Tf_{ij}^{t}(\Omega_{ij}^{t}, ws_{ij}^{t}, us_{ij}^{t}) \tag{3-36}$$

设计的组播路由树建立算法的基本思想是：对所有 v_t，按其带宽要求从高到低排序，$t = 1, 2, \cdots, |M|$。首先，运行文献[59]的基于博弈论的模糊 QoS 单播路由算法，寻找从 v_s 到带宽要求最高的 v_t 的启发式费用之和的最小路径，作为当前组播树 T；然后，运行文献[60]中的算法，寻找从 T 上节点到带宽要求次高的 v_t 的启发式费用之和最小的路径并与 T 归并，作为新的 T；依此类推，直到所有 v_t 都已加入到 T 上为止。

用 l_{ij} 表示从 v_i 到 v_j 的路径，$Tf(l_{ij})$、$bw(l_{ij})$、$dl(l_{ij})$、$jt(l_{ij})$ 和 $ls(l_{ij})$ 分别表示 l_{ij} 的启发式费用、可用带宽、延迟、延迟抖动和出错率。使用 λ' 记录 l_{ij}，$\lambda'(v)$ 表示 l_{ij} 上 v 的前趋节点。用 mT_n 表示算法第 n 次循环时已经加入 T 的节点集合，用 M_n 表示尚未加入 T 的目的节点的集合，$mTf(v_k)$、$mbw(v_k)$、$mdl(v_k)$、$mjt(v_k)$ 和 $mls(v_k)$ 分别表示在 T 上从 v_s 到 v_k 的路径 l_{ij} 的启发式费用、可用带宽、延迟、延迟抖动和出错率。

算法流程描述如下：

步骤 0：初始化：$n = 0$，$mT_0 = \{v_s\}$，$M_0 = M$，$k = s$，$mTf(v_k) = 0$，$mbw(v_k) = +\infty$，$mdl(v_k) = 0$，$mjt(v_k) = 0$，$mls(v_k) = 0$；$\forall v \in V \wedge v \neq v_s$，$\lambda'(v_s) = 0$，$\lambda'(v) = m'$。

步骤 1：令 $M_n' = \{v_t \mid bw\_rq_t = \max_{v_t \in M_n}\{bw\_rq_t\}\}$。$\forall v_k \in mT_n$，$\forall v_i \in M_n'$，运行文献[60]中的算法得到路径 l_{kt}，组成路径集合 S_n。

步骤 1.1：令 $H_1 = \{l_{kt} \mid Tf(l_{kt}) = \min_{l_{k_j t_i} \in S_n}\{Tf(l_{k_j t_i})\}\}$。若 $|H_1| = 1$，则取 $l_{kt} \in H_1$，转步骤 1.6；否则，转步骤 1.2。

步骤 1.2：令 $H_2 = \{l_{kt} \mid bw(l_{kt}) = \max_{l_{k_j t_i} \in H_1}\{bw(l_{k_j t_i})\}\}$。若 $|H_2| = 1$，则取 $l_{kt} \in H_2$，转步骤 1.6；否则，转步骤 1.3。

步骤 1.3：令 $H_3 = \{l_{kt} \mid dl(l_{kt}) = \min_{l_{k_j t_i} \in H_2}\{dl(l_{k_j t_i})\}\}$。若 $|H_3| = 1$，则取 $l_{kt} \in H_3$，转步骤 1.6；否则，转步骤 1.4。

步骤 1.4：令 $H_4 = \{l_{kt} \mid jt(l_{kt}) = \min\limits_{l_{k f_i} \in H_3} \{jt(l_{k f_i})\}\}$。若 $|H_4| = 1$，则取 $l_{kt} \in H_4$，转步骤 1.6；否则，转步骤 1.5。

步骤 1.5：令 $H_5 = \{l_{kt} \mid ls(l_{kt}) = \min\limits_{l_{k f_i} \in H_4} \{ls(l_{k f_i})\}\}$。若 $|H_5| = 1$，则取 $l_{kt} \in H_5$，转步骤 1.6；否则任取 $l_{kt} \in H_5$，转步骤 1.6。

步骤 1.6：$mbw(v_t) = \min\{mbw(v_k), bw(l_{kt})\}$，$mdl(v_t) = mdl(v_k) + dl(l_{kt})$，$mjt(v_t) = mjt(v_k) + jt(l_{kt})$，$mls(v_t) = 1 - (1 - mls(v_k)) \times (1 - ls(l_{kt}))$。若 $mbw(v_t) \geq bw\_rq_t \wedge mdl(v_t) \leq dl\_rq_t \wedge mjt(v_t) \leq jt\_rq_t \wedge mls(v_t) \leq ls\_rq_t$，则转步骤 2；否则失败，算法结束。

步骤 2：令 $mT_{n+1} = mT_n \cup \{v \mid v \in l_{kt} \wedge v \neq v_k\}$。$\forall v \in \{v \mid v \in l_{kt} \wedge v \neq v_k\}$，标记 $\lambda'(v)$。$M_{n+1} = M_n - \{v_t\}$，$n = n + 1$。如果 $M_n = \Phi$，则成功，输出结果，算法结束；否则，转步骤 1。

文献[60]的单播路由算法是分布式算法，时间复杂度是 $O(n^2)$。由于设计的组播路由树建立算法基于文献[60]中的算法，因此也是分布式算法，而且因建立组播路由树时每次加入一个目的节点，故该算法的时间复杂度为 $O(mn^2)$，m 为组播目的节点数。

3.5.5.3 性能评价

基于 NS2 平台对上述路由机制进行了仿真实现。仿真表明，其主要参数取如下值时性能更好：$\varepsilon = 0.0005$，$k = 3$，$b = 1.5 \times bw\_rq_t$，$\sigma_1 = dl\_rq_t/3$，$\sigma_2 = jt\_rq_t/3$，$\sigma_3 = ls\_rq_t/3$；计算网络提供方与用户剩余时，$a_1 = 0.5$，$a_2 = 0.4$，$a_3 = 0.6$，$h_{1t} = 0.4$，$h_{2t} = 0.8$，$\rho_{1t} = 1.2$，$\rho_{2t} = 0.8$，$\omega_{t0} = 0.6$，$\mu = 1.5$；非 Nash 均衡时，$\Omega_{ij}^t = 2.5$。此外，简单起见，仿真时，$q_1 = 1$，$q_2 = 1$，表示在路由时既不向网络提供方效用倾斜，也不向用户效用倾斜。

在多个实际与虚拟网络拓扑上，仿真运行上述路由机制、与之对应的采用加权求和评判边的 QoS 组播路由机制[61]、QoSMIC 组播路由机制[62]和基于 PRIM 的组播路由机制（以下分别简称 FGQM、WGQM、QoSMIC 和 PRIM）。它们在 CERNET2 拓扑（拓扑 1，如图 3.5 所示）、CERNET 拓扑（拓扑 2，如图 3.6 所示）和根据 Waxman 随机图模型生成的 30 节点拓扑（拓扑 3，如图 3.7 所示）上的性能比较结果如图 3.8、表 3.2 和表 3.3 所示。

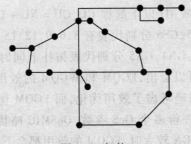

图 3.5 拓扑 1

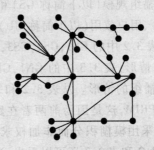

图 3.6 拓扑 2

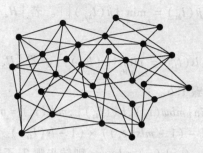

图 3.7 拓扑 3

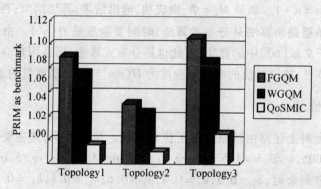

图 3.8 FGQM、WGQM、QoSMIC 和 PRIM 之间请求成功率比较

　　能成功完成 QoS 组播路由树建立的请求占所有请求的比例称为请求成功率。在拓扑 1、拓扑 2 和拓扑 3 上的仿真结果如图 3.8 所示。PRIM 不能灵活适应当前网络资源使用情况,请求成功率最低;QoSMIC 的请求成功率比 PRIM 略有提高;FGQM 与 WGQM 能够有效地根据网络资源实际情况建立组播路由树,请求成功率提高较大,且 FGQM 优于 WGQM。

　　表 3.2 和表 3.3 分别给出了 FGQM,WGQM,QoSMIC 和 PRIM 在拓扑 1、拓扑 2 和拓扑 3 上不同组播组规模(以下简称 GS)和组播组数(以下简称 GN)下的网络提供方效用(以下简称 NU)、用户效用(以下简称 UU)和综合效用(以下简称 CU,CU = NU + UU)仿真结果。其中:表 3.2 中的 GS1,GS2,GS3,GS4,GS5,GS6 分别代表有 3,6,9,12,15,20 个成员参与组播的情形;表 3.3 中的 GN1,GN2,GN3,GN4,GN5 分别代表拓扑上同时有 1,4,7,10,15 个组播组的情形。从表 3.2 和表 3.3 可以看出,FGQM 和 WGQM 的效用明显优于 QoSMIC 和 PRIM,这是因为前两者在路由时明确考虑了效用优化,而 FGQM 优于 WGQM 是因为前者采用模糊积分而非加权求和综合评价多个 QoS 参数,QoSMIC 略优于 PRIM。此外,从表 3.2 和表 3.3 还可以看出,当 GS 和 GN 较大时,FGQM 的效用都会下降,但是依然优于其他 3 种机制。

表 3.2　FGQM、WGQM、QoSMIC 和 PRIM 之间不同组播组规模下效用比较

| | | FGQM：WGQM：QoSMIC：PRIM | | |
		NU	UU	CU
Topology1	GS1	1.10:1.06:1.02:1.00	1.14:1.10:1.03:1.00	1.11:1.07:1.02:1.00
	GS2	1.12:1.08:1.03:1.00	1.12:1.08:1.02:1.00	1.12:1.08:1.03:1.00
	GS3	1.15:1.11:1.05:1.00	1.10:1.06:1.01:1.00	1.13:1.08:1.03:1.00
	GS4	1.16:1.12:1.05:1.00	1.09:1.05:1.01:1.00	1.14:1.09:1.03:1.00
	GS5	1.16:1.12:1.05:1.00	1.08:1.04:1.01:1.00	1.14:1.09:1.03:1.00
	GS6	1.13:1.09:1.03:1.00	1.05:1.03:1.00:1.00	1.09:1.06:1.02:1.00
Topology2	GS1	1.06:1.03:1.00:1.00	1.08:1.04:1.01:1.00	1.07:1.04:1.00:1.00
	GS2	1.09:1.06:1.01:1.00	1.07:1.04:1.00:1.00	1.08:1.05:1.01:1.00
	GS3	1.13:1.09:1.02:1.00	1.07:1.03:1.00:1.00	1.10:1.06:1.02:1.00
	GS4	1.15:1.09:1.02:1.00	1.06:1.02:1.00:1.00	1.10:1.06:1.02:1.00
	GS5	1.15:1.10:1.03:1.00	1.06:1.02:1.00:1.00	1.11:1.06:1.02:1.00
	GS6	1.11:1.07:1.01:1.00	1.04:1.02:1.00:1.00	1.07:1.05:1.01:1.00
Topology3	GS1	1.14:1.06:1.02:1.00	1.16:1.12:1.04:1.00	1.14:1.08:1.03:1.00
	GS2	1.16:1.10:1.04:1.00	1.13:1.09:1.03:1.00	1.15:1.09:1.04:1.00
	GS3	1.17:1.13:1.06:1.00	1.12:1.08:1.02:1.00	1.16:1.10:1.05:1.00
	GS4	1.18:1.14:1.07:1.00	1.11:1.07:1.01:1.00	1.16:1.11:1.05:1.00
	GS5	1.18:1.14:1.07:1.00	1.11:1.06:1.01:1.00	1.16:1.12:1.06:1.00
	GS6	1.17:1.11:1.05:1.00	1.08:1.06:1.01:1.00	1.13:1.08:1.03:1.00

表 3.3　FGQM，WGQM，QoSMIC 和 PRIM 之间不同组播组数下效用比较

| | | FGQM：WGQM：QoSMIC：PRIM | | |
		NU	UU	CU
Topology1	GN1	1.12:1.08:1.03:1.00	1.12:1.08:1.02:1.00	1.12:1.08:1.03:1.00
	GN2	1.13:1.10:1.04:1.00	1.11:1.07:1.02:1.00	1.12:1.08:1.03:1.00
	GN3	1.15:1.11:1.05:1.00	1.10:1.06:1.01:1.00	1.13:1.09:1.03:1.00
	GN4	1.16:1.11:1.05:1.00	1.09:1.05:1.01:1.00	1.14:1.10:1.03:1.00
	GN5	1.14:1.10:1.04:1.00	1.08:1.04:1.00:1.00	1.12:1.08:1.02:1.00

续表

		FGQM:WGQM:QoSMIC:PRIM		
		NU	UU	CU
Topology2	GN1	1.09:1.06:1.01:1.00	1.07:1.04:1.00:1.00	1.08:1.05:1.01:1.00
	GN2	1.11:1.07:1.01:1.00	1.07:1.03:1.00:1.00	1.09:1.05:1.01:1.00
	GN3	1.13:1.09:1.02:1.00	1.07:1.02:1.00:1.00	1.10:1.06:1.01:1.00
	GN4	1.14:1.10:1.02:1.00	1.06:1.02:1.00:1.00	1.11:1.06:1.01:1.00
	GN5	1.11:1.08:1.02:1.00	1.05:1.02:1.00:1.00	1.08:1.05:1.01:1.00
Topology3	GN1	1.16:1.10:1.04:1.00	1.13:1.09:1.03:1.00	1.15:1.09:1.04:1.00
	GN2	1.17:1.11:1.05:1.00	1.12:1.08:1.02:1.00	1.15:1.09:1.04:1.00
	GN3	1.17:1.13:1.06:1.00	1.12:1.07:1.02:1.00	1.15:1.10:1.05:1.00
	GN4	1.17:1.13:1.06:1.00	1.11:1.07:1.01:1.00	1.16:1.10:1.05:1.00
	GN5	1.16:1.11:1.05:1.00	1.10:1.04:1.00:1.00	1.13:1.07:1.03:1.00

本 章 小 结

组播是 NGI 中的共性基础技术之一。本章的重点是组播树、组播管理协议和组播路由算法。组播树构建和维护是组播的基础。组播管理协议的一个新的研究趋势是在增强型传输层协议上(如 ECTP)实现组播管理,基于 ECTP 的组播会话管理协议[63](Multicast Session Management Protocol)的技术已被国际标准化组织 IEC 接受并发布。本章还给出了一个 QoS 组播路由算法的设计实例,期望通过实例的介绍加深读者对组播基础知识的理解。实际网络中的组播部署还存在一些问题,NGI 中组播技术的研究依然重要。

习 题

1. 什么是组播?
2. 和单播、广播相比,组播的优点是什么?
3. NGI 中组播主要要解决哪些问题?
4. 什么是 IP 组播? IP 组播包括哪些模型?
5. 什么是应用层组播?
6. 什么组播树?
7. 什么是逆向路径转发检查? 其本质是什么?
8. 组播树的类型包括哪两种?

9. 组播树维护是指什么？

10. 什么是组播树重构？组播树重构分为哪两种？

11. 组播拥塞控制需要解决哪些基本问题？

12. 组播管理协议主要包括哪些类型？主要完成哪些功能？

13. 组播路由算法的设计原则是什么？

14. 给出 3 个经典的组播路由算法？

15. QoS 组播路由算法主要解决什么问题？

参 考 文 献

[1] DEERING S, CHERITON D. Multicast routing in datagfam internetworks and extended LANs[J]. ACM Transactions on Computer Systems, 1990, 8(2):85 – 110.

[2] 刘莹, 徐恪. Internet 组播体系结构[M]. 北京: 科学出版社, 2008.

[3] 王兴伟, 黄敏, 刘积仁. 基于服务质量的多媒体组通信目的节点加入与退出算法的研究[J]. 计算机学报, 2001, 24(8): 838 – 844.

[4] WAXMAN B. Routing of multiple connections[J]. IEEE Transactions on Communications, 1998, 6(9): 1671 – 1682.

[5] LIN H C. VTDM-A Dynamic multicast routing algorithm[C]. Proceedings of INFOCCOM'98, 1998: 1426 – 1432.

[6] HONG P S. An efficient multicast routing algorithm for delay-sensitive application with dynamic membership[C]. Proceedings of INFOCCOM'98, 1998: 1433 – 1440.

[7] BAUER F, VARMA A. ARIES: A rearrangeable inexpensive edge-based online streiner algorithm[J]. IEEE Journal on Selected Areas in Communications, 1997, 15 (3): 382 – 397.

[8] SRIRAM R. Rearrangeable algorithm for the construction of delay constrained dynamic multicast trees [J]. IEEE/ ACM Transactions on Networking, 1999, 7 (4):514 – 529.

[9] 刘芳, 谢银祥. 基于克隆策略的重构动态组播路由算法[J]. 计算机学报, 2004, 27(6): 833 – 837.

[10] BANERJEE S, LEE S, BOBBY B. Resilient multicast using overlay[J]. Proceeding of SIGMETRICS' 03, San Diego, 2003.

[11] YANG M K, FEI Z M. A proactive approach to reconstructing overlay multicast tree[J]. In Proceeding of IEEE INFOCOM, 2004.

[12] 徐恪, 吴建平, 徐明伟. 高等计算机网络:体系结构、协议机制、算法设计与路由器技术[M]. 北京: 机械工业出版社, 2008.

[13] LIU H, CAO W, ASAEDA H. Lightweight Internet Group Management Protocol Version 3 (IGMPv3) and Multicast Listener Discovery Version 2 (MLDv2) Protocols[S]. IETF RFC5790. 2010. 02.

[14] CAIN B, DEERING S, KOUVELAS I, et al. Internet Group Management Protocol, Version 3[S]. IETF RFC 3376. 2002. 10.

[15] 林闯, 单志广, 任丰原. 计算机网络的服务质量(QoS)[M]. 北京: 清华大学出版社, 2004.

[16] CHENG H, CAO J N, WANG X W. A fast and efficient multicast algorithm for QoS group communications in heterogeneous network [J]. Computer Communications, 2007, 30 (10): 2225 – 2235.

[17] WANG J W, WANG X W, HUANG M. A Hybrid Intelligent QoS Multicast Routing Algorithm in NGI [C]. Parallel and Distributed Computing, Applications and Technologies, PDCAT'05, 2005: 723 – 727.

[18] WANG X W, CAO J N, CHENG H et al. QoS multicast routing for multimedia group communications using intelligent computational methods[J]. Computer Communications, 2006, 29(12): 2217 – 2229.

[19] GATANI L, LO R G., GAGLIO S. An efficient distributed algorithm for generating multicast distribution trees [C]. Proceedings of the 2005 International Conference on Parallel Processing Workshops (ICPPW'05), 2005: 477 – 484.

[20] WINTER P. Steiner problem in networks: A survey[J]. Networks, 1987, 17(2): 129 – 167.

[21] CHEN S, NAHRSTEDT K. Distributed quality-of-service routing in high-speed networks based on selective probing[C]. Globecom 2000, San Francisco, USA: Globecom, 2000, 410 – 414.

[22] 陆慧梅, 向勇, 曹元大. 异构带宽约束的层次组播路由[J]. 计算机学报, 2006, 29(6): 898 – 905.

[23] GALATCHI D. A QoS multicast routing protocol for mobile Ad-Hoc networks[C]. 8th International Conference on Telecommunications in Modern Satellite, Cable and Broadcasting Services, 2007, 27 – 30.

[24] 叶晓国, 王汝传, 王绍棣. 基于区分服务的分组多播拥塞控制算法[J]. 软件学报, 2006, 17(7): 1609 – 1616.

[25] KIM K, KIM I, HWANG S, et al. Hierarchical overlay multicast based on host group model and topology-awareness[C]. The 7th International Conference on Advanced Communication Technology, 2005, 335 – 339.

[26] GAURAV A, JAGAN A. The global multicast routing protocol-a new architecture for hierarchical multicast routing[C]. IEEE International Conference on Communications, 2003, 1770 – 1774.

[27] KOU L, MARKOWSKY G, BERMAN L. A fast algorithm for Steiner tree[J]. Acta Information, 1981, 141 – 145.

[28] REEVES S, SALAMA F. A distributed algorithm for delay-constrained unicast routing[J]. IEEE/ACM Transaction on Network, 2000, 8(2): 239 – 250.

[29] MOSES C, JOSEPH N, BARUCH S. Resource Optimization in QoS Multicast Routing of Real-Time Multimedia[J]. IEEE/ACM Transaction on Networking, 2004, 12(2): 340 – 348.

[30] RENE B, STEFFEN S, ANDREAS M. A QoS-aware multicast routing protocol for wireless access networks[J]. 3rd EuroNGI Conference on Next Generation Internet Networks, 2007, 119 – 126.

[31] LI L, LI C L. A QoS multicast routing protocol for dynamic group topology[J]. Information Sciences, 2005, 169: 113 – 130.

[32] LOWU F, BARYAMUREEBA. On efficient distribution of data in multicast networks: QoS in scalable networks[J]. LNCS 3743, 2006, 518 – 525.

[33]　YUAN X. Heuristic algorithms for multiconstrained Quality-of-Service routing [J]. IEEE/ACM Transactions on Networking, 2002, 10(2): 244 – 256.

[34]　CHENG H, CAO J N, WANG X W. A heuristic multicast algorithm to support QoS group communications in heterogeneous network[J]. IEEE Transactions on Vehicular Technology, 2006, 55 (3): 831 – 838.

[35]　高茜, 罗军舟. 基于 Tabu 搜索的 QoS 多播路由快速优化算法[J]. 软件学报, 2004, 15(12): 1877 – 1884.

[36]　崔逊学, 林闯. 基于多目标遗传算法的多播服务质量路由优化[J]. 计算机研究与发展, 2004, 41 (7): 1144 – 1150.

[37]　GONG B C, LI L Y, WANG X L. A novel QoS multicast routing algorithm based on ant algorithm[J]. Wireless Communications, Networking and Mobile Computing, 2007, 2025 – 2028.

[38]　刘芳, 冯小军. 免疫组播路由选择算法[J]. 计算机学报, 2003, 26(6): 676 – 681.

[39]　CHEN N S, LI L Y, KE Z W. QoS multicast routing algorithm based on QGA[C]. IFIP International Conference on Network and Parallel Computing Workshops, 2007: 683 – 688.

[40]　刘芳, 谢银祥. 基于克隆策略的重构动态组播路由算法[J]. 计算机学报, 2004, 27(6): 833 – 837.

[41]　WANG X W, LI J, HUANG M. An integrated QoS multicast routing algorithm based on tabu search in IP/DWDM optical Internet[J]. Springer LNCS 3726, 2005: 111 – 116.

[42]　WANG J W, WANG X W, LIU P C, et al. A Differential Evolution Based Flexible QoS Multicast Routing Algorithm in NGI[C]. Parallel and Distributed Computing, Applications and Technologies, PDCAT'06, 2006, 250 – 253.

[43]　王军伟, 王兴伟, 黄敏. 一种基于思维进化计算和博弈论的 QoS 组播路由算法[J]. 东北大学学报(自然科学版), 2008, 29(2): 201 – 204.

[44]　DANIEL Z. Alternate path routing for multicast[J]. IEEE/ACM transaction on networking, 2004, 12 (1): 30 – 43.

[45]　MOUSSAOUI O, KSENTINI A, NAIMI M, et al. Multicast tree construction with QoS guaranties[J], LNCS 3754, 2005, 96 – 108.

[46]　OH S, BAE I, AHN H, et al. Routing Reinforcement for Efficient QoS Routing Based on Ant Algorithm [C]. Networking Technologies for Broadband and Mobile Networks International Conference ICOIN 2004, Busan: Springer LNCS 3090, 2004, 342 – 349.

[47]　YANG W L. A Heuristic Algorithm for the Multi-constrained Multicast Tree [J]. Management of Multimedia Networks and Services, Springer LNCS 2839, 2003, 78 – 89.

[48]　SIACHALOU S, GEORGIADIS L. Algorithms for precomputing constrained widest paths and multicast trees[J]. IEEE/ACM Transactions on Networking, 2005, 13(5): 1174 – 1187.

[49]　COHEN A, KORACH E, LAST M, et al. A fuzzy-based path ordering algorithm for QoS routing in non-deterministic communication networks[J]. Fuzzy Sets and Systems, 2005, 150: 401 – 417.

[50]　WANG L, LI Z Z, SONG C Q, YAN Y. A dynamic multicast routing algorithm with inaccurate information satisfying multiple QoS constraints[J]. Act Electronica Sinica, 2004, 32(8): 1244 – 1247.

[51] Li L Y, Li C Y. Genetic algorithm-based QoS multicast routing for uncertainty in network parameters [J]. LNCS 3362, 2004, 430 – 441.

[52] JANOS L, ALPAR F, CSABA V, et al. QoS routing with incomplete information by analog computing algorithms[J]. Springer LNCS 2156, 2001, 127 – 137.

[53] WANG X W, CHEN M H, CHENG H, et al. Flexible QoS multicast routing aased on artificial immune algorithm in IP/DWDM optical Internet[J]. IEEE ICC05, 2005, 72 – 79.

[54] WANG X W, CHENG H, LI J, et al. A QoS-based multicast algorithm for CSCW in IP/DWDM optical Internet[J]. Springer LNCS 3033, 2003, 1059 – 1062.

[55] WANG X W, LIU C, HUANG M, et al. A Fair QoS Multicast Routing Scheme for IP/DWDM Optical Internet[C]. Proceedings of the 25th IEEE International Conference on Distributed Computing Systems Workshops (ICDCSW'05), 2005, 127 – 131.

[56] WANG X W, GAO N, AN G Y. A Fuzzy Integral and Microeconomics Based QoS Multicast Routing Scheme in NGI [C]. Proceedings of The Sixth IEEE International Conference on Computer and Information Technology (CIT'06), 2006, 106 – 111.

[57] SHAVITT Y, WINKLER P, WOOL A. On the economics of multicasting[J]. Netnomics, 2004, 6(1): 1 – 20.

[58] CAO X R, SHEN H X, MILITO R, et al. Internet pricing with a game theoretical approach: concepts and examples[J]. IEEE/ACM transactions on networking, 2002, 10(2): 208 – 216.

[59] 王兴伟, 王琦, 黄敏等. 一种基于模糊积分和博弈论的 QoS 组播路由机制[J]. 软件学报, 2008, 19(7): 1743 – 1752.

[60] WANG XW, HOU MJ, WANG JW, HUANG M. A microeconomics-based fuzzy QoS unicast routing scheme in NGI[C]. In: Yang LT, ed. Proc. of the Embedded and Ubiquitous Computing. LNCS 3824, Berlin, Heidelberg: Springer-Verlag, 2005. 1055 – 1064.

[61] 张洁. 基于微观经济学的模糊 QoS 路由选择算法的研究与仿真实现[硕士学位论文]. 沈阳: 东北大学, 2005.

[62] YAN S Q, FALOUTSOS M, BANERJEA A. QoS-Aware multicast routing for the Internet: The design and evaluation of QoSMIC[J]. IEEE/ACM Trans. on Networking, 2002, 10(1): 54 – 66.

[63] ISO/IEC 24792. Telecommunications and information exchange between systems-Multicast Session Management Protocol (MSMP) [S], 2010.

第4章 光 网 络

由于 NGI 具有规模大、通信速率快、安全性要求高等特点,因此对网络带宽和可靠性等提出了更高的需求。而以波分复用(WDM)技术为核心的光网络,不仅能提供巨大的带宽资源,而且能提供高可靠的数据传输和通信,因此在 NGI 骨干网中已占据主导地位,并得到了普遍应用。

4.1 概 述

以光纤为基础的光网络与以电缆为基础的电网络相比,能提供更高的带宽和更可靠的通信。本节主要介绍光纤通信的发展、光纤通信技术、光网络的发展、光网络模型和网元,以及国内外研究概况。

4.1.1 光纤通信的发展

光纤通信是以光纤为传输媒介,以光波信号为载体进行信息传输的一种通信技术[1]。信息首先在源端点处被转换为相应的电信号,该电信号通过控制光波信号的发生器,使其发出的光波信号具有所要传输的电信号的特点,即进行电光转换。然后,光波信号在光纤内通过全反射方式进行传输。到达目的接收端点后,光波信号再经过光电二极管等转换成所需要的电信号,即进行光电转换。

4.1.1.1 光和光纤的特性

在光纤通信中,光和光纤的特性占有重要的地位。根据近代物理学的理论,光既具有波动性,又具有粒子性。光的波动性体现在干涉、衍射、折射等现象上,光的粒子性则体现在光电效应上。光在光纤中传输时表现出波动性,因此光也被认为是一种频率很高的电磁波信号,即光波信号。光纤通信中光波信号的波长范围在 $0.8 \sim 1.8~\mu m$ 之间,属于红外波段。

光纤又称为光导纤维,从剖面结构来看,它是由纤芯部分的低损耗石英玻璃纤维、中间部分的包层和外面的涂覆层组成(光纤的具体结构将在 4.1.4.2 节中介绍)。由于纤芯的折射率低于外面包层的折射率,因此光波信号可以在纤芯中通过全反射的方式进行传输。在光纤通信中,常用的 1.55 μm 的光波区,纤芯的损耗可低至 0.18 dB/km。

4.1.1.2 光纤通信的发展历程

在光纤问世之前,最早的光通信方式可追溯到我国公元前 11 世纪西周王朝所采用的烽火台上的狼烟,而欧洲人在 17 世纪发明了旗语。这些光通信方式都是以大气为传输媒介,以可见光为载体进行的信息传输,因此受天气、地理环境等诸多因素的影响很大,信息传输的质量和数量具有很大的局限性。

1865 年,麦克斯韦发表了电磁波理论,认为交变的电场会产生交变的磁场,交变的磁场又会激起交变的电场,这种电场、磁场无限地交变产生,合称电磁场。这种交变的电磁场会在空间以波的形式由近及远地传播开去,这就是电磁波。而光波也是一种电磁波。

1880 年,贝尔以大气为传输媒介、以太阳光为光源发明了光电话机,通话距离 213 m。

1960 年,梅曼发明了频率为 100 THz 的红宝石激光器,由于其亮度高、谱线窄、方向性好等优点,使光通信进入一个崭新的阶段。但光源在大气中传输容易受雨、雾、烟等干扰,通信很不稳定,应用上受到很大的限制。

到了 1966 年,2009 年度的诺贝尔奖获得者高锟和霍克哈姆发表了《用于光频的光纤表面波导》的论文,提出了实现低损耗光导纤维的可能性,从而奠定了现代光通信的基础,高锟也因此被誉为"光纤之父"。

1970 年,美国康宁公司研制成功了损耗为 20 dB/km 的石英光纤和体积很小的半导体激光器。此后,光纤及激光器等设备和器件的质量不断提高,以半导体激光器为光源,以石英光纤为传输媒介,以半导体光电二极管作为接收器件的光纤通信系统得到了迅速的发展。到 2010 年,各种新型的光纤及相关产品不断问世,如:日海研制的新型光纤插座盒,法国开发的新型超快光纤激光器,瑞萨科技采用的蓝紫色半导体激光器二极管,等等。

4.1.1.3 光纤通信的特点

与传统的电信号通信相比,光纤通信的优点主要是带宽大、速度快,目前一根光纤的传输容量已经到达了十几个 Tbps。其次,光纤通信的损耗低、中继距离长,目前石英光纤在 1.55 μm 光波区的损耗可低至 0.18 dB/km,比已知的其他通信线路的损耗都低得多。同轴电缆通信的中继距离只有几千米,最长的微波通信是 50 km 左右,而光纤通信系统的最长中继距离可达 300 km 以上。光纤通信的抗干扰能力强,光纤属绝缘体,不怕雷电和高压,电磁源也干扰不了频率比它们高得多的光波信号,且光纤具有很好的抗核辐射能力。光纤通信的保密性强,电通信方式很容易被人窃听;而光波在光纤中传输时是全反射方式,不会到光纤之外辐射电磁波,即使在拐弯非常厉害的地方,漏出光纤的光波也微乎其微。光纤体积小、重量轻,一般来说,1 kg 高纯度石英玻璃可制作成千上万千米光纤,而 120 t 铜和 500 t 铅只能制成 1000 km 的 8 管同轴电缆。在相同容量下,同轴电缆每米重 11 kg,而光纤每米重 90 g。因此,光纤可广泛应用于航天航空、汽车电子等领域。光纤的原材料取之不竭,电线的主材铜、铅等有色金属,预计只够用 50 年左右;而光纤的主材石英砂(SiO_2)在地壳的化学成分中占了一半以上,可以说是取之不尽、用之不竭。此外,光纤不怕腐蚀,可架在空中,可埋入地下,有较强的耐高低温能力($-65 \sim 200℃$),在一般的飞机、舰艇和车辆上都可使用。

　　光纤通信也存在一些缺点,比如光纤容易折断,因为玻璃纤维易脆。光纤连接困难,这主要取决于断面是否垂直、焊接点是否有气泡等。光纤通信过程中怕水、冰等,因为这会增大其损耗。光纤怕弯曲,因为这会导致损耗增加。

4.1.2　光纤通信技术

　　光纤通信技术主要包括 WDM 技术、光交换节点技术、波长变换技术等,这些技术不仅能提高光纤的带宽利用率,而且对光纤通信网络的灵活组网及服务提供起到了至关重要的作用。

4.1.2.1　WDM 技术

　　由于光纤具有巨大的传输带宽,为解决通信网传输能力不足,一种办法是铺设更多的光纤,这对于光纤安装耗资少的网络来说是一种有效解决方案。但由于受到较多物理条件的限制,不能有效地利用光纤的全部带宽。另一种方案是采用时分复用(Time Division Multiplexing,TDM)技术来提高传输速率。第三种方案是采用 WDM 技术,即在同一根光纤中同时传输两种或多种波长(频率)光信号的技术[1-3]。

　　如图 4.1 所示,WDM 技术的基本思路是在发送端通过复用器将两种或多种不同波长(频率)的光载波信号复合在一起,并耦合到一根光纤中进行传输。在接收端通过解复用器将各种不同波长(频率)的光载波信号分离,然后再由光接收机做进一步处理以恢复原始信号。光纤中可复用的波长数根据复用器的不同而不同,可复用的波长数较多的 WDM 技术又称为密集波分复用(DWDM)技术;可复用波长数较少的 WDM 技术又称为稀疏波分复用(Coarse WDM,CWDM)技术。WDM 技术、DWDM 技术和 CWDM 技术的主要区别是它们在光谱中的信道间隔不同,但并无本质区别,因此业界往往将它们互用。

　　20 世纪 90 年代之前,WDM 技术发展平缓。直到 1995 年,WDM 技术出现了转折,研究焦点集中在光信号的复用和处理上。之后,WDM 系统在全球范围内有了广泛应用。经过近 20 年的发展,WDM 技术不仅在单纤波长信道数和单波长传输速率上不断取得重大突破,而且在全光传输距离方面也有巨大进展。因此,从 1995 年至今,通信网发生了前所未有的变化。无论在骨干网、区域网、城域网、还是接入网,WDM 技术已被公认为是一种最佳的扩容方式,应用前景非常看好。到 2010 年,商用的 WDM 光纤通信系统有 8 波长和16 波长,密集 DWDM 系统可达到 32 波长、64 波长甚至 128 波长。

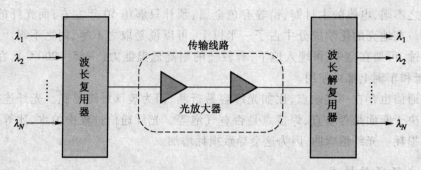

图 4.1　WDM 系统示意图

4.1.2.2　光交换节点技术

最初的光纤通信系统是普通的点到点通信系统,即需要在两个节点之间直接铺设光纤来传输光信号;如果两个节点之间没有直连光纤,则需要中间节点的光/电/光(Optical Electrical Optical,OEO)中转。因此,点到点通信需要在不同的通信节点之间铺设大量的直连光纤,或配置较多的 OEO 设备,不仅增加了网络成本,而且不能灵活组网。为了将原始的点到点光纤通信系统所提供的巨大带宽转化为可以灵活应用的组网带宽,需要在网络节点处引入灵活的光交换节点实现光层的联网,从而构成光传送网(Optical Transport Network,OTN)[4-10]。

光交换节点中最常用的设备主要有光交叉连接器(Optical-cross Connect,OXC)和光分插复用器(Optical Add-Drop Multiplexer,OADM)[5]。OXC 的功能类似于同步数字系列(SDH)网络中的数字交叉连接器(Digital Cross-Connect,DXC),它由光开关组成,可把一个波长信道上的信号直接交换到出口光纤的相应波长上去。OADM 的功能类似于 SDH 网络中的分插复用器(Add-Drop Multiplexer,ADM),但 OADM 是直接操作光信号,而 ADM 是直接操作电信号。正是由于 OXC、OADM 等技术的不断进步和成熟,使得光网络的组网方式更加灵活。这些主要设备和器件的结构、功能等将在第 4.1.4.2 节中详细介绍。

在光交换节点支持下,网络节点可以中转光信号。比如,在广州和深圳之间铺设 100 km 光纤线路后,北京到深圳的通信可通过广州中转,从而大大节省了成本,提高了灵活性。

4.1.2.3　波长变换技术

波长变换是将信息从承载它的一个波长上转到另一个波长上。在 WDM 光网络中,波长变换主要有光/电/光(OEO)变换和全光(All Optical,OOO)变换两种方法。

在 OEO 变换中,当需要对某一波长的光信号进行波长转换时,先用光电检测器接收该光信号,实现光电转换;然后将电信号调制到所需波长的激光器发射出去,实现电光转换,从而实现波长变换。OEO 是目前唯一成熟的波长变换技术,其优点主要有:输入动态范围大,不需要光滤波器,对输入光的偏振不敏感,并且对信号具有再生能力。缺点是:由于涉及了电信号,因此失去了全光网络的透明性。

在 OOO 变换中,波长信号不经过光/电处理,直接在光域内将某一波长(频率)的光信号直接转换到另外的一个波长(频率)上。OOO 变换技术主要是依靠光的非线性效应,主要包括:基于半导体光放大器的交叉增益调制和交叉相位调制的 OOO 变换技术、基于半导体光放大器或光纤中的四波混频和不同频率产生的 OOO 变换技术。

4.1.3　光网络的发展

4.1.3.1　智能光网络的演进

原始的光传送网通常只提供大容量的点到点带宽传送,即在两个通信节点之间直接铺设光纤以传输光信号。随着通信行业的变化和光网络规模的扩展,光传送网也需要提供端到端的服务连接,这使得可以采用类似 Internet 的结构来设计未来的光网络[7-9]。由于信息量的剧增,网络对带宽的需求日益高涨,同时也迫切需要对带宽进行动态的分配,因为传统的依靠人工配置网络带宽连接的方法不仅耗时、费力、易出错,而且难以适应新型网络和业务的需要。因此,光网络除了能管理 WDM 巨大带宽之外,同时还要求能合理地指配不同的用户业务,能够在业务节点之间快速地建立光路连接*,按照用户需求来分配带宽,对网络业务提供保护和恢复能力,以及可以根据不同用户需求在波长通道上提供不同的服务质量(QoS)和业务类型等。

为此,业界提出了一种能够自动完成网络连接的新型网络:自动交换传送网(ASTN)[11]。其中以光传送网为基础的又称为自动交换光网络(ASON)[12],它是一种智能光网络[4]。在传统的光传送网络中,通常只涉及对信号的传送、复用、交叉连接、监控和保护恢复等,这样是一个静态的过程。而 ASON 引入了动态交换的概念,其最大的特点是业务层与传送层之间的自动协同工作机制。因此,ASON 是当前光网络中的研究热点,是新一代智能光网络发展的趋势。目前,以 IETF 和 ITU-T 为代表的标准化组织为智能光网络做了大量研究工作,另外光联网论坛(Optical Internetworking Forum,OIF)等组织也制定了一系列标准和规范。如,IETF 制定的信令协议"基于约束的路由标签分发协议(Constraint-based Routing Label Distribution Protocol,CR-LDP)"和"支持流量工程的资源预留协议(Resource Reservation Protocol-Traffic Engineering,RSVP-TE)"、路由协议"支持流量工程的开放最短路径优先(Open Shortest Path First-Traffic Engineering,OSPF-TE)"等,ITU-T 定义的 G. 8080/Y. ASON 结构等、OIF 制定的支持带宽动态改变的 UNI2. 0 和支持设备域间互

---

　　* 光路(Lightpath)又称为光通道,是指由一系列波长链路连接而成的传输光信号的路径;如果这些波长链路均是相同频率的波长,则光路又称为全光波长通道,否则称为虚波长通道[1]。

联互通的扩展网络到网络接口(External Network to Network Interface,E-NNI)等。

可见,WDM 光网络的组网方式已经从简单的点到点传输向光层联网方式前进,从而改进了组网效率和灵活性。可以说,光网络正从静态联网向智能化动态联网的方向发展。

4.1.3.2　从环状网向网状网的演进

如图 4.2 所示,是环状(ring)结构和网状(mesh)结构网络的示意图。在 ASON 提出之前的绝大多数网络是采用环形结构来组网的,因为环网结构简单且具有较强的自愈能力[10]。基于环形结构,相关研究主要针对 SDH/SONET WDM 环网。随着网络规模不断扩大,网络容量不断增加,需要承载的业务逐渐增多,同一个环上出现多处故障的可能性也越来越大,不能被环网恢复的受故障影响的业务也逐渐增多。同时,随着电子商务等迅速发展,用户对网络传输可靠性的要求也越来越高。网络可靠性将逐步成为网络竞争力的重要衡量指标。与环网相比,网状网结构所提供的保护或恢复相结合的功能可防止网络中出现多处故障恶劣情况下的业务中断,实现了良好的网络抗毁性[9]。

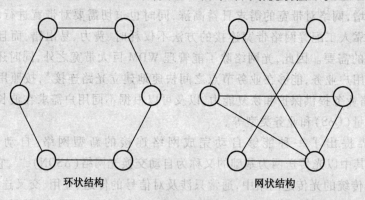

环状结构　　　　　　　　　　　　网状结构

图 4.2　环状结构和网状结构

在进行故障保护或恢复时,即使业务量分布比较均衡,与工作容量相比,环网结构所需的备份容量也往往到达 100%,有时甚至高达 150%。而采用网状网结构,在同样情况下所需的备份容量远小于环网,通常为 30%~60%。由此可见,在网络资源相同的情况下,网状网具有更好的资源利用率,可以减少带宽消耗,从而降低网络运营成本。

当网络容量需求增加时,运营商需要将 SDH 环网中的所有节点同时升级,而网状网只需要把相关节点和链路升级即可。因此在网络可扩展性方面,网状网优势更明显。

总体来说,与环网相比,网状网拥有以下优势:支持多故障的保护或恢复;能够根据用户业务的等级提供不同的传送服务;网络资源利用率较高;网络抗毁性较好;可扩展性较强;扩容升级方法灵活;端到端的调度和保护相对容易实现;保护或恢复前后具有较小的时延等。环形网结构简单且容易实现,主要应用于规模较小的校园网、城域网等;而规模较大的骨干光网络结构复杂、抗毁性要求高等,因此网状结构是其发展的必然趋势。

4.1.3.3　从 10 Gbps 到 100 Gbps 的演进

目前,以 WDM 技术为核心的光纤通信网在骨干网中占据了主导地位。WDM 技术不仅提供了巨大的带宽资源从而使得以光网络传输和交换海量的 Internet 业务成为可能,而且可以在光层直接处理光信号,动态地为业务建立和分配光通道,进行故障的快速恢复与保护等,这些都推动了新一代光网络的建设和发展。从 2003 年商用的 10 Gbps 技术到 2009 年商用的 40 Gbps 技术,花了 6 年时间。2010 年,100 Gbps 技术被提上日程,预计将在 2 至 3 年内商用。

10 Gbps 技术兼容了局域网技术,并将其扩展到广域网,可以降低费用,提供快速的数据业务服务,因此 10 Gbps 技术是一种融合局域网、城域网和广域网的"光 – 以太网技术"。40 Gbps 技术在 2009 年商用,它采用色度色散补偿和极化模补偿技术,使色散和极化模容限比 10 Gbps 技术降低 16 倍,光信噪比要求比 10 Gbps 技术提高 6 dB。由于运营商不可能一步到位把 10 Gbps 全部升级到 40 Gbps,因此目前仍然是混合使用 10 Gbps 和 40 Gbps。Alcatel-Lucent 在 2010 年 4 月申明,年内将推出 100 Gbps 产品,正式宣布 100 Gbps 时代来临。作为下一代高速传输的核心技术,100 Gbps 技术可实现单信道 112 Gbps 传输,将 10 Gbps 技术的速率提高了 10 倍。

1. 40 Gbps 以太网技术

40 Gbps 以太网系统的关键技术包括:通过先进的调制编码来降低光信噪比(Optical Signal to Noise Ratio,OSNR)、偏振模色散(Polarization Mode Dispersion,PMD)、非线性等方面的限制;通过前向纠错(FEC)编码来降低系统的 OSNR 要求;通过新的色散管理技术来对色度和色散进行补偿,如通过色散补偿模块和可调色散补偿模块相结合的方式进行补偿;通过拉曼(Raman)放大来提高 OSNR 并减小非线性损伤。

与传统的 10 Gbps 以太网技术相比,差异化编码是 40 Gbps 以太网技术的明显特点。考虑成本、传输距离、系统容量等方面因素,40 Gbps 以太网技术可采用:光双二进制(Optical Duobinary Coding, ODB)、超级差分归零(Super Differential Return to Zero, SuperDRZ)、差分四相移键控(Differential Quaternary Phase Shift Keying,DQPSK)等调制编码技术。其中,ODB 实现比较简单、性价比高,适合短距离传输,最大容量能达到 96 波长 ×40 Gbps,即 3.84 Tbps;SuperDRZ 的线路色散不匹配容忍力和非线性容忍力非常强,适合超长距离传输,40 个波长下无电中继传输距离达 1500 km;DQPSK 具有 PMD 容限大、OSNR 灵敏度高等特点,实现比较简单,为使各方面的性能达到最佳的平衡,可采用 80 个波长进行传输。可见,在进行超长距离 40 Gbps 传输时 SuperDRZ 和 DQPSK 是较好的选择,而区域内短距离 40 Gbps 传输时 ODB 是较好的选择。

与传统的 10 Gbps 以太网技术相比,目前已经商用的 40 Gbps 以太网技术具有如下优势。首先,40 Gbps 技术将原来需要对 4 个波长的维护转变为只对 1 个波长的维护,不仅降低了 75% 维护开销,还提高了机房空间利用率,降低了设备密集度,改善了节能减排等,因而节省了网络运营成本。其次,40 Gbps 技术提高了频谱利用率。再次,40 Gbps 技术中多个通信连接可融合到 1 个波长中,不仅网络功能得到提高,而且每比特传送代价被降低。此外,汇聚波长后,40 Gbps 传输系统的网络流量能更好地均衡,并能减少路由器的交换端口代价,从而进一步降低了网络总成本。

与传统的 10 Gbps 以太网技术相比,40 Gbps 以太网技术对光纤传输系统有更严格的要求。首先,40 Gbps 技术的非线性效应更明显。其次,40 Gbps 技术的 OSNR 要求增加了 4 倍,即 6 dB;偏振模色散(PMD)容限降低了 4 倍;色度色散(Chromatic Dispersion,CD)容限则降低了 16 倍。此外,40 Gbps 技术还要求无电中继的传输距离要大于 1000 km。

虽然 40 Gbps 系统已经商用,但目前大多数运行的系统仍然是传统的 10 Gbps 系统,因此要考虑 10 Gbps 到 40 Gbps 的过渡问题,充分考虑二者的兼容。网络运营商可采用新建 10 ~ 40 Gbps 的兼容系统或直接升级现有的 10 Gbps 系统成 40 Gbps 系统两种方式。这种 10 ~ 40 Gbps 混合组网方式要求其传输距离等方面与现有的 10 Gbps 系统达到一致水平,在不增加中继数量的基础上最大化地充分利用已有的网络资源,这样不仅能使投资效益最大化,还有助于网络运营商灵活地选择投资方式。

发展到现在,40 Gbps 以太网技术主要有:40 Gbps 白光口 + 40 Gbps DWDM、40 Gbps 路由器白光口或彩光口 + 10 Gbps DWDM,及路由器光纤直连等三种部署方式,它们在成本、适用环境、技术成熟度等方面均有不同。比如,在长距离 IP 骨干网上可首选 40 Gbps 白光口 + 40 Gbps DWDM 的部署方式,在城域网核心节点间互联可首选 40 Gbps 路由器白光口或彩光口 + 10 Gbps DWDM 的部署方式,而在 IP 骨干网及 IP 城域网汇集点(Point of Present,POP)的内部互联上可首选路由器光纤直连的部署方式。

目前的首选技术是 10 ~ 40 Gbps 兼容系统,能有效地降低初期的建设成本,可以实现 10 ~ 40 Gbps 的混合传输、业务的平稳升级等。在 10 ~ 40 Gbps 兼容系统中,需要考虑的问题包括:信道的均衡、波长信道的分配、PMD 的补偿等。另外,由于存在多粒度的业务带宽需求,因此 10 ~ 40 Gbps 兼容系统的这种组合方式能支持灵活的带宽调度,从而满足低带宽、高带宽等多业务的需求。

2. 100 Gbps 以太网技术

虽然 40 Gbps 以太网技术已经商用并大大提高了通信带宽,但网络业务对带宽需求的急剧增长使得人们仍然迫切需要更高的通信速率,即需要进一步将 40 Gbps 技术升级为 100 Gbps 技术。

在 100 Gbps 以太网中,接口关键技术主要有:物理层通道汇聚、多光纤通道、WDM 等技术[13]。由于新的芯片技术支持 40 nm 工艺,因此 100 Gbps 以太网中的物理介质相关子层能实现 100 Gbps 带宽。由于光纤接口的物理介质相关子层采用并行多模方式,因此封装密度和功耗都较大。在系统部分,对应速率的大大提高,对数据存储、处理、交换技术等方面有更高的需求。而在网络部分,对应超高速传输,关键技术包括信号处理、调制、物理编码、新的光传输单元(Optical Transform Unit,OTU)帧、非线性处理、色散补偿、100~10 Gbps 的融合与互通等。此外,100 Gbps 以太网接口关键技术还包括配套的包处理器、分布式大容量交换所需的大容量分组交换系统套片等。

目前,业界在 100 Gbps 的包处理方面还没有统一的方案,各研究机构的方案还待评估,如华为的宏指令包处理(Macro Instruction for Packet Processing,MIP)技术。与此相关的网络处理器中内容可寻址存储器(Content Addressable Memory,CAM)等查找接口的带宽需要增加 2 倍以上,对数据总线的速率、宽度等都提出了更高要求,因此出现了因特拉肯旁路读出式(Interlaken Look-Aside,Interlaken LA)等串行高速总线接口技术。

传统的系统在流量管理芯片、交换网和交换网接口芯片等分组交换系统套片方面,很难支持每线卡 100 Gbps 以上的数据带宽。在 100 Gbps 系统中,采用新方案后每线卡背板接口带宽可达 100~200 Gbps,背板串行器/解串器(SERializer/DESerializer,SERDES)总线速率可支持 6.5 Gbps;若要支持 100 Gbps 接口,则每线卡带宽要升级到 200~500 Gbps,而背板 SERDES 总线速率要超过 10.3125 Gbps,这对背板的材料、工艺、设计、总线长度等都提出了更高要求。如果要满足电信级的需求,则还需要更好的队列支持能力、更大的缓冲、更强的带宽处理能力等,以满足电信级的层次化服务质量(Hierarchy QoS,HQoS)、虚拟队列(Virtual Queuing,VoQ)等业务流的管理特性。

100 Gbps 技术在提高系统功能的同时,也增加了功耗。如,由于存储器空间更大,100 Gbps 处理器的功率更大。再如,由于 1 个 100 Gbps 波长物理介质相关子层需要 4 个 25 Gbps 的通道,使得 SERDES 通道数和速率均增大,这就需要消耗更多电量并产生更多的热量。因此,100 Gbps 系统需要考虑节能或系统冷却方案,这也是业界当前面对的主要问题之一。

除以上关键技术外,如何实现高速以太网在光传送网上有效的传输、操作、维护、管理等,是 100 Gbps 技术成功的关键。ITU-T SG15 Q11 对 40 Gbps/100 Gbps 以太网接口的 OTU 映射进行了定义[14]:G.709 中规定 40 GE 使用 1024B/1027B 传输编码映射到光通道净荷单元(Optical channel Payload Unit,OPU)3,而 100 GE 映射到光数据单元(Optical Data Unit,ODU)4/OTU4,其比特率为 111.809973 Gbps。相关标准预计 2011、2012 年左右可成熟。此外,可采用虚级联技术提高 100 Gbps 系统中的单波长比特率,但不能提高光纤的利用率。

在采用串行 DWDM 技术后,可通过 ODU4 将 10×10 GE/4×25 GE 的 100 GE 业务适配到 OTU4 中。由于 100 Gbps 系统中单波长速率非常高,这对偏振膜色散、光信噪比等物理损伤容限的要求更高,而要提升损伤容限,就需要采用相应的技术降低光纤线路上传输光信号的波特率。如,在结合偏振复用和解复用技术前提下,采用幅度调制(Quadrature Amplitude Modulation,QAM)、8 相移相键控(8 Phase Shift Keying,8PSK)、正交频分复用(Orthogonal Frequency Division Multiplexing,OFDM)、正交相移键控(Orthogonal PSK,QPSK)等高阶的编码调制。由于色度色散(CD)、偏振膜色散(PMD)等在 100 GE 单波长传输时存在着严格的要求,因此为增大对物理损伤的容限从而使 100 GE 单波长在 10~40 Gbps 系统中传送和平稳升级,接收端可采用 CD 补偿、非线性效应抑制、PMD 等相干接收/电处理方式。

为了支持 40 Gbps 系统平滑地升级到 100 Gbps 系统,高阶编码调制、偏振复用、超强 FEC、相干接收/电处理等技术将是 100 GE DWDM 传输中的组合解决方案。对于 100 Gbps 传输中所需要的高速光电器件,预计到 2012 年将会趋于成熟。

除接口关键技术之外,目前更需要同步提升 100 Gbps 系统的处理能力,以提供线速的处理和转发、大容量交换、高带宽的包处理和流管理等电信级的特色功能。

3. 相关技术标准

2010 年 6 月,IEEE 802.3 的高速研究组(High Speed Study Group, HSSG)发布下一代以太网技术标准 IEEE P802.3ba,可同时为 40 Gbps 和 100 Gbps 提供支持。前者主要针对本地服务器应用,后者主要针对骨干网应用,使以太网能满足不同应用需要[15]。

IEEE P802.3ba 规定了物理介质相关子层、物理介质接入子层、物理编码子层、转发错误纠正模块、连接接口总线等。MAC 和物理层(Pysical layer, PHY)间的片内总线采用 40 Gbps 的 40 吉比特媒体独立接口(40 Gigabit Media Independent Interface, XLGMII)和 100 Gbps 的 100 吉比特媒体独立接口(100 Gigabit Media Independent Interface, CGMII),片间总线采用 40 Gbps 的 40 吉比特附加单元接口(40 Gigabit Attachment Unit Interface, XLAUI)和 100 Gbps 的 100 吉比特附加单元接口(Gigabit Attachment Unit Interface, CAUI)[16]。

IEEE P802.3ba 保留了 802.3MAC 的以太网帧格式,只支持全双工方式;定义了 1 m 背板连接、7 m 铜缆线、100 m 并行多模光纤、基于 WDM 的 10 km 单模光纤,以及支持 100 Gbps 接口的最大 40 km 传输距离等多种物理介质接口规范;定义了物理编码子层的多通道分发协议;规定了物理层的编码采用 64 B/66 B;定义了虚拟通道,以解决适配不同光波长或物理通道的问题;规定了 40 Gbps 和 100 Gbps 分别采用 4 个和 10 个 10.3125 Gbps 通道并通过轮询机制获得 40 Gbps 和 100 Gbps 的速率,以用于片间连接的电接口规范。

IEEE P802.3ba 还规定了 40 Gbps 短距离(40GBASE short range)和 100 Gbps 短距离(100GBASE short range)为 40~100 Gbps 光模块中短波长并行接口;长波长接口涉及物理介质接入对应的 25 Gbps 的背板串行起/解串器(SERializer/DESerializer, SERDES)和封装技术,封装形式由紧凑外形可插拔多源协议(Compact Form Factor Pluggable Multi-Source Agreement, CFP MSA)规定[17];相应的铜缆介质有关接口标准采用小外形封装(Small Form Factor, SFF)-8436 和 SFF-8642 定义。

4.1.4　光网络模型和网元

4.1.4.1　光网络模型

现在的传送网正朝着 IP 层和光传输层相融合的网络结构发展。为了完成 IP 和光网络层的有机结合,首先需要有一种统一的资源控制方法,为此业界提出了通用多协议标签交换(GMPLS)技术[18]。GMPLS 将网络的控制平面和数据平面严格地区分开,控制平面主要包括寻路协议和建立光路所需的信令,而数据平面则利用控制平面所建立的光路进行数据转发。控制平面和数据平面可以建立在不同的物理网络中。现在公认的观点是在控制平面使用以 IP 为中心的控制结构,根据用户网络接口(User Network Interface,UNI)上控制平面的不同,有三种模型:重叠(overlay)模型、对等(peer)模型以及增强(augmented)模型[19]。

1. 重叠模型

重叠模型又称为客户/服务器模型,如图 4.3(a)所示,有两个独立控制平面,一个在光层,而另一个在客户层。具体集中体现在 UNI 处,即边缘客户层设备与核心光网络之间不交换路由信息,各自独立运行。如果设备处于边缘客户层,那么它们只能看到核心网中所提供的光通道(这些光通道是动态或静态配置的),而看不到核心光网络的内部拓扑结构。将光层的控制智能完全放在光层独立实施,无须客户层干预,这样就使光层成为一个开放的通用传送平台。光层对客户层来说就是一个黑匣子,客户层只能通过 UNI 向光层申请光通道,实现光层和客户层的控制分离。重叠模型的主要缺点是需要在边缘设备之间建立 $O(N^2)$ 条点到点的网状路径,路径建立之后才能传送数据。同时,路由协议需要使用这些点到点的连接,而 1 次链路状态公告(Link State Advertisement,LSA)需要在点到点的网格中产生 $O(N^3)$ 的消息,导致网络开销很大,从而限制了边缘客户层设备的数量。

2. 对等模型

如图 4.3(b)所示,其基本思路是由 IP 层来实施统一的端到端的控制。网络中所有节点,如路由器和 OXC 等,都作为对等互通的标签交换路由器(Label Switch Router,LSR),都在 IP 层统一的控制下进行路由选择、链路状态信息发布等分布式的操作。此时任何一个路由器都可以自动以源路由方式创建标签交换路径(Label Switched Path,LSP),该路径所经过的光节点设备被看做可按照"标签"进行转发的 LSR。在这种模型下,光网络和 IP 网可以看做一个集成的网络,所有信息都可以在光交换机和 LSR 之间交换,同样的路由和信令协议也可以在它们之间运行,从而实现集成的、一体化的网络管理以及流量工程。可见,控制面跨越了光网络和边缘客户层,边缘客户层设备可以看到光网络的内部拓扑结构并参与路由计算。边缘客户层设备间的全连接 $O(N^2)$ 问题仅对于用户数据转发才会出现。对路由协议来说,与边缘 LSR 相邻的是光交换机而不是其他的边缘 LSR,即仅与相邻的光交换机交换信息,因此路由协议可以扩展到规模较大的网络中。

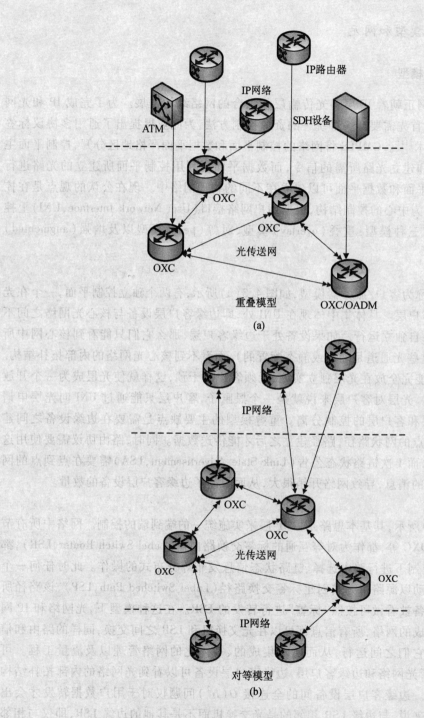

IP路由器

IP网络

SDH设备

ATM

OXC

OXC

OXC

光传送网

OXC/OADM

重叠模型

(a)

IP网络

OXC

OXC

OXC

光传送网

OXC

IP网络

对等模型

(b)

图 4.3　光网络模型

3. 增强模型

在这种模型中,IP 层和光层的控制平面是分离的,它们运行自己的寻路协议,但也通过标准协议在 UNI 上交换信息,如用 IP 地址来标识 OXC 并把信息提供给 IP 网,从而可以实现一定程度的自动寻路。这种模型集成了重叠模型和对等模型各自的优点,而且比对等模型更易实现。此外,增强模型还支持光网络和客户网络由不同的网络运营商管理的情况。如何在 IP 网和光网络的 UNI 接口处进行有效的路由信息交换,是增强模型中的关键问题。现有的解决措施主要有:通过边界网关协议(BGP)在 IP 网和光网络之间交换路由信息,或通过开放路径优先(OSPF)在 IP 网和光网络之间交换路由信息。

4.1.4.2　主要网元

光网络中的主要网元包括:光纤、光纤耦合器、光放大器、波长路由器、波长变换器、OADM 以及 OXC[20],下面分别加以介绍。

1. 光纤

光纤的主要成分是透明的玻璃纤维,由高纯度二氧化硅经过复杂的工艺拉制而成,其全称是光导纤维。如图 4.4 所示,一根光纤从横截解剖面上看由三部分组成:折射率较高的芯区,折射率较低的包层以及表面的涂层。其中,包层和纤芯区的作用是满足光纤能够导光的要求,而涂层的作用是为了防止光纤表面微小裂纹的扩大,从而增强光纤的机械强度。

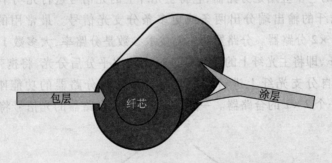

图 4.4　光纤剖面结构图

一束光线以某一特定角度射入光纤端面之后能够在光纤的纤芯与包层界面上形成全反射,这样的传播光线称之为一个传播模式。当光纤的纤芯较粗时,可允许光波以多个特定的角度射入光纤端面并在光纤中传播,即可以转播多个模式。这种可以传输多个模式的光纤称为多模光纤(Multi-Mode Fiber,MMF)。当光纤的芯径较细时,只允许与光纤轴一致的光线通过,即只允许转播一个基模,这种光纤称为单模光纤(Single-Mode Fiber,SMF)。如图 4.5 所示,这两类光纤的外径都为 125 μm,但单模光纤的芯径一般为 4~10 μm,多模光纤的芯径为 50 μm。单模光纤多用于长距离的广域网中(如国家网、洲际网等),而多模光纤多用于短距离的地区网中(如校园网、市区网等)。

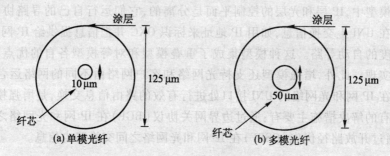

图 4.5　单模光纤和多模光纤

2. 光纤耦合器

　　光纤耦合器是一种能够将分支光纤中的光信号合成到主光纤中(称为合路)或将主光纤中的光信号分别送到分支光纤中(称为分路)的器件。光纤耦合器可以是有源的,也可以是无源的。两者的主要区别在于,无源光纤耦合器在重新分配光信号功率时没有使用光电转换;而有源光纤耦合器是一种具有合路或分路功能的电设备,需要在主光纤的两端配有光纤探测器和光源才能完成上述功能。相比而言,无源光纤耦合器不需要这些附属配件及光源的协助,因此无源光纤耦合器得到了更广泛的应用。

　　光纤耦合器的一个应用是分路器,它将主光纤上的光信号进行光功率分配(又称为分光),从而在主光纤的输出端分出两条或更多条分支光信号。最常用的分路器是如图4.6(a)所示的 1×2 分路器。分路器的主要技术参数是分路率,大多数 1×2 分路器的分路率为 50% :50% ,即将主光纤上的光信号进行光功率平分后分光,将携带原有功率一半的分光信号在各自分支光纤上进行传输。而合路器与分路器的功能刚好相反。如图4.6(b)所示为一个 2×1 的合路器。一般情况下,进入合路器的光信号将有大约 3 dB 的信号衰减。

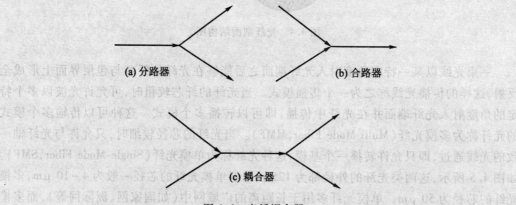

图 4.6　光纤耦合器

如图 4.6（c）所示的光纤耦合器由 2×1 合路器和 1×2 分路器组成,其中主要存在两种信号衰减:首先,当光信号进入分路器进行光功率分配时,将有一部分光功率返回到分路器的输入端口,造成信号衰减;其次,由于制作工艺上存在尺寸上的细小偏差,使分路器的输入端口与主光纤的轴心一般不能实现绝对精确的校准,这也会造成一部分信号功率的丢失。

3. 光放大器

光放大器一般可以分为两大类:掺 X 光纤放大器(doped fiber amplifiers)和半导体光放大器(Semiconductor Optical Amplifiers,SOA)。

掺 X 光纤放大器是由掺入能够放大光信号的稀有元素的耦合光纤和泵浦激光器所组成的光放大器件。如图 4.7 所示是目前应用最广泛的是掺入铒的光纤放大器,即掺铒光纤放大器。在这种放大器中,铒离子的外层电子是三能级结构,其中 E1 是基态能级,E2 是亚稳态能级,E3 是激发态能级,能量依次递增。当掺铒光纤被高功率的泵浦激光器激励时,铒离子中的束缚电子被激光从基态能级 E1 上大批量的迁移到激发态能级 E3 上。因为激发态能级 E3 的状态是不稳定的,所以铒离子很容易发生无辐射的衰减(即不释放光子)而落入亚稳态能级 E2。受激离子将发出很宽光谱范围的光,称为荧光带。当泵浦光足够强时,可以使 E1 和 E2 之间形成粒子数反转分布,即处于受激的亚稳态的离子数多于基态。亚稳态的寿命取决于掺杂物种类和玻璃基质的成分,可以看作受激离子的蓄能池。此时如果入射信号光的波长恰好落在上述荧光带时,在受激辐射过程中输入信号光子利用蓄能池存储的能量产生波长相同的额外光子,荧光带能量会转移到信号光上,即信号光可以通过受激辐射过程从离子系统获取能量,从而不断增强而放大信号。掺铒光纤放大器的可用泵浦源有两种,一种是 1480 nm 激光器,另一种是 980 nm 激光器。

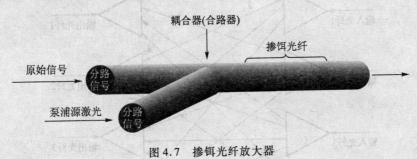

图 4.7　掺铒光纤放大器

半导体光放大器如图 4.8 所示,有两种基本结构:一种是采用了法布里－珀罗谐振腔的半导体激光器,另一种是采用了行波放大器,其中第二种结构是目前广泛使用的。半导体光放大器的放大原理与掺铒光纤放大器有所不同,即光子受激辐射的产生是由波长处于半导体材料放大频带的光子所引发的电子空穴再结合过程而产生的,利用在有源区注入电流的方式就能产生粒子反转,进而产生受激辐射,无须泵浦源。

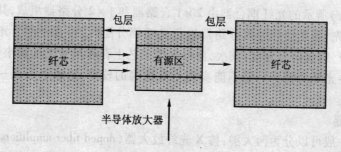

图 4.8　半导体光放大器

4. 波长路由器

波长路由器可分为固定波长路由器和可重配置波长路由器。

如图 4.9 所示为一个的 4×4 固定波长路由器,该波长路由器由解复用单元和复用单元组成。假设存在 P 条输入光纤(每条光纤上的可用波长数为 4)通过该波长路由器,则解复用单元相应配置 P 个光栅解复用器,用来将各自的输入光纤分解成 4 个波长(每个解复用器的输出端口都输出四个不同的波长);同样,复用单元也相应配置 P 个复用器,用来将路由后的波长复用到输出光纤。解复用器和复用器之间不存在交换单元,各光栅解复用器输出端口到各对应复用器输入端口之间采用固定的连接方式。如图 4.9 所示,输入光纤 1 中被分解出来的波长 λ_2 只能被路由到输出光纤 2 中波长 λ_2 所对应的复用器输入端口。由于输入光纤中的各波长到输出光纤的路由是固定的,因此这种波长路由器是不可重配置的。其灵活性较低,适用范围较窄,但结构相对简单,控制复杂度较低。

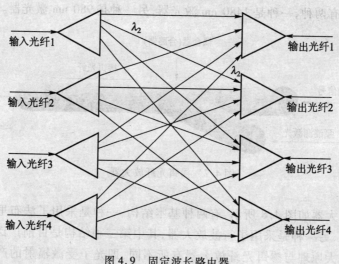

图 4.9　固定波长路由器

可重配置波长路由器与固定波长路由器的主要区别在于:该波长路由器的解复用单

元和复用单元之间加入交换单元,而不是采用固定连接方式。如图 4.10 所示,P 条输入光纤(每条光纤上的可用波长数为 M)通过该波长路由器,解复用单元和复用单元的配置与上面的固定波长路由器相同,各光栅解复用器用来将各自的输入光纤分解成 M 个波长(每个解复用器的输出端口都输出 M 个不同的波长),各复用器用来将路由后的波长复用到输出光纤。两单元间添加了由 M 个 $P \times P$ 光交换模块组成的交换单元。各输入光纤中分解出来的波长进入与其对应的交换模块中,如所有被分解出来的 P 个波长 λ_1 都进入波长 λ_1 交换模块中。交换模块再将这 P 个 λ_1 有选择地路由到各输出光纤中,因此 λ_1 到复用器输入端口的路由是可选择的,而不是固定的。因此,这种波长路由器要比固定波长路由器灵活,但结构相对复杂。

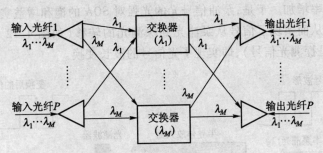

图 4.10　可重配置波长路由器

5. 波长变换器

波长变换器一般可分为两大类:光/电/光(OEO)波长变换器和全光波长变换器(All Optical Wavelength Converter,AOWC)。

如图 4.11 所示,是一个光/电/光波长变换器结构图。首先,光探测器(R)将输入的光信号转换成电信号(即电字节流)输入到电域中并存储在先入先出(First In First Out,FIFO)的缓冲器中;接着,将这些电字节流调制到另一所需要变换成的波长的可调激光器(T)上发射出去,从而实现波长变换。因此,光/电/光波长变换器不仅可以完成波长变换功能,还可以对电信号进行再生、整形和定时(即所谓的 3R 功能)。然而这种波长变换技

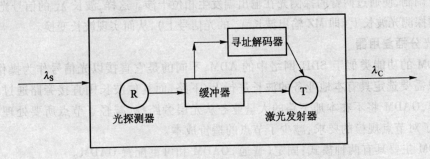

图 4.11　光/电/光波长变换器原理图

术的实现相对复杂,而且会严重影响光信号的透明传输,因为经过光/电变换后,光信号的相位、频率以及模拟振幅(脉冲)等信息完全丢失,无法实现全透明传输。

全光波长变换器不经过光/电转换,直接在光域内将某一波长的光信号变换为另一波长,从而避免了由于光/电变换带来的缺点。如图 4.12 所示,为采用交叉增益调制(XGM)模式的基于半导体光放大器的全光波长变换器(SOA-AOWC),它利用半导体放大器的饱和特性来实现波长变换功能。图 4.12 中波长 λ_S 的光信号为一束携带强度调制信号的高功率泵浦光,波长 λ_C 的光信号为一束功率较弱但恒定的连续探测光,两个光信号同时进入 SOA 中。由于 SOA 在饱和状态下的增益随泵浦光功率的增加而线性下降,因此当输入泵浦光功率变大时,SOA 增益变小,输出探测光功率也减小;反之,当输入泵浦光功率变小时,输出探测光功率增加。于是,泵浦信号光的光强对 SOA 的饱和增益实现的调制也反相调制到探测光上,从而实现了信号从泵浦光到探测光的转移(如图 4.12 中经过滤波器输出后的光信号就是探测光信号),即实现了光信号的波长变换。

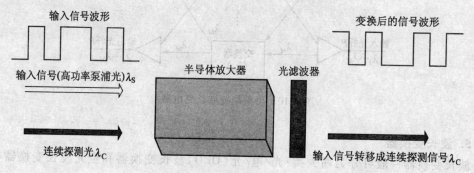

输入信号波形   变换后的信号波形

输入信号(高功率泵浦光)λ_S 半导体放大器   光滤波器

连续探测光 λ_C 输入信号转移成连续探测信号 λ_C

图 4.12   XGM 模式的 SOA-AOWC 原理图

如图 4.13 所示为采用交叉相位调制(XPM)模式的 SOA-AOWC,通常采用马赫 - 曾德 (Mach-Zehnder,MZ)干涉仪结构。两个 SOA(SOA1 和 SOA2)分别置于 MZ 干涉仪的两个干涉臂上,目标波长的连续探测光 CW(波长 λ_C 的光信号)平分后进入两个干涉臂,而高功率泵浦信号光(波长 λ_S 的光信号)注入干涉仪的一个臂 SOA1,改变 SOA1 的有源区折射率,产生交叉相位调制,使通过两臂的探测光在输出端发生相位干涉。这样,波长 λ_S 的信号光的信息就转移到探测光波长上(即 MZ 输出波长 λ_C 的光信号上),从而实现波长变换。

6. 光分插复用器

OADM 的功能类似于 SDH 网络中的 ADM,不同的是它直接以光信号作为操作对象。OADM 只需要选定具有本地业务的波长进行上/下路,而其他波长则直接旁路通过网络节点。这样,OADM 将不在本地下路的大量业务从光层旁路掉,减轻了节点所要处理的业务量,降低了对节点规模的要求,减少了节点的造价成本。

OADM 主要具有两种模式:固定(普通)OADM 和可重配置 OADM。

在固定 OADM 中,在本地上/下路的波长以及旁路的波长都是事先设定好的。如图

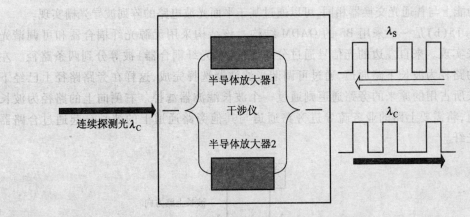

图 4.13　XPM 模式的 SOA-AOWC 原理图

4.14 所示,可以事先设定 λ_1 和 λ_M 上路,没有波长下路,其他波长旁路该节点。这种 OADM 大多适合长期固定业务走向(静态业务)的系统中。一旦设定某一固定 OADM,如果业务走向经常变化(动态业务),例如图 4.14 中上路的波长不是 λ_1 也不是 λ_M,则无法完成将该波长上路的功能,需要人工调整后再使用,因此这种 OADM 缺乏灵活性。

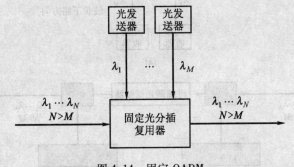

图 4.14　固定 OADM

　　可重配置 OADM 的结构相对复杂,但是具有较高的灵活性且方便配置,可以根据动态业务的需求而即时改变当前节点处的波长资源分配。可重配置 OADM 具有两种模式:部分可重配置 OADM 和全可重配置 OADM。部分可重配置是指该结构可以实现某些波长资源的动态分配,而其他的波长资源还是采用固定配置的方式。因此在波长资源分配自由度上,仍然是全可重配置 OADM 更具有代表性,下面介绍两种全可重配置 OADM 结构:波长选择型(Wavelength Selection,WS)结构和广播型(Broadcast-and-Select,BS)结构。

　　图 4.15(a)是一个采用 WS 的 OADM 结构,它采用了波长解/复用技术,并且引入了一个内置波长上/下路以及旁路端口的交换单元。因此,该结构又称为解复用/交换/复用型。所有的输入波长都必须先解复用,然后交换到合适的输出端口并重组。中间 $N×N$ 的光交叉

设备在功能上与普通光交换器相同,可以通过基于平面光波电路的阵列波导光栅实现。

　　图 4.15(b)是一个采用 BS 的 OADM 结构。该结构采用无源光纤耦合器和可调谐光滤波器来实现。来自左边的光信号通过分路器(无源光纤耦合器)被等分到两条路径。左侧向下的路径为波长下路通道,通过可调谐光滤波器选择完成,这样在旁路路径上已经下路的波长所占用的原来的旁路通道则通过一个波长滤波器滤掉。右侧向上的路径为波长上路通道,将需要上路的业务疏导进旁路通道与其他旁路通道上的波长一起通过合路器进入主光纤。

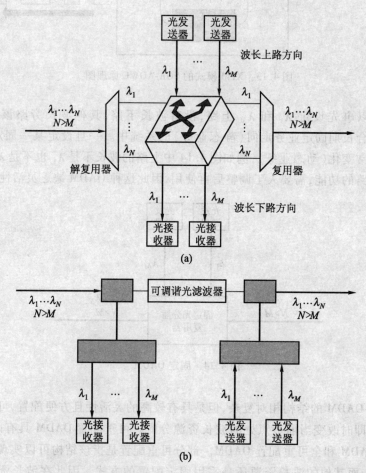

图 4.15　采用 WS 结构和 BS 结构的可重配置 OADM

7. 光交叉连接设备

　　OXC 在功能上与 SDH 网中的 DXC 类似,但 DXC 容量较小且输入/输出信号都是低速电信号,内部交叉连接也是基于电的器件。而 OXC 不仅容量较大,而且输入/输出信号都是高速光信号。根据内部交叉连接矩阵结构的不同,OXC 可以分为三类:

第一类是目前已经广泛应用的光/电/光(OEO)型 OXC,其内部实际上是电交叉连接矩阵,外部是光接口。图 4.16 为 OEO 型 OXC,可以看到进入节点的光信号或上路业务需要经过光输入单元的 O/E 转换及适配,交叉连接后的各路信号还要经过光输出单元的适配及 E/O 转换才能送出去。由于需要经过电域的处理,因此对信号性能监测比较完备。但作为光层设备,其转换环节太多,成本较高。

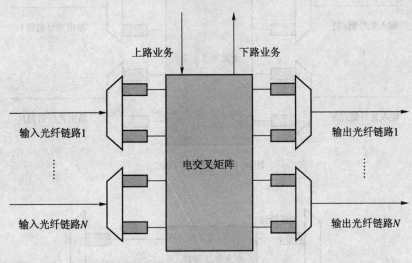

图 4.16 光/电/光型 OXC

第二类是全光交叉连接(OOO)型 OXC,又称波长(波带)交叉连接或光子交换。它不仅外部接口是光域的,而且内部交叉连接也是光域的,即具有 OOO 矩阵。图 4.17 为采用 OOO 的 OXC 结构,其中具有大端口数的核心交叉连接矩阵一般采用三级别的 CLOS 矩阵搭建而成,光交叉连接主要基于 MEMS 器件。由于工艺复杂,成品率较低,所以目前的成本还较高。另外,该结构只支持波长或波长级别以上的交叉连接,要完成子波长级别的低速业务的交叉连接还需要下路到电交叉连接单元处理,也就是说它还无法独自完成低速率信号的聚合和重组。

第三类是光电混合交叉连接的 OXC。如图 4.18 所示,该结构中波长级别的旁路业务直接进入 OOO 矩阵;本地业务的上/下路、波长变换、电再生等工作,则由光通道适配处理层来完成;而由电交叉连接模块(DXC)提供业务量疏导功能,完成较小粒度业务的调度。这样,只需要较小规模的电交叉连接 OEO 设备就可完成,因此成本相对较低。光电混合交叉连接方案的适用性较强,无论在网络容量还是升级能力上,对全光交叉和电光交叉芯片的交叉连接带宽粒度要求都不高。但系统构造、网络管理和控制等部分比较复杂,特别是考虑到智能光网络 ASON 的发展,需要采用 GMPLS 协议实现在同一个控制平面上控制多个带宽粒度的交叉连接。

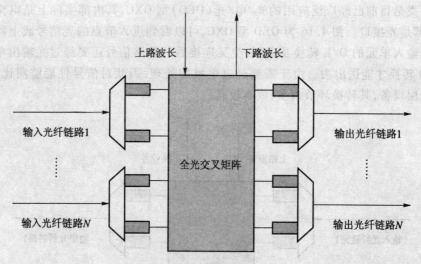

图 4.17 全光型 OXC

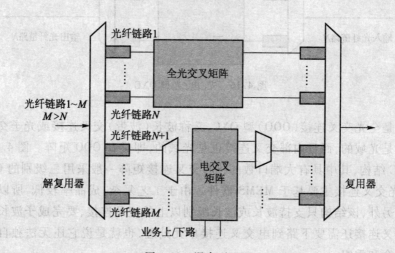

图 4.18 混合型 OXC

4.1.5 国内外研究概况

随着网络业务的高速增长以及 WDM 技术的不断发展,新一代光网络正朝着适于传输 IP 数据业务的方向演进。建立一个更透明、更开放的传送平台,从而使现有的多种业务网络(如:数据网、电话网、电视网等)的融合成为可能。自 20 世纪 90 年代以来,WDM 光网络技术就一直是网络领域的研究热点,全球各大电信巨头和通信设备商都把新一代光网络的研究提到一个战略高度,国内外著名高校和科研机构也对光网络技术展开了大量深入的研究。

在欧洲,欧盟早在 1987 年就开始了先进通信技术研究与发展(Research and development in Advanced Communications technologies in Europe,RACE)计划,把多波长传送网作为主要研究目标。到了 1995 年,欧盟又开展了先进通信技术与服务(Advanced Communications Technologies and Service,ACTS)计划,把已成熟的通信技术应用于跨国的现场试验,建立了一系列用于试验的光网络,如泛欧光网络、泛欧光子传送重叠网、城域光网络等。德国的联邦教育和研究部在 1998 年—2002 年进行了 KomNet 计划,主要集中在高性能的光器件、光接入和城域网三方面。之后,欧盟在 2004 年—2008 年进行了 FP6 IST NOBEL(Next Generation Optical Networks for Broadband European Leadership)计划和多方欧洲研究网络测试床(Multi-Partner European Test Beds for Research Networking,MUPBED)计划,主要涉及了光网络的应用。其中欧洲光网络(European-PHOTONic/Optical NEwork,E-PHOTON/ONE)项目、光逻辑门标签交换网络(LAbel SwApping employing optical logic Gates in Network,LASAGNE)项目、无处不在多服务接入(MUlti Service access Everywhere,MUSE)项目以及光码分多址访问(Optical Code-Division Multiple-Access,OCDMA)微系统等,对全球范围内的光网络研究与应用意义重大。欧盟在 2009 年开始进行的欧洲研究所电信研究与战略(European Institute for Research and Strategic Studies in Telecommunications,EURESCOM)计划,其中涉及关于 IP/WDM 和智能光网络 ASON 的研究,如分层互联光网络(Layers Interworking in Optical Networks,LION)课题。

在美洲,美国从 1990 年始,在国防部高级研究计划局(DARPA)资助下实施了一些较大的研究项目,建成了一系列实验性光网络,如多波长光网络、国家透明光网络等。美国国家科学基金(NSF)从 2002 年—2007 年资助了 Optiputer(use of Optical networking,Internet Protocal,computer storage)项目,研究光网络上运行超级计算机,解决医学与地球科学中图像处理等业务的联网应用。从 2003 年—2007 年,NSF 资助了 DRAGON(Dynamic Resoure Allocation via GMPLS Optical Networks)项目,研究用户可控制的光网络,用于高速联网的天文观察、核子物理等科学计算。从 2005 年开始,NSF 资助了国家光速铁路(National LambdaRail,NLR)项目、电路交换高速端到端传送体系(Circuit-switched High-speed-End-to-End Transport ArcHitecture,CHEETAH)项目等,目前这些项目还在进行中。到了 2009 年,NSF 资助了生存性多域光网络设计和分析(Design and Analysis of Survivable Multi-Domain Optical Networks)等项目。另外,加拿大政府资助了从 2007 年—2012 年的国家光互联网络 CA∗net4 的研究项目,目前该项目仍然在进行中。

在亚洲,日本紧跟美国的步伐,从 20 世纪 90 年代初开始了光网络研究,主要是一些大公司和实验室进行的研究项目,如日本电信电话(Nippon Telegraph and Telephone,NTT)、日本电气股份有限公司(Nijmegen Eendracht Combinatie,NEC)和富士通等,已经建成企业光纤骨干(Corporate Optical Backbone NETwork,COBNET)和光城域网 PROMETE 等。我国从 20 世纪 90 年代末开始,对光网络展开了深入研究。国家自然科学基金 1999 年资助了

"WDM 全光网基础研究"重大项目,目标是为我国光网络的建设奠定理论基础,并获取一系列具有自主知识产权的原创性技术。从 2000 年开始至 2008 年,国家 863 计划资助了中国高速信息示范网(China High-speed Information Demonstration Network,CAINONET)和重大专项高性能宽带信息网(3TNet)、国家自然科学基金资助了中国高速互联研究试验网(NSFCNET)、国家 973 计划资助了重大项目多层多粒度传送网基础研究等课题。在这些课题的资助下,一批国家级光网络研究与试验基地相继出现,并取得了部分重大研究成果。比如,已研制了 T 比特的光传输系统、T 比特的自动交换传送网络、T 比特的双协议栈路由器等节点设备,支持大规模并发流媒体和交互式多媒体业务等。国家 863 计划在通信技术主题设立的光纤通信分项研究计划:光时代(Optical Technology for Internet with Multi-wavelength Environment,O-TIME)计划,已取得突破性成功。2008 年,华为、中兴、烽火等一些国内厂商也相继出台了 40 Gbps 商用系统。从 2009 年开始,40 Gbps 技术已经商用,开始在各大运营商主干传输网络上承载 IP 业务。而从 2010 年开始,100 Gbps 技术已经开始了广泛的现网实验阶段,预计在 2012 年可投入商用。

4.2　智能光网络控制平面和结构

随着信息技术的急速发展,光网络的功能面临着新的、更高的需求和挑战。例如,要求光网络能够快速、高质地为用户提供各种带宽的服务与应用,以满足日益兴起的新型业务的需求;要求光网络能够实时、动态地对网络的逻辑拓扑进行重构,以实现资源优化以及生存性的需求;要求光网络具有更好的互操作性和扩展性,以减少网络费用等。这些需求从本质上来说就是要求光网络能够更加智能。作为智能光网络的代表,自动交换光网络(ASON)[12]在 2000 年 3 月由 ITU-T 的 Q19/13 研究组提出,这引起了学术界和工业界的广泛注意。

ASON 被提出以来,各项技术研究的标准化进程都进展迅速,各种国际性组织(如 ITU、IETF、ODSI、OIF 等)以及各大公司(Alcate-Lucent、华为等)都把其作为研究重点。如:ITU-T 制定了 G.807(自动交换传送网络功能需求)、G.8080(自动交换光网络体系结构)等相关标准;IETF、OIF 等对 MPLS 进行扩展,提出了更适合 ASON 的路由和信令协议GMPLS。Alcate-Lucent、华为等公司的相关智能光网络产品已将控制平面、传送平面和管理平面相分离,从而具备网络动态配置功能。

ASON 是传送网络的重大变革,其概念适用于各种不同的传送网技术,从而实现多层网的智能化控制和管理。本节主要介绍与智能光网络相关的 GMPLS 技术和 ASON 结构。

4.2.1　通用多协议标签交换技术

由于 IP 网和光网络的无缝融合是未来网络发展的趋势,因此迫切需要一个有效的技术来解决它们之间的融合问题。其中 IETF 提出的 GMPLS[18]为 IP 与 WDM 技术的无缝结合提供了一个良好的思路。GMPLS 是 MPLS[21]向光网络的扩展,它继承了 MPLS 几乎全部的特性和协议,并且使用统一的控制平面,这样就可以管理多种基于不同技术组建的网络,为网络的高性能运行提供了重要保证,使网络结构得到了简化,同时降低了网络管理成本、优化了网络性能。通过扩展 MPLS 标签,GMPLS 标签的功能也得到了相应扩展,除了能标记传统的数据包外,还可以标记时隙、波长、波带、光纤等,即可以标记多粒度的数据。此外,GMPLS 还对 MPLS 信令和路由协议进行了修改和补充,能更充分地利用光网络中的资源,更好地满足多种新业务(如光虚拟专用网等)的需求,从而更有效地实现光网络的智能化。GMPLS 设计了一个新的链路管理协议(Link Management Protocol,LMP)对光网络中各种链路(如波长链路、光纤链路等)进行有效管理,并对光网络生存性机制(包括保护和恢复机制)进行改进,从而为光网络提供了更高质量的可靠性保障。

4.2.1.1 MPLS 技术

MPLS 可以认为是一种位于 2.5 层的网络技术,它为 IP 层与链路层提供了一个可交互的、统一的操作平台,并对已存在的网络层和链路层的多种协议[如网络层 IPv4、IPv6、IPX 等,链路层 FR、ATM、点到点协议(Point-to-Point Protocol,PPP)等]提供技术支持。通过标签转发,MPLS 在很大程度上提高了数据分组的路由转发速度。MPLS 体系结构主要包括数据平面和控制平面。数据平面主要负责转发数据,它根据分组携带的标签通过查找标签交换机维护的标签转发数据库,以执行相应数据分组的转发任务。由于控制平面与数据平面是相互独立的,因此可以在一组互联的交换机之间建立和维护标签转发的相关信息。

MPLS 网络中的节点路由设备主要包括核心标签交换路由器(LSR)和边缘标签交换路由器(Edge LSR)和。MPLS 的工作原理是:当 IP 分组到达 MPLS 网络的入口 Edge LSR 时,入口 Edge LSR 通过对分组的信息头进行分析来决定该分组属于哪个转发等价类,然后查找标签信息库(Label Information Base,LIB),将与该转发等价类相关联的标签加在分组前,其中转发等价类是一些具有某些共性的数据流的集合,在转发过程中 LSR 会以相同的方式对这些数据进行处理。这样,后面的 LSR 只需要根据分组的标签来查找 LIB 就可确定该数据的转发出口。当分组中的旧标签被新标签取代后,分组会被转发到下一个 LSR。在网络边缘,出口 LSR 会将标签从分组中去掉,再按照传统的 IP 转发方式对分组进行转发。其中,所有与转发等价类绑定的标签分发和 LSP 建立都是由标签分发协议(Label Distribution Protocol,LDP)来完成的。

4.2.1.2 GMPLS 对 MPLS 的扩展

MPLS 主要功能集中在数据平面,即转发实际的数据业务。GMPLS 作为 MPLS 向光网络的扩展,它的主要功能集中在控制平面,其主要目的是对多粒度业务的交换提供技术支持,即可以支持分组交换、时分交换、波长交换、波带交换和光纤交换等,以适应各种新型业务对资源越来越高的需求。因此,GMPLS 对 MPLS 原有的路由协议、信令协议等均做了相应的修改和扩展[22-29]。

1. 层次化的 GMPLS 接口分类

IP 传输是面向无连接的,但如果在 IP 数据包的头部添加 32bit 的"shim"标签,MPLS 就可以使 IP 传输具有面向连接的特性,从而加快了 IP 数据包的转发速度。而 GMPLS 用标签统一对 TDM 时隙、波长、波带、光纤等进行标记,因此可以支持 ATM 信元、IP 数据包、面向话音的 TDM 网络和大容量的 WDM 光网络,从而使三种交换(IP 数据交换、TDM 在电路中的交换、WDM 光交换)的标签归一化。对应于 IP over WDM 模型,GMPLS 规定了五种类型的接口,利用这些接口来实现归一化的标签,它们分别是:

(1) 与 IP 数据包的分组交换相对应的接口(Packet Switch Capable,PSC):可以识别分组的边界及其头部信息,从而对分组进行转发,如 LSR 就是基于标签来转发数据的;

(2) 基于信元交换的第二层交换接口(Layer2 Switch Capable,L2SC):通过这一接口对信元的边界进行识别,从而根据信元头部信息的指示转发信元,如 ATM 的 LSR 通过 ATM 的虚拟路径标识/虚拟电路标识(Virtual Path Identifier/Virtual Circuit Identifier,VPI/VCI)进行信元的转发。

(3) 时隙交换接口(Time Division Multiplexing Capable,TDMC):根据 TDM 时隙转发业务,如 SDH 中的 DXC 设备的电接口可根据时隙交换 SDH 帧。

(4) 波长交换接口(Lambda Switch Capable,LSC):以光波长或波带进行对业务转发,如 OXC 是基于波长级别的设备,能够进行波长业务的转发;而多粒度 OXC(Multi-Granularity OXC,MG-OXC)还可以转发波带业务。

(5) 光纤交换接口(Fiber Switch Capable,FSC):根据承载业务的光纤在物理空间中的实际位置对其进行转发,如 MG-OXC 可以对一根或多根光纤进行交叉连接的操作。

2. 层次化标签交换路径

层次化 LSP:在 MPLS 网络中,LSP 是与分组相对应的"电通道",因此可以进行连续颗粒度的带宽分配。但在光网络中,LSP 是与光波长相对应的"光通道",因此存在带宽资源分配的颗粒度问题。一根光纤中往往只有少数波长,每个光波长的带宽颗粒是粗糙的(如 OC-12、OC-48 等)。由于一条光通道需要占用一个波长,显然这种固定带宽建立光通道的方式必然导致资源浪费。因此,GMPLS 中采用了 LSP 分级技术,这样就可把多个低带宽的 LSP 映射到一个相对高容量的光通道中。如图 4.19 所示,低等级 LSP 可以嵌套(也称为聚合、疏导等)在高等级 LSP 中[30],这样很多较小粒度的业务就可以整合成较大粒度的业务,从而能够充分利用光通道的巨大带宽资源。由于 LSP 分级技术是通过 GMPLS 的"标签栈"技术来实现的,因此采用 LSP 分级技术可以形成 LSP 隧道(即一条从入口到出口的高级别的透明路径),从而允许大量具有相同入口节点的 LSP 在隧道口处汇集,并透明地穿过高级别的隧道,最后这些 LSP 在隧道出口处分离,再按照原来各自的路径转发。该分级技术要求每条 LSP 的起始点和结束点都必须在相同接口类型的设备上(如都在波长交换接口上等),并且在每一个方向上都必须共享一些公用的属性(如相同的资源类别集合等)。

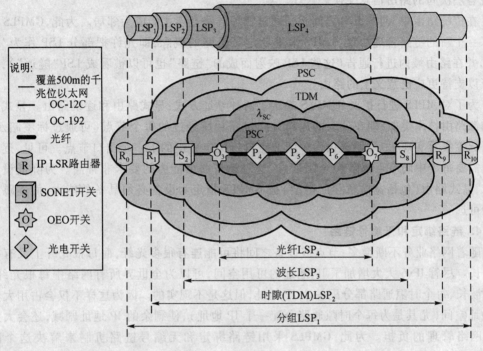

图 4.19 层次化 LSP 示意图

双向 LSP:在传统 MPLS 网络中,双向 LSP 的建立是通过分别建立两个单向 LSP 来实现的。显然,这种分别建立两条 LSP 的方式时延长、开销多、可靠性差、管理复杂。为此,GMPLS 定义了双向 LSP,即在上行和下行数据通路中都采用同一条信令消息,两个 LSP 同时建立而不是分别建立,这样可以在一定程度上降低 LSP 建立延时,并减少建立 LSP 控制开销。双向 LSP 规定两个方向的 LSP 应具有相同的流量工程参数,其中包含生存期、资源需求、保护和恢复等级等。由于双向 LSP 建立在同一信令消息基础上,因此不区分上游和下游。在双向 LSP 中,路径的两个端点都可以发起建立 LSP 的命令。在 LSP 发送建立请求信息的过程中,如果发信的双方同时被分配同样的资源,就会因标签竞争而发生冲突。为此,GMPLS 会比较双方“NODE ID”大小,将 ID 高的节点作为 LSP 建立的发起方。

3. 路由与寻址

从 GMPLS 的层次化接口分类可见,网络被划分为分组交换层和非分组交换层。分组交换层即为 PSC;而非分组交换层还可以细分,如 TDM 层、光层等。每个层次又可以分成多个独立的路由域,每个路由域可以根据自身情况运行不同的内部路由协议。GMPLS 定义了两种扩展的内部网关协议(IGP),即支持流量工程的开放最短路径优先(OSPF-TE)协议和支持流量工程的中间系统到中间系统(Intermediate System To Intermediate System-Traffic Engineering,ISIS-TE)协议。通过在 Edge LSR 上运行域间路由协议(如 BGP4),可以实现各层次间的路由信息交换。

在传统路由中,两个 IGP 之间必须通过物理链路直连才能成为邻居。为此,GMPLS 设计了一个新的链路管理协议(LMP)来重新定义链路的概念,即允许把部分 LSP 作为"链路",并在路由域内进行通告(这些 LSP 映射而成的"链路"也可以被看成 LSP"隧道"),从而可以支持更广泛意义上的路由。

为了对 MPLS 进行扩展,GMPLS 规定了两种寻址方式:显式路由和逐跳路由。显式路由和源路由技术类似,即在分组的入口处指定路径所经过的每个节点(可通过标签暗示、建议标签集等实现)。逐跳路由由中间节点自行决定分组的下一个出口节点。可见,逐跳路由需要每个中间节点都掌握全网信息,这对设备路由能力的要求非常高。为降低设备要求,显式路由(包括宽松型和严格型)被 GMPLS 指定为设备必须具备的能力,而逐跳路由为可选。

4. 链路绑定和无编号链路

随着网络业务不断增多,节点或设备之间将可能连有很多光纤,而每根光纤上又有很多波长。尽管 IPv6 大大增加了 IP 地址的可用空间,可以为全世界所有网络中每根光纤、每个波长、每个时隙通路都分配一个 IP 地址,但这是不现实的。因为这样不仅会占用大量 IP 地址空间(尤其是为每个时隙通路分配一个 IP 地址),使剩余的 IP 地址剧减,还会大大加重网络管理的负担。为此,GMPLS 采用链路绑定和无编号链路机制来解决这个问题[31]。链路绑定的基本思路是把多条具有共性的并行链路作为一条绑定链路,这样可以在很大程度上减少链路状态数据库规模,降低维护成本。无编号链路的基本思路是通过一个二元组(Router ID,Link Number)来表示链路地址,从而减少对 IP 地址的消耗。

5. 链路管理协议

为了提供控制信道管理、链路属性关联、链路连接性验证和故障隔离/定位等功能,GMPLS 出台了 LMP[32,33] 用来管理节点间的链路。其中,控制信道管理和链路所有权关联是必选项,其他是可选项。由于 LMP 不依赖数据编码方式,因此可用来校验节点之间的连通性,并在网络中隔离链路、光纤和信道等的错误。链路管理协议定义了链路的所有权交换,除了能够进行链路绑定外,还可以修改、关联和交换链路的流量工程参数。此外,LMP 还定义了故障检测、故障通告和故障定位等故障管理的方法。

6. GMPLS 的信令扩展

GMPLS 通过继承部分 MPLS 信令,并扩展原有的协议,使它能更好地适应光网络的需求。基于 MPLS-TE 的控制平面是采用资源预留协议(RSVP)和标签分发协议(LDP)来建立支持流量工程的 LSP,而 GMPLS 将 MPLS-TE 所定义的两个信令协议扩展为 RSVP-TE 和 CR-LDP,即由入口发起命令控制,按照下游节点的要求配置和分发标签。它对标签配置没有限制,可以是基于请求驱动的(如虚电路交换技术)、流量或数据驱动,甚至是拓扑驱动。对路由选择也没有限制,一般采用显式路由,也可以采用逐条路由方式。上游节点可以给下游节点推荐建议标签,下游决定是否采纳建议标签。采用建议标签的方法可以大大减少在收发端建立双向 LSP 所消耗的时间,从而减少传输延迟。

7. GMPLS 的路由协议扩展

GMPLS 同时还扩展了两个用于域内流量工程的路由协议,即 OSPF-TE 和 IS-IS-TE。在采用显式路由时只计算显式路由,不再采用逐跳路由方式。由于在直接相邻的两个节点之间可以有大量并行的链路(如单纤上百个波长、多纤上千个波长等),这在 MPLS 控制平面中是没有考虑的。为此,GMPLS 引入了链路绑定的概念,同时采用 LMP 对所有链路进行管理。GMPLS 并不指定控制信道必须如何实现,但要求 IP 来传送信令和路由协议。另外,在校验数据平面的连通性时,LMP 的消息不能通过 IP 网络传送。

4.2.1.3　GMPLS 对网络生存性的支持

在以 ASON 为代表的智能光网络中,设计基于 GMPLS 控制平面的关键就是要使链路管理、路由和信令协议的特性能够满足传送平面对故障的恢复要求[34-38]。GMPLS 中 LMP 的功能之一是链路故障管理功能,主要涉及故障定位。LMP 可以通过链路中一个或多个数据通道的状态通知来管理故障。LMP 中的 Channel Status 消息可用来指示单个数据通道故障、多个数据通道故障或整个链路故障。每个节点对接收到的故障通知进行故障相关性分析,一旦故障定位成功后,信令协议就会触发链路或通路启动保护或恢复的过程。

为了支持生存性,GMPLS 路由协议需要广播与生存性相关的链路保护类型(Link Protection Type,LPT)和共享风险链路组(Shared Risk Link Groups,SRLG)等信息。LPT 表示链路所具有的保护能力,如 1+1、1:1、M:N 及未保护类型等。路由算法可以根据 LPT 建立合适保护特性的 LSP。LPT 可以按照等级组织,保护方案从低到高排列。对于未保护或 1+1 保护类型,信息的发布提供了链路容量和未使用带宽的完整描述;对于 1:1 或 M:N 保护类型,由于保护带宽在工作 LSP 运行良好时可用于传送其他低优先级的业务,此时需要对链路 LPT 的额外业务指示进行发布。

在链路绑定时,为了支持网络生存性,一般需要采用 SRLG 来进行链路绑定以区分链路的不同生存性特性。捆绑链路中必须包括足够的信息,这样 OXC 才可以利用这些信息来决定资源的可用性,获知捆绑链路中的每一个 SRLG 以及属于不同 SRLG 链路之间的关系。

为了快速处理故障和实现网络生存性的要求,GMPLS 的信令协议定义了一些与恢复相关的新的通告消息以及类型/长度/数值(TLV)对象等。为了避免一些中间节点对通告消息进行处理,故障通告会告知故障的邻近节点处理故障,这是通过采用通告消息(在 RSVP-TE 中)来实现的。这样能够避免故障点的状态被改变。通过故障通告的机制以及携带新的 TLV 对象的 GMPLS 消息,可以实现快速的故障恢复。

目前,支持保护机制的 GMPLS 消息类型主要包括:

- 故障通知消息,通过 LMP 的故障管理 Channel Status Message 实现;
- 故障确认消息,通过 LMP 的故障管理 Channel Status ACK 实现;
- 请求倒换消息,通过带有标签集对象(Label Set Object)的 RSVP 通道消息(RSVP Path Message)来实现;
- 倒换响应消息,通过带有标签集对象的 RSVP 反向资源预留(RSVP RESV)消息来实现。

而支持恢复机制的 GMPLS 消息类型主要包括:

- 故障通知:通过携带通知请求对象(RSVP Notify Request Object)的 RSVP 通道消息来实现;
- 请求连接:通过带有标签集对象的 RSVP 通道消息(RSVP Path Message)来实现;
- 连接响应:通过带有标签集对象的 RSVP 反响资源预留消息来实现。

4.2.2 自动交换光网络

作为智能光网络的代表,ASON 是一种具有高灵活性、高弹性、高伸缩性的光网络,它是在传统 OTN 基础上取得的历史性突破[4]。ASON 将 IP 的高灵活性和高效率、SONET 的保护能力以及 WDM 的大容量,通过新的控制平面和分布式网管系统协同在一起,形成了新一代光网络:一个以软件为核心,能感知网络和用户服务要求,并能按需直接从光层提供业务的新一代光网络。ASON 无论是网络节点结构、业务提供方式、还是光通道指配方案和选路机制上都发生了很大变化。从控制技术角度出发,自动发现、链路资源管理、路由和信令是 ASON 控制平面中最关键的问题,也是实现 ASON 所有智能功能的前提和基础。图 4.20 给出了 ASON 的体系结构,主要包括基于 GMPLS 的智能控制平面、基于 OTN 的传送平面以及基于网管的管理平面。下面结合其相关研究资料介绍 ASON 的主要特点[4]。

4.2.2.1 ASON 的体系结构

ASON 体系结构最大的优势是能利用管理平面或信令系统自主地建立或拆除光通道,以达到支持其他电子交换设备(如 LSR 等)的目的;能依据网络中动态业务需求的变化实时向光网络申请其所需要的带宽资源,从而摆脱了对人工干预的依赖。ASON 使原本复杂的网络结构变得更加扁平和简单,从而使光层可以直接承载业务,避免了复杂的传统多层网络结构中由于业务升级所带来的多重限制。ASON 体系结构主要由控制平面、管理平面和传送平面组成,而数据通信网(Digital Communication Network,DCN)分布于这 3 个平面中,如图 4.20 所示。其中 NMI-A 和 NMI-B 分别表示控制平面和传送平面与管理平面的接口。

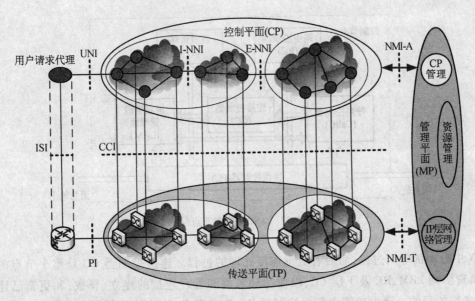

PI—物理接口;
UNI—用户网络接口;I-NNI—内部网络接口; E-NNI—外部网络接口;
CCI—连接控制接口;NMI-A—网络管理接口A; NMI-T—网络管理接口T

图 4.20 ASON 的体系结构

4.2.2.2 ASON 的控制平面

ASON 区别于其他传统光网络的最大特点就是智能性,这主要体现在控制平面上。一般来说,ASON 的控制平面有如下功能:

- 能根据用户请求动态分配带宽,使网络资源被充分利用,从而实现实时的流量工程;
- 能根据网络资源的使用情况动态地进行网络拓扑的重构和故障保护或恢复;
- 能支持多种类型的新业务,如虚拟专用网、波长批发等;
- 能自动地建立、维护和删除业务连接,从而实现快速的服务配置功能。

控制平面由多个控制节点组成,主要包括路由、信令、资源管理和自动发现等功能模块。控制节点的核心结构组件主要有:连接控制器(Connection Controller,CC)、呼叫控制器(Call Controller,CallC)、路由控制器(Routing Controlor,RC)、链路资源管理器(Link Resource Management,LRM)、流量策略(Traffic Police,TP)、协议控制器(Protocol Controller,PC)、发现代理组件(Discovery Agency,DA)、终端适配组件(Terminal Adapter,TA)等。这些组件的关系如图 4.21 所示,通过它们的分工合作和协调工作共同完成控制平面的功能,实现连接的自动建立、更新、维持和释放。

在控制节点中,呼叫控制器 CallC 和连接控制器 CC 负责完成信令功能,其中前者实现

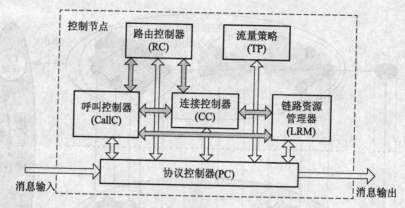

图 4.21　ASON 控制节点结构

ASON 中分离的呼叫过程,而后者负责连接处理的过程。连接控制器 CC 是整个节点的核心,负责协调 LRM、RC 及下层 CC,以便达到监测和管理连接的建立、释放,和更新已建立连接参数的目的。路由功能由路由控制器 RC 负责完成,为连接控制器 CC 未来要发起的连接事先选择路由,同时分发网络拓扑和资源利用等信息。LRM 负责完成资源管理功能,检测网络资源状况,对链路的占用、状态、告警等进行管理。PC 负责消息的分类收集和分发,将通过接口的消息正确送往处理的模块。TP 负责检查连接是否满足以前协商好的参数配置。DA 和 TAP 负责完成自动发现。

　　可见,与传统的、静态配置的光传送网相比,ASON 的智能主要体现在控制平面上。从传统的光网络演进到 ASON,网络节点结构、业务提供方式、光通道配置方案、选路策略等都发生了很大的变化。控制节点中的自动发现、链路资源管理、路由和信令等是实现 ASON 智能功能的前提和基础,是 ASON 控制平面中最关键的部分。

4.2.2.3　ASON 的三种连接

　　ASON 支持三种连接类型:交换连接(Switched Connection,SC)、永久连接(Permanent Connection,PC)和软永久连接(Soft Permanent Connection,SPC)。在这三种连接类型支持下,ASON 能与传统光网络进行无缝连接,有利于传统光网络向 ASON 的过渡和演变。

　　交换连接:如图 4.22 所示,它是由控制平面所发起的一种动态连接方式。在源端发起连接请求后,利用控制平面内的信令实体,通过信令消息的方式实现动态的交互,从而建立连接。这种连接实现了自动化、快速化及动态化,完全符合流量工程,充分体现了 ASON 的智能性,是 ASON 连接实现的最终目标。

　　永久连接:如图 4.23 所示,它和传统光网络的连接建立形式相似,由管理平面根据用户需求及网络资源情况预先计算连接路径,然后沿着连接路径通过网络管理接口向网元发送交叉连接的命令,通过统一配置最终完成通路的建立过程。可见,永久连接是由网管

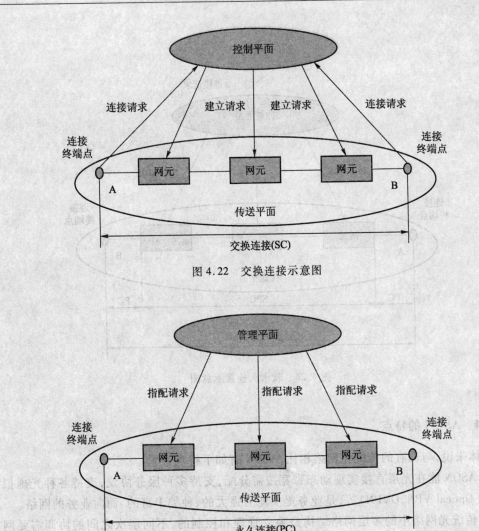

图 4.22 交换连接示意图

图 4.23 永久连接示意图

系统指配的连接类型,是一种手动的、静态的连接方式。

软永久连接:如图 4.24 所示,软永久连接是前两种连接的混合类型,分为两段。前半段,即用户到网络的部分,由管理平面配置;后半段,即网络部分的连接,则由管理平面提出而由控制平面完成。可见,软永久连接是由管理平面和控制平面合作完成的。因此,软永久连接是从永久连接到交换连接的一种过渡类型,有利于现有的传统光网络向 ASON 的渐进过渡和平滑演变。

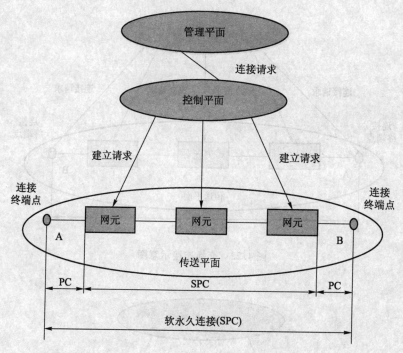

图 4.24　软永久连接示意图

4.2.2.4　ASON 的特点

　　总体来说,与现有的传统光网络相比,ASON 有如下特点:

　　● ASON 能在光层直接实现动态带宽按需分配,支持多种服务协议,支持各种光虚拟专用网(Optical VPN,OVPN)等,是业务提供能力强大的、种类丰富的、面向业务的网络。

　　● 传统光网络中的多层网络结构是独立管理和控制的,不同层次之间的协调需要网管的参与;而 ASON 通过公共的控制平面来协调各层的工作,实现智能化的功能,是多层统一与协调的网络。

　　● 在传统的光网络中,控制功能含在管理功能之中,因此管理功能强而控制功能弱;ASON 将控制平面从传统的管理系统中抽象分离出来,从而实现动态的、自动的控制。因此,以控制为主的工作方式是 ASON 最具特色的地方。

　　● 传统光网络采用的是集中式工作方式,但随着网络规模日益扩大,集中式工作方式的效率低下,存在较多的安全性等问题;而 ASON 可以依靠网元实现网络拓扑自动发现、路由计算、链路自动配置、路径管理和控制、业务保护和恢复,因此 ASON 中的网元是分布式智能的,更适合未来网络的发展趋势。

4.2.2.5 ASON 的发展和应用

从学界来看,从 2000 年到 2010 年,IETF、ITU-T、OIF 等国际标准化组织和论坛已经推出了大量关于 ASON 的标准和规范。这些标准化组织和论坛之间的工作具有很强的互补性,他们推出的各类标准和规范使得不同网络运营商的设备在 ASON 中能实现互联互通。如:IETF 推出的 GMPLS 协议族、CR-LDP、RSVP-TE、OSPF、ISIS-TE、通用交换协议(General Switch Management Protocol,GSMP)等;ITU 推出的 G.8080、G.8081、G.771x 系列等;OIF 推出的 UNI1.0、UNI2.0、E-NNI 信令和路由等。国内在综合考虑 ITU-T、IETF 和 OIF 的建议并结合国内网络的实际情况的基础上,推出了一系列相关标准和规范,如:ASON 技术要求、ASON 设备技术要求、ASON 测试方法等。

从业界来看,为给 ASON 建设提供支持,Alcatel-Lucent、Nortel、中兴、烽火、华为等国内外研究机构和 IT 公司从 1998 年开始推出 ASON 的核心部件:智能光节点设备。之后,从 2001 年开始,AT&T 等国外网络运营商开始建设 ASON;从 2003 年开始,吉林铁通等国内网络运营商也开始建设 ASON。到 2010 年,全球采用 ASON 的网络运营商和机构越来越多,如:英国沃达丰(Vodafone)、英国电信、日本 NTT、巴西 Telemar 等,中国电网公司及各省网公司在 2010 年也启动了基于 ASON 的智能电网工程。由于 ASON 的优势,各网络运营商采用 ASON 后均提高了网络性能。如:AT&T 采用 ASON 后,降低了网络维护成本,提高了建立及维护业务的自动程度,改善了网络规划和建设效率;英国沃达丰采用 ASON 后,网络可靠性高达 99.9997%;中兴采用 ASON 后,使网络生存性、资源利用率、管理能力、系统维护效率等都大幅提高;海南电信采用 ASON 后,使业务创建更简单、网络节点安全性更高。

4.3 选路和波长分配

在 WDM 光网络中为业务建立连接的时候,需要考虑波长连续性的限制,即需要解决选路和波长分配(Routing and Wavelength Assignment,RWA)问题[39-41]。RWA 是 WDM 光网络中的关键技术之一,对该问题的研究将对网络资源优化产生重要影响。本章首先对 RWA 问题进行阐述,然后介绍了常用的路由算法和波长分配算法,接着分析了基于光路请求的光层 RWA 问题和基于分组业务的虚拓扑设计和重构问题,最后分析了 RWA 研究进展。

4.3.1 RWA 问题描述

作为光网络优化设计问题中的一个很重要的子问题,RWA 可以这样描述:在给定光网络拓扑中,为每个连接请求计算一条从源节点到目的节点的路径,并为该路径分配合理的波长。下面首先介绍与 RWA 问题密切相关的基本概念:波长路由光网络、光路类型和业务类型,接着通过一个图例对 RWA 问题进行解释。

4.3.1.1 波长路由光网络

在波长路由光网络(Wavelength-Routed Optical Networks,WRON)[42-44]中,OXC 与光纤链路连接组成任意的拓扑结构,每个网络节点都配有可调谐光发射器和接收器。光交叉连接器完成对光信号的交叉连接,其中重要的网元是波长选择交换器,它具有两种交换方式:波长交换方式和波长转换交换方式。波长交换方式是通过由光开关组成的光交换机,在空间上进行波长通道之间的切换。而波长转换的交换方式是通过波长转换器,将一个频率上的波长通道上转换到另一个频率的波长通道上。

如图 4.25 所示,网络中有两个波长选路器 X 和 Y。若节点 A 要同时发送信号到节点 B 和 C,则 A 到 B 的信号传输可采用波长 λ_1,A 到 C 的信号传输可以采用 λ_2,经波分复用送到波长选路器 X。波长选路器 X 不是将这些信号广播到所有节点上,而是先用解复用器将 λ_1 和 λ_2 分离出来,分别送到节点 B 和波长选路器 Y 上。λ_2 经波长选路器 Y 处理后送到节点 C。同时,若节点 D 需要发送信号到节点 E,则仍可使用 λ_1,并依靠波长选路器 Y 的选路功能完成节点 D 到节点 E 的光路连接,而不会发生在同一根光纤上因使用同一波长传送两路信号而导致冲突。这里,三条光路只用了两个波长 λ_1 和 λ_2,这是由于采用波长选路器后能实现波长的重用。这说明波长路由光网络可以用较少波长支持多节点间通信。因此,在波长路由光网络中建立两点之间的连接,若选择一条最佳路由和合适的波长,可以提高资源利用率,减小阻塞。此外,通过优化网络中的选路和波长分配,还可减少节点设备的端口数和光收发器数,从而降低网络成本。

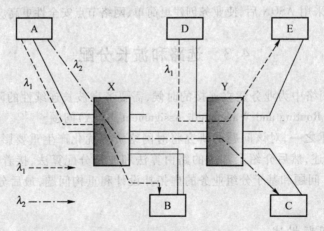

图 4.25 波长选路过程示例

4.3.1.2 光路类型

由以上的例子可见,波长路由光网络是通过光路(Lightpath)来实现通信的。光路是网络节点之间的全光通信信道,可以跨越多个光纤链路。波长路由光网络的基本要求是同一光纤链路上的不同光路必须使用不同的波长,以免不同光路之间发生相互干扰。在网络节点没有配备波长转换器的情况下,同一条光路必须建立在相同的波长上,即需要满足波长连续性的约束条件,这种约束会降低网络性能。但如果网络节点配置波长转换器,则波长连续性约束可以得到缓解。一般情况下,波长转换可分为以下三种情况。

完全波长转换:在每个节点都配置了完全波长转换器,可以把输入的任意波长转换成输出的任意波长,即波长转换器的波长转换范围覆盖了整个复用波长集。此时网络不存在波长连续性约束的问题。

有限波长转换:在每个节点都配置了有限波长转换器,但由于波长转换技术的限制,只能把输入的部分波长转换成输出的部分波长,即波长转换器的波长转换范围不能覆盖整个复用波长集。此时网络存在波长连续性约束的问题:

稀疏波长转换:由于费用的原因,波长转换器总数有限,因此只在部分节点配置了波长转换器(可以是完全或部分波长转换器),即只有部分节点具有波长转换能力。此时网络存在波长连续性约束的问题。

与有、无波长变化相对应,光路可以分为两种类型,一种叫波长通道(Wavelength Path, WP),另一种是虚波长通道(Virtual Wavelength Path,VWP)[45,46]。在波长通道网络中,由于网络节点没有配置波长变换器,因此光路必须满足波长连续性约束,即同一条光通道必须建立在相同的波长上。此时,一般可以把路由选择和分配波长划分为两个独立的子问题分别加以解决,在网络规模不太大时,也可以采用"波长分层图"的方法将路由选择和波长分配综合考虑。而在虚波长通道网络中,由于网络节点配置有波长转换器,因此可以在组成光路的各段链路上分配不同的波长,此时与传统基于电路交换的网络相似,只需要有效地解决路由选择问题,而不用过多地考虑波长分配问题。

4.3.1.3　流量类型

在研究 RWA 问题的相关文献中,通常将网络支持的业务分为以下两类:

静态业务:事先给定一组业务连接请求,需要为这些请求寻找路由并在其路由上分配波长,以使网络的性能达到最优(如全网吞吐量最大、所需波长数或光纤数最少等)。

动态业务:业务请求以满足一定概率分布的方式到达和离开网络,相应的优化性能指标通常是业务阻塞率最小。

因此,按照所支持的业务类型划分,RWA 问题一般可分为静态 RWA 和动态 RWA 问题。

4.3.1.4　RWA 问题图例

下面通过例子来对 RWA 问题进行比较直观的解释[47,48]。图 4.26 是一个网络的物理拓扑(虚线框内是光网络),包括 5 个 OXC 节点、5 个有光接口的电器件以及 6 根光纤链路

（每根光纤链路上有若干个可用波长）。图 4.27 为根据图 1 的物理拓扑建立了 4 条光路的示意图。图 4.28 是图 4.27 的逻辑结构（逻辑拓扑或虚拓扑）。例如图 4.26 中的节点 D 和节点 C 之间的光路经过了节点 B 中 OXC 的转接，占用波长 λ_2，在图 4.28 中用 LP1 表示。除了 LP4 是直连光路外，其他均是经过中间节点 OXC 转接的光路。在实际设计中，往往是提出所需建立的光路连接请求，为这些连接请求选取物理路由并分配相应的波长。例如，图 4.26 中提出要建立 4 条光路连接的请求，图 4.27 就是一种选路和波长分配方案。

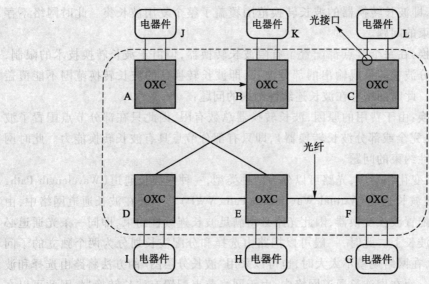

图 4.26　网络物理拓扑

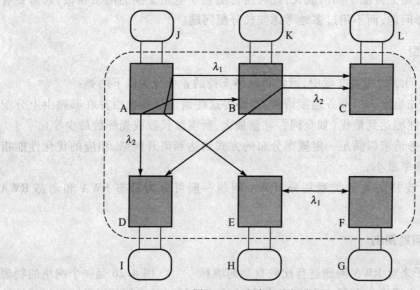

图 4.27　选路和波长分配

随着 GMPLS 和 ASON 的不断成熟,网络向分组化方向发展。图 4.28 中的电器件 L (如 IP 路由器等)可以通过光接口利用光路 LP1 与对端有光接口的电器件 I 相连。虽然 L 和 G 之间没有直连的光路可用,但 L 和 G 可以通过多跳光路转接(LP2 – LP4)而相连,即通过电的多跳连接。因此,在实际设计中的另一种情况是提出各电器件间的业务量强度需求,设计出虚拓扑并为其光路选取物理路由,并分配相应的波长。同基于光路连接需求的情况相比,基于业务量强度的情况增加了要考虑电的多跳。以上两种情况分别称为光层 RWA 问题和虚拓扑设计和重构问题,将在下面章节中详细介绍。

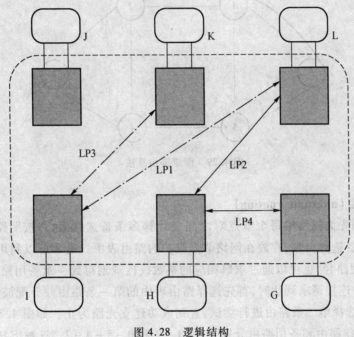

图 4.28 逻辑结构

由于 RWA 问题包括路由选择子问题和波长分配子问题,因此下面先分别介绍路由选择算法和波长分配算法。

4.3.2 路由选择算法

路由选择算法一般是基于优化目标(如最短路由、负载均衡等)为连接请求计算最佳路径。这种计算既可采用离线方式,也可采用实时计算方式。目前常见的路由算法有以下四种[40,41,44]:

1. 固定路由(fixed routing)

这是最简单的一种路由方法,通常采用最短路算法(如 Dijkstra 算法),预先为网络中的每一个节点对之间计算一条路由。路由选好后固定不变。当源、宿节点对之间的连接请求到达时,在已经计算好的路径上为连接请求分配波长,从而建立光连接。如图4.29所示,节点0到节点2的最短路由为0-1-2。该方法比较简单,但由于它没有考虑可供选择的替代路由,故这种路由方法下的网络不具备故障恢复能力,比如链路1-2断裂,则路由0-1-2失效。此外,最短路径算法有它自身的缺点,容易造成网络中某些链路承载的业务过多,致使某些光纤上经过的光路太拥挤,在波长数量有限的情况下导致资源不足。改进的方法是采用负载均衡的选路方式。

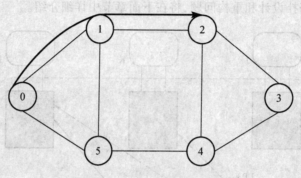

图4.29　固定路由算法

2. 备选路由(alternate routing)

这种方法预先为网络中每个节点对之间先计算多条备选路由,并按照路由长度从短到长排列,构成备选路由集,存放在网络节点维护的路由表中。通常可以利用 K 路由算法计算出 K 条最短路径,也可以通过求解相应的整数线性规划得到一组备用路由集。当源、宿节点对之间的连接请求到达时,首先选择路由表中的第一条路由并分配波长,如果没有波长可用,则再选择第二条路由进行尝试,直到成功建立光路为止。如图4.30所示,节点0到节点2的工作路由和备用路由分别为0-1-2和0-5-4-2。这种方法与固定路由相比,连接请求被阻塞的可能性降低。

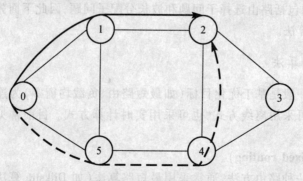

图4.30　备用路由算法

3. 自适应路由(adaptive routing)

这种方法根据网络状态实时进行选路。如图 4.31 所示,可用链路的边代价标记为 1,不可用链路的边代价标记为无穷。此时,节点 0 和节点 2 之间的自适应路由为 0 - 5 - 4 - 3 - 2。这种路由方案能根据网络当前的状态和资源使用情况来计算路由,在提高网络资源利用率和降低业务阻塞率方面都要优于前两种路由方案。但这种方案需要光网络控制和管理平面提供网络状态信息(如 ASON 中的资源管理信息),网络节点之间还要不断地交换链路状态信息,所以实现起来较复杂,造成 RWA 算法的运行速度不及路由预计算的方式(固定路由和备选路由)。

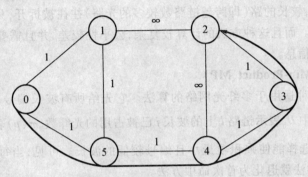

图 4.31 自适应路由算法

可见,固定路由方法可以节省业务到达时由于实时计算路由所花费的时间,从而提高 RWA 算法的运行速度,但得到的路由往往不是当前网络状态下的最佳路由。自适应路由方式可以克服离线路由计算的不足,但付出的代价就是导致 RWA 算法的运行速度降低。为了兼顾预计算在时间上的优势和实时计算在优化路由选择上的优势,可以在采用预计算时计算多条候选路由,在连接请求到达时根据网络状态选用其中最佳的路由,备选路由就属于此类。

4.3.3 波长分配算法

波长分配算法是为光路分配合适的波长。常见的波长分配算法有以下几种[49,41,44]:

1. 随机分配(Random Assignment,RA)

这种方法首先搜索所有可用波长集合,找出路由可用的波长子集,再从中随机选取波长分配给光路。这种算法实现简单,且不必知道全网的状态信息。

2. 首次命中(First Fit,FF)

这种方法将所有的波长按一定的规则进行编号,按编号从小到大的顺序搜索可用波长,找到的第一个可用波长即被分配给光路。与随机分配相比,首次命中不必搜索全部波长,找到可用波长就停止,因此计算量较小,且这种方法也不需要掌握全网的波长资源利用信息。显然,首次命中能够将路由使用的波长尽量地集中在编号较小的波长上,提高了后续光路能够得到可用波长的可能性,从而降低了连接请求的阻塞率。

3. 最大使用(Most-Used,MU)

这种方法的基本思路是将网络流量集中在少数波长上,即通过统计当前波长的占用情况,优先选取被最多光纤链路占用的波长。这样,后续光路就有更多的可选波长。有关研究表明该方法的效率明显优于前两种。

4. 最少使用(Least-Used,LU)

这种方法通过统计波长被占用的情况,优先选取被最少光纤链路占用的波长。这种算法的出发点是使网络流量更均匀地分摊到各个波长上,即达到波长的负载均衡。但是在最少使用算法下,较长的路(即跨越链路数较多的光路)往往被拆开,只有较短的光路容易保持波长一致性。而且这种方法的计算较复杂,公平性较差,并且需要设置专门的存储单元记录波长使用信息。

5. 最小乘积(Min-Product,MP)

这种方法是一种适用于多纤光网络的算法。它先给所有波长编号,对于每个波长 j,计算 $\prod_{l \in \pi(p)} D_{lj}$ 值,其中 D_{lj} 表示链路 l 上的波长 j 已被占用的光纤数,$\pi(p)$ 表示光路 p 所经过的链路集合。优先选择能使乘积项最小且编号较低的波长。可见,当每条链路的光纤数是 1 时,最小乘积方法就退化为首次命中方法。

6. 最轻承载法(Lest-Loaded,LL)

这也是一种适用于多纤光网络的算法。它首先计算 $\max_{j \in S_p} \left[\min_{l \in \pi(p)} (M_l - D_{lj}) \right]$ 值,其中 S_p 表示光路 p 所经过的链路上的空闲波长集合,M_l 指链路 l 上的光纤数。优先选择满足上式且编号较小的波长。最轻承载算法的出发点是将最空闲的波长优先分配给最繁忙的链路,它的效果比最大波长使用法好。

7. 最大和(Maximum Sum,MAX-SUM)

这是一种既可用于单纤网络又可用于多纤网络的算法。它首先计算波长 j 在链路 l 上的空闲容量(定义为链路 l 上的光纤总数减去链路 l 上占用波长 j 的光纤总数),然后优先选择能使空闲容量最大的那个波长进行波长分配。该算法考虑了资源分配对整个网络的影响,而不仅仅是对所选路由和波长的影响,因而能够获得较好的性能。该算法适用于静态波长分配问题。

8. 相对容量损失(Relative Capacity Lost,RCL)

这种方法类似于最大和法。最大和法致力于将绝对空闲容量最大化,而相对容量损失法则致力于将相对空闲容量最大化。相对容量损失法对所有波长依次计算为某条路径分配该波长后,其他路径在此波长上降低的可用信道数与其相应的可用信道总的比值,累加此比值,从中选定比值最小的波长。最大和法和相对容量法损失都适用于流量非标准的网络,其中后者的性能稍好。

总体来说,波长分配方法所考虑的网络状态(如波长使用率、波长在网络链路上的空闲容量等)越全面,则波长分配方法对网络资源优化效益就越高,但这样的波长分配方法复杂度也越高。因此,为了在兼顾 RWA 算法性能的基础上应尽量降低算法的复杂度,目前相关研究在解决波长分配问题时大都使用较为简单的首次命中或随机分配方法。

4.3.4 光层 RWA 问题

光层 RWA 又称为基于光路的 RWA 问题,即在光层为业务请求进行路由选择和波长分配,建立一条光路连接。根据业务类型,可分为光层的静态 RWA 问题和动态 RWA 问题。

4.3.4.1 静态 RWA 问题

光层静态 RWA 问题又称为静态光路建立(Static Lightpath Establishment, SLE)问题,即预先给出多条光路连接需求,为它们进行路由计算和波长分配。这种计算可以是离线(off line)的,即不需在线(on line)实时计算。光层静态 RWA 问题所考虑的是如何从全局优化的角度来为所有光路连接需求建立光路。常用的优化准则有两种:

- 在满足所有连接请求的前提下,使用最少的波长数或光纤数;
- 在波长或光纤数目给定的前提下,满足尽可能多的连接请求。

光层静态 RWA 问题可通过整数线性规划(Integer Linear Programming, ILP)[44]方法求解。但 ILP 求解的复杂度随着网络规模的增大而急剧增加[49],因此一般可以把光层静态 RWA 问题转化为路由计算和波长分配两个子问题,分成两步解决:

第一步,为每条光路建立请求选择路由。

路由选择方法通常采用前面介绍的固定路由(FR)或备用路由方法。由于固定路由方法通常采用最短路径算法,即光路经过的链路跳数(或代价总和)最小,而最短路径算法有时会使业务过分集中在网络中的某些光纤链路上,造成这些光纤链路过于拥挤,即某些光纤链路上经过的光路数过多,这在波长资源有限的情况下会造成这些光纤链路上的波长不够分配。因此,后续的波长分配算法对网络性能影响较大。

而备用路由方法可为光路提供多条可选路径,最常用的方法是采用 K 路由算法选择 K 条最短路径。在为光路分配波长时,如果发生波长数不够用的情况,则可置换另外一条备用路径并再次分配波长,直到完成要求。备用路由方法为负载均衡路由提供了可行性,即可以在备选路径中选择一条路由,在后续的分配波长之后,网络中所占用的波长资源分散比较均衡,不会过分集中在某些光纤链路上。在考虑阻塞率、资源利用率等性能方面,采用备选路由能很好地改善网络的性能。

第二步,分配相应的波长给该光路。

在进行波长分配时,如果网络中的 OXC 没有波长变换能力,则波长分配的约束条件是每条经 OXC 连接的光路必须满足波长连续,而且在同一根光纤中需要分配不同波长给不同光路,其优化目标是最小化波长数分配。这里的波长分配问题可以转化为图论中的点着色问题[44]。给定一个辅助图 $G(V, E)$，其中 V 为节点集，E 为边集。V 中的每个节点对应一条光路，如果这条光路和其他光路经过了同一根光纤链路，则相应的节点间就有一条边相连。波长分配相当于为所有的节点着色，其约束条件是相连的节点不能采用同一颜色；而优化目标最小化波长数分配，则转化为最小化颜色数分配。如图 4.32 所示，网络中有 5 条光路连接，对应的辅助图 G 有 5 个节点和 6 条边，最小化颜色数分配结果为 3。

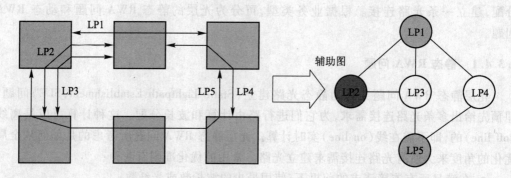

图 4.32   波长分配问题

虽然这种点着色问题已经得到了解决[44]，但如果网络规模较大且光路连接数较多，则求解会非常复杂。因此，波长分配通常可以采用前面提到的随机分配(RA)或 FF 方法。最简单的波长分配方法是随机分配，即不考虑光路长度或链路跳数，直接从空闲波长集中随机挑选一个可用波长分配给光路。由于波长连续性的约束，该方法使得长光路相对于短光路来说更容易被阻塞。为了克服这个缺点，一种改进的方式是采用"长路由优先"，即按照光路长度递减的顺序，反复尝试将已有的波长分配给所有可能的没有经过相同光纤链路的光路，当且仅当无法用已有波长建立光路时才从空闲波长集中分配新的波长。通过照顾长光路，该方法能够提高波长重用可能性，降低建立所有光路连接所需的波长总数。

4.3.4.2   动态 RWA 问题

在动态情况下，光路连接请求随机地、顺序地到达网络，要求进行实时的路由选择和波长分配。一条光路连接维持一段有限时间后将被拆除，并释放所占用的网络资源。动态 RWA 算法的目标一般都是有效地选择合理的光路路径和分配波长资源，以实现光路连接建立的阻塞率最低。通常又叫做动态光路建立(dynamic lightpath establishment)问题[40,41]。在动态 RWA 问题中，为了减小计算的复杂性，满足动态请求的实时性，常用的方法是把路由选择和波长分配分开进行，即先进行路由计算，再进行波长分配。常用的选路方法可采用前面介绍的固定路由、备用路由及自适应路由三种。前两种选路方式与静态 RWA 问题中所描述的一样，下面只介绍基于自适应路由的动态 RWA 算法。如果网络规模不太大(比如网络节点数小于 20 个),则可采用波长分层图模型一次性解决路由选择和波长分配问题[50]。

1. 先路由选择,再波长分配

路由选择采用自适应路由算法,可根据网络状态对源、宿节点间的路由进行动态选择。而网络状态取决于当前网络中已经建立的光路连接。最常用的自适应路由算法是自适应最短路由算法和最小拥塞路径算法。采用自适应路由算法需要额外管理和控制协议来实时更新每个节点处的路由信息,增加了复杂性,但自适应选路算法的性能明显优于固定路由算法,也比普通的备用路由算法好。当业务强度越低、波长数越大时,自适应选路算法的优势越明显。不过,随着备用路由算法中备用路由数的增加,其性能将逐渐逼近自适应选路算法。

当选定路由后,波长分配算法可以采用上面介绍的随机分配(RA)算法、首次命中(FF)算法、最大和(max-sum)算法等作为动态光路连接在线波长分配的方法,并且还可以结合不同的选路算法混合使用。随机分配算法是在选路算法所求出的路由上的已建光路所使用的波长之外,随机地另选一个波长;而首次命中算法是将波长编号,从低到高依次观察是否存在未被该路由上的已建光路使用的波长,选择最先被找到的波长来建立光路。研究结果表明,采用 FF 算法比采用 RA 算法时阻塞率小。

与随机分配算法和首次命中算法仅考虑一条路由上的局部情况不同,最大和算法是按分配波长后网络中仍可容纳的光路数最大为目标来分配波长,该算法的阻塞率优于略优于首次命中算法。与随机分配算法和首次命中算法相比,最大和算法无疑增加了复杂性。对于这种路由选择和波长分配分开进行的方法,研究结果表明,算法中影响阻塞率的主要因素是选路算法。一个好的选路算法往往能够显著减少光路建立请求的阻塞率,不同波长分配算法的性能没有太大的差别。因此,在工程上通常采用自适应路由算法和首次命中波长分配算法。

2. 波长分层图

当网络规模不太大时,采用波长分层图(wavelength layered graph)的方法可以将路由选择和波长分配统一解决[50]。在光网络中,OXC 中的光开关是空间域的连接,而波长分配是频率域的连接。但从提供通道的角度来看,空间域和频率域的作用是一致的。波长分层图将空间域和频率域结合,绘出一张立体的通道图。

如图 4.33 所示,假设网络中有 W 个波长,则波长分层图是将网络物理拓扑复制成了 W 层,每一层对应一个波长,叫做波长平面,其中的实线表示波长链路。物理拓扑中的所有节点被复制 W 次,对应到相应的波长平面上,称为波长平面节点。如果网络的物理节点有波长变换能力(比如节点 0 和节点 3),则可以在不同波长平面上对应的波长平面节点之间添加虚链路,把其连接在一起,即可构成波长分层图。在波长分层图中,动态 RWA 问题转化为光路连接计算出可用通道的问题,而路由选择和波长分配算法通常可采用自适应路由算法和首次命中算法,目标是使阻塞率尽可能小。比如对于节点 0 和节点 3 之间的一个光路连接,可以在 λ_1 平面上计算一条路径 $1 - 2 - 3$,而 λ_1 也就分配给了该路径。研究结果表明,与先进行路由选择再进行波长分配的方法相比,基于波长分层图的方法具有更低的阻塞率。

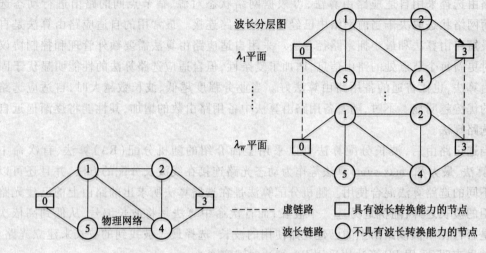

图 4.33　波长分层图

4.3.5　虚拓扑设计和重构

虚拓扑设计和重构问题也称为基于分组业务的路由选择路和波长分配问题。如图 4.27 所示,可将所有的光路部分称为光层,其中包含了光交叉连接器等光器件;而分组业务部分则称为虚拓扑层,其中包含了 IP 路由器等电器件,分组业务需要在光层所提供的光路上进行透明的传输。此时,图 4.27 可以转化成如图 4.28 所示的辅助图,分为光层和虚拓扑层两部分。如果两个路由器之间存在光层的光路直连,则在路由器的路由表保存了此可达信息,在虚拓扑层上相应路由器之间增加一条直连的边,称为虚链路(比如路由器 I 和路由器 L 之间的虚链路,对应光路 LP1)。如果光层的光路已经确定好了,则分组业务只需要在给定光路所对应的虚链路上进行路由计算。但是现实中,往往是给定各分组通信设备间的业务量矩阵,要设计光路的结构(即进行路由选择和波长分配)从而构建上层的虚拓扑,称为虚拓扑设计。同时,随着业务和网络状况的不断动态变化,以前构建的虚拓扑很可能不是最优的,需要根据当前的业务分布和网络状况来重新进行路由选择和波长分配,以构建新的虚拓扑,称为虚拓扑重构。

对于电器件来说,最理想的方式是两两之间都各自建有一条直达的光路。但这样设计是不经济的,因此某些电器件间的连接可以经过其他的电器件转接,从而节省光路数。如图 4.28 所示,路由器 L 和路由器 K 之间没有直达的光路,但可以通过路由器 I 转接。虚拓扑设计和重构问题是基于分组业务的路由选择和波长分配问题,也分为静态和动态两种。

4.3.5.1　静态虚拓扑设计

　　静态虚拓扑设计是指在网络的物理拓扑和各分组电器件之间的业务量矩阵事先确定的情况下设计网络[51,52]，使网络性能和经济性尽可能好。一般来说，静态虚拓扑优化设计问题中需要给出的输入条件主要包含：

- 网络的物理拓扑；
- 每根光纤最多可以复用的波长数目；
- 分组电器件之间的业务量矩阵；
- 每一节点处实际配置的可调谐光发送器和光接收器数目。

　　在物理拓扑已知的条件下，对一组确定的业务量请求进行路由选择和波长分配，考虑到可用波长资源的有限性，此时光层应当以最小化所需波长数为优化目标。

　　在网络资源受限的前提条件下，虚拓扑层优化目标应当是最小化端到端的分组延迟，或者最大化网络的吞吐量，以满足业务量增长的需要。因此，虚拓扑层的优化设计有两个可能的目标函数：一是对给定业务量矩阵，最小化平均分组延迟以优化当前业务需求状况，二是最大化业务量规模以适应未来业务容量升级的需要。

　　针对上述两种应用的网络性能评价指标分别是网络的平均分组延迟和拥塞。平均分组延迟包括分组传播延迟和排队延迟。研究表明，除非链路的利用率十分接近于链路容量，否则传播延迟总是占据主导地位，在多数情况下甚至可以忽略排队延迟。为了最小化平均分组延迟，光路在物理拓扑上的路由选择十分重要，因为它直接决定了光路的传播延迟特性。网络的拥塞是指，虚拓扑上各条虚链路所对应的光路上能负荷的最大业务流量。拥塞控制与分组业务的路由选择密切相关，良好的路由选择策略将大大降低网络拥塞的可能性。因此，最小化拥塞可以提高网络的吞吐量，从而更好地适应未来业务量增长的需要。

　　静态虚拓扑设计受到很多实际条件的约束，例如：

- 可用波长数目的限制；
- 节点的逻辑输入、输出度，即每个节点配备的光发射器、接收器数量的限制；
- 光通道在物理拓扑上选路时的物理连接条件限制；
- 波长连续性条件的限制；
- 分组业务在虚拓扑上选路时的网络流条件限制，即各节点要满足流量守恒，各逻辑链路上的业务流量不能超过链路的总容量。

　　光网络虚拓扑设计问题已被证明是一个非确定性多项式时间完全（Nondeterministic Polynomial Time Complete，NPC）问题[52,53]，其求解相当复杂。虽然已有相关研究将虚拓扑设计问题描述为一个线性规划的问题加以求解，但是当网络节点数很大时，很难在有限的时间内找到满足优化目标最优的拓扑结构。因此很多研究致力于通过启发式算法来解决虚拓扑设计问题。通常可以将虚拓扑设计问分解成 4 个子问题分别加以解决。

子问题 1：先初始化得到一个虚拓扑（比如采用随机方式），即在物理拓扑上直接连接网络中节点的光发射器和光接收器，得到光路连接；

子问题 2：在物理拓扑上路由光路，即将光路反映到物理拓扑上；

子问题 3：按照子问题 2 中的路由结果，给光路分配波长；

子问题 4：对业务请求在虚拓扑上进行路由选择，使其在中间电节点存储转发时间最小。

在 4 个子问题都解决后，最后可能反过来对子问题 1 中的虚拓扑进行调整，即根据业务量情况重新进行路由选择和波长分配，到达优化虚拓扑的目的。

4.3.5.2 动态虚拓扑重构

静态虚拓扑设计假定分组电器件之间的业务量需求事先确定并且不会随着时间的变化而变化。但在实际中存在很多实时业务，比如视频会议、在线直播等，业务量矩阵随着时间的变化而变化[54,55]。按照某种确定的业务量矩阵得到的虚拓扑设计结果，随着时间推移可能不再是最优的，因此需要随着业务量的变化对虚拓扑进行重构（reconfiguration）。

虚拓扑重构除了静态虚拓扑设计中所考虑的限制因素外，还要考虑其他问题[56]，如：

- 判据问题，即确定在什么情况下需要重构；
- 代价问题，即新的虚拓扑在满足新的业务需求的同时，要使原来虚拓扑改变尽量少；
- 影响问题，即在切换到新的虚拓扑的同时，不能使正在运行的分组业务有任何损伤（或损伤最小），尽可能实现无损伤的虚拓扑重构。

虚拓扑重构势必会带来增益，但也需要付出代价，二者之间的权衡指标可以用负载平衡度（Degree of Load Balancing，DLB）来表示。负载平衡度表示在当前虚拓扑下各链路承载业务的平衡程度。当业务量完全均匀地分布在各链路上传输时，平衡度最小；各链路承载的业务越不均匀，平衡度越大。可以用虚拓扑重构前后的平衡度之差来表示虚拓扑重构所带来的增益。如果差值越大，则表示所带来的增益也越大。如果用网络平均阻塞率来反映重构所带来的增益时，在相同业务的前提下，可以比较重构前后网络的平均阻塞率。虚拓扑重构所需付出的代价就是在虚拓扑调整期间，网络上传送的业务在中间节点需要存储、重新路由的代价，甚至有一些业务会被丢弃。有时，也可以使用需重新调谐到其他波长的接收机数目来衡量虚拓扑重构的代价。需要重新调谐的接收机越多，则相应的代价越大。因此，可以设计一些增益代价函数来反应增益和代价之间的关系。通过设置一定的门限，当增益代价函数达到该门限时，就执行虚拓扑重构算法；否则，维持原来的虚拓扑不变。

对动态业务下的虚拓扑重构，还可以采取定期在线测量的方法来观察当前每条光路上业务量的变化。该方法的主要思想是通过光连通性去定期测量在光路连通情况下实际负载的业务量。在测量周期结尾,当遇到负载不平衡的时候,可以拆除一条轻负载的光路或者重新建立一条新的光路。具体来说,当一条或多条光路上的业务量大于一个较大的门限值时,说明发生拥塞的可能性很大,应该增加一条新的光路来分担业务;相反,当一条光路上的业务量小于一个较小的门限值时,说明该条光路处于闲置状态,因此需要拆除这条光路。当然,在拆除光路前,需要将这条光路上的业务量转移到另外的光路上,以实现无损伤虚拓扑重构。

4.3.6 RWA 研究进展

从以上内容不难看出,不论是基于光路的 RWA 问题还是基于分组业务的 RWA 问题,其传统的解决方法都可以采用"二步法",即先进行路由选择,再为该路由分配合适的波长。这类方法可以说是一种试探法,即先计算一条可能的路径,然后试探路径上的波长是否可用。如果路径上的波长不可用,则在固定路由中光路连接建立失败;而在备份路由中继续试探下一条路径上的波长是否可用,如果没有一条备用路径上的波长可用,则光路连接建立失败。如图 4.29 所示,如果光纤链路 1 - 2 上没有可用波长,则路径 1 - 2 - 3 是不能建立光路连接的。因此,采用"二步法"可能会导致较高的阻塞率。针对传统方法的不足,学者提出了基于波长分层图的方法[50],如图 4.33 所示,可以一次性解决路由选择和波长分配,即在哪个波长平面上进行路由选择,则该波长就自动分配给这条路径,从而可以降低阻塞率。

后来的学者们通过对基于波长分层图的 RWA 算法进行改进,同时结合虚拓扑设计和重构等相关问题,设计了一种改进的集成辅助图[40]。该辅助图在波长分层图上增加了一个虚拓扑层,用于记录网络状况。图 4.34(a)是物理拓扑,假设每根光纤有 2 个波长,每个节点有 2 个光收发器。图 4.34(b)是初始状态的集成辅助图,初始时没有光路连接。图 4.34(c)是建立了 3 条光路连接的集成辅助图。如图 4.34(b)所示,第一条光路对应的物理路径是 λ_1 上的 4 - 1 - 2 - 3,第二条光路对应的物理路径是 λ_1 上的 4 - 5 - 6,第三条光路对应的物理路径是 λ_2 上 3 - 2 - 1。因此,虚拓扑中的 3 条虚链路表示两节点之间存在光路连接,虚链路旁的数字表示光路上剩余的可用带宽,节点旁边的数字表示剩余的可用光收发器数目。由于每条光路两个端点需要各自占用一个光收发器,因此节点 6 的光收发器已经用完,则虚节点 V6 与波长平面节点相连的边被删除。该集成辅助图可以一次性解决路由选择和波长分配,而且可以通过统计虚拓扑上的信息,灵活调整光层的路径从而实现虚拓扑优化。比如,若虚链路 V6 - V4 上的带宽不足,则可通过在 λ_2 上增加一条光路 6 - 5 - 4 实现为虚链路 V6 - V4 增容的目的。同时,可以为业务连接提供单跳或多跳的路由,比如节点 6 和节点 3 之间的业务连接,可以在虚拓扑上通过 V6 - V4 - V3 来进行两跳的路由。该集成辅助图模型已经获得了较广泛的应用,并在此基础上产生了多种 RWA 算法[40],并且能很好地扩展和应用于业务业务量疏导中,这在下一节中将会具体介绍。此外,也有一些文献提出了其他的解决方法,比如基于连续子问题求解的 RWA 算法[57]、基于多目标优化的 RWA 算法[58]、基于蚂蚁网络的 RWA 算法[59]等。但这些方法的复杂度均比较高,没有集成辅助图直观、简便,因此被关注的程度没有集成辅助图高。

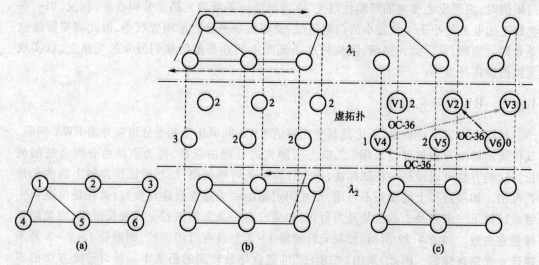

图 4.34　一种改进的集成辅助图模型

4.4　业务量疏导

业务量疏导是将大量的低速业务流汇聚到高速的光路中传递的技术,通过业务量疏导可以实现资源的优化,降低网络成本和代价。业务量疏导本质上是一种特殊的虚拓扑设计问题,与前面章节中的路由选择和波长分配问题密切相关。本节首先对业务量疏导问题进行描述,接着介绍业务量疏导技术,然后阐述环网中的业务量疏导和网状网中的业务量疏导,最后介绍和分析了业务量疏导研究进展。

4.4.1　业务量疏导问题描述

由于 WDM 光网络中每个波长的传输速率越来越高,如 OC-192、OC-768 分别对应的速率为 10 Gbps、40 Gbps,因此光网络提供的传输速率或带宽是粗粒度的,即以波长为单位。但在实际应用中,每个业务的传输速率或带宽要求与一个波长上的传输速率或带宽相比是较低的,如业务需求带宽 OC-1、OC-3 分别对应 51.84 Mbps、155.52 Mbps。显然,为每个低速业务提供一个专用波长,资源利用率低且不经济[60]。并且由于波长数限制、光收发器数限制等,不可能为每个业务连接建立端到端的独立光路连接。因此,为了提供细粒度的传输速率或带宽需求,降低网络建设和运营成本,提高网络性能,需要为这些低速业务有效地建立端到端的连接。业务量疏导(traffic grooming)正是为了解决这个问题而提出来的。本节首先对业务量疏导进行定义,接着阐述业务量疏导的分类,然后介绍与疏导相关的节点结构。

4.4.1.1　业务量疏导定义

业务量疏导可以这样来描述[61]:首先给定一个网络配置,包括物理链路、网络中节点的光收发器数目、每根光纤的波长数目和容量,业务量疏导的目的是为到达网络的一组具有各种低速带宽粒度的业务连接请求建立光路,以合理地路由这些连接请求,同时优化网络的性能。也就是说,业务量疏导就是将低速业务连接(或业务流)汇聚到高速的波长上进行传输。低速业务流可以通过一条光路直接到达目的节点,即单跳业务量疏导[61];也可以通过多条光路串连到达目的节点,即多跳业务量疏导[62]。

4.4.1.2　业务量疏导分类

需要疏导的低速业务连接请求主要包括静态和动态两种。静态就是预先给出所有低速业务连接请求(即网络中各个节点对之间的各种粒度的连接请求),可以用业务需求矩阵来表示。而动态就是业务连接请求动态到达,动态离去。业务量疏导根据业务静态与否,可以分为两类:静态业务量疏导和动态业务量疏导[63]。

静态业务量疏导是预先给出所有低速业务连接需求,为它们进行路由选择和分配波长,需要采用上一节中介绍的 RWA 算法。这种计算可以是离线(off-line)进行的,即不需实时计算。静态业务量疏导是一种特殊的虚拓扑设计问题,即为已知的低速业务建立合理的光路并分配波长,形成最优的虚拓扑,从而有效地疏导各个业务连接。它所考虑的是如何从全局优化的角度来为所有连接需求计算路由和分配波长。其优化目标是在给定的低速业务量需求下,使网络成本最小,即减少电终端设备(如 ADM)或 OXC 端口数目,也可以是最小化光路数目;或者给定光收发器数目限制、光纤波长数目限制等,最大化网络吞吐量。因此,虚拓扑设计中的 RWA 算法同样适用于静态业务量疏导。

静态业务量疏导通常可以分为 3 个子问题来解决:
- 虚拓扑子问题,即确定物理拓扑上需要建立的一组光路需求 R;
- 选路和波长分配子问题,即为光路需求 R 解决相应的 RWA 问题;
- 疏导子问题,即在虚拓扑上解决低速业务流选路子问题。

与静态业务量疏导相反,动态业务量疏导中低速业务连接请求动态到达网络,因此需要进行实时的疏导、路由与波长分配(Grooming, Routing and Wavelength Assignment, GRWA)。一个业务连接在维持一段有限时间后,又会被拆除,需要释放以前占用的网络资源。动态业务量疏导的目标通常是有效地选择疏导路由与合理分配网络资源,从而使建立业务连接的阻塞率达到最低。由于 RWA 问题(包括虚拓扑设计)都是 NP 完全问题,因此与此密切联系的光网络业务量疏导也是一个 NP 完全问题。很多解决方案是使用混合整数线性规划(Mixed Integer Linear Programming, MILP)建立模型,然后提出一些启发式算法加以解决。

4.4.1.3　与疏导相关的节点技术

光网络中的重要网络节点设备是 OXC,它存在着两种实现技术:

- “背靠背”技术,即所有的光信号都首先经过光电转换成电信号,进行电交换,然后再进行电光转换成光信号。这种实现 OXC 的技术又称为不透明方式;
- 全光技术,即所有的光信号都直接在光域进行交换,不涉及到电域。与前一种方式相对应,这种实现 OXC 的技术又称为透明方式。

根据 OXC 具有的疏导低速业务流能力的强弱程度,可以将 OXC 分为三类[63]:

- 传统的 OXC:这种 OXC 只具有波长交换的能力,不具有疏导低速业务的能力。当然,如果为这种 OXC 外挂其他汇聚、解汇聚能力的网络设备,则可以实现业务量疏导。
- 具有单跳疏导能力的 OXC:这种 OXC 不仅有波长交换能力,而且有低速汇聚端口,可以将多个低速业务疏导到一个波长通道,然后交换到某个出口。但这类 OXC 不具有低速业务交换能力。因此一条光路上的业务必须具有相同的源、宿节点,即只能进行单跳疏导。
- 具有多跳疏导能力的 OXC:这种 OXC 同时具有波长交换和低速业务流交换的能力,它包含两大模块,波长交换矩阵和电交换矩阵。含有部分非本地业务的光路可以通过光接收器转变成电信号,进入电交换矩阵,非本地节点业务和本地出发的低速业务可以一起疏导到另一条光路上传输,因此可以实现多跳疏导。不需要在本地节点上/下业务的光路,则可以通过 OXC 直接旁路,从而减少了网络节点的负担。如果 OXC 的每一个光纤接口上配备与光纤中波长数目相等的光收发器,则所有的光路都可以转换成电信号进入电交换矩阵交换。这种 OXC 的一个重要参数是疏导因子,即波长容量与电交换矩阵的端口最低速度之比。

4.4.2　业务量疏导技术

有个很好的例子说明了什么是疏导技术[60]:如果你想从家乡 A 到一个遥远的小地方 B 市,可能没有从 A 到 B 的直飞航班。原因有两个:一是在所有地点建立直飞航班将需要大量的飞机,二是这些航班中相当多几乎是没有乘客的。因此将导致初始投资和运营费用极其昂贵。当然,如果有直飞航班到达 B,但由于该航班机票已售完,你也不可能直接到达目的地 B。然而你可以通过一次或者多次转机到达 B。这样有利于提高航班利用率,同时降低费用。

光网络中的业务量疏导技术也跟这类似,即有效地将低速业务流“疏导”到高容量的波长上去传输。“疏导”源于复用和捆绑,即将多个低速业务汇集到高容量的传输单元上传输,是用来描述传输系统中有效利用容量的优化设计问题。

在光网络中,可以使用不同的复用技术来实现业务量的疏导[60]:

- 空分复用(Space-Division Multiplexing,SDM)技术:将物理空间分区以达到提高传输系统的容量。例如,可以将多根光纤捆绑到一根光缆上,或者将多个光缆作为一个链路连接到网络中的相邻两个节点。

- 频分复用(Frequency-Division Multiplexing,FDM)技术:将频谱分成不重叠的一系列独立的通道。例如,光网络中的 WDM 或者 DWDM 技术即是采用了 FDM 技术。

- TDM 技术:在时域内将带宽分成固定长度的时隙(Slot)。使用 TDM 技术,多路信号只要在时间上不重叠就可以共享一个波长。

- 动态统计复用技术:在 IP over WDM 的体系结构中,一个 WDM 波长通道可以被多个 IP 业务流通过"虚电路"的方式共享。

在 WDM 光网络中,业务量疏导技术是指利用 TDM 技术有效地将低速业务流汇聚到高速的波长通道(即光路)中传输。而如何将多个波长疏导到一根波带或光纤中传输的技术被称为 Lambda 疏导(Lambda grooming),它属于业务量疏导的一种,近年来得到了较多的关注。

光网络中的业务量疏导可以在智能光网络 ASON 的统一控制平面 GMPLS 下实现,主要涉及 3 个模块:

- 资源发现协议:使用 OSPF-TE 或者 IS-IS-TE 等通过链路状态通告(Link State Advertisement,LSA)发送网络资源状态;

- GRWA 模块:根据网络资源状态和业务连接请求建立端到端连接;

- 信令协议:通过 RSVP-TE 或 CR-LDP-TE 通知相应网络节点预约资源、配置路由等。

在前面章节中介绍了基于光路的 RWA 问题,它的基本粒度是波长,需要研究路由选择和波长分配(RWA)问题。而在具有业务量疏导的光网络中,基本粒度是子波长(即小于一个波长带宽),需要研究 GRWA 问题,这与基于分组业务的 RWA 问题是紧密联系的,即要设计一个优化的虚拓扑,并且在虚拓扑上路由这些低速业务。

4.4.3 环网中的业务量疏导

根据网络拓扑不同,业务量疏导分为环网中的业务量疏导和网状网中的业务量疏导[63]。同步光网络(SONET)是广泛使用的环状光网络结构[63],主要用于校园网、市区网、广域网等。本小节介绍 SONET 环网中的业务量疏导。

4.4.3.1 环网中的疏导节点结构

环网节点中采用如图 4.35 所示的 ADM[63]用于在本地节点处上/下路低速业务流。传统的 ADM 是固定的,只能为指定的波长通道进行低速业务流的上/下路处理。随着光纤中的可用波长数增加,每个节点都要配置与可用波长相等数量的 ADM。但实际上大多数通过节点处的波长业务都是旁路该节点而不做上/下路处理,因此,为每个节点都配置与可用波长相等数量的 ADM,成本开销较大。

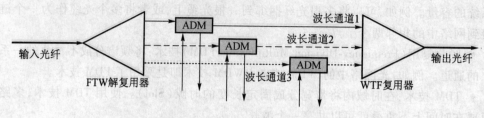

图 4.35　具有 ADM 的节点结构

近几年,OADM 的技术不断成熟,受到人们更多关注。它与传统的 ADM 不同,如图 4.36 所示,它可以对旁路节点的波长业务进行光处理并直接输出,从而不再需要配置相应的 ADM。而 ADM 是 SONET 的主要成本开销,采用 OADM 后可大大降低成本网络成本。由此可以看出,环网中的业务量疏导问题,就是如何制定合理的疏导策略,使尽可能多的旁路业务流疏导进光路从而减少 ADM 数量的优化问题。

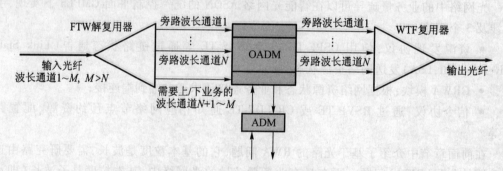

图 4.36　具有 OADM 的节点结构

4.4.3.2　环网中的单跳业务量疏导

环网中的单跳业务量疏导是指只能将低速业务流疏导进一条光路中,而不能在两条或多条光路之间中转或串联传输,即网络节点都不具有波长变换功能[63]。如图 4.37 所示的例子,给定 6 个单向连接请求,所有节点都配置 OADM,每根光纤上有两个可用波长,各波长容量固定为 OC-N,所有低速业务流容量固定为 OC-M,且有 $N = 2M$。

采用单跳疏导策略,可将业务请求(1→3)和(2→3)在节点 2 处疏导进光路,此时在节点 1 处只需要一个 ADM(用于业务请求(1→3)上路),在节点 2 处同样只需要一个 ADM(用于业务请求(2→3)上路,业务请求(1→3)在节点 2 处旁路),而在节点 3 处需要 2 个 ADM(分别用于业务请求(1→3)和(2→3)下路),因此总共需要 4 个 ADM。如果不采用疏导策略,由于可用波长数为 2,因此节点 2 和节点 3 都要配置 2 个 ADM(此时业务请求(1→3)在节点 2 处未旁路,需要 1 个 ADM),在节点 1 要配置一个 ADM,总共需要 5 个

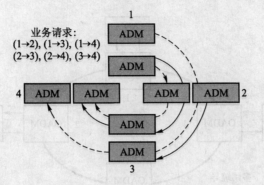

业务请求:
(1→2), (1→3), (1→4)
(2→3), (2→4), (3→4)

图 4.37 环网中的单跳业务量疏导

ADM。从上述例子可以看出,合理运用单跳疏导策略并结合 OADM 节点结构,可以减少 ADM 的数量,从而降低成本。

4.4.3.3 环网中的多跳业务量疏导

环网中的多跳业务量疏导[62]是指低速业务流可以疏导进多条级联的光路中,即业务流可以在两条或多条光路之间中转传输,此时网络中部分或所有节点具有波长变换功能[63]。由于疏导后的光路在进行波长变换时需要进行光/电/光转换,因此在这些节点处需要配置数字交叉连接(DXC)模块。图 4.38 表明,多跳业务量疏导所采用的节点结构与单跳疏导策略时采用的节点结构有所不同(把配有 DXC 模块的节点称为 hub node)。研究人员在具有 hub node 的 SONET 环网中对单跳和多跳疏导策略进行性能仿真[63],结果表明当被疏导的业务较多时,多跳疏导可以节省更多 ADM;反之,单跳疏导可以节省更多 ADM。

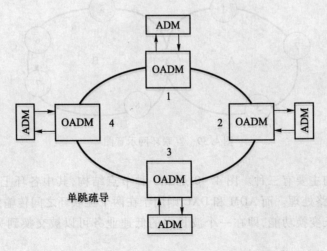

单跳疏导

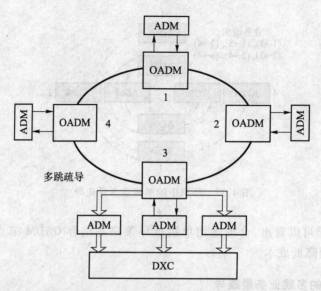

图 4.38 环网中单跳和多跳业务量疏导的节点结构

4.4.3.4 互联环网中的业务量疏导

环网中的大多数业务量疏导研究都集中在单一的 SONET 环网中。而当今的网络有些是由若干环网互联而成的,比如一个环状的市区网和若干环状的校园网相连。因此需要将单环网中的业务量疏导问题扩展到互联环网中[63]。图 4.39 给出了一个由边缘节点 4 连接而成的互联环网,实际中的互联环网中可以有多个边缘节点。

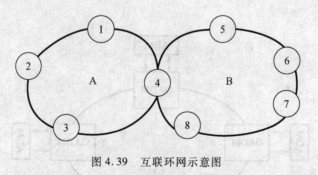

图 4.39 互联环网示意图

边缘节点结构主要有三种。图 4.40 是第一种节点结构,其中各环上利用 ADM 对波长业务进行上/下路处理。而 ADM 和 DXC 则用于在两个互联环之间传输低速业务流。该边缘节点具有波长变换功能,即在一个波长内的低速业务可以被交换到另一个波长上进行传输。

　　图 4.41 是第二种节点结构,它采用 OXC 连接两个环,可根据实际情况来选择使用哪一种 OXC(即全光交换 OXC 或光电光转换 OXC)。在该设备基础上,还需要配置额外的 ADM 来支持低速业务流在本地的上/下路,因为 OXC 只能够支持两个环间波长业务的传输。

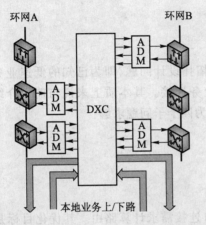

图 4.40　采用 DXC 的边缘节点结构

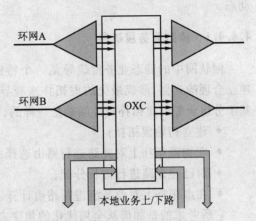

图 4.41　采用 OXC 的边缘节点结构

　　图 4.42 是第三种节点结构,它采用混合 OXC 方式,可同时满足两个环间波长业务和低速业务流的传输,即被旁路的波长业务直接进行光传输,而上/下路低速业务流以及低速业务流在两环间的传输需要靠 DXC 模块来完成。

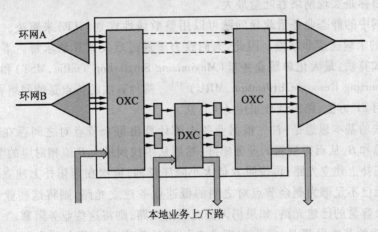

图 4.42　混合型边缘节点结构图

4.4.4　网状网中的业务量疏导

　　随着智能光网络 ASON 的不断发展,光网络从环状向网状(Mesh)演变,因为网状结构具有冗余度高、抗毁能力强等特点。因此,与环网中业务量疏导相比,人们更关注网状网中业务量疏导[63,64]。

低速业务连接建立请求可以是提前设定完毕的,从而构成静态的业务需求矩阵;也可以是动态到达、动态离去。因此网状 WDM 网中的业务量疏导问题同样可分为静态和动态。

4.4.4.1　静态业务量疏导

网状网中的静态业务量疏导是一个特殊的虚拓扑设计问题,即为已知的低速业务量建立合理的光路,形成最优的虚拓扑来疏导各个业务连接。其本质上来说与前面介绍的基于分组业务的虚拓扑设计问题是一样的,即可分为四个子问题求解:

- 建立初始虚拓扑;
- 在物理拓扑上对光路进行路由选择;
- 对已建光路进行波长分配;
- 在虚拓扑上对业务流进行路由计算。

它所考虑的是如何从全局优化的角度来为所有连接需求计算路由。其优化目标是在给定低速业务量需求下:

- 若不考虑阻塞,即假设网络拥有足够带宽资源满足所有给定的低速业务连接请求,此时的优化目标是实现网络成本最小;
- 若考虑阻塞,即可能出现由于网络资源有限而无法满足所有给定的业务连接请求,此时的优化目标是实现网络吞吐量最大。

对网状网中的静态业务量疏导问题可以用整数线性规划(ILP)来解决。如果网络规模较大,ILP 的求解速度非常慢。因此,人们致力于通过启发式算法求解。下面介绍两种传统的启发式算法:最大化单跳业务量(Maximizing Single-hop Traffic,MST)和最大化资源利用率(Maximizing Resource Utilization,MRU)[61]。两种算法的特点是使网络吞吐量最大,波长分配采用 FF 方法,路由选择采用 AR 算法。

MST 算法的基本思想是:首先根据业务矩阵计算出每个节点对之间存在的所有低速业务流粒度总和 B,从而得到新的业务矩阵;然后从中找到最大 B 值相对应的节点对,为该节点对在虚拓扑上建立光路;再按照 B 值大小降序排列,依次在虚拓扑上建立光路。如果当前网络资源已不足够为剩余节点对之间的低速业务建立光路,则将这些业务通过多跳疏导进有剩余容量的已建光路;如果仍无法疏导进光路,则将这些业务阻塞。

MRU 算法的基本思想是:首先根据业务矩阵计算出每个节点对之间的资源利用率 $MRU_{s,d} = T_{s,d} / H_{s,d}$,其中 $H_{s,d}$ 表示节点对 (s,d) 在物理拓扑图上的最短路跳数,$T_{s,d}$ 表示节点对 (s,d) 之间存在的所有低速业务流粒度总和,从而得到新的业务需求矩阵;然后从中找到最大 $MRU_{s,d}$ 值相对应的节点对 (s,d),为该节点对在虚拓扑图上建立光路;再按照 $MRU_{s,d}$ 值大小降序排列,依次在虚拓扑上建立光路。如果当前网络资源已不足够为剩余节点对之间的低速业务流建立光路,则重新计算剩余节点对的资源利用率 $MRU_{s,d} = T_{s,d}/H'_{s,d}$。其中,$H'_{s,d}$ 表示节点对(s,d)在虚拓扑上的最短路跳数。然后找到最大 $MRU_{s,d}$ 值相对应的节点对(s,d),将该节点对的低速业务流通过多跳疏导进已建光路;再按照 $MRU_{s,d}$ 值大小降序排列,依次为对应节点对之间的低速业务流通过多跳疏导进已建光路。如果仍存在未疏导进光路的业务,则被阻塞。

仿真表明,在光纤中的波长数目充分的条件下,MST 和 MRU 算法是有效的。但在光纤中的波长数目作为主要限制的情况下,这两种算法对网络资源的利用率不高。

4.4.4.2 动态业务量疏导

在动态业务量疏导中,业务实时、动态地到达网络,持续一段时间之后又会离开网络,因此需要进行实时的业务量疏导,其优化目标一般是使业务连接请求的阻塞率尽可能小。动态业务量疏导与前面介绍的 RWA 问题中的虚拓扑设计和重构密切相关,因为低速业务是在光路所构成的虚拓扑上进行路由的。优化的虚拓扑会提高业务量疏导的性能,降低阻塞率。

网状网中动态业务量疏导的经典方法是一种辅助图模型[64]。如图 4.43 所示,不同的边可以设置不同的权重来代表了网络中存在的各种约束,如光收发器数、光纤上可用波长数、波长变换能力、疏导能力等。同时,可以通过在该辅助图上进行最短路径算法并及时更新图的状态,来解决动态业务量疏导问题。

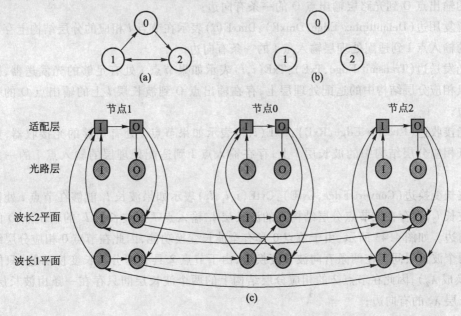

图 4.43 动态业务量疏导辅助图

1. 根据网络配置构造辅助图

图 4.43(a)是一个三节点、四条有向光纤链路的网络物理拓扑(其中,1 - 2 之间是两条有向光纤,一条从 1 到 2,另一条从 2 到 1)。其中每条光纤链路上均有两个可用波长,所有的节点均具有疏导能力。假设节点 0 具有全波长变换能力,节点 1 无波长变换能力,节点 2 具有部分波长变换能力(在节点 2 处只能由波长 λ_1 变换成波长 λ_2)。

初始化时,网络中尚未建立光路,因此在图 4.43(b)所示的图(称为虚拓扑)中上没有任何边存在。辅助图的构造如图 4.43(c)所示,是一个具有 $|W|$ +2 层的波长分层图(其中 $|W|$ 表示光纤链路上的可用波长数),每个节点都对应一个分层结构。辅助图中第 1 层到第 $|W|$ 层是波长层,在本例中 $|W|$ =2,因此第 1 层到第 2 层分别表示波长 λ_1 层和波长 λ_2 层;第 $|W|$ +1 层为光路层;第 $|W|$ +2 层是适配处理层,低速业务流从该层进出节点。每个节点在它相应分层结构的各个层上都具有两个顶点,标注为 I 的顶点为输入点,标注为 O 的顶点为输出点。

辅助图上的各种类型的边分别定义如下:

波长旁路边(Wavelength Bypass Edge,WBE):WBE(i,l)表示在节点 i 相应分层结构中的波长层 l 上,存在输入点 I 到输出点 O 的一条有向边;

疏导边(Groom Edge,GrmE):GrmE(i)表示如果节点 i 具有疏导能力,则在该节点相应分层结构中的适配处理层上,存在输入点 I 到输出点 O 的一条有向边;

复用边(Multiplex Edge,MuxE):MuxE(i)表示在节点 i 相应的分层结构上存在适配处理层的输出点 O 到光路层输出点 O 的一条有向边;

解复用边(Demultiplex Edge,DmxE):DmxE(i)表示在节点 i 相应的分层结构上存在光路层的输入点 I 到适配处理层输入点 I 的一条有向边;

光发送边(Transmit Edge,TxE):TxE(i,l)表示如果节点 i 处有足够的光发送器,则在该节点相应分层结构中的适配处理层上,存在输出点 O 到波长层 l 上的输出点 O 的一条有向边;

光接收边(Receive Edge,RxE):RxE(i,l)表示如果节点 i 处有足够的光接收器,则在该节点相应分层结构中的波长层 l 上,存在输入点 I 到适配处理层的输入点 I 的一条有向边;

波长变换边(Convert Edge,CvtE):CvtE(i,l_1,l_2)表示如果波长 l_1 能够在节点 i 处被变换成波长 l_2,则存在该节点分层结构上的波长层 l_1 输入点 I 到波长层 l_2 的输出点 O 的一条有向边。如图 4.43 所示,由于节点 0 具有全波长变换功能,因此在节点 0 相应分层结构上的两个波长层间存在两条有向波长变换边;由于节点 2 具有部分波长变换功能(只能由 λ_1 变换成 λ_2),因此在节点 2 的相应分层结构上的两个波长层间只存在一条由波长层 λ_1 到波长层 λ_2 的有向边;

波长链路边(Wavelength Link Edge,WLE):WLE(i,j,l)表示如果节点 i 与节点 j 之间存在物理链路,并且波长 l 在该物理链路上空闲,则存在节点 i 相应分层结构的波长层 l 输

出点 O 到节点 j 相应分层结构的波长层 l 输入点 I 的一条有向边;

光路边(Light Pasth Edge,LPE):LPE(i,j)表示如果节点 i 与节点 j 之间存在光路,则存在节点 i 相应分层结构的光路层输出点 O 到节点 j 相应分层结构的光路层 l 输入点 I 的一条有向边。在图 4.43 中,由于还没有在任意两点间建立光路,因此还不存在这条边。

以上这些边都有各自的边属性 $P(c,w)$,其中 c 表示该边的当前可用资源,w 表示该边的权重。对于一条波长链路边,它的 c 就是相应链路上相应波长的容量;对于一条光路边,它的 c 就是相应光路上的剩余可用资源;而其他边的 c 设置为无穷。各边的权重可根据与其相关的造价成本来设定,或是根据不同的疏导策略来设定。权重的设置有两种方式,一种是固定设置,一种是自适应设置(即根据网络当前状态随时进行动态修改)。固定设置的方式反映了固定的疏导策略,而动态的设置方式则反映了自适应的疏导策略。

2. 基于辅助图的动态疏导算法

下面举例说明辅助图的算法思想。业务连接请求用 $T(S,D,B,N)$ 表示,其中 S 为业务源节点,D 为业务目的节点,B 为业务粒度,N 为业务请求数,波长容量为 OC-48。

假设第一个连接请求为 $T_1 = T(1,0,OC\text{-}12,1)$。首先,需要在辅助图上找到一条从节点 1 分层结构的适配处理层输出点 O 到节点 0 分层结构的适配处理层输入点 I 的路径。在图 4.44(b)中可以看到存在这样一条路径(用粗线标注),经过了边 TxE(1,1)、WLE(1,0,1)、RxE(0,1)。由于这条路径包含了一条波长链路边 WLE(1,0,1),这表示需要使用节点 1 到节点 0 链路上的波长 λ_1 在这两个节点间建立一条光路 L_1。建立 L_1 后,需要在辅助图上增加一条光路边 LPE(1, 0),如图 4.44(c)所示,表示在这两个节点之间已经存在一条光路。同时,在图 4.44(c)中要将波长链路边 WLE(1,0,1)删除,因为这条波长链路已经无法再被使用来构造另一条光路。此时业务请求 T_1 被疏导进光路 L_1,光路 L_1 的剩余带宽为 OC-48 减去 OC-12,因此边 LPE(1,0)的 c 为 36。此时,建立光路 L_1 后的当前虚拓扑状态和更新后的辅助图如图 4.44(a)和 4.44(c)所示。

假设此时再来一个业务请求 $T_2 = T(2,0,OC\text{-}12,1)$。与上面过程相似,需要在辅助图上找到一条从节点 2 分层结构的适配处理层输出点 O 到节点 0 分层结构的适配处理层输入点 I 的路径。此时在辅助图上可以找到多条路径。

第一条:单跳疏导路径,经过边 TxE(2,2)、WLE(2,1,2)、WBE(1,2)、WLE(1,0,2)、RxE(0,2)。如图 4.45(b)所示,该路径包含波长链路边 WLE(2,1,2)和 WLE(1,0,2)。如果选择这条路径,则光路 L_2 将被建立。之后,在辅助图上添加光路边 LPE(2,0),如图 4.45(c)所示,并且将两条波长链路边 WLE(2,1,2)和 WLE(1,0,2)删除。由于在节点 0 处的光接收器已经全部用掉,则在图 4.45(c)中将光接收边 RxE(0,1),RxE(0,2)删除,这就意味着在节点 0 处无法再构建新的光路。光路边 LPE(2,0)的 c 为 OC-36。建立光路 L_2 后的当前虚拓扑状态和更新后的辅助图如图 4.45(a)和 4.45(c)所示。这种方式称为单作为已组建路由中间节点的容量长度，添加入虚拓扑[略]。未有几[略]。

其他的 Hybrid Fixed Edge (HFE)、LPE、FPE 更加虑并各各点各[略]及[略]各点各容量。[略]

[略]用点 1 虑包括的光路节点端口连 0 的虑虑？和虑各容器域的虚路 (略入 1 各

的容虑虚节点，如[图 4.43]中，为 0 虑各虑各 0 各的虚和虚虚，用点虑不有虑虚

[略]

[图 1 虑各虑虑各的各虑，虚各各，各虑各虑各，各虑虑路径各虑各用略虑虚

[略]

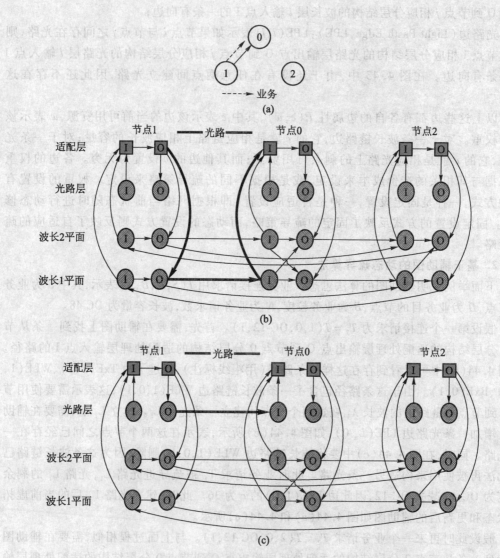

（a）

节点1 ——光路—— 节点0 节点2

图 4.44　辅助图的应用举例:1 − 0 之间的业务请求

跳疏导。

　　第二条:多跳疏导路径,经过边 TxE(2,1)、WLE(2,1,1)、RxE(1,1)、GrmE(1)、MuxE(1)、LPE(1,0)、DmxE(0),如图 4.43(b)所示。该路径包括波长链路边 WLE(2,1,1)和光路边 LPE(1,0)。如果选择这条路径,则需要在节点 2 到节点 1 之间建立光路 L_3 ,并为其分配波长 λ_1 ,在图 4.46(c)上添加光路边 LPE(2,1),并将波长链路边 WLE(2,1,1)删除。随后,将业务请求疏导进新建立的光路 L_3 和已建光路 L_1 中。此时光路边 LPE(2,1)和 LPE(1,0)的 c 分别为 OC-36 和 OC-24。此时的虚拓扑状态和更新后的辅助图如图 4.46

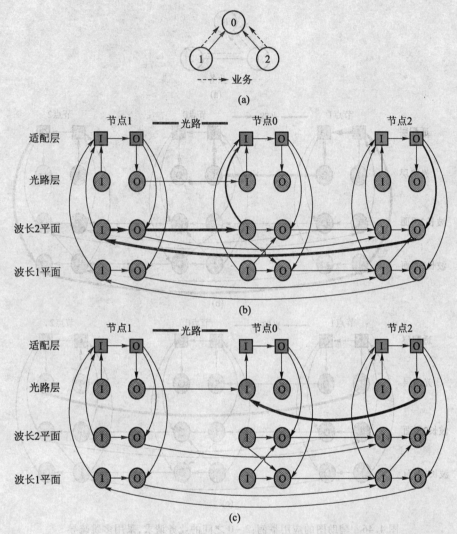

图 4.45 辅助图的应用举例:2-0 之间的业务请求,采用单跳疏导

(a)和 4.46(c)所示。这种方式称为多跳疏导。

可见,基于辅助图模型可以有效地进行业务量疏导,包括单跳疏导和多跳疏导。辅助图模型的提出,极大地方便了动态业务的 GRWA 问题的求解。据不完全统计,该模型从2003 年被提出以来已被他引超过 500 次。后来的学者基于该模型提出了多种衍生的启发式算法,比如联合疏导算法、集成疏导算法、抗毁疏导算法等[65-67]。

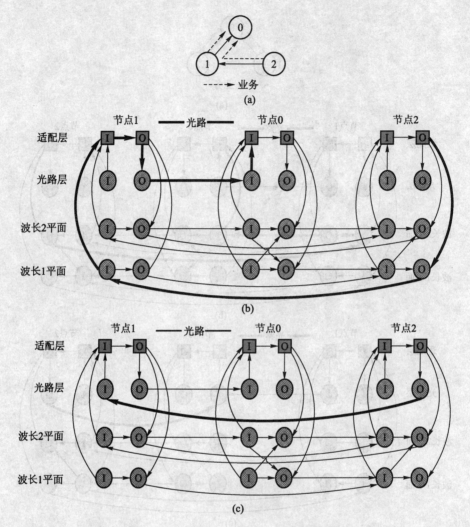

图 4.46　辅助图的应用举例:2 - 0 之间的业务请求,采用多跳疏导

4.4.5　业务量疏导研究进展

前面介绍了网状网中针对静态业务量疏导的传统算法 MST 和 MRU,这两种算法的特点是尽可能使网络吞吐量最大化,路由采用 AR,波长分配采用 FF。但在光纤中的波长数目作为主要限制的情况下,这两种算法对网络资源的利用率不高。因此,在光纤中的波长数目作为主要限制条件下,针对静态业务量疏导问题,后来的研究提出一种平面构造算法(Plane-Construction Algorithm,PCA)[68],第一优化目标是最大化网络吞吐量,第二优化目标是业务连接端到端时延尽可能短。该算法在考虑提高网络资源利用率的同时,还尽量

在一个平面内多建光路。仿真结果表明 PCA 的性能优于传统的 MST 和 MRU。

随着网络中多媒体实时业务的不断增多,业务的动态性更加明显。文献[60]提出的网状网中动态业务量疏导的辅助图模型已经得到了广泛的应用,至今仍然没有更好的模型将它取而代之。后来的学者提出的多种启发式算法[65-67],本质上也是基于该辅助图模型的衍生算法。比如联合疏导算法(JRA)和集成疏导算法(IGA)[65,66],它们把文献[60]中的辅助图进行简化,形成了如图 4.47 所示的集成辅助图(这与 RWA 问题中的图 4.34 相同)。JRA 首先在辅助图的虚拓扑层进行单跳或多跳业务量疏导(比如节点 6 和节点 2 之间的业务可以疏导进单跳的 $V_6 - V_2$ 中,节点 6 和节点 3 之间的业务可以疏导进多跳的 $V_6 - V_4 - V_3$ 中),如果不能疏导则在波长层新建光路(比如节点 6 和节点 5 之间的业务需要新建光路,但由于节点 6 没有可用的光收发器,因此该业务连接将被阻塞)。IGA 对 JRA 进行了改善,即如果虚拓扑层的单跳或多跳业务量疏导失败,则可以在虚拓扑层和波长层的集成图上寻找混合疏导路径,该路径包含虚拓扑层的已建光路和波长层的新建光路(比如节点 6 和节点 5 之间的业务可利用虚拓扑上的已建光路 $V_6 - V_4$ 和 λ_2 平面上新建光路 4 - 5 来成功建立连接),因此 IGA 比 JRA 有更低的阻塞率。而抗毁疏导算法[67]则是在辅助图上为业务连接分配两条故障风险分离的路径和资源,如果主路径和资源失效,则另外一条备用的路径和资源仍然可以承载业务。

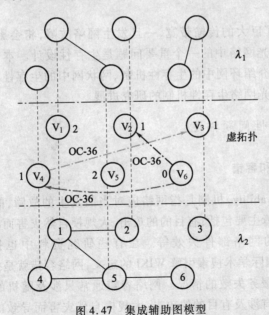

图 4.47 集成辅助图模型

以上的业务量疏导算法都是将低速率的子波长级别的业务疏导进高速率的波长级别的光路中。随着 WDM 技术的不断成熟,每根光纤中波长数不断增加。如果给每个波长都提供一个光交换端口,则 OXC 的尺寸和造价会大幅增加。因此,近两年来人们开始关注波带交换(WaveBand Switching,WBS)技术,即将波长级别的光路疏导进更高速率的波带通路中,从而形成多粒度的业务量疏导,即子波长疏导进波长光路、波长光路再疏导进波带通道。一种解决思路是在辅助图上增加波带分层图和波带通道虚拓扑图[69]。对波长级别的业务直接进行波带疏导,即在波带分层图上进行路由选择和波带分配,然后在波带通道虚拓扑图上增加相应的边。先将子波长级别的业务疏导进波长光路中,当波长光路容量已满时,再进行波带疏导。支持波带交换的多粒度业务量疏导尚处于探索阶段,还未形成经典的模型。

随着温室效应和全球变暖问题的日益严重,节能降耗问题被提上了日程。从 2003 年提出绿色互联网(green Internet)[70],到 2006 年成立以太网节能降耗研究组[71],学者们开始研究网络中的能源优化设计问题。从硬件上来说,可以生产更加节能的器件;从软件上来说,可以节能为优化目标设计方法,业务量疏导结合光旁路技术正是可以实现节能优化的一种方法。比如让大量的低速电信号汇聚到光信号中传递,中间节点采用光端口交换,从而旁路了大量 IP 路由器中的电端口,这样可以大大降低电能消耗[72]。该研究还处于探索阶段,相关文献还很少。

4.5 光网络生存性机制

由于光网络提供了巨大的传输带宽,一旦发生网络故障,将会影响到大量的业务,造成巨大的损失。因此,光网络中的一个重要问题是生存性设计。本节首先对光网络生存性问题进行描述,然后介绍环网中的生存性机制、网状网中的生存性机制和多层网中的生存性机制,最后阐述了光网络生存性机制的研究进展。

4.5.1 光网络生存性问题描述

4.5.1.1 网络生存性和容错

网络生存性(survivability)机制是指网络应对当前发生的故障,能够维持某种服务水平的能力[73]。这些故障主要包括:有目的的攻击、大规模自然灾害而导致的网络部件多处失效、随机的小规模的网络部件失效等。在有些研究资料中也提到网络容错(fault tolerance)机制。根据国际学术搜索引擎 WIKI 的定义,网络容错就是指网络能够容忍当前发生的故障,不会发生服务失败的情况。网络容错通常只涉及随机的单个或若干个少量的网络部件失效,而没有涉及有目的的攻击、大规模自然灾害而导致的网络部件多处失效的情况。如图 4.48 所示,容错技术是生存性技术的一个子集。

网络生存性的实现是靠具体的保护(protection)和恢复(restoration)措施来保证的[74]。保护和恢复均是在网络发生故障的情况下,使受损的业务得以重新运行的具体措施。两者均是需要重新选择其他资源来代替故障资源,但就具体的实施方式而言,保护和恢复方法是不同的。在保护方案中,网络提供的生存性服务是利用备份资源实现的,可以针对每个可能的失效预留备份资源,也可以在多个不会同时出现的失效之间共享这些备份资源。在恢复方案中,控制机制是在网络部件出现失效以后,再实时地寻找可用资源来恢复受影响的业务。

按照保护资源是专用还是共享的方式,保护分为专用保护和共享保护方式[75]。专用保护中的备份资源一旦分配给了某个业务,则其他业务不可再用这些资源,因此其资源利用率通常仅为50%,它比较适用于业务较为稀疏的网络。对于一些可靠性要求较高的特殊业务和特殊情况,为保证其高生存性,专用保护也为首选方案。共享保护方式为现在网状网络保护所采用的主要方式,其备份资源可以被多个业务共享。

从对资源的利用率角度讲,动态恢复方案在资源利用效率上优于保护方案,因为前者实现了空闲资源的完全共享。而且,恢复方案还可以利用被替代的工作路径上的资源(此时这些工作资源已经被释放而空闲),也就是"stub release"技术[76],从而进一步提高资源利用率。

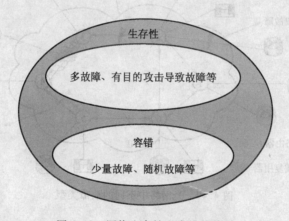

图 4.48　网络生存性和容错的关系

从实现的机制上讲,保护方案是通过在系统中预留备份资源来实现的;而恢复方案是在系统发生故障的情况下,按照一定的算法和优化准则,从可用资源中为失效的业务重选路由的一种机制。

从业务得以恢复所需的时间来分析,由于保护方案中的资源是预设的,当故障发生之后可以直接利用这些资源,而不需要恢复方案中实时的搜索和预约资源,所以保护方案能够获得更快的故障恢复速度。

从对故障的适应性看,保护是针对特定的故障场景(如单链路故障)而预留的备份容量,对预料内的故障能够确保100%的业务恢复。但对于预料外的、其他类型的故障,往往不能确保100%的业务恢复。而恢复机制由于是实时寻找可用资源,因此故障适应性更强,可以应付多种类型的失效(如多链路同时失效)。但也不能确保对所有的故障场景

100%的恢复。

4.5.1.2 光网络生存性机制

光网络的生存性是指光网络应对当前发生的故障,能够维持某种服务水平的能力。网络生存性机制,如保护方案和恢复方案,均可以应用到光网络中,具体内容将在下面章节介绍。作为骨干传送网的光网络不同于传统的电网络(如 IP 网,其中有很多人为攻击、病毒、黑客入侵等问题),一方面是因为光信号频率非常高,很难被干扰,黑客和病毒等很难攻击骨干网;其次光纤铺设在地下,一般不会被人为破坏。光网络中的故障通常都是随机的单个或若干个少量的网络部件失效。图 4.49 给出了光网络可能发生的不同类型故障,如端口故障、节点故障、链路故障等。因此,研究光网络的学者通常将光网络生存性和容错等同对待。

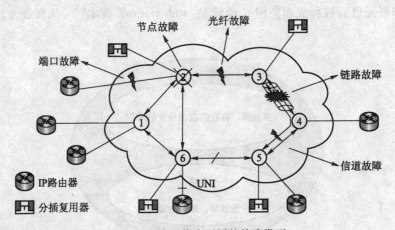

图 4.49　光网络中不同的故障类型

光网络中的生存性机制通常在光层实施。但光网络支持的上层用户也可能具有自己的故障恢复措施,如 IP 路由器可以通过重路由的方法来绕过失效的网络组件[77]。虽然传统的 IP 动态路由机制具有失效恢复能力,但它是通过重路由方式来绕过失效链路或节点,具有较大的时延(对于规模较大的网络可达数分钟),而在光层进行故障恢复可使恢复时间降到毫秒级。如果高层协议本身不具有故障恢复能力,那么光层的生存性就必不可少[78]。

此外,光层的生存性还具有以下优点:

- 具有透明性,适合于各种业务,与业务类型、信息格式、协议、传输速率无关;
- 在粗粒度的带宽(波长、波带)上利用光器件实现保护倒换和恢复,切换速度快;
- 恢复简单、可靠性高。由于网络层次简化,只需在光层上做出恢复处理,不需要在多个网络层面对每个层都设置恢复功能,这样可避免各层之间的不协调,提高网络的可

靠性;

● 光层恢复成本低,因为对业务透明,不必对业务层面进行恢复处理,可以节省对各层业务进行繁杂处理的费用。

目前对光网络的生存性已经进行了较多研究,生存性设计问题已经被证明是 NP 完全问题,一些解决方案是使用线性规划来建立模型,然后提出启发式算法加以解决。下面分别介绍环形光网络、网状光网络以及多层网中的生存性机制。

4.5.2 环网中的生存性机制

环状网络是 SONET/SDH 网络经常采用的网络拓扑结构。很明显,环状是最简单的两连通拓扑结构,即在任意一对节点之间提供两条完全链路分离的路径,一条作为工作路径,另一条作为保护路径[79]。正常情况下,业务由工作路径承载,如果工作路径发生故障,则切换到保护路径上,从而避开发生故障的节点或链路,这使得环网具有良好的自愈能力和恢复能力。因此,这种环状的 SONET/SDH 网络也被称作自愈环(Self-Healing Ring,SHR)[73]。

根据承载业务的方向不同,自愈环可以分为单向自愈环(Unidirectional Self-healing Hybrid Ring,USHR)和双向自愈环(Bidirectional Self-healing Hybrid Ring,BSHR)。单向自愈环的保护机制有两种不同方式:链路保护倒换和通路保护倒换。应用最为广泛的单向自愈环是二纤单向通路倒换环(Two-fiber Unidirectional Path-switched Ring,UPSR)。典型的双向自愈环包括二纤双向链路倒换环(Two-fiber Bidirectional Link-switched Ring,BLSR/2)和四纤双向链路倒换环(Four-fiber Bidirectional Link-switched Ring,BLSR/4)。下面先介绍自动保护倒换技术,然后介绍单向通路倒换环和双向链路倒换环技术。

4.5.2.1 自动保护倒换技术

自动保护倒换(Automatic Protection Switching,APS)[80]包括四种保护方式,1 + 1、1:1、1:N 和 M:N。如图 4.50 所示,四种方式的主要区别在于分配保护资源的方法不同。

1 + 1 保护是指业务在两条完全分离的工作路径和保护路径上同时传送,在接收端选择质量最好的信号进行接收。

1:1 保护是指业务只在工作路径上传送,而保护路径仅在工作路径失效后才启用。有时保护路径也可以用来承载低优先级的业务,此时如果工作路径发生故障,则业务倒换到保护路径上,保护路径上的低优先级业务将被放弃。

1:N 保护($N > 1$)是指 N 条工作路径共享 1 条保护路径。这 N 条工作路径通常是满足链路分离的,因此这 N 条工作路径同时出现故障的概率很低。如果出现多链路故障,就保护优先级最高的工作路径。

M:N 保护($M < N$)与 1:N 保护原理类似,是指 N 条工作路径共享 M 条保护路径,实现保护资源的共享。

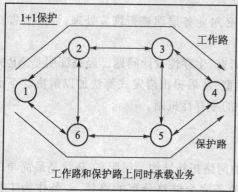

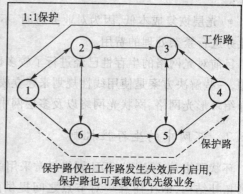

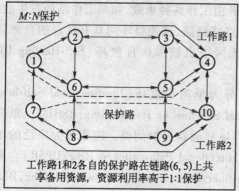

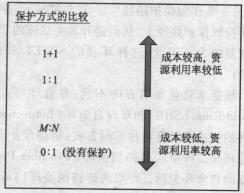

图 4.50　1 + 1,1:1 和 M:N 的 APS 的举例及比较

4.5.2.2　单向通路倒换环

　　单向通路倒换环(UPSR)采用了 1 + 1 专用保护方案[80]。如图 4.51 所示,相邻的节点之间有两条光纤,将顺时针方向的光纤用做工作光纤,反方向的光纤作为保护光纤,并且它们的带宽容量相等。对每一个连接来说,业务是在工作路径和保护路径上同时传送的,目的端会同时在工作光纤和保护光纤上检测信号,并选取其中质量较好的信号进行接收。如果工作路径上出现了故障,目的端就会将接受器倒换到保护路径上继续接收数据。

　　单向通路倒换环的保护方案易于实现,两个节点之间不需要信令通信,并且故障恢复所需要的时延很短。但是它的主要缺点是网络的资源利用率不高,对于带宽为一个波长的双向连接,则需要环上的两根光纤各有一个完整的波长信道专用于该连接,因此,任意两个连接之间都不可能共享保护带宽。并且在实际中,信号在环的工作路和保护路上传输会有不同的延时,具体差异有多大,取决于环的物理长度。而且环的长度对故障的恢复时间也有影响,因此,环的长度将受限于对恢复时延的要求。

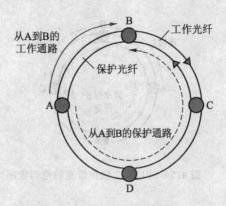

图 4.51 单向通路倒换环

4.5.2.3 双向链路倒换环(BLSR)

双向链路倒换环(BLSR)采用了 1:1 保护方案[80]。保护机制主要有两种:复用段倒换(span switching)和环倒换(ring switching)。如果工作光纤与保护光纤是完全链路分离的,当工作光纤发生故障时,业务将会被切换到同一链路的保护光纤上去传输,这种情况叫做 span 倒换;如果两个节点之间的工作光纤和保护光纤同时发生故障,那么两个节点之间的业务会被倒换到环的另一个方向的保护光纤上去,这种情况叫做环倒换。

图 4.52 是四纤 BLSR 示意图。环上的两个相邻节点间有 4 条光纤,其中 2 条承载工作业务,另外 2 条作为保护。图 4.53 是二纤 BLSR,环上相邻节点间的两条光纤都用来作为工作光纤,每个方向上一条,不过每条光纤中有一半的容量被用于保护。这种情况下与 BLSR/4 不同,BLSR/2 不能使用 span 倒换,但其环倒换与 BLSR/4 相似。

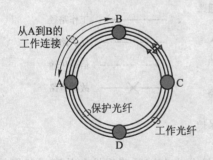

图 4.52 四纤双向链路倒换环

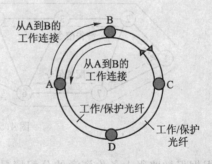

图 4.53 二纤双向链路倒换环

与单向通路倒换环相比,双向链路倒换环上的保护带宽是可以共享的,只要对应的连接在空间上是链路分离的。如图 4.54 所示,链路 A - D 和 D - C 上的保护带宽可以被连接 1 和连接 2 共享。此外,保护带宽在正常运行中可以被用来承载一些低优先级的业务(比如 email 等不要实时传递的业务);当进行保护倒换时,将抢占这些低优先级的业务。

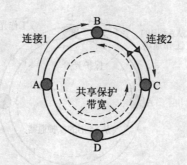

图 4.54　BLSR/2 保护带宽的空间重用

4.5.3　网状网中的生存性机制

光网络从环状向网状发展是必然趋势,近年来的研究焦点主要集中在网状光网络生存性方面,而对环状光网络生存性的研究已经成熟。下面介绍网状光网络中主要的生存性机制。

4.5.3.1　基于通路的保护方案

在通路保护中[75],业务连接的每条工作光路在建立时就已经预先找到了一条端到端的备用光路,并且在备用光路上预留波长资源。如图 4.55 所示,1 – 2 – 3 – 4 – 5 作为工作光路,1 – 7 – 6 – 5 是与其链路分离的备用光路。当节点 4 或节点 5 探测到链路 4 – 5 出现故障时,节点 4 向源节点 1 发送报警信令,节点 1 收到后立即沿备用光路向宿节点 5 发送配置信息,节点 5 收到后准备在备用光路接收业务流。

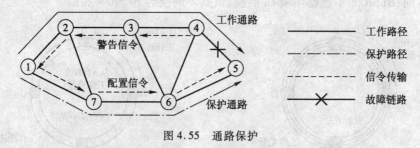

图 4.55　通路保护

根据保护路径上备份资源的分配情况,通路保护分为专用通路保护和共享通路保护。

在专用通路保护中,对于每个光路建立需求,总是同时建立两条链条分离(disjoint)的光路,其中一条作为工作光路,另一条作为备用光路。在备用光路上预留的波长专门预留给该连接,其他连接对应的备用光路和工作光路都不能使用该波长。

在共享通路保护中,对于每条光路建立需求也同时建立两条链路分离的光路,但此时备用光路所经各条链路上预留的备用波长可以在多条备用光路间共享。条件是在单链路故障的前提下这些备用光路不会同时占用备用波长,也就是要求它们对应的工作光路是链路分离的。与专用通路保护相比,共享通路保护能够更充分地利用波长资源。

与通路保护方案对应,通路恢复方案是指在网络出现故障后,才实时寻找端到端的备用路由和可用的空闲资源来恢复受到影响的网络业务。基于专用资源的保护机制可以提供比恢复机制更快的恢复速度,并保证对事先预计的故障的恢复能力。基于动态寻路的恢复策略可以更有效地利用网络资源,并且能恢复多种类型失效(如多链路失效)。

4.5.3.2　基于链路的保护方案

在基于链路的保护方案中[75],当为一个连接建立工作光路后,需要为该工作光路上的每条链路准备一条避开该链路的备用路由,并且预留相应的备用波长。当一条链路失效时,所有经过它的工作光路直接在此链路附近配置备用路由和备用波长,从而可以绕过失效部分而无须源、宿节点的参与,工作光路上未失效的部分保持原状。如图 4.56 所示,工作光路 1-2-3-4-5 上每条链路都有一条与它链路分离的备份光路。当节点 4 或节点 5 探测到链路 4-5 出现故障时,节点 4 无须向源节点发送告警信令,而是直接沿着对应的备份光路 4-6-5 向链路的端点 5 发送配置信息,当端点 5 收到配置信息后立即切换到备份光路准备接收业务流。

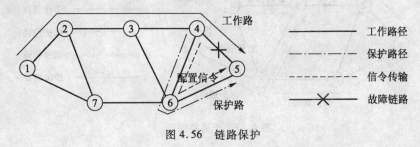

图 4.56　链路保护

根据波长资源的分配情况,基于链路的保护可分为专用链路保护和共享链路保护两种。

在专用链路保护中,工作光路在建立时,同时在其经过的链路附近设置备用光路并同时预留相应的备用波长,预留的波长资源是专用的,其他备用光路或工作光路不能使用。由于要求业务的恢复对光路连接的源、宿节点透明,并且不影响原路由上的其他未失效链路,所以预留的波长应该和工作光路使用的波长相同。

在共享链路保护中,工作光路在建立时,同时在其经过的链路附近设置备用光路,并同时预留相应的备用波长。允许在多条备用光路间共享预留的波长资源,只要这些备用光路应付的失效不会同时出现,因此,共享链路保护比专用链路保护更能充分利用波长资源。

与链路保护方案对应,链路恢复方案是指在出现链路失效时,该链路的端节点按照一定的寻路原则为经过该链路的所有光路寻找备用路由和波长以避开该失效链路。如果没有找到合适的备用路由和波长,则阻塞相应的连接。

4.5.3.3　基于子通路的保护方案

除了传统的端到端通路机制外,还有一种特殊的通路机制,子通路(又称分段)机制[81]。它是为了在资源利用率和恢复时间的两者间折中而产生的。子通路保护机制通常的做法是把工作光路分成若干段子通路,每段子通路都由若干条链路组成;然后为这些子通路都设置备用路由同时并预留相应的备用波长。当故障发生时,受影响的那段子通路负责绕过失效部分而无须源 – 目的节点参与,工作光路上其他未失效的部分则保持原状。

如图 4.57 所示,工作光路 1 – 2 – 3 – 4 – 5 被分成 2 条互不重叠的子通路 1 – 2 – 3 和 3 – 4 – 5,它们的备份光路分别是 1 – 7 – 6 – 3 和 3 – 6 – 5。当节点 4 和节点 5 探测到链路 4 – 5 出现故障时,节点 4 经过专用的信令信道向该子通路的起始节点 3 发出告警信令。节点 3 收到该信令后,立即沿该子通路的备份光路 3 – 6 – 5 向其端节点 5 发送配置信息,来对备份光路上的节点进行配置(若网络中有多个备份光路配置,则所有配置动作可以并行完成)。节点 5 收到后立即准备在备份光路接收业务流。

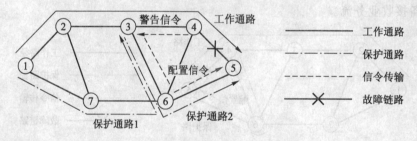

图 4.57　子通路保护

子通路保护同样也分为专用子通路保护和共享子通路保护,其专用和共享的原理与通路保护中的专用和共享的原理类似。

从以上的各种保护和恢复机制可以看出,链路保护和恢复的主要优点是链路失效时的重路由只限于局部范围内,而无须通知光路的源、目的节点。在网络规模较大时,这可以使业务恢复的速度比通路保护更快。但在多数情况下,采用链路保护和恢复时要求网络预留比通道保护和恢复更多的资源。通路保护和恢复机制采用端到端方式来预留备用通路和波长,所以可以做到资源的全局优化配置,从而减少了冗余资源预留,提高网络资源利用率[75]。通路保护和恢复的另一个优点是工作光路发生失效时,无须对失效位置精确定位,因为保护光路和工作光路是链路完全分离的。子通路保护和恢复则是一种折中的生存性机制。

4.5.4　多层网中的生存性机制

以上介绍的生存性机制都是在光层进行的。随着基于 GMPLS 的智能光网络 ASON 的发展,IP 和 WDM 的融合成为必然趋势,因此形成了多层网络的结构[82]。IP/MPLS over WDM 的思路是 WDM 光层向 IP/MPLS 层提供一系列的光路,IP/MPLS 层利用这些光路作为传输数据和话音业务的大容量管道。这些光路构成了一个逻辑传送通道层。随着 IP/MPLS over WDM 多层网络的发展,其生存性机制受到了关注。多层网络中各个层面上有自己的生存性机制,如何统一及协调各层生存性来使整个网络的生存性得以提高成为重要问题[83−86]。多层网中的生存性机制包括独立的多层生存性机制和层间协调的生存性机制[87−90]。独立的生存性机制主要是在各个层面上独立的恢复故障,层间协调的生存性机制是网络中各层面之间恢复故障协调一致。

4.5.4.1　独立的多层生存性机制

该机制中各层面单独应用单层的生存性策略,可分为底层保护/恢复和上层保护/恢复。

底层(WDM 光层)保护/恢复:当网络发生故障后,将首先考虑在光层来保护/恢复受影响的业务。由于光层的保护/恢复粒度较粗,使得倒换的动作较少,有效地避免了由于单故障造成的复杂恢复局面。采用此方法可以使得用于保护/恢复的重新选路的通道数量最少,速度较快。但光层保护/恢复的最大弱点是对于上层故障(如 IP 路由器故障)将无能为力,也就是说该方案的保护/恢复恢复能力不足,难以覆盖所有故障形式。

上层(IP/MPLS 层)保护/恢复:当网络发生故障后,保护/恢复方案在离业务较近的上层来恢复受影响的业务。由于传输网络经常承载具有不同可靠性需求的业务类型,则上层生存性方案容易提供多种可靠性的等级,实现基于业务分类的恢复。此种方法由于上层的保护/恢复方案可以覆盖光层故障所影响的业务,这就避免了不同方案之间实现互联的复杂性。但是,上层保护/恢复存在保护倒换动作较多和恢复时间长的缺点。

图 4.58 是独立的多层网络生存机制示意图。在 IP/MPLS 层中,工作路径 A−C 对应光层中的光路 a−b−c,保护路径 A−B−C 对应光层中的两条光路 a−d−b 和 b−d−c。当光路 a−b−c 发生故障,由于是独立的多层恢复机制,因此可以在 IP/MPLS 层启动保护路径 A−B−C,同时光层也建立一条保护光路 a−d−c。因此,由于在 IP/MPLS 层和光层分别建立了备用路径,因此网络存在较多的重复备份资源,造成了资源浪费。

可见,基于多层的独立生存性方案由于缺少层间协调机制,会造成不同层故障恢复的冲突。一个单物理层的故障(如光纤断裂)可能会触发多个层面的保护/恢复的并行动作,造成故障时延增加和网络资源浪费,增加维护过程的复杂性等。因此,在独立的多层生存性方案基础上引入协调机制,实现联合的多层生存性策略,是多层网生存性的研究重点和趋势。

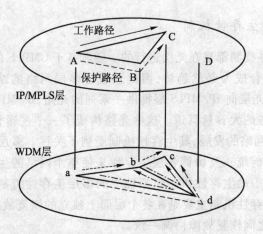

图 4.58　独立的多层网络生存机制

4.5.4.2　层间协调的多层生存性机制

层间协调方案通常有两种:顺序协调方案和集成方案。顺序协调方案是指各层按顺序进行生存性动作,当本层无法恢复故障时,转向下一层进行恢复。顺序协调通常有三种方法:第一种是自下而上(bottom-up)方法,即故障恢复开始于最靠近故障的层,当某些业务在本层无法进行恢复时,将转由上层完成。第二种是自上而下(top-down)的方法,恢复开始于最上层,当上层无法恢复所有的故障业务时,则下层的生存性技术被触发。第三种策略是恢复开始于中间层,依据接收到的告警或生存性的策略向上层或下层扩展(在 IP/MPLS over WDM 结构中,可以把 MPLS 层看成中间层)。集成方案是基于信号的多层恢复方案的集成。当故障发生时,恢复方案将对网络所有层的恢复方案进行综合考虑,并决定最佳层的恢复操作。目前,多层生存性的层间协调机制主要包括如下策略:

故障恢复保持时间机制:为了解决由于故障检测时间短而造成的故障恢复中出现的不必要动作,可以引进一个保持定时器(hold-off timer)。在这种方式下,当故障被检测出来后,根据配置的恢复方案优先顺序,最优层恢复方案将首先动作,其他层的恢复方案将保持等待状态,在设定的保持时间内不进行任何动作。当保持定时器时间用完后,若故障已被成功恢复,则其他层的故障检测将被取消,不采取任何故障恢复动作;否则,其他层的保护动作将被激活并实施相关动作。

层间信令机制:这一策略由可实施层间交换的信息组成,当某一层已经对一个故障实施了保护动作之后,这一信息可以禁止另一层对同一故障的保护动作的执行。如恢复令牌机制,即当底层的恢复失败,则向高层发送令牌来启动高层的故障恢复。但频繁的信令交互反而会使得网络性能下降,因此应控制有限信息的交互。

集成的多层生存性机制:由统一的控制平面来控制多个层面上的故障恢复机制,决定哪一层进行故障的保护/恢复。基于 GMPLS 的智能光网络 ASON 有统一的控制平面,为集成的故障保护和恢复机制的发展提供了条件。

4.5.5 光网络生存性研究进展

网状网中传统的生存性机制主要包括前面介绍的通路保护和恢复、链路保护和恢复、子通路保护和恢复等方法。这些方法中资源利用率最好的是通路方法,故障恢复速度最快的是链路方法,而子通路方法是介于二者之间的折中方法。但读者不禁要问,有没有资源利用率优于传统的通路方法,而故障恢复速度又优于或接近于链路方法的生存性机制?经过研究,学者们提出了一种新的保护和恢复机制称为预置圈法,最为著名的是 P-cycle(Pre-configuration cycle)[91,92],它为在网状网中实现快速的故障恢复提供了有效的手段,同时具有更好的资源利用率。

P-cycle 它是基于环状结构的一种保护方案,它把网络拓扑图划分成了多个环状区域,利用空闲资源预先设置的环形通道来实现网状网中的保护。它区别于其他环保护方案(如增强环法、单向环双重覆盖法等)的最大特点就是在允许工作通道任意选择路由的条件下,同时可对圈上(on-cycle)链路和跨接(straddling span)链路的故障提供保护。图 4.59 是 P-cycles 的保护原理图,其中粗实线代表一个 P-cycle。如图 4.59(a)所示,如果环上链路 1-2 发生故障,环的剩余部分 1-6-5-4-3-2 仍是一条通路,可以快速切换恢复故障业务。如图 4.59(b)所示,如果跨接链路 4-6 发生故障,P-cycle 可以向发生故障的跨接链路同时提供两条保护通路,即 1-2-3-4 和 4-5-6 两条路径。因此,图 4.59 中的 P-cycle 能对 6 条环上链路和 2 条跨接链路的故障提供保护。

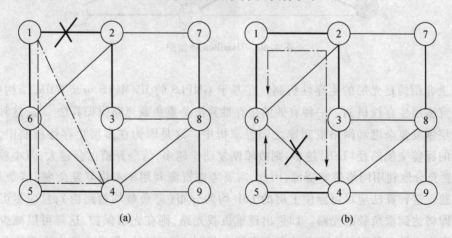

图 4.59 P-cycle 保护

在通路保护方案中,每条工作光路都有一条备份光路对应,如果工作光路数很多,则备份光路以及备份资源消耗很大。而在 P-cycle 保护中,大量的工作光路由少量的 P-cycle

提供保护,即 P-cycle 的保护范围更大,备份资源会被工作光路更充分地利用,资源利用率会更好。近来的研究提出了一种特殊的 P-cycle 保护方法,称为汉密尔顿(Hamilton)环保护,即为网络配置一个 Hamilton 环[93,94],则可为网络中所有链路(包括环上链路和跨接链路)提供保护。如图 4.60 所示,粗线为 Hamilton 环。由于大量工作光路由一个 Hamilton 环保护,即 Hamilton 环上的备份资源会被所有工作光路利用,资源利用率更好。同时,P-cycle 包括 Hamilton 环在内能提供类似环网保护中的快速故障恢复时间,因为它节省了通路保护中的信令配置等时间。研究表明,Hamilton 环的资源利用率和故障恢复时间均优于通路保护方法。由于 P-cycle 包括 Hamilton 环在内是一类特殊的链路保护方法,因此故障恢复时间接近链路保护。最新的研究表明,基于 Hamilton 环的保护方法还可以应用到多域光网络的保护中[95],其性能(包括资源利用率、阻塞率等)也优于多域光网络中传统的通路保护方法。

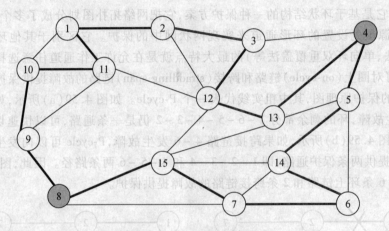

图 4.60 Hamilton 环保护

以上介绍的是光层的生存性机制。在基于 GMPLS 的 IP/MPLS over WDM 结构中,还需要研究多层生存性机制。一种有效的生存性算法是重负载光路保护算法[96]。这种算法是在上层恢复复杂度和网络资源率之间寻求折中。这是因为在多层生存性机制中,上层小粒度的标签交换路径(LSP)越多,则故障恢复动作越多,信令开销也会越大;但小粒度的 LSP 会更充分地利用网络带宽资源,因此,需要考虑资源利用率和恢复复杂度(信令开销)折中问题。这种算法应尽可能使上层的 LSP 均匀分布(即负载均衡路由),且应尽可能避免使用即将达到重负载的光路。如果出现重负载光路,则在光层保护,这样可以减少上层对该光路中大量小粒度的 LSP 的恢复复杂度。如图 4.61 所示,假设光路中承载的 LSP 数量大于等于 2 时认为是重负载。图 4.61(a)中 a–b 上承载了 2 个 LSP,因此对应的光路 A–B–C 需要分配备份光路。这样,当光路 A–B–C 发生故障,只需要在光层进行一个恢复操作即可。如果对重负载光路不进行光层保护,则上层需要进行两个恢复动作。图

4.61(b)是采取了负载均衡路由的结果,此时没有重负载光路,因此不需要光层保护。在实际应用中,重负载参数可由网络管理者自行设置。

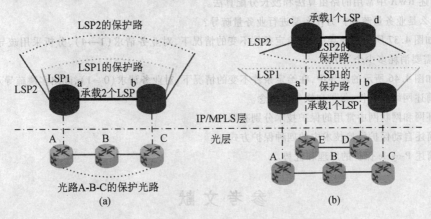

图 4.61　重负载光路的光层保护和负载平衡路由

其他一些文献也提出了若干算法解决光层或多层生存性问题,如部分分离的分层保护算法[97]、重配置恢复算法[98,99]、区分可靠性保护算法[100,101]等。由于光网络生存性问题一直是国内外的热点问题,相关的研究课题正在不断深入地进行中,研究成果也正在不断地出现。

本 章 小 结

当前的光网络正朝着以 GMPLS 为控制平面、能灵活配置光路、能自动恢复故障的智能光网络 ASON 的方向发展。本章在简要介绍光网络发展概况的基础上,描述了 GMPLS 和 ASON 结构,详细分析了光网络中的选路和波长分配问题、虚拓扑配置和重构问题、业务量疏导问题以及生存性问题。这些问题都是新一代智能光网络建设中的关键问题,是国内外的研究热点。对这些问题进行深入探索和解决,将有利于进一步完善新一代智能光网络的建设,使得作为骨干传送网的光网络能为 NGI 的大容量、高速率提供良好的保证。

习 　 题

1. 什么是光纤通信?

2. 简述现有的光网络模型。

3. 光网络中的主要网元有哪些?

4. 与 MPLS 相比,GMPLS 主要有哪些特点?

5. 自动交换光网络 ASON 的体系结构主要包括哪几部分? 有哪些优势?

6. ASON 支持哪三种连接方式？各自的特点是什么？

7. 在波长路由光网络中，什么是波长连续性约束？有哪些波长转换方法可以缓解这种约束？

8. 简述 RWA 中常用的路由算法和波长分配算法。

9. 什么是业务量疏导？为什么要进行业务量疏导？

10. 如图 4.37 所示的疏导中，在给定条件不变的情况下，对业务请求(1→4)，分析采用疏导和不采用疏导各需要消耗多少个 ADM？

11. 如图 4.46 所示的疏导中，在给定条件不变的情况下，对业务请求(0→1)，画出多跳疏导示意图。

12. 简述网络生存性、保护和恢复的概念。

13. 环网和网状网中常用的保护技术分别有哪些？

14. 简述自动保护倒换技术中的四种保护方式。

15. 简述 P-cycle 保护的原理和优势。

参 考 文 献

［1］ 顾婉仪，张杰. 全光通信网［M］. 北京：北京邮电大学出版社，2001.

［2］ 徐宁榕，周春燕. WDM 技术与应用［M］. 北京：人民邮电出版社，2002.

［3］ 徐荣，龚倩. 高速宽带光互联网技术［M］. 北京：人民邮电出版社，2002.

［4］ 张杰，徐云斌，宋鸿升，等. 自动交换光网络 ASON［M］. 北京：人民邮电出版社，2004.

［5］ 龚倩，徐荣，张民，等. 光网络的组网于优化设计［M］. 北京：北京邮电大学出版社，2002.

［6］ 张杰，黄善国，李健，等. 光网络新业务与支撑技术［M］. 北京：北京邮电大学出版社，2005.

［7］ 韦乐平. 向3T级骨干网络演进［J］. 世界电信网络，2001，9 (9)：45 - 47.

［8］ 韦乐平. 光网络的发展、演进和面临的挑战［J］. 中兴通讯技术，2002，8 (4)：1 - 5.

［9］ 李乐民. 宽带骨干通信网的研究与发展［J］. 电子科技大学学术论文集，1999，9：10 - 15.

［10］ MUKHERJEE B. Optical Communication Networks［M］. New York：McGraw-Hill，1997.

［11］ ITU-T G. 805：Generic functional architecture of transport networks［EB/OL］. ［2000 - 03 - 01］. http://www. science. uva. nl/ ~ fdijkstr/publications/G805-introduction. pdf.

［12］ ITU-T G. 8080/Y. 1304：Architecture for the Automatic Switched Optical Network (ASON)［EB/OL］. ［2005 - 02 - 01］. http://ties. itu. int/ftp/public/itu-t/tsg15opticaltransport/COMMUNICATIONS/ attached_documents/T-REC-G. 8080-200502-I！Amd2！PDF-E. pdf.

［13］ 张远望. 100G 以太网技术和应用［J］. 中兴通讯技术，2009，15 (5)：49 - 52.

［14］ Report of Joint Q9/15 and Q11/15 Meeting［EB/OL］，［2008 - 12 - 12］. http://www. itu. int/md/ meetingdoc. asp？lang = en&parent = T09-SG15-081201-TD&question = Q9/15&source = Q9/15 and Q11/15 Rapporteurs.

［15］ 傅珂，马志强，李雪松，等. 40Gb/s,100Gb/s 以太网 IEEE P802.3ba 标准研究［J］. 光通信技术，2009，(11)：12 - 15.

［16］ IEEE 802.3ba 40Gb/s and 100Gb/s Ethernet Task Force，BaselineSummary_0908［EB/OL］. ［2008 - 05 - 13］. http://grouper. ieee. org/groups/802/3/ba/BaselineSummary_0908. pdf.

［17］ CFP MSA，CFP-MSA-DRAFT，rev-1-0［EB/OL］. ［2009 - 03 - 23］. http://www. cfp-msa. org/

Documents/CFP-MSA-DRAFT-rev-1-0. pdf.

[18] MANNIE E. Generalized Multi-Protocol Label Switching Architecture, RFC 3945 [EB/OL]. [2005 – 10 – 01]. http://www. ietf. org/rfc/rfc3945. txt.

[19] ASSI C, SHAMI A, ALI M, et al. Optical networking and real-time provisioning: an integrated vision for the next-generation Internet[J]. IEEE Network, 2001, 15 (4): 36 – 45.

[20] SIMMONS J. Optical Network Design and Planning[M]. Berlin: Springer, 2008.

[21] ROSEN E, VISWANATHAN A, CALLON R. Multiprotocol Label Switching Architecture, RFC 3031 [EB/OL]. [2001 – 01 – 01]. http://www. ietf. org/rfc/rfc3031. txt.

[22] BERGER L. Generalized Multi-Protocol Label Switching (GMPLS) Signaling Functional Description, RFC 3471[EB/OL]. [2003 – 01 – 01]. http://www. ietf. org/rfc/rfc3471. txt.

[23] BERGER L. Generalized Multi-Protocol Label Switching (GMPLS) Signaling Resource ReserVation Protocol-Traffic Engineering (RSVP-TE) Extensions, RFC 3473[EB/OL]. [2003 – 01 – 01]. http:// www. ietf. org/ rfc/rfc3473. txt.

[24] ASHWOOD-SMITH P, BERGER L. Generalized Multi-Protocol Label Switching (GMPLS) Signaling Constraint-based Routed Label Distribution Protocol (CR-LDP) Extensions, RFC 3472 [EB/OL]. [2003 – 01 – 01]. http://www. ietf. org/rfc/rfc3472. txt.

[25] PAPADIMITRIOU D. Generalized MPLS Signalling Extensions for G. 709 Optical Transport Networks Control, RFC 4328[EB/OL]. [2006 – 01 – 01]. http://www. ietf. org/rfc/rfc4328. txt.

[26] NADEAU T, SRINIVASAN C, FARREL A, et al. Generalized Multiprotocol Label Switching (GMPLS) Traffic Engineering Management Information Base, RFC 4802[EB/OL]. [2007 – 02 – 01]. http:// www. ietf. org/rfc/rfc4802. txt.

[27] PAPADIMITRIOU D, DRAKE J, ASH J, et al. Requirements for Generalized MPLS (GMPLS) Signaling Usage and Extensions for Automatically Switched Optical Network (ASON), RFC 4139[EB/OL]. [2005 – 07 – 01]. http://www. ietf. org/rfc/rfc4139. txt.

[28] KOMPELLA K, REKHTER Y. OSPF Extensions in Support of Generalized MPLS, RFC 4203 [EB/OL]. [2005 – 10 – 01]. http://www. ietf. org/rfc/rfc4203. txt.

[29] KOMPELLA K, REKHTER Y, AWDUCHE D, et al. Extensions to IS-IS/OSPF and RSVP in support of MPL(ambda) S[EB/OL]. [2000 – 08 – 01]. http://tools. ietf. org/id/draft-kompella-mpls-optical-00. txt.

[30] Banerjee A, Drake L, Lang L, et al. Generalized multiprotocol label switching: an overview of signaling enhancements and recovery techniques [J]. IEEE Communications Magazine, 2001, 39 (7): 144 – 151.

[31] RAJAGOPALAN B, SAHA D. Link Bundling in Optical Networks [EB/OL]. [2001 – 04 – 02]. http://tools. ietf. org/html/draft-rs-optical-bundling-01.

[32] LANG J. Link Management Protocol (LMP), RFC 4204[EB/OL]. [2005 – 10 – 01]. http://www. ietf. org/rfc/ rfc4204. txt.

[33] FREDETTE A, LANG J. Link Management Protocol (LMP) for Dense Wavelength Division Multiplexing (DWDM) Optical Line Systems, RFC 4209[EB/OL]. [2005 – 10 – 01]. http://www.

ietf. org/rfc/rfc4209. txt.

[34] PAPADIMITRIOU D, MANNIE E. Analysis of Generalized Multi-Protocol Label Switching (GMPLS)-based Recovery Mechanisms (including Protection and Restoration), RFC 4428[EB/OL]. [2006 − 03 − 01]. http://www. ietf. org/rfc/rfc4428. txt.

[35] LANG J, RAJAGOPALAN B, PAPADIMITRIOU D. Generalized MPLS Recovery Functional Specification, RFC 4426[EB/OL]. [2006 − 03 − 01]. http://www. ietf. org/rfc/rfc4426. txt.

[36] BRUNNER M, HULLO C. GMPLS fault management and its impact on service resilience differentiation [M] //GOLDSZMIDT G, SCHONWALDER J. Proceedings of the International Symposium on Integrated Network Management, Vol. I. Colorado Springs, USA, March 24 − 28, 2003. Berlin: Kluwer, 2003: 665 − 678.

[37] OKAMOTO S, OTSUKI H, OTANI T. Multi-ASON and GMPLS network domain interworking challenges [J]. IEEE Communications Magazine, 2008, 46 (6): 88 − 93.

[38] BERNSTEIN G, LEE Y, GAVLER A, et al. Modeling WDM wavelength switching systems for use in GMPLS and automated path computation [J]. IEEE/OSA Journal of Optical Communications and Networking, 2009, 1 (1): 187 − 195.

[39] 陈万寿. 多波长光网络[M]. 北京: 人民邮电出版社, 2001.

[40] 何荣希. WDM 光网络中基于约束的动态选路和波长分配算法研究[D]. 成都: 电子科技大学, 2002.

[41] 张治中. IP over WDM 网络的选路和波长分配算法研究[D]. 成都: 电子科技大学, 2002.

[42] HO P, MOUFTAH H. A QoS routing and wavelength Assignment algorithm for metropolitan area networks, Optical Network Magazine[J], 2003, 4(4): 64 − 74.

[43] LIU J, XIAO G. Efficient wavelength assignment methods for distributed lightpath restorations in wavelength-routed networks[J]. Journal of Lightwave Technology, 2009, 27 (7): 833 − 840.

[44] ZANG H, JUE J, MUKHERJEEA B. A review of routing and wavelength assignment approaches for wavelength-routed optical WDM networks[J]. Optical Network Magazine, 2000, 1(1): pp. 47 − 60.

[45] HINDAM T. Solving the routing and wavelength assignment problem in WDM networks for future planning[J]. IEEE Communications Magazine, 2009, 47 (8):35 − 41.

[46] LI B, CHU X, SOHRABY K. Routing and wavelength assignment vs. wavelength converter placement in all-optical networks[J]. IEEE Communications Magazine, 2003, 41 (8): s22 − s28.

[47] 李乐民. WDM 光传送网的选路和波长分配算法[J]. 中兴通信技术, 2001, 7 (6): 4 − 7.

[48] 李乐民. 光网络选路和波长分配研究[J]. 中兴通信技术, 2004, 10 (6): 1 − 3, 8.

[49] ANDREWS M, ZHANG L. Complexity of wavelength assignment in optical network optimization[J]. IEEE/ACM Transactions on Networking, 2009, 17 (2): 646 − 657.

[50] XU. S, LI L, WANG S. Dynamic routing and assignment of wavelength algorithms in multifiber wavelength division multiplexing networks[J]. IEEE Journal on Selected Areas in Communications, 2006, 18 (10): 2130 − 2137.

[51] 金明晔, 张智江, 陆斌. DWDM 技术原理与应用[M]. 北京: 电子工业出版社, 2004.

[52] 杨飞. WDM 光网络虚拓扑鲁棒规划算法研究[D]. 成都: 电子科技大学, 2007.

[53] SREENATH N, MURTHY C, GURUCHARAN B, et al. A two-stage approach for virtual topology reconfiguration of WDM optical networks[J]. Optical Network Magazine, 2001, 2 (2): 58 – 71.

[54] ARAKAWA S, MURATA M. Lightpath management of logical topology with incremental traffic changes for reliable IP over WDM networks[J]. Optical Network Magazine, 2002, 3 (2): 68 – 76.

[55] DIN D, CHIU Y. A genetic algorithm for solving virtual topology reconfiguration problem in survivable WDM networks with reconfiguration constraint[J]. Computer Communications, 2008, 31 (10): 2520 – 2533.

[56] 乐孜纯, 付明磊. IP over WDM 网络中一种新型虚拓扑构造算法[J]. 通信学报, 2007, 28(6): 96 – 102.

[57] GUAN X, GUO S, ZHAI Q, et al. A new method for solving routing and wavelength assignment problems in optical networks[J]. Journal of Lightwave Technology, 2007, 25 (8): 1895 – 1909.

[58] MONOYIOS D, VLACHOS K, AGGELOU M, et al. On the use of multi-objective optimization algorithms for solving the impairment aware-RWA problem [M]//AKHAVAN H. Proceedings of the International Conference on Communications, Vol. I. Dresden, Germany, 14 – 18 June, 2009. New York: IEEE, 2009: 1 – 6.

[59] ZHENG Y, GU W, HUANG S, et al. An ant-based research on RWA in optical networks [M]// MAHMOUD S. Proceedings of International Conference on Electronic Computer Technology, Vol. I. Macau, China, February 20 – 22, 2009. New York: IEEE, 2009: 73 – 76.

[60] CINKLER T. Traffic and/spl lambda/grooming[J]. IEEE Network, 2003, 17 (2): 16 – 21.

[61] ZHU K, MUKHERJEE B. Traffic grooming in an optical WDM mesh network[J]. IEEE Journal on Selected Areas in Communications, 2002, 20 (1): 122 – 133.

[62] YAO W, SAHIN G., LI M, et al. Analysis of multi-hop traffic grooming in WDM mesh networks[J]. Optical Switching and Networking, 2009, 6 (1): 64 – 75.

[63] K. ZHU, B. MUKHERJEE. A review of traffic grooming in WDM optical networks: Architectures and challenges[J]. Optical Networks Magazine, 2003, 4 (2): 55 – 64.

[64] ZHU H, ZANG H, ZHU K, et al. Dynamic traffic grooming in WDM mesh networks using a novel graph model[J]. Optical Networks Magazine, 2003, 4(3): 65 – 75.

[65] WEN H, HE R, LI L, et al. Dynamic traffic-grooming algorithms in wavelength division multiplexing mesh networks[J]. Journal of Optical Networking, 2003, 2 (4): 100 – 111.

[66] WEN H, LI L, HE R, et al. Dynamic grooming algorithms for survivable WDM mesh networks[J]. Photonic Network Communications, 2003, 6 (3): 253 – 263.

[67] HE R, WEN H, LI L, et al. Shared sub-path protection algorithm in traffic-grooming WDM mesh networks[J]. Photonic Network Communications, 2004, 8 (3): 239 – 249.

[68] WEN H, HE R, LI L, et al. A plane-construction traffic grooming algorithm in WDM mesh networks [M]// FAN P. Proceedings of International Conference on Parallel and Distributed Computing, Applications and Technologies, Vol. I. Chengdu, China, August 27 – 29, 2003. New York: IEEE, 2003: 263 – 267.

[69] HOU W, GUO L, WANG X, et al. A new routing algorithm based on integrated grooming auxiliary

graph in multi-granularity optical networks [M]//Kim J, Delen D, JINSOO P. Proceedings of the International Conference on Networked Computing and Advanced Information Management, Vol. I. Seoul, Korea, August 25 – 27, 2009. New York: IEEE, 2009: 462 – 467.

[70] GUPTA M, SINGH S. Greening of the Internet [M]//FELDMANN A. Proceedings of the Special Interest Group on Data Communication, Vol. I. Karlsruhe, Germany, August 25 – 29. New York: ACM, 2003: 19 – 26.

[71] IEEE 802.3 Energy efficient ethernet study group[EB/OL]. [2007 – 09 – 21]. http://grouper.ieee. org/groups/802/3 /eee_study.

[72] SHENG G, TUCKER R. Energy-minimized design for IP over WDM networks[J]. Journal of Optical Communications and Networking, 2009, 1 (1): 176 – 186.

[73] 吴彦文, 郑大力, 仲肇伟. 光网络的生存性技术[M]. 北京: 北京邮电大学出版社, 2002.

[74] KERIVIN H, MAHJOUB A. Design of survivable networks: A survey[J]. Networks, 2005, 46 (1): 1 – 21.

[75] RAMAMURTHY S, SAHASRABUDDHE L, MUKHERJEE B. Survivable WDM mesh networks[J]. Journal of Lightwave Technology, 2003, 21 (4): 870 – 883.

[76] GUO L, CAO J, YU H, et al. Path-based routing provisioning with mixed shared protection in WDM mesh networks[J]. Journal of Lightwave Technology, 2006, 24 (3): 1129 – 1141.

[77] SASAKI G, SU C. The interface between IP and WDM and its effect on the cost of survivability[J]. IEEE Communications Magazine, 2003, 41 (1): 74 – 79.

[78] CORREIA N, MEDEIROS M. A resource efficient optical protection scheme for IP-over-WDM networks [J]. Lecture Notes in Computer Science, 2003, 2720: 207 – 216.

[79] CHOO H, SON M, CHUNG M, et al. Shared protection by concatenated rings in optical WDM networks [J]. Lecture Notes in Computer Science, 2004, 3042: 1476 – 1482.

[80] MUKHERJEE B. Optical WDM Networks[M]. Berlin: Springer, 2006.

[81] CAO J, GUO L, YU H, et al. A novel recursive shared segment protection algorithm in survivable WDM networks[J]. Journal of Network and Computer Applications, 2007, 30 (2): 677 – 694.

[82] PICKAVET M, DEMEESTER P, COLLE D, et al. Recovery in multilayer optical networks[J]. Journal of Lightwave Technology, 2006, 24 (1): 122 – 134.

[83] PUYPE B, VASSEUR J, GROEBBENS A. Benefit of GMPLS for multilayer recovery [J]. IEEE Communication Magazine, 2005, 43 (7): 51 – 59.

[84] QIN Y, HOW K. Comparison studies on recovery schemes of combining protection and restoration at different layers in IP over WDM networks[M]//WONG L. Proceedings of the International Conference on Communications Systems, Vol. I. Singapore, October 30-November 1, 2006. New York: IEEE, 2006: 1 – 5.

[85] RATNAM K, ZHOU L, GURUSAMY M. Efficient multi-layer operational strategies for survivable IP-over-WDM networks[J]. IEEE Journal on Selected Areas in Communications, 2006, 24 (8): 16 – 31.

[86] RUAN L, TANG F. Survivable IP network realization in IP-over-WDM networks under overlay model [J]. Computer Communications, 2006, 29 (10): 1772 – 1779.

[87] ZHENG Q, MOHAN G. Multi-layer protection in IP-over-WDM networks with and with no backup lightpath sharing[J]. Computer Networks, 2006, 50 (3): 301 –316.

[88] URRA A, CALLE E, MARZO J. Partial disjoint path for multi-layer protection in GMPLS networks [M]// CLEMENTE R, Proceedings of the International Workshop on Design of Reliable Communication Networks, Vol. I. Island of Ischia, Italy, October 16 – 19, 2005. New York: IEEE, 2005: 1 – 6.

[89] WANG X, GUO L, YANG F, et al. Multi-layer survivable routing mechanism in GMPLS based optical networks[J]. Journal of Systems and Software, 2008, 81 (11): 2014 – 2022.

[90] YAN Q, COLLE D, MAESSCHALCK S, et al. , Performance evaluation of multi-layer traffic engineering enabled IP-over-ION networks[J]. Photonic Network Communication, 2005, 9 (3): 255 – 280.

[91] ESHOUL A, HUSSEIN M. Survivability approaches using p-cycles in WDM mesh networks under static traffic[J]. IEEE/ACM Transactions on Networking, 2009, 17 (2): 671 – 683.

[92] SZIGETI1 J, ROMERAL R, CINKLER T, et al. P-cycle protection in multi-domain optical networks [J]. Photonic Network Communications, 2009, 17 (1): 35 – 47.

[93] GUO L, WANG X, ZHENG X, et al. New results for path-based shared protection and link-based Hamiltonian cycle protection in survivable WDM networks [J]. Photonic Network Communications, 2008, 16 (3): 245 – 252.

[94] GUO L, WANG X, DU J, et al. A new heuristic routing algorithm with Hamiltonian cycle protection in survivable networks[J]. Computer Communications, 2008, 31 (9): 1672 – 1678.

[95] GUO L, WANG X, CAO J, et al. Local and global Hamiltonian cycle protection algorithm based on abstracted virtual topology in fault-tolerant multi-domain optical networks [J]. IEEE Transactions on Communications, 2010, 58 (3): 351 – 359.

[96] GUO L, CAO J, WANG X, et al. A new protection algorithm with consideration of lightpath load in fault-tolerant GMPLS optical networks[J]. OPTIK-International Journal for Light and Electron Optics, 2010, 121 (21): 1919 – 1924.

[97] ZHENG Q, GURUSAMY M. LSP partial spatial-protection in MPLS over WDM optical networks[J]. IEEE Transactions on Communications, 2009, 57 (4): 1109 – 1118.

[98] Song L, Zhang J, Mukherjee B. A comprehensive study on backup-bandwidth reprovisioning after network-state updates in survivable telecom mesh networks[J]. IEEE/ACM Transactions on Networking, 2008, 16 (6): 1366 – 1377.

[99] TORNATORE M, LUCERNA D, PATTAVINA A. Improving efficiency of backup reprovisioning in WDM networks [M]//Merrill D. Proceedings of the International Conference on Computer Communications, Vol. I. Phoneix, USA, April 13 – 18, 2008. New York: IEEE, 2008: 196 – 200.

[100] GUO L, LI L. A novel survivable routing algorithm with partial shared-risk link groups (SRLG)- disjoint protection based on differentiated reliability constraints in WDM optical mesh networks [J]. Journal of Lightwave Technology, 2007, 25 (6): 1410 – 1415.

[101] LUO H, LI L, YU H, et al. Routing connections with differentiated reliability requirements in WDM mesh networks[J]. IEEE/ACM Transactions on Networking, 2009, 17(1): 253 – 266.

第 5 章　移动与无线网络

近年来,移动通信和无线网络技术的飞速发展,极大地促进了人类社会迈向信息社会的步伐,移动与无线网络已成为计算机网络和通信技术领域的研究热点。本章将介绍现有移动与无线网络,包括移动互联网、无线局域网、移动自组织网络、无线网状网以及工业无线网络。期望通过本章的学习,使读者能够掌握移动与无线网络的基本特征,并对其关键技术和典型应用场景有较为深刻的认识与理解。

5.1　概　　述

无线通信是指利用电磁波信号可以在自由空间中传播的特性进行信息交换的一种通信方式。近年来,随着社会需求的日益增长,无线通信技术得到了迅速的普及和应用,并展示出广阔的市场前景。

无线通信的研究始于 19 世纪末。1864 年,麦克斯韦从理论上预言了电磁波是存在的。1876 年,赫兹通过实验验证了电磁波是真实存在的。1895 年,意大利人古列尔莫·马可尼发明了世界上第一台无线电报机,无线电报的发明,也表明人们从真正意义上开始了无线话音通信的研究。1906 年,美国人弗雷斯特发明了真空三极管,为无线电通信奠定了基础。从此,以电子管和半导体应用为基础的无线话音技术逐渐走向了商用的舞台。1928 年,工作于 2 MHz 的超外差式无线电接收机在美国普渡大学研制成功,并在美国底特律警察厅使用,这是世界上最早的无线话音通信应用。

20 世纪 60 年代中期,美国贝尔实验室成功研制了先进移动电话系统(Advance Mobile Phone Service,AMPS),并于 1979 年在芝加哥试运行,这是世界上第一个模拟蜂窝移动通信系统。模拟蜂窝移动通信系统的出现是移动通信历史上一个重要的里程碑,其革命性创新奠定了移动通信系统在全球广泛发展的基础,并使得大规模无线通信第一次成为可能,这也结束了无线通信作为辅助通信手段的历史生涯,无线通信技术的新纪元开启了。进入 20 世纪 80 年代,模拟蜂窝移动通信技术逐步走向成熟,并在全世界得到了广泛应用,并相继产生了日本 NEC 进步式移动电话系统(NEC Advanced Mobile Telephone System,NAMTS)、英国全接入通信系统(Total Access Communication,TACS)及北欧移动电话系统(Nordic Mobile Telephone System,NMTS)等多个移动通信系统。

对移动性提供支持是第一代移动通信系统的主要特点,这是以往任何通信方式和系统都不可替代的。数字技术和集成电路技术的进步不断激励着第一代模拟蜂窝移动通信系统逐渐向第二代全数字蜂窝移动通信系统演进。20 世纪 90 年代初,欧洲推出的基于时分多址(TDMA)的全球移动通信系统(GSM)和美国高通公司提出的基于码分多址(Code Division Multiple Access,CDMA)的数字蜂窝系统 IS-95 相继投入商用。以 GSM 和 IS-95 为代表的第二代移动通信系统在全球取得了巨大成功,至今仍是我国移动通信系统的主流技术。

进入 21 世纪,随着 Internet 的广泛普及和移动通信技术的高速发展,以承载视频、图像等多媒体业务为目标的第三代移动通信成功登陆美国、日本、韩国等国家。2009 年 1 月 7 日,我国工业和信息化部正式为中国移动发放了基于时分同步码分多址(Time Division-Synchronous Code Division Multiple Access,TD-SCDMA)技术的 3G 牌照,为中国电信发放了基于 CDMA 2000 技术的 3G 牌照,为中国联通发放了基于宽带码分多址(Wideband Code Division Multiple Access,WCDMA)技术的 3G 牌照,此举标志着我国正式进入 3G 时代。发展到今天,移动通信已经成为人们日常生活中不可缺少的通信手段。据 2011 年 1 月的最新统计结果显示,全球 68 亿人口中已有 50 亿人口在使用手机,手机用户数量超过全球总人数的三分之二,也就是说,世界上每三个人中,就有两个人在使用手机,移动通信几乎覆盖到全球的每一个角落。面对如此庞大的市场,如何更好地满足用户需求,如何为社会不同群体的用户提供更多、更强大的服务,如何发挥移动通信技术的便捷性,我国相关部门已经对这些问题展开了积极的探索和思考。2010 年 7 月,中国移动研究院用户行为研究实验室正式发布了《中国农村移动通信消费需求研究与市场策略分析》以及《中国城市流动人口生活形态与通信消费需求研究》两本白皮书。用户数量的激增不仅促使网络应用朝着多元化方向发展,也促使移动通信网络向着宽带化方向演进。目前,运营商利润的中心已经不再是单一的话音业务,高速无线数据业务和宽带多媒体业务已成为竞争的新焦点。

几乎与无线通信技术在话音通信领域快速发展保持同步,在数据通信领域,各种新型的无线网络也随之不断涌现。无线网络就是指网络中的节点彼此之间通过无线信道进行通信。受第二次世界大战期间美军利用无线电信号传输资料的启发,夏威夷大学的研究人员于 1971 年创造了第一个基于封包技术的无线电通信网络"ALOHANET"。这个由 7 台计算机组成的网络,采用双向星形拓扑横跨四座夏威夷岛屿,可以看作是无线局域网的雏形。与传统有线网络相比,无线网络不仅建设成本更低,而且能够为用户接入 Internet 提供更为高效、便捷的解决方案,因此,无线网络从诞生之初就备受学术界和产业界的极大关注。

为了加快无线网络的实用化进程,1997 年,IEEE 为无线局域网发布了第一个在国际上被认可的 IEEE 802.11 协议。但由于该协议传输速率较低,最高只能支持 2 Mbps,IEEE 又相继发布了补充版本 IEEE 802.11b、IEEE 802.11a、IEEE 802.11g 等。IEEE 802.11b 协议的最高传输速率为 11 Mbps,而 IEEE 802.11a 更高达 54 Mbps。经过十多年的发展,IEEE 又先后制定和酝酿了 802.11e,802.11f,802.11h,802.11i,802.11j 等标准。IEEE 802.11 系列协议以其建设快、配置灵活、移动性强、数据传输速度快等优势成为商业宽带网络的主流解决方案,在室内无线接入领域获得了极大的成功。IEEE 802.11n 更为人们提供了如同飞一般的传输速度,最高速率可达到 300 Mbps,为实现高带宽、高质量的 WLAN 服务提供了有力支持。

　　无线局域网技术的飞速发展和移动通信设备的日益普及,强烈地刺激着人们的信息需求,人们迫切地希望能够随时随地从 Internet 上获取信息,随时可能移动的主机在网络中出现了。对于采用传统 IP 技术的主机而言,不管是有线接入还是无线接入,基本上都是固定不动的,或者只是在一个子网范围内小规模移动。在通信过程中,这些主机的 IP 地址和端口号都保持不变。而移动主机在通信期间可能需要在不同子网间移动,当移动到新的子网时,如果不改变其 IP 地址,就不能接入到这个新的子网。如果为了接入新的子网而改变其 IP 地址,那么先前的通信将会中断。移动互联网技术是在 Internet 上提供移动功能的网络层解决方案,移动节点可以使用一个永久的地址与 Internet 中的任何主机通信,并且在切换子网时不中断正在进行的通信。从 1996 年开始,IETF 已逐步制定了若干支持移动互联网的技术标准。目前,已经出台的标准主要包括:移动 IPv6 正式标准 MIPv6-RFC3775、移动 IPv6 快速切换标准 FMIPv6-RFC4068、层次移动 IPv6 的移动性管理标准 HMIPv6-RFC4140、网络移动标准 NEMO-RFC3963 等。

　　手机上网作为一种便捷的网络接入方式,已强劲流行并迅速增长起来,据中国互联网数据中心的数据显示,截至 2010 年底,中国的网民规模已经达到了 4.69 亿人,其中手机上网用户已达到 3.26 亿人,手机网民在总体网民中的比例进一步提高,已经从 2009 年末的 60.8% 提升至 69.5%。手机网民成为拉动中国网民总体规模攀升的主要动力,预计到 2013 年,中国手机网民总数将超越电脑网民,达到 7.2 亿人。放眼全球,移动互联网的用户规模也在急剧增加,据分析机构预测,2013 年全球移动互联网的用户规模将突破 24 亿人,成为一个庞大的用户群体。可以预期,随着整个社会"移动性"的增强以及人们对移动计算需求的与时俱进,一定可以在不远的将来实现真正的"个人通信"境界,即用户可以在移动的情况下,实现在任何时间、任何地点与任何人进行话音、数据、视频等任何种类的业务通信。移动无线通信技术在个人通信中将起到不可或缺的作用,并将促进移动互联网的快速发展。

　　随着无线通信技术的快速发展,人们对通信智能性的要求日益提高,移动自组织网络成为新型移动无线网络的典型代表之一。MANET 由具有无线通信能力的节点按自组织方式组成,所有的通信链路都是无线链路,具有任意和临时性的网络拓扑,网络中的节点既可以充当主机,又可以作为路由器,节点通过协作完成通信和组网任务。MANET 的自组织和无中心特性,使其可以无需任何固定的通信设施而快速部署。MANET 的多跳转发特性,使其可以在保证网络覆盖范围的基础上,降低无线收发设备的成本和设计难度。这使得移动终端小型化、低功耗成为可能。低功率的无线电波不仅降低了被截获和监听的概率,而且使得网络的健壮性和抗毁性大大增强。另外,低功率的无线电波产生的电磁辐射较少,对人体健康的威胁较小。这些独特的优势为 MANET 在军事和民用通信领域占据一席之地提供了重要保证。

无线网络技术的发展可谓日新月异,正当无线局域网发展方兴未艾之际,新型的无线网状网(Wireless Mesh Network,WMN)已悄然登上历史舞台。WMN 可支持多点对多点的网状结构,使得无线局域网长期存在的可扩展性和健壮性等诸多问题迎刃而解,堪称是"最后一公里"瓶颈问题的理想解决方案。IEEE 还为"最后一公里"无线接入量身订制了 IEEE 802.16 标准。2001 年,全球微波互联接入(World Interoperability for Microwave Access,WiMAX)论坛正式成立。WiMAX 论坛的成立是无线网络向宽带移动化方向发展的重要里程碑,有助于推动 IEEE 802.16 技术的产业化进程。无线通信的巨大应用价值还会将在工业界大展身手,嵌入无线传输功能的工业仪表和自动化产品已经应用到工业无线领域,完成从有线到无线的革命性跨越。

纵观无线通信技术的发展历程,受电信网络和互联网的影响,它一直以来沿着移动通信和无线网络两条主线并行向前发展。但随着通信技术与市场需求的相互作用和影响,传统的宽带固定接入用户已经不再满足于仅仅在家庭和办公室等固定环境内使用宽带业务,而传统的移动用户也不再满足于简单的语音、短信和低速数据业务。令人憧憬的应用前景使得移动通信和无线网络在技术和业务上不断趋向融合,并互为补充、相互促进,最终实现"移动泛在业务环境"的愿景。

5.2 移动互联网

Internet 和移动通信的飞速发展极大地改变着人们的生产和生活,移动互联网作为二者融合的产物已成为历史的必然[1,2]。本节介绍移动互联网的设计目标和体系结构,并详细描述两个基本的移动 IP 协议:移动 IPv4 与移动 IPv6。在此基础上,对移动互联网中的切换、QoS、组播、安全等关键技术进行系统阐述。本节选材既具有一定的广泛性,又具有鲜明的前瞻性,力求为读者提供移动互联网知识的全面概览。

5.2.1 移动互联网概述

伴随着社会生活节奏的加快、户外旅行和商务活动逐渐增多,人们希望能够随时随地,甚至是在移动环境中也能够从 Internet 便利地获取信息和网络服务,而以固定节点连接到 Internet 的方式显然无法满足这种需要。近年来,随着高性能便携机的普及以及无线局域网技术的飞速发展,网络中出现了可能随时移动的主机,这使得利用移动主机布设互联网成为可能。

随着移动通信系统的不断完善及移动终端的日益智能化,越来越多的用户正选择通过手机来访问 Internet,移动互联网主要为用户提供三类服务:个人服务、商业服务和公众服务。个人服务主要包括:WAP、传真、电话、电子邮件、手机游戏、手机电视、视频通信、视频点播、短信服务、移动定位、远程监控、Internet 访问等。商业服务主要包括:股票交易、银行业务、网上购物、机票及酒店预订等。公众服务则主要为用户实时提供新闻、体育、天气、股票及交通等信息。据最新统计显示,中国手机用户规模已位居世界第一,而且还在以迅猛的态势快速增长。在运营商与服务提供商的眼中,以移动通信网作为 Internet 接入就是移动互联网[3,4],并将随着移动通信系统的升级不断吸引着人们的关注。丰富多彩的移动应用,正通过各种方式渗透到人们生活和工作的方方面面。实际上,随着无线与移动网络的发展,广义上各种手持移动设备通过各种无线网络进行 Internet 访问都属于移动互联网的范畴。这就使得移动互联网的链路形式、接入方式、拓扑结构、通信与应用模式与固定网络存在较大区别,移动主体将不再局限于移动终端,还可以是某些子网或者是某些终端的集合,这也将有别于现有只针对移动终端的移动互联网模型,需要根据网络结构特点研究全新的理论与协议。

5.2.1.1　移动互联网的设计目标

移动互联网自诞生之日起,就寄希望通过移动终端或移动子网的方式,在满足网络接入 QoS 需求的基础上,使得人们能够随时随地接入 Internet。如何保证终端和子网在移动过程中维持连续的数据通信,是移动互联网关注的主要问题。移动互联网的设计目标主要包括:

- 提供完备的地址分配与配置策略支持,以保证移动节点和移动终端通信地址的唯一性;
- 能够适应不同的接入介质;
- 提供移动终端接入方式的多样性支持;
- 提供移动的透明性支持,包括对移动子网内节点的透明性支持以及对移动通信双方的透明性支持;
- 提供高性能和无缝切换支持,需要尽可能减少网络移动性(节点移动性和子网移动性)对通信质量的影响;
- 提供路由优化的能力,移动节点总能够寻求满足通信质量的最优路径;
- 提供支持组播的能力等;
- 提供良好的安全性支持,以保证节点位置的私密性、通信数据的完整性及路由的安全性等;
- 提供操作的透明性支持,在网络层完成所有操作,而不影响传输层和应用层的业务传输。

5.2.1.2 移动互联网的体系结构

为了从根本上实现移动互联网的设计目标,分别从宏观层面和微观层面定义了移动互联网体系结构中的各个功能实体。

图 5.1 展示了宏观层面的移动互联网体系结构。在宏观层面的移动互联网中,移动主体主要包括移动终端和移动子网,它们通过接入网连接到核心网。因此,通常把移动终端和移动子网看做接入网的外延。接入网主要负责为异质异构的移动终端和移动子网提供统一的接入服务,并对核心网屏蔽移动终端和移动子网的介质特征。核心网主要负责维护移动互联网主干的拓扑结构和路由信息,为接入网的各种数据提供统一的交换路由。

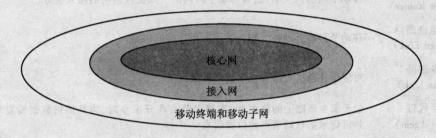

图 5.1 宏观层面的移动互联网体系结构

图 5.2 展示了微观层面的移动互联网体系结构。在微观层面的移动互联网中,功能实体主要包括:移动终端、移动子网、移动路由器、移动子网的家乡代理以及外地链路的接

图 5.2 微观层面的移动互联网体系结构

入路由器等,详细的功能实体定义如表 5.1 所示。移动终端可以通过多种方式接入互联网,如直接连接到接入网,或者通过移动子网间接接入等。

表 5.1 移动互联网功能实体定义

功 能 实 体	说 明
移动节点 (Mobile Node)	移动节点(也称移动终端),是独立的移动体,既可以作为移动子网中的一个普通节点接入到互联网,也可以单独接入到互联网
移动子网 (Mobile subnet)	同一个移动子网内的节点作为一个相对稳定的集合在互联网上移动
移动路由器 (Mobile Router)	移动子网的网关节点,为移动子网内的节点提供透明的接入服务
外地链路 (Foreign Link)	移动节点在外地接入到互联网时所连接的链路
家乡链路 (Home Link)	对应于移动节点家乡子网前缀的链路
家乡代理 (Home Agent)	位于家乡链路上的路由器,当移动节点离开家乡时,为其提供数据转发功能,并负责维护移动节点的位置信息
外地代理 (Foreign Agent)	位于外地链路上的路由器,当移动节点在外地网络时,移动节点通过外地代理注册当前的位置
移动代理 (Mobile Agent)	家乡代理和外地代理的统称
接入路由器 (Access Router)	外地链路为移动节点提供互联网接入服务的路由器
家乡地址 (Home Address)	家乡链路为移动节点配置的地址,该地址作为移动节点的身份标识,在访问移动子网的过程中保持不变
转交地址 (Care of Address)	由外地接入路由器分配给移动节点或移动路由器的临时地址,用于标识移动节点或移动路由器的当前位置
通信节点 (Correspondent Node)	与移动节点通信的节点
通信路由器 (Correspondent Router)	通信节点所在子网的路由器
移动子网前缀 (Mobile subNet Prefix)	由移动子网的家乡网络提供的前缀,移动子网可以通过该前缀为内部节点配置家乡地址
根移动路由器 (root-MR)	根移动子网的移动路由器,用于将整个移动网络延伸到外部网络
多家乡 (Multi-homing)	移动节点或移动子网具有多个家乡地址

5.2.2 移动互联网的关键技术

移动互联网的关键技术包括：移动 IP 技术、切换技术、组播技术、QoS 技术以及安全技术等，下面分别介绍这些关键技术的工作机理。

5.2.2.1 移动 IP 技术

移动 IP 技术是移动通信技术和 IP 技术深层融合后的产物，能够为连接到任何链路上的每个移动节点分配一个永久的 IP 地址。由于移动 IP 技术对协议上层屏蔽其主机移动的细节，对协议下层的传输媒体不做任何要求，所以无须改动 Internet 的上层协议和应用。IETF 的 Mobile IP 工作组致力于为 Internet 提供支持主机移动的网络层解决方案，该工作组提出的移动 IPv4[5] 和移动 IPv6[6] 技术在此领域中占据了主导地位。

1. 移动 IPv4

移动 IPv4 的研究工作始于 1992 年，并于当年形成了第一个建议标准 RFC 2002，后来被 RFC 3344 取代。IETF 的移动 IPv4 工作组主要研究移动 IPv4 中的安全技术、切换技术、代理搜索、转交地址、隧道技术、管理方案等。

移动 IPv4 网络中定义了四种功能实体：移动节点、通信节点、家乡代理和外地代理。移动节点在切换链路时不改变其 IP 地址，也不中断正在进行的通信。每个移动节点有两个地址，分别是家乡地址和转交地址。家乡地址用于标识移动节点身份，其前缀与家乡网络的前缀相同，当移动节点运动时，家乡地址保持不变。转交地址用于标识移动节点当前的位置信息，转交地址随着移动节点的运动而发生变化，因此其前缀通常与移动节点当前所处外地网络的前缀一致。根据地址分配策略的差异，还可以将转交地址分为外地代理转交地址和配置转交地址。外地代理作为连接在外地链路上的移动节点的默认路由器，可以帮助移动节点向自己的家乡代理通知它的转交地址。

移动 IPv4 的体系结构和基本工作流程如图 5.3 所示。

（1）家乡代理或外地代理发现

移动节点首先需要获取家乡代理或外地代理的信息，以便向家乡代理注册自身的当前位置信息，并从外地代理处获得转交地址。这一操作是借助于家乡代理或外地代理广播而实现的。另外，移动节点也可以主动发送代理请求，收到该请求的家乡代理或外地代理则会返回一个应答报文。

（2）移动检测

当移动节点从一个子网移动到另一个子网时，移动检测能够及时检测到节点位置的变化信息并据此改变其转交地址。若节点收到新的代理信息或路由器通告，则表示已经来到了外地网络。若节点长时间没有收到前一个子网的代理信息或路由器通告，则表示节点已经离开了该子网。

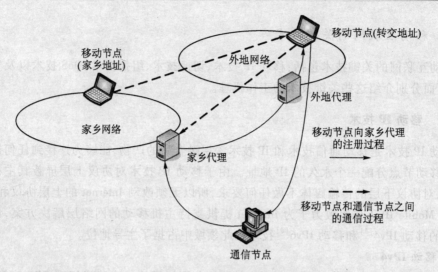

图 5.3　移动 IPv4 的体系结构和工作流程

（3）转交地址获取

当移动节点检测或移动到外地网络后,就会通过外地代理获取转交地址,或者直接获取配置转交地址。

（4）向家乡代理注册

每当移动节点完成转交地址获取后,就会向自身的家乡代理注册以通告其当前的位置信息,使得家乡代理能够实时截获所有发送给移动节点的数据,并将这些数据转发到移动节点的当前位置。当移动节点返回到家乡网络时,需要取消其在家乡代理上的注册。

（5）数据发送

通信节点发送给移动节点的数据包的源地址是该通信节点的 IP 地址,目的地址则为移动节点的家乡地址。首先,将数据包发送到移动节点的家乡网络,家乡代理截获到发往家乡地址的数据后,通过隧道技术将这些数据发送给移动节点的转交地址,由外地代理或移动节点在隧道末端解封装数据包,最终将其交付给移动节点,以完成各种应用。在反向数据的传递过程中,移动节点发送的数据包的源地址是其家乡地址,目的地址则为通信节点的地址,并使用标准的 IP 路由机制进行转发,数据包不再需要家乡代理的处理,直接由外地代理转交给通信节点。

虽然移动 IPv4 协议提供了对终端移动性的支持功能,但是也存在一定的不足,主要表现为:

（1）**地址空间有限**

由于 IPv4 地址空间有限,直接导致移动节点的转交地址分配困难。

（2）**三角路由问题**

由于节点的移动性,通信节点和移动节点之间数据发送和返回的路径不同,所有发送到移动节点的数据包都必须通过其家乡代理来转发。这种三角路由问题不仅增加了家乡网络的负载,浪费了网络资源,而且也导致网络时延增加,难以保证网络的 QoS。

(3) 安全问题

由于移动 IPv4 中缺乏必要的安全鉴别机制,这会带来安全隐患。而移动节点发往通信节点的数据包的源地址是移动节点的家乡地址,可能导致这些数据包被带有源地址过滤功能的安全网关过滤掉。

2. 移动 IPv6

IETF 于 2004 年 6 月首次提出了移动 IPv6 的标准 RFC 3775,近几年又陆续发布了有关移动 IPv6 的补充标准与草案。例如:扩充了移动 IPv6 的报文格式[7,8],研究了双协议栈的移动 IP 技术[9,10],定义了移动 IPv6 的管理信息库(Management Information Base,MIB),从而应用简单网络管理协议(SNMP)来管理移动节点、家乡代理和通信节点等功能实体以及各种通告[11]。此外,还定义了有关移动 IPv6 的安全标准,包括通信数据的加密机制[12,13]、安全路由[14,15]及安全鉴别[16,17]等。

与移动 IPv4 的功能类似,移动 IPv6 也希望为节点提供一种透明的移动服务,但是二者的工作流程存在较大区别。图 5.4 给出了移动 IPv6 的工作流程。与移动 IPv4 的区别主要体现在以下几方面。

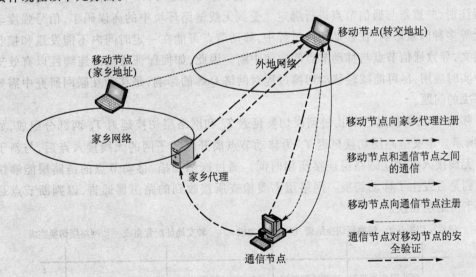

图 5.4　移动 IPv6 的体系结构和工作流程

(1) 地址空间

由于移动 IPv6 网络中具有足够的 IP 地址空间,移动节点无须动态分配就可以主动获取转交地址,所以移动 IPv6 网络中不需要外地代理。另外,移动 IPv6 网络中的邻居发现机制有助于节点实施移动检测,从而保证移动节点能够通过接入路由器连接到 Internet。

（2）头部扩展

为了使得通信节点和移动节点能够直接通信,移动 IPv6 扩展了 IP 包首部和目的地址首部。

（3）三角路由问题

在移动 IPv6 网络中,移动节点不仅要向自己的家乡代理进行注册,而且也要向自己的通信节点进行注册,这使得家乡代理和通信节点均需维护移动节点的位置信息。这样通信节点发送给移动节点的数据不再需要经过移动节点的家乡代理,避免了三角路由问题。

（4）安全验证

为了防止恶意欺骗,移动 IPv6 中的任意移动节点向通信节点进行位置信息注册时,通信节点必须对其进行安全验证,这一验证过程需要通信节点分别沿通信节点→家乡代理→移动节点、通信节点→移动节点(不经过移动节点的家乡代理)这两条路径发送安全鉴别报文,保证了返回报文的正确性。

5.2.2.2　移动互联网切换技术

移动切换(Handoff/Handover)通常发生于移动节点从一个子网移动到另一个子网的过程中。当移动节点在新的子网中获取到新的转交地址时,该节点需要重新向家乡代理进行注册,并重新与通信节点进行绑定。受到无线链路环境中的高误码率、信号强度动态变化等多种因素影响,在移动切换过程中,移动节点可能在一定时间内不能发送和接收数据报文,导致通信节点与移动节点间通信中断。因此,如何保证通信的连续性以有效支持各种实时应用,尽可能减轻移动切换过程对网络 QoS 的影响,是移动互联网研究中需要重点解决的问题。

移动 IP 的切换延迟 T 由链路层切换延迟 T_L 和网络层切换延迟 T_N 两部分组成,如图 5.5 所示。定义链路层切换延迟 T_L 为移动节点离开当前子网的无线接入点后,与新子网中的无线接入点建立链路层连接所用时间。通过探测扫描,移动节点的链路层能够快速检测到是否发生了移动切换。网络层需要检查所接收到的路由器通告,以判断节点是否发生了网络层切换。

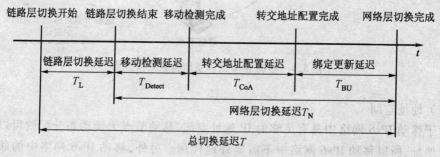

图 5.5　移动 IP 协议的切换延迟

网络层的切换延迟 T_N 通常要达到秒级,要比链路层的切换延迟 T_L 大得多,导致移动 IP 无法满足实时性业务的应用需求。因此,网络层切换延迟 T_N 是影响移动 IP 切换性能的主要因素。T_N 主要由移动检测、转交地址配置与绑定更新 3 个阶段引起。移动节点检测到自身已切换到新网络所需要的时间定义为 T_{Detect}。完成移动检测后,移动节点需要配置新的转交地址,并进行重复地址检测以确保该地址的唯一性,定义这段时间为转交地址配置延迟 T_{CoA}。移动节点切换到新网络后,注册新的转交地址,向家乡代理重新发送绑定更新报文,并等待家乡代理返回绑定确认报文,定义这段时间为绑定更新延迟 T_{Bu}。因此,移动节点在切换过程中总的切换延迟 T 可以使用式(5 – 1)表示:

$$T = T_L + T_{Detect} + T_{CoA} + T_{Bu} \qquad (5-1)$$

由于移动节点在完成切换过程之前一直处于不可达状态,无法正常收发数据包,所以会导致数据丢失现象的发生。

在移动 IP 标准中,已经详细定义了移动检测、转交地址获取及通信节点重新绑定等基本过程。在此基础上,研究者们针对不同的目标提出了多种不同的移动切换技术,保证已有通信连接的 QoS。

1. 低延迟切换

低延迟切换的主要目标是使移动节点在切换过程中,通信连接中断的时间达到最小。在低延迟切换中,定义了预先注册、过后注册和联合切换三种减少切换延迟的方法。在预先注册的切换方法中,移动节点在外地网络还没有发生切换之前,就与新的外地网络上的外地代理进行通信,以加快切换的处理过程。在过后注册的切换方法中,移动节点在向新的外地网络正式注册之前,通过新旧代理建立双向隧道,由移动节点继续使用前一个外地网络上的转交地址,并通告此外地网络上的外地代理维持已有通信连接,以降低对实际应用造成的影响。在联合切换方法中,可选择执行预先注册和过后注册这两种切换方法。如果可以在二层切换之前完成预先注册切换,联合切换方法则转化为预先注册的切换方法,否则,使用过后注册的切换方法。

2. 快速切换

在新的外地网络切换尚未完成时,快速切换通过提前注册机制保持与前一个网络的通信,从而实现快速切换的目标。快速切换采用预先切换和基于隧道的切换两种方法。前者是指当移动节点和旧的接入路由器(Old Access Router,OAR)还保持着第二层的连接时,如果移动节点或者 OAR 能够预测到移动节点将会进入一个新的网络,则会发起与新的接入路由器(New Access Router,NAR)之间的第三层切换。后者是指当移动节点与新网络建立第二层连接后,并不发生第三层切换,而是在 OAR 和 NAR 之间进行第二层切换,并建立双向隧道。在这种情况下,移动节点可以通过隧道从前一个网络接收数据,以减少实时流的中断时间。

3. 平滑切换

当移动节点移动至一个新的网络且还没有完成注册时,由于该节点应转发的数据包还未发送完,通常会导致大量的 IP 数据包丢失,平滑切换就是为了降低移动节点 IP 数据包丢失率而提出的解决方案。当移动节点进行切换时,首先要求当前子网路由器缓存该节点的数据包,直到移动节点在新的子网中完成路由器注册并获取合法的转交地址后,此缓存过程才结束。然后,由先前的路由器转发缓存的数据包,此举大大降低了移动过程中数据包丢失的可能性。

为了实现快速切换和平滑切换的目标,IETF 从减小切换顺序延迟和绑定更新延迟两方面出发,提出了层次化移动 IPv6(Hierarchical Mobile IPv6,HMIPv6)和快速切换移动 IPv6(Mobile IPv6 with Fast Handover,FMIPv6)两种解决方案。前者通过引入移动锚节点(Mobility Anchor Point,MAP)这个新的功能实体,将节点的移动模式分为两类:宏观移动和微观移动。此举将切换过程带来的影响控制在子网范围内,既减少了地址绑定更新过程的延时,又减小了信令消耗。后者通过移动检测以预测是否发生切换,将网络层切换的部分操作移至链路层切换之前,一旦链路层切换完成就立即进行网络层的通信,从而加速了切换过程的完成。

研究者在分层切换和快速切换的基础上提出了多种改进策略,如基于 FMIPv6 和 HMIPv6 结合的快速分层移动 IPv6(Fast Hierarchical Mobile IPv6,FHM IPv6),以及基于多播、数据包缓冲及隧道等机制来降低数据丢包率的改进方案等。

5.2.2.3　移动互联网 QoS 技术

保证节点移动过程中的 QoS 是移动互联网走向实际应用必须解决的关键问题。但移动终端的电池容量、无线连接的费用、无线通信质量、移动管理等因素将影响移动互联网提供 QoS 的能力,也对如何维护和保证网络的 QoS 提出了更高的要求。

移动互联网主要由无线接入技术和移动 IP 技术两大部分组成。从通信协议层次归属的角度来看,无线接入部分属于通信协议的物理层和数据链路层,而移动 IP 则属于网络层。两者具备相对的独立性,使用者可以灵活地选择不同的无线接入技术与移动 IP 技术进行组合。移动互联网的 QoS 控制一般可以分成两个部分:无线传输过程中的 QoS 控制和移动过程中的 QoS 保证。

移动互联网的实现需要底层无线网络提供支撑,受无线资源限制及急剧扩大的网络规模与用户数量等因素的影响,如何合理有效地进行无线资源分配,如何保证无线传输的 QoS,成为人们关注的主要问题。目前,无线通信技术正在无线广域覆盖、无线局域覆盖及短距离无线接入等多个层面上不断发展,为无线传输的 QoS 提供保证。在本章的 5.3 节、5.4 节和 5.5 节将对这些网络进行详细介绍,因此,本节主要介绍移动过程中的 QoS 保证机制。

在移动互联网中,当移动节点从一台接入路由器切换到另一台路由器时,数据流的传输路径可能发生变化,这种变化既可能出现在端到端路径中靠近终端的一小部分路径上,也有可能对整个路径产生影响。另外,切换后节点转交地址的改变还会导致传输路径上的部分节点无法正确识别或转发带有与 IP 地址有关的 QoS 参数的数据流,并且切换过程可能发生在不同管理域的子网之间,不同域可能采用不同的 QoS 机制,因此,有必要研究移动过程中的 QoS 保证机制。

由于 IP 技术独立于底层无线协议,全 IP 移动核心网无疑是重要的发展方向,这不仅使得核心网能够支持各种无线接入网,而且能够保证核心网具有较好的灵活性和可扩展性。为了使得现有 IP 网络能够有效支持各种移动设备的接入,当前的移动 IP 技术大都关注于如何为移动终端提供漫游功能,但是缺乏 QoS 保证机制,难以满足某些业务的 QoS 要求,如实时业务等。移动 IPv6 具有比移动 IPv4 更好的 QoS 保证机制,下面以 IPv6 为主体讨论现有的 QoS 保证机制。移动 IPv6 中的 QoS 问题主要是由终端的移动性引起的,一方面是越区切换的问题,另一方面则是网络的动态性问题。

首先,讨论越区切换的问题。移动终端根据接收到的路由广播前缀来判断是否进行越区切换,当路由广播的前缀发生改变时,则表明移动终端已经移动到了新的网络中,需要进行越区切换。由于在越区切换的过程中,移动终端无法接收到数据包,所以可能导致数据传输秒级以上的中断。那么,在这段时间内发送给移动终端的数据包都被丢弃,将对上层 TCP 协议的性能产生影响。针对该问题,研究人员从减少越区切换延迟角度出发,提出了快速越区切换、平滑越区切换及无缝越区切换等改进方法。

再来看网络动态特性对 QoS 的影响。终端的移动会导致网络的拓扑结构动态变化。当移动终端到达新的子网后,数据包可能会选择与原来不同的传输路径,这就为 IP 网络的 QoS 机制带来了新的难题。为了保证移动 IP 环境下的业务需求,近年来,研究人员针对资源预留与区分服务这两种基于 IP 的 QoS 保证机制提出了一些改进策略。还有一些研究通过多协议标签交换(MPLS)为移动 IP 提供 QoS 保证机制。

由于网络层本身的特点,要彻底解决移动性所带来的 QoS 问题还面临着严峻的挑战。另外,还有一些研究人员提出多个协议层协同工作的解决方案,但目前这方面的成果还比较有限,有待进一步深入研究。

5.2.2.4 移动互联网组播技术

在点到多点和多点到多点的网络中,使用组播技术可以有效地节约网络带宽、提高网络利用率、减轻网络负载、改善应用的可扩展性,具有比单播技术更好的性能。

在移动互联网环境中应用组播技术时,除了需要处理传统的组播组中动态变化的组成员关系,还需要解决成员位置动态变化的问题,这为移动组播技术的研究带来了一系列新的挑战。现存的组播协议,如距离矢量组播路由选择协议(DVMRP)、组播开放最短路径优先协议(Multicast Open Shortest Path First, MOSPF)、基于核心树的组播协议(Core Based Tree, CBT)和独立组播协议(Protocol-Independent Multicast, PIM)等,在构建组播转发树时均假设主机的位置是固定的,没有考虑组成员位置动态改变的情况[18]。当组成员移动时,若重新构建组播树,会增加网络的协议开销,导致组播服务的间隙性中断。另外,如果主机移动速度过快,则沿途接入路由器可能会来不及重建组播转发树,导致组播服务长时间中断。但是,如果不重新构建组播树,组播报文将沿着非优化的路径低效传输,导致移动节点根本不能够接收组播报文。可见,固定网络的组播协议不适合移动环境。随着移动 IP 技术的飞速发展,支持主机移动的组播协议的研究受到了科研工作者的广泛关注,并取得了一些研究成果。

1. 移动组播算法的分类

移动组播算法具有不同的分类形式,常见的分类方法有三种:根据移动节点请求加入组播组的地点进行分类、根据组播协议的结构进行分类、根据算法所支持的组播类型进行分类。

(1) 根据移动节点请求加入组播组的地点分类

根据移动节点请求加入组播组的地点不同,可以将移动组播算法分为三大类:基于家乡加入的移动组播算法、基于外地加入的移动组播算法、混合型移动组播算法。基于家乡加入的移动组播算法都是由家乡代理来管理移动节点的组播应用,基于外地加入的移动组播算法是由节点所处的外地网络的组播代理来管理节点的组播应用,混合型的移动组播算法则根据不同的环境参数,如外地网络与家乡网络之间的距离、移动节点的速度等,综合使用基于家乡加入和基于外地加入这两种移动组播算法,在一定程度上避免了这两种算法的缺陷。

家乡加入和外地加入这两类移动组播算法的区别主要体现在以下 3 个方面:

① 切换延迟

家乡加入类算法仅依赖于单播隧道,具有与单播相同的切换过程及切换延迟。移动节点需要更新其在家乡代理绑定的转交地址,若该移动节点远离家乡网络时,则将导致切换延迟增加,可以通过采用快速切换等技术来减少切换延迟。在外地加入类算法中,若新的外地网络接口已经加入到组播树上,则节点不再需要等待单播的三步切换过程,可以立即通过链路层组播接收组播报文,这种情况下的组播切换延迟非常小,甚至可以忽略不计。若新的外地网络接口没有加入到组播组,则节点除了需要等待网络层完成单播切换外,还需要等待新的外地网络定期发送的 IGMP/MLD(Internet Group Management Protocol / Multicast Listener Discovery)请求报文,直到应答该报文通知新的外地网络中的组播路由器加入到组播组,这将造成较大的组播切换延迟。

② 转发效率

在家乡加入类算法中,通常基于隧道向移动节点转发组播报文。由于隧道机制引入了额外封装报头,并将部分组播演变成了单播,另外,转发路径往往不是最优的,因此,家乡加入类算法的转发效率通常较低。在外地加入类算法中,则直接使用组播的方式进行转发,由于采用"一对多"或"多对多"的转发方式,因此,外地加入类算法的转发效率要明显优于家乡加入类算法。

③ 维护开销

对于外地加入类算法,移动节点的切换通常会引起组播树相应地发生改变,而维护和更新组播树将导致较多的计算开销和协议交互开销。对于家乡加入类算法,由于组播树的结构基本不变,所以在组播维护方面的开销相对较小。

（2）根据组播协议的结构层次分类

移动组播算法通常建立在其组播体系结构之上。根据组播协议结构层次的不同,可以将移动组播算法分为两大类:平面型组播算法和分层组播算法。

分层处理是人们解决复杂网络结构问题时常用的方法,也是 Internet 路由体系的一个基本原则。分层组播方式一般采用树状结构,发送节点作为根节点。将组播组的接收者划分成多个组,每个组由一个组长负责处理组内的错误反馈报文以及重传组播报文,以保证组内的接收者能够正确地接收到所有组播报文。每个组长不仅对其组内成员负责,它还作为上一级的组成员被其相应的组长管理。这样,从根节点到接收者之间就形成了分级形式。组长可以通过动态选举产生,也可以是指定的某些特定节点。由于节点的移动性在空间上具有一定的局限性和收敛性,因此,对移动节点进行层次化管理,能够有效地降低节点移动性对组播树主干的影响,减少组成员的管理开销。需要注意的是,组播树的建立和维护是移动组播算法的难点内容。

（3）根据算法所支持的组播类型分类

根据算法所支持的组播类型的不同,可以将移动组播算法分为两大类:支持任意源组播（Any Source Multicast,ASM）和仅支持特定源组播（Source Specific Multicast,SSM）。

ASM 模型是传统的组播服务模型,组播报文由单一的组播地址进行标识,支持一对多或多对多的通信方式,节点可以随时加入或离开组播组,且组播成员的位置和数量没有任何限制,任何节点（即使不是组中成员）都可以向组播组发送组播数据。ASM 组播组的表示形式为（*,G），这里 * 表示组播源可以是任意节点,而 G 则是分配给该组播组的 IPv4/IPv6 组播地址。ASM 的组播树可以是源树,也可以是共享树。

SSM 只支持一对多的通信方式,并且每个 SSM 组播组只能有一个指定的源节点,SSM 组播组的表示形式为（S,G），这里 S 是该组播组的特定源节点,G 是该组播组的 IPv4/IPv6 组播地址。SSM 的组播树通常是以源节点为根建立起的最短路径树。

由于绝大多数移动组播算法都建立在现有组播体系结构之上[19],因此,对组播组的具体形式以及组播树的建立方式都没有特殊要求,可以既支持 ASM,也支持 SSM。但仍有个别算法是专门针对 SSM 提出的,所以只能支持 SSM,这限制了算法的使用范围。

2. 典型的移动组播算法

为了满足移动环境的组播需求,移动 IPv4 和移动 IPv6 分别提出了基于家乡加入方式的双向隧道算法（Mobile IP Protocol Bi-directional Tunnel,MIP-BT）和基于外地加入方式的远程加入算法（Mobile IP Protocol Remote Subscription,MIP-RS）。这两种算法是移动组播算法的基础,下面简要介绍两种算法的基本工作流程及其优缺点。

（1）MIP-BT

MIP-BT 算法中要求移动节点的家乡代理具有组播路由器功能,并且要求移动节点和其家乡代理之间建立双向隧道。移动节点通过该双向隧道加入或退出组播组、发送或接收组播报文。当移动节点作为组播接收者时,它通过隧道向家乡代理发送 IGMP/MLD 请求加入,家乡代理接收到请求后将该移动节点加入到组播组中,然后通过组播路由协议加入到组播树上。组播报文首先被转发到家乡网络,家乡代理再通过隧道以单播的方式将组播报文发送给移动节点。当移动节点作为组播发送者时,首先通过隧道将组播报文发送给家乡代理,家乡代理再通过组播转发树以组播的形式发送该组播报文。

MIP-BT 算法的主要优点是隐藏了节点的移动性,移动对于组播协议而言是透明的。在组播发送者移动时不需要重新计算组播树,减少了计算和通信的负担。不会为组播带来额外的负担,但该算法同样存在很多不足之处,主要包括以下 3 个方面:

① 三角路由问题

MIP-BT 算法中使用的三角路由将导致较大的链路开销,尤其当移动节点远离家乡网络且加入到外地网络的本地组播组时,该算法的额外开销更加显著。特别地,对于链路带宽要求较高的组播业务而言,如视频会议等,可能会因为家乡网络与外地网络之间的链路质量问题,而导致其无法应用在移动节点之上。

② 隧道聚集问题

由于 MIP-BT 算法中需要家乡代理通过隧道以单播形式为每个移动节点转发组播报文,如果家乡代理中有多个移动节点在同一个外地网络时,那么对于这些移动节点来说,它们都将会通过家乡代理的转发得到组播报文的一个拷贝。但是,这将导致外地代理从不同的隧道接收到多个重复的拷贝,最终造成隧道聚集问题,严重浪费链路带宽。图 5.6(a)是隧道聚集问题的一个示例,展示了外地代理通过多个隧道接收同一个组播报文的多个拷贝,显然这种方式的效率很低。一种改进的方案是,家乡代理根据外地代理建立组播隧道,外地代理以链路层组播的方式转发组播报文,从而解决同一个家乡代理向同一个外地代理建立多个隧道来转发相同组播报文的问题,提高链路的利用率。但当外地网络中有多个移动节点属于相同的组播组,且这些移动节点属于不同的家乡网络时,还会出现多个家乡代理分别通过隧道向同一个外地代理传送相同组播报文的情况,以及外地代理向移动节点组播重复数据的问题,如图 5.6(b)所示。

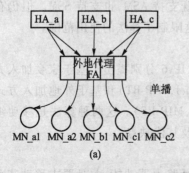
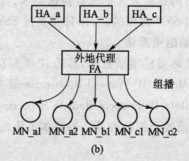

HA: 家乡代理
FA: 外地代理
MN: 移动节点

图 5.6　隧道聚集问题

③ 家乡代理容易成为失效集中点

如果家乡链路中同时有多个组播源,且组播采用以家乡代理为根节点的源树方式进行,当家乡代理所服务的移动节点数量增加时,其处理的任务和负载会显著增加,从而影响组播的转发效率,并可能造成数据丢失。家乡代理的出错将导致多个组播应用的中断,家乡代理则成为失效集中点[20]。

（2）MIP-RS

MIP-RS 要求每次移动节点加入到新的网络后,都要重新进行组播组的加入,并计算与之对应的组播树。此举可以保证当移动节点处于外地网络时,也具有与固定节点相同的组播应用工作方式。MIP-RS 可以直接使用现有的组播协议,无须为数据组播建立任何隧道,降低了数据封装和解封装的通信消耗,有效地避免了隧道聚集问题。另外,较 MIP-BT 算法而言,MIP-RS 还有一个显著优点,就是 MIP-RS 中的组播报文能够沿着最优路径进行转发,所以不存在三角路由问题。但是 MIP-RS 同样存在许多不足之处,主要包括以下几点:

① 开销问题

当移动节点作为组播源时,MIP-RS 算法并不适合应用于源树方式,只适合应用于共享树方式。因为对源树而言,节点每次切换后重新计算和建立组播转发树都会造成过多的协议开销,还会导致组播路由协议的收敛性问题以及组播树的稳定性问题。

② 切换延迟问题

当移动节点作为组播接收者并发生切换时,如果新的外地网络并没有加入到该组播组,则需要启动组播组的重新加入及组播树的更新过程,此时可能带来较大的切换延迟,这种切换延迟将导致较多的组播报文丢失,无法应用于实时的组播业务。尤其在节点快速移动、频繁切换的情况下,这种组播组和组播树的维护开销将会非常大,极大地增加网络负担。

③ 失去同步问题

失去同步问题主要由网络动态性引起,由于各个子网接收组播报文的时延不同,就会发生移动环境中特有的失去同步问题,导致组播报文丢失。如图 5.7 所示,在同一时刻,

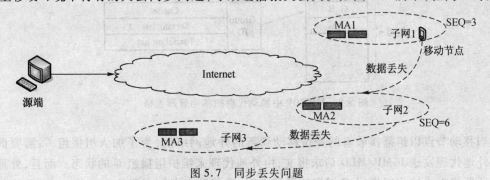

图 5.7　同步丢失问题

子网 1 和子网 2 中接收到的组播报文序号分别为 3 和 6,当一个移动节点从子网 1 移动到子网 2 之后,即使切换时延忽略不计,同样会导致序号 4 和序号 5 的组播报文丢失。

④ 能量问题

若移动节点同时属于多个组播组,因移动引起的切换将导致每个组播组进行剪枝和重新加入操作,这会严重地消耗移动节点的能量,限制了节点的组播应用。MIP-RS 更适合应用于移动节点处于较低的移动速率且能够较长时间保持静态的业务。

3. 改进的移动组播算法

由于基本的移动组播算法 MIP-BT 和 MIP-RS 都存在一定的缺陷[21],研究者们提出了一些改进的移动组播算法,下面详细介绍这些代表性的移动组播算法。

(1)路由优化的移动组播协议(Mobile Multicast with Routing Optimization,MMROP)

MMROP[22] 以 MIP-RS 为基础,着重研究了如何使切换时组播报文的丢失率降到最低。其基本思想是:将隧道机制引入到远程加入算法中,当移动节点发生切换时,由旧代理将切换所致的丢失组播报文补充至新代理中,从而有效解决组播报文丢失问题。为了完成上述任务,MMROP 在家乡代理和外地代理的移动管理表格中新添加了与组播有关的表项。图 5.8 展示了应用 MMROP 协议后,移动代理维护表格除了包括单播管理应用表项外,如 MN_A ~ MN_C,还包括管理组播应用的表项,如 G_A ~ G_C。其中,每个组播管理表项包含四部分内容:组播组标识 Group ID,缓存组播报文 Cache,加入到该组播组的移动节点链表 Serving List,以及那些曾在该链路注册过、但现在已经离开、并请求该移动代理对丢失的组播报文进行恢复的移动节点链表 Tunneling List。Tunneling List 链表中还应记录需要恢复的组播报文的序列号。

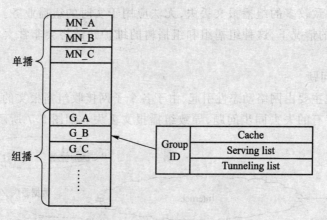

图 5.8 MMROP 中移动代理的移动管理表格

当移动节点以组播接收者的身份移动到新的外地网络后,为了加入组播组 G,需要向新的外地代理发送 IGMP/MLD 请求报文,由外地代理来维护组播组 G 的状态。而且,外地代理还要建立或修改组播组 G 相应的管理表项,将移动节点加入到 Serving List 中,并将新接收的组播报文暂存到 Cache 中。移动节点需要检查新旧链路中组播报文的序号差，旧链路中组播报文的序号使用 Seq_old 表示，新链路中组播报文的序号使用 Seq_new 表示，如果 Seq_old 大于或者等于 Seq_new，则该移动节点向原移动代理发送离开消息，并且指明序号的偏移量为 0；如果 Seq_old 小于 Seq_new，则该移动节点向原移动代理发送离开消息，并且指明标识组播报文的偏移量为 [Seq_old, Seq_new]，丢失的组播报文将由旧移动代理通过隧道补充过来。

MMROP 能够维持移动节点组播报文的最优转发路径，有效地解决了移动切换所导致的报文丢失问题。但是，基于远程加入算法的 MMROP 没有解决 MIP-RS 中组管理开销大、组播树更新频繁等问题，尤其当组播处于稀疏模式时，这种情况更为严重。另外，如果新旧链路中的组播报文序号差别较大，则需要移动代理和移动节点开辟较大的缓存空间，这并不适合资源受限的移动节点。当多个移动节点同时移动时，还要特别注意在新旧移动代理之间可能发生的隧道聚集问题。

（2）基于范围的移动组播协议（Range-based Mobile Multicast Protocol, RBMoM）

RBMoM 提供了一种寻求最短转发路径和频繁重建组播树之间的折中方法，保证组播报文总能够选择近似最优的路径进行转发，并能够避免组播树维护的过多开销。该算法将服务范围引入到组播家乡代理（Muliticast Home Agent, MHA）中，当移动节点离开 MHA 的服务范围后，需要重新选择 MHA，从而保证 MHA 总能够为其服务范围内的移动节点提供服务。

移动节点离开 MHA 以前的服务范围而重新选择 MHA 的过程，称为 MHA 切换。具体切换方式如下：首先由移动节点的家乡代理记录当前 MHA 的信息，当该节点移动到一个新的外地链路后，通过家乡代理，新的外地代理获得 MHA 信息，并计算它与 MHA 之间的距离。如果此移动节点仍然在 MHA 的服务范围之内，则新的外地代理只需要与 MHA 建立联系即可，无须做任何改动。否则，直接指定外地代理作为新的 MHA，并将新的 MHA 加入到组播树上。最后，通知该移动节点的家乡代理更新其 MHA。RBMoM 中 MHA 的重新选择过程如图 5.9 所示。假设 MHA 的服务范围为 1，如果节点移动后离开了原 MHA1 的服务范围，则需要启动 MHA 的重新选择过程，MHA2 将成为新的 MHA。

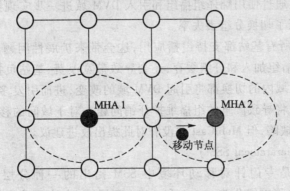

图 5.9 RBMoM 中 MHA 的重新选择过程

与 MIP-RS 相比,RBMoM 能够减小组播转发树更新的频率,具有较低的组播树的维护开销。而与 MIP-BT 相比,由于 RBMoM 能够选择接近最优的组播转发路径,所以协议性能较好。在 RBMoM 中,MHA 的服务范围可以根据移动节点的数量和运动特性(如运动速率)进行控制,进一步增强了其适应性。但是,RBMoM 中仍然存在 MHA 的切换问题以及报文丢失问题。虽然 MHA 引入可变的服务范围带来了一定的灵活性,但算法并没有说明如何根据网络情况自动选择服务范围,进而获得最优的移动组播应用性能。如果服务范围选择不当,RBMoM 可能退化为远程加入算法。另外,为了能够动态选择服务范围,MHA 和外地代理还需要记录节点移动的有关特性,这也增加了存储的开销。

（3）MobiCast

MobiCast[23]是一种分层移动组播算法。在 MobiCast 中,网络被分为 micro 层与 macro 层。每个 micro 层对应一个区域外地代理(Domain Foreign Agent, DFA),由 DFA 负责组播报文的发送和接收,为网络中的移动节点提供组播服务。在 micro 层,MobiCast 还采用了翻译组播组的机制,即对于移动节点所在的组播组,由 DFA 生成一个以自身为源节点的翻译组播组,从而在域内形成一个以 DFA 为根节点的翻译组播树,这样当移动节点在 micro 层移动时,只需要通知 DFA 即可。移动节点只有在 macro 层间移动时,才会修改组播转发树的主干部分。

进一步地,针对 micro 层的快速切换,MobiCast 将物理上相邻的无线网络组成动态虚拟宏小区(Dynamic Virtual Macro-cells, DVM),每次切换后,移动节点所属的基站(Base Station, BS)都要通知 DVM 中的其他基站加入到翻译组播组中并缓存组播报文,从而降低了 micro 层的切换延迟和分组丢失率。例如,在图 5.10 中,粗线条表示翻译组播组的数据从 DFA 转发到各个基站的路径。当移动节点位于基站 BS2 的子网内时,基站 BS1 ~ BS3 将被加入到该翻译组播组中。这样不论移动节点向左或者向右移动,它都能快速地从 BS1 或 BS3 处补充切换时丢失的组播报文。

MobiCast 通过引入 DFA 以及 DVM 实现了组播的分层管理。对域外屏蔽了节点的移动性,且节点在域内切换时不需要更新域外的组播树,使得移动的域内节点对域外是透明的。同时,MobiCast 还通过使用翻译组播组和引入 DVM 域进一步实现灵活的区域划分和快速的域内切换,降低了切换分组丢失率。

但 MobiCast 要求所有基站都支持组播应用,这会带来扩展性问题。另外,DVM 域需要所有基站都进行组播组加入和分组缓存,还会导致带宽浪费、基站负担大的问题。进一步地,由于 MN 每次在域内的切换都将引起 DVM 域的改变,进而引发多个基站的加入/退出翻译组播组的操作,将导致严重的组播维护开销问题。对于域间的移动组播算法,移动 IP 组播算法存在固有缺陷,但 MobiCast 并没有对此提出改进建议。

（4）分层 SSM(Hierarchical SSM)

Hierarchical SSM 是专门针对移动环境中 SSM 提出的一种分层解决方案[24]。在 Hierarchical SSM 中,也将网络分为 macro 和 micro 两层,并由边界路由器(Border Gateway

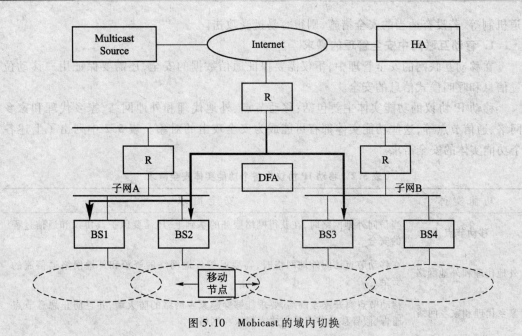

图 5.10 Mobicast 的域内切换

Router,BGR)进行分离,BGR 管辖 micro 层内的所有移动节点,节点在域内的移动只需要通知 BGR,从而实现域内移动对域外而言是透明的。

Hierarchical SSM 的具体工作流程如下:当 BGR 收到移动节点的加入组播组请求后,BGR 就代替移动节点并通过单播方式向组播源发送加入组播组请求报文。组播源收到请求报文后,建立一条到 BGR 的隧道,以向 BGR 发送组播报文。BGR 收到隧道分组后,先将其解封装,再将分组以组播方式在域内发送。即使域内有多个节点需要加入到同一个组播组,BGR 也只需建立一条到组播源的隧道即可。Hierarchical SSM 通过使用分层机制降低了节点移动性对组播造成的影响,但是由于域内的组播树需要以 BGR 为根节点,因此该算法仅适用于只有一个出口路由器的边缘网络。另外,Hierarchical SSM 忽视了切换延迟和分组丢失等问题。

5.2.2.5 移动互联网安全技术

Internet 最初在网络安全方面关注较少,但是随着 Internet 的发展和广泛应用,网络安全逐渐成为 Internet 领域的重要问题。网络安全的主要目标在于保证系统的可靠性、保密性、完整性和可用性。在移动互联网中,移动终端通过无线链路接入网络,但是,这种链路很容易遭受重放攻击、主动攻击及被动窃听等,而且这些攻击行为很难被检测。另外,当移动终端离开家乡网络后,通过外地网络连接到 Internet 时,并不能保证外地网络完全可信,增加了被攻击的可能性。移动 IP 协议也为移动互联网带来了潜在的安全问题,对于移动 IP 协议中使用的代理通告、绑定更新、绑定请求/应答、家乡代理发现请求/应答以及隧道机制等,若没有适当的安全措施,则很容易遭受攻击。

1. 移动互联网中安全管理的需求

在移动互联网的安全管理中,不仅需要保证通信数据的安全,还需要保证用户移动位置信息和呼叫模式信息的安全。

移动 IP 协议的功能实体主要包括:移动节点、外地代理和外地网络、家乡代理和家乡网络、通信节点等,这些功能实体都有可能成为安全攻击的对象。表 5.2 中列出了上述各个功能实体的安全需求。

表 5.2　移动 IP 协议中各个功能实体安全需求

功 能 实 体	安 全 需 求
移动节点	当访问外地网络时,在获得网络服务的基础上,还需要保护其协议和通信过程的安全
外地代理和外地网络	在移动节点访问外地网络时,需要保护外地网络的资源和外地网络通信流的安全
家乡代理和家乡网络	移动节点离开家乡网络,要求能够穿越家乡网络的防火墙,并且防止恶意节点通告、假冒移动节点等方式入侵家乡网络
通信节点	要求防止恶意节点通过假冒通信节点的方式进行会话窃取等攻击

将移动 IP 协议和 IPSec 协议结合起来,可以提高移动 IP 协议的安全性。虽然移动 IP 协议采用了一定的安全机制,如定义返回路径可达过程,以保护移动节点发往通信节点的绑定更新。但是,这并不能解决移动 IP 协议中所有的安全问题,安全威胁依然存在。

2. 移动互联网的安全机制

移动 IPv4 和移动 IPv6 提供了一些安全机制来保护移动节点与其他节点的通信安全。下面简要分析现有移动 IP 协议提供的安全机制:

(1) 认证机制

为了完成注册请求和注册应答的认证,移动 IP 协议提供了移动节点和家乡代理之间、移动节点和外地代理之间、外地代理和家乡代理之间的三种认证扩展机制。其中,移动节点和家乡代理之间的认证机制是必选项,其余两种为可选项。另外,为了防止非法的移动节点发起会话窃取和拒绝服务(Denial of Service, DoS)攻击,以及非法的外地代理发起窃听和 DoS 攻击,可以采取某种特定方式来实现上述可选的扩展机制。

常用的认证方式有公开密钥加密和数字签名等,以提供各个功能实体之间的信任关系。增强消息摘要算法(Message Digest Algorithm, MD5)是移动 IP 的默认认证算法,密钥长度为 128 位,采用前缀加后缀的模式进行认证。数据认证算法中包括的信息有共享密钥、注册请求(或应答)包头、时间戳、其他任何扩展以及认证扩展本身的类型、长度、SPI 域等。通过认证算法计算的数据以一个 128 位的哈希值加在认证扩展的后面,发送给认证方。认证方根据公钥,重新计算得到的哈希值与请求认证方发送的数据进行比较,如果匹配则表明认证成功。加入移动网络中的节点之间通过共享 SPI 和相关密钥,使得不同的节点能够以安全的方式相互认证。上述认证机制能够满足移动 IP 的一些安全需求,如保证信令消息的完整性、提供认证服务、抵御重放攻击等。为了保证用户数据流的机密性和信息的完整性,可以使用 IPSec 来加密家乡代理和移动节点之间、移动节点和外地代理之间及外地代理和家乡代理之间的 IP 分组,这对于防止会话窃取、侦听和 DoS 攻击是必要的。但是,IPSec 机制要求预先分发共享的密钥,这会导致扩展性的问题。而建立广泛的公钥基础设施(Public Key Infrastructure,PKI),则存在很大的困难。

(2)时间戳和临时随机数

时间戳和临时随机数是移动 IP 协议针对注册请求进行抗重放攻击保护而建立的两种基本方法,时间戳为必选项,而临时随机数则为可选项。在注册过程中,由于新注册请求标识号与前一个请求中的编号不同,即使在移动终端和家乡代理使用相同的安全上下文时,编号也不相同,因此,在进行安全防范过程中,上述两种方法均需将标识号的低 32 位从注册请求原封不动地复制到注册应答,而外地代理则根据这 32 位注册请求和移动终端家乡地址判定请求和应答是否匹配。

① 基于时间戳的重放保护机制

在基于时间戳的重放保护机制中,发送方将发送时间附加在报文中,接收方通过计算接收时间戳是否足够接近自己的时间以检验其有效性。因此,要求通信双方的时钟必须足够同步。如果采用基于时间戳的重放保护机制,则要求移动节点按照网络时间协议规定的格式设置标识号字段的 64 位值,低 32 位表示秒的小数部分,其余高 32 位由随机源生成。

在收到带有认证扩展的注册请求后,家乡代理需要检查标识号的有效性。检查规则如下:新请求中的时间戳必须足够接近家乡代理的时间,且新请求的时间戳必须大于该节点所有已被接受的时间戳。如果时间戳检验有效,家乡代理则把标识号字段复制到移动节点的注册应答。否则,家乡代理只将低 32 位复制,并用自身的时间填充高 32 位。在时间戳无效的情况下,家乡代理必须拒绝该注册,在注册应答中返回编号 133,表示编号错误。

当使用基于时间戳的重放保护机制时,还要求移动终端发出的注册请求的标识号大于已使用过的编号,家乡代理也是以这种序列号的形式使用该字段。如果不采用这样的序列号,攻击者若复制了早先的注册请求,并在家乡代理要求的时钟同步范围内发送给家乡代理,家乡代理则会处理该注册请求,如果此时移动节点已经离开了原来的位置,则家乡代理绑定的移动节点的转交地址就是错误的。

② 基于临时随机数的重放保护机制

临时随机数的重放保护机制原理如下:节点 A 发送给节点 B 的每一个报文中均包含一个新的随机数,并检查 B 是否在发送给 A 的下一个报文中返回相同的数。同时,节点 B 也可以在所有返回报文中包含自身的新随机数,以方便 A 检验新接收报文的数量。另外,为了避免信息被篡改,使用认证编码机制来保护两个报文。

家乡代理可以根据需要产生随机数,伪随机数是产生随机数的一种方法。首先将新产生的随机数作为每个注册应答中的高 32 位标识字段,并复制注册请求报文中的低 32 位标识号作为注册应答中标识号的低 32 位。当移动节点收到来自家乡代理的经过认证后的注册应答后,保存标识号的高 32 位,并将其作为下一个注册请求的高 32 位。

移动终端负责产生每一个注册请求中标识字段的高 32 位,既可以由其自身产生随机数,也可以复制家乡代理的随机数,但需要保证每一个标识号的高 32 位和低 32 位应与先前值不同。这使得在每一个注册报文中,家乡代理使用新的高 32 位,而移动节点使用新的低 32 位。外地代理则根据低位值和移动主机的家乡地址来判断注册应答与等待请求是否匹配。如果因为注册报文中包含无效的随机数而被拒绝,注册应答总会向移动节点提供新的随机数,用于下一次注册。

（3）返回路径可达过程

除了使用 IPSec 来完成认证和加密的任务之外,移动 IPv6 还采用了返回路径可达过程（Return Reputability Procedure, RRP）来加强对通信节点的更新保护。RRP 包括两种:Home RRP 和 Care-of RRP。Home RRP 的职责是判断通信节点是否可以通过家乡代理与移动节点的家乡地址进行通信,并产生相互认可的 home cookie。而 Care-of RRP 的职责是判断通信节点是否可以直接与移动节点的转交地址进行通信,并产生相互认可的 care-of cookie。

3. 在移动互联网中的应用

认证（Authentication）、授权（Authorization）和计费（Accounting）简称 AAA,用于辨别使用网络服务和访问资源的用户身份、判别用户权限以及根据用户的使用情况进行计费。AAA 能够解决用户在同一管理域内以及不同管理域间漫游时的认证、授权和计费问题,对保障网络安全、可靠运营起着重要作用。由于 AAA 与其业务收入密切相关,一直以来 AAA 都是运营商和服务提供商非常关注的问题。

移动互联网以构建全 IP 网络为目的,需要融合现有多种网络技术并支持用户无缝移动和漫游。其开放特性增大了潜在的安全威胁,各运营商必须相互协作实现对接入用户的认证。在移动互联网络中,引入 AAA 技术有助于解决网络部署中的安全问题。如何基于 IP 网络的特点、支持用户的漫游特性是 AAA 协议应用到移动互联网时需要考虑的重点问题。具体而言,由于移动互联网中所具有的移动性、异构性、安全性需求,AAA 协议必须对这些需求提供支持:

（1）移动性需求

移动性是指用户基于无线方式接入运营商网络及使用网络服务。随着用户位置的移动,网络接入点不断改变,在这样动态变化和不断切换的过程中,AAA 必须满足移动性的要求。

（2）异构性需求

异构性是指接入网络可能包含各种形式,例如无线局域网、蜂窝移动通信网络、卫星网络等,这些异构网络构成了统一的移动互联网,为用户提供方便和无处不在的移动互联服务。由于用户在异构网络中不断切换,所以需要提供快速安全的认证、授权和计费服务,以支持无缝和安全的网络切换。

（3）安全性需求

移动互联网对安全性的要求更高,对用户接入和认证机制要求更加严格。但当前的无线网络技术都不同程度地存在着安全漏洞,如 WLAN 的安全和认证机制一直是阻碍其推广的主要问题。

可见,在移动互联网中引入 AAA,并不是将过去的 AAA 模型照搬过来就可以直接应用。如何快速有效地对移动节点进行验证,如何减少在网络上传递的分组数以避免拥塞,另外,在移动互联网快速切换的同时,如何保证快速认证、授权,这些都是移动互联网 AAA 设计中需要重点解决的问题。

图 5.11 展示了移动互联网中 AAA 的基本结构。当把 AAA 协议应用于移动互联网中时,通常需要隔离 AAA 家乡网络服务器（AAA Home server,AAAH）与 AAA 外地网络服务器（AAA Foreign server,AAAF）,由 AAAF、AAAH、外地代理和家乡代理来共同处理注册报文。出于安全的考虑,AAAH 和 HA 之间共享一对安全关联（Security Association,SA）,此处用 SA1 表示。移动节点和家乡 AAAH 之间配置安全关联 SA2。类似地,在 AAAF 和 AAAH 之间也配置这样的安全关联 SA3,AAAF 和 FA 之间也共享安全关联 SA1。这样,就保证了网络传输过程中数据的隐秘性。

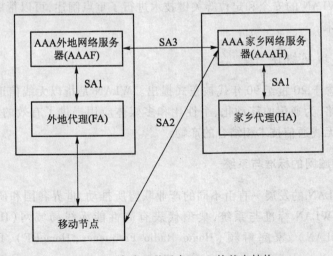

图 5.11 移动互联网中 AAA 的基本结构

由于 AAAF 和 AAAH 在注册过程中是通过 Internet 进行数据传输会带来传输延迟,因此应该尽可能减少协议交换报文的次数,还需要在数据传输和移动 IP 注册中集成 AAA 功能。另外,由于上述机制中任意两个域的 AAA 服务器都需要存在安全关联,随着 AAA 机构数目的增长,安全关联的数目将呈平方级增长,必然会带来扩展性的问题。可通过使用代理机制来解决两个管理域之间的可扩展性问题。家乡域和外地域之间数据传输的完整性和保密性可通过逐跳方式进行安全关联,或者直接使用基于代理体系完成端到端的安全关联。由于逐跳的安全关联要求通信路径中的每一个节点都支持 AAA 服务,因此,实现的代价比较高。而采用代理体系的方法相对而言比较简单,只需在网络中选择一个外地域和家乡域都信任的第三方,由这个第三方充当两个域之间的 AAA 代理服务器即可。

总而言之,安全问题是移动互联网应用进程中必须解决的关键问题之一。如果不采取恰当的安全措施,移动互联网会很容易被攻击者利用。然而,现有的安全机制大都存在一定的局限性,如处理过程比较复杂、对移动终端的要求较高等,设计一种适合于移动互联网的安全解决方案还有待进一步深入研究。有兴趣的读者可进一步参考 RFC 3971 等内容。

5.3 无线局域网

传统的有线网络需要利用电缆或光纤等设施完成区域内计算机设备的连接,无法满足人们日益增长的通信需求。随着计算机网络与无线通信技术的不断发展,无线局域网技术应运而生,它采用无线信道作为传输媒介,彻底摆脱了有线网络对用户的束缚,具有传输速率高、组网快速、成本低廉的优势。本节介绍了 WLAN 的体系结构和协议规范,并在此基础上,对 WLAN 的安全和定位等关键技术进行了重点阐述,可以帮助读者尽快地掌握无线局域网技术。

5.3.1 无线局域网概述

WLAN 的概念于 20 世纪 90 年代被正式提出。WLAN 是指以无线信道作为传输媒介的计算机局域网络,为通信的移动化、个性化和多媒体应用提供了有效的支持,可以看做是计算机网络与无线通信技术相结合的产物[25,26]。

5.3.1.1 无线局域网的标准与系统

长期以来,WLAN 的发展一直由不同的产业联盟所推动,世界各国和研究组织先后提出了许多不同的 WLAN 标准与系统,典型代表有高性能无线局域网(High Performance Radio LAN, HiperLAN)、家庭射频(Home Radio Frequency, HomeRF)、BlueTooth、IEEE 802.11 WLAN 等。

HiperLAN 由欧洲电信标准协会制定,也是欧洲"宽带无线接入网"计划的重要组成部分,在欧洲得到了广泛的支持与应用。在 HiperLAN 中,物理层采用正交频分复用

（Orthogonal Frequency Division Multiplexing, OFDM）调制方式, MAC 层采用动态时分复用技术来保证对无线资源的有效利用。在数据编码方面,采用数据串行排序和多级前向纠错机制,每一级都能纠正一定比例的误码。数据通过移动终端和接入点之间事先建立的信令进行传输,可以为每个连接指定一个特定的 QoS 参数,如带宽、时延、误码率等,还可以为每个连接预先设置一个优先级,面向连接的特点使其可以较容易地实现 QoS 支持。接入点监听周围的无线信道,并自动选择空闲信道,消除了对频率规划的需求,使系统部署变得相对简单。HiperLAN 主要包括 4 个标准: HiperLAN1、HiperLAN2、HiperLink 和 HiperAccess。其中, HiperLAN1 和 HiperLAN2 主要用于高速 WLAN 接入, HiperLink 主要用于室内无线主干系统, HiperAccess 主要用于为室外有线通信设施提供固定接入。

HomeRF 基于 IEEE 802.11 与数字增强式无线通信系统（Digital Enhanced Coudless Telecommunications, DECT）构建,采用了数字跳频扩频技术,能够显著降低语音通信成本。HomeRF 工作在 2.4 GHz 频段,跳频速率为 50 跳/秒,并有 75 个带宽为 1 MHz 的跳频信道,调制方式有 2FSK 和 4FSK。在 2FSK 方式下,数据的传输速率为 1 Mbps,在 4FSK 方式下,传输速率为 2 Mbps。在 2002 年发布的 HomeRF 2.01 规范中,采用了宽带跳频（Wide Band Frequency Hopping, WBFH）技术把跳频带宽增加到了 3 MHz 和 5 MHz,跳频速率也增加到 75 跳/秒,数据传输速率达到了 10 Mbps。然而, HomeRF 的综合表现并不理想,所以未被广泛使用, HomeRF 工作组也于 2003 年 1 月中止工作。

BlueTooth 和 HomeRF 都属于家庭 WLAN 的范围。BlueTooth 采用 IEEE 802.15 作为通信规范,具有更强的移动性、更低的设备成本、更小的设备体积,是典型的点对点短距离无线收发技术。

IEEE 802.11 WLAN 由 IEEE 于 1997 年制定,主要用于解决办公室和校园范围内用户终端的无线接入。基于 IEEE 802.11 WLAN 的产品在价格、标准、与 Internet 互联等方面都占据着市场的主导地位,已成为业界事实上的 WLAN 标准。这将在 5.3.2 节对其进行详细介绍。

5.3.1.2 无线局域网特点

与有线网络相比, WLAN 具有的显著优势如下:

1. 安装便捷

网络布线施工是有线网络建设中耗时最多、对周边环境影响最大的部分。相比而言, WLAN 在部署过程中,不再需要破墙掘地、穿线架管等,一般只需要安装一个或多个接入点设备,就可完成该地区的 WLAN 覆盖,从而极大地节省了网络建设成本。

2. 组网灵活

由于有线网络缺乏灵活性和可扩展性,网络规划者要尽可能地考虑未来发展的需求,即使对那些利用率较低的信息点也要进行事先布置,然而,一旦网络的发展超出了设计规划,就要花费大量的人力、物力进行网络改造。WLAN 可以有效避免上述情况的发生,对于 AP 覆盖范围内的任意地点,节点的通信不受玻璃、墙壁等物理阻挡的限制,只要遵守相同的通信标准,就能够完成通信。

3. 易于扩展

WLAN 具有多种配置方式,既可以组建几个用户的小型局域网,也能够满足成百上千用户的大型网络连接需求,可以根据需要灵活配置网络。另外,WLAN 还能够提供类似"漫游"等有线网络无法提供的特殊功能。

4. 鲁棒性

如果有线网络的基础设施被破坏,那么整个网络都将崩溃。在很多突发状况或紧急情况下,例如:地震、战争、突然掉电等,WLAN 具有较强的适应能力,只要无线设备完好,就可以进行通信。

5.3.1.3　无线局域网的应用领域

WLAN 的发展十分迅速,已经在人类的日常生活中得到了广泛应用:

1. 企业

为了降低甚至消除物理连线成本,已经有很多企业部署了 WLAN,可使工作人员在极短的时间内,方便地得到网络服务,也能够根据需求随时改变网络的拓扑结构。

2. 工厂车间

对于传统的有线网络,若要在加固混凝土的墙体、空中起重机、零备件及货运通道中布线是相当困难的,采用 WLAN 则不再面对这样的困难。另外,技术人员在进行检修、更改产品设计、讨论工程方案时,可以在车间的任何地方方便地上网查阅技术档案、发出技术指令、请求技术支援,甚至还能够与厂外专家讨论问题。

3. 医护管理

现在很多医院都有大量的计算机监护设备、计算机控制的医疗装置和药品管理系统。医生和护士在部署了 WLAN 的病房、诊室或急救中进行会诊、查房、手术时,不必携带沉重的病历,可以使用笔记本电脑或其他终端设备实时查询病人病历、记录医嘱和检索药品。

4. 小型办公室和居家用户

在小型办公室中,可以通过 WLAN 来完成网络连接、打印机和其他外围设备的共享。一些时尚的居家用户已经将 WLAN 作为有线网络的备用连接。

5. 旅馆

在旅馆部署 WLAN,可以做到随时随地为顾客进行及时周到的服务。登记和记账系统一经建立,顾客在区域范围内的任何地点进行任何消费,比如在酒吧、健身房、娱乐厅或游泳池进行消费,都可以统一进行结算。

另外,通过在学校、餐厅和机场等环境中安装 WLAN 接入设备,移动用户和外出工作人员可以随时随地获得网络服务,满足工作和娱乐的需求。

5.3.2 IEEE 802.11 无线局域网

IEEE 802.11 标准于 1997 年 6 月被审定通过,内容包括:基本规格、传输特性及加密机制等。

5.3.2.1 802.11 无线局域网结构

在 IEEE 802.11 WLAN 中,主要包括两种类型设备:无线工作站(Station,STA)与 AP。STA 是网络的基本组成部分,一台 PC 配上一块 WLAN 网卡就可以作为一个 STA,一些手持无线设备、笔记本电脑等也可以充当 STA。AP 类似蜂窝网络中的基站,起到无线网络与分布式系统桥接点的作用。AP 可以为覆盖范围内的各个 STA 提供服务,各个 STA 也可以通过 AP 实现彼此之间的相互通信。这其中,一个 AP 及其覆盖的 STA 组合也被称为基本服务集(Basic Service Set,BSS)。无线介质(Wireless Medium,WM)由物理层定义,是 STA 之间、STA 和 AP 之间进行通信的传输媒质。分布式系统(Distribution System,DS)主要用来扩展 WLAN,或是将 WLAN 与其他网络相连。WLAN 设备通常工作在数据链路层和物理层,完成桥接和信号中继的功能。WLAN 的结构如图 5.12 所示。

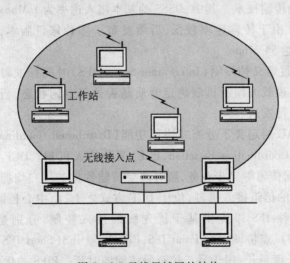

工作站

无线接入点

图 5.12 无线局域网的结构

IEEE 802.11 还允许将多个 BSS 连接起来构成一个扩展服务集(Extended Service Set,ESS),如图 5.13 所示。不同 BSS 通过 AP 之间的 DS 互联。移动主机(MobileHost,MH)可以在多个 BSS 之间移动,但在每个时刻,只能接入一个 AP。当 MH 跨越不同的 BSS 时,需要进行切换,这里主要是指 MAC 层的切换,当跨越 IP 层不同的子网时,也会涉及 IP 层的切换。

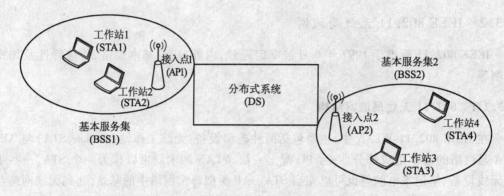

图 5.13　IEEE 802.11 扩展服务集

5.3.2.2　IEEE 802.11 协议规范

IEEE 802.11 协议主要定义了物理层与 MAC 层的规范。在物理层定义了数据传输的信号特征和调制方法,采用直接序列扩频(DSSS)和跳频扩频(Frequency Hopping Spread Spectrum,FHSS)两种传输技术。其中,DSSS 的基本接入速率为 1 Mbps 或 2 Mbps,FHSS 的接入速率为 2 Mbps。由于传输速率较低,后续发布了多种修订版本,如在 802.11a 版本中,传输速率最高可达 54 Mbps。

IEEE 802.11 通过定义帧间隔(InterFrame Space,IFS)时间标准以提供对介质访问的优先级。一个节点通过载波侦听机制确定介质是否处于空闲状态,当持续空闲达到特定的间隔时间时才能进行发送。

IEEE 802.11 MAC 层定义了分布式协调功能(Distributed Coordination Function,DCF)和点协调功能(Point Coordination Function,PCF)两种接入机制。DCF 为竞争型的信道接入机制,支持异步数据传输等异步业务,所有需要传输数据的用户均拥有平等接入网络的机会。PCF 为无竞争的信道接入机制,位于 DCF 方式之上,由中心控制点进行集中控制。IEEE 802.11 使用三种 IFS 以提供基于优先级的接入控制,分别是:分布式协调 IFS (Distributed IFS,DIFS)、点协调 IFS(Point IFS,PIFS)、短 IFS(Short IFS,SIFS)。DIFS 的优先级最低,其 IFS 的长度最长,用于异步帧竞争访问的时延。PIFS 的优先级居中,其 IFS 的长度居中,一般在 PCF 操作中使用。IFS 的优先级最高,其 IFS 的长度最短,用于需要立即响应的操作。

1. DCF

DCF 是一种基于载波侦听多路访问/冲突避免(Carrier Sense Multiple Access with Collision Avoidance,CSMA/CA)的随机接入协议,采用载波侦听和虚拟载波侦听策略,并在发生碰撞时采用二进制指数退避算法(Binary Exponential Back-off,BEB)延迟数据发送,以避免冲突。

　　DCF 定义了两种信道接入方法：分别是基本接入方法和基于请求发送/清除发送（Request To Send/Clear To Send，RTS/CTS）的接入方法，这两种接入方法的过程如图 5.14 所示。

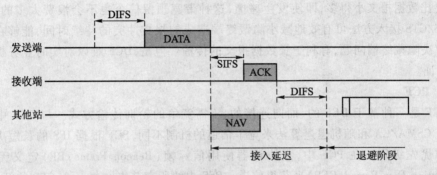

(a) 基本接入方法

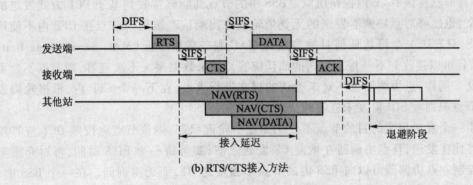

(b) RTS/CTS接入方法

图 5.14　DCF 的两种信道接入方法

　　在基本接入方法中，某节点需要发送数据报文时，首先侦听信道是否有其他节点正在发送数据。如果信道是空闲的，并且其空闲状态一直持续到 DIFS 时间后，该节点就开始发送数据。如果信道被侦听到是"忙"状态，则坚持侦听直到信道空闲一个 DIFS 时间后，生成一个随机的退避时间，并保存在计数器中。在每个时隙中，如果信道为空闲状态，退避时间计数器将减 1，直到退避时间计数器减到 0 时，该节点开始发送数据报文。如果信道上有其他节点正在发送数据，退避时间计数器将被冻结，退避过程暂时中断，直到信道重新变成空闲状态并持续到 DIFS 时间后，退避过程将再次被激活。目的节点收到一个数据后，经过一个 SIFS 时间后，向源节点发送一个 ACK 报文，如果源节点在超时时间内收到 ACK，则表明数据报文发送成功，否则，源节点需要重新发送。

　　在 RTS/CTS 接入方法中，源节点需要发送数据报文时，首先发送一个 RTS 报文，目的节点收到 RTS 后，在 SIFS 时间后返回一个 CTS 报文，表明目的节点已经做好接收准备。源节点只有在收到这个 CTS 后，才能发送数据报文。目的节点只有在成功收到数据报文后,才能发送 ACK 报文,以释放对信道的占用。RTS 和 CTS 中包含完成本次数据报文发送所需的持续时间,节点收到 RTS 或 CTS 报文后,根据这个持续时间修改网络配置矢量(Network Allocation Vector,NAV),并在该段时间内保持沉默。由于 RTS 和 CTS 控制报文通常要比数据报文小得多,即使发生碰撞,这种带宽预留信令也不会浪费太多的带宽,因此 RTS/CTS 接入方法可有效地减小隐藏终端造成的报文冲突的持续时间,能够在一定程度上解决隐藏终端问题,有利于长数据报文的传输。但是,DCF 难以对实时业务提供任何 QoS 保证。

2. PCF

PCF 是一种基于 DCF 的、面向连接的、不需竞争的轮询传输方式。与 DCF 中每个节点基于 CSMA/CA 和随机退避算法来竞争信道的机制不同,PCF 根据 IFS 的长短决定访问介质的优先级别。在 PCF 中,点协调器使用信标帧(Beacon Frame,BF)定义无竞争期(Contention-Free Period,CFP)来获得信道。BSS 内的所有节点在每一个 CFP 的开始,设置 NAV,所有节点在该 NAV 内保持沉默。BSS 中的节点都能够接收到基于 PCF 方式发送的所有报文,也能够对点协调器发送的无竞争轮询作出响应。被轮询节点在 CFP 内不使用 RTS/CTS,只发送一个可达任何目的节点的 MAC 服务数据单元(MAC Service Data Unit,MSDU),且可以接收到下一报文发送的确认应答。如果数据报文不被应答,则节点不会重发该报文。同样,点协调器也不对未确认的报文进行重发,在下一个 CFP 内,根据轮询表表头的节点识别号 SID 重发未应答的报文。

如果一个发送报文的目的节点不处于无竞争轮询状态,则该节点将按照 DCF 应答规则来应答此次发送,且点协调器在恢复 CF 发送之前,要等待一个 PIFS 时间,再对介质实施接入控制。点协调器可以向 BSS 内的节点单独发送 BF,而无需询问。在一个 BSS 中,如果启动 PCF 功能,则由 PCF 和 DCF 共享控制信道,这样会使介质访问控制变得非常复杂。此外,当处于 PCF 工作方式时,AP 将逐个询问客户端以获取数据,客户端只有在被轮询的时候,才能从 AP 收取数据。由于 PCF 处理每个客户端的时间和顺序是固定的,所以可以保证一个固定的延迟。但是,PCF 的可扩展性较差,当网络规模变大以后,由于轮询的客户端数量变多,导致网络效率急剧下降。因此,在基于 IEEE 802.11 的 WLAN 中,基本都使用 DCF,而很少使用 PCF。

5.3.2.3　IEEE 802.11 标准演进

为了使 IEEE 802.11 能够提供更高的通信速率,无线以太网兼容性联盟(Wireless Ethernet Compatibility Alliance,WECA)组织对 IEEE 802.11 的物理层规范进行了扩充,形成了无线保真(Wireless Fidelity,Wi-Fi)规范和无线保真 5(Wireless Fidelity 5,Wi-Fi5)规范,它们又分别称为 IEEE 802.11b 和 IEEE 802.11a。

IEEE 802.11b 使用的频段为 2.4 GHz,由于许多国家无绳电话、蓝牙设备甚至微波炉都使用这个频段,故干扰较大。物理层采用 DSSS 及补偿编码键控(Complementary Code

Keying,CCK)技术,理论上可以达到 11 Mbps 的通信速率,但考虑到物理层的开销(约占 40%)以及自由频段易受干扰等情况,其速率远低于此。

IEEE 802.11a 使用的频段为 5 GHz,由于这一频段上的应用不多,故干扰较少。物理层采用 OFDM 调制技术,可以提供高达 54 Mbps 的通信速率。

显然,由于使用不同的频段,所以 802.11a 和 802.11b 的产品不能互相兼容。为了解决这个问题,IEEE 于 2003 年开发了 802.11g 协议,在与 802.11b 兼容的基础上,最高速率也可达到 54 Mbps。由于 IEEE 802.11g 具有后向兼容性、高传输速率及相对低廉的价格等优势,可以预见,其市场前景同样可观。

IEEE 802.11、802.11a、802.11b 及 802.11g 这四种标准均采用 CSMA/CA 机制,因此,这些协议的 MAC 层统称 802.11 MAC 协议。虽然 802.11a 开始制定的时间要早于 802.11b,但因为后者容易实现,完成得较早,反而 802.11b 产品的市场占有率较高。

为了满足安全性、QoS 和宽带接入等方面的应用需求,IEEE 工作组在不断地完善 WLAN 标准,后续推出的协议包括:802.11e、802.11f、802.11i、802.11n 等。

802.11d 通过扩展 MAC/LLC 层,解决了 802.11b 在部分国家不能使用 2.4 GHz 频段的问题,实现了 IEEE 802.11 标准的漫游功能。

802.11e 通过对 802.11 的 MAC 层进行增强,以提供业务分类、增强安全性和鉴权机制等功能。802.11e 的分布式控制模式可提供稳定合理的 QoS,而集中控制模式可灵活支持多种 QoS 策略,能够保证多媒体业务的实时应用。

802.11f 标准定义了用户漫游于不同厂商 AP 之间的互操作性规范,能够确保用户平滑、透明地切换到不同的无线子网络。

802.11i 采用可扩展认证协议(Extensible Authentication Protocol,EAP)作为核心的用户认证机制,可以通过服务器审核接入用户的验证数据是否合法,减少非法接入网络的机会。

IEEE 802.11n 标准采用双频工作模式,包含 2.4 GHz 和 5 GHz 两个频段,保障了 802.11n 与以往标准的兼容性。IEEE 802.11n 工作组由高吞吐量研究小组发展而来,采用 MIMO 与 OFDM 相结合的技术,计划将 WLAN 的传输速率从 802.11a 和 802.11g 的 54 Mbps 增加到 108～320 Mbps,最高速率可达 600 Mbps。另外,802.11n 采用的智能天线技术及无线传输技术,将使得 WLAN 的传输距离大大增加,可以达到几千米。

5.3.3 无线局域网的安全技术

WLAN 自诞生至今,得到了广泛应用,极大地方便了人们的生产生活。但是,由于无线传输介质暴露和网络自身安全机制的不完善,WLAN 中存在着大量的安全漏洞和威胁。在带来便利性的同时,因其安全性缺陷引发的事件已屡见不鲜。例如,在日本某百货公司,曾发生过因使用 WLAN 的移动 POS 机而导致消费者隐私泄露事件;在雅典奥运会,国际奥委会因为安全原因禁止使用 Wi-Fi 技术;另外,目前市场上充斥着大量的山寨蹭网卡,也从侧面反映了 WLAN 存在的安全隐患。因此,对 WLAN 的安全性进行研究,已成为 WLAN 发展中必须解决的关键问题。

5.3.3.1　无线局域网的安全威胁

安全威胁是指某个人、物或事件对某一资源的保密性、完整性、可用性或合法性使用所造成的危险[27]。归纳起来,WLAN 的安全威胁主要有以下五种:

1. 资源扫描

在 WLAN 中,AP 默认通过广播标记向周围移动站广播自己的服务集标识(Service Set Identifier,SSID)、支持的无线链路速率、功耗等配置情况,移动站也可以主动向 AP 询问这些信息。一些无线链路扫描工具就利用这些广播信息,来寻找无线资源。与此相关的攻击方式包括:伪装 AP 攻击、弱配置 AP 攻击、Ad-Hoc 移动台攻击等。一般使用的工具有:Windows 平台上的 Netstumbler、Linux 平台上的 Kismet 等[28]。

2. 嗅探

WLAN 的数据报文对于在相同频道上,且在信号传输范围内的任何无线设备,都是可见的。由于有线等效保密协议(Wired Equivalent Privacy,WEP)加密的不安全性,在获取链路上的报文后,就可以对密文进行解密,继而得到原始明文。与此相关的攻击方式包括 WEP 破解、字典攻击等。一般使用的工具有 Wepcrack、AirSnort、Cain 等[29]。

3. 伪装

非法移动站通过扫描、监听等手段,获取 WLAN 中合法移动站的相关信息,据此修改自己的标识和配置信息,从而掩盖自己的真实身份进行通信,来窃取 WLAN 的信息。这类伪装形式包括:伪装移动台和伪装 AP。使用的工具主要有 AirSnarf、Hotspotter、HostAP 等。

4. 注入

网络注入攻击通过向无线链路会话中注入数据,来修改会话主体的链路状态。如通过向 AP 发送大量伪随机数据包来增大网络的流量,继而破解密钥。这类攻击工具有 Irpass、Airpwn、ChopChop 等[30]。

5. 拒绝服务攻击

拒绝服务攻击在 WLAN 的各个层上都存在。例如,在物理层,恶意移动站通过发送干扰信号、非法占用大量的信道资源。在数据链路层,由于移动站在数据传输前有认证和关联过程,以及去认证和去关联过程,恶意移动站会伪装成 AP,向移动站发送伪造的去认证或去关联报文,使得移动站认为 AP 已切断其服务,便断开与 AP 的连接,导致整个网络瘫痪。另外,有线局域网在网络层上的拒绝服务攻击,在 WLAN 中依然存在。这类攻击工具有 AirJack、void11、IKECrack 等[31]。

5.3.3.2　已有安全机制及其缺陷

为了保证数据通信的安全,WLAN 采用的安全机制主要包括以下几种。

1. MAC 地址过滤

MAC 地址是移动设备的数据链路层地址,由设备生产厂商在设备生产前进行配置。不同终端生产厂商的不同设备具有不同的 MAC 地址。移动站在接入 WLAN 之前,会把自己的 MAC 地址发送给 AP,AP 通过人工设定一张权限表,判定哪些地址可以接入,这样就可以阻挡住没有经过 MAC 地址注册的移动设备非法接入 WLAN。

但是,随着无线设备越来越多,WLAN 的结构越来越复杂,这种人工注册 MAC 地址的方法显得十分繁琐。而且,由于无线链路暴露在外,非法节点可以通过监听无线链路,获取合法移动站的 MAC 地址,然后将自己的 MAC 地址改为合法移动站的地址,以欺骗 AP。由此可见,MAC 地址过滤机制并不安全。

2. SSID 标识

基本服务集 BSS 是 WLAN 的基本单位,一般由一组 STA 站点与一个 AP 节点组成,共享一个相同的服务集标识 SSID。一般情况下,要求 AP 定时广播自己的 SSID,移动站也能主动向 AP 发送询问 SSID 的请求报文。这样,移动站就能够搜索出自己周围存在的基本服务集及其 SSID。如此一来,就引发了一个安全问题,某些未注册的移动站可以搜索出周围的无线服务。这个问题可以通过关掉 AP 的默认广播 SSID 选项,或者不回答移动站的 SSID 询问请求来解决。也可以令 AP 只为具有相同 SSID 的 STA 站点提供服务,不知道该基本服务集 SSID 的 STA 站点无法获取 AP 的接入服务。虽然 AP 本身不广播或不回答,但可以从 WLAN 中其他移动站的数据流量中得出 SSID。因此,这种 SSID 标识机制也不安全。

3. 数据加密

数据加密是从机密性上对数据进行安全保护,802.11 采用 WEP 加密算法。在 WEP 加密算法中,移动站使用 CRC32 算法对原始明文进行校验,生成 4 字节的校验码,与明文串接。将一个 40 位的原始共享密钥和 24 位的初始化向量连接进行校验和计算,得到 64 位的数据。并将这 64 位数据输入到虚拟随机数生成器中,对初始化向量和密钥的校验和计算值进行加密计算,输出密钥流。将经过校验和计算的明文与密钥流逐位异或生成密文。移动站将初始化向量和密文串接起来,得到要传输的加密报文,在无线链路上发送。

但是,WEP 并未保护所有信息,如没有保护源地址和目的地址的信息。另外,还缺乏防止重放保护机制。对地址的篡改可以形成重定向或伪造攻击,而缺乏重放保护,导致攻击者可以通过重放以前捕获的数据形成重放攻击。

4. 接入认证

WLAN 使用两种认证方式:开放系统认证和共享密钥认证。

在开放系统认证中,移动站向 AP 发送认证请求报文,AP 验证后直接向其返回认证结果。如果请求报文中的 SSID 与 AP 的一致,且移动站的 MAC 未被 AP 过滤掉,则认证成功,否则认证失败。由 SSID 机制和 MAC 地址过滤机制的分析可知,这种验证方式并不安全。

在共享密钥认证中,移动站与 AP 共享相同密钥,移动站发送认证请求之后,AP 随机产生一个 128bit 的随机质询文本,发送给移动站,移动站通过共享的密钥对此文本进行加密,发给 AP。AP 使用相同的密钥对此密文进行解密验证,若解密之后,文本与发送的随机质询文本相同,则认证通过,否则,认证失败。认证过程中的加密和解密使用 WEP 加密算法,但是,WEP 加密算法本身就存在安全漏洞。

可见,开放系统认证和共享密钥认证这两种方案都是不安全的。

5.3.3.3　无线局域网安全协议标准

WLAN 的安全性需求包括两方面,一是保护网络资源只能被合法用户访问,二是用户通过网络所传输的信息应该保证完整性和机密性。安全问题使得 WLAN 的可靠性备受广大用户的质疑,严重限制了 WLAN 的发展和推广应用。为此,WLAN 的设备制造商和相关的安全机构对其进行了不同的技术改进,并制定了相关的安全标准以满足日益增长的安全需求。应用较为广泛的标准主要有 Wi-Fi 网络安全访问(Wi-Fi Protected Access,WPA)标准及 802.11i 标准。

1. WPA

WPA 标准是在 WEP 基础上发展而来的,由 Wi-Fi 联盟于 2002 年推出,WPA 主要包括:802.1X 可扩展认证协议(EAP)[32]和临时密钥集成协议(Temporal Key Integrity Protocol,TKIP)[33]。

(1) 802.1X 可扩展认证协议

802.1X 是一种基于端口的访问控制协议,在基于 802.1X 的认证机制中,定义了四种参与者:端口接入实体(Port Access Entity,PAE)、申请者、认证代理和认证服务器(authentication server)。PAE 是指在端口捆绑的认证协议实体,负责双方的认证过程。申请者是申请接入的无线客户端。认证代理是一个将 STA 和网络分开的设备,通常就是 AP,用来防止非授权的接入,在认证完成之前,负责转发申请者和认证服务器间的认证信息包,在认证结束之后,向申请者提供无线接入服务。认证服务器是一个后端设备,所有申请者的信息都保存在认证服务器端,根据数据库同意或者拒绝申请者的接入请求信息,完成对 STA 的认证。EAP 并不是真正的认证协议,而仅仅是一种认证协议的封装格式,通过使用 EAP 封装,能够灵活地处理多种认证方式,客户端和认证服务器能够实现对具体认证协议的动态协商。

在 802.1 X/EAP 认证过程中,有两种信息传输方式:一种是在 STA 和 AP 之间运行基于局域网的可扩展认证协议(EAP over LAN,EAPOL),另一种是在 AP 和 AS 之间运行 EAP 协议。一个典型的 802.1 X/EAP 认证过程如图 5.15 所示。STA 首先向 AP 发送 EAPOL-start 报文,表明自己希望接入网络。当收到该报文后,AP 向 STA 发送 EAP-Request/Identity 报文,要求确认其身份。STA 在收到该报文后,返回 EAP-Reply/Identity 应答报文。在收到该应答报文后,AP 将其发送给 AS。此后,STA 和 AS 之间便开始交互认证报文。认

证报文交互的细节取决于实际采用的认证协议。虽然认证报文都经过 AP,但 AP 不需要
了解认证报文的具体含义。在认证过程结束后,由 AS 决定允许还是拒绝 STA 的访问,AS
通过 EAP-Success 或 EAP-Failure 来通知 STA 最后的结果。如果认证成功,STA 和 AS 会得
到一个主密钥(Master Key,MK),同时 STA 和 AP 会得到一个共享密钥(Pairwise Master
Key,PMK)。

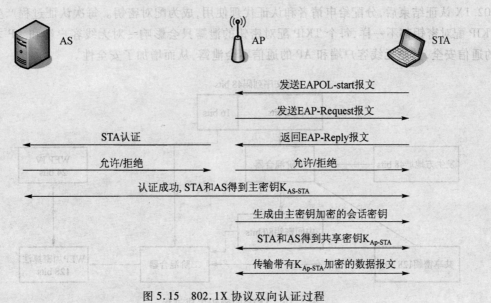

图 5.15　802.1X 协议双向认证过程

（2）临时密钥集成协议 TKIP

在 TKIP 中,通过加密消息完整性校验码(Message Integrity Code,MIC)来防止篡改与
伪造消息。发送方使用 MIC 生成函数并随报文一起发送,接收方在验证器中重新计算
MIC,并与收到的 MIC 进行比较,相等则认为报文未被改动,反之则认为报文被改动,丢弃
报文,并增加被更改报文的计数。在 IEEE 802.11b WLAN 中,如果每分钟报文被更改的计
数值大于 2,则认为网络受到攻击,会话被中止,以确保网络的安全。

由于重放报文能够通过 MIC 检验,而 WEP 采用的完整性校验值(Integrity Check
Value,ICV)又容易受到攻击,TKIP 专门设计了一种加强的初始化向量(Initialization
Vector,IV)序列来防止重放攻击。利用 WEP IV 域作为报文序列号,进行密钥设定时,收
发双方的报文序列号被归零,然后,每发送一个报文,发送方序列号加 1,若收到的序列号
小于或等于已经正确接收的报文序列号时,接收方将丢弃报文,并把重放攻击计数加 1。
为了利用 WEP 的硬件及其报文格式,TKIP 报文的序列号与加密密钥是相关联的,而不是
一般使用的 MIC 密钥。通过每包密钥构建机制,免除 IV 与弱密钥的相关性,防止对弱密
钥的攻击。

　　由于 RC4 算法的漏洞,TKIP 并不直接使用由成对临时密钥(Pairwise Transient Key,PTK)或者组密钥更新协议(Group Temporal Key,GTK)分解出来的密钥加密,而是将该密钥作为基础密钥,经过密钥混合后,生成一个新的密钥,TKIP 密钥生成过程如图 5.16 所示。TKIP 将密钥长度从 40 bits 增加到 128 bits,在认证服务器端,密钥根据暂时共享密钥 TK(128 bits)、TKIP 序列计数器 TSC(32 bits)和发送地址 TA(48 bits)动态生成。在 802.1X 认证结束后,分配给申请者和认证代理使用,成为配对密钥。每次认证过程产生的 TKIP 配对密钥都不一样,每个 TKIP 配对密钥的泄露只会影响一对无线客户端和 AP 之间的通信安全,其他无线客户端和 AP 的通信不会泄露,从而增加了安全性。

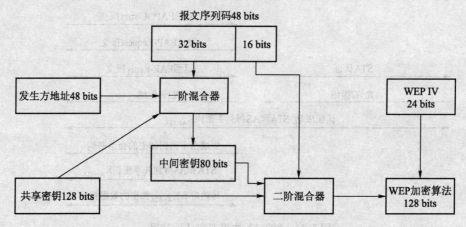

图 5.16　TKIP 的密钥生成过程

　　在认证后的数据加密传送过程中,每次发送信息时,首先通过哈希运算产生一个新的包密钥,再用包密钥将数据加密后发送。TKIP 使用三层的密钥结构:最上层是主密钥,中间层是密钥保护密钥,最下层是暂时密钥。暂时密钥由一个 128 位的数据加密密钥和一个用于计算 MIC 的 64 位密钥组成。由于 TKIP 在不同通信方向上采用不同密钥,所以每个双向安全通信需要两对 PTK。TKIP 的密钥构建机制最多可以为每个密码产生 2^{16} 个不同的 IV,这就要求密钥更新机制在保证最多发送 2^{16} 个报文后,能够使用新的密钥。为了使密钥分配和更新同步,TKIP 需要密钥保护密钥,以保护用于构建新的暂时密钥的信息,这就是位于密钥结构中层的保护密钥。位于最上层的是主密钥,用户接入认证通过时,由认证服务器分发给 AP 和 STA,它是 AP 和 STA 共享的会话密钥,也是其他密钥形成的基础。通过密钥重新获取和分发机制,防止因密钥碰撞受到攻击。

　　TKIP 通过使用每包密钥构建机制、消息完整性检验和密钥重新获取和分发机制等技术,较好地弥补了 WEP 的漏洞和缺陷。但由于 TKIP 只包裹在 WEP 外面,其 MIC 的安全性较弱,且 IV 部分的重用机制还存在问题,可见它还不是一个理想的安全协议,有必要对此进行深入研究。

2. IEEE 802.11i 安全机制

为了解决 WLAN 的安全问题, IEEE 专门成立了制定 WLAN 安全标准的 IEEE 802.11i 任务组。2004 年 6 月, 该任务组提出了新一代 WLAN 安全标准 IEEE 802.11i。IEEE 802.11i 旨在解决 WLAN 产品的全部安全问题, 提高 WLAN 的可靠性。IEEE 802.11i 默认使用 EAP-TLS 协议, 这是一种基于 AP 和 STA 的数字证书进行双向认证的协议。IEEE 802.11i 的协议结构如图 5.17 所示。协议上层基于 EAP 完成用户的接入认证。协议的中间部分是 IEEE 802.1X 端口访问机制, 用以实现合法用户对网络访问的认证、授权和密钥管理方式。协议下层用于保证通信机密性和完整性。

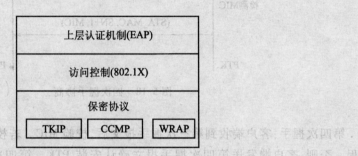

图 5.17 IEEE 802.11i 的协议结构

缺乏自动有效的密钥管理是 IEEE 802.11 的一大安全缺陷, 人工配置密钥的方法繁琐而低效, 且以口令作为密钥还容易受到字典攻击。为了增强 WLAN 的数据加密和认证性能, 标准中定义了健壮安全网络(Robust Security Network, RSN)的概念, RSN 在 IEEE 802.1X 的基础上嵌套了协调密钥的四步握手过程和群组密钥协商过程, 并对 WEP 加密机制的各种缺陷做了多方面的改进。

(1) 四次握手协议

四次握手协议是密钥管理机制中最重要的组成部分, 主要目的是确保客户端和 AP 得到的 PMK 是相同的且最新的。其中, PMK 在认证结束时由客户端和 AP 协商生成, 协商过程采用 EAPOL-KEY 格式封装。四次握手的过程如图 5.18 所示。

第一次握手: AP 生成随机数(Anonce), 与 AP 的 MAC 地址(AP_MAC)、报文序号(SN)一起封装在 EAPOL-Key 中发送给客户端节点。

第二次握手: 客户端收到第一次握手报文之后, 产生客户端随机数(Snonce), 并依据 IEEE 802.11i 协议定义的专用函数 PRF 计算 PTK。同时, 将 Snonce、客户端 MAC 地址(STA_MAC)、SN 以及 MIC 一起发送给 AP。

第三次握手: AP 收到第二次握手报文后, 同样依据 PRF 计算出 PTK, 并校验第二次握手报文中的 MIC; 若校验失败, 则立即终止握手过程。否则, AP 向客户端发送第三次握手报文, 通知客户端 PMK 是一致的。第三次握手报文中包括: AP_MAC 以及报文序号 SN +1。

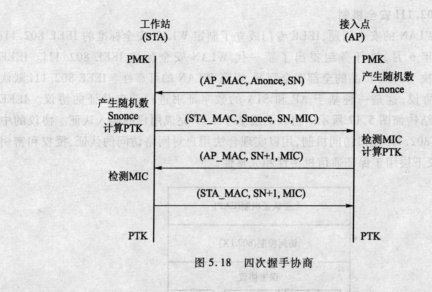

图 5.18　四次握手协商

　　第四次握手：客户端收到第三次握手报文后，校验 MIC。若校验失败，则立即终止握手过程。否则，客户端发送第四次握手报文确认安装 PTK。第四次握手报文中包括：STA_MAC、报文序号 SN + 1 以及 MIC。

　　在四次握手过程中，AP 和客户端分别产生随机数 Anonce 和 Snonce，并把它传送给对方，双方通过相同的 IEEE 802.11i 函数 PRF 分别计算出 PTK。Anonce 和 Snonce 的值均是随机产生的，且对于同样的值在理论上不可能使用两次，保证了密钥更新过程的安全性。第二、三、四次握手报文都加入了基于 PTK 的消息完整性校验，确保了整个过程的安全性和可靠性。

　　(2) GTK

　　GTK 是在一组关联的无线设备之间使用的密钥。只有当第一次四步握手成功后才能进行 GTK 初始化，组密钥握手机制用来向客户端发送新 GTK，GTK 更新过程可以在 PTK 不变的情况下单独进行，如图 5.19 所示。

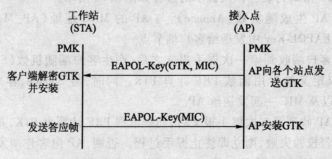

图 5.19　组密钥更新过程

AP 将 GTK 包含在 EAPOL-KEY 报文中,加密传送给客户端。客户端对收到的报文做完整性校验,解密 GTK 进行安装,并发送 EAPOL-Key 报文确认收到 GTK。GTK 由全部客户端和 AP 共享,这就允许客户端解密 AP 发来的多播或广播报文。当一个客户端断开与 AP 的连接,离开网络时,出于安全考虑,必须重新生成 GTK。

(3) 数据加密机制

IEEE 802.11i 提供了比 WEP 更强大的加密机制,包括 TKIP、计数器模式/块加密链信息验证码算法(Counter-Mode/CBC-MAC Protocol, CCMP)和无线鲁棒认证协议(Wireless Robust Authenticated Protocol, WRAP)三种加密方案。TKIP 是与 WEP 兼容的加密机制,为了保护早先的网络投资,802.11i 将 TKIP 保留给现有设备,但 TKIP 只能作为一种过渡性措施。WRAP 在偏移电报密码本(Offset Code Book, OCB)模式下,使用 128 位的 AES,能够同时提供加密和数据完整性[34],但考虑到 WRAP 受到专利保护,该方案没有被 IEEE 802.11i 推荐使用。CCMP 是一个基于高级加密算法 AES 的数据加密模式,能够解决 WEP 所有的漏洞和缺陷。从长远角度来看,CCMP 是一种较好的 WLAN 安全解决方案,新的 WLAN 产品必须采用 CCMP 来保证网络的安全。

(4) 工作流程

IEEE 802.11i 的工作流程如图 5.20 所示,主要包括:发现阶段、IEEE 802.1X 认证阶段和密钥管理阶段。

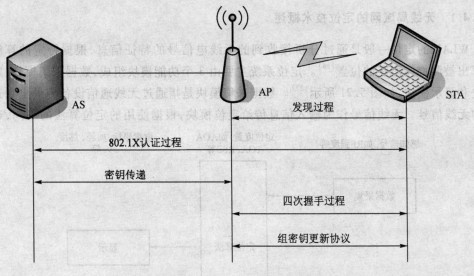

图 5.20 802.11i 协议工作流程

第一阶段为发现阶段,客户端启动后,检测有无 AP 可供连接并发出探询请求。AP 在某一特定信道以发送 BF 的方式周期性地向外广播它的安全性能,这些安全性能信息包含加密算法和安全配置等。客户端检测出存在多个 AP 可供选择时,就选中其一,与该 AP 进行认证和连接。

第二阶段为 IEEE 802.1X 认证阶段,利用 IEEE 802.1X 认证机制进行用户身份认证,防止非法用户假冒合法用户身份占用网络资源,同时还要分配该次会话的一系列密钥,以便于通过加密技术保护合法用户通信。

第三阶段为密钥管理阶段,客户端与 AP 通过四步握手机制来核实在第二阶段已分配的相关密钥以及所选用的加密套件,并生成相关密钥,用于后面的数据传送。经过这一阶段,客户端与 AP 共享一个新的临时密钥,并开通 IEEE 802.1X 端口用于数据交换。

经过以上三个阶段,利用所协商的加密组件,客户端与 AP 就可以依照数据加密协议,传送受保护的数据。IEEE 802.11i 为 WLAN 提供了非常高的安全性,对推动 WLAN 产业的发展起到了关键作用。但是 IEEE 802.11i 仍然存在一些问题,如没有对各种拒绝服务攻击提供保护,以及数字证书发放和管理问题、用户漫游带来的安全问题等,这也是完善WLAN 安全机制需要进一步研究和解决的问题。

5.3.4   无线局域网的定位技术

随着无线网络的普及和普适计算技术的发展,基于位置的服务受到越来越多的关注,在紧急救助、医疗保健、个性化信息传递等领域展现出巨大的潜力[35]。目标定位是 WLAN 提供位置服务的重要技术基础。

5.3.4.1   无线局域网的定位技术概述

WLAN 的定位一般是通过分析接收到的无线电信号的特征信息,根据特定的算法来计算出被测物体所在的位置[36]。定位系统主要由 3 个功能模块组成,数据采集模块、定位模块和显示模块,如图 5.21 所示[37]。数据采集模块是指通过无线通信设备测量出到达用户的无线信号。无线信号作为输入信息传给定位模块,根据使用的定位算法的不同,选用

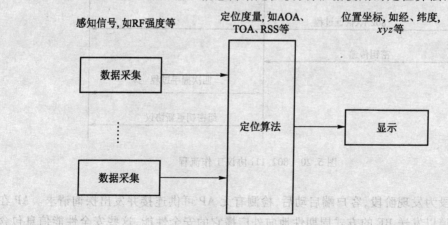

图 5.21   无线局域网定位系统功能模块

不同的度量指标,例如:无线信号传输的时间、无线信号到达的角度、无线信号的强度等。最后,由显示模块将定位结果显示出来。

世界第一大信息技术研究与咨询公司 Gartner 于 2006 年发布了《新兴技术发展周期》的报告,该报告对 36 项重要技术的成熟度、影响力、市场接受速度以及未来十年的趋势进行了评估。定位技术被评为具有"特别高影响力的技术"。Gartner 指出借助 WLAN 以及其他定位技术对移动用户提供的基于位置的服务将逐渐被认同并获得快速发展。采用 WLAN 进行定位具有以下优点:

1. 成本低

目前,WLAN 已经成为基础网络通信架构中的重要组成部分。许多移动设备,如笔记本电脑、智能手机等,已经内置了对 WLAN 的支持。因此,可以有效地避免部署专用的网络体系架构,不需要添加其他的硬件设备或电子标签,从而降低了成本。

2. 覆盖范围大

与采用红外线、视频信号的室内定位系统相比,基于 WLAN 的定位系统能够覆盖的范围更大。通常,可以覆盖整个大楼甚至一个楼群,基于 WLAN 的定位系统既能被应用在室内,又能被应用在室外[38]。

3. 充分发挥应用潜能

用户在使用 WLAN 进行数据通信的同时,还可以获得定位服务以及基于位置的服务,充分开发了 WLAN 的应用潜能。

4. 定位系统稳定

与基于视频或者基于红外线的定位系统相比,基于 WLAN 的定位系统比较稳定,应用的限制因素比较少。例如:在基于视频技术的定位系统中,需要满足可视的条件;而在基于红外线的定位系统中,当有荧光照射或阳光直射时,红外线信号的性能会大大降低。

5.3.4.2 典型的无线局域网定位技术

定位技术可以分成两种:物理定位方法与指纹定位方法。前者主要通过计算待测物体与其他多个参考点之间的距离来计算待测物体的位置。后者则主要通过构建信号特征与采样点位置间关系的数据库或无线电地图进行定位。

1. 物理定位方法

物理定位方法可以分成三边定位方法与三角定位方法。对于前者,已知二维平面上物体与三个不共线的参考点之间的距离,就可以计算出待定位目标的位置。对于后者,则需要求解待测物体与两个参考点的角度和距离。

在 WLAN 中,一般选择负责网络通信的 AP 作为定位的参考点,用户与 AP 间的距离可以通过两种方法测得:一种是通过测量无线电信号到达终端的时间来估计距离,又称为到达时间法(Time of Arrival,TOA);另一种是利用无线电信号传播的数学模型,把在用户端测得的信号强度转化为距离。

由于无线电信号在空气中以光速传播,对于 TOA 定位法,1 μs 的时间误差将导致约 300 m 的定位误差,因此要求 AP 具有非常精确的时钟,而且收发信号的双方能够精确同步。到达时间差法(Time Difference of Arrival,TDOA)是对 TOA 的改进定位算法,通过测量信号到达两个 AP 的时间差而不是绝对时间来估计用户的位置,降低了时间同步要求。根据信号到达时间差,用户位于以两个 AP 为焦点的双曲线上,则至少需要 3 个 AP,建立两个双曲线方程,才能够确定用户的位置,两个双曲线的交点即为用户位置的二维坐标。由于用户需要配备测量时间的硬件设施,这种基于时间的三边测量法主要应用于蜂窝网定位,将其应用在 WLAN 定位中还有待深入研究[39]。

在开放环境中,信号强度的衰减与用户到 AP 的距离平方成反比,用户离 AP 越近,感测到的信号强度越强。因而,可以由信号强度与距离建立某种关系,并根据信号强度求出接收点与发送点之间的距离。但在室内环境里,复杂的建筑布局、家具和设备等都会使无线信号在传播中产生多次反射、折射、透射及衍射现象,求解信号强度与距离的对应关系也变得较为复杂。在回归传播模型[40]中,由于线性和二次方程回归求解的定位误差较大,而三次及以上的多项式回归则较为接近实际距离,因此,一般使用三次多项式回归模型作为信号传播模型。在常用的路径损耗模型中[41],着重考虑了室内墙壁对无线信号阻挡而引起的信号强度衰减情况,可看做地板衰减因素(Floor Attenuation Factor,FAF)传播模型的改进版本。

在二维平面上,使用相控天线阵列技术可以准确测量某一方向上的信号强度及到达角度,通过获取待测点与两个参考点之间的角度和距离,同样能够获得待测点的位置,这种定位方法也称为到达角度法(Angle of Arrival,AOA)。与 TDOA 相比,虽然 AOA 结构简单,但是对天线阵的灵敏度和空间分辨率具有较高的要求。Niculescu 等人[42]提出了一种基于 VOR(VHF Omni-directional Ranging)基站的室内定位方法,VOR 基站是一种基于地面传输的信号发射器,能够同时广播两种信号脉冲。然而,VHF 信号受视距传播接收的局限,传输范围较低。另外,在室内环境里,受到墙壁、门窗等的遮挡,角度的测量值也会存在一定的误差。

2. 指纹定位方法

由于测量角度或长度需要添加一些专用的精密设备,既增加了成本,也不易于移动用户的使用,而且测出的几何量仍然可能会受到其他因素的干扰而带来误差。与之相对,指纹定位方法通过在某一有利地点观察到的特征来推断观察者或物体的位置,具有定位简单、准确的优势。

在 WLAN 环境里,信号强度、信噪比都是比较容易测得的电磁特征。基于位置指纹的 WLAN 定位大致可以分为两个阶段:离线采样阶段和在线定位阶段。离线采样阶段的目标是构建一个信号强度与采样点位置关系的数据库,也就是位置指纹的数据库或无线电地图。为了生成该数据库,需要在被定位环境里确定若干采样点,然后遍历所有采样点,记录每个采样点测量的无线信号特征,最后将其保存在数据库中。在在线定位阶段,当用户移动到某一位置时,根据实时收到的信号强度信息,将其与位置指纹数据库中的信息进行比较,计算出该用户的位置。由于环境变化可能导致特征的变化,这种基于指纹的定位方法可能要重建预定的数据集或使用一个全新的数据集。通常使用最近邻法和朴素贝叶斯法进行定位比对。

最近邻法是一种确定性的定位方法,基于确定性的推理算法来估计用户的位置也可以看成是 k 最近邻法的一个特殊情况,即 $k=1$。最近邻法采用类比学习的方法,通过比较给定的检验样例与和它相似的训练样例进行学习。在样例为位置指纹的情况下,类标号就是位置指纹对应的物理位置。假设定位区域里共产生 M 个位置指纹,记作 $\{F_1, F_2, \cdots, F_M\}$,每个位置指纹与位置 $\{L_1, L_2, \cdots, L_M\}$ 具有一一映射关系。在实时定位阶段,一个 RSSI 位置指纹样例记为 $S = \{s_1, s_2, \cdots, s_n\}$,它包含来自 n 个 AP 的接收信号强度的平均值。在位置指纹数据库里,每个位置指纹表示为 $F_i = (r_1^i, r_2^i, \cdots, r_n^i)$,其中 r_n^i 表示第 i 个位置指纹里来自第 n 个 AP 的接收信号强度的平均值。实时信号的位置指纹 S 与位置指纹数据库中样例的邻近性用两者间的距离来度量,如式(5-2)表示:

$$\text{dist}(S, F_i) = \sqrt{\sum_{j=1}^{n} (s_j - r_j^i)^2} \tag{5-2}$$

对于实时信号的位置指纹 S,估计位置为与它最接近的位置指纹所对应的位置,用式(5-3)表示:

$$L = \min_{L_i} \text{dist}(S, F_i) \tag{5-3}$$

朴素贝叶斯法属于一种基于概率的定位方法,来源于一种统计学的分类方法,即贝叶斯分类。贝叶斯分类基于贝叶斯定理,是一种把类的先验知识和从数据中收集的新证据相结合的统计原理,通过条件概率为位置指纹建立模型并采用贝叶斯推理机制来估计用户的位置,可以预测类成员关系的可能性。与最近邻法不同的是,贝叶斯分类不是确切地给出检验样例的类标号,而是给出检验样例隶属于某个类的概率。

朴素贝叶斯是贝叶斯分类的一种实现方法。朴素贝叶斯法就是要得到实时 RSSI 位置指纹样例 S 在定位区域的每个位置处的后验概率,表示为 $p(L_i \mid S)$。根据贝叶斯定理,该后验概率可以进一步推导为式(5-4):

$$p(L_i \mid S) = \frac{p(S \mid L_i)}{p(S)} = \frac{p(S \mid L_i)p(L_i)}{\sum_{k \in L} p(S \mid L_k)p(L_k)} \tag{5-4}$$

其中,$p(L_i)$ 为位置 L_i 在定位区域上的先验概率,一般地,由于用户可能出现在定位区域上的任何一个位置,所以认为 $p(L_i)$ 服从均匀分布。朴素贝叶斯法的一个重要假设是每个属性值对给定类的影响独立于其他的属性值,即认为某一位置来自各个 AP 的接收信号强度是独立不相关的。因此,$p(S \mid L_i)$ 的计算就可以简化为 $p(S \mid L_i) = p(s_1 \mid L_i)p(s_2 \mid L_i)\cdots p(s_n \mid L_i)$。以高斯概率分布来近似表示接收信号强度在某一位置处的分布,用式(5-5)表示:

$$p(S \mid L_i) = \frac{1}{\sqrt{2\pi}\delta} \exp\left[-\frac{(s-u)^2}{2\delta^2}\right] \tag{5-5}$$

其中，u 和 δ 表示信号强度的平均值和标准偏差。

采用最大后验假设得到估计的用户位置，用式（5-6）表示：

$$L = \max_{L_i} p(L_i \mid S) \tag{5-6}$$

基于位置指纹的定位方法更具吸引力，它可以方便地在客户端实现，有利于保护用户的个人隐私。定位结果既可以是物理位置，也可以是逻辑位置，更容易被用户理解。此外，位置指纹法不需要知道 AP 的位置、发射功率等信息即可定位，使得方法的灵活性较强。

5.4 移动自组织网络

移动自组织网络是一种特殊的无线移动通信网络，它是由一组配备无线收发装置的移动终端所组成的一个多跳的临时性自治系统，不依赖于基站或 AP 等中心控制节点，能够快速部署，具有更低的建设成本和更大的普及空间。MANET 的研究不仅具有重要的社会和经济意义，更具有十分重要的战略意义。本节详细描述了移动自组织网络的技术演进和体系结构，并在此基础上，重点介绍移动自组织网络 MAC 协议、路由协议、QoS 保障、能源开销及网络安全等问题。最后，对移动自组织网络的应用和发展前景进行了展望。

5.4.1 移动自组织网络概述

移动自组织网络自研究之初就得到了美国国防部高级研究计划局（DARPA）的大力支持和赞助。移动自组织网络的研究始于 20 世纪 90 年代后期，其前身是无线分组网（Packet Radio Network，PRNET）[43]，在 PRNET 中，两个距离很远而无法直接通信的节点可以通过中继的方式进行通信，PRNET 实现了真正意义上的多跳网络，这一特性使得 PRNET 被广泛用于军事领域。1972 年，PRNET 研究计划探索了战术环境下的数据通信网络技术与应用问题。1983 年，SURAN（Survivable Adaptive Network）[44] 研究计划以建立可生存与自适应的大型无线网络为目标，重点研究了战术环境条件下网络拓扑动态变化的自适应网络协议和实现技术，进一步扩展了 PRNET 的应用技术。1991 年，IEEE 802.11 标准委员会将这种以 PRNET 为原型的、由若干移动节点组成的、无需任何固定基础设施的、自组织、对等式多跳移动通信网络正式命名为 "Ad Hoc" 网络。Ad Hoc 一词来源于拉丁语，可以翻译为 "即兴的"、"为特定目标、场合、情形专门形成的"。IETF 也将 Ad Hoc 网络称为移动自组织网络（MANET）。为了满足战术环境下数据通信与信息系统的应用，1994 年 DARPA 制定了全球移动信息系统（Global Mobile Information System，GloMo）研究计划。该计划重点研究了快速展开条件下，具有抗毁性的战术信息系统的若干关键问题，包括网络自组织、自愈算法以及平面和分层网络结构下的多跳路由问题。随着无线移动通信和移动终端技术的飞速发展，MANET 不仅适用于军事环境，而且也将在民用通信环境中大展身手。

5.4.1.1 移动自组织网络的特点

与传统的有线和无线网络相比,MANET 具有以下特点[45-47]:

1. 网络的多跳性

MANET 中的节点既具有主机的功能,又具有路由器的功能,可以看作是主机与路由器的统一体。由于节点的发射功率受限,因此,单个节点的通信范围也是有限的。节点如果要与其通信半径以外的节点进行通信,那么需要借助相邻中间节点的通信转发,这就构成了信息的多跳传输,源节点与目的节点的路径长度也就达到了 $n(n>1)$ 跳。网络的多跳传输降低了对无线设备的硬件要求,不仅节省了网络的建设成本,而且有效地扩大了网络的覆盖范围。

2. 无中心和自组织性

在常规的需要中心控制单元的移动通信网络中,网络的构建及其正常工作通常需要耗费大量的人力和物力,以及较长的建设周期。而 MANET 是一种基于分组交换机制的分布式控制网络,采用无中心结构,具有独立组网能力,不需要网络基础设施的支持,不受时间和地点的约束,可以在任何时刻、任何地方快速构建一个自由移动的通信网络。用户终端的地位是平等的,主机通过分布式协议互联,可以独立进行分组转发的决策。一旦网络的某个或某些节点发生故障,其余节点仍然能够正常工作,任意节点的故障不会对网络的整体运行造成影响,具有很强的鲁棒性和抗毁性。

3. 网络拓扑动态变化

在 MANET 中,节点可以按照任意速度和任意方式移动,也可以随时从工作状态转为休眠状态甚至关闭电源等。加上无线收发器发射功率的时变性、无线信道间的相互干扰、地形地貌对无线信号的影响,这些因素都将导致 MANET 的拓扑结构动态变化,而且很难预测其变化的方式和速度。

4. 受限的网络资源

由于 MANET 采用无线通信方式,无线信道的物理特性决定了其提供的网络带宽相对有线信道要低得多。同时,竞争共享无线信道还会产生冲突和碰撞、信号衰减、信道干扰、噪音干扰等,这些因素导致终端真正可用的带宽容量要远小于理论最大值。网络中的主机通常是一些移动设备,如笔记本电脑、智能手机等,虽然带来了移动、灵巧、轻便的优势,却无法克服电池能源供电、内存较小、CPU 性能较低等固有缺憾。资源受限是 MANET 的重要特点,也是其设计中必须考虑的一个重要因素。

5. 存在单向无线链路

由于 MANET 中节点间采用无线通信,地形、地势以及发射功率等环境因素使得网络中可能存在单向无线链路。常规路由协议中节点间通常基于双向的有线或无线信道进行通信,因此,计算出的路由无法利用单向链路,不能准确地反映 MANET 的拓扑结构。

6. 网络的安全性较差

MANET 作为一种特殊的无线移动网络,由于采用无线信道、无中心的网络结构以及受限的网络资源,通常比固定网络更容易受到主动入侵、被动窃听、阻止"休眠"(终端无法正常切换至休眠状态)、拒绝服务、伪造等各种网络攻击。而且,MANET 中的节点既担任主机又担任路由器,不存在命名服务器和目录服务器等网络设施,这些因素都导致MANET 的安全性非常差。

这些特点使得 MANET 在体系结构、网络组织、协议设计等方面都与传统无线移动通信系统有着显著的区别,因此,需要针对 MANET 的特点研究其关键技术与应用。

5.4.1.2　移动自组织网络的应用场景

MANET 的自组织、可移动、多跳路由、可快速展开等特性不仅使其在军事通信领域占据重要地位,而且在民用通信领域也具有广阔的应用前景。MANET 的应用可以归纳为以下几类:

1. 军事应用

军事应用是 MANET 的主要应用领域。在近年来得到迅速发展的美军战术无线电系统中,采用的核心技术即为 MANET 技术。美国已经研制了大量的自组织设备,包括单兵可携带装置、车载装置、移动指挥所装置等。据报道,在多年前发生的伊拉克战争中,就曾有效地使用了 MANET 技术。

2. 紧急事故和临时场合

在发生了水灾、火灾、地震或遭受其他灾难打击后,固定通信网络设施可能被损毁或无法正常工作。由于 MANET 具有独立组网能力和自组织特性,能够在这些恶劣和特殊的环境下提供通信支持,对抢险和救灾工作具有非凡意义。MANET 还可以用于临时场合的通信,免去网络设备的部署工作,比如会议、庆典、展览等临时通信场合。

3. 个人局域网

个人局域网是 MANET 的又一大应用领域,用于实现笔记本电脑、智能手机等个人电子设备之间的通信,并可以构建虚拟办公室和讨论组等崭新的移动对等应用。考虑到辐射问题将对人体的健康构成威胁,通信设备的无线发射功率应当尽量小,MANET 的多跳通信能力可以在保证网络覆盖范围的前提下降低每个终端的发射功率,减少电磁辐射对使用者的健康危害。

4. 商业应用

MANET 可以通过 AP 接入其他的固定或移动通信网络,也可以由多个小型 MANET 组成一个较大规模的 MANET,来扩展移动通信的覆盖范围,还可以通过 MANET 技术组建移动医疗监护系统、社区移动网络等,开展移动和可携带计算等。

MANET 技术已取得了巨大进步,目前已有一些产品投入市场。与扩频通信技术类似,源于军事领域研究的 MANET,必将为民用产品的开发带来巨大的经济效益和社会效益。

5.4.2 移动自组织网络的体系结构

如前介绍可知,MANET 具有与传统有线和无线网络不同的工作环境,因而其所采用的网络技术与传统网络相比也有较大差异,这些差异主要体现在网络的组网方式与协议栈结构上。

5.4.2.1 移动自组织网络的拓扑结构

MANET 的拓扑结构可以划分为两种,即:平面结构和层次结构[48]。

平面结构的 MANET 如图 5.22(a)所示,有时也被称为对等式结构。网络中的所有节点处于平等地位,不存在任何的等级和层次差异,不易产生瓶颈效应,因此具有较好的鲁棒性。源节点与目的节点之间一般存在多条路由进行数据通信,不仅可以较好地均衡负载,而且还可以针对不同的业务,选择最优的路由。平面结构的网络相对比较简单,无须进行任何网络结构的维护工作,节点的覆盖范围相对较小,也就相对比较安全。然而,平面结构网络的最大缺点在于网络规模受限。因为每一个节点都必须知道到达所有其他节点的路由,随着节点的加入和离开,以及节点本身的移动特性,就需要大量的控制报文来维护动态变化的网络拓扑。网络规模越大,网络的控制开销也就越大,很难实施集中式的网络管理和控制,因此,平面结构只适合于小规模的 MANET 应用。

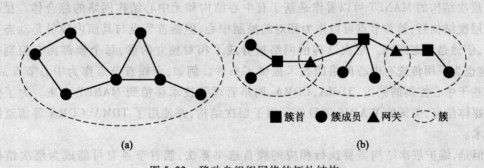

图 5.22 移动自组织网络的拓扑结构

层次结构的 MANET 如图 5.22(b)所示,节点间存在等级差异。网络被分成多个簇,定义簇为网络中具有某种相同属性关系的节点集合。在每个簇中,包含一个簇首及若干簇成员节点。簇首节点可以预先指定,也可以按照一定的规则选举产生,用于管理或控制该簇内的成员节点,与簇成员节点相比,簇首节点具有较高的等级。另外,如果网络规模较大或者有特定需要,还可以对簇首节点进行再次分簇,由这些簇首构成更高一级的网络。在层次结构的 MANET 中,由簇首节点负责簇间数据的转发。例如,某层次结构的MANET 被分为多个簇,簇 1 中的成员节点 A 如果发送数据至簇 2 中的成员节点 B。首先需要将数据传输至簇 1 的簇首节点,通过簇 1 的簇首节点中继转发至簇 2 的簇首节点。簇 2 的簇首节点根据数据包中的目的地址进行检测,如果该数据的目的地址为本簇的成员节点,则将数据发送至目的节点,否则继续寻找目的节点所在的簇以完成中继转发。

与平面结构相比,层次结构的 MANET 具有许多突出的特点:

1. 网络的可扩展性好

分层结构使得路由信息呈现局域化,簇成员节点的功能比较简单,无须维护复杂的路由信息,这无疑大大减小了路由控制报文的数量。簇首节点可以随时选举产生,这也使得层次结构的网络具有较强的抗毁性。尽管簇首节点的任务相对复杂,因为它不仅需要维护到达其他簇首的路由,而且还需要知道节点与簇的隶属关系。但总体来说,在相同网络规模的条件下,层次结构的路由开销要比平面结构小得多,必要时还可以通过增加簇的个数或层数来提高网络容量,具有较好的可扩展性。

2. 节点定位相对简单

在平面结构的网络中,若需要定位某节点,则必须在全网中执行查询操作。而在层次结构的网络中,节点定位相对简单,由于簇首掌握着簇内成员节点的位置信息,故只需查询簇首就可以获得簇内任意节点的位置信息。具有层次结构的网络还可以通过移动性管理来实现序列寻址,根据节点与簇的位置关系,为每个节点分配逻辑序列地址,由簇首节点充当位置管理服务器,这样就可以比较容易地实现节点的定位和寻址。

3. 综合有中心网络和无中心网络两种结构的技术优势

层次结构的 MANET 可以看作是基于有中心结构和无中心结构网络的综合体。虽然采用层次结构后,簇首节点可以作为相对的控制中心,但簇首节点与其簇内成员是动态变化的,依然是动态组网。层次结构的网络被分成了相对独立的簇,每个簇都拥有控制中心,这也为采用传统有中心网络的技术提供了条件。例如,令簇首节点作为中心节点,可以将基于中心控制的路由、TDMA、CDMA、网络管理等技术移植到 MANET 中来。为了传输多媒体信息,美国的 WAMIS 项目就采用了层次结构,并使用了 TDMA、CDMA 等信道接入技术。

但是,维护层次结构需要执行相应的簇首选举算法,簇首节点有可能成为层次结构 MANET 的瓶颈。

5.4.2.2 移动自组织网络的协议栈结构

参考 OSI 的经典七层协议栈模型和 TCP/IP 结构,可将 MANET 的协议栈划分为五层[46],分别为:物理层、数据链路层、网络层、传输层和应用层,如图 5.23 所示。

物理层主要完成信道的区分和选择、无线信号的监测、调制和解调、发送和接收等工作。此外,物理层还要决定采用哪种无线扩频技术、移动模型和无线信道传播模型等。物理层面临的技术挑战主要是如何以相对较低的能量和有限的带宽,减少无线传输的损耗,获得较大的链路容量。

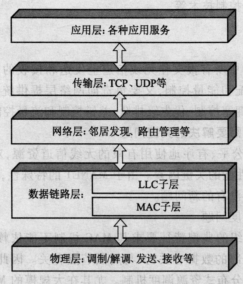

图 5.23　移动自组织网络的协议体系结构

数据链路层介于物理层和网络层之间,又可以细分为 MAC 子层和逻辑链路控制子层(Logical Link Control,LLC)。MAC 子层用来协调多用户间如何共享无线资源,即控制移动节点对无线信道的访问,可以采用随机竞争接入机制、基于信道划分的接入机制、动态调度机制或轮询机制等。LLC 子层主要负责差错控制和流量控制等。

网络层的主要功能包括邻居发现、路由管理、网络互联、拥塞控制以及提供 QoS 支持与安全保证。邻居发现主要用于收集网络拓扑消息,路由管理则用于发现和维护去往目的节点的路由。可以使用 IPv4 协议、IPv6 协议或其他网络层协议来提供数据服务。

传输层用于向应用层提供可靠的端到端服务,根据底层通信子网的特性最佳地利用网络资源,以可靠和经济的方式为源节点和目的节点进程之间建立一条传输连接,用来透明地传输报文。特别是当 MANET 需要接入 Internet 等外部网络时,尤其需要传输层协议的支持。

应用层则主要用于提供面向用户的各种应用服务,包括具有严格时延和丢失率限制的实时应用和不需要任何 QoS 保证的数据业务等。

5.4.3　移动自组织网络的关键技术

MANET 的无中心、自组织、节点移动、独立组网和多跳路由等特点,不仅使其在诸多特殊场合的通信应用中具有独特优势,也使其在组网和工作方式上与传统的无线通信网络存在极大的差异,这些特点也使得 MANET 中许多问题的研究都具有极强的挑战性。目前,MANET 领域研究的热点和难点主要包括 MAC 协议、路由协议、网络的能源开销问题、

QoS 保障以及网络的安全控制技术等。

5.4.3.1　MAC 协议

MAC 协议是 MANET 中所有报文在无线信道上发送和接收的直接控制者,既要负责无线信道的信道划分、分配和能量控制,又要负责向网络层提供统一的服务,屏蔽底层不同的信道控制方法,实现拥塞控制、优先级排队、差错控制和流量控制等功能。

1. MAC 协议设计中需要解决的关键问题

MAC 协议能否高效、公平、有序地使用有限的无线信道资源,对 MANET 的性能起着决定性作用,是影响网络性能的关键因素。由于 MANET 的特殊性,使其 MAC 协议设计需要面临许多其他无线网络没有的新问题。

（1）分布式的数据调度问题

MANET 无中心、自组织的典型特征要求其 MAC 机制不能依赖某个固定节点。MAC层的资源调度既与节点内部的数据有关,又与周围节点有关。因此,集中式 MAC 机制并不适合 MANET,必须采用分布式资源调度机制。尤其在大规模的 MANET 中,不可预测的因素将更多,如节点移动、应用层数据流变化等,使得实现高效的 MAC 层资源管理更加困难。

（2）隐藏终端和暴露终端问题

所谓隐藏终端[49]是指在接收节点的覆盖范围内,而在发送节点的覆盖范围外的节点。例如,节点 A 向节点 B 发送信息,节点 C 在发送节点 A 的覆盖范围外,因而未能监听到 A向 B 发送,故 C 可能同时向 B 发起新的通信,最终导致发送至 B 的报文发生冲突。这里节点 C 就是隐藏终端,由此而引发的数据碰撞问题称为隐藏终端问题。隐藏终端导致报文需要重新发送,降低了信道利用率,而且隐藏终端还可能连续存在,使得这种情况进一步恶化。

所谓暴露终端[50]是指在发送节点的覆盖范围内,而在接收节点的覆盖范围外的节点。例如,节点 A 向节点 B 发送信息,节点 C 在发送节点 A 的覆盖范围内,在接收节点 B 的通信范围之外。当 C 监听到 A 的发送就延迟发送,但是,C 实际上是在 B 的通信范围之外,因此 C 并不会影响 A 的发送,当然不会造成冲突,这里节点 C 是暴露终端。由于暴露终端监听到无线通信范围内某个节点的发送而引发不必要的发送延迟问题称为暴露终端问题。暴露终端使得网络资源无法得到充分利用,浪费了宝贵的信道资源,导致 MAC 协议性能下降。

（3）不可靠的无线信道问题

无线信道本身的物理特性使得移动自组织网的网络带宽相对有线方式要低得多。而且,无线信号在传输中受反射、衍射、散射等因素的影响,即多径传播,使得接收信号是各种物理信号的叠加,接收信号强度随时间的改变而改变。此外,无线信道的开放性和不稳定性导致无线信道的误码率较高。

（4）多跳通信导致的问题

在 MANET 中,节点需要相互协作才能够成功发送报文。由于需要竞争共享的信道,单一通信流的端到端吞吐量不仅受限于原始的信道容量,同时还受到周围其他通信流的竞争影响。另外,由于节点将与本路径上的上游和下游节点竞争共享的信道,每个多跳通信流的端到端吞吐量既受到临近区域的其他流量的影响,而且还面临自身路径上节点间的竞争。这种竞争会导致严重的冲突和阻塞问题,极大地影响 MANET 的性能。

（5）能量有限问题

由于 MANET 中的节点能量受限,因此,功耗是影响 MAC 协议设计的一个非常重要的因素。必须高效地使用节点能量,以延长移动节点的寿命和网络服务时间。

2. 移动自组织网络中典型的 MAC 协议

针对不同的应用背景,MANET 的 MAC 协议具有不同的设计目标[51]。根据使用的信道数量不同,MANET 的 MAC 协议可以分为三大类:基于单信道的 MAC 协议、基于双信道的 MAC 协议和基于多信道的 MAC 协议。

（1）基于单信道的 MAC 协议

基于单信道的 MAC 接入协议用于只有一个共享信道的网络。所有的控制报文和数据报文都在同一个无线信道中进行传输。受传播时延、隐藏终端、暴露终端和节点移动等因素的影响,在单信道网络中,控制报文之间、数据报文之间、控制报文和数据报文之间都可能发生冲突。相比较而言,数据报文的冲突对网络性能的影响较大,会严重影响信道的利用率。所以,基于单信道的 MAC 协议的主要目标就是通过控制报文尽量避免甚至消除数据报文的发送冲突,保证节点信道接入的公平性。下面介绍几种典型的基于单信道的移动自组织网络 MAC 协议。

多址接入冲突避免协议(Multiple Access with Collision Avoidance, MACA)[52]是第一个采用 RTS/CTS 信道握手机制的 MAC 协议,力求解决网络中的隐藏终端和暴露终端问题。发送节点在发送数据报文之前,首先向接收节点发送 RTS 报文,进行信道预留。接收节点收到 RTS 报文后,向发送节点回送一个 CTS 报文。发送节点接收到 CTS 报文后,再发送 DATA 报文。其他侦听到 CTS 报文的节点采用 BEB 算法延迟发送数据,以避免冲突。MACA 协议虽然提高了无线信道的利用率,但是仅接收到 RTS 报文而没有接收到 CTS 报文的节点仍然可能发送数据,所以 MACA 只是部分地解决了隐藏终端问题。而且 MACA 协议仍然无法避免控制报文间的冲突,不具备链路层的确认机制,协议的公平性也较差。

无线多址接入冲突避免协议(MACA Wireless, MACAW)[53]是第一个专门针对无线环境而设计的 MAC 协议,是 MACA 协议的改进版本。由于暴露终端无法确认 RTS-CTS 是否握手成功,MACAW 协议增加了数据发送(Data Sending, DS)控制报文和 ACK 报文。在 MACAW 协议中,当发送节点和接收节点通过使用 RTS-CTS 握手成功后,发送节点首先发送 DS 控制报文,再向接收节点发送数据报文 DATA。为了提高传输可靠性,MACAW 协议增加了链路层确认机制,即由接收节点在成功接收 DATA 报文后回复 ACK 报文。这使得接入过程变为 RTS-CTS-DS-DATA-ACK 的五次握手过程,进一步提高了信道的利用率。

MACAW 还提出了乘性增线性减(Multiplicative Increase Linear Decrease,MILD)退避算法,以获得更好的公平性。与 MACA 相比,MACAW 性能得到了一定的改善,但是 MACAW 协议的主要缺点是通信中控制信息交互次数太多,而且仍然不能完全解决暴露终端问题。

实地捕获多址接入协议(Floor Acquisition Multiple Access,FAMA)[54] 对 MACA 和 MACAW 做了进一步改进,在节点发送数据之前,首先保证其获得信道的使用权,从而实现无冲突的数据报文发送。另外,FAMA 通过延长 RTS 和 CTS 控制报文的长度来避免控制报文的冲突,较好地解决了隐藏终端问题,有效地提高了网络吞吐量。

(2) 基于双信道的 MAC 协议

在双信道协议中,采用两个共享信道来传输信息。一般情况下,两个信道被分为数据信道和控制信道,分别用来传输数据报文和控制报文。通过采用适当的控制机制,双信道 MAC 协议可以完全消除隐藏终端和暴露终端的影响,避免数据报文的传输冲突。大多数基于忙音(Busy Tone)的协议都可以归属于双信道协议,其中一个信道用来传输忙音,另一个信道用来传输数据或者部分控制信息。由于忙音占用的频带很窄,在很多情况下,可以从原有的单信道中划出一小部分作为传输忙音的信道。下面介绍几种典型的基于双信道的移动自组织网络 MAC 协议。

双忙音多址接入协议(Dual Busy Tone Multiple Access,DBTMA)[55] 中的双信道分别为:传输数据信息的数据信道和传输控制信息的控制信道。DBTMA 在控制信道上增加了两个忙音信号,其中一个忙音信号指示发送忙,另一个忙音信号指示接收忙,为了避免干扰,这两个忙音信号在频率上是分开的。而且,在通信过程中,忙音信号会一直存在,以确保数据报文的无冲突可靠传输。通过双信道加忙音的方法,不仅解决了隐藏终端问题,而且降低了控制信号发生冲突的概率,因而网络利用率比 MACAW 提高了 1 倍。

能量感知多址接入协议(Power-Aware Multi-Access Protocol with Signaling,PAMAS)是一种基于 MACA 的双信道协议,控制信道用于交互 RTS/CTS 控制报文,数据信道用于传输数据报文。在解决信道接入问题的基础上,PAWAS 通过合理地关闭某些不需要接收和发送的节点,来节省能耗。由于节点关闭期间,既不能发送数据也不能接收数据,可能会造成网络时延增加,并导致网络吞吐量下降,所以需要严格控制节点关闭的时长。

(3) 基于多信道的 MAC 协议

基于多信道的 MAC 协议适合应用于配备多个无线信道的网络,可以使用其中一个信道作为公共控制信道,也可以令控制报文和数据报文在同一个信道上混合传送,接入控制更加灵活。当节点需要进行数据传输时,为了避免与相邻节点间的通信干扰,相邻节点之间可以同时选择不同的信道进行通信。多信道 MAC 协议在解决隐藏终端和暴露终端问题等方面,优势比较显著。下面介绍 MANET 中几种典型的多信道 MAC 协议。

多信道 CSMA(Multiple Channel CSMA)是在单信道 CSMA/CA 基础上改进的多信道

MAC 协议。在多信道 CSMA 协议中,可用带宽分割成互不重叠的 n 个信道,n 远小于网络中的节点数量。每当发送节点发送一个 RTS 报文时,首先感知所有数据传输信道上的载波,并建立用于传输的数据信道列表。多信道 CSMA 协议采用信道预留机制,节点尽可能选择上次成功发送数据的信道进行本次数据传输,如果该预留信道忙,或者最近使用的信道发送数据失败,则选择另外的空闲信道进行数据传输。如果没有空闲的数据信道,发送节点则执行回退机制。接收节点成功接收到 RTS 后,同样需要感知所有的数据信道用于创建自身的数据信道列表。如果存在共有的空闲信道,接收节点则选择信道状况最好的空闲信道,并回送一个 CTS 报文告知发送节点将使用的信道。由于每个节点为自身持续地预留信道,因此其性能要优于随机的空闲信道选择机制。不过,这种基于预留的多信道机制通常传输时延较大。

跳数预约多址接入协议(Hop-Reservation Multiple Access,HRMA)利用了频率跳变时的时间同步特性,是一种基于半双工慢调频扩频的接入机制。HRMA 使用统一的跳频方案,允许收发双方预留一个跳变频率进行数据的无干扰传输。当两个节点经过 RTS/CTS 握手后,将在当前通信信道的固定跳隙上进行数据报文传输,其他节点继续跳频,并建立自身的通信信道。但是,HRMA 协议只能用在慢跳变系统中,而且与使用不同跳频方案设备的兼容性不好。此外,由于数据传输需要的驻留时间比较长,还会增加数据冲突的概率。

5.4.3.2 路由协议

由于 MANET 节点的移动性、能源消耗、拓扑变化频繁等特点,显然传统固网的路由协议无法适应 MANET 这种新的网络体系。针对路由发现策略的不同,MANET 中的路由算法可以分为两类[56]:表驱动式路由协议和按需驱动路由协议。

1. 表驱动式路由协议

表驱动式路由协议为网络中每个节点维护到其他所有节点的、一致的、最新的路由信息,这就要求每个节点维护一个或多个路由表。当网络拓扑发生变化时,它们就会向网络传播相应的更新信息,以维护一致的网络视图。这类协议的差异主要体现在两个方面:维护的路由信息表的个数以及传播路由信息的方式。下面介绍 MANET 中一些典型的表驱动式路由协议。

（1）目标排序距离矢量路由协议(Destination Sequenced Distance Vector,DSDV)

DSDV 是一种经典的表驱动路由协议[57]。在 DSDV 中,采用最短路径策略,网络中每个节点都维护一个路由表,表中记录了所有该节点可能的目的节点以及到达每个目的节点的跳数。DSDV 引入序列号机制,每条路由都有一个序列号,此序列号由目的节点生成,能够帮助移动节点区分出新的路由和失效路由,可以有效避免选路循环的形成。为了维护路由表的一致性,需要周期性地更新路由表。新的路由广播包括目的地址、到达目的节点的跳数、目的节点的序列号和一个新的且唯一的广播序列号。如果新记录的序列号大于已有的序列号,则节点使用新的路由信息。如果序列号相同,那么就会采用具有较小路径长度的路由信息,以实现选路优化。移动节点同时跟踪路由的保持时间或是加权保持时间。根据路由保持时间的长度,延迟发送路由更新报文,这样移动节点就可以降低网络通信量并优化路由。如果可以预见不久就会发现更好的路由,那么就不会发送这种广播报文。

（2）簇首网关交换路由（Clusterhead Gateway Switch Routing,CGSR）

CGSR 是一种基于启发式方法的分簇路由协议[58]。CGSR 中的每个节点必须维护一个簇成员表和一个路由表,簇成员表用于存储网络中每个目的节点所在簇的簇首,路由表用于存储到达目的节点的下一跳地址。CGSR 是在 DSDV 的基础上发展而来的,根据DSDV 算法,每个节点周期性地广播簇成员表,收到从邻居节点转发过来的簇成员表后,节点需要更新自身的簇成员表。当节点收到一个数据包后,就会根据簇成员表和路由表找出距离该节点最近的簇首,并根据路由表找出到达该簇首的下一跳节点,然后把报文转发给这个下一跳节点。

CGSR 对 DSDV 的改进之处是使用了一种分级的“簇首 + 网关”机制来转发数据。在每个簇内,簇首节点用来控制簇内的一组节点,各簇之间通过 CDMA 的方式分配信道带宽。频繁改选簇首的成簇方案可能会降低协议的性能,因为节点可能会因为忙于簇首的选择而无法顾及报文转发。为此,引进一种最少簇改变（Least Cluster Change,LCC）算法。LCC 并不是每次簇成员改变时都调用簇首重新选举过程,而是当两个簇首可以直接通信时,或者簇首节点移出其所在簇时,才重新选举簇首。网关节点是处于两个或多个簇首的通信范围内的节点。源节点发送的数据包首先由簇内普通节点通过一跳或者多跳传给簇首节点,再由簇首节点转发到网关,网关节点继续将其转发给另一个簇首节点。按照此方式不断进行通信,直至将数据包转发至目的节点所在簇的簇首。最后,再把这个数据包转发给目的节点,CGSR 的路由方式如图 5.24 所示。

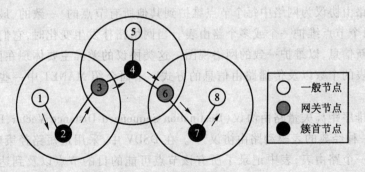

图 5.24　CGSR 的路由示例

（3）无线路由协议（Wireless Routing Protocol,WRP）

WRP 要求网络中的每个节点维护 4 个表,分别是距离表、路由表、链路费用表和消息重传表(Message Retransmission List,MRL)。MRL 中记录路由更新报文中哪些条目需要重新传输、哪些表项需要接收节点进行确认。每条 MRL 表项包括:一个更新报文序列号、一个重传计数器、一个需要确认的标志向量(每个邻居一条)和一个更新报文中已发送的更新列表。

移动节点使用更新报文来通知邻居节点彼此链路的变化情况,更新报文包括一个更新列表和一个响应列表。更新列表中的每个条目包括目的节点、与目的节点的距离、目的节点的上游节点。响应列表中的每个条目指明需要哪个节点对更新报文进行响应。移动节点处理完从邻居节点发来的更新报文或者检测出到邻居节点的链路发生变化后,就会发出一个更新报文。如果两个节点之间发生链路失效事件,移动节点就会向其邻居节点发出更新报文。邻居节点则更新它们的距离表,并通过其他节点寻找新的路径。任何新的路径都会传回到源节点以便更新相应的表。

每个节点通过接收邻居节点的确认报文和其他报文得知网络中其他节点的情况。如果一个节点没有其他报文需要发送,它就必须在指定的时间间隔内发送一个 Hello 报文,以保持与网络的连接。若长时间没有收到从某节点发送来的报文,则认为与该节点相连的链路已断开,而这会引起一个错误的警报。当移动节点收到一个新节点发送的 Hello 报文时,则此移动节点把该新节点加入到本地的路由表中,同时把自身的路由信息复制一份发送给新节点。

选路循环的避免机制是 WRP 的主要创新之处。在 WRP 中,节点会把到网络中所有目的节点的距离和到目的节点路径上的上游节点信息传达给网络中的每个节点,并强制每一个节点对所有邻居节点报告的上游节点信息进行一致性检查,从而避免了"无限计数"问题的发生,最终消除了选路循环,尤其在链路失效事件发生时,具有更快的路由收敛速度。

2. 按需驱动路由协议

与表驱动的路由协议不同,按需驱动路由协议只有在源节点需要时才建立路由。当一个节点需要建立一条到达目的节点的路由时,此节点在网络内启动路由发现过程,此过程在发现一条路由或者所有可能的路由已检测完毕时结束。一旦建立路由,则启动路由维护过程,直到目的节点不可达或者不再需要此路由。下面介绍一些典型的按需驱动路由协议。

(1)按需距离矢量路由协议(Ad Hoc On-Demand Distance Vector,AODV)

AODV 建立在 DSDV 路由协议之上,由于 AODV 中的节点不需要维护路由信息,也不需要参与路由表的更换,因此被认为是一个纯粹的按需路由发现机制[59]。由于 DSDV 需要维持一个完整的路由表,所以较 DSDV 而言,AODV 的最大优势在于广播请求大大减少。

在 AODV 路由协议中,定义了三种类型的数据报文:路由请求报文(Route REQuest,RREQ),路由应答报文(Route REPly,RREP)和路由错误报文(Route Error,RRER)。

当源节点需要向目的节点发送报文时,而此时又不存在有效路由,则启动路由发现过程。源节点向其邻居节点广播 RREQ 报文,并通过邻居节点的转发实现全网洪泛(Flooding),直到该 RREQ 到达目的节点,或者找到一个能够到达目的节点的中间节点时,洪泛过程结束。图 5.25(a)表示 RREQ 在网络中的传播过程。AODV 使用目的序列号保证所有的路由是无环路的。每个节点维护其序列号和广播 ID,广播 ID 和节点 IP 地址标识了唯一的 RREQ,广播 ID 随着节点发起 RREQ 的次数增加而增加,源节点通过包含在 RREQ 中的序列号和广播 ID 来标明到达目的节点的最新序列号。如果中间节点知道到达目的节点的路由,并且该目的序列号大于或等于 RREQ 中的目的序列号,则应答 RREQ。在转发 RREQ 的过程中,中间节点在它们的路由表中记录收到的第一个 RREQ 里的节点地址,并依此建立反向路由,之后收到的相同 RREQ 将被丢弃。目的节点或者已知到达目的节点路由的中间节点收到 RREQ 时,向最先给其发送 RREQ 的邻居节点发送 RREP。图 5.25(b)表示 RREP 的发送过程。由于 RREP 沿反向路由传送,沿着 RREP 前进路径上的所有节点将设置一个转发指针,指向 RREP 发来的方向。每一条路由表项对应一个路由定时器,如果在特定的生存期内没有使用此表项,则应将其删除。

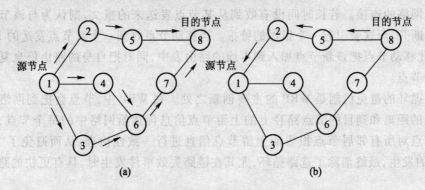

图 5.25　AODV 的路由发现

节点通过在区域内周期性地广播 Hello 报文来维护网络的连通性。若节点在使用链路时,发现某条链路已断开,则发送 RRER 报文来通知那些因链路断开而不可达的节点,将相应的路由从路由表中删除,沿途转发 RRER 的节点也要删除自身路由表中的相应路由。此时,源节点若还需要到达目的节点的路由,则重新发起路由发现过程。

(2) 动态源路由协议(Dynamic Source Routing,DSR)

DSR 是建立在源路由基础上的按需驱动路由协议[60]。DSR 协议主要包括路由发现和路由维持两个阶段。当一个移动节点有数据报文发往某一目的节点时,首先查看自身的路由缓存器中是否已经存在到达目的节点的路由,如果存在,就使用此路由来发送数据报文;反之,则广播路由请求报文,并开始路由发现过程。路由请求报文的组成包括:目的节点地址、源节点地址和一个唯一的标识号。收到此请求报文的每个节点检查自己是否有到达目的节点的路由,如果没有,则将自己的地址加入到路由请求报文的记录中,并继续发送此路由请求报文。

路由应答报文由目的节点或者能够到达目的节点的中间节点创建。当路由应答报文通过目的节点创建时,包含在路由请求报文中的路由记录将被加入到路由应答报文中。当路由应答报文通过中间节点创建时,路由缓存器中的路由信息将被加入到路由记录中,然后再生成路由应答报文。应答节点必须知道到达源节点的路由才能返回路由应答报文,如果在它的路由缓存器中已有到达源节点的路由,就使用此路由;否则,根据是否支持对称链路决定下一步动作,若支持对称链路,则按照路由记录建立反向路由;若不支持对称链路,则启动路由发现过程,并在新的路由请求报文中捎带路由应答信息。

在路由维持阶段,当数据链路层发生严重错误时,节点生成路由错误报文。收到路由错误报文的节点删除其路由缓存器中发生错误的节点以及包含此节点的所有路由。除了使用路由错误报文以外,还可以采用确认机制来验证路由连接是否正常工作。

(3) 临时排序路由算法(Temporally-Ordered Routing Algorithm,TORA)

TORA 是建立在链路反转概念上的一个高度自适应的、无环路的、源启动的、分布式路由算法[61]。TORA 协议包括三个阶段:路由发现、路由维护、路由删除。

在路由发现和路由维护阶段,TORA 协议为每个节点分配一个相对于源节点的"高度值(Height Metric)"作为路由度量值,目的节点的"高度值"最低。根据相邻节点间的相对高度,TORA 使用"高度值"建立一个以目的节点为根的有向无环图(Directed Acyclic Graph,DAG),连接被赋予方向性(上游或下游),具有较大高度值的节点被规定为上游节点。相邻两个节点进行通信时,只能从上游节点流向下游节点,即从"高度值"大的节点流向"高度值"小的节点,如图 5.26(a)所示。当节点移动破坏了原有的 DAG 时,需要启动路由维护过程,重新建立新的 DAG,如图 5.26(b)所示。如果节点的最后一个下游连接失败,则生成一个新的参考级。为了适应新的参考级,将连接反转并由邻居节点传播此参考级,以针对失败的连接进行结构调整。当一个节点没有下游连接时,反转一条或者多条连接的方向,其作用是相同的。

因为高度值依赖于连接失败的逻辑时间,所以同步是 TORA 中的重要因素,TORA 假设所有节点使用一个同步时钟。TORA 的路由度量值由 5 部分组成:连接失败的逻辑时间、定义参考级别的节点 ID、映像标识位、传播命令参数和节点 ID。前 3 个部分结合起来表示参考级别。每当节点失去最后一个下游连接时,定义一个新的参考级别。从本质上而言,TORA 的路由删除阶段就是在网络内泛洪广播一个"清除包"来删除无效的路由。

TORA 将控制报文的传递限制在小范围的拓扑结构变化区域内,因而节点只需维持其邻居节点的路由信息,可以为每对源/目的节点提供多条路由,适用于动态性变化较大的移动网络环境。

(4) 基于关联度的路由协议(Associativity-Based Routing,ABR)

ABR 是一种无环路、无死锁、无重复包的路由协议[62]。在 ABR 中,定义了新的路由选取依据,该依据称为"关联稳定度",用来表示节点在时间和空间上的连接稳定性。节点移

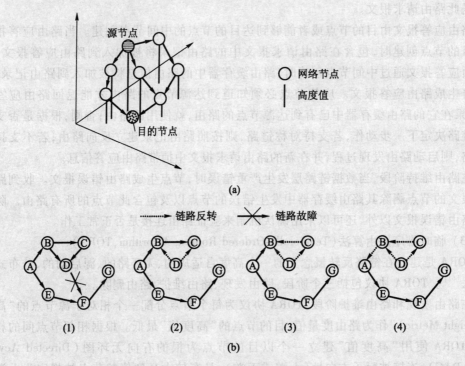

图 5.26　TORA 的路由过程

动性越小,则关联稳定度越高,反之亦然。每个节点周期性地产生一个信标来标识它的存在,收到该信标的邻居节点,更新其关联表。每收到一个信标,就增加此节点和发出信标节点的关联度标记。当发现某节点或者其邻居节点移出通信区域时,就相应清除相关节点关联度标记。ABR 的 3 个阶段依次为:路由发现、路由重建和路由删除。

　　路由发现阶段是通过广播请求和等待应答来完成的。寻路节点首先广播一个广播查询报文(Broadcast Query,BQ),除了目的节点以外,所有收到 BQ 的节点将它们的地址、邻居节点的关联标记以及 QoS 信息追加到请求包的后面。后继节点只保留自身和上游节点之间的关联标记条目,同时删除上游邻居节点的关联标记条目。按此方法,每个到达目的的节点的数据报文中只包含沿途节点的关联标记。然后,目的节点检查每条路由的关联标记以选择最佳路由,如果多条路由具有相同的关联稳定性,则选择跳数最少的路由。最后,目的节点沿此路由向源节点返回一个应答报文以表示该路径是有效的,而其他路由将被设定为无效。

　　路由重建阶段包括部分路由发现、删除无效路由、更新有效路由以及新的路由发现。源节点的移动将带来新一轮的广播请求/应答过程。当目的节点移动时,紧靠着它的上游节点通过发起定位请求来判断目的节点能否收到定位请求包。如果目的节点可以收到定位请求包,则应答最好的部分路由;否则,发起定位请求的节点超时,其相邻上游节点继续此过程。

当不再需要路由时,启动路由删除过程,由源节点广播路由删除报文(Route Delete,RD),以使包含此路由的所有节点更新它们的路由表。源节点在重新发现路由时,并不知道是哪个节点发生了变动,因而应在全网广播 RD 报文。

(5)基于信号稳定度的自适应路由协议(Signal Stability based Adaptive Routing Protocol,SSA)

SSA 以节点之间信号的强度和节点的位置稳定度作为选路的标准[63]。SSA 由动态路由协议(Dynamic Routing Protocol,DRP)和静态路由协议(Static Routing Protocol,SRP)混合组成。

DRP 负责维护信号稳定度表和路由表。通过与链路层周期性交换信息获得信号强度,信号稳定度表用来记录相邻节点间的信号强度。所有的传输任务都由 DRP 接收并处理。当所有的表条目更新后,DRP 向 SRP 传送一个接收包。

SRP 负责报文的处理和发送。如果在 DRP 建立的路由表内没有可用的路由,则向全网广播路由请求报文,启动路由寻找过程。当节点从一个较强的信道接收到路由请求报文,并且之前该请求报文没有被处理过,节点则将此路由请求报文发送给其邻居节点。由于最先到达的路由请求报文可能是通过最短或是拥塞最小的路径到达的,因此目的节点选择最先到达的路由请求报文给予回应。DRP 向路由请求节点发送一个路由应答报文,路由请求节点的 DRP 由此更新它们的路由表。由于通过较弱的信道传送的路由请求报文可能被某个中间节点丢弃,所以最后到达目的节点的请求报文中的路径,具有最强的信号稳定度。如果在一个特定的时间内,源节点没有收到路由请求的应答报文,则修改请求报文的头部字段,表示其可以接受信号强度较弱的信道。当网络中某条链路失效,周围节点向使用该条链路的源节点发送一个故障包,源节点重新启动路由寻找程序,寻找另一条路径,并将失效链路的信息告知其他节点。

基于表驱动的路由协议的最大优点是可以随时知道到达目的节点的路由信息,其缺点是无论是否存在路由的变化和转发需求,都要定期更新路由表,导致电池能量和网络带宽的浪费,尤其当网络通信量大的时候其缺点更加明显。基于需求的路由协议在节省能量和带宽方面性能优越,但是却不能保证最佳路由,且算法的实时性较差。鉴于两类路由方式的特性,因此混合式路由协议应该是一种较好的折衷方案。可以在局部范围内使用表驱动型路由协议以维护准确的路由信息,并缩小路由控制报文传播的范围。当目标节点较远时,则采用按需策略发现路由,这样既可以减少路由协议的开销,而且也改善了时延性能。但是实施混合式路由面临着许多问题,如簇首的选举、簇的重构、表驱动和按需驱动路由协议的合理选择等。

5.4.3.3 能耗

MANET 中的节点通常采用电池供电,电池能源是节点最宝贵的资源,因此,MANET

是能量受限系统。为了延长网络寿命,必须合理有效地利用能源。通常,能耗主要集中在处理能耗、发送能耗和接收能耗。其中,处理能耗用于网络计算和运行相关的应用程序,而发送能耗和接收能耗主要是节点间通信的开销。可以说,电池能源的耗费与各个协议层是紧密相关的,研究 MANET 的节能机制具有十分重要的意义。

1. 物理层

MANET 中有关硬件和电路级别的优化和管理研究,主要包括降低中央处理单元及存储的能耗等,以及通过关闭空闲设备或设置待机状态来减少功耗。由于过高的传输功率会增加干扰,因而在物理层需要灵活地调节传输功率,在维护链路连通性的基础上,尽可能以较低的功率发送和接收数据。

2. 数据链路层

数据链路层主要通过有效的重传机制和休眠模式来实现节能。数据链路层的功能在于保证两点间的可靠性传输,因此必须依靠差错重传机制。然而,MANET 中节点的移动性和共享信道的干扰特性,势必导致频繁的重传请求,而频繁的重传不仅增加了能耗,而且也干扰了其他节点的正常通信。因此,在 MANET 中,必须采用高效重传请求机制。可以采用的一种方法是,当发送节点没有收到对已发送数据的确认时,将做出当前的信道质量差、目的节点无法成功接收数据的判定,因此也就无须重传,然而这种节能方法却可能增加传输延迟;另一种方法是通过增大发送功率来降低传输错误概率,但却无形中增加了信号干扰。因此,在何时采用何种级别的传输功率进行数据重传是一个很棘手的问题。此外,当节点向其下游节点传输数据时,由于无线通信的特性,其他邻居节点也会监听到,因而需要检测自己是否为数据接收方,这个过程无疑造成了能源的浪费。为了减少这种能耗,不处于接收状态的节点应及时进入休眠模式。

3. 网络层

在传统的有线网络中,研究的重点在于如何提高端到端的吞吐量和降低延迟,因而路由计算是以最短路径和最低延迟参数作为度量。但是在移动环境中,考虑到节点的可存活周期,有时必须将能耗作为路由的度量参数来选择最佳路由。虽然这在一定程度上可能会影响网络的吞吐量,但是较低的能耗减少了信道的干扰和竞争,又在一定程度上起到了积极的作用。因此,为了节能而采用较低功率进行传输并不一定会对网络产生负面影响,同时还应尽可能地将转发负载平均分配到各个节点,从而延长网络的寿命。根据不同的度量指标,代表性的节能路由协议主要有:最小总传输功率路由(Minimum Total Transmission Power Routing, MTPR)、最小电池代价路由(Minimum Battery Cost Routing, MBCR)、最小最大电池代价路由(Min-Max Battery Cost Routing, MMBCR)、受限的最大最小电池容量路由(Conditional Max-Min Battery Capacity Routing, CMMBCR)。MTPR 用于选择从源节点到目的节点功耗最小的路径,但不能直接反映每个节点的剩余电能,因而可能造成路径上节点耗能过快的情况发生。MBCR 将最小电池耗费量作为路由度量的指标,可以在一定程度上延长节点的寿命,但是,由于它只考虑了总体电池耗费,因此路径上同样可能包含电池量最小的节点。MMBCR 虽然保证了每个节点的电池耗费相对公平,但是,却无法保证能够选择到具有最小传输功耗的路由。当然,其结果也就无法保证网络的生存期最长。CMMBCR 结合了 MBCR 和 MMBCR 的优点,在很大程度上克服了以上三种协议的缺陷和不足,但是仍然无法同时满足公平性和网络的平均存活期,因此该领域还有待进一步研究。

除了物理层、数据链路层和网络层以外,电池能源同样也约束着应用层服务的发展,如网络管理等。

5.4.3.4 QoS 支持

随着网络业务种类的增多,在 MANET 中提供不同级别 QoS 保证的需求日益增加。然而,网络资源受限、隐藏终端和暴露终端、多跳通信、无中心和自组织、无线通信信道的不稳定性以及拓扑的动态变化等因素,使得 MANET 中的 QoS 保证面临很大的挑战。

网络资源受限是移动自组织网络 QoS 支持的难点所在。由于 MANET 信道带宽较窄并且无线信道质量不稳定,所以很容易受到干扰。为了提高通信的可靠性,目前已提出一些用于解决信号干扰问题的方案,如采用多径传输机制、使用更强的编码方案、提高信号发射功率等,但这些方法并不能从整体上提高网络的 QoS,还会引发一些其他问题,如多径传输会造成节点负载的增加、强编码技术会导致带宽减少、提高发射功率则加大了报文碰撞的概率。

由于无线信道基于广播共享形式,多数无线信道又都采用随机接入机制,常规无线网络中无法避免隐藏终端、暴露终端等问题,而且,受到 MANET 中无线多跳通信的影响,这会进一步引发数据碰撞的增加,导致获得信道访问机会的概率变小,最终造成系统整体效率下降。同时,网络拓扑结构的动态变化也为 QoS 支持带来了很大困难,要消除或减轻网络拓扑结构变化对 QoS 的影响,需要 MAC 协议与路由协议提供相应的支持。

保证网络 QoS 通常采用三类方法:第一类方法通过设计性能更强大的网络以避免竞争;第二类方法是沿着特定应用的数据流所经过的路径保留端到端的资源,例如 RSVP;第三类方法不必为具体的数据流在网络中保留特定的资源,但要采用类似区分服务(DiffServ)等方法对报文做标记。显然第一类方法不适合移动自组织网络,而后两类的服务模型由于没有充分考虑无线移动的网络环境,因此必须加以改进。在 MANET 中,需要多个层面有效配合以实现网络的 QoS 支持。

1. 动态 QoS 保证机制

动态 QoS 保证机制的基本思想是受到基于资源预留的服务模型的启发而得来的。资源预留请求首先规定一个预约请求范围,预留的资源从能够接受的最小 QoS 等级到最大 QoS 等级的范围之间动态变化。各种网络实体监测当前的预留资源和实际的资源情况,并根据网络的空余资源状况进行自适应调整,从而提供一种动态的 QoS 保障机制,可以灵活地提供服务。

2. 具有 QoS 能力的中间适配机制

具有 QoS 能力的中间适配机制考虑了网络性能和端到端的资源状况,通过采用带有中间适配机制的网络框架来动态适应网络性能的变化情况,从而使整个系统获得最优的 QoS 保障等级。

3. 支持 QoS 的 MAC 协议

资源有限的无线链路是 MANET 的系统瓶颈,大量的报文堆积在 MAC 层队列中,网络的端到端时延主要取决于每一跳转发中 MAC 层的信道成功接入时延,因此优先级排队和拥塞控制大多由 MAC 层实现。而且 MAC 层直接控制报文在无线信道上的发送和接收,所以 MAC 协议的优劣对网络的性能起着决定性作用,MAC 层的 QoS 保证机制对网络的 QoS 控制效果具有显著的影响。支持 QoS 的 MAC 协议的设计目标是使共享介质的各个节点在尽可能不影响其他节点的前提下,实现自身的 QoS 要求。组分配多址接入协议(Group Allocation Multiple Access with Packet Sensing,GAMA)是一种用于提供 QoS 保证的 MAC 协议,在 GAMA 协议中,竞争阶段通过使用 RTS/CTS 握手机制,为随后的无竞争阶段预留带宽。在多址接入/分组预留协议(Multiple Access Collision Avoidance with Piggyback Reservations,MACA/PA)中,可以通过在无冲突阶段发送一个确认报文来通知相邻节点是否需要预留带宽,每个节点基于报文中携带的预约请求进而获知信道的状态。

4. 支持 QoS 的路由协议

可以基于各种现有的路由算法来构造 QoS 路由协议,通过带有 QoS 信息的路由来实施有效的负载均衡控制机制,进而防止网络过载。相应地,在路由表设计中,需要添加新的 QoS 字段。另外,在新的连接请求到达时,每个节点还需要根据当前的 QoS 信息情况来决定是否接受这个新的连接请求。然而,计算满足多个约束条件的路由是一个 NP 完全问题,还需要借助启发式算法来计算一个多目标优化的 QoS 路由。

5.4.3.5　网络安全机制

在传统网络中,主机之间采用固定连接,具有稳定的网络拓扑,提供了包括命名服务、目录服务等多种服务。在此基础上制定相关的安全策略比较容易,如加密、认证、防火墙、访问控制和权限管理等。而在无中心结构的 MANET 中,节点随意移动,网络拓扑频繁变化,且没有专用路由器、交换机、基站等集中式设备,更没有命名服务、目录服务等网络功能的支持,导致 MANET 在实现包括可用性、机密性、完整性、安全认证和抗抵赖性等安全目标时,面对诸多挑战。

* 由于通信介质采用无线信道,因而导致 MANET 更容易受到被动窃听、主动入侵、信息阻塞、信息假冒等各种方式的攻击,威胁网络的安全性。

* 由于节点能量受限,计算能力较低,无法提供实现复杂加密算法的环境支持,无疑又增加了被窃密的可能性。

* 由于移动节点缺乏足够的保护机制,很有可能被攻陷和俘获,此时,恶意攻击不仅

来自网络之外,更有可能从网络内部产生。如果在安全机制中采用中心控制方式,网络将更容易受到攻击,因为一旦中心控制节点被俘获,将导致全网瘫痪。节点的移动性使得网络的拓扑结构和成员关系等动态变化,这将导致节点之间的信任关系也在不断变化,从而无法使用任何一种只具有静态配置的安全方案。

• 考虑到 MANET 不同的应用环境,相应地针对不同的环境所采取的安全策略也应有所不同。民用和军用环境严格规定了不同的安全策略等级。另外,安全机制还应该具有可扩展性。

由于 MANET 的特点及其应用环境的多样性,使得针对传统网络设计的安全机制很难应用于移动自组织网络。MANET 的安全策略研究主要集中于以下几方面:

1. 密钥管理机制

由于移动节点很容易受到攻击,被俘获和攻陷的可能性也很大,有效的密钥管理机制对于 MANET 的安全性十分重要。下面简要介绍 MANET 中典型的密钥管理机制。

基于分布式证书中心(Certificate Authority,CA)的密钥管理方案由 Zhou 和 Haas 等人首次提出[64],通过采用 (n,k) 门限秘密共享机制将 CA 功能分散到网络中的 n 个服务器节点,由 k 个服务器节点构成在线的虚拟分布式 CA。由离线管理中心确定系统公/私钥对,公钥被公布给全网所有节点,而私钥则分散给 n 个服务器节点。每个服务器节点持有系统证书签名私钥的一个秘密份额,并使用该秘密份额生成部分证书,通过 k 个服务器节点的协作为网络节点提供证书颁发和证书更新等服务。每个节点拥有自身的公/私钥对,要求其在加入网络之前必须获得离线管理中心签发的初始公钥证书和系统公钥,以便该节点的公钥能够被其他节点使用并验证它们的证书。每个服务器节点存储全网所有节点的公钥证书,当需要使用某个节点的公钥时,只要到任意服务器节点检索该节点的公钥证书即可。该方案最多可容忍 $k-1$ 个服务器节点被破坏。为了抵御漫游攻击者,服务器节点通过采用主动秘密份额刷新机制定期更新持有的私钥份额,使得攻击者在同一时段获取 k 个秘密份额的难度加大,即使攻击者能够获取不同时段的 k 个秘密份额,也无法恢复系统私钥。然而,使用分布式 CA 时必须考虑参数 n 和 k 的设置。虽然 k 越大,系统安全性越高,但这却是以牺牲系统可用性为代价的。

Capkun 等人[65]提出一种完全自组织的公钥管理方案,节点可以不依靠任何可信中心或固定服务器来创建、存储、分发和撤销自身公钥。全网节点地位平等,每个节点都是一个 CA,可以为自身和其他信任节点颁发公钥证书。通过公钥证书链实现密钥认证,为了确保认证的正确执行,节点需要检查证书链中所有证书是否有效和真实。这种完全自组织的公钥管理方案更加符合 MANET 的自组织特性,但是该方案的最大问题是缺乏证书撤销机制。由于证书的签发完全依赖于节点之间的信任关系,失密节点很容易通过错误证书对网络造成危害,严重影响网络的容错性和安全性。网络构建初期,可能会因为签发证书的数量不足导致无法在两个节点之间找到一条证书链,因此该方案只适用于生存期较长的 MANET。另外,由于缺乏可信的第三方,所以通过证书链建立的信任水平会随着链长的增加而迅速降低。可见,该方案不适用于对安全需求较高的 MANET。

Yi 等人[66]综合考虑了基于分布式 CA 的密钥管理方案和完全自组织的公钥管理方案二者的优点,提出一种同时使用分布式 CA 和证书链的复合式密钥管理方案。将密钥管理的负担分配到多个网络节点,参与密钥管理的节点数量越多,系统可用性越强。为了提高系统的安全等级,需要可信任的第三方参与,因此定义了三类网络节点:虚拟的证书服务节点、证书链参与节点和普通节点。可以采用三种配置方式:同时配置两种模块、在现有证书链体制中增加虚拟的证书服务节点、在虚拟 CA 体制中添加证书链参与节点。在复合式密钥管理方案中,基于虚拟 CA 和公钥证书链两种模块各自的认证方法,节点能够计算出来自其他节点的认证申请的可信度,并根据自身的安全策略决定是否接受。虽然该方案扩展了独立虚拟 CA 体制以及公钥证书链体制的功能,提高了密钥管理的效率,但是,该方案缺乏有效的证书撤销机制,而且用户还可能伪造大量的虚假证书破坏系统的安全性。

移动自组织网络密钥管理的研究大都假设系统中只包含一个 CA,而实际上,网络节点可能来自不同的组织,持有不同 CA 颁发的证书。如果节点不能够信任对方节点所属的 CA,则无法验证对方节点的公钥是否真实。Wang 等人[67]通过使用(n,k)门限秘密共享体制来构建在线分布式 CA,提出一种基于多 CA 的密钥管理方案,以解决不同 CA 的共存问题。该机制引入了信任图的思想,如果节点 A 能够通过当前信任的 CA 签发给节点 B 的证书验证 B 的真实性,则称 A 信任 B。每个节点都维护一张表用来保存当前信任的 CA。当节点需要获取一张证书时,必须从邻居节点中收集 k 个有效的份额持有者身份来构造私钥。当节点 A 希望认证节点 B 时,A 和 B 将各自的 CA 表发送给对方。比较这两个 CA 表,检查是否存在 A 和 B 共同信任的 CA。如果存在,A 和 B 则将该 CA 签发给它们的公钥证书发送给对方。若二者没有共同信任的 CA,则通过分布式多跳证书请求机制搜索各自的一跳相邻节点和两跳相邻节点。该机制虽然对不同管理域的 CA 之间的互操作提供了支持,但是,却没有给出证书撤销方案。

此外,MANET 的密钥管理机制还包括:基于身份的密钥管理、公钥自证明的密钥管理[68]、基于外部 CA 的密钥管理[69]以及使用对称密码技术的密钥管理方案[70]等。

2. 安全的路由协议

路由协议是节点之间相互通信的基础,由于 MANET 中无线信道变化的不规则性,节点的移动、加入、退出等因素都会引起网络拓扑结构的动态变化,如果路由产生错误定向,会导致全网瘫痪。因此,安全路由对于 MANET 的安全起着举足轻重的作用。下面简要介绍 MANET 中几种典型的安全路由方案。

安全的距离矢量路由协议(Secure Efficient Ad hoc Distance vector routing,SEAD)[71]是基于 DSDV 的表驱动路由协议。该协议沿用了 DSDV 的距离度量值和序列号,各节点利用单向散列函数实现对路由更新报文的认证,初始化阶段以一个随机数作为输入,连续散列计算每次的输出值,得到该节点的散列链$(h_1, h_2, \cdots, h_n)$。节点使用散列链的顺序与生成散列链的顺序相反。在传输路由信息时,节点根据路由请求的序列号和网络直径,按照

$(h_n, h_{n-1}, \cdots, h_2, h_1)$ 的顺序选择散列链中的一个数值附加在数据包中。中间节点选择携带较大序列号或相等序列号且距离度量较小的路由包,并验证其携带的链值,防止路由包被破坏。由于散列函数具有单向性,恶意节点无法篡改认证值,因此不可能增加路由包的序列号,同样不可能减小度量值,抵制了路由信息被破坏和伪造攻击的可能性。此外,SEAD 也可防止路由黑洞和路由重播。但是,SEAD 不能有效抵制伪造相等序列号和度量值的恶意攻击,而且表驱动距离向量路由机制必须选择合适的网络规模,否则会增加节点的开销。

安全路由协议(secure routing protocol)[72]是一种基于源路由协议的扩展协议。该协议要求源节点和目的节点拥有共享密钥,并在二者之间建立安全连接。路由包地址列表收集了路由请求包所经过的节点地址信息。安全路由协议报文头部携带了请求序列号、请求识别符以及消息鉴别码。在路由转发过程中,各节点监测其邻居节点启动路由发现机制的频率,若频率过高,则降低此节点路由请求包的转发率。在安全路由协议中,由于中间节点的地址信息以明文形式传送,使得网络拓扑信息容易暴露。另外,若中间节点蓄意隐藏自己的节点地址,则很容易遭到恶意攻击。因此,该路由协议不适用于安全要求较高的环境。

SAODV(Secure Ad hoc On-Demand Distance Vector, SAODV)[73]是一种安全按需驱动路由协议,它采用两种方案来保证 AODV 协议的安全性。在第一种方案中,需要节点对创建的 RREQ 和 RREP 报文进行签名,这样其他节点不仅可以验证报文的来源,而且还可以保护 RREQ 和 RREP 的内容不会被篡改。每个节点需要实时更新 RREP 和 RREQ 的跳数情况,然而,创建者在签名时忽略了这些易变的信息。第二种方案则是针对如何保护这些易变的信息而设计的。在第二种方案中,引入了哈希链的概念,对路由进行签名意味着各个节点需要拥有使用非对称密码算法的密钥对。在 SAODV 协议中,每个节点都知道全网节点的真实公钥,因此,这就需要一个密钥管理方案,公钥密码体制为网络带来了沉重的计算负担。

ARIADNE[74]协议是一种基于 DSR 的安全路由协议。为了实现源节点与目的节点之间的端到端认证以及路由控制报文的逐跳认证,该协议采用了对称密码算法和单向的哈希运算消息认证码(Hash-based Message Authentication Code, HMAC)(即 TESLA)来认证源路由。要求网络中任意一对节点之间共享两个私有密钥分别用于认证一个方向上的通信,每个节点持有其他节点的 TESLA 认证密钥。源节点在启动路由发现过程时,选取一个链值作为 TESLA 密钥来计算消息鉴别码,并将其附在 RREQ 报文中广播出去。中间节点收到 RREQ 后,将自身标识加入到 RREQ 的节点列表,重新计算该列表的哈希值,并将下一个未公布的 TESLA 密钥签名的 HMAC 附在 RREQ 报文中,转发给邻居节点。

目的节点收到 RREQ 报文后,由共享私有密钥认证该源节点,并重新计算节点列表的哈希值与 RREQ 中的节点列表哈希值进行比较。若匹配,则生成路由响应 RREP 报文沿相反路径返回给源节点,否则,丢弃该 RREQ 报文。中间节点在转发 RREP 报文时,将先前在转发 RREQ 报文时使用的 TESLA 密钥添加到 RREP 报文中。源节点收到 RREP 报文后,首先根据另一个共享密钥认证目的节点,再根据报文中的密钥验证节点列表的完整性。若中间节点经过数次尝试仍然无法将数据包发送给下一跳节点,则向源节点发送 RRER 报文,要求该节点必须对 RRER 签名以防止非授权节点发送 RRER。RRER 报文经过的节点缓存此报文,直至该节点公布 TESLA 密钥,若 TESLA 认证成功,则修改路由表,否则丢弃该报文。ARIADNE 协议通过使用对称密码技术和 TESLA 广播认证协议,有效减少了节点的计算量。但是,TESLA 广播认证协议要求时钟同步,可能会导致一定的认证延迟或增大通信开销。另外,中间节点无法立即认证收到的路由控制报文,为攻击者发动拒绝服务攻击创造了机会,导致该协议存在一定的脆弱性。

此外,MANET 中的安全路由协议还包括:认证路由协议(Authenticated Routing for Ad Hoc Networks,ARAN)[75],安全链路状态路由(Secure Link-State Protocol,SLSP)[76]协议,安全路由协议(Security-Aware Ad Hoc Routing,SAR)[77]等。

3. 入侵检测技术

入侵检测即采用预先主动的方式,对计算机和网络资源上的恶意使用行为进行全面有效的自动检测和识别,以避免被保护系统可能遭受的攻击和破坏。由于认证、加密等预防性安全技术不足以解决 MANET 面临的所有安全威胁,所以入侵检测可被用做 MANET 的第二道安全防线,为其提供更加完善的安全保护。由于 MANET 缺乏交换机、路由器或网关等集中控制点,加上无线媒介固有的开放性,所以传统网络中的入侵检测技术无法直接应用于 MANET 中。下面介绍几种典型的 MANET 入侵检测方案。

Zhang 和 Lee 等人[78]提出一种基于 Agent 的分布式协作入侵检测方案。该方案基于 MANET 的分布式特性以及对节点协作的内在要求,采用参数异常检测技术,IDS Agent 运行于每个节点上,负责检测和收集本地事件和数据,以便识别潜在的入侵行为。当单个节点上的 IDS Agent 缺乏足够证据识别某种入侵行为时,可触发节点间的合作检测和全局响应。该分布式无线 IDS Agent 由 6 个模块组成:分别是本地数据收集模块(Local Data Collection,LDC)、本地检测引擎模块(Local Detection Engine,LDE)、本地响应模块(Local Response,LR)、全局响应模块(Global Response,GR)、协作检测引擎模块(Cooperative Detection,CD)以及安全通信模块(Secure Communication,SC)。LDC 模块负责收集实时审计数据,包括在节点无线传输范围之内的系统行为和节点行为。LDE 模块负责分析 LDC 模块收集的审计数据,提供是否出现异常行为的证据。若 LDE 模块能够提供强证据发现异常行为,则 IDS Agent 可独立判定系统遭到入侵,并依据入侵类型、证据确定程度、网络协议和应用的类型,通过 LR 模块或 GR 模块对入侵做出响应。若 LDE 模块只能以弱证据察觉可疑异常行为,IDS Agent 可以通过 CD 模块请求相邻的 IDS Agent 协作执行全局入侵检测,进一步判定可疑异常行为是否为入侵行为。CD 模块通过 SC 模块和其他 IDS Agent 进行通信。该方案基于分布式协作入侵检测的架构,采用多层综合入侵检测技术,提高了检测率。但是该方案没有考虑节点资源受限性,如每个节点运行 IDS 会增加本地运算负荷,全局检测依赖所有相邻节点间的通信,增加了每个信道的争用情况和额外的通信开销。

Sun 等人[79]提出一种基于区域的入侵检测方案(Zone-Based Intrusion Detection Systems,ZBIDS)。该方案将网络划分为非重叠区域,并将全网节点分为两大类:单域节点和跨域节点。ZBIDS 要求每个节点都知道自身的物理位置以进行区域的形成和维护,并能够将位置映射到区域图中。IDS Agent 运行于每个节点上,其组成包括数据收集模块(Data Collection,DC)、检测引擎模块(Detection Engine,DE)、本地融合和关联模块(Local Aggregation and Correlation,LACE)、全局融合和关联模块(Global Aggregation and Correlation,GACE)、入侵响应模块(Intrusion Response,IR)。DC 模块负责收集本地审计数据,DE 模块负责分析 DC 模块收集的数据以发现任何入侵迹象。LACE 模块负责整合 DE 模块提供的证据,若检测到入侵行为就生成警报,并将警报广播给同一区域的其他节点。如果节点是单域节点,则 GACE 只将生成的警报发送给跨域节点。如果节点是跨域节点,则 GACE 可以从单域节点接收警报,再将这些警报和自身警报整合后生成更高级别的警报。此外,GACE 模块通过与相邻节点协作来提高检测精度。IR 模块负责处理由 GACE 模块生成的警报。ZBIDS 系统使用基于本地马尔可夫链异常检测的本地融合和关联算法。IDS Agent 首先根据路由缓存构造马尔可夫链,若对路由缓存的改变是合法的,则能够以某种概率由马尔可夫链检测模型进行刻划,否则,对路由缓存的改变就是非法的,则生成警报。全局融合和关联算法是基于接收警报中所包含的攻击类型、攻击时间和攻击源等信息进行异常检测的。

Albers 等人[80]提出一种基于移动 Agent 的分布式协作入侵检测方案。每个节点通过运行本地入侵检测系统(Local Intrusion Detection Systems,LIDS)完成本地入侵检测,并与其他节点协作完成全局入侵检测。LIDS 间交换安全数据和入侵警报两种信息。安全数据可以从协作节点处获得必要的补充信息,入侵警报则向协作节点通告本地检测出的入侵行为。为了实现分布式入侵检测,节点通过移动 Agent 将请求发送到协作节点,在协作节点处完成计算后,再取回结果。对于每个移动 Agent,仅指定一项特定任务,并且以异步方式自动完成。此举使得节点间交换数据量大为降低,可有效节省网络带宽资源。

此外,MANET 中的入侵检测方案还包括:基于规范的入侵检测方案[81]、基于丢包和路由表异常变化的入侵检测方案[82]、基于网络信息的入侵检测方案[83]、基于管理信息库的入侵检测方案[84]等。

5.5 无线网状网

无线网状网在鲁棒性、灵活组网、提高网络覆盖率、增加网络容量、减少前期投资等诸多方面都显现出很大的优势,尤其适合应用于宽带无线接入骨干网,可以作为解决"最后一公里"瓶颈问题的候选方案之一,是目前无线网络的热点研究技术。本节较为详细地描述了 WMN 的技术演进、体系结构,并在此基础上,重点对 WMN 的 MAC 协议、路由协议等关键技术问题进行阐述。本节涵盖了当前国内外关于 WMN 技术的主要研究成果及内容,可帮助读者尽快地全面了解和掌握 WMN 技术。

5.5.1 无线网状网概述

无线网状网是一种具有多跳性、高容量、高速率、自组织和自愈特点的新型分布式宽带无线网络[85]。

5.5.1.1 无线网状网的起源与发展

受 MANET 在军事和特定场合的优势所启发,在民用场合,人们寄希望通过构建 MANET 来实现信息共享和方便的 Internet 接入,以降低接入网络的成本并提高网络的接入能力。近年来,低成本无线通信技术的发展,也促使着 MANET 向适合大众生活的商用领域进军,但依旧未能影响用户使用无线网络的方式,用户很少在选择 IEEE 802.11 的同时采用 Ad Hoc 的通信方式。

因此,需要针对 MANET 做一些改进,将改进后的网络定位为一种灵活的、低代价的有线网络的扩充,即作为用户接入 Internet 的一种手段。同时,改进后的网络还要能够提供高带宽支持、具有 QoS 保证的应用(如实时性较强的视频传输)、高质量的无线通信。以上描述的这种新型网络即为 WMN。具体而言,WMN 通过接入点(AP)接入有线网络,并采用多跳的传输方式上传或下载数据,集成了 MANET 的诸多特征。但其单跳无线链路较短而且对发射功率要求不高,因此能够实现较高传输带宽,更适合应用于商业服务。

IEEE 802.11 工作组致力于 WMN 的推广,认为若每个 IEEE 802.11 AP 同时具有支持逐跳转发的功能,那么,随着 AP 数目的增多,将大大扩充网络容量,有效地改善 WLAN 的覆盖问题[86]。IEEE 已于 2005 年召开了第一届关于 WMN 的专题小组讨论会议,而且,WMN 已被纳入到 IEEE 802.16-200,IEEE 802.16e 和 IEEE 802.11s Mesh 标准中。WMN 主要分为两类:非专门设计的 WMN 和专有 WMN。非专门设计的 WMN 由 IEEE 802.11 构建,典型的应用包括:美国非营利性项目"西雅图无线"(Seattle Wireless)、美国伊利诺大学香槟分校社区无线网络(Champaign-Urbana Community Wireless Network,CUWMN)、San Francisco BAWUG(Bay Area Wireless Users Group)和 MIT 的 Roofnet 等。此外,还包括室内和户外的一些应用,如 MeshNetworks、Tropos Networks、Radiant Networks、Firetide、BelAir Networks、Strix Systems 等。对于室内 WMN,通过开发 MANET 路由算法,能够在无有线结构的环境下提供 WLAN 接入扩展;对于室外 WMN,可根据客户需求灵活定制网络环境,能够在较广阔的地理环境下实现 Internet 接入共享,将成为有线网络的有益扩充。

5.5.1.2 无线网状网的结构

一般而言,WMN 主要由 Mesh 路由器和 Mesh 客户端组成。Mesh 路由器通常都具备网关和网桥的功能,既可以是普通的 PC 机,也可以是专用的嵌入式系统。Mesh 客户端根据其所具备的功能可以分为两类:第一类 Mesh 客户端不具备信息转发功能,只能作为普通终端接入网络;第二类 Mesh 客户端兼具普通节点的接入功能和无线路由器的路由和信息转发功能。Mesh 客户端可以是笔记本电脑、PDA、智能手机、RFID 阅读器、传感器节点或控制器等。根据网络节点功能的不同,WMN 可以分为三种结构:基础设施 WMN、客户端 WMN、混合 WMN。

1. 基础设施 WMN 结构

在基础设施 WMN 中,Mesh 路由器构成客户端连接网络的基础设施。Mesh 路由器通过自动配置、自动愈合的链路形成网状拓扑,并通过网关节点接入 Internet。该类网络除了可以使用 IEEE 802.11 无线技术构建外,还可以使用其他多种无线技术构建。基础设施 WMN 的结构如图 5.27 所示。

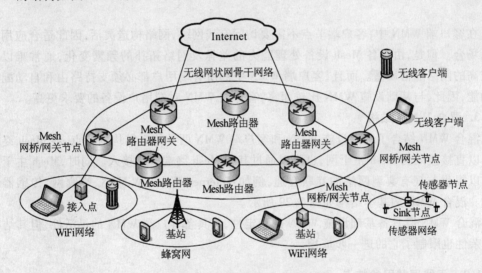

图 5.27　基础设施 WMN 的结构

基础设施 WMN 通过 Mesh 路由器为传统客户端提供骨干网的功能,并使得 WMN 和现有网络集成工作。具有以太网接口的传统客户端可以通过以太网链路连接至 Mesh 路由器,而传统客户端可直接与 Mesh 路由器通信。

由于存在专用的主干路由结构,传输质量能够得到较好的保障,因此,基础设施 WMN 比较适合于需要高带宽、高稳定性的 Internet 连接场合。

2. 客户端 WMN 结构

客户端 WMN 采用对等的网络结构,构成网络的所有客户端设备具有对等属性,均具备路由和配置功能,并能够提供端用户应用的功能。客户端网状网的基本结构如图 5.28 所示。在这种组网模式下,通常要求客户端设备使用同一种类型的无线接口,不需要 Mesh

路由器。这种结构与 MANET 类似,所以 MANET 也可以看做 WMN 的一种特殊形式。

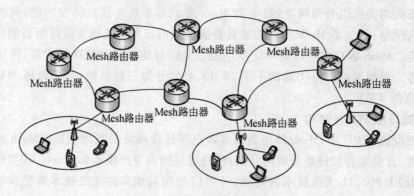

图 5.28　客户端 WMN 的结构

在客户端 WMN 中,客户端节点不需要访问有线网络,网络构造灵活,因此适合应用于紧急场合。但是,由于各 Mesh 设备处理能力的差异及网络拓扑的频繁变化,通常难以保证较高的网络通信质量。而且,客户端 WMN 中的所有端用户都必须支持路由和自动配置等功能,因此,与基础设施 WMN 比较而言,客户端 WMN 对端用户设备的要求更高。

3. 混合 WMN 结构

混合 WMN 结合了基础设施 WMN 和客户端 WMN 两种体系结构的特点,各 Mesh 终端既可以直接接入到 Mesh 主干网,也可以通过其他 Mesh 终端多跳接入。同时,Mesh 主干网也可以提供与现有典型网络的互联互通,例如:Internet、Wi-Fi、WiMAX、蜂窝网、传感器网络等。混合 WMN 的基本结构如图 5.29 所示。

混合 WMN 既具备基础设施 WMN 的稳定性,又具备客户端 WMN 的灵活性,但其结构的复杂性也限制了它的进一步应用。

5.5.1.3　无线网状网的特点

与现有无线网络相比,WMN 具有以下特点:

1. 安装和部署方便

WMN 中的节点易于安装和部署,用户很容易通过增加新的节点来扩展无线网络的覆盖范围和网络容量。而且,WMN 节点具有与传统 WLAN 节点相同的配置方法,使得在 WLAN 中积累的经验能够很容易应用到 WMN 中。同时,在 WMN 部署设计中,通过减少有线设备和有线 AP 的数量,能进一步降低总的建设成本,加快网络的安装和建设时间。

2. 覆盖范围广、扩展性好

Mesh 路由器之间的多跳传输能够大大提高 WMN 的覆盖范围,使得终端用户可以在任何 WMN 的覆盖地点完成 Internet 接入。另外,通过这种网状方式的拓扑,数据经过多跳转发后,能够到达源节点覆盖范围外的其他用户,从而为没有直接视距的用户提供无线宽

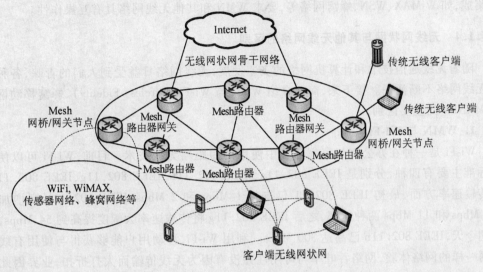

图 5.29　混合 WMN 的结构

带访问功能,使得 WMN 在室外和公共场所通信中具有广泛的应用前景。

3. 可靠性强

现有 WLAN 及蜂窝无线通信网络由于采用集中控制方式,容易出现业务汇聚、中心网络阻塞及干扰、单点故障等问题。与之相比,WMN 中节点通常采用 Ad Hoc 方式进行互联,网络结构灵活,容易部署和配置,链路间自组织和自愈的特点使得网络具备较高的容错能力,加之 WMN 能够支持网状的连接方式,网络的可靠性进一步增强。

4. 接入方式灵活

WMN 除了支持骨干网络到 Internet 的接入外,还可以支持端到端方式的通信。此外,通过选用不同的接入网关,WMN 可以与其他无线网络集成,为终端用户提供服务。

5. 高传输速率和高网络容量

无线通信的物理特性决定了通信距离越短,有效传输速率越高。WMN 的多跳、Mesh 组网方式有助于全网节点选择较短的通信链路,这也是 WMN 获得高传输速率的一种有效方法。WMN 的传输速率可以达到 54 Mbps,甚至更高。

另外,这种短距离传输还能降低传输数据所需的功率,因此 WMN 通常使用较低的功率将数据传输到邻近的节点,使得节点之间的无线信号干扰也较小,能够大大提高网络的信道质量和信道利用率,从而获得更高的网络容量。目前,在 WMN 中使用的多射频和多信道技术还能进一步提升网络容量。

6. 兼容性和互操作性

基于 IEEE 802.11 技术构建的 WMN 若要既能够为 WMN 客户端提供支持,也能够为传统客户端提供支持,则必须与 IEEE 802.11 系列标准兼容。另外,WMN 与其他无线网络的集成,如 WiMAX、WSN、蜂窝网络等,要求 WMN 和其他无线网络具有互操作性。

5.5.1.4 无线网状网与其他无线网络的区别

随着无线通信技术和计算机网络的飞速发展,无线网络日益受到人们的青睐,各种新型无线网络不断涌现。接下来,简要介绍 WMN 与 Wi-Fi(Wireless Fidelity)、蜂窝移动网络及 MANET 的主要区别。

1. WMN 与 Wi-Fi

Wi-Fi 是一种在办公室与家庭环境中使用的短距离无线技术。目前,Wi-Fi 可以使用的标准主要有四种,分别是 IEEE 802.11a、IEEE 802.11b、IEEE 802.11g、IEEE 802.11n。在传输速率方面,最初 IEEE 802.11 仅支持 1 Mbps 和 2 Mbps,IEEE 802.11b 则增加了 5.5 Mbps 和 11 Mbps 两种速率,之后 IEEE 802.11g 将传输速率大幅度提高到 54 Mbps,发展到今天,IEEE 802.11n 已高达 300 Mbps。利用 Wi-Fi,移动用户能够获得与使用有线以太网一样的网络体验,网络吞吐率与可用性并没有因为无线传输而大打折扣,业界因此将 Wi-Fi 视为以太网标准 IEEE 802.3 的无线版本,Wi-Fi 当之无愧地成为 WLAN 的支撑技术。在频段使用方面,除了 IEEE 802.11a 使用 5 GHz 频率以外,Wi-Fi 使用的频率都分布在 2.4 GHz 工业、科学和医疗(Industrial Scientific and Medical,ISM)频段附近,在这里需要强调的是,ISM 频段对全世界各国都是开放的,用户无须申请即可免费使用。

与其他短距离无线通信技术相比,Wi-Fi 大大提高了无线覆盖的范围,如蓝牙网络的覆盖半径仅为 15 m 左右,而 Wi-Fi 的覆盖半径可达 100 m 以上。另外,Wi-Fi 的技术门槛非常低,厂商只需在机场、车站、咖啡店、图书馆等"热点"区域部署无线接入点,用户只要持有支持 WLAN 的笔记本电脑或者智能手机,即可在覆盖区域内高速接入 Internet。这些特点使得 Wi-Fi 能够以极低的成本满足移动办公的需要,已经在全世界范围内得到了迅速的普及。

与 WMN 相比,Wi-Fi 网络一般都基于一跳通信实现 Internet 接入,AP 节点之间并不支持多跳通信,因而,Wi-Fi 一般只能够在几百米的范围内提供高速数据服务,只适合室内办公环境的宽带无线接入需求。而 WMN 通过无线路由器对数据进行智能多跳转发,能够把 Wi-Fi 中接入点的覆盖范围延伸到几公里之远,真正满足大范围内高速无线通信需求。另外,WMN 和 Wi-Fi 的转发业务存在区别:Wi-Fi 主要负责完成本地业务的接入功能;而 WMN 则有两种可能,一种是完成本地业务的接入,另一种是完成其他节点业务的转发。因此,Wi-Fi 中一般采用静态的 Internet 路由协议和移动 IP,而 WMN 则主要采用类似 MANET 的路由协议。

2. WMN 与蜂窝网络

在 WMN 中应用多射频多信道技术,可以通过多个正交信道传送数据,从而显著提高网络吞吐量。例如,IEEE 802.11a 有 12 个正交的信道,每个信道理论传输速率可达 54 Mbps,大大高于现有 3G 网络的传输速率。可见,WMN 具有比蜂窝网络更高的网络吞吐量和传输速率。

在星型结构的蜂窝移动通信系统中,若一条链路出现故障,可能会导致大范围的服务中断。WMN 采用网状结构的链路拓扑,若其中某一条链路通信质量显著下降,节点可自动选择其他可接入的链路,具有较强的自愈能力,从而有效保证网络可靠性。与蜂窝移动通信系统中的基站等设备相比,WMN 的接入设备和无线路由器等设备更轻巧,价格更便宜,便于安装和维护,因此,WMN 的投资成本更低。另外,WMN 没有中心节点,骨干节点均为对等实体,易于分布式管理,网络配置非常快捷,更容易扩展。

3. WMN 与 MANET 的区别

WMN 和 MANET 的最大差别在于节点的移动性与网络拓扑的动态性。MANET 具有较高的节点移动性,网络拓扑变化较快;WMN 仅具有较低的节点移动性,节点大都处于静止状态,网络拓扑基本不发生改变。拓扑变化的速度是影响路由效率的重要因素;因此,MANET 通常采用按需路由协议,而 WMN 则采用分层的静态路由或表驱动的路由协议更合适。MANET 在很大程度上受到电源的限制,而 WMN 由固定中继节点组成静态拓扑,无供电约束。此外,MANET 主要应用于军事领域,而 WMN 更适合民用领域。目前,很多地区已经建立了 WMN,可以为购物中心、街道和市民提供便捷的 Internet 服务。WMN 与MANET 的特点比较如表 5.3 所示。

表 5.3 WMN 和 MANET 的比较

比较要点	MANET	WMN
网络拓扑	变化快	相对静止
中继节点移动性	中、高	低
能量受限	高	低
应用特性	临时	半永久或永久
对基础设施的需求	无须基础设施	有部分或全部的固定基础设施
中继转发	由移动节点转发	由固定节点转发
路由性能	适合全分布式按需路由	使用完全分布式或者部分分布式表驱动或分层路由
部署	容易部署	需要一定规划
流量特性	用户流量	用户流量与传感器流量
应用场合	军用通信	军用通信或者民用通信

总之,WMN 充分结合了 WLAN 和 MANET 两种网络的优势,可以看作是二者的融合,具有较高的可靠性、较大的伸缩性、较强的自愈性和较低的投资成本,必将成为下一代无线网络的重要组成部分。

5.5.1.5　无线网状网的应用

当前 WMN 主要采用 Wi-Fi(主要包括 IEEE 802.11a 和 IEEE 802.11b 等标准)和 WiMAX 技术组网,既可以采用单独组网的方式,也可以采用混合组网的方式。借助于 WMN 技术,目前已经实现了多种不同规模的实用网络,如无线宽带家庭网络、无线社区网、无线企业网、无线城域网等[85]。

1. 无线宽带家庭网络

由于采用基于 IEEE 802.11WLAN 技术组建家庭宽带无线网络时,房屋内通常存在无业务覆盖的盲区,为了解决接入点定位问题,需要增加接入点数量,并相应地增加 AP 到有线链路的附属设施,但这会导致成本增加。另外,WLAN 中任意两个终端节点之间的通信需要经过接入点和集线器的转接,还会引发隐藏的瓶颈链路约束,不利于宽带业务的开展。由于 MANET 和无线传感器网络的实际应用过程相对较为复杂,而 WMN 路由器通常无须考虑能量和移动性,因此,WMN 是布局家庭宽带网络的首选技术。在采用 WMN 方式组网后,可以通过增加无线路由节点、改变节点位置、自动调整发送功率等方式消除无业务覆盖盲区。

2. 无线社区网

传统的社区网络通常采用电话线或数字用户线路(Digital Subscriber Line,DSL)调制解调器作为 Internet 的接入方式,当采用有线方式部署网络时,网络架设成本过高,而采用单无线路由器的部署时,由于单无线路由器的覆盖范围有限,同样会导致较高的费用。另外在单无线路由器部署时,由于无线连接的最后一跳必须经由电话线或 DSL 调制解调器,这使得互为邻居的无线用户终端之间仅有一条链路可以选择接入 Internet,接入效率较低。而且当存在多个无线用户时,还会导致无线信道争用的情况发生。WMN 则可缓解以上问题,并使得在无线网络中运行流媒体等宽带业务成为现实。

3. 无线企业网

无线企业网通常需要提供办公室内或多个办公室间的无线互联功能。现有的无线企业网大都采用多个 WLANs 接入的方案,各个 WLAN 之间通过有线相连。由于此类网络不具备无线多跳的特性,所以与 WMN 相比较而言,健壮性较差,而且组网成本较高。

4. 无线城域网

与现有蜂窝移动网络相比,WMN 的传输速率更高,而且节点之间的通信可以不依赖有线主干网,具有组网容易、成本低廉、性能稳定等技术优势。随着无线宽带接入 Internet 业务需求的急速增长,促使 WMN 成为无线城域网的理想组网方案。

此外,WMN 还包括其他应用,如火车车厢管理网络、智能建筑网络、安全监控网络等。

5.5.2　无线网状网的标准化工作

WMN 作为未来即将深刻改变人们生活的几项关键技术之一,在最近几年获得了长足的发展。国际标准化组织正在积极地进行网状网模式的标准化工作,如 IEEE 802.11s、IEEE 802.16 和 IEEE 802.20。

5.5.2.1 IEEE 802.11s

IEEE 802.11 技术是目前无线网络的主流标准,可以说在 WMN 技术出现之前,WLAN 在无线行业占据重要地位。随着用户对覆盖范围的要求更广,对带宽和可靠性的要求更高,WMN 正在快速发展并不断普及。

IEEE 802.11 标准定义了 WLAN 的接入操作。为了使 IEEE 802.11 标准支持 WMN 的接入操作,IEEE 于 2004 年 9 月成立了专门的 WLAN Mesh 工作组,以增补 802.11 基础标准,编号为 802.11s,并期望制定一个完整的、正式的、基于 ESS 的网状网标准,IEEE 802.11s 的正式标准已于 2008 年 7 月发表。

IEEE 802.11s 主要从路由、中继、协作、安全和 QoS 这 5 个方面对原 802.11 协议进行改进。根据 IEEE 802.11s 协议规范,ESS 中各 AP 节点除了能够支持无线接入以外,还具有无线路由器的功能。这使得在各个 AP 之间建立无线连接、构建自组织网状网成为可能。在路由和中继方面,网状网节点之间通过无线链路互联构成无线多跳网络,完成数据报文在网状网内部和外部的传输。协作则主要用于网状网和其他网络的融合与互操作。由于 WMN 担当着无线骨干网的职责,因而需要具有较高的安全等级,相应地,需要对原 802.11 协议的安全机制进行改进。未来多媒体业务将成为 WMN 的主要业务,还必须在 WMN 中提供 QoS 保证。

IEEE 802.11s WMN 既可以作为基础设施 WMN 存在,也可以作为客户端 WMN 存在。在基础设施 WMN 中,可以通过为数不多的 AP 接入 Internet,为用户提供廉价的、高带宽的、无缝的多跳互联服务。在客户端 WMN 中,所有设备工作在 WLAN 的 Ad Hoc 模式下,通过自动配置实现节点间的互联,摆脱了传统网络中对 AP 的依赖。AP 之间的网状连接使得网络具有更高的可靠性和更低的投资成本。

但现有 IEEE 802.11s 不支持对 WMN 中继的组播优化操作,而且其可扩展性较差。另外,目前所设计的 QoS 机制并不能对端到端的业务传输提供保证。

5.5.2.2 IEEE 802.16/WiMAX

IEEE 802.16 工作组于 1999 年成立,其任务是制定固定宽带无线接入(Broadband Wireless Access,BWA)的标准。通过提供移动性支持能力,IEEE 802.16 工作组的目标是制定一个高带宽、高速率、大容量的、支持固定和移动宽带无线接入的标准。

WiMAX 是一种通过 IEEE 802.16 标准的一致性和互操作性测试的、针对微波和毫米波频段的空中接口标准[87]。WiMAX 论坛成立于 2001 年,成立初衷是希望推动 IEEE 802.16 标准和高性能无线城域网(High Performance Radio MAN,HiperMAN)标准的固定无线接入产品的互操作认证。WiMAX 能够为固定终端、移动终端提供高效无线连接,并能够通过网状网方式向非视距范围内的无线终端提供宽带连接,与其他接入技术相比,WiMAX 具有投资少、传输速率高、建设快、组网灵活、布置方便等一系列优点,受到了业界的积极响应和支持,成为最具发展前途的宽带无线接入技术之一。

WiMAX 联盟是 IEEE 802.16 标准的推广者。目前,WiMAX 已经成为所有采用 IEEE 802.16 标准宽带无线接入技术的统称,被称作是 IEEE 802.16 标准事实上的代名词。IEEE 802.16 系列标准主要包括 IEEE 802.16、IEEE 802.16a、IEEE 802.16d、IEEE 802.16e、IEEE 802.16f、IEEE 802.16g 和 IEEE 802.16h 等版本。

IEEE 802.16d 和 IEEE 802.16e 是两个比较成熟的版本。IEEE 802.16d 标准于 2004 年 6 月发布,是 IEEE 802.16 标准的修订版本,该版本简化了网络部署过程,优化了系统的整体性能。IEEE 802.16e 标准作为 IEEE 802.16 标准的增强版本,既能为高速数据业务提供有效支持,又能为用户移动性宽带无线接入提供解决方案,被业界视为能够与 3G 竞争的下一代无线宽带技术。IEEE 802.16d/e 定义了连接管理、服务流管理、上下行带宽请求与分配等无线资源管理模块,这些功能模块共同组成了面向连接的 QoS 服务框架[88]。但目前 802.16d/e 标准仅描述了 QoS 管理框架,而对于具体的 QoS 机制实现,如带宽申请与分配过程,并没有给出明确的带宽分配与调度算法。

当前,IEEE 802.16 标准主要支持点对多点(Point to MultiPoint,PMP)和 Mesh 两种网络拓扑方式。PMP 模式与 WLAN 中的单跳通信模式类似,Mesh 模式则是对 PMP 模式的补充。在 Mesh 模式下,网络拓扑类似于 MANET,通过每个用户站之间的数据中转,能够获得比 PMP 模式更大的传输距离及更高的通信可靠性。而且,Mesh 模式可以使用较低的传输功率和较短的通信距离来减少干扰,提高频谱利用率。室外天线功率的降低和体积的缩小也有助于减少成本。

5.5.2.3 IEEE 802.20

IEEE 802.20,即移动宽带无线接入标准(Mobile Broadband Wireless Access,MBWA),于 2002 年 11 月由 IEEE 提出。该标准兼顾了固定无线接入网络的高传输率和蜂窝网络的高移动性等优势,并能够以较低的成本解决无线接入的低移动性和高速移动业务需求增长之间的矛盾,实现随时随地、高速可靠的无线接入。

IEEE 802.20 致力于在蜂窝体系下提供通用移动宽带无线接入。在室内、外环境中均支持网状结构,移动节点之间可以直接或间接通信,能够有效避免"三角路由"问题。通过接入主干网络,还可以快速准确地为移动用户提供服务[89]。为了支持高速移动性应用(超过 250 km/h),保证多媒体业务的 QoS 需求,要求 IEEE 802.20 系统中的物理层和 MAC 层设计必须能够适应信道的快速变化。相应地,功率控制、同步、定时控制及多天线空间处理等,也需要实时地完成优化设计。

需要注意的是,IEEE 802.16e 及正在修订的 IEEE 802.16a 都在为宽带无线接入添加新的移动接口。但是,与 IEEE 802.20 还是存在区别,主要表现在以下两个方面:

1. 工作频率不同

IEEE 802.16 工作在 2~6 GHz,而 IEEE 802.20 工作在 3.5 GHz。

2. 服务对象不同

IEEE 802.16 为静止或低速用户服务,IEEE 802.20 则为超过 250 km/h 的高速移动用户服务。

5.5.3　无线网状网的关键技术

为了保证 WMN 能够提供高质量的传输服务,需要针对 WMN 物理层、数据链路层、网络层、传输层乃至应用层等各个领域展开研究。本节简要介绍 WMN 的关键技术。

5.5.3.1　物理层技术

物理层传输速率是网络承载能力的基础。针对 WMN 高传输速率、高吞吐量的接入目标,需要为其引入新的物理层传输技术。

多输入多输出技术(Multiple Input Multiple Output,MIMO)通过采用多天线技术来抑制信道衰落,并采用空时编码技术和多天线阵列进行信号处理。正在制定之中的 IEEE 802.11n 除了采用 MIMO 技术之外,还采用了 OFDM 技术来提高物理层传输速率。OFDM 把信道分成若干正交子信道,将高速数据信号转换成并行的低速子数据流,调制到每个子信道上进行传输,进一步提高了频谱利用率,增强了抗多径干扰和抗衰落能力。MIMO 与 OFDM 的有效结合有望获得超过 100 Mbps 的传输速率,非常适合作为 WMN 的物理层传输技术。

超宽带(Ultra Wideband,UWB)技术也能够在短距离内提供宽带通信,适合应用于数字家庭等小型 WMN 中。此外,能够提高物理层传输性能的技术还包括定向天线、智能天线等技术。

5.5.3.2　MAC 协议

MAC 协议主要负责管理和分配系统的无线资源,保证各个终端接入信道的公平性,同时为节点在多 AP 环境提供漫游支持等。与传统无线网络相比,WMN 具有覆盖范围广、传输速率高、自愈性强、配置容易等一系列特点,这些特点也使得 WMN 的 MAC 协议需要解决一些新的问题:

- 由于 WMN 不存在中央控制机制,需要其 MAC 协议能够支持分布式的协同通信;
- 由于 WMN 的自组织特性,需要其 MAC 协议能够适应因站点移动或故障而带来的拓扑改变;
- 由于 WMN 共享无线信道的特性,需要其 MAC 协议考虑降低邻居站点间干扰以提高传输性能。

根据是否存在中心实体分配资源,可将无线网络 MAC 协议分为基于竞争的 MAC 协议与无竞争的 MAC 协议。其中,无竞争的 MAC 协议虽然能够有效减少网络冲突,但会导致资源利用率下降,而且中心节点的资源分配方式并不适合多跳环境。因而,当前大多数 MAC 协议都属于竞争类协议。根据使用信道数目的不同,WMN 的 MAC 协议可以分为两大类:单信道 MAC 协议和多信道 MAC 协议。

1. 单信道 MAC 协议

在单信道 MAC 协议中,网络中所有节点仅有一个收发器,均只能工作在一个信道上。单信道 MAC 协议是 WLAN 环境中的研究重点,如基于 CSMA/CA 机制的 MAC 协议通过调整竞争窗口大小与修改回退过程来转移竞争,从而提高网络吞吐量[90]。但是,这些方案未曾考虑多跳无线网络中因竞争而导致的累积效应,因此不能直接应用于 WMN 中。

目前,已有一些工作对此展开研究,并提出一些改进方案,如基于定向天线技术的 MAC 协议[91],以提高空间重用度为目标的 MAC 协议[89]等。在基于定向天线技术的 MAC 协议中,通过天线将信号的覆盖范围集中到接收端所在区域的一定角度以内,虽然减少了暴露节点,但是却增加了隐藏节点。以提高空间重用度为目标的 MAC 协议通过降低能耗来解决暴露节点和隐藏节点问题,但仍然不能有效解决隐藏节点问题,还可能因为降低传输能量级别而无法检测到潜在的干扰节点[92]。

为此,一些研究者致力于设计全新的无线网状网 MAC 协议。由于 TDMA 机制能够为相互干扰的链路分配不同的传输时隙,从而使得构建无干扰的数据传输成为可能。但是,传统的时分多路复用却依赖于中央控制机制,因此,设计适应于 WMN 工作环境的、完全分布式的 TDMA 机制面临着重要挑战,新设计的方案还要考虑与现有网络的兼容性。

2. 多信道 MAC 协议

单信道 MAC 协议在很大程度上限制了 WMN 的传输能力。目前,IEEE 802.11 标准认为一个节点可以同时使用多个不重叠的信道进行通信,这将有效提高 WMN 的吞吐量。如何规范网络中各节点对多个互不重叠信道的使用方式,成为多信道 MAC 协议的研究重点。

早期设计的多信道 MAC 协议假设任何时候每个节点都有单独的通信信道,且可使用信道数目是无限的,整个网络不需要信道分配与选择算法。但是,每个节点实际上可使用的信道数目是有限的,因此必须为每个节点动态地分配信道以避免竞争冲突和寻求可用信道的最佳空间复用。根据通信信道选择和分配方式的不同,多信道 MAC 协议可以分为三大类:基于握手机制的 MAC 协议、基于信道跳变的 MAC 协议和基于跨层信道分配的 MAC 协议。

(1) 基于握手机制的 MAC 协议

与 IEEE 802.11 标准类似,现有的大多数多信道 MAC 协议在信道协商过程中都使用了握手机制,动态信道分配(Dynamic Channel Assignment,DCA)协议是此类协议的典型代表。

在 DCA 协议中,总带宽被划分为 1 个控制信道和 n 个相同的数据信道,每个节点配置多个收发器,其中,1 个收发器用于连接控制信道,其他收发器则用于信道切换。为了完成数据传输与信道选择,DCA 协议配置了五次握手过程,该过程如图 5.30 所示。在图 5.30 中,B 表示回退周期,D 表示 DIFS 中载波感知的周期,S 表示 SIFS 中载波感知的周期。节点通过信道使用列表(Channel Usage List,CUL)来跟踪当前数据信道的使用情况,通过空闲信道列表(Free Channel List,FCL)来记录数据信道的空闲情况。由于邻居节点的控制报文中包含信道使用信息,节点对其进行监听以建立自身的 CUL,完成载波感知与回退后,发送节点立即发送一个带有 FCL 的 RTS 报文。接收节点收到 RTS 报文后,查看其发送端 FCL 的哪个信道可用,再回送一个指示信道使用的 CTS 报文,从而完成传输信道协商。发送节点会在数据报文发送之前发出一个 RES 控制报文,将预订的数据信道告知其邻居节点。RTS、CTS 和 RES 控制报文均通过控制信道发送,而数据报文 DATA 和 ACK 报文则通过数据信道发送。DCA 通过将控制和数据信道相分离,能够有效解决隐藏终端问题,而多信道的使用则进一步降低了数据传输的冲突。

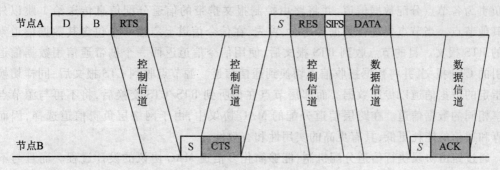

图 5.30　DCA 的五次握手过程

2) 基于信道跳跃的 MAC 协议

基于信道跳变的 MAC 协议的典型代表有:接收端发起的双轮询信道跳变协议(Receiver-Initiated Channel-Hop with Dual Polling,RICH-DP)[93] 和分时隙种子化信道跳变(Slotted Seeded Channel Hopping,SSCH)[94]。

RICH-DP 协议要求网络中所有节点都遵循一个公共的信道跳变序列,每一跳只供节点从某个邻居接收一个冲突避免控制包。在轮询准备过程中,选择任意节点在本次信道跳变中发出一个准备接收(Ready To Receive,RTR)控制报文,当成功接收到 RTR 控制报文后,接收端立即在同一信道内向发出 RTR 控制报文的节点发送数据,其他节点跳跃到下一个信道。当节点数据发送完毕后,发出 RTR 的节点还可以向被选节点发送自身数据,直至通信双方数据传送完毕,再对公共信道跳变进行重新同步。

SSCH 协议事先为每个节点分配一组频率上互不重叠的通信信道,节点可以根据初始的信道索引和一个种子计算方法更新其信道跳变序列,完成从一个时间片到另一个时间片的信道切换。各节点的跳变序列可能会不同,在某些场合下,通过合理设计信道跳变序列,总能够保证任意两个节点之间至少存在一个重叠信道。进一步地,节点可以通过广播信道预定计划来了解彼此的跳变计划。当源节点向目的节点发送数据包时,如果需要排队等待过程,为了匹配目的节点的信道跳变计划,发送节点会尝试改变自身的部分计划,直到双方存在共享重叠信道。虽然 SSCH 不需要专门的控制信道,但是该协议要求节点之间的时钟完全同步。

3）基于跨层信道分配的 MAC 协议

分布式信道分配算法已经被证明是一个 NP 完全问题[95],目前只有几个复杂度相当高的启发式解决方案。为了获得较高的网络性能,可以将信道分配与路由协议结合起来设计 MAC 协议。

在基于跨层信道分配的多信道 MAC 协议中,信道被分为 1 个信令信道与 n 个数据信道。各网元节点包含两个无线收发器,一个收发器用于监听信令信道,另一个收发器则用于监听数据信道。需要注意的是,在跨层信道分配的多信道 MAC 协议中,主要由路由协议负责为各节点分配数据信道,并将路由控制报文携带的信道分配信息传送给 1 跳以外的其他节点。当节点要进行数据传送时,首先,在信令信道上广播一个包含其数据信道索引的 RTS 报文。目的节点收到 RTS 报文后,使用信令信道返回一个携带通信用数据信道索引的 CTS 报文,并将数据接收信道切换到通信信道。源节点收到 CTS 报文后,同样切换到指定的数据信道以传送数据。而邻居节点在侦听到 RTS/CTS 交换后,将不再与源节点共享相同的数据信道。在跨层信道分配的 MAC 协议中,由于网络层负责信道选择,因而计算和通信的能耗更低,具有更高的实用性和有效性。

通过路由协议执行信道分配机制,能够简化多信道 MAC 协议的设计过程。而且与不同的路由策略(反应式路由或主动式路由)结合起来进行信道分配机制的设计,还可以使用不同的优化模式。另外,这种功能的分离使得设计向后兼容的、实用的、多信道 MAC 协议成为可能。

3. 适应于无线网状网特点的 MAC 协议

由于 WMN 采用分布式的部署机制以及多跳的通信特性,采用传统的 MAC 协议获得的吞吐量可能较低,基于定向天线与无竞争方式的 MAC 协议吸引了业界的广泛关注。

1）配置定向天线的无线网状网 MAC 协议

定向天线可以选择传送方向,使得处于彼此无线电波覆盖范围内的节点能够进行潜在的同步通信,通过空间复用技术有效地提高了网络性能,而且不会显著提升成本。

基于定向天线的 MAC 协议已成为分布式多跳通信环境中的一个热点研究方向。当前的研究主要是改进 IEEE 802.11 MAC 协议以支持定向天线技术。Ko 等人[96]提出一种有方向地发送 RTS 报文的机制,该机制的应用前提是要求 RTS 报文与当前传输不存在冲突。Kobayashi 等人[97]采用类似的机制发送 RTS 报文,并为每个扇区内的网络节点分配向量值。但是,这些方案都要求通过全向天线发送 CTS 报文,来通知接收方的邻居即将发生的传输,这削弱了有向天线空间复用这一主要优势。基于此,Elbatt 等人[98]采用 RTS/CTS

来通知邻居节点即将发生的传输和即将使用的波束参数,邻居节点根据这些参数决定采用何种波束发送自身的 RTS 报文。

多跳 RTS 协议(Multi-hop RTS MAC,MMAC)[98] 协议在基于定向天线的 MAC 协议中具有一定的代表性。该协议利用多跳式 RTS 报文与较远节点建立链路,并一跳传输 CTS、DATA 以及 ACK 报文。MMAC 协议中定义了两类邻居:DO 邻居(Direction-Omni)和 DD 邻居(Direction-Direction)。当节点 B 在全向天线模式下工作时,若节点 B 能够接收到来自节点 A 的有向传输,则 B 为 A 的 DO 邻居;当节点 B 的波束对着节点 A 的波束方向时,若节点 B 能够接收到来自节点 A 的有向传输,则 B 是 A 的 DD 邻居。若一个节点能够通过由其他节点形成的路径到达其 DD 邻居,且该路径上所有相邻节点均为 DO 邻居,则该路径称为 DO 邻居路径。以图 5.31 描述的场景为例,假定节点 A 要发送一个报文至节点 T,节点 A 首先通过 MMAC 协议将 DATA 报文传输至节点 F,然后,节点 F 再使用 MMAC 协议将此报文传输至节点 T。节点 B 是节点 A 的 DO 邻居,节点 C 是节点 B 的 DO 邻居,节点 F 既是节点 C 的 DO 邻居又是节点 A 的 DD 邻居,节点 A 到节点 F 的 DO 邻居路径是 $A - B - C - F$。若要使得两个 DD 邻居直接通信,需要采用某种机制使得彼此的波束正对着对方。为此,MMAC 协议要求上层提供一条到达目的 DD 邻居的 DO 邻居路径。在 MAC 层之上设置一个模块,以决定到达 DD 邻居的、合适的 DO 邻居路径,并指定相关节点要用的收发器参数。当收到带有上述路径的报文时,节点沿着 DO 邻居路径发送 RTS 报文至 DD 目的节点,并要求目的节点 F 把它的接收波束指向 RTS 报文的发送节点 A,等待 DATA 报文的到达。

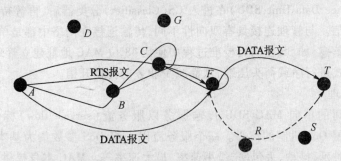

图 5.31 节点 A 到节点 F 的多跳 RTS 报文传输示例

在某些场合中,MMAC 协议数据传输的跳数会比 IEEE 802.11 协议更少,这将大大减少总的无线带宽消耗,且 MMAC 协议通过使用方向天线能够并发传输更多的链路。因此,MMAC 协议在汇聚吞吐量、端到端的平均延时等方面的优势更加明显。但是,MMAC 协议传输多跳 RTS 报文失败的概率较高,造成了频繁的超时和重传,增加了报文传输的延迟。另外,为了控制节点的波束方向,MMAC 协议需要交互邻居节点间天线方向参数报文,并要求收发节点间方向天线完全同步操作,这也增加了实现复杂度。从标准化进程来看,在

WMN 多跳环境中,对方向天线的支持仍然是一个难题。

2）无竞争方式的 MAC 协议

受制于无线介质的广播特性,数据报文的可靠传输强烈依赖于邻近区域内其他链路的干扰情况。另外,临近链路间的并发传输也将导致网络容量的急剧下降。为此,尽可能提高网络吞吐量并保证通信的 QoS 已经成为 WMN 研究中的关键问题。为了满足多媒体业务的 QoS 需求,IEEE 802.16d/e 在 MAC 层上定义了连接管理、服务流管理、上下行带宽请求与分配等无线资源管理模块,这些功能模块共同组成了面向连接的 QoS 服务框架。

① 连接管理

连接（connection）是 MAC 层管理和调度的基本单位,代表着不同的服务类型、带宽等参数。每个连接由唯一的 16bit 连接标识符（Connection Identifier,CID）标识。由 BS 或 SS（Subscriber Station）发起建立连接,全网所有连接都由 BS 统一管理,每个 BS 最多可管理的连接数为 64K。IEEE 802.16d/e 在 MAC 层定义了管理连接（management connection）和传输连接（transport connection）,这两种连接的建立能够有效分离管理平面与数据平面的相关操作,使得业务量的增加不会影响到网络的管理和维护,有利于保证网络的稳定性。

当 SS 入网后,BS 会为 SS 分配管理连接。管理连接可进一步细分为:基本管理连接（basic connection）、主管理连接（primary management connecttion）、从管理连接（secondary management connection）。每个管理连接的作用和使用范围不同,独立的管理连接可以保证 MAC 管理功能得到迅速和有效的实施,增强网络的稳定性,不会因为业务量的增加影响无线网络的维护和管理。网络初始化完成以后,不同优先级或 QoS 要求的业务 MAC 服务数据单元（Service Data Unit,SDU）在进入 CS（Classifier）分类器后,再等待传输连接的建立以完成数据通信。与管理连接具有双向性不同,传输连接在网络中都是单向的。CID 是网络寻址的重要信息,如 SS 在初始校准过程中使用 48 位 MAC 地址建立管理连接后,可以通过统一寻址方式进行净载荷头压缩,从而减少业务的传输开销。

② 服务流管理

SS 与 BS 之间的单向 MAC SDU 传输服务以服务流（service flow）标识,它是 IEEE 802.16d/e MAC 层 QoS 机制的核心。一个服务流以一组 QoS 参数集为基本特征,集合中的元素一般包括时延、抖动、丢包率、最小速率、最大速率等。MAC 本身提供了与服务流相关的控制和管理信令,用于创建、更改、添加和删除服务流。为了提高服务流 QoS 参数配置的灵活性,IEEE 802.16d/e 还定义了四种基本的业务类:主动授权服务（Unsolicited Grant Service,UGS）、实时轮询服务（Real-time Polling Service,rtPS）、非实时轮询服务（Non-Real-time Polling Service,nrtPS）、尽力而为服务。其中,UGS 用于数据报文长度固定的实时数据流业务,数据定期产生;rtPS 用于数据包长度不固定的实时数据流业务,数据定期产生;nrtPS 用于有最小速率要求的业务,数据包长度不固定,可以容忍较长的时延;BE 用于无最小数据率要求的业务,可以作为背景业务。

与连接类似,由 BS 管理所有服务流,每条服务流以一个 32 位的服务流标识符

（Service Flow Identifier，SFID）进行标识。服务流和连接从逻辑上将 MAC 层分为上下两个子层，上子层服务流，用来网络层提供服务以区分不同业务的 QoS。下子层是连接，即 MAC 层接纳控制和资源分配的基本单元。通过服务流和连接的映射，将需求和实现联系起来。

③ 资源分配与调度

连接与服务流提供了一种有 QoS 保证的数据传输机制。为了将用户数据按照所期望的 QoS 进行传输，必须为每个连接分配相应的带宽。

PMP 模式下的带宽分配框架如图 5.32 所示。在 PMP 结构下，多个 SS 共享上行带宽，上层应用经过连接分类器被映射到不同优先级的服务队列。但是下行方向只有 BS 发送，由 BS 负责上行和下行带宽资源分配，上下行调度器则分别用于上行和下行带宽分配。BS 有两种基本的带宽分配形式：分别是针对某连接的授权和针对某 SS 的授权。对于前者，BS 为每个连接分配带宽；对于后者，带宽首先分配给每个 SS，SS 再对获得的带宽进行二次分配以满足每个连接的需求，分配结果体现在上行映射（Uplink Map，UL-MAP）和下行映射（Downlink Map，DL-MAP）的结构中，SS 根据 DL-MAP/UL-MAP 的规定接收和发送数据。

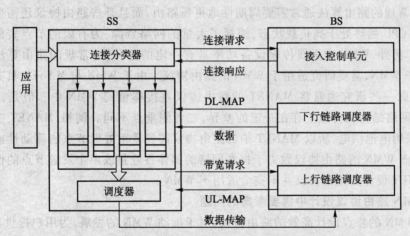

图 5.32　PMP 模式下带宽分配框架

在 Mesh 模式中，SS 节点通过直连或中继的方式与其他 SS 节点相连，每个 SS 节点既是数据接收端又是中转站。为此定义了两种调度方式：集中式调度（Mesh Centralized Scheduling，Mesh CS）和分布式调度（Mesh Distributed Scheduling，Mesh DS）。

在 Mesh CS 方式中，BS 对各个用户站的带宽请求、时隙及频率分配等控制信号进行调度。为了避免 BS 节点覆盖范围外的多跳邻居节点资源申请过程中产生的冲突，BS 会通过广播网状集中调度配置（Mesh Centralized Scheduling Configuration，MSH-CSCF）报文以确定各节点传输次序，这也可以看作是 PMP 模式下集中式算法的扩展。与分布式算法相比，集中式算法能够获得链路的全局信息,因此可以更好地使用全网链路资源。但是,由于距离 BS 较近的节点需要承担较大的通信负荷,这有可能成为全网的性能瓶颈。

在 Mesh DS 方式中,不需要 BS 节点的参与,SS 节点之间通过特定的分布式调度算法或者请求/发送机制来协商数据发送方式。与集中式调度算法相比,分布式调度算法更适合应用在快速构建的网络环境中,具有更高的可靠性,但是由于分布式调度过程中报文的产生具有随机性,有可能在协调过程中导致报文冲突。

另外,还有一些研究致力于提高 WiMAX WMN 的性能,包括应用认知技术的路由与调度策略[87]、使用并发传输机制来增强吞吐量等[88]。

5.5.3.3 无线网状网路由协议

路由协议是 WMN 研究中的一个关键技术问题。由于无线电波随着通信距离衰减,而节点的传输范围有限,当源节点与目的节点之间不能直接通信时,就需要借助不同的中间节点的存储转发来完成通信,因此可能存在多条路径。如何选择最优的通信路径至关重要,这将直接影响系统的性能。另外,当节点数目增加或减少时,WMN 的拓扑结构会发生变化,如何维护从源节点到目的节点的多跳通信路径,将进一步加大路由设计的难度。

然而,常规的路由算法通常需要周期性地更新路由,而且某些路由协议还需要复杂的计算,导致 CPU 始终处于高负载状态,消耗了大量的网络资源,为有限的节点资源带来更大的压力。另外,WMN 中无线传输设备功率具有一定的差异性,常规的路由算法并不能完全适合于 WMN,需要研究适用于 WMN 的路由协议。由于 WMN 与 MANET 具有一定的相似性,因此一些研究通常将 MANET 的路由协议直接移植到 WMN 中。但是,WMN 和MANET 在网络结构和特点上存在一定的差异,二者侧重点不同。例如,MANET 中节点是移动的且采用电池供电,所以 MANET 中的路由协议需要着重处理节点的移动性或者降低能量消耗,而 WMN 的路由协议致力于提高网络的整体吞吐量或单个发送节点的性能。可见,为 MANET 设计的路由协议并不完全适用于 WMN。

1. WMN 路由协议设计中需要考虑的问题

针对 WMN 的特点设计高效的路由协议,对于推动 WMN 的发展,为用户提供具有 QoS保证的服务是十分必要的。对数据传输路径进行有效的评价是路由设计中的首要问题,WMN 的路由协议通常要满足如下需求:

(1) 确保路由的稳定性与健壮性

在 WMN 中,多数节点是静态的或仅具有很小的移动性,不依赖于电池,要求设计的路由协议不发生频繁的路由变化,而且对网络拓扑结构的变化具有动态适应的能力。

(2) 确保无环路

环路将导致路由错误,不仅浪费带宽资源,而且严重影响路由协议的性能,在路由协议的设计过程中,要避免发生环路。

（3）确保计算可用路径的开销最低

WMN 中带宽资源十分有限，因此，必须控制路由协议的开销，提高网络的整体性能。

（4）充分利用多射频多信道的优势

在多射频多信道 WMN 中，不仅要在不同节点之间选择路由，还要为每条路径选择最合适的信道和射频。因此，需要研究新的路由协议以充分利用多射频多信道的优势。

2. 典型的 WMN 路由协议

下面简要介绍现有 WMN 中典型的路由协议：

（1）链路质量源路由协议（Link Quality Source Routing，LQSR）

LQSR[99] 在 DSR 基础上发展而来，在 LQSR 中，通过网状连接层（Mesh Connectivity Layer，MCL）实现路由协议以及链路状态的测试。MCL 等同于一个虚拟网络适配器，对于 WMN 的其他层而言，它是一个虚拟的网络组件。在对原 DSR 组件进行配置时，LQSR 协议使用的是链路缓存技术而非路由缓存技术。所以，LQSR 本质上是一种类似于 OSPF 的链路状态路由协议。

LQSR 协议使用 3 个指标来衡量链路的质量：期望传输次数（Expected Transmission Count，ETX）、每跳往返程时延（Per-hop Round-Trip Time，Per-hop RTT）和每跳数据对时延（Per-hop Packet Pair Delay，PktPair）。ETX 用来预测某个链路上发送一个数据包需要传输的次数（包含重传次数）。通过测量具有固定长度的专用链路探测包，得到成功递交率分别为 d_f 和 d_r，每间隔时间 τ 就广播一次 $d_f + d_r$ 的值。最后 w 秒收到的探测包的个数存储于 c 中。据此，节点可以计算得到所有的 d_r 值与 d_f 值。ETX 路由判据为路径中所有链路的 ETX 之和，表示为 $ETX = 1/(d_r + d_f)$，其中 $d_r(t) = c_{|t-w,t|} \times \tau/w$。RTT 通过邻居节点间单播探测报文的方法来估计往返时间，在路由选择上，选择所有 RTT 之和最小的路径。PktPair 通过向某一邻居节点发送连续的探测报文来获得单跳包对延时，以避免 RTT 因队列延时而导致的失真。

在 LQSR 机制中，节点收到路由请求后，便将自身地址和上游链路的信息附加到路由请求包中，相应的路由回复则将把路径以及路径上所有链路质量判据信息捎带回源节点。一旦链路质量判据信息存入节点链路缓存，则节点需要维护缓存中的链路信息，以使其保持一定的实时性和准确性。即使节点不动时，链路信息的变化依然很大，为此 LQSR 使用了反应式机制和特殊的先验式机制以维护正在使用的和已保存的所有链路信息。当发现某条链路不再工作时，系统将对其进行惩罚处理，并同时发送路由错误报文。

LQSR 协议流程主要包括 4 个部分：

- 邻居节点发现；
- 为节点到邻居节点的链路分配权重；
- 节点间信息传送；
- 通过链路权重信息查找到达目的节点的最优路径。

LQSR 的第 1 部分和第 3 部分与 DSR 基本相似，第 2 部分和第 4 部分与 DSR 区别较大。LQSR 在路由发现与路由维护机制方面对 DSR 协议进行了改进,如:修改链路质量判据、增加判据维护机制等。另外,LQSR 认为链路质量信息为非对称的。

(2) 多射频链路质量源路由(Multi-Radio Link-Quality Source Routing,MR-LQSR)

MR-LQSR[100]是在 LQSR 基础上提出来的一种多信道 WMN 路由协议。在 MR-LQSR 中,假设 WMN 中所有的 MR 均为静态节点,且每个节点配置了多个不同且互不干扰的无线收发器。

MR-LQSR 与 LQSR 的主要区别在于其设计了一种新的路由判据,即加权累计传输时间(Weighted Cumulative Expected Transmission Time,WCETT),通过修改路由发现与路由维护机制以及使用链路缓存技术来支持链路质量判据。WCECT 是期望传输时间(Expected Transmission Time,ETT)的扩展,表示为 $ETT = ETX \times S/B$,可以看作是一种具有带宽调整的 ETX 判据,其中,S 表示数据包的大小,B 表示传输速率。由于链路的传输时间取决于可用带宽,可用带宽又进一步取决于信道干扰,考虑任意一条 n 跳路径,如果 n 跳中任意两跳共享同一信道,就会发生相互干扰。定义 X_j 为信道 j 上每跳传输时间的总和,X_j 越大,则信道 j 上每条链路的可用带宽越少。X_j 定义如式(5-7)所示,其中,i 表示信道 j 上的链路:

$$X_j = \sum_i ETT_i \quad (1 \le j \le k) \tag{5-7}$$

为了获得较好的属性,WCETT 判据对路径时延与路径吞吐量进行了加权,通过为链路设置不同的权重以限制或禁止同一信道或射频上有多个传输的路径,使干扰最小化。WCETT 判据由式(5-8)计算:

$$WCETT = (1 - \beta) \times \sum_{i=1}^{n} ETT_i + \beta \times \max X_j \quad (1 \le j \le k) \tag{5-8}$$

由于 WCETT 综合考虑了链路性能参数(如带宽等)以及最小跳数等因素的影响,所以 MR-LQSR 协议能够在吞吐量与延时之间获得有效折衷,进而更好地实现网络中的负载均衡。但是,MR-LQSR 的路由更新方式与探测包等操作带来了一定程度上的网络附加开销。另外,在可实现性方面,MR-LQSR 还需要考虑与现有设备的兼容性问题。

实际上,还可以把 MR-LQSR 看作是 LQSR 协议和 WCETT 判据结合后得到的一种改进的 DSR 路由协议。MR-LQSR 与 DSR 协议在邻节点发现与节点间信息传送方面基本相似。二者的不同之处在于,DSR 等同地对待路径中的节点和链路,只是简单地把其节点数目进行求和,并以此作为路径判定的准则,从而选择最短路径。然而,MR-LQSR 协议不但需要获得路径中节点和其邻居链路相关的状态信息,而且还要综合链路状态信息来评价链路质量的优劣情况,形成自身的路由准则。

(3) 混合无线网状网协议(Hybrid Wireless Mesh Protocol,HWMP)

HWMP 充分结合了反应式路由协议和基于树状拓扑的先验式路由协议的优势,其混合特性和可配置特性可以满足大多数应用场合的需求,能够提供较好的性能。

在该协议中,网状网节点周期性地广播通告,通过配置网络入口节点作为根节点来实现树状网络结构,其他节点则先验式地维护到达根节点的路径,由此建立和维护一个先验式的距离矢量寻径树。HWMP 还遵循了 AODV 的基本思想,需要通过目的节点进行应答来保证路径始终处于更新状态,HWMP 中目的节点的唯一标识通常设置为 DO = 1。并根据对序列号的比较来判断收到的 RREQ/RREP 是否有效,如果该序列号大于之前收到的信息的序列号,则认为该路由信息有效;如果序列号相同且路径性能评价信息较好,则使用新的路由信息。HWMP 路由请求报文的结构如图 5.33 所示。

八进制位:1	1	1	1	1	4	6	6	4	1	6	4 (N−2)×11	1	6	4
单位ID	长度	标志位	TTL	目的节点数N	跳数	RREQID	源MAC	源序列号	路径判据	目的1标志	目的1MAC	目的1序列 …… 目的N标志	目的NMAC	目的N序列

图 5.33 HWMP 路由请求报文

通过周期性地广播 RREQ 报文,HWMP 可以维护源节点和目的节点间的最优路径,当一个节点需要同时寻找向多个目的节点的路径时,HWMP 允许 RREQ 报文中有多个目的节点,这样能够降低网络中的路由开销。此外,还需要注意的是,某些标识对不同的目的节点其值不同。因此,必须将节点标识与目的节点及序列号进行关联,这些内容均需要在路由应答报文中进行明确标识。不能采用传统的 AODV 包头中无标识的方法,必须有一个明确的生存时间 TTL 域。

空中传播时间判据是 HWMP 默认的路由判据,将单独的链路判据相加,便可得到整个路径的性能评价。由于 HWMP 使用链路情况作为路由判据而非跳数判据,因此,HWMP 能够获得更加精确的路由性能评估。

HWMP 采用混合寻径策略,将反应式路由协议和基于树状拓扑的先验式路由协议相结合,既具备反应式路由协议的灵活性,也具备先验式路由协议的有效性。然而,HWMP 协议也存在一定缺陷,主要表现在:由于树状拓扑流量汇聚的特点,临近根部的链路将成为网络流量的瓶颈;在初始阶段,混合路由机制仍存在较长的延时,尤其当报文从 WMN 外部通过网关节点向网内节点传输时,若中间节点不存在到达目的节点的显式路由,则触发的按需路由发现机制将引发较大延时;HWMP 定义的链路传播开销是以链路的期望重传次数来衡量的,不能完全反映出无线链路的特征。

(4) 具有负载均衡和容错功能的多径路由协议

多径路由协议能够在源节点和目的节点之间选择多条路径,报文可沿着其中任意一条路径传送。当某条路径上的链路因为信道质量或移动性等问题而中断时,可从路径集合中选择其他路径,无须重新建立新的路径,这有效地改善了网络端到端延时、吞吐量、容错能力等性能。不过,性能的改善程度则依赖于源节点和目的节点之间独立路径的数量。另外,多径路由较为复杂,还需要根据具体的网络应用来决定它是否能够应用于 WMN。多径路由不适合选用最短路径作为其路由性能判据,除非网络中存在大量的最短路径,否则负荷分布将与单条最短路径路由基本相同。所以,针对高效率多径路由协议的路由判据研究还有待进一步深入。

（5）基于地理位置信息的路由协议

相比基于拓扑的路由方案而言,基于地理位置信息的路由方案属于一种局部化路由协议。它仅需要使用附近节点和目的节点的地理位置信息,并通过局部化路径构建方法进行数据传送。因此,通常采用基于贪婪机制的寻径算法,根据分组转发决策中的优化准则不同,这些寻径算法同样存在差异。但是,贪婪寻径算法存在局部最优问题,即使源节点和目的节点之间存在传输路径,也不能保证找到。为此,研究者们提出了通过部分洪泛和保持以往寻径信息的措施来增强数据传输的可靠性[101]。但这些方法不仅会增加通信开销,而且失去了单径贪婪寻径协议的无状态特性。为了建立路由并保持无状态特性,研究人员提出了基于平面图的地理位置寻径算法[102]。但是,该算法的通信开销要远高于单径贪婪寻径算法,目前比较认可的一种方案是,当贪婪寻径算法失败时,才采用基于平面图的地理位置寻径算法。

5.5.3.4　传输层协议

传输层协议的主要功能是负责端到端的通信。目前,WMN 主要应用于有线网络与无线网络结合环境中,数据传输需要跨越 Internet 和 WMN,包括网站浏览、在线聊天、在线交易、公众网上的视频点播等。由于 WMN 需要为用户提供宽带 Internet 接入服务,因而要求其传输层协议尽可能与 Internet 中使用的协议保持兼容。为此,在 WMN 传输层协议的设计中,可以参考一些适用于有线网络与无线网络结合环境下的传输协议。

无线网络中基于数据可靠传输的传输协议可以分为两大类:基于 TCP 的改进协议和全新传输协议。

由于在无线多跳网络环境中,传统 TCP 不能区分拥塞丢包与非拥塞丢包。在非拥塞丢包情况下,传统 TCP 也会启动拥塞窗口减小机制,这将导致吞吐率下降。可以考虑改进 MANET 中基于反馈机制的 TCP 丢包类型区分算法[103],以使其适应于 WMN 的应用环境。影响无线环境下 TCP 传输性能的另一个重要因素是链路失效问题。WMN 中因为存在固定的骨干设施,所以其链路失效问题没有 MANET 那么严重。但是仍然不可以忽视该问题,可以借鉴类似于显式链路失效通知(Explicit Link Failure Notification,ELFN)[104]机制来区分拥塞丢包问题和链路失效问题。另外,由于 TCP 协议严格依赖于 ACK,因此链路带宽不对称、丢包率不对称、延迟不对称等问题都将对传输性能带来严重的影响[105]。在 WMN 中,链路不对称现象是常见的,可以考虑采用 ACK 过滤和 ACK 拥塞控制等方法解决该问题,但此类方法的有效性还有待验证。

由于无线多跳网络链路质量的不稳定性,导致 RTT 的变化十分剧烈,难以满足复杂应用环境的需求,有必要针对 WMN 的特点,研究设计全新的传输协议。自组织传输协议(Ad Hoc Transport Protocol,ATP)[106]是新型传输协议的代表,该协议在 MANET 中的性能较好,但为了与有线网络进行兼容,ATP 在 WMN 中并没有得到广泛推广。网络实时数据流传输主要采用 UDP 协议,但由于 UDP 无法确保实时传输的需求,可以考虑借鉴实时传输协议(Realtime Transport Protocol,RTP)和实时传输控制协议(Realtime Transport Control Protocol,RTCP)用以保证实时传输的质量。还可以考虑借鉴 MANET 中端到端友好码率控制机制[107],该机制使用多尺度结合的检测方法实现 TCP 友好的码率控制,但是该机制对所有类型的非拥塞丢包都使用相同的处理方法,这会降低码率控制机制的性能。

另外,WMN 需要支持网内站点之间的通信,这些应用包括网内用户之间的文件共享、视频会议等,对于站点间分布式信息共享的应用而言,还需要针对 WMN 的特征设计合适的协议。

5.5.3.5 网络管理机制

为了方便地管理维护 WMN,需要设计有效的网络管理方案,主要包括移动管理、网络监控以及能量管理等。

移动管理的主要任务是定位与切换,应用于蜂窝网络和移动 IP 中的切换技术对 WMN 中的移动管理机制有一定的参考意义。但是,由于 WMN 需要采用分布式的管理机制,所以这些集中式的管理机制并不适合应用于 WMN 中。虽然 MANET 中采用分布式移动管理[108]和层次化移动管理[109]机制,但是 WMN 的基础设施固定,这一特征与 MANET 有着明显的区别,因此,还需要针对 WMN 设计新的移动性管理机制。

网络监控的主要任务包括将 Mesh 路由器等站点的统计信息汇报给网管服务器,以及监控网络性能情况。如通过数据处理算法监控网络拓扑,并根据统计信息判断网络是否出现异常,一旦网络出现异常便触动报警机制。

能量管理的对象包括 Mesh 终端和 Mesh 路由器。对于 Mesh 终端,能量管理的主要目标是降低能耗。而对于 Mesh 路由器,能量管理的主要目标则是控制连接、降低网络干扰、提高频谱空间复用等。虽然控制传输能量能够有效地减低链路间干扰,增强频谱空间复用性,但是会引发更多的隐藏节点,导致网络传输性能下降。为此,需要综合考虑 WMN 的特点,设计合适的能量管理机制。

5.5.3.6 安全解决方案

由于 WMN 具有分布式部署、共享信道介质、网络拓扑动态变化等一系列特点,使得一些常见的安全机制不能直接应用于 WMN 中。WMN 的安全机制研究包括设计安全 MAC 协议、安全路由协议以及开发安全监控响应系统等。

在 WMN 中,可能会出现与 MANET 类似的攻击行为。如针对路由协议的攻击,某些攻击节点可能会伪装成合法节点篡改数据包路由;再如针对 MAC 协议的攻击,某些攻击节点可能滥用 IEEE 802.11 MAC 中的回退机制造成网络拥塞。由于网络攻击形式的多样性,单纯地从某一层的角度上来保证 WMN 的安全是完全不够的,设计一种全方位、有效的、可扩展的、多层次的安全解决方案是 WMN 研究中面临的重要挑战。

另外,由于 WMN 缺乏可信的第三方,导致密钥管理不能再采用中央授权的方式,需要设计分布式自组织的密钥管理机制。

5.6　工业无线网络

随着计算机技术、通信技术和网络技术的高速发展,传感测试技术正朝着多功能化、微型化、智能化、网络化、无线化的方向发展。工业无线网络是从无线传感器网络发展而来的,满足工业现场环境及工业自动化应用特殊要求的无线网络技术。工业自动化应用对无线技术有着可靠、安全、实时、可扩展、互操作、节能等多个方面的需求,因此工业无线网络应具有低成本、低能耗、高度灵活性、扩展性强等特点。

5.6.1　工业无线概述

图 5.34 是传统的工业网络结构,采用有线网络连接,层次清晰。但是网络的可扩展性较差,拓扑结构配置完成之后,受环境等因素的制约,很难再对其进行二次扩充,很难适应工业网络环境的动态扩展。

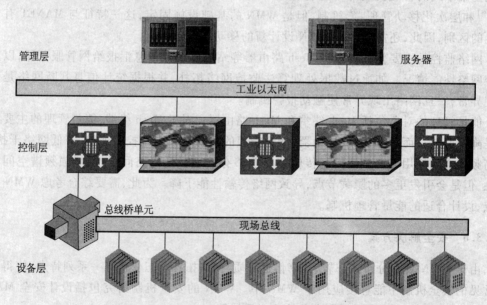

图 5.34　传统工业网络结构

随着分布式控制系统、现场总线控制系统技术在工业自动化领域的广泛应用[110],无线网络技术在降低工业监测成本、提高工业测控系统的应用范围等方面也有了进一步的发展,工业无线技术也成为目前工业自动化控制领域的热点技术之一,现有的工业无线网络结构如图 5.35 所示。

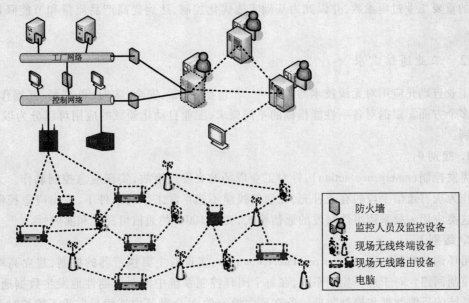

图 5.35　工业无线网络结构

工业无线技术是一种面向设备间短程、低速率信息交互的无线通信技术,由于使用了扩频通信、多跳通信、Mesh 网络等技术,工业无线技术具有很强的抗干扰能力、超低能耗、实时通信等技术特征,适合在恶劣的工业现场环境使用。基于工业无线技术的监测系统,与传统的有线监测系统相比,具有以下一些优势:

1. 成本低廉

传统的有线监测系统是需要特定的介质将各个监测装置连接起来的,在某些恶劣的环境下,布线成为一笔相当大的开销。布置测控系统高额的安装成本,在测控系统正常投入到运行时,还需要高额的资金去维护。采用工业无线技术可以使布线成本和系统投入运行后对线路的维护成本降低 90%,可有效地降低监测系统的整体成本。

2. 可靠性高

在有线监测系统中,系统的大部分故障是由线路故障引发的,在一些特殊环境下,维护有线线路工作量大,维护费用较高。使用无线技术之后,将不再出现这种情况,大大提高了监测系统的可靠性。

3. 灵活性高,易于部署

使用无线技术后,现场设备摆脱了电缆的束缚,增加了现场仪表与被控设备的可移动性、网络结构的灵活性以及工程应用的多样性,用户可以根据工业应用需求的变化快速、灵活、方便、低成本地重构测控系统。利用基于工业无线技术的测控系统,人们可以以较低的投资和使用成本实现对工业全流程的"泛在感知",获取传统由于成本原因无法在线监测的重要工业过程参数,并以此为基础实施优化控制,达到提高产品质量和节能降耗的目标。

5.6.2　工业通信需求

工业自动化应用对无线技术的需求[111,112]包括:可靠、安全、实时、可扩展、互操作、节能等多个方面。根据对各项性能指标的不同要求,工业自动化领域的应用可以分为以下 6 个级别:

1. 级别 0

突发控制(emergence action),针对工业现场的突发性事故,实现应急控制动作。无线通信作为现有通信手段的有效补充,在通信线缆不能正常工作的条件下,发出应急控制信号。这类应用一般采用事件触发的通信模式,要求 100% 的通信可靠性和实时性。

2. 级别 1

闭环调节控制(closed loop regulatory control),实现对主要执行器的控制,建立高频的级联控制回路。对于过程控制系统,在每个闭环控制系统中都要周期性地发生数据通信,包括系统的反馈数据和控制数据。若在预先设定的 N 个循环中连续丢失或不能按时发送数据将导致系统进入备份控制模式,造成经济损失。此类应用一般采用由时间驱动的通信模式,通信的可靠性和实时性要求由循环数决定,对无线通信的可靠性和实时性要求很高。

3. 级别 2

闭环监督控制(closed loop supervisory control),建立低频的级联控制回路和多变量控制回路。此类应用的数据通信特征与级别 1 类似,但由于通信错误不会造成严重的经济损失,因此对无线通信的可靠性和实时性的要求较级别 1 低。

4. 级别 3

开环控制(open loop control),由人工来实现对过程状态的响应,对通信的实时性要求通常在秒级;对无线通信的可靠性和实时性要求较级别 2 低。

5. 级别 4

报警(alerting),向系统或操作员报告一个反映短期操作结果的状态数据,用于日常系统维护。该类应用采用事件驱动或时间驱动的通信模式,通常表现为周期性的采样。

6. 级别 5

监测、日志和上传下载,其中,监测应用将感知的过程状态信息发送给系统,通常采用时间驱动的通信模式,其对通信速率的要求由被监测过程的状态变换频率决定;日志应用是将每个设备记录的日志信息传给系统专用的日志记录设备,通常采用事件触发的通信模式,其对通信速率的要求由每个设备日志信息存储空间的大小决定;上传应用一般由设备将少量的配置数据传给系统,而下载应用一般将大量的代码数据传给设备,需要较高的通信速率和可靠性。

5.6.3 工业无线网络标准

现有主流无线通信技术，按照通信距离和速率可分为无线广域网技术、无线局域网技术和无线个域网技术。而适合在工业环境下使用的是以 IEEE 802.15.1/BlueTooth（蓝牙）标准和 IEEE 802.15.4 标准为代表的无线个域网技术和以 IEEE 802.11 系列标准为代表的无线局域网技术。

5.6.3.1 IEEE 802.15.1 标准

为了建立一套能够适用于短程无线通信的标准，2002 年，IEEE 802.15.1 工作组成立，他们的目标就是要建立这样一套短程无线标准[112]。目前的 IEEE 802.15.1 总共有四个工作组，比较有影响力的就是蓝牙工作组。

IEEE 802.15.1 主要是定义了一种无线数据与语音通信的开放性全球规范。通过采用分散式的网络结构以及多项快速调频和短包技术的应用，使其能够支持点对点和点对多的无线通信。在实际的应用中，IEEE 802.15.1 协议产品在近距离具有较好的互用、互操作性能[113]，可以代替固定和移动通信设备之间的电缆。

虽然 IEEE 802.15.1 提供了一定程度的物理层安全保证以及编码纠错能力，但是 IEEE 802.15.1 网络的安全性和可扩展性较弱，难以达到工业自动化应用的要求。并且 IEEE 802.15.1 网络容易受到干扰，当环境中同时存在 802.11b[114]无线网络的时候，IEEE 802.15.1 的传输误码率会增加。

5.6.3.2 IEEE 802.15.4 标准

随着网络技术的发展，工业生产与网络的结合愈加紧密，但是现在的无线网络协议在能源消耗和稳定性方面都不能满足工业生产的需求。于是 IEEE 标准委员会在 2000 年 12 月份，成立了 802.15.4 工作组，这个工作组的任务就是建立一个低数据率、低功耗、高可用性的无线网络标准。

现行的 ZigBee[115]、无线 HART 规范在底层都是遵从 IEEE 802.15.4 标准，能够满足建立低功耗、低成本、低速率的工业无线网络的要求。基于 IEEE 802.15.4 标准建立的网络环境能够为传感器和控制器之间建立低成本、低功耗的双向无线通信链路，适用于静态网络拓扑且网络设备间通信负载较低的应用。与 IEEE 802.15.1 类似，IEEE 802.15.4 的发射功率很低，有效降低工业环境下的信号干扰。IEEE 802.15.4 还提供了完善的加密、认证和完整性服务。

5.6.3.3 应用于工业无线网络的标准

目前工业无线网络中应用的网络技术和通信协议标准较多，大多底层都采用上节提到的 IEEE 802.15.4 标准。这些在工业生产中使用的通信标准定义了一些上层服务和应用接口,能够方便地应用到工业生产中,包括 ZigBee 标准、无线 HART 标准、SP100 标准、WIA-PA 规范等。其中,无线 HART、SP100 和 WIA-PA 是工业无线网络领域内主要的国际标准。

1. ZigBee 标准

ZigBee 标准从 2005 年起一共发布过三个版本,2005 年 6 月发布 ZigBee V1.0,2007 年 1 月发布 ZigBee V1.1,2008 年 1 月发布 ZigBee V1.2。ZigBee 主要应用于短距离、低速率、低功耗无线通信。标准在 2004 年通过 IEEE 802.15.4 工作组的认定成为一项工业无线标准,主要用来取代目前一些低速率的无线控制方式,例如:遥控器、状态感测等。

ZigBee 遵循 IEEE 802.15.4 定义的通信标准,在物理层和 MAC 层完全按照 IEEE 802.15.4 标准定义的通信控制方式,在网络层和路由层进行了扩展,完善了在近距离通信的一些功能。ZigBee 协议层从下到上分别为物理层(PHY)、介质访问控制层(MAC)、网络层(NWK)、应用层(APL)等。ZigBee 的网络层主要处理 ZigBee 节点加入与离开某个网络,将数据包作安全性处理,传送数据包到目标节点,找寻并维护节点间的通信路径,搜寻邻居节点和存储相关邻节点信息。应用层包含应用程序支持子层(Application Support sublayer, APS)、应用程序框架(Application Framework, AF)、ZigBee 装置管控对象(ZigBee Device Object, ZDO)与各厂商定义的应用程序对象。

ZigBee 技术首先被运用在军事领域,之后其逐步被应用到民用领域。ZigBee 技术具有强大的组网能力,支持包括网状结构在内的多种网络拓扑结构,其中网状型网络从源节点到达目的节点可以有多条路径,加强了整个网络的可靠性,可以组成极为复杂的网络,具有很大的路由深度和节点规模,并具备自组织和自愈功能,极大地降低网络的维护成本。

ZigBee 有以下技术特点:

- 数据传输速率低:10~250 kbps,专注于低速传输应用。
- 功耗低:在低功耗待机模式下,两节普通 5 号电池就可使用 6~24 个月。
- 成本低:ZigBee 数据传输速率低,协议简单,相关成本低。
- 网络容量大:网络最多可容纳 65 000 个设备。
- 时延短:ZigBee 典型的搜索设备时延为 30 ms,休眠激活时延为 15 ms,活动设备信道接入时延为 15 ms。
- 网络的自组织、自愈能力强,通信可靠。
- 数据安全:ZigBee 提供了数据完整性检查和鉴权功能,采用 AES-128 加密算法,各个应用可灵活确定其安全属性。
- 工作频段灵活:ZigBee 使用频段为 2.4 GHz、868 MHz(欧洲)和 915 MHz(美国),均为免执照(免费)的频段,便于工业无线网络的实际部署。

2. 无线 HART 标准

美国 Rosement 公司在 1985 年推出的一种用于现场智能仪表和控制室设备之间的可

寻址远程传感器高速通道的开放通信协议(Highway Addressable Remote Transducer, HART)是一项被广泛接受并应用于工业生产的工业网络协议[116]。无线 HART 网络结构如图 5.36 所示。

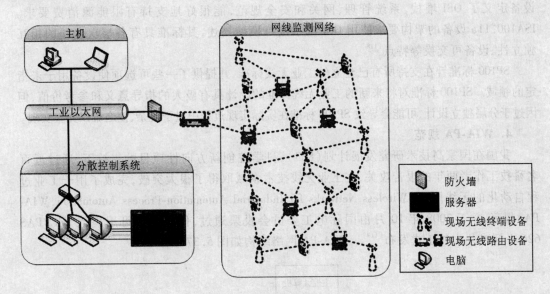

图 5.36　无线 HART 网络结构

　　HART 协议非常适用于较低带宽、适度响应时间需求的工业网络环境,经过 10 年在工业实际生产中的使用,技术已经非常成熟,并已经成为全球智能仪表的工业标准。

　　无线 HART 将无线通信技术纳入 HART 规范,在 HART 原有的基础上进一步提升具有 HART 功能设备的技术能力。有线 HART 设备和无线 HART 设备除了通信介质不同而产生的必要规范以外,没有其他任何兼容性的问题。现有的 HART 应用无须进行任何软件升级,就可以直接利用无线 HART 协议的特性。无线 HART 在底层协议标准方面也是基于 IEEE 802.15.4 定义的协议标准,与上节介绍的 ZigBee 不同的是,它主要应用于自动控制方面,采用工作于 2.4 GHz 的工业、科学、医用(Industrial Scientific Medical, ISM)射频频段,是按照易于使用、安全可靠,以及与无线传感器网格型协议相兼容等原则来设计的。它强制规定所有的兼容设备必须支持可互操作[117]。

　　因为支持 HART 标准的设备之间具有很强的可互操作性,同时无线 HART 采用了 IEEE 802.15.4 作为基础,所以无线 HART 具备了 IEEE 802.15.4 标准协议低功耗、安全性强等特性。

3. SP100 标准

　　由美国仪表系统和自动化学会在 2004 年 12 月成立的工业无线标准 SP100 委员会,主要是为了定义一个适用于工业无线系统的行业标准。2006 年该委员会成立了 SP100.11a

工作组,该工作组已经定义公布了一个面向过程控制应用的工业无线技术子标准草案。

ISA100.11a 是由 ISA100 无线工作组定义的标准,用于向非关键性的监测、警报、预测控制、开环控制、闭环控制提供安全可靠的操作。ISA100.11a 为低数据传输率的无线连通设备定义了 OSI 堆栈、系统管理、网关和安全规范,能很好地支持有限能源消费要求。ISA100.11a 设备的架构要求使用 OSI 基本接口模型描述,其标准具有各层次之间的相互独立性、设备可交换等特点[118]。

SP100 标准旨在支持所有已建立的工业无线标准,并提供了一些可选项使设备用于未指定的领域。SP100 标准对将来新的工业无线标准的设计具有极大的指导意义和参考价值,但因过于分层独立设计,可能会导致 SP100 标准在实际实现过程中过于复杂,使之难以完整实现。

4. WIA-PA 规范

我国在国家高技术研究发展计划(863)、科学院创新方向性项目的支持下,通过近百名科技工作者两年的艰苦攻关,在工业无线技术领域取得了很大突破,完成了用于工业过程自动化的无线网络(Wireless Networks for Industrial Automation-Process Automation,WIA-PA)规范,并于 2008 年 10 月由国际电工委员会投票通过,作为公共可用规范 IEC/PAS 62601 标准化文件正式发布[119]。WIA-PA 网络结构如图 5.37 所示。

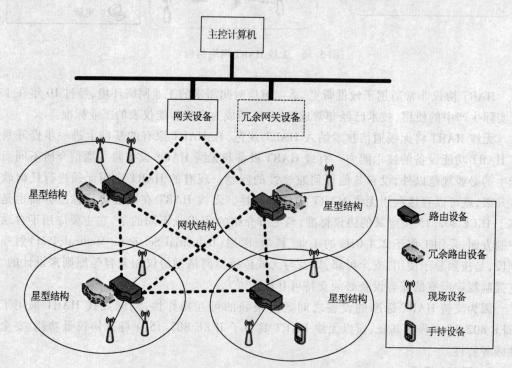

图 5.37　WIA-PA 网络结构

WIA-PA 同样是基于 IEEE 802.15.4 标准的用于工业过程测量、监视与控制的无线网络系统,因此也同样继承了 IEEE 802.15.4 标准的低能耗、低成本特性。WIA-PA 提供了完善的加密、认证和完整性服务,满足工业无线抗干扰、高安全、实时通信等一系列需求。

与 ZigBee 标准以及无线 HART 标准相比,在应用层上,WIA-PA 规范实现了包括 VCR(虚拟通信资源)、报文聚合等一些非常有特色的功能。WIA-PA 规范在网络层使用 VCR 区分不同用户所使用的应用对象的路径和通信资源。每个 VCR 由 VCR_ID 唯一标识,每个 VCR 由源端用户应用对象、目的端用户应用对象、源端设备、目的端设备、VCR 类型、VCR 作用范围等属性表示[120]。

WIA-PA 技术在冶金、石化、轻工等领域的初步应用,得到了用户的认可。

5.6.4 工业无线网络的研究及进展

工业无线网络技术作为一种新的工业信息传播模式推动着科技发展和社会进步,是有线通信的重要补充。国际上,以美国、德国为代表的西方工业强国投入巨资开展相关的研发工作,爱默生、西门子、霍尼韦尔、通用电气等大公司都参与其中。中国研究人员则在 863 计划和中国科学院创新方向性项目等支持下,在工业无线技术方面取得了一些突破。

5.6.4.1 国际相关研究计划

美国的能源部能效与可再生能源办公室(Energy Efficiency and Renewable Energy, EERE)的工业技术计划(Industrial Technologies Program, ITP)致力于建立未来的美国工业体系,在能源密集型工业领域推广节能技术。这些能源密集型行业主要指:电解铝、木材加工、采矿、化工、玻璃、钢铁及重金属加工行业。美国能源部希望利用低功耗、高可靠性的工业级无线变送器设备,大范围的实时跟踪和监测这些行业的生产过程,减少甚至杜绝跑冒滴漏,以获得显著的节能效果。

传感器及自动化技术的研发是 EERE 整个战略计划的一个重要组成部分。2002 年 7 月,ITP 主办了一个"工业无线技术研讨会"。在研讨会上,超过 30 家公司就未来无线技术在工业中的应用达成共识,定义了技术发展目标和挑战性问题。ITP 在 2002 年发布的报告"21 世纪工业无线技术"第一页中引用了美国总统科技顾问的断言:"无线传感器可将能源利用率提高 10%,将能源损耗减少 25%"。

美国能源部在 2004 年发布了一份"未来工业计划",计划明确指出,通过使用工业无线技术,降低传统的石油、采矿、化工等工业领域的能源消耗。2010 年,通过使用新的技术,这些传统工业的能源消耗降低 5%。毋庸置疑,在将来的工业生产中,传统的有线系统需要的高额现场技术支出会被工业无线技术带来的低功耗、低成本产品所代替,从而大大地降低了工业生产中的能源消耗。

5.6.4.2　国内相关研究计划

我国在 863 计划和中国科学院创新方向性项目等的支持下,在工业无线技术方面取得了一些突破,并在冶金、石化等领域进行了初步应用。

中国科学院联合一些高校积极开展相关技术的研究工作,并取得了丰富的技术积累。2006 年 7 月份,美国仪表系统和自动化学会 SP100 标准委员会面向全球征集技术提案,国内的沈阳自动化所、浙江大学、重庆邮电大学等三家单位与 HoneyWell、GE、Siemens 等国际著名公司分别提交了自己的技术提案,并于 10 月份进一步提交了技术白皮书。目前,沈阳自动化所已作为工作成员参与工业无线标准 SP100、现场总线基金会 Wireless FF 标准的制定工作。

我国用于工业过程自动化的无线网络 WIA-PA 规范是在中科院沈阳自动化研究所副所长于海斌研究员及曾鹏、徐皑冬等研究员的牵头下,联合浙江大学、机械工业仪器仪表综合技术经济研究所、重庆邮电大学、上海工业自动化仪表研究所、北京科技大学、西南大学、中科博微公司、浙江中控集团、东北大学、大连理工大学等十余家单位,由我国科技人员自主研发成功的。WIA-PA 规范于 2008 年 10 月 31 日经过国际电工委员会(IEC)全体成员国的投票,以 96% 的得票率获得通过,作为公共可用规范 IEC/PAS 62601 标准化文件正式发布。WIA-PA 无线网络规范成为国际标准,这表明中国现有的工业无线技术达到了与国际同步的水平。

在国内一些高校,在工业无线原理性方面的研究也取得了大量成果,验证性产品开发已经启动,市场需求迅速增长:

- 为了避免和减少通信环境中各种干扰对无线通信的影响,现在采用的主要实现方法是先探测信道中存在的干扰,然后采用相应的信道切换来避免干扰。北京邮电大学专利 200410037632.1、200410037633.6 以及专利 WO2007024895-A2 和 US2007060057-A1,均根据为无线局域网中的访问节点和终端设备判断信道中的干扰,然后按照相应的工作信道进行选择算法并且切换工作信道,实现自适应工作信道优化。

- 在降低能耗方面,上海大学专利 200610025247.4 通过减小活跃时间在整个通信周期所占的比例,来降低自组网的各节点的能耗。

5.6.4.3　现阶段工业无线的主要研究方向

1. 通信方面

由于在无线信号传播的环境中,存在着多种干扰,包括生产设备产生的强噪声,其他无线设备产生的窄带或宽带干扰,以及由移动的人或者设备反射造成的信号传播过程中自身的干扰,所以工业无线通信方面,面临的一大问题就是如何在这种复杂的环境中提供可靠的点对点通信。

数据的可靠传输率超过 95% 就能适应大部分的工业控制应用的要求。但是无线介质的开放特征决定了无线信号传输过程中会产生衰落和多径效应(电波传播信道中的多径传输现象所引起的干涉延时效应)等问题,这些问题会影响通信的可靠性。尤其是对于工厂环境,厂房中遍布的各种大型器械、金属管道等对信号的反射、散射所造成严重的多径效应,以及马达、机械运转时产生的电磁噪声,都会干扰无线信号的正确接收。

由于工业无线网络项目要求的投资和安装成本都很低,通常是没有任何已有网络基础设备的支撑,所有设备之间的网络通信可能需要通过配置多跳接力方式通信,再加上工业生产环境较为恶劣,干扰因素较多,使在通信时长方面没有办法保证。而工业网络对网络延迟的要求非常高,例如在传统的闭环检测系统中,对数据的延迟要求应低于 1.5 倍传感器采样时间,目前的工业无线技术就没有办法有效的保证。

2. 组网方面

无线技术进入工业自动化领域是一个渐进过程,基于现有的无线技术可以建立一些小规模的网络系统,作为有线网络的有效补充。未来随着技术的发展,无线网络的规模将不断扩大,甚至最终替代有线网络。

工厂环境往往存在面向其他应用的 IEEE 802.11、蓝牙、IEEE 802.15.4 等多种类型的无线网络,这些网络大都集中在 2.4 GHz 的 ISM 共享频段上,彼此间存在着严重的干扰,如何保证这些面向不同应用的网络之间和平共存、互不影响是一个技术难题。

对于已有有线控制系统的工厂,如何使工业无线测控系统与已有系统整合也是一个研究方向。已有的系统还正在应用于工业生产中,新的无线系统如何提高同已有系统的互联、互操作能力,是保护用户的原有投资,保证系统平稳过渡的一个重要保证。

3. 节能方面

工业自动化方面的应用,要求无线设备在不更换电池的条件下工作 3 年~5 年,这对其节能运行模式的设计提出了挑战。无线设备的能耗主要包括计算能耗和通信能耗两部分,前者与硬件设计、计算模式以及传感器的采样周期、精度紧密相关;后者与无线收发器以及各个协议层算法紧密相关。因此,无线设备节能运行模式的设计是涉及硬件、软件、计算与通信多方面的综合性问题。在无线传感器网络出现后,节能问题逐渐被人们所关注,目前主要的研究集中在通信节能方面。对于单个设备,主要的节能手段是休眠,通过在无通信需求的时段关闭无线收发器,来避免空闲监听所引发的能量浪费;对于网络系统,节能主要包括两种方式,一种是在节点密集分布、功能冗余的条件下,通过周期性的调度,令冗余的节点休眠来延长整个网络的生存时间;第二种是设计能量高效的路由机制,通过平衡网络中的通信负载来达到延长网络生存时间的目的。

4. 网络安全

目前,蓝牙、IEEE 802.15.4 和 IEEE 802.11 系列标准在接入控制、数据的机密性和完整性保障等方面都有相应的解决方案。接入控制的目的是防止非法无线设备接入网络。IEEE 802.11 提供了两种认证方式,其中开放系统认证对任何访问 AP(Access Point,无线访问节点)的无线设备都授予访问权;共享密钥认证方法使用 WEP(Wired Equivalent

Privacy)等算法,要求无线设备在访问 AP 前进行加密认证,只有取得密钥的设备才被授予访问权。

针对无线网络的安全需求,目前的研究主要集中在两个方面:

(1)现有协议的安全性分析;

(2)加密和认证算法的改进。

在深入分析 IEEE 802.11 安全漏洞的基础上,IEEE 于 2004 年发布了新一代 WLAN 安全标准 IEEE 802.11i。

随着工业控制系统网络化进程的推进,网络安全和数据安全问题日益突出。如果在工业生产中出现安全性问题,将对工业生产造成巨大的损失。工业无线网络中的信道开放等特性又容易使工业无线网络受到攻击,传统的安全措施在工业无线网络环境中由于受到资源等限制,无法使用。所以如何在安全性和简洁性之间取得折中是工业无线技术面临的挑战。

5.6.5　工业无线的行业应用

在一些化工行业布置无线网络,用于对设备进行生产趋势的保留和处理,减少不必要的人工浪费;生产配方管理的自动化提高了产品的质量和生产的效率;降低了生产人员面临恶劣工作环境的可能性,保证了工作过程中人员与设备的安全可靠性。

1. 炼化行业

无线超声变送器可用于检测减压阀及流通阀的泄漏情况。在应用中,无线超声变送器可以永久安装在危险性高、不易接触的设备上,也可以安装在大型旋转设备上,以监测阀门泄漏,完成状态诊断。采用无线系统的成本降低到不足传统有线系统成本的十分之一。

BP Cherry Point 是一家日均炼油能力 22500 桶的炼化厂,BP 中应用的风机维修成本很高,一般风机的维修费用高达 10000 美元。更重要的是,维修时需要停机大约 10 天,会造成相应的产量损失。因此,BP Cherry Point 需要一种监测轴承和煅烧温度的方法。艾默生的智能无线方案被应用于监测炼油厂的煅烧炉电机轴承和煅烧温度,帮助预防风机和输送器的故障。"与其他方式相比较,无线方案最大的优点是可以获取和分析更多的数据,而且更经济。无线技术让我们能够花更少的钱,更有效地获得更多的信息"BP Cherry Point 炼油厂技术经理说。

图 5.38 是艾默生公司出品的智能无线方案中无线设备实际部署的情景。

2. 食品行业

某酿造企业采用无线传感器系统监测大范围、多批量的就地清洗操作过程(Clearing in Place,CIP)。CIP 操作每周 7 天、每天 24 小时进行。CIP 过程失误不但会带来产品损失,还会因为被污染的产品必须作为危险品进行处理而带来高额的后期处理费用。传统的非直接 CIP 监测系统无法对系统中的多头旋转喷嘴提供完整的 pH 值、压力和流量信息。如果这些喷嘴不能正确旋转,储罐就无法得到彻底清洗,从而污染下一批产品。非直

图 5.38 无线设备在炼化行业的部署

接 CIP 监测系统只有到了处理过程的后期,物料的数量增加了以后,才能清除喷嘴的非正常工作状态。采用 Accutech 的无线声监听系统,可以有效地检测出喷嘴的旋转状态。如果采用有线系统,包括声学传感器接线成本的安装费用,大约为每储罐 6000 美元。而采用 Accutech 的无线系统,每个储罐的安装费用不到 1000 美元。该酿造企业表示他们的 CIP 监视系统现在 100% 有效。

3. 塑料挤出行业

在塑料挤出行业,Accutech 无线技术从远处或难以进入的位置监测熔体温度、压力、螺杆转速和电机载荷。该系统的监测范围是 3000 英尺(1 英尺 = 0.3048 m),并配备全内置传感器、电池驱动的无线收发器和用于数据管理和偏差报告的软件等。组件在 −40° ~ +185°F 之间单独校准,并且所有仪表都被 FCC 批准为免检产品。其他的优点还包括安装成本低、系统轻便、过程数据的无限制访问、灵活的基础无线输出、长达 5 年的电池寿命、双向信号综合性和远程监测能力。每个基础无线电收发机每秒能与 250 套现场装置进行通信。

本 章 小 结

在信息社会高速发展的今天,业务需求的爆炸式增长,不断地刺激着人们对移动与无线网络的依赖。本章介绍了移动互联网、无线局域网、移动自组织网络、无线网状网以及工业无线网络的关键技术。

移动通信和互联网已成为当今世界发展最快、市场潜力最大、前景最诱人的两大业务,二者结合的发展趋势已成为历史的必然。本章 5.2 节介绍了移动互联网的体系结构、移动 IP 协议以及切换、QoS、组播、安全等关键技术。近年来,我国的移动互联网用户一直处于高速发展状态,根据知名创投暨私募股权研究机构清科研究中心发布的《2010 年中国移动互联网行业投资研究报告》显示,2010 年中国移动互联网行业平均单笔投资金额为 1293 万美元,刷新了 10 年间的平均投资金额,移动互联网市场也因此被称为 2010 年的"吸金王"。业界人士预计,移动互联网将在未来五年迎来高速发展期,孕育巨大商机的移动互联网必将引起人们的深切关注。

　　WLAN 可以满足人们日益增长的通信业务的需求,具有广阔的发展前景。本章 5.3 节介绍了 WLAN 的体系结构、协议规范及其关键技术。受到无线环境的限制,WLAN 的性能与传统以太网相比还有一定的距离。WLAN 还面临着覆盖范围较低等问题,而随着网络并发用户数量的增加,还会带来网络吞吐量的下降,这也会加大对 WLAN 研究的难度。另外,WLAN 对终端移动性的支持还非常有限,因而,如何将 WLAN 与移动通信网络进行集成,也成为 WLAN 需要研究的重点内容之一。可见,WLAN 仍存在一些需要解决的问题,而新的应用也在不断对它的研究和发展提出新的挑战,需要科研工作者进一步深入研究。

　　MANET 能够通过自组织方式支持移动节点之间的数据、语音、图像和图形等业务的无线传输,可以应用在工业、商业、医疗、家庭、办公环境、军事等各种场合,尤其对于战场上高技术武器装备、集中指挥、协同作战和提高作战机动性等具有重要的意义。本章 5.4 节介绍了 MANET 的体系结构、MAC 协议、路由协议、QoS 保障等关键技术。由于 MANET 的特殊性,还需要对 MANET 的网络安全、广播和多播的支持、网络管理、网络互联等实际问题进一步深入研究,以适应我国未来民用和军事通信发展的需要。

　　WMN 具有自组织、自管理、自动修复、自我平衡、长距离、高速率、支持多种业务等优势,备受业界青睐。国内外学术界近年来对 WMN 展开了广泛和深入的研究,本章 5.5 节介绍了 WMN 的体系结构、MAC 协议、路由协议等关键技术。但是,作为一个新兴的研究领域,尚有一些关键技术问题有待进一步解决。例如,路由协议的可扩展性、跨层优化设计、网络规划与管理,以及安全保障机制等。正如任何一种新生技术一样,WMN 在成长和前进的过程中会遇到一些可预知的或一些不可预知的困难,亟需对 WMN 这一特殊环境下可能存在的问题展开研究。可以预见,随着信息技术的发展和 WMN 标准化工作的推进,将使得越来越多的 WMN 产品走向商用,WMN 技术必将在 NGI 中发挥重要作用。

　　工业无线网络具有成本低、可靠性高、灵活性高、易于部署等特点,随着传感测试技术多功能化、微型化、智能化、网络化、无线化的快速发展,由于工业自动化应用对无线技术可靠性、安全性、实时性、可扩展性、互操作性、节能性等多方面的需求,工业无线网络必将在工业自动化中获得广泛应用。

习　题

1. 移动互联网的设计目标包括哪些?
2. 移动 IPv6 与移动 IPv4 的工作流程主要体现在哪几方面?
3. 无线局域网的安全威胁主要有哪几种类型,相关的攻击方式有哪些?
4. 无线局域网的安全威胁主要包括哪几个模型,各个模块的功能是什么?
5. 什么是隐藏终端,隐藏终端会带来哪些问题?
6. 什么是暴露终端,暴露终端会带来哪些问题?

7. 什么是移动切换?

8. 为了降低移动节点 IP 数据包丢失率,可以采用哪种切换策略?

9. 分析基础设施无线网状网与客户端无线网状网的区别,两者分别适合哪种场合?

10. 如何对无线网状网的 MAC 协议进行跨层分配,请提出一种实现机制,并分析该机制的优势在哪里?

11. ZigBee 遵循 IEEE ＿＿＿＿＿＿定义的通信标准,在＿＿＿＿＿＿和＿＿＿＿＿＿完全按照 IEEE 802.15.4 标准定义的通信控制方式,在＿＿＿＿＿＿和＿＿＿＿＿＿进行了自己的扩展,完善了在近距离通信的一些功能。

12. 现有主流无线通信技术,按照通信距离和速率可分为无线＿＿＿＿＿＿技术、无线＿＿＿＿＿＿技术和无线＿＿＿＿＿＿技术。

13. 我国自主研发的工业无线标准是＿＿＿＿＿＿,基于 IEEE ＿＿＿＿＿＿标准。

14. 工业无线网络领域内主要的国际标准有＿＿＿＿＿＿、＿＿＿＿＿＿和＿＿＿＿＿＿。

15. 请简述 ZigBee 标准的特点。

16. 请简述 WIA-PA 对比 ZigBee 与无线 HART 的特点。

17. 工业自动化应用对无线技术的需求包括:可靠、安全、实时、可扩展、互操作、节能等多个方面。请简述工业自动化领域的应用级别。

参 考 文 献

[1] 张宏科. 移动互联网络技术的现状与未来 [J]. 电信科学,2004,10:5 - 8.

[2] DHOLAKIA R R, DHOLAKIA N. Mobility and markets: emerging outlines of m-commerce [J]. Journal of Business Research,2004,57 (12):1391 - 1396.

[3] 李伟,徐正全,杨铸,应用于移动互联网的 Peer-to-Peer 关键技术[J]. 软件学报,2009,20(8):2199 - 2213.

[4] 王伊霖,周峰,刁艳蓉. 移动互联网融合业务的内容计费 [J]. 电信科学,2009,9:100 - 104.

[5] PERKINS ED. IP Mobility Support for IPv4. RFC 3344.

[6] JOHNSON D,PERKINS C,ARKKO J. Mobility Support in IPv6. RFC 3775.

[7] DEVARAPALLI V. Mobile IPv6 Experimental Messages,draft-ietf-mip6-experimental-messages-03, October 5, 2007.

[8] Brian H,Sri G. Generic notification message for mobile IPv6. draft-ietf-mip6-generic-notification-message-00, October, 2007.

[9] TSIRTSIS G,SOLIMAN H. Problem Statement: Dual Stack Mobility,RFC 4977, August, 2007.

[10] HESHAM SOLIMAN. Mobile IPv6 support for dual stack Hosts and Routers (DSMIPv6),draft-ietf-mip6-nemo-v4traversal-05, July, 2007.

[11] KEENI G,KOIDE K,NAGAMI K, et al. Mobile IPv6 Management Information Base, RFC 4295. April, 2006.

[12] ARKKO J,DEVARAPALLI V,DUPONT F. Using IPsec to protect mobile IPv6 signaling between mobile nodes and home agents, RFC 3776, June, 2004.

[13] DEVARAPALLI V,DUPONT F. Mobile IPv6 operation with IKEv2 and the revised IPsec architecture,

RFC 4877, April, 2007.

[14] PERKINS C. Securing mobile IPv6 route optimization using a static shared key, RFC 4449. June, 2006.

[15] NIKANDER P, ARKKO J, AURA T, et al. Mobile IP version 6 route optimization security design background RFC 4225, December, 2005.

[16] PATEL A, LEUNG K, KHALIL M, et al. Authentication protocol for mobile IPv6, RFC 4285, January, 2006.

[17] LEUNG K, KHALIL M, AKHTAR H, et al. Mobile node identifier option for mobile IPv6 (M1Pv6), RFC 4283, November, 2005.

[18] CHAKRABARTI A, MANIMARAN G. A case for tree evolution in QoS multicasting [J]. Computer Communications, 2006, 29(11): 2004 – 2025.

[19] ROMDHANI I, KELLIL M, LACH H Y, et al. IP mobile multicast: challenges and solutions [J]. IEEE Communications Surveys & Tutorials, 2004, 6(1): 18 – 41.

[20] JELGER C, NOEL T. Supporting mobile SSM sources [C]. Proceedings of the IEEE Global Telecommunications Conference (GLOBECOM). Taipei: IEEE Press. 2002: 1693 – 1697.

[21] 吴茜，吴建平，徐恪，刘莹. 移动 Internet 中的 IP 组播研究综述[J]. 软件学报，2003, 14(7): 1324 – 1337.

[22] LAI J, LIAO W. Mobile multicast with routing optimization for recipient Mobility [J]. IEEE Transactions on Consumer Electronics, 2001, 47(1): 199 – 206.

[23] TAN CL, PINK S. MobiCast: a multicast scheme for wireless networks [J]. Mobile Networks and Applications, 2000, 5(4): 259 – 271.

[24] Kim Ki-Il, Ha Jeoung-Lak, Hyun Eun-Hee, Kim Sang-Ha. New approach for mobile multicast based on SSM [C]. Proceedings of the 9th IEEE International Conference on. Networks (ICON). Thailand: IEEE Press. 2001: 405 – 408.

[25] 郭峰等. 无线局域网[M]. 电子工业出版社，2000.

[26] ILYAS M, AHSON S. Handbook of wireless local area networks. CRC Press, Inc., Boca Raton, FL, USA, 2005.

[27] WILLIAM STALLINGS. 无线通讯与网络[M]. 北京：清华大学出版社，2005.

[28] SINHA A, HADDAD I, NIGHTINGALE T, et al. Wireless intrusion protection system using distributed collaborative intelligence [C]. Proceedings of the 25th IEEE International Conference on Performance, Computing, and Communications (IPCCC). Phoenix: IEEE Press. 2006: 593 – 602.

[29] ANH N T, SHOREY R. Network sniffing tools for WLANs: merits and limitations [C]. Proceedings of the IEEE International Conference on Personal Wireless Communications (ICPWC). New Delpi, India: IEEE Press. 2005: 389 – 393.

[30] GUENNOUN M, LBEKKOURI A, BENAMRANE A, et al. Wireless networks security: proof of chopchop attack [C]. Proceedings of the International Symposium on a World of Wireless, Mobile and Multimedia Networks (WoWMoM). CA, USA: IEEE Press. 2008: 1 – 4.

[31] NAGARAJAN V, ARASAN V, DIJIANG H. Using power hopping to counter MAC spoof attacks in WLAN [C]. Proceedings of the 2010 7th IEEE Consumer Communications and Networking Conference

(CCNC). Las Vegas, Nevada, USA: IEEE Press. 2010: 1 – 5.

[32] Aboba B, Simon D. PPP EAP TLS authentication protocol. RFC 2716, October, 1999.

[33] IETF, RFC 2246. The TLS Protocol Version 1. 0. (online) IETF Website [Available: http://www. ietforg/rfc/rfc2246. txt].

[34] 刘永元, 张联峰, 刘乃安. AES 算法的 WLAN 安全机制分析[J]. 中兴通信技术, 2004, 6: 42 – 46.

[35] SCHILLER J, VOISARD A. Location-based services. Morgan Kaufmann Publishers, 2004.

[36] 贾青, 刘乃安, 朱明华. 无线局域网定位技术研究[J]. 无线通信技术, 2004, 13(3): 33 – 37.

[37] PAHLAVAN K, LI X, MAKELA J P. Indoor geolocation science and technology [J]. IEEE Communications Magazine, 2002, 40(2): 112 – 118.

[38] GRISWOLD WG, SHANAHAN P, BROWN SW, et al. Active campus: experiments in community-oriented ubiquitous computing [J]. Computer, 2004, 37(10): 73 – 81.

[39] LI X, PAHLAVAN K. Super-resolution TOA estimation with diversity for indoor geolocation [J]. IEEE Transactions on Wireless Communications, 2004, 3(1): 224 – 234.

[40] WANG Y, JIA X, LEE H K, et al. An indoors wireless positioning system based on wireless local area network infrastructure [C]. Proceedings of the 6th International Symposium on Satellite Navigation Technology Including Mobile Positioning and Location Services, Melbourne, Australia: 2003: 1 – 13.

[41] BAHL P, PADMANABHAN VN. RADAR: an in-building RF-based location and tracking system [C]. Proceedings of the 19th Annual Joint Conference of the IEEE Computer and Communications Tel-Aviv, Israel: 2000: 775 – 784.

[42] NICULESCU D, NATH B. VOR Base stations for indoor 802. 11 positioning [C]// Proceedings of the 10th Annual International Conference on Mobile Computing and Networking, Philadelphia, PA, USA: 2004: 58 – 69.

[43] JUBIN J, TORNOW JD. The DARPA packet radio network protocols [C]. Proceedings of the. IEEE, 1987, 75(1): 21 – 32.

[44] LAUER G. Hierarchical routing design for SURAN [C]. Proceedings of the ICC, 1986: 93 – 101.

[45] BIRADAR RC, MANVI SS. Agent-driven backbone ring-based reliable multicast routing in mobile Ad Hoc networks [J]. IET Communications, 2011, 5(2): 172 – 189.

[46] 英春, 史美林. 自组网体系结构研究 [J], 通信学报, 1999, 20(9): 47 – 54.

[47] VARAPRASAD G. Lifetime enhancement routing algorithm for mobile Ad Hoc networks [J]. IET Communications, 2011, 5(1): 119 – 125.

[48] 赵志峰, 郑少仁. Ad Hoc 网络体系结构研究[J], 电信科学, 2001, 1: 14 – 17.

[49] FULLMER CL, GARCIA-LUNA-ACEVES JJ. Solutions to hidden terminal problems in wireless networks [C]. Proceedings of the the annual conference of the ACM Special Interest Group on Data Communication (SIGCOMM) on the applications, technologies, architectures, and protocols for computer communication. Cannes, France: ACM Press. 1997: 39 – 49.

[50] BAO L, GARCIA-LUNA-ACEVES JJ. Collision-free topology-dependent channel access scheduling [C]. Proceedings of the 21st Century Military Communications Conference (MILCOM2000). Los

Angeles, California: IEEE Press. 2000: 507 - 511.

[51] ROYER EM, LEE S J, PERKINS CE. The effects of MAC protocols on Ad Hoc network communication [C]. Proceedings of the Wireless Communications and Networking Conference (WCNC). Chicago: IEEE Press. 2000: 543 - 548.

[52] KARN P. MACA-a new channel access method for packet radio [C]. Proceedings of the ARRL/CRRL Amateur 9th Computer Networking Conference, 1990: 134 - 140.

[53] BHARGHAVAN V, DEMERS A, SHENKER S, et al. MACAW: a media access protocol for wireless LAN's [C]. Proceedings of the the annual conference of the ACM Special Interest Group on Data Communication (SIGCOMM) on the applications, technologies, architectures, and protocols for computer communication. London: ACM Press. 1994: 212 - 225.

[54] FULLMER CL, GARCIA-LUNA-ACEVES JJ. Floor equisition multiple access (FAMA) for packet radio networks [C]. Proceedings of the the annual conference of the ACM Special Interest Group on Data Communication (SIGCOMM) on the applications, technologies, architectures, and protocols for computer communication. Cambridge, MA, USA: ACM Press. 1995: 262 - 273.

[55] HAAS ZJ, DENG J. Dual busy tone multiple access (DBTMA)-performance evaluation [C]. Proceedings of the IEEEVTC99, Houston, TX, May, 1999.

[56] ROYER EM, TOH CK. A review of current routing protocols for Ad Hoc mobile networks [J], IEEE Personal Communications, 1999, 6(2): 46 - 55.

[57] CHARLES E, PERKINS, PRAVIN BHAGWAT. Highly dynamic destination-sequenced distance vector routing (DSDV) for mobile computers [C]. Proceedings of the the annual conference of the ACM Special Interest Group on Data Communication (SIGCOMM) on the applications, technologies, architectures, and protocols for computer communication. London: ACM Press. 1994: 234 - 244.

[58] CHIANG CC, GERLA M. Routing and multicast in multi-hop, mobile wireless networks [C]. Proceedings of the ICUPC, 1997: 197 - 211.

[59] CHARLES E, PERKINS, ELIZABETH M ROYER. Ad Hoc on-demand distance vector routing [C]. Proceedings of the 2nd IEEE Workshop on Mobile Computer Systems and Applications, 1999: 90 - 100.

[60] JOHNSON D B, MALTZ D A. Dynamic Source Routing in Ad Hoc Wireless Networks [M], Mobile Computing, Editor Imielinski T, Korth H, Kluwer Academic Publishers, 1996:153 - 181.

[61] VINCENT D. PARK, M. SCOTT CORSON. A highly adaptive distributed routing algorithm for mobile wireless networks [C]. Proceedings of the 16th Annual Joint Conference of the IEEE Computer and Communications Societies (INFOCOM). 1997: 1405 - 1413.

[62] TOH C K. Associativity based routing for Ad Hoc mobile networks [J], Wireless Personal Communications Journal Special Issue on Mobile Networking and Computing Systems, 1997, 4(2): 103 - 109.

[63] DUBE R, RAIS C D, WANG K Y, TRIPATHI S K. Signal Stability based Adaptive Routing (SSA) for Ad Hoc Mobile Networks [J], IEEE Personal Communications, 1997: 36 - 45.

[64] ZHOU L, HASS ZJ. Secure Ad Hoc networks [J]. IEEE networks, 1999, 13(6): 24 - 30.

[65] CAPKUN S, BUTTYAN L, HUBAUX JP. Self-organized public-key management for mobile Ad Hoc

networks [J], IEEE Transactions on Mobile Computing, 2003, 2(1): 52 – 64.

[66] YI S, KRAVETS R. Compposite key management for Ad Hoc networks [C]. Proceedings of the Annual International Conference on Mobile and Ubiquitous Systems: Network and Service. Boston, Massachusetts. 2004: 101 – 112.

[67] WANG WH, ZHU Y, LI BC. Self-managed heterogeneous certification in mobile Ad Hoc networks [C]. Proceedings of the IEEE Vehicular Technology Conference (VTC). Orlando, Florida, 2003: 2137 – 2141.

[68] KHALILI A, KATZ J, ARBAUGH WA. Towards secure key distribution in truly Ad Hoc networks [C]. Proceedings of the IEEE Symposium on Applications and the Internet (SAINT), Orlando, FL, 2003: 342 – 346.

[69] YAN Z. Security in Ad Hoc Networks [EB/OL]. 2006. http://citeseer. nj. nec. com/536945. html.

[70] CHAN ALDAR. Distributed symmetric key management for mobile Ad Hoc networks [C]. Proceedings of the 23rd Annual Joint Conference of the IEEE Computer and Communications Societies (INFOCOM). Hong Kong: IEEE Press. 2004: 2414 – 2424.

[71] HU YC, JOHNSON DB, PERRIG A. Sead: secure efficient distance vector routing for mobile wireless Ad Hoc networks [C]. Proceedings of the 4th IEEE Workshop on Mobile Computing Systerms and Applications. 2002.

[72] PAPADIMITRATOS P, HAAS ZJ. Secure routing for mobile Ad Hoc networks [C]. Proceedings of the SCS communication Networks and Distributed Systems Modeling and Simulation Conference, San Antonio, TX, 2002: 27 – 31.

[73] ZAPATA MG. Secure Ad Hoc on-demand distance vector (SAODV) routing. IETF Internet Draft, draft-guerrero-manet-saodv-00. txt. August, 2001.

[74] HU YC. Ariadne: a secure on-demand routing protocol for Ad Hoc networks [C]. Proceedings of the 8th annual International Conference on Mobile Computing and Networking (MobiCom). Atlanta, GA, 2002: 12 – 23.

[75] SANZGIRI K, LAFLAMME D, DAHILL B, et al. Authenticated routing for Ad Hoc networks [J]. IEEE Journal on Selected Areas in Communications, 2005, 23(3): 598 – 610.

[76] PAPADIMITRATOS P, HASS ZJ. Secure data transmission in mobile Ad Hoc networks [C]. Proceedings of the ACM Workshop on Wireless Security. San Diego, CA, USA, 2003: 41 – 50.

[77] YI S, NALDURG P, KRAVETS R. Security-aware Ad Hoc routing for wireless networks. Department of Computer Science, University of Illinois at Urbana-Champaign, UIUCDCS-R-2001-2241, 2001.

[78] ZHANG Y, LEE W, HUANG Y. Intrusion detection techniques for mobile wireless networks [J]. ACM/Kluwer Wireless Networks Journal, 2003, 9(5): 545 – 556.

[79] SUN B, WU K, POOCH UW. Aler aggregation in mobile Ad Hoc networks [C]. Proceedings of the ACM Workshop on Wireless Security (WISE) in conjunction with the 9th annual International Conference on Mobile Computing and Networking (MobiCom). San Diego, CA, USA: ACM Press. 2003: 69 – 78.

[80] ALBERS P, CAMP O, PERCHER J, et al. Security in Ad Hoc networks: a general intrusion detection

architecture enhancing trust based approaches [C]. Proceedings of the International Workshop on Wireless Information Systems. Ciudad Real, Spain, 2002: 1 – 12.

[81] LI Y, WEI J. Guidelines on selecting intrusion detection methods in MANET [C]. Proceedings of the 21st Annual Conference on Information Systems Education (ISECON). Newport, Rhode Island. 2004: 1022 – 1039.

[82] HUANG Y, Fan W, LEE W, et al. Cross-feature analysis for detecting Ad Hoc routing anomalies [C]. Proceedings of the 23rd International Conference on Distributed Computing Systems. Providence, Rhode Island, USA: IEEE Press. 2003: 478 – 487.

[83] 蒋廷耀, 杨景华, 李庆华. 移动 Ad Hoc 网络安全技术研究进展 [J]. 计算机应用研究, 2005, 25 (2): 1 – 4.

[84] ZHANG Y, LEE W. Intrusion detection techniques for mobile MANET. Wireless Networks, 2003, 9 (5): 545 – 556.

[85] AKYILDIZ IF, WANG X, WANG W. Wireless mesh networks: a survey [J]. Computer Networks, 2005, 47(4): 445 – 487.

[86] BRUNO R, CONTI M, Gregori E. Mesh networks: commodity multihop Ad Hoc networks [J]. IEEE Communications Magazine, 2005, 43(3): 123 – 131.

[87] WEI H, GANGULY S, IZMAILOV R, Haas Z. Interference-aware IEEE 802. 16 WiMAX mesh networks [C]. Proceedings of the IEEE 61st Vehicular Technology Conference (VTC). Stockholm, Sweden: IEEE Press. 2005: 3102 – 3106.

[88] TAO J, LIU F, ZENG Z, et al. Throughput enhancement in WiMAX mesh networks using concurrent transmission [C]. Proceedings of the International Conference on Wireless Communications, Networking and Mobile Computing, 2005: 871 – 874.

[89] ACHARYA A, MISRA A, BANSAL S. High-performance architectures for IP-based multi-hop 802. 11 networks [J]. IEEE Wireless Communications, 2003, 10(5): 22 – 28.

[90] QIAO D, SHIN K G. UMAV: a simple enhancement to IEEE 802. 11 DCF [C]. Proceedings of the 36th Annual Hawaii International Conference on System Science (HICSS). Hawaii: IEEE Press. 2003: 306 – 314.

[91] CHOUDHURY RR, YANG X, RAMANATHAN R, et al. Using directional antennas for medium access control in Ad Hoc networks [C]. Proceedings of the ACM 8th Annual International Conference on Mobile Computing and Networking (MobiCom). Atlanta, Georgia, USA: ACM Press. 2002: 59 – 70.

[92] JAIN K, PADHYE J, VENKATA N, et al. Impact of interference on multi-hop wireless network performance [C]. Proceedings of the ACM 9th Annual International Conference on Mobile Computing and Networking (MobiCom). San Diego, California: ACM Press. 2003: 66 – 80.

[93] TZAMALOUKAS A, GARCIA-LUNA-ACEVES JJ. A receiver-initiated collision-avoidance protocol for multi-channel networks [C]. Proceedings of the 20th Annual Joint Conference of the IEEE Computer and Communications Societies (INFOCOM). Anchorage, AK: IEEE Press. 2001: 189 – 198.

[94] BAHL P, CHANDRA R, DUNAGAN J. SSCH: slotted seeded channel hopping for capacity improvement in IEEE 802. 11 ad-hoc wireless networks [C]. Proceedings of the 10th Annual

International Conference on Mobile Computing and Networking (MobiCom). New York, NY, USA: ACM Press. 2004: 216 – 230.

[95] BERTOSSI A, BONUCCELI M. Code assignment for hidden terminal interference avoideance in multihop packet radio networks [J]. IEEE/ACM Transactions on Networks, 1995, 3(4): 441 – 449.

[96] KO Y, SHANKARKUMAR V, VAIDYA NH. Medium access control protocols using directional antennas in Ad Hoc Networks [C]. Proceedings of the 19th Annual Joint Conference of the IEEE Computer and Communications Societies (INFOCOM). Tel Aviv, Israel: IEEE Press. 2000: 13 – 21.

[97] KOBAYASHI K, NAKAGAWA M. Spatially divided channel theme using sectored antennas for CSMA/CA-directional CSMA/CA [C]. Proceedings of the 11th IEEE International Symposium on Personal, Indoor and Mobile Radio Communications (PIMRC). London, UK: IEEE Press. 2000: 227 – 231.

[98] ELBATT T, ANDERSON T, RYU B. Performance evaluation of multiple access protocols for Ad Hoc networks using directional antennas [C]. Proceedings of the IEEE Wireless Communications and Networking (WCNC). New Orleans, LA, USA: IEEE Press. 2003: 982 – 987.

[99] TSENG YC, HSU CS, HSIEH TY. Power-saving protocols for IEEE 802.11 based multi-hop Ad Hoc networks [C]. Proceedings of the 21st Annual Joint Conference of the IEEE Computer and Communications Societies (INFOCOM). New York, USA: IEEE Press. 2002: 200 – 209.

[100] DRAVES R, PADHYE J, ZILL B. Routing in multiradio, multi-hop wireless mesh networks. Proceedings of the 10th annual International Conference on Mobile Computing and Networking (MobiCom). 2004: 114 – 128.

[101] FREY H. Scalable geographic routing algorithms for wireless Ad Hoc networks [J]. IEEE Network, 2004, 18(4): 18 – 22.

[102] DATTA S, STOJMENOVIC I, WU J. Internal node and shortcut based routing with guaranteed delivery in wireless networks [C]. Proceedings of the 21st International Conference on Distributed Computing Systems Workshop. Mesa, Arizona: IEEE Press. 2001: 461 – 466.

[103] HOLLAND G, VAIDYA NH. Link failure and congestion: analysis of TCP performance over mobile Ad Hoc networks [C]. Proceedings of the 5th annual International Conference on Mobile Computing and Networking (MobiCom). Boston: ACM Press. 1999: 219 – 230.

[104] BALAKRISHNAN H, PADMANABHAN VN, KATZ RH. Network asymmetry: the effects of asymmetry on TCP performance [J]. Mobile Networks and Applications, 1999, 4: 219 – 241.

[105] ABOUZEID AA, ROY S. Stochastic modeling of TCP in networks with abrupt delay variations [J]. Wireless Networks, 2003, 9: 509 – 524.

[106] AKAN OB, AKYILDIZ IF. ARC: the analytical rate control scheme for real-time traffic in wireless networks [J]. IEEE/ACM Transactions on Networking, 2004, 12(4): 634 – 644.

[107] FU Z, MENG X, LU S. A transport protocol for supporting multimedia streaming in mobile Ad Hoc networks [J]. IEEE Journal on Selected Areas in Communications, 2003, 21(10): 1615 – 1626.

[108] HAAS ZJ, LIANG B. Ad Hoc mobility management with uniform quorum systems [J]. IEEE/ACM Transactions on Networking, 1999, 7(2): 228 – 240.

[109] SUCEC J, MARSIC I. Location management for hierarchically organized mobile Ad Hoc networks [C].

Proceedings of the IEEE Wireless Communications and Networking Conference (WCNC). Orlando, Florida USA: IEEE Press. 2002: 603 – 607.

[110] 孙攀, 王平, 谢昊飞. 以太网工厂自动化协议中确定性调度的研究与实现[J]. 计算机集成制造系统, 2007, 13: 563 – 567.

[111] RAFFAELE B, PMARCO C, ENRICO G. Performance modelling and measurements of TCP transfer throughput in 802.11-based WLAN[C]. Proceddings of the 9th ACM international symposium on Modeling analysis and simulation of wireless and mobile systems, 2006, 4 – 11.

[112] HU C, KIM H, HOU J C. Short-term nonuniform access in IEEE 802.11-compliant WLANs: A microscopic wiew and its impact[C]. Proceedings of the 9th ACM international symposium on Modeling analysis and simulation of wireless and mobile systems, 2006, 99 – 107.

[113] AALAM Z, NALBALWAR S, VHATKAR S. Simulation and performance analysis of 802.15.1[C]. Proceedings of the International Conference and Workshop on Emerging Trends in Technology, 2010, 454 – 457.

[114] REMY G F, KAZEMIAN H B. Application of Neural Fuzzy Controller for Streaming Video over IEEE 802.15.1[J]. Engineering Applications of Neural Networks, 2009, 43: 419 – 429.

[115] KOHVAKKA M, KUORILEHTO M, HANNIKAINEN M, et al. Performance analysis of IEEE 802.15.4 and ZigBee for large-scale wireless sensor network applications[C]. Proceedings of the 3rd ACM International Workshop on Performance Evaluation of Wireless Ad Hoc, 2006, 48 – 57.

[116] DUNGARWAL N, DUBE N. Wireless technology: ZigBee[C]. Proceedings of the International Conference and Workshop on Emerging Trends in Technology, 2010, 1011 – 1011.

[117] JOHNSTON G, MUNNS A. WirelessHART signals change at plants[J]. Measurement and Control, 2010, 43: 19 – 21.

[118] WELANDER P. ISA100.11a wireless demonstration project in operation[J]. Control Engineering, 2009, 56: 23 – 23.

[119] 谭晓宁. 工业无线技术的标准及相关网络分类[J]. 医药工程设计, 2009, 30(4): 48 – 52.

[120] LIANG W, ZHANG X, YANG M, et al. WIA-PA network and its interconnection with legacy process automation system[C]. Proceedings of the 7th ACM Conference on Embedded Networked Sensor Systems, 2009, 343 – 344.

第6章　无线传感器网络与物联网

无线传感器网络(WSN)技术是信息感知和采集的革命性技术,具有广阔的应用前景。物联网作为信息领域一次重大的发展和变革机遇,将会对 IT 产业发展起到巨大的推动作用。本章将介绍 WSN 以及物联网的相关内容,期望通过本章的学习,使读者能够对 WSN 与物联网的关键技术有着较为深刻的认识和理解。

6.1　概　　述

无线通信和电子技术的进步极大地促进了 WSN 的发展,几乎与 MANET 同步,WSN 的研究也起步于 20 世纪 90 年代后期。WSN 的出现引起了全世界范围的极大关注,被冠以"21 世纪最具影响的技术之一"的殊荣。

WSN 是基于微传感技术和无线联网技术的信息获取平台,由众多微小传感器节点组成,这些传感器节点能够实时监测和采集网络覆盖区域内各种监测对象的信息,包括:温度、湿度、噪声、光强度、电磁、压力、地震、土壤成分等,并将这些信息发送给汇聚节点。WSN 具有组网快速、成本低廉、抗毁性强等特点,其巨大的应用价值和发展前景推动了 WSN 相关研究工作的大力开展。2003 年美国《技术评论》杂志评出的对世界产生深远影响的十大新兴技术中,WSN 名列第一。2003 年 8 月 25 日出版的美国《商业周刊》杂志在其《未来技术专版》中撰文指出,效用计算、WSN、塑料电子学和仿生人体器官是全球未来的四大高科技产业。据专业市场调研公司 ON World 2010 年发布的报告称,到 2011 年,全球 WSN 的服务市场将上升到 46 亿美元。

随着通信技术、互联网技术、传感技术、射频识别等新技术的不断进步,具有划时代意义的物联网诞生了。在物联网中,通过信息感知设备把任何物品与互联网连接起来,进行信息交换和通信,可以实现对物品的智能识别、定位、监控和管理。学术界和产业界普遍认为,物联网将成为继计算机、互联网和移动通信网之后的世界信息产业的第三次浪潮。

6.2　无线传感器网络

WSN 的出现和发展对现代科学技术产生了极其深刻的影响。本节介绍 WSN 领域中的研究成果,内容涉及 WSN 的概念、特点、体系结构;WSN 的物理层、MAC 层、网络层的通信协议;WSN 的时间同步、覆盖控制、节点定位、网络安全等关键技术;最后,对 WSN 的应用和发展前景进行展望。

6.2.1　无线传感器网络概述

WSN 由部署在监测区域内的大量微型、廉价、低功耗的传感器节点组成,通过自组织方式形成一个多跳的网络系统,目的是协作地感知、采集和处理网络覆盖地理区域中感知对象的信息,并发布给观察者[1,2]。

6.2.1.1　无线传感器网络的基本概念

与传统的网络技术不同,WSN 综合了无线通信技术、微型传感器技术、嵌入式计算技术、分布式信息处理技术和现代网络技术等,将逻辑上的信息世界与客观上的物理世界融合在一起,将改变人类与自然界的交互方式,成为 Internet 从虚拟世界到物理世界的延伸[3,4]。

WSN 的组成结构如图 6.1 所示。传感器节点分布在指定的监测区域内,节点以自组织的形式构成网络,并通过多跳中继方式将对感知对象的监测数据传送到汇聚节点(又称 sink 节点)。汇聚节点与任务管理节点(即观察者)通过公共网络(如 Internet 或卫星网络等)进行通信,从而对收集到的数据进行集中处理分析。

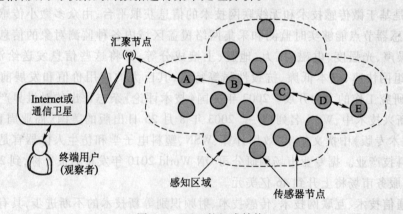

图 6.1　WSN 的组成结构

由 WSN 的定义可知,传感器节点、感知对象和观察者是 WSN 的 3 个基本要素。

传感器节点是一个具有信息收集和处理能力的微系统,一个典型的传感器节点由传感单元、处理单元、通信单元、能量单元和相关软件这几部分构成,其结构如图 6.2 所示。传感单元负责监测区域内信息的采集和转换;处理单元负责协调节点各部分的工作;通信单元负责与其他传感器节点或者观察者进行通信;能量单元为传感器提供正常工作所必需的能源;相关软件为传感器节点提供必要的软件支持,如嵌入式操作系统、时间同步、定位发现等。

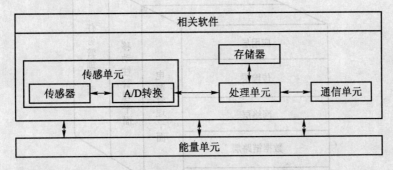

图 6.2   传感器网络节点的组成结构

感知对象是监测区域中观察者感兴趣的目标物体,如军队、车辆、动物、土壤、有害气体等,通常采用特定的数字量来表示感知对象的信息,如感知对象的速度、温度、湿度、浓度等。

观察者是 WSN 的用户,是感知信息的接收和应用者,对感知信息进行观察、分析、挖掘、决策。观察者可以主动地查询或收集 WSN 的感知信息,也可以被动地接收 WSN 发布的信息。观察者可以是人,也可以是计算机或其他设备。例如,在军事战场环境中,WSN 的观察者可以是军队指挥官,也可以是移动计算机,同时,移动计算机还可以是森林防火监测环境的观察者。由此可见,一个传感器网络可以同时拥有多个观察者,一个观察者也可以同时作为多个 WSN 的用户。

6.2.1.2   无线传感器网络的体系结构

WSN 一般采用二维的体系结构,即由横向的通信协议层和纵向的 WSN 管理平面组成,如图 6.3 所示。

通信协议层包括:物理层、数据链路层、网络层、传输层和应用层;网络管理平面包括:电源管理平面、移动性管理平面和任务管理平面。物理层主要负责无线信号的监测、信号的发送与接收、通信频段的选择等。数据链路层主要负责节点接入,解决多节点通信冲突时信道资源的分配问题。网络层的功能包括:路由选择、网络互联、拥塞控制等。传输层主要用于提供可靠的数据传输服务,主要功能包括:差错控制和流量控制等。在应用层采用不同的软件,就可以实现 WSN 不同的应用目的。电源管理平面、移动性管理平面以及任务管理平面主要负责协调 WSN 的感知任务以及管理电源消耗。

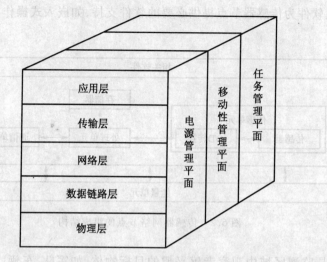

图 6.3　WSN 的体系结构

6.2.1.3　三维无线传感器网络

在目前大多数的研究中,传感器网络部署区域的高度远远小于部署区域的长度和宽度,因而,整个部署区域通常被近似看做二维平面,例如部署在平坦地表的 WSN 可以认为是一个典型的二维网络。但是,对于部署区域高度不可忽略的场合,如水下、空间及地下传感器网络的应用环境,这些应用都要求节点在三维空间中形成连通的网络,执行数据感知任务。在这些情况下,常规的二维传感器网络将不能满足需求,必须研究三维立体空间中分布的传感器网络系统。传感器节点在三维空间立体分布构成的网络,也称为三维 WSN。典型的三维 WSN 有无线地下传感器网络和水下传感器网络。

在地下 WSN 部署中,节点通常埋藏在不同深度的地层中,利用电磁波的地下通信形成较为固定的三维结构。与传统的地下监视不同,地下 WSN 中的节点不需要与地面设备进行有线连接,能够有效避免地面设施对设备和线路的损坏,提高了节点部署的灵活性和网络的隐蔽性。地下 WSN 主要应用于农业土壤监测、矿井安全监控、地下设施质量监测、地面车辆导航等场合中。

三维水下传感器网络是当前 WSN 研究的另一个热点领域。传感器网络节点通常部署在不同深度的水体中,节点间一般基于声学链路进行通信,并通过自动组网协同执行监视任务。水下传感器网络主要应用于海洋环境数据采集、海水污染监测、海洋灾害预警、船舶导航、水下武器防御等场合。

受空间维度增加的影响,二维空间中很多模型都很难直接应用到三维 WSN 中,这使得节点部署、网络覆盖、连通性、拓扑控制等成为研究的关键性问题。如在二维 WSN 中,满足网络全覆盖的最优节点部署应服从正六边形分布,但在三维空间中,所提出的最优节点配置策略如 Kelvin 猜想、Kepler 猜想等,缺乏最优性证明[5]。由于受到三维 WSN 实际环境的限制,还需要考虑相应的物理因素,如水下传感器网络需要考虑浮力、潮汐和波浪等因素的影响,这也会进一步加大研究的难度。

6.2.1.4　无线传感器网络的应用领域

WSN 尤其适合工作在一些人类无法到达或工作环境极其恶劣的场合,代替人类收集和处理需要的数据信息。WSN 的应用主要集中在以下领域:

1. 军事应用

由于 WSN 具有可快速部署、可自组织、隐蔽性强和高容错性等特点,使其非常适合应用于恶劣的战场环境中,可在敌情侦察、兵力监控、目标定位、战场评估、生物化学攻击监测等多方面展开应用。WSN 已经成为军事系统必不可少的一部分,受到了军事发达国家的普遍重视,各国投入了大量的人力和财力进行研究。

2. 环境监测和预报系统

通过传统方式采集原始数据是一件很困难的工作,WSN 为野外随机性的数据获取提供了方便。它可以监测土壤成分的变化,为农作物的培育提供依据;可以监测降雨量和河水水位的变化,实现洪水预报;可以监测空气温度和湿度的变化,实现森林火灾的预警;可以跟踪候鸟的迁徙,实现动物栖息地的监控;可以在星球表面布撒传感器节点,实现对星球表面的长时间监测;可以通过监测大气成分的变化,达到对城市空气污染监控的目的。

3. 医疗护理

WSN 在医疗研究、护理领域也可以大展身手,包括监测人体各种生理数据、监视病人群体、远程诊断和医院药物管理等。罗彻斯特大学的研究者使用 WSN 创建了一个智能医疗房间,通过一种"微尘"传感器网络节点来测量居住者的重要征兆,如血压、脉搏、呼吸、睡姿以及每天 24 小时的活动状况,这些监测数据对了解人体活动机理和研制新药品都是非常有用的。

4. 智能家居

WSN 在智能家居中也有其应用前景。在需要监控的家电设备中嵌入传感器节点,通过家庭网关与 Internet 互联,可以随时监控家庭的安全情况,也可以实现对家电的远程遥控,将会为人们提供更加舒适、方便和人性化的智能家居环境。

5. 工业控制及安全监测

现代化的生产车间以及厂房、仓库都需要对温度、压力以及其他与设备有关的数据进行监测,利用 WSN 可以有效降低成本,提高系统的可靠性。在一些特殊的工业场合,如矿井、核电厂等,工作人员可以通过 WSN 来实施安全监测。

6.2.2　无线传感器网络物理层技术

WSN 的物理层主要负责数据的调制、发送与接收。物理层的设计将直接影响电路的复杂度和能耗情况。

1. 频率选择

频率选择是系统设计中一项非常重要的内容,直接决定了传感器节点的天线尺寸、电感的集成度以及节点功耗。

为了避免不同用户和系统之间相互干扰,世界各国制定了频率许可制度以约束无线电频率的使用范围,保证系统在特定的频率范围内工作。例如,欧洲 GSM 可以使用两个专用频段:GSM900(880～915 MHz)和 GSM1800(1710～1785 MHz)。也有一些频段无须许可制度,可供未授权的无线电用户使用,如工业、科学和医疗(Industrial Scientific and Medical,ISM)频段,ISM 频段一般包括 13.553～13.567 MHz、26.957～26.283 MHz、40.660～40.700 MHz、433～464 MHz(欧洲)、902～928 MHz(美国)、2.4～2.5 GHz、5.725～5.875 GHz、24.0～24.25 GHz 等。由于公共 ISM 频段没有使用的限制,共享 ISM 频段的任何一个系统都会受到来自这个频段中其他系统的干扰。例如:许多无线应用共享 ISM 的 2.4 GHz 频段,包括蓝牙、IEEE 802.11b/g 以及 IEEE 802.15.4 的 WPAN 等。

在同一个频段内共存的所有系统必须具有抵抗其他系统干扰的能力,否则就不能正常通信。由于 ISM 频段日趋拥挤以及由此引发的共存问题,需要适当处理系统的物理层和 MAC 层。可以采用较低的 ISM 频段,如欧洲的 433～464 MHz 频段和美国的 902～928 MHz 频段。但是,这些频段还可能存在其他类型的工作系统,因而只通过转换到低频段并不能完全消除干扰和共存问题,可以考虑采用误差检测等技术避免冲突,以确保系统的鲁棒性。另外,也可以试图向无线电管理机构为 WSN 申请一个单独的频段,但这是很困难的。

另外,在 WSN 中,节点很难达到百分之百的天线效率,天线效率定义为辐射功率与天线输入总功率之比。一些能量不可避免地要在转化中消耗掉,一般是作为热量在转化中流失了。对于体积较小的传感器节点而言,适合选择较小的天线,但需要注意,若波长比天线的尺寸大,则需要为天线提供更多能量以获得一定的辐射功率,这对设计高效率的天线提出了重要挑战。

2. 传输媒介选择

WSN 采用的传输媒介主要包括无线电波、红外线和光波等。无线电波易于产生,传播距离较远,容易穿透建筑物,在通信方面没有特殊的限制,比较适合未知环境中的自主通信需求,是目前 WSN 的主流传输媒介。

3. 节能与降耗

WSN 无人值守、能量受限等特点为其物理层的设计带来了很多困难。为了延长 WSN 的生命周期,必须合理有效地利用能源。目前,WSN 的主要能源仍然是传统的电池,如何选择合适的电池是物理层研究中值得关注的主要问题之一。另外,还可以从周围环境摄取能量,并将其转换成电能,如何在 WSN 中采用非传统能源是物理层研究的另一个重点问题。

由于收发数据的能耗是网络能耗的主要部分,因而如何降低数据收发的功耗是当前 WSN 物理层设计过程中亟需解决的技术难题。可以考虑采用 UWB 技术,该技术是一种无需载波的调制技术,具有超低的功耗和易于集成的特点,非常适合应用于短距离通信的 WSN。但是,UWB 需要较长的捕获时间,即需要较长的前导码,这将降低信号的隐蔽性,在设计中还需要与 MAC 层协同考虑。

4. 降低成本

成本问题是 WSN 走向大规模应用的前提条件。但是,传感器节点在体积、成本和功耗上与其广泛应用的标准还存在一定的差距,缺乏小型化、低成本、低功耗的片上系统(system on chip)。节点最大限度地集成化设计减少分离元件是降低成本的主要手段,然而,天线和电源的集成化设计仍是 WSN 物理层研究中非常有挑战性的工作。另外,由于 WSN 大规模节点部署以及时间同步的要求,使得整个网络对物理层频率稳定度的要求非常高,晶体振荡器也是影响物理层成本的一个重要因素。

综上,迫切需要开发简单的 WSN 物理层协议和算法,以降低对硬件的要求。由于数字电路具有体积小、成本低的优点,为了实现低成本集成,尽可能采用数字电路是比较理想的方案。但是,接收器信道滤波器却很难选择电路类型,若采用数字电路,则需要增加假频滤波器和数模转换器。若采用模拟电路,则体积又较大。由于模拟信道滤波器的大小与滤波器的转角频率成反比,设计中应该考虑如何在信道滤波器的转角频率和成本之间取得折中。

6.2.3 无线传感器网络 MAC 层协议

WSN 的 MAC 协议直接影响到整个网络的性能,对实现信道的高效复用、保障链路通信的可靠性具有重要作用,是 WSN 的关键技术之一。

6.2.3.1 需要解决的技术难题

由于 WSN 的硬件功能简单、低成本、低功耗以及节点能量受限、网络拓扑变化频繁等特点,使得一些传统的 MAC 层技术如:受控接入(包括轮询、令牌环等)、信道复用(包括 TDMA,频分多址(Frequency Division Multiple Access,FDMA)、CDMA 等)不再适用。另外,当今流行的无线网络 MAC 层协议,如 802.11 技术也不能直接使用。WSN 的 MAC 协议在设计时需要解决的技术难题主要包括以下几个方面:

1. 能量效率问题

节点能量受限是 WSN 的基本特征之一,为了尽可能延长网络的生存时间,需要 MAC 协议能够有效避免网络数据传输的冲突和串音、降低节点间的长距离通信,从而尽可能提高能源利用率。

2. 实时性问题

当 WSN 应用于军事、医疗等领域时,要求其能够实时地检测、处理和传递信息,因此,

MAC 协议应该尽可能提高信道利用率,满足数据收集的需求。另外,将 MAC 协议和其他应用层协议进行有效融合,也是满足实时性需求的重要手段。

3. 可扩展性问题

由于 WSN 具有不同的应用需求,为了尽可能避免网络规模、负载及网络拓扑变化对底层 MAC 协议的影响。要求 MAC 协议具有良好的可扩展性,能够根据网络环境情况,动态地考虑公平性、实时性、优先级、吞吐率和信道利用率等指标,提高网络的整体性能。

4. 算法实施复杂度问题

由于传感器节点资源受限,除了尽可能选择高能量节点外,也可以令大量节点协同工作以完成特定的应用任务,但这会增加算法实施的复杂度。MAC 协议应根据应用需求,在实施复杂度和网络性能之间取得折中。

5. 与其他协议的协同问题

WSN 对各层协议都提出了一些共同的要求,如能量效率、可扩展性、网络效率等。研究 MAC 协议也需要考虑与其他协议的协同问题,通过跨层设计获得系统整体的性能优化是 MAC 协议研究中面临的主要技术难题之一。

由此可见,设计高效合理的 MAC 协议已成为 WSN 设计中最具挑战性的一部分。

6.2.3.2　无线传感器网络中典型的 MAC 协议

根据信道分配策略的不同,可将 WSN 的 MAC 协议分为固定分配类 MAC 协议和竞争类 MAC 协议。下面简要介绍 WSN 中一些典型的 MAC 协议:

1. 固定分配类 MAC 协议

频分多址接入(FDMA)、时分多址接入(TDMA)、码分多址接入(CDMA)属于基本的固定分配类 MAC 协议。FDMA 将频带分成多个信道,不同节点可以同时使用不同的信道,达到避免干扰的目的。TDMA 以帧为传输的基本单位,每一帧再分成多个时隙,每个节点在一个时隙内独占整个频带,通过选择不同的时隙达到避免干扰的目的。相对于 FDMA 而言,TDMA 通信时间短,但却增加了时间同步的开销。CDMA 则是固定分配方式和随机分配方式的结合,具有零信道接入时延、高带宽利用率和良好的统计复用性等优点,能够降低隐藏终端问题的影响。但是其复杂性较高,并不适合应用于分布式的 WSN。

SMACS(Self-Organizing Medium Access Control for Sensor Networks)[6] 是一种基于 TDMA 多址方式的分布式固定分配类 MAC 协议。链路在固定频率上随机选择的时隙中进行通信,这种分布式调度机制能够避免集中式调度机制所引发的控制消耗。由于在 SMACS 中,邻居节点的发现和信道分配是同步的,因此,对任意节点而言,当其找到了所有的邻居节点,也就完成了通信子网的建立。节点只需要在连接阶段启用一个随机唤醒机制,并在空闲时关闭无线收发装置,即可达到节能的目的。由于 TDMA 机制支持低占空比操作,所以 SMACS 协议具有较好的能耗特性,而且其分布式的调度实现方式也为实施过程带来了方便。但由于缺乏全局的时隙分配调度,可能导致不同子网中的节点出现时隙不重叠现象,使得它们之间永远不能建立通信连接。另外,SMACS 所采用的随机唤醒机制,也在一定程度上导致节点等待时间和能耗的增加。为了保证子网的连通性,一种可行的解决方案是在网络中添加带有移动能力的节点,引入监听注册(Eavesdrop-And-Register, EAR)算法,由移动节点充当子网的中继节点以保证全网的连通性。为了使移动节点消耗能量最少,EAR 算法还着重对节点的移动路线进行了设计。但 EAR 算法有一定的局限性,只适合应用于网络整体上保持静止或者个别移动节点周围有多个静止节点的场合。

TDM-FDM(Time Division Multiplexing-Frequency Division Multiplexing)[7]是一种基于 TDMA 和 FDMA 混合的 MAC 协议。在该协议中,每个网络节点都维护一个类似 TDMA 时隙分配表的特殊结构帧,节点据此完成与其邻居节点的通信调度。另外,TDM-FDM 还采用 FDMA 技术提供的多信道机制,在有效避免冲突的情况下,多个节点之间可以同时并行通信。但该协议使用的预先定义的信道和时隙分配限制了对空闲时隙的有效利用,当业务量较小时,全网信道利用率较低。

分布式能量敏感 MAC 协议(Distributed Energy-aware MAC,DE-MAC)通过平衡节点能量消耗来延长网络生存时间。在 DE-MAC 中,节点交换能量状况信息,并基于交换消息选举能量最低的节点作为"胜者"。"胜者"节点具有更多的睡眠时间,并用该方法来平衡节点间的能量消耗,延长网络的生命周期。DE-MAC 使用选举包及无线收发装置的能量状态包完成能量信息交换,且每个节点根据其能量值来决定传输的时间长度,即其能占有的传输时隙数量。在选举过程之前,各节点还会为其邻居节点维持一个表明其能量状态的变量,并据此设置从邻居节点接收的包的数量。另外,当节点发现自身的能量值低于"胜者"的能量值时,则向所有的邻居节点发送其当前的能量值,如果邻居节点的能量值都高于该选举节点,此时该节点成为"胜者"节点,并占有当前时隙,自由选择发送数据或者进入睡眠。此协议的缺点在于传感器节点只有在获取传输时隙且无数据传输时,才能进入睡眠状态。而其余时间内,即使没有数据传输,但时隙为其邻居节点占有,它也必须处于工作状态,这势必导致能量的浪费。

流量自适应介质访问(Traffic-Adaptive Medium Access,TRAMA)[8]协议在进行时隙分配时,以保证网络吞吐量与公平性为目标,使用基于节点流量信息的分布式选举算法来决定各节点的传输时刻。与竞争类的 MAC 协议相比,TRAMA 协议有效避免了隐藏终端引起的竞争,因而能够获得更高的吞吐量。当没有数据接收时,节点即切换到低能耗的休眠状态,使得 TRAMA 节能效果明显,但是,TRAMA 的时隙分配过程导致其传输延迟较长,不适于实时性需求较强的应用场景。

2. 竞争类 MAC 协议

竞争类 MAC 协议采用按需的信道使用方式。当节点有数据需要发送时,会通过某种手段对无线信道使用权进行争用。如果发送的数据产生冲突,即争用信道使用权失败,按照指定策略重新发送数据,直到数据发送成功或放弃发送。

　　为了保证 WSN 中多跳情况下的能效特性,Ye 等人[9]提出了基于 IEEE 802.11 的传感器网络 MAC 协议(Sensor-MAC,S-MAC)协议。与 802.11 协议相比,S-MAC 主要增加了三种机制,分别为:节省能耗的节点定期睡眠机制、保证各节点睡眠调度时间且自动同步的邻近节点虚拟成簇机制、基于短包发送的加速数据传输的消息传递机制。为了处理不同时间和位置上的负载差异,超时 MAC 协议(Timeout-MAC,T-MAC)在 S-MAC 的基础上引入了适应性占空比设计机制,使得该协议能动态地终止节点活动,并通过对极细微的超时间隔进行设置,以动态地选择占空比。在维持合理吞吐量的前提下,进一步减少了闲时监听浪费的能量。与典型的无占空比的 CSMA 和占空比固定的 S-MAC 比较,在稳定负载时 T-MAC 和 S-MAC 性能相仿,但当应用于可变负载的条件下,T-MAC 的性能要优于 S-MAC。但是 T-MAC 协议会出现早睡问题,这有待在未来的研究中进行解决。

　　由于传感器节点的工作能耗远超过待机能耗,仲裁设备(Mediation Device,MD)[10]协议通过减少占空比来降低能耗,以提高网络生存时间。MD 协议令传感器节点周期性地进入休眠状态,并且在节点唤醒时只需要发出询问信标。同时,令 MD 作为一个活动的仲裁者,通过接收由源节点发出的 RTS 和目标节点的询问信标,来协调两个节点完成暂时的同步,以进行数据传输。由于 MD 节点一直处于接收状态,不符合 WSN 络低能耗的要求,为进一步节省网络能耗,Lu 等人[10]提出了分布式 MD 协议,通过随机选择 MD 节点将全网节点的平均占空比维持在较低水平,保证了全网具有低功耗、低成本的优势。但是,在分布式 MD 协议中,节点需要等待邻居节点成为 MD 才能传输,这会导致传输时延的增加。另外,由于网络中节点具有极低的占空比,可能会存在通道访问的问题。

　　总体而言,固定分配类协议提供了公平使用信道的方法,通过设计适当的调度算法,能够有效地避免冲突。但现有协议一般需要使用全局信息进行调度,导致其应用范围受限。虽然基于竞争的协议可以大幅度减少冲突的机会,节省能源,但它们很难满足实时性的应用需求。另外,由于 WSN 的自身特点及其应用的差异性,导致其 MAC 协议无法形成统一的标准。可见,WSN MAC 协议的研究还存在许多亟待解决的问题,期待人们的更多关注。

6.2.4　无线传感器网络的路由协议

　　路由协议的优劣直接决定 WSN 的整体性能。WSN 路由协议的主要目标是在满足应用需求的同时,尽量降低网络开销,获得资源利用的整体有效性,提高网络吞吐量。

6.2.4.1　需要解决的技术难题

　　由于 WSN 资源严重受限,每个传感器节点不能执行过于复杂的计算以及保存较多的路由信息,且节点间不能进行太多的路由信息交互。WSN 路由协议面临的技术挑战主要包括以下几点:

1. 能耗问题

在 WSN 中,由于节点采用电池作为能量供给,当一些节点因电量耗尽而寿命终结后,会导致网络产生明显的拓扑变化,从而可能要求网络重组并重新进行路由选择。为了节省能量,需要设计高能效的数据传输技术,还需要将路由协议与链路层协议结合考虑,通过调整传输功率和信号传输速度来减少能耗,或者在能量足够的区域内重传数据包。

2. 容错处理

人为或自然损坏、环境干扰等因素都可能导致一些传感器节点失效或通信被迫中断,这就要求设计的路由协议必须具备良好的容错性,能够及时调整以形成新的路径,便于将数据信息快速发送到汇聚节点。

3. 数据流传输模型

数据流传输模型对路由协议的设计及其性能具有重要影响。数据采集和传输机制依赖于 WSN 的具体应用需求,数据流传输模型可以分为连续流、事件驱动、查询驱动和混合型四种模型。连续流数据传输模型适合应用于周期性数据监测的系统,传感器节点周期性地进行数据采集和数据转发。在事件驱动和查询驱动数据传输模型中,只有当汇聚节点发出查询请求或者特定事件出现时,才需要相应节点做出反应,并将采集的数据发送到汇聚节点。另外,也可以将连续流、事件驱动和查询驱动这三种数据传输模型结合使用,即构成所谓的混合型数据传输模型。

4. 拓扑动态性

在不同应用中,WSN 的观测对象可以是移动的或静止的,令汇聚节点或某些特定传感器节点在一些具体应用中保持移动性是必要的。节点的移动会使网络拓扑呈动态变化的特点。另外,节点能源耗尽或失效也会导致网络拓扑发生变化。针对这些情况,路由设计时需要考虑拓扑变化带来的能量消耗和带宽利用率等问题,如何使路由协议适应网络拓扑的动态性是 WSN 路由研究中面临的重要挑战。

5. 节点异构性

WSN 的大多数研究中均假定节点是同构的。根据实际应用需求的特点,传感器节点可以担任不同的角色,具有不同的能力。随着网络工作时间的推进,初期部署的同构节点也会由于各自的工作情况不同而导致节点剩余能量不同。异构节点的存在会给数据路由带来一定的问题,因此,路由设计时必须考虑到实际应用中的节点异构性。

6. 网络连通性

传感器节点高密度部署这一特征可防止它们被相互孤立,以保证网络的连通性。但由于节点的失效会导致网络中出现"孤岛"的现象,路由算法需要为每个工作节点建立与汇聚节点之间的通路;如果某个节点或某些节点与汇聚节点失去联系,还需要为此设计相应的路由修复机制等。

7. 可扩展性

部署在 WSN 监控区域中的节点数量可能数以千计甚至更多,这就要求路由协议必须具有适应网络规模变化的能力。此外,路由协议还必须具有足够强的伸缩性,以满足监测环境中事件的具体要求。例如,一旦某个事件出现,若不需要提供精确的服务,可以要求一些节点负责采集数据,其他节点则继续处于睡眠状态,以节约能量。

8. 区域覆盖率

在 WSN 中,一个传感器节点的覆盖范围是有限的,它只能覆盖其周围环境的一个有限物理区域。区域覆盖率是指单位面积上一个或多个传感器节点所覆盖的区域情况,该参数与网络连通性、节点部署方式等因素相关。区域覆盖率也是路由设计过程中的一个重要参数。

6.2.4.2   无线传感器网络中典型的路由协议

根据不同的网络拓扑结构,WSN 的路由协议可以分为平面型路由协议和分级路由协议。在平面型路由协议中,网络中各节点的地位相同;而在分级路由协议中,网络中各节点的地位和功能存在一定的差异性。

1. 平面型路由协议

最初的 WSN 平面型路由协议采用泛洪机制进行数据传播。虽然泛洪协议在 WSN 中比较容易实现,但是,由于在泛洪机制中,每个节点都要对收到的数据包进行广播,引发了消息内爆、重叠和资源盲目使用等问题,势必造成网络资源的巨大浪费。

在 WSN 中,典型的平面路由协议是信息协商传感器协议(Sensor Protocols for Information via Negotiation,SPIN)[11],这是一种以数据为中心的自适应平面型路由协议,通过数据协商和资源分配机制以减少冗余数据的发送,克服了无目的泛洪机制的缺点。SPIN 协议中有三种类型的报文进行通信:ADV、REQ 和 DATA。ADV 用来表示节点有数据发送,REQ 用来表示节点请求接收数据,DATA 则用来封装数据。

数据协商过程分为三步:当源节点有新数据发送时,则该节点首先向其邻居节点广播 ADV 报文;如果邻居节点对此新数据感兴趣,则向信源节点发送 REQ 报文;信源节点收到 REQ 后,向感兴趣的邻居节点发送数据报文 DATA。为了避免消息协商过程带来的负载,协商过程中使用了一种比实际数据更简洁的元数据描述方法,元数据是协商过程中使用的最小数据单元,其具体定义随应用的不同而不同,比如,传感器节点可以使用三维坐标 (x, y, φ) 作为元数据来描述数据信息,通过位置坐标的定位来确定数据的唯一性。这种基于元数据的协商机制能够有效节省通信能量,延长网络寿命。由于所有协商都针对邻居节点进行,所有节点只需要维持其最近的单跳邻居节点信息,这能够大大减少网络拓扑结构的改变对路由协议的影响。

通常在实际应用中将 SPIN 设计为一种周期性协议,传感器节点在周期性完成数据采集后,再启动数据协商机制发送数据信息。但是,SPIN 协议中基于兴趣的广播机制并不能够保证总存在感兴趣的邻居节点,导致数据不能正常发送,出现"数据盲点"。

已经提出了基于 SPIN 的若干改进版本,如 SPIN-PP(A 3-Stage Handshake Protocol for

Point-to-Point Media)、SPIN-BC(A 3-Stage Handshake Protocol for Broadcast Media)、SPIN-EC (SPIN-PP with a Low-Energy Threshold)、SPIN-RL(SPIN-BC for Lossy Network)等,它们的主体思想一致,但在功能上各有侧重。

SPIN-PP 采用点到点的通信模式,并假设两节点间的通信不受其他节点的干扰,功率没有任何限制。源节点首先向其邻居节点广播 ADV 报文,感兴趣的邻居节点返回 REQ 报文,源节点收到 REQ 报文后,再向这个返回 REQ 报文的邻居节点发送数据报文。邻居节点收到数据报文之后,会按照相同的通信模式在网络内发送数据报文。这样,所有的节点都有机会接收到网络中传输的任何数据。

SPIN-EC 的基本思想与 SPIN-PP 保持一致,但是 SPIN-PP 假设功率没有任何限制,而 SPIN-EC 则考虑了节点的功耗,并要求只有满足一定条件的节点才可以参与数据交换过程,要求这些节点既要保证顺利完成所有任务,又不能低于预先设定的能量阈值。

SPIN-BC 增加了一个广播信道,以使有效半径内的所有节点都可以同时完成数据交换。为了防止产生重复的 REQ 请求,当节点接收到 ADV 报文后,SPIN-BC 还会设定一个随机定时器来控制 REQ 报文的发送。

SPIN-RL 在 SPIN-BC 的基础上做了进一步改进,通过记录 ADV 报文的相关状态来解决无线链路引发的报文差错与丢失问题。如果在确定时间间隔内没有接收到请求数据报文,则会发送重传请求。值得注意的是,重传请求的次数是有限制的。SPIN-RL 通过只把报文传送给那些对该报文感兴趣的节点,减少了数据的传输和通信量,避免了内爆,能够有效地延长网络的生存时间。

定向扩散协议(Directed Diffusion,DD)[12]是 WSN 中另外一种典型的以数据为中心的平面型路由协议。为了适应不同的传感任务及应用场合,DD 协议使用了一种基于"属性 - 值"对的数据命名方法,属性及其值的集合表示感知对象的特点、监视区域、事件返回时间间隔等。DD 协议中还引入了"兴趣"和"梯度"两个概念,其中"兴趣"也使用"属性 - 值"对来描述具体的传感任务或请求,属性值可以是数据速率或其他属性信息,如地理位置、功率、拥塞等。在 DD 协议中,BS 首先向所有邻居节点发送"兴趣",接收到"兴趣"的每个节点会与 BS 建立一个梯度,并继续向邻居节点发送"兴趣"。"梯度"的方向一般直接指向发送"兴趣"的节点,最终将"兴趣"扩散到全网,直至找到与请求条件匹配的数据源。而且,根据梯度消息的属性值建立了从数据源到 BS 的路径。若数据源到 BS 之间存在多条路由,DD 协议会从中选择一条最好的路由进行传输。感知数据最终沿着梯度路径流向 BS,即完成一次感知信息收集的过程。

DD 协议中定向扩散通信是在相邻节点中进行的,每个节点具有数据聚合和缓存的能力。数据在传播过程中不断地进行整合,消除了传输中的冗余,节省了网络资源。DD 协议根据需求发出查询请求,还能够减少数据发送的盲目性。但是,DD 协议需要维持全网拓扑,而且持续查询会带来较大的开销,所以 DD 协议不适合一些需要向监测站持续发送数据的应用,如环境监视等。

2. 分级路由协议

分级路由协议将全网节点按照某种机制分成若干个簇,每个簇包含一个簇首节点和多个簇成员节点。这里,与移动自组织网络的分簇模型类似,由簇首节点完成对簇内节点的管理,并负责对簇内节点收集到的信息进行处理和转发,而簇成员节点则主要完成感知对象的采集和发送。

低能量自适应分簇路由协议(Low Energy Adaptive Clustering Hierarchy routing protocol, LEACH)[13]是 WSN 中第一个得到广泛认可的分簇路由协议,该协议将全网节点分为两类,即簇首节点和普通节点。该协议包括初始化和稳定状态两个阶段,初始化阶段主要用于完成簇的建立,网络节点根据预先确定的簇首节点比例和自己曾经担当簇首节点的次数,在 0 ~ 1 之间产生一个随机数,若此随机数小于阈值 $T(n)$,则该节点被选为簇首节点。通过这种簇首节点的随机选择方式来均分中继通信业务的能量消耗。当选的簇首节点会向网络中其他节点发出通告消息,接收到通告消息的节点则要对其加入的簇进行选择。选择的标准是根据它们收到通告信息的信号强弱情况,一旦加入到相应的簇,还要把加入信息发送给该簇的簇首节点,这就完成了簇的建立过程。进入稳定阶段之后,簇内节点就开始对感知对象进行监视,并将采集到的数据发送给本簇的簇首节点,簇首节点负责对收到的数据进行必要的聚合处理,并集中发送给 BS,从而节省网络能耗。LEACH 协议基于 TDMA 的方式进行簇内数据传输,各节点的传输时隙由簇首节点分配。为了避免同频干扰,簇间通信采用基于 CDMA 的传输方式,即不同的簇采用不同的正交码进行扩频传输。通常情况下,稳定状态具有比初始化状态更长的持续时间,以减少网络开销。

与平面型路由协议比较而言,LEACH 协议在延长网络寿命方面的性能较好。但是, LEACH 协议假设每一轮选举中所有节点的能量相同,这与实际应用不符。另外,在簇首节点选择算法中,LEACH 并没有考虑网络中簇首节点的最优分布情况,可能会造成全网的簇首节点集中在某一区域,导致产生能量空洞。

另一种典型的分级路由协议是敏感门限高能效路由协议(Threshold-Sensitive Energy Efficient Protocols,TEEN)[14]。TEEN 属于响应型协议,只有当节点收集到的新数据满足其门限关系后才开始传输,以此节省不必要的能量开销。TEEN 中的门限值包括硬门限和软门限两种,硬门限是与传感属性相关的一个绝对值,只有当监测数据超过设定的硬门限时,传感器节点才开启无线收发装置启动数据传输过程。软门限则是当传感属性值的变化超过一定范围时,节点才触发无线收发装置传送信息。簇首节点在初始化时设定软硬门限值,并广播给簇内的成员节点,任意时刻簇首节点发生改变,不仅要广播新的簇首节点的相关属性,还要广播新的硬门限和软门限消息。

TEEN 协议要求传感器节点在工作过程中持续地进行数据监测,如果感应值(Sensed Value,SV)第一次超过硬门限值,节点开启无线收发装置启动数据传输过程,并将 SV 存储在内部变量中。如果当前感应值大于硬门限,且当前感应值和 SV 的差值大于或等于软门限,则启动数据发送过程。TEEN 协议通过软、硬门限的使用策略保证了发送数据的时效性,并大大减少了发送的数量和次数,有效地节省了能量。软门限值越小,精确度就越高,而且软门限值的方法还可以根据传感属性和应用的变化而变化,增强了协议的灵活性。但如果某节点没有接收到簇首节点广播的门限值,那么该节点就不会进行通信,导致用户无法正常收到该节点的数据。这不仅使得 TEEN 面临一定的可靠性问题,而且增加了 TEEN 的开销和复杂度。

6.2.5　无线传感器网络的服务支撑技术

除了需要针对 WSN 的特点设计新的通信协议外,还需要着重对 WSN 的同步管理技术、覆盖控制技术、定位技术及安全技术展开研究,这些技术统称为 WSN 的服务支撑技术,对提高 WSN 的 QoS 具有重要作用。

6.2.5.1　同步管理技术

WSN 本质上属于分布式协同工作的网络系统范畴,每个传感器节点都安装有本地时钟。由于不同节点的晶体振荡器频率存在偏差,而且温度和电磁波的干扰等还会导致各节点运行时间出现偏差,因此亟需设计一种有效的时间同步机制,保证全网所有节点具有一致的时间戳。同步管理技术是 WSN 的重要研究内容之一,对 WSN 的 QoS 具有直接影响。

由于传感器节点的能量受限,很多场合都需要大量节点协同工作以完成复杂的感知任务。例如,在车辆跟踪系统中,通常需要传感器节点采集和记录车辆的位置和时间信息,并发送给网关节点,观察者根据融合的数据信息估计车辆的位置和速度。但如果缺乏统一的时间同步机制,则对车辆位置的估计是不准确的。另外,时间同步也是设计节能方案的重要支撑条件之一。例如,很多场合都通过规定传感器节点在适当的时候休眠,并在需要的时候唤醒,以达到节省能量的目的。但这种节能模式要求各个节点在设计者所规定的时刻休眠和唤醒。

虽然 NTP、GPS 和无线测距技术等同步机制已经在传统的无线网络中得到了广泛应用,但是,受制于体积、能量、成本及应用相关性等因素,这些时间同步机制不能直接应用于 WSN 中。为此,研究人员针对 WSN 提出了多种同步算法,主要包括:参考广播同步算法(Reference Broadcast Synchronization,RBS)[15]算法、传感器网络时间同步算法(Timing-Sync Protocol for Sensor Networks,TPSN)[16]算法、Mini-Sync、Tiny-Sync 算法和基于树的轻量级同步算法(Lightweight Tree-based Synchronization,LTS)[17]算法。

1. RBS 算法

RBS 算法是基于第三节点同步的思想提出来的。节点向其邻居节点广播的参考消息中不需要包含时间戳,邻居节点会以该消息的到达时间作为参考对比时钟。节点向接收者广播单个脉冲,接收者收到脉冲后再交换彼此收到脉冲的时间,并基于此估计节点间的相对相位偏移。这样,通过单个脉冲实现了两个节点的同步,而且增加脉冲数还可以进一步提高同步精确度。RBS 算法能够从关键路径中消除发送者的不确定性,且其不需要节点间的双向信息交换,因而获得的精确度比传统时钟同步方法更高。但由于传输时间和接收时间的不确定性,会导致同步的误差,当广播范围较小时,传输误差可以忽略不计。

2. TPSN 算法

TPSN 是一种适用于全网节点的时间同步算法。该算法主要包括两步:拓扑构造和同步。拓扑构造的主要任务是完成分级的全网拓扑构建,并且指定其根节点为零级。同步的主要任务是节点间的信息交换,令 i 级节点与 $i-1$ 级节点同步,最后通过不断迭代,使得所有的网络节点都完成与根节点的同步,最终实现全网节点的时钟同步。

3. Mini-Sync 算法和 Tiny-Sync 算法

Mini-Sync 和 Tiny-Sync 这两种算法假设传感器节点的时钟具有与固定频率的振荡器近似的工作原理,由此可以通过传统的双向消息交换方法对节点时钟间的相对漂移和偏移进行估计,并最终确定全网统一时间戳。

4. LTS 算法

LTS 算法能够在满足应用精度需求的基础上,具有最小的运行复杂度。实际上,在大多数应用场合中,WSN 通常具有较低的时间精确度,所以可以采用这种相对简单的时间同步算法。

在集中式 LTS 算法中,以树的根节点作为参考节点构造树状图,再沿着树的 $n-1$ 叶子边缘完成节点的成对同步过程,最终达到全网同步。另外,如果考虑时钟漂移,则同步的精确度还将受到同步时间的影响。为了最小化同步时间,算法通常需要沿着树的枝干进行并行同步操作,保证所有叶子节点在相同时刻完成同步。在假设时钟漂移具有上限值的情况下,给定所需要的精确度,参考节点首先计算单个同步有效的时间周期,此时树的深度将影响整个网络的同步时间和叶子节点的同步精度。为了消除上述误差,在同步过程中,还需要把树的深度参数传给根节点。

在分布式 LTS 算法中,由每个节点自由选择同步的时间。当任意节点 i 决定进行自身同步时,则向最近的参考节点发送同步请求。此时,要求沿参考节点到 i 的路径中的所有节点与参考节点完成同步。该算法的优点在于,存在某些同步节点时,能够减小传输负载,并且可以避免频繁的同步操作。但对于每个同步请求,由于需要对同步路径上所有节点进行同步操作,当同步需求数量较多时,将导致很大的节点能量和带宽资源浪费。这时,还需要设计适当的融合机制,在同步时对邻居节点进行询问,将节点的同步请求与邻居节点未处理的请求进行融合后,再发给参考节点,以减少无效请求的传输。

6.2.5.2　覆盖控制技术

覆盖控制机制直接影响 WSN 对物理世界的监测性能。对网络覆盖的测量能够使观察者了解是否存在监测和通信盲区,以及 WSN 对监测区域的覆盖情况,从而在网络重新部署时或添加新的节点时,采取一定的改进措施。通过在重要的目标区域中部署更多的传感器节点,还能提高感知的精度、减少网络干扰、保证采集数据的可靠性与稳定性。因此,WSN 覆盖控制不仅是对覆盖区域的物理与通信覆盖,更是密切影响着目标定位、路径规划、节能通信与可靠通信等具体应用。由于覆盖可用性是 WSN 其他一切应用活动的前提,如何在节点能量、无线通信带宽、网络计算能力等资源普遍受限的情况下,寻求一种高效的覆盖控制机制来优化网络有限的资源,改善感知、监视、传感、通信等各种 QoS,最终延长网络生存时间,是 WSN 研究中的一项重要内容,也是 WSN 设计中的一个重要挑战。

根据监测目标的不同,WSN 的覆盖控制问题可以分为三类:区域覆盖、点覆盖和栅栏覆盖。

1. 区域覆盖

区域覆盖要求工作节点的传感范围完全覆盖整个区域,即目标区域内的任意一点至少被一个传感器节点覆盖。区域覆盖是应用较为广泛的一类覆盖问题。图 6.4 示意了 WSN 区域覆盖问题,图中黑色圆形实心节点表示当前工作节点,圆形区域示意节点的感知范围,区域内各点至少被一个传感器监测到,监测区域覆盖了整个矩形。典型的区域覆盖研究成果有:PEAS (Probing Environment and Adaptive Sleeping)[18]、OGDC (Optimal Geographical Density Control)[19]、CCP(Coverage Configuration Protocol)[20]算法等。

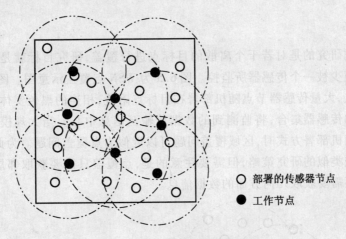

○ 部署的传感器节点
● 工作节点

图 6.4　WSN 区域覆盖问题示例

PEAS 是一种基于探测机制的分布式节点密度控制算法。初始化时,节点处于睡眠状态,经过一个随机时间间隔后,节点被唤醒。被唤醒的节点探测在预先设定的范围内是否存在其他活跃节点,如果存在,则继续进入睡眠状态,否则进入活跃状态。工作节点持续工作,直到其能量耗尽。通过调整探测范围和唤醒间隔,可以实现不同的网络覆盖质量。PEAS 算法不依赖节点的精确位置信息,计算开销小,但不能保证网络的覆盖质量。

OGDC 是一种局部化的分布式最优几何密度控制算法。在 OGDC 算法中,任意时刻节点只能处于三种状态之一,分别是 Undecided、On、Off 状态。网络生存时间被划分为若干个时间段,在每个时段的开始阶段,随机选择初始工作节点,其他节点的状态则设置为 Undecided。为了避免信道冲突,OGDC 算法设置了随机退避机制,经过一段随机退避时间后,初始工作节点向外广播 POWERON 消息。该 POWERON 消息中包含了发送节点的位置以及所期望的下一个工作节点所处的方向,该方向由 POWERON 消息的发送节点随机选择。节点收到 POWERON 消息后,据此设定自身状态。在该时间段内,节点状态保持不变,直到下一个时间段开始,重复上述过程。OGDC 算法需要根据网络状况手工设定参数,当节点的通信半径大于或等于 2 倍的感知半径时,OGDC 能够保证网络的连通性覆盖。

CCP 是一种旨在为网络中不同区域实现不同覆盖等级的覆盖配置协议。其基本思想仍然是通过减少活跃工作节点数量,以降低网络冗余,延长网络生存时间。在 CCP 协议中,任意时刻每个节点只能处于 active、sleep 及 listen 三种状态之一。每个节点的初始状态为 active,每当 active 节点接收到来自邻居节点的 hello 消息(该 hello 消息包含了邻居节点的位置和状态信息)时,判断是否满足覆盖冗余条件,并据此决定是否进入 sleep 状态。进入 sleep 状态的节点被周期性地唤醒进入 listen 状态,并根据接收到的邻居消息判断其下一个状态。当节点的通信半径大于或等于 2 倍的感知半径时,CCP 协议能够保证活跃节点组成的网络的连通性。当节点的通信半径小于 2 倍的感知半径,CCP 协议不能保证网络连通性。

2. 点覆盖

点覆盖问题研究的是对若干个离散的目标点进行覆盖,研究目标就是保证每个目标点在任意时刻至少被一个传感器所监控。图 6.5 为 WSN 点覆盖示意图。图中小方形块表示离散的目标点,大量传感器节点随机部署在目标点附近,相连的黑色实体圆形节点构成一组当前工作的传感器集合,将监测到的数据传输至信息中心。当大规模的传感器节点采用高密度的随机部署方式时,区域覆盖问题可以近似为点覆盖问题。为此,点覆盖可以采取与区域覆盖类似的研究策略,但需要注意的是,点覆盖只需要获取邻居集合的信息,而区域覆盖则还需要获取几何方面的数据信息。

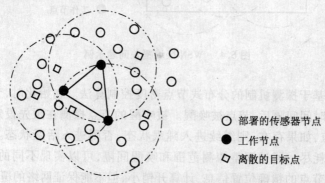

○ 部署的传感器节点
● 工作节点
◇ 离散的目标点

图 6.5　WSN 点覆盖问题示例

基于离散目标点的能量高效覆盖问题最早由 Cardei 等人提出[21]。将传感器节点分成若干个不相交的集合,每个集合能够完全覆盖所有目标点。这些集合依次被唤醒,任意时刻只有一个集合处于工作状态即可。Cardei 等人认为极大化无交节点集合是一个 NP 完全问题,并由此提出了基于混合整数线性规划的启发式算法。由于所有目标点均能被传感器节点集合监测,优化的目标是确定不相交集合的最大数。可通过延长每个节点两次激活的时间间隔,相应地延长网络寿命。Kar 等人讨论了当网络部署环境安全可控时,如何使用最少数量的节点并确定节点位置来覆盖 n 个给定的目标点,并且保证这些节点组成的网络是连通的。假设网络同构,当节点的通信半径与感知半径相等时,Kar 等人提出了一种基于最小生成树的多项式近似算法[22]。

3. 栅栏覆盖

栅栏覆盖研究的是运动物体沿任意路径穿越网络监控区域过程中被发现、监测和识别的概率问题。图 6.6 为 WSN 栅栏覆盖示意图。栅栏覆盖有两种常用的模型:一种是基于最大突破路径(Maximal Breach Path,MBP)和最大支持路径(Maximal Support Path,MSP)的模型[23],另一种是基于暴露(exposure-based)的模型[24]。

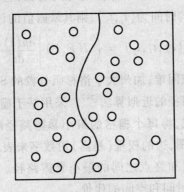

图 6.6　WSN 栅栏覆盖问题示例

MBP 是指在这条路径上的每一个点与最近的传感器节点的距离最大,当目标沿着这样的路径穿越网络时,不被监测到的概率最大,此路径也称为最差情形覆盖。相应地,MSP 是指在这条路径上的每一个点与最近的传感器节点的距离最小,当目标沿着这样的路径穿越网络时,被监测到的概率最大,此路径也称为最好情形覆盖。在这个模型中,假设每个节点都知道自身的位置信息,节点的感知能力随着距离的增加而衰减。Meguerdichian 等人[23]提出一种基于 Voronoi 划分以及 Delaunay 三角剖分的集中式算法。首先生成一个 Voronoi 图(或者 Delaunay 三角形),给每一个边赋予一个权值,此权值为 Voronoi 图的边与最近的传感器的距离(或者 Delaunay 三角形的边长),然后通过搜索计算得到 MBP 和 MSP。MBP 路径位于 Voronoi 边上,而 MSP 路径则由 Delaunay 边组成。进一步地,Li 等人[25]提出了通过相关邻居节点信息来计算 MSP 的分布式算法,同时考虑了两个方面的扩展,即最小耗能的 MSP 以及最小路径距离的 MSP,研究至少需要在目标区域中随机部署多少个传感器节点才能保证不存在一条渗透路径。

第二种栅栏覆盖模型是基于暴露的模型。传感器节点的部署密度与所需要监控的目标特性有关。假设感知区域 F 中有 n 个活动的传感器节点 $s_1, s_2, \cdots, s_n$,节点 s_i 与目标 P 之间的欧氏距离表示为 $d(s_i, P)$,使用概率监测模型,则节点 s_i 对该目标的感知强度可以用式(6-1)表示:

$$S(s_i, p) = \frac{\lambda}{[d(s_i, P)]^k} \tag{6-1}$$

目标 P 的全局感知强度 $I(F, P)$ 就是 F 中所有传感器节点对 P 的有效测量值,可以使用式(6-2)表示:

$$I(F, P) = \sum_{i=1}^{n} S(s_i, P) \tag{6-2}$$

目标穿越网络时被监测到的概率不仅与其运动路径有关,还与其在网络中所处的时间有关。显然,目标在 WSN 监测区域中停留的时间越长,它被监测到的概率越大。如果目标沿着路径 $p(t)$ 穿越网络的时间为 $[t_1, t_2]$,则其暴露值的计算如式(6-3)所示:

$$E(p(t), t_1, t_2) = \int_{t_1}^{t_2} I(F, P) \left| \frac{\mathrm{d}p(t)}{\mathrm{d}t} \right| \mathrm{d}t \tag{6-3}$$

由于暴露数值的计算比较困难,加州大学洛杉矶分校的 Seapahn Meguerdichian 等人提出了一种计算最小暴露穿越路径的近似算法[24]。采用基于栅格的解决方案把连续问题域转换成为易处理的离散问题域,将每个栅格的最小暴露路径限制在任意两个顶点间的线段上,从而把栅格转化成加权图,边的权重(暴露)用数字来表示。最后,使用 Dijkstra 最短路径算法寻找栅格中任意起点和终点之间的最小暴露路径。随着栅格分割的细化,近似的质量逐渐提高,但也增加了时间和空间的代价。

Adlakha 等人[26]讨论了在暴露模型下,节点密度与目标监测概率的关系。假设移动目标以固定速度沿着一条直线穿越网络部署区域,每个节点有两个与监测能力相关的感知半径 R_1 和 R_2。节点能够监测到任意与其距离小于 R_1 的目标,而不能监测到任意与其距离大于 R_2 的目标。Adlakha 指出,若目标区域面积为 A,当节点数为 $O(A/R_2^2)$ 时,网络的监测概率不低于 0.98。

Liu 等人[27]讨论了 WSN 中基于网格部署和随机部署的目标监测问题,并提出一种基于渗透理论的临界节点密度控制算法。当节点密度小于该临界密度时,将存在一条不被发现的穿越路径。相反,当节点密度大于该临界密度时,无论目标如何移动,都能保证该目标被监测到的概率为 100%。进一步地,Liu 等人[28]研究了传感器节点分布满足 Poisson 点随机过程条件下,覆盖率、工作节点数以及网络对移动目标的监测能力与节点密度之间的关系。

6.2.5.3 定位技术

在 WSN 的很多应用中,事件发生的位置对监测信息的价值具有重要意义。例如,WSN 应用于森林火灾监测、天然气管道泄漏监测等场景中时,如果发生了消息收集节点感兴趣的事件,则需要记录事件发生的确切位置。定位信息除了用来报告事件外,还可以用于预测目标轨迹、协助路由选择以及改善网络拓扑管理等。如何及时获取节点或任务的位置信息,是 WSN 理论研究和实际应用中所面临的重要挑战。下面主要介绍 WSN 中典型的定位算法。

1. 与距离相关的定位算法和与距离无关的定位算法

根据是否需要测量传感器节点间的距离,可以把 WSN 的定位算法分为两大类:与距离相关的定位算法和与距离无关的定位算法[29]。在与距离相关的定位算法中,未知节点的位置是通过测量相邻节点间的实际距离或方位计算得出的;在与距离无关的定位算法中,未知节点的位置是依靠网络连通性等信息进行大概定位,而无须测量节点间的实际距离或方位。

基于距离的定位算法通常使用的测距技术有:信号强度测距法(Received Signal Strength Indication,RSSI)[30]、到达时间法(TOA)[31]、到达时间差法(Time Difference Of Arrival,TDOA)[32]、到达角度法(Angle Of Arrival,AOA)[33]。为了完成距离的测算,需要在传感器节点上额外配备测距装置,这会在一定程度上增加节点的成本和功耗。而且由于传感器网络高密度部署及部署环境的特殊性,目前的测距技术还存在较大的误差,从而影响定位的精度。如果通过多次测量和循环定位求精来减小测距误差对定位的影响,又会导致计算量和通信量的额外开销。与距离无关的定位算法相比,基于距离的定位算法虽然有着成本较高、能耗较高、计算量和通信量较大等不足,但其定位精度一般比后者要高。且随着科技进步与更精确、能耗更小的测距技术的出现,基于距离的定位算法将获得更好的发展空间。

距离无关的定位算法受环境影响较小,不需要绝对的距离信息、角度信息或者其他物理测量值,具有硬件需求简单的优点。但其定位误差较大,在不考虑积累误差的情况下,可以满足目前大多数应用的需求。目前典型的算法包括:质心算法[34]、距离矢量跳距(Distance Vector-Hop,DV-HOP)算法[35]、Amorphous 算法[36]及近似三角形内点测试(Approximate Point-In-Triangulation test,APIT)算法[37]等。在质心算法中,节点通过将接收的各个信标点的位置值进行平均,从而获取其大概位置信息。在 DV-HOP 算法中,首先测量一个节点到一个特定信标点的最小跳数,然后大概估算每跳的平均距离,再以最小跳数与每跳平均距离的乘积作为与信标节点间的距离估计值。最后,未知节点坐标通过三边测量法或极大似然法估算得出。APIT 近似三角形内点测试法则需要首先确定多个包含未知节点的三角区域(这些三角形的三个顶点通过 GPS 或者其他办法得到准确位置值),并将这些三角形区域所包围的交集多边形的质心作为未知节点的位置。

2. 递增式定位算法和并发式定位算法

根据节点定位的先后次序不同,把定位算法分为:递增式定位算法和并发式定位算法。递增式定位算法通常从参考节点(也称为信标节点或锚节点)开始,参考节点附近的节点首先开始定位,依次向外延伸,各节点逐次进行定位;而并发式定位算法则同时对其所有节点进行位置计算。

3. 集中式定位算法和分布式定位算法

集中式定位算法要求在网络中部署或设置中心节点,网内节点把采集的相关信息传送到中心节点,由中心节点计算出各节点的位置信息。这类算法不受计算和存储性能的限制,能够获得相对精确的定位。但由于其对中心节点过分依赖,且在中心节点附近的节点会因为通信开销过大而过早死亡,引起整个网络与中心节点信息交流受阻或中断。典型的集中式算法包括凸规划算法(convex optimization)[38]和多维标度定位算法(multidimensional scaling-MAP)[39]等。

分布式定位算法则通过节点间的信息交换和协调,由节点自行计算位置信息。相对于集中式定位算法而言,在分布式定位过程中,计算位置的通信量与计算量更少,因此具有更好的灵活性与扩展性。典型的分布式定位算法包括:与距离无关的质心算法、DV-Hop、Amorphous 和 APIT 算法等。

4. 基于参考节点的定位算法和无参考节点的定位算法

与绝对定位与相对定位分类方法类似,定位算法还可以分成两大类:基于参考节点的定位算法和无参考节点的定位算法。在基于参考节点的定位算法中,通常参考节点的位置是已知的,各节点根据这些参考节点的位置,最终产生全局的绝对坐标系统;在无参考节点的定位算法中,依靠节点间的相对位置,并以网络中的部分节点作为参考点,形成局部坐标系,在完成最终的定位后,可以通过相邻的局部坐标系进行转换合并,产生整体的相对坐标系统。

6.2.5.4　安全技术

WSN 在军事、环境科学、医疗健康、空间探索和灾难拯救等领域有着广阔的应用前景。传感器节点经常被配置在恶劣环境、无人区域或敌方阵地中,需要持续工作,容易被破坏和干扰,迫切需要展开其安全机制的研究。由于传感器节点受自身计算速度、电源能量、通信能力和存储空间等影响,使得传统网络安全的解决方案无法满足 WSN 的安全性需求。在 WSN 中,安全机制有以下几个方面的内涵:

1. 机密性

机密性是确保传感器节点间信息传输安全的最基本要求。无线广播通信很容易被截听,机密性能够保证即使敌手窃取了传输的数据也不能解析出明文信息。

2. 完整性

敌手可能对于传输中的数据进行损坏攻击,并在传输过程中施加截获、删除、篡改等恶意行为。完整性要求接收者所收到的消息与发送者发出的消息保持一致。

3. 可认证性

可认证性包括实体的认证和消息的认证两个方面。目的节点应该能够核实消息的来源，是否为所期望的合法节点所发送，以及是否为该节点在当前时刻的动作，而不是以往时刻行为的复制。

4. 时间敏感性

由于网络中存在大量的节点，多跳的路由机制使得接收者可能收到多个相同的数据包。时间敏感性要求所收到的数据包是最新的、非重放的数据。

5. 鲁棒性

由于传感器节点的加入或退出，会导致 WSN 的拓扑结构变化频繁。因此，要求安全机制能够满足网络拓扑结构动态变化时的安全需求。

由于 WSN 与应用密切相关，针对不同的应用背景，其安全目标应有不同的侧重。目前，对于 WSN 的安全研究主要集中在以下几个方面：

1. 密钥管理

密钥管理是 WSN 安全研究中的基本内容，也是安全研究中面临的首要问题，对实现安全、可靠的保密通信具有重要意义，高效的密钥管理机制也是安全路由、安全定位、安全数据融合等其他安全机制的研究基础。由于 WSN 具有节点资源受限、缺乏固定设施等特点，而传统密钥管理采用的集中式密钥服务器会带来大量的通信负载，因此传统网络中的密钥管理机制无法直接应用于 WSN 中。

2002 年，Eschenauer 和 Gligor[40] 首次提出了 WSN 的随机密钥预分配方案（简称 E-G 方案）。E-G 方案在节点部署前从密钥池里随机选取一部分密钥作为节点的安全密钥，并将这一小部分密钥作为网络的预分配密钥。当传感器节点部署完毕后，若节点之间的欧氏距离小于或等于其通信距离，且节点之间存在至少一对共享安全密钥，则可在节点之间建立对称密钥。E-G 方案首次采用了密钥随机预分配机制，后续出现了许多基于 E-G 方案的改进策略，它们分别从密钥池结构、密钥预分配策略、密钥路径建立方法、共享密钥阈值等方面提高密钥建立的概率。如：Chan 提出的 q-composite 随机密钥预分配方案[41]，Du 等人提出的多密钥空间随机密钥预分配方案[42]，Liu 和 Ning 等人提出的对称多项式随机密钥预分配方案[43]，以及一些基于地理信息或部署信息的随机密钥预分配方案[44] 等，还有一些基于组合论[45] 和节点身份[46] 的密钥预分配方案等。然而，目前大多数的预配置密钥管理机制的可扩展性不强，而且不能很好地支持网络的动态变化，使得方案的应用受到局限，因此，与应用相关的动态密钥预配置方案将获得更多的关注。特别是在网络动态变化或有节点移动的情况下，在密钥撤销与更新操作中，如何能保证网络中密钥安全性和密钥连通概率不受影响已经成为对密钥研究的重要挑战。

2. 攻击模型与防御策略

自 Karlof 于 2003 年提出 WSN 的攻击及预防措施[47] 以后，WSN 的安全问题开始逐渐受到人们的重视,研究传感器网络中各类攻击、检测和预防措施的文章越来越多。这类研究的目的是通过一定的方法检测出网络中存在哪些攻击节点或者哪些节点已经被攻击。检测协议通常需要针对各种攻击行为中一种或者几种进行检测。常见的攻击行为包括:DoS攻击、Sybil攻击、Sinkhole攻击、Wormhole攻击、Hello泛洪攻击和选择转发攻击等[48]。

3. 访问控制

为了防止恶意节点加入到正常工作的网络中,WSN需要对访问控制问题进行研究。WSN中的访问控制通常包含两个任务:节点认证和密钥建立。典型的访问控制协议包括Zhou等人[49]提出的基于ECC的访问控制协议、Wang等人[50]提出的基于ECC的分布式认证访问控制协议及基于公钥的访问控制协议和混合的访问控制协议等。另外,为了防止攻击者向WSN发送伪造信息或者错误的管理信息,需要研究基于源端认证的安全组播机制。Tesla认证广播协议是一种比较高效的认证广播协议[51],最初是为组播流认证设计的。针对WSN的特点,在Tesla的基础上,研究者们又相继提出了多级uTESLA[52]协议和PBA(Practical Broadcast Authentication)协议[53]。

4. 协议安全性分析

WSN中协议的安全性分析可以借鉴MANET和RFID网络中协议安全性证明成果。Acs和Buttyan等人[54]在MANET的路由协议安全性证明中,引入了密码学机制中的模拟和不可区分的性质,并定义了理想模型和实际模型,而且证明了这两个模型是不可区分的。由于攻击者在两个模型中的行为完全相同,如果能够证明协议在攻击下最终所得到的状态是完全不可区分的,那么该路由协议就是安全的。但MANET中没有对攻击进行分级,攻击者可以发动所有的攻击。Mike Burmester等人[55]在RFID网络中采用类似的方法来定义两个模型并模拟协议的执行过程,与MANET中所得结果非常相似。

6.3　物　联　网

近年来,学术界和产业界普遍认为,物联网将彻底地改变人们当前的生活方式,有望成为继计算机、互联网和移动通信网之后的世界信息产业的第三次浪潮,并将带来数万亿规模的产业发展。本节概述了物联网的起源与演进,并在此基础上,重点介绍物联网的关键技术,最后,对物联网的应用和发展前景进行展望。

6.3.1　概述

物联网技术已经在极短的时间内引起了国内外学术界、工业界和新闻媒体的高度重视。但当前国内外对物联网的研究还处于起步阶段,物联网的定义、内在原理、体系结构和系统模型等方面还存在许多值得探讨的问题,本节涵盖了当前国际上物联网的主要研究成果及内容,可帮助读者快速全面地了解和熟悉物联网的相关技术。

6.3.1.1 基本概念

所谓物联网,是指依靠 RFID、红外感应器、全球定位系统、激光扫描器等传感设备,把任何物品与互联网进行连接,进行信息交换与通信,以实现智能化识别、定位、跟踪、监控和管理的一种网络。物联网可看做当前互联网的延伸与扩展[56]。

从物联网的定义可知,虽然其概念来源于互联网,但由于二者在技术需求及网络载体等方面的区别,物联网和互联网还存在着差异。物联网主要用于解决物品到物品(Thing to Thing,T2T)、人到物品(Human to Thing,H2T)、人到人(Human to Human,H2H)之间的互联。物联网中的"物物互联"不再依赖于传统的个人计算机,而且能够解决传统网络所不能解决的物品之间的联网问题。根据应用场合的不同,在英文中,物联网也会被 M2M(Machine to Machine)、传感网(sensor networks)、智慧地球(smart planet/smart earth)等代替。

物联网技术体系框架如图 6.7 所示,主要包括感知层、传输层、应用层及公共支撑技

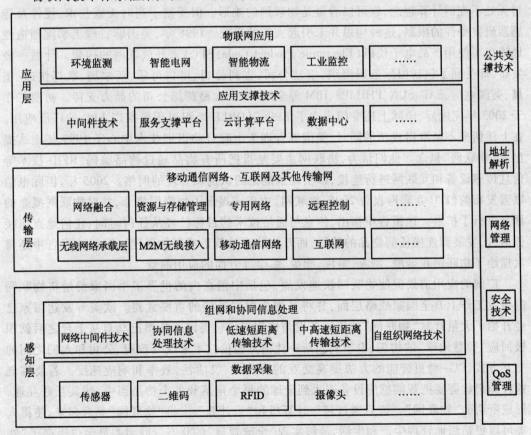

图 6.7 物联网技术体系框架

术。感知层以信息识别和采集为基础,包括数据采集设备和数据采集对象,数据采集设备可以是传感器、摄像头以及 RFID 和条形码读取设备,数据采集信息一般为物理量、标识、音视频及与物理量相关的事件通告。传输层通过设备之间的无线连接,以及与现有移动通信技术、互联网技术的有机融合,能够实现更加宽泛的网络互联,最终实现远距离、高可靠、无障碍地传输感知层所采集得到的海量数据信息。应用层通过数据处理解决方案来提供人们所需的信息服务。公共支撑技术主要包括标识与解析技术、安全技术、网络管理与 QoS 管理技术等,这些技术不属于物联网的某个特定层面,但与每一层都存在相应的逻辑接口。

6.3.1.2 物联网起源与演进

实际上,物联网并非是一个新概念。回顾历史,在 IT 技术近十年的发展历程中,不同的国家、不同的机构都曾对这种物物之间的智能联网产生过不同的描述。

早在 1995 年,比尔·盖茨在《未来之路》一书中就通过华盛顿湖畔的智能化豪宅探讨过无处不在的计算理念,这可以看做是物联网的雏形。但受制于当时无线技术、硬件及传感器研发条件的限制,这种构思并未引起人们的重视。1998 年,美国麻省理工学院创造性地提出了使用产品电子代码(Electronic Product Code,EPC)来开放联网的构想。计划一经发布,即受到了包括国际条码组织、宝洁公司、吉列公司、可口可乐、沃尔玛、联邦快递、雀巢、英国电信、SAP、SUN、PHILIPS、IBM 等全球 83 个大型跨国公司的鼎力支持。初期工作于 2003 年完成后,国际上还专门成立了 EPC GLOBLE 组织以积极推广 EPC 的广泛应用。在上述研究不断取得成功的同时,美国麻省理工学院自动识别技术中心于 1999 年正式提出了“物联网”概念。他们认为,物联网主要是指把所有物品通过物品编码、RFID 技术等信息传感设备和互联网进行连接,以实现智能化的识别和管理的网络。2005 年,国际电信联盟发布的《ITU 互联网报告 2005:物联网》中正式提出了物联网概念,并对物联网概念的涵义进行了扩展。该报告中指出,信息与通信技术的目标已经从任何时间、任何地点连接任何人,发展到连接任何物品的阶段,而万物的连接就形成了物联网。同时该报告中还首次描绘了物联网在金融、物流、零售、能源、军事等方面的应用前景。

广阔的应用前景促使物联网快速发展,包括中国在内的世界多个国家纷纷将物联网的研发工作上升至国家战略层面,并将其列为振兴经济的重要武器。欧美等发达国家已经开始了大量针对“物联网”的研究开发与应用工作。美国总统奥巴马自从上台之后就积极回应“智慧地球”的构想,希望利用新一代信息通信技术来改变政府、公司和人们之间的交互方式,以一种更智能的方法提高交互的明确性、灵活性、效率和响应速度。若要实现这种构想就需要把智能感应设备嵌入到全球的每个角落和各个物品当中,使其互联互通,形成所谓的“物联网”。而后通过超级计算机和“云计算”[57]将“物联网”整合起来,使得人类可以更精细地管理生产和生活,最终实现“全球智慧”的状态。欧盟委员会也提交了“物联网行动计划”,希望在欧洲范围内构建新型物联网来引领世界范围的“物联网”发展大潮。作为物联网应用的重要组成部分,M2M 业务已经得到了欧洲各大电信运营商的大力支持,Orane 公司立足于车队管理领域,沃达丰公司致力于推出 M2M 全球服务平台,T-Mobile 公司及 Telenor 公司等则与设备商合作开发完整的解决方案。法国的 Docomo 公司专注于 M2M 协议,而法国电信公司则研究了基于物联网的医疗解决方案。在亚洲,"无处不在的日本"(Ubiquitous-Japan,U-Japan)、"无处不在的韩国"(Ubiquitous-Korea,U-Korea)等也都在积极寻找新的技术,以突破互联网的物理限制,最终实现无处不在的物联网。

物联网同样受到了我国社会各界的广泛关注,并成为国务院和各部门大力扶持的重点产业。2009 年 8 月温家宝总理在视察中科院传感网工程研发中心时提出建立"感知中国"的宏伟目标,并要求科研机构要尽快谋划未来,尽快突破物联网的关键技术。前工业和信息化部部长李毅中于 2009 年底接受中央电视台的访谈中,分别阐述了"智慧地球"、"物联网"等概念,并且在《科技日报》撰文表示要深入推进物联网的研发应用,要把物联网上升到"战略性新兴产业"高度。国家中长期科学与技术发展规划(2006 年—2020 年)和"新一代宽带移动无线通信网"重大专项均将"物联网"列入重点研究领域。在国际标准制定方面,我国信息技术标准化技术委员会还专门建立了传感器网络标准工作组,希望通过标准化为产业发展奠定坚实的技术基础。目前,已经制定了适应中国国情的传感网体系框架。经过我国相关机构的不懈努力,目前已向国际标准化组织提交了多项标准提案,而且多项草案已经被采纳。中国已经成为物联网标准制定的重要成员国之一。在产业化方面,中国三大电信运营商近几年都在大力建设 M2M 的运营平台,发展 M2M 业务。在 2009 年中国国际信息通信展览会上,中国移动的手机钱包、企业一卡通、公交视频以及中国电信的物流 e 业务等都属于物联网概念下的业务分支。同时,在电力、交通、安防领域,也开始出现基于"物联网"的典型应用,并取得了初步成效。

6.3.2 物联网关键技术

物联网是一次技术革命,它的发展依赖于一些重要领域的技术融合与创新。本节将对影响物联网发展的关键技术进行阐述与说明[58]。

6.3.2.1 RFID 技术

RFID 又称为电子标签(E-Tag),是一种利用射频信号空间耦合完成无接触方式的信息传输与自动识别的技术。传统的自动识别技术如条码、磁卡、集成电路(Integrated Circuit,IC)芯片等由于存储空间受限,只能用于标识产品的类型。与之相比,RFID 标签条码具有读取速度快、存储空间大、工作距离远、穿透性强、外形多样、工作环境适应性强和可重复使用等多种优势,受到全球业界的高度重视,成为本世纪最有发展前途的信息技术之一。目前,IBM、Motorola、Philips、德州仪器(Texas Instruments,TI)、Oracle、Sun、BEA、SAP 等各软硬件厂商都对 RFID 技术及其应用表现出浓厚兴趣,相继投入大量的研发经费,推出各自的产品及系统应用解决方案。

1. RFID 系统组成

典型的 RFID 系统一般由阅读器、RFID 标签以及数据交换和管理系统组成,如图 6.8 所示。阅读器主要用来实现对 RFID 标签的读写和存储。RFID 标签可分成无源和有源两种。对于无源系统,RFID 标签一般包括一块 IC 芯片和外接天线,当接收到阅读器通过耦合元件发出的射频信号后,该区域中的标签通过耦合元件获得能量,以驱动芯片与阅读器进行通信。对于有源系统,标签进入阅读器工作区域后,则由自身内嵌的电池为芯片供电以完成与阅读器间的数据通信。阅读器所采集的数据会送到数据交换和管理系统,以进行下一步处理。

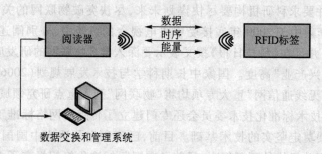

图 6.8   RFID 系统组成

标签作为 RFID 系统的数据载体,一般由高频通信接口、信息存储单元及微处理单元(寻址和安全逻辑状态机)组成,如图 6.9 所示。

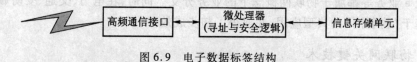

图 6.9   电子数据标签结构

高频通信接口类似于数字终端与模拟通信链路间的调制解调器,完成阅读器高频调制信号到标签串行数据流的模数转换。同时,高频通信接口中的时钟脉冲电路还会从高频载波频率中提取后级电路工作的系统时钟。微处理单元是 RFID 标签的心脏,控制标签所有的通信过程。在某些场合,微处理单元也会被寻址与安全逻辑状态机取代。这种状态机通过事先程序化所有的执行过程,完成对所有通信过程的控制。

存储器是存放标识信息的媒质,典型的存储器包括只读标签、可写入标签、加密标签、分段存储器及双口电可擦可编程只读存储器(Electrically Erasable Programmable Read-Only Memory,$E^2 PROM$)等。其中,只读标签与阅读器之间通信是单向的,多用于无须数据存储且价格敏感的场合;可写入标签与加密标签具有 1 字节至数千字节不等的存储量,二者的唯一区别在于加密标签具有一个存储密钥的配置寄存器,能够有选择性地对地址区域进行保护。分段存储器通过对存储区域的配置,大大促进了 RFID 系统在生产、生活各个领域的推广和普及。双口 E^2PROM 则兼顾了非接触和接触系统的使用需求,进一步提高了存储系统的安全性和多用途特性。

阅读器一般由控制单元、高频通信模块和天线组成。阅读器的高频接口主要用于产生为标签提供能量的高频发射信号,并对发射信号进行调制,从而将数据传送给标签及接收来自标签的高频信号。在高频接口,发送和接收信号采用分信道的方式进行传输,传送到标签的数据流通过发送器分支,而来自标签的数据则通过接收器分支。根据不同的非接触传输方法,信号通道的实现方式存在一定的差异性。阅读器的控制单元主要功能包括:接收和执行应用系统的命令、处理射频信号的编解码操作、控制与标签的通信等。对于复杂系统,控制单元还可能具有防冲突机制、数据传输加密与解密机制以及对标签的身份验证等功能[59]。

2. RFID 工作原理

RFID 通过耦合技术以非接触方式完成信息传输,信息传输方式包括:电容耦合、电感耦合及电磁耦合等。

电容耦合是因为分布电容的存在而产生的一种耦合方式,又可称电场耦合或静电耦合。在电容耦合中,阅读器和标签的耦合元件以平板电容方式进行耦合,一般只适用于密耦合(工作距离 <1cm)场合。

电感耦合是目前使用最为广泛的耦合方法,其工作原理与变压器类似,但由于场强随着距离的立方衰减,这种方法只适用于密耦合和遥耦合(工作距离 <1 m)的场合中。

电磁耦合是因为内部或外部空间电磁场感应而产生的一种耦合方式,又称磁场耦合,通常应用于 1 m 以上的远距离耦合场合。阅读器通过天线向空中发射电磁波,并以球面波的形式向外传播。标签通过电磁波中的部分能量完成与阅读器之间信息的传输,标签可获得能量的大小与该标签到发射天线之间距离的平方成反比。由于采用了超高频(Ultra High Frequency, UHF)甚至更高频段进行通信,且耦合元件一般采用天线,因而基于电磁耦合的 RFID 系统体积小,结构简单。

数据传输,这种传输方式也称为负载调制传输。在高频系统中,由于频率上升导致其穿透性能下降,而反射性却越发明显。根据耦合方式的不同,标签到阅读器的数据传输方式也不同。在电感耦合方式中,一般指根据振荡回路的电路参数以数据流的节拍变化实现,在电磁耦合中,一般基于后向散射调制方式。因此在电磁耦合中采用一种类似于雷达原理的幅度调制方法,当阅读器发射的载频信号辐射到标签时,标签中待传输的信号将根据与载频信号的匹配与否来进行信号调制。若匹配,则阅读器发射的载频信号被吸收,反之,发射信号将被反射。

6.3.2.2 通信和组网技术

通信和组网技术是物联网的基础,感知层是物联网采集的关键部分,由于其能量和计算资源受限,为节省能耗,延长网络寿命,一般使用低功率、短距离的无线通信技术。另外,在某些特殊的场合,如使用物联网作为移动接入网络的补充网络时,也可使用现有移动通信系统中的通信技术。在具体协议设计上,物联网可采用自行开发的通信协议,也可采用已经形成标准的通信协议,目前,通常使用的短距离通信技术有 ZigBee、蓝牙、UWB、近距离无线通信技术(NFC)、Wi-Fi 等,这五种技术的对比如表 6.1 所示。下面分别对它们进行介绍。

表 6.1　短距离无线通信技术比较

通信技术	ZigBee	蓝牙	Wi-Fi	UWB	NFC
传输速率	10 ~ 250 kbps	约 1 Mbps	约 54 Mbps	100 Mbps	400 kbps
传输距离	10 ~ 100 m	10 m	约 100 m	约 10 m	20cm
应用范围	工业控制、传感器等	手机、游戏机、汽车、电脑、家用电器等	办公室和家庭中使用	短距离范围内应用,家庭数字娱乐等	RFID 领域

1. Zigbee 技术

基于 IEEE 802.15.4 的 ZigBee 技术是继 Bluetooth 之后,一种新兴的短距离、低功耗、低成本的双向无线通信技术。与当前各种无线通信技术相比,Zigbee 技术具有低功耗、高可靠、低成本、组网灵活及通信安全等一系列优点,这些特点决定了 ZigBee 技术能够很好地满足物联网环境需求,将在物联网系统中大展身手。

(1) ZigBee 设备类型

ZigBee 定义了三种类型的设备:网络协调器(network coordinator)、路由器和网络节点。

一般来说,网络协调器和路由器都属于全功能设备(Full Function Device,FFD),FFD 可以支持任何拓扑结构,能够与任何设备进行通信;网络节点属于精简功能设备(Reduced Function Device,RFD),RFD 的内部电路比 FFD 少,实现起来相对简单,也更利于节能。RFD 通常只应用于星型网络拓扑结构中,不具有网络协调器功能,但对运行在其上的应用类型并不加以限制,RFD 只能与 FFD 通信,两个 RFD 之间不能直接通信。

网络协调器主要负责对 Zigbee 网络进行初始化,其他功能还包括传输网络信标、管理网络节点、提供关联节点之间的路由信息及存储网络节点信息,如节点数据设备、数据转发表及设备关联表等。一旦网络的启动工作完成后,协调器将充当路由器的角色进行工作。Zigbee 协议采用分布式管理机制,网络的后续运行将不再依赖协调器。路由器节点的功能主要包括搜索可用的网络、按需传输数据以及向网络协调器请求数据。网络节点一般处于网络边缘,扮演从属角色,由于这些节点并没有维持网络基础结构的特定责任,所以它们多半时间处于休眠状态。一个 ZigBee 网络最多可以支持 254 个节点。

(2) ZigBee 的通信标准

ZigBee 的通信标准由 IEEE 802.15.4 工作组与 ZigBee 联盟共同制定。ZigBee 标准采用分层结构。IEEE 802.15.4 工作组负责 ZigBee 技术的物理层和 MAC 层协议,而高层应用及相应的测试和市场推广则由 Zigbee 联盟完成。ZigBee 联盟成立于 2001 年 8 月,是一个由半导体厂商、技术供应商、代工生产商和原始设备制造商加盟的组织。

IEEE 802.15.4 的物理层定义了物理信道与上层 MAC 之间的数据与管理接口,分别用于提供数据和管理服务。数据服务主要用于从无线物理信道接收和发送数据,而管理服务则主要用于对与物理层属性相关的数据库进行维护。

物理层主要功能包括:无线收发设备激活和关闭、当前信道能量检测、链路质量指示、空闲信道评估、通信频道选择以及在物理信道上发送和接收数据。信道能量检测主要用来检测目标信道中接收信号的强度,从而为网络层进行信道选择时提供一定的判定依据。链路质量指示主要用来对接收信号进行解码,通过生成的信噪比强度为网络层或者应用层提供支持。空闲信道评估主要用于判定信道是否处于空闲状态,为通信信道选择提供支持。判定的方法一般可以采用三种模式:信号能量门限值判决、扩频信号与载波频率特征判别及结合能量门限与信号特征的综合判决。

图 6.10 展示了 IEEE 802.15.4 物理层参考模型。其中物理层管理实体(Physical Layer Management Entity,PLME)用于处理与物理层管理相关的原语;物理层 PAN 信息基准表(PHY PAN Information Base,PHY-PIB)用于存储物理层 PAN 相关属性;数据服务访问点(PHY Data Service Access Point,PD-SAP)作为物理层与 MAC 层的数据接口,用于接收将要发送的 MAC 帧,向 MAC 层报告收到的 MAC 帧,以及为 MAC 层提供数据服务;PLME 服务访问点(PLME Service Access Point,PLME-SAP)作为物理层与 MAC 层的管理接口,用于接收 MAC 的管理请求原语,向 MAC 层报告管理指示原语和确认原语,以及为 MAC 层提供管理服务;射频服务访问点(RF-Service Access Point,RF-SAP)则用于为物理层提供射频收发服务。

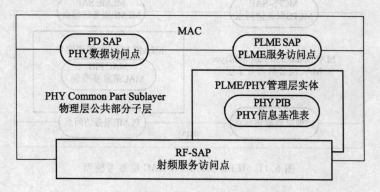

图 6.10 IEEE 802.15.4 物理层参考模型

在通信频段选择上,IEEE 802.15.4 工作于 868 MHz 频段的 1 个信道,915 MHz 频段的 10 个信道,以及 2.4 GHz 频段的 16 个信道。868/915 MHz 频段提供的数据传输率为 20 kbps、40 kbps,用较低的速率换取较高的灵敏度和较大的覆盖面积。868/915 MHz 物理层使用简单的 DSSS 方法,首先将每个数据位扩展为长度为 15 的 CHIP 序列,再使用二进制相移键控调制方法。2.4 GHz 频段提供的数据传输率为 250 kbps,适用于较高的数据吞吐量、低延时或低作业周期的场合。2.4 GHz 物理层采用基于 DSSS 的准正交调制技术,能够提高传输的容错性。

MAC 层的主要功能包括:通过传输信标帧协调普通设备与协调器之间的同步、支持网络的关联(association)和取消关联(disassociation)操作、提供无线信道通信安全、支持 CSMA/CA 与时隙保障(guaranteed time slot)机制等。这其中,关联操作是指一个设备在加入一个特定网络时,向协调器注册以及身份认证的过程。由于存在设备从一个网络切换到另一个网络的可能性,需要由 MAC 完成关联和取消关联操作。

MAC 层提供数据服务和管理服务。数据服务主要用来保证在物理层数据服务中正确收发 MAC 层数据单元,管理服务则用来维护和存储与 MAC 层状态相关的管理信息数据库。MAC 层功能实体如图 6.11 所示。其中 MAC 公共部分子层(MAC Common Part Sublayer,MCPS)用于实现 MAC 帧的封装/解封装,执行 CSMA/CA 功能。MAC 层管理实体(MAC Layer Management Entity,MLME)用于处理除数据原语之外的所有管理原语,实现超帧管理、信标帧同步、创建网络、建立释放网络关联等功能。MAC 层 PAN 信息基准表(MAC PAN Information Base,MAC-PIB)用于存储 MAC 层 PAN 属性。MCPS 服务访问点(MCPS Service Access Point,MCPS-SAP)作为 MAC 层与网络层的数据接口,用于接收上层的协议数据单元,为上层提供 MAC 数据服务。MLME 服务访问点(MLME Service Access Point,MLME-SAP)作为 MAC 层与网络层的管理接口,用于接收发送除了数据原语以外的管理服务原语,为上层提供 MAC 管理服务。

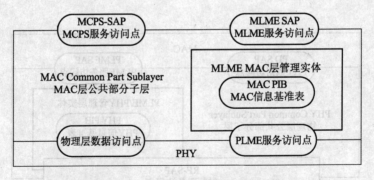

图 6.11　IEEE 802.15.4 MAC 层参考模型

时隙保障机制能够为设备动态地分配时隙,有利于提高通信的可靠性。ZigBee 技术采用了时隙化的 CSMA/CA 算法,这种 MAC 层的设计机制不仅使具有多种拓扑结构的网络应用变得简单,还能够实现有效的功耗管理。ZigBee 技术在网络层和 MAC 层都设置了安全机制,并通过访问控制、高级 128 位对称加密技术、数据帧完整性保护机制及连续刷新拒绝技术等多种措施来提供信息安全保障。另外,IEEE 802.15.4 采用"超帧"技术来解决时隙机制中的设备同步问题。

（3）Zigbee 组网方式

Zigbee 设备可根据需要组织成三种结构:星状结构、网状结构和簇状结构,如图 6.12 所示。

星状拓扑结构如图 6.12(a)所示。在星状拓扑结构中,包括一个协调者和多个其他设备节点,所有设备都与中心网络协调器通信,由协调者处理所有事情。在这种网络中,网络协调器一般通过持续电力系统供电,而其他设备则采用电池供电。由于网络覆盖范围较小,一般仅能满足小范围的室内应用需要:如家庭自动化、个人计算机的外设以及个人健康护理等。

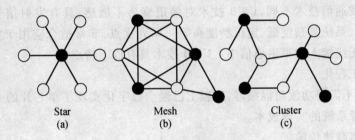

图 6.12　Zigbee 组网结构

网状拓扑具有复杂的网络结构,如图 6.12(b)所示。在网状拓扑结构中,多径路由机制提高了网络的健壮性,一般适合于设备分布范围更广的场合,如工业检测与控制、货物库存跟踪及智能农业等方面。需要注意的是,在采用 Ad Hoc 技术组网后,网络层应该以分布式的手段完成拓扑结构的搭建和维护、地址解析及节点的关联操作等通用功能。

簇状拓扑结构是一种分级的网络结构,包含簇首节点和簇成员节点,如图 6.12(c)所示。在这种网络中,根据一定的规则划分成多个簇,每个簇内的簇成员节点与该簇的簇首进行通信,由簇首处理与该簇以外节点的通信。簇状拓扑结构也可以看做是星状拓扑结构的一种扩展方式,能够满足较大范围的应用需求。

2. 蓝牙技术

蓝牙是一种支持设备短距离通信(一般 10 m 以内)的无线电技术,采用分散式网络结构以及快跳频和短包技术,支持点对点及点对多点通信,能够有效简化通信终端设备间及设备与互联网间的通信,满足数据敏捷高效传输的需求。蓝牙工作在全球通用的 2.4 GHz ISM 频段,数据传输速率为 1 Mbps,能够在包括智能手机、无线耳机、笔记本电脑等众多设备之间进行无线信息交换。蓝牙规范的制定及应用的推广由蓝牙技术联盟(Bluetooth Special Interest Group,Bluetooth SIG)负责,Bluetooth SIG 是一家由电信、计算机、汽车制造、工业自动化和网络行业的领先厂商组成的行业协会。

3. 超宽带

UWB 技术起源于 20 世纪 60 年代,与使用连续载波的通信方式不同,UWB 是一种无载波通信技术,采用时间间隔极短(纳秒至微微秒级)的非正弦波窄脉冲信号传输数据。UWB 使用的带宽高达几个 GHz,超宽带系统容量大,频谱的功率密度小,所需要的发射功率不及现有设备的几百分之一。通过在较宽的频谱上传送极低功率的信号,使得 UWB 能够在 10 m 左右的范围内实现数百 Mbps 至数 Gbps 的数据传输速率。另外,这种低功耗的传输特性还能够对 UWB 信号的安全传输起到积极作用。由于 UWB 信号强度仅与噪声类似,很难被截获或检测,这种近似于噪声强度的 UWB 信号也不会对当前的窄带通信系统产生干扰,在频率资源日益紧张的时代,UWB 无疑为人们带来了一种新的解决思路,被称为是无线电领域的革命性进展。

与传统无线通信技术不同,UWB 技术对信道衰落不敏感,具有发射信号功率谱密度低、截获能力低、系统复杂度低、定位精度高等一系列优点,非常适合应用于室内等密集多径场所的高速无线接入和军事通信中。UWB 技术具有以下特点:

(1)易于工程化

结构简单,不需要功放与混频器,工程上已经全数字化实现了单芯片的 UWB 电路,大大降低了超宽带系统的实现成本。

(2)短距离高速传输

在民用环境中,UWB 信号的传输范围一般为 10 m 以内,而传输速率可高达 500 Mbps。

(3)功耗低

民用的 UWB 设备功率一般是普通手机功率的1/100 左右,是普通蓝牙设备功率的1/20 左右。在军用环境中,还能实现更低的 UWB 设备功耗,因此,与传统无线设备相比,UWB 设备具有更长的使用寿命与更低的电磁辐射。

(4)安全性高

在通常情况下,与自然的电子噪声相比,UWB 信号的功率谱密度更低,因此,将脉冲信号从电子噪声中检测出来是比较困难的。

(5)抗多径能力强

常规无线通信的射频信号一般为连续信号,它的持续时间也会远远大于多径传播时间,这就使得多径传播效应对于通信质量和数据传输速率都有着十分严重的影响。但是,由于 UWB 信号是持续时间极短的单周期脉冲信号,而且它的占空比极低,在时间上脉冲多径信号是不重叠的。因此,多径分量可以很容易分离出来,能够更充分地利用发射信号的能量。

(6)定位精度高

采用 UWB 信号进行定位,能够达到厘米级别的定位精度。由于超宽带无线电的穿透性极强,还可以将其应用在一些需要精确定位的场合:如地下环境定位。

4. Wi-Fi

Wi-Fi 是一种可以将个人电脑、手持设备等终端以无线方式互相连接的技术。Wi-Fi 是一个无线通信技术的品牌,由 Wi-Fi 联盟(Wi-Fi Alliance)持有,主要用于改善现有基于 IEEE 802.11 标准的无线产品之间的互通性。Wi-Fi 网络具有以下特点:

(1) 覆盖范围广

Wi-Fi 的覆盖半径可以达到 100 m 左右。据最新报道,由 Vivato 公司推出的新型交换机已能把 Wi-Fi 网络的覆盖范围提升至 6.5 km,这种大范围的无线覆盖足以满足整栋大楼的无线访问需求。

(2) 传输速度快

虽然 Wi-Fi 技术传输质量较低,数据安全性能较差,但是其传输速度非常快,最高可达 54 Mbps,符合个人和社会信息化的需求。

(3) 节省成本

应用厂商只要在机场、车站、咖啡店、图书馆等人员较密集的地方设置"热点",由于"热点"所发射出的电波可使数十米至一百米范围内的用户高速接入因特网。也就是说,厂商可以节省大量用于网络布线上的成本。

5. NFC

NFC 基于 RFID 技术扩展而来,是一种非接触式的识别技术。NFC 将非接触读卡器、非接触卡和点对点功能整合成一块单芯片,提供了一种简单、触控式的解决方案,可以让消费者简单直观地交换信息、访问内容与服务,为消费者的生活方式开创了不计其数的全新机遇。

该技术由飞利浦公司和索尼公司共同开发,主要用于移动设备、消费类电子产品、个人计算机(Personal Computer,PC)和智能控件工具间的近距离无线通信。可以将这种芯片作为一个开放接口平台,对无线网络进行快速、主动设置。为了推动 NFC 的发展和普及,促进 NFC 技术的实施和标准化工作,飞利浦、索尼和诺基亚创建了 NFC 论坛,这是一个非营利性的行业协会,用来确保设备和服务之间协同合作。目前,NFC 论坛在全球拥有 70 多个成员,包括:万事达卡国际组织、松下电子工业有限公司、微软公司、摩托罗拉公司、NEC 公司、瑞萨科技公司、三星公司、德州仪器制造公司和 Visa 国际组织。

中国市场潜力巨大,NFC 在中国商用无疑是个激动人心的消息,2007 年可谓是中国 NFC 的"应用启动"之年。从 2007 年 8 月开始,内置 NFC 芯片的诺基亚 6131i 在包括北京、厦门、广州在内的数个城市公开发售。这款手机预下载了一项可以在市政交通系统使用的交通卡,使用该手机,用户只需开设一个预付费账户就可以购买车票和在某些商场购物。目前,中国已有很多城市在公共交通中使用了非接触式的市政交通"一卡通"。

6.3.2.3 物联网中间件技术

物联网的应用开发面临较大挑战,应用开发者不仅要关注系统的应用需求,还要掌握组网、通信、信息获取、时钟同步、冗余控制、网络管理、网络安全等众多底层技术,这大大增加了物联网应用系统的开发难度,不利于相关系统的大规模商用开发。如何针对物联网的特点设计物联网中间件平台,隔离物理网络与上层应用,屏蔽底层设备在通信协议、数据格式等方面的差异,为上层应用开发提供统一的数据调度、网络监控以及任务调度接口,已成为物联网应用研究中极其紧迫的挑战。

1. 中间件技术概述

中间件(middleware)是一种独立的系统软件,位于操作系统与应用软件之间,它与操作系统、数据库并称为三大基础软件,是现代软件开发中不可或缺的部分。中间件系统能提供一种操作系统之上的统一运行与开发环境,为上层应用开发提供同步、排队、订阅发布、广播等多种不同服务。用户通过使用这些服务,可方便地构筑各种框架。框架构筑通过定义相应领域内的应用系统结构与服务组件等,能够为应用程序提供领域内的特定服务,如事务处理监控器、分布数据访问、对象事务管理器等。程序员通过使用中间件技术,能够屏蔽异构系统中复杂的操作系统和网络协议,使其面对一个简单而统一的开发环境,能大大减少程序设计的复杂性,缩短应用软件的开发周期、节约开发成本,并能保护已有的投资、简化应用集成、减少维护费用、提高应用的开发质量和增强应用的生命力。

基于中间件开发的应用系统具有良好的可扩充性、易管理性、高可用性和可移植性。这些优势促使中间件技术迅猛地发展,成为自 20 世纪 90 年代诞生以来发展最快的软件品种,并成为解决分布式计算的有效方法。针对不同的应用需求,已经涌现出多种各具特色的中间件产品。虽然这些平台各有千秋,但不可否认的是,基于这些中间件架构平台,大大降低了分布式应用程序开发的复杂度。

根据通信机制的不同,中间件可以分成以下几类:远程过程调用类(Remote Procedure Call,RPC)、面向消息的中间件(Message-Oriented Middleware,MOM)、对象请求代理(Object Request Brokers,ORB)。

RPC 是目前应用最为广泛的分布式应用程序处理方法,应用程序可以"远程"调用不同地址空间中的过程,实现与本地调用完全相同的执行效果。一个 RPC 应用一般包括 Client 和 Server 两个部分。Client 端指远程调用方,而 Server 端指远程过程提供方。根据 RPC 模型规范,只要 Client 和 Server 具备了相应的 RPC 接口,且能够支持 RPC 运行,就可以完成相应的互操作。因而,在具体实现时,Client 和 Server 可以位于同一台计算机,也可以位于不同的计算机,甚至运行在不同的操作系统之上,它们通过网络协议进行通信。RPC 为 Client/Server 分布式计算提供了有力的支持,但 RPC 所提供的是基于过程的服务访问,Client 与 Server 直接连接,没有中间机构来处理请求,因此也具有一定的局限性。

MOM 指的是利用高效可靠的消息传递机制进行平台无关的数据交流,并基于数据通信来进行分布式系统的集成。基于 MOM 提供的消息传递与消息排队模型,能够在支持多种通信协议、应用程序与软硬件平台的分布式环境中实现进程间的通信。目前流行的 MOM 中间件产品有 IBM 的 MQSeries、BEA 的 MessageQ 等。

随着对象技术与分布式计算技术的发展,两者相互结合形成了分布对象计算,并发展为当今软件技术的主流方向。1990 年底,对象管理组织(Object Management Group,OMG)首次推出对象管理结构(Object Management Architecture,OMA),ORB 是这个模型的核心组件。它的作用在于提供一个通信框架,在异构的分布计算环境中透明地传递对象请求。1991 年推出的 CORBA(Common Object Request Broker Architecture)1.1 规范包括了 ORB 的所有标准接口,并且给出了接口定义语言(OMG-Interactive Data Language,OMG-IDL)和支持 Client/Server 对象在具体 ORB 上进行互操作的 API。CORBA 2.0 规范描述了不同厂商提供的 ORB 之间的互操作。ORB 作为对象总线已成为 CORBA 规范的核心内容。ORB 使得一个对象可以透明地向其他对象发出请求或接受其他对象的响应,这种异构环境中对象透明地发送请求和接收响应的基本机制,已成为建立 Client/Server 关系对象的中间件。Client 对象在与 Server 对象通信时,通过由 ORB 拦截请求调用,并负责找到可以实现请求的对象、调用相应的方法、返回结果等。Client 对象并不知道与 Server 对象通信,也不必知道 Server 位于何处、以何种语言实现、使用什么操作系统。

2. 中间件技术分类

物联网中间件平台的研发已受到国内外研究机构的广泛重视,目前已经提出了多种中间件平台设计方案,并出现了一些专门从事物联网中间件开发的专业公司。这些中间件可大致分为几类:基于脚本编程中间件、基于虚拟机形式的中间件和基于服务的中间件等。

(1)脚本编程中间件

SensorWare 是具有脚本编程能力的中间件。在 SensorWare 中,可以向网络中注入轻量级的移动控制脚本,从而控制节点计算、通信及数据采集操作。脚本的存在使得动态编程成为可能,同时脚本语言具有很好的表达能力。由于需要支持高级别脚本语言,支持多个并发操作,SensorWare 需要运行在资源充足的节点上。

(2)基于虚拟机形式的中间件

Mate[60]是基于虚拟机形式的中间件,主要用于解决物联网中节点的带宽和能量受限问题,并为动态变化的网络环境提供更好的交互和适应能力。Mate 主要包括虚拟机、网络、装载器、硬件设施及调度器等组件。采用同步模式以响应事件触发,如分组传送和超时等。在此过程中,Mate 尽量避免消息缓冲和大容量存储,同步模式使得应用层编程变得更为简单。Mate 通过给封包加入一个版本号以实现实时信息的装载和网络更新。由于 Mate 可以通过虚拟机为用户提供一个接口,因此也能够支持异构网络,可以同时提供感知数据访问的功能。另外,Mate 借鉴了 MANET 的路由机制,还能够解决网络中的移动性问题。

(3)基于服务的中间件

数据服务中间件(Data Service Middleware,DsWare)[61]可由一组地理位置相近的传感器提供服务,可以支持数据存储、缓存、分组管理、事件检测、数据定购以及调度等操作。

DsWare 可以看成是一种基于事件检测的类数据库数据抽象方法,由于它能够支持基于分组的决策和可靠数据为中心的存储方式,所以其适应性更强。

(4) 其他中间件

Impala[62] 提供了模块化的运行环境,可支持整个应用程序的更新。但是,将其应用至 ZebraNet 项目中时,由于该项目中节点移动性很高,节点之间的通信非常不稳定,因此 Impala 更新部署的周期相对较长而且很少进行。Milan[63] 将中间件的层次与网络层进行融合,允许提供网络插件实现特别的协议,通过一个抽象层将命令转换为特殊的协议命令,能根据应用的质量需求,调整网络特性,在满足 QoS 的同时,提高网络生存时间。

(5) 传感器网络中间件

由于在数据获取方式、节点类型、网络形态等方面,物联网与 WSN 具有类似性,因此,本节介绍目前传感器网络中的典型中间件方案,从而为物联网中间件方案提供参考。

WSN 具有以数据为中心的特点,这启发人们按照数据库的方法研究传感器网络中间件,目前典型的中间件有 TinyDB[64]、Cougar[65] 以及 SINA(System Information Networking Architecture)[66]。他们将传感器网络节点看做分布式数据对象,即将传感器读数看作虚拟的关系数据库表,然后使用类似结构化查询语言(Structured Query Language,SQL)对传感器网络分发任务。这样,传感器节点可以按照解析查询语言的方式提供动态可编程性。通过在路由树上进行数据融合计算以减少消息发送,从而提高网络的能源效能。

TinyDB 是建立在传感器网络操作系统 TinyOS 之上的一个数据查询处理系统,用于从传感器上提取信息。TinyDB 并不依赖于 NesC(Network Embedded Systems C)语言,而是在能量和硬件资源有限的情况下,采用类 SQL 接口从传感器节点中提取感兴趣的数据。查询过程中,使用简单的数据操作模式以显示数据的类型和感兴趣的传感器节点集。TinyDB 中维护着一张虚拟数据表(SEN-SORs),表中每列显示了传感器的类型和剩余能量等。此外,TinyDB 中采用控制泛洪策略以传送其查询数据。

Cougar 是康奈尔大学提出的一个感知数据查询中间件。将传感数据当做一个虚拟关联数据库,采用类 SQL 语言以查询方式实现传感器网络的管理操作。此外,Cougar 使用具有虚拟关联属性的“抽象数据类型”来模拟其信号处理函数。用信号处理函数产生传感数据,并以其时间序列用作为传感器查询函数的参数。Cougar 为不同的网络操作提供一个易用的数据查询系统,适合于大型传感器网络的数据收集。其缺陷在于从传感器节点将大量粗粒度数据传送到数据库服务器将导致大量资源的消耗,且不能很好地解决节点移动性和异构性等问题。

SINA 是一个基于分簇的中间件。通过层级聚类、基于属性的命名机制和以数据为中心的运行机制来实现对传感器网络发出请求、完成接收应答和收集数据等操作。其内核基于电子数据库,用于查询和监控。每个逻辑数据表由很多数据元组成,每个数据元表示一个传感器节点属性。数据元是唯一的,且每个传感器节点维护一张数据表,传感器网络可以看做是一系列数据表的聚合。SINA 中采用基于联合广播的属性命名机制来管理电子数据表。中间层与应用程序之间的接口采用类 SQL 语句实现,查询语言可以直接操作底层传感硬件,进行位置识别,并完成通信功能等。SINA 既能支持类似 SQL 的查询,也能支持传感网络查询语言(Sensor Querying and Tasking Language,SQTL),可编程能力得到了进一步增强。

3. 一种适应于物联网特点的中间件架构

传统中间件产品过于复杂并占用太多资源,不适合应用于物联网。尽管目前一些研究机构也开展了基于 WSN、普适计算的中间件研究工作,但现有研究主要集中在中间件算法和组件开发方面,存在许多缺陷。比如,中间件设计过程中忽略了网络本身的特性、缺乏灵活性以支持不同协议栈和 QoS 需求等。而随着物联网应用的普及,对于中间件平台的需求将越来越突出。中间件技术的研究和发展将推动物联网产业的发展,极大地促进物联网得到更为广泛的应用。

物联网的部署通常由特定物联网设备生产厂家完成,上层应用大都是基于设备生产厂家提供的开发接口,针对具体的应用进行独立开发。但是,这种开发模式不具有通用性和可移植性,远不能满足大规模的物联网及行业应用解决方案的部署需求。当数以亿计的"智能物体"和各种应用子系统产生后,如何把这些系统有机地集成为覆盖全球的"智慧物联网",如何有效地管理和控制网络,将成为物联网发展的关键性问题。软件和中间件技术将为上述问题的有效解决提供至关重要的支持。如果不能实现物理网络与上层应用之间的明确分割,将显著增加物联网应用开发的成本。

物联网中间件平台应能屏蔽物联网底层的复杂实现技术,为应用开发者提供统一的开发平台和视图。应用开发者可以基于物联网中间件快速地开发和部署相关应用,而无须了解物联网底层的具体技术实现。同时支持用户对异构物联网的部署、管理与应用。中间件技术在物联网设计中具有不可忽视的作用,是连接物联网应用和底层基础设施的桥梁。

物联网中间件架构如图 6.13 所示。中间件由三部分组成,分别是异构网络适配层、通用服务层和应用服务层。异构网络适配层用来支持底层异构的网络结构的互通,支持不同通信协议网络的信息收集的各种硬件设备,如感知用的传感器、摄像头,通信用的无线局域网设备、红外设备、蓝牙设备、GPRS 设备等。通用服务层是中间件实现具体功能的核心,提供了数据传输服务、数据处理服务和通用服务支持等,同时还将包括 SOA、开放服务网关规范(Open Service Gateway Initiative,OSGi)等典型中间件的轻量级框架;应用服务层为应用开发者提供 API 服务,这里需要考虑的是提供 API 的方式、内容和具体的粒度问题。

具体来说,物联网中间件具有以下特点:

(1)简单高效、轻量级

物联网的基本目标是实现在任何时间和任何地点的任何物品的互联,最终实现计算和通信的无处不在。由于物联网环境中存在着大量的资源受限设备,比如智能手机、传感

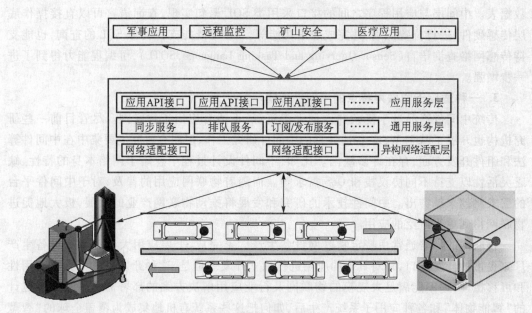

图 6.13　物联网中间件架构

器、RFID 等,它们无法提供大量的存储资源和计算时间运行重量级的中间件。这就要求中间件的核心功能应足够小,并能够方便地向上扩展。因此,简单高效的轻量级中间件对于物联网环境具有非常重要的意义。

(2)易于实现

中间件的设计要考虑到系统的开发平台、应用对象等最终的实现方案,必须保证最后的实现要简单可行。

(3)可靠性和容错性

由于物联网环境中节点和网络的动态变化,使得各模块之间的联系可能会不可预见地出现中断或者其他故障,从而导致整个系统的崩溃,因此,中间件系统的设计必须考虑到系统的可靠性和容错性,以便在网络结构发生变化时,提供自配置能力。

(4)安全性

由于物联网在很多场合都需要无线传输,暴露在外的无线信号很容易被窃取,这将直接影响到物联网系统的安全。物联网与社会的联系十分紧密,一旦受到恶意攻击,很可能会出现商场停业、交通瘫痪等现象,将对人们的生活造成极其恶劣的影响。为此,中间件系统的设计要能够为数据提供安全保障机制。

(5)可扩展

在物联网环境中环境、设备以及用户都是动态变化的,这就要求中间件系统必须是可扩展的。物联网中间件应该能够在不影响已有系统功能的前提下,根据用户的多样化应用需求进行动态演化,添加或更改不同的系统功能。

(6)灵活性

在保证中间件核心足够小的前提下,还要提供灵活的可裁剪结构,以满足在各种资源受限设备中的应用。

(7)资源虚拟化

为了实现网络资源的透明连接和共享以及诸如计算、存储等硬件资源的使用,可以将它们抽象成服务,把服务视为虚拟化的软件功能构件,提供统一的调用接口。

(8)服务动态发现

物联网环境中的可用资源是动态可变的,这也需要中间件系统能够提供灵活的服务通告和发现机制,简化服务的发现、配置和使用,提供便捷、高效的服务访问手段。服务发现技术能帮助用户在动态变化的环境中根据功能、成本、位置等服务属性查找、匹配、定位所需的服务,检测服务可用性状态的变化。一旦发现服务,调用实体可以与选定的服务动态绑定,然后利用某种平台无关协议启动通信。由于设备的多样性特点,在设计服务发现机制时,既要支持面向目录的方法以适用于依赖固定网络的连接环境,又要支持无目录的方法以适用于动态构成的自组织网络。

(9)自适应

应用需求的变化和网络动态性要求中间件具有自适应性能力,能够通过自我调整有效地使用有限资源,提高系统的服务生命周期。采用具有反射能力的软件设计可以有效地将下层情况提供给上层。在计算机技术领域,反射是指一类能够自描述和自控制的应用,也就是说,这类应用通过采用某种机制来实现对自身行为的描述和监测,并根据自身行为的状态和结果调整或修改行为的状态和相关语义。将反射性引入中间件能够以可控方式开放平台内部的实现,指导软件自适应地调整其内部行为,从而提高中间件的定制能力和适应能力。自适应算法在资源使用与结果质量之间进行权衡,可提高资源使用效率。

6.3.2.4 数据分析与建模技术

物联网具有网络节点众多、拓扑变化频繁及节点信息采集模式差异较大等一系列特点,使得传统的数据分析与建模方法并不能满足物联网环境需求。

1. 物联网的数据特性

在物联网中,原始数据通常从一个时空网络的四维空间中收集而来,具有时空有效性、连接关系复杂、质量差、海量和非结构性等主要特点。

(1)时空有效性

时空有效性是物联网数据的重要属性之一。即使在默认状态下,所有原始数据均包含有时间、空间和设备号标签,用于标识此数据由特定设备于特点时间和地点采集。例如,在智能交通系统中,车载 GPS 记录的特定车辆(车牌 ID)在特定时间的位置数据。

因而,在物联网应用中,必须研究有效的方案以保证数据的时空完整性。在数据传输过程中,当带宽减少时,可以采用在传输数据中加入关键码的方式以保证能够找回这些信息。在数据收集过程中,当数据在不同设备和应用中传输时,应当严格检测时间空间设备戳的完备性,以防止张冠李戴和时序错乱,保证数据物理几何含义的正确性。

（2）连接关系复杂

在物联网应用中,受网络监测对象的多样性及网络拓扑变化等因素影响,各个物理对象之间可能存在多种关联。其中,一些关联是直接的,一些关联是间接隐含的。例如,食品安全应用中供应方和使用方之间可能存在错综复杂的供求关系,而环境监测应用中污染源的位置则具有相对独立性。为了便于对数据开展预测及寻证等操作,应当设计一种能够充分表达物理个体之间的直接与间接关系的模型。如分析和了解食品供应方和使用方的供求关系,有助于改善产品加工与实施流程,而分析污染源的特性,则有助于提高整个监测系统的精度。另外,还需要注意,数据之间的连接关系也会随着时空的转换而发生变化,例如,智能交通中车辆之间的关系,这也需要设计的模型能够应对这种变化情况以方便推理。

（3）数据的质量差

受带宽限制、传感器失效、能耗等原因,物联网通常会发生数据成批或者部分丢失和错误。另外,受到多跳与多径传输等影响,这种数据丢失还会进一步引发"时序错乱"现象,因此,必须在数据建模分析中充分考虑数据丢失和错误问题。数据出错或丢失的原因可能是随机的也可能是系统出错造成的,如在车辆智能交通系统中,受建筑物反射、天气情况等多种因素影响,会导致 GPS 信息无法传到基站,因此,高效的解决方案应能够适当容忍数据的丢失和错误。

（4）海量数据

由于物联网的监测对象众多,使得整个监测数据具有海量特性,如数据表的行和列众多、个体间的关系复杂、场景复杂多样、不可预测的因素众多等。因此,与传统数据处理机制相比,在物联网数据处理中,应重点关注数据关系、场景变化、不可预测性等因素的处理。

（5）数据的非结构化

与传统采用特征向量$(f_1, f_2, \cdots, f_k)$标识数据不同,物联网应用的原始数据都属于非结构化数据,可能呈现图结构、序列等多种形式,这使得传统算法无法直接应用。受数据时空特性影响,在大多数应用中,物联网数据都属于特定时空中的连续值或者状态值,最终表现为一个时空相连的图。为了对物联网中的数据进行处理,一种方法是从中抽取有用的特征,再使用成熟的算法;另一种方法则是提出新的时空非向量数据表示模型。第一种处理方法相对简单,但需注意效率、方便性等问题;第二种方法则主要集中在数据建模与分析等方面的创新性工作。

2. 物联网的数据建模技术

对物联网数据的数据建模研究刚刚起步,还没有成熟与公认的建模方案,本节将介绍几种新型的数据建模技术,并对这些模型在物联网中的应用进行展望。

(1)广义超图

超图是图概念的推广,超图中的一条边可以和任意多个点连接。图 6.14 为广义超图的一个示例,节点集合 $X=(v_1,v_2,v_3,v_4,v_5,v_6,v_7)$,超边集合 $E=(e_1,e_2,e_3,e_4)=\{\{v_1,v_2,v_3\},\{v_2,v_3\},\{v_3,v_5,v_6\},\{v_4\}\}$。由于超边具有结合任意多节点的能力,若以超图中的节点代表一个对象或者事物,则超边可以表征多个物体之间复杂的关联关系,同时还可以在每条边上扩充包含信息,以描述超边代表多个对象之间的关联信息。例如,在智能交通系统中,任意车辆以点表示,超边可以表示一起出行的汽车团队,扩充的超边信息可以代表目的地信息等;在食品安全应用中,任意成品以点表示,超边可以表示同一个供应商提供的原材料。在数学表述上,超图可以采用多矩阵或集合进行表示,同样可以描述其与现有图、集合类似的代数操作。

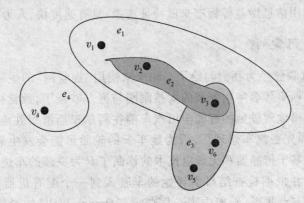

图 6.14   广义超图

在常规数据挖掘过程中,子图挖掘能够对提取有价值的信息提供帮助,但是子图挖掘是 NP 完全问题,而且大多数子图都不具有辨识信息。由于广义超图中扩展了超边和超点的信息,因此,其子图的包含和同构将只能模糊定义,所以需要对超图中的子图挖掘算法进行研究。通过子图来提取物联网中的特征向量,将为应用已有的预测和寻证算法创造便利条件。另外,基于图分解技术在复杂社会网络中发现问题与规律方面的效果,在物联网中同样需要研究广义超图的分解技术,这将能够发现大规模图中规律性的核心成分,提高预测和寻证分析的精度。

(2)马尔可夫链

在物联网的很多应用中,状态转换具有马尔可夫特性,即未来状态只依赖于当前知识或信息,而与过去的状态无关,如智能电网中的稳定性估计、智能交通系统中的拥塞估计等。当采用超图来描述应用系统的马尔可夫链时,如何快速计算广义图的状态迁移概率无疑具有重要意义。对于该问题,需要着重考虑如何通过广义超图来描述状态,并兼顾状态之间的差异性,当实际采集状态与已有模型不匹配时,寻找有效的状态匹配算法等。另外,由于状态匹配从根本上对应着子图比较问题,因此,在上述算法中同样需要设计高效的图分解算法。

(3) 稳定的可外推非参数模型

针对物联网应用中存在的数据质量差、数据复杂度高等突出问题,当采用先假设、后收集数据、再采用实验分析与拟合等传统物理建模方法,会存在开发周期长、人力投入大等问题。物联网应用中还存在海量数据量、复杂关联关系、大量可见和不可见的参数等问题,因此,在物联网的数据挖掘领域,需要尽可能使用"非参数"模型。在非参数模型中,由于学习过程的本身就是模型建立的过程,并且其在数据拟合过程中,树的结构和参数都是用数据和算法自动发现的,这使得非参数模型在数据质量不高且数据量巨大的情景中具有显著效用。目前,已有的较成功的非参数模型有随机决策树(random decision trees)和随机森林(random forests)等。随机决策树的主要思想是在模型的构造过程中随机选择可以使用的变量,而不使用信息增益等标准来做特征选择,具有速度快、人为因素少的优势。

6.3.3 物联网应用案例

2005年,国际电联曾经为我们勾绘了一幅未来使用"物联网"的生活图景。那是2020年的一个周末,一个西班牙名字叫罗莎的女孩刚刚与男友吵架了,她觉得自己需要冷静独处一阵子,于是便偷偷地驾驶她的智能丰田汽车前往阿尔卑斯滑雪胜地。但是,车载安全传感系统提醒她必须先去汽车修理厂,因为她车子的轮胎可能会发生故障,必须去检查。在修车厂的入口处,基于传感器和无线电技术的诊断工具为罗莎的车进行了全面的检查,她的车果真有问题,并根据检查结果引导她的车驶入到一个配有机器人的专门汽修点。放下车后,罗莎觉得有点累了,她想去喝一杯咖啡,"Orange Wall"饮料机已经知道罗莎喜好的咖啡品种,当罗莎摇动她的互联网手表完成了安全支付后,罗莎得到了她想喝的那款冰咖啡。喝完咖啡归来,一对全新的、装有 RFID 标签的轮胎已经由机器人安装完毕了。机器人提醒她这对轮胎可以检测压力、温度和变形测试情况,轮胎上还有一些与隐私相关的信息,存储在汽车控制系统中的信息是为了维修专用,但是如果车子周围有 RFID 读取器,这些信息也会被读取。罗莎还没有完全消气呢,她暂时还不想让她的男友知道她的行踪,于是她将这些信息设置为保护状态,继续上路了。根据汽车导航,罗莎来到最近的商业街,因为她要买一套单板滑雪服。可不能小瞧这套滑雪服呢,这可是内嵌媒体播放器和温度调节功能的噢。她想去法国的一个滑雪场,因为那个滑雪场通过部署 WSN 来监测雪崩发生的可能性。在通过西班牙和法国的边境时,她也不用停留等待检查驾照和护照的信息,因为她的车里就存有这些信息,并在到达边境时,已经被自动传输到边境控制中心了。

这时候,罗莎的太阳镜上收到了一个来自她男友的视频寻呼,她男友正诚恳地请求她原谅并希望和她一起共度周末的美好时光。刚巧罗莎的心情还不错,于是她开口对导航系统撤销了信息隐私保护的语音命令,这样,罗莎的男友就可以赶过来和她一起过周末了!

通过这美妙的畅想,想必你已经被物联网的独特魅力吸引了吧。是啊,物联网将使人类能够以更加精细和动态的方式管理生产和生活,极大地提高资源利用率和生活水平。而且,物联网也并不是冰冷的物物相联,人的感情和思想还是起主导作用的。虽然受研究水平的限制,物联网的应用目前还没有大规模展开,但可以肯定的是,物联网正大踏步向我们走来,必将走进社会生活的方方面面。

6.3.3.1 基本处理流程

在以往基础设施建设过程中,通常将物理基础设施建设与 IT 基础设施独立分开建设,而在物联网时代,就要与这种独立分开建设说再见了。在物联网时代,会把各种各样的感应器嵌入到铁路、桥梁、隧道、公路、建筑、大坝、油气管道等各种物体中,并基于现有的互联网,最终实现人类社会与物理系统的整合。万事万物只要能够被独立寻址,都将成为物联网世界的一部分,这也是普适计算使用的场景之一。

一般而言,实现物物互联需要包括如下步骤:

* 首先需要利用 RFID 标签对物体属性进行标识,属性一般包括静态与动态属性,静态属性一般在出厂时就存储在 RFID 标签中,而动态属性则需要利用传感器进行实时探测,再存储到 RFID 标签中;

* 当对物联网中特定识别设备的物体属性读取完成后,需要将其转换为适合物联网传输的数据格式,并通过无线射频装置发送到信息处理中心;

* 数据传输到信息处理中心后,由中央信息处理系统完成物体通信的相关计算,这些中央信息处理中心可以是大型的服务器群;

* 最终通过这些能力超级强大的处理中心,实时地管理和控制网络中的人员、机器、设备和基础设施。

6.3.3.2 基于物联网技术的车辆管理系统

现有的车辆管理收费方式大体上有三种:人工收费、半自动收费、电子不停车收费。由于人工收费和半自动收费在一定程度上存在用户缴费和收费管理不便、预付卡盗用或冒用等问题,已不能满足高速公路现代化管理的需要。因此,考虑利用物联网技术对现有收费技术进行改善,通过将 EPC、RFID 和物联网技术进行融合,研究者们设计了一种高速公路车辆管理系统[67]。其中,EPC 用于标识通行车辆,并通过物联网访问银行服务系统,完成费用收缴。该方案取消了传统方案中的预付卡购买、储值和收费环节,系统管理更为方便快捷,并能够避免预付卡盗用和冒用问题的发生。采用多标签结构设计技术,有效解决了车辆的套牌和盗用问题。

整个系统由车辆识别、监控中心、信息服务监控三部分组成,如图 6.15 所示。车辆识别包含标签读写器、电子标签及天线等功能组件,主要完成车辆信息的识别和传送。监控中心包含信息采集接口和管理主机两部分,负责车辆信息的监控、服务器的管理、本地信息的管理以及远程信息的网络调度。信息服务监控由远程服务器和本地服务器构成。远程服务器由服务供应商提供,保存了各种车辆有关的信息,供用户查询使用;本地服务器用来保存通行车辆的相关信息以及由远程服务器传过来的信息。

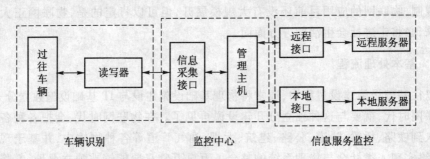

图 6.15　基于物联网的车辆管理系统

当车辆进入高速公路收费口时,附着在车辆上的无源 RFID 电子标签接收标签读写器发出的射频信号,凭借反射能量,发送出存储在电子标签芯片中的车辆信息。标签读写器读取信息并解码后形成 EPC,送至管理主机,通过本地及远程接口,存储到本地服务器或访问远程服务器。再由服务器对信息进行合法性认证,违规信息将发往沿途出口管理主机并做报警等处理。

车辆到达出口时,出口主机接收识别系统发来的车辆信息,并与高速公路入口主机发来的信息核对,对违规车辆将另行处理。而对合法车辆计算出行驶的里程、费用等,并在 LED(Light Emitting Diode)上显示日期、时间、行驶里程及费用、车辆的入口和出口名称等提示信息,道闸开启放行。车辆信息在本地数据库存储后,经加密后发往相关银行服务系统,完成费用的自动收缴。另外,车辆和人员的照片、录像等所有信息将作为车辆通行和收费的依据定期备份,供用户查询、核对通行费用等相关用途。

基于物联网的车辆管理收费系统可实现车辆自动识别和自动缴费功能,缓解高速公路收费站的车辆通行压力,提高车辆通行效率。

6.3.3.3　基于物联网技术的安防系统

随着城市环境的美化、文明程度不断提高,传统的围墙和防盗栅栏已逐步取消,但社会治安形势依然严峻。日前,基于物联网的安防系统已在上海世博会和上海浦东国际机场中成功应用。与传统的振动光纤、辐射电缆、红外对射、张力围栏、高压脉冲等信号驱动型安防技术相比,基于物联网的安防系统通过多传感器的协同工作能够有效防止翻越、偷渡、恐怖袭击等攻击性入侵,解决传统技术难以攻克的漏警、误警现象,防护效率高于美国和以色列的安防入侵产品。

在上海浦东国际机场,整个安防系统采用一种“目标驱动”型的安全防范技术。在机场 20 多公里长的围栏中,部署了 10 万多个传感器节点,可别小看了这些传感器节点,它们担当着机场"保安"的角色,这些铁栅栏能够主动防御非法侵入。同时,在机场围栏外面,还有一道无形防护网,这道网是由埋入地下的传感器组成的,这些传感器能够根据声音、图像、振动频率等信息判断爬上墙的是人、是猫、是狗,抑或是其他动物,当然,它还能够识别人或动物的行为方式。系统能够对个体和事件进行精确定位,一旦有人靠近栅栏,系统就会自动发出善意提醒。如果来者不听警告,继续靠近栅栏,那么第二道防线就会报警。而在铁栅栏里面,实际上还有第三道电子传感围界,只要有人进入到机场的铁栅栏里面,报警系统也就相应提高到最高级别。通过多个传感器的协同感知,能够迅速地确定入侵者的位置,对应机场大厅里面的警示分区就会变红,工作人员通过查看对应视频就能迅速发现入侵者。

基于物联网技术的安防系统在浦东机场的总造价为 5000 万元人民币,若全国所有民用机场都使用物联网技术后,将产生上百亿的市场规模。目前,国家民航总局已经正式发文,要求全国所有民用机场都采用国产物联网防入侵系统。

6.3.3.4 一部手机游世博

2010 年于中国上海举行的第 41 届世界博览会(简称世博会)的主题是"城市,让生活更美好"。而在世博会上,我们经常可以看到,观展市民不是拿着纸质的门票入场,而是掏出手机轻轻一挥,便完成了检票程序。这是百年世博史上首次出现手机世博票,也是物联网技术在移动通信领域的典型应用。

手机世博票是全球首次把 RFID 技术与移动 SIM(Subscriber Identity Module)卡相结合,手机用户无须换机,只需要更换一张特殊的带有 RFID 功能的 SIM 卡(RFID-SIM),在移动营业网点完成选票购票后,"手机票"将以特殊形式发送到 SIM 卡中。这条特殊信息可被世博园区入口检票处安放的专用设备读取并识别,而购票者只需潇洒一挥,便完成了入园手续,大大减少了排队入园的时间。

另外,用户还可以使用这种新的 RFID-SIM 卡在世博园区内外进行小额支付。就餐、购物等大众消费,可直接用"刷手机"的方式买单。今年年底,购买世博手机票的用户还能够在上海优先体验直接刷手机乘坐地铁,享受高科技带来的时尚生活。

可以预见,随着物联网应用的不断展开,移动支付业务的使用将越来越广泛,这除了会给运营商及服务提供商带来可观的增值收益外,也将为我们的生活带来更多的方便与快捷。

本 章 小 结

WSN 与物联网是 NGI 技术的重要组成部分。本章介绍了 WSN 与物联网的关键技术。WSN 在国防安全、精确农业、城市管理、生物医疗、环境监测、抢险救灾、远程控制等领域具有非常广阔的应用前景。本章 6.2 节在介绍 WSN 特点的基础上,描述了其体系结构,详细介绍了 WSN 的物理层、MAC 层、网络层的通信协议,阐述了 WSN 中时间同步、覆盖控制、节点定位、网络安全等关键技术。对二维传感器网络而言,由于节点资源受限、自组织、节点高密度部署等特点,使得网络每一层的设计都涉及到许多亟待解决的关键问题。而在三维传感器网络中,由于维度增加导致的模型失效及实际环境限制等,会进一步加剧上述研究的难度。因此,需要尽可能减少节点功耗、提高系统容量、降低碰撞阻塞率,从而加快 WSN 的实用化和商用化进程。我们有理由相信,随着研究的不断深入,WSN 必将成为人类未来生活的重要组成部分。

　　20 世纪末,金融危机的冲击催生了互联网这一新兴的行业。10 年之后,金融危机又一次席卷全球,物联网在这个关键的时刻诞生了,以美国为首的相关国家试图借助物联网走出经济危机的阴霾。本章 6.3 节在介绍物联网的起源和演进的基础上,重点介绍了物联网中 RFID、通信和组网、中间件、数据分析与建模等关键技术。虽然物联网的研究和开发还处于起步阶段,相关的系统模型和结构尚没有形成标准,基础研究和技术开发也面临着许多挑战,但是,物联网已经显示出了一个新兴产业的勃勃生机与活力。相信随着关键技术进一步取得突破,物联网必将带来一场新的科技革新。

习　题

1. 什么是无线传感器网络?可以应用的场合有哪些?请至少给出一种实例。
2. SPIN 协议采用何种机制控制冗余数据的发送?
3. SPIN-PP 对 SPIN 协议进行了哪方面的改进?
4. 对 WSN 中无线链路引发的报文差错与丢失问题,你有什么更好的建议。
5. LEACH 协议如何选择簇首,这种簇首选择方案有何优缺点,你有什么建议?
6. TEEN 协议中的软硬门限值有何作用,该协议有何缺点,TEEN 适合应用于何种场景?
7. 物联网中间件平台有何作用,物联网中间件架构包括哪几部分?
8. 如何使用超图表征智能交通系统?
9. 实现物物互联的基本步骤有哪些?
10. 请构想一种基于物联网的应用案例。

参 考 文 献

[1] AKYILDIZ IF, SU W, SANKARASUBRAMANIAM Y, et al. Wireless sensor networks: A survey [J]. Computer Networks, 2002, 38(4): 393 – 422.

[2] 李建中, 李金宝, 石胜飞. 传感器网络及其数据管理的概念、问题与进展[J]. 软件学报, 2003, 14 (10): 1717 – 1727.

[3] WANG W, SRINIVASAN V, WANG B, et al. Coverage for target localization in wireless sensor networks

[J]. IEEE Transactions on Wireless Communications, 2008, 7(2): 667 – 676.

[4] 任丰原, 黄海宁, 林闯. 无线传感器网络[J]. 软件学报, 2003, 14(7): 1282 – 1291.

[5] 王殊. 无线传感器网络的理论及应用 [M]. 北京: 北京航空航天大学出版社, 2007.

[6] SOHRABI K, GAO J, AILAWADHI V, et al. Protocols for self-organization of a wireless sensor network [J]. IEEE Personal Communications, 2000, 7(5): 16 – 27.

[7] WAN Y, WANG Q, ZHANG X, et al. A hybrid TDM-FDM MAC protocol for wireless sensor network using timestamp self-adjusting synchronization mechanism [C]. Proceedings of the International Conference on Wireless Communications, Networking and Mobile Computing (WiCom). Shanghai: IEEE Press. 2007: 2705 – 2709.

[8] RAJENDRAN V, OBRACZKA K, GARCIA-LUNA-ACEVES JJ. Energy-efficient, collision-free medium access control for wireless sensor networks [J]. Proceedings of the ACM Conference on Embedded Networked Sensor Systems (SenSys). Los Angeles: ACM Press. 2003: 181 – 192.

[9] YE W, HEIDEMANN J, ESTRIN D. An energy-efficient MAC protocol for wireless sensor network [C]. Proceedings of the 21st Annual Joint Conference of the IEEE Computer and Communications Societies (INFOCOM). Piscataway: IEEE Press. 2002: 1567 – 1576.

[10] LU G, KRISHNAMACHARI B, RAGHAVENDRA C. An adaptive energy-efficient and low-latency MAC for data gathering in wireless sensor networks [C]. Proceedings of the 18th International Parallel and Distributed Processing Symposium (IPDPS). Santa Fe, NM, USA: IEEE Press. 2004: 224 – 230.

[11] KULIK J, HEINZELMAN WR, BALAKRISHNAN H. Negotiation based protocols for disseminating information in wireless sensor networks [J]. Wireless Networks, 2002, 8(2 – 3): 169 – 185.

[12] INTANAGONWIWAT C, GOVINDAN R, ESTRIN D, et al. Directed diffusion for wireless sensor networking [J]. IEEE/ACM Transactions on Networking, 2003, 11(1): 2 – 16.

[13] KULIK J, RABINER W, BALAKRISHNAN H. Adaptive protocols for information dissemination in wireless sensor networks [C]. Proceedings of the 5th annual International Conference on Mobile Computing and Networking (MobiCom). Seattle, WA: ACM Press. 1999: 174 – 185.

[14] MANJESHWAR A, AGRAWAL DP. TEEN: A protocol for enhanced efficiency in wireless sensor networks[C]. Proceedings of the 15th International Parallel and Distributed Processing Symposium. San Francisco: IEEE Press. 2001: 2009 – 2015.

[15] ELSON J, GIROD L, ESTRIN D. Fine-grained network time synchronization using reference broadcasts [C]. Proceedings of the 5th Symposium on Operating systems Design and Implementation (OSDI). Boston, MA, USA. 2002: 147 – 163.

[16] GANERIWAL S, KUMAR R, SRIVASTAVA MB. Timing-sync protocol for sensor networks [C]. Proceedings of the ACM Conference on Embedded Networked Sensor Systems (SenSys). Los Angeles: ACM Press. 2003: 138 – 149.

[17] MICHEAL M, TANYA R, SHANKAR S. Time synchronization attacks in sensor networks [C]. Proceedings of the 3rd ACM Workshop on Security of Ad Hoc and Sensor Networks (SASN). Alexandria, VA, USA: ACM Press. 2005: 107 – 116.

[18] YE F, ZHONG G, LU S, et al. PEAS: a robust energy conserving protocol for long-lived sensor

networks [C]. Proceedings of the 23rd International Conference on Distributed Computing Systems (ICDCS). Providence: IEEE Press. 2003: 28 – 37.

[19] ZHANG H, HOU JC. Maintaining sensing coverage and connectivity in large sensor networks [J]. Ad Hoc and Wireless Networks, 2005, 1(1): 89 – 124.

[20] WANG X, XING G, ZHANG Y, et al. Integrated coverage and connectivity configuration in wireless sensor networks [C]. Proceedings of the ACM International Conference on Embedded Networked Sensor Systems (SenSys). Los Angeles: ACM Press. 2003: 28 – 39.

[21] CARDEI M., DU DZ. Improving wireless sensor network lifetime through power aware organization [J]. Wireless Networks, 2005, 11(3): 333 – 340.

[22] KAR K, BANERJEE S. Node placement for connected coverage in sensor networks [C]. Proceedings of the Modeling and Optimization in Mobile Ad Hoc and Wireless Networks (WiOpt). Sophia-Antipolis, France: IEEE Press. 2003: 50 – 52.

[23] MEGUERDICHIAN S, KOUSHANFAR F, POTKONJAK M, et al. Coverage problems in wireless Ad Hoc sensor networks [C]. Proceedings of the 20th Annual Joint Conference of the IEEE Computer and Communications Societies (INFOCOM). Anchorage, AK, USA: IEEE Press. 2001: 1380 – 1387.

[24] MEGUERDICHIAN S, KOUSHANFAR F, QU G, et al. Exposure in wireless Ad Hoc sensor networks [C]. Proceedings of the 7th Annual International Conference on Mobile Computing and Networking (MobiCom). San Diego, California: ACM Press. 2001: 139 – 150.

[25] LI X, WAN P, FRIEDER O. Coverage in wireless ad-hoc sensor networks [J]. IEEE Transactions on Computers, 2003, 52(6): 753 – 763.

[26] ADLAKHA S, SRIVASTAVA M. Critical density thresholds for coverage in wireless sensor networks [C]. Proceedings of the IEEE Wireless Communications and Networking Conference (WCNC). New York: IEEE Press. 2003: 1615 – 1620.

[27] LIU B, TOWSLEY D. On the coverage and detectability of large-scale wireless sensor networks [C]. Proceedings of the Modeling and Optimization in Mobile Ad Hoc and Wireless Networks (WiOpt). Sophia-Antipolis, France: IEEE Press. 2003: 201 – 204.

[28] LIU B, TOWSLEY D. A study of the coverage of large-scale sensor networks [C]. Proceedings of the IEEE International Conference on Mobile Ad-hoc and Sensor Systems (MASS). Florida, USA: IEEE Press. 2004: 475 – 483.

[29] XIAO Q, XIAO B, CAO J, et al. Multihop range-free localization in anisotropic wireless sensor networks: a pattern-driven scheme [J]. IEEE Transactions on Mobile Computing, 2010, 9(11): 1592 – 1607.

[30] SAVARESE C, RABAEY J M, BEUTEL J. Locationing in distributed Ad Hoc wireless sensor network [C]. Proceedings of the IEEE International Conference on Acoustics, Speech and Signal (ICASSP). Salt Lake, USA: IEEE Press. 2001: 2037 – 2040.

[31] GIROD L, ESTRIN D. Robust range estimation using acoustic and multimodal sensing [C]. Proceedings of the International Conference on Intelligent Robots and Systems (IROS). Maui, Hawaii, USA: IEEE Press. 2001: 1312 – 1320.

[32] RAO A, PAPADIMITROU C, RATNASAMY S, et al. Geographic routing without location information [C]. Proceedings of the 9th annual International Conference on Mobile Computing and Networking (MobiCom). San Diego, CA: ACM Press. 2003: 96 - 108.

[33] PRIYANTHA NB, MIU AKL, BALAKRISHNAN H, et al. The cricket compass for context-aware mobile applications [C]. Proceedings of the 7th annual International Conference on Mobile Computing and Networking (MobiCom). Rome, Italy: ACM Press. 2001: 1 - 14.

[34] BULUSU N, HEIDEMANN J, ESTRIN D. GPS-less low cost outdoor localization for very small devices [J]. IEEE Personal Communication, 2000, 7(5): 28 - 34.

[35] NICULESCU D, NATH B. Ad Hoc positioning system (APS) [C]. Proceedings of the IEEE Global Telecommunications Conference (GLOBECOM). San Sntonio, AZ: IEEE Press. 2001: 2926 - 2931.

[36] NAGPAL R. Organizing a global coordinate system from local information on an amporphous computer. AI Memo 1666, MIT AI Laboratory, August, 1999.

[37] HE T, HUANG C, BLUM BM, et al. Range-free localization schemes for large scale sensor networks [C]. Proceedings of the 9th annual International Conference on Mobile Computing and Networking (MobiCom). San Diego, CA: ACM Press. 2003: 81 - 95.

[38] DOHERTY I, PISTER KSJ, GHAOUI LE. Convex position estimation in wireless sensor networks [C]. Proceedings of the 20th Annual Joint Conference of the IEEE Computer and Communications Societies (INFOCOM). Anchorage, AK, USA: IEEE Press. 2001: 1655 - 1663.

[39] SHANG Y, RUML W, ZHANG Y, et al. Localization from mere connectivity [C]. Proceedings of the fourth ACM International Symposium on Mobile Ad Hoc Networking and Computing (MobiHoc). Annapolis, MD, USA: ACM Press. 2003: 201 - 212.

[40] ESCHENAUER L, GLIGOR VD. A key-management scheme for distributed sensor networks [C]. Proceedings of the 9th ACM Conference on Computer and Communication Security. Washington DC: ACM Press. 2002: 41 - 47.

[41] CHAN H, PERRIG A, SONG D. Random key predistribution schemes for sensor networks [C]. Proceedings of the Symposium on Security and Privacy. Washington DC: IEEE Press. 2003: 197 - 213.

[42] DU W, DENG J, HAN YS, et al. A pairwise key pre-distribution scheme for wireless sensor networks [C]. Proceedings of the 10th ACM Conference on Computer and Communication Security. New York: ACM Press. 2003: 42 - 51.

[43] LIU D, NING P. Establishing pairwise keys in distributed sensor networks [C]. Proceedings of the 10th ACM Conference on Computer and Communication Security. New York: ACM Press. 2003. 52 - 61.

[44] LIU D, NING P. Location-Based pairwise key establishments for static sensor networks [C]. Proceedings of the 1st ACM Workshop on Security of Ad Hoc and Sensor Networks. New York: ACM Press. 2003. 72 - 82.

[45] CAMTEPE SA, YENER B. Combinatorial design of key distribution mechanisms for wireless sensor networks. Proceedings of the Computer Security-ESORICS. Berlin: Springer-Verlag. 2004: 293 - 308.

[46] ZHANG YC, LIU W, LOU WJ, et al. Location-Based compromise-tolerant security mechanisms for

wireless sensor networks [J]. IEEE Journal on Selected Areas in Communications, 2006, 24(2):
247 – 260.

[47] KARLOF C, WAGNER D. Secure routing in wireless sensor networks: attacks and countermeasures
[J]. Ad Hoc Networks, 2003, 1(2 – 3): 293 – 315.

[48] WOOD A, STANKOVIC J. Denial of service in sensor networks [J]. IEEE Computer, 2002, 35(10):
54 – 62.

[49] ZHOU Y, ZHANG Y, FANG Y. Access control in wireless sensor networks [J]. Ad Hoc Networks,
2007, 5(1): 3 – 13.

[50] WANG H, LI Q. Distributed user access control in sensor network [J]. Lecture Notes in Computer
Science, 2006, 4026: 305 – 320.

[51] PERRIG A, CANETTIZ R, TYGARY JD, et al. Efficient authentication and signing of multicast
streams over lossy channels [C]. Proceedings of the IEEE Symposium on Security and Privacy. 2000:
56 – 73.

[52] LIU D, NING P. Multi-level μTESLA: Broadcast authentication for distributed sensor networks. ACM
Transactions on Embedded Computing Systems, 2004, 3(4): 800 – 836.

[53] LIU D, NING P, et al. Practical broadcast authentication in sensor networks [C]. Proceedings of the
2nd Annual International Conference on Mobile and Ubiquitous Systems: Networking and Services.
Piscataway: IEEE Press. 2005: 118 – 129.

[54] ACS G, BUTTYAN L, VAJDA I. Provable security of on-demand distance vector routing in wireless Ad
Hoc networks [C]. Proceedings of the European Workshop Security and Privacy in Ad Hoc and Sensor
Networks (ESAS). Visegrad, Hungary: Springer Link. 2005: 113 – 127.

[55] BURMESTER M, LE TV, MEDEIROS BD. Provably secure ubiquitous systems: universally composable
RFID authentication protocols [C]. Proceedings of the 2nd International Conference on Security and
Privacy in Communication Networks. Baltimore, 2006: 1 – 9.

[56] 蒋亚军, 贺平, 赵会群, 曾仕元. 基于 EPC 的物联网研究综述[J]. 广东通信技术, 2005, 8: 24 –
29.

[57] BALIGA J, AYRE RWA, HINTON K, et al. Green cloud computing: balancing energy in processing,
storage, and transport [J]. Proceedings of the IEEE, 2011, 99(1): 149 – 167.

[58] 邢晓江, 王建立, 李明栋. 物联网的业务及关键技术 [J], 中兴通讯技术, 2010, 16(2): 27 – 30.

[59] JULES A. RFID security and privacy: a research survey [J]. IEEE Journal on Selected Areas in
Communications, 2006, 24(2): 381 – 394.

[60] LEVIS P, CULLER D. Mate: a tiny virtual machine for sensor networks [C]. Proceedings of the 10th
International Conference on Architectural Support for Programming Languages and Operating Systems.
New York, NY, USA: ACM Press. 2002: 85 – 95.

[61] LI S, LIN Y, SON S, et al. Event detection services using data service middleware in distributed sensor
networks [C]. Telecommunication Systems, 26(2 – 4): 351 – 368.

[62] TING L, MARGARET M. Impala: a middleware system for managing autonomic [C]. Proceedings of
the 9th ACM SIGPLAN Symposium on Principles and practice of Parallel Programming. New York: ACM

Press. 2003: 107 - 118.

[63] MURPHY A, HEINZELMAN W. Milan: middleware linking applications and networks. Technnical Report. University of Rochester, 2002.

[64] MADDEN S, FRANKLIN MJ, HELLERSTEIN JM, et al. Tiny DB: an acquisitional query processing system for sensor networks [J]. ACM Transactions on Database Systems, 2005, 30(1): 122 - 173.

[65] BONNET P, GEHRKE J E, SESHADRI P. Towards sensor database systems [C]. Proceedings of the 2nd International Conference on Mobile Data Management (MDM). Hong Kong: Springer-Verlag. 2001, 3 - 14.

[66] Shen CC, Srisathapornphat C, Jaikaeo C. Sensor information networking architecture and applications [J]. IEEE Personal Communications, 2001, 8(4): 52 - 59.

[67] 向明尚, 刘兴伟, EPC 物联网在车辆管理系统中的应用 [J], 大庆石油学院学报, 2010, 34(1): 89 - 101.

Proc. 2006, 107: 118.

[63] MURPHY A, HEINZELMAN W. Milan: middleware linking applications and networks: Technical
Report. University of Rochester, 2002.

[64] MADDEN S, FRANKLIN M, HELLERSTEIN JM, et al. Tiny DB: an acquisitional query processing
system for sensor networks [J]. ACM Transactions on Database Systems 2005, 30(1): 122—173.

[65] BONNET P, GEHRKE J E, SESHADRI P. Towards sensor database systems[C]. Proceedings of the
2nd International Conference on Mobile Data Management (MDM), Hong Kong, Springer Verlag,
2001: 3—14.

[66] Chen F C, Sankarasubramaniam C, Jianxia C. Sensor information networking architecture and applications

第 7 章　空　间　网　络

21 世纪国家对空间信息的需求和依赖,可以与 19 世纪、20 世纪工业革命对电和石油的需求和依赖相比拟。空间信息优势终将成为一个国家和民族强大的关键因素。世界各国逐渐意识到空间信息资源的重要性,现已广泛开展了针对空间信息领域的探索研究。本章将介绍空间网络关键技术,内容包括临近空间网络、卫星网络、太空网络以及容迟/容断网络(DTN)。期望通过本章的学习,使读者能够对空间网络的设计难点与典型解决方法有着较为深刻的认识与理解。

7.1　概　　述

空间通信是空间探索的基础,以航天器(或天体)等作为无线通信的基本对象,采用航天器转发或电磁波反射等通信方式,完成地球站和航天器之间、航天器与航天器之间的信息交互。空间通信使用的基本设备包括:发射和接收设备、数据处理设备、信号监测和控制设备等。一般要求空间通信设备具有体积小、重量轻、功耗小和生存时间长等特点,能够适应恶劣的工作环境。

空间网络是指由携带各类有效载荷的航天器、星座及其地表支持系统,按照信息资源最大综合利用原则,以航天器平台为枢纽,采用集中和分布式相结合的控制方式,通过互联互通和信息交换,在空间信息获取的基础上,融合陆、海、空等多种信息,形成的一种互联网络。

空间网络组成节点一般包括:行星、人造卫星、飞艇、空间探测器、宇宙飞船、空间站、航天飞机、空天飞机、地球站等。地球站一般指设在地球表面的通信站,具有发射功率大、接收灵敏度高等特点,能够完成自动捕获跟踪、测量和控制目标,快速或实时处理信息等功能。根据各空间实体所处位置的不同,空间网络可以分为临近空间网络、卫星网络、太空网络。空间网络的产生和发展,将大大加快空间探索的研究和应用向深度和广度方向发展。

在太空网络中,行星 Internet 之间的通信具有高延迟和缺乏连续连接的特点。行星的动态性、恶劣环境下的通信资源耗损以及长距离的无线链路使得传统的 Internet 协议不能完全适用于星际网络的通信。另外,陆地移动网络、MANET 以及 WSN 等网络也因其自身节点的移动性和能量受限等特点,造成网络的断开或割裂,在传统的通信模式下无法进行正常的数据传输。鉴于上述网络的特点,研究机构开展了 DTN 网络的研究工作,以实现具有间歇性连通、高延迟和高错误率等通信特点的异构网络的互联和互操作。

7.2 临近空间网络

临近空间(Near Space)是指距地球表面 20 ~ 100 km 的空域[1],位于天空和太空之间,包括大气层最外部的平流层、中间层和部分电离层区域,可称亚轨道或空天过渡区。临近空间的空域范围如图 7.1 所示。

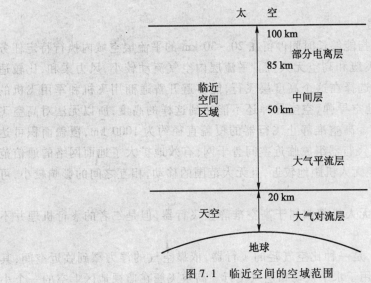

图 7.1 临近空间的空域范围

临近空间既不属于航空范畴也不属于航天范畴,当前还是一个学术概念,官方至今仍未给出临近空间的确切定义。我国学术界所使用的"亚太空"、"超高空"、"高高空"等名词都泛指这一区域[2]。目前,世界上绝大多数的作战飞机和地空导弹都无法达到这一高度,且外太空武器还没有进入实战阶段,从而使得临近空间暂时处于相对安全的工作环境[3]。但是,由于技术和认识上的原因,临近空间的战略价值直到最近几年才引起各国的关注和重视。作为大气层中人类尚未完全开发和利用的最后一块处女地,临近空间现已成为各航空航天大国竞相追逐的研究热点。

临近空间网络以临近空间机动飞行器(near space move vehicle)为中心,连接空基、天基、地基,构成空天地一体化的信息平台,在军事和民用领域都有着巨大的应用价值[4,5]。美国、俄罗斯、欧洲、韩国、英国、日本、以色列等国家和地区都已投入大量的人力物力,广泛展开了临近空间网络相关技术的研究工作。本节介绍临近空间网络的发展情况,描述各种临近空间飞行器的特点,探讨构建临近空间网络的技术途径,并在此基础上,对临近空间网络路由协议和网管机制进行系统阐述。

7.2.1 临近空间飞行器

临近空间飞行器是指能够在临近空间的空域范围内飞行并执行特定任务的飞行器。按照飞行高度不同,临近空间飞行器又可以细分为:高空准静止飞行器、高超声速巡航飞行器、亚轨道飞行器[6]。与其他飞行器相比,临近空间飞行器具有生存能力强、滞空工作时间长、侦察视野广阔、效费比高、预警功能强等优势,可弥补卫星星座盲区,能够有效提供通信、跟踪、成像等多种功能,对于实时监控、通信保障等具有显著的应用优势。

1. 高空准静止飞行器

高空准静止飞行器是指能够长时间停留在 $20 \sim 30$ km 的平流层空域内执行特定任务的飞行器,通常包括高空飞艇和高空无人机。平流层内空气流动较小,风力柔和,比较适合飞行器的准静止定位。选择在这个高度层飞行,能够避开普通商用飞机和军用飞机的飞行区域。而且,大多数地空导弹、空空导弹还不能达到这样的高度,所以无法对高空飞艇或高空无人机构成威胁。高空准静止飞行器的覆盖直径约为 1000 km,覆盖面积可达 8×10^5 km^2。由高空准静止飞行器组成临近空间骨干网,有效地扩大了地面网络的通信范围。另外,高空飞艇或高空无人机距地较近,且无大范围的移动,相互之间的影响较小,可以大量部署。

虽然高空飞艇和高空无人机都归属于高空准静止飞行器,但是二者的飞行机理并不相同。

高空飞艇由氦气填充,是一种比空气轻的飞行器,依靠空气的浮力漂到临近空间,其动力系统和推进装置主要用于水平机动和逆风飞行。高空飞艇在监视地区上空的一个小范围内做往复式飞行。高空飞艇采用无金属骨架的软体结构,其外层使用防电磁波探测的复合材料和玻璃纤维制造,具有较小的雷达反射面,几乎没有雷达回波和红外特征信号,隐身性能很好,很难被探测到。

高空无人机是一种有翼飞行器,通过自身动力系统和双翼产生的升力飞到临近空间。高空无人机一般以闭合的圆形轨迹在监视地区上空进行盘旋式的飞行。

通常情况下,高空飞艇和高空无人机飞行范围的直径不会超过几十米,对于地面而言,它们的活动范围是可忽略不计的。因此,可认为高空飞艇或高空无人机进行的是一种"准静止"飞行。

高空准静止飞行器可以通过太阳能和再生燃料供电,续航时间较长,可长达几个月甚至几年。与卫星相比,高空飞艇和高空无人机的研制、发射以及使用成本都要低得多。一颗卫星的成本一般要几亿美元到几十亿美元,而发射卫星通常也需要上亿美元。通常,一艘高空飞艇的成本为几百万美元到两三千万美元。另外,高空飞艇或高空无人机还可以回收重复利用,更延长了使用寿命。

　　然而,高空准静止飞行器也有一定的局限性。虽然高空飞艇的任务载荷与卫星量级相当,但是其体积比较庞大,因此,在使用和存放时有一定的困难。相对而言,高空无人机比较轻巧,但是,其任务载荷比较小。另外,由于高空飞艇和高空无人机靠太阳能提供动力,它们的飞行速度缓慢,不适合远距离执行任务。

　　美国空军认为,在平流层内长时间执行任务的高空飞艇和高空无人机,能够以较低的成本提供比卫星更多、更精确的信息,不易遭到地面或航空飞机等的攻击。它们不仅可以作为军事信息网络中的信息中继站,也可以对高山两侧或海上机动部队之间的通信起到重要作用,是卫星和地面设备的有效补充。高空准静止飞行器的主要应用领域包括:军事通信、军事导航、早期预警、情报收集、侦察和战场监控等。

　　高空准静止飞行器的研制与应用涉及多项关键技术,主要包括:准静止定位技术、材料技术、太阳能电池和再生燃料电池技术、特殊飞行环境下动力系统等。特别地,在有风情况下的准静止定位技术是高空飞艇和高空无人飞机面临的重要挑战,需要研究者进一步深入研究。

2. 临近空间自由气球

　　临近空间自由气球也工作在平流层空域内。该类飞行器主要依靠氦气或者自身携带的电池供电,不具备自身动力,不需要复杂昂贵的地面发射装备,升空后即处于自由漂浮状态。

　　临近空间自由气球具有低廉的研制成本、发射成本和使用成本,而且配置方便,因此可以作为临近空间骨干网的临时补充节点,一旦高空准静止飞行器受到攻击或丧失功能,临近空间自由气球可迅速升空,以相对低廉的价格和较短的时间配置,完成对临近空间骨干网节点的替换,保证网络正常运转。另外,在空间对战中,也可以根据需要,针对某一专属区域,使用成本低廉的临近空间自由气球迅速部署临近空间网络平台。

3. 高超声速巡航飞行器

　　高超声速巡航飞行器是一种可重复使用的临近空间飞行器。该类飞行器的飞行高度一般为 30 ~ 60 km 的大部分空域,飞行速度为 2040 ~ 3400 m/s(6 ~ 10 马赫,1 马赫 = 340 m/s),由于飞行速度较快,因此,这类飞行器主要用于全球快速打击。

　　该类飞行器的动力系统一般要根据飞行器的飞行速度进行选择。对于飞行速度为 2040 m/s 左右的高超声速飞行器,通常选取冲压发动机作为动力系统。对于巡航速度在 2040 m/s 以上的高超声速飞行器,通常选取超燃冲压发动机作为动力系统比较合适。虽然火箭发动机的比冲相对低一些,但是其受飞行速度和工作高度的影响较小,工作状态比较稳定。在一些特定情况下,若要在高空进行机动或加速飞行,也可选用火箭发动机作为动力系统。

　　高超声速巡航飞行器作战系统是美国"猎鹰"计划的重要项目之一。该计划项目预计 2025 年具备初始作战能力。该系统的性能目标为:携带的有效载荷质量为 5500 kg,打击目标的距离为 16700 km 之远,飞行速度为 3400 m/s。另外,还要求飞行器可以打击多个分散目标,在飞行过程中能够重新确定打击目标,且可以在飞行过程中被召回以重复使用。

4. 亚轨道飞行器

亚轨道飞行器是指最高飞行高度抵达临近空间顶层边缘 100 km 左右,但速度还不足以完成绕地球轨道运转的飞行器。这类飞行器在完成任务后即返回地球,可以重复使用。它的飞行速度一般在 1700 ~ 5100 m/s,动力系统可采用火箭发动机和吸气发动机。在火箭发动机推进方案中,有效载荷采用外置方式,技术难度小,开发成本低。在吸气式发动机推进方案中,有效载荷采用内置方式,技术难度大,开发成本高,但是,其运营成本要比火箭发动机推进方案低。

亚轨道飞行器主要用于有效载荷的运输和军事侦察。多个亚轨道飞行器能够对特定地区进行实时侦察,与固定轨道的侦察卫星相比,可以提供一种更有价值的军事侦察手段。即使在无须数据中继的情况下,也可以将图像提供给地面站指挥官。空间操作飞行器和低成本快速响应航天运输火箭是两种典型的亚轨道飞行器。

空间操作飞行器是一种可重复使用的亚轨道飞行器,发射时间和方位比较灵活,能够实现按需发射。该类飞行器具备侦察、监视和对地打击的潜力,并且具备全天候工作能力,反应时间和执行任务的周转时间很快,只需要 90 多分钟就可以到达全球的任何地方。空间操作飞行器能够以较低的成本快速、可靠地进出空间,为实现空间控制和空间作战提供了重要保障。在美国空军的“转型飞行计划”中,预计 2014 年进行空间操作飞行器的样机研制,2015 年—2020 年使其具备初始作战能力。

低成本快速响应航天运输火箭是一种部分可重复使用的运载火箭。该类飞行器包括两级,其中,第一级是可以重复使用的,第二级是一次性使用的。第一级将第二级级送到 61 km 的高度以后分离,有翼的第一级利用吸气发动机动力返回发射基地,水平着陆。上面级则继续飞行并将有效载荷送到轨道。由于火箭第一级仅飞行到临近空间上层,因此,不需要安装用于大气层再入的热防护系统。该类飞行器的近地轨道运载能力为 2.3 ~ 2.6 t,可在 24 ~ 48 h 内将有效载荷发射升空,单位有效载荷发射费用为 2200 美元/千克,响应速度快,操作简单,可靠性高。

7.2.2　临近空间协同探测网

临近空间飞行器通过自组织方式可以建立有效的临近空间协同探测网,由各个飞行器平台搭载多种探测器,探测覆盖区域和关注区域的信息,并收集其他侦察监视网的信息,能够为用户提供高精度近实时的气象、环境监测、资源普查、城市规划、农业统计、地形测量、导航定位以及搜索救援等信息,满足军事应用与国民经济建设的需要。临近空间网络组网模型如图 7.2 所示。这种协同探测网不仅将对地面网络系统进行有效扩展,而且也将成为卫星网络的有益补充。

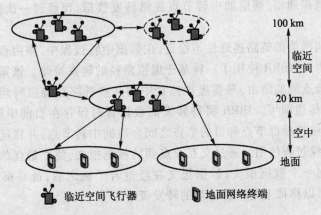

图 7.2　临近空间网络组网模型

影响临近空间链路性能的因素主要包括：自由空间传播损耗、多径衰落、冰晶降雨层、地球大气、电离层、多普勒频移、天线接收、太阳活动等，这些因素会导致误码率较高、通信性能下降，严重的甚至会引发通信连接中断。为了最大程度地保证网络运行的可靠性，必须采取多种方式有效结合的通信手段。例如，阴雨天气可能会对临近空间通信信号吸收和散射造成影响，针对此种情况，可以采用多种数据编码传输方式，以及空间分集、时间分集和频率分集等技术来提高传输质量。

为了降低临近空间网络中的干扰，一方面可以采用波束成形的方法，改善临近空间飞行器天线的辐射方向图，降低临近空间飞行器天线对静止卫星系统的影响。另一方面，可以采用增大天线方向图最小仰角的方法，减小临近空间通信地面站对其他地面业务的干扰。

7.2.3　临近空间网络路由协议

临近空间网络节点种类繁多，各节点具有不规则的独立运动性质，为此，需要采用一种类似自组织网络的组网方式。但是，临近空间网络节点与普通自组织网络节点又有所区别，根据距地高度的不同，临近空间网络节点的传输距离往往不同，这些节点在空间上呈现一种分层次的网络架构。这就要求相应的网络协议应该尽可能利用网络节点分级的特点，并考虑临近空间网络的特征，如上层节点稀疏、不稳定的链路连通性、传输延迟较长等，以满足数据可靠传输的需求。

本节重点介绍一种临近空间网络路由方案[7]，该方案主要包括：基于询问的路由转发策略（Interrogation Based Relay Routing, IBRR）、基于属性的命名机制（attribute-based naming）与主动路由机制（intentional routing）。

7.2.3.1　基于询问的路由转发策略

IBRR 采用基于询问的路由转发策略，能够用于不稳定链路的数据传递。如果源节点与目的节点不能直接通信,则借助中转节点逐跳转发数据,每经过一次数据传递,都会更接近目的节点。

由于临近空间网络的链路连通性不稳定,在数据中转过程中,路由表中的下一跳节点可能并不存在。为此,IBRR 使用了一种基于虚拟路径的转发策略。该策略不需要实时维护源节点和目的节点间的路由,只要虚拟路径中的某些链路在特定时间段内处于激活状态,能够完成报文传递即可。IBRR 将待转发的数据暂时保存在当前中转节点上,进一步地,通过启发式算法选择源节点和目的节点之间合适的中转节点,并将这些中转节点存储于路由表中,供后续过程使用。通过交互节点间的控制报文,建立最优的转发路径。中转节点不会丢弃任何一个数据报文,数据报文在经过若干跳之后,最终都将达到其目的节点。因此,IBRR 可以称得上是一种乐观的转发策略。

1. 控制报文

在 IBRR 协议中,为了选取合适的转发节点并建立最优路由,节点通常需要与其保存的下一跳节点进行报文交互。IBRR 包括三类控制报文,分别为信息类报文、询问类报文和响应类报文。

（1）信息类报文

信息类报文包括三种,分别为通告报文、注册报文和公布报文。通告报文通常作为信标消息,节点周期性地广播通告报文,完成和其邻居节点的通信。注册报文通常用于节点把自身注册为某一成员类型,例如,注册成为一个簇首节点或簇成员节点。公布报文则用于簇首节点对簇成员节点的管理维护过程。

（2）询问类报文

询问类报文通常用于节点间的信息交互以及下一跳节点的选择过程。这类报文包括三种,分别为请求报文、评价报文和更新报文。当进行下一跳节点选择时,节点使用请求报文从其邻居节点处获取信息。邻居节点以评估的方式提供该节点的合格度,原请求节点根据评估值来最终确定下一跳节点。另外,当一个节点启动簇间数据传输时,通常需要向网关节点发起更新报文,当收到网关节点的响应以后,才开始数据传输。

（3）响应类报文

响应类报文提供针对询问类报文的应答,包括回复和失效两种。假设源节点为 S,目的节点为 D,可选的中间转发节点为 A,节点 S 向节点 A 发送请求 $ask(D)$,可能的响应类报文包括五种:普通响应报文、针对评估的响应报文、针对通告的响应报文、允许发送的询问响应报文和失效报文。当节点 A 收到节点 S 的请求时,则向 S 发送普通响应报文。针对评估的响应报文由节点 S 发送给 A,权衡节点 A 给出的评估值,进而决定是否选择 A 作为其下一跳节点。当节点 A 广播通告报文后,收到该通告报文的节点返回响应报文,从而在两者之间建立邻居关系。允许发送的询问响应报文由节点 A 发送给 S,用于通知源节点 S 可以与目的节点 D 建立数据传输路径。失效报文由节点 A 发送给 S,表示 A 并不适合作为 S 的中转节点。

2. 启发式的下一跳路径选择

通过控制报文交互,邻居节点之间能够保持短暂连通。定义保持连通的时间为链路生存时间,该时间决定了路径选择算法执行转发节点选择过程的时间上限。另外,链路生存时间也决定了当已有链路失效时,进行备用路径选择的时间上限。链路生存时间示例如图 7.3 所示。τ_x 为数据传输时间,节点 S 需要在决策时间 τ_d 内完成路径选择,若当前路径失效,节点 S 需要在备用时间 τ_t 内重新选路。在决策时间 τ_d 内,节点除了需要完成下一跳节点的选择外,还需要根据邻居节点的运行轨迹信息,估计链路生存时间的上限。为了选择最合适的转发节点,源节点需要对所有可能的转发节点进行评估,并选择最优的候选节点作为其下一跳节点,进而将数据转发至该节点。转发节点的选取通常考虑如下参数:节点的天线增益、传输功率、节点访问历史记录、节点空间位置与轨道信息、通信链路带宽以及二者的相对运动速度。

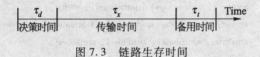

图 7.3 链路生存时间

由于各个邻居节点具有移动性,所以从当前条件下选取的最优转发节点 A 可能并不是全局最优节点。为了完成最优节点的选择,需要源节点或中间转发节点以较长的时间缓存待转发数据,直到选择出最优节点 B。如果实际应用效果表明 B 比 A 更适合作为 S 的转发节点,则 A 需要将 S 分配的传输机会与 B 共享。反之,如果最后证明 A 比 B 的性能更优,则 S 的等待过程将导致传输效率下降。为了减少传输延迟,可以采用一种基于贪心策略的最优节点转发方案,每次都从当前环境中选择局部最优转发节点。其中,节点 S 需要为每次数据转发配置传输超时时间,并定义在此次传输过程中发送的数据量大小。另外,还应根据网络密度动态改变超时间隔。例如,在稀疏网络中,一般需要在完成当前最优转发节点选择后,立即进行数据转发,当数据传输完成后,立即放弃该转发节点,相应地需要扩大其超时间隔。

3. 报文交互机制

临近空间网络中节点分布较为稀疏,转发节点通常需要将待转发数据缓存较长时间以完成数据的正确传输。另外,网络的稀疏性也要求转发节点的选择过程必须谨慎,错误的或者非最优的数据转发将导致较大的数据传输延迟。为了正确地选择转发节点,需要准确把握当前以及未来的网络连通情况。如果候选转发节点 A 与目的节点 D 相遇的概率较低,比如 A 与 D 沿着相反方向运动,则 S 不应该选择 A 作为其转发节点。一般而言,选择转发节点的主要评价标准是该节点与目的节点的连通概率,连通概率越大,则该节点成为转发节点的可能性越大。

当两个节点相距很近时,二者通过对通告信标信息的交互及响应来识别对方。完成邻居节点状态信息收集后,节点进入转发节点的选择过程。如果节点 S 选择 A 作为转发节点,S 立即把数据发送给 A。但是,由于临近空间网络节点比较稀疏,即使节点 A 收到数据后向 S 发送响应信息,也无法保证端到端的传输可靠性。链路的这种不稳定连通性,使得传统端到端的回复响应机制并不适合于临近空间网络。另外,如果每次仅选取唯一的转发节点,往往不能满足数据传输的可靠性需求,需要采用多径传输机制以增加数据传输的成功率,即每次同时选择多个转发节点,但是,这需要认真设计与权衡网络冗余度。

7.2.3.2 基于属性的命名机制和主动路由算法

基于属性的命名机制主要阐述了如何将节点属性与节点名字进行关联,命名示例如图 7.4 所示。每个嵌套的模式值表示该节点所归属的命名空间等级,具体等级由模式数量体现。在此命名规则下,当两个节点共享连续的等级空间时,表示二者具有相同的属性值。而当执行具体的空间任务时,则需要从中选择不同的属性值进行组合。

$$name: = [mode = \{ipv4 \mid intentional\}, attrlist];$$
$$attrlist: = attributeds/[mode = \{ipv4 \mid intentional\}, attrlist];$$
$$attributes: = attribute\{, attribute \mid, attributes\};$$
$$attributes: = attribute\text{-}name = attributed\text{-}value;$$

图 7.4 基于属性的命名示例

在主动路由算法中,需要研究如何使用基于源节点产生的、与属性有关的命名方法进行转发节点的决策。由源节点产生的目的节点属性命名机制,一般需要同时包含多个属性值以反映该目的节点的多个不同特征。尤其当源节点与目的节点间存在多种不同的数据传输任务时,采用这种多属性集合比较合适。但是,对于一个具体任务而言,其属性值固定唯一。通过将基于属性的命名规则和主动路由算法进行结合,能够有效减少路由计算及维护开销。另外,在初始化时,就将目的节点的名字和属性进行关联,大大提高了路由准确度。从本质而言,这是一种后续名字绑定机制,即事先不指定具体的目的节点,直至进入目的节点所在区域后,再进行确切的名字解析,该机制非常适合于节点稀疏且网络连接不稳定的临近空间网络。

图 7.5 示意了主动路由机制的应用实例。源节点位于地面,其属性相关命名表示为:$[mode = intentional, planet = earth [mode = intentional, area = Beijing [mode = ipv4, address = 128. 183. 244. 178]]]$。数据报文被发送到部分电离层飞行器节点,属性相关命名表示为:$[mode = intentional, planet = Flayer [mode = intentional, area = bright\text{-}side]]$,此命名根据地面站的具体任务产生。值得注意的是,此时地面站仅知道它需要的信息位于部分电离层的某个中转节点之上,并不知道具体是哪一个飞行器节点。通过采用基于属性的名称标识,直至该报文到达部分电离层的中转节点 B 处,才将上述名称和具体的飞行器节点进行绑定。通过这种基于源节点产生的属性名称,并利用后续绑定的优势,能够有效提高路由效率。

在多种地址空间中,也可以采用上述命名机制,比如部分电离层上节点 B 在收到地面

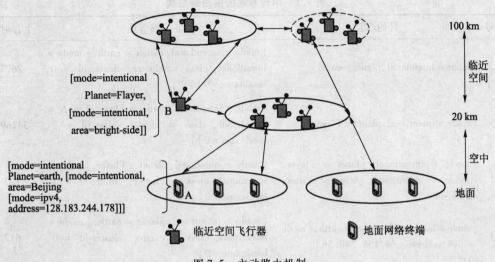

图 7.5　主动路由机制

网络中节点 A 的请求后,需要向 A 发回响应报文。此时,同样无须立即进行地址绑定,当且仅当该报文从电离层进入到地面区域时,才进行相应的 IP 地址解析。如果此时该 IP 对应的地面节点不存在,则使用 IBRR 协议将数据缓存,并负责将数据最终发送给地面的目的节点。

另外,IBRR 还引入了主动网络的若干技术,可以根据任务需要动态添加各个协议功能单元。例如:对于任务 A,在地球上 area 可以填写为北京、上海等,在空间实体上 area 则可表述为各个星体的近地面、远地面等。而对于任务 B,area 可能不再是被关注对象,而是需要使用坐标(如经度、纬度)来描述各个实体。利用主动网络技术可以独立于具体的任务需求,只需在任务实现时,才执行任务需求和节点的动态绑定。另外,每个中转节点应该能够根据最佳知识原则,对目的节点需求进行解释,以获取最优的路由性能。

7.2.3.3　相关数据结构

1. 通告报文结构

通告报文主要用于邻居发现过程,通常包含如下内容:节点名称、节点当前时间、节点位置和节点通信能力(包括天线增益及传输功率水平)。

2. 路由表结构

使用 IBRR 的节点具有和其他路由协议类似的路由表结构。路由表项一般包括目的节点、下一跳节点等。IBRR 协议以属性命名为基础,这种属性名称与节点 ID 不同,每个属性名称都有一个生存时间,表明该特定应用的有效性。图 7.5 中一个中转节点的路由表如表 7.1 所示。

表 7.1　中转节点的路由表结构

序号	目的/组	下一跳节点	生存时间
①	[mode = intentional, planet = earth]	[mode = intentional, planet = earth, [mode = intentional, class = cluster, cluster-id = 0, localname = 0]	2677
②	[mode = intentional, planet = Flayer]	[mode = intentional, planet = Flayer, [mode = intentional, class = cluster, class-id = 2, localname = 0]]	347699
③	[mode = intentional, planet = Flayer, [mode = intentional, class = cluster, cluster-id = 3]]	[mode = intentional, planet = Flayer, [mode = intentional, class = cluster, cluster-id = 3, localname = 0]]	123
④	[mode = intentional, planet = earth, [mode = ipv4, address = 64.156.240.36]]	[mode = intentional, planet = earth, [mode = intentional, class = cluster, cluster-id = 0, localname = 0]	617
⑤	[mode = intentional, planet = earth, [mode = ipv4, address = 127.4.133.44]]	[mode = intentional, planet = earth, [mode = ipv4, address = 127.4.40.12]]	22

对于路由表中的 1 ~ 5 项说明如下:

(1) 对于所有目的节点为地面区域的节点(planet = earth),选择 0 号簇(cluster-id = 0)的 0 号网关节点(localname = 0)。

(2) 对于所有目的节点为电离层面的节点(planet = Flayer),选择 2 号簇的网关节点。

(3) 对于目的节点为 3 号簇中的节点,将数据转发给该簇的网关节点。

(4) 若地面目的节点的 IP 地址为 64.156.240.36,直接将数据发送给该簇的 0 号网关节点。

(5) 若地面目的节点的 IP 地址为 127.4.133.44,直接将数据发送到指定区域。

该路由表也说明了使用属性命名路由时,应该注意的一些方面。包括以下几点:

(1) 路由表中的目的节点一般包含全部的属性集合,即该集合对应于多个节点的属性名称。如果目的节点中的属性值部分相同,则对于这些节点,都可使用该路由表进行路由选择。

(2) 对于相同的目的节点,如果存在满足条件的中转节点,如表 7.1 中表项①的下一列节点对应为:[mode = intentional, planet = earth, [mode = intentional, class = cluster, cluster-id = 0, localname = 0]],则该节点将被选为中转节点。

(3) 目的节点和中转节点可以都包含属性名称或常规 IP 地址,当使用基于属性的命名方案时,其名称还可以包含整个簇。

(4) 如果两个节点共享相同的属性名称,如表 7.1 中第①项和第④项,为了区分它们之间的路由,通常需要在底层中转节点中添加更多信息。

当进行数据传输时,IBRR 协议可能选择多个转发节点。当选择多个转发节点时,通常定义这组节点为"转发云"。这种情况下,具体的下一跳节点并不为其父节点所知,而将由"转发云"中的某一节点作为其源节点进行数据转发。一般地,"转发云"都会选择距离目的节点最近的节点作为转发节点,并由该节点负责此次转发任务。基于"转发云"的数据转发过程如图 7.6 所示。

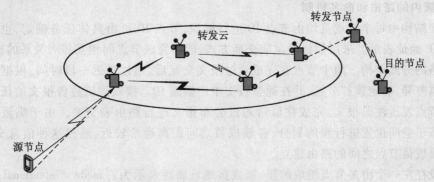

图 7.6　基于"转发云"的数据转发

3. 邻居发现过程

在 IBRR 协议中,如果节点 A、B 能够互相侦听到彼此的通告报文,则定义 A 和 B 互为邻居。每个节点都会记录其邻居节点的活动轨迹。邻居活动记录表包含邻居节点 ID、发现邻居节点的次数、发现的时间戳信息。IBRR 协议通过收集邻居节点的活动记录,为评估其能否成为下一跳转发节点提供支持。

如果源节点 S 需要向目的节点 D 发送数据信息,S 首先查看其路由表,检查是否存在与 D 的最新路由记录,若存在,则按此记录进行数据传输。否则,S 启动路由询问过程,查询并选择一个最适合的邻居节点作为此次传输的中转节点。在选择转发节点的过程中,S 首先侦听各节点的通告报文,如果发现 A 是其邻居节点,则 S 向 A 发送请求报文 ask(D),ask(D) 中包含与 D 有关的属性值。节点 A 接收到 ask(D) 后,检查自身邻居节点记录,如果 A 的路由表中不存在与 D 有关的历史记录,则向 S 发送转发失效报文。如果 A 的路由表中包含与 D 有关的历史记录,则 A 通过评价报文将该历史记录返回给 S。收到 A 的评价值后,S 对比自身的历史记录和 A 的历史记录,由于 A 是 S 的转发节点。所以 A 的历史记录比 S 本身的要新,而且 A 的路由表中存在多次与 D 的通信记录,此时由 S 向 A 发送应答报文,并启动与 A 的数据传输过程。还可以利用其他算法判决 A 是否能够成为 S 的转发节点。例如,如果 A 在其最新的路由表中发现可以与 D 建立通信连接,则 A 立即向源节点 S 发送应答报文,从而加快路由建立过程。

7.2.3.4　基于簇的路由与命名机制

临近空间网络的节点情况复杂,网络异构性强,当节点分布于整个空间时,不仅需要考虑平面网络上的通信,还涉及到空间网络上的通信。采用基于空间的分簇机制将大大提高系统的可扩展性,增强通信的稳定性和有效性。基于空间的簇结构与平面网络中的簇结构不同,它的簇首节点和簇成员节点既可以属于同一个空间层次,也可以属于不同的空间层次。由于各节点所处高度不同,通常由高空节点担任簇首节点,如准静态飞艇等,而该高空节点所覆盖的低空节点,如地面站等,则成为该簇首节点对应的簇成员节点。

1. 簇内的路由和命名机制

分簇结构中每个簇成员均由节点 ID 进行标识,节点 ID 可由具体任务确定,也可由该节点的 IP 地址表示。采用信标帧定期交换方式,能够完成节点间相互邻居关系的建立,并确定网络的分簇结构。两个节点在完成通过报文交互后,通过延迟一段时间,根据彼此的通信距离差异,确定簇首节点,并在通告报文中广播簇 ID。接收到该通告报文的任意节点向簇首节点发送注册报文,完成注册后通过公布报文进行路由表交换。由于临近空间网络一般基于空间位置进行簇的划分,各簇成员之间距离通常较近,通过这种信息交换,能完成各簇成员节点之间的路由建立。

假设存在一个由多节点组成的簇,簇成员地址属性表示为:[mode = intentional;planet = earth;[mode = intentional;area = Beijing;[mode = intentional;class = cluster;cluster-id = 0;localname = 6]]]。其中,所有簇成员节点使用嵌套的模式表示方法,属性值 class = cluste 表示节点属于一个簇,簇 ID 表明该簇的唯一性,localname 则表示节点在簇中具有唯一的标识,当该节点与簇内其他节点进行通信时,只需使用其本地名字 6。

图 7.7 示意了簇形成的初始化阶段,当网络节点部署完成后,由于节点 6 具有最大的通信距离,节点 6 即作为簇首广播通告报文,通告报文中包含节点 6 所归属的簇 ID。当节

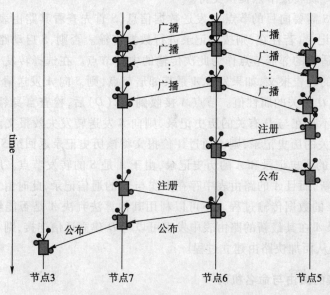

图 7.7 簇初始化与路由信息交互过程

点 5 收到通告报文后,立即回复注册报文,注册报文中包含对簇 ID 的确认报文。然后,节点 6 向节点 5 发送公布报文,该报文中包含节点 6 的路由表。节点 5 接收到节点 6 的公布报文后,即作为节点 6 所在簇的簇成员节点广播此报文。节点 7 也按照此方式向簇首节点 6 进行注册。通过这种方式,完成簇内成员的注册与路由信息交换。

　　每个簇都会指定一个簇网关节点,当簇内节点需要向非本簇节点发送数据时,由网关节点进行数据转发,完成簇间报文的交互。由于临近空间网络的节点具有移动性,因此,网关节点通常并不固定,当某个节点因拓扑动态变化而更新成为网关节点时,则新的网关节点需要向簇首节点发布更新报文,并由簇首节点广播给各个簇成员节点,更新报文中包含新网关节点的属性。

2. 簇间的路由和命名机制

　　当数据在多个不同层面的节点进行传输时,涉及多个不同簇间信息的交互。如图 7.8 所示,当节点 8 需要向节点 5 发送数据时,节点 8 产生如下路由需求:[mode = intentional, planet = earth,[mode = intentional, class = cluster, cluster-id = 1, localname = 5]]。该数据首先被发送给节点 8 所在簇的簇首节点 4,接着被转发给高层的网关节点 3,节点 3 根据节点 8 的传输需求查看其路由表,以尽可能接近目的节点为原则选择下一跳节点,把数据发送给节点 5 所在簇的簇首节点 1。最后,由节点 1 采用簇内的路由和命名机制将数据发送给节点 5。如果网关节点 3 的历史记录中保存了节点 5 的相关消息,则按其路由表完成与节点 5 的路由建立过程,否则,节点 3 需要在其邻居节点间发起询问过程。

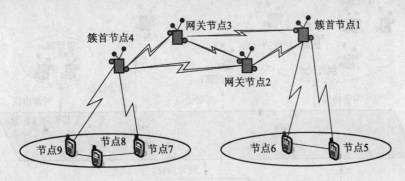

图 7.8　簇间信息交互过程

7.2.4　临近空间网络管理

　　网络管理是网络得以顺利可靠运行的重要保证。随着网络管理的重要性越来越得到人们的广泛认可,各种网络几乎都制定了适用于自身网络的管理方案,以适应其发展需要。正如前面提到的,临近空间网络是一个将不同轨道层面(部分电离层、对流层、平流层)、不同规模(空中飞艇或编队飞行器)、不同功能的多个飞行实体及地面网络连接在一起,组成的具有多节点信息传输能力的三维立体结构网状网。也就是说,临近空间网络是一个覆盖在地面之上的、由许多基于不同技术的专业网络组成的一个更大的网络。临近空间网络独有的网元节点和运行特性为网络管理技术带来了新的挑战。为了使临近空间网络自主、高效运行,保证信息安全和可靠传输,单凭网络通信协议本身和当前的网管技术是难以实现的,迫切需要对网络管理技术展开研究。

目前,使用较为广泛的网络管理体系主要有三种,分别是集中式、分布式和分层式。集中式管理结构由一个管理站和多个代理组成,管理站负责所有的网管任务,该种结构的最大优势在于其简单方便。但是,随着被管设备越来越多,单一管理节点的负载将越来越大,这不仅降低了网络性能,而且容易引发瓶颈效应,网络规模受到了制约,可扩展性不强。分布式管理结构通过在网络中设置多个管理站,形成多管理域,可以将网络管理任务分散于整个网络,但是,管理信息的同步和协同以及全网状态信息的获取是分布式管理结构的最大缺点。分层式结构则是集中式和分布式体系结构的折中结果,在分层式结构中,管理站间存在级别差异。

临近空间网络是一种由多种类型节点有机构成的智能网络系统,网络具有高度复杂性、异构性和动态性,网络运行特性排除了完全集中式和完全分布式的管理体系。需要在参考现有有线网络、移动无线网络的地面网络管理体系的基础上,针对临近空间网络的现状和发展趋势和其特殊的网管需求,设计一种基于动态分层结构的网络管理体系,使其具有灵活、可扩展、高效、面向任务等特性,以支持互通互联,实现积极的网络管理。图 7.9

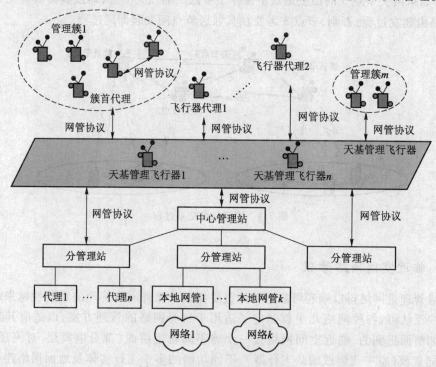

图 7.9　临近空间网络管理体系

为临近空间网络管理体系的总体结构,核心体系结构由组织模型、通信模型、信息模型和功能模型组成。

7.2.4.1 组织模型

组织模型一般指处理和支持系统的组织方面,包括管理角色和管理任务的划分等。临近空间网络网管体系的组织模型如图 7.10 所示,逻辑组成上包括:中心管理站、各个分管理站、天基管理飞行器、管理簇的簇首节点、飞行器代理等。

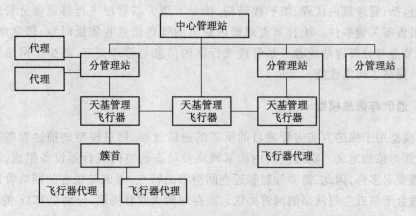

图 7.10 临近空间网络管理组织模型

临近空间网络网管体系采用层次结构,中心管理站作为顶级管理者,不同层面上多种类型的飞行器节点构成天基部分。管理级别从高至低设置为:构成管理飞行器节点层的天基管理飞行器、管理簇簇首代理和飞行器代理;由地面控制网络和地面通信系统构成地基部分,包括各个分管理站及其代理。临近空间网络动态性不仅表现在划分的管理域或管理簇随着网络变化而变化,而且执行网管任务的管理者(即簇首节点)也会随之发生更新,以满足临近空间网络特殊的网管需求。

中心管理站是临近空间网络网管的核心,具有最高的权限,负责对网络运行进行总体规划和状态监控,对关键事件进行分析、处理和调度。各个分管理站作为中心管理站的逻辑下级,负责动态管理其所属管理域范围内的地基网络和天基网络,执行包含配置、性能、故障和安全等功能域的管理操作。分管理站通常设置在地基,既可以是移动的,也可以是静止的,它向中心管理站报告新生成的任务、性能、故障等网络状态,接受中心管理站的管理,执行其下达的任务,实现动态的网络管理。两级管理站的设置不仅能够利用集中式管理的优点对全网的运行状态进行集中控制,而且能够利用分布式网管的特点,及时、准确、灵活地发动网管行为,提高了网络管理系统的灵活性和可扩展性。

考虑到临近空间飞行器技术的不断发展,各个飞行器节点间的直接通信能力不断增强,特别是基于飞行器自主管理和控制的需求,需要在整个网络中按照一定的机制选取部分在轨运行的最高层飞行器节点作为天基管理飞行器,由这些天基管理飞行器建立天基管理层。采用分布式的策略,天基管理飞行器直接承担管理各个飞行器节点的功能,实现所管辖飞行器节点的配置、性能、安全和故障等管理功能,同时负责管理簇的更新与重构,实现天基网络空间部分的自主管理。

所谓管理簇,是指由执行各种监控任务的飞行器按一定的规则和策略生成的集合体。承担簇内管理任务的飞行器节点称为簇首,簇首在任务逻辑上可以看做天基管理飞行器的下级节点,簇首节点可以直接指定,也可以按照一定的规则智能选举产生。簇首节点的主要职责包括:管理簇内代理、维护簇结构、接受上级天基管理飞行器或者分管理站指派的管理、报告等关键事件。簇首节点对簇内成员的管理信息收集延时短、信息准确,而且通过簇首节点与分管理站或者天基管理飞行器的信息与管理交互,减少了网络管理所带来的负载,提高了网络性能。

7.2.4.2　通信与信息模型

通信模型用于描述为实施管理目的所需的通信过程,信息模型则描述管理对象的形式及对被管对象的定义。临近空间由地基网络及动态的空间飞行器设备组成,设备种类繁多,管理要求多样,因此,需要针对临近空间网络的特点,考虑与现有的网络管理进行兼容,设计适合于临近空间网络的网管协议。现存的两大网管协议,分别是 IETF 的 SNMP 和 ISO 的公共管理信息协议(Common Management Information Protocol,CMIP),SNMP 适用于 TCP/IP 网络,CMIP 适用于电信网络。

SNMP 由于其简单易用性,目前已成为应用最多、获得支持最为广泛的网络管理协议,可以看做网络管理事实上的标准。SNMP 的体系结构分为 SNMP 管理者(SNMP Manager)和 SNMP 代理(SNMP Agent),每一个支持 SNMP 的网络设备中都包含一个代理。网络管理者从网管代理中收集数据有两种机制:一种是轮询机制,另一种是中断机制。轮询机制总能保证所有被管设备处于网管中心的控制之下,但是却无法保证信息的实时性,尤其是错误的实时性。轮询的间隔时长、轮询时选择的设备顺序等因素都会影响轮询的结果。如果轮询的间隔时长太小,会产生很多不必要的通信量;如果轮询的间隔时长太大,且轮询时顺序不对,又会导致异常事件的通知过于缓慢,有悖于积极主动的网络管理。与轮询方法相比,当有异常事件发生时,基于中断的方法可以立即通知网络管理工作站,实时性很强。但是,这种方法的缺点在于产生错误指示或自陷需要系统资源。如果自陷导致大量错误信息被转发,而被管理设备在系统出现错误时还需要消耗更多的时间和资源来处理和产生自陷,不仅会降低网络性能,还会对网络管理的主要功能造成严重影响。

因此,利用 SNMP 进行网络管理时一定要清楚 SNMP 本身的局限性:

- 由于轮询的性能限制,SNMP 不适合管理大型网络;
- SNMP 不适合检索大量的数据;
- SNMP 中无应答的 trap 消息设计可能导致重要信息的丢失;

- SNMP 的管理信息库支持的管理对象是有限的,不足以完成复杂的网络管理功能;
- SNMP 不支持管理站之间的通信,不适合分布式网络管理。

CMIP 与 SNMP 一样,也是由管理者、网管代理、管理协议与管理信息库组成的,但 CMIP 主要基于事件报告进行管理操作,网络设备在发现被检测设备的状态和参数发生变化后,及时向管理进程报告事件。管理进程会根据事件对网络服务的影响程度来确定事件的等级。相比于 SNMP 的轮询机制,采用事件报告方法能够很快完成管理操作的实施。而且,CMIP 提供了验证、访问控制和安全日志等一套完备的安全管理机制。但是,由于 CMIP 是一个大而全的协议,使用 CMIP 时所占用的资源是 SNMP 的数十倍。而且 CMIP 需要在网络代理上运行相当数量的进程,大大增加了网络代理的负担,其 MIB 库也过于复杂,难于实现。另外,CMIP 对硬件设备的要求更高。

综上,现有地面网络中的 SNMP 协议和 CMIP 协议都不能满足临近空间网络的网管需求,因此,为了实现对临近空间网络的有效管理,必须采用新型的网络管理协议。针对临近空间网络的运行特性和管理对象的特殊性,可以通过改进 SNMP 与 CMIP 管理协议,进行有效的性能、故障和安全功能的管理,并将管理层次进一步提升到对于应用的支持上,保证管理的高效性。

在临近空间网络网管体系中,可以借鉴 CMIP 面向对象的机制。所有的被管元素都定义成特定的被管对象类,具有相关的属性、行为和操作。元素之间存在类的相互继承关系。管理实体(管理者或代理)对网络的配置、性能、故障、安全以及资源的管理等都可以通过对被管对象类的管理操作来实现。同时,充分考虑临近空间网络传输延迟和安全性需求,可以采用轮询与事件触发相结合的监管机制,以简化管理操作,提高管理效率。

临近空间网络管理对象的种类和数据量较大,必须将这些数据合理地组织在一起,并提供有效的统一命名方法,从而实现信息快速、准确的定位。为此,必须建立注册机制,构建注册树,实现管理信息的统一命名和唯一标识。由于面向对象技术(Objected-Oriented Technology,OOT)[8,9]中的抽象、封装、继承等概念可对被管对象的属性、管理操作、行为、通告(事件报告、故障报告等)、性能和关系做出清晰的定义,非常适合建立网络资源信息模型,因此,可以采用 OSI 的管理对象定义标准(Guidelines for Definition of Managed Objects,GDMO)来定义网管协议中的被管对象。GDMO 提供了 9 个模板来定义被管对象:

- 管理对象类模板　定义一个新的管理对象类,说明新对象类与已有的对象类的继承关系。
- 属性模板　提供定义属性的语法和测试属性值的规则。
- 属性值模板　属性的集合组织成属性组,并且用一个标识符标识该属性组。
- 操作模板　用于资源应被管系统的请求而执行操作的建模。
- 行为模板　用来描述其他模板被包括在被管对象里时须满足的语义和完整性的约束条件。

- 通知模板 定义管理对象发出的通知。
- 参数模板 定义属性、操作和通知中的参数。
- 包类模板 可以把属性、属性组、操作、通知、行为及有关参数包装在一起,形成一个可标识的模板,包类模板可以插入到定义管理对象类的模板中。
- 命名绑定模板 这个模板赋予管理对象唯一的名字。

传输方式是信息模型中的重要组成部分,它定义了管理信息以何种方式传输,在分析 SNMP 和 CMIP 协议的基础上,临近空间网络的管理服务主要有 7 种服务原语,分别是:管理信息通告服务原语、被管对象查询服务原语、被管对象设置服务原语、管理操作服务原语、撤销服务原语、资源请求服务原语、任务请求服务原语。同时,定义了四种联系服务原语,分别是:联系请求、联系应答、联系释放请求、联系释放确认。

管理操作服务原语提供了 7 种管理操作服务用于传输网络中管理操作信息,分别是:Execute,Get,Set,Inform,Cancel,Mission 和 Resource。Execute 一般用于对被管对象的创建与撤销,由于采用了面向对象的管理信息模型,因此,在执行被管对象的 Execute 过程中,还包含对指定对象执行相应的管理操作。Get 一般用于直接获取管理对象的属性值。Set 操作则用于修改管理对象的属性值,如重新设定管理对象的启动状态会将管理对象恢复为出厂值等。Inform 操作一般用于管理对象的主动消息发送中,这种主动消息报告通常应用在系统的关键因素发生改变的情况下,如系统突然崩溃等,同时,这种管理通告还可用于管理系统与管理系统之间的消息传递。Cancel 操作用于取消当前的操作或释放系统预留的资源等。Mission 和 Resource 则用于完成相应的资源和任务管理。

7.2.4.3 功能模型

功能模型定义了网络管理任务的组成结构,包括管理功能域的划分和内容定义等。功能模型主要包括配置管理、安全管理、性能管理、故障管理、计费管理。

1. 配置管理

临近空间网络由众多终端设备以及不同轨道运行的临近空间飞行器组成,这些终端和节点构成了网络的物理结构和逻辑结构。在这些结构中,各设备有许多参数、状态和名字等信息需要相互了解和相互适应。另外,网络运行的环境动态变化,系统本身也要随着终端的增加、减少或设备的维修而经常调整网络的配置:网络管理系统必须要有足够的手段支持这些调整或改变,使网络更有效地工作。配置管理功能至少包括:识别被管网络的拓扑结构、标识网络中各个对象、自动修改指定设备的配置、动态维护网络配置数据库等。

配置管理是临近空间网络中基本的管理功能之一,是其他管理功能的桥梁,也是当前网络管理应用领域最成熟的功能。配置管理主要管理以下一些网络配置信息:

(1) 获得当前网络元素(包括临近空间飞行器、网络管理中心和地面终端及其他网络节点)的拓扑关系;

（2）网络元素的地址（标识）；

（3）网络以及网络元素的工作特性（运行参数）；

（4）网络元素的备份操作条件；

（5）网络元素的配置更改条件。

配置管理将定义、收集、监视和修改这些配置信息,这里的配置信息包括管理域内所有被管对象的静态和动态信息,配置数据不仅仅由配置管理功能使用,还被网络管理的其他功能（如性能管理、故障管理、安全管理）广泛使用。配置管理主要是通过查看和修改被管对象的属性值来监视和控制被管对象和整个网络的运行。

2. 安全管理

安全管理是临近空间网络管理系统的关键,它关系到整个网络的安全性和可靠性,安全管理是实现其他管理功能以及使网络正常运行的保证。安全管理包括管理系统本身的安全和网络安全两个部分。在管理应用上包括的安全管理功能主要有 3 个方面:用户登录、用户管理、安全日志。

用户登录提供最基本的"用户标识＋口令"的登录方式,为整个管理系统提供最基本的安全保障。管理系统的访问者必须通过身份认证,并且满足用户状态为"有效"的约束条件,才可进入管理系统执行权限范围内的管理活动。

用户管理是网络管理系统中的最高级管理;因为它决定了进入系统的节点身份及管理操作种类和权限。只有保证进入系统的用户都是可靠的,并且其行为被约束在权限范围之内,才能保证整个网络系统的安全性。例如,用户根据其功能的不同可以设置为"系统维护组"、"地面网络规划组"、"飞行器设备管理组"和"应用服务组",各组均设置特定的管理功能域,除超级用户外一般不能执行管理域外的管理操作;服务级别和访问控制用来设定用户的综合权限,服务级别又可以细分为:访问级、应用级、控制级等,用来满足安全管理服务机制。

安全日志功能通过在管理系统中对所有用户的登录、注销、各种管理操作和终端的注册、注销进行自动记录以及用户对日志进行查询、维护等管理来实现。记录包括事件描述、发生时间、事件类型、当时用户、事件来源等。对安全日志的查询和分析为管理系统的安全以及网络的安全提供了必要条件。

另外,网络安全管理还包括对于终端接入的身份识别和鉴定等功能。

3. 性能管理

性能管理是管理系统中的重要组成部分。性能管理对网络内所有设备的运行状况进行监测,得出当前的主要性能指标,不仅能够使得网络管理员对网络性能有着定量的客观评价,还可以据此对网络进行调整,提高网络性能。另外,还可以帮助发现或预测诸如拥塞、过度冲突等问题,提早解决问题。

网络管理系统用来监视特定事件的影响、措施效果和资源性能,必须为网络管理者提供选择监视对象、监视频度和时长、设置和修改监测门限的手段。根据要求,定期提供多种反映当前的、历史的、局部的和整体性能的数据及各种相互关系,并通过对各种资源的调整来改善网络性能。

利用在管理信息库中定义的与设备性能相关的管理对象,定义一些性能参数来衡量性能状况。在实际管理操作中,首先从设备处获取被管对象的实例属性值,然后按照特定公式计算出性能参数值,接着以参数－时间对的方式把值和计算时间保存到数据库中,最后进行统计分析。应该说,时间是一个重要参数,可以根据时间考察性能变化的特点,做出一定程度的趋势预测。

性能管理子系统可以划分为性能设置查看模块和数据收集分析模块两部分。性能配置查看模块实现如下功能:

(1) 对某个收集分析模块进行配置,内容包括:目标设备的地址、口令、收集性能参数项目、性能参数的门限值、收集启动的周期、启动后的持续时间、收集的时间间隔、参数记录的删除、更新等维护策略。

(2) 发出指令,启动或停止收集端的性能参数收集计算进程。

(3) 显示性能收集端的性能参数收集结果,并给出参数随时间变化的曲线、均值、最大值、最小值、方差值、门限值。

数据收集分析模块的功能包括:

(1) 接收指令,启动或停止收集计算进程。

(2) 按照配置进行数据收集、参数计算和存储。

比较性能参数值和门限值,如果有超出范围的数据,则发出告警,内容包括设备地址、端口号、性能参数项目、超过门限的方向(上限或者下限)、性能参数的值以及对应的时间。

主要的性能管理参数包括:吞吐量、全网连通性、输入丢弃率、输出丢弃率、输入差错率、输出差错率等。而对临近空间飞行器来说,性能数据有星载计算机(处理器、内存)、天线、推进系统、电源系统,以及飞行器的运行状态等。

4. 故障管理

故障管理的主要任务是发现和排除网络故障。为了确定故障的存在,需要收集与网络状态相关的数据。收集数据有两种方法:一种是设备向管理系统报告关键的网络事件,另一种是管理系统定期查询网络设备。这两种方法各有优缺点,一般要综合使用。

当发生故障时,网络设备向管理系统报告关键的网络事件,如连接失败、设备重启动等。但是,只使用这种方法还不能为有效的故障管理提供必需的所有信息。例如,如果一个网络设备瘫痪了,它就无法发送事件。仅依赖于关键网络事件报告的故障管理并不能保证获得每个网络设备的最新状态。这时,就需要定期查询网络设备,以帮助管理系统及时地发现故障。

5. 计费管理

计费管理用来度量各个终端用户和应用程序对网络资源的使用情况。网络运营商与服务提供商共同确定服务的费用和分配方式。计费管理包括采集相关计费信息、制定计费方案、计算用户账单和生成统计报表这 4 个过程。网络管理者可以通过计费管理工具，采用与具体实现有关的各种算法来计算个人用户或团体用户占用网络资源的情况，计算结果一般都以日志方式记录到账务数据库中，根据计算结果收取合理的费用，以促使用户合理地使用网络资源，维持网络的正常运行和发展。

由于临近空间网络目前还处于预研阶段，尚无成熟的商用案例，因此其网络管理着重关注于对网络元素的有效控制，相关计费管理的研究将随着网络的商用化开发而不断深入展开和完善。

7.3 卫 星 网 络

近年来，互联网用户数量不断扩大，服务需求不断提高，用户需要更快的网络接入速度、更广的网络覆盖范围、更高的网络共享带宽以及实时性更好的流媒体传输服务等。迅速发展的互联网带来了新的市场需求，促使网络技术与卫星通信技术相结合，并直接产生了卫星网络。本节介绍了卫星通信技术及卫星网络架构模型，着重对卫星网络多址接入MAC 协议、网络层协议及传输层协议等关键技术进行系统阐述。

7.3.1 卫星通信与卫星网络

卫星通信具有通信距离远、覆盖范围广、不受地理环境限制等特点，这些独特优势使其成为信息基础设施建设中重要的组成部分。将不同层次、不同轨道上多种类型卫星按照资源有效利用原则所组成的智能体系——卫星网络，能够为任何人（whoever）、在任何地方（wherever）、于任何时间（whenever）、与任何人（whomever）、以任何方式（whatever）进行通信提供支持。我国地域辽阔，经济发展极不平衡，使用卫星通信将有助于缩小边远地区与城市之间的数字鸿沟。

7.3.1.1 卫星通信基础

卫星通信结合航天技术和微波中继通信技术，通过人造地球卫星转发无线电信号，在两个或多个地球站、宇宙站之间进行信息交换和传输。随着卫星承载能力的增强，卫星通信也开始向承载宽带多媒体通信综合业务的方向发展。与传统的通信方式相比，卫星通信在技术和成本上具有高可用性和高性价比的优势，使其成为地面通信系统的重要补充。

1965 年，国际通信卫星组织（INTELSAT）成立并发射了第一颗同步轨道静止通信卫星晨鸟（INTELSAT-I，IS-I），这一事件正式标志着卫星通信时代的到来。迄今为止，卫星通信已经深入国防和民用的各个领域,成为现代社会重要的通信手段。卫星通信系统经常使用的频段包括:4~8 GHz 的 C 波段、10~18 GHz 的 Ku 波段和 18~31 GHz 的 Ka 波段。卫星通信使用频段越高,波长则越短,接收天线尺寸也相应变小,但是却导致卫星通信越容易受到多径衰落和雨衰的影响。

　　典型的卫星通信系统由地基和天基两部分组成,如图 7.11 所示。地基部分除了包括与卫星网络和各种地面外部网络的通信关口站(GateWay,GW)外,还包括整个卫星系统的管理控制单元,一般由网络控制中心(Network Control Center,NCC)和操作控制中心(Operation Control Center,OCC)组成,NCC 和 OCC 联合起来负责全网资源管理、卫星操作、轨道控制等。空间部分主要包括:静止轨道卫星(Geostationary Earth Orbit,GEO)和非静止轨道卫星(NGEO),根据对地高度不同,NGEO 又可以分为中轨道卫星(Medium Earth Orbit,MEO)和低轨道卫星(Low Earth Orbit,LEO)。

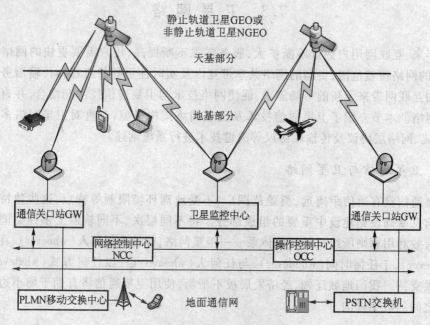

图 7.11　典型的卫星通信系统组成

1. GEO 卫星

　　GEO 卫星位于地球赤道上方 35786 km 高度附近,该卫星绕地球公转与地球自转的方向和周期都相同,因此 GEO 卫星相对地球静止,只要有三颗 GEO 卫星,就可以覆盖地球上除南北两极以外的所有区域。然而,由于自由空间中信号强度与传输距离平方成反比,为了满足与较远距离 GEO 卫星可靠通信的需求,需要安装大口径的天线以支持较大的发射功率。另外,远距离的信号传输会带来很大延时,典型的往返延时是 250~280 ms,这对实时通信是不利的。

2. MEO 卫星和 LEO 卫星

MEO 卫星距离地表 3000 km,典型的往返时间是 110~130 ms。LEO 卫星位于地表 200~3000 km,典型的往返时间是 1~20 ms。由于 MEO 卫星和 LEO 卫星距离地表较近,所以需要的天线尺寸较小,传输功率较低,但是,MEO 卫星和 LEO 卫星的覆盖范围较小。另外,由于 MEO 卫星和 LEO 卫星相对地球高速运动,用户通信时需要进行卫星之间的切换操作。

7.3.1.2 卫星网络及其架构

卫星网络能够为所有用户带来全球性普遍接入能力与即时全球覆盖,这对开展点到多点和多点广播的业务应用,尤其是多媒体业务应用,具有特别的吸引力,受到了业界的广泛关注。

根据选择的卫星通信系统的不同,卫星网络拥有多种不同架构。两种典型的卫星网络架构分别是:基于弯管技术的卫星网络和基于星上处理(On-Board Processing,OBP)技术的卫星网络。

基于弯管技术的卫星网络如图 7.12 所示。上行链路通过一颗卫星连接下行链路,在信源和目的地球站之间建立一条透明的通信信道。卫星只负责转发上行、下行链路数据,并通过信道透明地传送,但是,这种方式由于缺少直接的空间传输,容易造成较大的延迟。

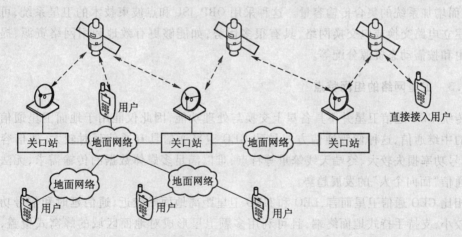

图 7.12　基于弯管方式的卫星网络架构

基于星上处理方式的卫星网络架构如图 7.13 所示。当地面发射站将数据发送到卫星后,卫星不是直接将数据传送到地面,而是执行星上处理功能,包括信号再生、纠错和选择路由或交换数据等,再通过卫星上的点波束天线,将信号传送到指定的通信站或精确的地理区域。另外,通过星际链路(Inter Satellite Link,ISL)与其他卫星互联,可大大提高系统的容量与处理速度。

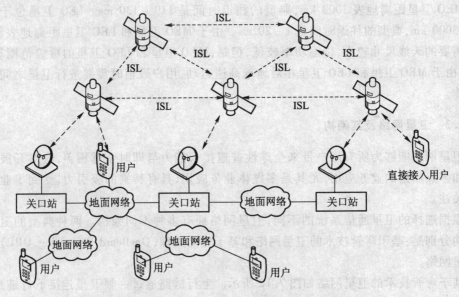

图 7.13　基于星上处理方式的卫星网络架构

在此架构中,采用了点波束传输技术,该技术按照每波束划分时隙,通过频率重复使用,从而增加系统的集合传输容量。这种采用 OBP、ISL 和点波束技术的卫星系统,可以在天空建立电路交换或包交换网络,具有很多优势,如能够更有效地利用网络资源、提供多播路由和按需动态资源分配等。

7.3.1.3　卫星网络的组网特点

传统 GEO 通信卫星并不具备星上交换与处理功能,因此仅能用于地面卫星通信终端之间的中继通信,这种弯管通信方式导致 GEO 卫星通信具有通信延时较大、通信容量有限、信号功率损失较大、终端天线笨重等特点,难以满足多媒体数据的传输需求,无法适应未来通信"面向个人"的发展趋势。

相比 GEO 通信卫星而言,LEO 和 MEO 卫星距离地面站较近,通信延时和信号功率损失都较小,支持手持式地面终端,且可利用多颗卫星形成对地面区域的蜂窝式覆盖,大大扩展了信道容量。LEO/MEO 卫星通信系统具有比 GEO 通信卫星更优越的性能,如更少的通信延时、更低的发射功率,这些特点使得采用基于 LEO/MEO 卫星通信系统成为当前卫星网络的发展方向。但是,与 GEO 卫星通信系统相比,LEO/MEO 卫星通信系统组网复杂。LEO/MEO 卫星通信系统的组网特点主要包括以下几点:

1. 卫星数量较多

GEO 卫星通信系统只需三颗卫星就可以实现对全球绝大部分地区的覆盖。而 LEO/

MEO 卫星距地相对较近,单星覆盖面积有限,往往需要更多数量的卫星才能实现对一定区域范围的覆盖。为了完成全球覆盖,MEO 星座通常需要包含十几颗到数十颗卫星,而 LEO 星座则需要包含数十颗到二百多颗卫星。

2. 相对运动明显

GEO 卫星因为绕地运动的角速度和方向与地球自转的角速度和方向完全一致,所以无论是卫星之间还是与地面站之间的位置始终是相对静止的。而 LEO/MEO 卫星具有比 GEO 卫星更快的绕球运转速度,且与地球的自转方向不同,在星地之间、星星之间都存在着较大的相对位移速度。

3. 星际链路的采用

LEO/MEO 卫星通信系统中广泛采用星际链路(ISL),ISL 具有通信质量高、带宽大、不受天气和地形等因素影响的特点,通过 ISL 可以提高卫星通信系统的自治能力,降低其对地面站的依赖性,有必要对此进行深入研究。

7.3.1.4　卫星网络面临的主要问题

由于卫星通信具有较大的覆盖范围、良好的广播能力、不受各种地形条件限制等优点,使得卫星通信成为互联网应用的重要手段。但是,由于现有 Internet 大都基于地面网络环境进行设计,而卫星链路与地面有线链路存在很大差异,如信道差错率高、传播延迟长、信道不对称等,这些因素将直接导致协议性能降低。卫星网络面临的主要问题包括以下几方面:

1. 高信道差错率问题

卫星信道的误码率(Bit Error Rate,BER)远远高于有线媒质。当前卫星转发器的比特误码率大约是 10^{-6},而最坏情况为 10^{-4}。TCP 成功传输所需要的 BER 为 10^{-8} 或者更低,所以这种高误码率特性将直接导致 TCP 性能恶化。由于 TCP 不能区分拥塞丢失和链路丢失,ACK 报文的丢失还将导致吞吐量进一步降低,而且,较大的 BER 还会过早地触发窗口减小事件的发生。

针对高信道差错率问题,解决方案除了包括对现有 TCP 协议进行修改,满足卫星传输环境外,还需要研究更为先进的调制解调技术和纠错编码技术,以提高卫星发射功率,减少网络误码的发生。

2. 长延时问题

GEO 同步卫星系统的单向传播延时约为 270 ms,如果考虑前向纠错和交织编码,则延时会更长。LEO 卫星的单向传播延时约为几十毫秒数量级,如海拔 1000 km 上空的 LEO 卫星单跳传播延时约为 20 ms。LEO 卫星间星际链路的延时与 LEO 卫星间距离大小紧密相关。另外,由于 LEO 卫星高速运动,传播延时不断发生变化。这种长延时降低了 TCP 协议对报文丢失的响应,加重了协议对缓存的要求,导致总带宽效率降低,而带宽却是卫星通信最宝贵的资源。

3. 非对称问题

卫星链路具有非对称性,从卫星到地面的下行链路容量远远大于上行链路。下行链路使用直播卫星(direct broadcast satellite)的广播信道,而回传信道的上行链路容量却与电话线路容量相当。在 TCP 协议的三次握手机制中,仅当源端接收到已发数据的 ACK 后,才会再发送新的数据,这使得整个下行链路的吞吐量直接被上行链路的 ACK 流速率控制。上行 ACK 的速率越低,导致拥塞窗口的增加速度就越慢,这显然会降低下行链路慢启动和拥塞避免的性能。一旦当这种不对称积累到一定程度,上行反向链路将率先达到容量值,即造成拥塞,导致 ACK 延迟并引发不必要的重传,必将进一步降低下行链路的带宽利用率。

4. 链路瓶颈问题

卫星节点通常具有较高的频率和带宽需求,使得在频谱资源受限的卫星链路中经常发生链路瓶颈问题,因此,需要认真考虑地面站与卫星之间的链路调度问题。还需注意的是,卫星网络与地面 Internet 之间的网关也比较容易发生拥塞。

5. 接入成本问题

由于卫星带宽有限,而租用卫星带宽的费用较高,接入成本在卫星网络的运营成本中占有很高比重。另外,建造、发射与运营通信卫星的成本又难以降低。卫星通信的成本问题已成为影响卫星网络业务发展的主要障碍,因此,成本效益成为规划、设计卫星网络时必须考虑的一个重要问题。

综上所述,由于卫星无线信道具有高误码率、长传播延时、带宽不对称等特性,传统的 TCP/IP 协议很难在卫星网络中体现出优势。为了适应卫星通信系统的特殊环境,亟需对卫星网络面临的技术挑战展开深入研究。

7.3.2　多址接入控制 MAC 协议

受到卫星信道资源的限制,在卫星波束覆盖范围内,将不可避免地面临介质访问控制问题。对卫星的频率资源与带宽资源进行合理分配,是解决这个问题的关键所在。

7.3.2.1　多址技术

多址技术主要关注如何在多个用户间切割和分配有限的信道资源,一般要求在满足多用户通信质量的基础上,尽可能降低系统的复杂度,提高系统容量。多址体制的设计和选择是系统设计中的一个重要环节,该体制由系统用途、业务类型、卫星能力、终端能力等因素决定,一旦选定某种多址体制,就在某种程度上决定了该系统的业务能力和组网能力。在卫星通信系统中,衡量一种多址技术的优劣主要有以下几个指标:组网能力(要求选择的多址体制能够满足系统组网的各种要求,包括网管信道的使用、用户的互联互通等)、业务承载能力(要求选择的多址体制能够承载卫星通信系统所要求的各种业务,并对一些新型业务具有较强的适应能力)、抗衰落能力(要求选择的多址体制具有较强的适应能力）、对各种终端的支持能力（要求选择的多址体制提供对大小口径终端的支持能力）。

切割与分配有限的通信资源实质上就是划分多维无线信号空间。信号空间划分的目标是，在所划分的维上使得各用户的无线信号正交，从而保证用户能够共享有限的通信资源而不会相互干扰。在卫星通信系统中，针对不同维的划分，常用以下几种多址方式：FDMA、TDMA、CDMA、SDMA（Space Division Multiple Access，空分多址）以及 MF-TDMA（Multi-Frequency Time Division Multiple Access，多频时分多址）方式。

1. FDMA

FDMA 是以频带为分割维度的一种固定多址接入方式。卫星通信使用的频带被分割成若干部分，再分别将这些频带分配给各地面站。各地面站根据所分配的频带发送信号，接收端的地面站则根据频带来识别发送站，并从接收到的信号中提取出发送给本站的信号。在通信频带固定分配的情况下，由于各地面站拥有专用的频带，因此在地面站间不会发生通信干扰及信号传输冲突。

根据一个载波发送的信号是单信道还是多信道，可将 FDMA 方式分成 SCPC（Single Channel Per Carrier）或 MCPC（Multiple Channel Per Carrier）。SCPC 通过按需分配提高卫星信道的利用率，并可在语音传输时使用载波激活方式进行通信，有效利用卫星功率。MCPC 在利用语音信道进行传输时，可通过数字话音内插方式，提高信道利用率。

2. TDMA

TDMA 是以时间为分割维度的一种多址接入方式。在卫星通信中，以上行链路为例，地球站只在规定的时隙内以突发的形式发射它的已调信号，这些信号在时间上严格按照次序排列，互不重复。TDMA 系统中的各用户只在所分配的时隙工作，可以共享频带资源，因此频谱利用率较高，系统容量较大。

3. CDMA

CDMA 是一种扩频多址数字通信技术，通过独特的代码序列来建立信道，而且各个信道可以在频率和时间上相互重叠。但是，由于 CDMA 系统良好的正交性，彼此间可以达到相互独立，互不干扰。

4. SDMA

SDMA 是一种新兴的多址技术，其核心技术采用了多波束天线，SDMA 要求天线可产生若干的点波束，处于不同波束内的用户可在同一时间使用同一频率和同一码型，而不会相互干扰。

5. MF-TDMA

MF-TDMA 是指在一个 TDMA 系统中采用多条信道速率相对较低的载波，每条载波以TDMA 方式工作，与传统 TDMA 方式中一个系统只有一条高速载波不同，这些 MF-TDMA载波既可以完全占满整个转发器，也可以与其他载波共享一个转发器。对于采用 MF-TDMA 方式的地球站而言，虽然系统中同时有多条 TDMA 载波，但某个时刻每个站只能在一条 TDMA 载波上完成发送和接收工作，这完全能够满足通常的使用要求。如果要求同时在两条载波上进行发送或者接收,则需要配备两套设备。

对于上述几种常用的多址技术,FDMA 的优势在于地面站间不会发生相互干扰,而且系统运行也不会发生差错或冲突。由于 FDMA 方式无须对各载波间实施同步控制,所以对设备的要求更简单。TDMA 的优势在于多个信道共用一个调制解调器,支持可变速率业务,能够实现短数据报文突发业务的快速传输,减少连接建立的延时。CDMA 的优势在于抗干扰能力强,具有较好的保密通信能力,但其通信有效性远低于 FDMA 和 TDMA,集中表现为频带利用率较低。如果系统没有较好的功率控制,CDMA 的性能会迅速下降,不能满足 Ka 频段卫星通信对功率控制的严格需求。而对于 MF-TDMA 方式,当只有一条载波时,它就是传统的单载波 TDMA;当有多条载波且每条载波中只有一路信号时,它就是 SCPC;当有多条载波且每条载波中有多路信号时,它就是 MCPC。因此,MF-TDMA 实际上是 FDMA 和 TDMA 两种多址方式结合后的产物,MF-TDMA 既克服了 TDMA 初始占用频带宽、建站成本高的缺点,也弥补了 SCPC 对功放和频带利用率低的不足,特别适合于综合业务的稀路由应用环境。

7.3.2.2　MAC 接入与带宽分配方案

根据带宽在竞争者之间的不同分配方式,卫星网络的 MAC 协议可以分为三种:基于固定分配的 MAC 协议、基于随机接入的 MAC 协议和按需分配的 MAC 协议。

基于固定分配的 MAC 协议一般根据已有的多址技术方案进行构建,每个终端都利用自己专用的信道,没有竞争,可以提供 QoS 服务,但固定分配方式的信道利用率较低,而且缺乏灵活性和可伸缩性,只适用于流量平稳的小规模网络。

在随机接入方式下,各个终端根据自身需求接入网络,数据发送过程中不考虑其他终端的传输状态。在终端数量较多的情况下,可能导致碰撞及重传,不仅增加了平均传输延时,而且频繁重传还会导致网络吞吐量下降。

按需分配 MAC 协议根据用户需求动态地分配系统带宽,能够有效弥补固定分配和随机接入方式的不足。该协议要求在数据传输之前,首先发送一个资源请求报文,对请求资源申请预留。当预留成功后,根据多址技术对带宽进行整体分配,这样数据传输时,就不会再有碰撞发生。

按需分配的 MAC 协议可以分为三种类型:集中控制方式、分散控制方式与混合控制方式。

1. 集中控制方式

在星状卫星通信网络中,一般使用集中控制方式来分配信道。集中控制方式是指卫星网络的信道分配、状态监测、业务量统计和计费等数据信息,均由某个控制中心站集中执行。根据系统传输的业务种类及多址方式,通常使用几个信道来传输控制报文和数据报文,当然也可以单独使用一个信道来传输控制报文和数据报文。在集中控制的星状卫星网络结构中,任意两个地面站需要通过控制中心站进行通信。

2. 分散控制方式

在网状卫星通信网络中,一般使用分散控制方式来分配信道。分散控制方式是指信道分配、指令信号、状态监测、业务量统计、计费等数字信号及传输的业务信息均以点对点为基础,卫星系统各地面站之间直接联系,形成网状的卫星网络。分散控制方式使用灵活、方便,建立通信线路时间较短,卫星信道利用率较高。

3. 混合控制方式

混合控制方式是指信道分配指令信号、状态监测、业务量统计、计费信号等,均经控制中心站执行,形成星状网结构。但是,业务通信信号不经过中心控制站,各站之间直接进行联系。

7.3.3 卫星网络的路由技术

卫星具有高速移动的特性,导致卫星网络拓扑快速变化,这为卫星网络路由协议的研发带来了较大的挑战。另外,在进行卫星网络路由设计时,还需要考虑星上节点所受到的资源及运输能力的限制、卫星移动的周期性和可预测性等特点,以减少路由的开销。

7.3.3.1 卫星网络中路由设计的基本思想

针对 LEO/MEO 卫星网络的特点,国内外科研人员对其组网的通信模式及数据路由进行了有益的探索,提出了许多卫星网络路由协议。虽然这些协议设计的出发点和实现方法各不相同,但都遵循以下两个基本思想:

1. 分离卫星网络与地面网络的路由信息

如果将卫星看做地面网络中一个普通的路由器,将卫星网络看做地面网络中的一个普通子网,这将对整个网络的路由造成大量的开销。可以从两个方面来分析这个问题:一方面,需要保证地面网络中的路由器知道卫星网络中的路由细节,且任意时刻卫星网络拓扑发生变化,均需要在地面网络中触发路由更新报文,则卫星网络中频繁的拓扑变化将导致路由更新报文的巨大开销。另一方面,需要保证卫星知道地面网络中的路由细节,这就需要增加卫星中路由表的尺寸,相应地,增加了网络的运行成本。另外,由于卫星的存储空间固定,一经发射就难以改变,那么,当地面网络的规模增加时,卫星网络却无法适应这种扩展,限制了网络的可扩展性。基于此,在设计卫星网络的路由方案时,通常将卫星网络与地面网络分离开来,用一些边缘路由器或交换机负责处理卫星网络与地面网络的互联。

2. 采用快照机制,将卫星的连续运动离散化

与传统的固定网络不同,卫星节点在时刻不停地运动,其组网方式与自组织网络类似,但是,自组织网络中节点运动是随机的,而卫星节点的运动却具有周期性、可预知性等特点。快照机制利用了卫星节点运动的周期性和可预知性特点,该机制把卫星的运动周期分为有限个离散的时间片,在每个时间片内为网络拓扑拍摄一张快照,并认为在该时间片内网络拓扑保持不变。

7.3.3.2 卫星网络中典型的路由协议

根据研究角度的不同,卫星网络的路由协议可以分成四类:虚拟全连接路由、基于地理位置路由、与不同高度星座结合的路由以及与拓扑结合的路由,下面分别加以介绍:

1. 虚拟全连接网络路由协议

虽然卫星网络拓扑经常处于高速变化状态,但是,由于卫星运动具有周期性特点,且受到运动轨道的严格限制,因此可以利用快照机制,保存每个时间片内的网络拓扑情况。这也是虚拟全连接网络路由协议的设计出发点。Markus Werner[10] 提出的 LEO/MEO 卫星网络中基于 ATM 的星际链路路由算法是这种虚拟全连接网络路由算法的典型代表。该算法通过为每个可预知的网络拓扑结构,预先计算好各节点到其他所有节点的路由。在时间片切换的同时,相应地,对路由表进行更新,并将最终的路由策略应用到卫星网络中。

卫星通信系统可以分为两个部分:用户数据链路(User Data Link,UDL)子系统和 ISL 子系统,如图 7.14 所示。UDL 子系统表示卫星与地面站相连的网络部分,ISL 子系统则表示卫星通过 ISL 连接而成的网络。UDL 子系统和 ISL 子系统都采用 ATM 技术组网,每颗卫星近似于 ATM 交换机。定义卫星与地面主机之间的接口为 UNI,卫星与地面信关之间的接口为 NNI(Network Network Interface),以支持独立考察从一颗卫星到另一颗卫星之间的路由问题。

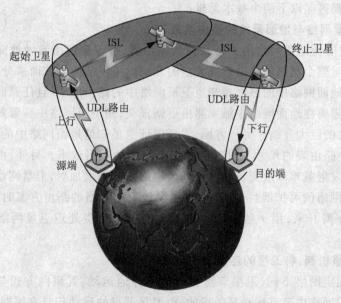

图 7.14 ISL 子系统和 UDL 子系统

卫星网络的虚拟化过程的具体步骤可以描述为：

（1）相邻卫星之间的 ISL 上存在着虚拟路径（Virtual Path，VP），ISL 子网中的任意两颗卫星通过一个或多个 VP 组成的虚拟路径连接（Virtual Path Connection，VPC）实现互联。

（2）所有卫星都作为纯粹的 VP 交换机工作，所有端到端虚拟信道（virtual channel）连接，对整个 ISL 子网路由而言是透明的。

（3）当时间片切换时，更新卫星中的 VP 交换表，就可以实现 VPC 的无缝切换。

由于可以事先为每个离散时间片内的任意一颗卫星寻找到达其他卫星的最优路径，所以可以在该时间片内为所有卫星设定好 VP 交换表，建立到其他任意卫星的 VPC 连接。这样，即使当两颗卫星之间没有直接相连的 ISL 时，也可以通过预先建立的 VPC，将卫星网络虚拟成一个全连接网络。对终端用户而言，路由过程可以简化为：在源卫星中选择 VPC，并在所选的 VPC 内建立一个虚拟信道连接（Virtual Channel Connection，VCC）。

2. 基于地理位置的路由协议

基于地理位置的路由协议利用了卫星运动的周期性特点，认为路由协议在虚拟拓扑之上构建，虚拟拓扑由虚拟节点（Virtual Node，VN）组成。VN 是叠放在星座的物理拓扑之上的，即使卫星运动，虚拟拓扑仍然保持不变。

与 GEO 卫星不同，LEO 卫星的覆盖区域是不断变化的，所以地面的源节点和目的节点在整个通信过程中可能不会始终处于同一个卫星的覆盖范围内。当发生卫星切换时，初始的覆盖卫星需要将地面的源节点和目的节点告知新的覆盖卫星，使得地面的源节点或目的节点能够始终处于卫星的覆盖范围内。此时，有两种选择：路径增长或建立一条全新的路由。

（1）路径增长

假设切换前从源卫星 S_1 到目的卫星 S_k 的最优路由为 $P = \{S_1, S_2, \cdots, S_k\}$（可通过某种优化标准获得），而地面节点当前接入卫星为 S，则将 S 和路径 P 加入到新路径 P' 中。例如，源卫星 S_1 切换为卫星 S，则选择新路径 $P' = \{S, S_1, S_2, \cdots, S_k\}$ 作为当前路径。这种重新选路的方法称为路径增长。

（2）建立一条全新的路由

在路径增长方法中，虽然建立路由的时间短、信令开销小，但是新建立的路由 P' 并不是最佳路由，尤其是当多次采用这种方法重新选路后，路由质量劣化不断累积。而利用信令从当前接入卫星到目的卫星之间重新建立一条全新的路由，虽然最优路由可以重新建立，但是建立路由的过程却需要消耗大量的信令和路由开销。

脚印切换重路由协议（Footprint Handover Re-routing Protocol，FHRP）是一种典型的基于地理位置的路由协议[11]。在 FHRP 中，VN 始终处于某一地域上空，不同地域中的地面站之间可以通过虚拟卫星建立的路由进行中转。FHRP 中涉及的几个定义如下：

（1）可见周期（visible period）

由于卫星在时刻运动，地面站与特定卫星直接通信的时间是有限的。定义地面站能够看到卫星的最长时间为该卫星的可见周期。

（2）轨道周期（obit period）

假设在某一个运行轨道上，存在多颗无差别卫星围绕地球运转，随着时间推移，该轨道平面内所有卫星的相对位置不断变化。定义某个轨道内所有卫星恢复至原有相对位置所需的最短时间为该轨道的轨道周期。

（3）后继卫星（successor）

设 t 时刻某一地域上空的卫星为 S，$t + T_0$ 时刻另一颗卫星 S' 出现在该地域上空，其中 T_0 为该卫星轨道的轨道周期，则称 S' 为 S 的后继卫星。

（4）脚印重路由（footprint re-routing）

如果将卫星路由 $P = \{S_1, S_2, \cdots, S_k\}$ 重路由到 $P' = \{S'_1, S'_2, \cdots, S'_k\}$，其中 S'_i 是 S_i 的后继卫星，则称这种路由方式为脚印重路由。

已经证明，在传输业务量不发生改变的情况下，如果 $P = \{S_1, S_2, \cdots, S_k\}$ 是 t_e 时刻的最优路由，那么在 $t_e + T_0$ 时刻的路由 $P' = \{S'_1, S'_2, \cdots, S'_k\}$ 是从 S'_1 到 S'_k 的最佳路由，T_0 为该卫星轨道的轨道周期，S'_i 是 S_i 的后继卫星[11]。

FHRP 的核心思想为：假设 t_e 时刻卫星 S_1 到 S_k 的最优路由为 $P = \{S_1, S_2, \cdots, S_k\}$，则在 $t_e + T_0$ 时刻前，采用路径增长方法重新选路。而在 $t_e + T_0$ 时刻，使用脚印重路由切换到路由 $P' = \{S'_1, S'_2, \cdots, S'_k\}$，$S'_i$ 是 S_i 的后继卫星。这样可以避免因多次采用路径增长机制而导致的路由劣化，保证每一个轨道周期内总存在一条最优路由，即每经过一个轨道周期后，总能够通过脚印重路由恢复到最佳路由，有效避免了因完全重新选路所导致的信令和路由开销。

3. 不同高度星座相结合的路由

不同高度星座相结合的路由方案适合于 LEO 星座和 MEO 星座混合的拓扑结构，不但利用了 LEO 系统轨道低、星地之间传播延时小、链路传播损耗小、对用户终端 EIRP 和 G/T 值要求不高的优点，也发挥了 MEO 卫星适合于远距离信息传输、星座系统结构简单、投资较小的优势。

针对 63 个 LEO 卫星和 16 个 MEO 卫星构成的星座系统，系统采用基于 ATM 的快速分组交换方式[12]，网络结构如图 7.15 所示。在该星座系统中，每个 MEO 卫星可以采用 4 条固定链路与其相邻的 4 个 MEO 卫星相连，形成一个基于顶点对称的网络。而每个 LEO 卫星可以通过 2 条可变的星际链路与在其视界范围内的 2 个 MEO 卫星相连。数量较多的 LEO 卫星之间没有 ISL，需根据不同的目的地址将数据转交给 MEO 卫星，无须处理路由问题。MEO 卫星数量较少，交换能力较强，远程传递速度比 LEO 卫星更快，可专门用于交换。处于不同 LEO 卫星覆盖区内的用户，他们之间的信息通过 LEO ～ MEO ISL 和 MEO ～ MEO ISL 进行交换。在 MEO 系统中，ISL 子网路由策略描述如下：首先，快照拍下卫星运行周期内各个时间片的网络拓扑结构，然后按照网络拓扑结构计算路由表，卫星在轨运行时间根据星历自行更新，最终完成星上路由处理过程。

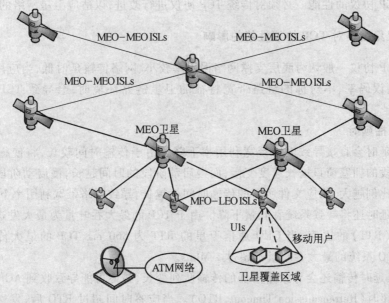

图 7.15　双层卫星通信系统网络结构

4. 联合拓扑设计的路由方案

在卫星数量确定的情况下,此种路由方案将卫星星座拓扑和路由算法结合在一起进行设计,试图寻找一种全局最优的路由策略[13]。

在该路由方案中,首先采用快照的方法将卫星星座分解成有限个离散时间片,并假设在每个时间片内网络拓扑是不变的。路由方案的优劣由链路总通信量与链路容量的比值大小定量表示,比值越大,则路由方案性能越好。针对拓扑不稳定的卫星网络,采用一种基于模拟退火算法的启发式机制,即从任意初始拓扑开始,计算其最优路由,然后随机改变链路,不断生成新的拓扑,并计算新拓扑对应的路由。算法不断迭代,直到没有更好的拓扑出现为止,所求得的解即为局部最优解。

联合拓扑设计的路由方案充分利用了卫星运行的周期性特点,并在离线状态下完成最优路由的选择和计算,可称为离线路由算法。离线路由算法不需要收集当前网络的拓扑变化和负载分布情况,也不需要在卫星之间传递路由更新信息,具有简单、系统开销小的优势,对计算能力有限、星间链路延时大、网络拓扑变化频繁的卫星网络非常珍贵。但是,离线方式存在明显的鲁棒性问题,当卫星因自身故障或干扰和攻击而无法正常工作时,卫星网络拓扑将出现无法预料的变化情况。此时离线路由算法并不知晓网络拓扑发生变化,势必造成大量数据连接中断和数据的丢失,导致网络性能显著下降,甚至崩溃。

7.3.4　卫星网络的传输层技术

卫星链路具有传输延时大、误码率高与连接不稳定、信道不对称等特性,这些因素直接影响着 TCP 协议的性能。必须对传统 TCP 协议进行改进,以适应卫星网络的通信需求。

7.3.4.1 卫星链路对 TCP 协议性能的影响

传统 TCP 协议一般认为底层支撑网络误码率较小、网络传输延时低,当应用于具有长传播延时、高误码率、不对称的链路带宽特征的卫星链路环境时,会导致 TCP 协议性能下降。

1. 长传播延时

长传播延时会直接导致网络带宽利用率下降。由于传输时间较长,将使得 TCP 协议在慢启动阶段的拥塞窗口增长速度变慢,而慢启动阶段的时间越长,慢启动阶段在整个文件传输中的比例越大,相应文件所需的传输时间就越长,导致网络带宽利用率下降。

长传输延时还将导致系统吞吐量下降。由于 TCP 的最大吞吐量为最大发送窗口和数据往返时间(RTT)的比值,当 GEO 通信卫星的 RTT 为 560 ms、TCP 的最大传输窗口为 64 kB 时,GEO 系统的最大吞吐量不超过 1 Mbps。

另外,长延时传输还会导致路由器的传输队列变长,最终可能导致收到 ACK 应答的时间超过重发超时(Retransmission Timeout,RTO)。当应答时间超过 RTO 后,发送端即认为网络出现拥塞,则重传数据和降低拥塞窗口值(congestion window,cwnd),并重新进入慢启动阶段,这将加剧全网吞吐量的下降。

2. 高误码率与不稳定连接

卫星信道属于无线信道,受到卫星信道的高斯加性白噪声特性以及天气的影响,使得卫星网络具有比地面网络更高的信道误码率。同时,由于卫星的运动,导致卫星网络拓扑结构动态变化,这些因素都极有可能引起数据丢失的情况发生。当数据丢失时,传统的 TCP 协议却误认为网络拥塞是导致数据丢失的唯一原因,通常采用减少数据发送窗口值的方法来避免拥塞,这会导致数据发送速率的降低和卫星信道可用带宽的浪费,从而引起 TCP 协议传输效率的降低。

3. 不对称的链路带宽

由于成本等因素的限制,卫星链路带宽往往采用不对称的方式。在卫星链路中,下行链路(从卫星地面站到地面用户终端)的带宽通常大于上行链路(从地面用户终端到卫星地面站)的带宽。这种不对称的链路带宽,会对 TCP 协议带来一定的影响,如前向数据的突发性以及拥塞窗口增长变慢等。

7.3.4.2 卫星网络中典型的传输层方案

自卫星网络产生以来,如何改善 TCP 协议在卫星网络中的性能,一直是广泛关注和研究的热点问题。本节将简要介绍卫星网络中典型的 TCP 方案:

1. 基本 TCP 协议的改进方案

基本 TCP 协议的改进方案主要包括:扩大初始发送窗口方案、扩大最大 TCP 发送窗口方案及选择性确认(Selective Acknowledgment,SACK)方案等。

扩大初始发送窗口方法将初始的 cwnd 值从 1 个 TCP 数据段增加到 4 个 TCP 数据段,这可以降低慢启动算法所需要的最大窗口恢复时间,但该方法的不足之处在于其不能处理数据报文连续发送所导致的拥塞情况。为了改进拥塞避免和慢启动,采用了快速重启和快速恢复机制,这可以避免单纯利用超时重发引起的系统性能下降,但当拥塞解除后,会导致发送速率的线性增长,还有待设计更好的拥塞控制算法。扩大最大 TCP 发送窗口方法则将发送窗口从 16 位扩展到 30 位,这样最大发送窗口值就从 64 KB 扩展到了 1GB。在满足长延时需求的基础上,提高了网络吞吐量,但同样会发生窗口内包丢失的现象,而且要求路由器的缓冲器容量足够大。SACK 在一个应答信息中可以包含多组成功接收的数据段信息,发送端只需重发出错包,能够避免不必要的数据重传。

虽然上述基本改进方案具有协议改动小、实施方便的优点,但是,每个改进方案都只是针对一个问题进行修改,对 TCP 协议性能的改进非常有限。

2. 数据报文优先级方案

数据报文优先级方案的主要目标是提高 TCP 建立阶段的数据传输速率,并避免发生网络拥塞,该方案主要包括快启动(fast start)[14] 及其改进协议 TCP-Peach[15]。

快启动协议定义发送第一个数据至接收到数据应答的阶段为快启动阶段,并在该阶段采用最近一次 TCP 连接的发送窗口来传输数据。为了避免数据突发造成的网络拥塞,设置此阶段发送 IP 包的优先级为低优先级。低优先级数据报文在网络中具有最低的 QoS 保证,当网络发生拥塞时,它们也将最先被丢弃,此举有效保证了高优先级数据的可靠性传输。如果发送端在快启动阶段发送的数据出现丢失,则按照传统 TCP 协议启动慢启动策略。利用网络连接的历史纪录,估计当前网络的可用带宽,能够改善初期节点数据发送缓慢的情况。但是,当网络连接状态变化频繁时,容易导致估计失效。网络状态变化通常属于短时行为,这就要求前一次连接的结束时刻非常接近此次连接的开始时刻,这在一定程度上限制了协议的使用场合。

TCP-Peach 作为快启动的改进协议,设计策略主要包括:突发启动、拥塞避免、快速重传和快速修复等。首先通过发送低优先级的 dummy 数据段来探测网络中的可用带宽,dummy 数据段通常为上一个有效信息数据段的复制,在 2 个 RTT 时间之后实施突发启动策略,将 cwnd 从一个 TCP 数据段迅速增长到 cwnd。具体方法为:在发送完第一个数据段后且在第一个 RTT 时间周期内,等间隔发送 cwnd − 1 个 dummy 数据段;在第二个 RTT 开始后,每接收到一个 ACK 报文,发送端就将 cwnd 值增加 1,并发送一个新的 TCP 数据段,直至第二个 RTT 结束时,突发启动阶段结束。如果收到多个重复 ACK,TCP-Peach 即认为网络出现拥塞,并将 cwnd 值减半,立即进行快速重传,同时,将慢启动门限设置为减小后的窗口大小,拥塞控制窗口比慢启动门限大 3。当源端收到一个新的确认信息后,将 cwnd 大小设置为慢启动门限,并转入拥塞避免。在执行完快速重传策略之后,启动快速修复策略。在快速修复阶段,TCP-Peach 发送大量的 dummy 数据段,发送端每接收到一个 dummy

数据的应答,就表明网络有剩余可用带宽,从而增加 cwnd 值。利用 dummy 数据的发送,
TCP-Peach 协议能够在数据丢失后,迅速提高数据的发送速率。

但是,TCP-Peach 仍认为网络拥塞是造成数据丢失的唯一原因,且在拥塞解除后,其发
送速率往往呈线性增加。另外,dummy 数据段不带任何有用信息,会消耗卫星链路中的可
用带宽。所以,在卫星信道中还有待设计更好的拥塞控制算法。

3. 基于代理的方案

上述 TCP 改进方案虽然可以在某些方面提升协议的性能,但是,改进后的 TCP 协议存
在兼容性问题。基于代理的方案提供了一个解决上述问题的有效方法。代理一般设置于
卫星网络和地面网络的网关上,并根据卫星信道和网络特点设计专门的传输协议,从而将
解决 TCP 协议的兼容性问题。严格来说,在信关站采取的策略不属于 TCP 协议,但由于其
直接影响拥塞控制性能,所以一般将其归属于传输层研究范畴。

常用的代理方案一般包括两种:TCP 分段(TCP-splitting)和 TCP 欺骗(TCP-spoofing)。

(1) TCP 分段(TCP-Splitting)

TCP-Splitting 代理方案的核心思想是把一个端到端的 TCP 连接切分成多个 TCP 连接,
该方法既能充分利用卫星网络协议,又无须修改原有地面网络协议。TCP-Splitting 代理机
制一般在卫星地面接入网网关处配置实现,如图 7.16 所示。通过在网关处截取来自地面
源主机的 TCP 数据,并将其转换为适合卫星网络传输的数据格式,而在卫星链路的另一
边,再通过协议网关将数据重新转换为地面 TCP 数据格式。地面网关除了需配置连接地
面网络的 TCP 协议栈外,还需配置负责卫星链路传输的协议栈。另外,还要设计专门的管
理单元来完成两个协议栈之间的数据交互。

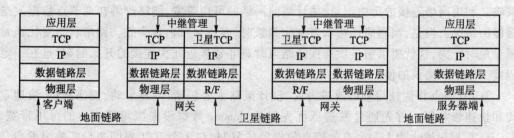

图 7.16 TCP-Splitting 代理方案结构图

TCP-Splitting 的优点主要包括:① 通过分割端到端的连接,有效分离地面网络的数据
传输与卫星链路的数据传输,可在卫星链路上采用最适合于卫星链路的协议,而在地面段
继续使用传统 TCP,既保持了对用户的完全透明又提供了更好的性能;② 地面 TCP 协议不
做任何修改,TCP 拥塞避免控制机制在地面段的连接中仍然有效,以保护 Internet 的稳定
性;③ 能够根据卫星信道和网络拓扑特点,设计专门的传输控制协议。

由于 TCP-Splitting 的优势非常明显,该机制得到了广泛应用。但是,TCP-Splitting 也存

在一定的不足,它拆分了端到端的 TCP 连接,另外,为了减少数据传输的延时,该机制还要求网关具有强大的处理能力和较大的缓存空间来保存未被确认的数据,这会增加系统实施的复杂度。

（2）TCP 欺骗（TCP-Spoofing）

TCP-Spoofing 的处理过程与 TCP-Splitting 类似,如图 7.17 所示。两者的区别在于 TCP-Spoofing 保持了 TCP 端到端连接的完整性,而 TCP-Splitting 则把一个 TCP 连接分割成多个独立的 TCP 连接。TCP-Spoofing 代理方案一般在数据链路层或 IP 层实现,且对源主机和目的主机透明。为了完成上述目的,TCP-Spoofing 一般要求地面网关具有欺骗器的功能,通过截取、缓存、确认来自源主机的数据,然后再将数据发送到目的主机。这样就可以依靠网关发送的欺骗 ACK 信息,代替从目的主机发送的实际 ACK 信息,从而消除 ACK 信息回传消耗的时间,节省了信道资源,提高了 TCP/IP 性能。但是,TCP-Spoofing 破坏了 TCP 端到端的可靠通信特性,有可能破坏数据的传输。

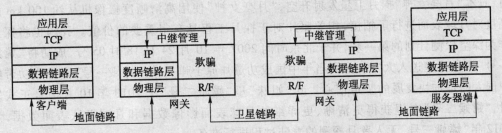

图 7.17 TCP-Spoofing 代理方案结构图

7.4 太空网络

随着空间通信技术的发展,人类将目光投向了外太空乃至更遥远的星系,探测范围从近地空间扩展至超远程空间（3 亿千米以上）,如对火星的探测等。对这些超远星体的研究将产生大量的科研数据,而如何安全可靠地传输这些科研数据,促使人类展开了对太空网络（InterPlaNetary Internet,IPN）[16] 的探索。目前,一些国际研究机构正着手开展对太空网络相关内容的研究。

本节介绍了太空网络的起源与发展前景,描述了太空网络的基本架构,并在此基础上,对太空网络中的物理层、数据链路层、网络层以及传输层面临的关键技术问题进行了系统阐述。希望通过本节的学习,使读者能够对太空网络的发展有着明确而清晰的认识。

7.4.1 太空网络概述

由于太空网络具有与传统网络不同的信道特征和组网方式,其协议的每一层都需要独特的研究方法和设计机制,太空网络的研究与开发将极大地推动深空探测（如火星开发)的进程。

7.4.1.1 起源与发展前景

对深空的探测与利用是人类长期以来的梦想,深空通信是深空探测的关键性技术,深空通信就是指地球与月球以及其他位于深空空间的星体(如月球以及火、木、金等行星)之间的通信。在这些天体中,月球离地 38 万千米,是距离地球最近的天体,其他星体大都处于距地 200 万千米以外的空间。超远距离的深空环境使得深空通信与传统的卫星通信差别较大,而且难度更高。

1959 年 1 月 2 日,前苏联发射的月球 1 号飞掠月球,是人类太空探测计划取得的第一个成果。1959 年 9 月,前苏联发射的月球 2 号成为到达月球的第一位"使者"。1969 年,美国人尼尔·阿姆斯特朗乘坐阿波罗 11 号成为踏足月球的第一人。2003 年 9 月,欧洲第一个月球探测器"智能 1 号"在完成观测使命后,于 2006 年 9 月成功撞击月球。2007 年 9 月,日本"月亮女神"探月卫星发射升空,"月亮女神"使用高清晰度摄像机从约 100 km 的高度对月球表面进行了拍摄,相关照片对于探月工程具有很重要的价值。我国也将探月作为深空探测计划的第一步,并于北京时间 2007 年 10 月 24 日 18 时 05 分,成功将"嫦娥一号"探月卫星送入太空。如同当年中国成功爆炸原子弹一样,"嫦娥一号"奔月成功带给中国人的是加快发展的坚定信心。其"姐妹"星"嫦娥二号"于 2010 年 10 月 1 号正式发射,"嫦娥二号"有望获得更清晰、更详细的月球表面影像数据和月球极区表面数据,为 2012 年"嫦娥三号"无人登月探测的着陆过程进行准备。

世界各国在积极开展探月计划的同时,也开展了对木星、火星、金星、水星、土星、天王星和海王星等行星的探测工作。1997 年 10 月美国与欧空局首次向相距约为 15 亿千米的土星发射"卡西尼—惠更斯"号土星探测器,惠更斯探测器于 2005 年 1 月 14 日在土卫六降落,1 月 15 日向地球传回约 300 幅有关土卫六星貌的清晰图像,其图像尺寸为 1024 × 1024,分辨率为 40 m。从构建未来深空网络基础设施考虑,美国宇航局提出了基于三步走的火星探测策略:即 2001 年—2010 年的短期发展策略、2010 年—2020 年的中期发展策略以及 2020 年以后的长期发展策略。2003 年美国相继向火星发射"勇气号"和"机遇号"探测器,并分别于 2004 年 1 月 4 日和 25 日到达火星,已经向地球传送回了清晰度很高的图像。

美国航天局在深空网络的研究方面已经积累了丰富的经验,这为加快构造太空网络提供了有力支持。随着火星二期与三期计划的相继实施,将有效推动太空网络的研发进展。但是,由于太空网络独有的特征,如电源、质量、体积、通信硬件的成本约束和协议设计难点,部署和发射的高成本问题以及向后兼容的需求等,现阶段太空网络的实现还面临着巨大的挑战。但可以肯定的是,太空网络将为以下应用提供巨大支撑:

1. 时间不敏感的科研数据传输

该类应用的主要目标是利用太空网络实现星际实体之间的数据传输,并在行星和卫星中收集大量的科学数据,以提高数据传输的可靠性。

2. 时间敏感的科研数据传输

该类应用能够提供基于当时环境的大量音频和视频信息,以实时控制机器人或用于对宇航员的准确定位等。

3. 星体状态遥感

对所有实施太空监控任务的飞船、航天器或降落车辆等星体状态进行监控,并定期或按照事件驱动的方式将状态信息传送到中心控制平台。

4. 命令和控制任务

太空网络的另一个重要应用即为有效控制所有的网络实体。例如,通过闭环控制方式对与远程节点的通信过程进行控制、通过地面节点控制火星探测器在火星表面的着陆情况等。

7.4.1.2 网络架构

为了使得太空网络能够在不久的将来支持科研和商业应用,参考现有地面互联网的架构,美国航天局提出一种通用的空间网络基础设施部署模型,该部署模型主要包括:太空骨干网络、行星网络、太空互联外在网络,如图 7.18 所示。

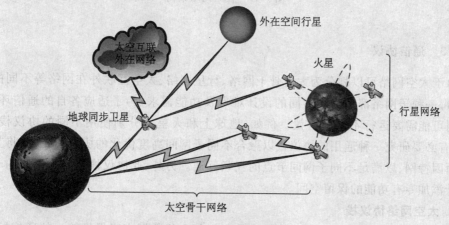

图 7.18　太空网络架构

太空骨干网络一般由卫星、行星表面节点组成。该网络提供了地面站、外太空行星、月球、人造卫星以及行星轨道上的固定中转站之间的基本通信设施,能够为太空网络中远距离节点提供单跳及多跳的数据链路层服务。

太空互联外在网络主要包括行星间的飞船、传感器节点及空间站等。

行星网络提供了围绕行星运动的卫星与其他表面飞行器之间的通信交互,支持任何外太空行星之间的交互合作。行星网络主要包括表面子网络和卫星子网络,其组网方式如图 7.19 所示。行星表面子网络支持行星表面高能量节点之间的通信连接,部分高能量节点具有与卫星直接通信的能力,它们可以在行星表面形成一种比较稳定的无线骨干网。不能与卫星直接通信的节点通常被组织成簇,按照自组织方式进行组网,并通过高能量节点与卫星节点间接相连[17]。

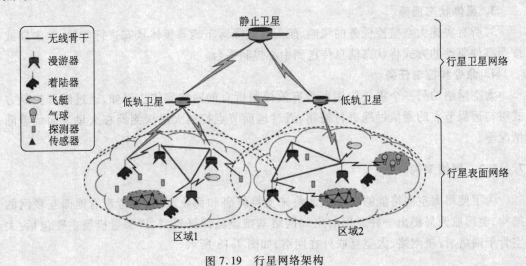

图 7.19　行星网络架构

7.4.1.3　通信协议

由于太空网络可以划分为太空骨干网络、行星网络、太空互联外在网络等不同的子网络,而每一种子网络都面临着不同的设计难点及功能需求,为了适应各自的通信环境,各个子网可能需要运行不同的协议。例如,地球上和火星上分别使用不同的协议栈体系。因此,有必要研究一种通用的协议栈以融合不同子网间高度优化的协议单元,并将其延伸至地面因特网,以满足不同子网间节点的互联互通。另外,此协议栈也要为不同的子网环境设计添加专有功能的保留空间。

1. 太空网络协议栈

为了对航天器内部、航天器之间及空地之间复杂的数据交互提供统一的通信标准,国际太空数据系统咨询委员会(Consultative Committee for Space Data Systems,CCSDS)于 1982年对此展开研究,并相继发表了一系列的空间数据系统协议规范与标准,目前已经形成了能满足天地一体化通信需求的完整通信协议规范。与国际电信联盟类似,CCSDS 协议规范的制定同样需要经过严格的程序审议。CCSDS 的建议和报告主要包括八类:遥测系统、遥控系统、辅助数据、射频与调制系统、跟踪与导航系统、信息获取与交换系统、高级在轨系统、交互支持业务和结构。与标准的 OSI 模型相似,CCSDS 协议的层次模型可以分为:空间无线频率调制层、空间信道编码层、空间链路层、空间网络层、空间端到端安全层、端到端可靠管理层、空间文件传输层以及空间应用层。其中,空间无线频率调制层与地面网络物理层对应,而空间信道编码层、空间链路层则与地面链路层对应,空间网络层和空间端到端安全层分别对应着地面网络的网络层及 IP sec 层,端到端可靠管理层对应着地面网络的传输层,而空间文件传输层以及空间应用层对应地面网络的应用层。由于空间通信环境的差异性,各协议层可以根据特定任务的处理要求采用不同的协议,而把 CCSDS 协议看成一个混合的、匹配的工具包,从这个工具包中选出合适的协议进行组合应用。CCSDS空间通信协议模型如图 7.20 所示。

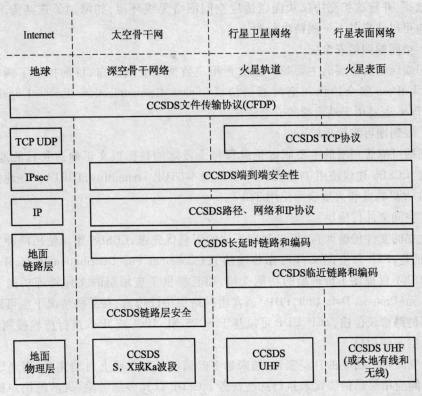

图 7.20 CCSDS 空间通信协议模型

（1）空间无线频率调制层

在特定频率上使用有效的调制方法是飞船之间建立通信的重要保证。在太空网络中,不同子网通常需要选择不同的频率及调制方法,例如,地球可能使用有线网络,太空骨干网需要使用 CCSDS 建议的 X 波段或者 Ka 波段,火星轨道及火星表面则需要使用另外的物理层调制技术。CCSDS 提出了空间通信使用通信信道及调制方法的建议标准[18]。

（2）空间信道编码层

信道编码是保证数据在噪声信道中进行可靠传输的重要条件。由于具有不同的噪声等级,远程行星（如火星轨道及火星表面上）与地球上使用的信道编码方法完全不同。

（3）空间链路层

空间链路层协议为太空网络提供数据差错控制能力。由于深空网络的长延时链路环境，因此，需要设计一种与地面站不同的链路层处理技术。

（4）空间网络层

空间网络层为数据报文提供了一种面向路径的连接方式。空间通信网络控制协议（Space Communications Protocol Standards-Network Protocol，SCPS-NP）。通过减少协议头来提高位效率，并修改扩充协议功能以适应空间网络无线环境，如增加了选路需求字段，以使数据包可以选择其下一跳路由行为。

（5）空间端到端安全层

空间端到端安全层的主要职责是防止用户数据流受到攻击，目前提供了两种保护方法，分别为 IPsec 安全协议和空间通信协议（Space Communications Protocol Specification，SCPS），IPsec 主要用于地面端的安全防护。

（6）端到端可靠管理层

端到端可靠管理层的主要职责是确保每个段落的数据报文正确达到目的地，针对低延时通信，CCSDS 建议使用 TCP 及 TCP 扩展版本（TCP Tranquility，TCPT）。在地面上使用 TCP，而在火星轨道和火星表面使用 TCPT。

（7）空间文件传输层

对独立的文件传输而言，可以制定不同的下载优先级，CCSDS 建议使用两种文件传输版本，分别是：FTP 和空间文件可靠传输协议（Coherent File Distribution Protocol，CFDP）。其中，CFDP 不仅提供了传输层的功能支持，而且提供了应用层的文件管理功能支持。协议数据单元（Protocol Data Unit，PDU）通常由网络层协议传输，在某些情况下也可以直接由空间数据链路协议传输，TCP、UDP 可以基于 SCPS-NP、IPv4 或 IPv6 进行传输控制。

（8）空间应用层

随着空间网络功能的日益完善，越来越多的通信任务在星上自动完成，需要设计一个统一的空间应用层通信协议来执行这些任务。CFDP 以其多跳传输、灵活的用户操作性和动态路由选择等方面的优势，已被应用于火星探测计划，具有一定的推广价值。

2. 容迟网络协议栈

由于太空网络具有连接不稳定、时延较长等特性，因而，可将其看做是一种特殊的容迟/容断网络。目前，容迟网络研究小组（Delay-Tolerant Networking Research Group，DTNRG）提出了一种带有中间转换层控制的容迟网络协议栈[19]。中间转换层位于应用层和底层之间，通过一种类似于 E-mail 通信的存储转发机制解决了连接的不稳定性、长且可变的延时特性、速率不对称性以及高误码率特性，并通过向下一跳节点发送一束带有错误控制的信息分片，进一步提升了数据传输的正确概率。中间转换层的引入使得上层应用单元和下层协议单元之间变得透明，从而可以在不同类型的子网中使用不同的协议栈单元，能够实现不同协议间空间实体的互联互通，如图 7.21 所示。

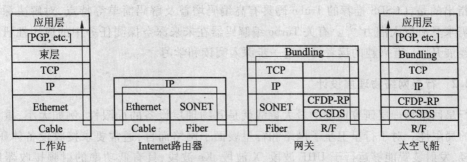

图 7.21 基于中间转换层的协议应用

在太空网络中引入中间转换层,有利于不同类型子网中协议的跨层优化,但是开发各个新协议栈的底层单元同样存在挑战,例如物理层、数据链路层、网络层及传输层的设计等,实现中间转换层的全部功能还有待进一步深入研究。

7.4.2 太空网络物理层技术

物理层的主要任务是频率选择、载波频率产生、信号检测、调制以及数据加密。目前,太空网络中大多数的挑战都是来自物理层的。

7.4.2.1 太空骨干网物理层设计

无线通信系统在传播过程中会不断损失能量,这会导致重要的信号功率在远距离的深空通信中衰减。为了使获取符号的信噪比 SNR 达到所需的指标,在超远距离的深空通信中需要使用专门的物理层解决方法。

使用大功率放大器是增加辐射信号功率的可行方法。例如,行波管(Travelling-Wave Tube,TWT)能够产生高达几千瓦的输出功率,然而,这却是以扩大天线尺寸和增加成本为代价的,还将影响到深空节点的能耗问题[20]。美国航天局在深空网络中所部署的深空通信站的天线直径长达 70 m,工作在 S-波段(2 GHz)和 X-波段(8 GHz),用于航天器的遥测、跟踪和指挥。

深空网络中的通信基础设施将在太空网络中扮演重要角色,为了实现太空骨干网的高速传输,必须设计新的物理层技术。运行于 Ka 波段(32 GHz)的大口径天线将在 X 波段的基础上,进一步提高数据传输速率[21,22]。值得一提的是,用于土星探测的 Cassini 太空船中,已经投入使用了 20 W、32 GHz 的 TWT 放大器[23]。受高速传输、质量体积以及功率等方面的需求,光纤通信技术也有望应用于太空骨干网络中[24],但是当前技术水平尚未成熟,有关该领域的研究还面临着极大的挑战。

CCSDS 介绍了应用在射频主干技术顶端的、不同空间任务的载频选择和射频配置方法,对于 CCSDS 所推荐的几种信道编码方案,科研工作者已经展开了相关研究[18]。特别需要指出的是,CCSDS 推荐的 Trubo 码具有高编码增益及解码简单等特点,对解决深空信道的需求具有巨大潜力[25]。有关 Turbo 编解码器在未来深空探测任务中的应用性研究工作已经展开[26],有兴趣的读者可以进一步深入阅读和学习。

7.4.2.2　行星网络物理层设计

行星网络物理层研究面临的最大挑战就是其物理层设备的局限性,例如大小、重量和功率的局限性。对于行星卫星子网络和行星表面子网络而言,通常要求接收设备体积小、重量轻、发射装置能够运行于 UHF 波段、X 波段、Ka 波段,具有低功率的射频接收器以及满足节点间红外通信的需求等。因此,需要研究和开发新型的无线收发装置,以满足行星网络节点的通信需求。

7.4.2.3　太空网络物理层面临的技术挑战

太空网络物理层的设计同现有各种网络的设计大不相同,因而面临着各种新的挑战。主要涉及低功耗网络收发器的设计、行星表面网络节点的调制方案等一系列问题。现总结如下:

1. 信号功率的衰减性处理机制

由于太空骨干网中链路的长延时特性,必须综合考虑天线及功放装置的体积、质量、成本收益等因素,以使发射损耗的影响达到最小。

2. 信道编码问题

需要研究一种高效强大的信道编码方案,以便在具有较长连接滞后的长延时链路中实现可靠高速传输。

3. 光纤通信问题

可以考虑在太空骨干网中采用光纤通信技术,主要因为光纤通信能够提供更高的数据传输速率,并能够减少设备的体积、质量和功率。

4. 硬件设计问题

需要在行星网络中设计低功率、低消耗的收发器,以减少能量的消耗。

5. 调制方案

针对行星表面网络的节点,需要开发简单的、低功耗的调制方案。

7.4.3　太空网络数据链路层协议

太空网络数据链路层负责数据流复用、数据帧检测、媒质接入控制及差错控制等。

7.4.3.1　MAC 协议

对太空网络的 MAC 协议研究包括太空骨干网 MAC 协议和行星网络 MAC 协议:

1. 太空骨干网 MAC 协议

针对深空通信中的链路层特点,CCSDS 提出了报文遥控协议和标准[27,28]。报文遥控协议融合了 MAC 层功能和虚拟信道技术,以逐帧方式为多个源节点虚拟指派独占信道资源的时间,使得决策者能够隔离具有不同特征的通信信道。例如,可以使用不同的虚拟信道分别传输时延敏感的多媒体数据和非时延敏感的数据。

美国宇航局领导的项目组 OMNI(Operating Missions as a Node on the Internet)在美国戈达德太空飞行中心展示了未来空间通信的端到端通信架构,该架构选择高级数据链路控制协议(High-Level Data Link Control,HDLC)作为星地之间的链路层协议。HDLC 协议已经在现有通信设备上使用多年,并为很多串行链路协议如同步数据链路控制协议(Synchronous Data Link Control,SDLC)、帧中继、X.25 等提供了基本的成帧方式。

但是,由于太空骨干网中所具有的长延时、拓扑的动态变化及能量限制等特征,只通过简单地移植 HDLC,恐怕很难为太空骨干网链路层的可靠传输提供有效支持,亟需对此展开深入研究。

2. 行星网络 MAC 协议

太空骨干网所面临的挑战同样存在于行星网络中,二者在具体指标上略有不同。例如,两种网络均受到长延时链路的影响,但太空骨干网络的延时更大,另外,能量因素对行星网络而言显得更为重要等。针对建设大型行星网络的需求,还需要考虑其节点密集部署、链路媒体介质的高度共享等问题。

针对短延时链路特点的临近空间网络,CCSDS 提出了一种临近空间链路层协议 P1(Proximity-1)[28],该协议采用固定块及可变的报文长度,能够支持短距离、双向、移动链路环境下的数据通信,并能够支持尽力而为的服务并提高通信的可靠性,适合作为探测器、漫游器、星座或者星座中继之间的通信协议。P1 协议包括 5 个子层,分别为编码和同步子层、帧子层、MAC 子层、数据服务子层及输入、输出子层。MAC 子层是该协议的核心部分,负责建立和终止每个通信会话,并在业务发生变化时对物理层进行配置,以提供数据服务。某些服务的实施需要在发送方和接收方之间进行握手协商,由于可能存在协商报文丢失的情况,MAC 子层还提供了一个持续的监听进程以确保报文正确接收。当将 P1 协议应用于行星网络中时,P1 协议能够利用其双向链路层进行通信的特点,完成行星表面飞行器节点与行星中继飞船节点之间的通信。虽然该协议规范了多个飞行器对媒体介质的访问管理,但涉及的相关问题及其在行星网络中的实现方式等还需要进一步研究。

综上,针对行星网络的特点,现有的 MAC 协议还有很多功能尚未实现。虽然可以考虑对卫星网络、移动自组织网络和无线传感器网络的 MAC 协议进行改进,将其应用于行星网络中;但是,对于异构行星网络环境,设计统一的、高效的、自适应的 MAC 协议是亟待解决的关键问题。

7.4.3.2　差错控制技术

差错控制是数据链路层的一个重要功能,典型的差错控制技术包括两种:ARQ 技术和前向纠错(FEC)技术。ARQ 技术是基于对丢失数据重传而实现的,FEC 技术则通过在传输报文时发送冗余的纠错码,并通过纠错码在接收方对传输错误字节进行恢复。FEC 技术不需要重新传送丢失数据,节省了网络传输时间,但会导致网络传输开销的增加。

1. 太空骨干网络的差错控制技术

在深空网络环境中,通常假设空间链路为加性高斯白噪声信道。为了保证数据的可靠传输,要求空间链路运行在合理的低误码率条件下。为此,在美国航天局的任务书中,明确要求包括地球轨道及深空网络环境中的 RF 系统,在经过物理层编码后,提供不超过 10^{-5} 次的误码率。为了实现该目标,除了需要提供可靠通信的传输层协议以外,数据链路层及其差错控制机制同样对系统的性能起着重要作用。

深空网络中的长延时链路环境及节点能量受限等特点使其链路差错控制机制中不宜使用 ARQ 技术,FEC 几乎成为唯一的可行选择。但由于太空骨干网络的长距离传输造成信号大量衰减,有必要设计一种功能强大、低速率、解码简单的纠错机制。

虽然已经提出了一些针对卫星和无线通信系统的前向纠错机制[29,30],但它们均假设卫星和地面链路中服从莱斯衰落特性,这并不符合深空网络的信道特点。此外,太空网络是一种长延时通信环境,因此,上述算法的有效性还有待进一步评估。

CCSDS 遥测标准的深空网络任务书中提出了基于具体空间任务与需求的前向纠错机制,并给出了遥测信道编码建议[31]。对于高斯信道,建议使用基于 1/2 速率的卷积码。在空间带宽受限的条件下,建议使用收缩卷积码来代替基本卷积码。如果需要更大的编码增益,则建议使用级联码和 Turbo 码等。建议中的部分纠错机制已经被很多深空探测任务所采用,一种典型的编码机制如图 7.22 所示。

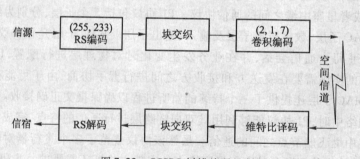

图 7.22　CCSDS 纠错编码机制

为了实现链路层的可靠传输,CCSDS 在包遥感机制中定义了基于重传 n 帧的传输协议[32],但是该协议主要适用于短距离通信链路。针对空间链路的特点,CCSDS 提出了基于 ARQ 技术的空间链路协议 SLAP,SLAP 包含虚拟信道控制子层和虚拟信道访问子层,执行虚拟链路层协议以建立虚拟信道。由于 ARQ 机制并不适合太空骨干网络环境,因此,在 SLAP 的虚拟信道中采用了一种基于级联码的前向纠错机制。另外,由于 HDLC 本身不能提供可靠传输的功能,OMNI 项目[33]中采用了卷积码和级联码相结合的纠错机制。

虽然针对无线链路的前向纠错问题已经提出了较多的差错控制方案,但将其应用于太空骨干网环境中时,还有待进一步深入研究。

2. 行星网络的差错控制技术

由于行星网络中的异构体系结构,简单的差错控制机制并不能满足系统的需求,因此,对于行星网络而言,应将自适应性引入差错控制设计中,以降低设计、实施以及处理的难度。在低延时的链路环境中,ARQ 是一种可选的差错控制机制,但是,当处于高误码率环境时,数据重传会导致通信效率降低。此外,针对具有能量限制的远程通信节点,如传感器、着陆器等,还需要设计特定的差错控制机制。

由于行星表面子网络具有与移动自组织网络和无线传感器网络类似的特点,可以将用于解决无线传感器网络 FEC 低效率问题的维特比译码器[34]借鉴到行星网络中来。采用基于 ARQ 和具有简单译码特性的 FEC 混合的差错控制机制,是解决行星链路环境高误码率的有效途径。

7.4.3.3 太空网络数据链路层面临的技术挑战

虽然 CCSDS 在 OMNI 项目中已经为设计和实现链路层协议积累了部分经验,但是若要制定适合于太空网络环境的最佳链路层解决方案还有一段很长的距离,太空网络的探索还需要不断深入。太空网络数据链路层面临的技术挑战主要包括以下几点:

1. 适应于太空骨干网的 MAC 协议

需要针对太空骨干网中长延时、高误码率特性的链路环境,设计同时满足可靠业务及多媒体业务传输需求的、新的 MAC 协议。

2. 适应于行星网络的 MAC 协议

行星网络的 MAC 协议除了需要满足可靠业务及多媒体业务传输的需求外,还需要具备自适应性,以满足行星网络中各个异构子网的需求。如何使设计的 MAC 协议满足全网无缝的通信需求,是后续研究的重点问题。

3. 差错控制机制

在太空网络中,差错控制技术对整个网络的性能具有重要作用,因此,需要考虑节点能量及运算能力的约束等,设计一种能够适合空间通信特点的最优纠错机制。

4. 跨层优化机制

跨层优化方案的制定是整个太空网络设计中的难点问题。对数据链路层而言,应该融合考虑 MAC 协议、差错控制机制和物理层之间的相互影响。例如,为了寻找满足太空网络传输的最佳数据报文长度,链路层设计中除了需要尽可能减少包头长度,还要协同考虑物理层信息与链路特征,从而使整个链路层性能达到最优。

7.4.4 太空网络网络层协议

在太空网络中,端到端数据通信除了需要确认各个通信端点以外,还需要为数据传输选择正确合理的路径,即路由。一种可行的方法是对现有自组织网络和无线传感器网络的路由协议进行修改,但太空网络的独有特点为路由协议的设计带来了新的挑战。

7.4.4.1　命名和寻址机制

为了给整个太空网络提供一种基于 IP 的互操作性,需要寻找一种通用的命名机制,以定位太空网络中的各个实体。命名和寻址有助于融合各个不同子网部分的网络个体,减少整个系统的运营及维护成本。在现有太空网络中,命名机制使得用户更容易区分节点,寻址主要为网络路由协议服务,而命名和地址的对应转换由 DNS 服务器提供。

通过引入地址解析服务能够提高 IP 转发的效率,当把 DNS 服务应用于太空网络的长延时链路环境时,可以使用如下方法进行地址解析。

1. 直接询问位于地面的 DNS 服务器

该方法可能需要一个往返时间 RTT 的延时,在实时数据通信过程中,该延时会大大影响通信的性能。

2. 维护本地二级 DNS 服务器

在某些情况下,需要在二级 DNS 服务器和一级 DNS 服务器之间进行同步,以保证二级域名服务器中数据的有效性。

3. 通过静止的本地名字和地址间的对应关系解析

这种方法由于缺乏可扩展性,因此,不能满足系统不断发展的需求。

由于太空网络的延时特性,较好的解决方案是在中间节点进行地址解析,可以考虑采用一种适于延时网络的分层域名和地址解析机制[35]。定义通信实体的域名二元组为{region ID,entitiy ID},region ID 定义了实体归属域的单元部分,该归属域被太空网络中其他域所熟悉;entitiy ID 定义了实体在该域中的名字,此名字不为外界域所知。这使得在进行名称解析时,首先要对归属域进行解析,而名字解析在后期域内解析中进行,用于确定region ID 中的 entitiy ID 节点,这能避免全网进行地址解析的复杂性,也减轻了相关数据库的同步问题,并保留了各个域的自主性。图 7.23 展示了太空网络中使用二元组解析的一个简单例子,它由 3 个不同的区域相互联系,源节点位于地面网络中,目的节点位于火星网络中,它们与骨干网的网关分别为 GW1 和 GW2。作为太空网络中一种有效的地址解析服务方式,上述分层的名称和地址解析可以在不影响已有节点的前提下,在网络中添加新的名称和地址解析系统,增强了网络的可扩展性。

设计寻址空间时需要太空网络的寻址机制与现有的 IP 技术良好兼容。因此,可以利用 IP 地址空间来识别空间网络目标实体。当前主流的 IP 技术为 IPv4 和 IPv6,IPv6 作为IPv4 的取代技术,增加了路由和网络自动配置等技术,能够有效解决 IPv4 的地址枯竭问题,具有良好的发展前景。但由于 IPv6 并不具备向后兼容性,所以太空网络需要采用 IPv4和 IPv6 协议共存的机制。

IP 地址通常可以反映网络的拓扑结构,但是对于某些特定的分布式应用系统,如在无线传感器网络中,IP 地址通常与某种具体应用相结合,此时 IP 地址更多地反映了节点的

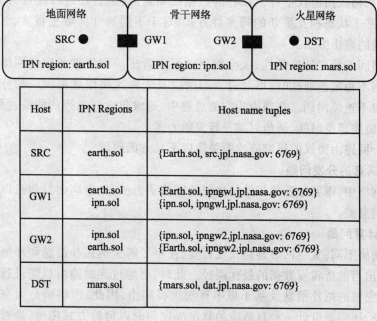

Host	IPN Regions	Host name tuples
SRC	earth.sol	{Earth.sol, src.jpl.nasa.gov: 6769}
GW1	earth.sol ipn.sol	{Earth.sol, ipngwl.jpl.nasa.gov: 6769} {ipn.sol, ipngwl.jpl.nasa.gov: 6769}
GW2	ipn.sol earth.sol	{ipn.sol, ipngw2.jpl.nasa.gov: 6769} {Earth.sol, ipngw2.jpl.nasa.gov: 6769}
DST	mars.sol	{mars.sol, dat.jpl.nasa.gov: 6769}

图 7.23 太空网络中地址解析过程

位置或其应用类型等。为了加强太空网络的互操作性,提供不同子网之间的有效交互,需要设计一种能反映拓扑处理和应用相结合的命名机制。

在太空网络中,可能会出现一个节点穿越多个不同子网的现象。一种可行的解决方案是采用移动 IP 技术中的移动代理机制,允许主机使用多个 IP 地址并支持其在多个子网间进行无缝漫游。如果航天器等含有支持 IP 编址的技术器件,还可以使用移动路由器技术来支持其在太空网络中的漫游。美国宇航局已经将移动 IP 和移动路由器技术应用于近行星观测以及航天遥感项目中。但将上述技术应用于太空骨干网络高延时链路环境时,还需要进一步研究移动节点在不同子网间的穿越问题,以实现高效率路由。

总之,为了支持太空网络中端到端的相互通信,寻址机制需要达到以下预期功能:定位分级太空网络中的每一个元素,支持移动节点在不同子网间的高效路由;提供太空网络不断扩大的能力;提供动态分配地址的能力,即从失效节点上进行地址回收,并为新入网节点分配地址。

7.4.4.2 太空骨干网路由技术

为了解决太空骨干网中长且可变延时链路、不稳定连通性等对路由协议的影响,CCSDS 提出了一种空间网络层通信协议 SCPS-NP[36],SCPS-NP 针对各种任务提供了多种选择方案。例如,为了减少传输开销,SCPS-NP 协议采用一种可扩展的、位有效的包头构造技术,其包头格式由协议中各个独特的数据段确定;路由表还可以配置为静态的、基于中心节点的、基于状态相互更新的等多种方式;对于不同属性的数据报文,SCPS-NP还提供了一种可选的路由方法。

由于链路间不稳定的连通性,太空网络还可以看成一种特殊的容迟网络。在处理骨干网络链路间不稳定连通性时,可通过为当前以及未来连接信息提供一种分层的路由机制以解决路由不连续问题。在路由建立的过程中,通常包含一系列的协商过程,具体协商的内容包括:链路维持时间、通信对端及转发能力等。

太空骨干网路由协议的研究应主要关注以下几方面问题:

1. 拓扑消息的分发问题

在太空网络中,需要分发的拓扑信息包括链路状态信息、距离向量信息以及节点运动轨迹和速度信息等。

2. 路径计算问题

与地面网络不同,太空网络链路长度可变,在不了解全网拓扑信息和环境等影响因素时,很难计算出当前待转发数据的最优路径。此时,可通过逐跳路由机制进行启发式路由计算,根据不完整的拓扑信息及基于概率算法选择路由,因此,能够满足太空骨干网的路由需求。另外,还需要设计一种自适应的算法决定何时以何种方式传输,是否需要保存数据报文的本地备份等。当数据到达不同类型网络时,路由协议应该能够根据局部环境进行自适应调整,并最终将数据报文发送至目的地。

3. 与传输层协议的交互问题

与边界网关协议 BGP 需要将网络中各个不同的子系统组合在一起,位于太空骨干网中的路由协议也需要将行星网络、太空互联外在网络等组合在一起。但是,由于 BGP 协议位于 TCP 协议之上,而 TCP 协议并不适合应用于太空网络环境,因此,有必要与传输层协议进行跨层考虑,从而提高网络的整体性能。

7.4.4.3 行星网络路由技术

为了获得较好的路由性能,行星间路由协议的设计同样是网络层设计的重点。行星网络的特点为设计高效的路由协议带来挑战,这些特点包括:

1. 能量有限

在太空网络中,空间实体的能源在很大程度上依赖于太阳能电池供给,由于行星自身的运动,存在较长时间没有日照的情况,可能导致空间实体短暂或较长时间失效,如何高效利用能源是行星表面网络中需要重点考虑的因素之一。

2. 频繁的网络分区

由于流星雨、沙尘暴、高电磁辐射等环境影响,网络分区的切换较为频繁。

3. 异构网络中自适应路由机制的需求

由于行星网络包含了固定节点(着陆器)、周期性运动节点(卫星)、慢速运动节点(气球)、快速节点(飞船)及低功耗传感器节点集群等,需要自适应路由算法完成这些元素间的无缝切换。

　　由于现有移动自组织网络和无线传感器网络同样面临着能量及拓扑变化频繁等问题,这些领域的研究工作将为行星网络的路由协议设计提供参考,其中某些算法可以被直接应用于行星网络。但是,还需要着重考虑太空网络中的频谱分区、节点能量耗尽等问题,这些因素将直接影响算法性能。

　　针对网络传输中的频谱分区等问题,基于流言的路由协议[37]以搬运方式在互补相连的分区中进行数据传输,搬运节点会与其碰面的所有节点自动进行数据交互,从而保证全网的数据交互。图 7.24 展示了上述协议的操作过程,搬运节点 C1 ~ C3 以一种间歇性的方式完成与其目的地之间的数据传输。还可以参考移动传感器网络中的一种架构模型[38],网络中有一部分节点是运动节点,为了与网络中的传感器节点和汇聚节点进行区别,在运动节点上添加了中间件层,该中间件层类似于移动代理,具有较大的缓存能力及能量,它们从固定传感器节点上获取感知消息,并采用存储转发的方式将其发送至汇聚节点。经过改进后,上述算法均可用于解决太空网络中的节点分区不连续问题。

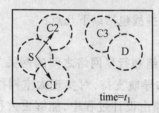 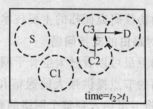

图 7.24　基于流言的路由协议

　　执行空间探索任务时,星体需要穿越不同区域,每一个行星表面网络将被分成若干物理上互不相连的子网。一种可能的解决方法是通过卫星完成各个子网的连接,这就要求将卫星纳入到行星网络体系结构中,协助完成与行星表面节点的通信及配置过程。另一方面,在远程行星表面进行设备着陆的高成本也促使设计者在其轨道上部署尽可能多的中转节点[39]。在地面控制中心与卫星网络通信协议的研究中,某些协议考虑了与卫星互联时的路由问题[40,41],还有一些协议则将卫星网络路由和地面网关进行协同考虑[42,43],并且认为地面网关具有固定的位置,能够直接与卫星进行通信。

　　针对现有地面控制中心和外太空行星之间通信的长延时特点,需要提供一种合作协商及自治控制机制,以对当前状况做出及时响应,尽可能减少复杂可变环境带来的负面影响。传感器万维网项目中提出了一种多传感器节点之间协作和信息共享的机制[44],通过内部沟通、局部分布式共享等机制实现了对整个环境的有效监控。针对火星探测的传感器网络架构如图 7.25 所示[45]。图 7.25 中立方体是第一层架构,这些立方体形成整个网络的 Web 结构,单个节点并不一定与特定的立方体相连,而立方体节点则可以与火星表面元素,如着陆器、漫游器等进行直接通信,并完成火星表面和卫星的连接。可以预见,该网络架构模型将在行星网络中发挥重要作用。

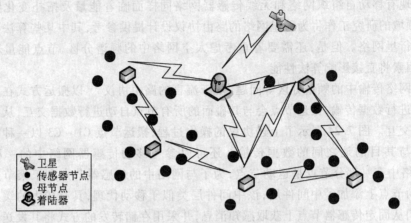

卫星
传感器节点
母节点
着陆器

图 7.25　火星探测中传感器网络架构

行星网络路由协议研究面临的主要技术挑战包括以下几点:

1. 卫星节点对路由的支持问题

行星轨道上的卫星可以看做太空骨干网络和行星网络之间的网关节点。这些卫星节点能够对行星表面的节点提供强大的通信和导航支持,对实现太空网络端到端通信具有重要作用。同时,将卫星纳入到整个网络的路由设计过程中,能够更大程度地增加网络的连通性。例如,卫星可以控制行星表面的网络节点移动至更好的位置,以获得更有效的网络连通。

2. 拓扑结构维护和重配置问题

网络的频繁分区,需要路由协议能够提供网络重构功能以重建网络拓扑。有效的重构机制有助于延长网络生存时间、提高全网吞吐量并减少通信消耗。由于太空网络所具有的长延时特性,需要基于本地方式实现网络重构机制,并通过拓扑更新、能量调整及自适应分簇机制等手段来改善网络性能。

3. 能量效率问题

能量效率在太空网络的发展过程中具有重要作用,因此,路由算法的设计需要着重考虑能量有效性的特点。在具体设计过程中,除了采用重构机制减少拓扑建立及维护过程中能量的消耗外,还可以令行星表面节点在没有工作任务时处于休眠状态以减少资源浪费。

4. 跨层交互问题

设计一种适应于整个太空网络的、端到端的、自适应的路由协议具有极大的挑战性。由于网络环境的特点,不同层次的协议可能需要使用相同的信息,如位置、能源参数等,因此,有必要将路由协议纳入到整个网络的协议决策过程中来,跨层设计有助于提升网络性能。

7.4.5　太空网络传输层协议

传输层协议对于太空网络中科研数据的可靠传输及多媒体信息的实时发送等具有重要作用。太空骨干网的独有特征是影响数据可靠传输的主要因素,这些特征包括:

1. 极长的链路传输延时

深空通信链路具有极长的数据传输延时,地球与火星通信中端到端的往返延时范围为 8.5～40 min,而与木星之间的往返延时则增加至 81.6～133.3 min。

2. 高误码率

在太空骨干网中,链路误码率通常接近于 10^{-1}。

3. 链路的不稳定性

由于小行星及飞船等造成的干扰、行星的周期运动等特性,通常会导致链路周期性中断。

4. 带宽的不对称性

在典型的空间应用中,带宽的前向和反向使用率通常在 1000:1 之上。

已有的应用于地面、卫星、无线网络的传输协议在经过适当修改后,能够应用于太空互联外在网络和行星网络,但是,这些协议都不能满足太空骨干网络的需求,需要针对太空骨干网络设计专门的传输协议。

7.4.5.1　太空骨干网数据可靠性传输

由于 TCP 协议使用基于窗口机制的慢启动算法及拥塞控制机制,使得现有的数据传输协议不适合深空通信环境,尤其不适合深空网络中的长延时链路环境。研究表明,在 Wss = 20 且往返延时 RTT = 20 min 的链路环境中,慢启动算法将导致启动后 120 min 内,不会使用任何无线资源。在拥塞避免阶段同样存在资源的低效利用问题,在信道容量为 1 Mbps,数据丢失概率 $p = 10^{-3}$ 且 RTT = 40 min 的情况下,现有 TCP 协议获得的吞吐量仅为 10 bps,即在整个 TCP 通信过程中,通信链路都存在着极大的资源浪费。此外,在太空骨干网环境下,无线链路传输错误同样会导致网络性能下降,太空骨干网环境中极高的误码特性将加剧上述现象的发生。因此,为了满足未来深空探测的需要,亟需设计一种合理有效的传输机制。

针对长延时、高误码率的卫星链路环境,研究者们提出了相应的改进 TCP 协议[46,47],但这些协议一般仅适应于 GEO 通信卫星中约 550 ms 数量级别的传输延时,远小于现有的太空链路延时。另外,太空链路环境中引起数据丢失的原因也与现有的无线传输存在较大差别,这也使得改进的 TCP 协议并不能直接应用于太空骨干网络中[48]。

综上可见,太空骨干网络的传输层协议必须能适应该网络的环境特点,主要的设计问题包括以下两点：

1. 基于延时的反馈控制

TCP 协议能够对网络变化进行自我控制，但现有 TCP 协议均使用端到端的信号作为控制环的输入，并不适合于长延时链路环境。延时越长，导致控制环的链路输入消息越晚，可能会导致不合理的网络操作。在长延时链路环境中，针对实时数据丢失的闭环反馈控制机制并不能做出最有效的反应操作，需要对此进行改进。

2. 缓冲区尺寸

在完全可靠的传输条件下，即网络没有数据丢失的情况，由于太空骨干网络的长延时链路环境，需要为每个中间节点配置较大的数据缓存。例如，在 RTT = 20 min 且平均传输速率为 1 Mbps 的条件下，传输层需要维持至少 1.2 Gbps 的缓冲区。

下面简要介绍几种有望应用于太空骨干网的传输层协议。

1. 空间通信传输控制协议

空间通信传输控制协议（Space Communications Protocol Standards-Transport Protocol，SCPS-TP)[49] 作为 TCP 协议的扩展版本，通过融合现有的 TCP 协议以解决空间通信环境所面临的高误码率、带宽不对称以及连接中断等问题。同时，SCPS-TP 协议能够根据具体通信任务需求提供最低限度的通信可靠性。SCPS-TP 协议采用了慢启动算法和基于 Vegas 的窗口拥塞控制机制，除了允许用户能够自行选择传输速率以外，还使用基于数据往返时间 RTT 的拥塞控制方法，从而弥补了现有 TCP 拥塞控制方案的不足。但由于基于窗口的拥塞控制机制不能充分利用网络带宽，SCPS-TP 方案也无法避免此类缺憾。另一方面，在极高的传输延时情况下，由于不能准确测量 RTT，拥塞控制行为也具有一定的不可靠性。CCSDS 还提供了一种能够在空间链路环境中实现文件可靠传输的 CFDP 协议[50]，但 CFDP 并没有针对太空骨干网络环境的特点提出相应的解决方案，因此，使用该协议解决太空网络中高可靠数据传输问题还有待深入研究。

2. 基于中间转换层的束协议

基于中间转换层的束协议[51] 位于应用层协议和底层协议之间，采用存储转发的方式以解决连接的不稳定性。由于网络的长传输延时，这种方法需要中间路由器具有极大的数据缓冲区。但需要注意的是，大数据缓冲区会在一定程度上加大数据的传输延时，而且还需要针对大缓冲区设计高效快速的缓冲管理方法，以避免存储转发所带来的不利影响。DTN 网络还融合了分层 ARQ 技术及分层拥塞控制机制，通过对局部区域的重传、绑定本地节点并提供中间传输层的可靠服务，实现数据的可靠传输，提高网络的吞吐量。针对太空网络的长链路延时以及频繁通信中断特点，Wang 等人[52] 构建了太空网络模拟实验环境，评估了在不同链路延迟与丢包率情况下，基于汇聚的长距离传输协议（Licklider Transmission Protocol，LTP）的性能。测试表明当链路延迟超过 4000 ms 时，协议在误码率、吞吐量等方面均具有较大优势。

3. TPP 协议

针对太空骨干网络环境设计的 TPP(TP-Planet)协议[53]是一种基于可靠数据传输的传输层协议。TPP 运行于 IP 协议之上,不需要对现有的 IP 及其底层协议进行修改。TPP 可以作为 CCSDS 的传输层协议和 DTN 网络架构中束协议的替代协议,主要技术包括以下几点:

(1) 状态初始化算法

为了避免慢启动算法导致性能下降,TPP 引入了一种新的状态初始化算法,它包括开始启动和后续行动两部分。总体目标是尽快捕获可用链路资源,并为控制算法提供服务。在上述目标的指引下,TPP 将整个往返时间 RTT 分成相等的时间间隔 T。在开始启动阶段,模拟现有 TCP 协议中的慢启动和拥塞避免算法,并将 T 假设为整个网络的往返时间,在随后 $t \leqslant RTT$ 的数据传输过程中,TPP 源节点传输低优先级的数据报文,用于探测网络资源的可用情况。在后续行动部分,如在 $RTT \leqslant t \leqslant 2RTT$ 过程中,TPP 协议根据其在每个 T 时间间隔内收到的反馈意见更新传输速率 S。通过采用上述方法,骨干网的链路资源在初始阶段就得到了充分利用,从而提高了整个网络吞吐量。

(2) 和式增加积式减少(AIMD)机制

在基于窗口的 TCP 协议以及基于速率的协议中,网络吞吐量通常与其往返延时的平方根成反比。因此,在长延时链路环境下,基于速率的控制方案具有比基于窗口的拥塞控制机制更好的效果。为了消除骨干网中长延时链路特性对网络吞吐量的影响,TPP 协议采用了一种基于速率的 AIMD 控制机制,当端到端路径无拥塞时,TCP 发送方就线性增加其发送速度,当察觉到路径拥塞时,就减小其发送速度。

(3) 拥塞检测和控制机制

为了避免高误码率对性能的影响,在系统处于稳态状态时,TPP 采用一种新的拥塞检测和控制机制。协议发送端同时发送低优先级和高优先级的数据报文,这些报文大小仅为 40 字节,远小于正常的数据报文。沿路径路由器能够把数据按照优先级进行排队,报文优先级越高,丢包率越低。低优先级报文一般作为拥塞指示标识,通过定期接收返回的低优先级和高优先级的报文数量 N_{Low} 及 N_{High},则可以计算出它们的比例 $\phi = (N_{Low}/N_{High})$,从而获取网络传输速率的变化情况,如图 7.26 所示。

(4) 电量耗尽处理技术

为了减少因为电量突然消耗对网络性能的影响,TPP 引入了电量耗尽处理技术[53]。另外,对于突发的大量数据传输,TPP 协议采用了 SACK 技术以提高传输的可靠性。

(5) 延时 SACK 技术

为了解决带宽不对称性对网络性能的影响,TPP 协议引入 SACK 技术以减少反向信道上传输的数据流量,从而避免拥塞发生。源节点不断调节 SACK 的延时因子,一旦发生数据丢失,接收器立即发送延时 SACK 报文,使得 TPP 能够有效控制骨干网中反向信道上的数据流量。

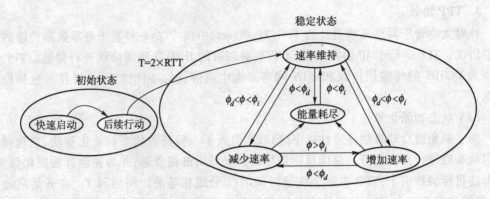

图 7.26 TPP 协议状态转换

7.4.5.2 太空骨干网多媒体数据传输

除了需要保证数据的可靠传输外,多媒体数据业务的传输机制是太空骨干网络 TCP 协议的另一个研究重点。多媒体数据业务通常包括音频和视频资料,如星球图像以及其他观测数据等,该业务的传输不需要完全的可靠性,但大都有严格的实时性需求、带宽需求及传输速率需求。通常意义上,多媒体业务可以分成两类:基于存储或实时的流媒体业务和基于实时交互的流媒体业务。由于太空骨干网的长延时链路特点,实时交互的流媒体业务并不适合,研究一种满足存储或实时流媒体业务的有效机制,是太空网络发展过程中面临的难点问题。多媒体业务本身的 QoS 需求,如抖动、最小带宽限制、延时等为设计者带来了重大挑战。适于多媒体业务的传输控制协议主要可以分成两种,分别为基于 AIMD 的速率控制机制和基于数学模型的速率控制机制。

1. 基于 AIMD 的速率控制机制

因为 TCP 重传导致的时延对于实时业务质量的影响是不可接受的,实时多媒体系统大多采用 UDP 进行传输。但是,UDP 没有提供拥塞控制机制,因此,一般通过 TCP 检测到网络拥塞,并根据 AIMD 进行控制。

当检测到拥塞发生,TCP 发送端则将发送速率降低一半,如果 TCP 不断检测到网络拥塞,则其发送端会不断降低发送速率,直至数据停止发送。此时,UDP 业务就会占尽所有的带宽,使 TCP 应用产生拥塞。一种解决方法是在 Internet 路由器中,使用类似于随机早期检测(Random Early Detection,RED)等算法代替 FIFO 调度算法,对不同类别的数据分类服务。例如,在路由器中使用基于类的队列(Class Based Queue,CBQ)协议,可以为不同级别的应用动态地分配不同带宽,以保证各种应用的 QoS 需求。另一种解决方法是在 UDP 上层附加拥塞控制机制,并且该拥塞控制机制能够确保 UDP 和 TCP 数据流友好共处。该过程主要通过调整视频流编码速率使其适应网络的带宽来实现,但由于网络带宽具有时变且非定值的特点,所以不能直接设定一个发送速率来适应网络状态。为了达到实时调节的目标,通常采用两种解决方案:基于窗口的解决方案和基于速率的解决方案。前者基于逐渐增加传送码率的设计思想,若检测到网络丢包时,则降低发送码率;后者首先估计网络的带宽资源情况,然后据此调整编码的目标速率以适应网络状态。但是基于窗口的解决方案会引入类似 TCP 的重传机制,并不适合太空骨干网的需求。通常采用基于速率的解决方案,该方法有三种实现方式:基于发送端的速率控制、基于接收端的速率控制、基于发送端与接收端的混合控制。基于接收端的速率控制 TEAR 协议通过对异常信号的感知确定发送速率,这些异常信号包括:包到达率、包丢失率及超时机制。使用这些信号,TEAR 协议模拟了接收端进行 TCP 速率控制的步骤,包括慢启动、快速恢复以及拥塞避免等。其他基于速率的拥塞控制算法还有用于短距离通信的区域锚点(Regional Anchor Point,RAP)算法[54],用于实时多媒体通信的速率控制机制(Rate Control Scheme,RCS)[55]等,但上述算法均为低延时链路环境而设计,还需要进一步改进,以使其适合应用于太空网络的长延时链路环境。

需要注意的是,基于 AIMD 进行拥塞控制可能造成突发和较频繁的速率波动,这种锯齿波的速率变化模式也不适合多媒体业务传输。

2. 基于数学模型的速率控制机制

为了对多媒体业务传输进行平滑的拥塞控制,一些研究者提出了基于数学模型的速率控制机制[56,57],核心思想是通过调整传输速率,使得网络传输量不会超过所估计的最大吞吐量。比较有代表性的速率控制机制包括:TCP 友好速率控制协议(TCP-Friendly Rate Control Protocol,TFRCP)、用于视频传输的 TCP 友好速率控制协议(TCP-Friendly Rate Control Protocol,MPEG-TFRCP)等。这些协议使用 TCP 响应函数进行速率控制,能够在较长时间尺度上进行拥塞控制。但是,由于在稳态情况下,TCP 吞吐量与往返时间 RTT 密切相关,所以上述基于数学模型的拥塞控制方法并不能获得较高的链路利用率,不适于长延时特性的太空骨干网络环境。

针对空间通信的特点,Wang 等人提出了一种基于 SCPS 的速率协议[58],在该协议中,发送速率通常由发送端及接收端的缓冲区大小决定,即其并不根据网络环境的变化而改变传输速率,而且,该协议没有引入任何拥塞控制机制;因此,在高传输速率条件下,上述协议可能会导致太空骨干网发生拥塞。

为了尽可能减少视频传输过程中引起的质量变化,除了使用基于速率的控制方法外,还可以使用基于分层的扩展编码技术[59]。基于分层的扩展编码技术已经被很多视频编码标准采用,如 MPEG-2、MPEG-4 及 H.263 等。使用分层编码技术,源节点能够保持分层的编码流,如基础层和扩展分层编码等。可以通过增大或减小速率的方法进行实时传输控制。若存在多余带宽,还可以通过补充增强层来改善视频的传输质量。在可用带宽减少的情况下,可以通过减少增强层的方法来保证视频的实时传输。为了保证接收方能够正确进行视频媒体的解码,这种分层的处理机制需要保证底层的编码无差错传输。

基于束的中间转换层技术是基于存储转发技术而实现的,但是由于多媒体数据流的实时特性,此存储转发技术不能满足多媒体业务的需求。另外,由于该技术需要具有较大缓存空间的中间路由器,对缓存的高效管理同样会引起传输时间的增大,因此,上述基于束的中间转换层技术并不适合多媒体业务的传输。

总而言之,现有的速率控制机制并不能够满足太空骨干网传输视频业务的需求,需要为此设计新的多媒体传输协议。

RCPP(RCP-Planet)是一种基于速率控制的太空网络传输层协议,该协议运行于 IP 协议之上,且不需要对底层协议进行任何修改,RCPP 主要用于解决太空骨干网多媒体业务传输问题。仿真实验表明,RCPP 协议能够在太空骨干网中获得较高的网络吞吐量、较好的公平性及较短的传输延时[60]。RCPP 的状态转换过程如图 7.27 所示。

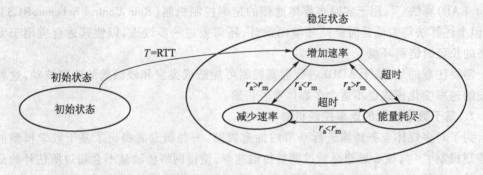

图 7.27　RCPP 状态转换流程图

下面简要介绍几种 RCPP 的状态转换机制:

1. 基于旋风码的 FEC 纠错机制

为了修复由于链路误码或者拥塞引起的数据传输错误,在太空骨干网中,引入了基于旋风码的 FEC 纠错机制。旋风码具有编解码速度快的特点,适合应用于太空链路中。

2. 初始状态设定机制

由于在初始状态没有任何链路消息,很难确定初始发送速率,所以 RCPP 中通常把初始传输速率设置为媒体传输所要求的最低传输速率,从而避免拥塞发生。同时,由于初始数据丢失率也未知,一般选择上一次的丢失率 p_h 作为当前数据丢失率的估计值,并据此确定前向纠错模块的长度 n。然而,实际丢失率可能与 p_h 并不相等,从保守角度考虑,选择最大信息丢失率作为当前数据丢失率的估计值,并据此确定最终的 FEC 纠错模块的大小 n_0。由于 $n_0 > n$,可能导致额外冗余的发生,超出的数据部分被设置为最低传输优先级,在发生网络拥塞时,最低优先级的数据最先被丢弃,因此,上述方法并不会增加网络流量。

3. 新的速率探测机制

速率探测是一种应用于接收方感知链路可用带宽的方法,新的速率探测机制由前向纠错模块实施,对每一个前向纠错模块,选取固定数量的数据报文,称其为探测序列,并以高传输速率 r_p 进行发送,而对于前向纠错中剩余的单元则以正常速率 r_s 发送。由于网络带宽下降,存在探测序列被丢弃的情况发生,此时,接收方所感知的速率 r_0 则为整个网络的可用带宽。需要合理地设计与选取探测序列的长度和探测速率 r_p 的大小。在初始状态下,由于不能获得网络的传输信息,因此,通常以尽可能快速获取网络可用带宽为目标设置 r_p。在稳定状态下,需要根据网络条件自适应调整 r_p。

4. 新的速率控制机制

为了进行多媒体数据的平滑传输,RCPP 采用一种基于速率探测的控制机制。接收方通过接收 ACK 报文,以获得网络的可用带宽,从而计算出多媒体业务可以传输的最大速率 r_a。如果 $r_a \geqslant r_m$,表示当前网络带宽并没有被充分利用,则在发送周期内,需要线性增加 $(r_a - r_m)$ 的传输速率,以便传输更多的多媒体业务并避免拥塞发生。如果 $r_a \leqslant r_m$,表明当前传输速率太高,发送者可能需要进行数据备份,并将其传输速率按照乘性降低。

5. 前向纠错模块分级应答

为了解决太空骨干网中带宽不对称的问题,RCPP 协议采用一种前向纠错模块分级应答的方法。首先,向一个前向纠错模块单元发送一个 ACK,当纠错模块较大时,则通过引入分级 ACK 方法进行响应。为了减少反向链路中的 ACK 数量,还可以采用延时的 ACK 方法,例如,仅在几个或者一组 FEC 后才发送 ACK,在这种情况下,感知速率 r_0 和当前数据丢失率则为若干 FEC 单元的均值。

7.4.5.3 传输层的技术挑战

太空网络在业务传输方面仍然面临着很大的挑战,可以归纳如下:

1. 行星网络传输层协议

目前,太空网络传输层协议的研究大都集中于太空骨干网络,针对行星网络传输层协议的研究还比较少。虽然可以对现有的星地传输层协议、MANET 传输层协议及 WSN 传输层协议进行修改后使用,但还需要进一步研究这些改进后的协议在行星网络环境中的性能情况。

2. 极长的链路距离

针对极长链路距离的 TCP 协议,虽然已研究开发了如 TPP 及 RCPP 等协议,但对于距离地球更远的行星,如木星、冥王星等,还需要进一步深入研究相关的传输层协议,以提高网络吞吐量。

3. 端到端传输

在太空网络中,可以通过采用基于局部的数据重传及拥塞控制机制来提高数据传输可靠性,但基于局部的重传及拥塞控制机制可能会带来相应的传输延时,并且易受到中间节点失效的影响。然而,采用存储转发机制并不适合于延时敏感的多媒体业务传输。另一方面,由于太空网络中各个网元节点的异构性,端到端的数据传输可能导致次优解的产生。例如,专门针对太空骨干网络中长延时链路环境设计的 TPP 及 RCPP 协议,如果将它们应用于从火星表面到地球表面之间的端到端传输,由于不同网络具有不同的延时特性,它们可能无法应对某些网络现象。因此,为了同时满足非实时与实时多媒体业务数据的传输要求,需要设计一种基于已有传输协议的、可扩展的、端到端传输协议,或重新设计一种新的端到端传输协议。

4. 跨层优化

由于太空网络远端节点资源及处理能力受限,如果底层协议可以获取链路层的状态信息,则能够为数据的可靠传输提供更大的支持。可见,跨层优化机制将进一步提高太空网络的资源利用率。

7.5　容迟/容断网络

容迟/容断网络(DTN)[76]的研究为军事航天和民用救灾等领域的网络应用提供了坚实的理论基础和技术支持。本节首先介绍 DTN 网络的起源与含义,详述了 DTN 网络的网络特点,在此基础上,对 DTN 网络的体系结构、网络层、传输层以及安全性等关键技术问题进行了系统阐述。希望通过本节的学习,使读者能够对现有 DTN 网络有基本的了解。

7.5.1　容迟/容断网络概述

DTN 网络,其概念来源于星际互联网络(Inter-Planetary Network,IPN)。IPN 的目标是在星球之间建立互联网络,每个星球网络都可以运行独立的网络协议,由于星球之间的通信具有间歇性连通的特点,为了保证星球网络之间的互联和互操作,采用了一种适用于该网络特性的通信模式。同时研究人员发现无线传感器网络节点同样具有间歇性通信的特点,DTN 的概念已不再局限于 IPN 网络,而成为各类具有间歇连通特性网络的统称。

7.5.1.1　产生的背景和含义

尽管当前的 Internet 协议——TCP/IP 协议可以在不同的链路层技术上提供端到端的进程通信,但是通常情况下基于 TCP/IP 协议族的网络通信对底层链路特性有下述假定条件[61]:

- 在数据源和目的端之间存在着端到端的路径;
- 网络中任意节点之间的最大往返时间(RTT)不能太长;
- 端到端的包丢失率较低。

然而在军事、太空通信、各种无线异构网络等网络环境中,网络设备受限于其自身的发射范围、处理能力、存储空间和电源供给,因而难以保证提供持续稳定的网络连接。由于无线传输范围、移动速度、网络分离、异构网络、重大灾难或恶意攻击等原因可能形成高延迟、高中断率等特性,不能够满足 TCP/IP 协议族平稳运行的链路条件,使得当前的端到端 TCP/IP 模型无法为 DTN 网络提供良好的服务。

1998 年,NASA 喷气推进实验室(Jet Propulsion Laboratory,JPL)开始了关于星际互联

网络的研究,目标是使地球和太空船之间的数据通信能够如同地球上的两个节点之间的数据通信。该组织后来发展成为了 Internet 协会下属的 IPN 专门兴趣组(Inter-Planetary Networking Special Interesting Group,IPNSIG)。

2003 年,K. Fall 在 RFC4838 草案中提出了延迟容忍网络(Delay-Tolerant Networking,DTN)面向消息的覆盖层网络架构的概念,目的是将 IPN 扩展到其他类型网络,特别是地面无线网络。

2004 年,美国国防部的 DARPA 提出"disruption-tolerant networking",简称为 DTN,D 在 DTN 中表示中断或者延迟(在使用 DTN 概念时,D 的含义会被具体指明),希望同一个体系结构或者协议能够同时支持这两种情况。因此有时用 DTN 不仅表示延迟可容忍网络,还表示延迟/中断可容忍网络,也称作 DTN 网络,其主要目标是支持具有间歇性连通、延迟大、错误率高等通信特征的不同网络的互联和互操作,如互联星际网络、传感器网络以及移动自组织网络等。DTN 的网络体系结构是由多个底层运行独立通信协议的 DTN 域组成的,域间网关采用"存储－转发"的模式工作。当通往目标 DTN 域的链路存在时,进行消息转发;否则,将消息存储在本地持久存储器中等待可用链路[86],如图 7.28 所示。

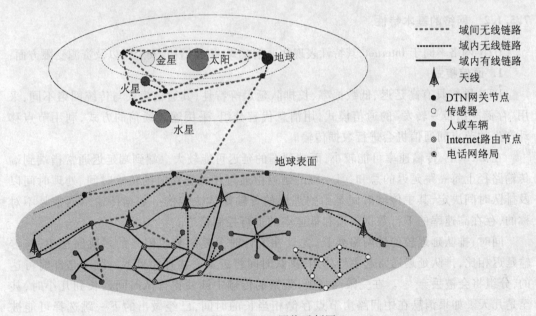

图 7.28 DTN 网络示例图

2006 年,美国国家宇航局在国家科学院报告中提出了空间数据通信网络体系结构(space communications data networking architecture),以临近空间到深空和空间机器人到人类航天器的研究为基础,为宇航局在未来新的空间探测和科学实验项目提供所需的通信和导航能力。2008 年,NASA 的喷气推进实验室采用 DTN 网络技术,在两千万英里(1 英

里 = 1.609 km)以外的太空探测器和地球之间成功传输了数十幅太空图像,迈出了构建全新空间网络的第一步。2009 年,NASA 以国际空间站互联网络为目标继续进行有关 DTN 测试,预计在这种网络支持下,将在未来实施多种太空探索项目,如太空飞船地面操控,以及为探月活动提供可靠的"月球和地球"间通信联络。

在 IPNSIG 的研究中遇到的一个问题就是目前没有这样的星际网络可以进行试验。建立星际网络十分昂贵,因此人们开始研究如何将 IPN 的概念实施在陆地应用中,由于传感器网络与 IPN 网络具有很多共性,并且易于搭建实验平台,因此 IRTF(Internet Research Task Force)研究组成立了新的工作组寻找更通用的 DTN 网络,该工作组称为 DTNRG (DTN Research Group)。到目前为止,开展 DTN 相关研究的机构主要有 IETF 下属的 DTNRG、NASA 下属的 IPN 小组和 DoD 下属的 DARPA,其中,DTNRG 是三者中唯一完全公开的研究组织,主要负责 DTN 网络标准草案的制定、发布和更新。

当前 DTNRG 已经制定了两个重要的 DTN 网络协议:覆盖层体系协议和传播协议。DTN 网络协议的设计在 Internet 互联协同设计思想、美国邮政系统业务分类和电子邮件非交互传递技术的基础上,采用异步消息传递模式,与传统的 Internet 协议联合使用。

7.5.1.2　网络的基本特性

DTN 网络不同于 Internet,其特性表现在通信模式、拓扑结构、安全性以及资源受限方面:

1. 通信模式

DTN 网络具有高延迟、低数据率、长排队延迟等特性,其通信模式与传统网络不同,采用"存储 - 携带 - 转发"的通信模式,用消息代替分组,采用逐跳通信的方式,利用节点移动产生的节点间通信机会进行数据传输。

在 DTN 中,传输速率可能较小,而端到端的延迟可能较大。端到端延迟通常指端到端传输路径上每一跳延迟的总和,每一跳的延迟由通过相关链路时的传输时间、处理时间以及排队时间决定,其中传输时间是由物理层的传输媒体决定的。数据传输率通常是不对称的,存在高速率的下行数据信道和低速率的上行控制信道。

同时,排队延迟较传统网络要长,尤其在统计时分复用分组网络的多跳路径中,与传输延迟相比,排队延迟通常起主导作用,排队时间将近 1 s,并且如果下一跳不是即时可达的,分组将会被丢弃[75]。在受限网络中,频繁的传输中断使得排队时间延长到几小时,甚至是几天。如果消息在中间路由节点存储相当长的时间,已经做出的下一跳选择可能被取消,消息将被传递到能够更好地转发消息的下一跳路由器。

2. 拓扑结构和体系结构

在多数情况下,DTN 网络是一个非全连通网络,在源节点和目的节点间可能没有端到端的路径,因此 DTN 网络的拓扑结构是一个随时间动态变化的非连通结构。在 DTN 网络中,断开的含义与传统网络不同:在传统网络中,通常是由于网络连接错误或设备故障等原因导致了网络的断开;在 DTN 网络中,由于网络节点的移动和低占空比,使得非错误

（non-faulty）断开频繁地出现在无线网络环境中。由网络节点移动引起的断开是可预测的或随机的。在无线传感器等低能力设备中，低占空比系统操作引起的断开是普遍存在的，也是可以预知的，因此源节点和目的节点之间间歇存在数据交换的机会，保证 DTN 网络通信。

在 DTN 中，网络协议主要是由链路和媒体接入控制协议组成的，基本没有考虑互操作性问题，因此网络设计必须能够在最低程度上保证下层协议能力和可扩展性。网络体系结构的设计采用特殊的应用格式、节点地址、命名方式和数据分组大小限制等，同时对可靠执行、拥塞控制和安全等方面的考虑较少。

3. 安全性

在 DTN 中，物理层传输媒体通常借用外部网络的或被过量预订的通信链路，因此通信链路传输能力非常重要，数据转发应当被认证、并采用接入控制等机制对通信链路进行保护。如果采用综合业务，也应当实现接入控制乃至服务分类。端到端的安全策略在 DTN 中并不适用，主要原因是：端到端方式一般要求某种形式的端到端密钥交换，由于 DTN 网络的非全连通和动态拓扑特性使其无法实施；在认证和接入控制执行前传输一些业务流到其目的地是不合要求的[74]。

4. 资源受限

在军事无线移动网络、无线传感器网络和应急救灾等网络中，网络节点通常处在敌对环境或恶劣环境中，网络节点的寿命较短，导致网络的长期断开，因此消息传输的时间可能超过发送节点的生存时间。在这种情况下，通常的反馈确认机制无法检验消息的传输是否可靠，因此，传输的可靠性由其他机制承担，将任何传输的情况告知给具有反馈功能的代理。

例如，一个存储能力有限的传感器，如果正在传输中的数据将其存储空间全部占用，那么它可能被禁止收集更多的数据。此外，端节点还需要至少保持传输往返时间的重传缓存空间。在这期间，节点将执行节约能量的操作模式，这使得系统设计非常复杂，特别是在收到其他异步消息或监测到一些突发事件发生时尤为严重。

当节点被放置在没有供电系统的区域时，通常使用电池，即使可以充电，这些系统也需要限制占空比去节约能量，为了延长整个网络的连通寿命，占空比维持在 1%。这样的设备定期收集数据，并以一定的速率进行数据汇聚。传感器网络系统通常需要预先规划正常的运行时间，隔离影响路由协议的操作。

7.5.2 容迟/容断网络体系结构

陆地移动网络、军事无线自组织网络、星际网络及无线传感器网络等 DTN 网络缺乏"保持连接"的基础结构，其性能特性与 Internet 差别极大，因此现有网络协议很难适应其要求。为了实现这些网络之间的互联，研究组织提出了在端到端连接和节点资源都受限时的一种新型网络体系结构和应用接口，作为网络互联时传输层上的覆盖网，用来满足随意的异步消息可靠转发。为了解决网络的延迟和中断问题，分别在 3 个网络层次上提出了 DTN 网络协议:网络层(数据链路层和传输层之间)、传输层和应用层,根据具体的情况选择使用的网络层次。在当前的研究和实际应用中,最适合 DTN 网络的协议是面向覆盖层的协议方案。

7.5.2.1 端到端的覆盖层网络协议

DTN 网络的体系结构用来解决受限网络中存在的问题,DTNRG 提出了一种新的面向受限网络的"容忍延迟的面向消息的覆盖层体系结构" Bundle Protocol——束协议体系结构。该体系结构是基于消息(message)交换的,其数据单元可以是消息、分组或"束"(bundles)。将消息聚合在一起进行传递称为"捆绑",处理"束"的路由器称为"束转发器"(bundle forwarders)或网关,但是其与网关的区别在于"束层"进行虚消息转发而不是分组交换。"绑定"(bundling)是一种端到端覆盖层网络协议,其功能类似于 Internet 中 DNS 的域名到地址的映射[64]。DTN 网络的体系结构的具体分层形式如图 7.29 所示。

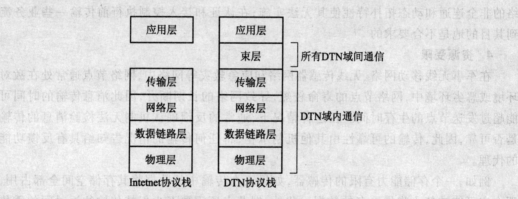

图 7.29 DTN 体系结构与 Internet 体系结构的比较

DTN 网络协议涉及的关键技术如下:

1. 束覆盖层

束覆盖层如图 7.30 所示,处于各区域网络应用层和较低层协议之间,屏蔽异构区域网络低层协议的差异,使得应用程序可在不同区域网络之间进行通信。区域内通信时,采用域内束层保障;区域间通信,由网关束层保障。束层将处理这些接口的差异,束覆盖层协议的主要功能包括:

(1)基于保管方式的重传;

(2)可以处理间歇式的连接;

(3)可以利用预订、预测和机会连接;

(4)通过绑定协议生成网络地址。

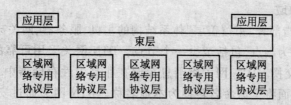

图 7.30 束覆盖层的使用

2. 束和束封装[65]

束包括两部分内容:束主要块——由束层插入,描述如何处理、存储、丢弃或者应对有效载荷块——应用程序数据单元(Application Data Unit,ADU)。束扩展了被 IP 协议封装的数据对象的体系,一个束层可能将整个束报文分割成数个段,就像 IP 层可能将整个数据报分割成几个信息段。如果束被分割,在目的节点的束层将对其进行重新组装。束报文的长度可以是任意的,其格式如图 7.31 所示。其中束报文的主要块和其有效载荷块分别如图 7.31(a)、(b)所示。

(a) 束报文的主要块

(b) 束报文的有效载荷块

图 7.31 束报文格式

3. DTN 节点和域

DTN 的节点是指部署"束覆盖层"体系结构的主机、服务器、网关甚至是运行束协议的进程,节点的集合称为端点,包括至少一个节点。DTN 网关采用可靠的消息路由代替"尽力而为"的 IP 分组交换。DTN 网关将消息存储在非易失性存储器中,一方面可以保证传输的可靠性,另一方面将全球命名转换为本地名称。DTN 网关通过安全检查确保转发是容许的。应用程序使用 DTN 节点发送或接收携带于束之中的 ADU,当端点的最小节点子集无差错地收到束时,则认为已经成功地完成束的传送,这个子集被称为端点的"最小接收组",一个单独的节点可能位于多个端点的最小接收组中。

如果两个节点可以不通过 DTN 网关进行通信,则称这两个节点处在同一区域中,区域边界用来表示不同网络协议和地址族之间的互联点。图 7.32[61] 是 DTN 体系结构的一个简单例子,图中有 4 个区域,分别为 A、B、C、D。区域 B 包括一个携带 DTN 网关的经常运营的公共汽车,该公共汽车往返于 DTN 网关 3 和 DTN 网关 5 之间。区域 D 包括一个定期连接的近地卫星链路。

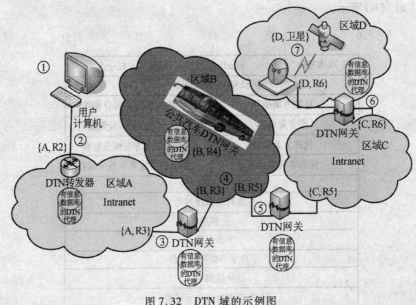

图 7.32　DTN 域的示例图

4. 接触(contact)[66]

在一个间歇连接网络(intermittently connected network)中,链路能力在 0 和 1 个正数之间波动变化。链路能力是正数的链路称为"接触"。接触量被定义为接触时间与接触链路能力的乘积。"接触"进行如下分类:

(1) 持续接触:处于持续接触状态。例如,非对称数字用户环路(asymmetric digital subscriber loop)或有线电视网络(cable modem)等。

（2）点播接触：需要接触时就可以启动并保持接触。例如，拨号连接。

（3）间歇的可预定的接触：建立接触合同，可以在特定时间和特定区间保持连接。例如，近地轨道卫星。

（4）间歇的、偶然的接触：在链路偶然可用时才可以使用。例如，移动的红外设备或蓝牙设备。

（5）间歇的、可预测的接触：不能预定，但可以基于早期的接触模式、观察到的消息等使用概率来预测连接。

5. 节点命名

为了支持 DTN 消息的路由，采用名称数组来标识目标或目标组。名称数组由两个可变长度部分组成，其形式为{区域 ID，实体 ID}，如图 7.33[65]所示，区域 ID 是全球唯一的，可以通过分级构建，具有拓扑意义。

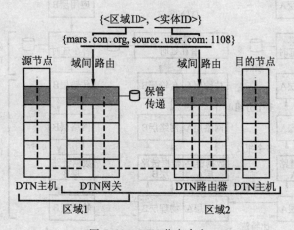

图 7.33　DTN 节点命名

区域 ID 通过 DTN 路由器解析传送到其他的 DTN，当一个消息传输经过一个异构区域集合时，可以仅用区域 ID 进行传递。在到达目的区域边界时，如果必要，实体 ID 消息被翻译成本地适用的协议标准名称或地址。网关实体 ID 表示在某一特定区域中的名称，它可以在区域外不唯一。实体 ID 可以是任意结构。DTN 消息长度是没有限制的，并且不保证按序传输。

6. 邮政类型服务

DTN 网络采用基于优先权的资源分配。为了便于实现或避免用户混淆，应避免使用复杂的服务等级（CoS）结构。在 DTN 中采用美国邮政服务中的服务类型子系统作为 DTN 中的"束服务类型"。定义了 3 个优先级类型：大宗——只能得到尽力而为的束传输服务；标准——优于或等同于任何大宗级服务；加急——优先或等同于其他类型束的传输。一个束的优先级类型仅仅需要和同一源点发出的其他束进行比较。意味着从一个源点发出的高优先级束可能并不比另一个源点的中优先级束先得到传送服务,但从同一源节点发出的高优先级束比低优先级束先得到处理。

7. 由传输层终止导致的延时隔离

在 DTN 中,束层依靠这些低层协议确保数据传输的可靠性。但是由于 DTN 网络的异构域之间没有统一的传输层协议保证数据的端到端传送,路由器和网关在束层终止执行本地域的传输协议,这使得低延时区域的会话式协议在端到端路径上被隔离,导致较长的延时。

同时,束层独立地支持端到端消息,当节点之间进行通信时,尽管束层可能将一个单独的束分割成多个束段,但除了非强制性响应外,束和束之间是独立的。图 7.34 为 DTN 通信示意图[65]。

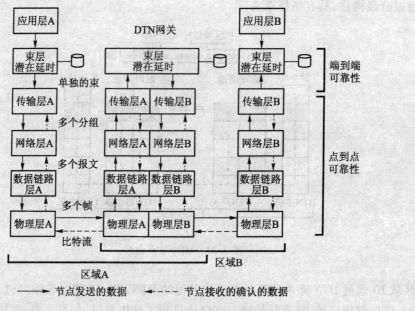

图 7.34　DTN 通信过程

8. 保管传递机制(custody transfer)

DTN 体系结构包括稳定点(P)和非稳定点(NP)两类消息路由点。假定稳定点可以容纳一些稳定消息存储,而非稳定点则无法存储。稳定点使用适合一定区域的传输协议来参与保管传送。保管传送的目的是为了加强端到端连接的可靠性,并防止高丢失率和资源缺乏[74]。

DTN 保管传送机制使用"存储—转发—确认—删除"的报文交换模式来解决报文的可靠性传输问题,满足数据库事务的原子性、一致性、隔离性和持久性。在转发一个带有保管传送选项的报文时,保留一份报文副本并且保证不将其删除,直到其能够被可靠地传输到另一个提供保管传送的节点(或者到报文的目的端点)。

使用保管传递时传递容量具有消息边界,并且捆绑转发功能假定下层具有可靠的传递容量,因此需要对缺乏这些特性的传输协议进行扩展。图7.35[66]表示了捆绑转发器的执行结构。捆绑转发器负责管理连接状态以及断开连接后的重启初始化,可靠传递则由下层传输来提供。在面向连接协议中,通常通过应用接口来监测连接的状态。

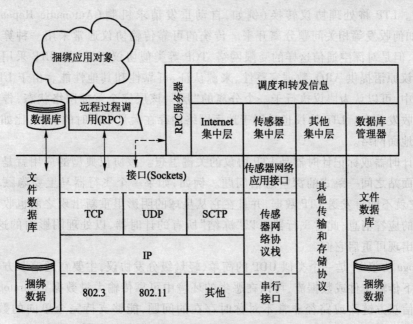

图 7.35　DTN(捆绑)转发器

9. 拥塞控制和流量控制

在逐跳通信的体系结构中,流量控制和拥塞控制是紧密相联的,大多数的 DTN 具有这种特性。拥塞控制是指对长期存储在 DTN 转发器中的内容进行管理的机制。DTN 中的流量控制是指限制 DTN 转发器向其下一跳的传输速率。通常情况下,在 DTN 中假定流量控制机制是存在的,并可以确保消息的可靠传递,DTN 转发器一般使用本区域中下层传输协议的流量控制机制。

DTN 拥塞控制的实现相对困难,主要采用先来先服务的优先级机制进行保管存储的分配。拥塞控制机制可以分为主动和被动两类。主动方法通常包括一些接入控制形式去避免在开始处的拥塞攻击,任何过期的消息都将被安全丢弃。如果主动方式不可用时,就需要使用被动方法,但会降低网络性能。如果 DTN 转发器接受非保管消息,将出现阻塞,最终导致节点的长期存储被完全消耗掉,因此,要避免非保管消息传输。

除以上内容外,DTN 体系结构还包括安全机制、转发机制、连续类型分类、服务和状态报告类型、时间戳和同步等方面的内容。

7.5.2.2 其他的网络通信协议

LTP(Licklider Transmission Protocol)协议[61]是 DTNRG 开发的另一个适用于 DTN 网络的重要协议[76]。LTP 可以解决点到点通信中的延迟和中断,尤其是长延迟链路的问题,不需要考虑路由或者拥塞控制问题。LTP 协议能够支持束协议,可以配置 bundle/LTP 的协议结构。LTP 将处理协议转换(例如,自动重发请求机制(Automatic Repeat-reQuest,ARQ)与如何收发等相关问题分离开来。传统的可靠传输协议通常采用一种算法来处理这些问题,但是对深空通信这样的受限网络,TCP 等类似协议不适用。LTP 采用一套公开标准的协议原语提供 ARQ、数据完整性、来源认证、可靠性和其他性能。由于 LTP 应用在深空网络中,可以认为协议执行于一个分离的"层",该层完全掌握网络状态,告知每个对等端如何收发信息。LTP 协议也适用于地面网络中存在大量中断时的情况,比如一个传感器稀少的地面网络。

冻结计时器或标记计时器是 LTP 协议的关键思想。该协议典型的应用就是解决太空飞船和地面站之间一跳式的深空通信问题。例如,如果一个飞行器马上要隐藏在一个星球后面,它就不能再发送 LTP 数据,并且在它从星球的阴影里重新出现之前也收不到之前发送数据的应答消息,此时飞行器可以"冻结"所有的计时器,以处理阴影内的这段时间,一旦再次出现可重启它们。

Saratoga 协议[68]是一个类似 UDP 的简单、轻量级分发协议,主要在通信双方间歇性连接的情况下传输文件或数据流,可以在恶劣的环境中可靠传输大量数据。Saratoga 协议用于解决通信双方链路或路径非常不对称时存在的问题,能够支持完全单向的数据传输。在专用链路场景下,Saratoga 通过提高链路利用率来充分利用有限的连接时间,同时标准拥塞控制机制也可以应用在共享链路上。通过 ARQ 的简单否定应答实现丢包控制。相关草案描述了如何使用 Saratoga 实现 DTN 束代理之间可靠的束交换[67]。

除前面提到的束协议、LTP 协议和 Saratoga 协议外,文献[69]中定义了基于束协议的应用需要遵循的惯例;为了支持 DTN 环境中基于保管方式的组播传输,文献[70]对束协议进行了扩展(不包括组播路由算法);文献[71]则提供了束代理在覆盖网络中何时可以与现在的或者以后的链接交换信息的机制。可以看到,基于 DTN 环境的协议体系以束协议为核心逐步完善起来,但是以上提到的文献,都没有涉及应用层以下的网络协议,尤其是路由协议,还基本停留在假设其存在的状态[67]。

7.5.3 容迟/容断网络的路由技术

在 DTN 中,传统路由机制难以适用,其原因是节点的缓存能力通常有限,甚至不存在持续可用的端到端路径。DTN 中的单播路由方法先被提出,随后的研究人员相继提出了其他的单播以及组播路由策略。DTN 路由技术是一个具有挑战性的研究问题,需要综合考虑路径选择、传输调度、缓存管理和评估传输性能等因素。

7.5.3.1 概述

DTN 路由的主要目的是最大化报文传输的可能性,很多路由策略对单个报文产生多个副本,增加报文副本被传输的机会。使用多个报文副本,增加了传输的可能性,同时也增加了平均传输时间,这种策略是代价和性能之间的博弈。

路由策略的制定需要依据当前网络状况,一个极端情况就是,节点只知道当前连接可用,不需要任何信息。这种策略的优点是:实现简单,配置和控制报文较少,所有的规则都被事先固化。缺点是不能根据网络条件做出最佳选择。另一个极端情况是节点需要知道网络中每个连接的完整信息。如果信息是准确的,路由策略可以充分利用网络信息在最佳路径上转发报文,这种策略称为依靠网络信息的传输。

目前的路由策略按照复制(replication)和知识(knowledge)分为两类。复制——路由策略依赖于传输报文的多个副本,知识——可以利用网络中的信息做出路由选择。这两类路由策略称为洪泛(flooding)和转发(forwarding)。也可以按照连接的确定性进行分类,分为确定性连接(deterministic)和随机性连接(stochastic)。确定性连接,至少是可预测的连接,即可以事先确定传输时间,以达到最好的效果;随机性连接,通过存储转发机制,每次都把报文沿着目的方向逐跳移动[72]。在非连通网络中的路由技术方面已经有了一些研究成果。

7.5.3.2 单播路由技术

DTN 概念提出之后,关于 DTN 路由的研究成果相继出现,最先是由 Sushant Jain,Kevin Fall 和 Rabin Patra 提出了 DTN 中的单播路由方法,其他学者又相继提出了其他的单播路由策略。

1. 单报文路由算法

单报文路由算法分为零知识路由算法、全部知识路由算法和部分知识路由算法。在实际应用中,零知识的路由算法无法实现 DTN 的路径选择,而全部知识在实际网络应用中很难获取,因此零知识和全部知识路由算法不是 DTN 路由技术研究的重点。研究者们提出了多种基于部分知识选择路径的算法。例如最小期望延迟(minimum expected delay)、最早传送(earliest delivery)、本地队列最早传送(earliest delivery with local queue)和所有队列最早传送(earliest delivery with all queue),这些路由算法用到了传输时延、平均等待时间、消息排队等链路信息[67]。算法所采集的信息量与计算出的路径性能是直接相关的,因此可建立网络信息库,提供网络连接的特征数据、任意时刻任何节点之间的连接信息、任意时刻每一节点缓冲区的占有率以及节点的寿命信息。

2. 基于树的路由

洪泛策略是最早的 DTN 路由方法。后来发展成为直接接触、基于一跳信息的路由转播、两跳转播、基于树的洪泛和路由扩散等。

直接接触(direct contact),该策略只在源节点和目的节点之间有直接连接,即一跳时,才会在链路上传输数据。该策略不需要网络信息,在移动节点和指定网关上采用此策略可以增加网络的吞吐量,减少网络开销。当节点数量增加时,链路容量接近 0。该策略的优点是不需要消耗很多资源,只需传输一个报文。其缺点是只在源节点和目的节点之间存在直接连接时才起作用[72]。

基于一跳信息的路由转播机制考虑了节点的资源有限,采用洪泛机制进行传播,当缓存已满时,采用丢弃策略。目前有学者提出了四种丢弃策略,其中丢弃最早的信息(drop-oldest)和丢弃最少出现的信息(drop-least-encountered)可以获得较好的性能。研究人员提出了一种概率性路由协议[74](Probabilistic Routing Protocol Using History of Encounters and Transitivity,PROPHET),该协议使每个节点保持一张到各目的节点的发送预言表,发送预言考虑历史相遇信息和老化信息。利用节点相遇的历史信息记录节点的转发概率。当两个节点相遇的时候,交换已有的报文列表,还包含节点传输报文的传输概率。与PROPHET 相似,Context-Aware Routing(CAR)[75]把同步传输和异步传输整合起来,同步传输指的是当数据报文到达的时候,如果存在到达目的节点的路径,使用已经存在的路由协议转发报文;当数据报文到达的时候,如果不存在到达目的节点的路径,此时需要先存储报文,使用异步传输。当接收者和目的节点不在同一个连通区域内时,同步传输是不可能的,此时把报文发往到达接收者可能性较大的主机。

两跳转播(two-hop relay),源节点首先向 n 个中继节点发送报文拷贝,源节点和中继节点都有报文拷贝发往目的节点。由于网络中有 $n+1$ 个报文拷贝,所以消耗了更多的资源点,通过调整报文拷贝的数目,可以减少资源点的消耗。该策略与直接接触都有一个限制条件:如果 $n+1$ 个节点均连接不到目的节点,那么报文将不会被传输[77]。该策略优于直接接触,在理想情况下,两跳转播可以增加移动自组织网络的容量,也可以作为传感器网络的路由策略[72]。

基于树的洪泛(tree-based flooding),该方法是对两跳转播的扩展。中继节点的集合构成了从源节点开始的一棵树,因此被称为基于树的洪泛。将两跳转播视为深度为 1 的树。如果节点之间连接的概率独立且相等,这种方法将是最优的。不像直接接触和两跳转播那样,基于树的洪泛在传输报文的时候,中间可以经过多跳,但是参数设置相对麻烦[77]。

路由扩散(epidemic routing)接收到报文的中间节点把报文传到所有邻居或者部分邻居,不需要对链路进行预测或是计算转发概率。当不知道节点或网络的任何信息时便可使用此方法进行报文转发。当节点发送一个报文时,报文被放置在本地缓存里,用一个唯一的 ID 进行标识。当两个节点相遇时,它们互相发送缓存中已有的报文列表,交换各自没有的报文。当操作完成后,节点的缓存里有同样的报文。路由扩散是洪泛的极端情况,因为它试图在所有的路径上发送报文。这会产生很大的冗余,但是对节点和网络错误具有低御能力。此外,由于它尝试每条路径,如果资源充足,它会选择传输时间最小的路径。路由扩散相对比较简单,不需要网络信息。正因为如此,当没有更好的方法使用时,可以采用它。其缺点是由大量拷贝引起的资源、缓存、带宽、能量消耗比较大。很多论文研究了在使用路由扩散时减少资源消耗的方法[78]。最早的扩散算法建议使用"死亡证明书(death certificate)"来解决这个问题。

3. 转发策略

为了减少在间歇性的网络无连接情况下端到端的传输延迟,转发策略通过网络拓扑结构选择最佳路径,在最佳路径经过的节点上转发报文,故不需要复制报文,转发策略需要事先知道网络信息。基于位置的路由(location-based routing),需要网络信息最少的转发方法就是对每个节点赋予坐标值,比如移动 Ad Hoc 网络里的全球定位系统(Global Positioning System,GPS)坐标,使用距离函数来计算传输代价。坐标还能够反映网络拓扑,可以用来估计网络上任意两个节点之间的延迟。在坐标空间里,如果节点比当前保管者的坐标更靠近目的节点,则把报文转发到此节点。优点是:需要很少的网络信息;消除了路由表;减少了控制开销。为了选择最佳路径,只需要知道自身的坐标、目的坐标、潜在下一跳这 3 个坐标即可。这种方法存在两个明显的缺点:节点位置并不一定对应网络拓扑;节点的坐标会发生变化。链路度量值(link metrics),这种路由策略类似于传统网络的路由协议,建立拓扑图,每个连接都赋予权值,最后通过计算发现最佳路径。这要求每个节点都有足够的网络信息来运行路由算法[79]。

4. 基于端到端信息的路由选择[73]

基于端到端性能的三种路由协议:基于到目的节点的传输可能性;基于预期的最短路径;基于平均的端到端的性能。下面介绍几种基于端到端性能的路由协议。相遇访问协议(Meet and Visit,MV)使用和路由扩散相同的交换机制,但是用一种新的方法评价转发的可能性。MV 获得节点相遇或者访问某一区域的概率,进而根据概率选择路由。预计最短路径路由协议(shortest expected path routing protocol)首先基于历史数据计算连接的转发概率,存储在缓存里的每个报文都有一个有效路径长度。报文最初进入缓存时,初始化有效路径长度值为无穷。当报文被传播到第二个节点的时候,如果从第二个节点到目的节点的值小于无穷,则对有效路径长度进行更新。在这种算法中,报文会被传输到多个节点以增加可靠性,减少延迟。结果表明在预计最短路径路由协议中,与路由扩散和丢弃最少出现的信息相比,提高了传输率,降低了资源开销。最小预期延迟估计算法[89](minimal estimated expected delay)使用观察到的连接计算预期延迟,需要记录每个滑动窗口的连接时间和间断时间。当本地的链路状态信息发生变化时,更新信息要传播到网络中的所有节点,链路状态交换使用扩散链路状态协议。当建立一个连接,且报文尚未转发之前,就需要重新计算路由表。

5. 多报文路由算法

多报文方式往往是通过传送多个消息的副本来增大传输的成功率,这类算法一般基于较少的前提知识。最早提出的多报文路由算法是 Epidemic 算法。该算法要求每个节点都具有缓存区,可以存储信息[62]。两个相遇的节点进行信息交换,直到它们存储的消息一致为止。这种方法非常适合那些节点连接不可预测的网络。但是,在交换和存储消息时要付出很大的代价,并不适合存储和链路资源稀缺的网络,尤其是当网络规模增大时,该方法不具有可扩展性。直接连接是退化的 Epidemic 算法,基本原理是源节点保存要发送的信息,直到目的节点进入其通信范围时才将该信息发送给目的节点。两跳转发机制是对直接连接的改进,源节点将发送报文转发给称为"接收者"的 n 个邻居节点,当接收者遇到目的节点时,再将报文投递出去,完成传输过程。为了降低 Epidemic 算法的开销,有学者提出了喷射路由协议,喷射的强度依赖于移动性,移动性越强,喷射需要覆盖的区域越大。为了防止报文副本数过多,可以采用一种使用树状结构控制报文数的路由算法,从而降低副本给网络带来的消耗。

6. 基于编码的路由机制

还有一类采用网络编码和擦除编码实现 DTN 路由的新型算法,这类算法的特点是打破原始报文的形式,通过运算得到新报文,而报文的解算在目的端进行。优点是即使中间某个节点出错,目的节点也可以求得报文结果,具有一定的容错能力,但是处理能力低的节点不能使用复杂的路由策略,而前面提到的这两种算法复杂度都较高,如编码和解码过程复杂、需要一致性管理、算法中的转换矩阵需要占用内存等。

基于网络编码的路由算法[80]的基本思想是对转发的数据包应用网络编码进行编码产生新的数据包和相应的编码向量,编码向量与数据包一起传输,当收到足够数量的数据包后,目的节点就能解码出原数据包。基于网络编码的路由能以很小的开销向网络中节点以较高的概率发送消息,特别适用于受限网络环境。网络编码比概率路由更好地运用了节点的移动性,即使在极限情况下,如有较大丢包率的稀疏网络和节点休眠时间较长的网络,此时概率路由效率较低。

基于擦除编码的路由[81]思想是对消息进行删除编码,并将产生的编码块分布在大量的中继节点上传输。每次中继节点只传输消息的一部分而不是整个消息的一个副本。这样分片传输可以控制每比特消息的传输开销。该方案能使用固定的开销保证较低的延迟,消除了转发选择导致的较长延迟,对于链路失效有更好的健壮性。

DTN 网络中路由算法的首要目的是成功投送报文,但单报文路由算法在整个传输过程中仅保持一份报文,容易失败,所以多数单播路由算法利用一定的知识库来提高传输的成功率。但有关路径的知识获取难易程度不同,比如规则结构的卫星网络中,由于卫星轨道的规律性,可有效预测链路的连接时间等信息,但在 Ad Hoc 等随机移动的网络中,预测链路信息需要采用一些策略,增加了算法的复杂度和开销。基于多报文的路由算法通过复制报文,选择多条路径传输,增加报文传输的成功率,同时可在较短的时间内将报文传输到目的端。但是多报文增加了网络的负担,在资源有限的 DTN 网络中,减少有限资源的消耗和尽量提高投送率需要平衡。

7.5.3.3 组播路由算法

前面提到的单报文和多报文路由算法都是针对单播情况,在一些场景中,DTN 也需要用到组播,比如灾难救援中救护者之间发布伤员和危险警告信息,或者在战场上士兵之间相互通知他们的环境信息。组播服务是指向一组用户分发数据,要求网络可以有效地支持组通信。

在 DTN 网络中,由于频繁的变化以及因此产生的较大延迟,在数据传输过程中,组成员的变化是很普通的事情。在这种情况下,很难确定组播数据包的接收者。为了解决这个问题,W. Zhao 定义了 DTN 组播需要的三种语义模型:临时成员(temporal membership)、瞬时传递(temporal delivery)、当前成员传递模型(current-member delivery model)。下面介绍几种主要的组播技术[72]:

1. 基于单播的组播

基于单播的组播实现组播的一个最简单的方法是用多个一对一的单播来实现一对多的数据通信。如果一个组播组有 n 个接收成员,源需要发送 n 个拷贝,中间节点要不止一次地传送相同的报文。这样性能较低,尤其在 DTN 网络中,节点之间的连接、可用的带宽和存储等资源都是有限的,因此需要有效的组播服务支持这些应用。

2. 基于静态树的组播

树是很多组播协议中都会用到的典型结构,使用组播树可以减少冗余的通信量。对于静态树,树的建立和维护是由源进行的,只需在分叉点复制报文,下游有多少个邻居节点,就复制多少份,当下游节点不可用时,上游节点需要先进行缓存。但是静态树不适合 DTN 拓扑结构的动态变化。此外,从源到目的的路由是静态的,如果一个报文失去了一个连接机会,需要等到下一个连接机会到达时才可以和其他节点进行通信,增加了延迟;静态路由使得节点不能够利用局部信息或者更加准确的信息,做出更好的路径选择。

3. 基于动态树的组播

动态组播树可以根据目前的网络情况,动态地调整组播树。拥有组播报文的每个节点(不管是自身产生的或是从其他节点接收到的报文)查询下层网络,获得到达所有组播接收者的端到端路径,并计算最小代价树。动态组播树减少了网络中冗余的通信量,但是由于在分叉点处把接收者列表也相应分发到下游节点,这将导致下述问题:中间节点只可以利用接收者列表里的那些路径;忽略了一些新发现的路径;接收者收到报文后,转发过程就停止了,由于一个接收者可能会遇上其他的接收者,这就失去了由一个接收者发送到其他接收者的机会。

4. 按需状态感知组播

针对 DTN 的特点,研究人员提出了一种称为按需状态感知组播(on-demand situation-aware multicast)的组播路由方法。在按需状态感知组播中,维护的是一张动态网,网络能够根据当前的网络情况,动态地调整组播路由,并且可以利用最新发现的路径。在大多数情况下,其报文传输率并不如动态组播树。

7.5.4 容迟/容断网络的传输技术

DTN 体系结构提出了面向消息的存储转发覆盖层方法以处理受限网络中频繁网络断开、高延迟和异构性等问题。其中一个重要的建议是采用保管传递来加强端到端的可靠传递。保管传递协议是 Cerf 等人首次提出的[82],Fall 等人在文献[61]中做了进一步的工作,描述了保管传递的实施和结构,并指出保管传递和数据库的不同。保管传递的目的是在源节点和目的节点之间的所有节点进行消息的可靠传递,进行消息可靠传递的责任从一个节点转移到另一个节点。节点会依据当前资源、路由情况、消息的优先级、消息大小、剩余消息生存时间、安全情况及本地策略限制等因素决定是否接受消息并进行保管。在网络中传输的消息也可能被分段和重组。在消息传输中如果出现网络拥塞,其主要解决方式是丢弃超时消息和没有接受保管的消息,对已经接受保管的消息,将它们转移到另一个保管代理人。在 DTN 协议头字段中,消息或消息片段显示它们目前的保管代理人,而当消息从一个保管代理人转移到另一个保管代理人时,该字段被更新。

7.5.4.1 基于信息的存储转发操作

由于不能保证端到端路径的存在,因此 DTN 采用了逐跳的基于信息的存储转发操作。信息一般以一个完整的单元被应用层发送到目的节点,但是在传输过程中,信息可能被分割成多个束,束也可能被分割成多个组成片段。束的源和目的地址是用可变长度的端点标识符(End-point ID,EID)来标识的,同时为了时刻监控网络的传输情况,束也包含一个报告给 EID,用来把传输诊断信息直接发送给一个实体。

虽然 IP 网络也是基于存储转发操作的,但这里有一个假设:存储是不持久的,一般不会超过一个适当的时间,根据排队和传输的时间而定。缓存中可能仅存储了数据的一个副本,一旦由于节点的失败而引起数据的丢失,则数据将从网络中丢失,因此如果数据传输失败则无法重传。然而,高延迟、低数据率、间歇性链路等环境更容易造成数据的丢失和传输的失败。为了防止数据的丢失,DTN 体系结构使用了持久性存储设备,期望节点在有效链路到来之前可以把信息存储一段时间。同时,存储的信息可以在系统重启动时仍然保留。这在一定程度上增加了数据传输的可靠性,信息存储转发的过程如图 7.36 所示。在 DTN 中一般都有如下假设:

图 7.36 信息存储转发示意图

- 存储是可获得的,而且很好地分布于整个网络;
- 可以持久和稳定地保存信息,直到可以进行转发;
- 这种存储转发的模式比起试图获得持续的连接来说是一种更好的选择。

7.5.4.2 基于保管传送的可靠传输

在缺少端到端路径的情况下,保管传输通过将可靠性交付责任沿着从源节点到目的节点的路径上进行跳到跳的转移来改善端到端的可靠性。另外,保管传输可以有效改善信息源节点的重传缓存利用。当应用层发送的束请求保管传输时,收到束并同意接受其可靠传递责任的节点称之为保管员(custodian)。当某个节点收到并同意对 bundle 保管时,就向当前信息的保管员发送确认回复和保管接收信号,一旦当前保管员收到确认回复,就将缓存中的束删掉以恢复存储空间。此时,束的可靠性保管传输责任交由下一跳。当前保管员在转发束后,如果在规定的时间内没有收到下一跳的回复确认,则对束进行重传并等待确认回复。该过程在源节点到目的节点的路径上不断地重复,直到将束可靠地递交到目的节点。信息的保管传输过程[83]可参考图 7.37。

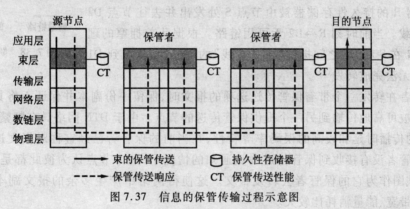

图 7.37 信息的保管传输过程示意图

在保管传输过程中,并非所有 DTN 节点都需要接受保管传输,例如有些节点在有足够存储资源时可以作为保管员,但当在拥塞或低功耗运行时可以选择不提供这种服务,因此它不是一个真正的逐跳机制。节点接受保管,束层向信息的当前保管员发送一个保管传输接收信号,保管员的 EID 显示在束头部字段中。同时,将信息的当前保管 EID 更新为接收保管传输节点的 EID。在某些情况下,一个束的源可能没有能力提供这种服务,这个束在获得保管之前可能要穿过多个 DTN 节点,其当前保管员 EID 字段被设置为空。DTN 体系结构的保管传输的特色只是提供了一个粗粒度的重传能力。保管员的存在可以改变 DTN 路由执行的方式,尽快地把一个信息转移到另外一个保管员那里是有益的,即使它离信息的目的地比其他可达节点比较远。保管传输不仅提供了用于跟踪信息的处理过程和识别参与保管传输的节点的方法,还提供了一个增强的可靠性信息交付机制。通常,保管传输依赖于底层的可靠交付协议,然而,当需要保管传输时,束层提供一个粗粒度的超时重传机制和保管员之间的确认机制。当应用程序不需要保管传输时,将不会执行束层的超时重传机制,此时束层信息的成功传输只依赖于下层协议的可靠性机制[65]。

由于 DTN 的保管传输协议支持跳到跳确认和重传功能,当链路中断时,信息可以长时间存储在节点的持久性存储器中,只要信息在其有效生存期内,待到有链路可用时就可以将其可靠地发送到目的位置。

7.5.4.3 DTN 网络拥塞控制机制

DTN 路由器将满足保管传送条件的报文存储在持久性存储器中,直到连接机会出现才被传送。一个具有受限存储器资源的通信节点为许多报文担当保管者,极端情况下,当存储器资源被耗尽时,该节点可能几乎没有能力去承担必须要通过它的其他报文,只有等待存储队列中的报文生存期满或使用缓冲管理策略缓解资源紧张问题后,该保管者节点才能重新使用存储器保存一个新的请求保管的报文。这就导致了队首拥塞问题的发生。如图 7.38 所示,路由器 R 的持久性存储器被由节点 S 处发出并去往节点 D2 的报文加载。当前时刻 R→D2 无可用链路。根据队首拥塞的理论,即使 R 在 S 和 D1 之间提供"永久在线"的连通性,从 S 到 D1 的报文也无法完成转发[65]。

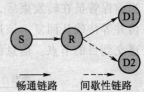

图 7.38　队首拥塞

保管者在转发一个带有保管传送选项的报文时,保留一份副本并保证不将其删除,直到它能够被可靠地传输到另一个提供保管传送的节点。由于 DTN 网络具有频繁的链路中断、较大的传播时延和较高的误码率等特性,在当前的保管者已经宣称对报文进行保管、原报文保管者没有接收到保管传送确认通知的情况下,两个节点认为彼此都是报文的保管者,都试图作为它的保管者去转发报文。这使得网络中产生多余的报文副本,导致资源、缓存、带宽、能量消耗比较大。

由于空间网络拓扑结构不断变化、通信距离远、时延高、部分节点存储资源有限等特殊性,使用保管传送机制更容易导致网络副本的增加和存储器拥塞问题的发生。同时许多 DTN 路由协议通过增加网络中报文副本数量的方式提高网络(链路时断时续、传输延迟大)中的报文传输机率,这样的路由设计会极大地浪费网络资源,引起网络存储资源的紧张,导致网络拥塞。一个通信节点发生网络拥塞时,一般按照如图 7.39 所示的操作流程缓解这种状况[65]:丢弃到期的束;将束转移到别的节点;停止接收发出保管传送请求的束;停止接收常规的束;丢弃未到期的束;丢弃未到期的被保管的束。

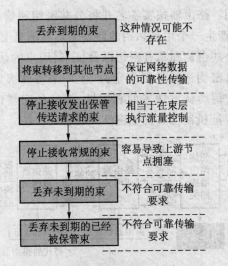

图 7.39 缓解网络拥塞的操作过程

7.5.5 容迟/容断网络的安全技术

与现有通信网络中的安全问题不同,DTN 具有非全连通性和动态拓扑等特点,使得传统网络中的在线用户身份鉴定和消息的完整性无法实施。DTN 安全技术的主要问题有:束分段的交互和密码机制的应用受限问题、密钥管理与身份认证问题、DTN 中逐跳安全机制问题。

DTN 网络基础结构的保护和接入基础结构控制是相当重要的。文献[84]讨论了 DTN 中的一些强制约束,并提出一种可扩展的基础保护方案,采用身份密码学解决交互认证、访问控制、数据安全性鉴别等问题。该方案的工作流程是:用户在使用 DTN 服务之前,首先用安全服务中心提供的证书注册用户的公共密钥,安全服务中心会给用户发放一个公共密钥拷贝和基本信用拷贝,该拷贝都带有证书认证标记。基本信用规定了用户的服务使用权限,并且具有时效性,过时无效。该安全框架缺少具体的算法实现,对于安全服务中心的依赖性较大。

传统的网络模型采用认证用户身份和消息完整性的安全措施,而不对转发消息的路由器进行认证。在 DTN 的安全体系结构中,路由器或网关等转发节点也需要被认证,并且转发节点对发送者消息进行认证,从而阻止了没有通过验证的数据传输,节省了网络资源[66]。为了实现安全模型,每个消息通过加上一个不变的"邮戳(postage stamp)"来标识发送者、一个和消息相关的服务等级请求以及其他密码方法,以此校验消息内容的正确性。在 DTN 的每一跳节点上,DTN 路由器负责证书的检查,并较早地丢弃未经过认证的业务流。

当 DTN 用户希望通过 DTN 路由器发送数据时,它必须首先向路由器提供它标记过的公共密钥和标记过的信用。路由器核实签名并将公共密钥和信用存储在缓存中。当路由器决定转发消息时,立即产生一个用其私钥的新签名加在消息上进行传递。在 DTN 中,用户和转发节点都有一对公共密钥和私有密钥以及证书,用户的认证表明服务类型的权限。发送者能使用他们的私有密钥进行签署绑定,产生一个特殊绑定的数字签名。该签名允许接收者使用发送者的公钥确认发送者的真实性、消息的完整性和发送者的服务类型权限。DTN 网络实现安全保证机制的过程如图 7.40 所示[85]:

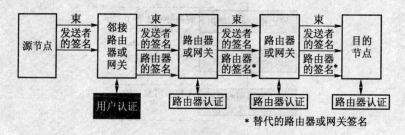

图 7.40　DNT 网络安全保证过程

● 源节点向邻接的下一跳路由器或网关发送束报文,其携带关于束详细说明的签名。如果下一跳节点没有发送者的认证,它将从发送者或认证中心获得一份认证;

● 第一个转发束报文的节点,即邻接的下一跳路由器或网关,利用其存储的相邻用户认证和认证中心的公钥确认发送者的身份和服务等级的授权。然后转发节点用自己的签名替换前一节点的信息;

● 后续的每一个转发节点都只确认其前一节点的身份,通过节点存储的相邻路由器的认证和认证中心的公钥,它将用自己的签名代替前一转发节点的信息。

在密钥管理和身份认证方面,大部分研究基于身份密码学,具有分布式密钥管理和离线认证的功能,通过计算基于时间的密钥序列和保存时间窗口的方式对数据进行加、解密。对于逐跳认证的 DTN 身份验证机制,密钥的更新和撤销操作需要与安全服务器进行在线连接。在无基站分布式的 DTN 中,采用基于信用的集中式用户认证机制,通过网络中的认证管理节点保存节点的认证信息。

对于数据的机密性保护和完整性鉴别,可以采用在每个消息分片后加入带有签名的函数值方法,实现分片的自我鉴别,为了减少系统开销,可以采用多个分片的累积鉴别方法,这要求分片按顺序接收;另外,也可以只发送一个函数和变量,通过函数和变量对消息片进行认证,这就避免了为每一个消息片发送签名。

7.5.6　容迟/容断网络的应用与发展

历经数十年的研究,传统有线网络的理论问题已基本解决。对于 DTN 的研究则刚刚展开,尽管时间很短,但发展很快,并已有许多潜在的应用。DTN 是对 Internet 体系结构的一个根本改变,而不仅仅是修修补补,它采用了一系列不同于 Internet 的设计理念:消息代替了分组、可靠安全的 hop-by-hop 通信代替了 end-to-end 通信、基于名称的路由代替了基于地址的路由、局部连接网络代替了全连接网络。DTN 可以很容易地覆盖在基于 TCP/IP 的 Internet 之上并保持兼容性。DTN 已经应用在星际互联网络、斑马研究网络[87](Zebranet)、水下声学调制通信、移动自组织网、泛在无线传感器网、环境监测网络(例如,data mule[88])和乡村网络(village networks)等受限网络中。

7.5.6.1　受限网络环境中的应用

1. 陆地民用网络

通过 DTN 可以连接各种移动无线设备,包括个人通信设备、智能高速公路和地球偏远村落。很多乡村通信项目为偏远村庄提供接入 Internet 的方法,其中一些项目正在通过异步信息传输方式降低通信的开销。例如,Wizzy 数字投递员服务:为南非一些村庄的学校提供 Internet 访问。该项目采用简单的一跳式延迟网络,让投递员驾驶安装有 USB 存储设备的摩托车在乡村学校和有永久 Internet 连接的大城市间往返,从而实现学校与 Internet 之间的连接。

2. 军用战场无线网络

DTN 实现军队、飞机、卫星和传感器的互联。用于采集战场信息,或者在无人区采集数据的自组织网络,也是 DTN 网络的一种。在军用自组织网络里,节点可以随意移动,并且很容易受到破坏;当传感器网络节点能量不足的时候,会一直向服务器发送数据或是周期性地休眠。这些系统布置在敌方环境中,节点移动、环境因素、或者故意的人为干扰都会导致连接断开。另外,这些网络上的数据传输会和高优先级的其他服务争用带宽。

3. 外太空网络

星际互联网络 IPN 的延迟比较大,卫星与地面一天只可以进行若干次机会通信。此外还有远距离的无线连接或者光连接,空气或者水中的声音连接。这些系统具有可预测的中断,由于环境条件,这些网络要忍受储运损耗,当偶尔可用的时候(例如,近地球的卫星每天都周期性"经过"),提供可预测的"存储‒转发"网络服务。

在未来的几十年里,NASA 以及其他机构计划了一系列的月球探测、火星探测等项目。2008 年 9 月 15 日的澳大利亚《每日航天》报道,英国萨里卫星技术有限公司制造的灾害监视星座(Disaster Monitoring Constellation,DMC)卫星使用为星际互联网设计的延迟容忍网络(DTN)协议成功传输了传感器数据。这是 NASA 利用 DMC 卫星进行天基抗中断传感器网络研究的一部分。星上使用了思科系统公司提供的互联网路由器。首个完整遥感图像数据以片段的形式从与萨里公司地面站通信的两个独立卫星上被下载,然后通过互联网传送到 NASA 格林研究中心,并重组为一个完整图像,然后又把该图像传回萨里公司处理。至 2008 年 12 月,激光与光电协会(Conference on Laser and Electro-Optics,CLEO)在太空环境中进行了很多路由试验,其中包括采用束覆盖层的 Saratoga 协议,以便充分地利用链路资源和应对极度不对称的链路环境,加快数据的传输,证明了在太空中使用束协议的可行性。

4. 野生动物保护

Zebranet 项目在斑马的项圈中安装了一个能够保存能量的 GPS。以研究斑马活动的习性。该项目开始于 2004 年。是早期 DTN 试验项目之一。项圈每隔几分钟会启动。记录 GPS 位置信息,每隔两小时会开启无线电功能,当两个项圈的距离在通信范围内时就会交换位置信息(采用 Epidemic 路由算法)。该网络的作用就是经过一段时间后,每匹斑马项圈上都存储了其他斑马活动的位置信息,研究者只需要获取少量斑马携带的信息,就可以知道斑马群的位置信息。现在这个项目仍在继续,解决设备能量的适应性和数据压缩问题。

5. 环境监测

在"污染者付费"的原则下,环境监测领域蓬勃发展起来,欧盟的欧洲水结构探测组织建议国家和地方政府展开保护水质的活动。在这个项目中,研究者们并没有选择端到端的通信方式,而是采用特殊节点(Data Mule,DM)在湖中巡游,实现 DTN 的存储转发机制。当船即 DM 回到船坞时,就可以和与 Internet 连接的汇聚节点交换信息。在这个项目中,使用 DM 除了低开销之外,还可以独立于基础设施,在各种载体上灵活设置。

7.5.6.2　开放性研究课题

对 DTN 网络的研究从星际网扩展到地面网和水下网以后,应用的驱动促使新的研究成果不断涌现,通过对研究内容和成果的分析,以下几个方面很可能成为 DTN 研究的热点[67]:

1. 应用层/传输层协议的开发

开发各种适用于 DTN 网络的应用层协议,不断完善面向消息的覆盖层协议体系。在现有 Intenet 协议体系中进行修改使其适应 DTN 的需求,例如多协议标签交换协议(MPLS),使其能够适应 DTN 的应用,或者改进 TCP 或者 UDP 协议,避免链路中断和高延时对上层应用造成显著的影响。

2. 路由算法及协议

DTN 中的路由技术结合基于知识的和基于多拷贝的两种策略的优点,在两者之间选择折中路由解决方案,这可以作为研究路由技术的较好切入点。在资源受限条件下的路由算法更符合 DTN 的网络环境,解决资源受限和分配不均衡条件下的路由问题也是研究者关心的热点。另外,需要建立完善的路由算法/协议评价指标,评价 DTN 路由算法时,首先要明确路由的根本目的是尽最大能力完成数据传输,在此基础上对路由算法进行评价,通常采用延迟和路由开销作为评价指标,也有文献利用休假排队模型建立延时模型,分析 DTN 网络中一跳的延时特征。

3. 安全技术

DTN 网络由于节点移动性和链路不稳定等因素存在着安全隐患,需要对数据采取差错检测、加密等安全措施,针对 DTN 网络中存在的安全保密问题是未来网络安全技术的研究热点。

4. 仿真环境研究

DTN 网络环境的仿真是 DTN 研究的重点。可以利用已有的网络仿真软件建立仿真环境,也可以开发 DTN 网络仿真平台,目前研究人员设计并开发了一个 DTN 束转发系统。DTNRG 也开发了 DTN-2 平台,在其网站上可以获取,该平台实现了一些与 DTN 相关的协议。DTN-2 现在仍在不断地完善中,也期望更多的研究爱好者加入到开发和维护的行列中来。

随着人们对 DTN 网络的认识越来越深入,DTN 网络中的资源管理、QoS 保障等方面也将会成为未来的研究方向。相信通过对该领域的研究,可以扩展现有网络的范围,最终形成一个更为广阔的大网络,激发出更多的应用和对未知世界的不断探索。DTN 的研究和发展将对军事战争、航天通信、灾难恢复、应急抢险等领域的消息交互提供有力的科学理论和技术支持。

本 章 小 结

空间网络对于维护国家安全、促进经济发展具有重要的意义。本章介绍了临近空间网络、卫星网络、太空网络以及 DTN 网络的关键技术。

临近空间网络在信息共享、通信保障、指挥控制以及自然灾害快速响应等领域具有巨大的应用价值。临近空间飞行器的部署应用使得临近空间网络在空对地作战、情报收集、导弹防御、边境控制等军事应用中大展身手,能够有效提升空间军事系统的作战效能,增强空间攻防与作战能力。本章 7.2 节介绍了临近空间网络当前的研究成果及其关键技术。临近空间网络的研究具有重要的战略意义,期待着广大科研工作者更多的关注。

互联网自 20 世纪 90 年代开始飞速发展,如今已风靡全球,正在改变着我们的生活。与此同时,伴随着数字处理技术的不断提高,具备星上处理、基带数据交换的新型宽带通信卫星,逐渐成为通信卫星发展的热点。这两种技术的融合促使了宽带卫星网络的诞生,将极大地推动经济和文化发展。本章 7.3 节介绍了卫星网络当前的研究成果及其关键技术。但是,卫星网络作为一个新兴的研究领域,尚存在一些关键技术问题,如信号传输的可靠性问题、具备稳定性和可扩展性的路由协议、网络规划与管理,以及数据传输的安全保障机制等,期待着广大科研工作者更深入的研究。

实现行星、卫星、小行星、无人驾驶飞船和地面站之间的有效互联互通是未来顺利实施太空探索任务的关键所在。设计并实现太空网络的各项功能,有助于上述目标的实施。本章 7.4 节介绍了太空网络当前的研究成果,网络结构及其关键技术。虽然空间通信的发展历经了 40 多年,但并不能满足下一代空间网络的需求。目前,许多国际研究组织正投入大量人力、物力进行太空网络的开发,尽管已有大量工作朝着实现太空网络的方向进行,但对于完全实现太空网络,还面临着巨大的挑战,期待着更多的关注和研究。

　　DTN 网络是端到端连接和节点资源都有限时采用的一种网络解决方案,用以满足随意的异步消息的可靠传递。本章 7.5 节介绍了 DTN 网络当前的研究成果,网络体系结构及其关键技术。DTN 网络的研究将为军事战争、航天通信、灾难应急、野生动物跟踪、乡村教育等领域的信息交流提供有力的科学理论和技术支持,极大地推动未来网络通信智能化、泛在化、融合化的发展。

习　　题

1. 临近空间飞行器包括哪几类? 与其他飞行器相比,临近空间飞行器有何优势?

2. 影响临近空间链路性能的因素主要包括哪些? 可以采用什么解决方案?

3. 可以采用哪些方法来降低临近空间网络中的干扰?

4. 请分析基于弯管技术的卫星网络与基于星上处理技术的卫星网络,二者有什么区别?

5. 请分析比较 GEO 与 LEO/MEO 卫星通信系统的区别。

6. 长传输延时会对卫星网络造成什么影响?

7. 简述 TCP-Peach 的工作流程,该协议存在哪些问题?

8. 由于临近空间网络的链路连通性并不稳定,在数据中转过程中,路由表中的下一跳节点可能并不存在,在路由协议的设计中对这个问题如何考虑?

9. 简述 CCSDS 空间通信协议模型及各层主要完成功能。

10. 太空网络中的多媒体数据传输面临哪些挑战? 请提供一种传输层解决方案。

11. 由于 LEO 卫星的覆盖区域不断变化,当发生卫星切换时,如何保证地面的源节点或目的节点始终处于卫星的覆盖范围内?

12. 太空网络中如何设计传输层协议以保证多媒体数据的平滑传输?

13. 在容迟/容断网络中,采用何种通信模式保证其在高延迟、低数据率等网络条件下的通信? 并简述实现 DTN 通信模式的机制。

14. 在间歇性网络无连接条件下,转发策略如何实现减少端到端的传输延迟?

15. 简述 DTN 网络的安全机制实现过程。

参 考 文 献

[1] WANG W. Application of near-space passive radar for homeland security [J]. Sensing and Imaging: An International Journal, 2007, 8(1): 39 - 52.

[2] 钱雁斌,陈性元,杜学绘. 临近空间网络安全切换机制研究[J]. 计算机工程与应用. 2008, 44 (15): 18 - 22.

[3] STEPHENS H. Near-space [J]. Air Force Magazine, 2005, 88(7): 36 - 40.

[4]   TONG Z. USAF concerns the near space campaigns [J]. International Aeronautic Magizine, 2006, 5: 60 – 62.

[5]   YUAN Y. Prospects of near space vehicles in aerospace [J]. International Outer Space, 2006, 7: 28 – 32.

[6]   唐志华. 基于临近空间的目标探测及宽带通信 [J]. 测控遥感与导航定位. 2007, 37(11): 27 – 31.

[7]   SHEN CC, RAJAGOPALAN S, BORKAR G, et al. A flexible routing architecture for Ad Hoc space networks [J]. Computer Networks, 2004, 46(3): 389 – 410.

[8]   于小红, 朱祥华, 吕洪涛. 面向对象技术在电信网络资源管理系统中的应用[J], 通信学报, 2002, 23(12): 41 – 47.

[9]   JONATHAN W, RAJIV T. An object-oriented approach to the management of distributed application systems [J], Computer Networks and ISDN Systems, 1997, 29(3): 1869 – 1879.

[10]   WERNER M, DELUCCHI C, VOGEL HJ, et al. ATM-based routing in LEO/MEO satellite networks with intersattelite links [J]. IEEE Journal on Selected Areas in Communications, 1997, 15(1): 69 – 82.

[11]   UZUNALIOGLY H, YEn W, Akyildiz IF. A connection handover protocol for LEO satellite ATM networks [C]// Proceedings of the 3rd annual ACM/IEEE international conference on Mobile computing and networking (MobiCom). Budapest: ACM Press. 1997: 204 – 214.

[12]   STURZA MA. Architecture of the teledesic satellite system [C]// Proceedings of the International Mobile Satellite Conference (IMSC). Ottawa, Canada. 1995: 212 – 218.

[13]   CHANG HS, KIM BW, LEE CG, et al. Topological design and routing for low-earth orbit satellite networks [C]// Proceedings of the IEEE Global Telecommunications Conference (GLOBECOM). Singapore: IEEE Press. 1995: 529 – 535.

[14]   PADMANABHAN VN, KATZ R. TCP fast start: a technique for speeding up web transfer [C]// Proceedings of the IEEE Global Telecommunications Conference (GLOBECOM). Sydney: IEEE Press. 1998: 41 – 46.

[15]   AKYILDIZ IF, GIACOMO M, SERGIO P. TCP-Peach: a new congestion control scheme for satellite IP Networks [J]. IEEE/ACM Transactions on Networking, 2001, 9(3): 307 – 321.

[16]   AKYILDIZ IF, AKAN OB, CHEN C, et al. InterPlaNetary Internet: state-of-the-art and research challenges [J]. Computer Networks, 2003, 43(2): 75 – 112.

[17]   BHASIN KB, HAYDEN JL. Architecting communication network of networks for Space System of Systems [C]// IEEE International Conference on System of Systems Engineering (SoSE). Singapore: IEEE Press. 2008: 1 – 7.

[18]   Radio Frequency and Modulation Systems—Part 1: Earth Stations and Spacecraft. Recommendation for Space Data System Standards, CCSDS 401.0-B-20. Blue Book. Issue 20. Washington, DC: CCSDS, April 2009.

[19]   BURLEIGH S, CERF V, DURST R, et al. The InterPlaNetary Internet: a communications infrastructure for Mars exploration [J]. Acta Astronautica, 2003, 53: 365 – 373.

[20]   WILLIAMSON M. Deep space communications [J]. IEE Review, 1998, 44(3): 119 – 122.

[21]   JAMNEJAD V, HUANG J, LEVITT B, et al. Array antennas for JPL/NASA deep space network [C]// Proceedings of the IEEE Aerospace Conference. Montana: IEEE Press. 2002: 911 – 921.

[22]   KOMM D S, BENTON R T, LIMBURG H C, et al. Advances in space TWT efficiencies [J]. IEEE Transactions of Electronic Devices, 2001, 48(1): 174 – 176.

[23]   BHASIN K, HAYDEN J, AGRE J R, et al. Advanced communication and networking technologies for Mars exploration [C]// Proceedings of the 19th AIAA International Communications Satellite Systems Conference. Toulouse, France: 2001.

[24]   WILSON K, ENOCH M. Optical communications for deep space missions [J]. IEEE Communications Magazine, 2000, 38(8): 134 – 139.

[25]   CHIARALUCE F, GAMBI E, GARELLO R, et al. On the new CCSDS standard for space telemetry: turbo codes and symbol synchronization [C]// Proceedings of the IEEE International Conference on Communications (ICC). New Orleans: IEEE Press. 2000: 451 – 454.

[26]   BERNER J B, ANDREWS K S. Deep space network turbo decoder implementation [C]// Proceedings of the IEEE Aerospace Conference. Montana: IEEE Press. 2001: 1149 – 1157.

[27]   Consultative Committee for Space Data Systems, Telecommand Part 1 Channel Service, Recommendation for Space Data System Standards, CCSDS 201. 0-B-3, Blue Book (3) CCSDS, Washington, DC, June 2000.

[28]   Consultative Committee for Space Data Systems, Packet Telemetry, Recommendation for Space Data System Standards, CCSDS 102. 0-B-5, Blue Book(5), CCSDS, Washington, DC, November 2000.

[29]   LOU H L, GARCIA M G., WEERACKODY V. FEC scheme for a TDM-OFDM based satellite radio broadcasting system [J]. IEEE Transactions on Broadcasting, 2000, 46 (1): 60 – 67.

[30]   SCHODORF J B. Error control for Ka-band land mobile satellite communications systems [C]// Proceedings of the 52nd IEEE Vehicular Technology Conference (VTC). Boston: IEEE Press. 2000: 1894 – 1901.

[31]   Consultative Committee for Space Data Systems, Telemetry Channel Coding, Recommendation for Space Data System Standards, CCSDS 101. 0-B-6, Blue Book (6), CCSDS, Washington, DC, October 2002.

[32]   BURLEIGH S, CERF V, DURST R, et al. The InterPlaNetary Internet: a communications infrastructure for Mars exploration [J]. Acta Astronautica, 2003, 53: 365 – 373.

[33]   Consultative Committee for Space Data Systems, Advanced Orbiting Systems, Networks And Data Links: Architectural Specification, Recommendation for Space Data System Standards, CCSDS 701. 0-B-3, Blue Book (3), CCSDS, Washington, DC, June, 2001.

[34]   SHIH E, Calhoun B H, CHO S, et al. Energy efficient link layer for wireless microsensor networks [C]// Proceedings of the IEEE Computer Society Workshop on VLSI. Salt Lake City, Utah: IEEE Press. 2001: 16 – 21.

[35]   BURLEIGH S, HOOKE A, TORGERSON L, et al. Delay-tolerant networking: an approach to InterPlaNetary Internet [J]. IEEE Communications Magazine, 2003, 41(6): 128 – 136.

[36]   Consultative Committee for Space Data Systems, Space Communications Protocol Specification-Transport

Protocol (SCPS-TP), Recommendation for Space Data Systems Standards, CCSDS 714. 0-B-1, Blue Book (1), CCSDS, Washington, DC, May, 1999.

[37] Vahdat A, Becker D. Epidemic routing for partially connected Ad Hoc networks, Technical Report, Duke University, 2000.

[38] SHAH R C, ROY S, JIAN S, et al. Data MULEs: modeling a three-tier architecture for sparse sensor networks [C]// Proceedings of the IEEE Workshop on Sensor Network Protocols and Applications (SNPA). Anchorage, Alaska: IEEE Press. 2003: 30 – 41.

[39] AKYILDIZ I F, AKAN O B, CHAO C, et al. The state of the art in interplanetary Internet [J]. Communications Magazine, 2004, 42(7): 108 – 118.

[40] AKYILDIZ I F, EKICI E, BENDER M D. MLSR: a novel routing algorithm for multi-layered satellite IP networks [J]. IEEE/ACM Transactions on Networking, 2002, 10(3): 411 – 424.

[41] EKICI E, AKYILDIZ I F, BENDER M D. A distributed routing algorithm for datagram traffic in LEO satellite networks [J]. IEEE/ACM Transactions on Networking, 2001, 9(2): 137 – 147.

[42] CHEN C, EKICI E, AKYILDIZ I F. Satellite grouping and routing protocol for LEO/MEO satellite IP networks [C]// Proceedings of the 5th International Workshop on Wireless Mobile Multimedia (WoWMoM). Atlanta, GA: IEEE Press. 2002: 109 – 116.

[43] HENDERSON T R, KATZ R H. On distributed, geographic based packet routing for LEO satellite networks [C]// Proceedings of the IEEE Global Telecommunications Conference (GLOBECOM). San Francisco: IEEE Press. 2000: 1119 – 1123.

[44] The Sensor Web project, NASA Jet Propulsion Laboratory, Available from < http://sensorweb. jpl. nasa. gov >.

[45] DELIN K A, JACKSON S P. Sensor web for in-situ exploration of gaseous biosignatures [C]// Proceedings of the IEEE Aerospace Conference. Big Sky, MT: IEEE Press. 2000: 465 – 472.

[46] AKYILDIZ I F, MORABITO G, PALAZZO S. TCP-Peach: a new congestion control scheme for satellite IP networks [J]. IEEE/ACM Transactions on Networking, 2001, 9(3): 307 – 321.

[47] AKYILDIZ I F, ZHANG X, FANG J. TCP-Peach +: enhancement of TCP-Peach for satellite IP networks [J]. IEEE Communication Letters, 2002, 6(7): 303 – 305.

[48] GOFF T, MORONSKI J, PHATAK DS, GUPTA V. Freeze-TCP: A true end-to-end TCP enhancement mechanism for mobile environments [C]// Proceedings of the 19th Annual Joint Conference of the IEEE Computer and Communications Societies (INFOCOM). Israel, IEEE Press. 2000: 1537 – 1545.

[49] DURST R C, MILLER G J, TRAVIS E J. TCP extensions for space communications [J]. Wireless Networks, 1997, 3(5): 389 – 403.

[50] Consultative Committee for Space Data Systems, CCSDS File Delivery Protocol, Recommendation for Space Data System Standards, CCSDS 727. 0-B-1, Blue Book (1) CCSDS, Washington, DC, January 2002.

[51] IVANCIC W D. Security analysis of DTN architecture and bundle protocol specification for space-based networks [C]// Proceedings of the IEEE Aerospace Conference. Big Sky, Montana: IEEE Press. 2010, 1 – 12.

[52] WANG R, PARIKH C, BHAVANTHULA R, et al. Licklider transmission protocol (LTP)-based DTN for long-delay cislunar communications [C]// Proceedings of the 2010 IEEE Global Telecommunications Conference (GLOBECOM). Miami: IEEE Press. 2010: 1 – 5.

[53] AKAN O B, FANG J, AKYILDIZ IF. TP-Planet: a reliable transport protocol for InterPlaNetary Internet [J]. IEEE Journal on Selected Areas in Communications, 2004, 22(2): 348 – 361.

[54] REJAIE R, HANDLEY M, ESTRIN D. RAP: an end-to-end rate-based congestion control mechanism for realtime streams in the Internet [C]// Proceedings of the 18th Annual Joint Conference of the IEEE Computer and Communications Societies (INFOCOM). New York: IEEE Press. 1999: 1337 – 1345.

[55] TANG J, MORABITO G, AKYILDIZ I F, et al. RCS: a rate control scheme for real-time traffic in networks with high bandwidth-delay products and high bit error rates [C]// Proceedings of the Twentieth Annual Joint Conference of the IEEE Computer and Communications Societies (INFOCOM). Anchorage, Alaska: IEEE Press. 2001: 114 – 122.

[56] FUJIKAWA T, TAKISHIMA Y, UJIKAWA H, et al. A hybrid TCP-friendly rate control for multimedia streaming [C]// Proceedings of the 18th International Packet Video Workshop (PV). Hong Kong: IEEE Press. 2010, 134 – 141.

[57] MIYABAYASHI M, WAKAMIYA N, MURATA M, et al. MPEG-TFRCP: video transfer with TCP-friendly rate control protocol [C]// Proceedings of the IEEE International Conference on Communications (ICC). Helsinki: IEEE Press. 2001: 137 – 141.

[58] TRAN D T, LAWAS-GRODEK F J, DIMOND R P, et al. SCPS-TP, TCP and rate-based protocol evaluation for high-delay, error-prone links. SpaceOps, Houston, TX, 2002.

[59] REJAIE R, HANDLEY M, ESTRIN D. Architectural considerations for playback of quality adaptive video over the Internet [C]// Proceedings of the IEEE International Conference on Networks (ICON). Singapore: IEEE Press. 2000, 204 – 209.

[60] FANG J, AKYILDIZ IF. RCP-Planet: a rate control scheme for multimedia traffic in InterPlaNetary Internet [J]. International Journal of Satellite Communications and Networking, 2007, 25 (2): 167 – 194.

[61] FALL K. A delay-to-lerant network architecture for challenged Internets[C]//Proc of ACM SIGCOMM 03. New York: ACM Press, 2003: 27 – 34.

[62] 李向群, 刘立祥, 胡晓慧等. 延迟/中断可容忍网络研究进展[J]. 计算机研究与发展. 2009(8): 1270 – 1277.

[63] FARRELL S, SYMINGTON S, WEISS H. Delay-tolerant networking security overview[S]. draft-irtf-dtnrg-sec-overview-01.txt, Work in Progress, March 2006.

[64] RAMADAS M, Burleigh S, Farrell S. Licklider Transmission Protocol—Specification, RFC 5326 [S]. Networking Research Group, 2008.

[65] 焦龙宇. 基于DTN保管传送机制的空间网络数据可靠性传输研究[D]. 国防科技大学学术论文. 2009(4): 12 – 22.

[66] FAN X. State-of-the-art of the architecture andtechniques for delay-tolerant networks [EB/OL]. (2006 – 12 – 06) [2010 – 7 – 20]. http://www. paper. edu. cn/paper. php? serial_number = 2006,12 – 113

(in Chinese).

[67] 李向群,刘立祥,胡晓慧等. 延迟/中断可容忍网络研究进展[J]. 计算机研究与发展. 2009(8):
1270 - 1277.

[68] WOOD L, MCKIM J, IVANTIC W, et al. Saratoga: A convergence layer for delay tolerant networking,
work in progress for an-01 internet-draft[C]. IETF, July, 2007.

[69] OTT J, KAERKKAEINEN T, PITKAENEN M. Application Conventions for Bundle-based
Communications draft-ott-dtnrg-dtn-appl-00 [EB/OL]. http://www. watersprings. org/pub/id/draft-ott-
dtnrg-dtn-appl-00. txt.

[70] SYMINGTON S, DURST R, SCOTT K. Delay-tolerant networking custodial nulticast extensions draft-
symington-dtnrg-bundle-multicast-custodial-03 [EB/OL]. (2007 - 11 - 13) [2010 - 07 - 28].
http://www. watersprings. org/pub/id/draft-symington-dtnrg-bundle-multicast-custodial-03. txt.

[71] WYLLIE J, EDDY W, ISHAC J, et al. Automated bundle agent discovery for delay/disruption-tolerant
networking draft-wyllie-dtnrg-badisc-01 [EB/OL]. (2007 - 11 - 18) [2010 - 07 - 28]. http://www.
watersprings. org/pub/id/draft-wyllie-dtnrg-badisc-01. txt.

[72] XUE J, LU H, SHI L. A survey of DTN routing technology [EB/OL]. (2007 - 11 - 21) [2008 - 02 -
18]. http:// www. paper. edu. cn/paper. php? serial_number = 200711 - 407.

[73] 朱敬. 延迟容忍网络路由协议的研究[D]. 中南大学学术论文, 2009 (5):13 - 24.

[74] LINDGREN A, et al. Probabilistic Routing in Intermittently Connected Networks[J]. Mobile Comp.
and Commun. Rev. , vol.7, no. 3, July, 2003.

[75] MUSOLESI M. Adaptive Routing for Intermittently Connected Mobile Ad Hoc Networks [J]. IEEE
WoWMoM 2005.

[76] FALL K, DEMMER M. Delay/disruption tolerant networking[C]. Proceedings of 7th ACM International
Symposium on Mobile Ad Hoc Networking and Computing (MobIHoc '06), May 22 - 25, 2006,
Florence, Italy. New York, NY, USA: ACM, 2006.

[77] 樊秀梅等. 容迟/容断网络路由技术研究[J]. 中兴通讯技术, 2010, 15(6): 37 - 40.

[78] PARK I, IDA P. Energy efficient expanding ring search[C]. The First Asia International Conference on
Modelling and Simulation: IEEE Computer Society 2007, 3: 198 - 199.

[79] JAIN S, FALL K, PATRA R. Routing in a delay tolerant network. Proceedings of ACM SIGCOMM,
2004, 34: 145 - 158.

[80] WIDMER J, BOUDEC J L. Network coding for efficient communication in extreme networks [C].
Proceedings of Conference on Applications, Technologies, Architectures, and Protocols for Computer
Communications (SIGCOMM '05), Aug 22 - 26, 2005, Philadelphia, PA, USA. New York, NY,
USA: ACM, 2005: 284 - 291.

[81] WANG Y, AIN S, MARTONOSI M, et al. Erasure-coding based routing for opportunity networks[C].
Proceedings of Conference on Applications, Technologies, Architectures, and Protocols for Computer
Communications (SIGCOMM '05), Aug 22 - 26, 2005, Philadelphia, PA, USA. New York, NY,
USA: ACM, 2005: 229 - 236.

[82] CERF V G, KAHN R E. A protocol for packet network intercommuncation[J]. IEEE Transactions on

Communications, 1974(22): 637 – 648.

[83] 祈彦. 延迟容忍网络拥塞控制技术的研究[D]. 重庆大学硕士论文. 2009(4): 14 – 16.

[84] DURST R C. An infrastructure security model for delay Tolerant Networks[OL]. July 2002. http://www. dtnrg. org.

[85] WARTHMAN F. Delay-Tolerant Networks(DTNs)—A Tutorial [OL]. Version1. 1, forrest@ warthman. com, May 2003. http://www. dtnrg. org/wiki/Docs.

[86] 熊永平,孙利民,牛建伟,刘燕. 机会网络[J]. 软件学报,2009,20(1):124 – 137.

[87] JUANG P, OKI H, WANG Y, et al. Energy-efficient computing for wildlife tracking: Design trade-offs and early experiences with zebraNet[A]. In Proc. ASP-LOS2002[C], 2002.

[88] SHAH R, ROY S, JAIN S, et al. Data MULEs: Modeling a three-tier architecture for sparse sensor networks[A]. IEEE SNPA Workshop[C], 2003, 215 – 233.

第8章 可信网络

互联网的日益发展,已经深入到人们生活的方方面面。第27次中国互联网络发展状况统计报告显示,截至2010年12月底,我国网民规模达到4.57亿,手机网民规模达3.03亿,是拉动中国总体网民规模攀升的主要动力;最引人注目的是,网络购物用户年增长48.6%,是用户增长最快的应用,预示着更多的经济活动步入互联网时代。在中国,互联网的影响显现出从娱乐化向消费商务化转型的趋势,互联网给人们的生活带来了翻天覆地的变化。

然而,任何事物都是在矛盾中成长的,互联网也不例外。在改变人们生活的同时,互联网也带来了大量的网络安全问题,大量的垃圾邮件、无处不在的不健康咨询、隐私侵犯、计算机病毒等等,给人们的生活带来了不便和损失。这些问题的出现,原因是多方面的。从社会领域来分析,这是信息社会发展带来的新的犯罪形式,有待于社会法制规范的不断完善和人们道德素养的日益提高。但从计算机和网络的角度来看,早期的安全问题主要由于计算机本身的漏洞形成的;而近年来的安全问题以及今后一段时间的安全问题则主要是由于计算机所在的网络环境带来的,从网络协议、网络拓扑到网络防护手段等,都存在脆弱性,导致了网络安全问题层出不穷。

为此,很多学者开始了可信网络的研究。可信网络的研究来源于可信计算的相关理论,之后有学者提出可信网络的体系结构,进而对可信网络中的一些关键技术进行了大量的研究和探讨。这些技术有的是全新的适合下一代互联网的,有的是从目前的技术进行革新形成的。

本章从可信计算入手,讲述了可信计算平台相关技术,以此引出可信网络的相关概念和涵义,阐述了可信网络体系结构的组成。在此基础上,对典型的可信网络模型进行了描述;之后,总结了信任计算技术、网络保护、准入控制、可信认证以及密钥技术等可信网元技术。最后,列举了一些典型的可信网络实例,阐述了可信网络未来的发展趋势。

8.1 概　述

自从可信计算组织(Trusted Computing Group,TCG)成立以来,可信计算以及与之相关的技术层出不穷。在这种背景下,可信网络的相关技术得以快速发展,形成了可信网络的基本概念、内涵以及体系结构。本节就这些内容进行了阐述。

8.1.1 可信计算

1983年,美国国防部制定了世界上第一个《可信计算机系统评价准则》,第一次提出了可信计算机(trusted computer)和可信计算基(Trusted Computing Base,TCB)的概念。1995年第15届国际容错计算会议上,A. Avizienis教授提出了可信赖的计算(dependable computing)的概念,旨在通过规范系统的计算行为来避免不可信的计算服务,从而提高系统的安全性。1999年10月,由Intel、Compaq、HP、IBM以及Microsoft等国际企业发起成立了一个"可信计算平台联盟"(Trusted Computing Platform Alliance,TCPA),致力于促成新一代具有安全、信任能力的硬件运算平台。之后,很多从事计算机的硬件企业和软件企业陆续加入了TCPA。2003年4月8日,TCPA重组为"可信计算组"TCG,在强调安全硬件平台构建的基础上,加强了对软件安全性的重视,其目的是在可信平台技术基础上,由操作系统厂商和软硬件提供商合作开发,为客户提供安全可信的硬件和操作系统。TCPA与TCG已经制定了关于可信计算平台、可信存储和可信网络连接等一系列技术规范[1]。

8.1.1.1 可信计算的基本思想

可信计算组TCG推出了一系列规范,从行为的角度给出了实体可信的基本定义,可信指实体执行特定工作时的行为与预先设定的方式相同,认为"当一个实体始终按照预期的方式(操作或行为)达到既定目标,则它就是可信的"。

可信计算的基本思想是保障可执行实体的信息完整性。某个系统模块必须为其他的系统模块提供信任,并依此建立信任链。建立并传递信任链的过程也被称为"可信传递"。该过程可以递归进行,系统由某一可信根出发,逐步扩展其可信边界,最终保障形成完整的可信计算平台。倘若从一个初始"可信根"出发,每当平台计算环境转换时,这种信任可以这种方式完整的保持下去,那么平台上的计算环境就始终是可信的。在这种可信的计算环境下,运行实体也是可信的。

8.1.1.2 可信平台模块

可信计算平台涵盖了基础硬件、基础软件平台以及各种丰富的安全应用,可以大致划分成三个模块[2],如图8.1所示。即:

- 由嵌入主板上的可信平台模块(Trusted Platform Module,TPM)和可信BIOS组成的可信硬件层;
- 基于安全增强操作系统的可信基础平台层;
- 由一些安全应用组件组成的可信应用层。

其中,可信平台模块TPM是可信计算的关键技术,主要由CPU、存储器、I/O总线、密码运算器、随机数产生器和嵌入式操作系统等部件组成。可信平台模块的结构如图8.2所示。

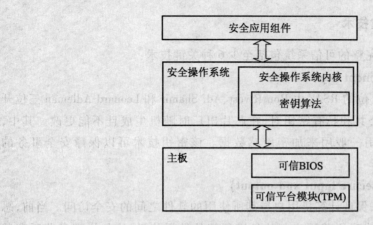

图 8.1　可信计算平台组成

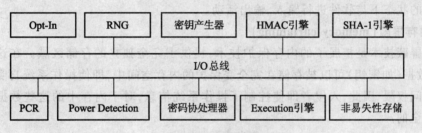

图 8.2　TPM 结构

I/O 总线是内外部数据通信的部件,非易失性存储部件用来存储根密钥、用户授权数据及永久性标志,RNG(随机数发生器 random number generator)利用硬件产生随机数用于产生密码算法所需的密钥,SHA-1 引擎主要使用 SHA-1 单向密钥算法形成信息摘要以获得 160 位的字节串,密钥产生器主要用于产生非对称算法的公私钥对和对称算法的密钥,密码协处理器用来完成基于传统加密算法的操作,PCR(平台配置寄存器,platform configuration register)是用来存放平台完整性信息的一组 160 位的寄存器,Opt-In 部件用来控制 TPM 的开关、使能等功能,Execution 引擎部件用来执行 TPM 中的相应的程序代码来完成相应的调用命令的功能,HMAC 引擎主要使用 HMAC 算法计算传输数据的 HMAC 值来检验数据在传输过程中是否被篡改,Power Detection 部件则主要负责 TPM 电源管理。

目前,TPM 技术和很多网络安全方案集成到了一起,在可信计算、可信网络领域发挥着重要的作用。

8.1.1.3　可信计算的关键技术

根据 TCG 规范,一个完整的可信系统包括至少 6 种关键技术:

1. 签注密钥(endorsement key)

签注密钥是一个 2048 位的 RSA(由 Ron Rivest、Adi Shamir 和 Leonard Adleman 三位开发者的名字首字母组成)公共和私有密钥对,在芯片出厂时随机生成且不能更改。其中,私钥永远在芯片中,而公钥一般用来加密敏感数据。该密钥技术可以保障安全事务的执行。

2. 安全输入和输出(secure input and output)

安全输入、输出是用来保证计算机用户与其所使用的软件之间的安全访问。当前,恶意软件使用各种各样的方式来拦截用户与软件进程间的数据传送,比如说键盘监听和截屏等,具有很大的危险性。安全输入、输出技术使得用户与软件的交互能安全进行,数据在受保护的状态下与软件进行输入、输出活动。

3. 内存屏蔽(memory curtaining)

内存屏蔽技术是扩展了的内存保护技术,提供了完全独立的存储区域。在这种技术下,关键数据(如密钥)可以被存储在完全受保护的内存空间中,即使操作系统自身也没有完全的访问权限,因此,入侵者即使控制了操作系统信息,对于内存中的这些数据而言却仍然是安全的。

4. 密封储存(sealed storage)

密封存储技术通过把私有信息和使用的软硬件平台配置信息捆绑在一起来保护私有信息。这些受保护的数据只能在相同的软硬件组合环境下读取,大大提高了数据的访问安全性。比如,某个用户在他们的计算机上保存一首歌曲,而他们的计算机没有播放这首歌的许可证,他们就不能播放这首歌。

5. 远程证明(remote attestation)

远程证明技术允许被授权方获取用户计算机上的更改信息,通过第三方来保护计算机的信息完整性。例如,软件公司可以通过该技术来避免用户干扰公司的软件,通过硬件生成当前软件证明,之后将证明传送给远程被授权方来监控该软件公司的软件是否被干扰或破解。远程证明技术通常与公钥加密技术结合来保证发出的信息只能被发出证明要求的程序读取,而非其他窃听者。

6. 可信第三方(trusted third party)

可信第三方技术,简称 TTP 技术,指的是当有 A、B 两个节点希望进行通信时,通过大家认可的第三方计算机(即可信第三方)来确保 A、B 的通信能顺利进行,是一种远程认证技术。获得证书的双方可以进行自由通信。目前这种技术的应用比较广泛,但很多安全细节也还在研究之中。

8.1.2　可信网络

可信网络是可信计算的一个分支,是可信计算在计算机网络中的应用,是网络被广泛应用带来的必然趋势。随着网络技术和应用的日益发展,互联网日益呈现出复杂、异构等特点,当前的网络体系有着其固有的缺陷,最初网络应用的绝对自由主义理念和管理的无政府状态,已不适应当前网络的发展和人们的需求。

8.1.2.1　可信网络基本概念

在网络安全服务体系结构领域,早在 1988 年,国际标准化组织 ISO/IEC JTC1 就对开放式系统参考模型增加了关于安全体系结构的描述,提出了 5 种安全服务,即认证服务、保密性服务、完整性服务、访问控制服务和抗抵赖服务,以及实现这些安全服务的安全机制,还有这些安全服务和安全机制在 OSI 不同协议层的功能分配。目前在互联网的研究组织 IRTF 和技术标准组织 IETF 中对此展开了工作,但很多技术研究仍然在进行当中,例如网络中用户、主机的认证方面以及网络路由协议的安全性方面等。

美国政府于 1996 年 10 月启动了 NGI 的研究计划。作为 NGI 计划的一个补充部分,美国 100 多所大学于 1996 年底联合发起 Internet 2 研究计划[3],其目的是利用现有的网络技术来探索高速信息网络环境下的 NGI 应用,同时力图发现现有网络体系结构理论的缺陷部分,为新的信息网络理论研究提供需求依据。在 Internet 2 所提出的 NGI 体系结构中,中间件是在网络和应用之间为各种应用系统提供的一组公共的服务。Internet 2 中间件计划正开始在 Internet 2 上研究和部署网络中间件,向上层提供识别、验证、授权、目录和安全等方面的服务,其中主要是安全服务。

美国国防部国防先进研究计划局项目资助了由美国南加州大学信息科学研究所、麻省理工学院计算机科学实验室和伯克利加州大学国际计算机科学研究所共同参加的新一代 Internet 体系结构研究项目“NewArch”[4],开展 NGI 的体系结构研究。该项目组最近的研究成果对目前的 Internet 进行了反思,提出了 NGI 设计中的几条原则,例如面向变化的设计、可控制的透明性等[5]。

“可信网络”的概念在这种背景下被提出。在网络领域里,“高可信网络”旨在以高可信网络满足“高可信”质量水准的应用服务需要,已被正式写进中国国务院公布的《国家中长期科学和技术发展规划纲要(2006 年—2020 年)》,其中明确指出:“以发展高可信网络为重点,开发网络信息安全技术及相关产品,建立信息安全技术保障体系,防范各种信息安全突发事件”。

那么,什么是可信网络呢? 什么样的网络才符合可信的要求呢?

在早些时候,ISO/IEC15408 标准中指出,一个可信的组件、操作或过程在任意操作条件下都应该是可预测的,并且能够很好地抵抗应用程序软件、病毒以及一定的物理干扰所造成的破坏。自然,这个定义中囊括了可信网络。中国信息安全产业分会提出了可信网络平台,其中指出,如果网络中的行为与行为结果总是预期和可控的,那么网络是可信的。还有一些学者从认证、安全技术整合、内容安全、可信服务等角度对可信网络进行了定义。

林闯教授从用户行为的角度提出了关于可信网络的定义[6],认为一个可信的网络应该是网络和用户的行为及其结果总是可预期与可管理的,能够做到行为状态可监测、行为结果可评估、异常行为可管理。具体而言,网络的可信性应该包括一组属性,从用户的角度需要保障服务的安全性和可生存性,从设计的角度则需要提供网络的可管理性。不同于安全性、可生存性和可管理性在传统意义上分散、孤立的概念内涵,可信网络将在网络可信的目标下融合这 3 个基本属性,围绕网络组件间信任的维护和行为管理形成一个有机整体。一个可信任的网络可以提高网络的性能,降低由于不信任带来的监控、防范等系统的开销,提高系统的整体性能。同时,动态行为的信任可以提供比身份信任更细粒度的安全保障。

综合以上各类定义,本节对可信网络的概念总结如下:

(1) 网络中的计算节点本身符合 TCG 的相关规范,是可信计算节点,能抵御非法软件、恶意程序等的攻击和破坏;

(2) 在网络通信过程中的数据具有高度安全性,在满足用户使用的有限时间(如数据本身的生命周期过程)内能抵御中间劫持者的破坏和篡改;

(3) 任意用户在使用网络资源的源地址真实且可追踪,用户行为具有可监测、可预测和可管理性;

(4) 由(1)、(2)、(3)所带来的节点资源开销、时间开销和带宽开销不会影响网络本身的使用;

(5) 符合以上四条的单一网络环境本身,是一个可信网络环境;

(6) 异构的可信网络环境所组合成的网络环境,是一个可信网络环境。

以上几点中,(1)、(2)、(3)是可信网络的基本要求,(4)是可信网络的性能要求,(5)、(6)表明可信网络在拓扑上支持异构性。

8.1.2.2 可信网络基本内涵

可信网络在传统的网络安全技术的基础上增加了行为实体可信的思想,着重强调对网络状态的动态处理,其内涵与传统的网络安全技术已有所不同。总体来说,包含 3 个方面的内涵:可信的服务提供者、可信的网络信息传输以及可信的用户端[7]。

1. 可信的服务提供者

服务提供者的可信包括两个方面的内容,服务提供者的身份可信和行为可信。身份可信是指服务提供者的身份可以被准确鉴定、不被他人冒充,即身份真实有效;行为可信是指服务提供者的行为真实可靠、不带有欺骗性,不会给用户终端带来安全危险。其中服务提供者的行为信任包括两个方面,基本行为信任和高级行为信任。

1）基本行为信任

基本行为信任是指服务提供者的行为真实可靠、不欺骗、不随意中断服务、按契约的规定提供服务等。如在学校的数字资源的使用方面,服务提供者按规定及时提供可靠的数字资源,提供的内容与规定的契约相符合、不虚假不欺骗,并随时可用。

2）高级行为信任

高级行为信任是指服务提供者在提供服务的过程中没有破坏用户安全的行为,包括不提供带有恶意程序的内容、不将用户的私有信息透漏给第三方、不为了商业利益对用户进行其他破坏行为等。如在学校的数字资源的使用方面,服务提供者的内容不携带蠕虫和木马病毒等可能影响用户安全的恶意程序,不将用户的私有信息如电子邮件地址等有意无意透漏给第三方以及不提供不安全的超链接等。

2. 可信的网络信息传输

网络信息传输的可信是指网络各节点对原有数据不增加、不删改并及时有效地传输到正确地地址,在传输信息时可以根据用户的要求在指定的路径上传输信息,其核心是保证信息在传输过程的保密性、完整性和可用性。网络信息传输的可信一方面要防止第三方对网络传输中信息的破坏,另一方面也要防止网络本身可能给传输的信息带来破坏。在制定的策略方面,一方面要在接收方和发送方从技术上保证传输信息的可信性;另一方面也要从法律制度、管理和技术等方面保证网络信息不被网络本身和第三方破坏的可信性。

3. 可信的用户端

现有的网络保护措施主要集中在对服务器和网络的保护上,大都忽略了对用户端的保护。然而,用户端本身能创建和存放重要的数据,同时也可能由于其脆弱性引发计算机安全问题。倘若能从用户端源头开始控制不安全因素,使其符合安全的行为规范,就可以更加完善地保证整个网络的安全。用户端可信又包括两个方面的内容,即身份可信和行为可信。身份可信是指用户的身份可以被准确鉴定、不被他人冒充,即终端用户的身份真实有效;行为可信是指终端用户的行为可评估、可预期、可管理,不会破坏网络设备和数据。

8.1.2.3　基于 IPv6 的可信网络基本特征

互联网技术将进入更新换代的时期,以 IPv6 为基础的 NGI 已经成为国际、国内的研究热点。作为 NGI 的一个重要内容,可信网络应该以 IPv6 为基础内容,重点解决 NGI 的更安全、更可信问题。吴建平教授的学术梯队基于 IPv6 对可信网络特征进行了总结[5]。

（1）特征 1:网络地址及其位置真实可信

很多恶意网络攻击和欺骗技术使用虚假源网络地址进行恶意破坏,比较难以追溯。在网络空间里使用"实名"方式已显得很重要,也是网络是否可信的前提之一。具体来讲,包括 3 个方面的内涵。一是真实性,指网络基于真实 IPv6 地址访问;二是可追查性,指根据真实 IPv6 源地址可追查网络地址的真实位置;三是可监控性,指根据网络用户实体的真实位置可监测和控制网络用户实体的行为。

（2）特征 2：网络应用实体真实可信

主要包括两个方面，一是身份可信性，指真实 IPv6 源地址可增强网络用户实体身份的可信度；二是应用安全性，指可支持安全可信的网络应用。

真实 IPv6 源地址寻址结构在可信任的 NGI 的体系结构中，属于可信任网络基础设施层面，也是可信任网络其他层次的基础。从可信任的角度出发，真实 IP 地址访问的问题实际上是地址的从属关系问题。实体发出的报文应该只携带它拥有的地址，报文只应该被拥有其源地址的实体发出。在原来的互联网设计中，假设网络的所有设备（包括主机和路由器）都是可信的，而在目前复杂的网络环境下，对主机的信任已经不存在，所以必须依靠网络的基础设施来保证源地址的从属关系被实现。基于网络本身的分层结构，真实地址的访问体系结构被分为域间真实地址访问、域内真实地址访问和子网内真实地址访问三部分，他们有机地组合在一起，共同形成一个真实地址访问的框架。

8.1.3　可信网络体系结构

传统的网络体系结构以协议为核心进行分层，强调协议功能的分工合作。传统网络中的安全概念也主要从协议出发，关注"包"数据的安全性。在同一个网络域中，传统安全体系主要按照"集中式"的方法对通信内容进行检测、维护等，属于被动防御体系。事实上，网络安全研究的理念已经从被动防御转向了积极防御，不再局限于在共享信息外围部署安全防御，而需要从访问源端的开始进行安全分析，尽最大努力阻止不可信的信息从源节点发出。

可信网络的体系结构也是一个层次模型，可以分为可信网络基础设施层、可信评估层和可信应用层，如图 8.3 所示。

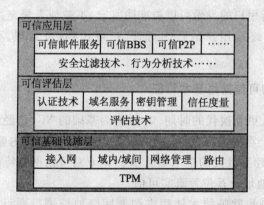

图 8.3　可信网络体系结构

可信基础设施层是可信网络通信的基础保障，提供对接入网、域内/域间的可信访问机制和网络管理,同时采用 TPM 技术进行可信计算。其中,TPM 是网络终端机的可信计算基础,在终端机主板中置入 TPM 模块,以保证终端数据安全。在网络路由及管理上,可信网络利用真实的主机有效标记进行寻址和交换,比如说,基于 IPv6 的真实地址访问机制。总之,可信网络基础设施层应该具有两大基本特征,第一是终端设施可信,第二是网络路由可信。

可信评估层包括了各类认证技术、信任度量技术、域名服务技术以及密钥管理技术等,主要为可信网络中的各类应用做安全保障。该层是可信网络中的一种公共安全服务层,可信评估层对通信节点之间进行评估服务、加解密服务等,为通信节点提供安全指示和主动防护,利用并封装底层基础设施提供的可信任功能。

可信应用层给用户提供可信的典型应用,如可信电子邮件、可信 P2P、可信 BBS 等。在可信评估层的基础上,尽最大能力杜绝垃圾信息、病毒信息;提供用户行为记录与分析,提供安全隐私保护、知识产权保护等;对服务本身的行为进行安全跟踪,以确保服务本身的安全性。

8.2 可信网络模型

在网络领域,研究者们设计出了较为全面的可信网络模型,开始从系统终端计算环境的可信,扩展到全网可信的研究。本节将讨论目前可信网络的网络模型,其中重点介绍可信网络连接(Trusted Network Connection, TNC)网络模型和源地址验证体系结构(Source Address Validation Architecture, SAVA)网络模型,它们采用了不同的技术实现网络的可信和可靠,其体系结构不同,但总体来说都符合可信网络体系结构。

8.2.1 TNC 网络模型

2004 年 5 月,可信计算组 TCG 成立了可信网络连接分组(Trusted Network Connection Sub Group, TNCSG),负责研究制定可信网络连接 TNC 框架及相关标准。现在,TNC 已经形成了以 TNC 架构为核心、多种组件交互接口为支撑的规范的体系结构,且实现了与微软的网络访问保护(Network Access Protection, NAP)技术之间的互操作,同时,其规范也影响了互联网工程任务组(IETF)的网络访问控制(Network Access Control, NAC)规范的制定[8]。

与传统的网络安全观念不同,TNC 技术的着眼点是基于网络中各端点的安全性问题。在传统的网络安全保护观念中,网络连接的保护主要依赖于网络边界安全设备,即安全网关,主机上的安全措施只有操作系统本身具备的用户登录认证和文件读写授权等。面向边界防御的安全网关固然重要,但却不够完善。一旦骇客攻破网关而潜入某台内部主机,便可以肆无忌惮地侵犯局域网内的所有其他主机。另外,网关也无法防止来自内部的攻击和破坏。同时,日益提高的安全过滤和控制要求,以及不断增加的带宽需要,也给网关性能带来了很大的压力,容易成为瓶颈和弱点。这些久已存在的弊病,都等待基于端点安全的网络安全策略的出现。TCG 技术作为一种基于端点安全的网络安全技术,可以配合传统的边界安全技术,通过全局策略管理来部署全方位、多层次的纵深网络安全防御。TNC 技术将制定一系列的标准,这些标准将包含端点安全构件之间、端点主机或网络设备之间的软件界面和通信协议。它们将通过认证和符合性检查保障端点的完整性,对不满足要求的端点提供隔离,并尽可能加以纠正,从而从根本上保证网络系统的安全性。

TCG 设计 TNC 模型的原则是把 TNC 设计为一个开放的通用架构,与现有大量不同网络技术和网络设备协同工作。TNC 的一个重要目标是使用 TPM 的授权机制作为实现可信网络连接的重要组成部分。在 TNC 架构的基础上,TCG 可以开发不同的协议,在不同的网络标准下能达到以下共同的目标[9]:

- 平台认证:确认请求访问网络的终端(或主机)的身份,以及对平台的完整性进行验证。
- 终端完整性认证:建立终端状态的信任级别,这种信任级别通过应用程序的安全状态和升级情况、反病毒和入侵检测的标识数据库、操作系统和应用程序的升级与补丁检查、系统被恶意软件攻击的状态等信息来确立。
- 访问策略:保证终端设备及其用户的身份认证,在连接到网络之前生成终端的可信级别。
- 评估、隔离和修复:评估终端的完整性,确保不能达到安全策略标准的终端被隔离在网络之外;另外,如果存在合适的修复方案(例如软件升级、或更新病毒签名库),则应用修复方案,以使终端能够访问网络。

8.2.1.1 TNC 体系结构

TNC 是基于完整性和认证性双重概念开发的,提供了在不同种网络环境中采集和交换端口完整性数据的通用框架。其中,"完整性"是指某端点的"健康"状态或配置的预期状态是否与预先设定一致。由 IT 策略所定义,比如说系统是否遵守预先设定的策略且不参与恶意活动等;而"认证性"保证了系统只能被授权用户所使用。带有 TPM 的客户端可得到额外的安全性,因为 IT 能够将策略植入其中来判断平台的完整性和用户的认证性。

TNC 体系结构由网络访问层、完整性评估层与完整性度量层共三层组成,用以实现对接入平台的身份验证与完整性验证。每层由实体、组件和组件间的接口所组成,如图 8.4 所示。

为了更好地说明 TNC 体系结构的组成,下面我们对其实体、层次以及主要接口进行说明。

1. 实体

在 TNC 体系结构中,实体是一个逻辑概念。它可以是一个软件,也可以是一个硬件设备,还可以是网络中具有一定功能的一组设备,只要它们都是为部署 TNC 体系结构的网络

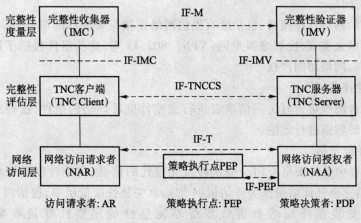

图 8.4 TNC 体系结构

实现了相同的功能就可以看做是同一个实体。

有 3 个实体是 TNC 所必须包含的,分别是访问请求者(Access Requestor, AR)实体、策略执行点(Policy Enforcement Point, PEP)实体和策略决策点(Policy Decision Point, PDP)实体。

AR 实体负责发出访问请求,收集平台完整性可信信息,发送给 PDP,申请建立网络连接。

PDP 实体主要完成对访问请求者身份进行认证并对其提交的状态信息进行核实,根据特定的网络策略决定是否对其授权。PDP 根据本地安全策略对 AR 请求进行判定,判定依据包括 AR 的身份与 AR 的平台完整性状态,判定结果为允许、禁止和隔离。

PEP 实体与访问请求者 AR 相连接,并执行策略决策点做出的决策,比如允许其访问网络,或对其进行隔离、修复等操作。PEP 负责控制对被保护网络的访问,执行 PDP 的访问控制决策。

事实上,TNC 的实体还可以包括元数据访问点、流控制器和传感器等可选实体。其中,元数据访问点存储并向其他实体提供访问请求者的状态信息,包括设备类型、用户信息、认证状态、终端设备策略执行状态、终端设备行为等;流控制器利用元数据访问点的状态信息及策略信息对网络访问行为进行控制;传感器向元数据访问点实时提交终端设备的动态信息[10]。

2. 层次

TNC 所包含的 3 个层次分别是网络访问层、完整性评估层与完整性度量层。其中,网络访问层支持传统的网络连接技术,而完整性评估层进行平台认证,且负责评估 AR 的完整性,完整性度量层则收集和校验 AR 的完整性相关信息。

1）网络访问层

属于传统的网络连接范畴,包括所有提供网络连接与安全性的组件,这些组件可以用不同的网络技术来实现,比如虚拟专网(VPN)、802.1x 等,这些组件包括了网络访问请求者、策略执行点、网络访问授权等。

2）完整性评估层

这一层包含那些负责对访问请求者进行完整性度量评估的组件,这些组件根据完整性度量层提供的数据进行评估。

3）完整性度量层

访问请求者中各种安全应用会提供涉及完整性的信息,完整性度量层负责搜集这些信息,并提供给完整性评估层作为评估依据[10]。在完整性度量层中,包括两个非常重要的部件,一个是安装在终端的负责收集终端完整性的完整性度量收集器(Integrity Measurement Collector, IMC),另一个则是进行验证的完整性度量验证器(Integrity Measurement Verifier, IMV)。

3. 接口

TNC 体系结构中存在多个实体,为了实现实体之间的互操作,制定了大量的实体间的接口,在 TNC 的通信过程中起着重要的作用[8]。

(1) 完整性度量收集器接口(InterFace for Integrity Measurement Collector, IF-IMC)

完整性度量收集器接口 IF-IMC 介于 IMC 和 TNC 客户端之间,主要用来从 IMC 采集系统的完整性度量值。通过这个接口,IMC 可以与 IMV 之间互相通信并传递消息,如果有必要的话还可以与 TNC 客户端之间协商通信。

(2) 完整性度量验证接口(InterFace for Integrity Measurement Verifier, IF-IMV)

完整性度量验证接口 IF-IMV 介于 IMV 和 TNC 服务器之间,主要用于传输从 IMC 到 IMV 之间发送系统完整性度量值。使它们之间可以交换消息,并且使 IMV 可以向 TNC 服务器发送策略制定建议。

(3) TNC 客户端－服务器接口(InterFace for TNC Client-Server, IF-TNCCS)

TNC 客户端－服务器接口 IF-TNCCS 涉及 TNC 客户端与 TNC 服务器之间的互操作,包括交换完整性度量数据。它定义的协议用来传递 IMC 和 IMV 之间的信息,比如附加的完整性度量请求、网络修正指令等。

(4) 消息通信接口(InterFace for Messaging, IF-M)

消息通信接口 IF-M 是供应商可通过对消息类型的定义来自定义 IMC-IMV 消息,这些消息通过 IF-TNCCS 来传输,IF-M 通过一个分配系统来识别以免重复。

(5) 网络授权传输接口(InterFace for Transmission, IF-T)

网络授权传输接口 IF-T 定义了在 AR 实体与 PDP 实体之间传输消息,AR 实体的 NAR 组件与 PDP 实体的网络访问授权者(Access Authority, AA)组件将会负责处理消息。

（6）平台可信服务接口（InterFace for Platform Trust Services，IF-PTS）

平台可信服务接口 IF-PTS 是一个 TNC 新增加的接口用来提供平台可信服务以保证 TNC 组件的可信性，TNC 希望可以在不久的将来使这个接口标准化。

（7）策略实施接口（InterFace for Policy Enforcement Points，IF-PEP）

策略实施接口 IF-PEP 允许 PDP 与 PEP 进行通信，特别是当 PDP 向 PEP 下发指令使 AR 从网络隔离后再重新赋予其网络访问权限的时候。

（8）元数据访问协议接口（InterFace for the Metadata Access Point，IF-MAP）

元数据访问协议接口 IF-MAP 用于 TNC 体系结构中的各个单元之间的数据共享，并使状态元数据相互关联。比如 TNC 各个单元如组件、用户、属性之间。

这些接口有的是用来维护实体之间的信息传输，如 IF-PEP 维护了 PDP 和 PEP 之间的信息传输，而 IF-T 维护了 AR 和 PDP 之间的信息传输；有的定义了各个组件之间的通信协议，如 IF-IMC、IF-IMV 和 IF-M 等。目前各个接口的定义都已公布，给出了详细的接口与协议的定义，有的甚至给出了编程语言与操作系统的具体实现[9]。

8.2.1.2 TNC 接入流程

AR 设备接入一个受保护网络需要一系列数据流的交互和应答来进行验证。一个基本的 TNC 体系组件之间的信息流交互，可以由 9 个基本步骤来实现，如图 8.5 所示。

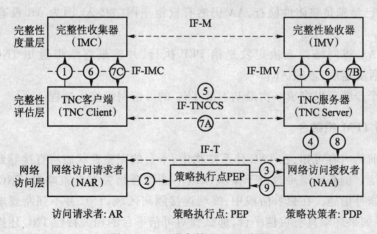

图 8.5 AR 设备接入 TNC 流程

这 9 个步骤简单描述如下：

步骤 1：初始化数据流。在进行网络连接和平台完整性验证之前，TNCC 需要对每一个 IMC 进行初始化。同样，TNCS 也要对 IMV 进行初始化。

步骤 2：当网络连接请求发生时，AR 向 PEP 发送一个连接请求。

步骤 3：接收到一个 AR 的网络接入的请求后，若网络访问授权者 AA 的配置能够执行用户授权、平台信任授权和完整性握手检查,策略执行点 PEP 将给网络访问授权者 AA 发送一个要求网络接入决定的请求。其中用户的授权在 AA 和 AR 之间能完成,而平台信任授权和完整性握手检查在 AR 和 TNC 服务器 TNCS 之间完成。在这里需要注意验证的顺序,如果用户授权没有达成,那平台信任授权和完整性握手检查也将不发生。

步骤 4:在 AA 和 AR 完成用户授权后,AA 通知 TNCS 将有连接请求。

步骤 5:通过校验(比如说,比较两者的有效 AIK 证书),TNC 服务器和客户端共同执行完成平台信任授权。

步骤 6:在完成平台可信验证后,TNC 服务器 TNCS 通知 IMV 新的网络连接请求的发生,需要 TNCS 执行完整性握手检查;同样地,TNCC 也要通知 IMC。

步骤 7:完成完整性握手检查需要有 3 个同时进行的数据流进行交互。

7A:在 TNCS 和 TNCC 之间进行对等连接,交换关于已有的整体性检查的信息,这些信息会传递到 AR、PEP 和 AA 组件,直到 TNCS 对 AR 的整体性状态满意为止;

7B:TNCS 将 IMC 的信息发送给对应的 IMV,IMV 分析 IMC 信息,并给出 IMV 行为建议和评估结论,返回 TNCS;

7C:TNCC 将 IMC 的信息发送给 TNCS,此处返回的 TNCS 的 IMV 的结论就是整体性握手检查结论。

步骤 8:当 TNCS 和 TNCC 已经完成整体性握手检查后,TNCS 将行为建议传给 AA。此时,即使 AR 已经满足整体性检查,AA 仍然有权拒绝网络接入,因为 AR 没有满足其他网络安全策略。

步骤 9:AA 将网络接入决定发送给 PEP 执行,并将最终结果通知 TNCS 和 TNCC。PEP 执行最后决定后,告知 AR。

上述 9 个步骤可以完成一次最基本的 TNC 的可信网络接入过程。

8.2.1.3 与 TPM 相结合

根据之前的内容可知,在 TNC 体系结构中,平台的完整性状态将直接导致其是否能被允许访问网络。倘若终端平台由于某些原因不能符合相关安全策略时,TNC 架构还考虑提供终端的修补措施。在修补阶段中,终端连接隔离区域,TNC 并不强制要求终端具有可信平台,但是如果终端具有可信平台,那么针对可信平台的相关特性 TNC 还提供了相应的接口。具有 TPM 与修补功能的 TNC 架构如图 8.6 所示。

作为可信硬件的基础,TPM 对客户端与服务器的完整性进行检测,通过检测后,系统才允许客户终端连接在网络上。防篡改芯片保存着与芯片及芯片所在平台相关的密钥和证书,因此,验证者可以确定何时可以安全地向一个连接平台开放网络连接。可信平台利用 TPM 硬件中的测试代码和平台配置寄存器,实现了完整性测试以及完整性报告,可信平台包含完整性测试引擎,用于采集完整性相关数据,并将结果保存在 TPM 硬件的配置寄存器中。作为平台引导和操作过程的一部分,完整性测试引擎由其他完整性引擎进行验证,

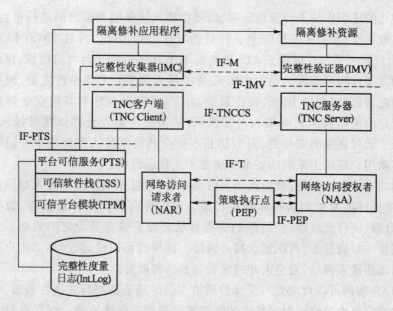

图 8.6 结合 TPM 模块的 TNC 架构

从而最终建立起源于 TPM 芯片的可信链接。TCG 认为,基于 TPM 实现完整性测试和报告的方法建立了一道牢不可破的屏障,使其有别于其他方式。

与硬件模块 TPM 相对应的是软件模块可信度量的核心部件(Core Root of Trust for Measurement,CRTM),从平台加电后就开始执行,是平台初始化代码中不可更改的一部分,是可信度量的起点。当终端启动时,CRTM 和 TPM 分别作为完整性度量信任根和完整性存储信任根,一层一层地去校验终端部件的可信性,从而保证整个终端平台的可信性。其执行流程如下:

(1)由完整性度量信任根测量 BIOS 可信度量值,度量值存入 TPM 中,之后信任根将控制权交给 BIOS;

(2)由 BIOS 测量主板上硬件及可选 ROM 可信度量值,然后测量操作系统加载程序完整性,所有测量结果存入 TPM,之后 BIOS 将平台控制权交给操作系统加载程序;

(3)操作系统加载程序测量操作系统完整性,测量结果存入 TPM,之后加载程序将控制权交给操作系统;

(4)操作系统测量应用程序完整性,将测量结果存入 TPM,TPM 将全部完整性值报告操作系统,操作系统首先对预定义基准值进行完整性检查。若未修改,对 TPM 所报告的完整性值序列进行可信验证,若发现有非法修改,中断平台使用;若报告的完整性值符合预定义状态,表明平台进入可信运行环境,允许平台正常运行。

通过上述执行流程,可以有效地保证接入终端装载的 IMC 和 TNCC 的完整性,避免因装载欺诈性 IMC 和 TNCC 而对架构造成安全威胁。当平台安全运行后,可以通过 TPM 产生一个数字化的证明作为平台身份证明,以便在接入端和服务端之间进行平台身份验证。该证明具有唯一性,有利于发生安全事件后的审计追责工作。并且 TNCC 和 IMC 可以通过 TNC 架构提供的平台可信服务 PTS 来查询 TPM 中的终端平台可信信息,保证了终端完整性度量的真实性和可靠性。通过 IMC 收集的接入端平台的完整性度量,服务端可以获取接入端的配置信息(包括 BIOS、操作系统、补丁、防病毒程序和其他安全要素),然后根据管理员设定的策略判断该终端的可信级别,从而决定是否允许该终端接入内部网络。这样就保证了远程终端的安全性,可以防止不安全的终端接入到网络中。同时也可以保证在远程移动用户终端上采取的安全措施处于正常运行状态。

当终端的可信级别不足,被拒绝接入内部网络时,服务端可以将接入端隔离到一个隔离网络,以避免可能发生的病毒和蠕虫传播。然后再向其提供补救服务,如操作系统补丁、病毒库升级、固件升级等,使终端的完整性状态符合管理员设定的策略。之后由终端重新发起完整性校验握手,再次请求接入网络。这样做可以使远程、移动用户不会因安全配置不足而无法接入网络,避免由此造成公司业务的损失。

此外,TNC 架构可以周期性对受保护网络中的终端重新进行完整性校验,也可以在网络管理员改变完整性策略时对网络中的终端重新进行完整性校验。而且当 IMC 或者 IMV 探测到终端的可疑行为时,可以由 IMC 或者 IMV 发起一次完整性的校验。如果终端不能通过完整性校验,那么将中断该终端的网络连接。这些都保证了网络的安全性,可以有效地防止远程用户在接入网络后,有意或者无意地使用一些带有严重安全漏洞的网络应用程序所造成的安全威胁。

8.2.1.4 TNC 设计方案

本节讨论并描述组件之间进行交互的设计方案,有些厂商生产的产品集合了 TNC 客户端和完整性度量控制器的角色,或者其他的一些多个组件进行整合的情况这里我们暂不做讨论。

1. TNC 客户端和 TNC 服务器互操作方案

TNC 客户端与服务器的互操作表现了各种终端完整性建立状态,包括检测、修复、重试等等。为了支持更多的行为,可信网络连接体系结构需要支持 TNC 服务器与客户端之间的连接管理,这样做的好处是完整性度量控制器和完整性度量验证组件之间可以单独设计,不需要考虑依赖关系,也不用考虑底层的传输机制。另外可信网络客户端与服务器被认为是用来保持它们之间会话上下文关系的最好实体。

一个 TNC 客户端与服务器连接管理的部署结构是网络连接 ID,它代表了可信网络客户端与服务器的逻辑关系,在这个连接上,可信网络客户端和它的完整性度量控制器建立了一个本地连接 ID,可信网络服务器和它的完整性度量验证组件之间也建立了唯一的一个本地连接 ID。当一个新的连接被初始化的时候,TNC 客户端与 TNC 服务器,都会产生这样一个唯一的连接 ID,以便完整性度量控制器和完整性度量验证组件识别它们的对应关系。连接 ID 的主要作用是为完整性度量控制器和完整性度量验证组件保持连接状态信息提供一个本地的解决方案，也可以用来保持完整性检查握手的状态信息。

TNC 客户端和 TNC 服务器的另一个主要功能是提供完整性度量控制器和完整性度量验证组件之间的消息传递，甚至它们不需要去理解所传递消息的语义，每个消息包括消息体、消息类型、消息接收者类型，TNC 客户端和 TNC 服务器利用消息类型和消息接收者类型决定向完整性度量控制器或者完整性度量验证组件传递消息。为了寻找适应当前大范围网络中的消息传递机制，使消息传递次数尽量少也是非常重要的。

2. TNCC-IMC 互操作及 TNCS-IMV 互操作

1）完整性度量控制器和完整性度量验证组件之间的安全通道

TNC 客户端与服务器需要提供一个安全的通信通道，这样完整性测量控制器和完整性度量验证组件就不需要考虑安全问题，而只需要考虑进行完整性的测量与验证。

2）多个 TNC 客户端对应一个访问请求者的支持

对于一个可信网络客户端来讲，要它对所有的多种类的可信网络服务器提供信息有很大难度，所以可信网络连接结构应支持一个访问请求者具有多个 TNC 客户端，以应对不同的网络结构。

3）平台无关性

对于如今不断扩张的网络，TNC 体系结构应该支持在异构网络上部署同样的机制，实现同样的功能。

4）支持在修复与完整性握手的过程中保持连接状态

当 TNC 客户端与服务器的关系被建立的时候，它们会选择连接 ID 代表它们之间的逻辑关系。当网络连接建立时，它们通告完整性度量控制器和完整性度量验证组件，并在完整性验证的过程中保持连接状态信息。

5）多连接支持

完整性度量验证接口必须支持多个网络连接和完整性检查握手，这种情况下一个 TNC 服务器对应多个客户端，并与多个完整性验证组件通信。

6）建议隔离的支持

完整性度量验证组件必须能够提供隔离建议，而完整性度量验证接口必须有传递这种建议的机制，只有这样网络隔离才能实现。这样才能在向完整性度量验证组件传递信息的基础上，避免这种对外公告隔离网络机制的缺陷。

8.2.1.5　TNC 基本状态

TNC 网络模型很重要的一个特性就是对没有通过完整性验证的访问请求者实体可以进行隔离与修复操作。为了更好地理解对没有通过完整性验证的访问请求者实体的纠正，这里对网络连接请求的 3 个基本状态进行描述。

1. 评估状态

在这种状态中,完整性度量验证组件根据网络管理员的策略执行对网络访问请求者的完整性验证,如果有必要,还将对完整性度量控制器传递修复指令。

在评估状态中,TNC 客户端向可信网络服务器报告完整性状态。在得到完整性状态信息后,完整性度量验证组件在可信网络服务器的辅助下完整地对网络访问请求者进行评估,判断它是否符合网络管理策略。完整性度量验证组件可以做出三种建议(允许、阻塞、隔离)。在这个过程中如果完整性度量验证组件认为有必要提出建议,它会将建议指令发送至完整性度量控制器。

2. 隔离状态

如果访问请求者通过了认证,并对网络具有一定的权限但是却没有通过完整性验证,策略决策点会对策略执行点返回一个指令,将访问请求者重定向至一个与网络相对隔离的环境中,访问请求者仍可以更新完整性信息。

在访问请求者未通过完整性验证的时候,将其隔离到一个独立的网络是非常重要的手段。这有助于保护整个网络避免受到非法访问,阻止病毒和蠕虫的泛滥。现在可以用来对访问请求者进行隔离的技术手段,主要有 VLAN 控制和 IP 过滤两种。VLAN 控制将访问请求者控制在一个受限网络中,主要目的是允许访问请求者访问修复所必需的在线资源,如病毒库定义、软件补丁等。在某些情况下,访问请求者访问受限服务,对同一子网内的主机还会或多或少有一些潜在的影响。使用 IP 过滤,策略执行点会配置一组过滤器,只有其中的网络地址是访问请求者可以访问的,策略执行点会丢弃向其他位置发送的网络报文。

3. 修复状态

访问请求者重新获得了对平台配置的修订,策略决策者针对访问请求者的策略参数重新使它处于在线状态。

TNC 网络有多种修复方案,主要是执行访问请求者的软硬件更新,以遵从目前的网络策略,主要目的是使访问请求者更新所有的完整性信息,包括操作系统补丁、反病毒升级等。当修复完成后,完整性度量控制器要求 TNC 客户端重新进行完整性检查握手,对访问请求者重新评估。

8.2.2　SAVA 模型

按照传统网络的设计,网络数据报文按照目的地址被传输,大部分情况不会检查源地址,这就给恶意主机伪装源地址提供了可乘之机。源地址验证就可以有效地避免这种情况的发生。真实地址寻址结构是可信网络的重要技术基础。在互联网中,地址是主机的标识,缺乏源地址认证,使得无法在网络层建立信任关系。而互联网基础设施不能提供端到端的信任,各种应用独自实施认证,不但效率低、难以统一,而且不能解决各种网络安全威胁。

当前网络面临着许多由于缺少信任而带来的问题,如路由转发基于目的地址,对于源地址不做检查,使得伪造源地址攻击轻易而频繁。在网络中,地址是主机的标识,缺乏源地址的验证则无法在网络层建立起信任关系。构建基于真实地址的路由寻址结构,能带来很多的好处:

- 可以防御伪造源地址的 DDoS 攻击,比如 Reflection 攻击等;
- 互联网中的流量更加容易追踪,设计安全机制和网络管理更加容易;
- 可以实现基于源地址的计费、管理和测量;
- 可以为安全服务和安全应用的设计提供支持。

总之,实现真实地址寻址结构,可以为上层安全服务提供可信网络的基础设施。而验证源地址的有效性,有助于实现以下目标:

- 由于携带伪造源地址的报文将不会被转发,就不可能利用伪装源地址发起网络攻击,更不用说完成一次大规模的网络攻击了;
- 可以断定所有的网络数据报文的源地址都是正确的,就能准确无误地回溯,这有益于网络分析、管理和审计;
- 在发展源地址认证的过程中,通过做评估试验,验证了 SAVA 网络模型在借鉴了前人的基础上有了长足的进步。

清华大学的吴建平教授提出了一种"真实 IPv6 源地址验证体系结构"[12, 13]用以验证互联网中每一个数据报文的 IP 地址的真实性。该结构简称为 SAVA 结构,包括用于接入子网的措施、用于自治系统间网络的措施和用于自治系统内部网络的措施。

8.2.2.1 SAVA 体系结构

吴建平教授基于网络本身的分层结构,将 SAVA 分为 3 个层次:接入子网真实 IPv6 源地址认证、自治系统内真实 IPv6 源地址认证和自治系统间真实 IPv6 源地址认证[12],如图 8.7 所示。

SAVA 网络体系结构中 3 个层次有机地组合在一起,共同形成真实地址寻址结构的框架。接入网络的源地址认证可以防止在同一个网段内伪装地址,这可以实现主机粒度的源地址认证。自治系统内的源地址认证可以使管辖范围内的主机被禁止使用任意的地址。自治系统间的源地址认证对于侦测伪装地址十分必要,尤其是当前两级的源地址认证误判或者失效的时候。不同的层次实现不同粒度的 IPv6 源地址真实性验证,在每一个层次允许不同的运营商采用不同的方法,这一体系结构设计平衡了整体结构的简单性和组成上的灵活性。

接入子网拥有基于 IPv6 的主动部署检测功能,且对接入的子网进行认证;在同一自治系统内部以及不同自治系统之间设置了基于 IPv6 的路由过滤功能。自治系统之间以及自治系统本身都基于 IPv6 进行标签映射。

基于网络本身的分层结构,真实地址的访问体系结构被分为域间真实地址访问、域内

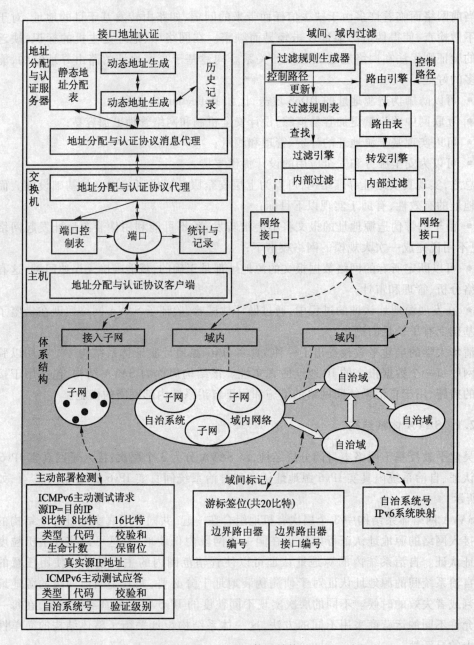

图 8.7　SAVA 体系结构

真实地址访问和子网内真实地址访问 3 个部分,它们有机地组合在一起,共同形成一个真实地址访问的框架[5],如图 8.8 所示。

　　域间真实地址方法实现自治系统(Autonomous System,AS)粒度的真实地址验证功能。

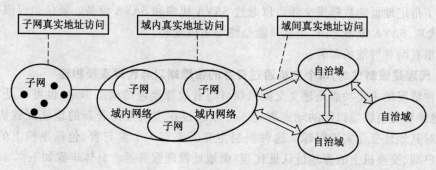

图 8.8　真实 IPv6 地址寻址结构

根据验证规则的生成方式,设计实现了两类方法:基于路径信息方法和基于端到端轻量级签名的方法。前一种方法适合于邻接部署,后一种方法适合于非邻接部署。

域内真实地址方法实现地址前缀级的真实地址验证功能。设计了基于路径和距离的反向地址查找机制和源地址验证模块,可以部署在边缘路由器或域内路由器上。

子网内真实地址方法保证在网络中的报文应该来自拥有该报文源地址所有权的某子网内的主机。针对不同的部署能力,设计了两类机制:IPv6 真实地址分配和接入交换机的准入控制机制,主机与安全网关之间端到端的认证机制。

与国际上各种源地址假冒防御机制相比,上述这些机制和协议具有简单高效、松耦合、多重防御、支持增量部署和激励机制等优点,形成了一个完整的系统解决方案。

SAVA 网络模型中含有多重保护的解决方案,因为网络中有许多重要的节点需要去验证源地址,在单防护模型中源地址验证仅仅发生在主机接入网络时,这种源地址验证机制无法充分地部署,使得伪装源地址还有可乘之机,显然这种情况是可以预知的。一个多重防护可以覆盖部署过程中出现的"洞",可以有效地验证整个网络的源地址。即使不能大规模部署,这种源地址认证机制还是能有效地阻止伪装源地址的攻击。

此外,SAVA 结构支持多个独立的松散耦合的验证机制,形成这种方式的原因主要是Internet 的庞大。在如此大的网络上利用一种源地址认证机制实现源地址认证是不现实的,不同的运营商应可以选择部署不同的源地址认证机制。而且在网络的不同部分也需要不同的机制来实现,SAVA 模型本身就是一系列共存的相互协调的源地址验证机制。

8.2.2.2　接入子网的源地址认证

在接入网级别,SAVA 体系结构保证接入子网中的主机不可以使用其他主机的地址。主机地址必须是被验证过的地址,既可以是静态的,也可以是动态的。要实现这一点,需要在以太网中提供 3 层源地址验证设备(SAVA 设备),这种设备可以集成在用户端预置设备的路由器上,也可以使一个单独的设备,部署在一个接入网络上,源地址认证代理被部署在接入网络内,实际上这些代理是部署在连接主机的第一跳交换机和路由器上。只有被分配了指定地址的数据报文才可以通过 SAVA 代理和 SAVA 设备。通信也仅限于主机、SAVA 代理、SAVA 设备之间,而且只能是终端主机发起。

这里有两种可能的部署:

1. 代理是强制性的,每个主机通过自身的物理端口与代理直接相连

这种情况的主要功能是建立交换机端口与有效源地址的动态绑定,也可以是 MAC 地址、源地址和交换机端口间的动态绑定。可以通过在主机上部署新的地址配置协议实现交换机对其地址变化实现跟踪。这种机制主要需要有 3 个参与者,包括主机上的源地址请求客户端、交换机上的源地址认证代理、源地址管理服务器。具体步骤如下[13]:

步骤 1:源地址请求客户端从主机上发送 IP 地址请求。交换机上的源地址认证代理回复 IP 地址请求到源地址管理服务器,并记录 MAC 地址与端口号。如果地址已经被主机指定,则主机需要发送请求信息到源地址管理服务器进行验证。

步骤 2:在源地址管理服务器接收到 IP 地址请求后,将为源地址请求客户端分配一个源地址和管理策略,并保存 IP 地址到历史记录数据库用以回溯,然后向源地址认证代理发送包括分配地址的响应消息。

步骤 3:在源地址认证代理收到响应后将在绑定表中绑定 IP 地址和 MAC 地址到交换机端口,然后转发分配主机的地址给源地址请求客户端。

步骤 4:接入交换机过滤主机发出的数据报文,报文不遵循 IP 地址与交换机端口对应关系的将被剔除。

2. 主机必须执行网络接入认证,并产生密钥来对报文加密,这种情况下源地址认证代理是可有可无的

这种情况的主要思想是采用密钥机制来实现网络接入认证。一个会话密钥被发送到每一个连接到网络的主机上,每一个报文都用会话密钥进行了加密保护,只要能够确定报文是从哪个主机发出的,就能跟踪发出报文的主机地址,并能够确定报文携带的源地址信息是否就是非配给主机的源地址。具体步骤如下:

步骤 1:当主机需要建立连接时,需要执行网络接入认证。

步骤 2:网络接入设备为 SAVA 代理提供一个会话密钥,该密钥被下发给 SAVA 设备,SAVA 设备将密钥与主机 IP 地址绑定。

步骤 3:当主机向外发送报文时主机或者 SAVA 代理需要利用数据和主机对应的密钥产生一个消息认证码,消息认证码可以写在 IPv6 扩展头部中。

步骤 4:SAVA 设备使用会话密钥认证报文携带的标识,验证源地址的有效性。

如果将这两种方案进行比较,基于交换机的方案性能更好,但是需要对接入子网的交换机进行升级操作(通常接入子网的交换机数量是巨大的),基于数据标识的方法可以部署在主机和路由器之间,但是对于插入和验证标识要产生额外的开销。

8.2.2.3　自治系统内的源地址认证

通过调整自治系统网络入口点的 IP 源地址认证,实现多宿主接入子网的 IP 源地址认证这一层次相对简单。其目标是实现 IP 地址前缀粒度的真实 IPv6 源地址验证。自治系统内真实 IPv6 源地址验证主要实现地址前缀级的真实地址验证功能。从真实性保证粒度来说,域内真实地址寻址可以实现比域间真实地址寻址粒度更细的保证。由于域内真实地址寻址主要针对地址前缀进行检查和过滤,因此在部署的方便程度和开销方面有比较好的性能。当前应用比较多的方案有入过滤(ingress filtering)和单播反向路径转发(unicast reverse path forwarding),前者主要根据已知的本域地址范围对发出的数据报进行过滤,后者利用路由表和转发表来协助判断地址前缀的合法性。两种方案目前都已经形成了 RFC 标准,并在部分厂商的设备中实现了硬件支持。

8.2.2.4　自治系统间的源地址认证

自治系统间 IPv6 源地址认证包括两个特性,一是可以用不同的管理机构授权来协调不同的自治系统,另一个特性是轻量级的,足以支持高吞吐率而不会影响转发效率。

自治系统之间的真实 IPv6 源地址验证的主要功能是对自治系统粒度的真实地址进行验证。目前支持真实 IPv6 源地址验证体系结构的所有自治系统共同组成了一个信任同盟。自治系统间的真实 IPv6 源地址验证大致有直接互联和间接互联两种情况。其中,直接互联指的是由两个支持真实 IPv6 源地址验证体系结构的自治系统直接进行连接;而间接互联指的是由两个支持真实 IPv6 源地址验证体系结构的自治系统中间经过一个不支持真实 IPv6 源地址验证体系结构的自治系统间接连接在一起。

IPv6 源地址验证信息数据库中验证规则的生成,需要在路由器、交换机等网络设备之间交换信息,根据所交换信息的不同类别,即验证规则的不同生成方式。真实 IPv6 源地址验证方法可对应分为基于路径或路由信息的验证方法和基于标记或端到端签名信息的验证方法两大类。

1. 基于路径或路由信息的验证方法

该方法的优点是直接以 IP 地址前缀的形式表示,缺点是仅适用于节点直接互联的情况。这种验证方法主要针对两个支持真实 IPv6 源地址验证体系结构的自治系统直接互联的情形,为自治系统的边界路由器的每一个接口创建了一个验证规则表,将一组真实有效的 IP 地址前缀和路由器的接口联系起来。验证规则的生成是基于自治系统的互联关系的,自治系统的互联关系决定了路由的策略,进而决定了 BGP 路由的配置,而路由表即是生成域间转发表的主要信息。

2. 基于标记或端到端签名信息的验证方法

该方法通过添加附加标记或签名来验证 IP 报文源地址的真实性。其优点为适用于非邻接部署,生成验证规则的节点可以是间接互联的节点;缺点是增加标记和签名信息的同时也增加了额外的处理负担。

这种方案主要针对两个支持真实 IPv6 源地址验证体系结构的自治系统间接互联的情形,其主要设计思想是对于任何同属信任同盟但为间接互联关系的自治系统都拥有一对单独的临时标记。当一个报文离开了它自己发出的源自治系统,而其目的地址的自治系统同属信任同盟,源自治系统的边界路由器就会根据目的地址,查询预先设定的标记表,将标记附加在报文的一个 IPv6 扩展头中。当一个报文到达目的自治系统,如其源地址所属自治系统在信任同盟中,目的系统的边界路由器就会根据报文的 IP 源地址查找设定好的标记表,如匹配,则去掉标记后发给目的端,否则丢弃该报文。

8.2.3　其他模型

除了 TNC 和 SAVA 模型之外,还有很多学者和组织研究的网络模型隶属于可信网络的范畴。本节将对这些模型进行一定的描述。

8.2.3.1　China-TNC

2005 年 1 月,中国信息安全技术标准化委员会成立了我国可信计算工作小组。2007年 2 月,北京工业大学组织了可信计算关键标准的研究,包括芯片、主板、软件和网络等 4个标准。在可信网络连接标准制定过程中,形成了三元、三层、对等、集中管理的可信网络连接架构[11]（本文将其命名为 China-TNC）,如图 8.9 所示。

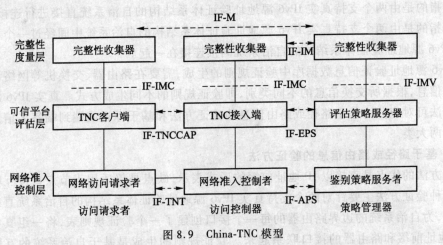

图 8.9　China-TNC 模型

通过引入一个策略管理器作为可信第三方,对访问请求者和访问控制器进行集中管理,网络准入控制层和可信平台评估层执行基于策略管理器为可信第三方的三元对等鉴别协议,实现访问请求者和访问控制器之间的双向用户身份认证和双向平台可信性评估。该架构采用国家自主知识产权的鉴别协议,将访问请求者和访问控制器作为对等实体,以策略管理器为可信第三方,既简化了身份管理、策略管理和证书管理机制,又保证了终端与网络的双向认证,具有很好的创新性。

8.2.3.2 Lin-模型

林闯等学者对可信网络进行了深入研究,提出了如图 8.10 所示的可信网络模型[6](本文将其命名为 Lin-模型)。

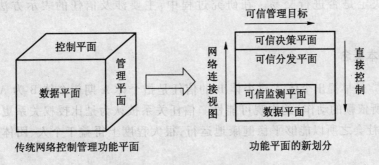

图 8.10 Lin-模型体系结构

在 Lin-模型中,数据传输平面负责承载业务,并保障协议的可信性。其中,可信控制平面包括一组可信协议,提供完备一致的控制信令,实现对用户和网络运行信息的分布式采集、传播和处理,支持信任信息在可信用户间的共享,并驱动和协调具体的行为控制方式;数据平面接受可信控制平面的监管,可信控制平面则向数据平面开放某些访问接口,从而使得业务能够获知网络运行是否可信,网络也可以根据用户要求为业务定制某种模式的运行方式,授予更高的信任级别,体现更高的可信保障水平。

监控信息(监测和分发)和业务数据的传输通过相同的物理链路,控制信息路径和数据路径相互独立,这就使得监控信息路径的管理不再依赖于数据平面对路径的配置管理,从而可以建立高可靠性的控制路径。与此形成强烈对比的是,现有网络的控制和管理信息的传输则必须依赖由路由协议事先成功设置的传输路径。

8.3 可信网元技术

随着互联网的发展,各类组织的增长与差异化,已经很难实现主机安全性。在可信网络中,使用网络安全性来控制各个主机的网络访问,是非常有效和可扩展的安全模型。网络安全具有六大安全原则,即保密性、完整性、真实性、可靠性、可用性和不可抵赖性。可信网络拥有很多的可信网元技术,每一种技术都是可信网络中重要的安全组成部分。本节只就其中的信任计算技术、可信认证技术、网络保护技术、网络准入控制技术以及密钥技术进行介绍,其中,信任计算技术与可信认证技术主要针对真实性、可靠性以及不可抵赖原则,网络访问保护技术与网络准入控制技术主要针对可用性、完整性原则,而密钥技术则主要针对保密性原则与完整性原则。本节对这些内容做了一些总体的描述。

8.3.1 信任计算技术

可信网络中一个重要的网元技术就是节点信任的计算。信任机制的主要内容包括收集系统中节点间的历史交易记录,根据收集到的交易记录计算每个节点的可信度,依据节点的可信度决定是否进行交易。在研究过程中,主要涉及信任的表示方法,信任的存储等[14]。

8.3.1.1 基本概念

文献[15, 16]最早提出个体 A 对个体 B 的信任是指个体 A 期望个体 B 为 A 服务(即执行 A 的利益所依赖的动作)的主观可能性。信任关系被认为是比授权关系更加本质的安全关系,人类社会之所以能够平稳健康地运行,很大程度上得益于个人、团体和组织之间的信任关系。

在 ITU-T 推荐标准 X. 509 规范中给出了信任定义:实体 A 认定实体 B 将严格地按 A 所期望的那样行动,则 A 信任 B。从定义可以看出,信任涉及对事件和行为的预测。信任是信任者对被信任者的一种态度,是对被信任者的一种预期,相信被信任者的行为能够符合自己的愿望。按照有无第三方的参与,信任可划分为直接信任和间接信任。

1. 间接信任

间接信任是指两个实体以前没有建立起信任关系,但双方与共同的第三方有信任关系,第三方为两者的可信性进行了担保。间接信任是第三方的推荐信任,是目前网络安全中普遍采用的信任模式。

2. 直接信任

直接信任是最简单的信任形式,两个实体之间无须第三方介绍而直接建立起来的信任关系称为直接信任,是主体 A 根据与主体 B 的直接交易历史记录,而得出的对主体 B 的信任。

8.3.1.2 信任的表示

用数学的方法描述信任一直是信任模型构造过程中的主要方法[14]。目前,主要表示方法有离散模型、概率模型、云模型、局部模型、全局模型和相关性模型。

1. 离散模型

所谓离散型表示法,就是用某种程度化的词汇来表示对事物的看法,不同词汇之间没有连续过渡关系。比如说,有的学者[17]用离散集合 $\{G, L, N, B\}$ 表示请求服务的质量,其中 G 表示好,L 表示一般,N 表示未响应,B 表示恶意服务。离散集合中的元素彼此之间没有任何连续性,量化计算性不强,且具有较大的人为因素。然而,这种方法却表达了人们对信任评价的简单实用的习惯。具体离散集合中应该具有哪些元素,应该由考虑哪些方面,这主要取决于模型构造者的考虑范围和角度,但大都至少会将信任描述为正反两个方面,有的时候也会增加一些不确定的描述。

2. 概率模型

事实上,人们对事物的期待往往是一种期望值,具有概率性。因此,通过某种算法构建概率模型用来度量信任的方法被广泛应用。在概率信任模型中,节点之间的信任度用一般用概率值来表示,一般取值在 0 ~ 1 之间,其中 0 表示完全不信任,1 表示完全信任;有的概率模型也将信任取值在 -1 ~ 1 之间,符号表示了信任的发展方向。终端节点通过设置信任阈值进行路由过滤,使得符合信任要求的节点集合出现在路由过程或通信过程之中,而对可能存在恶意行为的节点进行信任屏蔽。当然,概率模型允许低信任节点通过不停的表现来获得更多的正反馈信任,以增强其本身的信任值。

有的概率模型与离散模型结合,引入模糊隶属度,形成了模糊型信任模型。在这种模型中,离散集合中的元素都代表一种模糊值(如:$\{T_1, T_2, T_3, T_4\}$),每个模糊值同时还对应着一定的隶属度(如:$\{u_1, u_2, u_3, u_4\}$),节点的信任度可以通过某个模糊向量(如:$\{v_1, v_2, v_3, v_4\}$)来表示。在有的文献中,将这种模型叫做模糊模型。

3. 云模型

云模型是在模糊集理论中隶属函数的基础上提出来的,可以看做模糊模型的泛化。云由许多云滴组成。主体之间的信任关系用信任云(trust cloud)描述。信任云是一个三元组(Ex, En, Hx),其中 Ex 描述主体之间的信任度;En 是信任度的熵,描述信任度的不确定性;Hx 是信任度的超熵,描述 En 的不确定性。信任云能够描述信任的不确定性和模糊性。如文献[18]中,用一维正态云模型描述信任关系。

4. 局部模型

局部信任(local trust)模型是两个节点之间根据节点通信历史数据得出的一个节点对另一个节点的信任期望。这类系统中,节点通过询问有限的其他节点获取某个节点的可信度,通常采取的是局部广播的方式,因而计算得到的节点可信度也通常是局部片面的。很显然,节点的局部信任度具有一定的局限性,因为局部信任度是根据两个节点之间的历史进行计算的,这样无法避免恶意修改或恶意评价。

5. 全局模型

全局信任(global trust)模型是对网络中所有的通信历史进行计算得来的结果。一般情况下,全局模型相对较为客观,为计算某个节点的全局信任值,往往需要获取与该节点进行过通信的所有其他节点的通信历史评价。节点 i 的全局信任度 TG_i 是所有与 i 进行过交易的节点对 i 的局部评价的综合值。具体计算方式可以使用均值法或迭代法。

从理论上来看,全局信任模型虽然具有全局性,能够避免单个节点的恶意行为;然而,全局信任模型无法防御团队恶意节点的协同作案。倘若恶意节点之间互相抬高评价,那么,对于一个可信节点来说,无法直接从全局信任度的值来区分恶意与否了。

6. 相关性模型

全局模型能有效杜绝局部恶意行为,但无法杜绝基于全局的团队恶意行为。于是,最新的研究提出了相关性模型。相关性模型和社会网络的情况是类似的,我们在判断某个节点是否和自己是同一类人的时候,往往是通过双方共同的朋友来进行判断。比方说,A 与 B 并不认识,但都拥有共同的朋友{C,D},则 A 可通过朋友{C,D}来判断 B 与自己的相关程度,如果{C,D}与 A、B 的交往历史都很接近,则 A、B 之间具有较大的相关性。度量相关性的方法主要有 3 种:余弦相似性、相关相似性以及修正的余弦相似性。利用节点间的相关程度与全局模型进行结合,形成相关性模型,在一定程度上遏制了团队恶意节点行为。

8.3.1.3　信任的存储

一般地,信任数据的存储分为三种方式,即可信服务器存储、半分布式存储和全分布式存储。

1. 可信服务器存储

这种方式下,所有节点的信任数据都按某种数据结构存储在同一可信的服务器上,所有信任的局部计算、全局计算或相关性计算等都在该服务器上完成。这种方式被广泛使用,类似于公钥基础设施(PKI)认证服务器模式。

2. 半分布式存储

可信服务器存储模式具有高速有效的特点,但无法避免单点失效问题。半分布式存储模式扩展了多个可信服务器 S,每个可信服务器负责一个或多个网段的信任存储和计算任务,同时,可信服务器之间还可以进行数据交换。相比纯粹的中心化服务器模式,该模式具有更高的健壮性。但是,昂贵的服务器维护与分布式通信成本,是该模式的一个缺点。

3. 全分布式存储

全分布式存储模式充分利用了终端节点的计算和存储能力,每个节点的通信数据被存储在节点本地,通过分布式数据结构进行全分布式计算,其实现策略主要来源于 P2P 原理。这种方式大大降低了成本,同时充分利用了终端节点的资源。但这种方式也带来了巨大的带宽开销。

8.3.2　网络访问保护技术

网络访问保护 NAP 技术[19]是 Microsoft 公司的 Windows Vista、Microsoft Windows XP 和 Windows Server 2008 操作系统中附带的一种新的客户端健康验证和强制技术,它提供一个平台帮助计算机符合系统健康要求更好地保护网络资产。借助网络访问保护,可以创建自定义的健康策略,通过监视和评估客户端计算机的健康状况来强制实施健康要求。如果客户端计算机不符合健康要求可将不符合要求的计算机限制到受限网络,以帮助其更新客户端系统以符合健康策略。

　　网络管理员根据自身网络环境需求指定一组或多组策略元素,NAP 组件在计算机尝试连接到网络时将对这些策略元素进行检查。通过这些策略元素检查的计算机视为状态良好的计算机,管理员可以根据策略元素检查结果,定义有一项或多项不符合要求的计算机视为存在安全隐患的计算机,这些策略元素可以根据管理员的需求检查计算机是否安装有防病毒软件、病毒库代码是否过期、防毒软件是否处于活动状态、计算机是否安装防间谍软件、计算机防火墙是否处于活动状态、计算机是否安装系统安全更新等。同时,为使得 NAP 组件具有扩展性,微软工程师将 NAP 组件设计成可扩展的,第三方软件供应商可针对 NAP 组件开发自己的插件,网络管理员使用这些第三方开发的组件针对不同的应用程序进行检查,实现更丰富的策略元素组。对于一个安全的网络来说,只有策略验证服务是不够的,网络还需要对网络的访问进行控制,因此,网络连接限制就成为了 NAP 组件的另一项核心服务。

　　由于计算机安全补丁一直在更新,计算机安全漏洞总是在不停地被发掘中,所以仅仅在计算机初次接入网络的时候做网络访问保护是不够的。因此,NAP 还有一个核心服务就是持续的遵从性,也就是在计算机与网络保持连接的整个过程中,要求计算机符合管理员设定的安全策略,防止用户在接入网络之后更改计算机配置而影响计算机的安全性(如关闭个人防火墙等)。如果计算机接入网络后由于用户操作导致计算机与管理员设定的策略不一致,NAP 将自动把该计算机放入隔离区内,限制该用户对资源的访问,最大程度地保护企业网络的安全。

　　由于 NAP 是在用户计算机上运行的一个组件,为了更有效地控制用户对网络的访问,仍然需要借助其他技术手段来进行访问控制。在网络交换机这个层面,可以利用 802.1x 协议在网络硬件层提供基于用户 IP 端口的访问控制。对于不支持 802.1x 环境的网络中,NAP 能够利用基于 IPSec 的 VPN 技术来控制计算机对网络资源的访问,IPSec 能够动态地创建和删除 IPSec 隧道,通过中心服务器对所有用户的网络访问进行控制,完全不依赖于原有的物理网络和基础设施。NAP 对网络接入控制在网络基础设施和 Internet 协议安全性(Internet Protocol Security,IPSec)之间有个折中,在不改变网络基础设施的基础上,通过现有的动态主机设置协议(DHCP)技术,配合域名系统(DNS)后缀和 IP 路由技术限制受限用户能访问的资源。通常是通过 DHCP 服务器给健康状况不良好的计算机分配受限的 IP 地址来实现的。

　　当前企业内网及客户端的网络安全正面临巨大的挑战,企业对网络安全的重视程度逐日提高。在企业网络安全威胁中,人为因素是众多因素中的一大原因,例如将病毒等恶意软件接入企业内网,这些恶意程序就可能进驻安全防御不当的主机系统,并以此为暂驻点传播到内网的其他设备上,或成为可被黑客攻击的后门,给企业带来巨大的损失。而NAP 能够对接入内网的计算机首先进行安全监测,仅允许符合企业网络安全健康策略的主机接入网络,屏蔽不符合条件的计算机。不符合条件的计算机将被链接到修正服务器,以获取更新或策略调整直到符合企业安全策略后才能接入。

8.3.2.1 NAP 的主要组成

总体来说,NAP 体系结构包括 NAP 客户端和 NAP 服务端两大部分,其中服务端包括 NAP 强制服务器、更新服务器、系统健康服务器和网络策略服务器等[20],如图 8.11 所示。

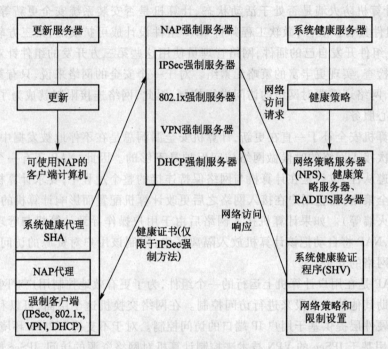

图 8.11 NAP 体系结构

1. NAP 客户端组件

支持 NAP 的客户端是一台安装了 NAP 组件且可以通过向网络策略服务器(Network Policy Server,NPS)发送健康声明来验证其健康状态的计算机。常用的 NAP 客户端组件包括系统健康代理(System Health Agent,SHA)、NAP 代理、NAP 强制客户端(NAP Enforcement Client,NAPEC)以及健康声明(Statement of Health,SoH)。

系统健康代理 SHA 用来监视和报告客户端计算机的健康状况,以便网络策略服务器 NPS 可以确定由 SHA 监视的设置是否最新以及是否经过正确配置。例如,Windows 系统健康代理(Windows System Health Agent,WSHA)可以监视 Windows 防火墙,检查防病毒软件是否已安装、启用和更新,反间谍软件是否已安装、启用和更新,以及 Microsoft Windows Update Services 是否已启用,计算机是否拥有其最新的安全更新。

SHA 创建 SoH 并将其发送给 NAP 代理,声明其健康状态。NAP 代理收集和管理健康信息,处理来自 SHA 的 SoH,并向已安装的强制客户端来报告客户端健康状况。若要指示 NAP 客户端的总体健康状况,NAP 代理应使用系统 SoH。

若要使用 NAP,必须在客户端计算机上安装和启用至少一个 NAP 强制客户端。各个 NAP 强制客户端都是特定于强制方法的,NAP 强制客户端集成了网络访问技术,如 IPSec、基于 802.1x 端口的有线和无线网络准入控制、具有路由和远程访问的 VPN、DHCP 以及终端服务(Terminal Services,TS)网关。NAP 强制客户端请求访问网络、与 NPS 服务器交流客户端计算机的健康状态,并与 NAP 客户端体系结构的其他组件交流客户端计算机的受限状态。

2. NAP 服务器组件

NAP 拥有多个 NAP 服务器组件,常用的 NAP 服务器组件包括 NAP 健康策略服务器、NAP 管理服务器、系统健康验证程序(System Health Validator,SHV)、NAP ES、NAP 强制点、健康要求服务器、更新服务器以及健康声明响应(Statement of Health Response,SoHR)。

NAP 健康策略服务器是运行网络策略服务器 NPS 的服务器,它充当 NAP 健康评估服务器的角色,具有健康策略和网络策略,这些策略为请求网络访问的客户端计算机定义健康要求和强制设置。其使用 NPS 处理包含 NAPEC 发送的系统 SoH 的远程用户拨号认证系统(Remote Authentication Dial In User Service,RADIUS)访问请求消息,并将其传递给 NAP 管理服务器进行评估。

NAP 管理服务器组件提供一种类似于客户端上的 NAP 代理的处理功能,负责从 NAP 强制点收集 SoH,将 SoH 分发给相应的系统健康验证程序(SHV),以及从 SHV 收集 SoH 响应,并将其传递给 NPS 服务进行评估。

客户端上的每个 SHA 在 NPS 中都具有相应的系统健康验证程序 SHV。SHV 验证客户端计算机上与其对应的 SHA 所创建的 SoH。SHA 和 SHV 相互匹配,并且与相应的健康要求服务器(如果适用)和可能的更新服务器匹配。SHV 还可以检测到尚未接收 SoH(如 SHA 从未安装或者已损坏或删除的情况)。无论 SoH 是否符合既定的策略,SHV 都向 NAP 管理服务器发送健康声明响应消息。一个网络可能具有多种 SHV,这种情况下,需要了解它们交互的方式,在配置健康策略时还要进行仔细规划。

NAP 强制服务器 NAPES 组件与所使用 NAP 强制方法相应的 NAPEC 相匹配。NAPES 接收来自 NAPEC 的 SoH 列表,并将其传递给 NPS 进行评估。根据响应,它向支持 NAP 的客户端提供有限制或无限制的网络访问。根据 NAP 强制的类型,NAPES 也可以是 NAP 强制点的一个组件。

NAP 强制点组件是一组服务器或网络访问设备,可以与 NAP 结合使用,评估 NAP 客户端的健康状况,提供受限网络访问或通信。比如说,NAP 强制点可以是健康注册机构(IPSec 强制)、身份验证交换机或无线访问点(802.1x 强制)、运行路由和远程访问的服务器(VPN 强制)、DHCP 服务器(DHCP 强制)或 TS 网关强制。

"健康要求服务器"组件是一组软件组件,通过与 SHV 通信来提供评估系统健康要求时使用的信息。健康要求服务器与 SHV 相匹配,但并不是所有 SHV 都需要健康要求服务器。例如,SHV 可以只指导支持 NAP 的客户端检查本地系统设置,以确保启用基于主机的防火墙。

更新服务器用来使不符合要求的客户端计算机变为符合要求的客户端计算机。简而言之,就是给不符合要求的计算机提供更新功能。比如说,更新服务器可以承载软件更新。如果健康策略要求 NAP 客户端安装最新的软件更新,则 NAP EC 将对没有这些更新的客户端的网络访问加以限制。为了使客户端能够获得符合健康策略所需的更新,具有受限网络访问权限的客户端必须可以访问更新服务器。

健康声明响应 SoHR 包含了客户端 SoH 的 SHV 评估结果,沿着 SoH 的路径,将 SoHR 反向发送回客户端计算机。如果客户端计算机不符合要求,则 SoHR 将包含更新说明,SHA 会使用该说明更新客户端计算机配置,使其符合健康要求。就像每种类型的 SoH 都包含有关系统健康状态的信息一样,每个 SoHR 消息都包含有关如何使客户端计算机符合健康要求的信息。

8.3.2.2   NAP 应用环境

网络访问保护 NAP 主要应用在以下环境[19]:

1. 确保移动计算机的健康

企业中应用笔记本移动办公越来越广泛,比如需要经常携带笔记本出差的用户,笔记本需要经常连接不安全的外部网络,没有进行更新系统补丁,没有更新病毒库,或者已经感染病毒,一旦连接到公司网络,需要进行安全检查。

2. 确保桌面计算机的健康

这里的桌面计算机指在公司内部使用、不经常离开内部网络的计算机。虽然这些计算机受到公司防火墙的保护以及安全策略的限制,但是由于可能会访问外部网络,并且连接移动设备,访问共享文件夹以及收发邮件等操作,也具有一定的安全隐患,需要接受补丁包获得更新,并更新病毒库。

3. 确保访客便携计算机的健康

有时候企业访客的计算机需要连接企业内部网络,而客户的计算机没有通过企业内部网络的安全策略,如果连入企业内部网络可能会有安全威胁。这时候,可以通过网络访问保护功能在技术层面进行访问限制,当客户计算机连入内部网络之后,NAP 可以将客户计算机重新定向到一个隔离的网段,会自动连接到修正服务器,对客户计算机实施制定的安全策略,如进行更新系统补丁、修复漏洞等,在修复安全之后,客户计算机可以自动连接到内部网络,以上操作自动完成,不耽误业务的进展。

4. 确保家庭计算机的健康

企业员工有时候会将工作带到家中完成,需要通过 VPN 等方式将家中的计算机连接到公司内部网络访问资源,这时候家中的计算机就有可能对公司内部网络造成安全威胁。

使用 NAP 功能可以设置检查家庭计算机,将连入的家庭计算机限制到隔离网段,进行健康修复,直到安全为止。

8.3.2.3 NAP 的主要进程

若要使 NAP 正常工作,需要以下几个主要进程:健康验证、NAP 强制和网络限制、更新以及即时监视[20, 21]。

1. 健康验证

网络策略服务器 NPS 使用系统健康验证程序 SHV 分析客户端计算机的健康状态。网络策略程序合并了 SHV,根据客户端健康状态确定所要采取的操作(如授予完全网络访问权限或限制网络访问)。系统健康代理 SHA 的客户端 NAP 组件监视健康状态,NAP 使用 SHA 和 SHV 来监视、强制实施和更新客户端计算机配置。

Windows Vista 和 Windows Server 2008 操作系统附带 Windows 安全健康代理和 Windows 安全健康验证程序,对支持 NAP 的计算机强制实施以下设置:

(1) 客户端计算机已安装并启用了防火墙软件;

(2) 客户端计算机已安装并且正在运行防病毒软件;

(3) 客户端计算机已安装最新的防病毒更新;

(4) 客户端计算机已安装并且正在运行反间谍软件;

(5) 客户端计算机已安装最新的反间谍更新;

(6) 已在客户端计算机上启用 Microsoft Windows Update Services。

此外,如果支持 NAP 的客户端计算机正在运行 Windows Update 代理并且已注册 Windows Server Update Service 服务器,则 NAP 可以验证是否基于与 Microsoft 安全响应中心中的安全严重等级来安装最新的软件安全更新。

2. NAP 强制和网络限制

可以将 NAP 配置为拒绝不符合要求的客户端计算机访问网络或只允许它们访问受限网络。受限网络应包含主要 NAP 服务,如健康注册机构服务器和更新服务器,以便不符合要求的 NAP 客户端可以更新其配置以符合健康要求。

NAP 强制设置允许限制不符合要求的客户端的网络访问,或者只观察和记录支持 NAP 的客户端计算机的健康状态。通过设置选择限制访问、推迟访问限制或允许访问。其中,"允许完全网络访问"是默认设置,认为与策略条件匹配的客户端符合网络健康要求,并授予这些客户端对网络的无限制的访问权限(如果连接请求经过身份验证和授权),记录支持 NAP 的客户端计算机的健康符合状态。"允许有限时间内的完全网络访问"表示临时授予与策略条件匹配的客户端无限制的访问权限,将 NAP 强制延迟到指定的日期和时间。"允许有限的访问"认为与策略条件匹配的客户端计算机不符合网络健康要求,并将其置于受限网络上。

3. 更新

置于受限网络上的不符合要求的客户端计算机可能需要进行更新。更新是更新客户端计算机,以使其符合当前的健康要求的过程。例如,受限网络可能包含文件传输协议(File Transfer Protocol,FTP)服务器,该服务器提供当前的病毒特征码,以便不符合要求的客户端计算机可以更新其过期的特征库。可以使用 NPS 网络策略中的 NAP 设置来自动更新,以便在客户端计算机不符合网络健康要求时,NAP 客户端组件自动尝试更新该客户端计算机。

4. 即时监控

NAP 可以在已连接到网络的符合要求的客户端计算机上强制执行健康符合策略。该功能对于确保在健康策略更改以及客户端计算机的健康更改时即时保护网络非常有用。例如,如果健康策略要求启用 Windows 防火墙,但用户无意中禁用了 Windows 防火墙,则 NAP 可以确定客户端计算机处于不符合要求的状态。然后,NAP 会将该客户端计算机置于受限网络上,直到重新启用 Windows 防火墙。

8.3.2.4　NAP 强制技术

据客户端计算机的健康状况,NAP 可以允许完全网络访问、仅限于对受限网络进行访问或者拒绝对网络进行访问。还可以自动更新确定为不符合健康策略的客户端计算机,以使其符合这些要求。强制实施 NAP 的方式因选择的强制方法而异。NAP 对受 IPSec 保护的通信、基于 802.1x 端口的有线和无线网络准入控制、与 TS 网关服务器的连接等内容进行强制实施健康策略。

1. IPSec 通信的 NAP 强制

受 IPSec 保护的通信的 NAP 强制通过健康证书服务器、HRA 服务器、NPS 服务器以及 IPSec 强制客户端进行部署。在确定 NAP 客户端符合网络健康要求后,健康证书服务器会向 NAP 客户端颁发 X.509 证书。然后,当 NAP 客户端启动与 Intranet 上的其他 NAP 客户端的受 IPSec 保护的通信时,会使用这些证书对 NAP 客户端进行身份验证。IPSec 强制将网络上的通信限制于符合要求的客户端,并提供最强大的 NAP 强制形式。由于该强制方法使用 IPSec,可以逐个 IP 地址或逐个 TCP/UDP 端口号地定义受保护通信的要求。

2. 802.1x 的 NAP 强制

基于 802.1x 端口的网络准入控制的 NAP 强制通过 NPS 服务器和可扩展认证协议(EAP)Host 强制客户端组件进行部署。借助基于 802.1x 端口的强制,NPS 服务器将指导 802.1x 身份验证交换机或符合 802.1x 的无线访问点将不符合要求的 802.1x 客户端置于受限网络上。NPS 服务器通过指导访问点将 IP 筛选器或虚拟 LAN 标识符应用于连接,将客户端的网络访问局限于受限网络。802.1x 强制为通过支持 802.1x 的网络访问设备访问网络的所有计算机提供强有力的网络限制。

3. VPN 的 NAP 强制

VPN 的 NAP 强制使用 VPN 强制服务器组件和 VPN 强制客户端组件进行部署。使用 VPN 的 NAP 强制,VPN 服务器可以在客户端计算机尝试使用远程访问 VPN 连接来连接网络时强制实施健康策略。VPN 强制为通过远程访问 VPN 连接访问网络的所有计算机提供强有力的受限网络访问。

4. DHCP 的 NAP 强制

DHCP 强制通过 DHCP NAP 强制服务器组件、DHCP 强制客户端组件以及 NPS 进行部署。使用 DHCP 强制,DHCP 服务器和 NPS 可以在计算机尝试租用或续订 IPv4 地址时强制实施健康策略。NPS 服务器通过指导 DHCP 服务器指定一个受限制的 IP 地址配置,将客户端的网络访问局限于受限网络。但如果客户端计算机已配置有一个静态 IP 地址,或配置为避免使用受限制的 IP 地址配置,则 DHCP 强制无效。

5. TS 网关的 NAP 强制

TS 网关的 NAP 强制通过 TS 网关强制服务器组件和 TS 网关强制客户端组件进行部署。使用 TS 网关的 NAP 强制,TS 网关服务器可以对尝试通过 TS 网关服务器连接内部企业资源的客户端计算机强制实施健康策略。TS 网关强制为通过 TS 网关服务器访问网络的所有计算机提供强有力的受限访问。

每一种 NAP 强制方法都有各自不同的优势。通过组合强制方法,可以将这些不同方法的优势组合在一起。但是,部署多种 NAP 强制方法会使 NAP 实现更难管理。

NAP 框架还提供了一套 API,它允许除 Microsoft 之外的公司将其软件集成到 NAP 平台上。通过使用 NAP API,软件开发人员和供应商可以提供端对端解决方案,用以验证并更新不符合要求的客户端。

8.3.3 网络准入控制技术

NAC 技术控制是访问控制技术在网络领域的应用,它控制用户对网络资源的使用,主要通过授予用户不同的访问权限实现网络准入控制。根据弗雷斯特研究公司(Forrester Research)的定义,"NAC 是一种软件技术和硬件技术的混合体,可根据客户系统符合策略的情况对其访问网络能力进行动态控制"。目前,NAC 已成为一种重要的可信计算技术。

NAC 技术有助于确保所有设备进入网络前完全符合企业的安全策略,并可以简单地准入或拒绝访问网络,也可以将不符合安全策略的设备隔离到限制访问区,还可以将设备定向到修补服务器使之更新,以符合企业的网络安全策略。

通过运行 NAC,只要终端设备试图连接网络,网络访问设备(LAN、WAN、无线或远程访问设备)都将自动申请已安装的客户端或评估工具提供终端设备的安全资料。随后将这些资料信息与网络安全策略进行比较,并根据设备对这个策略的符合水平来决定如何处理网络访问请求。网络可以简单地准许或拒绝访问,也可通过将设备重新定向到某个网段来限制网络访问,从而避免暴露潜在的安全漏洞。此外,还可以将不符合策略的设备进行隔离,并重新定向到修补服务器中,以便通过组件更新使设备达到策略符合水平。

NAC 主要包括 NAC 客户端、网络访问设备、策略服务器以及管理服务器[22]。

• 客户端软件:负责不同客户的安全软件的安全状态信息,包括了防病毒软件产品,操作系统版本更新、补丁更新等,并把安全状态信息传送给可信代理,并在此对客户端进行准入控制。

• 网络访问设备:如路由器、交换机、防火墙以及无线接入终端等。当客户端请求访问时,将请求信息送达策略服务器,根据客户制定的安全策略,由策略服务器执行相应的准入控制策略。

• 策略服务器:评估来自客户端的安全状态信息,并对客户端的访问请求执行适当的措施。例如 Sun 公司的系统安全接入控制器服务器通过认证、授权、记录与防病毒服务器协同运行,可以提供更深层的委托审核功能。

• 管理服务器:用来监督控制并生成管理报告。

目前 NAC 与 NAP 已经达成协作,通常网络设备应用 NAC 技术,主机客户端则应用 NAP 技术,将 NAC 与 NAP 互补应用来实现更完善的网络安全防护。

当终端接入网络时,首先由终端设备和网络接入设备进行交互通信。然后,网络接入设备将终端信息发给策略服务器,对接入终端和终端使用者进行检查。当终端及使用者符合策略服务器上定义的策略后,策略服务器会通知网络接入设备,对终端进行授权和访问控制。

8.3.4 可信认证技术

身份认证技术是在计算机网络中确认操作者身份的过程而产生的解决方法,是可信网络中的一种安全技术。适合可信网络的认证技术有很多,比如 802.1x 身份认证、SAVA网络中的身份认证技术、数字证书技术、DHCP、PKI 等等。本节主要就 802.1x 身份认证、SAVA 网络中的身份认证技术、数字证书技术进行介绍。

8.3.4.1 802.1x 身份认证

IEEE 802.1x 是一种基于端口的网络接入控制技术[23, 24],该技术提供一个可靠的用户认证和密钥分发的框架,可以控制用户只有在认证通过以后才能连接。IEEE 802.1x 是根据用户 ID 或设备,对网络客户端(或端口)进行鉴权的标准。其流程被称为"端口级别的鉴权",采用 RADIUS 方法,并将其划分为 3 个不同小组:请求方、认证方和授权服务器。802.1x 标准应用于试图连接到端口或其他设备(如 Cisco Catalyst 交换机或 Cisco Aironet系列接入点)(认证方)的终端设备和用户(请求方)。认证和授权都通过鉴权服务器(如Cisco Secure ACS)后端通信实现。IEEE 802.1x 提供自动用户身份识别,集中进行鉴权、密钥管理和 LAN 连接配置。请求者一般是位于局域网链路一端的实体(通常是支持 802.1x认证的用户终端设备),由连接到该链路另一端的认证系统对其进行认证。认证方通过认证系统对连接到链路对端的认证请求者进行认证。授权服务器的主要作用是为认证系统提供认证服务的实体。

请求者和认证方之间运行 802.1x 定义的 EAPoL 协议。当认证方工作于中继方式时，认证方与授权服务器之间也运行 EAP 协议，EAP 帧中封装认证数据，将该协议承载在其他高层次协议中（如 RADIUS），以便穿越复杂的网络到达授权服务器；当认证方工作于终结方式时，认证系统终结 EAPoL 消息，并转换为其他认证协议（如 RADIUS），传递用户认证信息给认证服务器系统。以端口访问实体（Port Access Entity，PAE）对 EAP 报文进行中继转发为例，IEEE 802.1X 认证系统的基本业务流程大体分为 6 个步骤：

（1）客户端向接入设备发送一个 EAPoL-Start 报文，开始进行 802.1x 认证接入，设备端反馈给客户端 EAP-Request/Identity 报文，要求客户端报送用户名。

（2）客户端将用户名封装在 EAP-Response/Identity 报文中，发送给接入设备，接入设备收到该报文后，将其封装到 RADIUS Access-Request 报文中，同时发送给认证服务器。

（3）认证服务器产生一个 Challenge 消息，形成包含 EAP-Request/MD5-Challenge 的 RADIUS Access-Challenge 报文，发送给接入设备，接入设备封装 EAP-Request/MD5-Challenge 报文，发送给客户端，要求客户端进行认证。

（4）客户端收到 EAP-Request/MD5-Challenge 报文后，将密码和 Challenge 做 MD5 算法后形成 Challenged-Password，将其封装在 EAP-Response/MD5-Challenge 报文中回应给接入设备，接入设备再一起发送到认证服务器 RADIUS 进行认证。

（5）RADIUS 服务器根据用户信息，做 MD5 算法，判断用户是否合法，然后回应认证成功/失败报文到接入设备。若成功，则给用户授权，进入步骤（6），否则流程到此结束。

（6）用户通过标准的 DHCP 协议（可以是 DHCP Relay），通过接入设备获取规划的 IP 地址，紧跟着，接入设备发起计费开始请求给 RADIUS 用户认证服务器，RADIUS 回应该请求报文，用户正式接入网络。

8.3.4.2 SAVA 认证技术

在 SAVA 体系结构中，拥有多种认证方案，其中较为典型的有基于绑定的用户准入控制机制和基于签名的端到端认证机制两种实现方案。

1. 基于绑定的用户准入控制机制实现方案

该方案的基本思想是通过一个由真实 IPv6 地址准入验证服务器，真实 IPv6 地址准入交换机和真实 IPv6 地址准入客户端构成的系统对用户进行准入控制。

该方案的实现流程如图 8.12 所示。用户在客户端通过用户名和密码提交联网申请，客户端根据用户名构造身份认证请求并发送给准入交换机代理模块；代理模块收到请求以后，将该请求的交换机 IPv6 地址和客户端连接准入交换机的端口号发送给准入验证服务器；准入验证服务器通过用户名和密码对用户的身份进行验证，根据用户身份信息分配

IPv6 地址区间,并发送给对应的准入交换机;准入交换机从中取出分配的 IPv6 地址区间,形成 MAC-IP-端口的绑定关系表,并将分配的 IPv6 地址区间发送给客户端;客户端将获得的 IPv6 地址区间转给 IPv6 报文发送模块,由其将以该 IPv6 地址为源地址的 IPv6 报文发送给真实 IPv6 地址过滤模块进行过滤。

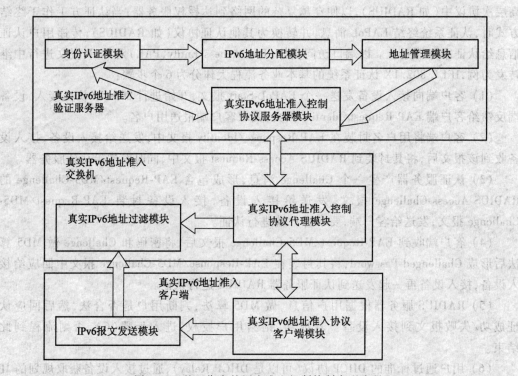

图 8.12   基于绑定的用户准入机制控制实现流程

在实施端口绑定的基础上,该方案可以与包括 802.1x 在内的其他方案很好地配合,方便部署;交换机的每个端口绑定一个 IP 地址,可以为网络管理和流量计费等提供保证;过滤算法以报文的源地址作为过滤依据,开销较小,系统性能较好。该方案适用于通过以太网经交换机直接接入互联网的情况。

2. 基于签名的端到端认证机制实现方案

该方案基本思想是在 IPv6 接入网的边界路由器入口处部署一个安全认证网关,网内的每个主机接入网络时都需要向该网关进行接入认证,使该主机的 IPv6 地址与它和安全网关共享的会话密钥绑定起来,通过接入认证后,该主机向外网发出的任何报文都需要携带一个签名,这些发往外网的报文都会通过安全认证网关,安全认证网关认证报文中携带的签名,只有认证通过,才能发往外网,否则丢弃;同时,采用序列号与时间戳相结合的方法来防止重放攻击。防重放攻击与鉴别源地址真实性的机制结合起来,就可以保证该接入网发出的报文源地址都是真实的。

该方案的实现原理如图 8.13 所示。在地址真实性校验模块中,通信双方(主机 A,安全认证网关 B)共享公共的会话密钥 S,主机 A 将发送给安全认证网关 B 的消息 M 中的特定部分(源地址、目的地址及报文序列号等)和 S 连接后再用消息摘要函数 MD5 或安全哈希算法 SHA-1(Secure Hash Algorithm-1,SHA-1)等计算 Hash 值,生成消息认证符 H[M∥S],追加到消息 M 之后发送给安全认证网关 B。安全认证网关 B 收到该消息对后,根据收到的报文重新计算 Hash 值并进行比较。如果两个数值相等,安全认证网关 B 可以确认数据确是从主机 A 发送来的;如果不相等,安全认证网关 B 可以推测出数据是由伪造者发送的,将其丢弃。

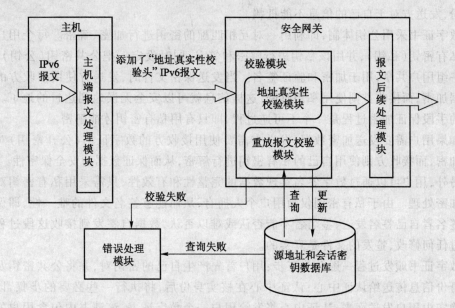

图 8.13　基于签名的端到端认证机制实现原理

在重放报文校验模块中,将时间戳和序列号相结合,不仅可以克服时间戳机制弊端,而且可以克服序列号方法的缺陷,是一个可靠的抵御重放攻击的方案。仍以主机 A 向安全认证网关 B 通信为例。安全认证网关 B 收到一个报文后,若 $|T_b - T_a| < \Delta T$(T_a 为报文时间戳,表明报文的发送时间;T_b 为安全认证网关 B 收到报文的当前时间;ΔT 为安全认证网关 B 允许接收的时间窗口),它将记录该报文中携带的序列号,在剩下的($\Delta T - |T_b - T_a|$)时间内,如果收到来自同一 IP 地址的报文,而且其中的序列号小于等于所记录的序列号,则仍属于重放攻击,将其丢弃,否则属于合法报文。

该方案的优点是在非对称数字用户线 ADSL(Asymmetric Digital Subscriber Line)拨号等接入方式中,接入服务提供商可以很方便地在网络中加入安全网关功能;用户与安全网关之间一对一的密钥保证了地址的真实性,同时为流量管理和计费等提供了良好的保证;MD5 算法的计算性能足以满足大多数接入网的带宽条件,对方案的整体性能影响不大。该方案适用于用户不通过以太网接入互联网的情况。

8.3.4.3 数字证书技术

数字证书是网络通信中标志通信各方身份信息的一系列数据,其作用类似于现实生活中的身份证,由权威机构发行,人们可以在交往中用它来识别对方的身份。使用数字证书,通过运用密码体制建立起一套严密的身份认证系统,从而保证信息除发送方和接收方外不被其他人窃取;信息在传输过程中不被篡改,发送方能够通过数字证书来确认接收方的身份,发送方对于自己的信息不能抵赖。

数字证书采用公钥体制,即利用一对互相匹配的密钥进行加密、解密。每个用户拥有一个私有密钥(私钥),并用该私钥进行解密和签名;同时设定一把公共密钥(公钥),并公开给一组用户共享,用于加密和验证签名。当发送保密文件时,发送方使用接收方的公钥对数据加密,而接收方则使用私钥解密,这样信息就可以安全无误地到达目的地了。通过数字的手段保证加密过程是一个不可逆过程,即只有用私有密钥才能解密。

如果用户需要发送加密数据,发送方需要使用接收方的数字证书(公开密钥)对数据进行加密,而接收方则使用自己的私有密钥进行解密,从而保证数据的安全保密性。

另外,用户可以通过数字签名实现数据的完整性和有效性,只需采用私有密钥对数据进行加密处理。由于私有密钥仅为用户个人拥有,从而能够签名文件的唯一性,即保证数据由签名者自己签名发送,签名者不能否认或难以否认,数据自签发到接收这段过程中未曾做过任何修改,签发的文件是真实的。

数字证书颁发过程一般分为三步:用户首先产生自己的密钥对,并将公共密钥及部分个人身份信息传送给认证中心;认证中心在核实身份后,将执行一些必要的步骤,以确信请求确实由用户发送而来;认证中心将发给用户一个数字证书,该证书内包含用户的个人信息和他的公钥信息,同时还附有认证中心的签名信息。之后用户就可以使用自己的数字证书进行相关的各种活动。数字证书由独立的证书发行机构发布,各不相同,每种证书可提供不同级别的可信度。可以从证书发行机构获得自己的数字证书。

8.3.5 密钥技术

密钥技术对于可信网络来说,主要负责完成保密性和完整性。所谓保密性是指能提供资料的秘密性与维护使用者的隐私性;完整性包括资料真实性与系统完整性;资料真实性主要是防制人为刻意窜改或自然噪声干扰;系统完整性是防制假冒或未授权方面存取系统资源进行资料之处理或更改。密钥技术可以分为对称密码技术和非对称密码技术。

8.3.5.1　对称密码技术

对称密钥算法是给定一个消息(明文)和一个密钥,加密生成不可读的数据。其中,加、解密的密钥相同,而且容易从一个推导出另一个,密文长度和明文长度大致相同。在大多数的对称算法中,加解密使用的密钥相同。这样的算法也叫秘密密钥算法或单密钥算法,它要求发送者和接受者在安全通信之前确定好一个密钥。因此,对称算法一旦泄漏密钥,则意味着任何人都可以进行加、解密。对称算法的加解密表示为:

$$
\begin{cases}
E_k(M) = C \\
D_k(C) = M
\end{cases}
\tag{8-1}
$$

即加密方用 k 对明文 M 加密后形成密文 C,解密方也用同样的 k 对密文进行解密来还原密文。

目前,通常使用分组密码(block cipher)或流密码(stream cipher)实现对称密码。还有一种称为消息认证代码(Message Authentication Code,MAC)的使用密钥的校验和机制。

1. 分组密码

分组密码将定长的明文块转换成等长的密文,这一过程在密钥的控制之下。使用逆向变换和同一密钥来实现解密。对于当前的许多分组密码,分组大小一般是 64 位。

明文消息通常要比特定的分组大小长得多,而且使用不同的技术或操作方式。这样的方式有电子编码本(Electronic Code Book,ECB)、密码分组链(Cipher-Block Chaining,CBC)及密码反馈(Cipher FeedBack,CFB)等。ECB 使用同一个密钥简单地将每个明文块一个接一个地进行加密。在 CBC 方式中,每个明文块在加密前先与前一密文块进行"异或"运算,从而增加了复杂程度,可以使某些攻击更难以实施。"输出反馈"方式(Outer Feedback,OFB)类似于 CBC 方式,但是进行"异或"的量是独立生成的。

迭代的分组密码是那些加密过程有多次循环的密码,因此提高了安全性。在每个循环中,可以通过使用特殊的函数从初始密钥派生出的子密钥来应用适当的变换。该附加的计算需求必然会影响可以管理加密的速度,因此在安全性需要和执行速度之间存在着一种平衡。

常用的分组密码包括 DES(Data Encryption Standard)、IDEA(International Data Encryption Algorithm)、SAFER(Safer Alternative For Enjoyable Recreation)、Blowfish、RC2(Rivest Cipher 2)等。

2. 流密码

与分组密码相比,流密码可以非常快速地工作。某些方式下工作的一些分组密码(如 CFB 或 OFB 中的 DES)可以与流密码一样有效地运作。流密码作用于由若干组成的一些小型组,通常使用称为密钥流的一个位序列作为密钥对它们逐位应用"异或"运算。有些序列密码基于一种称作线形反馈移位寄存器(linear feedback shift register)的机制,该机制生成一个二进制位序列。流密码是由一种专业的密码——Vernam 密码(也称为一次性密码本(one-time pad))发展而来的。常用的流密码包括 RC4(Rivest Cipher 4)和软件优化加密算法(software optimized encryption algorithm)等。

3. 消息认证代码

消息认证代码(message authentication code)并不是密码,而是校验和(通常是 32 位)的一种特殊形式,它是通过使用一个密钥并结合一个特定认证方案而生成的,并且附加在一条消息后。消息摘要是使用单向散列函数生成的,紧密联系的数字签名是使用非对称密钥对生成并进行验证的。与这两者相比,预期的接收方需要对密钥有访问权,以便验证代码。

8.3.5.2 非对称密码技术

非对称密码术也被称为公钥密码术,其思想是由 W. Diffie 和 Hellman 在 1976 年提出的。不同于以往的加密技术,非对称密码术是建立在数学函数基础上的,而不是建立在位方式的操作上的。更重要的是,与只使用单一密钥的传统加密技术相比,它在加/解密时,分别使用了两个不同的密钥:一个可对外界公开,称为"公钥";一个只有所有者知道,称为"私钥"。公钥和私钥之间具有紧密的联系,用公钥加密的信息只能用相应的私钥解密,反之亦然。同时,要想由一个密钥推知另一个密钥,在计算上是不可能的。用做加密的密钥不同于用做解密的密钥,而且解密密钥不能根据加密密钥计算出来(至少在合理假定的长时间内)。之所以叫做公开密钥算法,是因为加密密钥能够公开,所有人都可以知道公开的密钥,也可以使用它来加密信息,但只有相应的解密密钥才能解密信息。

公钥加密表示为:

$$E_{k_{public}}(M) = C \tag{8-2}$$

用私钥解密表示为:

$$D_{k_{private}}(C) = M \tag{8-3}$$

常见的非对称密钥算法有 RSA、背包算法、椭圆曲线加密算法(Elliptic Curve Cryptography,ECC)。使用最广泛的是 RSA 算法。RSA 公钥加密算法是 1977 年由 Ron Rivest、Adi Shamirh 和 LenAdleman 开发的。RSA 是目前最有影响力的公钥加密算法,它能够抵抗到目前为止已知的所有密码攻击,已被 ISO 推荐为公钥数据加密标准。其密钥算法基于一个十分简单的数论事实,即将两个大素数相乘十分容易,但那时想要对其乘积进行因式分解却极其困难,因此可以将乘积公开作为加密密钥。RSA 算法是一种非对称密码算法,需要一对密钥,使用其中一个加密,则需要用另一个才能解密。

RSA 的算法涉及 3 个参数:n、e_1、e_2。其中,n 是两个大质数 p、q 的积,n 的二进制表示时所占用的位数,就是所谓的密钥长度。e_1 和 e_2 是一对相关的值,e_1 可以任意取,但要求 e_1 与 $(p-1) \times (q-1)$ 互质;再选择 e_2,要求 $(e_2 \times e_1) \bmod ((p-1)*(q-1)) = 1$。$(n,e_1)$,$(n,e_2)$ 就是密钥对。

RSA 加解密的算法完全相同,设 A 为明文,B 为密文,则:$A = B^{e_1} \bmod n$;$B = A^{e_2} \bmod n$。

e_1 和 e_2 可以互换使用,即: $A = B^{e_2} \bmod n$; $B = A^{e_1} \bmod n$ 。

RSA 的安全性依赖于大数分解,但是否等同于大数分解一直未能得到理论上的证明,因为没有证明破解 RSA 就一定需要进行大数分解。假设存在一种无须分解大数的算法,那它肯定可以修改成为大数分解算法。目前,RSA 的一些变种算法已被证明等价于大数分解。不管怎样,分解 n 是最显然的攻击方法。现在,人们已能分解多个十进制位的大素数,因此,模数 n 必须选大一些,因具体适用情况而定。在数字证书技术和 PKI 技术中,RSA 被广泛使用。

8.4 可信网络实例

8.4.1 国外研究

国外对可信网络的研究主要有以 Sun 公司为代表提出的网络准入控制方案,微软公司提出的网络访问保护方案,Juniper 公司提出的统一接入控制方案以及可信计算组织提出的可信网络连接方案,等等。

8.4.1.1 Sun:NAC

Sun 公司考虑到公司内部网络环境的特殊性、内部实验室和内部员工参差不齐的计算机操作水平,为实现企业网内部安全,需要从网络接入入手对接入做访问控制,同时 Sun 公司还希望对网络中的客户进行身份识别,保证每个客户都受到适当的管理,每个客户根据身份、性质为其提供有限的资源进行访问;为此,Sun 公司考察了许多网络准入控制方案,最终 Sun 微系统公司在 2006 年就部署了 Sun 自己的网络准入控制解决方案“Network Admission Control”,其名称也简称为“NAC”。为了与之前所介绍的 NAC 有所区别,本文将 Sun 的 NAC 命名为“SunNAC”。

Sun 公司实施 SunNAC 后每一个接入网络的人主动申明他们是谁以及他们什么时候进入网络,同时 Sun 公司网络对不同用户身份也实施了不同的访问策略。Sun 公司将未识别身份的用户提供了一个“隔离区”。这些用户必须要启动一个浏览器,在获得网络准入控制之前,用户将被定向到一个身份验证页面,通过该页面对用户身份进行验证。系统通过检查用户提交的身份数据并对用户终端进行审核,如果用户身份或终端存在问题,用户就被搁置在隔离区内,或者要求用户停止访问网络或对终端进行必要的升级和修补工作。通过 SunNAC 的实施,Sun 公司网络环境得到了净化,公司内部病毒和恶意攻击事件得到了有效的控制。

此外,俄亥俄州的都柏林市的无线网络通过 Sun 公司的 NAC 解决方案在每一接入点实施安全接入策略,以保证无线网络的安全;伍尔弗汉普顿大学、比萨大学和荷兰大学等高校也使用的 Sun 公司给提供的 SunNAC 解决方案用来保护校园网。

8.4.1.2 Juniper：UAC

统一接入控制(Unified Access Control,UAC)是 Juniper 网络公司提出的将用户身份、设备安全状态和位置信息结合在一起综合考虑的接入控制解决方案,该方案通过对每个用户实施特定的访问控制策略来实现统一的接入控制,是一款全方位的访问控制解决方案。充分利用企业现有的基础设施、网络组件和软件平台来降低方案部署的复杂性和实施成本,同时也提高了整个系统的运行效率。Juniper 网络公司提供的 UAC 方案具备自适应性和扩展性,能够灵活地构建适应所有企业的 NAC 解决方案。为了集中调配企业访问控制策略、确保本地策略与远程访问控制应用程序策略一致,Juniper 网络公司通过网络和安全经理来实现网络准入控制策略可在 UAC 与安全接入产品之间共享,从而简化策略制定、下发和管理工作。

在 Juniper 网络公司的 UAC 中,所有网络接入控制策略都是通过 Infranet 控制器负责实施和下发的。Infranet 控制器是 UAC 中的最高级别的中央策略服务器。为实现 UAC 解决方案所需的用户身份、设备安全状态和位置信息都由 UAC 代理来决定,UAC 代理可以动态从 Infranet 控制器下载所需的信息,UAC 代理客户端支持最常见操作系统:Microsoft Windows、Apple Mac OS 和 Linux 等操作系统平台;如果客户端软件不支持企业所使用的操作系统平台,则 UAC 可以工作在无 UAC 代理模式,增加了 UAC 的通用性。Infranet 控制器综合考虑用户身份、设备安全状态和网络位置等信息,为每名用户或每个会话创建独一无二的网络接入控制策略。只要企业使用满足 802.1x 要求的无线接入点或桌面交换机,UAC 就能够在 OSI 参考模型的第二层执行接入策略。如果能够部署任意的 Juniper 网络防火墙平台 UAC 还能在 OSI 参考模型的第 3 到 7 层执行接入策略。为提高接入控制的粒度,建议同时在第二层和第 3 到 7 层执行策略。为提高网络中重要数据的安全性,同时为部分用户提供随时随地接入网络的能力,也限制一些用户接入网络,挪威 Fredrikstad Kommune 市政当局选择 Juniper 网络公司的 UAC 解决方案,通过 UAC 来预防网络中的安全事件的发生。

8.4.1.3 Microsoft：NAP

在上一节中,我们介绍的 NAP 是微软在可信网络领域的一个成功实例。在整个 NAP 组件中,策略验证服务是 NAP 组件提供的第一个核心服务,根据网络管理员定义的一组规则对系统进行评估并最终汇报评估结果,界定系统运行状况等级。事实上,现在已经有很多典型的对 NAP 的应用案例。

波尔州立大学希望加强 IT 环境的安全性,监控和管理网络的健康状态。在此之前,学校缺乏一种有效的手段来断定哪些计算机没有按照学校的安全策略安装了补丁包。IT 工作人员所面临的一个大问题就是难以维护一个安全的网络环境。无论是教授还是学生,都经常把他们的便携式电脑从校园网中断开,使得 IT 工作人员很难知道那些计算机从什么地方接入的,并且也无法得知他们的计算机是否安装最新的系统补丁包。大学的一位管理人员说:"我们的目标是使用户遵从并应用我们的安全策略,但是我们没有一个比较好的系统来实现。我们缺乏一个装置能自动修复,甚至监控网络的健康状态是一个挑战。我需要经过多方面的检查来确定在网络中将要发生什么"。波尔州立大学部署了在Windows 服务器系统中内置了一个 NAP 功能,Windows 2008 操作系统可以帮助管理员访问、监控和强制实施安全策略。波尔州立大学同时也采用了微软公司的防病毒安全客户端程序。波尔州立大学目前可以更便捷地查看网络的安全状况,同时他们的 IT 业务也变得更容易控制。该大学的新的安全产品为用户提供了积极的经验和更好的性能,同时节省了支持和维护费用。

在佐治亚州西北部的富尔顿县,拥有将近 100 万人口。其 IT 部门拥有 5000 员工 400大厦、数十个机构、机场、消防局、警察局、法院、公共健康诊所和图书馆。拥有复杂 IT 基础设施,包括大型主机、群集服务器、工作站、台式计算机、多种操作系统、几十种应用软件和一个复杂的网络,包括多种网络拓扑和网络协议。对富尔顿县的 IT 管理人员来说,这样的基础设施所面临的重大挑战是安全性和标准的遵守情况。IT 安全是被敏感的公共健康和法庭文件复杂化,对图书馆来说更加困难。其中 600 多台在互联网上的电脑容易受到网络攻击。即使是一个已经启用防火墙的桌面系统,系统也需要更多的保护,这就证明了2003 年病毒攻击是通过内部移动电脑传播的。富尔顿县的 IT 主管于是开始找寻更有效地实施客户端的安全性和一致性的政策,并发现网络访问保护(NAP)解决方案。他们认为在 NAP 方案中,管理员可以解决 3 个重要挑战:一是他们可以自定义的健康政策,在允许他们访问网络之前验证计算机的健康状态;二是他们可以自动更新政策;三是他们可以限制不符合安全要求的计算机访问有限制的网络资源,直到他们符合安全要求。

8.4.1.4 TCG-TNC

之前所介绍的可信网络连接 TNC 是一个典型的实例,它是可信计算组织 TCG 下的一个小组,将 TCG 的视野延伸到了网络的安全性和完整性,设计防止不安全设备接入并破坏网络的机制。

由于 TNC 是建立在可信计算技术之上的,通过使用可信计算主机提供的终端技术,实现网络准入控制的协同工作。因为完整性校验作为终端安全状态的证明技术,所以用TNC 的权限控制策略可以估算目标网络的终端可信度。TNC 网络构架充分考虑如何通过原有的网络准入控制策略来实现访问控制功能。

经过几年的发展,TNC 已具有 70 多名成员,形成了以 TNC 架构为核心、多种组件之间交互接口为支撑的规范体系结构,实现了与 NAP 之间的互操作,并将一些规范作为建议草稿提交到互联网工程任务组(IETF)的 NAC 规范中。目前已有多家企业的产品支持 TNC体系结构,如 Extreme Networks、HP ProCureve、Juniper Networks、Meru Networks、OpSwat、Patchlink、Q1 Labs、StillSe-cure、Wave Systems 等;也有开放源代码软件,如 libTNC、FHH、

Xsupplicant 等[11]。

8.4.2 国内研究

随着可信网络研究的深入,国内高校、科研机构和厂商也纷纷对可信网络进行了深入的分析和理解,并且提出可信网络在他们心中的理解。其中主要有:由清华大学牵头的多所科研院校及厂商参与的真实地址技术,国内安全厂商提出的可信网络架构(Trusted Network Architecture,TNA)以及 Chinasec 网络可信安全平台等。

8.4.2.1 CNGI-CERNET2

中国 NGI 示范工程 CNGI 是实施我国 NGI 发展战略的起步工程,由国家发展和改革委员会、科技部、信息产业部、国务院信息化工作办公室、教育部、中国科学院、中国工程院、国家自然基金委等八部委联合领导。2003 年 8 月,国家发改委批复了中国 NGI 示范工程 CNGI 示范网络核心网建设项目可行性研究报告,该项目正式启动[25]。

在前面所介绍的 SAVA 网络模型现已被成功应用到了 CNGI 中,目前基于 CNGI-CERNET2 已经部署了包含 12 个真实地址实验自治系统的可信任 NGI 试验床。其中部署了真实地址网络设备原型系统,流量监控系统,可信任安全服务系统,可信任电子邮件、BBS 和 VoIP 等应用。

CNGI-CERNET2 主干网全面支持 IPv6,以 2.5 Gbps/10 Gbps 连接了我国 20 个城市的 25 个核心节点。其中,北京 – 武汉 – 广州和武汉 – 南京 – 上海的主干网传输速率达 10 Gbps。各核心节点均具有支持用户网以 1 Gbps/2.5 Gbps/10 Gbps 速率接入的能力。北京国内/国际互联中心 CNGI-6IX 分别以 1 Gbps/2.5 Gbps/10 Gbps 速率连接了中国电信、中国联通、中国网通、中科院、中国移动和中国铁通的 CNGI 示范网络核心网,并以 1G/2.5 Gbps 速率连接美国 Internet 2、欧洲研究和教育网络 GÉANT2 和亚太地区的 APAN(Confederation of Asia-Pacific Advanced Network)。

CNGI-CERNET2 主干网自 2004 年开通运行以来,已经连接了 200 多个大学和科研单位的 IPv6 用户网,支持了我国 NGI 科学研究、技术试验和应用示范等一大批课题,为我国参与全球范围的 NGI 及其应用的研究提供了一个很好的开放性试验环境。

2006 年 9 月,CNGI-CERNET2/6IX 通过国家鉴定验收为目前世界上规模最大的纯 IPv6 大型互联网主干网。该项目立足于国产关键网络设备和自行研发的网络技术,设计和建设了以国产设备为主的大型 NGI 主干网。该项目技术起点高,实现难度很大,已在国内外产生了重要影响。CNGI-CERNET2/6IX 已成为我国研究 NGI 技术、开发重大应用、推动 NGI 产业发展的关键性基础设施的重要组成部分,有力地推动了我国 NGI 核心设备的产业化进程,为提高我国在国际 NGI 技术竞争中的地位做出了重要贡献[26]。

8.4.2.2　TNA

2004 年国内一安全厂商推出了可信网络架构(Trusted Network Architecture,TNA),通过对现有安全产品和安全子系统进行有效的管理和整合,并且有效地融入可信网络的接入控制机制、信息保护机制和信息加密传输机制,实现提高网络安全保护能力的网络安全技术体系。TNA 分别从可信安全管理系统、网络节点系统的可信接入控制和消息保护机制来实现网络整体的防御能力。借助可信安全管理系统可以对现有安全产品和安全子系统的有效管理和整合;借助网络节点系统的可信接入控制,能便捷地构筑"可信网络"安全边界,实现网络接入系统对网络的访问控制;借助可信网络内部信息保护机制能有效防止机密信息泄露,保证网络信息的安全性和完整性。可信网络架构包括可信安全管理系统、网关可信代理、网络可信代理和端点可信代理四部分。

8.4.2.3　Chinasec

Chinasec 可信网络安全平台是以数据安全为核心的内网安全平台,可以密码技术为基础来实现一个整体一致的内网安全解决方案。采用模块化设计,将系统分成可信数据管理系统、可信网络认证系统、可信网络监控系统和可信网络保密系统四大功能模块。

1. 可信数据管理系统

主要用于实现企业内部计算机有连接外网需求的同时还要防止核心数据泄密的目标而提出来的一套系统,系统同时兼顾保密性和开放性,可信数据管理系统还能提供工作模式或普通模式来修改用户计算机的网络连接状态,能有效地保护内网的数据安全;还可以通过建立可信数据区实现权限管理等功能。

2. 可信网络认证系统

该系统采用基于 PKI 强认证机制,通过实施两层保护机制提高认证安全级别和认证的可信强度;支持在使用 USB 令牌的用户之间通过强加密技术实现安全文件数据传输;还通过强认证机制提供高等级的个人计算机保护功能,防止个人计算据隐私数据被窃取。

3. 可信网络监控系统

该系统主要通过监控可对每台计算机的在线/离线状态设置不同的策略,实现有效控制终端计算机的目的;系统还可以对用户的行为进行有效管理、对计算机外设使用(U 盘、移动硬盘等)的有效管理控制,系统还提供邮件智能加密、提供完整审计信息等功能。

4. 可信网络保密系统

该系统通过在数据传输的过程中对数据进行加密来实现数据的安全传输,使数据在网络中传输更加安全可靠;并且能够对计算机系统中除操作系统所在的分区外的其他所有分区进行保护,能有效防止数据被窃取和非法访问,能更有效地提高移动存储设备的安全性和保密性。

这四大系统看似相互独立但又相辅相成,全方位立体的对数据存储和传输提供加密保障,并提供多种灵活的透明加密措施,在文件传输和存储过程中实现透明加密。亦可根据用户需求进行文件加密、文件夹加密、本地磁盘加密、移动存储设备加密和邮件智能加密等等独有设计,形成了一个整体一致的内网安全解决方案,能够充分满足企业的内网数据安全需求。

8.4.3 发展趋势

近年来,国际上对可信网络开展了大量的研究,比较著名的是美国自然科学基金会(NSF)启动的 GENI[27] 和 FIND[28] 研究计划。GENI 试图发现和评估可以作为 21 世纪互联网基础的新的革命性概念、示范和技术,建立一个支持新网络体系结构探索和评估的大规模试验环境,他们期望未来的互联网值得社会信任,激发科学和工程革命,支持新技术融合,支持普适计算,成为物理世界和虚拟世界的桥梁,支持革命性服务和应用。FIND 是美国 NSF 另外一个研究计划。美国的科学家已经在考虑从现在开始的 15 年内全球互联网是什么样子,以面向端到端的体系结构为基础,研究传感器系统网络、可编程的无线通信和广义连网。美国试图通过这些前瞻性的研究计划保持其在信息技术和互联网领域的领导地位。虽然目前这些计划还没有取得实质性成果,但从其研究计划中可以看到可信任互联网是其中的重要课题。例如其中一些研究者提出了 Passport 结构[29]。

随着我国信息化的进一步深入发展,我国的可信计算、可信网络产业也得到了政府的扶持和鼓励。国家 863 计划信息技术领域设立了新一代高可信网络的重大项目,国家发展和改革委员会重点支持了可信计算芯片技术,国家科委重点扶持高可信网络技术创新项目,国家教委重点支持高可信网络技术研究项目,等等,这些项目旨在研究具有创新性、实用性的可信网络技术。

未来,可信网络大概会在以下几个方面进行发展[5]:

- 可信任 NGI 体系结构和标准体系,以可信任互联网为基础支持"三网合一";
- 可信任 NGI 真实地址关键技术,以及支持真实地址的路由器、交换机和专用网络设备,基于可信任 NGI 的全局标识的安全服务;
- 可信任 NGI 应用,包括 P2P 应用、IPTV 和互动电视,无线和移动应用;
- 从当前互联网向可信任 NGI 过渡的技术;
- 大规模的可信任 NGI 试验网;
- 大规模可信云和可信物联网技术。

可以看出,未来可信网络的发展将呈现出一片欣欣向荣的景象,为计算机网络划分新的格局。

本 章 小 结

随着可信计算的不断发展以及人们对可信计算重要性的深入研究,"可信"已经成为

NGI 发展和研究中的一个极其重要的属性。可信网络是由遵循 TCG 规范的可信计算节点组成的网络,且支持异构组合,具有高度的安全性以及可控可管性。一个可信网络体系结构,包括可信基础设施层、可信评估层以及可信应用层,从基础设施到应用进行了可信部署。符合这样体系结构的可信网络模型如 TNC、SAVA 等已经得到了广泛的认同和不断的发展。大批的国内外学者和组织就信任计算、网络保护、认证技术、密钥技术等可信网元技术进行了大量的研究,且取得了很多有效的成果,这些仍在发展中的技术对可信网络的发展起着极其重要的推动作用。CERNET、GÉANT 2 等可信网络的应用实例取得了显著的成果,为可信网络的进一步发展奠定了基础。未来,可信网络将成为 NGI 的一个重要组成部分。

习 题

1. 简述可信计算的基本思想及可信计算平台模块的基本组成部分。
2. 简述可信计算的关键技术。
3. 阐述可信网络的定义。
4. 基于 IPv6 的可信网络有哪些基本特征。
5. 与传统网络体系结构类似,可信网络的体系结构也属于分层结构,请问可信网络的体系结构的每一层都有哪些特点?
6. AR 设备通过哪些流程可以接入到 TNC 网络?
7. TNC 体系结构包括哪些要素? TNC 有哪些基本状态?
8. SAVA 体系结构有什么特点?
9. 阐述 Lin 模型的基本思想。
10. 信任的基本表示方法有哪些?
11. 网络准入控制技术通常由哪些部分组成?
12. 阐述 IEEE 802.1X 认证系统的基本业务流程。
13. 网络访问保护技术 NAP 强制技术包括哪些?
14. 数字证书颁发过程一般分为哪几个步骤?
15. 请阐述未来可信网络的发展趋势。

参 考 文 献

[1] TCG Specification Architecture Overview. Ver1. 4 [EB/OL]. 2007 - 8 - 2. https://www.trustedcomputinggroup.org/ groups/ TCG_1_4_Architecture_Overview. pdf.

[2] 沈昌祥. 可信计算平台与安全操作系统[J]. 网络安全技术与应用, 2005, 4: 8 - 9.

[3] Building Tomorrow's Internet [EB/OL]. http://www. internet2. org/.

[4] NewArch Project: Future-Generation Internet Architecture [EB/OL]. http://www. isi. edu/newarch/ iDOCS/ final. finalreport. pdf.

［5］ 吴建平，毕军. 可信任的下一代互联网及其发展［J］. 中兴通讯技术,2008,14(1):8－12.

［6］ 林闯，彭雪海. 可信网络研究［J］. 计算机学报, 2005, 28(5): 751－758.

［7］ 林闯，王元卓，田立勤. 可信网络的发展及其面对的技术挑战［J］. 中兴通讯技术, 2008, 14(1): 13－16,41.

［8］ TNC Architecture for Interoperability［EB/OL］. http://www. trusted-computinggroup. org.

［9］ 张民,罗光春. 新型可信网络体系结构研究［J］. 电子科技大学学报, 2007, 36(6): 1400－1403.

［10］ TCG Trusted Network Connect TNC Architecture for Interoperability, Specification Version 1. 3, Revision 6［EB/OL］. ［2008－2－28］. http://www. trustedcomputinggroup. org/files/resource_files/ 8CB439DF－1D09－3519－ADC 5A15 A7A9DE2D9/TNC_Architecture_v1_3_r6. pdf.

［11］ 张焕国，陈璐，张立强. 可信网络连接研究［J］. 计算机学报, 2010, 33(4): 706－717.

［12］ 吴建平，任罡，李星. 构建基于真实 IPv6 源地址验证体系结构的下一代互联网［J］. 中国科学(E 辑:信息科学), 2008, 38(10): 1583－1593.

［13］ WU J, BI J X, LI G R, et al. RFC5210:A Source Address Validation Architecture (SAVA) Testb ［EB/OL］. 2008－6. http://www. faqs. org/rfcs/rfc5210. html.

［14］ 李勇军，代亚非. 对等网络信任机制研究［J］. 计算机学报, 2010, 33(3): 390－405.

［15］ GAMBETTA D. Can we trust trust? ［C］//In: Gambetta D. Trust: Making and Breaking Cooperative Relations. Oxford: Basil Blackwell, 1990: 213－238.

［16］ RAHMAN A A, HAILES S. Supporting trust in virtual communities［C］//the 33rd Hawaii International Conference on System Sciences, Maui, USA, 2000. Hawaii: IEEE Computer Society Press, 2000: 4－7.

［17］ LIANG Z Q, SHI W S. PET: A Personalized Trust model with reputation and risk evaluation for P2P resource sharing［C］// Proceedings of the 38th Annual Hawaii International Conference on System Sciences, Piscataway: IEEE computer society, 2005: 201－211.

［18］ HE R, NIU J W, ZHANG G W. CBTM: A Trust Model with Uncertainty Quantification and Reasoning for Pervasive Computing［C］//In: Pan Y. et al. eds. Proceedings of the 3rd Int'l Symp. on Parallel and Distributed Processing and Applications—ISPA 2005 Workshops. LNCS 3758, Berlin, Heidelberg: Springer-Verlag, 2005: 541－552.

［19］ 张桂林. Windows Server 2008 网络访问保护解析［EB/OL］. http://tech. sina. com. cn/h/2008－05 －13/0600658761. shtml.

［20］ Microsoft. Network Access Protection ［EB/OL］. 2008－1. http://www. microsoft. com/ windowsserver2008/en/us /nap-main. aspx.

［21］ 微软. 网络访问保护［EB/OL］, 2008－1. http://technet. microsoft. com/zh-cn/ library/cc753550 (WS. 10). aspx.

［22］ Cisco. 思科 NAC［EB/OL］, 2006－5－18. http://www. enet. com. cn/article/2006/0518/ A20060518532560. shtml.

［23］ ABOBA B, L. BLUNK, J. VOLLBRECHT, et al. Extensible Authentication Protocol (EAP)［EB/ OL］. http://tools. ietf. org/ html/rfc3748.

［24］ JIM GEIER. Implementing 802. 1x Security Solutions［M］. Wireless-Nets, Ltd, 2008.

［25］ 吴建平. 下一代互联网研究与 CNGI – CERNET2［J］. 中国教育网络, 2005 年 10 期: 12 – 17.

［26］ CERNET. CERNET2 详细介绍［EB/OL］. http://www. edu. cn/internet2_1340/20100426/t20100426
_469168. shtml.

［27］ GENInet Global Environment for Network Innovations［EB/OL］. http://www. geni. net/.

［28］ NSF NeTS FIND Initiative［EB/OL］. http://www. nets-find. net/.

［29］ LIU X, YANG X W. Efficient and secure source authentication with packet passports［C］//Proceedings
of the 2nd conference on Steps to Reducing Unwanted Traffic on the Internet (SRUTI 2006), Jul 6 – 7,
2006, San Jose, CA, USA. 2006: 7 – 13.

[24] IBM CRIER. Implementation ... ... IBM, 2005.

[25] 张玉军. ... 认知网络 ... ... 2005, 30(9): 12-17.

[26] CERNET. CERNET1 ... ... [EB/OL]. http://www.edu.cn/internet/1340/20100616/t20100616_489706.shtml.

[27] CENIbox. Global Environment for Network Innovations [EB/OL]. http://www.geni.net.

[28] NSF. NetNet. FIND Initiative [EB/OL]. http://www.nets-find.net.

[29] LIU X, YANG X X. Efficient and secure source authentication with packet passports [P]// Proceedings of the 2nd conference on Steps to Reducing Unwanted Traffic on the Internet (SRUTI 2006). July 6-7, 2006, San Jose, CA, USA, 2006: 1-13.

本章主要介绍未来网络发展方向之一的认知网络。首先介绍认知网络的基本概念，包括认知网络的定义、特性、认知过程和网络架构等。接下来介绍现有网络模型中采用的认知技术，网络模型包括生物启发式网络、认知 Ad Hoc 网络、自适应网络、自管理网络和认知无线电网络。认知网络的主要组网技术分为环境感知技术、信息挖掘技术、智能决策技术、网络重配置等，其中跨层设计、机器学习以及分布式学习和推理是认知网络组网技术中非常重要的三种，在本章中进行重点介绍。最后介绍认知网络中具有代表性的应用案例。

9.1 概　　述

以 Internet 为代表的计算机网络自 20 世纪 90 年代以来得到了快速发展。Internet 的成功在于网络本身设计时的基本原则——对新应用的开放性、协议的适应性以及功能的灵活性。但这种成功并不能掩盖当前网络的局限性，即当网络出现问题时，无论是用户还是管理者都常常会感到无所适从。多数情况下 Internet 还只能在环境改变或故障出现后被动做出反应，而不能在网络环境变化的时候主动做出反应。由于 Internet 设计的基本原则——智能的终端和简单的透明传输数据的核心网络，网络的管理者必须在一个很低的层面与网络交互。这种结构虽然有一定健壮性，可一旦网络有故障，高层的管理者必须进行大量的配置和诊断工作。终端仅知道应用和其期望的动作，核心网络只负责数据报文的传递。这导致网络管理者无法描述操作者在高层次上的目标，以及高层次上的目标和低层次的决定之间的联系。

Internet 业务的多样化使得网络变得更加复杂，各类业务和终端用户对网络有了更高的要求。为了满足用户服务要求，需要将端到端的目标和智能判决加入到网络环境中，网络的认知是该领域的关键技术[1,2]。近几年，"认知"的概念出现在计算、通信和网络技术等领域，包括认知无线电[3,4]、认知包网络[5]和认知网络[6-10]等。目前认知技术在"频谱认知"领域具有深入的研究和应用，即认知无线电技术。认知无线电由软件无线电发展而来，软件无线电是对无线电信号的载波频率、信号带宽、调制方式和网络访问等进行软件定义和实现的无线电系统。软件无线电的发展经历了从单一的可编程调制解调器到多波形应用软件,再到软件定义无线电,从能够感知环境的感觉无线电、适应性无线电,最后发展成认知无线电。认知无线电实现频谱资源的高效利用,解决频谱资源利用率不高的问题,其主要关注物理层的资源认知。鉴于认知技术在物理层研究中的成功,人们逐渐将认知技术和通信网技术相结合,研究具有认知能力的通信网络。对网络从宏观上进行整体把握,采用行为建模的方法详细、完备地描述网络的特性。认知网络需要具有网络状态的实时监控能力,需要具有可软件配置的网络代理结构,提供可编程的接口,实现认知处理核心的相关决策。

9.1.1　认知网络的定义

　　认知网络的概念最早出现于 2003 年,D. Clark 等在 SIGCOMM 会议上提出了近似的认知网络的概念,为互联网引入了知识平面(Knowledge Plane,KP)的思想。网络的知识平面能够为网络内的普适系统建立和维护一个模型,该模型能够为网络将要执行的操作给予建议。知识平面能够提高网络低层次的数据汇集,并为更高水平的数据处理做出决策。如图 9.1 所示,认知网络所构想的知识平面是一个独立的结构,与网络层次结构有本质不同,而不是仅仅把知识放入已有的平面中。因此,网络可以通过如何更好地满足目标的方式来与设计者交流,而不是仅仅显示成堆的路由配置表;网络也可以通过自己重新进行配置,来满足高层次的需求变化。认知网络拥有基于人工智能和认知系统工具进行网络配置。

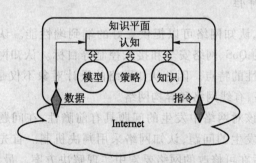

图 9.1　认知网络的知识平面

　　Ramming 等[11]定义的认知网络具有自我意识,能够根据任务和具体环境做出决策,实现网络的自管理。文献[11]中还定义了一个规范性的语言,使得用户和应用能够描述他们的需求和要求,并对网络服务和资源进行更加有效的管理。Sifalkis[2]等人认为认知网络具有基于推理和先验知识,根据条件或事件做出适应的能力,在现有网络之上增加一个认知层,使之提供端到端的性能、安全、QoS 和资源管理,并满足网络优化的目标。然而他们提出在主动网上增加一个认知层组成新网络,该网络不能算是一个认知网络,因为它不能提供端到端的目标、安全、QoS 和资源管理等。Boscovic[12]等把认知网络定义为一个动态改变自身拓扑或操作性能参数来响应特定用户需求的网络,同时增强操作和调节策略,并优化整个网络的性能。

2005 年,弗吉尼亚理工大学的 Ryan. W. Thomas[8] 等人在 IEEE DySPAN 会议上对 Petri Mahonen[13] 和 Ramming[11] 研究成果进行了比较和分析,总结了认知网络的定义:认知网络具有一个认知过程,能感知当前网络的状态,并对网络状态做出反应。认知网络能在适应外界环境的过程中进行学习,并使用获得的知识对未来网络状态进行判决,直到达到预期的目标。其中端到端的认知范围是最重要的,否则仅是认知层的概念而不是认知网络。

上述定义都将推理学习和认知能力作为认知网络的核心技术,将网络的端到端认知范围作为认知网络区别于其他认知通信技术的关键要素。例如,认知无线电对于网络的控制集中在物理层和 MAC 层,仅根据无线频点对网络性能进行评价,认知范围局限于无线信道;认知无线网络也仅对无线信道进行感知,通过共享无线信道的资源信息来改善整个无线网络的性能。而认知网络是在所有网络分层实现控制,整体网络都具备认知能力,根据端到端的性能实现整个认知网络的目标。

本文给出的认知网络的含义:认知网络通过软件适应性网络和可感知终端等低层感知技术,从外界获得网络状态和环境的实时信息,通过认知描述语言了解用户和网络应用的需求,采用学习和推理等智能判定方法,依据端到端的目标做出决策,使得网络在资源配置、QoS 和安全等方面获得有效的管理,达到网络性能最优化的目标。

9.1.2　认知网络的特性

与非认知网络相比,认知网络可以提供更好的端到端性能。认知能力可以用于改善网络的资源管理、网络的 QoS、网络安全和接入控制等目标。认知网络具有下层网络要素适应性和认知架构灵活性的特点。因此认知网络的设计对象不仅是无线网络,还包括 Ad Hoc 网络、基础无线网络、有线网络和异构网络。

理想的认知网络应该对网络中发生的问题具有前瞻性,在问题发生前能够主动做出调整。对于网络中将要发生的问题,认知网络采用判决机制。首先使用网络度量和模式来作为判决的依据,随后在可修改的网络要素中实现解决方案。最后,认知网络的架构具有可扩展性和灵活性,用来支持新网络要素和未来网络的发展。

认知网络的实现需要一个复杂的系统,包括开销、架构和操作等。对于认知网络的可调整性,要求其对性能的改善必须超过改善性能的复杂度。为了满足定义的需求,认知网络还必须包含可修改的软件适应网络中的要素。就像认知无线电需要依赖软件定义无线电对一些操作(例如,时间、频率、带宽、编码、空间、波形)进行修改一样。软件适应性网络包括一个或者多个可调节要素。这就意味着在它的成员节点中,网络可以修改网络协议栈中的一层或者多层。软件适应性网络的一个简单实例是具有定向天线(天线可以搜索接收或者以不同的旋转指向来进行发射)的无线网络。该网络可以满足软件性适应网络的基本功能定义,因为它包括一种可以修改的媒介访问机制。只有当软件适应性网络修改天线方向的行为是对端到端目标的认知时,才能把它称为认知网络。如果它只知道修改天线将如何影响链路层的目标,那么其只能称为智能天线[14]。

认知网络端到端的目标驱动了整个网络系统的行为,由网络用户提出服务目标,这是认知网络与认知无线电网络的重要区别。认知无线电网络的目标是基于区域性能的,仅服务于相关的物理设备。这种不同使得认知网络涉及网络协议栈的所有层。认知网络也不同于自适应的跨层设计模式,跨层设计模式只执行单个终端单一的目标优化,不能够对端到端的目标做出解释,认知网络则支持网络多目标之间的权衡或优化。

9.1.3　认知网络的认知过程

认知过程是认知网络的核心机制,根据认知技术获得的网络状态信息,通过认知反馈机制给出基于端到端目标的判决响应。认知过程的实现取决于它的操作模式以及该过程所获得的网络状态信息的数量。

9.1.3.1　认知的范围

认知网络以端到端目标为工作基础,通过与软件适应性网络的交互,修改软件适应性网络中的要素,认知网络便可以维护一组端到端的目标(例如路由优化、连接性、信任管理等)。认知要素的配置可以是独立的,也可以是相关的。诸如在军事网络这样的同类用户环境中,节点自身的目标与整个网络的目标相关,这与商业网络提供服务给无关联的用户不同,节点不仅考虑自身行为的需求和操作目标最优化,而且需要完成整个网络的目标,这些网络要素需要获得、传递尽可能多的网络信息,因而会产生更高的开销和复杂度。因此对于认知范围的确定,取决于执行的效果,如果独立配置认知要素的执行效果明显不及网络整体要素的配置,认知网络将提供集中的配置,给出高效的网络要素配置方案,而不仅是简单的端到端的目标实现。

9.1.3.2　状态信息

认知网络的判决是基于它所获得的网络状态信息。认知网络为了能够基于端到端目标进行判决,必须知道当前的网络状态和当前的网络目标。如果认知网络已知整个网络的状态信息,那么网络的认知判决与无认知时相比将更加准确。但是对于多数网络,尤其是像计算机网络这样复杂庞大的系统,认知网络不可能获知全部的系统状态信息。

对于认知网络和状态分布,有两种不同的操作模式。第一种是集中模式,在该模式中,中央服务器或者中央实体跟踪所有的端到端目标和网络状态数据。另一种模式是分布式模式,在该模式下,网络中的节点共享这些信息,没有中央服务器来统一收集、管理和发布这些数据。这两种模式各有缺点,对于集中控制模式而言,它存在单点故障问题,而对于分布式模式而言,它的问题在于网络的开销过大,所以网络设计者在进行认知网络设计时需要考虑这些因素。在集中控制模式和分布模式之外还可以采用混合模式。

9.1.3.3　认知反馈控制环路

生物系统的反馈控制环路可以适应环境的变化,同样计算机网络体系结构中的基本管理组件也是一个控制环路,环路的源端进行信息采集,然后分析采集的信息以确定是否在被管理的资源之间建立关联性。通过翻译机制将决策的结果转变为被管理资源可以理解的形式,保证决策命令的正确执行。下面主要介绍两种反馈控制环路模型——OODA(Observe-Orient-Decide-Act)模型和 CECA 模型(Critique-Explore-Compare-Adapt,评论 – 探测 – 比较 – 适应),以及认知循环在网络进程中的实现过程。

1. OODA 模型

任何学习模型都可以看做一个反馈环,在过去的交互、当前的环境状态和未来的交互之间进行信息反馈。如图 9.2(a)给出了由美国军事战略家 John R. Boyd 第一次提出的一个反馈环。通常也将其称为 OODA 环[3],即表示观察、定向、决定、动作。该模型最初用于帮助军事官员理解其对手的思想过程,通过创建一个链条把战斗行动进程的 4 个构成部分连在一起,其原理是部队作战时要依据敌人的反应采取行动,行动期和观察期可以相互转化。部队有两个状态:根据敌情制定目标和采取行动达成目标。目前该反馈环模型已经被其他领域广泛应用,其中最典型的应用领域是商务管理和人工智能。OODA 模型与认知无线电中描述认知过程的 Mitola 模型[4]非常相似。该环由 4 个分量构成,基于获得的环境状态来指导判决器做出适当的动作。

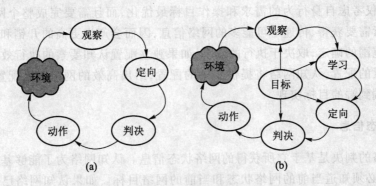

图 9.2　OODA 模型

OODA 环添加了一些重要的构成要素,如图 9.2(b)所示。其中一个构成要素是最终目标,它应当从环的外部引入,通过提供的上下文来指导判决;另一个添加的构成要素是学习模块,用于防止以前迭代所产生的错误进入未来的迭代。

像 OODA 这样的反馈环模型执行信息反馈时,它对复杂环境结构的判决,是通过反馈环路的迭代循环实现的,通过直接的外部分析很难获得复杂环境的结构。为此可以将复杂环境视为一个黑匣子,在认知网络中,网络元素及其互操作作为黑匣子的输入,网络中观察到的行为作为黑匣子的输出。

2. CECA 模型

20 世纪 50 年代提出了 CECA 循环模型,如图 9.3 所示,该模型基于现代目标认知理论、思维理解的构造理论、心理模型和关键思考理论的心理模型。CECA 模型表现为:设计合理的行动模式并评估行动的效果;以高层操作目标来评价计划的相关性和有效性。CECA 模型构建了概念模型和位置模型,其中位置模型应用在军事领域,描述了在决策过程中心的战争空间的状态。如图所示,军事决策中应用 CECA 循环的 4 个阶段包括:信息需求的识别——批评;主动和被动的数据收集和状态的更新——导航;当前状态与理论模型的比较——比较;以及对使得理论模型无效的战争空间或以封锁通路为目的等方面的适应——适应。CECA 循环试图作为一个简单且广泛适应的框架来提供服务,该框架中研究决策的制定完全由控制和命令(Control & Command,C2)来决定。

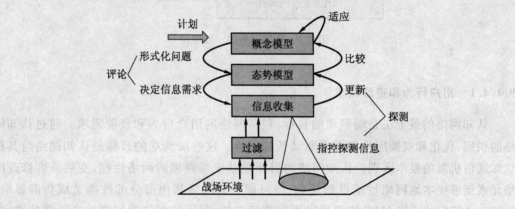

图 9.3　CECA 循环模型

与 OODA 循环相比较,CECA 循环的优势在于,它能够更深入地洞察本质,引入批判性思想要素,并且能够描述 C2 中运作理念的心理表征和计划的重要地位。

9.1.4　认知网络架构

各种认知网络的设计对象,无论网络的范围有多大,也无论其采用何种控制模式,以及拥有多少状态信息,采用的网络架构都是相似的。认知网络必须知道网络节点之间进行通信的端到端目标以及如何与下层软件适应性网络进行交互。因此认知网络的软件架构需要将用户的端到端需求、认知平面和下层网络关联在一起。如图 9.4 所示为认知网络的一个简单架构。

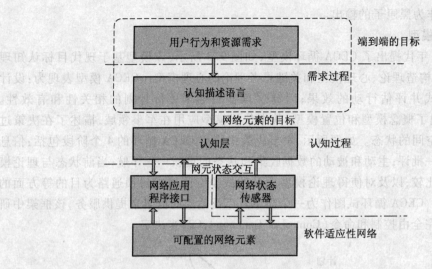

图9.4　认知网络的一般架构

9.1.4.1　用户行为和资源需求

　　认知网络的最上层是端到端的目标,包括网络的用户行为和资源需求。通过认知网络的识别、优化和权衡用户需求来驱动认知行为。这些端到端的目标是认知网络与其他认知通信机制的根本区别。认知网络的目标是基于端到端的网络性能,变更或者修改网络元素能够使本地网络性能得到优化,但可能会对网络其他部分的性能造成负面影响。比如一个特定的无线 MAC 协议可以优化能量消耗,利用较短链路实现较高跳数的路由,然而这种执行模式可能会导致更多的端到端延迟,这会影响到传输层引发更多的分组重传,最终的结果是节点的总耗电量要高于没有初始优化的情况。另外,如果协议确实可以获得较低的能量消耗,可能会导致连接抖动,无法继续语音传输等应用。只有当网络用户了解他们的需求,认知网络才能够知道操作是否可行。像大多数工程问题一样,需要对每一目标的优化进行权衡。在优化过程中,认知网络不能够无限制地优化所有数据。在大多数系统中,对于一组数据进行优化的前提是不影响到其他数据。基于此,认知网络需要知道所有数据的优先次序以及每一组数据最高和最低的性能指标。

9.1.4.2　认知层次的组成

　　认知层次由三方面组成:认知规范语言、认知层和网络环境感知,它们按照反馈回路提供认知层的实际情况与软件适应性网络和网络用户进行交互。

　　认知规范语言(Cognitive Specification Language,CLS):连接认知层与网络高层用户需求之间的接口层。这一信息在源端需求和本地认知过程之间传递,并非是全局信息。认知规范语言与无线电知识表示语言(the Radio Knowledge Representation Language,RKRL)和 QoS 规范语言相似。目前已经有几种不同的 QoS 规范语言,都是用来描述高层用户的需求。认知规范语言与此相同,只是这些机制适应网络的功能,而不是固定的一套机制。与 RKRL 和 QoS 规范语言不同,认知规范语言必须能够与网络元素、应用和目标相适应。其他的需求应该包括对分布式和集中式操作的支持,包括不同认知层之间的数据共享。应用程序要把高层用户产生的需求翻译成认知规范语言。

　　认知层:网络的认知可以采用集中式或者分布式,这取决于网络的操作是本地模式还是社区模式。大多数的网络对于不同的节点执行不同的认知行为。

　　网络状态传感器:认知规范语言将端到端的目标传达给认知层,网络状态传感器将网络环境的反馈信息传递到认知层。认知层对可能的行为进行模式、趋势和阈值的观察。网络状态传感器只有从当前管理的连接节点处获取数据,然后向整个网络发布信息。传感器收集的状态信息可以通过分布式或集中式方式传输,这些传感器节点可以与具有不同网络目标的节点共同部署。

9.1.4.3　可配置网络要素

　　可配置网络要素集中于软件适应性网络中,它是一个独立研究领域,就像软件定义无线电的设计与认知无线电是独立发展的。认知网络需要知道软件适应性网络提供能够控制的网络元素的接口,这与应用程序接口和接口描述语言相似。软件适应性网络由作用于认知网络控制点的可配置网络元素组成。

　　网络应用程序接口:软件适应性网络的现行软件及其接口是用户与应用程序、网络元素之间的中间件。应用程序接口将屏蔽多平台的差异,像网络架构的其他方面一样,应用程序接口具有灵活性和可扩展性。应用程序接口的另一职责是告知认知网络其网络元素的操作状态。网络协议层的改变要求链路的两端同步,并以同样的模式进行操作。软件适应性网络需要网络元素的状态同步,如果两个网络认知过程在不同的传输频道切换、分组头部的位排序不同、或者重传递策略不相同,都会导致两个节点的传输失败。认知网络至少需要了解每一个通信设备的状态改变,如果不满足同步,则将阻止通信。由于不同的网络按照自身的适应性做不同的更改,因此采集和发布这些状态信息的系统必须具有健壮性和可扩展性。

　　可配置的网络元素:软件适应性网络的现行组件是可以进行配置的网络元素,包括网络中使用的所有元素,每一元素应该具有 API 的公用和私有接口,使之与认知网络和软件适用性网络进行互操作。

9.1.5　认知网络的应用

　　认知网络在解决异构网络连接、QoS 和网络安全等方面有广泛的应用。
　　认知网络为采用不同协议和物理接口的网络创建有序的机制。它采用感知技术获取所处环境的状态信息,然后进行学习推理,消除节点之间的冲突,优化节点之间的连接。认知网络具备自配置、自管理、自优化功能,需要网络具有可重配置特性,能够实现异构技术的融合和统一管理,最大化网络资源的利用率,并节省网络运营维护的投入。从高层目标来看,可以构建高效的同构簇,对低层目标而言,可以减少网络系统的整体功耗。例如,智能交通管理系统运用认知网络技术实现异构网络连接,进而完成交通状况的预测和管理。

认知网络可以用于管理网络中任一连接的 QoS,通过对网络行为进行学习,利用观察到的网络状态的反馈,可以找到连接瓶颈,然后对 QoS 进行评估、改变优先级和优化行为,从而提供端到端的 QoS。进一步结合认知网络架构,借助测量与感知技术进行网络状态监测,同时采用学习推理和自适应控制等技术实现网络资源的调配与利用,实现网络各层参数的协同管理,实现认知网络全网分布式主动监测、管理与控制,保证网络业务流端到端的 QoS,保证认知网络自治高效运行。认知网络能够自治实现网络性能的优化,其 QoS 技术也具有主动性、智能性和自适应性,可以实现网络的自适应性控制和自我管理的端到端目标。

认知网络也可以运用到网络安全方面,例如认知网络的接入控制技术、隧道技术、信任管理和入侵检测技术等。通过对网络各层的反馈分析,认知网络可以发现网络有威胁的模式和潜在安全隐患,从而采取相应的行为动作来增强安全性,防患于未然。保证安全的机制有改变规则、协议、加密和分组成员的设置等。

9.2　现有网络模型中的认知技术

认知网络是具有自感知性、自适应性、自管理性和可重新配置等特性的网络结构,在当前的网络中存在一些技术为认知网络的研究提供了重要方法。下面介绍生物启发式网路、认知 Ad Hoc 网络、自适应网络、自管理网络以及认知无线电中涉及的认知技术。

9.2.1　生物启发式网络

生物系统中的自组织性和健壮性为研究认知网络提供了重要的方法。整个网络的优化需要在网络控制性、网络扩展性以及网络性能之间进行权衡。网络在管理方式上采用混合的机制,用可扩展方式对大量的节点进行管理,同时保持集中控制。生物系统优化策略的优势体现在处理网络中关键实体的故障,应对系统故障,生物系统通过许多适应性的操作逐渐改善,使系统达到较好的性能水平,这种应对故障的补偿机制使得系统更加灵活可靠。生物启发式网络应对关键故障时更具有灵活性,具有更长的系统寿命。

9.2.1.1　自组织机制

自组织能力是生物系统最重要的属性,不按照任何规则能够将独立自主的个体组合在一起。Bonabeau 等人[15]给出了如下的定义:

　　自组织是一组动态机制,通过低层构成要素的交互作用,体现系统的全局结构。系统构成元素之间的交互规则是基于逻辑信息的,但并不涉及全局结构。全局结构是系统本身具有的性质,不是通过外界因素的影响强加于系统的性质。

　　生物系统的自组织的基本原则:正反馈的作用是使系统的功能不断地加强,促进系统的发展和结构的建立,将理想的结果不断地放大输出。负反馈则是对已产生的不良影响进行调节,阻止系统陷入到过度消耗和过度竞争之中。自然仿真系统中并不依赖于全局控制代理,而是进行完全分布式自主的执行行为,每一个体对获取的信息进行本地的加工存储。然而自组织结构的产生需要个体进行直接或间接的信息交换。自组织系统的一个特性是依靠随机性和波动性发现新的解决方案,从而加强系统的稳定性和可靠性。

　　BIONETS(BIO-inspired NETworking for pervasive communication environments)[16] 是依照生物系统原则建立的系统,它好比一个生态系统,网络中的业务与有机体相对应,通过不断地变化来适应环境。目前普适通信环境下的网络系统面临着可扩展性、异构性和复杂性三方面的挑战。BIONETS 则提出了一种新型的分布式机制来预测和控制大规模的、复杂的异构系统。

　　大规模无线通信网络面临可伸缩性问题。由于连通性对网络容量起着制约作用,因此有学者提出在机会连通的基础上探索设备通信的移动性可以获得一个可伸缩的网络。未来,普适通信环境下的节点可以根据其技术特征和网络中的角色被分为两类,网络是一个基于 T 型节点和 U 型节点的两层结构。T 型节点由功能较简单的小型传感器构成,其通信能力有限,没有完整的协议栈,通过感知测量物理环境;U 型节点则代表了复杂高功率的移动设备,将从 T 型节点处获得有价值的信息。U 型节点是运行业务的节点,它们不需要考虑执行运算和通信的能量消耗问题。U 型节点具有移动性,节点之间可以相互通信,每个 U 型节点都可以作为通信的源节点、目的节点和中继节点。有两种提高网络伸缩性的机制,一种是以 U 型节点作为 T 型节点的上层节点,T 型节点组成的网络之间不需要具备连通性,整体网络的拓扑结构就像是由许多孤岛构成的群岛,U 型节点之间通过单跳广播进行点对点的局部通信;另一种机制是根据流量的传输时间和传输距离对信息量较低的数据报文进行信息过滤。对于分布式网络来讲,控制和管理也必须是分布式的;同时由于网络中节点数量巨大,管理自身也必须具有可扩展性,这就要求网络必须是自治的,需要具备自我配置、自我优化、自我保护和自我治愈的能力。

　　未来普适环境下的网络通信模式将从端到端通信转变为自治的、面向业务的模式。在此方面的研究有 SOCS(Service-Oriented Communication System)模型[16],它是以业务为核心,并由业务要求驱动信息交换的通信模型。在 SOCS 模型中,信息流由用户节点的移动产生并进行机会性的交换,并没有通过骨干网来传递大量的数据。同时传感器从周围环境获得的感知信息也是通过用户节点的移动来实现传播的。如果想有效地运行普适业务,必须保证用户节点有足够的移动性,因此用户节点的移动性和数据的机会性的交换构成了 SOCS 网络结构中的关键因素。当嵌入到环境中的传感器数量增多时,传感器收集的信息以及用户间交换的信息也随之增多,这样网络中的信息将趋于过饱和,此时网络将采取负反馈原则,分析由 T 型节点收集的环境信息的本地特性,并将信息的生命周期作为限制信息传播的阈值,避免网络的拥塞和瘫痪。

9.2.1.2　种群互作用模型

目前的生物系统通过反馈控制环路对环境做出适应性的变化,这种现象同样存在于自然选择的过程中。物种通过几代的进化,增强有利于生存的机能,更好地适应动态变化的生存环境。遗传算法作为解决适应环境动态变化的探索性方法,能够实现生物启发式网络的遗传进化原则,下面介绍两种在通信网络控制算法中运用的遗传算法模型:

1. predator-prey 模型[10]

在种群互作用模型中最著名的实例就是 predator-prey 模型,也被称为是 Lotka-Volterra 模型。一般来说,该模型是基于 Logistic 种群模型的,该模型描述了种群随着时间的进化,同时 Logistic 种群模型还受到"承载能力"理论的限制。承载能力是指环境能够支持的最大的种群数量。对于一个单一的种群 $N(t)$ 来说,增长率 $\varepsilon > 0$,且承载能力为 K,那么 Logistic 等式如公式(9 - 1)所示:

$$\frac{\mathrm{d}N}{\mathrm{d}t} = \varepsilon\left(1 - \frac{N}{K}\right)N \qquad\qquad (9 - 1)$$

Lotka-Volterra 模型能够扩展到 n 个种群,它们之间通过一个竞争系数 $\gamma < 1$ 相互影响,假设所有种群的竞争系数是相等的:

$$\frac{\mathrm{d}N_i}{\mathrm{d}t} = \varepsilon\left(1 - \frac{N_i + \gamma \sum\limits_{j=1, j \neq i}^{n} N_j}{K}\right)N_i \qquad\qquad (9 - 2)$$

新的种群相继进入系统时,将与其他竞争种群一样,收敛于相同的竞争系数,以此适应系统环境。这一特性可以被用于以一种更快的、更公平的和更有效的方式控制 TCP 拥塞控制机制中的适应率,而不是通过当前 TCP 连接中和式增加积式减少(Additive Increase Multiplicative Decrease,AIMD)的方法[17]。

当两个或者更多的种群存在时,每个种群都能独立使用公式(9 - 2)来获取 N_i,同时种群的数量收敛于所有竞争种群共同分享的一个值。也就是说,通过使用公式(9 - 2)的 TCP 拥塞控制算法,能够实现快速稳定的连接。一个种群 N_i 的数量对应一个 TCP 连接 i 的传输速率,K 可以被看成是瓶颈链路的物理带宽。所有共享瓶颈链路的其他连接的传输速率由所有其他种群 N_j 之和表示。这是通过瓶颈链路的可用带宽来进行评估的,而这些带宽则可以通过在线测量进行获取。该方法采用了一个多种群的 Lotka-Volterra 模型用于 TCP 传输速率的控制。当出现数据报文丢失时,并没有显示出典型的锯齿形状,而是平滑收敛于理想的结果。仿真研究同时也表明与其他 TCP 传输速率控制方法相比,该方法有着更高的可测量性,并因此非常适合于未来的高速网络。

2. 病毒扩散算法[10]

另外一种源自于种群相互作用模型的算法是病毒扩散算法,其是运用病毒扩散的原理进行信息传播。尤其在对等网络(Peer to Peer,P2P)中,病毒扩散算法因其稳定性、可扩展性、衰竭韧性和易部署性具有良好的作用。病毒算法主要是基于传染病的传播特性,起初易感染的健康人群通过这些病毒,变成感染人群。感染后,他们可能还会传染给其他易感人群。这一算法的关键是易感种群的挑选是完全随机的,并且每个个体都拥有相同的被感染概率。

文献[18]中的数学模型可以用于预测一种疾病是否将转换成一种传染病,或者是否通过接种疫苗进行控制。考虑在一个总人口数 N 保持不变的封闭系统中爆发了疾病,即没有独立的个体加入或离开系统。那么种群可以被分成 3 类:易感染种群 S,这些人容易被疾病所感染;有传染性种群 I,这些人已经被传染并能够传染给易感人群;以及隔离种群 R,这部分人已经从疾病中恢复,并对疾病具有免疫力。这种模型通常被描述为 SIR 模型。

假设 $r > 0$ 和 $a > 0$ 是模型的常数参数,分别对应感染率和感染恢复率。那么种群之间的转换可以用以下等式来描述:

$$\frac{dS}{dt} = -rSI, \qquad \frac{dI}{dt} = rSI - aI, \qquad \frac{dR}{dt} = aI \tag{9-3}$$

数学表达式需要一组初始条件,这些条件由初始种群给出,$S(0) > 0$,$I(0) > 0$ 以及 $R(0) = 0$。如果 $S(0) < \rho = a/r$,ρ 被称为相对去除率,那么当 $t \to \infty$ 时,$I(t)$ 不断减少并趋近于 0,传染病消亡。另一方面,如果 $S(0) > \rho$,$I(t)$ 先增加则出现传染病。当 $S(0) = \rho$ 时,作为传染病出现的阈值。图 9.5 是 S-I 相平面的相位图,其中 $N = 100$,$a = 2$ 且 $r = 0.05$。因为 $R(0) = 0$,所有的轨道都开始于直线 $S + I = N$,且无法超越这条直线。

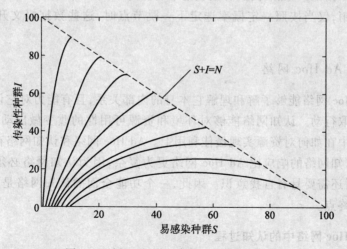

图 9.5 在 S-I 相平面中的 SIR 模型轨迹图

这种类型的模型也能够用来描述网络协议的传播特性。例如,Leibnitz 等人[19]采用了一个基于 SIR 的模型去预测网络环境受到侵扰的影响情况,即在 P2P 文件共享网络中,注入恶意内容。研究结果表明,少量的恶意节点足以严重地破坏文件的传输过程。文件传输行为的研究可以被用来设计更有效的采用 P2P 网络进行内容分发的系统。

病毒扩散算法在通信网络中有着广泛的应用,其衍生算法运用于通信网络的信息传播。使用与 SIR 模型类似的数学方法进行信息传播,其目标就是通过向节点发送信息,使得尽可能多的节点被"传染"。基本上,每个节点将收到的信息存入缓冲区,然后将信息向有限节点集中的一个节点转发数次,这一过程称为扇出。而传输过程的结果通常有两个峰值,几乎所有的节点都是在进程的末端获取信息,或者没有获取任何信息。Eugster 等人[20]指出了有关传染病学算法的 4 个必要条件:

(1) 成员关系——节点如何发现邻居节点;

(2) 网络意识——如何使得节点之间的连接反映实际的网络拓扑结构。

(3) 缓存器管理——当一个节点的存储缓存器满载时,确定丢弃的信息。

(4) 信息过滤——如何使得节点只过滤相关信息。

病毒扩散算法的主要优势在于其并不需要检测或重新配置失败的案例,而是预先选择下一条传输路径。此外,数据报文转发的决策由每个节点自主决定,因此若单一的节点失效,系统仍然会继续工作。

当病毒扩散算法用于大量节点的信息分配时,其原理与 Ad hoc 网络中基于 Gossip 路由协议[21]的原则相似。由于 Ad Hoc 网络高度的灵活性和非确定性的拓扑结构,目的节点必须首先被问询,然后设置通向目的节点的路径。通常这些能够通过洪泛来实现,即复制每个节点上的数据报文,然后向没有接收请求的相邻节点进行发送。然而,这导致了大量的数据报文开销,仅当按照一定概率选定下一跳节点时,这些数据报文开销才能够有所减少。

9.2.2　认知 Ad Hoc 网络

认知 Ad Hoc 网络能够了解和理解它本身的内部关系,且有能力对它认为合适的知识进行处理并采取行动。认知网络能够对环境和资源可用性的改变做出动态的行为响应,其响应主要集中在如何对资源实现最佳利用上。Ad Hoc 网络和认知网络存在着相似的体系结构,然而认知网络的响应比 Ad Hoc 网络更为复杂,因为认知网络必须有能力进行学习和规划,同时还需要具有自我意识。因此,一个功能全面的认知网络是一个 Ad Hoc 网络自然进化的终点。

9.2.2.1　Ad Hoc 网络中的认知过程

从 Mitola 等人提出认知无线电理论[22]开始,有关认知无线电的操作就经常和认知循环相关联。认知循环是一个状态机,表示一个无线认知过程。认知无线电观测环境状态,从外部世界接收信息,随后这些信息在定向状态下被评估,以确定它的重要性。根据这些评估,无线电可能立即响应,并进入行动状态;或者处于决定状态,对于多种选择进行深入考量,而后进行决定,或者在决定和采取行动之前,作出较长期的计划。在整个过程中,无线电使用观测数据和决定策略改进无线通信的性能,并对此进行学习。认知循环,已经应用在认知无线电的定义中,作为研究这一领域的知识基础。

图 9.6 描述了认知循环,包括了认知进程中网络元素,描述了网络中两个独立的节点,节点 x 和节点 y。处理过程包含了两个层次,将第一级表示为节点层次认知过程,第二级表示为网络层次认知过程。在认知网络中,任意一个节点都能够独立地对环境做出反应决策,或者多个节点做出一个集体决策。

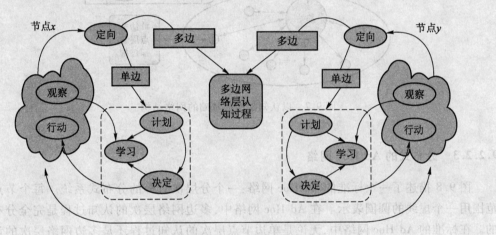

图 9.6 认知网络中的认知循环过程

节点级别的定向状态主要关心的是决定是由单方面做出的还是多方做出的。单方面的决定由一个节点单独完成,包括评估行为,该行为只影响个体节点的决策(节点层次认知过程)。例如,节点依据路由缓冲区的大小设置参数值。多方行为是对整个网络范围产生影响的决定行为,例如,路由协议的选择(网络层次的认知过程)。

9.2.2.2 集中式的 Ad Hoc 网络

图 9.7 描述了一个特定的认知网络方案,所有的网络节点都在基站控制范围之内。网络层的认知过程在基站或者接入节点处完成。通过将网络层认知循环和基站相关联,从相关节点中采集聚合信息。节点层次的认知过程由节点自己完成,但是要结合网络层次的认知过程。在网络层认知循环的定向阶段,基站决定是否需要瞬时的或长期的动作来满足相关节点的共同需求。网络级别的决定和计划阶段涉及所有参与节点的输入,并且一旦选定行动策略,基站对所有参与节点的行为进行同步控制。基站可以依据所有参与节点的共同需求改变控制策略,但是决策权仍由基站掌握。

在 IEEE 802.22 中无线局域网络是图 9.7 所描述的系统应用实例,这将在 9.6 小节中进行介绍。

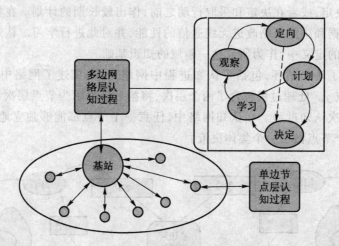

图 9.7　以认知架构为基础的网络结构

9.2.2.3　分布式的 Ad Hoc 网络

图 9.8 描述了一个标准的 Ad Hoc 网络:一个分层次对等的分布式系统。每个节点的范围用一个虚线的圆圈表示。在 Ad Hoc 网络中,多边网络层次的认知过程是完全分布式的。在标准的 Ad Hoc 网络中,无论是单边节点层次的认知过程还是多边网络层次的认知过程都是分布式的,并且应用于整个网络。

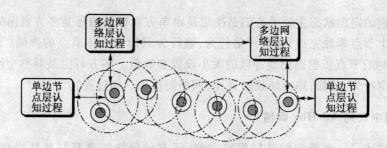

图 9.8　标准 Ad Hoc 网络结构图

在图 9.7 中,网络层次的认知过程非常清晰。基站能够从参与的节点中收集所有的参数数据,同时做出全局性的决策。在 Ad Hoc 网络的案例中,网络层次的认知过程具有更大的挑战。

在 Ad Hoc 网络中,一个节点要获取网络的全局状态是很难的。一个节点在某一时间仅知道与它直接相邻的节点存在,因此所能获取的网络信息非常有限。为此,定义一个 Ad Hoc 网络模型,如果一个 Ad Hoc 网络节点能从其相邻的所有节点处成功地接收数据报文,则该节点为感兴趣节点。如图 9.9 所示,节点 1 和节点 9 是感兴趣节点。节点 1 有 3 个相邻节点 2、3 和 4。需要注意的是,当节点 5 在节点 1 的连接范围内的时候,节点 1 并不在节点 5 的范围内,根据相邻节点的严格定义,在不均匀连接的网格环境中,节点 5 不是节点 1 的相邻节点。同样,在图 9.9 中,节点 9 拥有 2 个相邻的节点:节点 7 和节点 8。

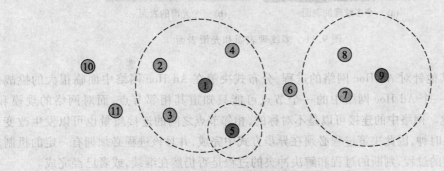

图 9.9　　t_1 时刻选取的自组织节点

在一个 Ad Hoc 网络中,作为一个给定节点的相邻节点,并不是静止不变的,图 9.10 所示的是在 t_2 时刻同样一组节点以及它们的相邻关系的变化。其中,左侧的节点 1 并没有任何相邻节点,而节点 9 的相邻节点为 2、3、4、6、7、8、10 和 11。这意味着一个节点周围邻居的范围是变化的,即网络中的局部知识会发生改变,因此在网络层次的认知过程中必须考虑局部知识的变化。

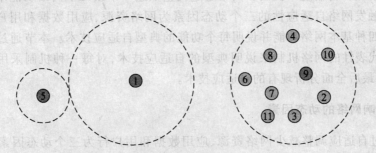

图 9.10　　t_2 时刻的自组织节点的选择

然而,也不能忽略网络的整体范围。在一个 Ad Hoc 网络的多边决定案例中,如图 9.11 所示的两种情况,其一是典型的理想状态。图 9.11(a)所示的是一个多纹理的表面,而图 9.11(b)所示的是一个光滑的表面[10]。这个光滑的表面相当于通过 Ad Hoc 网络达成了全局的共识,而多纹理的表面则描绘了一种解决方法,该方法描述了一个基于周围不同的局部需求和目标的解决方案非连续性。

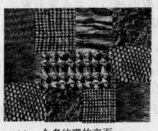

(a) 一个多纹理的表面　　　　　　　　(b) 一个光滑的表面

图 9.11　多纹理表面和光滑表面

　　不同于其他针对 Ad Hoc 网络的进程,分布式决策在 Ad Hoc 网络中面临很大的挑战。如前所述,在一个 Ad Hoc 网络中的一个节点可能只知道其相邻节点,而对网络的规模和范围毫无感觉。网络中的连接可以是不对称的,相邻节点之间的连接质量也可以发生改变。由于缺少中央时钟,因此决策进程必须在异步方式中完成,并且该进程必须拥有一定的机制,用于判定推理的过程、判断的过程和解决冲突的过程是否仍然在继续,或者已经完成。

9.2.3　自适应网络

　　目前网络是由许多异构节点、链路和用户组成的复杂系统。节点能量和链路质量等网络资源、应用数据和用户行为处于动态变化中,这些变化将会降低网络性能,导致网络服务的中断。为了维持动态环境中的性能和服务的持久性,网络必须提供相应的机制适应其自身变化。这种自适应机制的实现包括四项基本网络功能:逐跳连接构建,路由数据,数据传输调度,传输速率控制。网络通过调整上述一个或几个网络功能来适应网络的动态变化。触发网络自适应性的三个动态因素为网络资源、应用数据和用户行为。接下来主要介绍四种基本网络功能并说明每个功能的典型自适应技术。本节通过描述适应动态因素的有代表性的网络机制来说明典型的自适应技术,对每一种机制采用的适应性算法进行描述,最后全面分析现有的自适应技术。

9.2.3.1　影响网络的动态因素

　　网络通过自适应调整减少网络资源、应用数据和用户行为三个动态因素变化而产生的影响。

　　网络资源包括节点资源和链路资源。节点资源包括能量、处理能力、存储容量和缓冲区的可用性。同样,链路资源中带宽的可用性、数量和质量会发生变化。例如:当一个节点或链路失效时,节点和链路资源的可用性将发生改变。在网络运行过程中,当电池供电节点的剩余电量减少时,节点资源的数量会发生改变。链路资源的数量会依据流量负荷随着可获得带宽改变。在无线网络环境中,链路资源的质量会由于无线射频噪声或干扰发生改变。

应用数据是指网络应用产生的数据,比如对等网络中的文件和传感器网络中采集的数据。应用数据在可用性和数量上会发生改变。例如,当网络中的数据被创建或者删除时,应用数据的可用性会发生改变。

用户行为是指网络用户的活动。用户行为可以随着用户所处位置、数量、要求和请求模式发生改变而改变。例如,用户在通过网络发送或接收数据的过程中移动到新的位置;当有新的用户加入或者现存用户离开网络时,用户数量发生改变;由于某些用户要求传递的数据具有较低延迟,而其他用户要求传递的数据具有较少的通信开销,用户的要求也发生变化;当用户改变从网络中搜索或者检索数据的方式时,用户请求模式会发生改变。

上述任何一种动态因素的改变都可以影响网络的性能和服务的持续性,网络需要适应这些变化带来的影响。

9.2.3.2 自适应网络的网络功能

如果在一个网络内数据传输需要从一个节点传递到另一个节点,网络通常执行下列功能:通过构建逐跳连接使得网络中的节点之间连通;从源节点到目的节点进行数据传递;调度数据传输以避免冲突或者调整节点的占空比以节约能量;控制数据传输速率,以避免拥塞或缓冲区溢出。动态因素的改变会影响网络性能或者中断这些网络功能,因此网络需要削弱因改变带来的影响。下面详细介绍一下这些网络功能:

1. 逐跳连接的建立

逐跳连接是指两个节点之间的物理连接或逻辑连接用来进行数据交换。网络通过建立一个连通的拓扑结构使得数据能够在任意两个节点之间传递,以此构建和保持逐跳连接。图 9.12 表示网络的初始状态,虚线表示两个节点之间存在的潜在链路。图 9.13 说明网络在建立了逐跳连接之后形成了连通的拓扑结构,同时图 9.13 还表示只用潜在链路的一个子集就可以建立连通的拓扑结构。网络仅在数据链路层和应用层建立逐跳连接。数据链路层建立的逐跳连接是物理位置临近的节点进行数据处理。应用层建立的逐跳连接是逻辑上相连的节点进行数据处理,逻辑上连接的节点在物理位置上可以相距若干跳的距离。

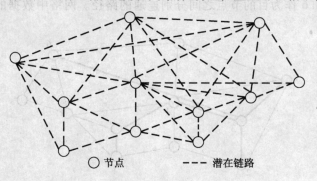

○ 节点　　　 - - - 潜在链路

图 9.12 初始网络

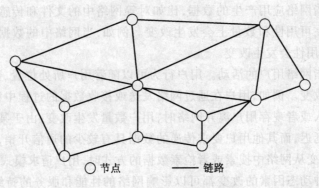

图 9.13　建立逐跳连接的网络

在数据链路层建立逐跳连接,对于传感器网络和 Ad Hoc 网络等多跳无线网络非常关键。尽管这与有线网络中建立拓扑结构的功能很相似,但本书主要关注在数据链路层实现逐跳连接构建的功能,为多跳无线网络构建一个物理拓扑结构。

在多跳无线网络中,在数据链路层构建多跳连接非常重要。这不仅可以保持一个连接的拓扑结构,同时还可以减少能量的消耗,从而提高网络的能力。通过控制节点传输的能量或控制可获得链路的活动或非活动状态,连通的拓扑结构可以保持节点间的协作。

应用层构建逐跳连接是 P2P 网络[23]中尤为关键的问题。其他类型的网络可以在数据链路层建立连通拓扑结构。在对等网络中,在应用层保持连通拓扑结构支持 P2P 网络业务,被称为数据发布和数据发现/检索。数据发布是指 P2P 网络中的节点通过源节点发布存储数据的过程。数据发现/检索是指节点搜索和检索已存储数据的过程。对等网络中的链路是指逻辑上连接的节点之间可以相隔若干跳的物理距离。

2. 数据传递

在连通的网络拓扑中进行数据的传递,首先网络要找到从源节点到目的节点的路径,然后开始沿着这条路径进行数据传输。图 9.14 表明,箭头所指的路径是两对节点 1 和 2 作为源节点到 5 和 6 作为目的节点之间分别连通的路径。网络中数据的路由仅在网络层和应用层。

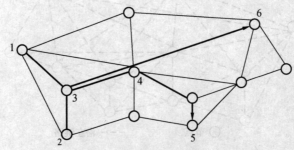

图 9.14　路由数据

在数据链路层构建物理拓扑结构,网络层负责从源节点到目的节点的数据传递。从源节点到目的节点进行数据传递需要找到满足一定需求的路径,比如路径最短或者具有足够的带宽。

与网络层的数据转发相似,应用层数据传递的目的是为给定的逻辑拓扑找到两个通信节点之间适当的路径。在应用层的数据传递需要支持数据发布和数据发现/检索等对等网络应用。对于数据发布,源节点决定到达数据存储位置的路径并沿着这条路径传递数据;对于数据发现,存储数据的节点需要找到一条路径获取数据存储位置的信息;对于检索发现的数据,存储数据的节点需要找到一条路径将数据传送回查询端。

3. 数据传输调度

在源节点(或中间节点)和目的节点之间找到一条传送数据的路径之后,源节点需要调度何时将数据发送到该路径上。由于路径可能并不总是可以使用,所以数据传输调度非常重要。例如,路径上的一些节点因节省能源而暂时关闭,或者由于通信信道被其他节点占用而不能进行下一跳数据传递。为了保证数据在恰当的时间被传递,源节点(或中间节点)需要采取数据传输调度。例如,假设节点 1、2、3 在一个广播域,节点 1、2、3 通过无线局域网或者以太网连接,如图 9.15 所示。当节点 1 和 2 向节点 4 传送数据时,节点 1 和 2 必须进行数据传输调度,从而避免在节点 3 发生冲突。

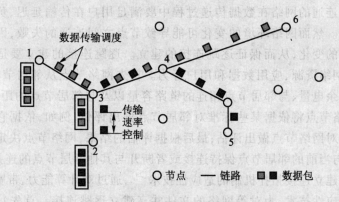

图 9.15 数据传输调度

对于能量受约束的节点,比如多条无线网络中由电池供电的节点,减少节点的活动以及节约能量是至关重要的。为了节约能量同时保证较好的吞吐量、数据传输延迟和能量利用效率,节点占空比管理对数据发送/接受的时间、启用/停用网络接口的每一个节点的时间进行控制。对于能够持久供电的节点,比如有线网络中的节点不需要进行占空比管理。

在网络中利用广播信道,节点通过调度数据传输解决争议、避免冲突。MAC 决定哪一个节点在一段时间内可以使用该信道。

4. 控制传输速率

网络中的数据从源节点传输到目的节点,源节点通过控制传输速率保证不超过中间链路和目的节点的流量负载。传输超量数据将导致中间链路或目的节点的缓冲区溢出,这将导致带宽资源浪费和高数据延迟,甚至数据传递失败。图 9.15 描述了如果节点 1 和节点 2 不控制其传输速率,则将导致节点 3 的缓冲区溢出,节点 3 和节点 4 之间链路的带宽耗竭。

流控制是指根据目的节点的缓冲区大小来调整传输速率。两个物理位置相邻节点之间的流控制可以在数据链路层执行。传输层上的流控制可以在相距多跳距离的节点两端之间执行。

9.2.3.3　典型的自适应技术

动态因素的改变将对四种常见网络功能造成不利影响。为了减弱这些变化对网络功能产生的影响,研究人员已经提出并制定了各种机制来解决不同动态因素产生的影响。本节介绍典型的自适应技术,提出并讨论具有代表性的机制。

1. 建立逐跳连接的自适应技术

逐跳连接的建立使网络具有连通的拓扑结构。在网络中,任何两个节点之间都可以进行数据传递。连通的网络在数据传递过程中要满足用户在传输延迟、负载均衡和能量效率方面的需求。然而网络环境的变化可能导致节点之间连通的失败,因此网络必须能够适应动态因素的变化,从而保证逐跳连接的建立。逐跳连接的建立要适应三个动态因素的变化,包括网络资源、应用数据和用户行为。首先网络节点从邻居节点获得信息,包括邻居节点的剩余电量、与邻居节点相连的链路容量以及与邻居节点的距离。然后,依据获得的信息,网络节点将依据某些标准对邻居节点做出评估,例如,依据它们之间的能量消耗和连通质量对网络节点做出评估;最后根据评估的结果,网络节点决定是否和新邻居节点进行连接、与当前的邻居节点保持连接或者断开与其他邻居节点的连接。

为对等网络建立连接拓扑机制的适应性技术[23],通过对计算能力、带宽和存储容量等动态资源采用适应性技术,为对等网络的文件共享建立逐跳连接。首先每个节点从邻居节点获得其资源的信息;节点再根据获得的信息对邻居节点做出评估,邻居节点的资源越多评估值越高;最后节点将依据评估值选择邻居节点建立连接。每个节点都按照上述过程进行连接的建立,直到连接的节点数量达到最大连接数。一个节点能够连接的最大节点数由该节点的资源决定,节点占有的资源量越大,与邻居节点建立的链路数目越多。节点会定时监控每个邻居节点的资源量,决定是否与其保持相应的连接。由于多链路连通意味着较多的数据流量和较高的工作负载,通过允许节点拥有更多的资源和保持更多的联系来提高对等网络节点的效率和扩展性。

在混合能效分布式(Hybrid Energy-Efficient Distributed,HEED)[24]集群中,网络自适应地建立逐跳连接的机制:在该机制中,逐跳连接的建立是使传感器网络适应节点能量的变化。HEED 将传感器节点组织为簇,以簇首节点为首。在 HEED 中,依据节点的剩余能量决定能否成为簇首节点,因此,节点不需要与邻居节点进行通信获得信息,每个节点根据自己的剩余能量计算自己成为簇首节点的机率,节点剩余的能量越多,成为簇首节点的机率越大。任何节点都可以推举自己成为簇首节点,并通知其他邻居节点,也可以推举集群内部与其他节点通信耗能较低的邻居节点作为簇首节点,最终将推举出簇首节点并确定是否成为该簇的成员节点。由于节点的运动造成的集群内部通信耗能和电力消耗,整个聚类过程定期执行以适应剩余能量的变化。通过建立逐跳连接,HEED 能够适应节点剩余能量的变化以及集群内通信的耗能,降低不同节点消耗的能量,使节点能量达到平衡,延长传感器网络的生命周期。

通过建立逐跳连接,提高了网络拓扑的质量,能够更好地支持数据传输,帮助网络中的节点达到负载均衡。HEED 采用剩余能量越多的节点成为簇首节点的概率越高的机制,均衡网络节点的负载,延长网络寿命,减少网络资源变化对拓扑连通的影响。建立逐跳连接提高了数据传输的效率,适应应用数据的变化,在保持拓扑连接的同时减少了应用数据变化带来的影响。采用适应性机制可以在移动代理位置发生改变时仍保持连接,支持跟踪多个移动目标的代理之间的组通信。

建立逐跳连接使用户获得更好的链路连接,并由此改进数据传输的效率。基于兴趣的本地机制(Interest-based Locality Scheme,ILS)可以在节点之间建立捷径,以适应用户兴趣的变化,根据用户请求,找到存储被查找文件的节点,减少由于查找文件带来的通信开销。

2. 自适应的数据路由技术

从源节点到目的节点的数据传递是网络的基本功能,并且直接关系到数据传递的质量。数据路由应该达到能量消耗、负载均衡和吞吐量的指标要求。然而,由于动态因素的变化可能导致路径的性能下降甚至无法使用,因此,数据传输适应网络动态因素的变化对网络性能至关重要。

衡量网络中路径的质量对于不同的网络和应用有着不同的含义:在支持实时业务的网络中,传输延迟是衡量网络质量的主要标准;在无线网络中,无线节点的能量和无线链路的带宽是首要考虑的因素。由此可见,路由数据适应网络变化没有统一的解决方法,只有针对不同动态因素的改变,制定自适应数据路由的方案。

自适应数据路由通常包括 3 个阶段:获得可用路径上的节点和链路的可用资源的信息;根据获得的信息,评估可用路径上的资源质量;选择最优的路径进行路由数据。路由数据要适应网络资源、应用数据和用户行为的变化,下面介绍几种代表性的适应性机制。

适应网络资源的变化使得传输数据在高品质的路径上进行。AntNet 算法[25]是一种基于移动 Agent 的分布式自适应的最短路径计算方法,它是由节点发出的多个移动 Agent 遍历网络收集信息,并通过一些特殊的通信方式合作,自适应地更新路由表和网络状况的局部模型。节点维护和更新两张数据表:本地路由表和本节点到其他路由节点的距离统计表。移动 Agent 分为两种:驻留在节点的服务 Agent 和在网络间移动的 Agent。移动 Agent 之间并不能直接通信,它们可以通过节点的服务 Agent 进行间接通信,即移动 Agent 和服务 Agent 之间进行直接的消息通信。

为了适应变化的链路质量,RON(Resilient Overlay Network)[26]节点首先在链路上使用探测数据报文,收集有关延迟和吞吐量的信息。数据通过一条低延迟或高吞吐率的路径进行路由。

iREX(inter-domain Resource EXchange architecture)[27]为域间的数据传输选择一条带宽较宽和质量较好的路径,适应可用带宽和域间链路质量的变化。路由数据可在节点和链路之间获得更好的负载均衡,以适应网络资源的变化。地理和能源感知路由算法 (Geographical and Energy Aware Routing, GEAR)[28]通过调整一个节点的能量消耗,由不同的节点承担通信负载;iREX 依据域间链路的可用带宽,在不同的域间路径上自适应分配流量负载。

GPSR 路由算法(Greedy Perimeter Stateless Routing)[29]使用贪婪算法来建立路由。当源节点向目的节点转发数据分组时,首先在所有邻居节点中选择一个距离目的节点最近的节点作为数据分组的下一跳,然后向该节点传送数据。这个过程将重复执行,直到数据分组到达目的节点或某个最佳节点位置。通过 GPSR 路由算法实现可扩展的路由数据,同时适应连接链路的变化,即由于节点运动、离开或加入该网络引起的节点可用性的变化。

数据传输适应应用数据的变化,可以改进传输性能,根据网络内的数据分布情况选择路径。信息导向路由通过自适应性的路由策略,对查询请求进行传递时,从路径上获得最大限度的查询信息的数量。在智能搜索中,基于不同节点的数据可用性,查询请求将依据网络状态选择路径。为了提高数据发现的成功率,查询请求将被转发到最有可能拥有用户感兴趣数据的节点。

数据传输适应用户行为的变化,能够支持用户分配和可用性波动的网络应用,这种波动是由用户的运动、加入或离开网络所引起的。例如,反向路径多播用户的增加和去除不需要全局协调,加入组播组只需要为用户设置一个 IP 组播地址。用户为了接收数据,需要在特殊 IP 组播交叉点中注册,而无须了解组中其他用户的情况,路由对用户隐藏组播实现的细节减少了由多播占用的带宽资源。移动 IP 技术能够适应用户在数据传输时的移动性,确保信息能够准确传递给用户,而无论用户在哪个网络中。

3. 数据传输调度的自适应技术

数据传输调度是指在确认接收节点作为转发数据的下一跳节点之后,源节点需要确定将数据传送到与接收节点连接的链路的最佳时间。由于许多节点会共享同样的链路,源节点只能在链路可用时进行数据的传输,同时源节点还要确认接收节点是否可以接收数据。网络资源、应用数据和用户行为的变化对数据传输调度的性能会造成很大的影响,用不可靠的无线链路进行数据的传输只能是对能量的浪费。为了减弱动态因素对数据传输调度的影响,节点必须选择最恰当的数据传输时间,适应数据传输调度。

自适应数据传输调度包括两个阶段:获取网络中网络资源和流量的信息,根据信息决定通过链路传送数据的时间。数据传输调度要适应网络资源和应用数据的变化,减少数据传输的延迟。CSDPS(Channel State Dependent Packet Scheduling)[30]通过为不同的移动节点维持区分排队,并按照优先级分配高质量的信道。因此,CSDPS 可以避免分组约束导致的流量拥塞、低链路质量和数据传输延迟。OSMA(Opportunistic packet Scheduling and Media Access control)[31]则采用多播控制消息和基于优先级的选举方式解决同类问题。

自适应的数据调度技术减少了节点的能量消耗,若该节点没有数据传递和接收任务时,调度节点进入休眠状态。T-MAC 算法(Timeout-MAC)[32]根据节点的剩余能量来调整节点的睡眠概率,均匀化网络各个节点的能量消耗。

流量自适应介质访问 MAC 协议(TRaffic-Adaptive Medium Access,TRAMA)[33]采用邻居协议(neighbour protocol)、调度交换协议(Schedule Exchange Protocol,SEP)和自适应时隙选择算法。采用这些算法能够降低节点的能量消耗,提高传统的 TDMA 机制的利用率。邻居协议 NP 的目的是使节点获得一致的两跳内拓扑结构和节点流量信息,因此节点在随机访问周期内必须处于激活状态,竞争使用无线信道,并且周期性地通告自己的标识、是否有数据发送请求以及一跳内的邻居节点等信息,所有节点要实现时间同步。SEP 的功能是建立和维护发送者和接收者的调度信息。在调度访问周期内,节点周期性广播其调度信息。节点在调度访问周期内有三种状态:发送、接收和休眠。发送状态是指当且仅当节点有数据发送时的状态,在竞争中具有最高优先级;接收状态是指它是当前发送节点指定的接收方;节点在其他情况下处于休眠状态。节点在调度周期的每个时隙上都需要运行自适应时隙选择算法,其作用是决定节点在当前时隙下的状态,根据当前两跳邻居节点内的节点优先级和一跳邻居调度信息。

TRAMA 协议比较适合于周期性数据采集和监测无线传感器网络方面的应用。

4. 控制传输速率的自适应技术

在数据传输开始之后,源节点需要决定单位时间内需要传递多少数据,即控制传输速率。传输速率控制是非常重要的,由于传输路径、与接收端相连的链路和节点均有能力限制,当发送的数据超出了这个限制,则将导致数据传输失败。

自适应传输速率的控制通常包括两个阶段:获取有关动态因素变化的信息,这些动态因素影响了网络资源和数据应用,以及根据这些改变来调整传输速率。传输速率的控制也适应网络资源和数据应用的改变。

在无线网络中,如果发送节点能够区分出连接错误和网络阻塞并自适应地调整,那么连接带宽的应用则会有所提高(即,如果数据报文丢失是由网络阻塞造成的或者数据报文丢失是由于随机的连接错误,那么则降低传输速率)。已提出多种方案区分网络阻塞和连接错误。例如,在 CARA(Collision-Aware Rate Adaptation)[34]中,节点通过监测短期控制数据报文和长期数据报文的传输失败来区别网络阻塞和连接错误。在 TCP Westwood 中[35],采用了两种不同的传输速率估算算法来区分网络阻塞和随机连接错误。在 RCP

（Reception Control Protocol）[36]中，接收节点通过物理层的估算监测到了阻塞。通过区别连接错误和网络阻塞，这些配置改善了网络带宽的使用效率。

　　在视频组播的应用中，自适应方法能够在可用带宽中调整视频组播的传输速率。例如，在 SAMM（Source-Adaptive Multi-layered Multicast）[37]中，一个发送节点对视频流进行编码，以适应可用带宽的改变。在文献［38］中，当一个移动接收节点向一个新的网络移动时，自适应方案通过在一定可用带宽中的变化来调整视频层的传输速率。自适应转换方案定制不同的数据传输速率用于不同的接收节点。通过调整在可用带宽中数据传输速率的变化，这些方案改进了视频组播的吞吐量。

　　自适应方案广泛应用于拥塞控制中。在应用数据所允许的节点中进行调整，通过降低传输速率以避免网络拥塞。例如，在 CODA（Congestion Detection and Avoidance）[39]中，发送节点通过监测它们的信息查询和遥感负荷信道来监测网络拥塞。经过对网络拥塞的检测，发送节点降低了传输速率，以避免网络拥塞的出现。在 TCP 拥塞控制算法[40,41]中，发送节点依据数据报文的丢失率，监测网络拥塞状况。当检测到有数据报文丢失，发送节点则限制它的数据传输速率，以避免网络阻塞。通过拥塞控制，即使源自于多个发送节点的数据通过一个网络被传输，网络也没有出现拥塞现象。

9.2.4　自管理网络

　　自管理网络实质上是认知网络理念的另一种理解。自管理网络系统能够理解和分析网络本身的环境，并通过极少的人工输入，来计划和执行适当的网络行为，并且从网络功能出发，将注意力集中在如何应用自管理的概念和设计来解决性能、故障、安全和配置等方面的问题。

9.2.4.1　自管理的概念及所遇到的挑战

　　IBM 研究所在分布式系统中采用了"自主计算"，即系统能够在配置、故障、性能和安全等方面，进行自我调节和管理，以便于实现一些常见的用户应用。"自主"的概念源于自主神经系统，这是人体进行自我调节和控制的主要渠道。

　　自主计算从以下 4 个方面进行了定义：

　　● 自我配置：实体能够依据高层描述进行自动配置随后的高层次规范，并能够自组织成令人满意的结构或模式。

　　● 自我最优化：实体能够持续寻找改进其性能和功效的方法，能够在不需要人工输入的情况下适应环境的改变。

　　● 自我修复：实体能够自动检查、诊断、修复由内部失误或外部矛盾所造成的故障。

　　● 自我保护：实体能够自动对恶意攻击进行保护，以阻止系统范围内的故障。

　　随着网络和分布式应用的联系日益增强，以及网络管理应用的广泛使用，用于分布式系统和软件的自主计算的概念等同于自管理网络。自管理网络是自主系统的特殊类型，因此,"自主系统"和"自管理网络"这两个术语可以交替使用。图9.16中左侧的图显示的是一个自主成分的解剖图像,这个自主管理器与管理要素和由外部环境所获取的信息之间相互影响,应用分析和逻辑推理,产生相应的行为,并将这些行为作为输出。这个工作流程非常符合网络管理的经典的监测和控制回路(如图9.16右侧所示),其中,网络中的监测数据被用来作为管理决策的依据,随后被翻译成相应的控制行为。现阶段的网络管理应用需要大量的人力参与并进行管理和决策。

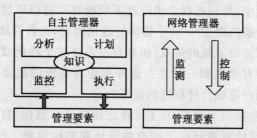

图9.16　自主计算和监测的解剖结构以及网络管理的控制循环

在此必须提出一个重要的问题:自管理网络是否能够实现? 实际上,今天的网络和系统存在着不同程度的自动化。例如,在操作系统中,CPU的自动调度和内存的自动分配,TCP的拥塞控制,光网络的故障保护和自动修复。当今网络和系统的操作高度依赖于这些自动化的过程。这些成功的案例给予了希望,自管理网络是确实可行的。迄今为至,自动化网络系统已经应用于具体的问题领域,但应用程度有限。为了实现全自动化的网络系统,仍存在着许多有待解决的问题。

在本节中,归纳了一些在自管理网络中所遇到的挑战。有关自管理系统发展过程中所遇到的挑战可以在文献[42-47]中找到,其中还包括了一些研究结论。

自管理网络的生命周期必须遵循一个严格的工程方法,以确保开发过程中系统的有效性、连贯性和正确性,保证网络系统的正常运转,最终确保系统的可靠性和鲁棒性。此外,系统中必须有独立的确认和验证机制,不仅可以评估一般意义上的自主系统,而且还能够对不可预见的错误提供防范。

监测对于自管理网络也是极为重要的。由于自主元件实现了闭环模式的交互作用,该组件必须能够确定监测的内容、时间和位置。监测的数据具有不同的内容和背景,而监测的参数受其影响也会经常变化。

知识是自主分析、推理和决策制定的关键。自主知识体系需要收集和分析数据,这些数据的级别远远超过了现阶段网络管理应用和分布式系统的解释能力。有必要从系统能够采用的环境、不同的进程、服务、对象、自主元件和状态、组件的交互作用、系统和组件的相关特性以及系统和组件所提供的服务上对知识进行表述。此外对系统行为和规则,以及高级别目标的表述也是必须的。由于上下文范围广泛,知识表述变得更加复杂。

　　如今对自主元件和自主系统之间的交互提出了挑战,即它们之间如何协调,以实现系统范围内的目标? 它们之间如何协商服务和需求? 它们如何从交互的独立组件中决定整个系统的行为? 这些问题都需要完善的解决方案。

　　系统的稳定性、自愈性和正确性是自管理网络的重要特性。在自管理网络中,系统中所有成员都难以较好地进行解析。例如,基于限制信息的局部推理如何指导稳定的全局行为? 以及如何在自主系统中避免全局性矛盾和不良的系统行为。

　　在一个动态的环境中,每一进程必须经过不断改变以适应环境的动态变化,并保持系统的最优化。而动态平衡的理念[42]和生物学的进化理论,在自管理网络中是普遍存在的。对于网络自适应的需求提出了新的挑战:面对自主系统对于环境改变存在延时反应,如何才能确保自主系统保持有效性和一致性? 这种改变对系统的稳定性将产生何种影响,以及这种改变会对系统用户造成何种程度的破坏?

　　目前,自管理网络存在如下缺点:自主元件之间缺乏一致性、自主系统的复杂性、网络环境的不断变化,以及设计者更倾向于固有的设计和架构设想。所有这些因素使得组件和系统之间的相互操作更加困难。

　　此外,从过去的网络设计和自动控制[48]所获取的经验表明,一个网络的成功设计应该包括以下几点:

- 做出明确的假设;
- 能够处理常见的故障,了解不同控制回路之间的相互作用;
- 使得系统更便于使用和理解,有内置验证。

9.2.4.2　自管理网络的设计理论

　　迄今为止,已经有许多文献提出了自主计算或自管理网络体系结构和框架。相对于它们的架构细节来说,应该将注意力集中在自管理网络设计所提供的有价值的理论中。

　　首先需要关注的是设计模式,设计模式为人类知识的获取提供了一种有效的方法,能够从体系结构的角度处理问题。在自管理网络中采用适合的设计模式,不仅使得自主元件在运行时形成智能组织,而且还为组件之间的交互提供准则。更重要的是,自主系统使用的设计模式保证了产生合格的系统输出和正确的系统状态。从广义上讲,设计模式可以作为通用的设计规范,例如文献[49]中所提到的模式:

- 目标驱动的自组装:这种模式对自配置有益。事先给出系统配置的结果,并指派给一个系统组件作为目标。当组件加入一个自主系统时,进行服务登记,以获取基于它的目标描述的资源和服务。
- 自我再生簇:一个特定类型的自主元件的两个或两个以上的实例被绑定在一个簇中。它们共享同样的输入要素,并采用排序算法处理外部需求。一个簇中的自主元件实例互相监测,以确保其正常运行。
- 市场控制模式:自主元件能够计算出可用的服务或资源,并使用局部采购模式进行资源获取。通过添加资源仲裁器元件,在系统范围内进行自主元件资源的最优配置。

设计模式也可以解决特定问题,然后进行整合形成新的模式。文献[48]中给出了用于特定问题的设计模式:

- 资源再分配模式:使用资源消耗探测器进行资源的监测,通过计算平均或最大的资源使用率限制资源分配,任何超出限额的操作都通过警报进行通告。

- 模型比较模式:一个自主实体存在两个相同的副本,包括一个实际副本和一个模拟副本。通过比较实际副本的输出和模拟副本的输出,确定存在的矛盾。

类似的设计模式、架构描述和模型可以将自主元件和资源的运行时间进行绑定。按照架构命令工作[50]能够捕获一个自主元件的功能、约束条件、资源需求以及运行状态,作为使用架构描述语言和状态变化模式的行为、角色和目的。这就允许所生成的系统在运行过程中查找适当的组件,并具有推理组件的能力以满足特定的任务。

设计模式的最基本问题就是其稳定性,尽管设计模式在处理特定问题时是高效的,但它只在符合架构预想的环境下有效。当环境条件改变时,即放弃预想的设计思想时,遵循设计模式的自主元件无法处理新的环境,可能产生执行错误。

另外需要注意多代理系统。自主元件的内部结构与一个多代理系统中的代理结构结合得非常紧密,将多代理系统中的研究应用到自主系统中,关键问题是相关代理之间的互动和协作。COUGAAR(一种认知代理体系结构,a Java-based architecture for the construction of large-scale distributed multi-agent systems)[51]代理系统就是这样一个实例。

根据常用以及特定的目标,COUGAAR 代理被安排到多代理系统之中,代理并不直接与其他代理进行直接通信,代理通过专属的信息通道与系统生成的任务进行联系,完成任务的执行。代理组成的复杂程度取决于任务的复杂性。用于自主网络管理的多代理系统[52],不仅符合传统管理领域中代理的概念和特定模式,并且描述了特定代理相互作用的管理模式。在多代理系统中,不仅代理被指派了角色(例如,管理要素和管理者),而且所有的代理之间的相互作用按照它们的角色和任务属性进行归类。

多代理系统为定义代理的交互作用和协调代理的行为提供了一个结构化的方法,但是在设计模式的实例中,它们并不能保证系统范围内的正确性和一致性。

再者,需要了解的是闭环控制理论。首先,控制理论作为一个通用的参考体系结构,用于调整系统的行为以实现预期的目标。由于调整是在环境反馈的条件下反复执行的过程,所以调整的过程能够与执行一个自主元件的过程相吻合,并因此作为一个方法论,用于发展自主元件[53]。图 9.17 描述了一个控制系统的基本要素。其中控制器是自主元件,目标系统是环境。控制器通过控制输出影响目标系统,而目标系统的输出随后可以被测量。环境和监测设备的不确定因素可以被描述成干扰和噪声。传感器对标准的输出进行了平滑处理,以便实现较理想状况下的输入。测量结果(即反馈)与目标之间的差异产生了一个控制误差,再将其作为控制器的输入。

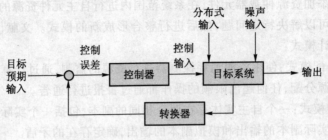

图 9.17　控制系统的框图

随机自适应控制是一种源自于实时控制系统的自我最优化理论。该理论对于网络自我最优化遵循着相似的实施流程:监测、计划和执行。通过环境中的测量结果用来构建一个最优的模型。该模型提出了一系列的优化步骤,并且只有直接步骤被执行。通过进一步的监测实现模型的完善,以适应环境的变化。由于环境信息的局部性,需要对多个变量进行检测,最优的模型也并不总是全局最优解。

虽然闭环控制有着良好的自我最优化机制,但是它们需要简单明确的环境模型(例如,确定控制输入,了解控制变量的属性)才最有效。

除此之外,还有其他一些用于设计自管理网络的理论。例如,源自于生物学的设计模式,如扩散、复制和外激励为自主元件的设计提供了策略。执行信息可以用来记录组件的功能以及对环境的要求,以增加自主系统的可操作性[54]。情景演算和信念 – 愿望 – 意图框架[55]能够为自主元件提供对新环境的适应性机制,并帮助自主元件推理他们之间的协作程度使自主元件完成既定目标。

9.2.4.3　智能自管理

在本节中,主要研究如何在自管理网络中获取和描述知识,加深对环境和自主元件概念的理解。随后,将研究驱动自主元件决策制定过程的理论以及环境与自主元件之间的相互作用。

1. 知识的获取和描述

一个自主元件只能够在某一给定的时间对其局部环境中的部分环境变量子集进行监测,然而必须依此做出决策,通常该决策能够对整个系统产生影响(例如,局部的 QoS 路由决策影响了整个端到端的 QoS 用户流量)。其中,用来解决知识缺乏的方法就是将自主元件之间的监测数据关联起来。该方法能够实现是因为组件能够了解其他组件所拥有的信息、信息的描述方式以及这些信息是否能够被访问及时。然后组件通过协商和相互作用进行所需数据的收集。QMON[56]试图通过提供不同的监测类别来处理这些问题,因此一个自主实体支持基于 QoS 服务分类的最优监测流量。另外,制定一些决策算法,去处理不完全信息或局部数据,例如学习算法的使用和基于市场的方法。在一些情况中,对于一个自主系统来说,更为重要的是系统对监测数据之间的依赖性。数据挖掘和数据压缩与此高度相关,例如,粗糙集理论和主成分分析,都能够提供产生这种基于有限数据输入的依据[57]。

同样,自主元件的自我知识的描述也非常重要。文献[58]中所示的工作的重点在于将一个基于自定义服务和服务水平协议(Service Level Agreements,SLAs)的自主元件具体化。这类似于利用面向对象的技术编写一个对象的接口,接口的编程细节并没有显示。Supadulchai 和 Aagesen 的工作[59]定义了自主元件的功能,可以作为资源要素、功能元件或数据表征,并研究如何将这种能力应用到多自主元件的合成上。为了达成共识,这些自主元件为了不同的目的,在不同的问题领域被开发,为服务的语义描述工作提供了有效的机制,用以弥合表示法和词汇的差异。Fujii 和 Suda[60]假设一个自主元件拥有一系列操作,其重点在于每个操作的输入和输出的语义建模,以及相关的操作属性。

2. 自主元件的决策制定理论

基于决策的控制对于定义一个自主元件的行为来说是有效的方法,可以用于驱动自主元件和其环境中的条件反应。文献[61]提出了一种基于策略的自管理系统,该系统利用了传统的基于策略的管理体系结构。策略的数据库和它们的行为集合存储于一个知识库中。事件处理区解释被监测的环境变量,以确定特殊的强制政策条件是否得到满足。有关具体策略应用的决定在策略决定点被执行,在策略执行点被转换完成并通过效应因子实现。一个合并了信息处理和模式识别的事件分析器在观测环境变量时,需要长期的衍生趋势帮助完成策略决策。虽然有着详细的描述,但是这个策略体系结构并不善于处理知识库以外的环境条件。其他工作[61-64]研究了动态策略产生的多种方式。该协议实现系统可以提供一个元件实时行动的规则,以及同样支持规则的用于元件合成的语言。该系统进一步加强了一些前瞻控制,为当前环境中一些组件的运行提供预测,并推理出这些组件必须进行的改变。Samman 和 Karmouch[64]研究如何将高级用户的参数选择和商业目标转换成恰当的网络层次的目标。该研究发现不同层次的 QoS 表示法之间的差距(例如,用户层次、系统层次、应用层次和网络层次),并探寻 QoS 属性的自动映射。这种映射的结果形成了政策和行为集合的基础。提出了再评估机制,通过环境的反馈去监测已制定的策略。自我优化主要利用与商业级别相似的策略,去控制自主系统的行为。另一种做法是采用指定模型进行策略转换以满足系统需求。这项工作同时还表明强化学习和统计技术可能有助于提供专属模式,例如用户行为的预测和用户属性的建模。

生物学中昆虫种群显现出来的特性为自管理网络提供了研究方法。昆虫种群不仅展示出对满足"自我"特性的需求,而且其中的每个元件都有着极其简单的设计,却能组合在一起执行复杂的全局任务。例如,文献[65]中的生物网络体系架构为一个生物昆虫种群提供了一个中间件模型。在 BIONET 中的每个自主元件被描述为一个计算实体(Computing Entities,CE),是一个拥有不同角色的、简单的组件。每个 CE 都有一组特定的行为:通信、能量交换和存储、生命周期管理、关系管理、信息素的排放和环境遥感。促进 CE 之间相互作用的两个关键生物学概念是能量的交换和信息素的排放:

- 能量的交换:每个 CE 都有一个能量值,用来获取服务和资源。通过向他人提供服务获取能量。

- 信息素的排放:CE 能够周期性发射信息素,这些信息素的浓度由 CE 的结构和能量层次决定。

有了这样的简单结构,再生和死亡、迁徙和合作等自我调控行为才能够实现。例如,当能量级别在环境中很高时,由于较高的服务要求,CE 对站点的吸引更加强烈,同时 CE 能够自我复制。当环境中的能量层次较低时,由于缺乏能量,CE 能够自动自我终止。一般来说,信息素为 CE 的存在和种群密度提供了迹象。信息素也可以被用做服务查找。初步的实验表明,CE 的简单结构并不能显著地增强该网络的性能。

市场竞争策略为自主决策和组件交互提供了另一个研究方向。这种策略允许元件自由根据自我最优化的原则做出决策,而不考虑系统的整体性能,简化了决策和控制过程。在市场中存在着两个组别:买家和卖家。卖家在一定的价格下提供服务,这些价格取决于系统资源状况和用户需求状况。而买家则根据他们的需要,购买这些服务。有效过程的评估驱动了决策过程,价格可以是一个功能的输入,或者作为一个效用的比较。在文献[66]中,基于市场的策略被应用于覆盖网络的流媒体中。买方保留了一份拥有理想服务的卖家的名单,而卖方则根据有效计算来确定分配给每个买家的吞吐数量,服务的价格会基于未来最大的有效值进行周期性地修正。当买卖双方拥有完整的有关市场稳定的平衡点时,这个系统的理想的平衡策略将被实现。事实上,元件可能无法包含有关系统和环境的理想信息。Catallaxy 经济的概念提供了一个可供参考的解决方案。Catallaxy 经济模型与上述的自由市场模型相似,代理商在自我利益最优化下获取效用增益。然而 Catallaxy 经济模型认为,市场中的决策制定受"固有无知"(constitutional ignorance)的限制:无法从效用最大化的环境变量中了解和获取相关的数据。文献[67]探索自管理网络背景下市场科学在该领域中的运用。

强化学习对于动态环境和不确定性问题的处理非常有效。该技术不需要精确的系统建模,同时假设环境处于不断变化之中,并因此需要不断地调整。这两个因素使得该技术对于自主计算和网络来说非常有价值。强化学习也有如下缺点:学习过程很缓慢;需要大量的训练数据;同时无法捕捉环境中复杂的多变量之间的依赖关系。Tesauro 等人[68]通过一种混合模式来弥补这些缺点,初级的模型进行学习指导,使用强化学习对该模型进行逐步完善。实验表明,混合模式的有效性超过了强化学习技术。

9.3 认知网络中的跨层设计技术

9.3.1 跨层设计的含义

为了适应各种应用的 QoS 需求变化,应该统一考虑传统网络各层的功能。在无线网络中,由于无线环境的不确定性,使得无线信道容量和误码率等网络参数具有时变特性,因此分层协议的设计方法无法保证网络对资源利用率和用户业务 QoS 的需求做出实时调整。为此,无线网络的介质访问控制协议、路由协议和传输协议,甚至应用层必须与物理层进行有效的信息交互,以适应物理层特性的变化,于是产生了网络协议跨层设计的思想[69]。

跨层设计的方法[70-72]自提出以来受到了广泛重视,文献[73]等对其在认知无线电网络中的应用进行了尝试。跨层设计的一个重要原则:不是孤立地对各层进行设计,而是利用它们之间的相关性将各层协议集成到一个综合的分级框架中,以此充分利用网络资源,实现无线通信系统性能的最优化。从一般意义上来说,跨层设计由高层跨层信息、低层跨层信息,以及二者之间的交互组成,并且跨层设计涉及网络的所有层次。

在无线网络的设计中采用跨层设计的方案,可以优化网络性能,实现自适应性的网络通信。在跨层设计方案中可以采用模糊层间界限的方法,例如,为了屏蔽低层网络的差异性,实现无缝切换。在标准 MAC 层切换和快速移动 IPv6 基础上,引入媒质独立切换,在 MAC 层切换时预先获取低层的信息,从而提前触发第三层的切换[76]。在无线网络的设计中,要考虑网络跨层次间的相互作用。以网络层自适应策略为例,根据物理层和 MAC 层的参数,通过网络资源和连接点的参数的配置即可实现系统的优化。在文献[77]中提出了 Ad Hoc 网络中跨层优化的方案,在传输层和数据链路层之间进行信息交互,传输层通过数据链路层的信息调整其传输性能,如图 9.18 所示。

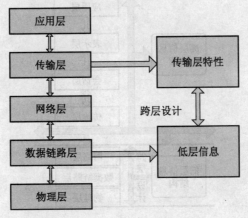

图 9.18 网络协议跨层设计的思想

在网络优化设计中,不仅要考虑静态的跨层优化,还要考虑自适应的动态跨层优化问题。传统的网络设计可以采用自信号处理技术调整信道参数、更新路由表和改变流量负载等自适应能力,但这些更新调整与网络层次是相对独立的。自适应的跨层设计允许网络在功能和自适应之间通过信息交换,来满足网络负载、信道环境和 QoS 可变的要求。当媒体信息在信道中传输时,需要激活链路层的自适应 QoS。当媒体信息被发送时,应用层的 QoS 需求将对其产生影响,例如使用错误检测机制——自动请求重发(Automatic Repeat reQuest,ARQ)和向前纠错(Forward Error Correction,FEC)。当发生媒体信息传递错误时,ARQ 机制让接收端向发送端请求重新传递丢失或损坏的数据报文,而 FEC 机制通过采用将若干分组进行异或编码并与原始数据一同传输的方式。当接收到的数据损坏时,可以通过编码重建数据报文,不需要发送端重传。对每一种业务均采用独立的传输信道,并且根据业务特性完成业务请求的配置。

为了在引入跨层设计的同时将其带来的负面影响减到最小,相关研究提出了最小跨层设计原则:跨层设计只针对系统低层(OSI 模型中下三层)的特定层次进行,跨层传递的信息要满足 4 个特性:必需的、最少的、重要的和低层的。低层和高层(传输层以上,含传输层)的通信通过封装良好的层间接口进行,高层保持独立于低层的良好的层次结构,以确保高层应用部署的灵活性和端到端的特性。最小跨层设计原则[78]如图 9.19 所示。最小跨层设计的目的是提高信息访问灵活性,以及在优化网络性能的同时,避免由于跨层设计的滥用而导致系统层次被完全破坏,在一定程度上保证了系统的通用性和可移植性。虽然在低层实施的最小跨层设计可以满足其所涉及层次的优化和信息交换的需要,但是无线认知网络在工作时,系统高层的各层之间,以及系统高层和低层之间,也有信息交换的需求。为此,考虑用高速数据通道来解决位于同一认知实体的信息交换问题。通过高速数据通道交换信息与基于跨层设计方法的信息共享的主要区别是:前者是在保留原有层次、层间结构和信息封装条件下实施的信息交换,并通过层间标准接口进行通信。由于

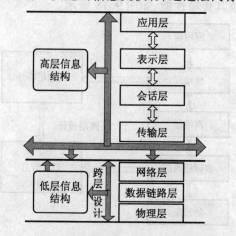

图 9.19　最小跨层设计原则与信息交换

信息请求者和信息提供者位于同一实体中,因此可以采用特殊的信息保存和获取方式,例如,使用公共数据结构和软件总线实现对信息的高速访问。至于不同实体间的信息交换,条件具备时可以通过中间件或者通过已有的基于层次化协议的方式来进行。

9.3.2　认知网络协议的跨层优化

由于认知网络不仅要求对用户和应用提供网络功能,并且需要适合于网络应用和主要的网络环境,如网络的通信量、潜在信道条件和操作频谱带宽引发的冲突。为了满足这些适应性条件,就需要传统协议层之间的协作,而这些协作在分层的协议结构中很难实现。因此在认知网络中采用跨层设计有利于提高网络的执行效率。

目前,在认知网络中关于跨层设计的研究主要有:不同层的耦合与实现、不同层的角色定义、不采用层的思想是否可行,以及认知网络建立是否可采用各种不同网络架构。对于上述问题还没有统一的解决方案,只有针对个例的解决方法。

认知网络通过采用跨层设计方案实现动态的端到端的 QoS 保证机制。QoS 保证机制涉及所有协议层,每层参数的设置都会影响整个保证机制。将多媒体业务分为实时业务和非实时业务:实时业务要求具有低时延,对于非可靠传输具有一定的容忍度;非实时业务要求具有高可靠性,可以容忍一定时延。因此,对于实时业务在传输层,一般采用 RTP或 UDP 协议,实现快速的端到端传输;对于非实时业务,在传输层采用 TCP 协议,能够根据网络的状态自适应调整传输速率,保证业务传输的可靠性。网络层的路由选择涉及链路跳数和稳定性等影响 QoS 的参数。数据链路层负责媒体业务流的优先级设置、调度以及信道选择等,因此也会对 QoS 产生影响。物理层的信号调制方式和传输功率会影响 QoS中的误码率、吞吐量以及发送速率等参数,因此,跨层设计的重要目标之一是综合考虑层与层之间的依赖关系,加强各层之间的信息交互,整体优化网络性能,有效实现多媒体业务的动态 QoS 保证。如图 9.20 所示为各层间跨层信息交互示意图[79]。

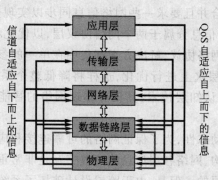

图 9.20　QoS 需要各层间的跨层信息交互

为了在可变信道中保证端到端的 QoS,因此需要采用跨层设计原则:首先物理层和数据链路层需要提高无线信道的数据传输速率,保证传输质量,降低多路径衰减的影响,满足高速移动媒体业务的需求;采用多层结合的方式优化通信系统的整体性能。

跨层设计目前主要应用于认知无线电的中继通信与协同通信,跨层设计在认知网络中的作用主要体现在以下三个方面:

1. 物理层的自适应性接入

自适应性体现在软件无线电的应用中,能够实现可用的调制/编码方案与可用链路质量之间的匹配,为综合衡量网络最佳性能提供判断依据。在不同层次之间实现网络资源的快速调配,更好地满足各种信道条件下的高数据传输速率的要求,实现高速网络物理层技术的优化。

2. 网络功能的动态优化

在传统的网络中,采用调整路由表的方式来适应业务负载的变化,这种调整只局限于特定的网络协议层。跨层的适应性需要适应 QoS 的变化、业务负载的变化和信道条件的变化,在不同网络协议层之间传送网络功能的信息。

3. 多层次联合优化

在无线认知网络环境中,跨层设计使物理层可以与认知网络的其他层次联合优化,例如,数据传输层分组的丢失原因不仅是网络拥塞,还可能是无线链路的高差错率。基于无线通信与有线传输特性的差距,在物理层、数据链路层和传输层之间传递控制信息进行联合优化,以提高网络的整体性能。可以在宏移动小区范围内提供 2 Mbps ~ 5 Mbps 的传输速率,在微移动小区以及室内环境中提供 10 Mbps 以上的传输速率。

9.3.3   跨层优化的研究进展

认知网络采用跨层技术实现网络协议的最优化,使得不同网络协议层的参数能够被同时使用。跨层网络协议的研究主要分为两类:合并层的优化设计和跨层的适应性设计。合并层的优化是将多层融合并且要求一些网络信息同步以实现全局的优化算法。在跨层的适应性协议中,分级通信信息分属于两个网络协议层,以优化本地操作为目的的进行参数调整。无论采用哪种跨层网络协议,解决方案都集中在单一的参数优化上,并且很多跨层协议只集中在选择的网络层次上进行优化,这样将降低整个系统或端到端连接的性能。因此,跨层设计更适合作为认知层技术,其没有体现网络的智能性,也没有体现出端到端的必要性。

由于环境变化的高度动态性,为了保证网络的可靠连接和应用的顺利完成,保证认知实体的有效调整和正确重构,网络各层信息的高效交互是非常重要的,通过引入跨层设计方法来提高系统效率是必要的。但是,由于跨层设计破坏了系统原有良好的层次结构,必然会使得系统的通用性和移植性较差,从而产生不利于更新和维护等问题。此外,许多跨层设计方法过多关注某些特定层的优化问题,而并没有着眼于系统层面或连接性能方面[80]。从这个意义上讲,跨层设计更适合于单一层次,而不是整个网络[8]。在文献[81]

中,作者提出了跨层设计的四个方面的挑战:即模块化、信息解释、精确性和确定性、复杂性和可测量性。

无线网络跨层优化的设计思想还处在完善阶段,目前仍有一些问题尚待解决:

- 网络的整体设计和优化极其复杂,尤其是实时动态的网络优化。
- 网络协议层使用的优化标准较难统一,传统网络层有各自独立的优化准则,例如物理层的设计基本上集中在减少误码率,MAC 层的设计依据通过节点的数据传输率或信道的可用性,网络层的设计要求低时延和较高的路由效率。
- 采用何种测量标准决定未来系统的主要性能,以及测量标准的优化和优先级排序。跨层优化设计中实时动态优化网络是难以实现的,但可以进行一些限制性设计。跨层优化设计应采用性能评价的准则,传统网络层次设计中有优先权准则。例如:物理层准则是误码率,MAC 准则是节点吞吐量或信道可用性,网络层准则是时延和路由效率。
- 在跨层动态优化中,需要进行复杂的数学建模和仿真。例如,物理层仿真器采用时间驱动法,而网络层仿真器采用事件驱动法。解决上述问题的方法是双层仿真法,即用物理层仿真器的输出去激发网络层仿真器。但是,这种方法不允许层次间有相互作用,不能应用于跨层优化设计,为此可以采取下述方法[76]:混合高层次的功能性能仿真和低层次的功能性能分析仿真;可变的量化度,即大部分物理层链路采用粗量化度网络仿真器,特定物理层链路采用细量化度仿真器;从物理层到应用层的仿真和实时处理。
- 在动态优化时网络协议层之间传递的信息要简明有效,信息过于复杂,将产生较大时延或大量优化过程计算,信息过于简单,又不能表明通信需求。
- 动态网络优化的网络控制权归属,当需要实现跨层功能时,谁来控制这个过程。

9.4 认知网络中的知识学习技术

认知网络需要具有从周围网络环境进行学习的能力,因此认知网络的知识学习技术是实现其网络功能的基础。知识平面是研究认知网络和网络管理的新观点,该观点能够增加当前低级别数据的收集,同时能够增加高级别的实现目标。其关键思想是知识平面能够随着时间的推移逐渐了解自己的行为,使其能够更好地分析问题,调整其运作,同时提高知识平面的稳定性和可靠性。

机器学习的主要目的是通过经验来改良性能。在日常生活中,一个人在吸取经验之后能够更好地完成事情。机器学习试图描述在计算机上运行的规划、实施、运行和算法分析的改变。机器学习还借鉴了许多其他领域的思想,包括统计学、感知心理学、信息理论、逻辑学、复杂性理论以及运筹学。"学习"是机器学习最具有代表性的核心问题。其通常被按照有代表性的形式分成几种模式:决策树、逻辑规则、神经网络、案例库以及概率符号等。采用什么形式才能为机器学习提供最好的支持?研究结果表明,明确的特征或者有代表性的编码与学习效果有着重大的关系,详细的特征描述是成功应用机器学习技术的实例[82]。

另一个普遍性的观点是,学习总是发生在评价任务的前后,同时,一种学习方法应该始终与通过已经获取的知识或已改进的学习所得到的性能要素相关。

9.4.1 知识学习的表达方法

运用认知学习技术进行问题处理时需要以所学知识采用的表达方法[83]为依据。例如,是否应用了决策树、神经网络、案例库、概率综述、或者其他表示法。然而,最根本的问题是如何输入明确的学习任务,从而推动学习以及所学知识的应用方式,这就需要采用知识表达技术。

9.4.1.1 分类与回归

用于分类与回归的知识学习是最受关注的。分类是指为一个有限集合指定一个测试样本,而回归是预测一些连续的变量或属性的值。在网络诊断中,分类的难题之一是连接失败的原因到底是取决于目标网站的超负载还是 ISP 的 QoS 下降。举个例子来说,对一个网络状态的描述可能包括数据报文的丢失率、传输时间和连通性等属性。一些有关分类和回归的工作,替代了以上的关系描述符。

在某些情况下,并没有像其他情况预测的那样在开端出现一些特别的属性。相反,人们可能需要预测那些在其他情况下并不受注意的属性的值。这种预测任务通常被称为柔性预测,用于象征属性、连续属性或者二者的混合。例如,假设一些网络变量信息易于测量,那么人们可能希望预测其他较难测量的网络变量的值。给出其他变量的观测值,而这些未知变量将会产生不同的值,那么相关的任务主要包括预测其条件概率,预测所有变量的联合分布概率。

可以制定一些不同的学习任务,用以产生用于分类和回归的知识。例如,提供一个拥有 4 个不同类型的连接失败的 200 个样本的监督学习方法,也就是说每个类型中有 50 个样本,每个样本都有对其属性的描述。

现在已经有许多关于监督学习的完善方法,包括决策树和规则归纳法[84,85]、神经网络方法[86]、支持向量机[87]、最近邻域法[88]以及概率方法[89]。这些方法用不同的方式对所学知识进行描述,同时采用特定的算法来学习和使用知识。这些方法拥有共同的评价原则,即通过案例训练归纳出预测模型,其预测结果与新的测试案例相似度越高,方法越适用。

无监督学习方法,假设学习者已经给定了训练样本,而这些样本没有任何的相关分类信息或任何明确的属性用来进行预测。举个例子来说,以前人们可能提供一个 200 个相同样本的无监督的方法,但不包含任何连接失败类型或者重建连接所需时间的信息。

同有监督学习一样,也有许多对无监督数据进行学习的方法,而这些方法被分成两个大类。一种方法是聚类法[90-91],假设学习的目标是按照规定类别对训练案例进行分类,新的训练案例也按照规定的类别进行分类并依次进行推论,最终建立分类模型,完成学习。例如,一个聚类算法可以聚集 200 个训练样本,并分成若干个分类,这些分类代表了其所考虑到的不同的服务中断的类型。另外一种方法称为密度估计法[92],其目标是建立一个模型用来预测特殊案例发生的概率。例如,给出关于服务中断的相同的数据,使用该方法能够产生一个概率密度函数,该函数能够覆盖原有的和新的训练样本。

不完全监督学习[93]是介于上述讨论的两种方法之间的一种方法。在这个框架中,一些训练样本有着用于属性预测的相关的分类和参数值,而另外一些则不拥有这些信息。这种方法常见于文本分类的领域,在该领域中,训练样本十分丰富,从而使得分类标签也十分复杂。不完全监督学习的目标与监督学习相似,其主要目的就是简化用于精确预测的分类器或回归模型,并利用未标记样本去提高其行为的准确性。例如,即使在 200 个服务中断训练样本中仅有 20 个拥有分类信息,但是在剩余的样本中人们仍然按规律特征去简化分类器,使其更加准确。

分类和回归是知识学习最基本的表述。目前该领域已经研究出有效的方法来完成这些任务,同时分类与回归已经被广泛应用于数据有效的准确预测模型中。Langley 和 Simon[94] 总结了这些方法早期的成功案例,也因此确定了数据挖掘在商业应用中的重要作用。分类和回归的学习方法能够在更加复杂的任务中扮演重要的角色,但是这些更加复杂的任务引入的其他因素还需要额外的机制,这将在下节中进行讨论。

9.4.1.2 行为和计划

一种用于知识学习的表述是为代理执行的任务进行行为和计划的选择。其最简单形式,行为的选择可能会发生在完全被动的方式下,而完全忽略了有关过去行为的信息。可以直接将行为选择映射到分类上,代理将依据环境状态从分类器中选择对应的行为,也可以将其映射到回归上,在给定的环境状态中通过代理预测每个行为的整体价值和效用。

该方法也可以用于解决问题、计划和安排。包括对日后行为的认知选择,而不是在环境中即时出现的行为。这些行为通常包含在一个备选方案库中,并通过知识对行为选择进行约束和指导。这些知识可以依据分类类别进行行为选择,也可以转化为行为或状态的回忆函数,或者采用宏观操作方式。这些知识可以确定一系列行为的执行。

就像分类和回归那样,人们可以指定一定数量的学习任务,以产生知识用于行为的选择和搜索。其中最简单的方法,包括见习学习法[95]和自适应接口法[94]。该方法将学习者嵌入到一个较大的系统中,从而与系统用户进行沟通。该系统能够通过接受用户的指示做出选择,也可以给予提出其他指示的用户一些建议。因此,用户对系统的每一个选择都给出了直接的反馈,能够有效地将选择行为的学习问题转化为一个监督学习任务,而这个任务随后能够通过前面所讨论的方法进行处理。一个相关的范例就是演示编程[96-97],让用户通过演示编程程序逐步掌握程序设计的操作方法和编程思想,通过较少的演示步骤实现学习过程。

例如,实现一个给用户提出网络配置建议的互动工具,根据当前网络环境,给用户建议,将一些备选组件添加到连接中,用户可以选择接受或拒绝这些建议,每个这样的互动都能够产生用于学习如何配置网络的训练样本,然后再用于以后与用户的交互。

一个与行为学习密切相关的表述,称为行为克隆[98],该方法收集了人们在某些领域活动的特征要素,但并不直接提供意见。人们做出的每个选择都会通过监督学习而转化为训练案例来使用。行为克隆和见习学习法主要的区别在于,行为克隆的目的是建立自主的代理用于实现连续的决策任务,而见习学习法和自适应接口法是为了产生一个智能助手。例如,一个系统能够观察网络管理专家在进行网络配置时执行一系列的命令,同时将其转换成学习用的监督训练案例,为行动和估计值提供了选择。

另一种略有区别的表述是通过延迟奖励的方式进行学习,通常被称为强化学习。在这里,代理通常在环境中进行一些行为活动,同时收到一些奖励信号,表明对行为最终的状态结果的期望。由于代理需要很多步骤才能达到期望的状态(例如,重建一个服务连接),所以奖励信号会有所延迟。强化学习的框架分为两个主要的模式:第一种模式是将状态描述和可用行为映射为期望值,以此产生值函数对控制策略进行描述[99,100]。这种方法中的宣传奖励滞后于动作序列,同时调用一个回归的方法去学习对期望值的预测。另外一种模式取代了编码控制策略,直接将状态描述映射为行为,同时学习包括对策略空间进行搜索[101,102]。

可以应用上述任一方法去学习动态网络路由的策略。这里,奖励信号可能是基于对路由性能标准的度量。该系统可能会尝试建立不同的路线,每条路线都包括一定数量的决策步骤,并对基于观测行为的路线策略进行学习。随着时间的推移,所选择的路线以及学习政策会随之发生改变,从而改善整体网路的行为。另外一种表述与强化学习密切相关,但只包括解决问题和心理搜索[103],而不是环境中的行为。这种搜索能够产生一个或多个序列来解决问题,但它也可能产生死循环和其他不良结果。

9.4.2　基于机器学习的网络认知技术

知识平面的观点[104-106]描述了一些基于机器学习的计算机网络功能。基于机器学习的认知功能包括:异常检测和故障诊断、对入侵者和蠕虫的反应以及网络的快速配置。

9.4.2.1　异常检测和故障诊断

目前的计算机网络还需要人为管理和监督网络行为,并确保网络能够提供所期望的服务,因此,计算机网络管理员必须能够检测异常的行为隔离其来源,进行故障的诊断和修复。因为大规模的网络一般采用分布式管理,拥有单独的信息接入方式和控制方式,因此,网络管理员进行这些活动的检查就变得非常有意义。

第一项活动为异常检测,就是查询网络内一些不正常的事件。一种解决这个问题的方法是应用贝叶斯网络,将异常事件抽象为密度估计问题。网络中的各种组件,其至于整个互联网都可依据网络性能指标建立联合概率分布模型,其中异常事件是出现概率较小的网络状态。

另一种可行的方法被称为分类学习或者学习一个分类的特征描述。可以通过一个分类器试图找到一个有关正常运行的目标百分比(例如 95%)。任何划分为"消极"的分类都被视为异常现象。

在日常的异常诊断中存在着许多问题。首先,人们必须选择和分析用于监控异常变量的级别。这可能包括解释和总结传输数据首次应用的方法。在知识平台中,拥有异常监测器的整个协议层,用于典型的网络传输(例如,协议类型),在路由、传输延迟、数据报文丢失、传输错误等中进行异常查找。可能无法从一个层次的提取中察觉到异常,但是在不同层次可以很容易被发现。例如,一种蠕虫病毒出现在一个主机上可能被忽视,而通过对多个主机进行观测,就可能被探测到。

另外虚假报警和重复报警的异常状态可能非常琐碎,因此网络管理员需要将其筛选出来。监督学习的方法可以用于解决这个问题。

第二项活动为故障隔离,要求网络管理员识别异常状态的轨迹或者其在网络内的覆盖范围。例如,如果某条线路超负载,这可能是由于这条线路上的某个单一的站点发生了变化。因此,异常监测需要在局部范围内执行(例如,在每条线路上),而故障隔离则需要用到知识平台所拥有的能够感知异常的能力。

这项活动包括对某种异常行为的结论性的描述。一般来说,总结发生在故障隔离之后,尽管在理论上人们可能推断出存在问题,但是却无法确定问题的确切位置。诊断可能引起网络管理员对常见问题的重视,也就是说网络管理员以前可能遇到过这类问题,或者新问题的描述与以前遇到的问题相似。

无论是故障隔离还是诊断,都需要积极地收集信息。例如,在一个高层次的集合中发现一个异常,通常需要在更好的层次进行更多的细节观察,以了解异常产生的原因。人们可以在本地计算机(例如,其配置)或者互联网(例如,"ping"查看能否与目标相连接)上进行积极的探测。诊断必须能够平衡收集信息的成本以及潜在的信息化行为。例如,如果"ping"成功,那么只需要很少的时间,否则很长时间内也无法连接成功。如果以快速诊断问题为目标,那么"ping"消耗的时间过长,时间成本超出既定目标。

一旦一个网络管理员诊断出一个问题,那么他就需要去修复这个问题。然而,对于如何去解决这个问题,可能存在着不同的方法,这些方法有着不同的成本和效益。此外,当多个管理员都参与到这个决定中时,会出现不同的标准,从而需要进行协商。选择修复的方法时需要了解可用行动的知识,以及其对网络行为的影响,并对其包含的成本和效益进行权衡。

监督学习可以运用在学习对各种修复活动的影响中。而学习方法的规划可以用于学习修复策略中(或者评估有管理员所提出的修复策略)。"协同过滤"方法将会为管理人员提供一些简单的方式去执行修复策略。

9.4.2.2 对入侵者和蠕虫的响应

对入侵者的响应(自然的、人为的,或者二者相结合)以及保持网络通信安全是需要管理员进行处理的任务集合,这些处理任务可以按照入侵事件发生的时序化分为预防和监测任务、响应和修复任务。

1. 预防和监测任务

网络管理员需要通过不断的安全审核来降低网络遭受入侵的可能性,对潜在的网络威胁进行预先排查。网络管理员应该能够主动地对计算机系统的弱点进行安全审核测试。然而使用渗透或漏洞测试的扫描工具只能识别有限数量的漏洞,而可能入侵计算机系统或干扰其正常操作的漏洞出现的频率却高很多。因此,网络管理员需要利用新的插件不断地升级扫描工具,这些插件能够监测新的漏洞。一旦感知到存在潜在威胁或漏洞,网络管理员需要停止服务和应用,并对其影响进行评估,直到安装相应的补丁程序为止。在每次评估时都需要对其风险和服务水平进行权衡。

网络管理员的主要目的就是减少网络的漏洞,并缩短从一个新漏洞发现到其解决方案出台(例如,补丁程序和新配置)之间的时间。一个用以实现这一目标的基本策略包括:首先,使风险的数量最小化(例如,利用防火墙禁用不必要或可选的服务,只开启必要的网络功能);其次,增加对新漏洞的了解。

最后,网络管理员需要不断地对系统进行监测,这样预先了解入侵行为。实时监测则是不断进行的预防性工作。

越早发现入侵,就越有机会阻止未经授权的计算机使用。网络管理员需要从不同的细节层次去监测计算机活动:系统的访问记录、操作系统日志、审核跟踪记录、资源的使用以及网络连接等。系统不断地尝试融合和关联来自不同安全设备的相关报告和警报(例如,防火墙和入侵监测系统),用以在其造成安且威胁前阻止可疑活动(例如,破坏性操作)。安全警报能够确定未能拦截入侵事件的网络安全设备。潜在威胁和侵害程度与每份警报密切相关,因此需要持续监管。因此,网络管理员被大量的日志信息淹没,并受到持续的警报轰击。为了避免攻击,网络管理员需要经常调整安全设备,以减少假警报的数量。

入侵时间直接影响到由入侵带来的损害程度。网络管理员的主要目的就是降低网络的渗透性,以及系统从被侵入开始到系统被完全修复这段时间的跨度。对入侵做出正确的诊断能够使网络管理员做出正确的响应,然而,在每次诊断过程中,需要权衡响应时间和诊断质量。

2. 响应和修复任务

一旦确定对入侵的诊断,网络管理员则开始考虑应对入侵的策略。这些策略试图将入侵对系统的影响降至最低(例如,如果需阻塞一个 IP 地址就可以抵御入侵,那么就不需要在防火墙里关闭所有服务端口)。网络管理员试图去缩小每个入侵的窗口也就是时间间隙,起始点是当入侵被发现的时候,终止点是当恰当的响应起作用的时候,这一机制用以部署自动入侵响应系统。网络管理员使用自主运行程序显示出如何对一种类型入侵做出响应并从中得到恢复。一个攻击响应的范围包括终止用户工作或拦截 IP 地址,或强行断开网络。恢复和修复通常在系统修复过程中系统需要维持原有的服务水平,这使得这些进程很难实现自动化操作。一旦系统完全从入侵中恢复过来,网络管理员会收集所有可能的数据,对入侵进行全面的分析和追踪,并对损失进行评估。因此,需要不断地进行备份系统日志。事后检查分析的目的是双重的:一方面,收集物证(考虑到不同法律需要)可以用于法律起诉和调查;另一方面,提供文件和程序,这有利于将来识别和抵御入侵。

9.4.2.3 网络快速配置和优化

网络配置和优化是设计和配置一个系统时常见的问题。在本节中,简单地描述了用人工智能和机器学习的方法来解决这些问题。

1. 配置任务

配置是指根据给定的组件或组件类型进行常规组合。

第一项任务是参数的选择,选出一系列的全局范围的参数,以便于优化一些全局范围内的目标函数。存在两个典型的实例,一个是设置温度、循环时间和压力的化学反应堆的输入、输出流的任务;另外一个是控制汽车进入高速公路的速率以及高速公路的车流方向的任务。如果一个系统模型是已知的,这将转化为一个优化的问题,同时许多算法在操作研究中得到了发展。数值分析和科学计算的方法被用来解决类似的问题。

第二项任务是参数选择的兼容性。在这里,系统由一套彼此相互作用的组件构成,根据固定的拓扑结构实现整个系统的功能。而参数的设置会影响到组件的相互作用,所以参数的选择必须是兼容的,以便于组件之间更好的相互作用。例如,子网中的主机必须统一网络地址和子网掩码,以便于利用 IP 协议进行通信。全局系统的性能依赖于复杂的局部参数的配置方式。当然,也有可能是全局性参数的选择,例如家庭所应用的协议。

第三项任务是拓扑结构。在这里,系统由一组拓扑结构已经确定的组件构成。

最后一项任务是组件的选择和配置。最初引擎的配置是给定一个可用类型组件的目录(有代表性的价值),同时它必须选择组件的类型和数量,用以构建网络(当然需要解决这些组件的拓扑结构等难题)。

2. 重配置过程

配置的第二个方面是如何提高配置的效率。当一个新的计算机网络正在进行安装时,通常的方法是安装网关和路由器,接着安装文件和打印机服务器,最后是个体的主机和网络接入点等。这么做的理由是这种次序可以轻松地测试和配置每个组件,同时能够最小化重新搭建的次数。如果服务器首先已经置位,那么自动配置工具(例如,DHCP)能够配置个别主机。

当试图改变现有网络的配置时,尤其是当目标转移到没有重大服务中断的新配置时,大多数配置的步骤需要首先确定当前网络的配置,随后计划一系列的重组活动和测试,以便推动该系统转换为新的结构。

9.5　认知网络中的分布式学习推理技术

认知网络的研究提供了一个具有决策能力的授权网络,用以处理日益复杂的网络通信。在一个认知网络中,最关键的特征就是文献[107]中所描述的——认知的过程。该过程就是发生在认知网络中的学习和推理。

9.5.1　学习和推理的架构

目前关于建立认知过程的潜在机制没有突破性的进展,同时这些机制的选择和实施,需要交替进行。本节介绍认知过程中的推理和学习,以及有关学习和推理的设计决策,描述适用于认知网络的方法。

回顾一下认知网络的定义:"认知网络是拥有认识过程的网络,该网络能够感知到当前的网络环境,并随后做出计划和决定,并在这些环境中运行。该网络能从不断的适应中进行学习,并利用学习做出进一步的决定,同时需要考虑端到端的目标。"[8]认知网络中的决策、运行和学习方面都是网络认知的基础,以确保由认知网络做出的决定能根据端到端的目标提高网络的性能。

学习和推理的条件很难确定文献[108]中指出,推理是瞬时的决定过程,该过程必须由系统的历史状态知识以及当前系统状态知识构成,推理的首要任务就是选择一组行为。而学习则是一个长期的过程,它由知识的积累所构成,这些知识主要是基于过去行为的可感知结果。认知节点的学习源自于丰富的知识,以提高未来推理的效果。推理和学习两者是密不可分的,因此根据感知的条件进行单独的推理或者学习非常困难。

本节中介绍的是分布式的学习和推理方法。分布式算法,扩展性、稳健性和并行处理增益都适用于认知网络。认知网络的最主要的目的就是根据用户的需求和应用进行数据转换。

认知体系结构运行在计算设备中。不同的体系结构有不同的复杂程度。例如 ACT-R[109]、Soar[110]和 ICARUS[111]。每种架构都旨在捕获所有信息的组成以及认知所必须遵守的相互作用。OODA 循环和 CECA 循环是抽象出的通用认知理论。这两种体系结构并没有试图去整合所有的认知决策方法的要素,但它们试着去模拟决策的制定过程,以便于为军事决策中的命令和控制提供基础。与 OODA 循环密切相关的认知体系结构是由认知环路提出的[3],且该体系结构是应用于认知无线电研究中许多架构的基础。

9.5.1.1　从认知架构到认知网络体系结构

当人类的认知架构转换为认知网络体系结构时,绝不能忘记认知网络的主要目的是在网络中的用户和应用之间进行数据交换,因此,它可能更适于去简化一个与人类的认知架构,去消除那些多余的成分。另一方面,一些认知架构可能被过分简化,从而缺乏一个成功的认知网络体系结构的关键要素。OODA 循环就是有关这方面的一个实例,该循环是认知架构最简单的化身,而不包括学习。如果一个认知网络不具有学习能力,当认知网络应用于复杂的问题中时,将无法全面探究问题的本质,从而解决问题。因此,学习在一个认知网络中扮演着非常的重要角色。

目前对于认知网络体系结构有多种方案,文献[113 – 114]中所提出的架构,是基于 Mitola 的认知循环,并专注于一个认知节点的内部运作。Mohonen 等人[113]提出了一个有关机器学习、数学分析和信号处理方法的工具箱,可用于匹配决策过程的需求。文献[107]中所示的架构,显示了端到端的目标之间的相互作用,一个认知过程由一个或更多的认知元素,以及一个软件适应性网络(SAN)组成。该架构适合于分布式和集中式的认知处理过程。

9.5.1.2 多代理系统

在一个计算环境中讨论认知、学习和推理,则不可避免引出对人工智能的讨论。对分布式方法的兴趣直指分布式人工智能(Distributed Artificial Intelligence,DAI)。DAI 最初由两种研究课题构成:协作式分布式处理(Cooperative Distributed Problem Solving,CDPS)和多代理系统(Multi-Agent System,MAS)。然而,MAS 范围的扩大表明 DAI 现在被认为是 MAS 的子集。MAS 可以采用文献[115]中的定义,该定义主要有三个概念:情景的、自主的和灵活的。"情景的"含义是,在其所处环境中代理有能力感知和操作,这个代理通常被假设拥有局限性的知识和并行处理能力。"自主的"意味着尽管每个代理在自主度上都有一些限制,但是代理拥有自主权去独立运作其他代理。"灵活的"意味着代理的有关周围环境改变的响应是及时的和预先的。

CDPS 与 MAS 定义的区别在于除了描述 MAS 中的三个概念,CDPS 具有协作一致性[116],即在系统设计中,代理具有保持工作协调一致的特性。

在文献[108]中,Dieterich 描述了一个标准的代理模型,由四个基本概念组成:观察、行为、推理机制和知识库。在这个代理模型中,推理和学习是推理机制和知识库合并运作的基础。推理是一个瞬时的过程,推理机制从知识库中收集相关信息和感官输入(观察)并决定一组行为。学习是一个长期的过程,通过学习,推理机制对一些关系进行了评估。例如,过去的行为和现在的观察之间的关系,或者是不同的并发观察之间的关系,并将其转换成知识存储到知识库中。这种模式符合前面所提到的大多数的认知体系结构,将其作为分布式学习和推理讨论的标准。

返回认知网络体系结构,将利用刚才描述的代理模型来解决这个问题。在一个认知网络体系结构中,输入信息是网络状态传感器通过 SAN 应用程序的接口(API)从网络中的节点处获取的。而推理机制和知识库则由认知要素组成。在分布式处理过程中,每个认知要素都由多个代理组成,其中学习和推理相互作用实现了共同的要素目标。依附于不同认知要素的代理组之间的交互作用,允许认知要素之间的竞争。

　　根据这一点,可以很清楚地看出一个认知网络可以作为一个 MAS 被添加到框架中。有关认知网络定义的一个关键组成部分是端对端目标的存在推动其行为。这些目标为每个代理提供了一个共同的目的,并激发所有代理一起工作。最佳的结合是发生在拥有相同认知要素的代理之间,因为它们拥有相同的要素目标。要素目标源自于网络的端到端目标,这意味着认知要素中存在着某种程度的一致性。

9.5.2　分布式推理技术

　　在已经建立好的架构中,将学习和推理用于一个认知网络中,该方法允许代理去学习和推理。在本节中,将主要介绍分布式推理的原理和方法。

　　在一个认知网络中,推理的首要目标是选择一套适当的行为以响应感知到的网络条件。在理想状况下,选择的过程将知识库中有用的历史知识(通常被称为短期和长期的记忆)以及现在观测到的网络状态相结合。

　　通常推理被分为两类:归纳和演绎。归纳推理的假设以发现模式为基础,而演绎推理则放弃假设,仅仅基于逻辑连接提取结论。由于认知网络状态空间(该空间的成长组合有大量的网络节点)的规模很大,认知过程必须有能力利用局部状态空间进行工作。因为认知过程通常只看见了有关网络状态有限的视角,所以很难通过演绎推理来获取某种需要的结论。而归纳推理的方法则是基于已知的条件,产生最佳的假设,更加有益于限制用于认知过程的监测。

　　推理(或决策)也可以被分为单步(one-shot)或连续法两类。一个单步决策类似于数字通信接收器中的单激发监测。最后一个行为的选择是基于立即有效的信息。相反,连续推理选择中间的行为,同时观察系统对于每个行为的反应。每个中间行为的选择都使得解决空间有所缩减,直到最终的行为被选定,这是有关问题诊断最自然的方法。连续推理对于主动推理来说尤其有用,其中时间约束更加宽松,同时只有对迫在眉睫的问题才提出指示。然而,当需要瞬时行为时,例如对一个特定的节点阻塞的响应,单步决策则更有效。

　　网络可以看成一个系统,用户行为作为系统的输入,观察结果作为系统的输出。如果无法用数学的方法来表达输入和输出的关系,那么选择一个推理的方法,该方法能够处理一些网络的不确定性,例如贝叶斯网络。这种方法主要就是依靠学习的方法去揭示输入和输出的关系。如果用数学的方法将输入和输出联系起来,那么就可以应用基于目标函数的最优化的方法,例如分布式的约束推理或超启发式演化。在这种情况下,学习则可用于查找最优解或不满意解。

　　下面列出了几种常见的分布式推理的方法。

1. 分布式约束推理方法

分布式约束推理通常被分为分布式约束满足问题(Distributed Constraint Satisfaction Problems,DisCSP)和分布式约束最优化问题(Distributed Constraint Optimization Problems,DCOP)。二者有所不同,其中 DisCSP 试图去查找满足约束条件的任何解决方案,而 DCOP 则试图在一组成本函数中查找一个最优解。DCOP 中的成本函数从本质上取代了 DisCSP 中的约束,允许一个更通用的解决问题的方法。因为 DCOP 通常承认一个解,而 DisCSP 可能并不满意,所以将注意力集中在 DCOP 对于认知网络的应用上。

根据文献[116]所给出的定义,在一个 MAS DCOP 中的每个代理控制一个变量 x_n。每个变量都有一个有限的、离散的范围 D_n。一组成本函数 f_{ij} 则由一对变量 x_i 和 x_j 来定义。而成本函数的和则为 DCOP 查询最小化提供了目标函数。

在文献[117]中,作者采用了一个典型算法用以进行 DCOP,该方法被称为 Adopt 方法。Adopt 方法的目标只需要满足局部通信,允许在灵活准确的基础上缩短完成时间,为最差的完成状况提供了理论上的界限,并允许完全的异步操作。Adopt 方法首先基于成本函数构建了一个树状结构。这个树状结构用于决定哪个代理通信,以及哪些消息会在代理之中进行传递。随后代理会基于局部的知识反复地为其变量选定解,同时在研究中对这些解进行更改,以便得到一个全局性的结论。有关成本函数的上、下边界被计算并通过代理获取的新信息不断优化。当所求的解的错误的数量无法容忍时,跟踪上、下边界允许算法提前终止。

在一个认知网络中,Adopt 方法的恰当应用是异步消息的传递、对于每个代理的变量的自主控制以及解决方案的灵活性。Adpot 方法的另一优点是信息不容易丢失,同时通过一个超时机制的内部代理减少内部的通信。这对于无线认知网络尤其重要。DCOP 算法有两个局限性,其一是每个成本函数只拥有两个变量,其二是每个代理只指派了一个变量。然而,文献[117]提出了扩展为 n 维或 n 元约束(n-ary constraint)和每个代理的多个变量的程序,并按照文献[118]中的方法对 n 维或 n 元约束进行进一步操作。

2. 分布式贝叶斯网络方法

贝叶斯网络(Bayesian Networks,BNs)是在不确定情况下进行推理的一种方法。不确定情况可能是有关观察结果的限制、噪声的观察、难以观察的状态或者是一个系统中输入、状态和输出之间的不确定的关系[119]。所有这些不确定的原因在网络通信中都很常见。尤其是,在协议堆栈中的不同层次,认知网络潜在的参数控制能力使得不同协议层次之间的交互作用有所提高,这些交互作用现在并没有得到很好地理解[120]。而贝叶斯网络则为这些交互的不确定理论提供了处理方法。

贝叶斯网络将一组变量(例如,事件)上的联合概率分布(Joint Probability Distribution,JPD)分解为一组定义于一个有向无环图(DAG)上的条件概率分布。每个节点则代表了 JPD 中的一个变量。在 DAG 中边缘的方向性描述了亲子关系,如果条件是父关系的知识,则其子关系与网络中所有其他关系及其派生关系无关。每个节点都包含一个条件概率分布,是以所有父节点变量为条件的节点上的变量的概率分布。随后能够重建 JPD,作为所用条件概率分布的产物。

一个用于分布式贝叶斯网络的方法是多代理贝叶斯网络(Multiagent System Bayesian Network,MSBN)[119]。MSBN 由按照 BN 划分出的子域组成,随后这些子域模块被分派给一个 MAS 中的代理。每个代理的子域都由一个连接树构成,以便于简单的信念更新。由 MSBN 架构为其在认知网络中的应用提供了两种保证机制:首先,一个代理只允许与其共享一个或多个内部变量的其他代理进行直接通信;其次,全局性的 JDP 与代理的条件 JDP 一致,这表明 MSBN 等同于集中式的 BN。

3. 并行超启发式演化方法

一些复杂的推理方法被归纳在超启发式演化的范畴之内。超启发式演化是一个最优的方法,该方法通过一个更高层次的策略组成了一个更简单的搜索机制来指导搜索。超启发式演化算法是与精确算法相反的近似算法,且通常采用随机算法作为搜索的一部分[121]。这意味着,它们并不能保证找到一个全局性的最优解,同时给出一个相同的搜索空间,当超启发式演化运行的时候,可能每次都获得一个不同的解。通常情况下,应用超启发式演化查找一个精确的解是很难实行的,例如,NP 难题。对于这种类型的难题,找到一个全局最优解的时间在搜索空间层面上成指数增长。超启发式演化用一个可估算的时间权衡这个最优解。因为超启发式演化算法适合于处理这些复杂的问题,因此适用于研究认知网络。

在认知网络中,进行推理的研究空间的大小按照代理的数量成指数倍数地增长。一些并行超启发式演化算法以及其特殊版本对于分布式推理来说非常有效。

4. 并行遗传算法

并行遗传算法(Parallel Genetic Algorithms,PGA)是进化算法(Evolutionary Algorithms,EA)的生物学启发式算法中的一员。这一类还包括进化规划和进化策略。因为这三种算法都非常相似,所以重点说 PGA。通过交叉和转换操作,PGA 进化成一个种群的待选解决方案。搜索空间的参数在染色体中被编码,并由二进制向量描述。而目标函数用来评估待选解决方法(例如染色体),并为每个待选方案提出一个适应度。而适应度的值用来决定哪些种群成员存活。交叉和转化中随机性的操作旨在探讨搜索空间,并提供种群的多样性。

并行实施大体上可以分为三类:主 - 从、岛屿(也叫分布式或者粗粒度)以及蜂窝(或者叫细粒度)[110]。在主 - 从关系中,PGA 是中央集中控制的,而岛屿关系和蜂窝关系则给了代理更多的自主权。从用于分布式推理的角度看,主 - 从关系的 PGA 并不适用,因为这些算法需要集中的控制。此外,与蜂窝 PGA 相比,岛屿关系的 PGA 能够为更多的认知网络应用所支持,主要是因为移植政策是可以被控制的,而蜂窝 PGA 则需要每一个 PGA 中所有代理的局部交流。在岛屿模型中,移植很少发生,这意味着与蜂窝 PGA 相比,代理之间的通信量减少。此外,在岛屿模型中,移植是异步发生的,与蜂窝 PGA 相比能够更好地适应 MAS。额外的适用性可用于岛遗传算法,该算法允许岛屿种群在染色体的参数的二进制编码中拥有不同的决策[122]。

5. 并行分散搜索方法

进化算法家族的另一个成员是分散搜索。分散搜索不同于遗传算法,其中,新的遗传(确定性的或半确定性的)被建立起来,而不是产生随机的突变或交叉。分散搜索的基本过程是:先选择一个最初的种群(通常是随机的),一套有益的、多变的参考解决方案,随后输入一个结合和提高解决方案的迭代回路,去创建一个新的种群,从中选择一个新的参考设置[123]。如果参考设置无法再提高,那么该算法可以添加多样性的参考设置,并继续进行迭代。

并行分散搜索(Parallel Scatter Search,PSS)是最近发展起来的。文献[123]中给出了三种最基本的并行方法,分别是同步并行分散搜索(Synchronous Parallel Scatter Search,SPSS)、迭代合并分散搜索(Replicated Combination Scatter Search,RCSS)和迭代并行分散搜索(Replicated Parallel Scatter Search,RPSS)。SPSS 和 RCSS 是中央控制算法,这些算法需要同步的操作,同时每次迭代时都需要分布式的参考设置,因此,他们不会被用于认知网络中的分布式推理中。RPSS 与岛屿 PGA 相似,其中多个种群同时存在。因为没有指出明确的机制用于种群子集的交换(例如,移植),最终得出这样的结论:算法是异步的,且被认知网络的应用所承认。

PSS 的一个潜在缺点是合并和改进问题具有依赖性,这限制了 PSS 的灵活性。尤其是,可能很难使一个 PSS 在目标函数中获得改变。因为在认知网络中端到端的目标所允许的变化暗示着目标函数的改变,采用 PSS 的认知网络可能会受到拥有固定的端到端的目标的限制。

6. 并行禁忌搜索方法

最突出的超启发式演化算法之一就是并行禁忌搜索。能够记忆存储过程是禁忌搜索成功的主要因素,也是与其他超启发式算法的区别。禁忌列表阻止搜索回溯到前面所讨论的搜索中。中期记忆指引搜索沿着搜索空间领域(增强)方向展开,同时长期记忆指引搜索沿着搜索空间的未知区域展开(多样化)。通过采用这些记忆,禁忌搜索从它的搜索空间中进行学习。当这种学习与基于未来搜索的代理的知识绑定时,那么禁忌搜索则是合并学习和推理的一种方法。

文献[124]给出了一个并行禁忌搜索(Parallel Tabu Search,PTS)的分类方法。这种分类方法定义了两种类型的算法,具有分布式控制以及异步通信的特性:共享和知识共享。"共享"确定了 PTS,其中一个进程简单地传递所期望的解到其他进程,以弥补 PTS。

7. 岛遗传方法

iGA(island Generic Algorithm)是一种适用于认知网络的灵活的分布式推理算法。该算法基于认知节点架构,用来解决多种单层和跨层之间的通信以及网络的问题。iGA 及其扩展算法可以应用在三个方面:信道分配、联合功率、流路由。在通用软件无线电外部设备上集成 GNU 操作系统的无线电软件(GNU 是 GNU's Not Unix 的递归缩写,一种免费的软件操作系统),采用 iGA 算法解决动态频谱认知网络环境中的信道分配问题。LiGA (Local island Generic Algorithm)能够使标准的 iGA 适用于局部网络的变化,解决只需要有关网络状态的有限知识的问题,从而解决联合功率和信道分配问题,通过 LiGA 验证了功率控制对认知网络的重要意义,以及非合作行为对 LiGA 算法的影响。K-hop iGA 用来解决流路由的问题,适用于通信和网络中关于可控合作和迁移范围的问题,在网络性能和资源消耗之间寻求平衡。iGA 的缺点是没有从学习机制出发,只将两个学习进程集成到认知节点架构中解决慢收敛性和手动配置的问题,应该将现有的算法结构和增强的学习技术在整个学习过程中执行。

9.5.3　分布式的学习方法

迄今为止,讨论了基于现有知识的用于推理的方法。然而,当没有现有知识指引推理的时候,这些方法就不够完善,应将学习和推理组合起来使得认知过程更加完整。

学习方法可以分成三类:监督、无监督和基于奖励的方法。监督学习方法要求学习通过专家提出的已知输入和输出来训练。这个专家通常是人类,同时产生训练数据集的过程通常很艰苦。基于奖励的学习采用一个反馈回路,其中的反馈由对先验行为的效用(例如,奖励)的测量所组成。基于奖励的学习方法必须随后推断出基于有效测量的先验行为的正确性。无监督的学习在一个开环系统中运行,不需要任何专家和有效测量的帮助。由于将监督学习和无监督学习应用于 MASs 很困难,所以大多数有关 MAS 中学习的研究都将注意力集中在给予奖励的方法上。在认知网络中的分布式学习中应用基于奖励的学习很合理,但是由于网络环境的变化太大,使得监督式学习更具有可行性,并且性能测量(例如,观察)在协议栈的所有层次上都有稳定的效果。

在 MAS 中开发一个基于奖励的学习系统的主要问题是信用度的分配问题(Credit Allocation Problem,CAP)。CAP 的主要问题就是如何分配用于先验行为代理的信用度和责任。它可以分成两个部分:历史行为与观察结果对照关系以及信用度的分配。在一个认知网络中,第一阶段尤其困难,主要是因为在不同的协议堆栈层次中,响应时间的变化所引起的改变不同。例如,因为相邻节点上信噪比的衰减,发射功率的改变可能在毫秒级被观测到。发射功率相同的变化也可能导致传输层明显的阻塞;然而,阻塞观察的响应时间很可能是以秒为单位的。

对一般的 MASs 来说,必须制定信用度分配的两个层次:代理之间的 CAP 和代理内部的 CAP。代理之间的 CAP 基于每个代理行为责任的级别处理代理的信任度分配。因为一个 MAS 可能不是合作的,对于一个特定的行为来说,一个代理可能比其他代理拥有更多的责任,也因此被分配给了更多的信用度。有关这些的实例就是 ACE 算法[125]。

对于分布式的学习方法来说,不能独立于推理机制。正如贝叶斯网络,有时耦合得非常紧密,因此很难区别学习和推理。因为并不是所有的学习和推理的方法都是紧密结合在一起的,所以它们彼此有依赖性。这个依赖性源于对存储于知识库的学习算法的需要。如果并没有使用这些知识,那么学习则是多余的。这种依赖性促使考虑分布式学习的三种方法,与先前所讨论的分布式推理的方法相对应。表9.1列出了这些对比。

表 9.1 推理和学习的对比

推 理 方 法	学 习 方 法
DCOP	Q-学习
贝叶斯网络	DAG 的超启发式学习
超启发式最优组合	基于案例的推理

按照基于奖励的学习的主线,继续讨论分布式 Q-学习、贝叶斯网络的分布式学习和基于案例的推理。Q-学习是强化学习的一个实例,已经成为了 MASs 中学习的一个热门课题,将 Q-学习和 DCOP 相耦合。在表 9.1 中,基于案例的推理似乎不是学习方法,但事实上,这是一个包含了学习和推理的框架。将在基于案例的推理的框架内讨论学习,并将其与超启发式推理相耦合。

贝叶斯网络中的学习可被认为发生在两个阶段:首先是网络结构和分布式估计的初始条件的学习;其次是分布式条件持续、简要的更新。在本节中,主要将注意力集中在第一个阶段。

1. 分布式的 Q-学习

Q-学习和强化学习将世界模拟成一个离散的、有限的马尔科夫决策过程。Q-学习试着去查询一个方案,该方案能够使预期的奖励最大化。最优策略是指,预先选定一个基于当前状态的行为,可能是一组有用的行为以及一个概率分布,根据选定行为进行奖励,对当前状态进行更新,然后在一个反复迭代的过程中进行学习(文献[126]中给出了一个有关 Q-学习的指南)。

在分布式 Q-学习中,代理可以被分成联合行动学习(Joint Action Learning,JAL)和独立学习(Independent Learning,IL)。在 JAL 中,代理充分认识到所有代理的行为,而在 IL 中,代理只能意识到自己的行为。JAL 方法暗示了代理之间的通信,可以共享它们的行为。而 IL 方法则明显有益于一个认知网络试图减少通信开销,然而,最优学习的收敛性更加难以保证。文献[127]中给出了随机环境解决这个问题的一个方法,该方法指出了协调其他相关代理行为信息的匮乏,并收敛于最优的学习和推理耦合策略。

2. 贝叶斯网络的分布式学习

正如 BN 的相关讨论,依赖图的结构并不能进行知识预测,并且条件分布也是未知的。这个问题通常由学习 DAG 的结构来解决,并对条件分布进行估计。其过程需要一组数据,包括过去系统的输入和输出数据集。这个数据集在监督学习方法的理解中并不是训练数据,因为对于任何特定的输入没有特定的输出概念,它由系统行为的样本组成。

学习一个 BN 的条件分布和结构的能力允许一个认知网络通过观察网络的行为去构建一组有关网络的信息。网络可能在多样性的设定中被配置,但无法预先得到充分的描述。以用于紧急响应的无线网络为例,在事故发生之前是无法获取网络设置位置信息的。学习一个 BN 网络的额外好处是以前的知识(例如专家的理论)可以被纳入 BN 中,以提高学习的效率[128]。

通过 BN 进行学习增加了计算的负担,这导致研究人员去寻找并行计算的进程。对于一个中等维度结构的 BN,文献[129]中提出的异步完整搜索是切实可行的。对于大规模的网络,研究人员已经转向了超启发式演化算法,例如,蚁群优化算法[130]、变邻域搜索算法[131]和进化算法[132],以便为搜索 BN 结构提供近似的解。然而,用于学习的 BN 分布式超启发式演化的工作与文献[133]提出的研究结论处于较早的阶段。由于 DAG 结构的搜索空间成指数增长,利用分布式超启发式演化算法学习 BN 需要进一步研究,以便 BN 适合应用在中等规模的认知网络中。

3. 分布式基于案例的推理

基于案例的推理(Distributed Case-Based Reasoning,CBR)是推理和学习的结合。在 CBR 中,知识库(或案例库)包括的案例表现了过去的经验和结果。动态网络将不可避免地导致代理的案件库的内容发生变化。然而案例库的结构化内容易于在代理之间分享,这使得新近加入网络的代理能够从其他代理的经验中获得收益。

文献[134]中提出了一个用于 CBR 的四阶段的环路,这四个阶段分别为检索、再利用、修正和保持。当出现一个新的案例时,检索阶段会从知识库中寻找最接近的案例。再利用阶段将相似案例和新的案例相结合,形成一个新的提议解决方案。所提议的解决方案的效果将在修正阶段被评估,如果该解决方案无法达到预期的效果,那么案例将被修正。最后一个阶段是保持阶段,提取任何有意义的结果,并将学习案例加入知识库或对现有的案例进行更新升级。基于对 CBR 的这种分解,推理由检索和再利用阶段构成,而学习由修正和保留阶段构成。

文献[135]主要讨论了分布式的基于案例的推理,其中代理对于维护案例库以及与其他代理共享案例库有着单独的责任,以便于改进全局性的解决方案。从概念上将基于案例的推理和一个分布式的超启发演化相匹配(文献[137]已经应用了这种组合,为一个单一代理设定利用遗传算法作为超启发式演化)。分布式的超启发式演化算法利用以前搜索的信息对再使用的案例进行修正。这允许超启发式演化对搜索空间进行划分,这样它既可以将注意力放在一定区域内最优解的查找上(那些已经产生的最优解),又可以避免对搜索空间的尺度进行最优化。

当采用基于案例的推理时,学习阶段(修正和保持)通常是具体的问题。对于认知网络来说,学习阶段是以实现端到端的目标为评估标准而提出的解决方案构成的。当评估一个解决方案是否成功时,发生了与信用度分配类似的问题。有关认知过程行为的网络的响应时间可能拥有不同的延迟,就像 Q-学习一样。这使得当存在多个端到端目标时学习更加困难(例如,多目标的最优化),尤其是当目标应用于不同的协议层时。学习也可能通过超启发式演化的应用而扩展到参数中去,在这种情况下,认知网络就是学习如何能更有效地进行搜索。

9.6 认知网络应用案例

认知网络技术为现有网络中面临的问题提供了有效的解决方案,目前国内外研究机构在异构网络连接和移动性管理、网络自治管理以及普适计算等领域开展了认知网络系统的研究和应用,这些具有认知功能的网络系统有效地验证了认知网络技术的应用和研究价值。

9.6.1 认知网络在认知无线电中的典型应用

认知无线电网络是认知技术在网络物理层成功实现的案例。认知无线电技术作为一门当代最热门的新兴的无线电通信技术,通过智能化地认知整个通信过程,最终的目的是实现在任何时候、任何地点为用户提供高效可靠的通信和有效的频谱利用。动态频谱接入(Dynamic Spectrum Access,DSA)问题的解决方案是目前认知网络的典型应用,成为认知网络的研究热点。

9.6.1.1 应用背景

认知无线电的概念最初是 Joseph Mitola 博士通过对软件无线电(software radio)的概念延伸而提出的。2000 年,Joseph Mitola 博士在其博士论文[3]中给出了含义广泛的认知无线电定义。"认知无线电这个术语是指这样一个观点,即在无线资源和相关的计算机与计算机之间通信方面,无线个人数字助理(Personal Digital Assistant,PDA)和相关的网络具有足够的计算智能,包括检测用户的通信需求作为使用环境的函数,以及提供最符合这些需求的无线资源和服务。因此认知无线电设备能够为无线传输自动选择最好和最便宜的服务,甚至能够根据目前或即将可用的资源,延迟或提前某次传输。"

2003 年 5 月,联盟通信委员会(Federal Communications Commission,FCC)召开了认知无线电研讨会,就认知无线电技术实现及相关问题展开了讨论,并给出了认知无线电的狭义定义。"认知无线电是指能够通过与工作的环境交互,改变发射机参数的无线电设备。认知无线电的主体可能是软件定义无线电(Software Defined Radios,SDR),但既没有软件也没有现场可编程的要求。"

FCC 认为,实现认知无线电需要高度的灵活性来适应快变的信道质量和干扰环境。在 FCC 的报告中,进一步描述了认知无线电的五个可能应用领域:

- 在低人口密度和低频谱使用率的区域可以增加发射功率 8 dB;

- 授权用户以可以中断的方式向认知无线电用户出租频谱；
- 利用用户的空间和时间特性动态协调频谱共享；
- 促进不同系统间的互操作；
- 利用发射功率控制和环境判决实现多跳射频网络（multi-hop radio frequency network）。

软件无线电是对无线电信号的载波频率、信号带宽、调制方式和网络访问等可进行软件定义和实现的无线电系统。今天先进的软件无线电已经很好地实现了必要的密码技术、前向纠错（FEC）、信源编码（语音、图像、数据）软件化。从 1987 年美国空军罗马实验室（Air Force Rome Labs，AFRL）投资研究可编程调制解调器作为革命性的标志以发展整合的集通信、导航、识别为一体的系统架构（Integrated Communications，Navigationand Identification Architecture，ICNIA）。ICNIA 起初设计采用了多个无线电电台，以收集各种电台信道的信息。由此开始了 SDR 的雏形设计，随后发展了 SPEAKeasy-I、SPEAKeasy-II 和 DMR（Digital Modular Radio），最后发展到如今革命性的 SDR。

如今的软件无线电和以往的比较，其优势在于通用性和低成本。即使在使用以后也可根据需要更新软件，实现新的调制波形和新的应用。总之，软件无线电的发展经历了从单一的可编程调制解调器到多波形、应用软件，发展到目前的软件定义无线电。

初期的无线电设备是以特定功能固定设计的。为了提高性能、减少其生命周期成本等，开始加入软件设计，以提高其灵活性。2000 年，FCC 为此对软件无线电进行了定义：通过软件实现和升级其特性和能力的通信设备（Acommunications device whose attributes and capabilities are developed and/or implemented in software）。由此定义发展产生的是 SDR，成为了软件可编程的无线电。下一步的发展将沿着对环境了解的感知无线电（aware radio）、适应性无线电（adaptive radio），最后发展成认知无线电（CR）。

9.6.1.2 认知无线电的认知循环过程

CR 由一系列的按照效益成本计算提高认知信息服务的规则组成。

循环认知过程如图 9.21 所示，它由观察（observe）、定向（orient）、计划（plan）、判决（decide）、行为（act）、学习（learn）组成。在相互顺序作用下，这些过程达到 CR 需求的能力。

外部激励元使 CR 的传感器产生中断，从而激活了认知的循环，理想的 CR 将持续地观察环境，使自己适应环境，并制定计划，实施判决，最后执行计划。在单一处理器环境下，认知的循环处理是一个状态进入另一个状态的单一循环。而在多处理器环境下，认知循环的各个状态进行并行处理，通过特殊的处理来实现各状态的同步，进而提高了认知的能力。循环认知过程包括：

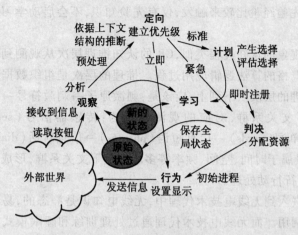

图 9.21　循环认知过程

1. 观察

CR 通过同时接受多维激励和聚集这些激励进行判断,从而感知外部环境。在观察阶段,CR 根据地理位置、温度、光线强度等传感器去推断通信内容。这一阶段,CR 不断地聚集经验,并比较经验和实际的环境状况。而经验的聚集可能是通过记忆每一件经历过的事件,要使 CR 达到"聪明"的过程,可能需要记录下每一次的语音、图像和电子邮件,时间可能需要一年以上,同时需要较大的内存空间。所以,CR 正确地响应和感知环境、快速的计算能力和丰富的经验资源是核心。

2. 定向

定向阶段通过对绑定以前知道的观测响应去判断目前观测的重要性和响应刺激。这一阶段通过操作内部数据的短记忆存储器(STM),仲裁长记忆存储器(LTM)的数据,将 STM 的信息传送到 LTM 存储。同时,通过当前刺激和存储记忆匹配的办法进行响应。

3. 计划

很多刺激被慎重地处理,比如一个输入的网络消息通常会通过产生一个计划来进行处理,而不是直接响应。对于严格应用环境的 CR,规范的因果关系理论应嵌入到计划工具和算法中。通常本能响应是被预编程或预学习的以前的响应计划。

4. 判决

判决阶段对预选的计划进行选择,并通过 QoS 矩阵对中断进行有等级的判决。

5. 行动

行动阶段通过利用驱动器去选择处理动作,实现对外部的访问或自身 CR 内部状态的调整。

6. 学习

学习决定于感知、观测、判断和行动,学习的初始化由观测阶段通过对传感信息的感知和持续不断的和先验经验比较来触发,仅有先验知识,不会启动学习进程。当然也可以设置触发条件。

和人类对自然现象的认知过程类似,CR 的认知推理层次从观测到行动各个阶段的认知推理行为是一个严格的算法逻辑应用过程。推理的层次是组织数据结构的算法体系中的一部分。认知推理的层次由下到上,应该是:刺激原子→刺激符号→初级序列→基本序列→序列群→上下文关系群,对应的观测等级为:传感器信号(sensors)→原始数据(characters)→信息单词(words)→信息短语(phrases)→信息对话(dialogues)→信息场景(scenes)。信息场景属于时间、空间、频率等多域的上下文关系群,形成后才能进行较高级的推理调整,最后进行行动处理。

无线电知识被嵌入到无线电技术代理中,无线电知识是静态的,易被通过能够完成任何事件的推理引擎调用。而无线电技术代理通过处理训练和睡眠模式被嵌入每一个模型中,这些无线电知识被不断并行地尝试匹配外部刺激,并以最快速度响应刺激。所以很少有基于无线电知识的优先逻辑。同时如果匹配失败,认知推理将进入学习阶段,以发现新状态和新模型,进而升级无线电技术代理。

9.6.1.3　认知网络在动态频谱管理中的应用

认知无线电礼仪协议规定了无线电频率使用的频带、空中接口、时空模式、协议以及高级交互的规则,保证所有用户可以随时随地获得可用的频段,共享该协议的成果。无线电礼仪的相关研究主要有无线电频谱租用过程、用户使用的优先级策略等。

频谱租用过程与 TCP 握手协议相类似,是频谱提供者和租用者之间的协商程序。频谱提供者向租用信道发送信令,发起频谱租用过程,这个带内信令里面包含频率、带宽、可以使用的时间段以及价格等相关信息,该信令为伪随机码,以保证在低信噪比情况下也能恢复信令信息;授权用户侦听到这些突发序列,意识到信道处于可租用状态,可以通过键控发射机提出租用申请;租用者在收到信号后,给对方发送申请信道信号,里面包含租用者希望达到的要求;经过租用者竞价等协商过程,租用者付款,之后交易双方还得要等待一定时间侦听是否存在异议,最后完成频谱租用程序。也可以由租用者事先发出频谱需求信息。

用户优先级策略是为了提高频谱管理的高效性和保障社会通信的有序性。紧急服务、政府部门、公共利益、商业用途及个体用户等各种用户应该具有不同的优先级。而默认的频谱应用的优先级是由现阶段的频谱分配特征所确定的,要想改变这些全局或局部的优先级,则需要频谱管理者的授权。无线电礼仪允许为用户、信道或者用户、时间、空间以及频率的共同体指定优先级。

动态频谱管理也称为动态频谱分配。目前的研究表明,认知网络中的频谱分配需要结合其他资源分配和约束条件,才能提高整个网络的性能[156],因此研究认知网络中的频谱分配,要与其他资源分配相结合,并从更高的层次进行联合优化与设计。

频谱管理的主要目的在于设计一个自适应的策略用于有效地利用无线射频频谱。功率控制能够调整分级频谱共享网络用户的发射功率，从而降低网络中各分级频谱共享网络用户的能量损耗，并且能够保护高优先级网络用户的服务。在认知无线电网络中将功率控制和信道分配相结合，以及综合考虑上层用户的 QoS 需求，才能有效地提高整个认知网络的性能。目前的频谱分配策略分为集中式和分布式。对于集中式频谱分配，采用协作式方案能达到更好的全局优化，文献[158]提出了以图论为基础的研究思路；对于分布式频谱分配，文献[161]中采用博弈论作为研究方法，其中包括协作式和非协作式两种频谱分配方式。另外，通过频谱感知技术获得接收用户处的干扰情况和信道情况。在实际应用中，协同频谱感知的应用会增加系统内各用户之间的交互，使系统开销增大，从而导致系统吞吐量的降低。为了减少信令开销，可以采用基于跨层优化的频谱分配，切合实际，提高认知通信系统的性能。频谱管理的信号调制，要适应信道的变化以及信道频率的动态选择，可以考虑采用正交频分复用（OFDM）技术，采用一组正交的载波频率集合，将信息调制到各个载波上。

有关动态频谱接入（Dynamic Spectrum Access, DSA）的研究成为运用认知网络技术的典型应用。DSA 寻求无线电频谱更有效的使用，依据频谱主用户对于频谱时空的占用情况，对于空闲频谱进行合理有效的使用。多信道拓扑控制问题是运用认知网络技术解决动态频谱接入问题而提出的解决方案，包括次级网络参数配置，最小化次级网络对主用户业务的干扰，需要次级网络预先估计出一个主业务潜在中断图，依据次级用户观测到的关于频谱占用的历史数据进行学习，做出预测，从而画出主用户的空间分布密度图。由于目标功能的复杂性，文献提出了一种次优的启发式方法，并将其性能与基于功率和干扰的拓扑控制的启发式方法进行比较，并将一种遗传算法应用到网络中。该方法针对 DSA 研究中的后监测阶段，例如，网络节点已经决定使用哪些可用信道之后的时间段。并将传统的拓扑控制扩展到外部目标功能的范围。目标功能很难进行评估，甚至难以进行最优化，因此提出了一种次优化启发式算法，将其性能与基于功率的多信道拓扑控制算法以及通过长时间运行遗传算法的解决方案进行比较，该启发式算法在性能和算法成本之间获得较好的平衡。

监测一个频带内主用户活动的能力是解决动态频谱接入问题的基础。DSA 和认知无线电资源已经被预先分配，需要主用户信号探测以及分类。随机过程监测不能一直对主用户进行监测。主用户的潜在时变行为，产生其他的潜在干扰主用户的通信，次级用户的干扰是网络层的关键问题，受到网络拓扑结构以及使用媒体接入控制协议的影响。网络拓扑结构由节点传输功率决定，多信道无线电带来了多信道拓扑控制的问题。以前并不考虑 MAC 协议对拓扑控制的影响，多信道拓扑控制最小化对主用户的潜在干扰。次级网络使用观测主用户行为获得的历史数据，计算主用户在区域内出现的空间图。对主用户行为模式的学习，同时采用启发式推理最小化干扰目标，是认知网络应用与 DSA 问题的一个实例。对于多信道拓扑控制的应用，提出了多项式时间启发式模型，实现目标功能，解决基于功率的多信道拓扑控制问题。

9.6.1.4 认知无线电中的认知技术

1. 位置意识

认知无线电具有位置意识非常重要,它使认知无线电能够知道自己的位置和当时的时间信息、已经行经的路径和目的地。同时可将自己的位置告诉需求的用户,引导用户完成任务和目标。地理定位功能是一项关键性的技术,能够帮助用户方便地进行服务请求,以最少的能量和较低的时延与其他系统进行通信。采用无线电地理定位能够将无线电随时传播到世界各地,并且能够自动地维持与当地监管制度的兼容性。无线电与其他系统进行地理定位和为用户提供服务主要采用如下技术:

(1)全球定位系统(GPS)技术。利用接收卫星发射脉冲到达的时间不同进行定位,其被广泛应用于认知无线电。当无法使用 GPS 信号时,还时常采用无线电信号的三角测量法进行定位。

(2)网络定位技术。基于地理位置的认知服务需要为用户提供请求业务的能力。如果认知无线电已经对自己进行了地理位置的定位,则它需要找到接入本地网络的网关,认知无线电可对提供无线电接入点的网络进行查询,找到那些为用户的查询类型提供认知支持的网络。无线电网络还可以从地理定位知识中获得帮助,例如无线电环境地图(REM)、Ad Hoc 网络的路由功能以及蜂窝网络的蜂窝切换都可以通过准确的地理定位知识、速度向量知识和路由路径规划知识来改善。

(3)边界判决技术。认知无线电确定其所在的行政区域,并保证无线电遵守当地的监管规则。实现该功能的方法之一是利用包含每个监管区域边界设置的地图数据库,按照从洲到国家再到具体行政区域的等级进行搜索,这样可以最大限度地节省确定该无线电所在区域的时间,降低计算量负载的要求;另一种方法是将能适用于最近已知洲的最多区域设置为默认值。

2. 频谱策略

(1)频谱感知

频谱感知是认知无线电进行频谱分配和切换的基础,通过频谱探测,分析判断频谱中已存在信号的质量和信道可使用的最长时间[11]。同时频谱占用方案还随空间、时间和实际电磁环境(如多径、衰落和噪声)等变化而不同。由于对电磁环境的充分认识,认知无线电可选择合适的通信频率、信道波形、调制方式、网络模式和协议进行有效的通信。

频谱感知是认知无线电的重要功能,由此可进行对无线通信的行为认知,其中高效的无线频谱估计和分析是认知无线电感知无线环境的关键技术。

认知无线电技术中通常采用的频谱分析算法是多窗谱估计算法。该算法使用多个离散扁球体序列作为正交窗函数。经过这种窗函数滤波后的信号,在有限采样点时的傅氏变换具有接近最优的能量集中特性,这种特性使得在减少频谱估计的方差时不会影响估计的偏差,具有较好的计算性能和应用价值[139]。

常规频谱分析仪也是频谱分析的重要方式,能快速协调整个频带,通过调整扫描频率,在每个频率上提供足够长的"驻留时间",快速扫描所有信道以达到信号要求的"实时性"。

用户进行频谱可用性感知的模型有两种:"0、1模型"和"干扰温度模型"。"0、1模型"是认知无线电用户通过检测主用户信号判断主用户当前是否占用频谱。若某频段已经被主用户占用,则该频段对认知用户来说是不可用的。赋予该频段"0"标志。若某频段未被占用,则该频段对认知用户来说是可用的,赋予该频段"1"标志。在"干扰温度模型"中,若认知用户感知其在某个频段上的传输将导致干扰温度超过预设的干扰温度界限值,则该频段是不可用的。对于来自多个传感器测量得到的多组接收信号,经过恰当的频谱分析算法,即可得到对应于特定空间、时间和频段的干扰温度估计值。将该干扰温度估计值和设定的干扰温度界限值进行比较,若在连续几个时段内均小于限值要求,认知用户认为该频段可用[140]。

(2) 频谱管理策略

认知无线电需要在所有可用的频带判决出满足 QoS 要求的最佳频带,因此认知无线电要具有频谱管理的功能。通过频谱分析和频谱判决等功能实现高效的频谱使用自适应策略,能够在认知无线电无法达到用户要求的情况下,选择更有效的调制策略或找到另一个可用的频谱提高通信的可靠性。

在认知无线电网络中,可用的频谱在不同的时间段内具有不同的频谱特征。频谱分析的目的就是归纳这些频段的频谱特性,使认知无线电能够做出最符合用户要求的判决,判决的依据包括干扰、路径损失、无线链路错误、链路层延迟、占用时间等参数。信道容量是频谱特性中最主要的特性,可从上述参数中推导出来,通常情况下可以用接收端的信噪比来计算信道容量。

当分析出所有可用频谱的特性之后,认知无线电应该依据 QoS 的要求,决定传输速率、可接受的误码率、最大延迟、传输模式和传输带宽,为当前的传输选择合适的运行频段。目前频谱判决是一个尚未得到充分研究的领域。

(3) 频谱共享策略

目前认知无线电普遍使用的调制策略是正交频分复用(OFDM),OFDM 具有灵活性和计算上的有效性。但随着时间变化,可用频谱的不断变化使得 OFDM 要不断调整其载频,采用频谱共享策略使认知无线电在特定的域内、在可用频谱随时间改变的情况下依然能够运行。频谱共享的过程实际上包含有频谱的移动性这一概念。认知无线电的目的是使终端设备能够动态地使用频谱,使其获得相对最好的可用信道。频谱移动性是指认知无线用户改变它的运行频率的过程。在认知无线电网络中,频谱切换是指在当前信道的性能下降或者第一用户出现时发生频谱移动行为,产生一种新的在认知无线电网络中的切换问题。在频谱切换中,不同层的协议必须很快适应新的工作频率的信道参数,并且对于频谱切换应该是透明的。认知无线电网络中频谱移动管理的目的就是使网络状态变换尽可能快的、平滑的进行,确保在这样的频谱切换中最大限度地降低认知无线电用户的业务损失。因此频谱移动管理协议有必要预知一个频谱切换动作的持续时间,在预知了这个潜在的持续时间后,管理协议所要做的就是确保当前正在运行的认知无线电用户的业务损失最小。一个多层频谱移动管理协议对于实现上述功能非常必要,使频谱管理功能适应多种类的业务应用。

频谱共享的过程涉及频谱管理的 5 个主要部分:

- 频谱感知(spectrum sensing):这一部分实际上是物理层的功能,但这是在用户传输数据前必须获得的信息。
- 频谱分配(spectrum allocation):基于可利用的频谱,网络中的用户可通过分配机制获得信道,但这种分配不仅仅依靠频谱的可用性,也要根据内在的策略来决定。
- 频谱接入(spectrum access):在这一过程中,涉及频谱共享的主要问题。可能有多个认知用户都试图进行频谱接入,因此必须进行协调以避免多个认知用户在同一频带上的冲突。
- 发收机握手(transmit-receive handshake):如若发送方确定进行通信所用的频谱,则接收方同样应该知道选择了哪些频谱。因此,在通信过程中需要使用发收握手协议,同时第三方也可能介入,例如一个控制台被包括进来。
- 频谱切换(spectrum mobility):一旦主用户要求使用认知用户正在占用的频谱,则应该尽量保证认知用户的通信能快速地转移到另一个空闲频段,以便其通信业务得到继续并尽可能减小时延。

3. 生物测定技术

生物测定是一种基于生物特征和行为特性的个体自动识别技术。认知无线电能通过一个或多个生物测定传感器,验证其用户的合法性,以保护合法用户,拒绝非法用户使用认知无线电。常用的生物测定包括话音、脸部、指纹和虹膜。话音和脸部生物测定适合用在具有麦克风和摄像机的无线电系统中。一些生物测定适用于连续的用户认证,允许系统评估不断变化的信任级别。比如利用语音指纹的相关性,通信发射端去识别是否是授权的合法用户,通信接收端通过语音的解码后分析鉴别是否是可信合法的用户的语音。

基于生物测定的用户认证方法都需要硬件输入设备来收集所需的待验证用户的信息。例如,指纹识别需要一个指纹扫描器,语音识别需要一个麦克风,用户行为监控需要一个用户输入设备。这些硬件必须是认知无线电平台的主体,必须在一个完整信道中与对应的软件通信。尽管这些设备通常以突发形式使用,但这些设备中许多都是高带宽的。连接硬件和软件的信道必须能够支持数据转换要求,不会对设备的核心功能造成不良影响。

一旦生物测定传感器采集到了数据,就必须对数据进行处理,以确定用户身份。这种处理在软件或在专门的硬件中进行。使用专用硬件可以增加安全性并且具有较高的性能,但是对硬件进行管理更新和功能改进的复杂度很高。如果软件组件建立了系统的整体安全性和无线电支持的网络业务,就可以用软件实现生物测定处理器。大多数生物测定处理器需要访问包含所需待验证用户信息的数据库。

4. 软件技术

软件技术是认知无线电的关键技术,本节将讨论几个关键的软件科技:规则引擎、人工智能、现代信号处理、网络协议以及联合战术无线电系统(Joint Tactical Radio System, JTRS)的软件通信体系结构(Software Communications Architecture, SCA)架构。

(1) 规则引擎

规则引擎可以避免不同用户之间的相互干扰。对于具有认知能力的 CR 则需要更多的规则和灵活响应规则的一整套行为,把它称为"规则引擎"。例如,和频率有关的规则应包含不同的时间规则、空间规则、频段的所有者和承租者管理、不同用户使用不同频谱的特权管理等。总之,一系列的规则组织在一起,完成不同模式和环境中的应用。

对于 CR 来说,众多复杂的规则要能够被 CR 所认识和灵活的应用,以达到动态地适应环境,则需要一整套能很好定义、被广泛接受的语言体系去表达这些规则。几种建议性的规则语言已初步成型,如 OIL(Ontology Inference Layer)、OWL(Ontology Web Language)和 DAML(DARPA Agent Markup Language)将被进一步研究。比如,DARPA 资助的 XG 项目就采用了 OWL 作为其规则语言。

(2) 人工智能

过去几十年,人工智能(Artificial Intelligent, AI)得到了飞速发展,其应用于 CR 的模型为"聪明代理",有四种模式:简单反映代理、基于模型反映代理、基于目标代理和基于效能代理。

- 简单反映代理:将传感器的输入进行简单地映射,做出反应动作。其没有状态表示,没有学习和自适应能力。

- 基于模型反映代理:与简单反映代理一样进行简单的映射,但其具有了对历史的记忆能力,其反应的动作是基于当前和过去有限的记忆的综合,但还是没有学习的能力。有了有限的自适应能力,但综合能力层次低下。

- 基于目标代理:对过去的输入有记忆能力,同时具有一个"现实"的环境模型。能不断地进行测试自身行为,使达到既定的目标。自适应能力较强,但没有反馈机制,其学习能力比较有限。

- 基于效能代理:采用状态序列(记忆状态),通过不断反馈,使效能到达最好,这一模型具有完善的学习和自适应能力。AI 应用于 CR 非常复杂,但就其主要的技术有:状态空间模型及其查找;存在论工程;神经网络;模糊控制;遗传算法(GAs);策略原理;基于知识的推理等。

(3) 信号处理

信号处理技术已经被广泛应用在各个领域,如通信信号处理(调制解调、纠错编码、均衡、滤波);语音信号处理(语音编码、语音生成、自然语音识别);传感器信号处理(图像、地震、化学、生物等)。综合这些信号处理技术,并采用先进的信号处理开发工具,能使 CR 实现复杂的环境信号识别、分析和相应的信号响应。

(4)网络协议

CR 网络更能够提升网络能力,网络能学习如何连接其他的 CR 网络、自适应调整自身行为以达到提高 QoS 的效果。比如,采用以固定字长的控制字利用模糊算法等实现对通信参数如频率、纠错编码、调制模式等自适应调整控制,从而达到需求的 QoS。

(5)SCA

SDR 的优势在于较低的生命周期成本和不断增加的互操作能力。一个单一的 SDR 硬件平台比单一功能的电台系统成本高,但其却具有很多种电台的能力。其他的后续成本主要在于软件的升级。JTRS 严格控制确保软件的可重用性,这一可重用性是由 SCA 来保证的,从而使软件可以通过端口很容易地写入不同的 JTRS 电台。作为一种较佳的选项,CR 可以被认为是基于 SCR 标准的应用结果,其软件系统可以按照 SCR 标准进行开发。DARPA 资助的 XG 项目就是在 JTRS 的 SCA 架构下实现的 CR 应用。

认知无线电典型体系结构的基础是 SDR、传感器、感知和机器的自适应学习,它们通过有机的组合产生了能够感知环境、自适应于环境的认知无线电。使以 SDR 为基础的 CR 通过其对环境的观察、适应、计划、判决、行动和学习,达到了很好的信息质量。

认知功能通过由数据结构、处理和流控等组成的认知代理体现,认知代理通过抽象域的形式被模型化为拓扑图。

9.6.1.5 IEEE 802.22 系统

IEEE 于 2004 年正式成立了 IEEE 802.22 工作组,这是世界上第一个基于认知无线电技术的空中接口标准化组织,对于认知无线电技术具有重大意义。认知无线电技术通过多种方式应用于 802.22 系统中,包括分布式频谱感知、测量、探测算法和频谱管理。在美国联邦通信委员会 FCC03-322[154] 中提出了认知无线电这种通信方式有利于无线频谱管理及其应用。认知无线电在无线通信领域极具发展潜力,可以应用于公共频谱租借、动态频谱共享、有线基础设施薄弱的市场和无线网状网与通信系统的交互。

在农村和偏远地区提供无线宽带接入需要网络系统具有广阔的覆盖范围,基于 IEEE 802.22 的 WRAN 系统利用空闲的电视频段为这些区域的用户提供性价比较高的服务。

IEEE 802.22 系统基站具有较大的发射功率,并且电视频段的传输特性使得其覆盖范围比远大于其他 IEEE 802 系统。在不考虑传输功率影响的条件下,802.22 系统的覆盖半径能够达到 100 km。当前定义了 CPE 的发射功率为 4W 时,覆盖半径为 33 km。一个 802.22 系统包含一个 802.22 物理层和媒体访问控制(MAC)层的实现,其中至少一个用户和基站通过点到多点的无线空中接口通信。除了电视业务以外,FCC 允许其他的业务,如在不造成相互干扰的情况下,无线微型电话在空闲的电视频段上进行通信。802.22 协议的目标是制定具有广泛适用性的国际标准,由于目前电视业务信道不具有全球统一性,因此推出的标准需要适用于不同国家的电视信道带宽,如 6 MHz、7 MHz 和 8 MHz 的带宽。

IEEE 802.22 系统使用电视频段进行宽带网络数据传输,前提是不能够对电视频段主用户的业务造成影响。因此该系统的物理层和 MAC 层协议应具有感知能力,基站根据感知的结果动态调整系统的相关参数,主要是系统功率、业务功率以及降噪机制,避免对授权用户业务的干扰。IEEE 802.22 空中接口的功能是保证在不影响授权用户业务的条件下实现系统的数据通信功能,因此需要较强的自适应性和可扩展性。自适应性包括速率和功率的自适应性,对于特定传输参数做出适应性调整,使得用户地面设备参数和软件资源能够实时更新。可扩展性包括带宽可扩展性和链路对称可扩展性,系统的操作参数可变,如比特速率、信道带宽、覆盖程度和部署等[155]。

IEEE 802.22 的物理层需要考虑避免对电视频带和其他授权用户的干扰,因此物理层需要复杂度较低的算法来保证可靠的数据通信。由于信道空闲机会是随机产生的,并且数据通信被限制在很小的部分信道上,所以物理层在调制和编码以及信道占用方面需要具有高度的可扩展性。

由于用户驻地设备和基站之间的距离不同,即信噪比不同,因此基站需要自适应性的调制和编码方式,提高系统效率和对传输功率的有效控制,降低认知无线电对授权用户业务的干扰。可以允许用户驻地设备的功率减小到可维持可靠的链路通信的最低等级。在802.22 协议中,功率控制的动态范围为以 30 dB 为中心,上下浮动 1 dB,尽可能增加链路的吞吐量,在较低的发射功率和灵活的调制机制之间进行适应性调整。从调制的观点考虑,只要产生干扰就释放掉占用的信道资源,使得每个电视频道可以变得独立。

物理层还需要考虑动态频率选择,在较短时间内调整操作频率达到节约能量的目标。802.22 必须具有对占用信道的可扩展性,至少需要适应现存的 6 MHz、7 MHz 和 8 MHz 三种不同的电视带宽。WRAN 系统可以考虑占用不止一个电视信道来增加链路容量。

基于认知无线电的 802.22 标准的 MAC 层除了提供介质访问控制、数据传输鲁棒性等传统业务,还需要提供频谱的分布式感知和频谱的动态管理等功能,能够及时响应外界环境的变化(例如,授权用户的出现),以实现与广播电视共享频谱。

在 IEEE 802.22 MAC 协议中,用户驻地设备接入时,需要建立每个电视频段的占用情况映射图,探测是否存在授权用户的信号,然后将信息反馈给基站。在此采用信道融合技术,结合空闲信道,以提高数据传输的性能。

IEEE 802.22 的 MAC 层设计中感知管理需要考虑感知的测量持续时间、感知的测量频率以及采用设备等。并且结合管理频谱的功能,例如切换信道、挂起/重启信道传输和终止/重启信道操作等,以保证授权用户业务得到保护和实现有效共存。

基站需要引导相关的用户驻地设备在频带内部或者频道外部进行周期性的感知测量。频道内部的测量范围包括基站用于和用户驻地设备通信的信道以及该通信影响到的邻近信道,在频道内部测量时,要停止信道内的一切数据传输。频道外部的测量范围包括所有未受到通信影响的信道。IEEE 802.22 设备在基站的动态控制和较低的信噪比条件下,通过非相干的方式感知信号,确定是否有授权用户存在。在频带内感知时,基站无法和用户驻地设备通信,因此感知时间越长,对通信性能损害越大。基站通过智能算法选取部分用户驻地设备进行感知活动,当获取到足够的感知数据后,基站通过数据融合获得整个蜂窝代理的频谱占用情况映射图。同时,基站通过改变相关的用户驻地设备的参数来解决潜在的干扰问题。

IEEE 802.22 的 MAC 层设计还要考虑传播延迟问题。例如 802.22 系统的基站在与其相距 100 km 的范围内提供服务时,环形传播延时将超过 30 μs。这种大的延迟将阻碍有效接入,有效接入在各种业务共存时尤为重要,因此 MAC 层需要补偿由不同用户驻地设备所引发的不同传播延迟。

IEEE 802.22 协议的认知介质访问控制(Cognitive MAC, CMAC)主要参照应用于 FBWA(Fixed Broadband Wireless Access)的 IEEE 802.16 标准,并根据 802.22 的特点与要求做了相应的修改与扩展。与 802.16 一样,802.22 便于提供灵活的 QoS。在对认知无线电系统极为重要的频谱管理方面,CMAC 不仅引入了使 802.22 各覆盖区域相重叠的基站能更加有效地共享无线频谱的 CBP(Coexistence Beacon Protocol),同时在 MAC 层的功能中加入了信道管理和测量功能,以更加灵活有效地实现频谱管理。

在 IEEE 802.22 系统中,基于码分多址(CDMA)的动态频谱管理算法集中在用户的分配上。频谱空间按照用户的级别分为白色频谱空间、灰色频谱空间和黑色频谱空间,其中黑色频谱空间属于干扰级别最高的授权用户。如果采用其他的多址技术时,必须避免相同频段的干扰。

其通过动态协调频谱共享创造"白色频谱空间",使得无线通信系统能够在动态无线环境下实现频谱利用率的大幅度提高。基于认知无线电技术的 802.22 标准要求在不影响已有电视设备服务的前提下,使用电视频带为非授权用户提供廉价的无线接入服务,是将认知无线电的原理应用于实际的协议。

9.6.2　Motorola 的平滑移动自治系统

IBM 基于自治计算提出了网格控制环的概念,该概念应用于自治网络中,网格控制环对收集的传感信息进行分析。依据分析的结果决定是否需要对被监控的管理资源进行修改,其可以作为认知网络的一种形态。在自治网格控制环的基础上,Motorola 提出了 FOCALE 的自治网络架构。FOCALE 设计的目标是便于网络管理中应用自主原则。因此,它不同于常见的自主架构[141],它考虑端到端的要求,借助信息与数据模型、本体、策略管理和知识工程等方法,实现有线网络及无线网络的管理。FOCALE 标准是按照基础 – 观测 – 对比 – 行为 – 学习 – 原因(Foundation-Observation-Comparison-Action-Learn-rEason)命名的,这 6 个要素描述了支持自主组网的 6 个关键原则。

建立 FOCALE 标准是为了使系统能够适应用户与环境条件变化的要求。自主原则的处理非常复杂。为了使网络能够动态地调整它所提供的服务和资源,其组件首先必须进行适当的配置。假设其行为可以利用一组有限状态机进行定义,那么每个设备的配置都由这些信息决定。FOCALE 是一个闭环系统,在系统中管理要素的现时状态是计算出来的,并与在有限状态机中定义的理想状况下的值进行比较,如果二者不相等,那么则需要进行调整。这种方法可以扩展到以下几个方面:定义一个封闭的回路,在回路中自主系统能够感知其自身和周围环境的变化;然后对这些变化进行分析,以确保事务的目标和目的仍然能够满足。如果是这样,那么保持监测;如果不是这样,且事件的目的和目标可能难以满足,那么计划将做出改变,执行这些变化,并观测结果,以确保执行正确的行为。

然而,由于网络的复杂性和高度相关联性,对上述方法从下述方面进行了修正。第一,FOCALE 使用了多个控制回路。第二,FOCALE 将信息模型、数据模型和本体相结合用于以下三方面:开发它的状态机;确定管理要素的实际状况;理解传感器数据的含义,以便采取一系列正确的行动。第三,FOCALE 提供了改变控制回路功能的能力,这些控制回路主要基于上下文的关系,政策和数据的语义以及当前正在进行的管理操作。第四,FOCALE 使用推理机制提出假设,同时 FOCALE 还发展理论和系统的公理。最后,FOCALE 利用学习机制去更新现有的知识基础。

9.6.2.1　FOCALE 体系结构概述

FOCALE 标准假设任何一个管理要素(简单如一个设备的接口,或者复杂如整个系统或网络)能够利用 MBTL(Model-Based Translation Layer)引擎和恰当的方式来连接自主要素与相同的自主管理器,从而被转换成一个自主计算元件(Automatic Computing Element,ACE)。通过在每个 ACE 中嵌入相同的自主管理器和 MBTL 引擎,贯穿整个自主系统都提供了统一的管理功能,简化了其管理功能的分配。

两个新的组件是"本体对比"以及"推理和学习"功能。并应用于其他组件,在分析、学习和推理功能中去查找相同的语义条款,后面则执行推理和学习算法。

推理和学习组件"关注"现在执行的操作,并应用于其他操作。例如,机器学习可以用来检查正在执行的操作,并注意在给定背景、策略和输入使用数据时所采取的效力。这可以用来构建一个知识库,用来帮助和指导未来的决定。同样,溯因推理算法可以用于产生假设作为问题的根源,随后自主管理器利用模型和本体去查询该系统和环境并努力去核实,以便收集更多的数据来支持其假设。这些学习和推理算法的结合使得自主系统能够适应不断改变的商业目标、用户的需求和环境条件。

9.6.2.2　FACALE 架构在认知网络中的应用

本节将介绍 FOCALE 体系结构如何通过摩托罗拉的无线迁移技术应用在认知网络中,这一举措的目的是在不同的领域、网络和设备中,实现消息的连续传递。FOCALE 通过扩大拥有重要语义数据的传感器进行智能分布。这些语义包括学习和推理机制,能够使系统假设和推断发生了什么,以及应该做些什么去保护系统的目的和目标。通过使用一个常用的表决原件(ACE)提供对自主性能没有影响的管理要素的自动接口,使得 FOCALE 体系结构易于升级。由于每个 ACE 都拥有相同的管理接口,因此可以很容易进行分布式的管理。

1. 无缝迁移

无缝迁移主要由几种力量推动。首先,网络和技术是收敛的,并将最终提供一个单一、包容的无缝体验。这样,使得设备的功能更加强大,能够自主创建一个更大范围的、不同类型的网络,并可以在有需要的时候将网络分解。其次,所有的物理实体都进行了数字化,这样能够更方便地访问多种数据(至少在这个理论中)。第三,最重要的是,工作、家庭、娱乐以及其他生活的边界变得越来越模糊,已经混合成了一组角色,不再是依据物理地点和逻辑时间进行划分。以上三种情况说明了摩托罗拉的"体验架构",这是摩托罗拉无缝迁移体验的基础。

摩托罗拉将无缝迁移定义成这样一种解决方案,"能够提供简单连续的访问信息、环境、娱乐、监测和控制——无论何时何地需要什么,也无论服务、网络及设备"。例如,在不同的网络和设备之间进行交互是非常重要的,无缝迁移的本质就是保护用户对话。这并不意味着使用万能设备或者一个融合的大型网络,相反,它所设想的共享设备和网络,对边界和接缝进行智能管理,并为用户提供一致的消息,该智能管理需要进行协调和分配。

摩托罗拉有关无缝迁移的观点是基于经验架构的,而该架构由分布式框架中可重复利用的软件元素所构成。该体系结构涵盖了一个连续网络,从广泛的领域(例如,CDMA、GSM 以及 4G 网络所提供的范围)到较小的网络(例如,802.11、ZigBee 网络和蓝牙网络),这些可能在企业、家庭、交通工具、公共场所甚至是穿戴中被配置。所有这些,通过一个网络管理系统连接到一个 IP 核心网络中。每个网络都有自己的移动管理器,能够帮助设备在自己的网络和其他网络之间进行无缝迁移。

对于无缝迁移设备来说,它可以根据需求和条件环境的改变产生智能的、灵活的反应。需要注意的是,这并不意味着设备已经成为一个自主计算单位;更重要的是,只要设备能够与自主系统进行通信,那么它就可以整合到一个自主系统中。这使得用户可以根据其目的、个人背景和经验教训去决定交互作用的类型和范围。这就是 FOCALE 体系结构的应用。

FOCALE 中的 MBTL 获得了额外的价值。对于传感器获取的信息而言,尤其是那些用于描述用户所处网络环境的信息,其语义、数据结构、协议和数据都是不同的。大多数的传感器信息无法自然合成,因此,MBTL 服务器最重要的功能是,接收恰当的传感器信息,并将其转换成自主系统可以理解的统一形式。

2. 有线网络的应用

FOCALE 最初主要是针对有线网络情况进行测试。这主要是因为有线网络的许多方面比无线网络的相关方面更易于计算,因此分析变得更加简单(例如,无线信号易受到其他无线信号的影响,例如手机的信号),同时 QoS 更容易部署。DEN-ng[142]也在 IP 网络中进行测试,因此具有较完善的模式来详细说明定义和推理的过程。

3. 认知网络功能

摩托罗拉为在认知环境中进行的智能交互定义了以下类别:

(1)目标导向 用户必须能够专注于他们的任务,而不是在告诉设备他们想要什么,或是在设备改造上花费更多的精力。用户希望管理尽可能地变为无形。这就意味着管理工作必须更直接和灵活,能够主动地适应用户的需求,替代一个静态的、预先确定、且无法满足用户需求变化的程序。

(2)上下文感知 设备应该能够区分不同的地点、用户和目标,并进行适当的运作(例如,在剧场里通过震动替代铃声)。

(3)适应用户需求 设备应该能够根据用户模式和响应,以及环境条件进行分析,以便在给定的任意时间内对设备的行为进行最优化。

(4)交互 设备必须能够处理用户的模糊输入,并在适当的时候提示用户进行适当的说明。

调查表明,用户并不愿意为智能感知类的元件支付费用,而设备的外观设计能够吸引消费者,因此网络设备供应商将更吸引消费者的功能配置在设备的外观上。例如,对于移动电话来说,一些以用户为中心的功能——更高分辨率的嵌入式相机和更多的多媒体数字信号编码器,比"智能设备"更能获得用户的青睐。为了解决这一问题,FOCALE 体系结构使用智能代理替代外置的自助计算元件(ACE)。

FOCALE 体系结构将复杂的技术隐藏了起来,智能设备可以在不同网络环境之间自由平滑地转换。

4. 无线认知网络需求

根据无线认知功能的需求,提供了下述方法:

(1)可重构的无线接入,由无线接入技术和光谱使用的能力所提供。

(2)可重构的无线传输,由重新配置参数的能力所提供,包括编码、错误控制、传输功率和调制。

(3)可选的无线连接主干网络,如果使用了网格或类似的网络技术,那么这就是必选的。

5. 无线认知网络扩展到 FOCALE

使用 FOCALE 去支持无线认知网络,现在正在摩托罗拉的实验室展开。"管理资源"由一个可配置的接入点(实际的"管理资源")和一个无线管理层(作为一个 FOCALE 的应用程序接口(API))相结合所取代。无线管理层的主要目的是使得无线认知网络的功能能够与有线网络功能相整合。无线管理层与现有的认知网络对象的设计相似,同时 API 利用一个能与其进行通信的新的基于模型的翻译层(Model-Based Translation Layer,MBLT)接口使无线管理层与 FOCALE 通信更加简单。

可重构无线接入点使用了一个完全不同的协议栈,与专为 FOCALE 设计的有线网络相比有着完全不同的功能,因此,通过使用无线管理层,其功能性能够被转化成一个等同于有线网络中创建的功能一样的形式。这就使得有线或无线网络能够被 FOCALE 所控制。

作为一个简单的例子,可以考虑对无线接入技术的调整。在无缝迁移环境中,很可能多个终端用户使用不同的设备将会采用不同的应用方式,拥有不同的服务特征(例如,Qos 和安全)。多模和重构设备能够同时连接不同的无线网络,且可以被重新配置,去改变它们所连接的网络。因此,在一个认知网络中,一个设备所连接的具体网络资源可以改变为一个背景函数和网络的整体业务政策。

无线管理层提出的应用程序接口,可以使自主系统选择适用于给定任务的无线接入技术的类型,随后重组设备的协议去使用这项技术。现在有许多无线接入技术选择方案可以应用,FOCALE 能够观察这些资源,随后将政策抽象成为当前环境的函数和业务目标从而实现对资源的管理。为此,FOCALE 运用语义分析,进行本体、模型、学习和推理算法的构建。实施主要是基于博弈理论技术,其中,当每个用户的需求与其他用户发生冲突时,需要优化策略进行协调(例如,所有的用户都希望得到最好的服务,但是使用不同的应用,拥有不同的网络需求)[143]。

9.6.3 入侵检测和防范系统

由于认知网络运用知识获取和网络节点之间的信息交换来确保网络的功能,因此,知识管理进程很可能成为被攻击的目标。用于管理网络的知识会影响网络配置,所以有必要对知识管理进程的行为进行实时监控,以确保网络的安全性。文献[144]中提到,网络组件之间的知识交换将会支持协作式的入侵检测。此外,入侵检测系统提供的诊断可以丰富知识进程,认知网络进程的杠杆作用则提供了额外的威胁响应机制。

首先介绍入侵检测的基本功能,然后介绍威胁模型,以及一种适用于认知网络的入侵检测和预防理念的模型。

入侵检测是对未经授权使用进行检测的过程,该机制最初是由 Anderson[145] 提出的,第一个入侵检测系统 SRI 是由斯坦福大学的 Denning 和 Neumann[146] 进行开发的。有关入侵检测的详细内容,读者可以参看文献[147]。

在认知网络中,知识管理和信息交换可能会占据多个层次。经典的入侵检测系统能够将传感器和分析器功能紧密地结合在一起,当认知网络分布式信息的能力聚集到一起的时候可能会导致分布式检测。知识交换也可能出现在管理层次上,从而以更自然的方式执行安全信息管理(secure information management)功能。最终,分布式也可能出现在响应层次;而分布式的响应系统尚未在现有文献中有所讨论。

9.6.3.1 威胁模型

不断发展的入侵检测技术为保证认知网络的可信性和良好性能提供了解决方法。同时,认知网络自身的发展和改进也为入侵检测技术的发展提出了挑战。

对于认知网络的网络安全问题,有必要在防御之前对网络可能面临的威胁进行评估,然后提出相应的检测和应对机制。确定认知网络受到威胁的方法,与自律网络领域中具有自我保护和自我修复功能的系统和网络确定威胁的方法类似。文献[148]中描述了自律网络中的安全技术。

认知网络由两个主要的组成部分:内容和传输。内容与用户从网络上获得的服务有关,例如发送电子邮件或者是与其他用户进行语音通话。传输与内容从网络上的一点转移到另一点的方式有关。需要注意的是,在许多情况下,管理信息也会通过网络进行传输;因此,对于网络的管理员来说,管理内容必须要确保用户的内容性能得以保存。

文献[148]中提出的模型中一个通用的网络节点的焦点主要在管理功能上。根据文献所述,一个网络节点拥有两个功能,一个是管理功能,控制它的行为;另一个是服务功能,为用户提供实际的服务。服务可以是一个网络服务,也可以是一个应用服务(Web 服务和文件服务等)。在安全方面,管理单位控制着服务代理的输入和输出,并对其功能进行监控。输入和输出的访问控制技术,例如防火墙,可用于现今的任何网络节点,同时监测标准,例如 RMON,SNMP,或者入侵检测系统能够密切关注服务代理的适当的行为。由于管理业务都遵循着相同的路径,那么就可以将注意力集中在管理安全功能的需求上。

用于管理的访问控制决定访问对象,以及访问对象从管理代理中请求获取的内容。从网络的角度来看,该机制明确了域的所有权;一个网络操作者能够使得在其领域内的其他节点与相同领域内的别的节点完全交互,而拒绝其他域的请求。在协议栈中的更高层次,访问控制机制可以分析请求的类型而并不仅仅是请求的来源。例如,某些外部实体可能拥有读取权限,而一般不允许拥有写入权限。请求的目标可能在访问信息收集的结果中扮演着重要的角色,其中一些是公共的而另一些则是独立的。从而实现用三重访问控制(主题、行为、对象)去构建安全策略。

为此可能拥有大量的网络节点和服务器,它们中的每一个都拥有了大量的管理信息,并能够对大量的操作变量采取行动,而安全策略所包含的可能是这个数量的 3 倍。目前存在许多该模型的抽象模型,例如标准化的基于角色的访问控制(Role-Based Access Control,RBAC)模型[149],和基于组织的访问控制模型(Organization-Based Access Control model,OrBAC)[150]。在认知网络的案例中,提倡使用后者,因为它提供了一个超越行为和对象的抽象角色的抽象主题,以及组织和背景关系的概念。组织的理念能够跨域分享安全策略,并能够保证属性的完整(即在该领域内策略是有效的)。而背景关系的理念能够使得动态规则依照当前的网络节点的状态,这个状态能够受到其他节点管理需求的改变的影响。

认知网络为攻击者和网络操作员提供了对抗的平台。对于攻击者来说,因为网络的配置频繁动态地变化,因此可以通过发布虚假信息和采用网络的重构能力进行攻击,但在现阶段这两种方法并不是很容易实现的。对于一个恶意攻击者来说,创建他自己的路由基础并使得其他人从最合适的路线改道是相当困难的。

对于网络操作员来说,相同的机制能够帮助攻击者,同样也提供了更多的消除恶意流量的机会。通过检测,或网络连接的预测,并采用适当的路由策略,网络操作员能够减少网络连接的需求,并更均衡地分享负载,以避免在某个特定点的灾难性的错误殃及整个网络。更理想的是,如果认知网络能够在对等点上进行信息交换,那么合作网络运营商则能够全面降低网络的负荷,并追踪攻击的来源,比现在更快速地对攻击做出反应。这些机制不仅仅减小了攻击所产生的影响,也能够更加迅速地查找恶意攻击的来源。

当前的回溯机制主要依靠路由器,这些路由器能够依据流量的来源向前(例如,反追踪)或向后(例如,性能[145])传递信息。鉴于利用默认的反追踪机制可能找到适当的攻击路径,Mankin 等人[151]提出了一个意向驱动的反追踪。其中,正常网络流量的追踪概率将通过追踪信息的使用而得到增加,而用于反追踪的认知模型需要被重新构建,以确保由超出受害领域的上游路由器提供信息的及时性和准确性。虽然,这种方法在基础设施和测量方法的保护上增加了额外的负担,但是其所获得的收益远远地超出了这一负担。

对完整性而言,需求和追踪信息必须是真实的和及时的。如果攻击者能产生误导攻击请求,那么它就能够减少追踪网络的有效性,并可能预防由合法实体产生的其他的追踪,如果追踪源不知何故受到限制(按照现有的网络入侵检测的经验,性能和存储限制发生几率较高),那么无法满足合法的追踪需求。通过欺骗源产生的恶意流量,攻击者也可以产生相应的对策,例如流量整形,这将导致合法网络实体通信的性能下降。所以无论消息的发送者还是接受者都必须仔细地评估他们提供给其他实体的信息,从而降低被欺骗的风险。

这些控制信息必须在传输过程中受到保护,因为管理信息在通过其他节点的时候能够被观测到,那么管理链条必须确保管理信息和更改请求在传输过程中不发生改变。在追踪反馈机制的关系中,这种信息的变化能够描述上游流量,以便掩饰真实的恶意流量来源。这使得一个发送请求的节点获得了与用户活动相关的其他节点的测量信息,导致了信息的泄露和潜在的隐私违约。

完整性和真实性问题能够扩展到认知网络中的所有管理信息中。同样,RBAC 和OrBAC 通用访问控制模型能定义相关的管理信息流程,以确保管理信息的消息请求或管理行为能够被识别和标记,同时一些信任协商已经发生在主体节点(或其领域)和客体节点(或其领域)之间,因此,全权证书被提供,并能够被通信的每一方所评估。

管理信息同样具有保密特性。在追踪反馈案例中,对于部分测量采取保密机制,避免因测量信息的泄露导致敏感性拓扑信息的暴露,例如路线、路由器名称或者动态接口等敏感信息,可能利用这些信息对设备发动有针对性的攻击。

此外,许多人侵检测系统都藏有机密信息。异常检测系统包括有关监控系统行为的知识是非常敏感的,因为它们为攻击者提供了有关系统配置的信息和适当的活动阈值,以避免被检测到。而在一个认知网络中,信息在网络节点之间进行交换很自然,能够去协助或同步不规则分布,或者去监测靠近来源的攻击。而这种监测信息的漏洞却很可能带来灾难性的后果。当前流行的 Google hacking[152] 技术使用了信息收集和网站的漏洞检测,只使用谷歌索引信息。在一个认知网络中,其中每个节点都为其他节点提供了信息,保密性的相关认证是一个最主要的要求,以确保敏感信息在传输过程中没有被披露,并被传输到恰当的受体。

9.6.3.2 综合的动态安全方法

J. Boyd 等人[144]描述的 OODA(观测—方位—决定—行为)循环方法为一个系统的建模提供了方法,其中状态的改变主要依照外部信息源所提供的信息,如文献[148]中所提出的模型包括由环境提供的信息。对这些信息进行分类建模:第一类的信息称为策略,由顶部(网络操作员)向下,流向网络节点的信息,描述了认知网络的操作对象。第二类的信息称为警报,由底部向顶部流动,而信号的问题则在网络的运行过程中遇到。

每个平台都能够与比它较低的或比它较高的平台进行交互。对于策略平台来说,较高的级别是围绕着安全策略和交易目标进行构建,这些都是由网络供应商通过相关法律和技术约束的组织而事先给定的。对于网络平台来说,较低的级别是由服务代理管理的观测设备组成的,例如,数据报文由路由器和防火墙处理,或者网络请求通过一个网络服务器来处理。如果输入控制、监测和输出控制系统能够利用这些信息,那么这些信息将进行整合,或者在并行或顺序序列中被多层机制所使用。

这种自上而下的信息流动可以被描述如下:策略平台处理一种策略通常由文本形式来表达,并为管理平台提供了一个正式的安全策略。这个正式的策略通过相关的平台进行分析,以便增加背景信息,同时根据执行的能力和需求对策略进行划分(输入访问控制,监测和输出访问控制)。最后,设备平台接收该策略作为配置文件,并落实在所需策略的三种功能的具体层次上。需要注意的是,这种自上而下的信息流要求每个节点的组件满足配置条件,以便为自下而上的流动提供输入(例如,日志和追踪)。

这种自下而上的信息流动可以被描述如下:设备平台接收服务需求(数据报文和网络请求)。如果其中的一个请求被发现是请求命令,那么一个警报将会被发送至管理平台。管理平台在接到警报后,将进入处理状态,它将会评估接入请求的访问风险,可能去参考以前的警报或者是信息系统实质内容的背景信息。管理平台继续解决警报策略平台没有解决的问题,并通报被监测环境的整体行为,以助于评估策略的部署和效用。

9.6.4 MANET 中的路由选择策略

认知网络中网络状态的观测是实现认知网络目标的基础,为了使网络性能达到理想状态,需要多少有关网络状态的信息? 这一问题在认知网络中尤为重要,因为大量的网络状态信息都可能成为网络决策的依据。以 MANET 中的路由机制为例,当前 MANET 中的路由协议是以有线网络中的路由算法为基础的扩展。尽管有线网络中的最优路由选择是基于动态规则的,关键假设、静态链接成本使得有线网络中的动态程序设计无法在 MANET 中应用。文献[163]提出了 MANET 的链路层模型,该模型将网络抽象成具有马尔科夫变化特征的随机变化图。将马尔科夫决策过程作为计算认知网络最优路径策略的适当架构,进而分析最优策略和链路状态信息之间的关系,作为计算到下一跳节点最小距离的函数。

MANET 的路由策略是一个尚未解决的问题,将网络的链路层模拟成一个马尔科夫随机图序列,该模型的目标是最小化到达目的节点的随机路径预期成本,最优路由选择策略是一个马尔科夫决策问题(Markov Decision Problem,MDP)解决方案,总存在一个固定的、明确的、限定的预计成本的最优策略,并完成了几种特殊情况的分析,这些分析结果证明了本地信息的运用,本地信息为链路的转换概率提供了依据。将 MDP 方法扩展到更实用的离散部分可观测马尔科夫决策问题(DECentralized partially observable Markov Decision Problem,DEC-MDP)方法,其中代理使用部分信息执行离散操作,DEC-MDP 为 MAS 的决策引入了人工智能作为架构,从而将认知网络作为一个多代理系统。

网状网和 Ad Hoc 网络中点对多点的配置以及静态网络中的最优路由选择策略的理论基础是动态规则设计,MANET 研究并不仅局限于对单一的链路层模型进行最优化的分析,大多数的研究都是利用物理层的移动模型驱动网络结构的变化,而没有建立任何链路层模型。只采用一种物理层移动模型的方式是不合适的;另外,假设一条路径是持续连通的,这是静态网络域的观点,这点对于报文传递不是必需的条件,在容迟/容断网络中已经得到了证明。由于 MANET 可以显示链路状态的频繁变化,要求在数据报文的整个生命周期内路径保持静态,将导致过度的网络建设。如果这一问题要彻底解决,首先将网络模拟成一个随机的马尔科夫序列图,建立网络的链路层模型。不需要考虑网络瞬时连通性的需要,为网络优化路由选择提供可能的标准——最小化预期总成本。如何在随机网络中获得最小预期总成本的路由选择策略? 该问题与马尔科夫决策问题相对应。在马尔科夫网络中存在一个具有限定的预期总成本的最优明确的策略。分析线性网络中 MDP 值函数的收敛行为,提供准确的解决方案,以及某些特殊情况的边界值,为马尔科夫网络证明了本地化的结果。然后,分析延迟状态信息的影响,延迟结果在值函数收敛处按指数率增加。

由于在真实网络中通常难以满足全局瞬时状态信息的需求,为了解决 MDP,从最优化策略中获取的值函数作为在马尔科夫网络中实现良好性能的上限。事实上,节点仅获取部分状态信息,这意味着它们只能解决部分可观测的马尔科夫决策问题(partially observable Markov Decision Problem)在真实案例中描述最优化路由选择问题对应着 DEC-MDP 的描述[138]。

　　MDP 架构可以采用很多形式,预期成本可以是有限时间范围内或者是无限时间的。有限范围 MDP 与随机动态规划密切相关,即多级问题可以简化为一个简单的单级序列问题[112]。然而,有限范围 MDP 通常产生非平稳策略,这并不是想要得到的结果,因为这需要节点随着时间序列做出变化决策。在此选择非限定,即无穷期马尔科夫决策问题(infinite-horizon MDP)。

本 章 小 结

　　认知网络是未来通信网络的发展方向,为网络管理和网络安全等问题提供了解决方案。本章介绍了认知网络的基础知识,对现有研究成果进行了归纳和提取,给出了认知网络的定义、特性、体系结构以及认知过程等基本理论。接下来总结现有网络中运用的认知网络的技术,包括其在生物启发式网络、认知自组织网络、自适应网络、自管理网络以及认知无线电网络中的技术。跨层设计作为目前无线网络的协议设计思想在认知网络的架构中具有重要意义,由于需要依据用户需求进行网络状态的动态调整,因此传统的分层结构无法满足,需要采用跨层通信的思想,本章对于认知网络中的跨层设计技术进行了介绍。机器学习以及学习与推理技术是认知网络的核心技术,只有具有学习与决策的能力才能够实现网络的自适应和自管理功能,本章介绍了目前这两个方向的技术成果。本章最后介绍了认知网络技术的应用案例,在认知无线电中运用认知网络技术解决动态频谱的管理等问题、FOCALE 体系结构在自治系统中的使用、入侵检测系统中采用认知技术解决安全威胁问题,以及在移动自组织网络中运用认知技术进行路由选择,通过这些案例可以加深对认知网络的认识和了解。

习　　题

　　1. 阐述认知网络的含义,并说明其与认知无线电和跨层设计模式的区别。

　　2. 用户使用无线电进行通信时,需要感知无线电频谱是否可用,可以采用哪些方法确定无线电频谱的可用性?

　　3. 认知网络采用何种架构实现与下层软件适应性网络的交互,并了解网络节点之间进行通信的端到端需求?

　　4. 军事决策过程中哪 4 个阶段应用了 CECA 循环模型? CECA 循环模型与 OODA 循环模型相比较,其优点是什么?

　　5. 在认知网络中采用什么方法实现异步消息的传递?

　　6. 摩托罗拉的平滑移动自治系统如何适应用户与环境条件变化的要求?

　　7. 摩托罗拉在认知网络的应用中进行智能交互的措施有哪些?

　　8. 在认知网络中,入侵威胁对网络造成哪些方面的影响?

　　9. 认知网络中采用的分布式学习方法有哪些? 并简述其原理。

10. 认知网络中的分类和回归技术中包含哪些方法？如何对无监督数据进行学习？

11. 认知无线电如何实现认知循环过程？

12. 简述认知无线电与其他系统进行地理定位和为用户提供服务采用的技术。

13. 在自管理网络中采用设计模式使得自主元件在运行时形成智能组织并为组件之间的交互提供准则，有哪些用于特定问题的设计模式？

14. 简述生物系统中的自组织原则如何增强认知系统的稳定性和可靠性。

15. 目前跨层设计在认知网络中主要应用在哪些方面？

参 考 文 献

[1] VIVIANE R. The Future of the Internet[J], European Communication, 2008.

[2] SIFALAKIS M, MAVRIKIS M, MAISTROS G. Adding reasoning and cognition[C]. Proceedings of the 3rd Hellenic Conference on Artificial Intelligence, Samos, Greece, May, 2004.

[3] MITOLA J. Cognitive Radio: An integrated agent architecture for software defined radio[D]. PhD thesis, Royal Institute of Technology (KTH), 2000.

[4] SIMON H. Cognitive radio: Brain-empowered wireless communication[J]. IEEE Journal on Selected Areas in Communication, 2005, 23(2): 201−220.

[5] GELENBE E, LENT R, XU Z. Design and performanceof cognitive packet networks[J]. Performance Evaluation, 46(23): 155−176, 2001.

[6] THOMAS R W. Cognitive networks[D]. The Virginia Polytechnic Institute and State University. 2007.

[7] CAROLINA F, MIHAEL M. Trends in the development of communication networks: Cognitive networks [J]. Computer Networks, 2009, 53(9): 1354−1376.

[8] THOMAS R W, DASILVA L A, MACKENZIE A B. Cognitive networks[C]. Proceedings of IEEE DySPAN 2005, Nov 2005, 352−360.

[9] ALLEN B, KENZIE M, et al. Cognitive radio and networking research at virginia tech[J]. Proceedings of the IEEE, 2009, 97(4): 660−688.

[10] QUSAY H M. Cognitive Networks: towards self-aware networks[M]. Wiley, England, 2007.

[11] RAMMING C. Cognitive networks[C]. Proceedings of DARPATech Symposium, Anaheim, CA, USA, March 2004, 9−11.

[12] BOSCOVIC D. Cognitive networks[C/OL]. Motorola Technology Position Paper, 2005[2010−5−10]. http://www. motorola. com/mot/doc/6/6005_MotDoc. pdf.

[13] PETRI M, JANNE R, MARINA P, et al. Hop-by-hop toward future mobile broadband IP[J]. IEEE Communications Magazine, 2004, 42(3): 138−146.

[14] ANGELIKI A, MARTIN H. Smart antenna technologies for future wireless systems: Trends and challenges[J]. IEEE Communications Magazine, 2004, 42(9): 90−97.

[15] BONABEAU E, DORIGO M, THERAULAZ G. Swarm Intelligence: From Nature to Artificial Systems [M]. Oxford University Press, New York, 1999.

[16] CARRERAS I, CHLAMTAC I, PELLEGRINI D F, et al. BIONETS: Bio-inspired networking for

pervasivecommunication environments[J]. IEEE Transactions on Vehicular Technology, 2007, 56(1): 218 – 229.

[17] HASEGAWA G, MURATA M. TCP symbiosis: congestion control mechanisms of TCP based onLotka-Volterra competition model[C]. Proceedings of the Workshop on Interdisciplinary Systems Approach in Performance Evaluation and Design of Computer & Communication Systems (Inter-Perf), Pisa, Italy, October, 2006.

[18] MURRAY J D. Mathematical Biology I: An Introduction[M]. Springer, Berlin, 2002.

[19] LEIBNITZ K, HOELD T, WAKAMIYA N, et al. On pollution in eDonkey-like peer-to-peer filesharing networks[C]. Proceedings of the 13th GI/ITG Conference on Measurement, Modeling, and Evaluation of Computer and Communication Systems (MMB), Nuremberg, Germany, March, 2006.

[20] EUGSTER P T, GUERRAOUI R, KERMARREC A M, et al. Epidemic information dissemination in distributed systems[J]. IEEE Computer, 2004, 37(5): 60 – 67.

[21] HAAS Z, HALPERN J, LI L. Gossip-based Ad Hoc routing [J]. IEEE/ACM Transactions on Networking, 2006, 14(3): 479 – 491.

[22] JOSEPH M, MAGUIRE G Q. Cognitive radio: making software radios more personal[J]. IEEE Personal Communications, 1999, 6(4): 13 – 18.

[23] CHAWATHE Y, RATNASAMY S, BRESLAU L, et al. Making Gnutella-like P2P systems scalable [C]. Proceedings of ACM SIGCOMM, Karlsruhe, Germany, August 25 – 29, 2003.

[24] YOUNIS O, FAHMY S. Distributed clustering in ad-hoc sensor networks: A hybrid, energyefficient approach[C]. Proceedings of IEEE INFOCOM, Hong Kong, China, March 7 – 11, 2004.

[25] CARO G D, DORIGO M. AntNet: Distributed stigmergetic control for communications networks [J/OL]. Journal of Artificial Intelligence Research, 1998, 12:317 – 365 [2010 – 02 – 20]. http://citeseerx. ist. psu. edu/viewdoc/download? doi = 10. 1. 1. 53. 4154&rep = rep1 &type = pdf.

[26] ANDERSEN D G, BALAKRISHNAN H, KAASHOEK M F, et al. Resilient overlay networks [C]. Proceedings of 18th ACM Symposium on Operating Systems and Principles (SOSP), Banff, Canada, October 21 – 4, 2001.

[27] YAHAYA A, SUDA T. IREX: Inter-domain resource exchange architecture[C]. Proceedings of IEEE INFOCOM, Barcelona, Spain, April 23 – 29, 2006.

[28] YU Y, GOVINDAN R, ESTRIN D. Geographical and energy aware routing: a recursive data dissemination protocol for wireless sensor networks[J]. Technical Report UCLA/CSD – TR – 01 – 0023, 2002, 13(9): 924 – 935.

[29] KARP B, KUNG H T. Greedy perimeter stateless routing for wireless networks[C]. Proceedings ofthe Sixth Annual ACM/IEEE International Conference on Mobile Computing and Networking (MobiCom), Boston, MA, USA, August 6 – 11, 2000.

[30] BHAGWAT P, BHATTACHARYA P, KRISHNA A, et al. Enhancing throughput over wireless LANs using channel state dependent packet scheduling[C]. Proceedings of INFOCOM, San Francisco, USA March 24 – 28, 1996.

[31] WANG J, ZHAI H, FANG Y. Opportunistic packet scheduling and media access control for wireless

LANs and multi-hop Ad Hoc networks [C]. Proceedings of IEEE Wireless Communications and Networking Conference, Atlanta, GA, USA, March 21 – 25, 2004.

[32] DAM T V, LANGENDOEN K. An adaptive energy-efficient MAC protocol for wireless sensor networks [C]. Proceedings of the First International Conference on Embedded Networked Sensor Systems (SenSys), Los Angeles, USA, November 5 – 7, 2003.

[33] RAJENDRAN V, OBRACZKA K, GRACIA J J. Energy-efficient, collision-free medium access control for wireless sensor networks [C]. Proceedings of the First International Conference on Embedded Networked Sensor Systems (SenSys), Los Angeles, USA, November 5 – 7, 2003.

[34] KIM J, KIM S, CHOI S, et al. Collision-aware rate adaptation for IEEE 802. 11 WLANs [C]. Proceedings of IEEE INFOCOM, Barcelona, Spain, April 23 – 29, 2006.

[35] GERLA M, NG B K F, SANADIDI M Y, et al. TCP Westwood with adaptive bandwidth estimation to improve efficiency/friendliness tradeoffs[J]. Computer Communications, 2004, 27(1): 41 – 58.

[36] HSIEH H Y, SIVAKUMAR R A. Receiver-centric transport protocol for mobile hosts with heterogeneous wireless interfaces[C]. Proceedings of ACM MOBICOM, San Diego, USA September 14 – 19, 2003.

[37] VICKERS B J, ALBUQUERQUE C, SUDA T. Source-adaptive multilayered multicast algorithms for real-time video distribution[J]. IEEE/ACM Transactions on Networking, 2000, 8(6): 720 – 733.

[38] PAN Y, LEE M, KIM J B, et al. An end-to-end multi-path smooth handoff scheme for stream media [J]. IEEE Journal of Selected Areas of Communications, Special-Issue on All-IP Wireless Networks, 2004, 22(4): 653 – 663.

[39] WAN C Y, EISENMAN S B, CAMPBELL A T. CODA: Congestion detection and avoidance in sensor networks[C]. Proceedings of ACM SENSYS, Los Angeles, USA, November 5 – 7, 2003.

[40] ALLMAN M, PAXSON V, STEVENS W. TCP congestion control. RFC 2581 [EB/OL], Internet Engineering Task Force (IETF), 1999[2010 – 05 – 21]. http://tools. ietf. org/html/rfc2581.

[41] POSTEL J. Transmission control protocol. RFC 793 [EB/OL], Internet Engineering Task Force (IETF), 1981 [2010 – 05 – 21]. http://www. faqs. org/rfcs/rfc793. html.

[42] HERRMANN K, MUHL G, GEIHS K. Self-management: the solution to complexity or just another problem? [J]. IEEE Distributed Systems Online, 2005.

[43] KEPHART J. Research challenges of autonomic computing[C]. Proceedings of ACM 27th International Conference on Software Engineering, May, 2005.

[44] KEPHART J O, CHESS D M. The vision of autonomic computing[J]. IEEE Computer, 2003, 36(1): 41 – 50.

[45] MORTIER R, KICIMAN E. Autonomic network management: some pragmatic considerations [C]. Proceedings of ACM SIGCOMM Workshop, 2006. Pisa, Italy, September 11 – 15, 2006. New York: ACM Press, 2006: 89 – 93.

[46] SALEHIE M, TAHVILDARI L. Autonomic computing: emerging trends and open problems[J]. ACM Design and Evolution of Autonomic Application Software, 2005, 30(4): 1 – 7.

[47] SMITH D, MORRIS E, CARNEY D. Interoperability issues affecting autonomic computing[J]. ACM Design and Evolution of Autonomic Application Software, 2005, 30(4): 1 – 3.

[48] WILE D. Patterns of self-management [C]. Proceedings of ACM Workshop on Self-Healing Systems, 2004.

[49] WHITE S, HANSON J, WHALLEY I, et al. An architectural approach to autonomic computing[C]. Proceedings of IEEE 1st International Conference on Autonomic Computing, May, 2004.

[50] HAWTHORNE M, PERRY D. Exploiting architectural prescriptions for self-managing, self-adaptive systems: A position paper[C]. Proceedings of ACM Workshop on Self-Healing Systems, October, 2004.

[51] GRACANIN D, BOHNER S, HINCHEY M. Towards a model-driven architecture for autonomic systems [C]. Proceedings of IEEE 11th International Conference and Workshops on the Engineering of Computer-Based Systems, 2004.

[52] LAVINAL E, DESPRATS T, RAYNAUD Y. A generic multi-agent conceptual framework towards self-management [C]. Proceedings of IEEE/IFIP Network Operations and Management Symposium, April, 2006.

[53] DIAO Y, HELLERSTEIN J, PAREKH S, et al. A control theory foundation for self-managing computing systems[J]. IEEE Journal on Selected Areas in Communications, 2005, 23(12): 2213 – 2222.

[54] ZENMYO T, YOSHIDA H, KIMURA T. A self-healing technique based on encapsulated operation knowledge[C]. Proceedings of IEEE 3rd International Conference on Autonomic Computing, June, 2006.

[55] RANDLES M, TALEB-BENDIAB A, MISELDINE P, et al. Adjustable deliberation of self-managing systems[C]. Proceedings of IEEE 12th International Conference and Workshops on the Engineering of Computer-Based Systems, April, 2005.

[56] MBAREK N, KRIEF F. Service level negotiation in autonomous systems management[C]. Proceedings of IEEE 3rd International Conference on Autonomic Computing, June, 2006.

[57] ZENG A, PAN D, ZHENG Q, et al. Knowledge acquisition based on rough set theory and principal component analysis[J]. IEEE Intelligent Systems, 2006, 21(2): 78 – 85.

[58] BAHATI R, BAUER M, VIEIRA E, et al. Mapping policies into autonomic management actions[C]. Proceedings of IEEE International Conference on Autonomic and Autonomous Systems, July, 2006.

[59] SUPADULCHAI P, AAGESEN F. A framework for dynamic service composition[C]. Proceedings of IEEE 6th International Symposium on a World of Wireless Mobile and Multimedia Networks, June, 2005.

[60] FUJII K, SUDA T. Semantics-based dynamic service composition[J]. IEEE Journal on Selected Areas in Communications, 2005, 23(12): 2361 – 2372.

[61] BAHATI R, BAUER M, VIEIRA E, ET AL. Using policies to drive autonomic management [C]. Proceedings of IEEE 7th International Symposium on a World of Wireless Mobile and Multimedia Networks, June, 2006.

[62] AIBER S, GILAT D, LANDAU A, et al. Autonomic self-optimization according to business objectives [C]. Proceedings of IEEE 1st International Conference on Autonomic Computing, May, 2004.

[63] LIU H, PARASHAR M. Accord: a programming framework for autonomic applications [J]. IEEE Transactions on Systems, Man and Cybernetics, 2006, 36(3): 341 – 352.

[64] SAMMAN N, KARMOUCH A. An automated policy-based management framework for differentiated

communication systems[J]. IEEE Journal on Selected Areas in Communications, 2005, 23(12): 2236 -2247.

[65] SUZUKI J, SUDA T. A middleware platform for a biologically inspired network architecture supporting autonomous and adaptive applications[J]. IEEE Journal on Selected Areas in Communications, 2005, 23(12): 249 - 260.

[66] WANG W, LI B. Market-based self-optimization for autonomic service overlay networks[J]. IEEE Journal on Selected Areas in Communications, 2005, 23(12): 2320 - 2332.

[67] EYMANN T, REINICKE M, ARDAIZ O, et al. Self-organizing resource allocation for autonomic networks[C]. IEEE 14th International Workshop on Database and Expert Systems Applications, September, 2003.

[68] TESAURO G, JONG N, DAS R, et al. A hybrid reinforcement learning approach to autonomic resource allocation[C]. Proceedings of IEEE 3rd International Conference on Autonomic Computing, June, 2006.

[69] IAN F A, WON-YEOL L, MEHMET C V, et al. NeXt Generation/Dynamic Spectrum Access/Cognitive Radio Wireless Networks: A survey[J]. Computer Networks, 2006, 50(13): 2127 - 2159.

[70] SHAKKOTTAI S, RAPPAPORT T S, KARLSSON P C. Cross-layer design for wireless networks[J]. IEEE Communications Magazine, 2003, 41(10): 4 - 80.

[71] SRIVASTAVA V, MOTANI M. Cross-layer design: a survey and the road ahead[J]. IEEE Communications Magazine, 2005, 43(12): 112 - 119.

[72] FOUKALAS F, GAZIS V, ALONISTIOTI N. Cross-layer design proposals for wireless mobile networks: A survey and taxonomy[J]. IEEE Communications Surveys and Tutorials, 2008, 10(1): 70 - 85.

[73] BALDO N, ZORZI M. Fuzzy logic for cross-layer optimization in cognitive radio networks[J]. IEEE Communications Magazine, 2008, 46(4): 64 - 71.

[74] SU H, ZHANG X. Cross-layer based opportunistic MAC protocols for QoS provisionings over cognitive radio wireless networks[J]. IEEE Journal on Selected Areas in Communications, 2008, 26(1): 118 - 129.

[75] SAEED R A, KHATUN S, ALI B, et al. Ultra-wideband interferencemitigation using cross-layer cognitive radio[C]//2006 IFIP International Conference on Wireless and Optical CommunicationsNetworks, 11 - 13 April 2006.

[76] 詹必胜, 韩涛, 李江. 跨层设计在无线网络中的应用分析[J]. 计算机与数字工程, 2006, 34(5): 57 - 68.

[77] 邵振付, 张有林. Ad Hoc 网络中跨层优化的研究[J]. 中国数据通信, 2005, 7(6): 85 - 87.

[78] 滑楠, 曹志刚. 无线认知网络概念与实例研究[J]. 计算机工程与应用, 2009, 45(2): 1 - 6.

[79] 袁东风, 史斐谨. 无线通信系统中的跨层跨层设计[J]. 中国科技论文在线, 2009, 4(1): 11 - 16.

[80] KAWADIA V, KUMAR P R. A cautionary perspective on cross-layer design[J]. IEEE Wireless Communications, 2005, 12(1): 3 - 11.

[81] BALDO N, ZORZI M. Fuzzy logic for cross-layer optimization in cognitive radio networks[J]. IEEE Communications Magazine, 2008, 46(4): 64 - 71.

[82] MERZ C J, MURPHY P M. UCI repository of machine learning databases[EB/OL], 1996[2010 – 05 – 10]. http://www. ics. uci. edu/ mlearn/MLRepository. html.

[83] LANGLEY P. Elements of Machine Learning[M]. Morgan Kaufmann, San Francisco, 1995.

[84] QUINLAN J R. C4.5: Programs for Empirical Learning[M]. Morgan Kaufmann, San Francisco, 1993.

[85] CLARK P, NIBLETT T. The CN2 induction algorithm[J]. Machine Learning, 1988.

[86] RUMELHART D E, HINTON G E, WILLIAMS R J. Learning internal representations by error propagation. In D. E. Rumelhart, J. L. McClelland and the PDP research group (eds.), Parallel Distributed Processing: Explorations in the Microstructure of Cognition [M]. Volume 1: Foundations, MIT Press, Cambridge, MA,1986.

[87] CRISTIANINI N, SHAWE-TAYLOR J. An Introduction to Support Vector Machines (and other kernelbased learning methods) [M]. Cambridge University Press, 2000.

[88] AHA D W, KIBLER D, ALBERT M K. Instance-based learning algorithms [J], Machine Learning, 1991.

[89] BUNTINE W. A guide to the literature on learning probabilistic networks from data [J]. IEEE Transactions on Knowledge and Data Engineering, 1996, 8(2): 195 – 210.

[90] CHEESEMAN P, SELF M, KELLY J, et al. Bayesian classification[C]. Proceedings of the Seventh National Conference on Artificial Intelligence, 1988, 607 – 11.

[91] FISHER D H. Knowledge acquisition via incremental conceptual clustering [J]. Machine Learning, 1987.

[92] PRIEBE C E, MARCHETTE D J. Adaptive mixture density estimation[J]. Pattern Recognition, 1993, 26(5): 771 – 785.

[93] BLUM A, MITCHELL T. Combining labeled and unlabeled data with co-training[C]. Proceedings of the 11th Annual Conference on Computing Learning Theory, 1998, 92 – 100.

[94] LANGLEY P, SIMON H A. Applications of machine learning and rule induction[J]. Communications of the ACM, 1995, 38: 55 – 64.

[95] MOORE A, SCHNEIDER J, BOYAN J, et al. Q2: Memory-based active learning for optimizing noisy continuous functions[C]. Proceedings of the 15th International Conference of Machine Learning, 1998, 386 – 394.

[96] CYPHER A. Watch What I Do: Programming by Demonstration [M]. MIT Press, Cambridge, MA, 1993.

[97] OURSTON D, MOONEY R. Changing the rules: a comprehensive approach to theory refinement[C]. Proceedings of the 8th National Conference on Artificial Intelligence, 1990, 815 – 820.

[98] SAMMUT C, HURST S, KEDZIER D, et al. Learning to Fly[C]. Proceedings of the 9th International Conference on Machine Learning, 1992, 385 – 393.

[99] SUTTON R, BARTO A G. Introduction to Reinforcement Learning [M], MIT Press, Cambridge, MA, 1998.

[100] KIBLER D, LANGLEY P. Machine learning as an experimental science[C]. Proceedings of the 3rd European Working Session on Learning, 1988, 81 – 92.

[101] MURPHY P M, AHA D W. UCI repository of machine learning databases[EB/OL]. 1994[2010 – 6 – 1]. http://www. ics. uci. edu/mlearn/MLRepository. html.

[102] Williams R J. Simple statistical gradient-following algorithms for connectionist reinforcement learning [J]. Machine Learning, 1992.

[103] SLEEMAN D, LANGLEY P, MITCHELL T. Learning from solution paths: an approach to the credit assignment problem[J], AI Magazine, 1982, 3: 48 – 52.

[104] CLARK D. A new vision for network architecture[EB/OL], 2002[2010 – 6 – 1] http://www. isi. edu/braden/ know-plane/DOCS/ DDC knowledgePlane 3. ps.

[105] CLARK D D, PARTRIDGE C, RAMMING J C, et al. A knowledge plane for the internet[C]. Proceedings of the 2003 Conference on Applications, Technologies, Architectures, and Protocols for Computer Communications, Karlsruhe, Germany, 2003, 3 – 10.

[106] PARTRIDGE C. Thoughts on the structure of the knowledge plane[J/OL]. http://www. isi. edu/braden/knowplane/ DOCS/craig. knowplane. pdf, 2003.

[107] THOMAS R W, FRIEND D H, DASILVA L A, et al. Cognitive networks: adaptation and learning to achieve end-to-end performance objectives[J]. IEEE Communications Magazine, 2006, 44(12): 51 – 57.

[108] DIETTERICH T G. Learning and reasoning[D]. Technical Report, School of Electrical Engineering and Computer Science, Oregon State University, 2004.

[109] ANDERSON J R, BOTHELL D, BYRNE M D, et al. An integrated theory of the mind [J]. Psychological Review, 2004, 111(4): 1036 – 60.

[110] LEHMAN J F, LAIRD J, ROSENBLOOM P. A gentle introduction to SOAR, an architecture for human cognition: 2006 update[D]. Technical Report, University of Michigan, Ann Arbor, 2006.

[111] LANGLEY P, CHOI D. A unified cognitive architecture for physical agents, Karlsruhe, Germany, 2003 [C]. Proceedings of the 21st National Conference on Artificial Intelligence, Boston, MA, USA, 2006, 16 – 20.

[112] MARTIN L P. Markov Decision Processes: Discrete Stochastic Dynamic Programming[M]. Wiley-Interscience, 1994.

[113] MAHONEN P, PETROVA M, RIIHIJARVI J, WELLENS M. Cognitive wireless networks: Your network just became a teenager[C]. Proceedings of the 25th Conference on Computer Communications, Barcelona, Spain, April 23 – 29, 2006.

[114] SUTTON P, DOYLE L E, NOLAN K E. A reconfigurable platform for cognitive networks, Karlsruhe, Germany, 2003 [C]. Proceedings of the 1st International Conference on Cognitive Radio Oriented Wireless Networks and Communications, Mykonos Island, Greece, June 8 – 10, 2006.

[115] JENNINGS N R, SYCARA K, WOOLRIDGE M. A roadmap of agent research and development[J]. Journal of Autonomous Agents and Multi-Agent Systems, 1998, 1(1): 7 – 38.

[116] WEISS G. Multiagent Systems: A Modern Approach to Distributed Artificial Intelligence[M]. MIT Press, Cambridge, 1999.

[117] MODI P J. Distributed constraint optimization for multiagent systems [D]. University of Southern

California. Dissertation, 2003.

[118] BOWRING E, TAMBE M, YOKOO M. Multiply-constrained DCOP for distributed planning and scheduling, Karlsruhe, Germany, 2003 [C]. Proceedings of American Association of Artificial Intelligence Spring Symposium on Distributed Plan and Schedule Management, Stanford, CA, USA , March 27 – 29, 2006.

[119] XIANG Y. Probabilistic Reasoning in Multiagent Systems [M]. Cambridge University Press, Cambridge, 2002.

[120] BARRETT C, DROZDA M, MARATHE A, et al. Characterizing the interaction between routing and MAC protocols in ad-hoc networks [C]. Proceedings of the 3rd ACM International Symposium on Mobile Ad-hoc Networking and Computing, Lausanne, Switzerland, June 9 – 11, 2002.

[121] ALBA E. Parallel Metaheuristics: A New Class of Algorithms [M]. John Wiley & Sons, Inc. , Hoboken, NJ, USA, 2005.

[122] LIN S C, PUNCH W F, GOODMAN E D. Coarse-grain parallel genetic algorithms: categorization and new approach [C]. Proceedings of 6th IEEE Symposium on Parallel and Distributed Processing, Dallas, TX, USA, October 26 – 29, 1994.

[123] GARCIA L F, MELIAN B B, MORENO P J A, et al. Parallelization of the scatter search for the p-median problem [J]. Parallel Computing, 2003, 29(5): 575 – 589.

[124] CRAINIC T G, TOULOUSE M, GENDREAU M. Towards a taxonomy of parallel tabu search heuristics [J]. INFORMS Journal on Computing, 1997, 9(1): 61 – 72.

[125] WEISS G. Distributed reinforcement learning [J]. Robotics and Autonomous Systems, 1995, 15(1 – 2): 135 – 142.

[126] WATKINS C, DAYAN P. Technical note: Q-learning [J]. Machine Learning, 1992, 8(3 – 4): 279 – 292.

[127] LAUER, M, RIEDMILLER M. Reinforcement learning for stochastic cooperative multi-agent systems [C]. Proceedings of the 3rd International Joint Conference on Autonomous Agents and Multiagent Systems, New York, USA, July 19 – 23, 2004.

[128] BUNTINE W. Theory refinement on Bayesian networks [C]. Proceedings of the 7th Conference on Uncertainty in Artificial Intelligence, Los Angeles, CA, USA, July 13 – 15, 1991.

[129] LAM W, SEGRE A M. A parallel learning algorithm for Bayesian inference networks [J]. IEEE Transactions on Knowledge and Data Engineering, 2002, 14(1): 93 – 105.

[130] DE CAMPOS L M, FERNANDEZ-LUNA J M, GAMEZ J A, et al. Ant colony optimization for learning Bayesian networks [J]. International Journal of Approximate Reasoning, 2002, 31(3): 291 – 311.

[131] DE CAMPOS L M, PUERTA J M. Stochastic local algorithms for learning belief networks: Searching in the space of the orderings [C]. Proceedings of the 6th European Conference on Symbolic and Quantitative Approaches to Reasoning with Uncertainty, Toulouse, France, September 19 – 21, 2001.

[132] MYERS J W, LASKEY K B, DEJONG K A. Learning Bayesian networks from incomplete data using evolutionary algorithms [C]. Proceedings of the Genetic and Evolutionary Computation Conference, Orlando, FL, USA, July 13 – 17, 1999.

[133] OCENASEK J, SCHWARZ J. The distributed Bayesian optimization algorithm for combinatorial optimization[C]. EUROGEN 2001 – Evolutionary Methods for Design, Optimisation and Control with Applications to Industrial Problems, Athens, Greece, September 19 – 21, 2001.

[134] AAMODT A, PLAZA E. Case-based reasoning: foundational issues, methodological variations, and system approaches[J]. AI Communications, 1994, 7(1): 39 – 59.

[135] PLAZA E, ONTANON S. Cooperative multiagent learning In Adaptive Agents and Multi-Agent Systems: Adaptation and Multi-Agent Learning [M], Springer, Berlin, 2003, 1 – 17.

[136] PRASAD M V N. Distributed case-based learning[C]. Proceedings of the 4th International Conference on MultiAgent Systems, Boston, MA, USA, July 10 – 12, 2000.

[137] LE B, RONDEAU T W, BOSTIAN C W. Cognitive radio realities [M]. Wireless Communications and Mobile Computing, 2007.

[138] DANIEL S B, ROBERT G, NEIL I, SHLOMO Z. The complexity of decentralized control of Markov decision processes[J]. Mathematics of Operations Research, 2003, 27(4): 819 – 840.

[139] 周贤伟, 王建萍, 王春江. 认知无线电[M]. 北京:国防工业出版社, 2008.

[140] 何浩. 认知无线电中的频谱分配研究[D]. 电子科技大学, 优秀硕士论文, 2008.

[141] IBM. An architectural blueprint for autonomic computing [R]. April, 2003.

[142] STRASSNER J. A model-driven architecture for telecommunications systems using DEN-ng [C]. Proceedings of ICETE 2004 conference, 2004.

[143] OSBORNE M. An Introduction to Game Theory[M]. Oxford University Press, New York, 2003.

[144] BOYD J. A Discourse on Winning and Losing: Patterns of Conflict [M], 1986.

[145] ANDERSON T, ROSCOE T, WETHERALL D. Preventing Internet denial-of-service with capabilities [C]. Proceedings of Hotnets-II, Cambridge, MA, USA, November, 2003.

[146] DEBAR H, THOMAS Y, BOULAHIA-CUPPENS N, et al. Using contextual security policies for threat response[C]. Proceedings of the 3rd GI International Conference on Detection of Intrusions and Malware, and Vulnerability Assessment (DIMVA), Germany, July, 2006.

[147] WOOD M, ERLINGER M. Intrusion Detection Message Exchange Requirements, RFC 4766 [EB/OL], 2007 – 03 – 04[2010 – 05 – 15]. http://www.rfc-archive.org/getrfc.php? rfc = 4766.

[148] CHESS D M, PALMER C C, WHITE S. Security in an autonomic computing environment[J]. IBM SystemsJournal, 2003, 42(1): 107 – 118.

[149] FERRAIOLO D F, KUHN D R. Role-based access control[C/OL]. Proceedings of the 15th National Computer Security Conference, 1992[2010 – 05 – 15]. http://arxiv.org/pdf/0903.2171.

[150] EL KALAM A A, EL BAIDA R, BALBIANI P, et al. Organization based access control[C/OL]. Proceedings of the 4th IEEE International Workshop on Policies for Distributed Systems and Networks, June 4 – 6, 2003 [2010 – 05 – 20]. http://orbac.org/publi/OrBAC/OrBac.pdf.

[151] MANKIN A, MASSEY D, WU C-L, et al. On design and evaluation of "intention-driven" ICMP traceback[C/OL]// Proceedings of the 10th International Conference on Computer Communications and Networks, 2001[2010 – 05 – 20]. http://www.cs.colostate.edu/ ~ massey/pubs/conf/massey_icccn01.pdf. .

[152] LONG J, SKOUDIS E, EIJKELENBORG A V. Google Hacking for Penetration Testers[M]. Syngress Publishing, 2004.

[153] MUSTAFA Y. Island Genetic Algorithm-based Cognitive Networks[D]. Virginia Polytechnic Institute and State University, July, 2009.

[154] Federal Communications Commission. ET Docket No. 03 – 322. Notice of proposed rule Making and order[EB/OL]. 2003 – 12 – 30[2010 – 5 – 20]. http://www. cs. ucdavis. edu/ ~ liu/289I/Material/ FCC – 03 – 322A1. pdf

[155] 周小飞, 张宏刚. 认知无线电原理及应用[M]. 北京:北京邮电大学出版社, 2007.

[156] ZHENG H, PENG C. Collaboration and fairness in opportunistic spectrum access[C]. Proceedings of IEEE ICC 16 – 20 May, 2005: 3132 – 3136.

[157] CAO L, ZHENG H. Distributed spectrum allocation via local bargainning[J]. IEEE sensor and Ad Hoc Communications and Networks, 2005,12(12): 475 – 486.

[158] ZHENG H, CAO L. Device-centric apectrum management[J]. IEEE DySPAN 2005, 2005, (11): 56 – 65.

[159] XING Y, MATHUR C N, HALEEM M A, et al. Dynamic Spectrum Access with QoS and Interference Temperature Constraints[J]. IEEE Transactions on mobile computing, 2007, 6(4): 423 – 433.

[160] ALTMAN E, BOULOGNE T, EL-AZOUZI R, et al. A survey on networkinggames in telecommunications [J]. Computers and Operations Research, 2006, 33(2): 286 – 311.

[161] NEEL J, BUEHRER R M, REED B H, et al. Game theoretic analysis of a network of software radios [C/OL]// Proceedings of SDRForum Conference 2002[2010 – 06 – 28]. http://www. mprg. org/ people/gametheory/ files/neel_ sdr_forum. pdf.

[162] NIE N, COMANICIU C. Adaptive channel allocation spectrum etiquette for cognitive radio networks [J]. Mobile Networks and Applications, 2006, 11(6): 779 – 797.

[163] DANIEL H F. Cognitive Networks: Foundations to Applications[D]. Virginia Polytechnic Institute and State University, Blacksburg, Virginia, March, 2009.

第10章　应 用 实 践

计算机网络按照其覆盖范围分成个域网(Personal Area Network,PAN)、局域网(Local Area Network,LAN)、城域网(Metropolitan Area Network,MAN)和广域网(Wide Area Network,WAN)。但是在实际应用环境中,计算机网络的规划和建设一般分成主干网(backbone network)和园区网(campus network)两部分。

这里的主干网是指较大规模的基础传输网络,为各个局域网或城域网之间提供传输信道,一般具有较高的传输速率和可靠性,类似广域网概念中的核心网络。这里的园区网等同于内部网(Intranet),通常建立在一个企业或组织的内部,并为其成员提供信息的共享和交流服务,同时通过连接主干网实现与其他内部网的互联互通。

在10.1节和10.2节里,将分别介绍新一代互联网技术在主干网和园区网建设中的应用和实践案例,讨论如何将新一代互联网研究的成果应用到实际的网络设施和应用的建设中。

在10.3节和10.4节里,将对新一代互联网环境下的具体应用技术做简要介绍,包括网格计算与云计算、视频会议与数字电影院、远程医疗、远程教育和分布式虚拟现实。

10.1　主　干　网

新一代互联网的建设已成为网络研究和应用中最重要的课题,也是互联网建设中最主要的发展方向。基于 IPv6 协议的新一代互联网主干网建设,已成为新一代互联网建设的核心部分。

虽然在传统互联网建设中美国处于绝对的领导地位,但是在新一代互联网建设中各个国家都处于同一个起跑线上。所以基于 IPv6 协议的新一代互联网主干网的建设是一个契机。从学术角度、从国家战略发展角度等来看,新一代互联网的建设都有十分深远的意义。新一代互联网主干网的建设也将带动网络设备和相关应用产业的发展,将对社会和生活的诸多方面产生深刻影响。

新一代互联网主干网的建设过程中需要考虑以下几个方面的问题:

• 新一代互联网建设需要研究机构和主流厂商共同推动。基于 IPv6 协议的新一代互联网是非常巨大的工程,一方面需要研究机构提供新一代互联网技术理论支持,另一方面也需要网络设备终端厂商、网络设备厂商和网络运营商等共同努力。只有理论和应用相结合,才可以推动整个新一代互联网建设的良性发展,形成可持续发展的产业链,最终使得新一代互联网技术可以推广到每个人面前,得到真正的实际应用。

- 新一代互联网的发展要靠市场驱动。市场是新一代互联网可持续发展的基本途径,只有研究和建设面向市场需求的新一代互联网技术和应用,才能形成良性的发展环境,促进新一代互联网的普及。

- 新一代互联网建设要重视从 IPv4 协议平稳过渡到 IPv6 协议。互联网的建设不是一蹴而就的过程,从传统互联网过渡到新一代互联网是一个长期的过程。所以在建设新一代互联网的时候,就要考虑到如何平稳地过渡,也就是如何平稳地从基于 IPv4 协议的互联网过渡到基于 IPv6 协议的互联网。

新一代互联网主干网建设中要面对诸多挑战:

- 交互式多媒体信息传输要求。随着通信技术的发展和互联网的普及,以数据传输为主的传统互联网需要面对不断增长的交互式多媒体信息传输的要求,而传统互联网络不能很好地支持语音、视频等多媒体数据传输。新一代互联网的建设中要能够将更多的业务(如 VoIP、视频点播、移动 IP 等)从现有的数据传输中分流出来,并提供更好的 QoS 保障。

- 网络安全要求。安全问题是传统互联网无法回避的固有缺陷之一,也是新一代互联网建设中必须要着手解决的问题。互联网最初的设计目标是为了满足单纯的军事和科研需要,没有预想到会深入到社会生活的各个领域,所以传统互联网的设计对安全问题缺乏系统全面的考虑。虽然已出现一些网络安全技术,如 IPSec 协议、IKE(Internet Key Exchange)协议,但它们都不能从根本上改变互联网不安全的总体局面,因此,新一代互联网建设中必须要研究互联网的安全模型,提供实用高效的安全解决方案。

- 多类型网络融合要求。新一代互联网是由固定网、移动网、IP 网及接入网等组成的多业务融合网,允许包括固定网用户和移动终端、移动子网、自组织网络、传感器网络等多种移动性终端的接入,实现各类网络资源的整合与共享。新一代互联网建设中需要考虑到如何将各类网络很好地融合在一起,考虑包括网络地址空间、网络协议、QoS 保障等在内的解决方案。

为使新一代互联网能够有效地支持各类媒体业务,满足用户随时随地、安全方便地接入互联网的需求,我们需要在体系架构、资源分配、质量路由、QoS、安全等相关领域开展深入的研究。

本节将在介绍新一代互联网主干网建设背景的基础上,对新一代互联网主干网建设的相关技术以及目前各个国家地区的新一代互联网主干网的建设情况做详细的介绍。

10.1.1 Internet2

Internet2 是由美国高等院校、互联网协会、网络公司和政府机构共同搭建的新一代互联网。它是为了满足教育与科研对网络环境和应用技术不断增长的需求。Internet2 上的各种应用贯穿了高等院校教育的方方面面,有些与项目协作交流有关,有些与数字化图书馆有关,有些可以促进科学研究的发展,也有些能用于远程学习领域。

　　在高等教育与科学研究之外,Internet2 也为各种网络新技术提供试验环境,允许各种新技术在核心节点上运行,并评估其运行效果和效率。Internet2 基础架构拓扑[1] 如图10.1 所示。

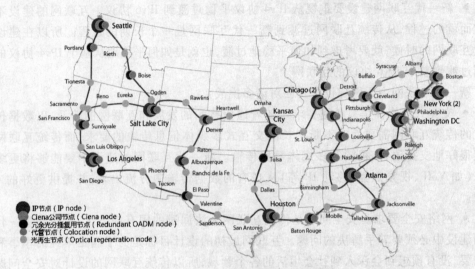

图 10.1　Internet2 基础架构拓扑

10.1.1.1　Internet2 出现的背景

　　随着计算机与网络技术的发展,在美国大学里,一批先进的网络应用已出现,一方面它们极大地丰富了教学与科研工作,另一方面却对基础网络环境提出了新的要求。例如:远程教学需要高质、高效的"一对多"数据传送服务,这需要多媒体信息处理和网络传输的支持;研究机构需要高可靠性、大容量的数据存储和分布式共享服务;医疗领域需要可靠的通信服务保障实时诊断分析。

　　作为 Internet 发源地的美国,1996 年 10 月就宣布启动 Internet NGI(Next Generation Internet)研究计划,目的是研究新一代高速网络的基本理论,构造全新概念的新一代互联网体系结构,其核心是互联网架构、协议和路由器等领域的研究。

　　Internet2 的应用前景非常广阔,其中包括国家安全、能源研究、医疗保健、远程教学等现代社会发展所需要的所有方面。

10.1.1.2　Internet2 主干网建设原则

　　Internet2 的主干网在建设过程中制定了以下 6 个基本的建设原则:

- 购买胜过建设。尽可能地采用目前可以获得的、使用范围比较广泛的、完全由供应商支持的技术。
- 开放胜过封闭。使用那些开放的标准与公开的协议,避免采用那些私有的协议与解决方案。
- 多元胜过单一。努力避免对单个网络供应商、硬件或软件制造商的长期依赖,使网络多元化。
- 不将基本需求复杂化。确保满足基本需求的建设目标,不被其他的各种各样的特殊需求所干扰。
- 生产产品而不是实验。Internet2 的建设目标是为开发先进的应用软件提供支持,而不是成为一个网络实验室。
- 为终端用户提供服务。Internet2 不提供商业网络服务。

10.1.1.3　Internet2 核心节点的结构和服务

在逻辑结构上,Internet2 核心节点是区域性网络连接节点,为多个成员提供接入服务。

在组织结构上,Internet2 核心节点由一或多所大学联合管理和运营。指定一个成员负责所有 Internet2 核心节点的管理和运行不切实际,需要一个组织来进行各个核心节点的运作和协调。

在物理结构上,Internet2 核心节点是具有一定保护功能的物理场所,它能够安置许多网络设备和其他网络运行所需要的硬件,以及连接 Internet2 各个成员网络和外部数据传输网络的各种线路终端。

Internet2 核心节点最主要的功能就是按照规定的带宽和 QoS 要求提供 Internet2 业务。核心节点参与 Internet2 的运营管理工作,其中包括收集 Internet2 使用数据、与其他核心节点网络和其他校园网络运营者共享信息,以便规划、发现和处理与 Internet2 网络服务相关的各种问题。

在正常情况下,每个 Internet2 核心节点可以为 5～10 个成员节点提供核心网接入服务。这就意味着,如果网络节点完全按照平均分布的话,仅仅需要大约 12 个核心节点就可以满足需求。但是,核心节点的数量是不可能保持这么少的,这是因为:

- 各个节点所处的地理位置对核心节点的数量有很大的影响。Internet2 成员不可能在地理上分布很均匀,有的地区节点分布密集,有的地区节点较为稀疏。
- 一般情况下,国家和地区网络常让核心节点除了为 Internet2 提供服务以外,还为其他网络需求提供服务,因此这些要求可能会使网络变得很庞大。

连接 Internet2 成员的网络节点只有在具备了以下功能和运作条件时,才能真正地被称为 Internet2 核心节点。否则就不能被算作核心节点。Internet2 核心节点必须承担的任务可分为两类:

- Internet2 核心节点必须为 Internet2 提供所有最基本的服务。

● Internet2 核心节点必须在 Internet2 节点之间进行工作,必须禁止非 Internet2 的信息通过核心节点传输。

不管由谁赞助的 Internet2 核心节点建设,不管 Internet2 的体系结构是怎样的,它都必须承担一些最基本的工作,并且不禁止核心节点做的任何事情。而其他方面的运行则可以按照运营者自己选择的方式运行,或以尽可能简单的方式进行。

按照结构来划分,Internet2 核心节点可以分为简单结构与复杂结构两大类:

● 简单结构的核心节点仅为 Internet2 成员节点服务。Internet2 成员节点接入该核心节点后,再通过一两个路由器转发数据,将数据传送到其他的核心节点。因此,简单结构的核心节点相对比较简单,基本不需要复杂的防火墙和内部路由。

● 复杂结构的核心节点不仅为 Internet2 成员节点提供连接服务,它还同时为 Internet2 成员提供其他网络服务。它拥有许多通向其他核心节点的网络连接,因此它的结构比较复杂,需要提供一定的路由机制,确保数据正确转发,防止非法使用。

除了为 Internet2 成员提供接入服务的核心节点以外,由于 Internet2 成员数量的不断增长,核心节点数量也在不断地快速发展。必须建立一些额外的核心节点,专门负责将不同的 Internet2 核心节点连接起来。

10.1.1.4 Internet2 核心节点的主要功能

Internet2 核心节点的主要功能是按照特定的带宽和 QoS,在 Internet2 接入网与核心网之间协调通信质量。因此,核心节点必须满足以下技术要求:

1. 协议

任何 Internet2 核心节点的三层设备都必须支持基于 IP 协议的网络连接,并且所有 Internet2 核心节点的三层设备除了应支持 IPv4 协议之外,还必须支持 IPv6 协议。由于 IP 协议并不是 TCP/IP 协议中唯一的网络协议,因此 TCP/IP 协议中所有通用协议在需要的时候都应该得到有效的支持。此外,IGMP 协议(Internet Group Management Protocol, Internet 组管理协议)和 RSVP 协议(Resource Reservation Protocol,资源预留协议)在所有相关核心节点设备也必须支持。

2. 路由

Internet2 核心节点负责维护任何属于 Internet2 的路由规则。Internet2 核心节点只转发目的节点明确的网络数据包。在物理上与核心节点连通并不意味着能够在 Internet2 上进行转发与交换数据。核心节点用来转发 Internet2 的路由规则,以支持控制 Internet2 核心节点之间报文转发及数据交换等协议。

3. 速度

不管是在 Internet2 核心节点内部还是在 Internet2 核心节点之间,它们的连接速率相差得都很大,这取决于成员网络内部运行的基于 Internet2 的应用程序的数量和密度。推出核心节点的目的正是为了保证有足够的容量与速度来处理大量的数据交换任务。通常使用交换机连接核心节点的内部网络,而核心节点与核心节点之间采用路由器连接且带宽应该足够大。

4. 使用成本

Internet2 核心节点的运行成本会随着环境和提供服务的不同而有所改变,不可能确切地计算出成本是多少,因此 Internet2 核心节点连接的成本目前还无法确定。不过,无论选择怎样的定价方式,都必须在技术上是可实施的。

5. 技术转换

Internet2 建设的目标之一就是一定要实现新一代互联网技术的商用化,在新一代互联网技术向商用转化过程中,核心节点扮演着十分重要的角色。

6. 核心节点间进行合作

QoS 是 Internet2 建设中的一个十分重要的目标,在所有的 Internet2 节点上都是如此,但这并不是说所有的 Internet2 成员节点都会致力于这些应用试验。核心节点将会有所侧重地去试验某些应用,例如一些应用试验,可能只需要一两个核心节点去完成。不过,对于一些特定的应用试验,可能就需要许多个 Internet2 成员节点共同完成并分工协作。

7. 其他核心节点服务

流量数据收集是对 Internet2 核心节点的一个基本要求,位于核心节点的流量数据信息需与其他 Internet2 成员共享使用。因此核心节点上一定需要大容量的存储。虽然实践证明,高速缓存在减少对某些类型服务的带宽需求时十分有效,但 Internet2 所要收集的流量数据并不是具体应用的高速缓存。因此,Internet2 核心节点无法提供高速缓存功能。

8. 性能展望

虽然,Internet2 建设的一个主要目标是如何在一个拥塞的网络环境下保证网络的 QoS,但核心节点自身不应该成为网络的瓶颈。此外,不同的 Interne2 成员节点所要求的网络带宽是不一样的,所以,核心节点在进行内部设计的时候应当能够处理多种接入需求并具有广泛连接能力。

9. 运行责任

Internet2 的运行与管理是 Internet2 建设过程中存在的一个焦点问题。必须成立一个机构,所有 Internet2 核心节点与该机构进行合作,通过该机构获得带宽并实现核心节点所需要实现的目标,当然其中也包括一些网络管理方面的内容。这个机构至少需要全国性的网络管理机制和例会制度。如何确定并组织这样一个机构也是 Internet2 的一个重要议题。

Internet2 还需要对系统实际的使用情况进行分析研究,这种对十分复杂并不断变化的系统行为研究将包括一些流量描述、队列分析、性能监控、成本分摊等。为了能够记录足够详细和精确的数据以支持严谨的研究和分析工作,核心节点在结构上都配备一定安全能力的完整的数据库。

10. 服务级别监控和数据

Internet2 为终端用户提供支持端到端的动态服务。这意味着终端用户可以按照自己的需求在 Internet2 上申请不同的服务等级,且这些服务可以穿透不同的网络供应商。无论通信路径中包含了多少网络供应商,这些服务都可以被传送。终端用户可以在任意时刻申请不同的服务级别,不过有时候网络比较拥挤,没有足够的资源提供这一级别的服务,所以终端用户不一定总能得到所申请的服务,但一旦某项申请获得批准,这一服务级别就一定能被授予给终端用户。

由于 Internet2 提供的动态服务具有端到端的特性,这就要求各网络运营商之间以及网络运营商与终端用户之间加强合作,并实现最大程度的自动化。

目前的 Internet 并不区分服务等级,只有一个级别的服务。在这种情况下,就只能平等对待所有终端用户,按照非动态的成本计算方法,例如根据固定的带宽、时间等因素对用户收费。一旦能够针对不同的资源和用户划分出不同的服务等级,就必须进行一定形式的资源管理和成本计算,Internet2 的管理模式与成本计算方法目前还处于摸索阶段,还没有一套成熟固定的管理方式。

11. 安全

Internet2 的网络安全问题大体上可以分为以下三类:

(1)针对网络基础设施的攻击。这类针对网络基础设施的攻击行为是为了使网络基础设施出现异常,可能导致网络设备系统性能下降或网络设备系统崩溃,甚至使整个网络瘫痪。

(2)未经授权接入使用网络。由于 Internet2 针对不同的网络资源与接入用户提供不同的定价策略与网络服务等级,因此网络运营者将面临试图逃避管理和逃避网络计费的安全问题。

(3)病毒或网络使用不当等。这种情况并不会影响 Internet2 本身,但会影响终端系统或网络使用者。病毒能侵入用户系统、窃取有关重要资料,进行犯罪和违法行为。

作为网络运营者,除了必须懂得传统的各类攻击方法之外,还必须明白能够防御这些攻击的方法,需要做到主动防御。因此,Internet2 核心节点的网络运营者与其他网络运营者及组织进行安全方面的合作交流十分必要。

10.1.2 CERNET2

第二代中国教育和科研计算机网(CERNET2)作为中国下一代互联网示范工程 CNGI 最大的核心网络和唯一全国性学术网络,采用纯 IPv6 网络技术构建,是中国第一个纯 IPv6 网络技术构建的国家主干网。也是目前全世界规模最大、应用最广的纯 IPv6 协议的新一代互联网主干网。经过多年的建设发展,CERNET2 上已经部署了大量的关键应用,结出了丰硕的研究和应用成果。

CERNET2 已成功建立了中国下一代基于 IPv6 网络的交换中心,不同运营商和网络组织之间的国际互联网通过交换中心进行直接多边的对等接入或信息交互。在不同运营商和网络组织之间实现路由信息交换的同时,也进行业务流量的交互,并对业务流量以及路由策略等网络信息进行有效的控制。CERNET2 网络交换中心采用了自主开发的国产关键设备及网络技术,开发具有自主知识产权的网络技术,支持国有网络设备企业的发展,这也为新一代互联网建设带动产业经济发展打下了坚实的基础。

为了节省传输网的部署费用,CERNET2 主干网充分利用 CERNET(China Education and Research Network,中国教育和科研计算机网)现有的全国高速传输网的光纤线路,以 2.5~10 Gbps 的速率连接分布在全国 20 个主要城市的 CERNET2 核心节点,分布在全国各地的 200 余所高校和其他科研院所通过光纤网络、城域网及隧道等方式灵活地接入下一代互联网,并通过中国下一代互联网交换中心 CNGI-6IX,高速连接到国内外新一代互联网主干网。

CERNET2 主干网采用的是纯 IPv6 协议构建,这也为我国基于 IPv6 的下一代互联网技术的发展提供了广阔的发展空间和试验环境。同时,我国自主研制的具有自主知识产权的比威 IPv6 核心路由器被大量使用在 CERNET2 核心主干网络的建设中,部署在各个核心节点上。纯 IPv6 技术的应用和自主知识产权的核心路由器的大量使用为我国研究 NGI 关键技术,开展基于 IPv6 的互联网重大应用,推动下一代互联网产业发展都奠定了坚实的基础。

10.1.2.1 CERNET2 的起源

早在 1994 年,中国教育和科研计算机网 CERNET 就开始建设了,当时的 CERNET 是国内第一个采用 IPv4 技术构建的全国性核心网络。CERNET 的建设过程,对中国互联网的发展过程有着极其重大的参考示范意义。

早在 1998 年,CERNET 已经成功建立了国内第一个 IPv6 试验床,并在试验床上开展下一代互联网技术的研究与试验。随后又于 2000 年在北京地区成功建设国内第一个下一代互联网(即 NSFCNET)和中国下一代互联网交换中心 DRAGONTAP,并代表中国参加国际下一代互联网组织,实现了中国下一代互联网与国际下一代互联网的互联。

CERNET 于 2001 年提出建设全国性下一代互联网的 CERNET2 计划。2003 年,CERNET2 计划被纳入由国家发改委等八部委联合领导的中国下一代互联网示范工程 CNGI 项目。

2003 年 10 月,CERNET2 试验网率先开通了连接北京、上海和广州的 3 个核心节点,并投入试运行。2004 年 1 月 15 日,CERNET2 同 Internet2、GÉANT 等学术互联网一起,在比利时首都布鲁塞尔欧盟总部向全世界宣布,开通全球 IPv6 的下一代互联网服务。

2004 年 3 月,CERNET2 试验网向用户正式提供基于 IPv6 协议的下一代互联网接入服务。

连接分布在 20 个主要城市的核心节点是 CERNET2 的核心目标,分布在这 20 个主要城市的 25 个高校成为主要的核心节点。而这些核心节点除了在 CERNET2 内部互相连接之外,还要和其他核心主干网实现高速互联。目前,CERNET2 与北美、欧洲、亚太地区的国际下一代互联网的高速互联也已经实现。

CERNET2 将为我国研究下一代互联网关键技术,以及开发基于下一代互联网重大应用开辟可靠的基础环境。全国一百余所研究型大学及其他科研单位、企业研发中心以专线形式接入 CERNET2。2004 年 12 月,CERNET2 开通了连接全国 20 个主要城市的 CNGI-CERNET2 主干网。

CERNET2 还承担了 CNGI 项目北京、上海两个交换中心之一的北京交换中心的建设任务。2005 年 1 月在北京的交换节点上开通了连接到美国 Internet2 的 45 Mbps 专线,2005 年 10 月开通了连接到 APAN 的 1 Gbps 专线连接,2005 年 12 月开通了连接到 TEIN2 (Trans-Eurasia Information Network,第二代跨欧亚信息网络)的 1 Gbps 专线连接,并于 2006 年 1 月 3 日连接了由中国电信、中国联通、中国网通、科技网、中国移动、中国铁通等承担的另外六大 CNGI 核心主干网。

10.1.2.2 CERNET2 主干网路由

在总体结构设计上,CERNET2 采用的是二级层次结构,分别由主干网和用户网两个部分组成。CERNET2 主干网由国家网络中心和分布在全国 20 个主要城市的 CERNET2 核心节点组成,CERNET2 的用户网包括一些高等院校、科研机构和其他单位的下一代互联网试验网。CERNET2 与国内其他 CNGI 主干网通过国内/国际互联中心进行互联,并通过国内/国际互联中心与国际下一代互联网互联。

在主干网和用户网这样的二层总体结构基础上,CERNET2 的总体设计还包括网络体系结构的设计、IPv6 地址分配、域名系统设计和路由策略设计等多个方面:

1. 体系结构

CERNET2 主干网采用的是纯 IPv6 协议,考虑用户网的多样性,CERNET2 主干网同时支持用户网通过 IPv4 和 IPv6 两种协议接入。

当用户网为纯 IPv6 网络的时候,使用 BGP4 + (BGP 4 with Multiprotocol Extensions, BGP4 版本多协议扩展)路由协议或静态路由协议与核心节点互联。用户使用 IPv6 应用时,可直接实现 IPv6 端对端的连接。

当用户网为 IPv6/IPv4 双栈网络的时候,使用 BGP4 + 路由协议和静态路由联网。用户网接入路由器自动将用户的 IPv4 应用通过隧道技术封装在 IPv6 报文中,通过 CERNET2 传输到目的地,从而实现 IPv4 应用的端到端高性能连接。

当用户网为 IPv4 的时候,可以通过网络地址转换技术,实现与基于 IPv6 主干网的互联,通过地址转换技术就可以实现 CERNET2 与现有 CERNET 网络互联互通及信息资源共享。

2. 地址分配

1998 年 CERNET-IPv6 试验床向 6Bone 示范网提出申请,并获得了 3ffe:3200::/24 的 pTLA(pseudo-Top Level Aggregation,伪顶级聚类)地址空间。这也是中国唯一一个具有/24 pTLA 的网络,并成为国内第一个 6Bone 主干节点。在此基础之上,CERNET 国家网络中心制定出了一套 IPv6 地址规划与分配方案,并于 2000 年 10 月率先在国内提供 IPv6 的地址分配服务。不久之后,CERNET 获得了由 APNIC 分配的正式 IPv6 sTLA(sub-Top Level

Aggregation,次顶级聚类)地址 2001:250::/32。

为了完成 CERNET2 项目的建设任务,CERNET 国家网络中心于 2003 年从 APNIC 申请获得 IPv6 地址 2001:da8::/32。

CERNET2 的 IPv6 地址由 CERNET2 网络中心统一分配和管理,核心节点分配聚类地址,每个会员单位分配一个/48 地址,这样做可以适应 CERNET2 分为主干网和用户网的二层总体结构。

3. 路由策略

CERNET2 的路由策略方案采用的是分层路由策略。常用的 IPv6 路由协议包括默认路由、静态路由、RIPng、OSPFv3 和 IS-ISv6、BGP4 + 。

CERNET2 核心节点中采用 OSPFv3 路由协议,根据网络拓扑结构选择最佳路由;CERNET2 主干网采用 BGP4 + 路由协议,对核心节点所接入的用户网络进行路由选择。用户网接入的路由策略可以采用 BGP4 + 路由协议或指定静态路由的方式,能够对用户发布的 IPv6 地址前缀进行有效性认证和聚类检查,丢弃不符合要求的 IPv6 地址前缀,并接收共同体标记。

CERNET2 与国内其他 CNGI 主干网采用 BGP4 + 路由协议进行互联,以保证从 CERNET2 所公布的 IPv6 网络地址的有效性,并对其进行聚类;同时可接收对方的共同体标记和多出口标识信息,也可向对方发送共同体标记和多出口标识信息;还可对路由条目的本地优先级进行调整。

在与国际互联方进行互联的时候,CERNET2 主干网采用 IPv6/IPv4 双协议栈方式连接,通过聚类并公布相应的网络地址,同时接收国际互联的 IPv6 路由表信息。

10.1.2.3　CERNET2 核心节点

CERNET2 核心节点的主要职能[2]如下:

- 为 CERNET2 主干网提供机房环境;
- 为所辖范围用户网提供接入服务;
- 提供分布式网络运行管理功能;
- 提供分布式网络安全管理功能;
- 为下一代互联网技术试验和示范应用提供可靠的实验环境。

CERNET2 核心节点能提供 1~10 Gbps 速度的接入用户不低于 10 个,用户可以采用 IPv4 或 IPv6 协议就近接入 CERNET2 核心节点。CERNET2 根据 CERNET 光纤传输资源分布特点,选取相应的城市作为 CERNET2 核心节点,以节约 CERNET2 建设投资。

CERNET 高速主干网是基于 DWDM/SDH 技术的高速率传输网。CERNET 在"211 工程"建设支持下,进一步扩大了光纤传输系统的覆盖范围,传输系统的传输容量被有效地增加,高速传输网的覆盖范围扩展到了全国 20 多个城市。CERNET2 在 CERNET 高速传输网覆盖的城市建设核心节点。

高等学校和科研院所是 CERNET2 的主要用户群体。按重点学科数量、重点高校数量和教育科研单位数量对全国的各个主要城市进行排序,排名前二十几位的城市与 CERNET 高速传输网的节点分布基本吻合。从多个方面综合考虑之后,选择出全国 20 个高校和科研单位相对集中的城市:北京、上海、南京、武汉、西安、广州、天津、成都、哈尔滨、长沙、杭州、合肥、长春、沈阳、厦门、大连、重庆、济南、兰州、郑州,作为 CERNET2 主干网的核心节点。

10.1.2.4 CERNET2 拓扑结构

网络的拓扑结构不但对网络的运行效率有着重大的影响,还决定了网络的可扩展性。因此,CERNET2 的网络拓扑结构在设计中遵循着高可靠性、经济性、流量合理分布、传输时延最小、便于管理等原则:

- 高可靠性。每个 CERNET2 节点与其他 CERNET2 节点之间有冗余线路,当网络中某些线路出现故障中断时,网络仍然能够正常运行,不会影响节点连通。
- 经济性。在满足通信要求以及确保网络正常运行的前提下,尽可能降低网络的建设成本和网络的运行费用,确保网络建设的经济性。
- 流量合理分布。使流量的分配更加合理化,避免出现线路流量不均衡、使某些线路过于拥挤或某些线路过于空闲的情况。
- 传输时延最小。通过减少数据传输所经过的路由节点数目来减少端到端的传输延迟。即要达到最快的速度和最短的距离。
- 便于管理。在满足各种网络应用需求和网络高性能运行的前提条件下,尽可能使 CERNET2 便于网络技术管理、网络运行维护和行政运行管理。

CERNET2 主干网以 CERNET 提供的高速传输网拓扑结构为基础,连接了 CERNET 的 20 个核心网络节点,建成具有 3 个环状结构的主干网拓扑结构,如图 10.2 所示。

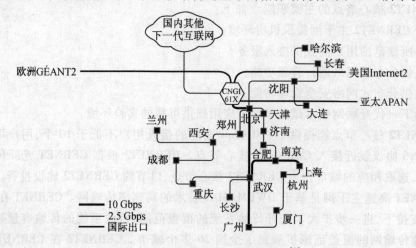

图 10.2 CERNET2 主干网络拓扑[3]

10.1.2.5　CERNET2 网络中心

CERNET2 网络中心设在北京,下设传输网运行中心、网络运行中心、网络信息中心、网络安全中心、技术试验和应用演示中心等 5 个部门,主要完成职能如下:

- 传输网运行中心:负责传输线路的运行及维护工作。
- 网络运行中心:负责配置管理、故障管理、性能管理、安全管理和计费管理。
- 网络信息中心:负责注册服务、域名服务、目录服务和信息发布。
- 网络安全中心:为主干网安全运行提供基本的安全保障服务。
- 技术试验和应用演示中心:为下一代互联网技术试验、国产产品测试和示范应用搭建所需要的实体实验环境。

10.1.2.6　CERNET2 接入方案

根据高等院校对 CERNET2 的研究需求与应用需求,100 多所具有重点学科的主要高校被选为 CERNET2 首批用户接入单位。有意愿和有条件的科研院所、大型企业以及有海量数据存储和交换需求的单位也可以申请成为 CERNET2 的用户接入单位[2]。

CERNET2 的用户网在结构上大体上可以分为两大类,第一类是 IPv4 网络,另外一类是 IPv6 网络。用户网可以根据自身的网络体系结构采用不同的接入方式接入到 CERNET2 中。IPv6 用户网可以采用 BGP4 + 路由协议直接通过核心节点接入 CERNET2 主干网。而 IPv4 用户网则可以通过隧道技术或地址转换技术等方式接入到核心节点。

与 CERNET2 核心节点在同一城市的用户网,可租用光纤或租用数字线路接入 CERNET2 主干网;否则,根据可获得的传输条件可采用 POS(IP Over SDH,基于 SDH 高速传输通道传输 IP 数据报文)技术接入 CERNET2 主干网,也可采用隧道技术接入核心节点。

10.1.2.7　CERNET2 互联中心

在建设 CERNET2 的同时,CERNET 网络中心还建设了 CNGI 国内/国际互联中心 CNGI-6IX。在北京实现 CERNET、中国电信、中国网通、中科院、中国联通、中国移动和中国铁通等多家单位承担建设的 CNGI 主干网的互联。CNGI-6IX 互联中心还连接到北美、欧洲、亚太等地,实现 CERNET2 与国际 NGI 的互联。CNGI-6IX 的建成,使我国形成具有多个国家主干网、并与国际网络接轨的新一代互联网及其关键应用研究开发的开放性实验环境与网络平台。

10.1.3　GÉANT2

2008 年 5 月,欧盟官方正式发布了欧洲基于 IPv6 协议的新一代互联网的行动计划。主要内容是计划在 2010 年欧洲将有 25% 的网络用户可以使用基于 IPv6 协议的新一代互联网,并能够使用 IPv6 协议访问大多数的网络服务和内容。这个行动计划具体包括:

- 提升基于 IPv6 协议的内容访问、服务和应用软件的能力。
- 通过公共采购行动,促进基于 IPv6 协议的网络互联和相关产品的需求。
- 保证及时的基于 IPv6 协议的网络部署行动。
- 要应对新一代互联网带来的安全和隐私等诸多问题。

截至目前,欧盟的 IPv6 行动计划进展落后于预期。2010 年 4 月欧盟社会信息总司高级专员 Jacques Babot 表示,互联网演进到基于 IPv6 协议的新一代互联网是完全必需的,但是在 2010 年结束时可能在欧洲没有办法实现计划的目标,但是在 2011 年应该可能会实现。

欧洲的新一代互联网的学术研究已经走到欧盟的前边,在著名的 GÉANT 和 GÉANT2 上早就运行了多种基于 IPv6 协议的主干网服务。

GÉANT2 是第七代泛欧的教育科研网络。作为泛欧科研网络 GÉANT 的后继项目,GÉANT2 于 2004 年 9 月 1 日启动,项目周期为 4 年。GÉANT2 由欧盟委员会和欧洲国家教育科研网络联合资助,并由 DANTE(Delivery of Advanced Network Technology to Europe)组织和管理。GÉANT2 项目提供了最新的高性能网络基础设施,为欧盟建立"欧洲研究区"(European Research Area,ERA)提供基本的网络条件。GÉANT2 致力于在各个方面提高教育科研网络的技术水平。除了构建教育科研网络以外,GÉANT2 还包括研究整合计划、支撑服务开发、欧洲教育科研网络监测、未来欧洲教育科研网络技术综合研究等内容。目前,GÉANT2 计划的参与者单位包括 34 个欧洲的国家教育科研网络、欧洲学术网络 DANTE,以及欧洲计算机网络研究和教育协会 TERENA 等,覆盖超过 3000 万研究人员[4]。

1. GÉANT2 项目的主要目标[4]

(1)设计、构建和管理泛欧教育科研主干网络。以此来实现欧洲各国家教育科研网络的互联,以满足教育科研领域日益增长的对高质量网络服务的要求。

(2)实施新一代互联网技术和网络服务的联合。GÉANT2 项目致力于将网络新技术由概念变为实际服务,提供给网络用户。

(3)为科研项目与教育用户提供快速高效的网络支持。

(4)研究数字环境中的"数字鸿沟"问题的解决方案。

(5)研究教育科研网络未来的管理和维护技术,以确保在 GÉANT2 计划结束后,网络仍然能够正常运行,为用户提供最好的网络服务。

GÉANT2 对未来构建横跨欧洲的教育科研网络具有潜在的深远意义,通过提供先进的网络环境将帮助研究人员的研究领域始终紧跟学术前沿,最终促进整个欧洲竞争能力的提升。

2. GÉANT2 上的网络应用

GÉANT2 的前身 GÉANT 很早就成为全球第一批新一代互联网试验的一部分,GÉANT 的很多成员组织都已经提供了基于 IPv6 协议的网络访问服务。

从 2005 年 2 月起,IPv6 组播就已经是 GÉANT 的典型成功应用,也良好地运行在 GÉANT2 上,但是 GÉANT2 上的 IPv6 组播是 IPv4 组播的复制品,没有针对 IPv6 协议做良好的扩展。

　　GÉANT2 除了提供 IPv6 组播服务外,还提供基于 IPv6 协议的高速网络接入服务,以及基于指定 QoS 的点对点通信服务。这些服务都是基于大量的底层网络服务,包括网络监测、故障报警、安全、移动访问等。GÉANT2 的拓扑结构(2009 年 2 月)如图 10.3 所示。

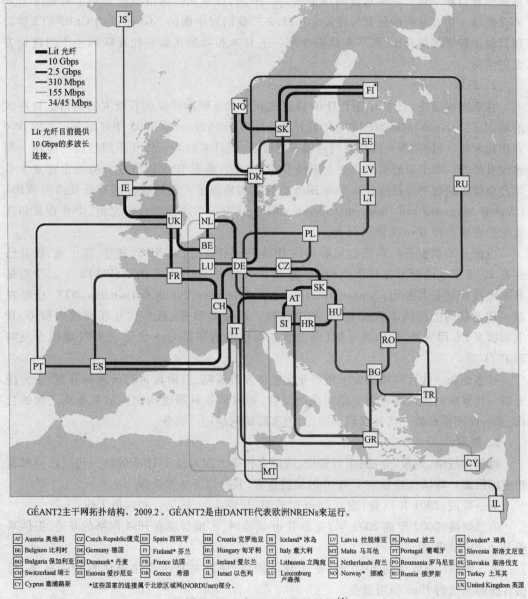

GÉANT2主干网拓扑结构,2009.2。GÉANT2是由DANTE代表欧洲NRENs来运行。

AT Austria 奥地利	CZ Czech Republic 捷克	ES Spain 西班牙	HR Croatia 克罗地亚	IS Iceland* 冰岛	LV Latvia 拉脱维亚	PL Poland 波兰	SE Sweden* 瑞典
BE Belgium 比利时	DE Germany 德国	FI Finland* 芬兰	HU Hungary 匈牙利	IT Italy 意大利	MT Malta 马耳他	PT Portugal 葡萄牙	SI Slovenia 斯洛文尼亚
BG Bulgaria 保加利亚	DK Denmark* 丹麦	FR France 法国	IE Ireland 爱尔兰	LT Lithuania 立陶宛	NL Netherlands 荷兰	PO Roumania 罗马尼亚	SK Slovakia 斯洛伐克
CH Switzerland 瑞士	EE Estonia 爱沙尼亚	GR Greece 希腊	IL Israel 以色列	LU Luxemburg 卢森堡	NO Norway* 挪威	RU Russia 俄罗斯	TR Turkey 土耳其
CY Cyprus 塞浦路斯							UK United Kingdom 英国

*这些国家的连接属于北欧区域网(NORDUnet)部分。

图 10.3　GÉANT2 的拓扑结构[5]

10.1.4 日韩 NGI 主干网

在传统基于 IPv4 协议的互联网中,亚洲国家相比欧美国家占有的地址空间更少,所以亚洲国家对新一代互联网建设的热情很高。中国、日本和韩国很早就开始了对基于 IPv6 协议的新一代互联网的研究与建设。10.1.2 节我们对中国的 NGI 建设的 CERNET2 建设项目做了较详细的介绍,接下来我们介绍一下日本和韩国在新一代互联网主干网建设方面的情况。

1. 日本

在亚洲国家中,日本对基于 IPv6 协议的新一代互联网建设拥有极大的热情。日本政府制定了"e-Japan"战略,自 1999 年就开始分配 IPv6 地址,计划 2005 年开始全日本的 IPv6 商用化服务。目前,新一代互联网进展有些滞后,但日本的新一代互联网建设与应用一刻也没有停缓。由于政府重视和企业积极参与,迄今日本在 IPv6 的研发和应用走在亚太各国乃至世界的前列。目前日本参与 IPv6 研究的机构除了产学研联合研究开发组织 WIDE (Widely Integrated and Distributed Environment),还有日本通信综合研究所、IPv6 普及与高度化推进协会和 IPv6 实施委员会。

目前日本的设备厂商已经能够提供 IPv6 的硬件支持,如 NEC、日立、富士通,而且已经有 10 多家互联网服务提供商(ISP)提供 IPv6 业务,如 WIDE 的 NSPIXP6 等。特别是日本电报电话公共公司(Nippon Telegraph and Telephone Public Corporation, NTT)已经在新一代互联网上提供了宽带业务,其中包括三项免费服务:新一代互联网接入服务;IP 电话服务;专用服务,如内容分配(面向服务提供商的网络 QoS 优化)、VPN 虚拟专用网和 IPTV 等。

日本的新一代互联网建设采用产业化整体发展策略,分阶段进行研究与开发,十分注重新一代互联网理论研究和应用实践的结合;同时依靠科研机构和电信服务商之间的合作,第一时间推动新一代互联网的商用,为实际的网络用户服务。

2. 韩国

韩国在战略、政策、立法、项目资助、国际合作等方面对基于 IPv6 的新一代互联网都有相应的措施。韩国已经制定了 IPv6 的演进进程,共分以下 4 个阶段[6]:

第一阶段(2001 年以前)建立 IPv6 试验网,开展验证、试运行和宣传工作。

第二阶段(2002 年到 2005 年)完善 IPv6 试验网,实现与现有 IPv4 网络的互通,提供基于 IPv6 的网络服务。

第三阶段(2006 年到 2010 年)建立 IPv6 网络,使原来 IPv4 网络退化为 IPv4 孤岛,提供有线和无线的 IPv6 商用服务。

第四阶段(2011 年以后)演变成一个单一完整的基于 IPv6 协议的新一代互联网。

目前,韩国政府已陆续投入了 468 亿韩元的资金用于支持 IPv6 产业的发展。但是韩国的新一代互联网建设同样因为技术和应用的限制,进展已经落后于原定的发展计划。

但是韩国在基于 IPv6 协议的新一代互联网项目的研究方面进展显著,韩国提出的"IPv6 host 变换技术",被 IETF 指定为 IETF 草案标准。该项技术能够把电脑等终端机现有 IPv4 协议地址体系技术中所使用的应用程序,无须修改可直接在基于 IPv6 协议的新一代互联网上使用。2004 年,韩国出台的促进 IT 行业发展的"839 计划"也针对基于 IPv6 协议的新一代互联网、下一代卫星网络和移动网络等进行了指导和推动。

除日本和韩国以外,新加坡、马来西亚和印度在新一代互联网战略中也都全面考虑引入基于 IPv6 协议的新一代互联网。亚洲和太平洋地区,作为最近这 20 年经济发展最快的地区,互联网的研究和应用发展十分迅速。亚太地区的大学和科研组织建立了多个网络联合组织,既为学术科研提供网络互联,也建设了一个网络新技术新概念的试验网。

APAN(Asia-Pacific Backbone Topology,亚太高速网络)是实现亚洲和太平洋地区学术网络互联的非营利组织,起主导作用的是中国、日本和韩国。APAN 旨在建立亚太地区学术网络高速互联相关研究的试验环境,并与北美、欧洲等地区的学术网互联,共同开展新一代互联网的研究与试验。目前,APAN 和多个地区的新一代互联网实现了互联,包括中国的 CNGI-CERNET2。APAN 主干网络拓扑图如图 10.4 所示。

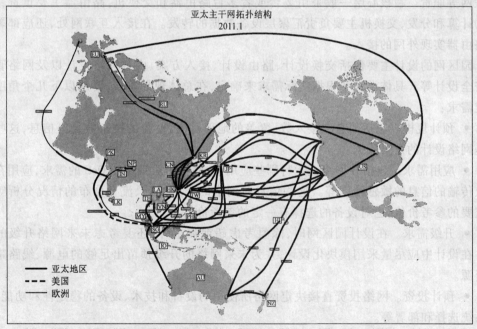

EU 欧洲 RU 俄罗斯 CN 中国 KR 韩国 PK 巴基斯坦 IN 印度 NP 尼泊尔 LK 斯里兰卡 MY 马来西亚 TH 泰国 JP 日本 TW 中国台湾 AU 澳大利亚 SG 新加坡
PH 菲律宾 HI 夏威夷 NZ 新西兰 US 美国 HK 中国香港 等

图 10.4   APAN 主干网络拓扑

10.2　园 区 网

园区网通常是指企业的内部网或者大学的校园网。园区网通常采用基于 TCP/IP 的以太网技术进行组网,主要采用层次化设计方法,通常分为三层,即核心层、汇聚层和接入层。如果园区网的规模不大,核心层和汇聚层合并后变成二层结构,即核心层和接入层。

接入层主要负责接入终端用户,为用户接入园区网提供接入点,通常使用二层交换机来担任这个角色。此外,接入层还可以承担用户行为管理和对用户环路、ARP 病毒等进行检测防护。为保证园区网的高效和安全,接入层设备需要具备支持简单网络管理协议(SNMP)、虚拟局域网(VLAN)、802.1x 认证等。

汇聚层主要负责将接入层设备汇聚到一起,接入到园区网骨干网。通常,在汇聚层要进行路由选择,在这个层次通常选用三层交换机,每个接入网的网关一般也是部署在汇聚层。

核心层主要负责转发园区网骨干网上的数据,转发汇聚层之间的数据,将园区网接入互联网等职责。在核心层一般采用 2 台或者多台路由器和交换机,路由器主要负责路由表的计算和分发,交换机主要负责汇聚层设备数据的转发。在接入互联网处,还应部署边界路由器实现外网的接入。

园区网的设计主要包括交换设计、路由设计、接入方案、内容网络设计以及网络管理和安全设计等。具体设计要根据实际需求来确定,在总体规划阶段,要从以下几个角度来确定需求:

● 预计规模。包括信息点接入数、覆盖的地理范围、覆盖的楼宇数量等信息,这些信息是网络设计的重要依据。

● 应用需求。包括在网络上运行哪些应用,这些应用对带宽和 QoS 的需求,应用在网络上传输的信息的敏感程度等。这些信息对网络的安全设计、流量分布的情况分析等有很重要的参考价值,也对设备的选择有一定的参考价值。

● 升级需求。在设计园区网时,除要考虑超前需求外,还要考虑未来网络升级的需求。在设计中应尽量采用模块化设计,并为未来网络的升级预留出足够的电源、线路带宽等资源。

● 预计投资。网络投资直接决定网络所使用的设备和技术、设备的稳定性和功能、网管系统选择和部署等。

搞清网络设计需求后,在网络设计时要遵循以下原则:

● 实用性原则。不要盲目地采用最先进的设备和技术来组建网络,而应采用性价比最好、适合实际需求的设计。

● 性能超前原则。网络需求会不断增长,所以设计网络的时候要对当前需求有一定的超前意识,在把握超前和实用相平衡的前提下基本遵循网络可以满足用户三年的需求为宜。

- 高可靠原则。设计要以网络可用为最主要目标,在设计时要考虑提高网络可靠性的方案和技术。
- 高安全原则。网络安全水平会影响网络的可用性,在设计时要考虑网络对安全方面的需求,在必要时设计部署专用的安全设备来提高网络的安全性。
- 易管理原则。网络的管理要越简单越好,这样对管理人员的要求更低,也能节省网络的日常维护支出。

在本节中,将从各个方面介绍新一代互联网技术在园区网建设中的应用,并列举东北大学等几所高校建设的新一代园区网实例。

10.2.1 总体设计

园区网总体设计时,要根据网络实际需求来确定网络拓扑结构和组建网络所采用的技术。新一代互联网的园区网建设通常是在原有网络基础上进行的,由于目前基于 IPv4 协议的传统互联网还占绝对地位,所以新一代园区网建设中必须考虑 IPv4 协议和 IPv6 协议的过渡。通常有两类方式:

- IPv4 和 IPv6 双栈设计。这种设计要求园区网所有核心层和汇聚层设备都支持 IPv4 协议和 IPv6 协议,接入层至少支持 IPv6 数据报文转发。
- IPv4 主干与 IPv6 隧道。这种设计是在原有基于 IPv4 协议的园区网主干网上,通过对小范围纯 IPv6 网络或双栈网络提供隧道机制实现接入 IPv6 协议的新一代互联网。

应用新一代互联网技术建设的园区网的拓扑与传统园区网类似,包括二层拓扑(如图 10.5 所示)、三层拓扑(如图 10.6 所示)、多核心三层拓扑(如图 10.7 所示)等。

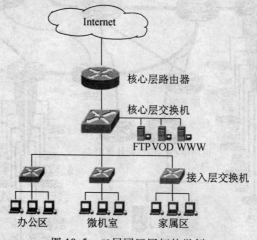

图 10.5 二层园区网拓扑举例

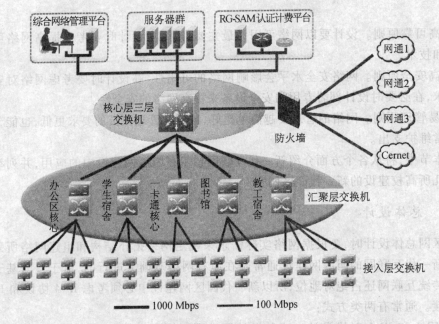

图 10.6 三层园区网拓扑举例(哈尔滨工业大学威海校区)

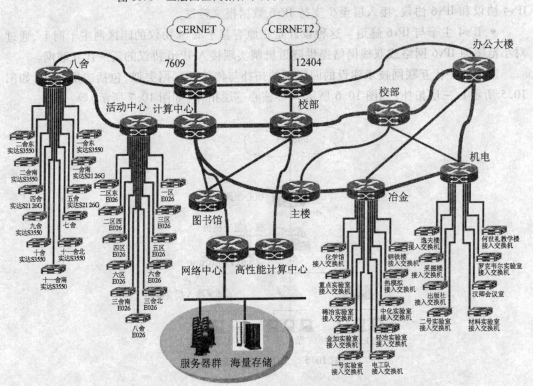

图 10.7 多核心三层拓扑园区网举例(东北大学校园网)

10.2.2　交换设计

新一代互联网的园区网交换设计上,主要采用以太网技术。在设计中需要考虑虚拟局域网 VLAN 的划分,物理链路的设计等内容。目前的分层园区网设计都是采用多层交换方式,主干网带宽、楼宇接入带宽、桌面接入带宽依次降低,主流采用“万兆主干接入、千兆楼宇接入、百兆桌面接入”的交换接入方式:

- 在园区网交换设计中,常需要采用虚拟局域网 VLAN 来防止广播风暴,划分多个逻辑上的虚拟局域网,隔离广播报文,缩小广播域,提高网络的安全性。
- 园区网物理链路的选择上,通常选择光纤和双绞线。通常在主干层和汇聚层设备间使用光纤接入,在桌面接入使用双绞线接入。当传输距离超过 100 m 时候,一般都是用光纤连接。物理链路选择也要和园区网设备选型相结合,最大程度上达到最佳的性价比。

10.2.3　路由设计

在新一代园区网的建设中,尤其是高校校园网,通常采用双栈技术、隧道技术来实现园区网对 IPv4 和 IPv6 的资源访问。下面将分别介绍 IPv4 常用的路由技术、IPv6 常用的路由技术和 IPv4、IPv6 过渡技术:

1. IPv4

根据网络的规模选择 RIP、OSPF、BGP 等路由协议来实现交换路由信息。

(1) RIP(路由信息协议)

RIP 是一种较简单的内部网关协议(IGP),适合小型同质网络,是一个基于距离向量(distance-vector)的网络路由协议。

RIP 通过广播 UDP 报文来交换路由信息,每隔 30 s 发送一次路由信息更新。RIP 使用跳数(hop count)来衡量路由距离的尺度。跳数指一个报文到达目标所必须经过的路由器的数目。如果到相同目标有两个不等速或不同带宽的路由器,但如果跳数相同,RIP 就认为两个路由是等距离的。RIP 最多支持的跳数为 15,即在源和目的节点间所经过的最多路由器的数目为 15,跳数 16 表示不可达。RIP 可满足中小型网络的需求,配置简单,应用起来也比较方便。

(2) OSPF(开放最短路径优先协议)

OSPF 也是一种内部网关协议,用于在单一自治系统(AS)内路由。与 RIP 相比,OSPF 是链路状态路由协议,而 RIP 是距离向量路由协议。OSPF 通过路由器之间通告网络接口的状态来建立链路状态数据库,生成最短路径树,每个 OSPF 路由器使用这些最短路径构造路由表。

OSPF 是目前使用比较广泛的路由协议,可满足大型网络的需要。

(3) BGP(边界网关协议)

BGP 是自治系统间的路由协议。其交换的网络可达性信息提供了足够的信息来检测路由回路,并根据性能优先和策略约束对路由进行决策。特别地,BGP 交换包含全部 AS 路径(path)的网络可达性信息,按照配置信息执行路由策略。

BGP 相对于 OSPF 来说,它是一个外部网关协议(EGP),并且它对流量的控制策略要比 OSPF 更加丰富。BGP 适合环境复杂、规模很大的网络。

2. IPv6

IPv6 协议对 IPv4 协议中的路由协议进行了扩展,其路由协议主要有 RIPng、OSPFv3、BGP4 + 等路由协议。

(1) RIPng(RIP Next Generation)

RIPng 继承了 RIP 使用简单的优点,同样使用跳数作为路由选择的依据,在原有协议上做了简单扩展。下一跳地址由以前的 IPv4 地址格式修改为 IPv6 地址格式,并且使用 128 比特的 IPv6 地址作为路由前缀。使用 FF02::9 作为 RIPng 路由器组播地址,使用 UDP 的 521 端口发送和接收路由信息。与 RIP 相同,RIPng 比较适合用在规模较小的网络中。

(2) OSPFv3(OSPF version 3)

OSPFv3 是 OSPF 的 IPv6 版本,是 OSPF 的升级版本。该协议可用在中型的 IPv6 网络中。OSPFv3 是 IPv6 协议中比较重要的 IGP 协议。与 OSPF 相比,地址的格式由以前的 IPv4 地址格式改为 IPv6 地址格式;在路由的计算上,同样是考虑链路状态。

(3) BGP4 +

BGP4 + 是 BGP 的 IPv6 版本,是在 IPv6 协议中应用最广泛的 EGP 路由协议。在自治域之间,BGP4 + 仍然有很强的流量控制能力和丰富的策略。相对 BGP 协议,BGP4 + 仍然使用原有的消息机制和路由机制,但是在地址的表示上由原来的 IPv4 地址格式修改为 IPv6 地址格式,同时还对 BGP 进行了扩展,增加了部分的协议属性,使网管可以更方便地使用它来在自治域之间交换路由信息。

3. IPv4 和 IPv6 过渡技术

目前 IPv4 向 IPv6 的过渡技术主要有两种:双协议栈技术和隧道技术。

(1) 双协议栈(Dual Stack,RFC2893)

网络主机或设备同时运行 IPv4 和 IPv6 两套协议栈。在链路层和物理层上共享使用同一个交换网。使用双栈技术实现园区网 IPv6 协议升级,需要校园网内的三层设备支持双栈技术。

(2) 隧道技术(Tunnel,RFC2893)

这种机制用来在 IPv4 网络之上连接 IPv6 节点,节点可以是一台主机,也可以是多台主机。隧道技术将 IPv6 协议的报文封装到 IPv4 协议的报文中,封装后的 IPv4 协议报文将通过 IPv4 协议的路由体系传输,报文报头的协议值设置为 41,表示这个报文的负载是一个 IPv6 协议的报文,以便在适当的地方恢复出被封装的 IPv6 协议报文,并传送给目的站点[8]。

隧道技术方案成本较低,但使用效率没有双栈高,并且在未来升级时存在更多困难。

10.2.4 园区网中的 QoS

新一代互联网中的园区网使用各类新技术来提高园区网对 QoS 的保障,提高园区网内各类网络应用服务水平。

新一代园区网运行 IPv6 协议,而 IPv6 协议在设计时本身就考虑到了对 QoS 的支持。通过 IPv6 信令和 Diff-Serv 相结合,结合 RSVP 等协议,在园区网上可以对 QoS 提供良好的支持。

此外,在园区网中还可以通过设置自治域来进行 MPLS 多协议标签网络的改造,进一步提升网络的 QoS 水平。

10.2.5 园区网中的组播

新一代互联网中的园区网的组播主要是基于 IPv6 协议的组播构建的。IPv6 协议中的组播在 IPv4 组播的基础上,做了较大程度上的改进,提供了丰富的组播协议支持,包括:MLDv1、MLDv1 Snooping、PIM-SM、PIM-DM、PIM-SSM。

（1）MLDv1（Multicast Listener Discovery for IPv6,IPv6 组播监听发现协议）

MLDv1 使用 MLD 来发现与其直连状态的 IPv6 组播监听者,并且对组成员的关系进行维护。

（2）MLDv1 Snooping

MLDv1 Snooping 与 IPv4 的 IGMPv2 Snooping 基本相同,唯一的区别在于协议报文地址使用 IPv6 地址。

（3）PIM-SM（Protocol Independent Multicast-Sparse Mode,基于稀疏模式的协议无关组播路由协议）

PIM-SM 运用单播路由为组播树的建立提供反向路径信息,并不依赖于特定的单播路由协议。IPv6 的 PIM-SM 与 IPv4 的基本相同,唯一的区别在于协议报文地址及组播数据报文地址均使用 IPv6 地址。

（4）PIM-DM（Protocol Independent Multicast-Dense Mode,基于密集模式的协议无关组播路由协议）

IPv6 的 PIM-DM 与 IPv4 的基本相同,唯一的区别在于协议报文地址及组播数据报文地址均使用 IPv6 地址。

（5）PIM-SSM（Protocol Independent Multicast-Source Specific Multicast,源特定组播路由协议）

PIM-SSM 采用 PIM-SM 中的一部分技术用来实现 SSM 模型。由于接收者已经通过其他渠道知道组播源 S 的具体位置。因此 SSM 模型中无须 RP（Rendezvous Point,汇聚点）节点,无须构建 RPT（RP Tree,汇聚点树）树,无须源注册过程,同时也无须 MSDP（Multicast

Source Discovery Protocol,组播源发现协议)来发现其他 PIM 域内的组播源。

10.2.6　园区网中的移动与无线网络

新一代互联网中的重要组成部分就是各类移动与无线网络,包括移动互联网、无线网状网、空间网络、卫星互联网等。在新一代园区网建设中,有线网络和无线网络的相结合是发展趋势。

传统的园区网的无线网络是有线网络的扩展,使用 IEEE 802.11 系列标准对有线网络进行扩展,实现园区网用户无线接入园区网,访问各类网络服务。

新一代互联网中的园区网,在传统园区网无线扩展的基础上,主要是实现各类无线网络的有效集成。一方面通过无线网络实现 IPv4 协议和 IPv6 协议双栈接入园区网,另一方面支持区分服务的多类型网络间的切换。前一个方面主要通过升级各层网络设备实现双栈运行来实现,后一方面需要采用统一的校园网访问终端,实现各类网络接入的实时切换。

10.2.7　园区网中的物联网

新一代互联网中的园区网利用物联网技术,通过各类信息传感设备进行信息的识别和控制,将各类信息传感设备与园区网和互联网连通而形成一个巨大网络,并在此基础上建设各类信息服务应用。

传统园区网中的基于 IC 卡的“一卡通”应用是物联网应用的萌芽。随着物联网技术的不断发展,RFID 标签和读写器、二氧化碳浓度传感器、温度传感器、湿度传感器、二维码标签和识别器、摄像头、GPS 终端等信息感知终端加入到物联网中,为园区网中建设基于智能识别、对象跟踪、环境监控和智能控制的各类物联网应用提供了有力的支持。物联网技术也将在园区网基础上延伸到网络信息应用的各个角落。

10.2.8　园区网中的安全

新一代互联网中的园区网安全主要可以通过以下几个方面来实现:

1. 网络隔离

网络隔离有物理隔离和逻辑隔离两种方式。物理隔离是将网络从物理层和数据链路层上分为若干子网,各子网之间无法进行直接通信;逻辑隔离将整个系统在网络层上进行分隔,在 TCP/IP 网络中根据 IP 地址将网络分成若干子网,各子网间必须通过可路由的网关设备进行通信[9]。

园区网使用分层交换结构取代了共享集中式结构,可较好地防止网络窃听。通常通过交换机提供的 VLAN 功能将网络逻辑划分为不同的网段,使网络通信成为事实上的点到点通信。

2. 访问控制

园区网中的访问控制主要通过使用防火墙来实现。通过制定严格的安全策略,防火墙可以对内外网络或内部网络不同信任域之间进行隔离,实现包过滤、应用级网关管理和安全状态监测。

3. 加密信道

园区网可以在链路层、网络层和传输层通过加密信道进行数据传输,以提高园区网的安全性。

4. 入侵检测

通过入侵检测设备可以发现网络或系统中是否有违反安全策略的行为和被攻击的迹象,做出预警并可以通过统一威胁管理(Unified Threat Management,UTM)设备实现与网络设备、防火墙等设备的协同。

5. 数据加密

通过加密技术可以实现身份认证和数据保护,保证数据的机密性和完整性。

6. 认证授权

将认证和授权机制联系在一起,提供申请服务的用户身份确认和权限授予。

7. 备份和恢复

备份和恢复技术在园区网安全领域是非常重要的,对关键数据和系统的备份与恢复是保证在意外情况保持设备持续可靠运行的基本手段。

此外,IPv6 协议对网络安全的支持也对新一代基于 IPv6 协议的园区网安全提供了有力支撑。

10.2.9 园区网典型实例

10.2.9.1 东北大学园区网

东北大学是国家首批"211 工程"和"985 工程"重点建设学校,并实现教育部、辽宁省、沈阳市重点共建。东北大学也是中国教育与科研计算机网 CERNET 东北地区节点,CNGI-CERNET2 沈阳核心节点和中国教育科研网格 ChinaGrid 东北大学节点。

1993 年东北大学就开始着手进行校园网的规划和建设,并于 1994 年正式接入 CERNET。通过多年的持续投入和建设,东北大学校园网的硬件基础设施已具规模,软件基础环境也在逐步完善,已能够提供丰富的网络信息服务。东北大学校园网已在东北大学的教学、科研和管理中发挥了十分重要的作用。目前,东北大学校园网已实现"双核心网络结构"、"万兆环形主干"、"千兆楼宇接入"和全校实现"IPv4 和 IPv6 双栈接入"等建设目标,规模和先进性在全国高校中处于领先地位,拥有超过 3 万个信息点,分别以 2 Gbps 带宽接入 CERNET 和 2 Gbps 带宽接入 CERNET2。

东北大学校园网已经全网实现双协议栈接入 CERNET 和 CERNET2,为全校师生提供了 IPv6 接入服务,初步实现了基于 IPv6 协议的园区网建设。东北大学校园网的拓扑图如图 10.7 所示。

1. 交换设计

东北大学校园网在设计交换网络时,依据建筑物和地理位置信息划分虚拟局域网 VLAN。在接入楼宇部署千兆级别交换机,使用千兆光纤链路上联到校园网汇聚节点,通过百兆电缆下联接入交换机。

桌面交换机使用百兆电口连接桌面用户,并在桌面交换机上部署 DHCP-snooping (DHCP 窥探)、ARP detecting(ARP 攻击探测)等功能来防止用户的不当行为对网络性能造成影响。

汇聚交换机通过万兆光纤链路上联核心层,核心层通过万兆光纤构成环型骨干网络,提供快速的数据转发。

2. 路由设计

东北大学校园网的骨干网采用了 OSPF 和 OSPFv3 路由协议作为 IGP 来交换骨干网络上的路由信息。根据逻辑和地理位置,校园网分为 3 个 AS 自治域,分别是教学办公区、宿舍区和管理区。在校园网上,使用 BGP 和 BGP4 + 来完成业务路由信息的交换。

3. QoS

东北大学校园网中部署了深度包检测分析系统,对校园网内的用户流量进行监控和控制,保证校园网上的资源可以有效、合理地分配给各个服务,保证提供的 QoS。对于重要的 Web 服务,邮件服务等预留了资源,保证这些关键业务的正常运行。同时在校园网中测试使用 MPLS 来提高 QoS 保障。

4. 组播

东北大学校园网中根据实际需要提供了 IPv4 组播和 IPv6 组播服务,基于科研成果对 IPv6 组播在园区网中的应用作了很多有益的实践。

特别地,东北大学基于科研成果建设了可控组播服务系统。可控组播服务系统是针对目前 CNGI-CERNET2 主干网所开通的组播情况以及接入 CNGI-CERNET2 的校园网的具体情况建设的,分成 3 个部分:主干网组播服务系统、校园网组播服务系统和组播接入控制。可控组播系统部署框架如图 10.8 所示。

可控组播服务系统通过在主干网、校园网和组播接入点对组播服务系统进行监控和管理,利用组播转发网关,灵活地将组播服务延伸到校园网中,并且通过多级的管理和控制,提高组播服务系统的安全性,实现组播服务系统的可控可管。

可控组播服务系统为东北大学校园网提供了可信可控的组播应用基础环境。在此基础上,将建设视频点播、视频会议等组播应用。

5. 移动与无线网络

东北大学校园网在图书馆、教学楼有基于无线访问点(Access Point, AP)的校园网无线网扩展,支持 IEEE 802.11b、IEEE 802.11g 协议。目前东北大学计划在全校教学科研区

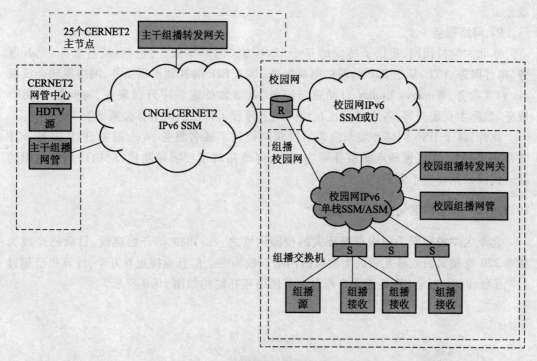

图 10.8 可控大规模组播系统部署框架图

域构建统一的、基于新一代无线网络技术的校园无线网络,为校园网用户提供方便快捷的无线网络接入服务。

6. 物联网

东北大学将利用物联网技术,在传统"一卡通"应用的基础上构建新一代校园网信息服务应用环境,将物联网技术应用到信息化教学和信息化管理中,构建"智慧校园"。

7. 安全

东北大学校园网中部署了入侵检测系统、蜜罐(honeypot)系统等,在网络被非法访问或者受到攻击的时候,第一时间向网管发出报警,报告攻击的信息,协助网管处理安全威胁。

同时,校园网内部署了 Windows 补丁升级服务和病毒软件升级服务,为校园网内用户提供免费服务,保证校园网内计算机的系统安全,提高校园网整体安全水平,保证校园网平稳运行。

8. 网络管理

东北大学校园网内主要部署了基于开源软件 cacti 的网络管理平台,对全校的网络设备和服务器进行监控,对于异常流量或者网络故障,可以及时地发现和处理。在计费管理方面,采用了流量计费的策略,在学校的出口处部署了 2 台高性能的服务器处理计费业务。

9. 网络服务

东北大学校园网,提供了传统的基于 IPv4 协议的网络服务,包括:域名服务、Web 服务、邮件服务,FTP、基于 P2P 的网络电视服务、基于 P2P 的视频点播服务、网络视频会议服务、VPN 服务、Windows Update 自动更新服务、杀毒软件病毒库升级服务、时间服务、BBS 服务、教师主页服务等,各个部门也在校园网上部署了自己的网上办公系统。

此外,基于 IPv6 网络环境东北大学校园网提供了域名服务、Web 服务、FTP 服务、P2P 文件共享服务、在线视频点播服务等应用,很好地拓展了校园网功能,向构建高效易用的新一代园区网环境不断前进。

10.2.9.2　其他园区网实例

北京大学校园网是国内规模最大的校园网络之一。1989 年开始建设,目前已经成为覆盖 220 栋建筑的光纤互联的大型园区网络。校园网上信息点接近 6 万个,计算机已超过 4.7 万台,同时在线计算机近 2.5 万台。其网络拓扑结构如图 10.9 所示。

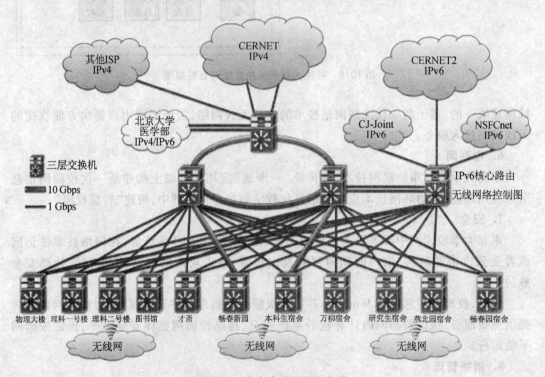

图 10.9　北京大学校园网拓扑

1. 交换设计

北京大学现在的校园网为经典的三层网络结构,即核心层、汇聚层和接入层。其中核心层由三台高性能路由交换机组成,负责校园网主干上数据的快速转发;汇聚层由分布在全校几大区域的路由交换机构成,负责各网段之间的路由和接入层设备之间的数据交换,接入层则负责用户终端的接入。

2. 路由设计

北京大学校园网在各个校区之间使用了 BGP 路由协议,在主干网上交换主干网路由信息,而在每个校区内部使用 OSPF 路由协议。校园网大部分区域是通过双栈接入,没有支持双栈的个别区域使用隧道技术接入。全网都可以访问到 IPv4 和 IPv6 网络上的资源。

3. 组播

北京大学校园网开通了基于 IPv4 协议和 IPv6 协议的组播服务,对园区网内提供各类组播视频应用,并基于组播技术提供多种技术平台下的视频会议服务。北京大学校园网也将建设校园网可控组播服务系统。

4. 移动与无线网络

北京大学从 2002 年 5 月底就开始建设了第一代校园无线网,基于 IEEE 802.11b 协议;并于 2005 年 9 月进行升级改造,增加 AP 部署密度,部分区域采用 IEEE 802.11g 协议。目前,北京大学校园无线网基本能够覆盖主要的教学科研和宿舍区域,并向基于 IPv6 协议的无线网络过渡。

5. 安全

北京大学校园网内部署了多层次的安全系统,对网络的安全进行严格的管理;同时建立 Windows 补丁升级服务提高服务器和主机系统的安全水平;还提供常用防病毒软件和实时病毒库更新服务,以提高校园网内防病毒能力;并建立网络安全事件应急事故响应组,对随时可能发生的安全事件做出快速响应和处理。

6. 网络管理

北京大学网络管理系统也是以 cacti 作为基础,并在其上进行功能的二次开发和界面的本地化。网管系统通过 snmpget 采集数据,使用 rrdtool 绘图,后台采用 MySQL 数据库保存配置信息。网管系统界面友好易用,功能丰富,提供了良好的数据管理和用户管理功能,为校园网维护提供了有力的技术支持。

北京大学计费系统采用自主开发的完善的网络计费系统,可以实现基于流量、时间等多种计费策略,充分满足北京大学校园网对计费功能的需求。

7. 网络服务

北京大学校园网为全校师生提供了丰富的信息服务:域名服务、Web 服务、邮件服务、FTP 服务、搜索服务、IPTV 服务、网络视频会议服务、VPN 服务、校内代理服务、Windows Update 自动更新服务、桌面防病毒服务(Nod32, Kaspersky)、时间服务等,这些都基本上可以运行在 IPv4 网络和 IPv6 网络上。

目前,北京大学已经建立了比较完备的数字化校园基础平台,学校的教学、科研和管理工作都在网络上建立了可靠的信息管理系统。北京大学校园网为北京大学建设国际一流高校提供了有力的网络技术支撑。

10.3　网格计算与云计算

随着网络带宽的逐渐提升和网络处理延迟的逐步降低,互联网上承载的应用也更加丰富。从计算能力网络化的角度,并行计算技术结合高速的局域网乃至广域网发展成为了网格计算(grid computing)。网格计算的出现使得人们开始向往像使用电力、使用水一样使用计算能力和存储空间。网格计算被称为继 Internet 和 Web 之后的"第三个信息技术浪潮"。网格计算发展了若干年后,依然是科学研究领域中的"阳春白雪",仅服务于科学计算,只被少数的科研机构所部署和使用,并未推广开来。

少数计算机行业的大型公司基于追求更大的商业利益的考虑,在网格计算这一科学概念的基础上提出了云计算(cloud computing)的概念,并积极地加以推动。云计算的提出引起了计算机制造商、网络设备制造商、网络运营商、系统集成商、软件服务商、信息资源提供商和信息消费者之间相互渗透的巨大融合。继水、电、气、电话之后,云计算被称为第五种生活基础设施。云计算将会给社会及经济发展带来深刻的影响。图 10.10 是来自 Google 的搜索量指数趋势分析,可以直观地看出人们对网格计算和云计算关注度的演化过程和趋势。

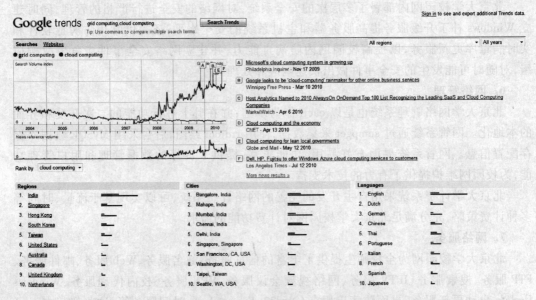

图 10.10　网格计算和云计算的搜索量指数对比(查询日期 2010 年 9 月 15 日)

10.3.1　网格计算

10.3.1.1　网格计算概述

网格这一概念来自于电力行业的电力网格(power grid)。网格计算的最终愿景是希望其使用者能够像使用电一样方便地使用网格计算和存储能力。网格是一种新型网络,它通过共享网络将不同地点的大量计算机相连,汇聚出强大的计算能力、存储能力和其他 IT资源,从而形成虚拟的超级计算环境。

一个被广泛认可的网格计算的定义来自于 IBM 公司的 Ian Foster,他认为网格计算是"动态多机构虚拟组织中的资源共享和协同问题求解"[10]。

网格计算的本质特征包括资源异构、多机构、虚拟组织、以科学计算为主、采用高性能计算机、问题求解环境紧耦合等。

10.3.1.2　网格计算的基本体系结构

网格计算的概念反映的是一种理念框架,而不是指一个物理上存在的资源。网格计算所采用的方法是利用位于分散管理域内的资源完成计算任务。经典的网格计算构成模型是由 Foster 等人提出的沙漏模型[10],如图 10.11 所示。在 Web Service 技术发展之后,结合 Web Service 提出了开放网格服务结构(Open Grid Architecture,OGSA)。

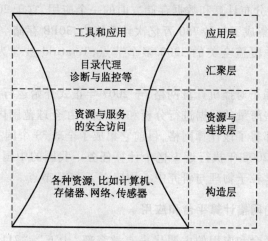

图 10.11　经典的网格计算沙漏模型

10.3.1.3　网格计算的类型

网格计算的类型包括计算网格、存储网格、服务网格等。计算网格指侧重计算力管理、获取和使用的网格;存储网格,又被称为数据网格,是指侧重于数据存储、管理、传输和处理的网格;服务网格指侧重于服务集成的网格。

10.3.1.4 国外典型的网格计算平台和应用

网格计算是网络发展的一种高级形式,代表了网络技术的发展趋势之一,国外出现了众多的网格计算研究项目,包括 Globus 项目(http://www.globus.org)、Globe 项目(http://cs.vu.nl/~steen/globe)、实验床(http://www.distributed.net;http://www.setiathome.ssl.berkeley.edu)、Legion 项目(http://legion.virginia.edu)、NetSolve 项目(http://www.cs.utk.edu/netsolve)、Javalin 项目(http://www.cs.ucsb.edu/research/javalin)等。

Globus 项目提供的 Globus 工具包是计算网格技术的典型代表和事实上的规范,是一个开放源码的网格基础平台,主要用来解决网格环境中工具、服务和应用开发的关键技术问题。它实现了标准的网格协议和 API。同时,它是一种基于社团的、开放结构、开放源码的服务的集合,也是支持网格与网格应用的软件库;它提供了基础的软件来集成分散的异构资源,形成一个单一的计算环境。图 10.12 是 Globus 工具包版本 4.0(GT4)的体系架构[11]。其核心 WS Core(Web Service Core)是 GT4 层次结构中的核心,WS Core 是对两个新标准的实现:Web 服务资源架构(Web Services Resource Framework,WSRF)和 Web 服务告示(Web services notification)。

国外的网格计算应用代表有美国的 TeraGrid 和欧盟的 LCG(LHC Computing Grid)。TeraGrid 是网格计算在分布计算和数据存储方面的一个应用,它于 2004 年 10 月投入生产运行,它用高性能网络集成了每秒 750 万亿次计算能力、30PB 存储空间和 100 多个学科的数据库资源,拥有几乎覆盖全美的 3300 多个节点,TeraGrid 被誉为"全球网格中心"的雏形。

LCG 的含义是大强子对撞机计算网格,于 2007 年正式开始运行,每年产生约 15PB 的实验数据。为了对这些海量的数据进行分析和处理,并在全球范围内实现信息共享,欧洲粒子物理中心建立并部署了该计算网络,目前它集成了全球 33 个国家的 140 个计算节点。已知文献显示 LCG 在 2008 年执行近 1 亿个计算任务。我国的中国科学院高能物理研究所和中国科学技术大学粒子物理与研究中心均建立了 LCG 节点。

10.3.1.5 国内典型的网格计算平台和应用

国内的网格计算平台和应用的主要代表有教育部"十五"、"211 工程"公共服务体系建设的重大专项——"中国教育与科研网格(ChinaGrid)"和国家"863 计划"重大专项支持的"中国国家网格(CNGrid)"。

中国教育科研网格部署在中国教育和科研计算机网(CERNET)和高校的大量计算资源和信息资源上。它通过开发相应的中间件软件,将分布在 CERNET 上自治的分布式异构的资源集成起来,实现 CERNET 环境下资源的有效共享,消除信息孤岛,形成高水平低

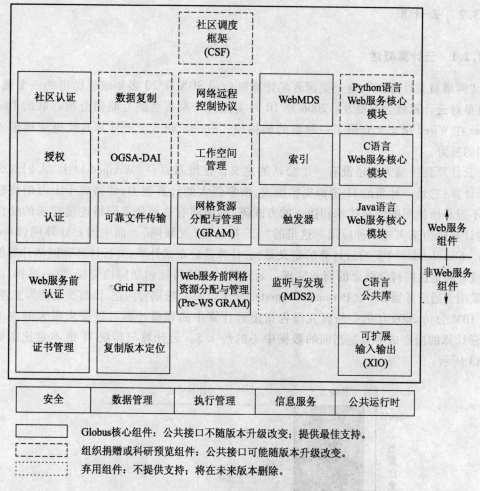

		社区调度 框架 (CSF)	
社区认证	数据复制	网络远程 控制协议	WebMDS	Python语言 Web服务核心 模块
授权	OGSA-DAI	工作空间 管理	索引	C语言 Web服务核心 模块
认证	可靠文件传输	网格资源 分配与管理 (GRAM)	触发器	Java语言 Web服务核心 模块

Web服务
组件

Web服务前 认证	Grid FTP	Web服务前网格 资源分配与管理 (Pre-WS GRAM)	监听与发现 (MDS2)	C语言 公共库
证书管理	复制版本定位			可扩展 输入输出 (XIO)

非Web服务
组件

安全	数据管理	执行管理	信息服务	公共运行时

☐ Globus核心组件：公共接口不随版本升级改变；提供最佳支持。

⬚ 组织捐赠或科研预览组件：公共接口可能随版本升级改变。

⬚ 弃用组件：不提供支持；将在未来版本删除。

图 10.12 Globus 工具包版本 4.0 的体系架构

成本的服务平台。将高性能计算送到 CERNET 用户的桌面上,目标是成为国家级科研教学服务的大平台[12]。

中国国家网格是聚合了高性能计算和事务处理能力的一种信息基础设施的试验床[13]。通过资源共享、协同工作和服务机制,有效支持科学研究、资源环境、先进制造和信息服务等应用。中国国家网格部署了自主研制的面向网格计算的高性能计算机(北方主节点:联想深腾 6800,现已经升级为联想深腾 7000 与南方主节点:曙光 4000A,现已经升级为曙光 5000A),包括香港在内的 10 个节点联合构成了开放的网格环境。通过自主开发的网格软件,支撑网格环境的运行和网格应用的开发建设。

10.3.2　云计算

10.3.2.1　云计算概述

"网络就是计算机",这是美国著名计算机公司 SUN 在 20 多年前就提出的一个概念,是最早对云计算概念的提及。2006 年 10 月美国另一家著名的互联网公司谷歌的 George Gilder 在 Wired 杂志上介绍了一种新的架构模式——云模式。云计算自此迅速地进入了人们的视野。

云计算到目前为止还没有一个公认的定义。在维基百科(Wikipedia)上,人们这么定义云计算:它是一种新的 IT 资源提供模式,依靠强大的计算能力,使得成千上万的终端用户,不担心所使用的计算技术和接入的方式等,都能够有效地依靠网络连接起来的硬件平台的计算能力来实施多种应用。这里的"云"指的是"互联网"。而中国云计算网(http://www.chinacloud.cn)上的云计算的定义是:云计算是分布式计算、并行计算和网格计算的发展,或者说是这些科学概念的商业实现。云计算的本质特征包括同构资源、单一机构、虚拟化、采用普通服务器和 PC(Personal Computer,个人电脑)、松耦合问题、以数据处理为主等。

IBM 公司 2009 年的一份研究报告指出云计算中的规模计算可以带来很大的成本效应,云计算的操作成本只是当前的数据中心的约 1/5。云计算与传统 IT 成本对比图如图 10.13 所示。

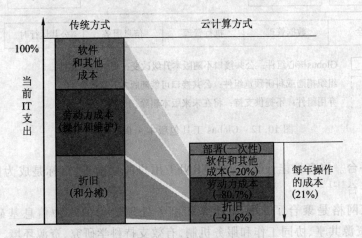

图 10.13　云计算成本与传统 IT 成本对比

10.3.2.2　云计算提供的三种服务类型

云计算提供三种服务类型:软件即服务(Software as a Service,SaaS)、平台即服务(Platform as a service,PaaS)、基础设施即服务(Infrastructure as a Service,IaaS)。

软件即服务指通过浏览器把程序以服务方式交付给用户,向用户收取服务费。用户通过互联网使用程序,软件服务供应商只需统一安装和维护一套软硬件系统,降低服务器和软件的购买及系统运维成本。很多 SaaS 还提供了开放 API,让开发者能够开发更多的互联网应用。这类服务的代表包括在线文档编辑、在线客户管理系统等。

平台即服务将把程序开发环境、应用程序运行环境、数据库环境等作为一种服务来提供给第三方开发商,由后者开发程序并通过互联网提供给用户。这类服务的代表包括 Google 的应用软件引擎 Google App Engine 和 Salesforce 的网络应用软件平台 force.com 等。

基础设施即服务指将计算设备、存储设备和网络设备直接提供给用户使用。这类服务的代表有亚马逊公司的弹性计算和简单存储服务等。

10.3.2.3 典型的云计算平台

1. Google 的云计算平台

Google 公司作为云计算概念的提出者,其自身已经建立了云计算平台。该平台的基础设施包括 30 多个站点和超过 200 万台服务器。服务器和站点的数量还在迅猛增长。Google 云计算平台是为其搜索引擎等网络应用定制的,基于分布式并行集群方式的基础架构。Google 所提供的一系列应用,包括 Google 地球、地图、Gmail、Docs 等也同样运行在这些基础设施上。Google 已提供基于云计算平台的服务,允许第三方用户在 Google 云计算平台上通过 Google App Engine 运行大型并行应用程序。

Google 的云计算平台主要包括四项关键技术:分布式文件系统(Google File System,GFS)、MapReduce 编程模式、分布式数据库(BigTable)、分布式锁(Chubby)。图 10.14 是 Google 云计算架构的示意图。

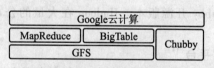

图 10.14 Google 云计算架构

2. 亚马逊的云计算平台

亚马逊研发了弹性计算云 EC2(Elastic Computing Cloud)和简单存储服务 S3(Simple Storage Service),为企业提供计算和存储服务。

亚马逊的云计算平台是最早实现商业化运行的平台,其弹性计算云的收费标准是"每个服务器租用 1 小时为 0.1 美元",其简单存储服务的收费标准是"1GB 数据存放 1 个月为 0.15 美元"。诞生两年时间,亚马逊上的注册开发人员就多达 44 万人,其中包括为数众多的企业级用户。

3. IBM 的云计算平台

IBM 公司将自己的云计算平台命名为"蓝云"(blue cloud)。蓝云平台使用一种即买即用的思想,采用一个分布式、可全球访问的资源结构,使得数据中心在类似于互联网的环境下完成计算和运行。图 10.15 是蓝云的架构图。

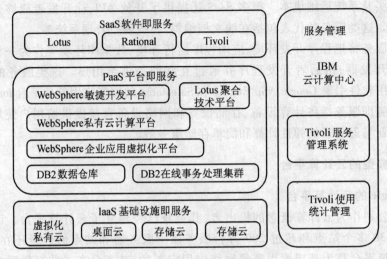

图 10.15 蓝云架构图

4. 开源的 Hadoop 平台

Hadoop 是 Apache 的一个开源软件项目,由 Doug Cutting 在 2004 年开始开发。Hadoop 是一个海量数据存储和计算的分布式系统,它由若干个成员组成。主要包括:HDFS (Hadoop Distributed File System,Hadoop 分布式文件系统)、MapReduce、HBase、Hive、Pig 和 ZooKeeper。其中 HDFS 是 Google 的 GFS 开源版本,HBase 是 Google 的 BigTable 开源版本,ZooKeeper 是 Google 的 Chubby 开源版本。Hadoop 在大量的公司中被使用和研究,包括雅虎和亚马逊。

5. 中国移动的“大云”平台[14]

中国移动研究院从 2007 年开始进行云计算的研究和开发。截至 2010 年 5 月,中国移动已经建成包括 1000 台服务器、5000 个 CPU(Central Processing Unit,中央处理器)核、3000TB 存储规模的“大云”实验室,并研发出了“大云”(big cloud)云计算系统。

“大云”平台可实现分布式文件系统、分布式海量数据仓库、分布式计算框架、集群管理、云存储系统、弹性计算系统、并行数据挖掘工具等关键功能。

其中分布式计算框架采用 MapReduce 并行编程模式,将任务自动分成多个子任务,通过 Map 和 Reduce 两步实现任务在大规模计算节点中的调度与分配,保证后台复杂的并行执行和任务调度向用户和编程人员透明。

而云存储系统利用“大云”平台存放、管理用户的文件(如:照片、视频,文档等)。根据企业用户和个人用户的不同使用方式,提供多种便捷的文件获取方式,同时支持用户之间的文件共享。弹性计算系统使用开源 Xen、KVM(Kernel-based Virtual Machine,内核级虚拟机软件)等虚拟化软件提供计算资源的虚拟化,对计算资源、网络资源和存储资源进行集中管理和调度。并与用户自服务流程进行管理整合,提供弹性计算服务。基于"大云"的并行数据挖掘工具库,提供基于 SaaS 的数据挖掘服务,支持高性能低成本的商务智能应用开发。

10.3.2.4 云计算面临的挑战

对云计算科学的认识是种挑战,云计算作为一种商业化的概念被提出,其深刻内涵人们依然需要时间去认识。目前学术界对云计算依然存在质疑,包括云计算的安全性、交互性、数据可移植性等。尤其是云计算及其服务的安全和信任问题始终是使用者关心的问题,解决该问题仍需实践的继续深入。2009 年美国加州大学伯克利分校发布了一份关于云计算的技术白皮书[15],里面提及当前云计算依然面临十大技术障碍,具体内容见表 10.1。

表 10.1 云计算发展面临的十大障碍

序 号	障 碍
1	服务可用性
2	数据锁
3	数据安全和可审计性
4	数据传输瓶颈性
5	性能不可预知性
6	存储的伸缩能力
7	大规模分布式系统中的错误
8	快速伸缩
9	信誉和法律危机
10	软件许可

10.4 典型应用

10.4.1 视频会议与数字电影院

10.4.1.1 视频会议

视频会议系统(又称会议电视系统)是通过网络通信技术来实现的虚拟会议,使在地理上分散的个人或群体可以聚集一处,通过图形、声音等多种方式交流信息,支持人们远距离进行实时信息交流与共享、开展协同工作。视频会议系统通过网络在两点或多点之间交互传输视频、音频和数据来实现远距离用户"面对面"的交流。视频会议网络拓扑图如图 10.16 所示。

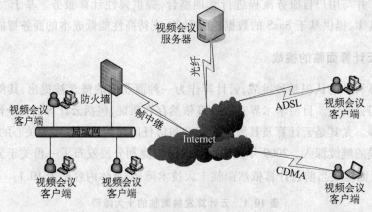

图 10.16　视频会议网络拓扑示意图

　　视频会议系统的组网结构随与会者参加方式的不同而有所不同。从整体上看,有两种组网结构:一种是点对点组网结构;另一种是多点会议组网结构。

　　点对点组网结构:点对点视频会议系统只涉及两个会议终端系统。其组网结构简单,不需要多点控制单元,也不需要增加额外的网络设备,只需在终端系统的系统控制模块中增加会议管理功能即可。两个会议地点(终端系统)只需呼叫对方,在得到对方确认后便可召开视频会议。

　　多点会议组网结构:在多个会议场点进行多点会议时,必须设置一台或多台多点控制单元。多点控制单元是一个数字处理单元,通常设置在网络节点处,可供多个会议场点同时进行通信。

　　视频会议系统分为以下几类:

　　● 基于硬件的视频会议系统,特点是使用专用的硬件设备来实现视频会议。系统造价较高,使用简单,维护方便,视频的质量非常好,对网络要求高,需要网络专线来保证。

　　● 基于软件的视频会议系统,完全使用软件来完成硬件的功能,主要借助于高性能的计算机来完成硬件解码,实现视频会议功能。特点是充分利用已有的计算机设备,总体造价较低。现行的基于 IP 的视频会议系统主要有 SIP 软件视频会议、H.323 视频会议和基于视频控制服务器的视频会议等几种类型。尽管它们实现的方式不一样,但它们需要完成的功能却是相似的,即建立控制服务器的会话、客户端间传输音频/视频信号、会议的控制管理和会议的终结。

　　● 网络视频会议系统,完全基于互联网而实现的,特点是可以实现非常强大的数据共享和协同办公,对网络要求极低。完全基于电信公共网络进行运营,客户使用非常方便,不需要购买软件和硬件设备,只需交费即可,视频效果一般。

　　随着我国网络基础设施建设的不断完善,视频会议系统作为一项重要的网络应用已经在各行各业得到了广泛的应用。下面介绍几款如今比较流行的视频会议系统：

1. WebEx 视频会议系统

WebEx 视频会议系统是一款商用的视频会议软件，它出自 WebEx 通讯公司。WebEx 通讯公司是网络会议市场的领军人物，全球有数千家企业和机构使用 WebEx 软件。使用 WebEx，无须购买和配置任何软件或者硬件设备，在任何时间、地点，只要使用浏览器，即可轻松召开或加入网络会议。当用户参加一个使用 WebEx 软件的基于网络的视频会议时，用户必须首先下载一个小的客户端软件。WebEx 软件使用一个 ActiveX 控件向用户的计算机下载客户端软件。

此外，WebEx 网络会议平台可以和 Microsoft Office、Outlook、Lotus Notes 等高度整合。从桌面迅速开始会议和邀请与会者，并将音频、视频和资料同步交流。WebEx 已经成为全球网络会议服务的实际标准。

2. Openmeetings 视频会议系统

Openmeetings 视频会议系统是一款基于 Web 的开源网络视频会议系统。它是基于宽通用公共许可证（GNU Lesser General Public License，LGPL）协议开发的，支持多国语言。除了支持视频和语音外，该软件还能够让与会者互相访问对方的桌面。另外它还提供了丰富的外部插件，如白板、图片导入、邀请、考核系统、备份等，大大提高了网络会议的效率和互动性。用户可以自由下载相关代码搭建自己的在线会议系统平台。这款开源的视频会议软件可以在 Windows 平台和 Linux 平台上搭建，使用起来非常方便。

3. Cisco 网真系统

思科网真系统是一种全新的技术，它结合思科在智能化 IP 网络、统一通信、超高清（可达到 1080p 解析度）视频、音频、交互式协同组件、人体工程等领域的一系列技术突破和集成，成功进行了系统性创新，实现跨越空间和技术障碍的真实体验。

传统的视频会议系统具有沟通不够真实，人物、大小不一致，画面模糊，画面与声音不同步，以及抗信号干扰差等缺陷。思科网真系统配有高品质摄像系统及高保真、空间感声音采集和播放设备，通过强大的网络调制和传输技术，将远在另一端的与会者的神态和声音实时、真实地展现在与会者面前。

思科网真会议系统解决方案在许多重要方面相对于传统视频会议有显著的优势。思科网真会议解决方案结合了真人大小的视频图像、超高清晰度和 CD（Compact Disc，小型激光盘）质量的立体声音频以及环境条件。用户会感觉与对话者坐在同一"虚拟会议桌"旁，能看到对方，并与之交流，甚至可以越过其他会议参与者互相交谈，完全像面对面坐在一起一样。

10.4.1.2 数字电影院

数字电影（digital cinema）诞生于 20 世纪 80 年代，是现代影视技术的发展方向。随着计算机技术的飞速发展，数字技术被引入到电影制作中，运用电脑技术使电影更加完善。

数字电影,是指以数字技术和设备摄制、制作、存储,并通过卫星、光纤、磁盘、光盘等物理媒体传送,将数字信号还原成符合电影技术标准的影像与声音,放映在银幕上的影视作品[16]。

数字电影流动放映系统(Digital Movies Mobile Playing System,dMs)是由国家广播电影电视总局电影数字节目管理中心经过两年时间自行研发的最新数字电影流动系统。dMs系统通过对影片进行数字化处理,实现卫星传送和数字放映,降低了运行成本,提高了声画质量,影片的传输和存储都变得十分便利。数字电影流动放映系统相关处理流程如图10.17所示。

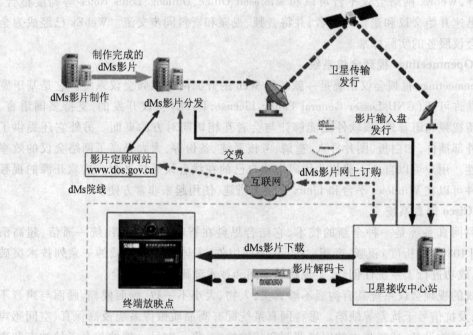

图 10.17 数字电影流动放映系统相关处理流程

数字电影与数字电视传输和播出的图像格式是不同的,数字电视采用 SD(标清,Standard Definition 分辨率 720×576)和 HD(高清,High Definition,分辨率 1920×1080)图像格式;数字电影则是采用 2 k(分辨率 2048×1080)和 4 k(分辨率 4096×2160)图像格式。数字电影首先要保证图像质量。图像压缩率、传输带宽以及存储空间容量的大小都要围绕保证图像质量来考虑。数字电视采用了 MPEG-2、H. 264 或 AVS 图像压缩编码技术,而当前数字电影采用的是 JPEG2000 图像压缩编码技术。JPEG2000 是由 JPEG(Joint Photographic Experts,联合图像专家组)组织负责制定。

与数字电视的传输方式不同,数字电影的传输是按点对点或者多点的点播、多播方式进行的。一般来说可以通过物理媒介(硬盘、光盘、磁带等)、卫星和高速光纤三种方式传送给数字影院。数字电影明确要求经过 JPEG2000 压缩之后的 2 k/4 k 图像的码率不超过 150 Mbps，而由 JPEG2000 压缩的图像、声音及字幕数据组成的合成码率不超过 307 Mbps。如此高的码率必须在千兆以太网甚至万兆以太网上才能进行节目传输。卫星通信的传输条件最好，成本最低且传输范围最广，但是从当前的技术条件来看安全性还稍差，物理媒介的时效性也较差；相比之下，基于虚拟专网(VPN)技术的高速光纤网进行数字电影节目传输也许是当前发展的方向[17]。

数字电影的整体流程可以划分为 4 个阶段：

（1）第一阶段是把数字电影后期制作阶段的影像信号制作成数字电影母版。

（2）第二阶段是委托专门的数字技术服务公司对母版信号进行数字压缩、加密和打包，然后通过卫星等网络传送到当地的放映院，也可以直接将母版信号刻录成 DVD 只读光盘或录制到磁带等载体上，通过传统的特快专递等服务发送到当地影院。

（3）第三阶段是在当地各影院或地区数字信号控制中心对数据信号进行接收和存储，获取和发送放映授权以及解密密码等。

（4）第四阶段是通过数字放映实现数字电影信号的放映。

数字电影避免胶片出现老化褪色的问题，确保影片永远光亮如新，确保画面没有任何抖动和闪烁，使观众看不到任何画面的划痕磨损现象。此外，数字电影节目的发行不再需要冲洗大量的胶片，这样既节约发行成本，又有利于保护环境。以数字方式传输节目，整部电影在传输过程中不会出现质量损失。也就是说，一旦数字电影信号发出，无论有多少家数字电影院，也不管数字电影院位于地球上的什么位置，都可以使观众同时欣赏到同一个高质量的数字节目。同时，数字放映设备还可以为影院提供增值服务，如实时播放重大体育比赛、文艺演出、远程教育等，改变了影院胶片放映的单一模式，使之向实时、多功能、多渠道、多方位的经营模式转变。数字电影技术的巨大潜能，已经使之成为当今世界电影产业发展的方向。

10.4.2 远程医疗

美国未来学家阿尔文·托夫勒多年以前预言："未来医疗活动中，医生将面对计算机，根据屏幕显示的从远方传来的病人的各种信息对病人进行诊断和治疗"。现在通过远程医疗技术，这个预言将得以实现。

远程医疗是指使用通信技术、网络技术和多媒体技术提供医学信息和服务。它包括远程诊断、专家会诊、治疗、护理、信息服务、在线检查和远程交流等几个主要部分，它以计算机和网络通信为基础，把电子数据从一个地方传输到另外一个地方，实现对医学资料和远程视频、音频信息的传输、存储、查询、比较、显示及共享。

远程医疗是伴随高速网络信息发展起来的新型医疗方式，它的出现实现了医疗资源的共享，减少甚至消除了因地域限制造成的疑难病症的诊断和治疗难题。

1. 远程医疗系统的构成

一套完整的远程医疗系统是由远程医疗视频终端设备、传输网络和多点控制器（Multipoint Control Units，MCU）组成的。

视频终端负责音频、视频信号的采集、处理、压缩编码、数据打包以及按照一定规则把数据进行传输，同时接收网络传输来的数据，并对数据进行解压。

MCU 控制中心负责连接各个远程医疗视频终端，组织远程医疗活动，是各个终端设备的音频、数据等数字信号汇接和交换的处理点，同时 MCU 还负责系统的运行与控制。

传输网络是实现音、视频等多媒体数据在不同视频终端之间以及视频终端与 MCU 之间传输的平台。传输网络可以是 DDN（Digital Data Network，数字数据网）、帧中继、异步传输模式（ATM）、Intranet 和卫星通信网等。

2. 远程医疗网络的传输媒体

根据传输方式，远程医疗网络传输媒体大致分为有线和无线两种。有线的传输媒体包括普通电话线、同轴电缆、光纤线路等。双绞线用于电话通信和局域网；同轴电缆用于局域网和有线电视，它包括基带同轴电缆和宽带同轴电缆；光纤目前主要用于主干网建设。光纤通信具有传输速率快、效率高、频带宽、传输距离远等特点，但光纤及相关设备价格较贵。卫星通信、红外通信、激光通信和微波通信的信息载体属于无线媒体。无线传输目前主要用于数字化移动通信和无线局域网。微波通信、红外通信、激光通信具有很好的定向性，可用于不同建筑局域网间的无线连接，微波通信还可通过微波中继站进行长距离信号传输，可作为光纤主干网的备份。卫星通信利用地球同步卫星作中继转发微波信号，用于特殊地域（如灾区）内和运动目标（如飞机、海洋舰艇）的信号传输。

3. 远程医疗使用的几种主要的通信网络

远程医疗网络以网络通信技术为基础，构建在国际标准化组织制定的 OSI 开放系统互联基本参考模型之上，它的研究和发展很大程度上取决于网络技术的发展和通信技术的合理利用。应用于医疗网络的通信网络类型和技术种类繁多，常用的通信网络有：

（1）SDH 通信网络

SDH 是在 SONET 的基础上修订的，既可以用光纤也可以用微波和卫星的通用传输网技术体制。SDH 通信网络是由一些 SDH 网元组成的、在光纤上进行同步信息传输、复用、分插以及交叉连接的高速同步数字网。由于光纤具有无限的带宽能力、较远的传输距离、保密性好、抗干扰能力强等优点，使其成为各类多媒体通信的最佳基础网络环境。

（2）GPRS 通信网络

目前的无线通信技术有：GPRS、CDMA、蓝牙、Wi-Fi 等，其中覆盖面积和通用性比较好的是 GPRS。GPRS 是通用分组无线服务技术（General Packet Radio Service）的简称，它是移动电话用户可用的一种移动数据业务。GPRS 可以说是 GSM 的延续，它经常被描述成"2.5G"，也就是说这项技术位于第二代（2G）和第三代（3G）移动通信技术之间。GPRS 利用 GSM 网络中未使用的 TDMA 信道以封包（Packet）的方式来提供中速的数据传输，因此使用者所负担的费用是以其传输资料单位计算,并非使用整个频道,理论上较为便宜。GPRS 的传输速率可提升至 56 kbps,甚至 114 kbps。

以基于 GPRS 的远程心电实时监护系统为例,患者随身携带的监护终端由其上面的无线模块通过 GPRS 无线基站接入 GPRS 网络,再通过 GPRS 网络连接因特网上的监护中心服务器。监护终端采集并处理患者的心电信号,所得到的心电数据通过该链路传输到监护中心服务器上,并由服务器上的心电分析软件进行分析,医生则根据软件分析结果及自己的判断来给患者适当的医嘱,必要时采取相应的救治措施。

（3）无线传感器网络

无线传感器网络由部署在监测区域内大量的微型传感器节点组成,通过无线通信方式形成的一个多跳自组织网络。无线传感器网络是一种全新的信息获取平台,能够实时监测和采集网络分布区域内的各种检测对象的信息,并将这些信息发送到网关节点,以实现复杂的指定范围内的目标检测与跟踪,具有展开迅速、抗毁性强等特点。

以基于无线传感器网络的远程医疗监护系统为例,该系统在家庭或者医院病房的环境中建立一个无线传感器网络。通过该无线传感器网络,传感器节点采集人体生理指标信息或动态监测医疗仪器运行以及治疗的过程,并将信息传输到监护基站设备和服务器计算机。传感器网络系统可以通过监护基站设备以不同的方式连接到该远程监控中心。

（4）卫星网络

由于大部分传输网络无法满足边远地区对远程医疗的需求,近些年来人们把越来越多的注意力放在了卫星医疗通信系统的开发上。卫星通信系统主要是通过地面卫星接收站和卫星建立接口,通过卫星信道进行数据传输,具有准确性高和传输信道宽的特点。

我国目前最大的远程医疗网络是中国金卫医疗网络。它的主干就是利用卫星通信信道,实现大载波双向的高质量广播教学和低运营成本的会议电视功能。采用 TDM/TDMA（Time Division Multiplex/Time Division Multiple Address,时分复用/时分多址）和 SCPC DAMA（信道按需分配方式的单路单载波）结合方式解决 IP 数据问题。同时采用目前大载波下行技术,可较好地适应数据非对称传输的特点,使用户可以享受到 2 Mbps 下行带宽。

4. 远程医疗网络发展所面临的主要问题

（1）信息安全问题

为实现医学信息在网络上安全运行而不受到攻击,要求我们在加强计算机的防范措施和设计安全性软件的同时,也要在立法上确定破坏医学信息资源的行为是犯罪行为,以保障医学信息的安全。

（2）网络传输带宽有限

传输带宽是远程医疗网络发展的一个瓶颈,尤其是在我国这样科技总体水平不高的国家。目前多数网络对语音、图像、动画等数据的传输速度很慢,影响医疗工作效率,需要加大宽带网络的建设。

（3）硬件设施不够完善

要建立健全的远程医疗网络,就要在建设中心城市骨干网的同时,注重基层网络的建设,特别是边远地区节点的建设,这样才能充分发挥远程医疗网络的优势。

10.4.3 远程教育

远程教育也称为远程学习,它不同于传统意义上的教师和学生之间面对面的教学关系,而是通过一定的技术手段跨越地理和空间的限制,由老师向远距离的学生提供教学指导的一种教学方式。在今天,计算机网络已经成为现代远程教育中的一个重要工具,在整个远程教育中起着非常重要的作用。

远程教育根据信息传送方式的不同主要经历了 3 个阶段,以邮件传输的纸介质为主的函授教育阶段;以广播电视、录音录像为主的广播电视教学阶段和通过计算机、多媒体与远程通信技术相结合的网上远程教育阶段。随着电视、电话、计算机、互联网的逐步普及,网络远程教育已经成为我们学习的一个重要组成部分。

现代远程教育是指通过音频、视频(直播或录像)以及包括实时和非实时在内的计算机技术进行物理课堂外教学和学习的教育方式。现代远程教育是伴随着信息技术的发展而产生的一种新型教育方式。多媒体技术和通信技术的发展,特别是互联网的迅猛发展,使远程教育的手段有了质的飞跃。

远程教育的网络拓扑图如图 10.18 所示。

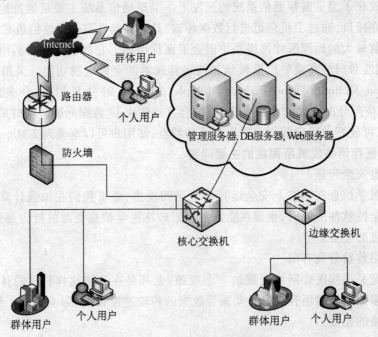

图 10.18　远程教育的网络拓扑

1. 远程教育需要计算机网络技术

（1）远程教育利用计算机网络的普遍应用来发挥自己的优势。远程教育能够满足人们不断获取新知识的需要，实现教育资源的共享，极大地避免资源浪费、重复生产等问题。由于计算机网络快速、方便和易交互的特点，计算机网络必将成为远程教育最主要的渠道。

（2）计算机网络上的教育资源非常丰富，能够为远程教育提供丰富而全面的教育资源。另外，计算机网络上有很多优秀学校的优秀老师的讲课录像和学习资料，学生可以得到来自不同学校甚至不同国家老师的指导。学生看到的不仅仅是文字和老师的讲解，还有丰富的、直观的多媒体信息。

（3）计算机网络上的考试评估系统对远程教育起到了很好的评估和督导作用。评估是一个系统综合评测各种不同种类信息的过程，这些信息表明了远程教育的质量和价值目标。总的来说，评估是对远程教育的教学过程、教学效果做出的准确评价。我们可以通过课堂教学评估系统实时反馈学生对教学内容、教学方法的满意程度，使用题库试题测试学生对知识的理解和掌握程度。

计算机网络为远程教育提供了一个非常好的平台。计算机网络已经成为远程教育的一个必备的技术保障。

2. 计算机网络技术在远程教育中的具体应用

（1）以现代教育技术为支撑，发展远程教育与网络技术，为教育技术现代化提供必要的硬件设施。建设多媒体教室，开设教育网站，开发远程教育支撑系统，构造集成而实用的远程学习环境，积极推进计算机辅助课件（Computer-Aided Instruction，CAI）的建设和应用，并建设"数字图书馆"，提供高水平的信息服务。另外，可以利用电子邮件及时从学生那里得到教学反馈，学生也可以在任何时间得到老师的指导；还可以利用电子公告板（Bulletin Board System，BBS）共享各种资源、信息，促进学习者之间的相互交流。

（2）为开展远程教育建立一个完善的网上学习环境，换句话说就是建立一个远程教学体系。作为一个完整的远程教学体系，应由交流系统、评价系统以及教学管理系统构成。

通过网上交流系统，如各类即时通信软件，为远程教育建立一个稳定、高效、价格合理的传播渠道。可以根据自己的具体情况，采用卫星传输网、有线电视网或是宽带网接入，建立以互联网为主的直接面向用户的远程教育传输体系。

通过网上考试评测系统，可以评测学生对老师教授知识的理解和掌握情况，对整体教学情况进行评价。

通过教学管理系统实现学籍管理、学分管理、课程管理、教案管理等功能，提供教学资源的有效积累和共享。

3. 远程教育应用计算机网络应注意哪些问题

（1）计算机网络在实现全球共享的同时，也存在着信息安全问题，作为网络用户自身的网络安全问题是至关重要的,因此,远程教育系统在建设过程中要充分考虑安全问题。

（2）虽然远程教育克服了空间上的距离,使得身在千里之外的老师和学生能够"面对面地交流",但是却带来了心理上的距离。通过网络进行的远距离教学,肯定和课堂上真正意义上的面对面的教学不同。从目前来看,后者还是比前者有着明显的优势,需要在今后通过各类技术手段特别是在新一代互联网技术支持下对远程教育系统加以改进,提升远程教育的教学效果。

10.4.4　分布式虚拟现实

虚拟现实（Virtual Reality, VR）,也称灵境技术或人工环境,是利用计算机模拟产生一个三维空间的虚拟世界,提供使用者关于视觉、听觉、触觉等感官的模拟,让使用者如同身临其境一般,实现实时地、没有限制地观察三维空间内的事物。

随着网络技术的快速发展,尤其是新一代互联网拥有的高带宽、低延迟的网络传输能力,使得基于网络的虚拟现实环境实现成为可能,由此产生了分布式虚拟现实（Distributed Virtual Reality, DVR）系统。

1. 分布式虚拟现实系统的构成

分布式虚拟现实系统有 4 个基本组成部件:图形显示器、通信和控制设备、处理系统和数据网络。分布式虚拟现实系统是分布式系统和虚拟现实系统的有机结合。分布式虚拟现实系统是基于网络的虚拟环境,在这个环境中,位于不同物理环境位置的多个用户或多个虚拟环境通过网络相连接。

根据应用系统的运行特点可以将分布式虚拟现实系统分为集中式结构和复制式结构。

集中式结构的应用系统只在中心服务器上运行。中心服务器的作用是对多个参加者的输入/输出进行管理,允许多个参加者共享信息。它的特点是结构简单、易于实现,但对网络通信带宽有较高的要求,并且高度依赖于中心服务器。

复制式结构的应用系统运行在每一个参与者的计算机上,即每个参与者都复制中心服务器上的应用进程。这种结构下,应用系统所需的计算由所有参与者提供。该结构的优点是所需网络带宽较小,但在维护应用系统的状态一致性方面比较困难。

2. 分布式虚拟现实系统中的网络通信

在设计和实现分布式虚拟现实系统时,必须考虑以下网络通信因素:

（1）带宽。网络带宽是虚拟世界大小和复杂度的一个决定因素。当参加者增加时,带宽需求也随着增加。这个问题在局域网中并不突出,但在广域网上,带宽通常有限制,而通过 Internet 访问的潜在用户数目却比较大。

（2）延迟。影响虚拟环境交互和动态特性的因素是延迟。如果要实现分布式环境仿真真实世界,则必须实时操作增加真实感,这对网络传输的延迟有很高要求。对于分布式虚拟现实系统中的网络延迟,可以通过对路由器和交换技术进行改进、使用快速交换接口和计算机等来减小。

（3）消息发布机制。常用的消息发布方法有广播、多播和单播。其中，多播机制允许任意大小的组在网上进行通信，它能为分布式仿真类的应用系统提供一对多和多对多的消息发布服务。

（4）可靠性。在增加通信带宽和减少通信延迟的同时，要考虑通信的可靠性。

（5）分布式虚拟现实系统的多协议模型。由于在分布式虚拟现实系统中需要交换的信息种类很多，单一的通信协议已不能满足要求，这就需要开发多种协议以保证在分布式虚拟现实系统中进行有效的信息交换。这些协议包括：连接管理协议、导航控制协议、几何协议、动画协议、仿真协议、交互协议和场景管理协议等。在使用过程中，可以根据不同的用户程序类型，组合使用以上多种协议。

3. 分布式虚拟现实系统的应用

分布式虚拟现实系统在远程教育、科学计算可视化、工程技术、交互式娱乐等领域都有广泛的应用前景。利用它可以创建多媒体通信、设计协作系统、真实环境式电子商务、网络游戏、虚拟社区等全新的应用系统。典型的应用领域有：

（1）教育应用：把分布式虚拟现实系统用于建造人体模型、电脑太空旅游、化合物分子结构显示等领域，因视音频环境更加逼真，有益于激发受教育者的学习兴趣，提高学习效果。同时，随着计算机技术、心理学、教育学等多种学科的相互结合、促进和发展，将能够提供更加协调的人机对话方式，实现更真实的远程教育环境。

（2）工程应用：分布式虚拟现实系统的应用将使工程人员能通过广域网或局域网按协作方式进行三维模型的设计、交流和发布，从而提高生产效率并削减成本。

4. 国外典型的分布式虚拟现实系统

国外对分布式虚拟现实系统的研究与开发工作可追溯到 20 世纪 80 年代初。如 1983 年美国国防部制定了 SIMENT 的研究计划；1985 年 SGI 公司开发成功了网络 VR 游戏 DogFlight。到了 20 世纪 90 年代，一些著名大学和研究所的研究人员也开展了对分布式虚拟现实系统的研究工作，并陆续推出了多个实验性 DVR 系统或开发环境。

美国北卡罗来纳大学（UNC）的计算机系是进行 VR 研究最早最著名的大学。他们主要研究分子建模、航空驾驶、外科手术仿真、建筑仿真等。在显示技术上，UNC 开发了一个帮助用户在复杂视景中建立实时动态显示的并行处理系统。

日本 NEC 公司计算机和通信分部的系统研究实验室开发了一种虚拟现实系统，它能让操作者都使用"代用手"去处理三维 CAD（Computer-Aided Design，计算机辅助设计）中的形体模型。

5. 国内典型的分布式虚拟现实系统

DVENET 是在国家"863 计划"计算机软硬件主题资助下，由北京航空航天大学虚拟现实技术与系统国家重点实验室研究开发的一个分布式虚拟现实应用系统开发与运行支撑环境。可以全过程、全周期支持虚拟现实应用系统的开发，并稳定、可靠地支持较大规模跨路由分布交互仿真和分布式虚拟现实应用系统的运行。

浙江大学 CAD&CG 国家重点实验室开发出了一套桌面型虚拟建筑环境实时漫游系统,该系统采用了层面叠加的绘制技术和预消隐技术,实现了立体视觉,同时还提供了方便的交互工具,使整个系统的实时性和画面的真实感都达到了较高的水平。

清华大学计算机科学与技术系对虚拟现实环境的临场感方面进行了大量研究,其在球面屏幕显示、图像随动、克服立体图闪烁等方面都有不少独特的研究成果。他们还针对室内环境水平特征丰富的特点,提出了一个新颖的算法,通过借助图像变换来使立体视觉图像中对应的水平特征呈现形状一致性,以利于实现特征匹配和获取物体的三维结构。

本 章 小 结

截至 2011 年 2 月,互联网 IP 地址的顶级管理机构——互联网号码分配局(Internet Assigned Numbers Authority,IANA)的 IPv4 地址池已空,基于 IPv6 协议的新一代互联网及其应用建设已经成为世界各国无法回避的网络建设需求。具有地址数量庞大、网络带宽高、良好 QoS 控制、安全可靠等特点的新一代互联网必将成为新一代互联网应用的基础网络环境,不断推动人类社会的各个方面的进步和发展。

习 题

1. 简单描述 Internet2 中的核心节点需要提供哪些主要功能。
2. 中国的新一代互联网建设项目 CNGI 包括哪几个核心主干网?
3. 简单描述 CERNET2 的路由层次结构。
4. CERNET2 目前拥有的 IPv6 地址有多少? 能够为每个会员单位提供多少 IPv6 地址?
5. 目前 CERNET2 采用哪些路由协议? 其路由策略是什么?
6. CERNET2 用户通过哪些路由方式接入到 CERNET2 核心网络?
7. 园区网建设中常采用哪几种层次结构? 各个层次承担哪些功能?
8. 简单列举在 IPv4 网络和 IPv6 网络中常用的路由协议。
9. 从交换设计、路由设计、QoS、组播、移动与无线网络、物联网、安全、网络管理、网络服务等几方面描述你所在园区网(校园网)的建设状况。
10. 简要分析网格计算与云计算的区别和联系。
11. 简单描述云计算提供的三种服务类型。
12. 视频会议组网一般采用哪几种方式?
13. 简单描述数字电影流动放映系统 dMs 的处理流程。
14. 远程医疗中常使用哪些通信网络?
15. 分布式虚拟现实系统一般由哪几部分构成? 需要考虑哪些网络通信因素?

参 考 文 献

[1]   Internet2 Network[EB/OL]. [2010 – 12 – 20]. http://www.internet2.edu/network/.

[2]   吴建平,李星,李崇荣. CNGI 核心网 CERNET2 的设计[J]. 中兴通讯技术, 2005, 11(3): 16 – 20.

[3]   CERNET2 拓扑图[EB/OL]. [2010 – 12 – 20]. http://www.cernet.com/aboutus/internet2_tp.htm.

[4]   《中国教育网络》编辑部. 泛欧的教育科研网络 GÉANT2[J]. 中国教育网络, 2005, 2005(10): 27
       – 28.

[5]   GÉANT2 Topology[EB/OL]. [2010 – 12 – 20]. http://www.geant2.net/server/show/nav.941.

[6]   雷震洲. 全球 IPv6 发展现状[J]. 通信世界, 2003, 2003(27): 43 – 44.

[7]   Welcome to APAN[EB/OL]. [2010 – 12 – 20]. http://www.apan.net/.

[8]   何泳. IPv4 向 IPv6 演进的方式[J]. 电信技术, 2006, 2006(12): 69 – 71.

[9]   吴际忠. 企业网络系统的安全防护策略[J]. 软件导刊, 2009, 8(3): 163 – 164.

[10]   FOSTER I, KESSELMAN K C. The Grid: Blueprint for a New Computing Infrastructure[M]. 1st ed.
       San Fransisco: Morgan Kaufmann, 1998.

[11]   LEE L. Globus Primer, A Tutorial at Globus WORLD[EB/OL]. [2010 – 12 – 20]. http://www.mcs.
       anl.gov/ ~ liming/primer/.

[12]   金海. 搭建资源共享平台——中国教育科研网格 ChinaGrid[J]. 中国教育网络, 2006, 25 – 26.

[13]   马永征,孙鹏,南凯. 基于 CNGrid 的科研协同平台多学科网格应用[J]. 华中科技大学学报: 自然
       科学版, 2010, 98 – 101.

[14]   中国移动研究院. 大云与云计算[EB/OL]. [2010 – 12 – 20]. http://labs.chinamobile.com/cloud.

[15]   MICHAEL A, ARMANDO F, DAVID A. Above the Coulds: A Berkeley View of Cloud Computing[EB/
       OL]. [2010 – 12 – 20]. http://techreports.lib.berkeley.edu/accessPages/EECS – 2009 – 28.html.

[16]   巢乃鹏,万宇. 我国数字电影发展现状之研究[J]. 电影艺术, 2005, 2005(3): 134 – 135.

[17]   周师亮. 现代影视系统综述[J]. 产业观察, 2009, 81: 38 – 43.

缩 略 语

3GPP(3rd Generation Partnership Project)　　第三代合作伙伴计划

3TNet(Tbps transmission, Tbps routing, and Tbps switching Network)　　高性能宽带信息网

AAA(Authentication、Authorization、Accounting)　　认证／授权／计费

ABC(Always Best Connected)　　总最佳连接

ABR(Associativity-Based Routing)　　基于关联度的路由协议

ACE(Automatic Computing Element)　　自主计算元件

ACK(Acknowledgement Character)　　命令正确应答

ACO(Ant Colony Optimization)　　蚁群算法

ACTS(Advanced Communications Technologies and Service)　　先进通信技术与服务

ADH(Average Distance Heuristic)　　平均距离启发式

ADM(Add-Drop Multiplexer)　　分插复用器

ADU(Application Data Unit)　　应用程序数据单元

AFRL(Air Force Rome Labs)　　美国空军罗马实验室

AH(Authentication Header)　　认证报头

AI(Artificial Intelligence)　　人工智能

AIMD(Additive Increase Multiplicative Decrease)　　和式增加积式减少

ALG(Application Layer Gateway)　　应用层网关

ALM(Application Layer Multicast)　　应用层组播

AMPS(Advance Mobile Phone Service)　　先进移动电话系统

ANA(Autonomic Network Architecture)　　自治网络体系架构

ANS(Advanced Network Service)　　高级网络服务公司

AOA(Angle of Arrival)　　到达角度法

AODV(Ad Hoc On-Demand Distance Vector)　　按需距离矢量路由协议

AOWC(All Optical Wavelength Converter)　　全光波长变换器

AP(Access Point)　　接入点

API(Application Programming Interface)　　应用程序编程接口

APIT(Approximate Point-In-Triangulation test)　　近似三角形内点测试

APS(Automatic Protection Switching)　　自动保护倒换

AR(Access Requestor)　　访问请求者

ARP(Address Resolution Protocol)　　地址解析协议

ARQ(Automatic Repeat reQuest)　　　　　　　　　　　自动请求重发

AS(Autonomous System)　　　　　　　　　　　　　　自治系统

ASON(Automatic Switched Optical Network)　　　　　　自动交换光网络

ASTN(Automatic Switched Transport Networks)　　　　自动交换传送网

ATM(Asynchronous Transfer Mode)　　　　　　　　　　异步传输模式

BBF(Broadband Forum)　　　　　　　　　　　　　　　宽带论坛

BCN(Broadband Convergence Network)　　　　　　　　宽带融合网络

BEB(Binary Exponential Back-off)　　　　　　　　　　二进制指数退避算法

BER(Bit Error Rate)　　　　　　　　　　　　　　　　误码率

BF(Beacon Frame)　　　　　　　　　　　　　　　　　信标帧

BGMP(Border Gateway Multicast Protocol)　　　　　　边界网关组播协议

BGP(Border Gateway Protocol)　　　　　　　　　　　边界网关协议

BGP4+(BGP 4 with Multiprotocol Extensions)　　　　　BGP4 版本多协议扩展

BGR(Border Gateway Router)　　　　　　　　　　　　边界路由器

BICC(Bearer Independent Call Control protocol)　　　　承载无关的呼叫控制协议

BIOS(basic input output system)　　　　　　　　　　基本输入输出系统

B-ISDN(Broadband Integrated Service Digital Network)　宽带综合业务数字网

BLSR/2(Two-fiber Bidirectional Link-switched Ring)　　二纤双向链路倒换环

BLSR/4(Four-fiber Bidirectional Link-switched Ring)　　四纤双向链路倒换环

Bluetooth SIG(Bluetooth Special Interest Group)　　　蓝牙技术联盟

BNs(Bayesian Networks)　　　　　　　　　　　　　　贝叶斯网络

BQ(Broadcast Query)　　　　　　　　　　　　　　　广播查询消息

BS(Base Station)　　　　　　　　　　　　　　　　　基站

BSS(Basic Service Set)　　　　　　　　　　　　　　基本服务集合

BWA(Broadband Wireless Access)　　　　　　　　　　固定宽带无线接入

C2(Control and Command)　　　　　　　　　　　　　控制和命令

CAC(Call Admissinn Control)　　　　　　　　　　　　呼叫准入控制

CAD(Computer-aided Design)　　　　　　　　　　　　计算机辅助设计

CAI(Computer-Aided Instruction)　　　　　　　　　　计算机辅助课件

CAINONET(China High-speed Information Demonstration Network)　中国高速信息示范网

CallC(Call Controler)　　　　　　　　　　　　　　　呼叫控制器

CAM(Content Addressable Memory)　　　　　　　　　内容可寻址存储器

CAP(Credit Allocation Problem)　　　　　　　　　　　信用度分配问题

CAR(Context-Aware Routing)　　　　　　　　　　　　上下文感知路由

CARA(Collision-Aware Rate Adaptation)　　　　　　　碰撞感知速率适配算法

CBC(Cipher Block Chaining)　　　　　　　　　　　　密码分组链接

CBQ(Class Based Queue)　　　　　　　　　　　　　基于类别排队

CBR(Case Based Reasoning)　　　　　　　　　　　　基于案例的推理

CC(Connection Controler) 连接控制器

CCK(Complementary Code Keying) 补偿编码键控

CCP(Coverage Configuration Protocol) 覆盖配置协议

CCSA(China Communications Standards Association) 中国通信标准化协会

CCSDS(Consultative Committee For Space Data System) 国际太空数据系统咨询委员会

CDMA(Code Division Multiple Access) 码分多址

CDPS(Cooperative Distributed Problem Solving) 协作式分布式处理

CE(Computing Entities) 计算实体

CERNET(China Education and Research Network) 中国教育和科研计算机网

CFDP(Coherent File Distribution Protocol) 协调文件发布协议

CFP (Contention-Free Period) 无竞争期

CGSR(Clusterhead Gateway Switch Routing) 簇首网关交换路由

CID(Connection Identifier) 连接标识符

CLEO(Conference on Laser and Electro-Optics) 激光与光电协会

CLNP(ConnectionLess Network Protocol) 无连接网络协议

CLS(Cognitive Specification Language) 认知规范语言

CMAC(Cognitive MAC) 认知介质访问控制

CMIP(Common Management Information Protocol) 公共管理信息协议

CN(Correspondent Node) 通信节点

CNGI (China Next Generation Internet) 中国下一代互联网

CODA(Congestion Detection and Avoidance) 拥塞检测和避免

CoS(Class of Service) 服务等级

CPE(Customer Premises Equipment) 客户端设备

CPU(Central Processing Unit) 中央处理器

CR(Cognitive Radio) 认知无线电

CRTM(Core Root of Trust for Measurement) 可信度量的核心部件

CSDPS(Channel state dependent packet scheduling) 通道状态依赖性分组调度

CSMA/CA(Carrier Sense Multiple Access with Collision Avoidance) 载波侦听多路访问/冲突避免

CSPF(Constraint SPF) 带约束的最短路算法

CUL(Channel Usage List) 信道使用列表

CWDM(Coarse WDM) 稀疏波分复用

DA(Discovery Agency) 发现代理组件

DAG(Directed Acyclic Gragh) 有向无环图

DAI(Distributed Artificial Intelligence) 分布式人工智能

DARPA(Defence Advanced Research Projects Agency) (美国)国防部高级研究计划局

DBTMA(Dual Busy Tone Multiple Access) 双忙音多址接入协议

DC(Data Collection) 数据收集模块

DCA(Dynamic Channel Assignment) 动态信道分配

DCF(Distributed Coordination Function) 分布式协调功能

DCN(Digital Communication Network) 数据通信网

DCOP(Distributed Constraint Optimization Problems) 分布式约束最优化问题

DD(Directed Diffusion) 定向扩散协议

DDN(Digital Data Network) 数字数据网

DDoS(Distributed Deny of Service) 分布式拒绝服务攻击

DE(Detection Engine) 检测引擎模块

DECT(Digital Enhanced Coudless Telecommunications) 数字增强式无线通信系统

DE-MAC(Distributed Energy-aware MAC) 分布式能量敏感 MAC 协议

DES(ta Encryption Standard) 数据加密标准

DFA(Domain Foreign Agent) 区域外地代理

DHCP(Dynamic Host Configuration Protocol) 动态主机配置协议

DiffServ(Differentiated Services) 区分服务

DLB(Degree of Load Balancing) 负载平衡度

DMR(Digital Modular Ratio) 数字模块无线电

DNS (Domain Name System) 域名系统

DoD(Departmeut of Defence) 美国国防部

DoS(Denial of Service,DoS) 拒绝服务

DQPSK(Differential Quaternary Phase Shift Keying) 差分四相移键控

DRP (Dynamic Routing Protocol) 动态路由协议

DS(Distribution System) 分布式系统

DSA(Dynamic Spectrum Access) 动态频谱接入

DSDV(Destination Sequenced Distance Vector) 目标序列距离矢量路由协议

DSL(Digital Subscriber Line) 数字用户线路

DSR(Dynamic Source Routing) 动态源路由

DSSS(Direct Sequence Spread Spectrum) 直接序列扩频

DsWare(Data Service Middleware) 数据服务中间件

DTN(Delay/Disruption-Tolerant Network) 容迟/容断网络

DTNRG(Delay-Tolerant Networking Research Group) 容忍延迟网络连接研究小组

DV-HOP(Distance Vector-hop) 距离矢量跳距

DVM(Dynamic Virtual Macro-cells) 动态虚拟宏小区

DVMRP(Distance Vector Multicast Routing Protocol,DVMRP) 距离矢量组播路由选择协议

DVR(Distributed Virtual Reality) 分布式虚拟现实

DWDM(Dense Wavelength Division Multiplexing) 密集波分复用

DXC(Digital Cross-Connect) 数字交叉连接器

E^2PROM(Electrically Erasable Programmable Read-Only Memory) 电可擦可编程只读存储器

EAP(Extensible Authentication Protocol) 可扩展认证协议

EAPOL(EAP over LAN) 基于局域网的可扩展认证协议

EC2(Elastic Computing Cloud) 弹性计算云

ECB(Electronic Code Book) 电子码书

ECC(Elliptic Curve Cryptography) 椭圆曲线加密算法

ECTP(Enhanced Communications Transport Protocol) 增强型传输层协议

EGP(Exterior Gataway Protocol) 外部网关协议

EID(End-point ID) 端点标识符

EIGRP(Enhanced IGRP) 增强型内部网关路由选择协议

EIRP(Equivalent Isotropically Radiated Power) 等效全向辐射功率

ELFN(Explicit Link Failure Notification) 显式链路失效通知

EPA(Ethernet for Plant Automation) 工业以太网现场总线控制

ESS(Extended Service Set) 扩展服务集

ETSI(European Telecom Standards Institute) 欧洲通信标准研究所

ETT(Expected Transmission Time) 期望传输时间

ETX(Expected Transmission Count) 期望传输次数

FA(Foreign Agent) 外地代理

FAMA(Floor Acquisition Multiple Access) 实地捕获多址接入协议

FBWA(Fixed Broadband Wireless Access) 固定带宽无线接入

FCC(Federal Communications Commission) (美国)联邦通信委员会

FCL(Free Channel List) 空闲信道列表

FDM(Frequency-Division Multiplexing) 频分复用

FDMA(Frequency Division Multiple Access) 频分多址

FDS(Flexible Distributed System) 柔性分布式系统

FEC (Forward Error Correction) 前向纠错

FEC(Forwarding Equivalency Class) 转发等价类

FHSS(Frequency Hhopping Spread Spectrum) 跳频扩频

FIFO(First In First Out) 先入先出

FIND(Future Internet Design) 未来互联网设计

FIRE(Future Internet Research and Experimentation) 未来 Internet 研究和试验

FPGA(Field-Programmable Gate Array) 现场可编程门阵列

FTP(File Transfer Protocol) 文件传输协议

FTTH(Fiber To The Home) 光纤入户

GACE(Global Aggregation and Correlation) 全局融合和关联模块

GMPLS(Generalized Multiprotocol Label Switching) 通用多协议标签交换

GPRS(General Packet Radio Service) 通用分组无线服务技术

GPS(Global Positioning System) 全球定位系统

GRWA(Grooming, Routing and Wavelength Assignment) 路由与波长分配

GSM(Global System for Mobile Communications) 全球移动通信系统

GSMP(General Switch Management Protocol) 通用交换协议

GTA（Gateway Trust Agent） 网关可信代理

GTK（Group Temporal Key） 组密钥更新协议

HA（Home Agent） 家乡代理

HDLC（High-Level Data Link Control） 高级数据链路控制协议

HIP（Host Identity Protocol） 主机标识协议

HiperLAN（High Performance Radio LAN） 高性能无线局域网

HL（Home Link） 家乡链路

HMAC（Hash-based Message Authentication Code） 哈希运算消息认证码

HMIPv6（Hierarchical Mobile IPv6） 层次化移动 IPv6

HoA（Home Address） 家乡地址

HQoS（Hierarchy QoS） 层次化服务质量

HRMA（Hop-Reservation Multiple Access） 跳数预约多址接入协议

HWMP（Hybrid Wireless Mesh Protocol） 混合无线网状网协议

IANA（Internet Assigned Numbers Authority） 互联网号码分配局

ICMP（Internet Control Message Protocol） 互联网控制消息协议

ICP（Internet Content Provider） 互联网内容提供商

ICV（Integrity Check Value） 完整性校验值

IDEA（International Data Encryption Algorithm） 国际数据加密算法

IEC（International Electrical Commission） 国际电工委员会

IETF（Internet Engineering Task Force） 互联网工程任务组

IF-IMC（Interface for Integrity Measurement Collector） 完整性测量收集器接口

IF-IMV（Interface for Integrity Measurement Verifier） 完整性测量验证接口

IF-MAP（InterFace for the Metadata Access Point） 元数据访问协议接口

IF-PEP（InterFace for Policy Enforcement Points） 策略实施接口

IF-PTS（InterFace for Platform Trust Services） 平台可信服务接口

IFS（Inter-Frame Space） 帧间隔

IGP （Interior Gateway Protocols） 内部网关协议

IntServ（Integrated Services） 集成服务

IP（Internet Protocal） 网际协议

IPN（Inter-Planetary Internet） 太空网络/星际互联网

IPSec（IP Security） IP 安全

IPTV（IP Television） IP 电视

IRTF（Internet Research Task Force） 互联网研究任务组

ISDN（Integrated Services Digital Network） 综合业务数字网

IS-IS（Intermediate System-Intermediate System） 中间系统到中间系统协议

ISL（Inter Satellite Link） 星际链路

ISO（International Standard Organization） 国际标准化组织

ISP （Internet Service Provider） 互联网服务提供商

ITU(International Telecommunication Union)	国际电信联盟
ITU-T(International Telecommunication Union Telecommunication Standardization Sector)	国际电信联盟电信标准局
JPEG(Joint Photographic Experts)	联合图像专家组
JRA(Joint Routing Algorithm)	联合疏导算法
JTRS(Joint Tactical Radio System)	联合战术无线电系统
LAN (Local Area Network)	局域网
LDP(Label Distribution Protocol)	标签分发协议
LEO(Low Earth Orbit)	低轨道卫星
LIB(Label Information Base)	标签信息库
LIDS(Local Intrusion Detection Systems)	本地入侵检测系统
LLC(Logical Link Control)	逻辑链路控制子层
LMP(Link Management Protocol)	链路管理协议
LPT(Link Protection Type)	链路保护类型
LQSR(Link Quality Source Routing)	链路质量源路由协议
LR(Local Response)	本地响应模块
LRM(Link Resource Management)	链路资源管理器
LSA(Link State Advertisement)	链路状态公告
LSC(Lambda Switch Capable)	波长交换接口
LSP(Label Switched Path)	标签交换路径
LSR(Label Switch Router)	标签交换路由器
MA(Mobile Agent)	移动代理
MAC(Media Access Control)	介质访问控制
MACA(Multiple Access with Collision Avoidance)	多址接入冲突避免协议
MACAW(MACA Wireless)	无线多址接入冲突避免协议
MAN(Metropolitan Area Network)	城域网
MANET (Mobile Ad Hoc Network)	移动自组织网络
MAP(Mobility Anchor Point)	移动锚节点
MAS(Multi-Agent System)	多代理系统
MBGP(Multiprotocol Border Gateway Protocol)	多协议边界网关协议
MDP(Markov Decision Problem)	马尔科夫决策问题
MEMS(Micro-electromechanical Systems)	微电子机械系统
MF-TDMA(Multi-frequency Time Division Multiple Access)	多频时分多址接入
MG-OXC(Multi-Granularity OXC)	多粒度 OXC
MHA(Muliticast Home Agent)	组播家乡代理
MIB(Management Information Base)	管理信息库
MILP(Mixed Integer Linear Programming)	混合整数线性规划
MIMO(Multiple Input Multiple Output)	多输入多输出技术

MIP(Macro Instruction for Packet Processing)	宏指令包处理
MLD (Multicast Listener Discover)	组播侦听发现协议
MMF(Multi-Mode Fiber)	多模光纤
MN(Mobile Node)	移动节点
MNN(Mobile Network Node)	移动子网节点
MNP(Mobile Network Prefix)	移动子网前缀
MPEG(Moving Picture Experts Group)	运动图像专家组
MPLS(Multi-Protocol Label Switching)	多协议标签交换
MR(Mobile Router)	移动路由器
MRL(Message Retransmission List)	消息重传表
MRU(Maximizing Resource Utilization)	最大化资源利用率
MSAN(Multi-Service Access Network)	综合业务接入网
MSBN(Multiagent System Bayesian Network)	多代理贝叶斯网络
MSDP(Multicast Source Discovery Protocol)	组播源发现协议
MSDU(MAC Service Data Unit)	MAC 服务数据单元
MSP(Maximal Support Path)	最大支持路径
MTU(Maximum Transmission Unit)	最大传输单元
NAA(Network Access Authority)	网络访问授权者
NAC(Network Access Control)	网络访问控制
NAP(Network Access Protection)	网络访问保护
NAT(Network Address Translation)	网络地址转换
NAT-PT(Network Address Translation-Protocol Translation)	网络地址转换/协议转换
NAV(Network Allocation Vector)	网络配置矢量
NCC(Network Control Center)	网络控制中心
NCP(Network Control Protocol)	网络控制协议
NFC(Near Field Communication)	近距离无线通信
NGEO(Non Geostationary Earth Orbit)	非静止轨道卫星
NGI(New Generation Internet)	新一代互联网
NMTS(Nordic Mobile Telephone System)	北欧移动电话系统
NTA(Network Trusted Agent)	网络可信代理
NTP(Network Time Protocol)	网络时间协议
OADM(Optical Add-Drop Multiplexer)	光分插复用器
OCC(Operation Control Center)	操作控制中心
OCDMA(Optical Code-Division Multiple-Access)	光码分多址访问
ODU(Optical Data Unit)	光数据单元
OEO(Optical Electrical Optical)	光电光
OFB(Output Feedback)	输出反馈
OFDM(Orthogonal Frequency Division Multiplexing)	正交频分复用

OIF(Optical Internetworking Forum) 光联网论坛

OOO(All Optical) 全光

OOT(Objected-Oriented Technology) 面向对象技术

OP(Obit Period) 轨道周期

OPU(Optical channel Payload Unit) 光通道净荷单元

OPWA(One Pass With Advertisements) 单向服务

ORB(Object Request Brokers) 对象请求代理

OrBAC(Organization-Based Access Control model) 基于组织的访问控制模型

OS(Operating System) 操作系统

OSGi(Open Service Gateway Initiative) 开放服务网关规范

OSI(Open System Interconnect Reference Model) 开放式系统互联参考模型

OSNR(Optical Signal to Noise Ratio) 光信噪比

OSPF(Open Shortest Path First) 开放最短路径优先协议

OSPF-TE(OSPF Traffic Engineering) 支持流量工程的开放最短路径优先

OTN(Optical Transport Network) 光传送网

OTU(Optical Transform Unit) 光传输单元

OXC(Optical-cross Connect) 光交叉连接器

P-cycle(Pre-configuration cycle) 预置环法

PDA(Personal Digital Assistant) 无线个人数字助理

PDP(Policy Decision Point) 实体和策略决策点

PD-SAP(PHY Data Service Access Point) 数据服务访问点

PDU(Protocol Data Unit) 协议数据单元

PHB(Per Hop Behavior) 每跳行为

PKI(Public Key Infrastructure) 公开密钥基础架

PMD(Polarization Mode Dispersion) 偏振模色散

PMK(Pairwise Master Key) 共享密钥

PPP(Point-to-Point Protocol) 点到点协议

PR(Packet Radio) 无线分组

PRNET(Packet Radio Network) 无线分组网

PS(Packet Switched) 分组交换

PSS(Parallel Scatter Search) 并行分散搜索

PSTN(Public Switched Telephone Network) 传统公共交换电话网

PTK(Pairwise Transient Key) 成对临时密钥

PTN(Packet Transport Networks) 分组传送网络

PTS(Parallel Tabu Search) 并行禁忌搜索

QAM(Quadrature Amplitude Modulation) 幅度调制

QoS(Quality of Service) 服务质量

QPSK(Orthogonal PSK) 正交相移键控

RA(Random Assignment)	随机分配
RACS(Resource Admittance Control Subsystem)	资源接纳控制子系统
RADIUS(Remote Authentication Dial In User Service)	远程认证拨号用户服务
RAM(Random Access Memory)	随机存储器
RAP(Regional Anchor Point)	区域锚点
RBAC(Role-Based Access Control)	基于角色的访问控制
RC(Routing Controlor)	路由控制器
RCL(Relative Capacity Lost)	相对容量损失
RCP(Reception Control Protocol)	接收控制协议
RCPP(Rate Control Protocol for InterPlaNetary Internet)	太空网络的速率控制协议
RCSS(Iteration Combined Scatter Search)	迭代合并分散搜索
RED(Random Early Detection)	随机早期检测
RF(Radio Frequency)	无线电频率
RFID(Radio Frequency Identification)	射频识别
RF-SAP(RF-Service Access Point)	射频服务访问点
RICH-DP(Receiver-Initiated Channel-Hop with Dual Polling)	双轮询信道跳跃协议
RIP(Routing information Protocol)	路由信息协议
RKRL(the Radio Knowledge Representation Language)	无线电知识表示语言
RLM(Receiver-driven Layered Multicast)	接收驱动的分层组播
RMF(Resource Management Function)	资源管理功能
RMP(Reliable Multicast Protocol)	可靠组播协议
RMTP(Reliable Multicast Transport Protocol)	可靠组播传输协议
ROFL(Routing on Flat Labels)	扁平标签路由
ROM(read only memory)	只读存储器
RON(Resilient Overlay Network)	弹性覆盖网络
RPF(Reverse Path Forwarding)	逆向路径转发
RPSS(Iterative Parallel Scatter Search)	迭代并行分散搜索
RREP(Route REPly)	路由应答
RREQ(Route REQuest)	路由请求
RRER(Route Error)	路由错误
RSVP(Resource Reservation Protocol)	资源预留协议
RSVP-TE(RSVP Traffic Engineering)	支持流量工程的资源预留协议
RTO(Retransmission Timeout)	重发超时
rtPS(Real-time Polling Service)	实时轮询服务
RTS/CTS(Request To Send/Clear To Send)	请求发送/清除发送
RTT(Round-Trip Time)	数据往返时间
RWA(Routing and Wavelength Assignment)	选路和波长分配
RxE(Receive Edge)	光接收边

SA(Security Access)	安全接入
SaaS(Software as a Service)	软件即服务
SACK(Selective Acknowledgment)	选择性确认
SAMM(source-adaptive multi-layered multicast)	自适应多层源组播
SAMS(Source Address Management Sever)	源地址管理服务器
SAN(Software Adaptation Network)	软件适应性网络
SAODV(Secure Ad Hoc On-Demand Distance Vector)	全按需驱动路由协议
SARC(Source Address Requirement Client)	源地址请求客户端
SAVA(Source Address Validation Architecture)	源地址验证体系结构
SCA(Software Communication Architecture)	软件通信架构
SCPC(Single Channel Per Carrier)	单路单载波
SCPS-NP(Space Communications Protocol Standards-Network Protocol)	空间通信网络控制协议
SCPS-TP(Space Communications Protocol　　　Standards-Transport Protocol)	空间通信传输控制协议
SCTP(Stream Control Transmission Protocol)	流控制传输协议
SDH(Synchronous Digital Hierarchy)	同步数字系列
SDLC(Synchronous Data Link Control)	同步数据链路控制协议
SDM(Space-Division Multiplexing)	空分复用
SDMA(Sapce Division Multiple Access)	空分多址
SDR(Software Defined Radios)	软件定义无线电
SDU(Service Data Unit)	服务数据单元
SEAD(Secure Efficient Ad-hoc Distance vector routing)	安全的距离矢量路由协议
SEP(Schedule Exchange Protocol)	调度交换协议
SERDES(SERializer/DESerializer)	背板串行器/解串器
SFM(Source-Filtered Multicast)	源过滤组播
SHR(Self-Healing Ring)	自愈环
SIIT(Stateless IP/Internet Control Message Protocol Translation)	无状态 IP/ICMP 转换
SIM(Subscriber Identity Module)	用户身份识别卡
SINA(System Information Networking Architecture)	系统信息网络结构
SIP(Session Initiation Protocol)	会话初始协议
SLA(Service Level Agreement)	服务等级协定
SLE(Static Lightpath Establishment)	静态光路建立
SLSs(Service Level Specifications)	服务等级规范
SM(Session Management)	会话管理
S-MAC(Sensor-Medium Access Control)	传感器网络的介质访问控制协议
SMF(Single-Mode Fiber)	单模光纤
SNMP(Simple Network Management Protocol)	简单网络管理协议
SNR(Signal Noise Ratio)	信噪比

SOA(Semiconductor Optical Amplifiers)	半导体光放大器
SOC(System on Chip)	片上系统
SOCS(Service-Oriented Communication System)	面向服务的通信系统
SON(Self-Organizing Networks)	自组织网络
SONET/SDH(Synchronous Optical Network/Synchronous Digital Hierarchy)	同步光网络/同步数字系列
SPC(Soft Permanent Connection)	软永久连接
SPF(Shortest Path First)	最短路算法
SPIN(Sensor Protocols for Information via Negotiation)	信息协商传感器协议
SPIN-BC(A 3-Stage Handshake Protocol for Broadcast Media)	适合广播信道的 SPIN 协议
SPIN-EC(SPIN-PP with a Low-Energy Threshold)	考虑能量限制的 SPIN-PP
SPIN-PP(A 3-Stage Handshake Protocol for Point-to-Point Media)	适合点对点信道的 SPIN 协议
SPSS(Synchronous Parallel Scatter Search)	同步并行分散搜索
SPT(Shortest Path Tree)	最短路径树
SQL(Structured Query Language)	结构化查询语言
SQTL(Sensor Querying and Tasking Language)	传感网络查询语言
SRLG(Shared Risk Link Groups)	共享风险链路组
SRM(Scalable Reliable Multicast)	可扩展可靠组播
SRP(Static Routing Protocol)	静态路由协议
SSID(Service Set Identifier)	服务集标识
STM(Short Term Memory)	短记忆存储器
SVC(Switch Virtual Circuit)	交换虚电路
TA(Terminal Adapter)	终端适配组件
TC(Trusted Computer)	可信计算机
TCB(Trusted Computing Base)	可信计算基
TCG(Trusted Computing Group)	可信计算组织
TCP/IP(Transsmission Control Protocol/IP)	传输控制协议/互联网协议
TCPA(Trusted Computing Platform Alliance)	可信计算平台联盟
TCSEC(Trusted Computer System Evaluation Criteria)	可信计算机系统评价准则
TDM(Time Division Multiplexing)	时分复用
TDMA(Time Division Multiple Access)	时分多址
TDMC(Time Division Multiplexing Capable)	时际交换接口
TDM-FDM(Time Division Multiplexing-Frequency Division Multiplexing)	时分复用和频分复用的混合方案
TDOA(Time difference of arrival)	到达时间差法
TD-SCDMA(Time Division-Synchronous Code Division Multiple Access)	时分同步码分多址
TE(Traffic Engineering)	流量工程
TKIP(Temporal Key Integrity Protocol)	临时密钥集成协议
T-MAC(Timeout-MAC)	超时介质访问控制
TNA(Trusted Network Architecture)	可信网络架构

TNC(Trusted Network Connection)	可信网络连接
TNCC(Trusted Network Connection Client)	TNC 客户端
TNCS(Trusted Network Connection Sever)	TNC 服务器
TNCSG(Trusted Network Connection Sub Group)	可信网络连接分组
TNP(Trusted Network Platform)	可信网络平台
TOA(Time of Arrival)	到达时间法
TORA(Temporally-Ordered Routing Algorithm)	临时排序路由算法
TP(Traffic Police)	流量策略
TPM(Trusted Platform Module)	可信平台模块
TPP(Transport Protocol for InterPlaNetary Internet)	太空网络的传输协议
TPSN(Timing-Sync Protocol for Sensor Networks)	无线传感器网络时间同步算法
TRAMA(Traffic-Adaptive Medium Access)	流量自适应介质访问
TS(Terminal Services gateway)	终端服务网关
TTL(Time to Live)	生存周期
UAC(Unified Access Control)	统一接入控制
UDL(User Data Link)	用户数据链路
UDP(User Datagram Protocol)	用户数据报协议
UGS (Unsolicited Grant Service)	主动授权服务
UHF(Ultra High Frequency)	超高频
UWB(Ultra Wideband)	超宽带
VCC(Virtual Channel Connection)	虚拟信道连接
VLAN(Virtual Local Area Network)	虚拟局域网
VNS(Virtual Network Stacks)	虚拟网络堆栈
VoD(Video on Demand)	视频点播
VoIP(Voice over Internet Protocol)	IP 电话
VoQ(Virtual Output Queuing)	虚拟输出队列
VOR(VHF Omni-directional Ranging)	甚高频无线信标
VPI/VCI(Virtual Path Identifier/Virtual Circuit Identifier)	虚拟路径标识/虚拟电路标识
VPN(Virtual Private Network)	虚拟专网
VR(Virtual Reality)	虚拟现实
VWP(Virtual Wavelength Path)	虚波长通道
WAN(Wide Area Network)	广域网
WBE(Wavelength Bypass Edge)	波长旁路边
WBFH(Wide Band Frequency Hopping)	宽带跳频
WBS(Wave Band Switching)	波带交换
WCDMA(Wideband Code Division Multiple Access)	宽带码分多址
WCETT(Weighted Cumulative Expected Transmission Time)	加权累计传输时间
WDM(Wavelength Division Multiplexing)	波分复用

WECA(Wireless Ethernet Compatibility Alliance) 无线以太网兼容性联盟

WiMAX(World Interoperability for Microwave Access) 全球微波接入互操作性技术

WLAN(Wireless Local Area Network) 无线局域网

WLE(Wavelength Link Edge) 波长链路边

WM(Wireless Medium) 无线介质

WMN(Wireless Mesh Network) 无线网状网

WP(Wavelength Path) 波长通道

WPA(Wi-Fi Protected Access) Wi-Fi 网络安全访问

WRON(Wavelength-Routed Optical Networks) 波长路由光网络

WRP(Wireless Routing Protocol) 无线路由协议

WS(Wavelength Selective) 波长选择

WSN(Wireless Sensor Network) 无线传感器网络

WSRF(Web Services Resource Framework) Web 服务资源架构

XDSL(X Digital Subscriber Line) 各种类型数字用户线路

XGM(Cross-Gain Modulation) 交叉增益调制

ZBIDS(Zone-Based Intrusion Detection Systems) 区域的入侵检测方案

郑重声明

高等教育出版社依法对本书享有专有出版权。任何未经许可的复制、销售行为均违反《中华人民共和国著作权法》,其行为人将承担相应的民事责任和行政责任;构成犯罪的,将被依法追究刑事责任。为了维护市场秩序,保护读者的合法权益,避免读者误用盗版书造成不良后果,我社将配合行政执法部门和司法机关对违法犯罪的单位和个人进行严厉打击。社会各界人士如发现上述侵权行为,希望及时举报,本社将奖励举报有功人员。

反盗版举报电话　　(010)58581897　58582371　58581879

反盗版举报传真　　(010)82086060

反盗版举报邮箱　dd@hep.com.cn

通信地址　北京市西城区德外大街4号　高等教育出版社法务部

邮政编码　100120